KB261648

한국문학
명비평

한국문학
명비평

한국문학 명비평

김종회 엮음

1판 1쇄 발행 ㅣ 2009. 3. 30.

저작권자 ⓒ 김종회 2009 및 각 집필·번역자
이 책의 저작권자는 위와 같습니다. 저작권자의 동의 없이
내용의 일부를 인용하거나 발췌하는 것을 금합니다.

발행처 ㅣ 문학의숲
발행인 ㅣ 고세규
신고번호 ㅣ 제300-2005-176호
신고일자 ㅣ 2005. 10. 14.
(121-819) 서울특별시 마포구 동교동 200-19번지 202호
전화 02)325-5676 팩시밀리 02)333-5980

값은 표지에 있습니다.
잘못된 책은 바꿔드립니다.
ISBN 978-89-959049-5-4

고려 후기 이규보에서
2000년대
사이버문학 비평까지

한국문학
명비평

김종회 엮음

문학의숲

"문학의 문제는, 단지 역사가 그 문제를 일으키기 때문만이 아니라, 문학이 인간 체험 가운데 어떤 부분과의 관계를 드러내 주는 것이기 때문에 생겨난다."
– Cleanth Brooks, W.K.Wimsatt, *Literary Criticism : A Short History*

문학은 인간을 떠나서, 그리고 그 인간들이 집적해 놓은 역사를 떠나서 논의될 수 없다. 고대 플라톤 시대부터 시작하여 현대에 이르기까지 역사를 추체험하는 방식으로 쓰인 '문예비평사' 역시, 문학이 역사 속에서 끊임없이 현실과 예술 간의 비중 문제에 대해 고민해 왔음을 반영한다. 그리하여 다양한 장르의 문학이 존재했음에도 불구하고 그 고민의 결론에 따라 시대정신을 대변하는 하나의 문학 장르가 당대 문학 전체의 규범을 이끌기도 했던 것이다.

일제강점기에 이르러 서구문학이 본격적으로 유입되면서 근대적 성격이 강화된 한국문학 또한, 현실과 예술을 둘러싼 논의들이 비평의 쟁점을 이룬다. 서구의 문학비평이 수십 세기에 걸쳐 끊임없는 논쟁을 거듭한 궤적을 가지고 있다면, 한국의 문학비평은 불과 한 세기 동안에 그것들을 반복하며 집적한 것이라 할 수 있다. 이는 한국문학 비평이 짧은 역사 속에서 치열한 형성기를 거쳤음을 말해 준다.

오랜 질곡의 역사를 겪어온 한국 문단에 있어 작가가 혹은 비평가가 제 목소리를 낸다는 것은 무척 어려운 일이었다. 일제강점기에 이루어진 비평이라는 것도 고작 작가가 자신의 작품을 그럴듯하게 서구의 이론으로 포장하는 수단에 불과했다. 그러나 1919년에 일어난 3·1 운동으로 인해 한국문학은 일대 전환기를 맞이하게 된다. 러시아혁명이 몰고 온 사회주의 사상과 맞물려 사회운동의 일환으로 문학이 자리 잡게 된 것이다.

문학이 '운동'의 차원으로 상승함으로써 비평은 프로문학 운동의 지도적 임무를 맡게 되고 그로써 더욱 그 입지를 강화하게 된다. 그러나 일제의 대동아전쟁이 본격화되면서 극도의 정치적 억압으로 인해 카프가 공식적으로 해체됨에 따라 한국 문단은 다시 순문학 시대로 넘어가게 되었다. 또한 본격적으로 문학비평이 진행되었다고 하는 1950년대조차 이념 대립이라는 사회적·역사적 배경을 고려해 볼 때 비평의 참된 발전은 기대하기 어려운 실정이었다.

1950년 6월 25일에 일어난 6·25동란으로 인해 한국의 문단은 혼란과 더불어 문학에 대한 새로운 자각의 태도를 보이기 시작한다. 일제에 의해 무비판적으로 해외의 문학을 받아들였던 한국의 문인들은 전란과 분단으로 인해 과거와는 다른 자성적 성찰의 계기를 갖게 된 것이다. 그러나 이러한 전통론에 대한 논의는 주로 한국문학의 후진성에 대한 자기반성을 전제로 하는 것으로 전통 부정론이나 고전의 현대화, 현대적 해석 이상을 넘지 못하고 다시 1960년대로 전통 논의를 이어가게 한다.

또한 역사적 상황의 변화와 더불어 문단 역시 새 국면을 맞게 되는데, 이는 바로 기성 세대들에게 부정적인 태도를 갖고 있는 신세대들의 활약을 통해서이다. 해방 전과 유사한 방식으로 문학 행위를 하는 기성 세대들을 부정하며 나타난 신세대들로 인해, 비평은 합리화와 부정에 대한 논의들을 펼칠 수 있게 되었다. 1951년에 결성된 '후반기' 동인의 활동을 통해 전개된 모더니즘과 이를 기반으로 한 뉴크리티시즘 및 당시 지배적이었던 시대적 분위기라 할 수 있는 허무의식을 바탕으로 전개된 실존주의문학론이 이 시대 비평문학의 주요한 논의들이다.

사회·역사적으로 1960년대를 떠올려볼 때 먼저 생각나는 것은 4·19와 5·16, 두 변혁적 사건이 아닐 수 없다. 혁명이 정치적 탄압과 사회적 갈등을 심화시키는 결과를 가져왔지만 이를 매개로 한 시민의식의 발전은 문학에 있어서 긍정적인 방향으로 작용했다. 매체와 독자의 증가가 신진 작가 및 비평가들을 배출하여 문학을 활성화시킴은 물론 창의적인 사조와 유파를 형성시켰다. 사회의식이 혼란할수록 이를 극복할 수 있는 하나의 방편으로서 문학의 힘이 요구됐던 것이다.

1960년대 비평문학의 주요한 쟁점이라 할 수 있는 참여문학론은 1950년대에 논의된 실존주의문학론에서 그 태동을 엿볼 수 있다. 이는 4·19의 발발로 인해 본격화되었다. 4·19를 통한 민중의식의 성장은 민중의 현실 자각과 사회적 관심의 확대를 가져왔고, 그와 같은 기틀 위에서 성장한 1960년대의 참여문학론은 1970년대 민족문학 운동의 민중 주체성 확립과 1980년대 역사·국가·주체·민족·민중·계급·해방 등 거시적 담론 구축으로 나아가는 민족·민중문학의 길에 주요한 시발점을 이루게 된다.

1960년대는 급속한 경제 발전을 이룸과 동시에 그에 따른 부작용과 폐해를 경험하게 되는 시기이다. 이러한 구조적 불평등의 문제나 인간답지 못한 삶을 감당하는 소외된 자들의 문제가 어떻게 문학적으로 형상화되는가에 관심을 갖게 되면서, 다시금 문단에서는 리얼리즘문학론에 대한 논의들이 전개된다. 문단의 관심이 사회의식 속에서 문학이 해야 할 일에 대한 논의로 집중되는 한편, 또다시 전통문학론에 대한 논의도 제기된다.

1970년대는 유신 독재정치 시대로 강력한 산업화가 추진되었다. 그 과정에서 국민들이 극심한 탄압을 받게 되자 여러 가지 사회적 갈등이 야기되었다. 이는 또한 문학에 큰 영향을 미치게 되는데, 이전 세대의 순수·참여문학론에 대한 이분법적인 논쟁에서 벗어나 리얼리즘문학론과 민족문학론이 확산되는 등 양적인 증가는 물론 질적으로도 발전된 모습을 보여주었다. 이렇듯 1970년대의 심각한 사회적 갈등은 한국문학이 나아가야 할 바를 새롭게 모색하려는 움직임을 형성했다.

1980년대 문학을 논하는 데 있어서도 그 논의의 중심에 5·18을 언급하지 않을 수 없다. 이 시기에 이르러서는 정신이 물질을 압도하는 현상을 보게 되었고 그만큼 1980년대 이후 오늘날에 이르기까지 한국문학에 대한 논의는 다양한 관점에서 행해지고 있다. 그 가운데 하나가 새로운 방향으로의 민족문학에 대한 모색과 분단 시대의 한복판을 가로지르는 북한문학에 대한 관심이라 할 수 있다. 이 외에도 다양한 쟁점과 맞물리면서 한국문학은 점진적으로 그 변증법적 합일의 자리를 지향해 나갔다.

모든 사상과 이론은 외부 세계를 통해 형성되기도 하고 그 내부에서 전복되기도 한다. 고전문학 이래, 그리고 한국 현대문학 비평 100년을 살펴본다는 것은 문학비평 자체에 대한 고찰이라기보다는 장구한 역사 속에서 집적된 한국인의 내면과 사상을 고찰하는 것과 다르지 않다. 또한 비평문학은 문학에 담겨진바 인간의 삶이 보여주는 다양한 측면뿐만 아니라 격동의 역사 속에서 문학이 걸어온 길을 추체험하면서, 오늘날 우리가 진정 문학을 통해 해야 할 일이 무엇인가에 대한 물음을 던져 준다는 점에서 깊은 의의가 있다.

2009년을 살아가고 있는 우리는 급속하게 달라지는 사회 변화의 속도에 발맞추기 위해 때로 무의식적으로 당대적 현상을 수납하는 경향이 있다. 이러한 때일수록 과거를 되돌아보면서 우리가 끝내 잃지 말아야 할 것이 무엇인가에 대해 생각해 봐야 할 터이다. 그에 대한 대답의 중요한 부분이 문학 안에 있을 것이라 여겨진다. 문학의 큰 울타리 안에서, 그리고 역사적 사실의 흐름과 사회사적 관심 속에서, 문학비평의 명편들을 지속적인 시각으로 검증해 보는 이 책의 편찬은 그런 점에서 가치를 인정받을 수 있으리라 본다.

이상에서 살펴본 사실들은 한국문학의 명비평을 선별해 이를 책으로 묶기까지, 문학과 문학비평에 대한 인식을 현대문학의 각기 시기별 특성과 함께 서술해 본 것이다. 실제로 책을 편집하는 데 있어서는 고려 후기, 조선 전기, 조선 후기 등 고전문학 시기의 비평으로부터 출발하여 일제강점기, 해방공간과 1950년대, 1960년대 및 1970년대, 1980년대 이후 등으로 그 시기를 구분해 비평문을 수록했다.

이 비평 선집이 문학 이론과 비평에 관심을 가진 학생들, 한국문학 연구의 체계적인 방향을 설정하려는 연구자들, 그리고 문학 창작품이 어떤 시대적 사회적 기준 아래 어떤 가치 평가를 받게 되는가에 관심이 있는 독자들에게 실증적이고 유익한 길잡이가 되었으면 한다. 이 책이 발간되기까지 함께 자료를 찾으며 연구한 경희대학교 대학원의 문학 전공자들과 이 기쁨을 나누고자 한다. 그리고 원자료를 중심으로 한 연구서를 이처럼 좋은 읽을거리로 제작해 준 '문학의숲' 출판사에 깊이 감사드린다.

2009. 3.

엮은이 김종회

l일러두기l

1. 각 작품의 끝에는 원전과 출전의 서지사항을 밝혀 두었다.

2. 글을 쓸 당시의 지명, 인명, 외래어는 가급적 저자의 표기 그대로 두었다. 단, 원저자의 수정이 가능했던 작품은 저자의 수정본을 실었다.

3. 고전 비평과 국한문혼용체로 쓰인 몇몇 작품은 한글 번역문을 수록했다.

4. 문장 부호와 띄어쓰기, 명백한 오·탈자의 경우 현행 맞춤법에 따라 수정했고 고칠 경우 글의 의미를 해친다고 판단되는 작품은 원전 그대로 실었다.

5. 한자는 글의 가독성을 고려해 그 음을 되도록 한글로 바꾸어 표기했다. 한자의 뜻을 한글로 표기한 경우에는 한자를 괄호 안에 넣어 병기해 글의 이해를 돕도록 했다.

6. 이 책에 실린 고전 비평의 원문은 http://blog.naver.com/gocriticism에 게재해 열람할 수 있도록 했다.

|차례|

시詩와 문文으로 한가로움을 깨치다

세상 일 중에서 빈부귀천으로 고하를 정할 수 없는 것은
오직 문장뿐이다.
대개 완성된 문장은 해와 달이 하늘을 곱게 하고
구름과 노을이 허공 중에서 모이고 흩어지고 하는 것과 같아서
눈이 있는 사람이면 보지 않을 수 없고
그것을 가릴 수도 없는 것이다. 그러므로 갈포를 입은 선비로도
넉넉히 무지개처럼 찬란한 빛을 드리울 수 있으며……
-이인로, 〈파한집〉 중에서

I.

고전 비평

이규보에서 박지원까지_한국 문학비평의 원류를 찾아서

고전 비평문학의 전개와 그 양상

상고 시대부터 오늘까지 우리 문학은 시대별로 당대적 안목을 가지고 끊임없이 전개되어 오고 있다. 그러나 비평에 국한해 본다면, 근대문학에서는 방법론의 중시와 더불어 다양한 전개와 연구가 두드러지는 반면, 고전문학 비평은 덜 부각되어 온 것이 사실이다. 문학 이론 체계를 기준으로 내놓은 문학론이나 작품에 대한 분석적 평가 작업이 적었던 것이다. 그러나 시대별로 고심하여 문학에 대한 다양한 관점을 제시하고 이론적 논의를 전개하고자 했던 노력들은 끊임없이 있어 왔다.

국문학은 구비문학·한문문학·이두문학·국문문학을 포괄하는 개념이지만, 고전 비평은 주로 한문문학에 국한해 전개되어 왔다. 이는 문학이 식자층 위주로 향유되었으며 그 창작층이 한문문학을 주로 전개했던 사실에 기인한다. 또한 현대 비평과 달리 고전 비평은 문학 의식 자체가 비평의 창작과 그 향유에 구현된다는 사실 때문에 주목할 필요가 있다.

고전 비평은 원시 종합예술 때부터 시작되었다. 단편적인 진술에 그치고 있어 비평의 독자적 영역이라 보기에는 무리가 따르지만, 향가 시대에 충담사의 〈찬기파랑가〉에 대한 논평이 있다. 이후 고전 비평이 하나의 양식으로 자리 잡은 것은 고려 중엽 한시를 중심으로 한 비평에서부터이다. 우리 한시문은 중국문학의 영향을 받았기 때문에, 비평 양식 또한 한시문 중에서도 특히 한시에 집중되면서 중국 비평 활동의 전개와 밀접히 관련되어 있다.

중국 송나라 때 시문학에 대한 이론과 실제 품평이 성행하여 그야말로 시화의 전성시기를 이루었다. 중국문학에서 시화란 시에 관한 논설·기사·법칙을 기술하고 아울러 시인에 관한 고사를 적은 것을 지칭한다. 우리 문학은 송대 시화의 영향을 받아 고려 중엽 이후 시화적 저작이 나타나기 시작했다. 이인로의《파한집》, 최자의《보한집》, 이규보의《동국이상국집》, 이제현의《역옹패설》 등이 이에 해당한다. 고려의 시화 역시 시인과 시에 관련된 고사·일화 및 작품의 우열에 대한 품평·창작 방법론 등을 주로 다루는 양상을 보였다. 조선조에는 고려조의 흐름을 이어 많은 시화서가 나왔는데 서거정의《동인시화》가 우리나라 최초로 '시화'라는 이름이 붙은 책이다.

고전 비평은 고려 후기에 이르러서야 본격화되기 시작한다. 과거 제도의 도입으로 한문학이 장려되고 이로 인해 뛰어난 작가가 대거 배출되었기 때문으로, 이후 우수한 작품이 산출되어 문학에 대한 본격적인 논의의 분위기가 형성되었다. 무신란 이후 구귀족층 문사들과 신흥 사대부 문사들이 서로 다른 문학의 기풍으로 대립적인 전개를 하는 가운데 문학은 풍성해졌다.

조선 초기에는 전문적인 비평서가 보이지 않다가 서거정의《동인시화》에 이르러 조선 시대 비평의 문이 열리기 시작한다. 또한 그는《동문선》을 통해 역대 한시문을 집대성하여 한국 한문학에 대한 민족적 자각과 긍지를 보여 주기도 하였다. 조선 후기에도 문화의 중추는 여전히 관료 사대부가 담당했다. 그러나 전대와 비교하면 이들의 비중이 현저하게 낮아지고 대신 다양한 계층의 지식인이 시화를 창작함으로써 시화의 형식과 내용이 다변화되는 현상이 나타난다. 그리고 이러한 현상은 근대로 이행할수록 더욱 강화된다.

고려 중엽부터 본격화되어 조선 후기까지 이어진 고전 비평의 내용 영역을 간략하게 정리하면 다음과 같다(김진영,《국문학신강》,〈고전 비평〉, 2000). 첫째는 문학 본질론으로 문학 특히 시의 본질을 따져 정의를 내리고 있는데, 문학이란 무엇인가, 창작의 동기는 무엇인가, 문학의 효용은 무엇인가 등을 논하고 있다. 둘째, 문학 창작론은 문학 특히 시의 창작 방법을 다루고 있는데, 내용과 형식의 문제, 신의新意와 용사用事, 환골탈태 그리고 성률聲律 등을 두루 문제 삼고, 창작의 이상과 기교, 실패하기 쉬운 점 등을 논하고 있다. 셋째, 문학 품평론은 작품의 품평과 작가에 대한 평가를 포함한다. 시화에서의 작품 품평은 대체로 격조를 밝히는 한두 마디의 압축된 평어에 의거하고 있다. 따라서 작품의 분석에 의한 구체적 해명보다는 직관적 감상에서 우러나오는 정취의 추상적 표현에 그치는 수가 많다.

지금까지 범박하게 살펴본 고전 비평을 통해 현대 비평이 그러한 것처럼 고전 비평 역시 특수한 시대적 상황과 맞물려 변모되는 양상을 띠고 있음을 알 수 있다. 고전문학을 대하는 우리의 자세가 전대의 문학을 통해 오늘날의 문학을 재고함은 물론 우리의 나아갈 방향을 모색하는 것에 있는 것처럼 끊임없는 고전 비평에 대한 탐구는 우리 문학의 자긍심을 돈독히 하는 계기가 되고 우리 문학이 나아갈 바를 제시해 줄 것이다.

이에 본격적인 비평 논의가 전개된 고려 시대부터 시작해 시대적 경향을 달리하는 조선 전기와 조선 후기를 구별하여 고전 비평을 대표하는 문인들의 작품을 살펴보고자 한다. 고려 시대 작품으로는 최초의 비평집인 이인로의 《파한집》과 여러 글을 통해 시론을 전개한 이규보의 《동국이상국집》을, 조선 전기에는 '시화'라는 명칭을 붙여 시문학을 집대성한 서거정의 《동인시화》와 도학적 관점을 견지한 대표적 문인 이이의 비평관을 살펴본다. 또한 다양한 문학관이 공존하여 시화의 형식과 내용이 다변화되는 시기인 조선 후기의 작품으로는 문학에 대한 관점이 상이한 대표적 문인 네 명의 비평을 살펴보고자 한다.

18

시마詩魔를 몰아내는 글

─한퇴지韓退之의 송궁문送窮文을 본받아서

이규보

대저 흙이 쌓여서 된 높은 언덕이나 물이 괴어 된 깊은 우물이나 또는 나무·바위·집·담은 다 천지간의 무정한 물건이거니와, 귀신이 여기에 붙어 괴상함과 요사스러움을 나타내면 사람들은 꺼리며 저주하고 쫓아낸다. 심한 경우에는 언덕을 허물고 우물을 메우며, 나무를 자르고 바위를 부수며, 집을 헐고 담을 무너뜨리고야 만다.

사람도 이와 같다. 처음에는 질박하고 문채文彩가 없으며 순후하고 정직하던 사람이, 시에 빠지면 말을 괴상히 하여 사물을 환롱하고 사람을 현혹시키니 해괴하다. 이것은 다름이 아니라 마귀 때문이다. 나는 이 까닭으로 그 죄를 들추어 쫓아내려고 한다. 그 내용은 이러하다.

"사람이 처음 세상에 태어났을 때에는 태고의 순박함이 있었으니, 꾸밈도 치레도 없음이 마치 꽃이 아직 피지 않은 듯하고, 총명함이 가려져 있음은 마치 구멍 즉 눈·귀 따위가 아직 뚫리지 않은 듯하였다. 누가 그 문을 허술하게 지켜 자물쇠를 끌러 놓았기에 마귀 네놈이 느닷없이 들어와서 버젓이 괴상한 짓을 하여 비틀거리고 떼 지어 다니며, 혹은 아양을 떨어 뼈마디가 녹게도 하고 혹은 진동하여 소리 내어 풍랑이 일게도 하는가? 세상이 너를 장하게 여기지도 않는데 너는 어찌 날

뛰며 사람들이 너를 간절하게 여기지 않는데 너는 어찌 새기고 깎는 데 힘쓰느냐? 이것이 너의 첫째 죄이다.

땅은 고요하고 하늘은 형언하기 어려운 것이나 조화를 부리고 신명처럼 밝으며, 혼돈의 상태에서 오묘한 신비를 마치 자물쇠로 잠근 듯이 굳게 간직하고 있는데, 너는 이를 생각하지 않고 신비를 염탐하여 천기를 누설시키는 데에 당돌하기 그지없으며, 달이 무색할 정도로 달의 이치를 밝혀내고, 하늘이 놀랄 정도로 하늘의 마음을 꿰뚫으므로 신명은 못마땅하게 여기고 하늘은 불평하게 여긴다. 너 때문에 사람의 생활은 각박하게 되었으니, 이것이 너의 둘째 죄이다.

구름과 놀의 피어남, 달과 이슬의 순수함, 벌레와 물고기의 기이함, 새와 짐승의 이상함, 그리고 새싹과 꽃받침, 초목과 화훼 등은 천태만상으로 천지에 변화하고 있는 것을 너는 거침없이 취하여 하나도 남김없이 보는 대로 읊는다. 그 잡다한 것들을 한량없이 취하므로 너의 검소하지 못함을 하늘과 땅이 꺼린다. 이것이 너의 셋째 죄이다.

적을 만나면 즉시 공격할 것이지, 무슨 무기를 준비하고 무슨 보루를 설치하느냐? 어떤 사람을 좋아할 경우에는 곤룡포가 아니라도 훌륭하게 꾸며 주고, 어떤 사람을 미워할 경우에는 칼이 아니라도 찔러 죽이니, 너는 무슨 부월斧鉞을 가졌기에 함부로 치고 베며, 너는 무슨 권세를 잡았기에 멋대로 상 주고 벌주는가? 너는 고관대작도 아니면서 나랏일에 관여하고, 너는 광대도 아니면서 모든 것을 조롱하는가? 시시덕거리며 허풍 치고 유달리 잘난 척하니, 누가 너를 시기하지 않고 누가 너를 미워하지 않겠는가? 이것이 너의 넷째 죄이다.

네가 사람에게 붙으면 염병에 걸린 듯 몸은 더러워지고 머리는 헝클어지며, 수염은 빠지고 형용은 메말라지며 사람의 소리를 괴롭게 하고 사람의 이마를 찌푸리게 하며, 사람의 정신을 소모시키고 사람의 가슴을 여위게 하여, 환란을 매개하고 화평을 해롭게 한다. 이것이 너의 다섯째 죄이다.

이 다섯 가지의 죄를 짊어지고 어찌 사람에게 붙느냐? 진사陳思에게 붙어서는 날렵한 재주로 그 형을 업신여기다가 콩이 솥에서 운 것은 과연 콩대에게서 곤액을 당하게 했던 것이며,[1] 이백李白에게 붙어서는 광증을 유발시켜 달을 잡으려다 물에 빠져 가 버렸으나 물은 망망하고,[2] 두보杜甫에게 붙어서는 모든 일에 낭패하여 쓸쓸한 타향살이를 하다가 뇌양에서 객사하게 되었으며,[3] 이하李賀에게 붙어서는 허탄하고 괴기하게 하고 그 재주가 세상과 맞지 않게 했으니 요절할 것이 마땅하고,[4] 유몽득劉夢得에게 붙어서는 권세 있는 사람을 헐뜯으며 거드럭거리다가 끝내는 쓰러져 재기하지 못하게 하였으며,[5] 유자후柳子厚에게 붙어서는 재앙을 자초하여 유주로 귀양 가서 영영 돌아오지 못하게 하였다.[6] 누가 그런 슬픈 일을 꾸몄던가?

"아, 너 마귀야! 네 모양이 어떻게 생겼기에 이렇게 차례로 그르쳤느

1　진사는 삼국 때 위 무제의 아들 조식을 가리킨다. 조식曹植은 10세 적부터 뛰어난 글재주가 있어 무제에게 총애를 받았다. 그 후 그의 형인 문제가 그의 재주를 꺼려한 나머지 그를 죽이려는 생각에서 일곱 걸음을 걸을 동안에 시를 지으라 하였다. 조식은 다음과 같은 시를 지어 죽음을 모면하였다. "콩을 삶아 국을 만들고, 콩을 갈아 즙을 낸다. 콩대는 솥 밑에서 타고, 콩은 솥 속에서 운다. 본래 같은 뿌리에서 태어났는데, 서로 구박함이 어찌 이렇게도 심한가?"

2　이백은 채석강에서 뱃놀이를 하다가 술에 취하여 물속에 뛰어들어가 달을 잡으려다가 죽었다.

3　두보는 세상일이 뜻과 같이 되지 않자 벼슬을 버리고 방랑하다가 뇌양에서 술에 취하여 죽었다.

4　이하는 시문에 뛰어난 재주를 가졌다. 꿈에 배의 입은 사람이 와서 "옥황상제가 백옥루를 짓고 그대를 불러 가문을 지으려 한다" 하더니, 결국 27세에 죽었다.

5　몽득은 유우석劉禹錫의 아들. 그는 시문에 능하였으며, 당 순종 때 둔전원외랑屯田員外郞으로서 탁지염철안度支鹽鐵案을 주관하면서 세도를 믿고 권세 있는 인사들을 함부로 대하다가 헌종 때에 벼슬을 빼앗기고 가련한 신세가 되었다.

6　자후는 당송팔대가의 한 사람인 유종원柳宗元의 아들. 그는 문장이 탁월하였다.

냐? 또 나에게 붙었구나. 네가 온 뒤로 모든 일이 기구하기만 하다. 흐릿하게 잊어버리고 멍청하게 바보가 되며, 주림과 목마름이 몸에 닥치는 줄도 모르고, 추위와 더위가 피부에 파고드는 줄도 깨닫지 못하며, 계집종이 게으름을 부려도 꾸중할 줄 모르고 사내종이 미련스러운 짓을 하더라도 타이를 줄 모르며, 동산에 초목이 우거져도 깎아 낼 줄 모르고 집이 쓰러져 가도 바로잡을 줄 모른다. 궁한 귀신이 온 것도 역시 네가 부른 것이다. 그리고 귀인에게 오만하고 부자를 능멸하는 것, 방종하고 거만하는 것, 언성이 공순치 못하고 안색이 부드럽지 못하는 것, 여색을 대하면 쉽사리 고혹되는 것, 술을 마시면 더욱 거칠게 되는 것은 실로 네가 그렇게 만든 것이지 어찌 나의 마음이 그렇겠느냐? 그 괴이함을 짖어 대는 개들도 실로 많다. 그래서 나는 너를 미워하여 저주하고 쫓게 되니, 네가 빨리 도망하지 않으면 너를 찾아내어 베리라.”

이날 밤에 피곤해서 누웠는데 꿈에 베갯머리에서 시끄러운 소리가 나더니 빛깔과 무늬가 찬란한 옷을 입은 자가 다가와서 나에게 이렇게 말하였다.

“그대가 나를 나무라는 말과 나를 배척하는 말은 너무 심하다. 왜 나를 이처럼 미워하는가? 내 비록 미미한 마귀이지만 역시 상제에게 알아줌을 받는 자다. 일찍이 그대가 이 세상에 태어날 때 상제께서는 나를 보내어 그대를 따르게 하였다. 그대가 어릴 때에는 집에 숨어서 떠나지 않았고 그대가 총각이 되었을 때에는 슬며시 엿보고 있었으며, 그대가 장성하였을 때에는 뒤따라 다녔다. 그대에게 기개가 웅장하게 하였고 그대에게 수사의 법을 가르쳤다. 과거장에서 문예를 겨룰 때에는 해마다 합격하게 하여, 하늘과 땅을 놀라게 하고 명성이 사방에 떨치게 하였으며, 고귀한 사람들이 모두 그대의 모습을 우러러보게 하였다. 이것은 내가 그대를 적지 않게 도운 것이며 하늘이 그대를 한량없이 후하게 대우한 것이라. 말하는 것이며 몸가짐이며 여색을 좋아하는 것이며 술을 즐기는 것은 각각 시키는 이가 있으며, 내가 주관한 바 아니다. 그대는 어찌 신중하지 못하고 어리석고 바보 같은가? 이는 실로 그대의 잘못이지 나의 허물이 아니다."

거사는 이에 과거의 잘못을 깨닫고는 겸연쩍어하는 표정으로 허리를 굽혀 절하고 그를 스승으로 삼았다.

—

시를 쓰게 하는 마귀의 죄상을 따져서 물리쳐야 한다 하고, 그 죄상을 다섯 가지로 든 〈구시마문驅詩魔文〉은 발상부터 기발한 글이다. 죄를 논한다고 했지만 그 속에서 시의 본질과 기능, 시인의 고뇌까지 제시했다. 즉 물物과의 부딪힘에서 오는 감흥, 물의 본질을 파헤치고, 시비를 가려 증언하는 것이 시의 속성임을 밝히고 있다. 이 글에서 이규보는 무신란 이후 구귀족층 문사들과 신흥 사대부층 문사들이 함께 문학 활동을 하면서 서로 대립함을 보여 주며 시마의 잘못을 꾸짖는 한편 거리낌 없이 비판을 해야 하는 것이 시의 사명이라고 한다. 반어적이고 풍자적인 글을 통해서 당대 지식인들의 문학관보다 앞선 새로운 문학관을 제시하고 있다.

* 이 글은 《東國李相國全集》 卷第二十, 〈驅詩魔文〉을 원전으로 하고 김경수 · 김성룡이 역주한 《한국고전비평》(역락, 1999)을 토대로 재구성한 것이다.

시 가운데 있는 은미한 뜻을 간단히 논하여 말함

이규보

대저 시는 뜻으로 주를 삼는 것이니, 뜻을 베푸는 것이 가장 어렵고, 말을 만드는 것이 그다음 어렵다. 뜻은 또 기氣로 주를 삼는 것이니, 기의 우열에 따라 천심淺深이 있게 된다. 그러나 기는 하늘에 근본한 것이니, 배워서 얻을 수는 없다. 그러므로 기가 졸렬한 사람은 문장을 수식하는 데에 공을 들이게 되어, 일찍이 뜻으로 우선을 삼지 않는다. 대개 문장을 다듬고 문구를 수식하니 그 글은 참으로 화려할 것이다.

그러나 속에 함축된 심후한 뜻이 없으면, 처음에는 꽤 볼만하지만, 재차 음미할 때에는 벌써 그 맛이 없어지고 만다.

그러나 시를 지을 때에 먼저 낸 운자가 뜻을 해칠 것 같으면 운자를 고쳐 내는 것이 좋다. 오직 다른 사람의 시를 화답할 경우에 그 운자가 험하거든 먼저 운자의 안치할 바를 생각한 다음에 뜻을 안배해야 한다. 이때에는 차라리 그 뜻을 다음으로 할지언정 운자는 안치하지 않을 수 없다.

글귀 중에 대를 맞추기가 어려운 것이 있으면 한참 동안 침음하고 나서 쉽게 얻어질 수 없는 것이라고 생각되면 곧 그 글귀는 버리는 것이 마땅하다. 왜냐하면 그 글귀의 대를 맞추는 시간에 혹 전편全篇을 지을 수도 있기 때문이니, 어찌 한 글귀 때문에 한 편이 지체되게 해서야 되겠는가? 그때에 막당하여 촉박하게 지으면 군색하기 마련이다. 그러므로 시를 구상할 때에 깊이 생각해 들어가서 헤어나지 못하면 빠지게 되고, 빠지면 고착되고, 고착하면 미혹되고, 미혹하면 집착되어 통하지 못하게 된다. 오직 출입 왕래하며 좌우전후로 두루 생각하여 변화가 자재하게 한 뒤에야 막힌 바가 없이 원만하게 된다.

혹은 뒷 글귀로 앞 글귀의 폐단을 구제하기도 하고 한 글자로 한 글귀의 완전함을 돕기도 하는 것이 있으니, 이것은 불가불 생각해야 할 것이다.

순전히 청고淸苦(청렴결백하여 괴로움을 견디는 것)로 시체詩體를 삼으면 산인山人의 격이요, 순전히 화려한 말로 시편을 장식하면 궁액宮掖(제왕의 궁전)의 격이다. 오직 청경淸警·웅호雄豪·연려姸麗·평담平淡을 섞어 쓴 다음에야 제대로 갖추어지니, 사람들은 일체一體로 이름 짓지 못한다.

시에는 아홉 가지의 불의체不宜體(마땅하지 않은 체)가 있으니, 이는 내가 깊이 생각해서 자득한 것이다.

한 편 내에 옛사람의 이름을 많이 쓰는 것은 바로 재귀영거체載鬼盈車體요, 옛사람의 뜻을 절취하는 것으로 좋은 것을 절취하는 것도 오히려 불가한데, 좋지 못한 것을 절취한다면 이는 바로 졸도이금체拙盜易擒體이다. 그리고 강운强韻을 근거 없이 내어 쓰는 것은 바로 만노불승체挽弩不勝體요, 그의 재주를 요량하지 않고 운자를 정도에 지나치게 내는 것은 바로 음주과량체飮酒過量體요, 험한 글자를 쓰기 좋아하여 사람으로 하여금 의혹되기 쉽도록 하는 것은 바로 설갱도맹체設坑導盲體요, 말이 순조롭지 못한데 굳이 인용하는 것은 바로 강인종기체强人從己體요, 상스러운 말을 많이 쓰는 것은 촌부회담체村父會談體요, 기휘忌諱하는 말을 쓰기 좋아하는 것은 바로 능범존귀체凌犯尊貴體요, 거친 말을 산삭刪削하지 않는 것은 바로 낭유만전체莨莠滿田體이다. 이 불의체를 면한 뒤에야 더불어 시를 말할 수 있다.

시의 병통을 말해 주는 사람이 있으면 기쁜 일이다. 그러나 그의 말이 옳으면 받아들이고 옳지 않으면 나의 뜻대로 할 뿐이다. 어찌 듣기 싫어하기를 마치 임금이 간언을 거절하는 것과 같이 하여 끝내 그 허물을 모르고 넘길 필요가 있겠는가?

무릇 시가 이루어지면 반복 관찰하되, 자기가 지은 것으로 보지 말고 다른 사람이나 또는 평생 심히 미워하는 자의 시를 보듯 하여, 그 하자를 열심히 찾아도 오히려 하자가 없는 뒤에야 그 시를 세상에 내놓는다.

무릇 논한 바는 시뿐만 아니라, 문文도 그러하다. 더구나 고시 중에 아름다운 문구에 운자를 단 매우 아름다운 것 같은 것임에랴? 뜻은 이미 우한優閑하고 말도 자유로워서 구속받는 점이 없다. 그렇다면 시와 문은 역시 한 법칙일 것이다.

—

고려 당대에 활기 넘치고 호탕한 시풍을 자랑했던 이규보는 자기 주장을 적극적으로 편 사람이다. 그는 다른 사람의 시를 예로 들고 시에 따르는 일화를 소개하면서 자기 생각을 은근히 나타내는 방식을 택하지 않았다. 오히려 이규보는 이 글을 통해 문학이 무엇이며 어떤 구실을 해야 하는가를 새롭게, 적극적으로 밝혀냄으로써 후세에 길이 남을 만한 글을 완성했다. 다시 말해 이 글은 시화의 범위를 넘어선 비평의 다양한 방식을 개척했다는 점에서 높이 평가할 수 있는 작품인 것이다.

이 글에서 이규보는 말을 다듬어 아름다운 표현을 생각하는 데 치중해서는 볼만한 작품을 내놓을 수 없으니 뜻을 정해야 한다고 주장하고 있다. 또한 뜻은 기를 으뜸으로 삼고, 기는 하늘에 근본을 둔다고 했다. 기가 하늘에 근본을 두었으며 배워서 얻을 수 있는 것이 아니라고 한 부분에서 기의 객관적인 성격을 강조하고, 기를 기질이나 개성으로 볼 수 있는 면에 관심을 집중했다고 할 수 있다. 즉 이규보는 이 글에서 문학 창작이란 스스로의 삶의 결단을 나타내는 독창적인 작업이어야 한다고 주장하고 있는 것이다.

* 이 글은 《東國李相國全集》 卷第二十, 〈論詩中微旨略言〉을 원전으로 하고 김경수 · 김성룡이 역주한 《한국고전비평》(역락, 1999)을 토대로 재구성한 것이다.

파한집 破閑集

이인로

1.

시문의 수사법은 두보만이 그 오묘한 경지에 도달했다고 본다.

해와 달은 농중籠中의 새요
건곤乾坤은 물 위에 뜬 부평초로다.

십 년을 민산岷山에서 갈포옷 입고 보내고
삼 년 동안 초나라 다듬이 소리 들었네.

라는 따위가 바로 그것이다.

사람의 재질은 마치 그릇이 모나고 둥근 것과 같아서 모든 것을 다 구비할 수는 없으나 천하의 기관奇觀 이상異賞은 가히 사람의 마음과 눈을 기쁘게 하는 것이 많기 때문에 진실로 재질이 그 의도하는 경지에 이르지 못하면 마치 노둔한 말이 천릿길을 나서는 것과 같아서 아무리 채찍질을 한다 해도 그 목적지에 도달할 수 없는 것이다. 그렇기 때문에 옛사람들은 아무리 뛰어난 재주가 있다고 해도 함부로 손대지 아니하고 반드시 연마의 노력을 쌓은 뒤에야 산뜻하게 뻗친 무지개와 같이 천고에 빛나는 것이므로 열흘이나 한 달쯤의 기간을 두고 연마하고 조석으로 음미하여 수염을 만지작거리면서 한 자를 쓰는 데에도 애를 쓰면서 일 년이 걸려서야 겨우 두어 편을 썼던 것이다. 손으로 밀고 두들기기를 생각하면서 경윤京尹의 수레를 범한 것이나,[1] 시 짓는 데 고심하고 태수생太瘦生(바짝 여윈 사람, 곧 시 짓는 데 고심하다가 핼쑥하게 된 사람)이니 반과산飯顆山(밥풀로 뭉쳐 놓은 산, 곧 시의 소재인 사물에 밥풀처럼 들어붙는 것)이니 하는 말을 듣는 것이나 소재의 선택 여하로 짧은 시구로라도 서산의 경치를 다 그릴 수 있고 절의 풍정을 반야의 종소리로 나타낸 것이나 모두가 다 그런 것인데 이와 같은 것은 낱낱이 다 들어 말할 수는 없고 소동파蘇東坡나 황산곡黃山谷의 경지에 이르면 조사措辭가 더욱 정밀하여지고 기개가 넘쳐흘러 시문의 수사법이 가히 두보와 견줄 수 있다고 본다.

2.

시인들이 시를 짓는 것에 허다히 고사를 인용하는 것을 점귀부點鬼簿[2]

---

1 (편집자주)당나라의 시인 가도賈島가 나귀를 타고 가다 시 한 수가 떠올랐다. 그것은 "조숙지변수 승퇴월하문鳥宿池邊樹僧推月下門(새는 연못가 나무에 자고 중은 달 아래 문을 민다)"이라는 것이었는데, 달 아래 문을 '민다'보다는 '두드린다'고 하는 것이 어떨까 하고 골똘히 생각하다 그만 경조윤京兆尹 한유韓愈의 행차길을 침범하였다. 한유 앞으로 끌려간 그가 사실대로 이야기하자 한유는 노여운 기색도 없이 한참 생각하더니 자신을 시인 한퇴지라 밝히고는 "역시 민다는 퇴推보다는 두드린다는 고敲가 좋겠군" 하며 가도와 행차를 나란히 하였다고 한다. 이때부터 퇴고란 말이 쓰이게 되었다.

2 (편집자주)옛사람의 이름을 많이 따다가 지은 시문을 놀림조로 이르는 말로, 본래는 죽은 사람의 이름을 적은 장부를 가리킨다.

라고 이른다. 이상은李商隱은 고사를 구사하는 것이 험벽하여 서곤체西崑體라고 일컬었으니 이는 모두 문장의 한 병폐이다. 요즈음 소동파와 황산곡이 굴기하여 비록 그 법을 수상하고 있으나 조어가 더욱 교묘하여 마침내 부착(도끼로 깎고 파냄－편집자주)의 흔적이 없으니 남藍보다 푸르다고 할 수 있다.

동파가 지은 시에

"고래를 타고 한만汗漫한 데서 노는 것을 보았고, 일찍이 이蝨를 더듬으며 강개하게 이야기한 걸 생각한다", "밤은 긴데 집이 어디 있는가를 생각하고, 늙어 가는 나이에 네가 멀리 온 정을 알겠노라"라 하였으니 구법句法이 조화가 생성하는 것 같아 읽은 이들이 무슨 일을 인용하였는지 모른다.

황산곡이 "말이 맛이 적은 것은 이것이 없기 때문이고, 서늘하게 서로 보는 것이라고는 다만 이뿐일세", "눈으로 인정을 보니 윷놀이판과 같고 마음으로 세상일을 알아보니 눈속임 같네"라고 한 따위는 이러한 것이다.

내 벗 임춘林椿도 이러한 법을 얻었으니 "세월은 여러 번 놀라는 동안에 어느새 흘렀고, 노래는 서늘한 학충천鶴沖天(사패詞牌의 이름)을 거듭 만났네. 뱃속에는 정신이 가득한 것을 일찍이 알아 가슴속에 모두 비루한 것이 없어졌네"라 한 것은 모두 사람의 입에 오르내리니 참으로 옛사람에 부끄럽지 않다 하겠다.

3.

나의 선조가 대대로 문장으로써 서로 이어 홍지紅紙(과거에 급제한 사람에게 그 성적의 등급 및 성령을 기록하여 주던 붉은 종이)가 서로 전하기를 이미

팔대가 되었다. 나는 부재不才로서 우연히 많은 선비들 앞에 서게 되고 큰아들 정은 제사인第四人으로 되었고, 다음 양은 제삼인第三人으로 되었고, 비록 뛰어나게 두각을 나타내고 과급科級도 높으나 능히 뛰어나 장원이 되어 아비의 과급과 같은 애는 없었다.

고양월사高陽月師가 시를 지어 축하하여 이르길

세 아들이 연이어 급제함은 아버지의 풍격을 이었으니

네 가지 선계(월계수의 이칭, 과거 급제의 비유)가 한집에서 났네.

해마다 황금방(과거 급제자의 이름을 거는 방)을 차지했건만

용두(과거 시험에서 일등 하는 것)만은 회피하여 아버지께 사양하였네.

라 하였다.

4.

백운자白雲子는 유학을 떠나 불교를 배워 시축詩軸을 싸매고 명산을 두루 돌아다니다가 도중에 꾀꼬리 소리를 듣고 느낀 바 있어 시 한 수를 지었는데 "고운 부리 노란 옷을 자랑 삼아 붉은 담 푸른 나무에서 우는 게 마땅한데 어인 일로 쓸쓸한 마을 적막한 곳에 숲 속에서 두세 소리 보내 주는가"라고 했다. 나의 벗 임춘이 실의하여 강남에서 돌아다니다가 꾀꼬리 우는 소리를 듣고 또한 시를 지었는데 "농가에 오디 익고 보리 이삭 빽빽이 올라오는데 녹음에서 처음으로 꾀꼬리 소리 들었네. 화려한 낙양 나그네 알아보는지 은근히 노래 불러 마지않네"라고 했으니 고금 시인들이 사물에 의탁하여 뜻을 표현하는 것이 이런 것이 많다. 두 분이 지은 것이 처음부터 그렇게 하려는 것은 아니었지만

조사가 처량하고 서글픈 것이 한 사람의 입에서 나온 듯하다. 재질이 있어도 쓰이지 못하고 강호에 유락하는 외로운 나그네 생활이 역력히 모두 두어 자 속에 나타났으니, 이른바 "시는 마음에서 우러난다"는 것이 사실이다.

5.

당제堂弟 상서尚書 유경惟卿은 재상가의 아들로 젊어서 풍류로써 자부하니 이와 함께 노는 이들은 "옥산玉山을 가까이 하여 걸어가는 것 같다"고 하였다.

일찍이 술에 취하여 상춘정에 올라 시를 읊으면서 목작약을 감상하는데, 추부樞府(증추원) 이양실李陽實이 곁에서 보고 그 풍류와 운치를 사랑하여 증시贈詩하여 이르길

한 조각 농서隴西(지금의 감숙성. 이곳에서 달을 좋아하던 이백이 태어났기 때문에 농서의 달을 말함으로써 이유경의 풍류와 운치가 이백과 방불하다는 것을 지칭함)의 달이

날아와 낙성洛城에 비치었네

이별할 땐 지루한 장마인 듯하더니

만나는 곳엔 새로 개인 듯하네.

라고 했는데 이 밖에 운韻이 많아 다 기록하지 못한다.

옛적 황산곡이 시를 논하는데 이르길 "고인의 뜻을 바꾸지 않고 그 말을 만드는 것을 환골이라 이르고 고인의 뜻을 모방하여 형용하는 걸 탈태라" 했다. 이것은 비록 산 채로 벗기고 날로 삼키는 것과는 천양지차의 거리가 있다고 하지만, 가만히 표절하는 걸로써 공교롭게 한다

는 것은 면하지 못할 것이니, 어찌 고인들이 생각지 못한 새로운 뜻을 만들어 낸 묘妙라고 할 것인가. 내가 이 시를 보고 이르길 "이건 고인의 득의구得意句다"라고 했다.

어제 쌍명재에서 이추밀李樞密을 만나서 시를 논하다가 말이 이 시에 미치니 이상李相 준창俊昌이 초연히 안색이 변하며 말하길 "이것은 선공께서 모某에게 준 시다" 하기에 나는 깜짝 놀라 마지않다가 그 자리에 있는 손님들에게 "이 시는 소두집小杜集(만당晩唐의 시인 두목의 시문집. 두보를 노두老杜라고 하는 데 대해서 두목을 소두라고 함) 중에 넣더라도 누가 그것이 아니라고 할 것인가" 했다.

6.

세상일 중에서 빈부귀천으로 고하를 정할 수 없는 것은 오직 문장뿐이다. 대개 완성된 문장은 해와 달이 하늘을 곱게 하고 구름과 노을이 허공 중에서 모이고 흩어지고 하는 것과 같아 눈이 있는 사람이면 보지 않을 수 없고 그것을 가릴 수도 없는 것이다. 그러므로 갈포를 입은 선비로도 넉넉히 무지개처럼 찬란한 빛을 드리울 수 있으며 조맹曹孟의 귀함이 어찌 나라를 부하게 하고 집을 풍성하게 하는 데 부족하였으리오마는 문장에 있어서는 칭찬할 수 없는 것이다. 이렇기 때문에 문장은 스스로 일정한 값이 있으니 부로도 이를 경감할 수가 없는 것이다.

7.

세상에서 과거로 선비를 선발하는 것은 오래되었다. 한, 위로부터 육조, 당, 송에 이르러서야 가장 성왕하였다. 본조本朝에서도 또한 그 법을 따라 삼 년마다 한 번씩 과거를 보여 상하 수천 년에 문장으로써 청자(경대부, 곧 높은 관직에 있는 벼슬아치의 복색)를 취한 이는 그 수를 셀 수 없다. 그러나 많은 선비들보다 앞서고, 뒤에 재상이 된 이는 매우 적다.

대개 문장은 천성의 소산이요, 작록(관작과 봉록을 아울러 이르는 말 –편집자 주)은 사람이 소유하는 것이므로 진실로 도로써 구하면 쉽다고 할 수 있으나, 천지가 만물에게 그 좋은 점만을 다 구비하게 할 수 없는 것이다.

그러므로 뿔이 있는 것은 이를 없애고, 날개가 있는 것은 두 발뿐이고, 이름난 꽃은 열매가 없으며, 채색 구름은 흩어지기가 쉬운 것이다. 인간도 또한 같아서 기특하고 뛰어난 재질을 부여하면 공명까지는 주지 않으니, 이치가 그러한 것이다.

이러므로 공자, 맹자, 순자, 양자로부터 한유, 유종원, 이백, 두보에 이르기까지 문장과 덕망은 천고를 움직일 수 있었으나, 벼슬은 재상에 오르지 못하였었다.

용두로 높이 선발되어 재상에 오른 이는 실로 고인들이 말한 "양주자사揚州刺史로 학을 탔다"[3]라고 할 수 있을 것이니 어찌 많다고 할 수 있겠는가.

본조에서 장원으로 재상이 된 이는 열여덟 분인데, 지금 최홍윤, 금극의가 서로 이어 황비黃扉(황각黃閣, 곧 재상이 집무하는 관저)에 들어갔고, 나와 김시랑 군수가 함께 고원誥院(임금의 명령이나 국가의 문서를 맡아 보던 기관)에 있었고 그 나머지 청화淸華(화족華族, 화직華職. 귀한 집안을 말함)의 반열에

---

3 사람들이 원하는 것을 모두 다 갖고 싶어 하는 것을 말한다. 손님들이 서로 원하는 바를 말하는데, 어떤 사람은 양주자사가 되고 싶어 하고 어떤 사람은 부자가 되고 싶어 하고 어떤 사람은 학을 타고 하늘에 오르기를 소원했다. 그러자 어떤 다른 사람이 허리에 돈 10만 관을 두르고 학을 타고 양주자사로 가고 싶다고 하여 사람들이 원하는 모든 것을 다 갖고 싶다고 한 고사가 있다.

있는 이가 또한 열다섯 분이나 되니 어찌 그리 성한가.

지금 상감께서 등극하신 지 6년 기사己巳에 김공이 남주로 부임하게 되매 제공들이 증리僧里에 모여 전별하니 세상에서는 용두회라 일렀고 이를 바라보며 "신선이 오르는 듯하다"고 했다.

나는 시 한 편을 지었기로 여기에 기록한다.

용은 날아 구오九五(역괘에서 아래로부터 다섯 번째 양효의 이름. 건괘의 구오가 임금의 지위를 뜻하는 상이라는 데서 임금의 지위를 일컫는 말)의 자리에 오르고

그 밑에 여러 용이 모였네.

명월주를 희롱하면서

청운의 길에 뛰어올랐네.

이미 이응李膺의 문에 올랐으니

마땅히 은상殷相의 비를 내려야겠네.

다만 화흠華歆의 머리가 귀하고

허리와 꼬리를 어찌 족히 세겠는가.

라고 하였다. 사어詞語는 비록 소졸하나 거의 후세에 본조의 취사取士 성황이 비록 당우唐虞의 시대라도 여기에 미칠 수 없음을 알게 함이다.

—

《파한집》은 우리나라 최초의 시화서이다. 시구에 대한 평론과 시에 얽힌 일화, 시인의 이야기 등을 모아 모두 83장에 걸쳐 엮었다. 이인로李仁老는 문인으로서의 자부심을 드러내기 위해 집필했다고 하나 무신란 이후 문학의 위기가 근본적인 이유인 듯하다. 이인로는 이러한 시대적 배경 속에서도 작품은 언제나 변함없는 기준에 합당하고 높은 수준을 견지해야 한다는 점을 강조한다. 때문에 무엇을 나타내는 것보다 표현의 공교로움을 전수하고자

해서 거의 극단적인 복고주의와 형식주의를 택했다. 또한 문장에 대해 "세상의 일 가운데 빈부나 귀천으로 높낮이를 정할 수 없는 것은 오직 문장뿐이다"라고 하여 문학의 독자적 가치를 인정하고, 작시론으로 '어의구묘語義俱妙'를 주창했는데, 어묘語妙를 위해서는 '무부착지흔無斧鑿之痕'의 자연 생성의 경지를, 의묘意妙를 위해서는 신의를 중시했다. 이후에 최자崔滋가 이인로의 《파한집》을 보완하여 비평을 전문화한 《보한집補閑集》을 지었으니, 실로 《파한집》은 비평의 새로운 길을 개척한 작품집이라 할 만하다.

* 이 글은 《破閑集》上·下를 원전으로 하고 김경수·김성룡이 역주한 《한국고전비평》(역락, 1999)을 토대로 재구성한 것이다.

동인시화 東人詩話

서거정

1.

옛사람이 시를 지음에 한 구절도 유래처가 없는 것은 없다. 이정승李政丞 혼混의 〈부벽루시浮碧樓詩〉에 "영명사에 중은 보이지 않고, 영명사 앞에는 강물만 절로 흐르네. 빈산 외로운 탑이 뜨락 끝에 서 있고, 인적 없는 나루터엔 작은 배만 비껴 있네. 장천長天을 나는 새는 어디로 가는 건가. 넓은 들에 동풍은 쉬임 없이 불 적에, 지난 일은 아득하니 물을 길 전혀 없고 해질녘 뽀얀 연기는 남의 수심만 자아내네"라고 했다. 1·2구는 이백의 "봉황대 위 봉황이 놀더니, 봉황은 가고 빈 대엔 강물만 절로 흐르네"를 본받은 것이고, 4구는 위소주韋蘇州(응물應物)의 "사람 없는 들 나루엔 배만 절로 비껴 있네"를 본받은 것이다. 5·6구는 진후산陳后山(사도師道)의 "어디로 가는 철새인가. 빠른 구름이 또한 절로 한가롭네"를 본뜬 것이며, 7·8구는 또 이백의 "이 모든 뜬 구름 해를 가린 탓이니, 장안長安을 볼 수 없어 남의 근심 돋우네"라는 구절을 본뜬 것이다. 구마다 유래처가 있고 장점粧點이 스스로 묘하며 율격이 자연 삼엄하다.

2. 동인시화서東人詩話序—강희맹

시에는 육의六儀가 있으니, 진실로 시문을 따라가며 그 속에 담긴 의미를 궁구할 수 있다면, 아마도 작자의 뜻을 헤아릴 수 있을 것이다.

시는 어찌하여 비평을 기다려야 하며, 비평 또한 끊이지 않는 이유는 무엇 때문일까?

아마도 시는 비평을 외면하고는 그 속에 가지고 있는 흠을 없앨 수 없기 때문이니, 이는 의사가 처방전 없이 병을 치료할 수 없는 것과 같은 경우이다.

아雅가 사라지자 소騷가 나왔고, 소를 이어서 고풍古風이 나왔으며, 고풍에 이어서 율이 나와 시의 여러 가지 형식이 번성하게 나타났다. 문학작품을 비평한 시화집 또한 많이 나타났으니, 이를테면《총귀집總龜集》,《초계총화苕溪叢話》,《국장옥설菊莊玉屑》등과 같은 편찬서들이다. 이 시화집들 속에는 시에 대하여 의론할 것이 정치精緻하고 엄밀하며 시법을 두루 갖추고 있기 때문에 진실로 시가詩家의 좋은 처방전이라 하겠다.

우리 동방의 시학은 크게 번성하여, 작자들이 왕왕 스스로 일가를 이루기도 하였고, 시의 여러 가지 형식을 온전히 갖추고 있었지만 비평가로서 알려진 이는 전혀 없었다. 익재益齋 이제현李齊賢 선생의《역옹패설櫟翁稗說》, 대간大諫 이인로의《파한집》등의 책이 나오면서, 비로소 동방 시학의 정수를 살펴볼 수 있었다. 그 후 백여 년 동안 그 뒤를 잇는 시화집들이 나오지 않았으니, 이는 어찌 시학에 있어 일대 개탄할 만한 일이 아니겠는가?

성화成火 갑오 가을에 나와 동년배인 달성達成 강중剛中 서거정徐居正이 자신이 저술한《동인시화》두 권을 가지고 와 보여 주고는 나에게 서문과 함께 비평의 말도 덧붙여 줄 것을 부탁하였다. 나는 시학에 대해 제대로 아는 것이 없으면서도 아는 척하는 자에 불과하니, 어찌 감히 시에 대해 의론할 수 있겠는가?

지금 이 책을 살펴보니, 위로는 신라의 문창후文昌侯 최치원崔致遠에서부터 아래로는 조선의 여러 유자들에 이르기까지 수백 년간의 시편들을 남김없이 검토하여 정수만을 뽑아 모으고, 아울러 논의를 더하여 시학의 깊은 이치를 밝혀 놓았으니, 마치 낡은 칼을 갈아서 그 광채가 더욱 빛나게 한 것과 같다. 그 문사의 아름다움을 취하는 데 그치지 않고, 은연중에 '세교世敎'의 뜻을 간직한 것으로 근본을 삼고 있으니, 참으로 성실하게 헤아리는 그의 마음 씀씀이가 놀랍다!

저윽이 논해 보건대,《시경詩經》,〈대아大雅〉, 증민蒸民편에,

"하늘이 만백성을 낳으셨나니, 사물이 있음에 법칙이 있다네.

백성이 법도(彝)를 지키고 있나니, 이 아름다운 덕성(懿)을 좋아한다네"라고 하였는데,

이에 대하여 공자께서 말씀하시기를,

"이 시를 지은 사람은 도를 아는 사람이구나! 사물이 있음에 반드시 법칙이 있는 것이며, 백성이 법도를 지키고 있기에 이 아름다운 덕성을 좋아하는 것이다."

라고 하였다.

또《시경》〈노송魯頌〉 경駉편에,

"그릇됨이 없이 참으로 좋은 말이네."

라고 하였는데, 여기에 대하여 공자께서 말씀하시기를,

"《시경》 삼백 편을 한마디 말로 요약한다면, '사무사思無邪'이다."

라고 하였다. 이 두 편의 시가 제각기 뜻을 지니고 있지만, 우리 공자께서 이같이 그 뜻을 드러내 보이지 않으셨다면 후세에 어찌 백성이 법도를 지켜야 하고, 사물마다 법칙을 지니고 있음이 고유한 것이며, 백성이 지니고 있는 상성常性이 이 아름다운 덕성을 좋아한다는 것을 알

겠는가? 또한 어찌 징계하고 감발感發시킴이 모두 '사무사'로 귀결되어, 오직 이 한마디 말만으로 《시경》 삼백 편의 뜻을 모두 담아낼 수 있음을 알겠는가? 시인이 드러낼 수 없었던 내용을 공자께서 밝히셨으니, 이것이 시화의 시초이다.

강중 씨가 이 책을 지으면서, 위로는 공자의 뜻을 거스르지 않고, 아래로는 제가들의 모범을 따랐으며, 능히 자기의 뜻으로 작가의 의도를 맞아들여 시의 뜻을 발명해 놓은 것이 있으나 그러한 것들이 의리의 근원과 정미精微한 오의奧義에 어긋나지 않았다. 그러하니 사학詞學에 보탬이 또한 어찌 적다고 하겠는가?

이제 때마침 내가 남쪽 고향으로 돌아가게 되었으니, 행여나 향대부鄕大夫들의 문헌 가운데에서 시화와 관련되는 글을 구하게 되면, 응당 편지로 써서 나는 듯이 부쳐 보낼 것이니, 잘 따져 보고서 여기에 더하여 잇는 것이 좋을 듯하다.

이 해 가을 8월 상한上澣에 진산晉山 경순景醇 강희맹姜希孟 서문을 쓴다.

3. 동인시화후서東人詩話後序 — 최숙정

시 삼백 편은 모두 옛날에 성인의 산정을 거친 것이므로, 마땅히 논의할 것이 없을 것 같은데도 공자 제자 가운데 현자인 복상卜商 같은 사람이 공자의 뜻을 좇아 서문을 썼다. 그러므로 이로써 성인의 깊은 뜻이 세상에 드러나 알려지게 되었고, 시도詩道가 번창하게 된 것이다. 후세의 시에는 여러 체가 함께 일어나 그 변화가 무궁하나, 성인의 산정을 거치지 못했고, 또 현자의 서문이 없었으니, 육의六義가 부활하지 못한 것이 이상할 것도 없다. 훌륭한 군자들에게 힘입어 세상에는 좋은 인물들이 많이 나와 시평이 나타나기 시작하였다. 《시화총귀詩話總龜》,

《초계어은총화苕溪漁隱叢話》,《시인옥설詩人玉屑》 등의 여러 책들이 바로
이것이다.

　　우리나라 시학은 삼국에서 시작되었고, 고려에서 성했으며 성조聖祖
에 와서 극에 이르렀다. 그 사이에 중승 정사문, 대간 이미수, 문정 김태
현, 평장 최수덕, 익재 이중사 같은 사람이 다 열심히 수집하여 편찬하
였으나 너무 엉성하고 자잘한 병폐가 없지 않았다. 우리 은문恩門이신
달성達成 서상국徐相國께서 일찍이 손수 우리나라 사람들의 여러 시작품
을 채집하여 시화 두 편을 저술했다. 제가諸家의 정수를 합하고 보탤 것
은 보태고 버릴 것은 버리어 침을 놓아 고황膏肓의 병을 고치듯 시작詩
作의 문제점들을 지적하여 고치기도 했으니, 마고선녀麻姑仙女가 가려운
곳을 찾아 긁어 준 것처럼 시의 참맛을 찾아내었다고 하겠다. 문체가
간략하고 취지가 심원하며 말이 맑고 뜻이 해박하여 시화가 있어 온
이래 이와 같이 자세하고 절실한 것이 없었다. 배우는 사람은 진실로
이 시화로 인하여 시의 깊은 의미를 연구할 수 있게 되었으니, 그 티를
없애고 그 정수를 살피는 데 힘쓴다면 한漢, 위魏로 거슬러 올라가 이소
離騷를 따를 수 있고 바로 풍아風雅의 문턱에 들어갈 수 있을 것이다. 비
록 그러나 그림을 논하는 사람은 겉으로 드러나는 형태에 대해서는 비
슷하게 논할 수 있을지언정 그림 그린 사람의 마음을 받들어 말하기는
어려우며, 줄풍류 소리 듣는 사람은 줄 뜯는 횟수로써 음률을 알 수 있
을지언정 연주하는 사람의 마음을 헤아리기는 어렵다. 시가 성색聲色에
서 생각 안으로 나오는 것을 문자로 형성하여 말을 전할 수 있으며, 형
색形色에서 생각 겉으로 나오는 것은 단지 마음으로 헤아려 볼 수 있을
뿐이요 말로 전할 수는 없다. 문자에 기탁하는 것만이 시를 바로잡는
데 이르는 길이요, 문자를 떠나서는 시를 바로잡을 수 없다는 것을 알
았다. 마음으로 헤아리기만 한다면, 시의 깊은 뜻을 잃을 뿐만 아니라
또한 이 책이 의도하는 바를 잃을 것이다. 이것은 마땅히 알아 두어야

할 일이다.

용집龍集 정유년 여름 사월 중순. 통훈대부通訓大夫 행예문관行藝文館 부응교副應教 지제교知製教 겸 경연시장관經筵侍講官 춘추관편수관春秋館編修館. 국화國華 최숙정崔淑精이 서문을 짓다.

4. 서동인시화후書東人詩話後 — 양성지

우리나라에는 은나라의 태수가 〈맥수가麥秀歌〉를 부른 이래로 삼국과 고려를 거쳐 지금에 이르기까지 많은 작가들이 등장하여 작품을 남겼으니, 그 작품에 대한 평가는《파한집》과《역옹패설》등의 여러 책들에서 알 수 있다. 이제 달성達成 서거정 선생이 우리나라의 태평스런 시기에 태어나, 양촌陽村 권근權近으로부터 시례의 가르침을 받아 시단의 독보적인 존재로서 그 이름이 중국에까지 알려졌다.

왕의 어진 정사를 돕는 여가에《동인시화》두 편을 지었는데, 기억하고 들은 것이 두루 넓고, 식견이 고상하여 참으로 이른바 당상에서 곡직을 변별한 것이니, 시도를 집대성한 것이라고 하겠다. 내가 하루는 진산晉山 강희맹과 선생을 승문원에서 만나, 이른바 '시화'를 보고는 우리 두 사람이 감탄해하기를 마지않으며 서로 말하기를,

"이는 문단의 보배이니, 마땅히 만세토록 전해져야지 서가에 비장해 두어서는 안 될 것입니다."

라고 하였다. 드디어 밀양부에서 목판으로 새기어 오래도록 전해지도록 명하였다. 부사의 성은 박이요, 이름은 시형時亨이며, 병자년 과거에 제2위로 급제한 사람이다. 때는 성화 기원 13년 후, 2월 초하루, 남원 순부 양성지梁誠之는 삼가 발문을 쓴다.

5. 동인시화별서東人詩話別序 ─ 김수온

나는 일찍이 시의 잘못된 점을 안 다음에야 시의 바른 점을 알 수 있고, 시의 바른 점을 안 다음에야 시도를 말할 수 있다고 생각하였다. 그러므로 박식하고 성품이 아정雅正한 군자라도 작품을 평하는 일과 시구를 다듬고 첨삭하는 일을 하지 않을 수 없는 것이다.

사가四佳 상공은 시학으로 등단하여 한 시대의 대가가 되었다. 간간이 고금의 문인들이 저술한 것을 모았는데, 전편이 모두 순수한 것도 있고 한 글자 한 구가 전편을 생동하게 하는 것도 있으니, 이는 담겨진 뜻은 바르나 말이 혹 뒤죽박죽인 것과 말은 비록 전실하나 나타내는 뜻이 천하고 속된 것과는 그 거리가 멀다. 더욱이 상공께서 논의한 것이 정치하여 저울의 눈금보다도 세심하며, 작품을 평가하는 기준은 곤월袞鉞보다도 엄격하다. 또 상공은 다른 사람들보다 월등히 견문이 넓고 기억력이 좋아, 단지 선현들의 본집本集뿐만이 아니라 전기傳記에 실린 것까지 보고 듣는 것마다 속되거나 우아하거나를 따지지 않고 접하는 대로 모아서는 심심풀이로 하는 말과 우스갯소리와 함께 섞어 적었으니, 그것을 읽으면 읽을수록 신선함을 느끼게 되어 지루함을 모를 정도이다. 그것은 놀라운 것으로, 썩은 종이를 주워 모아 술을 짜고 남은 지게미와 딩겨에 얼버무려 거칠고 누추하기 이를 데 없어, 이루어진 것과는 전혀 다르다. 이에 공이 내리 깎아 논박한 것을 보면 꼭 시도가 이와 같아서는 안 됨을 알 수 있고, 공이 높여 훌륭하다고 평한 것을 보면 반드시 시도가 이와 같아야 함을 알 수 있으니, 곧 이른바 먹줄을 대지 않고서도 모나고 둥근 것을 절로 바르게 하였다는 것이다.

하루는 공이 집에 갔었는데 공이 그것을 선뜻 나에게 내어 보여 주시기에 그것을 읽어 보고는 무척 진귀하게 여겼다. 비록 옛날의 시림詩林이나 옥설玉說이라고 한 시화집이라도 이보다 더 나을 것이 없었으니,

여기에서 더욱이 상공의 문장력이 뛰어남을 알게 되었다. 내가 이에 장난삼아 말하길,

"내가 한마디의 말을 하면 공께서는 옛사람처럼 논박할 수 있겠소?"

라고 하니, 공이

"무슨 말이오?"

라고 하였다. 내가 말하길,

"공께서 못을 파서 연꽃을 심고 그 가에 집을 지어 '정정정亭亭亭'이라고 하였으니, '정정정'에 대를 맞출 수 있다면 그것으로 끝날 것입니다. 그러나 대를 맞출 수 없다면 속히 고쳐야지요."

라고 하였다. 공이 말하길,

"정자 이름을 어찌 시와 견주겠습니까?《시경》삼백 편 가운데는 삼자시三字詩가 없지만 그것으로도 시가 될 수 있거늘 또 정자 이름에 미쳐서야 어떻겠소?"

라고 하였다. 나 역시 공을 이길 수가 없었다.

성화 기원 11년(1476) 창룡蒼龍 을미乙未 늦은 봄, 하원下院 괴애노인乖崖老人 문량文良 김수온金守溫이 서하다.

—

《동인시화》는 조선 시대 시화의 효시로서 의의를 지닌다. 또한 고려에서는 '시화'라는 명칭을 사용하지 않았는데,《동인시화》로 인해 비로소 그 명칭이 사용되었다는 데에서도 의의를 찾을 수 있다.

이 글에서 서거정은 특히 '용사'의 방법을 중시했다. 이것은 고려조에서 이인로가 강조한 것을 보다 확충적으로 계승했다고 평가받고 있다. 여기서 그는 기본적으로 "시라는 것은 소기小技이다. 그러나 혹은 세교와 관련이 있어 군자가 마땅히 취할 바가 있다", "문사文詞의 아름다움을 취하는 데 그치지 않고, 은연중에 '세교'의 뜻을 간직한 것으로 근본을 삼고 있으니, 참으로 성

실하게 헤아리는 그의 마음 씀씀이가 놀랍다!"라고 문학을 도학보다 낮게 보는 도학 우위의 태도를 지니면서도 문학의 공효와 가치를 인정하는 문학 관을 보여 준다.

* 이 글은 《東人詩話》를 원전으로 하고 한국고전번역원(http://www.itkc.or.kr)에 수록된 번역문을 토대로 재구성한 것이다.

율곡전서 栗谷全書

이이

그 본本(道)을 얻어서 말末(文)이 그 가운데 있는 것이 성현지문聖賢之文이다. 그 말을 섬기면서 그 본에 힘쓰지 않는 것이 속유지문俗儒之文이다. 옛날에 배우는 사람은 반드시 먼저 도道를 밝혔다. 능히 도를 밝혀서 마음에 얻은 바가 있으면, 위의威儀에 드러나는 바나 언사에 나타나는 바가, 도가 밝혀진 것이 아닐 수 없다. 그러므로 문文이 이루어지되 말은 간략해도 이치에 합당하고, 가까운 것을 말하면서도 먼 것을 지칭하며, 마침내 인의도덕을 윤택하게 해서 빛낸다. 이것이 바로 성현지문이다. 후세의 배우는 사람들은 실리를 구하지 않고, 다만 부조浮藻만 숭상해서 마음에는 얻은 바가 없으면서 밖으로 말만 교묘하게 한다. 사람들을 즐겁게 하는 것만 취하고, 재주를 세상에 판다. 그러므로 문이 이루어지되 찬술撰述에만 공을 들이고, 도의는 외면하며, 사언辭言은 번잡하면서도 이치가 막혀 있으며, 말은 둥글면서도 뜻이 막혀 있다. 이것이 바로 속유지문이다. 진실로 그 본말을 궁리하고 선후를 알아야만 사문斯文의 의논을 함께 할 수 있다.

—

    이이도 "도가 드러난 것을 문이라고 한다"라고 하여 재도지기載道之器로서의 문을 말하고, 이를 다시 '성현지문'과 '속유지문'으로 나누어 다음과 같이 논함으로써 도학 우위의 관점을 견지하고 있다.

    그러면서도 그는 시가 성정에 근본을 둔다는 점에서 시를 통한 심성 수양을 의도하여 《정언묘선精言妙選》을 엮었는데 지금 전하고 있는 '총서'에는 위와 같은 여러 격조를 들고, 그중 '충담소산沖澹蕭散'을 가장 높은 가치로 품평했다.

* 이 글은 《栗谷先生全書》拾遺卷之四, 〈精言妙選總敍〉를 원전으로 하고 국문학신강편찬위원회의 《국문학신강》(새문사, 2000)을 토대로 본문을 간단하게 요약한 것이다.

문^文에 대해 논하여 말함

허균

객홍이 허자에게 물어 왔다.

"당세에서 고문에 능하다고 일컫는 자들은 반드시 그대를 최고로 친다. 내가 보기에는 그 글이 비록 넓고 커서 한량이 없는 것 같지만 대체로 상용의 말을 사용하여 글이 붙고 글자가 순탄하고, 그것을 읽으면 마치 입을 벌리고 목구멍을 보는 것과 같아서 해득하는 자나 해득하지 못하는 자를 막론하고 아무런 걸림이 없으니 고문을 전공하는 사람이 과연 이와 같은가?"

내가 대답하였다.

"이런 것이 바로 고문이다. 그대는 우하虞夏의 전모와 상商의 훈과 주周의 삼서·무성·홍범 등의 글을 보아라. 모두가 글로서는 극치이지만 여기에 장구章句에 갈고리를 달고 가시를 붙여 어려운 말로써 공교롭게 꾸민 곳이 있던가. 공자가 '문사는 의사를 전달할 따름이다' 하였다. 옛날에는 글로써 군신 상하의 의사를 소통하고 글로써 그 도를 실어 전하였던 까닭에, 명백·정대하고 순절·정녕하여 듣는 이로 하여금 분명하게 그 가리키고 뜻하는 것을 알게 하였으니, 이것이 글의 효용이다.

삼대의 육경 및 성인의 글과 황노黃老(황제와 노자. 도가서를 가리킴) 등 제"""

자백가의 말에 있어서는 모두 그들의 도를 논하였기 때문에 그 글이 알기가 쉽고 저절로 고아古雅하였다. 그러나 후세에 내려와서는 글과 도가 두 갈래로 분리되어 비로소 장을 끌어오고 구를 따내고 어렵고 교묘한 말로 글을 공교롭게 꾸미는 일이 생겨났으니 이것은 글의 화액禍厄이지, 극치가 아니다. 내가 비록 노둔하지만 그와 같이 하는 것은 원하지 않는다. 그러므로 문사는 의사의 전달을 위주로 하여 평이하게 지을 뿐이다."

객이 또 말하였다.

"그렇지 않다. 그대는 좌씨·장자·사마천·반고 및 근대의 한창려(창려는 한유의 봉호)·유종원·구양수·소식을 보았는가? 그들의 글이 일상 용어만 사용했었던가. 더구나 그대의 글은 옛것을 본받지 않고 도도滔滔(끊이지 아니함)하고 망망莽莽(무성함)한 것을 일삼으니 자만한 데에 빠져 버린 것이 아닌가?"

내가 대답하였다.

"그 몇 분의 글 또한 상용어와 무엇이 다른가. 내가 보건대, 비록 간결한 듯도 하고 웅혼한 듯도 하며, 심오한 듯도 하고 분방한 듯도 하고 굳세고 기이한 듯도 하지만, 대체로 그 당시의 상용어를 가지고 바꾸어서 고상하게 만든 것이니, 참으로 쇳덩이를 달구어서 황금을 만들었다고 이를 수 있다. 후세 사람이 오늘날의 글을 볼 적에 어찌 오늘날 사람이 그 옛날 몇 분들의 글을 보는 경우와 같지 않을 줄을 알겠는가. 하물며 도도 망망하게 한 것은 진정 웅대하게 하고자 한 것이며, 옛것을 본받지 아니한 것 또한 나름대로 우뚝 솟고자 한 것인데 무슨 자만이 있겠는가. 그대는 그들 몇 분을 자세히 보았는가? 좌씨는 스스로 좌씨이고, 장자는 스스로 장자이며, 사마천·반고는 스스로 사마천·반고이고, 한유·유종원·구양수·소식 역시 스스로 한유·유종원·구양수·소식이어서 서로 답습하지 않고 각각 일가를 이루었다. 내가 원하는 것은 이런 것을 배웠으면 하는 것이고, 지붕 밑에 거듭 지붕을 얹듯이 남의 문장을 답습하여, 표절했다는 꾸지람을 받을까 부끄러워한다."

객이 말하였다.

"그대의 글이 평이하고 유창하니 이른바 법고(옛것을 본받음)라는 것을 어디서 구할 것인가?"

내가 대답하였다.

"그야 당연히 편법篇法 · 장법章法 · 자법字法에서 구할 것이다. 편에는 한 뜻으로 곧바로 내려간 것도 있고, 혹은 서로 걸어서 연결하여 여닫는 것도 있고, 혹은 마디마디 정감을 내보이는 것도 있고, 혹은 늘어놓다가 냉정한 말로 끝을 맺는 것도 있고, 혹은 자세하고 번잡하면서도 법칙이 있는 것도 있다. 장에는 조리가 정연하여 헝클어지지 않는 것도 있고, 뒤섞이되 잡되지 않은 것도 있고, 끊어진 듯하되 앞을 잇고 뒤를 동여맨 것도 있고, 극히 지루한 것도 있고, 극히 짧은 것도 있고, 말을 끝내지 않는 것도 있다. 자에는 울리는 곳, 돌리는 곳, 잠복하는 곳, 수습하는 곳, 거듭하되 어지럽지 않는 곳, 강하되 억지로 하지 않는 곳, 끌어당기되 힘을 부리지 않는 곳, 열고 닫는 곳, 부르고 소리치는 곳이 있다. 자가 밝지 못하면 구가 고상하지 못하고, 장이 안정되지 못하면 뜻이 통하지 않으므로 이 두 가지가 갖추어져야 편을 이룰 수 있다. 내 글은 단지 이것을 깨달은 것일 뿐이며, 고문 또한 이것을 행하였던 것이다. 오늘날의 이른바 글을 이해하는 사람도 반드시 이것을 엿보지 못하였는데 하물며 그렇지 못하는 사람이야 말할 나위가 있겠는가."

객이 말하였다.

"훌륭하다. 내가 여기에 미치지 못하였구려."

—

이황·이이에 이르러 주자학은 사상적 절정을 이루었으나 이후 지도 이념으로서의 경직성에 빠지게 된다. 이에 차차 탈주자학적 동향이 형성되었고 도학 우위의 주자학적 문학관을 고수한 문사들은 조선 전기에 이미 확립된 이론을 답습함으로써 새로운 시대의 비평의식을 별로 제시하지 못했다. 그러나 탈주자학적 시각을 내보인 허균은 문이 재도지기라고는 했지만 도를 유학으로만 한정하지 않았다. 또한 허균은 조선의 시가 송시에만 매달림을 비판하고 존당론尊唐論을 펴, 삼당三唐 시인으로 일컬어지는 최경창·백광훈·이달의 시를 높이 평가했고, 한걸음 더 나아가 자신의 시 세계의 독자성 확보를 무엇보다 중시했다. 또한 허균은 시화집〈성수시화惺叟詩話〉에서 전통적 문학관을 바탕으로 한 진보한 문학적 세계관을 보여 준다.

* 이 글은《惺所覆瓿藁》卷之十二 文部九,〈文說〉을 원전으로 하고 민족문화추진회의《성소부부고》를 토대로 재구성한 것이다.

지봉유설芝峯類說 문장부文章部

이수광

지봉유설 권구卷九 문장부 이二 시詩

당나라 사람이 시를 지을 때에는 오로지 뜻과 감흥을 주로 한다. 그렇기 때문에 고사를 인용한 것이 많지 않다. 송나라 사람이 시를 지을 때에는 오로지 고사를 인용하는 것을 숭상한다. 그렇기 때문에 뜻과 감흥은 적다. 소황蘇黃(소식과 황정견)에 이르러서는 또 불교의 용어가 많아서 힘써 신기하게 하였다. 그것이 시격에 어떠한지 알지 못하겠다. 근세에는 이 폐단이 더욱 심하게 되어, 시 한 편 가운데에 고사를 인용한 것이 반을 넘으니, 옛사람의 글귀나 말을 표절한 것과 거리가 거의 멀지 않다.

지봉유설 권구 문장부 육六 동시東詩

문장을 지음에 있어 용사를 엮어 짜기에만 능한 것은 문인의 병이 된다. 전대의 정사용鄭士龍의 무리들은 제서諸書를 초抄하여 큰 주머니를 채울 만큼 가지고 다니며 제작함에 있어서는 반드시 이에 따랐다. 그런 고로 그의 시는 인용함이 많은 것으로 기교를 부렸다.

—

《지봉유설》은 다양한 분야의 많은 지식들을 다루고 있는 일종의 백과사전이다. 이수광은 이러한 다양한 분야 가운데 문학에 대한 논의를 〈문장부〉라 칭하고 일곱 권에 이르는 본격적인 문장에 대한 이론을 제시하고 있다.

〈문장부〉 대부분은 시가 차지하는데 이는 그 당시 문단을 개혁하고자 했던 이수광의 의지의 결과이다. 송시풍의 문단을 개혁하여 당시唐詩를 주창했으며 이러한 두시 비평은 시어, 시구, 작품 전체의 층위로 나뉘어 진행되었다. 특히 시구에 대한 본연의 문학성 회복에 중점을 두었는데 시인이 용사만을 즐기다가 표절에 빠지는 것을 큰 병통으로 여기고 자득自得의 경지를 강조했다. 또한 그동안 지속되었던 유가적인 시교론에서 벗어나 문학 그 자체의 가치를 인정하고 이를 통해 두시에 대한 새로운 접근을 이루었다는 데 그 의의가 있다. 이수광이 전개했던 시평은 그 정확성의 여부를 초월하여 기존의 고정된 시각에서 벗어나 새로움을 추구하고자 했다는 점에서 지금의 연구자들에게도 시사하는 바가 크다.

* 이 글은 《芝峰類說》, 卷九 文章部 二, 〈詩〉, 卷九 文章部 六, 〈東詩〉를 원전으로 하고 국문학신강편찬위원회의 《국문학신강》(새문사, 1998)을 토대로 재구성한 것이다.

도산십이곡발陶山十二曲跋

이황

　우리나라 노래 곡조는 대부분 음란하여 족히 말할 것이 없다. 〈한림별곡翰林別曲〉류는 문인의 입에서 나왔으나, 긍호방탕矜豪放蕩하고 설만희압褻慢戲狎하여 군자가 숭상할 바는 아니다. 오직 근세에는 이별李鼈의 〈육가六歌〉가 세상에서 유행하는데, 이보다 더 좋다고는 하나 세상을 희롱하는 불공한 뜻이 있고, 온유돈후한 내실이 적음을 애석하게 여긴다. 노인(이황)은 본래 음률을 모르며 세속의 악樂은 오히려 듣기 싫어했으나, 한가하게 살면서 병을 요양하는 여가에, 무릇 성정에서 느껴지는 바가 있으면 번번이 시로 나타냈다. 그러나 오늘날의 시는 옛날의 시와 달라서 읊기는 해도 노래 부를 수는 없으므로 노래 부르려고 하면 반드시 이속俚俗의 말로 엮어야 한다. 대개 국속國俗의 음절이 그렇지 않을 수 없는 것이다. 그래서 일찍이 이별의 〈육가〉를 본떠서 〈도산육곡陶山六曲〉 두 편을 지었다. 하나는 언지言志이고, 둘은 언학言學이다. 아이들로 하여금 아침저녁으로 익혀서 부르게 하고 궤석几席에 비기어 듣는다. 또한 아이들을 시켜서 스스로 노래 부르고 춤추며 뛰게 하여, 비루한 마음을 거의 다 씻어버리고, 감발感發　융통融通한다. 가자歌者와 청자聽者가 서로 유익함이 없을 수 없다.

—

고전 비평에서도 풍부하지는 않았으나 국어문학, 국문문학에 대한 인식과 품평이 이루어졌다. 일찍이 최행귀는 균여의 향가를 한역하면서 한시와는 다른 향가의 특성을 논한 바 있다. 조선조에 들어와 훈민정음이 창제되고 국문문학이 산출되는 과정에서 문사들은 일정한 한계에서나마 우리말로 된 문학의 기능과 가치에 대해서 평가하게 되었다. 당시의 한시는 더 이상 노래로서의 가치를 지니지 못하기 때문에 교육적 목적을 기반으로 자연스런 성정을 발현할 수 있도록 하는 국문시가를 지었다는 것이다. 이황은 스스로 국문시가를 창작하면서 그 의의를 위와 같이 논하여, 시가 인식의 저변을 확대했다고 할 수 있다.

이황은 이 글에서 우리의 국문시가도 온유돈후와 풍교에 바탕을 두어야 한다고 주창했다. 우리의 비평사에서 비평의 범위가 한시에서 국문작품으로까지 확대 적용된 것이다. 또한 이를 통해 시론의 전개도 극대화되었다. 국문시가에 대한 관심은 당시 비평계의 획기적인 사실임을 부인할 수 없다.

* 이 글은 《退溪先生文集》 卷之四十三, 〈陶山十二曲跋〉을 원전으로 하고 국문학신강편찬위원회의 《국문학신강》(새문사, 2000)을 토대로 재구성한 것이다.

연암집燕巖集 소단적치인騷壇赤幟引

박지원

글을 잘 짓는 자는 아마 병법을 잘 알 것이다. 비유컨대 글자는 군사요, 글 뜻은 장수요, 제목이란 적국이요, 고사의 인용이란 전장의 진지를 구축하는 것이요, 글자를 묶어서 구를 만들고 구를 모아서 장을 이루는 것은 대오를 이루어 진을 치는 것과 같다. 운에 맞추어 읊고 멋진 표현으로써 빛을 내는 것은 징과 북을 울리고 깃발을 휘날리는 것과 같으며, 앞뒤의 조응이란 봉화요, 비유란 유격遊擊이요, 억양반복抑揚反覆이란 맞붙어 싸워 서로 죽이는 것이요, 파제破題한 다음 마무리하는 것은 먼저 성벽에 올라가 적을 사로잡는 것이요, 함축을 귀하게 여기는 것이란 늙은이를 사로잡지 않는 것이요, 여운을 남기는 것이란 군대를 정돈하여 개선하는 것이다.

무릇 장평長平의 병졸은 그 용맹이 옛적과 다르지 않고 활과 창의 예리함이 전날과 변함이 없었지만, 염파廉頗가 거느리면 승리할 수 있고 조괄趙括이 거느리면 자멸하기에 족하였다.[1] 그러므로 용병 잘하는 자

---

1 진나라 백기白起가 조나라를 공격하자 조나라에서는 처음에 명장 염파를 장수로 내보내 진나라를 상대로 승리를 거둔다. 그러나 진나라가 "진나라는 조나라의 장수 염파가 아닌 병법에 뛰어난 조괄을 두려워한다"라는 소문을 퍼뜨리자 이를 믿은 조왕은 염파를 쫓아

에게는 버릴 병졸이 없고, 글을 잘 짓는 자에게는 따로 가려 쓸 글자가 없다. 진실로 좋은 장수를 만나면 호미자루나 창자루를 들어도 굳세고 사나운 병졸이 되고, 헝겊을 찢어 장대 끝에 매달더라도 사뭇 정채精彩를 띤 깃발이 된다. 진실로 이러한 이치를 터득하면, 하인들의 상스러운 말도 오히려 학교에서 가르칠 수 있고 동요나 속담도 고상한 말에 속할 수 있을 것이다. 그러므로 글이 능숙하지 못한 것은 글자의 탓이 아닌 것이다.

대저 자구字句가 우아한지 속된지나 평하고 편장篇章의 우열이나 논하는 자들은 변통의 임기응변과 승리의 임시방편을 모르는 자들이다. 비유하자면 용맹스럽지 못한 장수가 마음에 미리 정해 놓은 계책이 없는 것과 같아서, 갑자기 어떤 제목에 부딪치면 우뚝하기가 마치 견고한 성을 마주한 것과 같으니, 눈앞의 붓과 먹이 산 위의 초목을 보고 먼저 기가 질려 버리고 가슴속에 기억하고 외우던 것이 모래 속의 원학猿鶴이 되어 버린다.

그러므로 글 짓는 자는 그 걱정이 항상 스스로 갈 길을 잃고 요령을 얻지 못하는 데에 있는 것이다. 무릇 갈 길이 밝지 못하면 한 글자도 하필下筆하기가 어려워져서 항상 더디고 깔끄러움을 고민하게 되고, 요령을 얻지 못하면 두루 얽어매기를 아무리 튼튼히 해도 오히려 허술함을 걱정하게 된다. 비유하자면 음릉陰陵에서 길을 잃자 명마인 오추마烏騅馬가 달리지 못하고, 강거剛車가 겹겹이 포위했지만 육라六騾가 도망가 버린 것과 마찬가지이다.[2] 진실로 한마디 말로 정곡을 찌르기를 눈 오

내고 싸움에 서툰 조괄을 장수로 삼는다. 결국 조나라는 진나라에 대패하고 만다.

2　항우項羽가 유방劉邦의 군사에게 쫓겨 음릉에 이르러 길을 잃게 되자 그곳에서 최후의 일전을 벌였다. 그리고 배를 몰고 자신을 마중 나온 오강烏江의 정장亭長에게 타고 다니던 오추마를 주고 자신은 스스로 목숨을 끊었다. 또한 항우는 사면초가에 처했을 때 "시운이 불리하니 오추마도 달리지 않도다"라는 시를 지었다.
한나라 무제 원수 4년 대장군 위청衛靑이 무강거라는 전차로 진영을 만들고 흉노를 포

는 밤에 채주蔡州에 쳐들어가듯이, 한마디 말로 핵심을 뽑아내기를 세 차례 북을 울려 관문을 빼앗듯이 할 수 있어야 하니,³ 글을 짓는 방도가 이 정도는 되어야 지극하다 할 것이다.

친구 이중존李仲存이 우리나라 사람이 지은 고금의 과체科體를 모아 10권으로 편집하고 그 이름을 '소단적치'라 했다. 아! 이는 모두 승리를 얻은 병졸이요, 수백 번의 싸움을 치른 산물이다. 비록 그 격식이 동일하지 않고 정교한 것과 거친 것이 뒤섞여 들어갔지만, 각자 승리할 계책을 지니고 있어 아무리 견고한 성이라도 무너뜨릴 수가 있다. 그 예리한 창끝과 칼날이 삼엄하기가 무기고와 같고, 때에 맞춰 적을 제압하는 것이 늘 병법에 맞는다.

앞으로 글을 하는 자들이 이 길을 따라간다면, 정원후定遠侯의 비식飛食과 연연산燕然山에 명銘을 새긴 것이⁴ 아마 여기에 있을 것인저, 여기에 있을 것인저! 비록 그렇지만 방관房琯의 거전車戰은 앞사람의 자취를 본받았으나 실패했고, 우후虞詡의 증조增竈는 옛 법을 역이용하여 승리했으니,⁵ 그 변통하는 방편은 역시 때에 있는 것이요, 법에 있지는 아니한 것이다.

위하였으나 흉노의 선우單于가 여섯 마리의 노새가 끄는 육라를 타고 포위망을 뚫고 달아났다.

3 당나라 헌종 때에 오원제吳元濟가 반란을 일으키자 당나라 장수 이소伊紹가 눈 오는 밤에 방비가 소홀한 틈을 타 반군의 근거지인 채주를 불의에 습격하여 오원제를 사로잡았다. 춘추 시대 노나라 장공 10년에 제나라가 침범해 오자 조귀가 장공과 함께 장작에서 제나라 군사와 맞서 싸웠는데, 제나라에서 북을 세 번 울릴 때까지 기다렸다가 적의 힘이 빠진 다음에 공격하여 승리를 거두었다.

4 이 말은 정원후가 멀리 서역에까지 이름을 날렸듯 문장의 명성이 널리 퍼진다는 것을, 두헌竇憲이 연연산에 비석을 세워 공적을 후세에 남겼듯 문장의 명성이 오래 남는다는 것을 비유한다.

5 당나라의 장수 방관은 춘추 시대의 거전법을 흉내 내어 적과 대치했으나 바람과 불을 이용한 적의 공격에 대패하고 말았으며, 후한의 장수 우후는 옛날 손빈孫臏의 병법과 반대로 아궁이 수를 늘려 병력이 증강되는 것처럼 위장했다.

붓과 먹이 날카롭고 글자와 글귀가 날고뛴다. 이야말로 문예계의 염파와 이목李牧이라 하겠다. 세상의 이른바 '글제를 고려하여 거기에 꼭 들어맞게 지은 글'이란 것으로 과거科擧를 위한 글을 짓게 되면, 납이 섞이고 철이 섞여서 겉으로는 마치 정련된 것 같지만, 속을 보면 실은 참작해서 관대히 보아줄 곳이 있다. 진실로 충분히 고려하고 충분히 꼭 들어맞도록 하여 한 글자도 겉도는 말이나 두서없는 말이 없게 할 수 있다면, 이야말로 득의한 고문 중에서도 상승上乘(상품上品)일 것이다.

주제를 결정하여 글을 엮기를 '울료자尉繚子'에서 병법을 말할 때나 정불식程不識이 군사를 출동할 때처럼 한다면[6] 당연히 공령문功令文(과체문)의 상승이 될 것이다. 편篇마다 이와 같다면 어찌 온 세상 사람들로 하여금 심복하게 하지 않겠는가.

—

영·정조 시대에 이르러 실학이 큰 학풍을 이루게 되고 천주교가 전래되면서 조선 왕조의 주자학적 통치 이념은 한쪽에서는 고수되고 한쪽에서는 비판되는 양상을 보였다. 이는 당시 사대부들이 정면으로 주자학을 거부하지는 못했지만 이미 심각한 모순에 허덕이던 정치·사회적 문제를 주자학만으로 극복할 수 없음을 깨닫게 된 표현이었다. 박지원은 문학이 낙척불우落拓不遇한 선비가 문제의식을 가지고 사회를 논하는 소중한 도구임을 인식하고, 그에 따라 창작 방법론을 수립했는데, 글 쓰는 방법을 반드시 승리해야만 하는 군사에 비유하여, 뜻을 펴는 표현이 마땅히 갖춰야 할 점을 논하고 있다.

* 이 글은 《燕巖集》卷之一 〈煙湘閣選本〉, 〈騷壇赤幟引〉을 원전으로 하고 민족문화추진회의 《연암집》을 토대로 재구성한 것이다.

---

6 울료자는 전국 시대의 병법자인 울료가 지은 병법서로 본말을 분명히 하고 빈주를 구분하고 상벌을 명확히 시행할 것을 주장했다. 정불식은 전한 때의 명장으로 군대를 엄중하고도 분명하게 통솔했다고 한다.

미美를 가장 잘 찬미할 줄을 아는 ……

비평가는 듣는 귀를 가져야 합니다. 그리고, 예술적 능력의 현현에
대하여 겸양을 배워야 하며, 예술가 속에 인간의 정신적 영토의 확
대를 위하여 무제한으로 활동하는 힘을 존경할 줄을 알아야 합니
다. 그리하여야만 비평가는 미를 가장 잘 찬미할 줄을 사람에게 가
르칠 수가 있을 것입니다.
—김환태, 〈문예비평가의 태도에 대하여〉 중에서

Ⅱ.

일제강점기 비평

이광수에서 김동리까지_한국 문학비평사를 세우다

일제강점기 비평문학의 전개와 그 양상

　1910년부터 비평은 하나의 독립된 문학 장르로 인식되기 시작했다. 이 시기 안확과 이광수는 비록 선명한 개념과 논리를 제시하지는 못했지만, 문학 비평이나 평론문을 문학의 한 영역으로 편입시켜 그 독자성을 인식한 최초의 비평가들이다. 특히 이광수의 〈문학이란 하오〉는 상당한 수준에 이른 체계와 구체성을 갖춘 평문으로, 초창기 문학론의 형성 과정과 수준을 보여 주는 대표적인 비평이다.

　이 밖에도 1910년대는 김억의 상징주의 시론, 양건식의 유미주의 비평, 김동인의 소설론 등이 초기 비평사의 형성과 전개에 커다란 영향을 끼친다. 이 중에서도 김동인의 소설론과 문학관에 대한 염상섭의 반론과 재반론으로 이어진 논쟁은 문학비평의 범주와 역할, 기능과 효용에 대한 최초의 구체적인 비평 논쟁이었다는 점에서 그 의의가 크다.

　1920년대는 무엇보다 카프 비평의 시대였다. 문학성보다 정치성을 앞세운 신경향파문학 또는 프로문학은 염군사(1922)와 파스큘라(1923) 등의 소조직을 거쳐 1924년 조선프롤레타리아예술동맹(KARF)을 결성하면서 새로운 문예운동을 주도하는 전국적인 규모의 조직으로 부상하게 된 것이다. 카프 비평의 전개는 김기진과 박영희의 내용·형식 논쟁, 목적의식론과 1차 방향전환론, 대중화론과 2차 방향전환론, 농민문학 논쟁과 동반자작가 논쟁, 사회주의 리얼리즘 창작 방법 논쟁, 전향론 등으로 요약할 수 있는데, 대체로 비평 논쟁이 조직론 또는 정치적 이념 문제와 긴밀하게 결부되면서 문학과 정치의 갈등 양상을 뚜렷하게 보여 주는 논의들을 낳았다. 무엇보다 카프 비평은 문학 창작을 주도하고 창작의 방향성과 이념을 제시하는 적극적인 지도성에서 그 성과와 의의를 평가할 수 있다.

한편 이 시기에는 민족주의문학론이 조직적 결속이 강한 카프문학 세력에 대한 상대적인 열세 속에서도 나름 의미 있는 성과를 내놓기도 했다. 민족주의문학론은 양주동과 염상섭의 절충적 민족주의, 최남선의 시조부흥론 등 구체적인 비평 논의를 생산하며 카프 비평에 대한 대항전선을 구축했다.

일제의 경제적 수탈과 사상적 억압이 한층 가혹해지는 가운데, 1930년대 비평계는 카프 해산으로 인한 주조 상실의 이념적 공백 상황을 맞이하게 된다. 이 시기 비평계에 제기된 최우선의 과제는 카프 비평의 공백을 대체할 새로운 이념적 방향성의 제안이었다. 카프 비평의 몰락으로 출발한 1930년대 비평은 역설적으로 그 이념적 공백을 대체할 새로운 주의주장들이 각축을 벌이는 비평적 백가쟁명의 시대를 열었다. 백철과 김오성이 이끈 휴머니즘론, 이헌구가 제기한 행동주의문학론, 김기림과 이양하와 최재서가 주도한 주지주의문학론, 김환태와 김문집이 전개한 인상 비평, 김남천이 역설한 고발문학론 등 1930년대 비평은 다양한 비평적 논의들이 출현하며 일제강점기 비평의 황금기를 장식했다. 이 시기 펼쳐진 다종다양한 비평 논의와 논쟁들은 카프 비평의 정치성에 억압된 문학의 귀환으로, 문학성에 대한 가장 섬세하고 논리적인 비평을 전개했다는 점에서 그 의의를 찾을 수 있다.

흔히 암흑기로 규정되는 일제 말기 비평은 독립된 비평사의 한 단위로 인식되지 못한 채 1930년대 후반 비평의 연장선에서 파악되곤 한다. 예컨대 일제 말기에 득세한 친일문학론의 기원을 1930년대 후반 비평으로 소급하여 찾으려는 논의들이 그렇다. 그러나 1930년대 후반의 친일문학론은 어용문학론의 성격이 강한 1940년대 초반의 친일문학론과는 그 성격이 판이하다. 비단 친일문학론의 관점에서뿐만 아니라 유진오와 김동리 간의 논쟁으로 대표되는 '세대-순수' 논쟁 등 이 시기에 전개된 비평 논의와 논쟁들은 일제 말기의 비평을 하나의 독립된 비평사의 단위로 구분하는 강력한 논거들을 제공한다. 일제 말기 비평은 비록 친일문학론이라는 어두운 비평적 과오를 남기기는 했지만, 다른 한편으로 광복 이후 비평문학을 이끌어갈 새로운 문학 세대가 출현하는 비평적 산고를 그 유산으로 남기고 있다는 점에서 그 의의를 찾을 수 있다.

일제강점기 비평은 문화 발전의 경제적·정치적·문화적 여건이 불충분한 식민지적 상황 속에서 순수 창작으로서 근대문학의 발전을 인도하는 이념성과 정치성을 강하게 표방했다는 점에서 그 특수성을 찾을 수 있다. 사실 일제강점기는 문학의 위기가 끊임없이 운위되는 시대라고 할 수 있다. 항구적인 문학 위기의 담론 속에서 일제강점기 비평은 문학과 정치의 경계를 넘나들며 문학을 수호하기 위한 다양한 논리와 방법을 펼쳐보였다. 때로 과도하게 정치성에 경도되기도 하고 손쉽게 문학의 순수성에 안주하기도 한 과오가 엿보이지만, 문학의 위기 담론에 대항하여 일제강점기 비평이 보여준 비평적 응전은 근대문학의 굳건한 토대를 구축한 소중한 유산이라고 할 것이다.

이에 비평이 정착하기 시작한 1910년대의 주요한 실제 비평들과 당대 사상의 흐름이었던 카프문학에 관련된 1920년대의 비평들, 다양한 종류의 평론을 산출한 1930년대의 휴머니즘, 주지주의, 인상주의 비평들과 1940년대의 대표적인 쟁점으로 손꼽이는 '세대-순수' 논쟁의 시발점 격이 되는 비평들을 살펴보고자 한다.

문학이란 하何오

이광수

신구新舊 의의의 상이相異

동일한 말로도 지방과 시대에 따라서 상이한 의의를 취함이 많다. 가령, 짐朕이나 경卿 같은 말도 고대에는 이爾, 오五와 동일한 의미였고, 후세에는 제왕과 신하 간에만 사용하게 되었나니, 이는 시대를 따라서 말의 의미가 변천함이다.

사士라 하면 조선에서는 문文을 수양한 자의 칭호거늘, 일본 고대에는 무武를 수양하는 자의 존칭이니, 이는 지방에 따라서 상이함이라. 고로, 말의 외형이 동일하다 하여 그 의의까지 동일한 줄로 생각하면 오해할 경우가 많으니, 금일 조선에서는 이러한 말의 뜻의 오해가 파다하니라. 이러하니 시대와 지방을 따르는 외에 상용常用과 학술을 따라서도 상이하니, 가령 법률이라는 말은 예전부터 사용하는 바로되, 법학상 법률이라는 말과는 크게 다르다. 흔히 법률이라 하면, 국가가 인민으로 하여금 강제적으로 준수케 하는 규칙이라는 말이거니와, 법학상 법률이라 하면 국가를 따라서, 다소 차이가 있으되 법부法部의 의결을 거쳐, 주권자의 허가를 받아 내각원內閣員의 부서로 공포한 것을 칭함이니, 상용과 학술용에 차이가 크지 아니하뇨.

이러하니 문학이라는 말의 의미도 예전부터 사용하던 것과는 상이하다. 금일, 소위 문학이라 함은 서양인이 사용하는 문학이라는 말의 뜻을 위함이니, 서양의 Literatur 혹은 literature라는 말을 문학이라는 말로 번역하였다 함이 적당하다. 고로, 문학이라는 말은 예부터 있어온 문학으로의 문학이 아니요, 서양어에 문학이라는 말을 표하는 것으로의 문학이라 할지라. 전에도 말하였거니와 말은 같되 의미가 다른 신어新語가 많으니 주의할 바이다.

문학의 정의

문학이란 그 범위가 광대하고 내용이 극히 막연하여 제반諸般 과학과 같이 한마디로 개괄하여 정의를 내리기 매우 어려우며, 어려울 뿐만 아니라 엄정하게 말하자면 불가능하다 하리로다. 그러나, 이미 하나의 학學이라 칭한다. 전혀 정의가 없지 않으리니 문학비평가들은 흔히 다음과 같이 정의한다.

문학이란 특정한 형식하에 인간의 사상과 감정을 발표한 것을 가리킨다.

이에 특정한 형식이라 함은 두 가지가 있으니, 하나는 문자로 기록함을 이르니, 구비전설은 문학이라고 칭하기 불가능하고, 문자로 기록된 후에야 비로소 문학이라 할 수 있다 함이 그 하나요, 두 번째는 시·소설·극·평론 등 문학상의 여러 형식이니 기록하되 형식이나 체계 없이 느끼거나 생각나는 대로 글을 쓰는 것은 문학이라 칭하기 불가능하다 함이며, 사상 감정이라 함은 그 내용을 이름이니 비록 문자로 기록한 것이라도 물리·박물·지리·역사·법률·윤리 등 과학적 지식을 기록한 것은 문학이라 일컫기 불가하며, 오직 사람의 사상과 감정을 기록한 것이라야 문학이라 할 수 있다. 엄정하게 문학과 과학을 구별하기는 어렵거니와 물리학과 시를 읽으면 서로 간의 차이를 깨달을지니, 문학과 과학의 막연한 구별이니라. 아무러나 다른 과학은 이를 읽을 때에 냉정하게 외물外物을 대하는 듯하는 감이 있는데, 문학은 마치 자기의 심중을 읽는 듯하여 아름다움과 추함, 기쁨과 슬픔의 미추희애美醜喜哀의 감정을 따르니 이 감정이야말로 실로 문학의 특색이니라.

문학은 실로 학문이 아니니, 대개 학문이라 하면 어떠한 일, 어떠한 사물을 대상으로 하여 그 일과 사물의 구조·성질·기원·발전을 연구하는 것이로되, 문학은 어떤 사물을 연구함이 아니라 감각함이니, 고로 문학자라 하면 사람에게 그 일과 사물에 관한 지식을 가르치는 자가 아니요, 사람으로 하여금 미감美感과 쾌감을 일으키게 할 만한 서적을 만드는 사람이니, 과학이 사람의 지식을 만족케 하는 학문이라 하면 문학은 사람의 감정을 만족케 하는 서적이니라.

문학과 감정

상술함과 같이 문학은 감정을 기초로 한 것이니, 감정과 자신의 관계를 따라 문학의 경중이 나타난다.

옛날에는 어떠한 나라에서나 감정을 천하게 여기고, 이지理智만 중히 여겼나니, 이는 아직 인류에게 개성의 인식이 명료치 아니하였음이다.

근세에 이르러 인간의 마음은 지知·정情·의意 삼자三者로 작용되는 줄을 알고 이 삼자가 우수하고, 열등한 것 없이 평등하게 인간의 정신을 구성함을 깨달으며, 오情의 지위가 아我히 승昇하였나니, 일찍 지와 의의 노예에 불과하던 것이 지와 동등한 권력을 얻어, 지가 제반 과학으로 만족을 구하려 함에 정情도 문학·음악·미술 등으로 자기의 만족을 구하려 하도다. 고대에도 이러한 예술이 있음을 살피건대, 아주 정을 무시함이 아니었었으나, 이는 순전히 정의 만족을 위함이라 하지 아니하고, 이에 지적·도덕적·종교적 의의를 더하여, 즉 이러한 것의 보조물로, 부속물로, 존재를 정후하였거니와 약 오백 년 전 문예부흥이라는 인류 정신계의 대변동이 있은 이래로, 정에게 독립한 지위를 부여하여 지나 의와 평등한 대우를 하게 된다. 실로 사람이 술을 사랑하고, 색色을 탐하며, 풍경을 구함이 실로 이에서 생기는 것이니 문학예술은 실로 이 요구를 채우려는 사명을 지니고 있는 것이니라.

문학의 재료

전절에 문학은 정情의 만족을 목적 삼는다 하였다. 정의 만족은, 즉 흥미니, 우리에게 가장 심대한 흥미를 불러일으키는 것은, 즉 우리 자신에 관한 일이라. 우리가 연애의 담화나 서적에 흥미를 느낌은, 즉 사람 각인各人의 정신에 연애의 부분이 있음이며, 빈자貧者의 고통은 빈자라야 능히 이해할 수 있으니, 즉 빈자를 볼 때에 자신이 빈자라야 자기의 경험에 비추어 그 고통을 알 수 있고 동정의 생각이 일어나나니라. 고로, 어느 문학이 전혀 인류에게 관계없는 일을 기록하였거나, 또는 자기에게 관계없는 일을 기록하였으면 이에는 조금도 흥미를 느끼지 못할지라. 고로, 문학예술은 재료를 인생에서 취하느니라. 인생의 생활 상태와 사상과 감정이 재료이니 이를 묘사하면, 즉 인간에게 쾌감을 일으키게 하는 문학예술이 되는 것이라. 그러나, 재료에도 좋고 나쁨이 있고 묘사에는 정正·부정不正, 정情·부정不情이 있나니, 가장 좋은 재료를 최정最正·최정最精하게 묘사한 것이 가장 좋은 문학이라. 가장 좋은 재료라 함은 평범, 무미無味하지 아니한 인간사의 현상을 이름이니, 가령 다만 밥을 먹는다, 오줌을 눈다 함도 인생의 현상이 아님이 아니나 이는 아주 무미한 재료로되 연애라든가, 분노·비애·악한·희망·용장勇壯 같은 것은 극히 유미有味한 재료라. 우리는 춘향과 이도령의 연애를 보고 쾌감을 얻으며, 노지심魯知深의 분노와 사씨謝氏의 원한을 보고 쾌감을 얻는다. 또, 가장 바르게(最正) 묘사한다 함은 진眞인 듯이 하고, 있을 일이라 하고, 독자가 칭찬하게 함이요, 최고의 정(最精)이라 함은 어떤 사건을 묘사하되, 대강대강 하지 말고 극히 직접 보는 듯하게 함이라. 이와 같이 하여야 그 작품이 독자에게 지대한 흥미를 일으키니, 고로 문학의 핵심은 인생을 여실하게 묘사함이라 하리로다. 문학적 걸작은 마치 인생의 어떤 방면, 가령 연애라 하고 연애 중에도 상류 사회, 상류 사회 중에도 교육을 받은 자, 교육을 받은 자 중에도 재주를 갖춘 자, 재주를 갖춘 자 중에도 부모의 허락을 얻기 불가능한 자의 연애를 과연 여실하게 참인 듯하게 묘사하여 누가 읽어도 수긍할 만한 것을 이름이니, 이러한 것이라야 비로소 심각한 흥미를 돋우는 것이라.

문학과 도덕

정이 이미 지와 의의 노예가 아니요, 독립된 정신 작용의 하나이며, 따라서 정에 기초를 둔 문학도 역시 정치·도덕·과학의 노예가 아니라, 이것들과 나란히 할 만한, 도리어 한층 인간에게 밀접한 관계가 있는 독립된 하나의 현상이다. 종래, 조선에서는 문학이라 하면 반드시 유교식 도덕을 고취하는 것, 권선징악을 풍유하는 것으로만 생각하여 이러한 형태를 따르지 않는 것은 버렸으니, 이것이 조선에 문학이 발달치 못한 최대의 원인이라. 가령, 중국문학의 일종인 시경이나, 율시 등을 읽을 때에도 상술한 편협한 관념으로 시 중에서 도덕적·권선징악적 의미만 취하려 하여, 청순난만한 인정의 미를 좋아하며 보고 즐길 줄 모르니 시를 읽는 본 의미가 어디에 있으리오.

이러한 고로, 종래 조선문학은 산문·운문을 물론하고 반드시 유교 도덕을 골자로 삼아 일보一步도 그 범위를 벗어나지 못하며, 만권萬卷 문학서가 있다 하더라도 모두 천편일률이라. 인정의 복잡다양함이 우주의 삼라만상과 같거늘 어찌 몇 가지의 도덕으로 이를 규정할 수 있으리오. 고려 이전은 내버려두고, 이조李朝 후 오백여 년에 조선인의 사상·감정은 편협한 도덕률로 속박되어 자유로 발표할 기회가 없었도다. 만일 이러한 속박과 방해가 없었던들 조선에는 과거 오백 년간에라도 찬란하게 문학의 꽃이 발하여서 조선인의 풍요한 정신적 양식이 되며, 고상한 쾌락의 재료가 되었을 것을…… 지금에 타민족의 문학의 왕성함을 지켜봄에 부러움과 통한이 교차하는도다.

물리학이 만반萬般의 물리 현상을 기재하여 설명하는 자유가 있는 것 같이 문학은 만반 사상, 감정을 기재 설명할 자유가 있다. 사실상 금일의 문학은 초연히 종교 윤리의 속박에서 벗어나 인생의 사상과, 감정과, 생활을 극히 자유롭게, 여실하게 발표하고 묘사하니, 현대 문명 제국의 대문학이 등장함이 실로 이로 인함이라. 조선에서는 장차 신문학을 건설하려 할진대, 먼저 종래의 편협한 문학관을 버리고 무궁무변한 인생의 사상·감정이 광야에 서서 자유로 재료를 선택하고, 자유로 이를 묘사하도록 노력해야 할지라.

오해를 면하기 위하여 한마디 덧붙이니, 도덕의 속박을 벗어나라 함은 결코 독자를 충동할 만한 음담패설을 재료로 한 문학을 만듦이 아니요, 도덕률을 고려함이 없이 인간의 눈에 비치는 인간사의 현상을 여실하게 묘사하라 함이니, 즉 모종某種 특정한 도덕을 고취하기 위하여, 또는 권선징악의 효과를 극대화하기 위하여 문학을 창작하지 말고, 일체의 도덕적 잣대를 사용하지 말고 실재한 사상과 감정과 생활을 여실하게 만인의 눈앞에 재현케 하라 함이라. 그런즉, 문학의 효용이 어디에 있느뇨. 작자는 무엇을 위하여 이를 창작하며, 독자는 무엇을 위하여 이를 읽으리오 하리니, 청컨대 다음 절을 읽어 볼지라.

문학의 실효

상술한 바와 같이 문학의 쓰임은 인간의 정情의 만족이라. 중첩하는 감이 있으나, 정의 만족에 대하여 여러 말을 또 늘어놓음을 허許하라. 인간의 정신은 지·정·의 세 방면으로 이루어지니, 지의 작용이 있으매 인간은 진리를 추구하고, 의의 방면이 있으매 선 또는 의를 추구하는지라. 그러면 정의 방면이 있으매 우리는 무엇을 추구하리요. 즉, 미美라. 미라 함은, 즉 인간의 쾌감을 일으키는 것이니 진眞과 선善이 인간의 정신적 욕망에 필요함과 같이 미도 인간의 정신적 욕망에 필요하니라. 어느 사람이 완전히 발달한 정신을 가지고 있다 하면 그 사람의 진·선·미에 대한 욕망이 균형하게 발달되었음을 말함이니, 지식은 사랑하여 갈구하되, 선을 무시하여 행위가 불량하면 만인이 감히 저를 책망할지니, 이와 같은 이치로 진과 선은 사랑하되 미를 사랑할 줄 모름도 역시 기형이라 말할지라. 물론, 인간에게는 진을 편애하는 과학자도 있고, 선을 편애하는 종교가·도덕가도 있고, 미를 편애하는 문학자·예술가도 있거니와 이는 전문專門에 이른 자라, 보통 사람에게는 가급적 이 삼자를 균형 있게 사랑함이 필요하니 이로 품성의 완미完美한 발달을 얻을 수 있다.

그러나, 문학은 이외에도 여러 가지 부산적 실효가 있으니 첫째, 문학은 인생을 묘사한 것이므로 문학을 읽는 자는 소위 세태인정世態人情

의 기미를 살필지라. 천인으로 귀인의 사상과 감정도 알 수 있을지요, 안락한 사람으로 궁핍한 자의 그것도 알 수 있으며, 도회인으로서, 농가 사람으로서, 상인으로서, 학자, 악인으로서, 선인 사상과 감정을 알 수 있게 될지며, 또 외국인이나 고대인도 그 문학을 통하여서야 비로소 완전하게 이해할지라. 이렇게 인생의 정신적 방면에 관한 지식을 얻으니 처세와 교육에 필요할지오. 둘째, 각 방면 각 계급의 인정세태를 이해함이 인류 최고의 덕이요, 다수 선행의 원동력이 되는 동정심이 발하여 부자가 빈자를, 귀자貴者가 천자賤者를, 선자善者가 악자惡者를, 동정하게 될지며 셋째, 사람이 죄악에 타락하는 경로를 목도하며 족히 거울 삼을지오. 사람이 진보하는 심리 상태를 목도하며 족히 모범을 삼을지며 넷째, 고통의 바다 같은 인간 세상에서 청순한 쾌미快味를 얻고, 뜻대로 안 되는 현 사회를 벗어나 자유로운 상상의 이상경理想境을 거닐며 유한한 생명과 능력으로 경험치 못할 인생의 각 방면, 각종의 생활과 사상과 감정을 경험할 수 있으리니, 실로 문학을 가까이하는 자는 전 세계 정신적 총재산을 소유할 수 있는 대부大富라 할지오. 다섯째는, 세상 사람이 주색酒色 등 유해한 쾌락에 침윤함은 고상한 쾌락이 없음으로 인함이니, 문학을 애호하는 습관을 기름은 족히 세인世人으로 하여금 그 유해한 쾌락에 빠짐을 면케 할지오. 여섯째는, 선량한 문학은 비록 도덕을 고취하려는 의사는 없으되, 자연히 하나의 심대한 교훈을 전하는 것이라, 문학을 읽어 쾌락을 향하는 중 부지불식간不知不識間에 품성을 닦고 지능을 계발하게 되는 것이라. 이상 열거한 것이 결코 문학의 실효를 다하였다 하기 불가할지니, 이로 보아도 문학의 중요함을 알 수 있을지라. 그러나, 이에 가장 중요한 문학의 한 효용이 있으니 청컨대, 다음 절에 주의할지라.

문학과 민족성

　진보하는 한 시대의 사상과, 감정과, 생활 방식은 전 시대의 민족이 연구하고, 갈고닦고 수련한 결과니, 이는 무한한 고심과 노력의 결정이라. 만일 이 고심 노력의 결정이 그 시대의 흐름을 좇아 소멸한다 하면, 이는 한 민족을 위하여 또는 전 인류를 위하여 막대한 손실이며, 더욱이 이 사상과, 감정과, 생활 방식은 한 번 소멸하면 다시 구하기 어려우니라. 고로 이는 유산으로 다음 대에 전하여 다음 세대로 하여금 이에서 행복을 얻게 하고 다음 세대 당대에 산출한 사상과 감정과, 생활 방식을 이에 첨가하여 다시 다음 세대에 전하고 이러하여 백대, 천대를 전하는 동안에 그 내용은 점점 풍성해지고, 그 품질은 점점 정제되나니 이것이 즉 한 민족의 정신적 문명이요, 민족성의 근원이라. 그러나, 이 귀중한 정신적 문명을 전하는데 가장 유력한 것은, 즉 그 민족의 문학이니, 문학이 없는 민족은 혹은 습관으로, 혹은 구비로 그 일부를 전함에 불과하므로 아무리 누대累代를 지나도 그 내용이 풍성하여지지 아니하여 야만·미개를 면하지 못하니라.

　조선은 건국이 사천여 년이라 하고 그간에 신라, 백제, 고구려 등 찬연한 문명국이 있었은즉 마땅히 타민족이 막지 못할 조선민족 특유의 정신 문명이 있을 것이었거늘 당시 문학이 완전히 소실되어 우리는 선조의 귀중한 유산을 받을 행복이 없었도다. 우리의 근대 조상이 무능무위無能無爲하여 우리에게 물질적 재산을 남겨 주지 아니함을 통한하는 동시에 그들이 정신적으로까지 무능무위하여 정신적 재산을 남겨 주지 아니하였음을 원망하고 한하노라. 그러나, 이는 다만 우리 조상의 죄만이 아니라, 중국 사상의 침입이 실로 조선 사상을 절멸하였음이니, 이 중국 사상의 폭압적인 위세 아래 수많은 금과 옥 같은 조선 사상이 사라졌는지라. 무심한 선인들은 어리석게도 중국 사상의 노예가 되어 자기의 문화를 절멸하였도다. 오늘날 조선인은 모두 중국 도덕과 중국 문화 아래에 생육한 것이라. 고로 이름은 조선인이로되, 사실 중국인의 하나의 모습에 불과하도다. 이러하거늘 아직도 한자, 한문만 숭상하고 중국인의 사상을 벗어날 줄을 모르나니 어찌 안타깝지 아니하리오. 곧, 서양 신문화가 점점 몰려오는지라, 조선인은 마땅히 낡은 옷을 벗고, 오래된 때를 씻은 후에 이 신문명 중에 전신을 목욕하고 자유롭게 된 정신으로 새 정신적 문명의 창작에 착수할지어다. 병합 이래로 만반萬般 문물제도가 모두 신문명에 의지하였거니와 사상·감정과 이를 응용하는 생활은 의연한 것이니, 이로부터 신문학이 성하게 일어나 새로워진 조선인의 사상·감정을 발표하여서 후대에 전할 제일차第一次의 유산을 만들어야 할지라.

문학의 종류

문학은 혹은 내용을 표준으로, 혹은 형식을 표준으로 여러 종으로 나눌 수 있으니, 이 분류는 대단한 것을 필요로 하는 것이 아니로되 또한 문학에 뜻을 둔 자에게 방향을 보여 주는 도움이 되나, 내용을 표준으로 나누는 데도 재료의 범위를 표준으로 하는 것과, 재료의 성질을 표준으로 하는 것이 있으니, 국민문학, 향토문학, 도시문학, 전원문학 등의 구별은 범위 표준으로 한 것이요, 역사문학, 종교문학, 연애문학, 시대문학 등의 구별은 성질을 표준으로 한 것이다. 그러나, 이는 결코 엄정한 분류법이 아니며, 또 문학은 반드시 이 분류 내에 속함도 아니니, 한계가 없음이 실로 문학의 특징이라, 천재天才를 구비한 자면 자유로 신천지를 개척함을 얻을 수 있을지라.

형식으로 문학을 분류하면 산문문학, 운문문학으로 크게 나눌 수 있고, 다시 산문문학을 논문, 소설, 극, 산문시로 구분할지요, 운문문학은 시詩라, 또 이를 다시 작게 나눌 수는 있으나, 여기서 생략하겠다. 또 번거롭게 할 필요도 없다.

논문 정치적 또는 과학적 논문을 가리킴이 아니라 소설가가 소설로, 시인이 시로, 발표하려는 바를 소설과 시의 기교적 형식을 취하지 아니하고 '말하듯이' 발표함을 이름이니, 도연명陶淵明의 귀거래사歸去來辭, 소식蘇軾의 적벽부赤壁賦, 굴원屈原의 이소경離騷經 등 옛부터 소위 문학이라던 것의 대부분과 서양에 카알아일, 에머슨 등의 저서와 같은 것이 이에 속하니라. 이 외에 근대에 새롭게 성장한 하나가 있으니, 즉 소위 비평문 또는 평론문이라. 사람이 문학적 작품, 즉 논문이나 소설, 시, 극 등에 표현된 주된 의미를 자기의 두뇌 중에 일단 담아 두었다가 다시 자기의 논문으로 발표함을 이름이니, 현대문학계의 일반을 차지하니라.

소설 조선에서 '재담'이나 '이야기'를 소설이라 하고 이를 최고로 여기는 자를 소설가라 칭하는 자가 있나니 이는 무식한 소치다. 소설은 이렇게 단순한, 가벼운, 무가치한 것이 아니니라. 소설이라 함은 인생의 한 부분을 바르게, 면밀히 묘사하여 독자의 눈앞에 작자의 상상 내에 존재한 세계를 여실하게, 역력하게, 전개하여 독자로 하여금 그 세계 내에 존재하여 실제로 보는 듯하는 감정을 일으키게 하는 것을 이름이니, 논문은 작자의 상상 속의 세계를 작자의 말로 번역하여 간접으로 독자에게 전하는 것이로되, 소설은 작자의 상상 속의 세계를 충실하게 사진寫眞하여 독자로 하여금 직접적으로 그 세계를 대하게 하는 것이라. 소설은 실로 현대문학의 대부분을 차지하는 것이니, 어느 누구든 책상머리에 소설이 없는 데가 없고, 어떤 신문, 잡지에도 소설 한두 편을 싣지 아니함이 없는 것을 보아도 현대문학 중에 소설이 이러한 세력이 있음을 알 수 있다.

극 산문극, 시극의 두 종種이 있으니 현대에 가장 세력이 있는 것은 산문극이라. 극의 목적은 소설의 목적과 흡사하나니, 다만 소설은 문자로만 작자의 상상 속의 세계를 표하되, 극에 이르러는 실지의 형상을 무대상에서 연출함이니, 관객에게 감명을 일으킴이 소설에 비하여 더욱 크니라. 단 문학의 일종으로 극이라 하면, 무대상에서 상연할 수 있게 만든 소위 대본을 이름이요, 이를 무대상에서 실연하는 소위 연극은 문학에서 독립한 일종의 예술이니, 이 예술의 주인은 '광대' 또는, 배우니라. 현대에는 배우는 문학자, 예술가와 같이 일종 예술가로 사회의 존경을 받나니, 결코 옛날의 '광대'라 하여 천대하던 일종이 아니니라.

극은 소설보다 창작하기가 어려우니, 이에는 여러 가지의 법칙이 있음이라.

시 산문을 '읽는 것'이라 하면, 시는 '읊는 것'이라 할지니, 그 내용으로 보건대, 산문은 인생의 한 방향 혹은 작자의 상상 속의 세계를 여실하게 표현하여 일체의 판단 즉 미美·추醜·쾌快·불쾌不快의 판단을 독자의 의사에 맡기는 것이로되, 시는 작자가 인생의 한 면 또는 자기의 상상 속의 세계 중에 가장 흥미 있는 것을 선출하여 음률 좋은 언어로 이를 묘출하여 독자로 하여금 읊조리며 탄식케 하는 것이요, 형식으로 논하건대 한 운韻을 맞출 것. 둘, 평측平仄을 배열할 것이니, 이는 실로 시인이 감정을 가장 유력하게 독자에게 전하기 위하여 언어에 자연스러운 곡조가 생기게 하려는 방편이라. 운은 한시나 서양시에 모두 있는 바이나, 일본어에는 압운에 불편함이 많아 혹 이를 시험한 자가 있었으나 모두 실패하였나니, 조선어도 문법 구조가 이와 유사하며 압운에 불편이 있을지라. 대개 한문이나 서양문은 주어와 객어를 도치하는 편이 있어 가령, '좋은 사람', '사람 좋은'을 병용하기 가능하므로 운이 풍부하거니와 일본문이나 조선문에는 이러한 경우가 없음이라. 그리하여 이로부터 대시인이 배출하면 조선문의 신시법이 생길 것은 물론이라. 현재도 운압韻押은 못하더라도 또 소위 '향響의 호好·불호不好'가 있다 하여 운은 아니로되, 운과 효력이 상등한 향이 있나니, 이는 시조를 읽은 자의 공인하는 바라, 운이 없건마는 자연히 어울리는 맛이 있음이 그것이다. 평측이라 함은 조선어에 있어서는 장단음의 교착이니라.

문학의 문文 기로에 입入하다

문학이란 내용을 담는 그릇이 문文이라. 조선에서는 옛부터 한문이 아니면 문이 아닌 줄로 생각하였으며, 문 즉 문학으로 생각하였나니, 이것이 문학의 발달을 저해한 큰 장애니라. 대저, 논어나 맹자를 귀중하여 함은 논어와 맹자의 문을 귀중함이 아니라, 그 내용된 사상을 귀중함이니, 그 사상은 영문으로도 발표할 수 있고, 조선문으로 발표할 수 있는 것이라, '자왈子曰'을 '선생님께서 말씀하시기를' 한다고 그 의미가 변하는 것이 아니라.

조선학자의 시간과 정력의 대부분은 이 난삽한 한문을 공부하기에 허비하였나니, 이 시간과 정력을 다른 것에 사용하였던들 문화가 대개 大開하였을 것이며, 문학으로 보더라도 한문을 폐하고 국문을 사용하였던들 우수한 조선문학이 많이 생겼을 것이로다. 근년에 이르러 순한문을 사용하는 자가 멸하였으나 아직도 여풍이 상존하여 난삽한 한문 문구를 사용하기를 권장하며, 문격도 한문격을 사용하려 하도다. 각 학교의 작문을 보거나, 출판물의 문체를 보더라도 한문에 국문으로 토를 단 듯한 문이 성행하니 과도기에 어쩔 수 없는 현상이라 할지나, 속히 타파하여야 할 악습이라. 현대에 있어 현대를 묘사함에는 가령 있는 현대어를 사용하여야 할지니, 가령 '공부工夫'라 할 것을 구태 형설螢雪이니, 탁마琢磨니, 마우磨杵니 하는 폐어를 사용할 필요가 무엇이며, '에그, 좋아라'할 것을 구태 강희자전康熙字典에서 취하여 발표할 것이 무엇이오. 근래 조선소설이 순국문, 순현대어를 사용함은 기쁨을 금치 못하는 바이다. 이러하여 생명 있는 문체가 더욱 왕성하기를 바라며, 국한문을 사용하더라도 말하는 모양으로 가장 평이하게, 가장 일용어답게 할 것이니라. 일본문의 변천을 보더라도 유타 비묘由田美妙 씨가 삼십여 년 전에 언문일치체를 주창한 이래로 문학적 작품은 물론이거니와, 과학서·정치·논문 등에 이르기까지도 순현대어를 채용하게 되니, 이는 한 나라의 문화에 지대한 영향을 미치는 진보라.

고로, 신문학은 반드시 순현대어·일용어 즉 누구나 알고 사용하는 말로 작作할 것이니라.

문학과 문학자

문학은 세 가지 종류의 사람을 요하나니, 즉 작자·비평가 및 독자라. 문학자라 함은 앞의 두 부류를 말함이니, 그 자격과 태도와 보수報酬에 대하여 약술하리라.

문학자는 천재를 요하나니, 어떤 일에나 재질이 필요하되, 노력으로 이를 보충할 수 있거니와, 문학예술에 이르르는 특수한 천재를 요하는 것이요, 수련으로 도달하기 불가능하다. 문학의 천재라 함은 예민한 관찰력과 자유한 상상력과 열렬한 감정과 풍부한 언어·문장을 지니고 있음을 이름이니, 한 인간사의 현상을 살필 때에, 그 현상의 이면과 근저根柢까지를 통찰하고 한 사회, 한 시대를 관찰할 때에 역시 이러하여야 하며, 상상이 족히 일순간에 한 세계를 창조하고 각기 다른 만인의 성격을 창조하여야 하며, 미를 보고 그것을 뛰어넘으며, 슬픈 것을 보고 울며 무한한 동정이 족히 삼라만상의 희로애락을 동감할 만한 열렬한, 민첩한(敏)한 정情이 있어야 하고, 자기가 살핀 바와 상상에 창조한 바를 독자의 눈앞에 활약케 할 만한 언어와 문학이 있어야 할지니, 이것들이 천재를 요하는 까닭이다.

그러나, 천재만으로는 부족하니, 다년간의 부지런한 수양으로 이 천재를 끊임없이 연마하며, 타인의 대작을 연구하여 관찰하는 법, 묘사하는 법도 배워야 하고, 역사와 사회도 연구하여 재료를 취할 길도 개척하여야 하고, 언어와 문장도 연구하고 수련하여야 할지니, 문학자 됨이 결코 공업가나, 법률가 되는 노고에 양보함이 없도다.

천재의 이러한 수양을 쌓은 뒤에 비로소 창작에 착수하나니 창작 때의 고심도 실로 참담하다. 우선 재료를 가려 이로써 상상으로 신세계를 구조할 때, 마치 도편수가 목재, 석재, 철재를 사용하여 대건축을 하려 할 때와 같이 동향하랴, 서향하랴, 이층하랴, 삼층하랴, 상포商鋪랴, 은행이랴, 견고를 위주로 하랴, 아름다움을 주로 하랴. 어떻게 하면 가장 웅장하고, 아름답고, 새롭고, 성스럽게 하랴 하여 그림으로 만들다 폐하다, 폐하다 만들다 하다가 허다한 세월에 심혈을 기울여 비로소 안案을 이루며, 안이 이루어지면 먼저 표현에 착수하나니, 혹 이 일에 그치고, 삼 일에 다시 하여 십여 차례의 노고를 한 후에야 비로소 안과 같은 작품이 완성하는 것이라. 이러함에 천재적 재능(稟天才), 수양 쌓기(積修養), 좋은 소재(取材料), 계획 이루기(成腹案) 등 작업의 여러 단계를 거처 하나의 문학적 작품을 완성하는 동안에는 허다한 세월과, 금전과, 정력과, 노고와, 방해를 겪었을 것이라. 그러나, 이는 주관적 성공이니, 이 작품이 비평가의 비평에 통과하고, 만인의 애독물이 되기에 이르기는 별문제라. 혹 다행히 즉시, 세상의 환영을 받는 일은 있을지요, 혹 백 세 후를 기약하는 일도 있을지나, 고심의 창작은 결코 반향이 없고, 버려지는 법은 없느니라.

이렇게 이룩한 작품도 실로 한 민족의 소중한 보배요, 전 인류의 귀중한 보배니 잘 살피라. 심청전, 춘향전이 수백 년이래 수백만 인에게 위안과 쾌락을 베풀었나뇨. 심청전, 춘향전은 결코 진정한 의미의 대문학은 아니로되 이러하거늘, 하물며 대문학에서랴. 삼국지, 수호지도 중국민족의 보물이어니와, '호메로스', '셰익스피어'의 작물 등은 세계 인류의 큰 보배라. 우리에게서 봄의 꽃을 상완賞玩하는 쾌락을 빼앗는다 하면 우리는 얼마나 불행하겠는가. 문학예술은 실로 인생의 꽃이니라.

이러한즉, 우리는 이러한 작품에 경의를 표하여야 할지요. 이 작품을 배출하는 문학자에게 정신적·물질적의 보수를 지불함이 당연한지라. 물론 문학자도 반드시 상인이 물품을 판매하는 모양으로 보수나 이익을 위함이 아니로되, 우리가 문학자에게 존경과 칭찬을 부여함은 정신적 보수요, 금전상으로 그 작가의 작품을 구독하며, 혹 상금을 지불함은 물질적 보수라, 각종 원고료 중에 문학적 원고료가 최고니, 현재 일본 문사 중 츠보우치 쇼요坪內逍遙, 나쓰메 소세키夏目漱石, 모리 오가이森鷗外 등 제씨諸氏는 원고지 일 매에 평균 오 원이며, 구미 중 불란서 등지에서는 삼백여 페이지 되는 걸작 한 권만 출판하면 족히 일생 상류 생활을 영위할 만한 보수를 얻는다 하며, 또 구주歐洲에는 소위 '노벨상금'이라는 것이 있어, 매년 문학적 대작을 창작하는 자 한 명에게 팔만 원의 상금을 수여한다. 재작년 인도 시인 '타고르'가 《생의 실현》이라는 저서로 이 상을 받았으니, 이것이 동양인 노벨상의 효시라.

그러나, 문학자와 빈궁은 예부터 함께했다. 다만 성공을 급하게 말고 진실하게 노력하여 일생의 심혈을 기우린 대작을 남기면 후의 이름을 얻나니 고로, 문학은 국경이 없는 동시에 시간이 없다 하나니라.

대문학인의 정신 중 감정은 시대와 처지를 따라서 다소의 변천이 있으나 대개 일관되고 불변하는 것이며, 또 각 사람에 따른 말이더라도 대개 공통한 것이니 고대의 '재미있다' 하는 것이 근대에도 '재미있는' 것이 있고, 타인에게 '재미있는' 것이 나에게도 '재미있는' 것이 있으니, 이는 불변코 공통타 할지라. 실로 다소의 차이가 있다 함은 엽기葉技에 불과하는 것이요, 감정의 큰 부분에 이르러는 전혀 불변코 공통한 듯하도다. 대문학의 입각지立脚地는 실로 이 점에 있나니 어느 시대에 읽어도 어느 곳에서 읽어도, 어떤 사람이 읽어도 '재미있는' 문학은 즉 대문학이라. 희랍인 호메로스의《일리아드》는 적절한 예이니, 이는 지금으로부터 삼천여 년 전의 작품이로되, 그 미味는 새로운 것과 같으며, 시경 중의 그 부분도 새로운 것과 같다. 저 소위 '한 푼짜리 문학', '장마 버섯 문학'은 이 인심의 근저에 닿지 못하고 천박한 지엽적 인정을 기초로 함이니 고로 성공을 급하게 하여 다작을 탐하면 학문에 들기 어려우니라.

조선문학 조선문학이라 하면 무릇 조선인이 조선문으로 창작한 문학을 지칭할 것이라. 그러나 삼국 이전의 아득한 것이라 물론하고, 삼국 시대에 들어 설총薛聰이 이두吏讀를 만들었다. 이두는, 문자는 한자로되 조선문으로 간주함이 당연하다. 당시 문화 정도의 높음을 보건대, 이두로 창작한 문학이 응당 풍부하였을지나, 이래 천여 년의 수다한 변란에 전혀 상실하고, 당시 문학으로 지금 볼 수 있는 것은《삼국유사》에 실려 있는 십수백의 노래뿐이라, 이 노래도 아직 독법과 의미를 이해하지 못하니, 이를 이해하면 이를 통하여 불충분하나마 당시의 문학의 상태와 사상을 엿보아 알 수 있을지라. 이후, 고려부터 이조 세종에 이르기까지는 조선문학이라 칭할 것도 없도다. 단 태종과 정포은鄭圃隱의 주고받은 두 수의 노래가 있으니, 이도 한자로 기록하였으나 문격 어조가 조선식이라 하겠고, 세종조에 국문이 성하고, 용비어천가龍飛御天歌가 만들어지니 이것이 진정한 의미로 조선문학의 효시요, 이래로 역대 군주와 신민이 이 문文을 사용하여 만든 시문이 파다하려니와 한문의 노예가 되어 왕성치 못하였도다. 나는 일본문학사를 읽을 때 멀리 나라奈良조에 한문이 들어와 세력을 얻으면서도 가명假名이 세력이 모두 잃지 아니하여 만엽집萬葉集, 고금집古今集, 원씨물어源氏物語 등 국민문학을 산출하고 명치유신 이전까지도 일변, 한문의 세력이 팽창하면서도 국문학이 끊기지 아니하여 근송近松, 서학西鶴, 마금馬琴, 백석白石 등 국문학자를 배출하였음을 찬탄을 금치 못하노니, 조선인이 적이 자아라는 자각이 있었던들 세종의 국문 제작이 동기가 되어 신문학이 흥하여야 가可할 것이라. 이러한 생각에 퇴계, 율곡 등 중국 숭배자의 속출을 원망하는 생각도 나도다. 그러나, 경서와 사략史略, 소학小學 등 번역문학이 나옴은 조선문학 발전의 선구될 뻔하였으나 과거의 제도로 인하여 마침내 조선문학의 흥할 기회를 만들지 못하였고, 춘향전, 심청전, 놀부 흥부전 등의 전설적 문학과 중국소설의 번역문학과 시조·가사의 창작이 있었을 뿐이라. 세간에 유행하는 국문소설 중에는 조선인의 작품도 파다할지니, 이는 응당 조선문학의 부류에 편입할 것이거니와 이들 국문소설도 대개 재료를 중국에서 취하고, 또 유교 도덕의 속박하에 자유로 조선인의 사상 감정을 드러낸 것이 없으며, 근년에 이르러 예수교가 들어옴이 신구약급 예수교문학의 번역이 생기니 이는 조선문의 보급에 지대한 공로가 있었고, 실로 조선문학의 대자격大刺激이 되었으며, 십수 년 이래로 백여 종의 국문소설이 간행되었으나 그 문학적 가치의 유무에 이르러는 단언할 만한 연구가 없거니와 아무려나, 조선문학의 새로운 발전이 예고가 됨은 사실이라.

만일 조선문학의 현상을 질문하면 나는 울긋불긋한 서사의 소설을 가리킬 수밖에 없거니와 일제―齊 하몽제何夢諸 씨의 번역문학은 조선문학의 기운을 이르기에 의미가 깊은 줄로 생각하노라. 단, 이상 제씨가 과연 조선문학을 위하여라는 의식의 유무는 내가 알지 못하는 바로되, 제씨가 충실하게 번역문학에 종사하며, 한편 문학의 보급을 꾀하는 연구와 운동을 부지런히 하면 제씨의 공은 결코 적지 않을 줄 믿노라.

요컨대, 조선문학은 오직 장래가 있을 뿐이요, 과거는 없다 함이 합당하니, 이로부터 수많은 천재가 배출하여 인적이 드문 조선의 문학 분야를 개척할지라. 여러 문명국에는 사회 인생의 방면이란 방면과 인정의 기미란 기미를 거의 다 발굴하여 거의 개척할 여지가 없으므로 신재료를 갈구하되, 얻기 어렵거니와 조선은 산야에 금은동전이 발굴자를 기다림과 같이 조선 사회의 각 방면과 인정풍태人情風態의 만반상萬般相이 대시인, 대소설가를 고대하도다. 이를 임의로 발굴하여 대부대귀大富大貴될 권리는 실로 우리 청년의 수중에 있으니 가령 조선 귀족의 생활, 신식 가정의 생활, 신구 사상의 충돌, 조선 예수교인의 사상과 생활, 기생, 방탕한 귀공자, 빈민의 생활, 서북간도의 생활, 경성, 평양, 개성 등 고도의 미味, 각고의 새 조선인의 심사心事와 감상 등 조선인 손으로 하여 가능할 좋은 제목題目이 실로 무궁하지 아니하뇨. 문학에 유의할 청년은 이때에 끝까지 힘써 조선문학 건설의 즐거움을 기릴 기회를 얻을지어다.

생각과 느낌을 기록하였고 또 홀연히 학창學窓에 참고하며, 교정할 여유가 없어 거의 문文을 이루지 못하였으나, 나의 이 소논문이 청년에게 신문학의 관념을 극미하게라도 인식하면 나의 소원은 달한 것이라.

——

1910년대 비평은 극히 원론적인 것으로서 비평문학계는 이광수의 독무대라고 할 만큼 활발하지 못했다. 〈문학이란 하오〉는 이광수의 초기 비평으로, 문학 계몽을 위한 성격을 띤다. 여기에서 그는 종래의 문학관을 부정하고 문학은 지적·도덕적·종교적 보조물이 아닌 독립적이고 자율적이며 대등한 위치를 지니는 것이라고 주장한다. 유교 도덕의 도구가 되어 권선징악적 의미만을 추구하던 교훈성에서 탈피하여 인생의 사상과 생활을 자유롭고 여실하게 묘사해야 함을 역설하는 것이다.

이 비평은 11개 항목의 내용을 담고 있다. 이 가운데 정성으로 쓸 것과 교훈적인 성격이 아닌 예술적인 성격을 추구한 것을 주장한 '문학과 감정', 현실적인 것의 발상지와 신사상의 맹아를 발견할 수 있는 지점을 언급한 '문학과 실효' 그리고 순수한 현대어를 쓸 것을 이야기한 '문학의 문 기로에 입하다'는 특히 주목할 만하다.

* 이 글은 《每日申報》(1916.11.10~11.23)에 실린 〈文學이란 何오〉를 원전으로 하고 권영민이 엮은 《한국현대문학비평사 I》(단국대학교출판부, 1981)을 토대로 재구성한 것이다.

시형의 음률과 호흡

김억

열졸한 정견井見을 해몽海夢 형에게

　모든 예술은 정신 또는 심령의 산물이지요. 하고요, 정신이라든가 심령이라든가 그 자신을 포용하는 육체肉躰란 그것의 조화라 할 수 있으며 아마 예술이라는 그것은 작자 그 사람 자신의 육체의 조화의 표시라고 하여도 옳을 줄 알아요. 그러기 때문에 얼굴과 눈과 코가 사람마다 다른 것과 같이 육체의 조화는 다름으로 말미암아서 개인의 예술성도 다 다를 줄 압니다. ―천리에요, 다르지요. 사람의 예술작품도 그러하지요, 또한 서양과 동양과의 문학이 서로 다른 것도 이 점에서겠지요. 새삼스럽게 The soul is merely the body를 연상하게 되는 것은 아마 이 점에 기인하는가 보아요. 민족과 민족과의 사이에 서로 다른 예술을 가지게 된 것도 민족의 공통적 조화―내부와 외부 생활로 말미암아서 되는 조화가 서로 다르기 때문이라 할 수 있지요. 쓸데없는 말이지요마는 어떤 이가 말하는 전통주의 이입은 적어도 내게 대하여는 무의미로밖에 뜻이 없어요. 물론 서로 문학의 해석이 잘못되었음으로 그리할 줄은 생각도 됩니다마는, 그러기에 중국 사람에게는 중국 사람다운 조화가 있고 프랑스 사람들에게는 프랑스 사람다운 조화가 있지요, 그것은 어찌 할 수 없는 줄로 생각하여요. 맘은 육체의 조화고요, 정신은 육체의 조화인 것이야 어찌 할 수 없는 것이지요. 그렇지요? 여러 말이 많을 것 같습니다마는 시라는 것은 찰나의 생명을 찰나에 느끼게 하는 예술이라 하겠습니다. 하기 때문에 그 찰나에 느끼는 충동이 서로 사람마다 다를 줄은 짐작합니다마는 광의廣義로의 한 민족의 공통되는 충동은 같을 것이어요. 웨스웬트가 'poety is breath'라고 하였습니다. 대단히 좋은 말이어요. 호흡이지요. 시인의 호흡을 찰나에 표현한 것은 시가詩歌이지요. 일반적으로 호흡과 충동이 잘 조화되면 □□□□ 다 좋다고 하는 것이겠지요. □□□□ 의미의 시가는 표현할 수가 없고 그 호흡과 고동을 느끼는 그 시인에게만 시미詩味를 이해할 수 있는 침묵의 시밖에는 없을 줄 압니다. 언어 또는 문자의 형식을 알게 되면 시미의 반분半分은 없어진 것이오. 언어와 문자는 충동을 그려낼 수 없지요. 사람마다 같지 아니한 문체와 어체를 가지게 된 것도 이것인 줄 압니다. 또한 그것이 단점이라고 하는 것보다 장점되며 특색되는 것이라 생각하여요. 호흡의 장단에는 생리적 기능에도 관계되는 것이지요마는 다시 말하면 즉 맘이 육체의 조화인 이상에는 그 문장도 그 조화를 구체화된 것인 것을 말씀하여야 하겠습니다. 인습에 기인되기 때문에 불문시와 영문시가 다른 것이오. 조선 사람에게도 조선 사람다운 시체詩體가 생길 것은 물론이외다. 내부와 외부의 생활이 다른 것만큼 고동도 달라지지요. 심하게 말하면 혈액 돌아가는 힘과 심장의 고동에 말미암아서도 시의 음률을 좌우하게 될 것임은 분명합니다. 여러 말할 것 없이 말하면 인격은 육체의 힘의 조화이고요, 그 육체의 한 힘, 호흡은 시의 음률을 형성하는 것이겠지요. 그러기에 단순하지 않고 보다 더 시미를 주는 것이요, 음악적이게 되는 것도 또한 할 수 없는 하나하나의 호흡을 언어 또는 문자로 잘 조화시킨 까닭이겠지요. 시에 음악이 들오게 된 것을 말하면 여러 가지 되겠지요, 음악은 경이의 예술의 극치라 하는 말도 들었습니다. 한데 조선 사람으로는 어떠한 음률이 가장 잘 표현된 것이겠나요. 조선말로의 어떠한 시형이 적당한 것인지 먼저 살펴야 합니다. 일반으로 공통되는 호흡과 고동은 어떠한 시형을 잡게 할까요. 아직까지 적합한 것을 발견치 못한 조선 시문에는 작자 개인의 주관에 맡길 수밖에 없습니다. 진정한 의미로 작자 개인이 표현하는 음률은 불가침의 영역이지요. 얼마 동안은 새로운 일반적 음률이 생기기까지 하고 이에 대하여는 □□□□□□□□□(이행二行 탈락) □□□□□. 무의미일 것은 말할 것조차 없지요. 한데 또한 현재 조선 시단에 있어서는 시를 이해하는 독자가 얼마나 되며, 또는 시다운 시를 짓는 이가 얼마가 되는가를 생각할 필요도 있겠으나 새 시풍을 수립하기 위하여 작자 그 사람의 음률을 존중히 여기지 않을 수 없습니다.

형의 말씀과 같이 시는 시인 자기의 주관에 맡길 때 비로소 시가의 미와 음률이 생기지요. 다시 말하면 시인의 호흡과 고동에 근저를 잡은 음률이 시인의 정신과 심령의 산물인 절대 가치를 가진 시 될 것이오. 시형으로의 음률과 호흡이 이에 문제가 되는 듯합니다. 말하려면 답지 못한 관견管見이나마 아직 더 있습니다마는 이만 합니다.

1918. 12. 23

1910년대 후반기 한국 상징주의 시론을 대표하는 김억은 근대 초기 최초로 상징주의 시와 시론을 소개하고 자유시에 대한 개념을 정립하는 선구적 역할을 했다. 그중 김억의 최초 창작 시론인 〈시형의 음률과 호흡〉은 시형에 대한 원론적인 글이다.

시를 시인 생명의 유기적 구상화라고 보고, 시의 운율을 시인 생명의 육화된 조화 상태로 보는 그의 견해는 자유시의 정곡을 꿰뚫고 있으며 바로 이 점에서 김억의 시론은 자유시를 이론적으로 전개한 최초의 글로서 선구적인 위치를 차지하게 되었다.

* 이 글은 《泰西文藝新報》 제14호(1919. 1. 13)에 실린 〈詩形의 音律과 呼吸〉을 원전으로 하고 권영민이 엮은 《한국현대문학비평사 자료 Ⅰ》(단국대학교출판부, 1981)을 토대로 재구성한 것이다.

춘원春園의 소설을 환영하노라

양건식

상上.

나는 춘원의 소설을 환영하노라. 나는 어릴 때부터 소설을 즐기는 특성이 있어 다소열작걸작多少劣作傑作 신구 소설을 읽었으며 이로 인하여 친구의 조소와 부형의 질책도 많이 들었노라. 그럼에도 불구하고 즐기고 좋아하는 이유는 나 자신도 아직 모르거니와 하나는 천성에서 기인하는 것이오, 하나는 인생에 관한 모든 현상을 알게 하는 이유를 말함이오. 인정의 기미와 세태의 변화를 나는 이를 소설에서 보며 사상의 미와 서정 서사의 묘妙를 나는 이를 소설에서 구함이라. 우리 조선에서는 옛날부터 지금까지 중국의 생각이 낡고 완고하여 쓸모없는 선비의 나쁜 영향을 받아 소설은 문인의 변변치 못한 재주라고 일반 선비는 언급도 아니하며 동□칙動□則저 유협劉勰의 '사건이 풍부하고 특이하며 문사는 풍부하고 문채로와서 경전에 이로움은 없지만 문장에 도움이 있다'라고 한 말을 유일의 금과옥조로 삼아 소설은 경전에 모두 도움이 될 만한 것이 없는 것이라고 물리쳤으며, 작자 자신도 '권선징악'이라는 구실하에 스스로 부끄러워하고 스스로 낮추었음으로 소설은 오직 '이야기책'이라는 얕은 견해로 하류 사회와 아녀자의 소유법에 이바지하였을 뿐이었도다. 탄식하노라. 소설의 진의가 풍성하지 않은가. 청컨대 나로 하여금 깨달은바 의견을 약술케 하라. 무릇 과학과 미술이란 것은 세계 인생을 설명하는 두 형태의 방법이라. 하나는 추상적으로 하나는 구상적으로 하나는 추리적으로 하나는 직관적으로 설명함을 목적으로 삼으니 소설은 즉 미술의 일부로 그 주제 삼는 바는 가장 순조롭고 뛰어나게 인생을 설명함에 있고 그 중요한 점은 과학과 같이 객관적으로 사물을 냉정하게 분석 추론함에 부재不在하고 특성이 있는 천재天才의 주관에 비치는 진상에 불과 같은 열정을 가해야 재현케 하는 상상에 있으니 바꾸어 말하면 알 수 없는 인생의 묘상妙相은 주관의 도가니에 던져져야 계발되며 단련되고 모양이 드러나게 되어 혼연한 한 덩어리가 되어 속에 품은 뜻을 털어놓는 것이라. 이러한 천재의 순화가 그 중추가 되는 이유로 상당히 개인적이요 주관적이라. 꽃은 객관적으로 다름이 없는데 한 번 사람의 마음에 들어갈 때에는 사람口人口의 특질에 의하여 혹은 슬퍼 보이기도 하며 혹은 낙관도 되는 것이니 주관적인 꽃은 사람에 의하여 매우 다르게 불리는 것이며 이 다름은 이 주관의 성취인 이유로 개인적 됨을 벗어날 수 없으며 결코 그 사람이 아니면 그 차별관을 만들지 못하는 것이라. 이런 까닭으로 소설은 즉 사람의 사상 감정의 그림자이니 그 작자의 성격은 그럴듯하게 알기 어려운 중에 드러나게 되느니라. 우리는 마땅히 자기를 알리고자 하는 것이니 혹은 언어로 혹은 위세로 혹은 용모로 혹은 문체로 흉중의 비밀은 널리 알려지게 되는 것이며, 사람은 사지오관四肢五官의 간첩자間諜者에게 차히여 있는 자임으로 간첩자는 어찌하여 말하지 않고자 하는 비밀이라도 폭로하나니 고로 그 문체의 특질은 즉 기인其人의 특질이라. 문체가 이미 성격을 말함이 이러할진대 그 내용된 정신이 기인의 얼굴 모습임을 어찌 여러 말을 요하리오. 이러한데 인심이란 더욱 시대와 형편에 변화되는 것으로 그 기반을 벗어나기 불능한 것이라. 고로 몰래 바꾸고 말없이 활동하여 잠시도 옳지 않은 고금 인류의 사상 감정은 소설에 가장 많이 나타나니 역사에 관여한 사상 감정을 자세히 조사하고자 하는 자가 미술을 귀히 여기는 바는 모두 이 까닭이라. 고로 다만 기인의 특성의 소리만 될 뿐 아니라 즉 시대의 소리라 할 만할지요. 그 작품의 궁극의 목표는 기인의 이상이며 또 그 사회에 대한 이상이라야 하니 소설의 묘사하는바 인류는 상당히 넓으니 사회를 이룬 각 종족은 그 암흑광명의 어떤 방면을 불문하고 옥루玉樓나 빈가貧家나 경사傾斜나 또는 차부車夫나 걸식자나 선택하지 않고 모두 사람을 잡아 와 그 진정을 관찰하여 그 학문의 깊이에 이르며 작음을 꿰뚫고 자세함에 빠짐으로 그 인물과 성질과 심정, 버릇, 풍습이 눈앞에 생생하게 신문의 지면 위에 나타나게 하여 나는 앉아서 각 특이한 작자의 눈을 빌리어 인간 세상을 엿보아 앎을 얻나니 인생의 극미極微와 사회의 정수는 작자의 심안인 삼릉경三稜境을 투과하여 비로소 눈부신 빛이 뒤섞여 아름답도다. 고로 능히 독자로 하여금 눈을 어지럽게 하고 마음을 녹여 문득 슬프게 하고 문득 웃게 하며 황홀히 몽환 중에서 방황하며 눈물을 줄줄 흘리며 고향을 떠나 타향의 삶을 견디지 못하게 하여 독자는 다만 작중의 인물과 함께 희로애락하며 그 인물이 소설 중인 자임을 잊을 뿐만 아니라 자신도 또 작중의 인물이 되어 그 인물과 함께 그 조건에 행동하는 듯한 감이 있도다. 고로 한 번 이를 읽을 때에는 그 즐거움도 형언키 어려워 거의 하던 일을 그치고 잊기에 이르는 일이 적지 않으니 소설의 사람을 즐겁게 하는 일이 이렇게 깊고도 큼은 무슨 까닭이뇨. 이는 소설이라는 것은 사람을 즐겁게 함으로써 그 본령을 삼는 까닭이니 읽어 쾌락의 정이 일어나지 않는 것은 서슴없이 소설된 가치가 없는 것이라. 그러나 쾌락만 일어나면 족하다 함이 아니니 그 쾌감이 정당한가 그렇지 않은가를 생각하여야 할지라. 바꾸어 말하면 읽어 일어난 쾌감이 진정한 미적 쾌감인가 아닌가를 생각할 필요가 있는 것이니 결코 음탕한 육감에 호소하는 것이 되지 못할지라. 소설의 생명이 번성한 바가 모두 이에 있다 하니라.

하下.

소설은 이러한 미적 작용에 호소하는 것으로 인생의 미를 추구하는 최고 현상에 응하는 것이며 또는 그 본령을 삼는 고로 교화 작용을 위주로 하는 실제적 작용에 호소하는 뜻의 글과 또는 추론변석推論辨析을 위주로 하는 이념적 작용에 호소하는 지혜의 글과는 다르지 않음을 알지 못하는 것이오. 미적 작용의 결과로 계몽개발啓蒙開發을 구하며 혹 교화실효敎化實效를 구함과 같음은 미적 작용에 어느 것을 알지 못하는 어리석은 의론으로 연목구어와 다르지 않은 것이라. 그러나 진선미眞善美는 그 근본으로는 서로 꼭 들어맞아 유일唯一로 따르는 것임으로 그 관계가 상당히 치밀한 까닭에 진정의 미감은 인심을 순결하게 하여 넓히는 고취의 힘이 있는 것이라. 그럼으로 미감이 지혜와 생각에 미치는바 영향은 원대하니 그 결과로부터 나타나면 계몽개발을 본받아 배우며 교화실용을 하여 일이 바르게 됨은 물론 당연하니 다만 목적하는 바가 이에 있지 않고 저쪽에 있다 할 뿐이라. 소설의 본래가 이러함으로 그 교법을 창작하는 것에 힘씀은 그 인생에 주는바 이익이 혹은 성서에 뛰어난 것이 없음이 아니라 그러한 뒤떨어진 작품에 이르는 미혹에 빠져 헤매고 잘못하는 것의 경계로 유인하는 성질을 품은 것이 없음은 아니로되 결코 편협하지 않은 논자의 말과 함께 즉시 악마로 일컬음은 불가하니라. 하물며 일상의 경험은 결코 순결한 자뿐만 아니라 극히 악인이 많음이리오. 미혹에 빠져 헤매고 잘못하는 것으로써 장차 소설의

92

죄로 돌아오게 함은 도리에 맞지 않는 것이니라. 나는 소설을 읽음이 불가하다는 말이 아무 본받을 것이 없음을 알리노라.

우리는 현실 중에서 생활하고 있으나 도리어 상상이 섞여 생활하고 있는 편을 많이 겪는 것이라. 상상은 대우주의 활동의 원리와 법칙을 좇아 자연급 인생의 결함된 바를 보충하며 자연급 인생이 위하고자 하고 잠시 위하기 불능한 것을 수보修補하는 것이니 망상과는 같지 아니한 것이라. 그런데 상상의 지순한 것은 소설의 중추가 되는 고로 상상을 양성함에는 소설을 읽는 것만 같지 아니하며 사람이 이 세상에 처함에는 세태 인정을 자세히 알지 못할지니 그렇지 못한 때에는 세정에 우활迂闊함을 면하지 못할지라. 고로 인정의 기미에 통철通徹하여 동정이 두텁게 함에는 소설을 읽음과 같지 아니할지오. 문장은 그 목적에 의하니 일개로 논치 못하겠으나 사람을 감동케 함을 위주로 하나니 자기의 느낀 바를 사람에게 느끼게 하는 수사법을 배움에는 소설을 읽는 것만 같지 아니하리라. 이상은 심미식審美識을 만족케 하는 중에 반생伴生하는 조건이니라. 고로 소설은 금일 문학상에 중요한 지위를 점하였나니 어찌 소설을 거리낌없이 단순한 '이야기책'이라 하야 소홀히 여길까 보냐.

그러하거늘 금일 조선소설계는 어떠한 현상을 정하였느냐. 잠시 붓을 멈추고 종로의 좌우 서점을 보건대 울긋불긋한 표지의 자취가 남은 책자는 모두 소설이라. 이를 외인이 본다면 어－ 장하게 여기도다. 조선문학의 발달이여! 하리라. 그러나 아니라. 그 내용을 보면 개권초두開卷初頭에 무비대명無非大明 성화년간成化年間이라는 구시대 사대 사상을 고취하던 산물이오. 그렇지 아니하면 일부 경박아輕薄兒의 고루한 구일舊日 사상으로 거리낌이 없이 '이야기책'이라는 견해하에 언뜻 보면 구토케 하는 신소설 즉 무정견 무식견으로 결□結□한 천편일률의 열작劣作 소설뿐이라. 어찌 이로 우리에게 미묘한 감흥을 주리오. 일 권 소설에 다칙多則 십여 원 소칙少則 오륙 원에 팔기 위해 감연히 이를 창작하는 소위 소설가의 얼굴도 두껍다 하려니와 소위 출판업 한다는 것의 이를 매수하여 부정하게 인쇄하여 무지한 세인으로 하여금 독서 안眼을 한층 더 머뭇거리게 하는 무치無恥가 경심更甚하다 하리로다.

조선소설의 기원이 하대何代에 속한지는 나는 견문이 좁아 알지 못하나 소위 신소설이란 명칭이 발생되기는 십여 년 전이며 이를 시작하기는 고 국초菊初 선생 이인직李人稙 씨가 그 해박한 학식과 경묘輕妙한 문장으로 정취가 횡일橫溢하게 결구가 교묘하게 전에 없던 신문체로 창작한 소설 사오 종을 내놓으니 그 □호상□湖上의 환영이 많고 컸도다. 그 후에 씨는 부득기한 사고로 인하여 오직 우리는 일제一齊 하몽양何夢兩 씨의 번역문학을 애독할 뿐 이러니 돌연히 전월에 국초 선생 서거한 보報를 접하고 경악하며 안타깝게 여기다 또 신문 지면으로 희보喜報를 접하니 즉 춘원 씨의 소설 예고라. 춘원 씨여 나는 군과 비록 일면의 식識은 없으나 이미 군의 작품은 유학생 잡지에서 한 번 읽은 일이 있노라. 내가 그 유학생 잡지에서 득각得覺한 단편소설로부터 몽□夢□ 씨와 군의 수완이 비범함을 비로소 알았나니 나는 오직 독자된 지위에 있어 이를 읽을 시에 그 현란한 채필彩筆로 인생의 반면을 정취 있고 심각하게 묘사한 데 대하여는 미상불 경탄하였노라. 근년 나는 몽□ 씨와 군의 소설이 나오기를 몹시 기대하였으나 그간에 집필치 아니함인지 일편의 단편작품이나마 만나지를 못하매 나로 하여금 실망을 정히 불소不少케 하더니 군이 먼저 소설을 집필한다 예고하니 그 집필하는 바는 《무정無情》이라는 소설 내용이 어떠한지는 미지하거니와 군의 작이면 필연코 금일 소설계에 일두지一頭地를 초출超出한 소설일지니 어찌 문단에 기쁜 일이 아니냐. 종차從此로 우리의 황무한 심전에는 군의 소설로 인하여 고상한 정미情味의 종을 퍼뜨릴지라. 청컨대 군은 곧 그 문학의 가치 있는 작품을 속출하여 군의 호와 같이 황량한 문단을 춘원과 같이 백화百花가 빛나게 할지어다. 나는 이상의 이유로 군의 소설을 환영하는 바로다.

—

1910년대 누구 못지않게 단편소설을 의욕적으로 발표한 양건식은 춘원 이광수의 장편소설 《무정》의 신문 연재 예고를 보고 그것을 미리 환영하는 비평 〈춘원의 소설을 환영하노라〉를 발표했다.

이 비평의 핵심은 소설 이론에 있으며, 당시 우리나라 문학 수준에서는 보기 드물게 일관된 이론을 펼치고 있는 소설론이라는 점에서 주목할 만하다. 또한 유미주의 소설론으로 전개되는 유미주의의 이론은 상당한 유연성과 포괄성을 지니고 있다는 점에서 주목된다. 가령 이 소설론은 소설의 미적 가치를 중시하면서도 그 효용적 가치도 인정하는 포괄성을 지니는 것이다.

* 이 글은 《每日申報》(1916. 12. 28~12. 29)에 실린 〈春園의 小說을 歡迎하노라〉를 원전으로 하고 한상하가 엮은 《每日申報 影印本 縮刷版》 제10권(경인문화사, 1984)을 토대로 재구성한 것이다.

예술과 근면

최남선

1.

   사람의 힘으로 신의 조화를 막는 것이 진실로 용이한 일이 아니거늘, 예술이란 것은 곧 형태와 색채와 성향과 구획의 장인으로써 조화의 묘미를 취하는 것이라. 복잡한 물상物象을 단순화하고 커다란 범위를 집약하고 심오한 핵심을 들추어내서 신비한 우주의 내부 생명을 붓이나 악기로 붙잡나니, 이것은 귀한 한가지 기술인 동시에 지난至難한 한가지 일인 것이라. 어려움이란 무엇이오, 마음의 힘을 다함을 말함이오, 기술을 배우고 익히는 것이 큰 것을 말함이오, 성공에 다다르기까지가 느린 것을 일컬음이니라. 어려움이란 무엇이오, 큰 공부와 마음의 힘으로써 상당한 공과功過를 얻기 쉽지 아니함을 일컬음이니라. 조화, 그 정수를 쉽게 나태하고 우매한 자들에게 부여하여 오락거리로 맡기지 아니하는도다.

2.

색채를 표현하고 형태를 빚는 것이 회화 조각인데, 하등 어려움이 있겠느냐마는 마련할 수 있는 모든 것을 감상하고, 학문의 헤아릴 수 없는 깊이를 옮기고, 여러 가지 사물의 형태의 진수를 드러냄이 그 진짜 가치인 연유로 최고에 오르기 힘든 것이며, 악기를 합주하고 장단을 들고나게 하는 것이 음악 가무일진대 하등 고난이 있겠느냐마는 천지의 바른 소리를 획득하고 심정의 묘기를 진동하게 만드는 것이 그 진실된 의의인 연유로 최고에 오르기 힘든 것이며, 풍우를 막고 추위와 더위를 조절하는 것이 건축일진대 어떤 고난이 있겠느냐마는 생활의 이상을 실현하고 문명의 정화를 결정함이 그 진정한 가치인 연유로 지고지난한 것이니라. 대개 예술은 우주의 원만체圓滿體 즉, 미려함을 표시하고 인생의 열락로悅樂路 즉, 행복을 조장함을 그 본래의 목적으로 하니, 조화를 깨닫는 것이 용이치 아니함이 당연하며 세상을 미화하는 것이 용이치 아니함이 당연하며, 깊고 세밀함을 헤아리고 신비로운 변화에 이르러 활기를 잃은 것을 생동하게 만드는 것이 용이치 아니함이 당연한 것이라. 고로 용이치 아니한 이 신묘한 경지에 쉽게 들어오도록 힘을 다하고 용이치 아니한 이 신공을 용이하게 얻도록 마음을 다하는 자라야 비로소 진짜 예술―생명과 의의와 가치 있는 예술을 성취하는 것이요. 그렇지 않으면 예술이 아니라 문득 흙이나 돌덩어리요, 먼지이니 얻기는 쉽지만 어찌 날카로움이 있으며 성공하기는 쉽지만 어찌 쓸모가 있으리오.

예술의 지위가 고상하기가 이것과 같은지라 여러 사람이 오르지 못하며, 예술의 깊은 뜻이 그윽하게 되기가 이와 같은지라 여러 사람이 도달하지 못하며, 예술은 영예로운 관직 같은 것이라 커다란 공을 쌓은 자만 생각함을 얻을 것이며, 예술은 아름다운 곡식과 같아서 커다란 노력을 다한 자만 얻을 수 있으며, 예술의 겉곡식은 단단하기가 완전한 철과 같은지라 큰 정성으로 열고 가르는 자만 아름다운 과실을 얻을 수 있으며, 예술의 경로는 험한 바다와 같은지라 커다랗고 굳센 힘으로 배를 저어 지나가는 자만 피안에 이르는 것을 얻을 수 있나니 어려운 대신 지대한 공과를 성취하고 지대한 대신 어려운 관문을 통과해야만 하는 것이다. 대개 이러한 관문은 철로 된 담장과 돌로 된 문에 금강역사金剛力士가 버티고 서 있고, 극진한 공부와 투철한 천수踐修가 있는 자만 성곽의 입구의 작은 틈을 열 수 있느니라. 예술이 진실로 재주의 일이니라. 그러나 재주만으로는 결코 성공을 이루지 못하는 것이니, 재주가 없을지라도 성실한 노력이 있는 자면 흔히 통과하며 재주와 성실한 노력이 함께 있는 자는 비로소 무난히 통과하나니라. 더욱 예술은 그 목적이 깊고 높으며 그 효용이 원대하니, 그만큼 탁월한 의사와 신묘한 기술을 필요로 한다. 탁월과 신묘는 결코 먼지 모래처럼 저절로 스며드는 것이 아니오, 트림 방귀처럼 아무 생각 없이 사출하는 것 아니니라. 만고를 초월하고 일세一世를 능가함이니, 실로 어려우며 어려운지라. 크게 힘을 다하여 노력하는 것과 마음과 몸을 다하여 애쓰는 것을 필요로 하나니라.

3.

　물웅덩이에서는 신룡神龍이 살 수 없으며, 분뇨와 퇴비 더미에서는 신령한 물이 샘솟을 수 없으니, 텅 빈 두뇌가 어찌 이름을 날린 대작을 만들어 내며, 고루한 식견이 어찌 뛰어난 걸작을 만드리오. 동일한 천성이라도 혹자는 옥을 채취하고 혹자는 진흙을 만들며 같은 시간을 보내는 것이니 천성에야 차별되는 것이 없지만, 보는 사람의 안목과 식견에는 그만한 경중의 차이가 있음이니 소위 안목과 식견이란 것은 천품天禀도, 신적인 깨달음도 아니라 연습과 수양 여하如何로 그것의 높고 낮음과 깊고 얕음이 판별되는 것이오, 안목과 식견이 깊은 사람이라야 큰 주제를 붙잡아서 큰 사상을 형성하고, 안목과 식견이 낮은 자는 용졸하고 평범한 도형 이외에 의의 있는 일보를 나아가지 못함을 보면, 미술은 손과 팔뚝의 운용만으로 묘妙를 얻는 것 아니오, 지식의 확충으로 크게 성공하는 것이 분명한지라. 롬니의 "하루 종일 그림을 연습하고 밤에 독서하는 화가가 아니면 평범하게 끝나리라"라는 말이 실로 천고의 확언이로다. 보아라, 고래로 깨달음을 얻은 장인으로서 아름다움을 백세에 전한 자는 대개 박학다식의 선비가 아닌가. 부상 법륭사의 벽화를 그려서 천하의 보물을 가능하게 한 담징曇徵(고구려승)은 삼교구류三教九流에 통달했으며 백공기예百工技藝를 겸하였으니 그 사불정토도四佛淨土圖의 웅혼한 필의筆意가 실로 손가락 끝에서만 나온 산물이 아니며, 산수화계에서 신묘한 경지를 스스로 깨친 강희안姜希顏(인재仁齋)은 시서와 함께 독서를 칭송하고 학문과 수성으로써 수준이 높고 솜씨가 뛰어난 기술을 연마하여 옛사람이 미처 생각하지 못한 곳까지 도달하였으니, 거칠고 엉성한 필치로 생기가 있게 함은 실로 유래하는 바가 있으며, 김정희金正喜(추사秋史)의 난과 신위申緯(자하紫霞)의 대나무에 왜 아닌 게 아니라 박학다식과 탐구, 연마가 드러나며, 채옹蔡邕의 강학도講學圖는 문득 학문을 넓히는 마음의 자취를 묘사한 것이오. 왕유王維의 산수도는 곧 깊은 애정을 가지고 시경을 번역한 것이며, 왕사정王士禎(엄주弇洲)의 신령스럽고 기묘한 감식과 모기령毛奇齡(서하西河)의 묘기는 무릇 그 넓고 큰 포부의 한끝이 드러난 것이며, 세계에 필적할 자가 없는 걸작이라는 쪼콘다도圖(모나리자 – 편집자주)의 작가 레오나르도 다 빈치는 백과百科 학술과 만반의 기예를 통달하여 환하게 알고 있으니, 그 그림의 내용과 외형에 아주 작은 실수도 없는 것은 우연함이 아니며,

구체화에 통달한 자로 오랫동안 탁월함을 인정받았던 미카엘 안젤로는 시인·소설가·건축가를 겸하여 다 묘기를 얻었으니 그 작품에 활기가 신령스럽게 움직여 명장을 얻을 수 없음이 또한 까닭이 있을 것이며 화가의 구상이 풍부하여 한 세상을 좌지우지한 뷰비쓰또·샤반누 또한 유명한 학자이니, 마르지 아니하는 영감은 실로 근원에서 흘러오는 물처럼 솟아 오는 것이요, 기타 우리나라의 이녕李寧, 강세황姜世晃(표암豹菴), 심사정沈師正(현재玄齋)과 중국의 고야왕顧野王, 형호荊浩, 황공黃公, 망望 등이 모든 색깔이 신묘함에 이르렀을 뿐 아니라 학술을 겸한 자이며, 음악상으로 말하면 박연朴堧(난계蘭溪), 왁네르와 조각상으로 말하면 김돈金墩, 도나테로, 로단 등이 무릇 다 박학묘기에 서로서로 관련이 있는 자라. 우리는 동서고금의 예술사를 통틀어서 공부하지 않는 대가와 무식한 장인을 보지 못하였으니, 심안이 열리고 조화를 투시하여야 걸작은 이에 만들어지는 것이니, 진정한 재인이 문득 실제 학문을 공부한 자임이 과연 당연하며, 이른바 부국의 보배이자 유명 종교의 즐거움이라는 예술이 오직 재주와 학식을 겸비한 자의 단독의 장이 됨이 또한 당연하다 할지로다. 예술가에게 학식의 필요함이 대개 이와 같으니, 다만 학문을 닦는 것도 근면을 요하며 예술의 업을 익히는 것에도 근면을 요하거늘 진정한 예술가는 부득불 양자를 겸유하여야 한다 하면 그때 필요한 근면이 여하간 몹시 크다는 것은 많은 말이 필요하지 않은지라. 예술이 어찌 다만 재주로 성취할 것이랴. 재주보다 더 근면을 요함이 분명치 아니한가 그런 것이다. 진정한 예술가는 저 두 가지 이외에도 고상한 품격을 요하나니 품격은 어떻게 양득養得하고 발휘하는 것이냐. 품격의 필요는 어찌 있는 것이냐.

4.

아름다운 글귀가 변화를 뛰어나게 하는가. 사람을 승복시키고 심장을 뛰게 하는 것은 품격의 변화요, 즉 능能하며 단장한 색채가 사람을 귀하게 하는가. 사람으로 하여금 우러르게 하고, 사모하게 만드는 것은 품격의 사람이오, 즉 그러하나니 예술품이 또한 이보다 더하니라. 사람의 골격을 잘 그리는 손의 기술이 그 진정한 가치가 아니오, 모양과 색채가 그 본래 목적이 아니라, 위대한 작품은 위대한 감화를 일으키는 자의 뼈요. 위대한 감화는 오직 위대한 작품을 구한 자만 능히 좋은 향기에 다다를 것이니 품격이 얼마나 고상하여야 하늘에 다다른 듯한 신령한 생기를 있는 그대로 표현할 수 있으며, 품격이 얼마나 고상하여야 인생의 기미를 곧바로 그릴 수 있으랴. 고래로 명작이 다 지극히 높고 심대한 품격을 구함이 여기에서 유발함이니라. 본연의 요구하는 예술은 죽은 예술이 아니라 활기가 넘치는 예술이요, 구역질 나는 예술이 아니라 감동을 불러일으키는 예술이니, 예술이 어떻게 하면 활기가 생기는 것이냐. 품격이 곧 그 생명이니, 대품격의 작품은 곧 긴 생명의 예술이오, 긴 생명은 곧 공을 들인 효과가 큰 것을 의미하며, 예술이 어떤 방법으로써 사람의 감동을 불러일으키는 것이냐. 품격이 곧 그 관계이니 대품격의 작품은 많은 능률의 예술이오, 능률이 많다는 것은 곧 훈화가 많다는 것을 의미하나니, 예술의 품격을 요함이 이보다 더하니라. 웅변은 구설의 끝이 아니라 문득 뛰어난 인격의 발로요, 높은 덕은 절행節行의 끝이 아니라 문득 높은 인격의 발로인 것처럼 예술의 대작도 또한 계획의 끝이 아니라 큰 인격의 발로이니, 명리에 연연하는 사람 중 대예술가는 없으며 재욕을 탐하는 사람 중 대예술가는 없으며 생각이 탁하고 세속의 더러운 냄새가 분분한 사람 중에 대예술가는 없으며, 오직 그 마음이 맑고 그 행동이 고고하며 그 이상이 창대하고 그 생각이 자연스러우며 예술의 성의는 불처럼 타오르고 파도가 일렁거리며, 예술적 양심은 칼처럼 날카로운 자만 반드시 큰 공을 이루고 큰 이름을 떨친 확실한 증거가 역사상 쌓였도다. 조속趙涑(창강滄江) 산수도의 고고함은 그 해탈한 인격의 상태요, 김홍도金弘道(단원檀園) 신선도의 탁월함은 그 뛰어나고 훌륭한 인격의 표상이며, 홍득구洪得龜는 예술이 불멸함을 깊게 깨달아 귀한 흰 비단과 마음에 드는 채색이 아니면 결코 그리지 아니하니 당시의 사람들이 그 긍지의 지나침을 비웃었으나 그 태산과 북두의 이름이 이 예민한 양심의 장소요, 장승업張承業(오원吾園)은 화폐의 유혹에도 작품을 남발하는 것을 피하고 권위의 억압에도 깨끗한 정조를 지켜 그의 예술관에는 왕자王者와 부호富豪가 없으니 사람들이 그 세상 물정 어두운 것을 걱정하였으나 그 예술상의 부귀공명은 이 고결한 지조의 결과이며, 관운장關雲長의 대나무가 천고에 홀로 뛰어난 것은 그 늠름한 높은 뜻이 붓끝에 약동함이요, 방효유方孝孺(망계望溪)의 송죽석이 닳아 없어지지 아니함은 거기에 머물러 있는 뜻이 지면에 살아서 드러남이며, 라파엘의 기독교 성화가 인류의 마음을 애절한 신앙으로 이끄는 것은 경건한 그 정신이 그림 안에 운동함이요, 코로의 경치화가 악착스런 근대인의 망급한 심사를 평화 안정한 별세계로 이르게 하는 것은 평화롭고 온건한 그 사상이 종이 위에 거두어지고 쌓였기 때문이다. 예술가란 무엇이오, 형태로써 오묘하고 깊은 이치를 보여주는 철학자요, 작물로써 문화를 펼치는 도덕가이니, 공자, 소크라테쓰, 솔거率居, 라파엘이 표현하는 재료와 운동하는 형식상에는 차이점이 있으나 문화의 본래 임무에 있어서는 저절로 일치하는 것이라. 신의 이치와 성스러운 법칙을 지대한 품격이 아니면 어찌 천명하며 지극한 덕과 큰 조화를 지고한 품격 아니면 어찌 선포하리오. 고로, 회화 조각에 품격이 없으면 선면채색線面彩色에 불과한 난삽함이지 예술은 아니며, 음율기락音律伎樂으로 품격이 없으면 금과 가죽과 줄과 대나무에서 나오는 소음에 불과하지 예술은 아니며, 건축에 품격이 없으면 흙과 돌과 나무와 철 무더기에 불과하지 예술은 아니니 큰 품격으로써 큰 감화를 일으키는 자가 비로소 진정한 예술의 바른 명성을 얻을 것이오, 오직 한 인격으로써 진짜 신령스러운 감화 베푸는 자가 비로소 진정한 예술의 실적을 일으키리라. 인격은 여하히 길러서 얻는 것이니, 예술가의 인격이 유별한 것이 아닌즉, 그 길러서 얻는 방법 또한 특이한 것이 아니다. 오호라, 인격을 길러서 얻는 것을 어찌 쉽다 말하리오. 하나의 옥을 가는 것도 혹 심대한 공부를 필요로 하고 하나의 그릇을 만드는 것도 혹 오랜 노력과 비용을 요하니 고상한 전인격을 연구하여 이루는 노력이 여하히 크랴. 수법을 단련하고 지식을 확충함에 이미 대근면을 요하거늘 다시 인격을 연마하야 높은 곳에 이르려 하니 그 노력이 비상할 수 밖에 없을 것이라. 예술이 어찌 재주의 일이랴, 재주가 어찌 진정한 예술의 유일한 요소가 되랴.

그러므로 위대한 예술가가 되자면 지식, 품격 이외에 또 그 의장意匠은 홀로 이른 경계가 있고 수법은 탁월한 기량이 있어야 하고 고금을 통틀어, 최고의 발명과 그 학식이 감히 없을 수 없으니 예술가는 박학가의 별명도 아니오, 지성인의 다른 명칭도 아니라. 그 이름과 같이 예술로 업을 이루는 자이니 지식도 진실로 학문과 교양이 깊고 넓어야 하고, 품격도 진실로 고상하여야 하거니와 더욱 그 기량이 우월하여야 비로소 바퀴를 깎는 것에 능한 장인과 도축을 잘하는 백정처럼 진정한 예술가도 될 것이오, 위대한 예술가도 될 것이로다.

5.

일가를 스스로 이루는 것도 쉬운 일이 아니거늘 하물며 새로운 장소를 특별하게 열어젖히는 것이랴. 일세를 좌지우지하기도 어렵거늘 하물며 천고에 뛰어나게 훌륭함이랴. 당시의 궁핍함을 면하기도 이미 어렵거늘 하물며 끝이 없고 영원하기를 감화함이랴. 헐값으로 귀한 물건을 살 수 없으며 가벼운 노력으로 귀중한 보석을 얻지 못하나니 비록 하나의 예술, 하나의 능력이라도 초연히 얻고자 하자면 엄청난 노력이 보통 사람이 추측할 바가 아니어늘 하물며 위대한 예술은 물아物我를 모두 잊어버리고 물질과 정신이 함께 가야 원대한 생각으로 자연을 깨닫는다 함이 말과 같이 쉬운 것이 아니오, 만권의 책을 독파하고 만리의 길을 답래踏來하야 천년 세월을 스승 삼고 만물을 친구한다 함이 말과 같이 쉬운 것 아니오, 십 일에 물 하나를 그리고 오 일에 돌 하나를 그려서 붓 더미가 산처럼 쌓여 있고 철을 갈고 닦아서 무르게 만드는 것보다 더하도록 해야 한다 함이 말과 같이 쉬운 것 아니오, 음양陰陽을 도자기로 굽고, 무리의 모양을 포착하여 붓의 뜻이 담긴 검은 모양을 영겁에 불후하게 한다 함이 무릇 말과 같이 쉬운 것 아니거늘 기술을 신에게 맡기고 신묘한 흔적을 나중에 드리운 대가는 다 무릇 이 모든 것을 실천한 자이니 그 근면이 어찌 더할 수 있겠는가. 솔거의 신기가 결코 평범하고 편한 공정으로 이룬 것 아니니 이로써 생명을 걸고 하지 아니하였는가. 공민恭愍의 신묘한 예술이 결코 여가 시간으로 얻은 것이 아니니 이것으로 인하여 천하를 잃지 아니하였는가. 연후에 황룡사黃龍寺 벽에 그려진 소나무는 잠을 자려는 새를 꾀어서 오게 만들고, 아방궁도阿房宮圖에 그려진 아주 작은 사람들에도 수염과 눈썹이 생동하며 안견安堅(가도可度)은 옛 그림을 넓게 조사하여 그 묘한 것을 모두 얻었으니, 산수화의 세계에 특별하게 세워진 신령스러운 기운은 곧 이러한 것에서 얻어서 오게 된 것이오, 윤두서尹斗緖(공제恭齊)는 인물과 동식물을 그릴 때마다 반드시 몇 날 며칠을 주목하여 그 진정한 모습을 얻은 후에야 관찰하는 것을 그만두니 유명한 만마도萬馬圖에 그려진 말들이 모두 살아 있는 것처럼 움직이는 것은 다 실제를 조사하여 검사하고 정밀히 연구한 후에 이루어진 것이며, 고로 김명국金明國(연담蓮潭)은 이른바 옛 법을 초월하고 자연을 스승으로 삼아 오랜 시간 동안 고심하여 자세하게 바라본 후에 신과 하늘에게 빌린 이치를 얻었으니 먹의 법칙 외에는 자신의 의지대로 하되 모든 격을 갖추는 것을 마치고, 점점 작고 점점 신묘해지고 점점 커지고 점점 기이해지니 생명의 의미가 지고하고 운필運筆이 크게 건사함은 홀로 열린 단장과 스스로 얻은 역량이 웅대하였음이며, 고개지顧愷之는 천고의 뛰어난 화가이기에 매양 인물을 그림으로 그릴 때, 만약 수년 동안이라도 눈이 맑지 않다고 느껴지면 그림을 그리지 아니하다가 신묘한 계기가 훤하게 드러나는 찰나에 비로소 작업을 완성하니 그 그림에 잘못된 선이 없음은 이렇듯 공부를 사용했음이오, 조창趙昌은 재주가 넉넉하니 매일 새벽 아침 이슬이 내려올 때 난간을 거슬러 올라가 둘러쌓고 실물을 자세하게 살피고 손 안의 색채를 익혀서 자세하게 옮겨 놓으며 그 모두를 익히니 그 꽃과 새가 생기가 피어나서 진정한 모습이 사람에게 가까이 다가오는 것은 이렇듯 심사를 괴롭게 해서 얻을 수 있는 것이며 이원점易元占은 고인이 아직 도달하지 못한 것을 이루어서 공명을 얻으려 노루와 원숭이를 베끼며 공부할 때 형호荊湖가 그랬던 것처럼 깊은 산에 들어가 원숭이와 사슴과 돼지와 같은 곳에서 함께 살면서, 입으로 전하고 마음으로 이어진 묘를 일일이 전하여 베끼고, 또 움직임을 익힐 때 그곳에 거주한 후에 정원과 연못을 열고 수석을 퍼지게 하여 물짐승과 산짐승을 길들이고 그 움직임과 멈춤과 편히 쉬는 모습을 엿보아서 그림의 생각에 밑천으로 삼으니 동식물을 그린 그림으로 그 어깨를 나란히 하는 자가 없음은 이렇듯 뛰어난 창조력의 공이오, 미불은 옛 물건과 옛 그림을 우연히 접하면 이에 이미 마음을 얻어 보진재寶晉齋(미불의 서재 이름—엮은이주) 안에 생동하는 그림의 흔적을 새겨 놓았고, 임한 지방에 기이한 돌이 있으면 가지런하게 옷을 입고 절하고 형님으로 모시니 그에게 이목이 주목되고 예사롭게 지나는 자가 없으니 그 그림으로 필적할 자가 없으니, 사물을 바라보는 식견을 면밀하게 쌓는 것은 이렇듯 열렬한 향상심에 주어지는 것이며, 클로드는 당시 대가에 어린 종으로 일하면서 그림 속에 나타난 뜻을 공부하고 화가로서 공을 이룬 후에도 한편으로 여러 나라를 순회하며 이름의 자취를 시찰하고 가옥, 동산, 수목, 화훼 등을 세세하게 묘사하고 세밀하게 옮겨 그림으로써 자연 연구의 밑천을 쌓음으로써 하나의 과실을 이루며 구름의 변화하는 모습의 장엄한 모양과 하늘의 색깔과 밝고 어두움의 나타남과 사라짐을 확실하게 알기 위하여 시시로 새벽부터 해질 때까지 천공을 자세하게 살폈으니 이렇듯 정밀한 공부가 그로 하여금 안목을 높게 하고 솜씨가 신묘한 제일류 경치 화가를 가능케 하였으며 보란코이쓰 · 페리에르는 미술의 깊숙하고 고요한 로마에서 한 번의 놀이의 뜻을 세우고 빚을 얻어 재물의 사양함을 거절하지 못하니 무식한 눈먼 이가 되어 조석을 걸식하면서 험한 비바람에 장구히 표류하다가 필경 바티칸 예원에 이르러 수완을 연마하니 어려움을 이기리란 하나의 결심이 그로 하여금 프랑스 고古예술단에 중요한 위치를 점하게 하였으니 티티앤은 하나의 그림을 완성하기에는 흔히 칠팔 년간 매일 생각하고, 셀리니는 일상을 담금질하기에는 십이 년간 각각 마음을 한 곳에 모으게 하여 무수한 절망의 연속으로 최후의 큰 공부로 이름을 얻었으니 이렇듯 많은 근면 · 노력이 아니면 출중한 자의 생각도 용맹할 리 없고 절세의 작품을 완성할 도가 없는 바라. '근면, 견인'이 어찌 다만 쌩쓰의 표어만이랴. 요컨대 만고 예술가의 일치하는 성공의 한마디로다. 이것으로써 이영李寧은 누각으로, 최경崔涇은 인물로, 김장金璋은 산수로, 김시金視는 가지가지의 체재로, 김서金瑞는 말로, 사성령社城令은 새나 짐승을 그린 그림으로, 채무일蔡無逸은 풀과 곤충을 그린 그림으로, 신잠申潛은 포촉으

로, 어몽룡魚夢龍은 매화로, 석경石敬은 대나무로, 김정희는 난으로 다 천
고에 일인이 되었으며 이것으로써 고(개지), 육陸(탐미探微)이 성스러운 이
름을 얻고, 장張(승요僧繇), 오吳(도현道玄)가 신의 지위를 얻었으며 이것으
로써 박연朴堧, 정침鄭沈 등이 대동악계大東樂界에 바른 소리가 뿌리를 내
리게 하고 이것으로써 모차트·쎄토벤 등이 서양 악단에 신생명을 불
어넣었으며, 이것으로써 퓨잔·쾝프 등은 건축상을 확립하고, 이것으
로써 카노바·도르왈드쎈 등은 조각상에 으뜸이 되었으며, 이것으로
써 장영실蔣英實·김요金銚 등이 우리나라의 기구 제작에 있어 탁월한 재
능을 천하에 널리 알리니 잔재주로써 즐기려면 머물러 있으려니와 진
정한 예술가 됨에는 재주에 근면을 겸하여야 하며, 진부하고 속되고 천
한 것에 그치려면 머물러 있으려니와 위대한 예술가 됨에는 대근면에
대노력을 겸하여야 함이 대개 이와 같은지라. 밀레의 말이어니와 예술
은 극히 요망스러운 신인 고로 일순간이라도 홀대하면 그 엄벌을 받는
다 하나니 강하고 커다란 근면이 아니고야 어찌 그 총애를 오래 보존
할 수 있으며 신령스러운 솜씨를 완성하며 어찌 옛 선인의 울타리를 돌
파하고 당시의 조류를 초월하여 진짜 예술 큰 예술의 깊은 뜻에 오르
리오.

6.

　예술은 백성을 배부르게 먹이거나 따뜻하게 하는 기능을 가지고 있
는 것이 아닌데, 백성이 농사와 길쌈으로써 예술가에게 이바지하고 예
술은 나라를 평안하게 다스리거나 안전하게 지키는 것이 아니거늘 나
라가 영예로써 예술품을 대우함은 무슨 까닭이오. 예술은 사람의 심경
을 위안하고 사람의 품성을 도야하며 국가에서 학문이나 예술이 번성

하는 기세를 표상하고 민족의 영묘한 성정을 드러나게 하여 백성을 교화하는 공이 육경六籍과 같고 빛나는 나라의 힘이 육·해·공군보다 더 강하게 하는 것이라. 만일 그 정도가 이것에 미달하고 그 본받을 만한 점이 이것에 미달하면 그 예술은 무익한 유희요, 그 예술가는 무용한 백성이라 할지니라. 그럼으로 한 시대의 예술은 과거 시대와 비교하여 특별히 높은 가치가 있으며 민족의 예술은 타민족에 비해 특수한 풍속의 힘이 있어야 비로소 진정한 예술과 예술가 됨을 얻을 것이니 진득하게 우리끼리만 무리를 지어 본바탕을 오염시키고 물질이나 허비하면 이러한 한가한 일과 한가한 사람을 어디 쓸모가 있으리오. 나중 온 자가 떠나간 자를 이기고 이씨가 김씨를 이기는 곳에 예술이 비로소 의의가 있으며 또한 진보가 있으리로다. 대개 진보는 근면의 다른 모습이니 작은 근면에서는 작은 진보가 생겨나고 큰 근면에서는 커다란 진보가 생겨나며 근면이 없으면 진보도 없을 것이라. 근면이 어찌 특별히 예술에만 필요할까마는 오직 진보로써 생명을 만드는 예술은 진보의 원천인 근면을 필요로 함이 특별히 큰 것이니 예술을 이루기 위한 과정 중 근면이 아니면 마음의 손이 재주가 있어도 쓸모가 없으니 이것은 마치 재화를 모으는데 근검이 아니면 경제의 재주도 무익함과 같으니라. 보라. 비록 재주가 있으니 근면이 아니면 새로운 경지를 열어 나아가지 못할 뿐 아니라 이전까지 차지하고 있던 땅까지 상실하고 타고난 재주나 직분을 발휘하기는 고사하고 신령스러운 용까지도 위축시킨 예가 멀리 있는 것 아니라 우리나라가 그 크고 적절한 확실한 예가 아니냐. 나태함을 방치한 결과로 크고 오래된 예술적 중심을 욕되게 하고 진흙탕으로 만들지 아니하였는가.

7.

이태리·프랑스로 하여금 예술의 나라가 되게 한 청량한 기상과 아름다운 산하도 이미 우리에게 있고 한없이 다양한 음악의 종류와 지극히 좋고 튼튼한 건축 재료도 이미 우리에게 있으며 또한 의복과 먹을거리의 재료 역시 풍족하여 심신이 여유작작하고 역사의 변화가 격심하여 이야깃거리가 많으며 웅대한 자연은 동시에 섬세하고 미려하며 영민하고 슬기로운 민족성은 동시에 교아巧雅하니 이 땅 이 민족에 위대한 예술이 없으면 과연 예술의 주인이 누구란 말이오. 과연 우리 예술의 역사가 유구하고 그 업적이 탁월하도다. 모름지기 엄숙한 하늘의 법칙이 우리에게도 정확하게 호응하는 것을 실제 목격할지어다. 통구通溝 삼실총三室塚과 용강사신총龍岡四神塚 등의 벽화는 다만 동양에 현존한 최고 예술품으로만 큰 가치가 있을 뿐 아니라 풍류와 운치의 고고함, 필치의 웅장함, 디자인의 뛰어남, 상의 생동함으로 다 신이 빚은 듯한 위대한 작품이라 하는 것이요, 법륭사의 금당金堂은 부상扶桑 예술의 정수요, 그 벽화는 동양 예술의 가장 오래된 대표작으로 세계에서 칭송받는 것이어니와 이는 다 담징(고려인), 백가白加(백제인) 등 우리 작가의 작품이요, 위로는 고려 공민왕으로부터 아래로는 이상좌李上佐, 이흥효李興孝 등 노비며 솔거, 성총性聰의 불가와 신사임당, 이부인李夫人(란수처蘭秀妻)의 부녀자들까지 그 대가들을 가히 다 옮기지 못하리니 회화로 논하건대 우리나라가 동양에서만 탁월한 것이 아니라 실로 세계의 발군이요, 특수 계급 전유물로서의 기예가 아니라 일반 각계의 재주라 할지라. 우리가 이처럼 부끄러울 것이 없지 아니한가. 나무 한 그루에도 천승만불千僧萬佛이 살아 있는 듯하다는 만불산萬佛山과 천 근짜리 침목으로 봉우리를 첩첩 새겼다는 의니산旖旎山은 말할 것도 없고 불교가 전래되어 온 이후, 불상 제작과 종탑 명각銘刻에 발휘한 우리 민족의 재능은 실로 국내외를 막론하고 경탄하는 바라. 국내외적으로 전해 내려오는 수많은 불상의 원만한 모양과 완숙한 기술이며 경주 봉덕사종, 파마미상종播磨尾上鍾 등의 풍부하고 아름다운 양식과 정밀한 기술이며 무열왕릉비의 경우 용머리의 웅장 화려함과 귀부의 영묘한 빼어남 등은 수·당나라나 일본 등 시대나 나라를 막론하고 탁월한 예술이요 더욱이 원각탑·경천탑의 갈수록 기이함을 더해 가는 뜻과 갈수록 정밀함을 더해 가는 조각술, 전체적인 조화와 부분적인 세밀한 아름다움 등은 실로 세계 각지에 그 필적함이 없을 정도로 신기한 기술이요. 불과 4~5세기 전까지만 해도 우리의 기예가 얼마나 탁월하였는지를 증명하는 것이니 조각으로 논하여도 인간이 가능한 극치의 기술을 구현하고 동양 예술의 정수를 모은 것이라 할지라. 우리가 이처럼 위축될 것이 없지 아니한가. 음악 가무를 즐기고 숭상함이 거의 우리 민족의 천성이요, 그러한 천성이 각별한 만큼 재주 또한 월등하였으니 부여의 영고迎鼓와 동예의 무천舞天과 삼한의 천신天神과 고구려의 동맹東盟과 백제의 교천郊天과 신라의 답지踏地와 발해의 답추踏鎚 등 선조들의 집단에는 반드시 큰 행사로서의 가무가 따르되 그 음악은 연주와 노래가 모두 아름답고 그 예식은 전체와 개인이 서로 어울려 이방인이 우리 민속을 기록하매 반드시 먼저 노래, 춤이 눈에 띄게 발달하였으며 하·은·주나라는 자신들 음악의 뒤떨어짐을 우리 민족으로로부터 보충하고, 수·당·송나라는 음악의 끝마디까지 우리 민족에게서 차용하였으며 더욱이 부상扶桑에는 윤공允恭 이래 천수백 년간 대대로 우리 음악이 시대마다 유입하여 삭막하고 황폐한 땅에 단아하고 청량한 선율이 휘감았을 뿐 아니라 종가宗家에는 이미 그 그림자도 남아 있지 않되 배우기에 급급했던 사촌에게는 오히려 그 옛 작법이 유행하여 예로부터 지은 곡이 수백 곡이요, 지금의 곡만 해도 팔십 구를 셀 수 있으니, 종합하건대 동양의 음악·가무는 우리 민족이 으뜸이요, 또한 보고임이

이 같으며, 또 연주악으로만 말하면 삼국 시대에 이미 이십여 종의 고유한 악기와 천여 종의 특별한 곡과 춤이 있음으로써 그 발달의 정도를 추측할 것이요, 노래만으로 말하면 황금시대의 옛 곡들은 전해오지 아니하매 추측하기 어렵거니와 현재 속된 노래로만 봐주는 사발가沙鉢歌조차 세계의 명곡이라는 〈늦여름 장미의 노래(夏末薔薇歌)〉와 베토벤의 곡을 편곡하였다는 〈성인誠ㅅ쩐늬가歌〉로 아울러 칭함으로써 그 본래의 재능을 추측할 것이며, 고구려의 음악이 이미 칠음계에 이른 것과 신라·백제의 음악이 이미 정제된 악반을 만든 것 등은 전해 내려오는 글과 실물로 역력히 확인됨이라. 음악으로 논하여도 옥과 같이 맘이 따뜻하고 춘풍과 같이 화창한 민족성이 이러한즉, 아름다운 꽃이 만개하고 이렇듯 많이 열매를 맺은지라. 우리가 이처럼 누구에게든지 과시할 수 있지 아니한가. 현존한 동양 최고의 건축이 무엇이오, 혈구穴口의 참성단塹星壇이로다. 고구려의 건축을 알려거든 장군총將軍塚·천추총千秋塚 등 압록강변의 유적과 쌍영총雙楹塚·우현묘遇賢墓 등 대동강변의 유물을 보라. 이것이 많은 유적의 일반이로되 구조의 정교함, 재료의 튼실함, 표백의 명료함, 벽화의 웅장함이 당시 공예의 뛰어남을 지하에서도 증명하지 아니하는가. 신라의 건축을 알려거든 불국사·분황사 등의 사찰과 다보탑·석굴암 등 부도를 보라. 이것이 구정九鼎의 하나로되 그 규모의 웅대함, 기술의 공교함, 의장의 풍부함, 권형의 수려함이 다 족히 그 옛 문화의 성대함을 천 년 후에도 소개하고 있지 아니하는가. 백제는 깨진 벽돌이나 부러진 기왓장조차 전혀 남아 있지 않음을 한탄하지 말라. 우리 땅 고유의 문물에 건태라健太羅 양식을 화합한 당시의 대예술이 혹 법륭사를 완성하고 혹은 법기사를 완성하고 혹은 법흥사를 완성하고 혹은 사천왕사를 완성하여서 소위 ‘백제 양식’의 우아하고 완전하여 결함이 없는 풍채와 태도가 완연히 이역만리까지 건재하지 아니한가. 전쟁으로 인한 화재가 이 나라에 재앙을 가져오고 침략이 우리나라를 고통스럽게 만들어 수천 년 거친 바람에 이리저리 휩쓸리는 동안 조상의 업적이 텅 비어 사라져 버렸지만, 오히려 우리 문명의 영원하고 무궁함과 예술의 위대함을 증명할 만한 유적은 모래흙의 밑에서 혹은 암석의 사이에서 혹은 이국에 혹은 해외에 혹은 연못의 밑에 무겁게 가라앉아 은은한 빛을 높이 비추니 건축으로 논할지라도 우리가 어떤 곳에서든지 앞서 갈 수 있지 아니한가. 이제, 이 사실을 종합하야 단언하야 말하니 조선은 예술의 옥토요, 조선인은 예술의 천재라 하여도 결코 자만이 아니라 하리로다. 다른 사실은 어떻던지 예술에 있어서는 우리나라가 독특한 지위와 우리 민족이 독특하고 자랑할 만한 기술이 있음은 온 세상 만인이 공인하는 바가 아닌가. 구태여 고려의 자기, 죽공竹工을 논하랴. 흠경각欽敬閣의 간의簡儀, 혼상渾象을 논하랴.

8.

그러나 우리가 과연 능히 수치가 없을 수 있는가, 과연 능히 오욕이 없다고 거리낌 없이 말할 수 있는가, 과연 다른 사람의 앞에 과시할 용기와 다른 사람의 앞에 나설 면목이 있느냐. 이것은 현상에는 눈을 꼭 감고 지나간 자취에만 시선을 기울인 결과어니와, 지나간 옛날과 닥쳐올 앞날을 공평히 판단할 때면 마음속을 사무치는 뜨거운 눈물이 눈자위에 가득하고 한숨에 목이 메는 자가 어찌 나뿐이리오. 과거의 우리가 어떠했던 간에 지금은 어떠하며 지금 다른 나라는 어떠하며 다른 나라의 과거는 어떠하였는가. 우리 예술의 꽃과 열매가 아름다움으로 우거질 때, 옛 이집트, 옛 그리스, 로마 등을 제외한 근세 서구의 여러 나라들은 오히려 미개한 야인으로 교화가 전혀 이루어지지 않아 다시 예술을 요구할 여지도 없던 것이 소위 민족의 법도를 바꾼 이후 천 년

112

동안과 문예부흥 이래 오백 년 동안 빠르게 노력함으로써 무에서 유를 만들어 내니 마침내 금일의 활기한 분위기를 나타나게 했거늘 이 사이에 우리는 하루에 일보를 후퇴하고 일 년에 한 계단을 내려가서 드디어 예술 역사상에서 퇴화하는 예술의 본보기를 만들었고 신의 솜씨와 교묘한 실력의 인물을 아울러 잃어버렸도다. 덧없이 부서진 명성의 자취일망정 다행히 있으니 얼마쯤 되는 양의 영재와 뛰어난 사람이 혹 회화·조각 혹 음악·건축에 풍부한 하늘의 재주를 발휘한 것은 사실이지만, 우리 선조의 신묘한 자취는 이것이라고 타인에게 자랑할 만한 실물을 얼마나 가졌으며 우리 조상의 높은 슬기로움은 이것과 같았다고 후손이 눈과 마음으로 느낄 만한 흔적이 얼마나 많이 있는지 생각하라. 여우가 파헤친 무덤의 구덩이를 열어젖히고 쥐가 갉아먹은 전당殿堂을 인가에게 공개하지 아니하면 음악이라고는 슬프고 애잔한 곡조와 슬픈 가사만 겨우 남아 있게 되고 회화라고는 헛된 명성과 텅 빈 뜻만 득실거리게 될 것이다. 이런 때 뼈에 사무친 치욕을 느끼지 아니하면 그는 곧 극도의 신경마비자요, 이런 상태에서 오히려 다른 사람에게 과시할 생각을 가지고 있다면 그는 곧 최고의 염치를 잃어버린 자라 할지라. 예술상 탁월한 자임이 적확하고, 예술상 영재임이 분명함에도 불구하고, 다른 사람이 인식하기는 고사하고 자기도 성찰하지 못하며, 다른 사람에게 과시하기는 고사하고 자기도 믿지 못하니 실로 문명사상의 일대 비극이라 어찌 죽을 만큼 아프지 아니하랴.

9.

오호라 풍년이 흉년으로 최고가 최저로 떨어진 원인이 어디에 있는가. 나와 다른 이 사이에 이렇듯 심한 차이를 이룬 이유는 어디에 있는

가. 자연의 은혜가 풍성하여 생활이 편안하고 즐거움으로 의지의 활동을 활발하게 움직이게 유도하는 경우가 적음도 하나의 원인이오, 지리상 여건으로 전쟁이 자주 일어난 탓으로 사상의 발전에 방해가 되는 억압이 많음도 하나의 원인이오, 유교처럼 한쪽으로 치우친 사상이 사회를 재단할 때 장인의 재주를 변변치 못한 기술의 천한 직업이라고 하여 예술 발전의 틀이 전무하였음도 큰 원인이요, 중세 이래 계급이 정해져 있는 후로 정치가 치우쳐 있고 사회가 병들어 경제력까지 자연스럽게 위축되어 일반 민심이 항상 실제적 고통에서 벗어나기만 바라고 미술과 같은 풍치 있는 방면에는 마음을 쓸 여유가 없었음도 큰 원인이요, 국가의 혁명이 빈번하야 문명 중심의 이동이 자주 있는 고로 유물 고적이 자연히 멸망하고 그에 따라 후대의 사람들이 느낀 바가 있는 경우도 적고 문화 점진의 기운이 이어지지 못함도 큰 이유이지마는 외부적 압력에 대한 내적 탄력의 너무 부족함도 한 원인이 아니라 할 수 없으며 죽은 땅에 활기를 띠게 만들고 지난날의 묵은 자취에 새로운 뜻을 입히는 창조력이 너무 무딘 것도 하나의 원인이라 할 수 있으며 항구적 근면과 계승한 것을 연마하는 것도 거의 없음도 한 가지 큰 원인이 아니라 할 수 없으니 이것이 이치에 어긋난 책망일지 모르며 과혹過酷한 요구일지 모르거니와 퇴폐한 참장參將을 괴로워할 때에 이 원망하는 마음이 저절로 나타나느니라. 슬프다. 전쟁의 피해를 당하지 아니한 사회와 슬픈 운명을 겪지 아니한 문명이 없으며 천명이 나라마다 다르게 주어지고 나라마다의 걸어온 길이 홀로 괴로운 것이 아니거늘 우리 홀로 옛 업적은 완전히 잊어버리고 새로운 예술은 받아들이지 않는 것을 보면 절반의 책임이 사람에게 있지 아니하다 못할지로다. 네덜란드는 서구의 작은 변두리 나라로 국력이 미약하고 그 예술도 족히 칭찬할 것 없고, 십사오 세기 경부터 예술의 맹아가 생겨났으나 강한 세력의 난폭함 때문에 법률과 제도가 퇴폐하던 중 예술도 또한 만족스

럽게 발전되지 못하다가, 소위 파서역波斯役 이래 원대한 계획을 꾀하여 백여 년 와신상담 하던 중에 그 국민적 자각이 예술상에도 표현되고 프란쓰·할스 렘브란쓰 등 예술적 장인을 배출하여 이태리의 공상적 형식미와 중세기의 병적 종교미를 뛰어넘는 네덜란드 국민의 진선미를 발휘한 소위 네덜란드파란 큰 물결을 미술사에 일으켜 나라의 어려움을 이겨내 그 환희가 예술상 대건성大建成과 함께 찾아온 것을 보라. 진실로 강력한 민족과 활기 있는 사회라면 시국의 어려움이 어찌 있을 것이며 외세에 의한 근심이 어찌 있을 것이오. 외세의 핍박으로 어려움이 있어도 민족의 뜻이 닳아서 없어지는 것과 대응하는 곳에만 우리가 그랬던 것처럼 옛날의 예술은 잊고 새로운 예술은 시들어져 없어져 오래되면 아울러 그 생명조차 끊어 버리는 것이니 오호라 오늘날 우리 예술의 슬픔으로 하늘을 한하지 말지어다. 다른 것을 원망하지 말지어다. 그 최대의 책임은 우리에게 있으며 더욱 우리의 나타懶惰에 있음을 깨달아야 할지어다. 오직 근면하지 않은 이유가 우리로 하여금 과거도 없고 현재도 없고 선인들의 걸작도 막연히 알지 못하고 자기의 능력도 막연히 성찰하지 아니하여 예술이란 글자조차 염두에 전혀 두지 못하게 된 것을 깊이 생각하여 예술뿐 아니라 우리의 고유의 자활自活한 대문명이 거의 다 이 악마의 독이빨에 찢겨 어둠에 침식되어 우리가 마침내 문명의 탕자蕩子가 된 것과 존영尊榮한 가계와 중대한 세상의 보물까지 한 번에 상실하여 문명 안에서 천한 백성처럼 된 것을 깊이 뉘우쳐야 할지어다.

10.

이태리인이 근면으로써 신예술의 기초를 쌓을 때 우리는 나타로써 옛 문화의 원류를 막았으며 네덜란드인이 근면으로써 올란다파를 개창하고 스페인인이 근면으로써 에쓰파니아파를 개창할 때에 우리는 나타로써 부여 고구려 이래의 구풍고의舊風古意까지 함께 상실하였으며 반아익이 근면으로써 유화를 개창하고 반쇼얀이 근면으로써 경치화를 개창하고 리베라가 사생화의 새로운 경지의 법칙을 만들고 클로드로랭이 화경의 새로운 기술을 일구어 내고 코로가 자연파를 세우고 파주가 외광파外光派를 세우고 쿠루베가 사실주의를 주창하고 와쓰가 이상주의를 힘을 다해 이룩할 때에 우리는 나타를 받들고 근면을 추종하여 솔거의 그림으로 부서진 벽을 보수하고 이영의 산수로는 좀벌레를 쫓기 위해 바람을 만드는 것으로 만족하고 장인의 자취는 흐르는 물과 흘러가는 구름처럼 허무하게 보내 버리고 신공神工의 흔적은 비바람에 방치하였으며 레이놀쓰가 영국 예술을 발흥시켜 마치 구름과 노을이 피어오르고 비 내리는 수풀 같은 기운을 일으킬 때에 우리는 우리의 예술을 지키고 뿌리 깊게 심는 것은 고사하고 그 명성과 자취를 인멸하는 것에 대하여 잔인하게 하였으며 쭈레루가 일어나 독일 예술의 지위가 구정대려九鼎大呂보담 중하게 할 때에 우리는 새로운 창조와 발전은 고사하고 나라의 고유한 정신이 죽어가는 것에 대하여 등한시하였으나 우리의 영욕 오늘의 뒤떨어짐이 있음은 곧 우리의 지난 게으름이 만든 바라. 이것이 어찌 재능이 있고 없음에 말미암은 것이랴. 운이 있고 없음에 말미암은 것이라고 하랴, 재주가 없더라도 근면하면 상당한 경계까지 발달할 수 있는 것이거늘 하물며 우리의 재능이랴. 운이 없더라도 적절한 시기를 맞이하면 근면하는 사람은 오래 지체하지 않고 뜻을 펼칠 수 있다는 변할 수 없는 결론이 있음이랴. 우리가 지난날의 근면하지 않음과 결과를 생각하건대 울지 아니하려 하나 그렇게 하지 못하노니, 잃은 것이 부분이 아니라 전체이며 하나가 아니라 모두이다. 하필 회화를 위하여 우는 것이며 하필 예술을 위하여 우는 것이다.

116

11.

　금일 세계는 문명인의 세계이니 오직 문명인만이 생존의 권리를 향유하며 오직 문명강인文明强人만이 존영과 위세와 권력을 보유하는 세계라. 문명인에게는 즐거움과 기쁨이 있으되 비문명인에게는 슬픔과 비참함이 있을 뿐이며 문명인은 꽃이 핀 숲을 완상하며 산책하되 비문명인은 눈물 뿌린 바다에 침윤할 따름이니 어진 하늘 아래 함께 있었으나 화복禍福이 다름은 신령한 품성을 함께 물려받았으나 문명과 야만이 판이한 이유로다. 대개 예술은 모든 문화의 정수이다. 고로 그 예술의 발달은 모든 문명의 뒤를 잇는 것이오, 고로 가관이라고 할 만할 예술이 있으면 그 문화의 정도를 족히 추측하는 것이오 고로 높은 문화의 나라에만 고상한 예술이 있는 것이오 고로 문화가 일찍 열린 사회에서라도 그 문화가 정체되는 때에는 반드시 그 예술이 추락하고 잔멸하나니 사모아인에 예술의 없음이 이것이며, 피지인에 예술의 없음이 이것이며, 인디아인에 예술의 없음이 이것이며, 호텐토두인에 예술의 없음이 이것이며, 이집트 예술의 잔멸이 마땅하고, 인도 예술의 잔멸이 마땅하며, 멕시코 예술의 잔멸이 마땅하며, 아라비아 예술의 잔멸이 마땅하다. 예술의 없음은 문화의 없음이니 한 사회 한 민중의 최대 수치요 고유하던 예술이 잔멸함은 곧 교만한 자로 부패하고 뽐내는 자로 추락한 증거이니 한 사회 한 민중의 최대 오욕이거늘 고유한 대예술을 잔멸한 죄로 우리의 최대 오욕의 낙인을 우리의 이마에 찍을 수밖에 없으며 이제 오늘날 예술의 하등 특색과 장점을 갖지 못한 죄로 우리가 이러한 최대 수치의 선고를 세계의 공정한 비평으로부터 받을 수밖에 없으며 예술과 함께 모든 다른 문화로도 다른 사람과 어깨를 견주고 세상에 함께 나아가지 못한 응보로 우리에게 쾌활과 복된 즐거움이 없으며 창조력이 위축된 만큼 생존권도 없어져 버렸으니 탄식하고 한탄스러운 과거와 황량한 현재와 전율할 장래를 헤아려 보랴. 문명의 대조류가 우리를 떠돌게 한 지점이 역력히 마음의 눈에 떠오를 것이오 일대 각성이 그중에서 나오지 아니하지 못하리로다.

우리의 깊은 하늘이 곡하는 것은 산뜻하고 아름다운 하늘의 색깔과 맑고 시원한 대기도 예술상 하등 공헌을 이루지 못함이며 우리의 산하가 곡하나니 웅대한 윤곽과 섬교織巧한 조직도 예술상 하등 자료로 사용되지 못함이며 역사의 책장이 곡하나니 풍부한 파란과 여러 가지 사건이 하나의 화랑畵廊도 갖지 못함이며 선철先哲의 뛰어난 영혼이 곡하나니 위대한 성격과 탁월하고 아름다운 자태가 하나의 소단塑壇도 갖지 못함이며 산에 가면 대나무가 곡하고 들에 가면 돌과 철이 곡함을 듣나니 그 산과 들을 만족시킬 만한 성과와 그 업적을 뚜렷이 드러낼 만한 작품이 전혀 없음을 슬퍼하며 상처받음이라. 여하한 제목도 어두움에 매몰되고 여하한 좋은 재료도 분토로 버려질 때에 적막한 휘장이 이 땅을 둘러싸고, 처참한 구름과 안개가 그 하늘을 뒤덮고, 의기소침한 양태와 비애의 정이 사람을 사로잡음은 바로잡음이 당연한 일이니 오호라. 이 원인을 누가 만든 것인가, 이 불행이 어디에서 온 것이냐, 우리가 말꼬리를 끊어서 말하기를 우리의 나태에서 배태된 것이라 하리라. 하늘이 준 기회는 하나도 갖추어지지 아니한 것이 없으며 자신의 힘으로 이룬 편익은 하나도 부족한 것이 없건마는 원래 있던 사람을 잔멸하고 새롭게 일어난 자는 개창開刱치 못한 것이 이 사람의 죄가 아니고 무엇이며 나타의 죄가 아니고 무엇이오. 회화 조각에 발휘할 웅혼한 기백과 심유深幽한 사상도 나태의 희생을 이루었으며 음악 무곡에 흐를 묘한 마음의 기술과 유창한 정서도 나태에게 먹혔으며 건축영조建築營造에 표현할 화실겸수畵實兼收의 위력과 소밀상제疎密相濟의 묘술도 나태의 재난에 미쳤으니 오직 근면으로만 구품연화대九品蓮花臺에 올라갈 수 있는 예술계에서 오직 나태로써 끝도 없이 나락으로 떨어진 살아 있는 모범은 과연 조선인, 우리로다. 이와 같은 주인을 가진 자연이 눈물을 이 세상에 뿌리고 이와 같은 후손을 가진 조상이 한스러움을 가지고 저승에서 살고 있음이 마땅한고저.

12.

금일은 지나간 일을 몹시 뉘우칠 때요, 현재의 고통을 매우 깊이 반성할 때요, 비상한 공덕으로 기왕의 죄들을 지워 버릴 때요, 정당할 노력을 기울일 때니, 필요하건대 각 방면으로 우리 의식의 장애를 배제하고 잠재된 영험한 능력을 환기시켜 화려함을 펼치고 재능을 발휘할 시기라. 타고난 운이 비상한 자는 공부가 또한 그만큼 비상하여야 하나니 죽다가 살아나고 없다가 있음이 어찌 쉬운 일이랴. 세상의 확장이 어찌 근면 없이 얻을 것이며 민생의 진작이 어찌 근면 없이 얻을 것이며 물질·정신의 양계를 통하야 옛것을 소생시키고 새로운 것을 낳는 것이 어찌 근면 없이 얻을 것이리요. 하물며 예술은 이러한 모든 공들인 보람을 얻은 후에 비로소 볕이 들고 꽃이 만발할 것이니 이 어찌 최선의 근면을 외면하고 얻을 것이랴. 예술은 해박한 지식을 요하며 고상한 품격을 요하며 출중한 기술을 요하나니 고로 예술상의 근면은 보통 사람에 비하여 수배를 요하거늘 우리는 먼저 예술적 바탕과 외연을 넓히고 예술적 자각과 신념을 득하여 예술상으로 부활을 이루고 예술상으로 창조를 이룬 후에 비로소 세계 예술의 대무대에 나란히 서게 될 것이요 세계 문화의 대조류에 교류함을 득할 것이니 그런즉 신진 예술가가 되기 위해 요구되는 근면이 타他에 비하야 어찌 많다는 것이뇨. 마튄과 같이 굶어 죽음으로써 분투하는 자도 수없이 나오고 쇠플쓰와 같이 용맹 정진하는 자도 배출하고 정성을 다한 근면함과 큰 생각과 재능으로 독일 예술을 건성한 알브레이트·쑤레르와 같은 대가까지 득하여 시시각각 일마다 근면하야 심혈을 다하고 공로를 누적한 연후에야 오랫동안 적막하던 현 세계에 다시 그윽한 신세계가 도래하고 황량한 폐허가 변하여 꽃이 만발한 화원을 이룰 것이오. 그리한 연후에서 예술상으론 명문가의 아들이 될 것이오. 세계 문명상에는 어깨를 나란히 할 것이오 그러한 연후에 비로소 생존의 권리를 강력하게 주장할지니 오호라 위대한 문명 회복자여 나오라. 위대한 예술 부흥자여 나오라. 너의 자족한 기회와 풍부한 재능으로써 항구적 근면―창조적 노력을 겸하면 태동하는 대예술로써 천고에 독립하기 실로 쉬울 일이 아니뇨. 조화를 가져오고 정교함의 극치를 이룸에 어찌 어려움이 있으리오. 백척간두에 서 있는 이에게 내가 유일한 생문生門을 지시하노니 근면하라! 근면하라! 근면하라! work! work! work!

—

최남선은 근대지식의 한 분야로 문학과 예술을 이해했으며, 《소년》과 《청춘》 등의 잡지를 통해 근대지식을 알리고자 했다. 이 비평에서도 예술이 근대 문명의 한 영역이자 구성 요소라는 생각을 드러낸다. 또한 그러한 관점은 문명화되지 못한 사회의 예술은 타락할 수밖에 없으며, 문명의 발전을 이룩한 사회에만 고상한 예술이 있을 수 있다는 관점으로 극대화된다. 최남선은 당대 조선의 예술이 서구 문명에 비해 뒤떨어져 있음을 개탄하면서 서구 문명과 같은 예술의 수준에 이르기 위해서는 개인의 재질뿐만 아니라 근면과 노력이 필요하다고 주장한다. 그러나 그의 주장은 결국 비문명인이 문명인의 침략을 받는 것이 당연하다는 논지로 연결될 수 있어, 일제 침략을 뒷받침해 주었다는 비판을 받기도 한다.

* 이 글은 《靑春》(1917. 11.)에 실린 〈藝術과 勤勉〉을 원전으로 삼아 현대어로 풀이한 것이다.

개성과 예술

염상섭

1.

예술 창작상으로 고찰한 개성 문제는 그리 용이한 문제가 아니므로, 충분한 학적 연구에 기대할 바이지만, 나는 지금 일반적 상식 문제로서 우선 자아의 각성을 약술하고 이로 말미암은 개성의 발견과 그 의의를 논한 후에 예술적 창작상, 따라서 그 가치평정價值評定상 개성은 여하如何한 지위를 점하며 하여何如한 의미가 있는가를, 극히 통속적으로 일별하려 한다.

대저 근대 문명의 정신적 모든 수확물 중, 가장 본질적이요, 중대한 의의를 가진 것은 아마 자아의 각성, 혹은 그 회복恢復이라 하겠다. 이에 대하여는 누구나 이의가 없을 것이다. 실로 근대인의 특색이 이에 있고, 가치가 이에 있으며, 금일의 모든 문화적 성과가 이에서 출발하였다 하여도 결코 과언이 아닐 것이다. 물론 부르투스가 씨저를 시살弑殺한 그 거룩한 정신으로 보면 당대의 로마 민족은 벌써 정치적으로만이라도 확실히 아俄를 각성하고 아를 주장할 만큼 그들은 일류의 선각자라고 논단論斷할 수 있을지 모르겠다. 따라서 특히 문예부흥 시대 이후 또는 종교개혁이나 프랑스혁명 이후에, 비로소 자아를 발견하였다고 함과 같이 논함은 도리어 온당치 못할 것 같기도 하다. 그러나 중세기의 소위 암흑 시대라는 교권주의의 절대적 위압하에서 신음하여 오던 자기몰각 상태의 몽환적이면서도 암담하고 황량한 노예적 생활을 일축하고, 자기의 존귀를 주장하며 인간의 본연성에 돌아왔다는 사실은 아무래도 인류적 신기록이라고 아니할 수 없을 것이다. 교권이라는 철비鐵扉가 굳게 닫힌 그윽하고도 쓸쓸하며 침중沈重하다가도 졸음 오는, 저 승원僧院의 사死와 같이 신비로운 뇌문牢門을 물리치고, 피 있고 고기 있으며, 눈물 있는 동적 세계, 진정한 인간다운 생명이 약동하는 현실 세계에 일대 약진을 단행한 것이 이 문예부흥의 운동이요, 자기회복 혹은 발견의 위업이었다.

그러므로 이와 같이 교권의 위압으로부터 해방되고, 몽환에 감취甘醉한 낭만적 사상의 베일로부터 벗어나와 자기의 정체를 명료히 응시할 만큼 깊고 오랜 꿈에서 깨어난 근대인은, 우선 모든 것을 의심하기 시작하였다. 이 의심이야말로 어떠한 시대든지 모든 문화의 효모酵母이다. 일생을 취생몽사醉生夢死로 지내는 사람에게는 백반百般의 사물에 대한 의문이나 비평적 정신이 있을 리 없지만, 일단 각성한 이상 자기의 주위를 의심하고 비평적 태도로 일체를 탐구, 평가하려 할 뿐 아니라 자기 자신에까지 의혹의 안광眼光을 향하게 되는 것은 당연한 일이라 하겠다. 그리하여 자각한 그들은 첫째로 우선 모든 권위를 부정하고 우상을 타파하며, 초자연적 일체一切를 물리치고 나서, 현실 세계를 현실 그대로 보려 노력하였다. 또한 이러한 사상은 자연히 신앙의 동요를 유치誘致한 동시에, 신성이니, 위대니, 절대니, 숭배니 하는 등 용어에 대한 의의를 의심하게 되었다. 다시 말하면 지금까지는 모든 것이 미려한 것, 위대한 것, 경건한 것으로 보이던 것이, 일단 깨인 사람의 눈으로 세밀히 해부해 보고, 검토해 보면 추악하고 평범하고 비속한 것으로 비추임을 깨달았다는 의미이다. 마치 삼각산은 서울 장안에서 바라보면, 청수淸秀한 아치雅致 있는 자연의 선경 같지만, 실제로 올라가 보면 고목 잡초에 덮인 살풍경 속에 분뇨진애가 즐비낭자하여 변변히 소게小憩를 얻을 만한 곳이 없더라는 것과 같은 심리 상태이다. 또 내가 연전年前에 《폐허》 창간호에 〈법의法衣〉라는 시를 쓴 일이 있었다. 어떤 여성을 상당한 거리를 두고 볼 때에는 완염婉艶한 자태가 흠모할 만하게 보이나, 근접하여 보니 중년에 달한 졸음 많은 얼굴에 주근깨가 있더라는 실감에 비유하여, 신부신부信夫信婦의 법의는 찬란하나 그 법의를 벗은 그들을 볼 때는 모든 경건을 빼앗아 간다고 한탄한 것이 그 내용이었다. 이역시 자아 각성의 초아初芽가 피어 온 근대인의 심리와 다를 것이 없는 것이다.

이러한 심리 상태를 보통 이름하여, 현실 폭로의 비애, 또는 환멸의 비애라고 부르거니와, 이와 같이 신앙을 잃어버리고 미추美醜의 가치가 전도하여 현실 폭로의 비애를 느끼며, 이상理想은 환멸하여 인심人心은 귀추歸趨를 잃어버리고, 이상은 중축中軸이 부러져서 방황혼돈하며, 암담고독에 울면서도 자아 각성의 눈만은 더욱더욱 크게 뜨게 되었다. 혹은 이러한 현상이 도리어 자아 각성을 촉진하는 그 직접 원인이 된 것이라고도 할 수 있다. 하여간 이러한 현상이 사상 방면으로는 이상주의, 낭만주의 시대를 경과하여, 자연과학의 발달과 함께 자연주의 내지 개인주의 사상의 경향을 유치한 것은 사실이다.

세인世人은 종종 자연주의를 지칭하여 성욕지상性慾至上의 관능주의라 하며, 개인주의를 가리켜 천박한 이기주의라고 오상誤想하는 자가 있는 모양이나 이것은 큰 오해이다. 이에 대한 상세한 고찰은 지금 나의 소론에 그리 필요치 않음으로 후일로 미루거니와 자연주의의 사상은 결국 자아 각성에 의한 권위의 부정, 우상의 타파로 인하여 유기誘起된 환멸의 비애를 수소愁訴함에, 그 대부분의 의의가 있다. 그러므로 세인이

이 주의의 작품에 대하여 비난공격의 목표로 삼는 성욕 묘사를 특히 제재로 택함은, 정욕적 관능을 일층 과장하여 독자로 하여금 열정을 유발케 하고 저급의 쾌감을 만족시키려는 것이 목적이 아니라, 현실 폭로의 비애, 환멸의 애수, 또는 인생의 암흑추악한 일 반면反面으로 여실히 묘사함으로써 인생의 진상은 이러하다는 것을 표현하기 위하여 이상주의 혹은 낭만파문학에 대한 반동적으로 일어난 수단에 불과하다.

예를 들어 말하면 프랑스 모파상의 작품《여자의 일생》과 같이, 미혼한 처녀가 자기의 남편될 사람은 위대한 인물이라고 상상하고 결혼 생활은 신성하고 재미있는 남녀의 결합이라고 생각하였던 것이, 급기야 결혼하고 보니 평범한 남자에 불과하고 남녀의 관계는 결국 추외醜猥한 성욕적 결합에 불과함을 깨닫고 비탄하는 것이 자연주의작품의 골자이다. 이상은 앞서 자연주의에 언급하였기에 약간 논지의 기로에 나온 듯하나, 일언一言의 변해辨解를 한 것이거니와 여하간 소위 자연주의 운동도 역시 각성한 자아의 규호叫呼며, 그 완성의 도정途程인 것만 이해하면 그만이다.

그다음에 근대인에게 개인주의 색채가 농후함은 사실이나, 결코 이기주의와 혼동할 바가 아니라 이 역시 권위부인權威否認, 우상타파의 자기 각성에 출발점이 있는 것이다. 재래의 사상으로는, 개체는 그 전체에 대하여 예속한 일부분에 불과하다고 생각하였으나, 개인주의 사상으로는 그 위치와 가치를 전도하여 개체의 존엄을 주장함으로써 무엇보다 먼저 자기에게 충실하라 그리함이 자기를 함유한 전체에 대하여 충실한 소이所以라는 것이 이 주의의 주장이다. 보통 근대의 문명은 신을 인격화하고 인간을 신격화하였다 함과 같이, 신도 자기 없이는 존재할 수 없다고 주장한다. 그는 하여간 이 주의의 시비곡직을 막론하고 각성한 자아가 자기의 존엄을 굳게 주장함에 불외함은 췌언贅言을 불요不要하는 바이다.

2.

　그러하면 자아의 각성이니, 자아의 존엄이니 하는 것은 무엇을 의미함인가. 이를 약언하면, 곧 인간성의 각성 또는 해방이며, 인간성의 위대를 발견하였다는 의미이다. 따라서 일반적 의미를 떠나 개인에 이르러 일층 심각히 고찰할 지경이면 개성의 자각, 개성의 존엄을 의미함이라고도 할 수 있는 것이다. 다시 말하면 근대인의 자아의 발견이라는 것은, 일반적 의미로는 인간성의 자각인 동시에 개개인에 이르러 고찰하면 개성의 발견이요, 고조高調요, 굳센 주장이며, 새로운 가치 부여라 하겠다.

　그러한데 이상에 나는 자아의 각성은 정靜으로부터 동動에 피(血) 있고 육肉 있고 눈물(淚) 있는 지정의知情意의 활약 있는 생명적 비약이라고 말하였다. 그러므로 근대인이 자아를 각성함으로써 각개의 개성을 발견확립하고 그 위대와 존엄을 자각하며 주장함도 또한 생명적 용약勇躍이 아니면 아닐 것이다. 그러하면 소위 개성이라는 것은 무엇인가. 즉 개개인의 품부稟賦한 독이적獨異的 생명이 곧 그 각자의 개성이다. 그러므로 그 거룩한 독이적 생명의 유로流露가 곧 개성의 표현이다. 이것은 일견一見하면 심히 난해한 듯하나 백만사물百萬事物에 개성이 없음이 없고, 그 개성은 곧 그 사물 자체의 생명임을 용이히 요해了解할 수가 있는 것이다. 지금 일례를 들어 비유하건대, 일반으로 지류紙類는 공통한 사명이 있는 것이다. 즉 동일한 유용적需用的 가치가 있는 것이다. 다시 말하면 지류로서의 공통한 생명이 있다. 그러나 양지洋紙는 철필로 씌어지거나 도벽塗壁에 적당하고, 조선지朝鮮紙는 모필로 씌어지거나 창호지로 사용될 지품을 향유한 것이다. 물론 양종兩種 지류의 용도를 절대로 전환하여서는 안 된다 함은 아니나, 그 특성을 따라서 적당하여야 충분한 효과를 얻으리라 함이다. 그러므로 철필로써 씌어지거나 도벽

용으로 사용되는 데에 양지의 개성이 있고 따라서 그 생명이 있는 것이며, 조선지는 모필로 씌어지거나 창호지에 수용되는 거기에 조선지 된 특장 즉 개성이 표현되며 생명이 유로되는 것이다.

그러므로 이상에서 내가 일반적 인간성이라 하고 독이적 생명이라고 한 것도 역시 이러한 의미에 불외한다. 인간성이니 개성이니 하였지만, 도시都是 생명의 발견인 점은 일반이다. 그러므로 자아의 각성이 일반적 인간성의 자각인 동시에 독이적 개성의 발견이라 함은, 결국 지류는 공통한 사명과 동일한 수요 가치 즉 공통한 생명이 있는 동시에 개적個的 특성이 있다 함과 이곡동음異曲同音이다. 이를 요컨대 개성의 표현은 생명의 유로이며, 개성이 없는 곳에 생명은 없다는 것만 깨달으면 될 것이다.

그렇다면 소위 생명이란 무엇인가.

지금 나는 철학적으로 고찰하여 생명에 대한 정의를 내리려는 경거輕擧는 물론 피하고자 한다. 그러나 여기서 이른바 생명이라 함은 생물적 번식을 의미함은 아님은 물론이다. 생물적 증식을 의미하는 생명은 다만 수나 양의 문제요, 피상적 물적 생명의 연장 즉 종족의 보지保持라는 의미밖에 안 된다. 그러나 자아 각성에 연유한 인간성의 해방, 개성의 고조 또는 그 표현으로서 의미하는 생명은 물적 의미로부터 초월한 심오한 의미가 없으면 안 될 것이다. 그러면 개성의 표현을 의미하는바 생명이란 무엇을 의미함인가.

나는 이것을 무한히 발전할 수 있는 정신생활이라 하려 한다. 물적 생명의 요구나, 또는 그 현현은 생물에 공통한 현상이며, 다시 한걸음 나아가 희노애락애오喜怒哀樂愛惡의 감정생활이며, 사업욕, 지식욕, 기타 자유를 요구하고 인권을 주장하는 등으로 말할지라도 역시 정신생활의 일부의 표현이 아닌 것은 아니나, 이것도 일반적 인간성의 표현에 불과한 것이요, 아직 숭고한 생명의 발로인 독이적 개성의 영역은 아니다. 오십 평생에 눈물 한 방울 흘려 본 일이 없다는 특례가 없지 않은 것은 아니나, 부모가 죽으면 슬퍼하며, 위압하에서 자유를 희구하는 것은 보통 인정이 아닌가. 그러나 거기에는 스스로 심천深淺과 강약의 차이가 있을 것이다. 이 심천강약의 차이가 곧 일반적 인간성으로부터 독이적 개성의 의의를 구분하는 점이다. 세상의 충효열절忠孝烈節이며 일세一世의 성현군자와 의분가義憤家, 개혁가 등이 모두 각개의 개성으로부터 울려 나오지 않음이 없다. 다시 말하면 공자의 일생 사업은 공자의 개성의 발전이며 표현이었고, 석가의 불도는 석가의 성격의 현로現露였다는 의미이다. 이와 같이 그 천부天賦한 개개의 천성을 자유롭게 발휘하는 거기에 그의 정신생활의 전국全局을 규지窺知할 수 있고, 그 정신생활이 곧 그 자신의 거룩하고 독이한 생명의 발로라 할 것이다.

종교가가 보통 고조력설高調力說 하는바, 영혼의 불멸이니 사후 재생이니 하는 사상도 결국은 개성의 자유로운 발전과 표현인 정신생활의 영원한 생활을 의미함이 아닌가 나는 생각한다. 위대한 개성의 소유자는 위대한 생명이 끊임없이 연소하는 자이며, 그 생명이 연소하는 초점에서만 위대한 영혼이 불똥같이 번쩍이며 반발약동反撥躍動하는 것이다. 그리고 그 위대한 영혼이 약동하는 거기에 비로소 숭고한 정신생활이 향상발전되고, 고매한 인격이 완성되는 것이다. 그리하여 모든 이상이 이로부터 성취되고, 모든 가치가 이로 인하여 창조되는 것이다. 다시 말하면 위대한 개성의 표현만이 모든 이상과 가치의 본체 즉 진眞, 선善, 미美로 표징되는바 위대하고 영원한 사업이 인류에게 향하여 성취케 하는 것이다. 그러므로 영혼의 불멸이라는 것은, 개성의 표현인 그의 위업의 성과가 사후 기만년幾萬年에 이르러 자손의 번영과 공존하고, 후세 자손의 영혼 속에 항상 새로운 의의와 가치와 원동력이 되어 재현하고 활동함을 이름이 아닌가, 나는 생각하는 바이다. 다시 말하면 그의 정신생활과 인격의 발로인 위대한 사업에 내재한 그의 개성이 영원히 빛

남을 가리켜 영혼의 불멸이라 하며 사후의 재생이라 이른다. 이러한 의미로 고금의 성현은, 그 경전과 사업이 인류 사회를 지배할 때까지, 동서의 석학과 천재는 그 문헌과 작품의 생명이 존속될 때까지 그의 영혼은 영원히 불멸할 것이다.

인생은 짧고 예술은 영구하다 함은 이를 이름이 아닌가 한다.

3.

개성에 관한 고찰은 이상에 논술한 바로 대개 그 윤곽만이라도 요해하였으리라고 생각한다. 그렇다면 예술과 개성과는 어떠한 관계가 있는가. 별언하면 일 작품에 대하여 작자 자신의 개성은 여하한 활동을 하는가, 또는 예술적 가치평정상 개성은 여하한 지위를 점유하는가를 고찰하고자 한다.

이상에 나는, 개성의 표현은 정신생활을 의미하는 생명의 유로라 하였고 또한 모든 이상과 가치의 본체 즉 진, 선, 미는 개성의 산물이라 논하였다. 그렇다면 예술의 영지領地인 미와 개성 간의 관계는 어떠한가를 더욱이 상고하여 볼 필요가 있다.

대저 미라는 것은 무엇인가.

이에 대한 제가諸家의 철학적 고찰은 고사하고, 미는 쾌감을 주는 대상의 상징이라고 보통 생각한다. 그러나 그러한 정적, 외면적 의미밖에 없는 것일까. 물론 미는 우리에게 쾌감을 주지 않는 것은 아니나 그러나 미는 결국 예술의 영분領分이요, 예술의 내용이며 생명인 이상 그리고 예술의 가치가 우리에게 오직 가헐價歇한 쾌감을 주는 것에 불과한 것이 아닌 이상, 미로서 쾌감의 대상이라고만은 할 수 없을 것이다. 만일 이러한 해석을 시인한다 할 지경이면, 오색이 영롱한 채색화는 묵

화보다 우리에게 쾌감을 우又 일층一層 유발함으로 예술적 가치가 보다 더 많다 할 것이오, 미인이나 가려佳麗한 풍경이나, 그 사진도 역시 훌륭한 예술품이라 하겠다. 그러나 아무리 색채가 영롱하더라도 그것은 생명이 움직이고 빛나는 예술품이 아니라, 정적 공허한 일 현상을 묘사함에 불과함은, 사진이 예술품이 아닌 것과 다를 것이 없다. 또한 근래에 일본의 야나기 무네요시柳宗悅 씨가 특히 고려자기를 비롯하여 각종 조선의 미술품을 찬상讚賞하고 조선민족 미술관 건설에 분주한 모양이나, 만일 씨의 이른바 고려자기나 기타 작품의 곡선미가 쾌감을 주기 때문에 예술적 가치가 있는 것이라고 논단할 지경이면 그것은 일고의 가치도 없음은 물론이거니와, 근자에 성행하는 고려자기 모조업자도 훌륭한 예술가이겠고 그 제작품도 또한 예술적 작품이라 하겠다. 그러나 다만 쾌감의 대상일 따름인 곡선미는 아직 예술 영내에 들어오지 못하며 그 모작은 오직 상품에 불과하여 상인이나 감정자로 하여금 진안眞贗의 구별을 석출析出게 하지 않는가. 그러면 진정한 예술적 내용이 될 만한 예술미와 쾌락적 표현인 쾌미快美의 분기점은 나변那邊에 있는가.

나는 상술한 중에 생명이 연소하는 초점에서 영혼의 불똥이 튄다고 말하였다. 예술미가 예술미인 소이, 쾌미에 아직 예술미로서의 가치가 없는 소이가 실로 여기에 있지 않은가, 나는 생각한다. 과연 불 같은 생명이 끊임없이 연소하는 초점에서, 번쩍이며 뛰노는 영혼 그 자신을 불어넣은 것이 곧 예술의 본질이어야 하겠고, 우리는 거기에서만 진정한 미를 멱출覓出할 수 있으며, 영원한 생명이 간단없이 약동하고 유로함을 볼 수가 있다. 그러면 연소하는 생명 자체가 무엇이며, 그 초점에서 반발하는 영혼은 무엇인가. 두말할 것 없이 이것이 곧 개성의 활약이며 표현이다.

그러므로 이를 요약하여 말하면, 예술미는 작자의 개성 다시 말하면 작자의 독이적 생명을 통하여 투시한 창조적 직관의 세계요, 그것을 투영한 것이 예술적 표현이라 하겠다. 그러므로 개성의 표현, 개성의 약동에 미적 가치가 있다 할 수 있고 동시에 예술은 생명의 유로요, 생명의 활약이라고 할 수 있는 것이다. 이에 이르러 상술한바 고려자기의 곡선미가 쾌미의 대상으로 볼 때에는 무의미한 것이지만, 그 내재적 생명의 유로를 볼 때에는 예술적 가치를 인정할 수 있으며, 또 그 모작품은 상품에 불과하다는 논거가 명확히 된 줄 안다. 과연 야나기柳 씨는 조선미술품을 통하여 조선민족성을 발견할 수 있다 한다. 이를 바꾸어 말하면 조선민족의 민족적 개성을 한 줄기 선으로부터 발견하였다 함이다. 사천여 년의 역사적 배경, 풍토, 경우境遇로부터 전통하여 오며 발전하여 나가는 조선민족에게 특유한 민족성이, 우리의 피에 사무쳐 무궁히 흐르는 거기에 우리의 조선혼이 있고 민족적 생명의 리듬이 있는 것이다. 다시 말하면 여기에 민족적 개성이 형성되는 것이다. 그리하여 이 존엄하고 숭고한 민족적 개성이 섬세완연纖細蜿蜒한 일조곡선一條曲線에 의지하여 표현될 때에 일개의 토괴土塊에 영원한 예술적 가치를 부여하며, 창조적 생명의 영원한 생장과 발전과 활약이 있는 것이다. 그리고 동시에 신비불가지神秘不可知한 감격이 그에 묻히었고, 민족적 생명과 같이 인류의 광영이 그로 인하여 빛나는 것이다. 이를 요컨대 그 곡선의 내부에는 작자 자신의 개성이 표현된 동시에 민족적 개성이 표현되고, 민족적으로 독이한 생명이 잠류潛流하고 활약함으로써 예술적 가치가 생긴 것이라 함이다. 이와 같이 예술은 이미 개성의 독창에 생명이 있는 것인 이상, 모조모사에 예술적 가치가 없음은 명화를 석판에 복사한 데에 예술적 생명이 없음과 다를 것이 없는 것이다. 일 작품에 이르러, 그 작자와 동일한 재료 동일한 기교 동일한 수법으로 얼마나 교묘히 제작한다 하더라도 그것은 결국 기계요, 생명 있는 개성의 표현은 아니다. 또한 예술은 모방을 배제하고 독창을 요구하는지라, 거기에 하등의 범주나 규약과 제한이 없을 것은 물론이다. 생명의 향상발전의 경지

130

가 광대무애廣大無涯함과 같이 예술의 세계도 무변제無邊際요, 예술의 세계의 무변무애無邊無涯는 개성의 발전과 표현의 자유를 의미하는 것이다. 이리하여 우리의 정신생활의 내용은 더욱더욱 풍부하며 충실할 것이요, 영혼은 나날이 빛나질 것이다.

각필擱筆하고 보니 불충분한 점이 허다하다. 그러나 일자가 촉급促急하고 분망奔忙하여, 일후日後에 더욱 명세明細히 논급할가 한다.

······ 삼 월 십육 일 ······

—

이 비평은 근대 초기 개인주의 사상을 바탕으로 개인의 존엄성과 개성을 발견하여 이를 미의식과 연관 짓는다. 근대 초기 개인주의 사상을 중심으로 예술관을 피력하고 있는 것이다. 근대 개인의 자각과 그로 인한 개인의 발견, 개성의 중요성을 생명과 연관시켜 생명이란 개개인의 정신의 발현으로 이것이 바로 진정한 미, 예술이라고 밝히고 있다. 근대 초기 개인의 자각과 관련한 예술관이라는 점에서 그 의의가 있다.

* 이 글은 《開闢》 제22호에 실린 〈個性과 藝術〉을 원전으로 하고 윤병로 편저 《한국현대비평문학론》(청록출판사, 1982)을 토대로 재구성한 것이다.

계급문학 시비론

문학상의 공리적 가치 여하―박영희

문학을 순전한 유희나 쾌락만으로 알던 시대는 이미 고대의 일이고 인생의 생활과 인간의 지혜가 향상함으로 비로소 완전한 근거를 갖게 된 문학이 우리에게 주는 것은 크게 구별해서 두 종류로 말할 수 있으니, 하나는 정의情意적 방면과 또 하나는 실제적 방면이다. 즉 정의적 방면은 미감을 말함이고 실제적 방면은 공리를 말함이니 전자는 쾌락이고 후자는 생활의 완전을 도모하려는 것이다. 즉 월광이 주는 신비적 미감과 월광이 주는 광명의 실제와 같은 것이다. 그런고로 이 쾌락과 실제는 조류의 양 날개와 같이 늘 평균을 가지고 있는 것이다. 그중에 쾌락만이 발달해도 그것은 완전한 가치를 소유하였다 할 수 없으며 또한 실제만이 발달하여도 그것은 또한 무감정의 무미한 것이 되고 말 것이다. 이것으로 말미암아 문학의 쾌락이라는 것은 실제를 완전하게 하기 위해서 있게 되며 실제라는 것은 그 쾌락을 조절하기 위해서 있게 되는 것이다. 그런고로 쾌락은 순전한 관능뿐만을 의미하는 것이 아니라 실제를 위한 쾌락이며 따라서 실제는 공리公利뿐만을 의미하는 것이 아니라 쾌락으로써 그 자신의 제한을 받는 것이다. 이에 비로소 완전한 문학이라는 가치를 소유할 것이다.

그런데 우리가 실제를 요구한다 하면 그것은 물론 우리의 생활의 불완전한 공소空隙를 보충한다는 것이다. 우리 인생은 감정으로나 생활으로나 더 완전한 것을 요구하는 것은 사실이다. 그러나 보통 문학이라면 어떠한 특수한 것 이외에는 문학 자체뿐만을 위하게 되니 다시 말하면 유희 본능적 쾌락에서 그 존재의 가치를 옳게 깨달았고 또한 그 문학에서 얻는 미의식에서 실제를 얻으려 하였으며 또한 문학 자체의 이지적 사색의 발달에서 실제를 의미하려 하였다. 그러나 그 이면에 생활 의식에서 실제를 얻으려 하지 않았고 그 실제를 위해서 쾌락을 얻으려 하지 않았으므로 생활 의식의 문학이라는 것은 미의식의 문학이 극도로 발달한 것만큼 그만큼 퇴패退敗하고 말았다. 아니다. 생활 의식의 문학은 그 가치까지 시인하게 되지 못할 만큼 퇴폐頹廢하여졌단 말이다.

그러나 완전한 문학일수록 생활 의식에 확고한 근거를 두어야 하며 또한 만인의 보편한 문학―(즉 생활을 완전하게 하기 위해서)이 있어야겠다는 말이다. 오마의 시구인 '우리는 물과 같이 오고 바람과 같이 간다'라는 말을 떡 파는 사람이나 양초 만드는 사람에게 읽어 주면 영업에 영리한 그들은 그것이 무슨 소리인지 모른다(엣스의 말) 하는 말을 보았다. 그것은 노동자에게는 이해하기에 너무도 이지적였던 것이다. 따라서 그 시는 인생이 생활을 노래한 것보다도 인생의 지식으로부터 제이의적第二義的 생의 철학을 노래한 것이다. 그런 고로 상론한 문학적 쾌락과 실제는 지식계급에서 비로소 그 가치를 시인하게 되는 것이고 무산계급에는 아무런 감흥을 받지 못할 것이다. 그러나 이에 무산계급에서도 문학을 건설해야겠다는 것이다. 따라서 또한 진리인 것이다. 그러면 무산계급에게는 어떠한 문학이 필요할 것인가를 말하기 전에 그들이 소유한 사회와 생활을 다시 관찰하여 보자.

현대의 사회는 산업적 사회이다. 그리해서 이 산업 사회에 건전한 예술의 가치 여하를 말하기 위해서는 우선 자본주의의 정체를 음미할 필요가 있다. 자본주의는 상업주의가 완전히 발달한 것이나 혹은 과도하게 발달한 것이다. 그런고로 자본주의의 상업이라는 것은 인생이 그 상업을 소유한다는 것보다도 인생의 상업을 위해서 존재하게 된다는 말이다. 쉽게 말하면 사람이 금전을 지배하는 것이 아니라 금전이 사람을 지배한다는 말이다. 인생을 지배하는 그 금전이 자본주의의 자본이다. 이리해서 그 자본은 소유자의 원하는 것보다도 더욱 심하게 다른 약소한 것을 탈취하려 하며 그럼으로 거대하게 되려 하는 것이다. 이와 같이 이욕利慾적 충동에 지배를 받는 자본가는 노동력을 구입할 때에 그 노동자의 선천적 소질 여하라든지 혹 노동자의 개성적 가치 여하로 노동력의 품질 여하로 음미하려고는 아니한다. 오히려 개성을 무시하고 노동력에만 충실하도록 강제로 기계와 같이 사용하는 것이다. 다량의 생산만을 주제로 하고 극단으로 근대적 분업을 할 때에 자본주는 노동자를 무슨 물건의 단편으로써 사용한다. 그러는 중에 또한 그 분업보다도 몇백 배 더 급속히 생산하는 기기가 발명됨에 따라 탐욕 많은 흡혈귀의 자본은 한층 더 노동자를 유린한다. 이와 같이 근대의 사회는 상업주의의 사회이며 따라서 자본주의화한 사회이다. 이러므로 자본계급은 무산자를 압박하고 착취하려는 것이다. 그런고로 또한 자본주의에서는 무산계급을 지배하며 자체의 힘을 완전히 발휘하려는 데서 쾌락을 얻으려 하며 또한 싼 가격으로 거대한 노동력을 구입하려는 것이 그들의 실제이며 자기 자체의 이익을 추구하려는 것이 그들의 예술이다. 그러므로 그들의 예술은 전용적 혹은 독점적 예술이니 이에 인생 전반의 평형을 상실한 문학이 자본주의 문학일 것이다. 그러나 인류의 진실한 각성이 무산계급에서 생기며 무산계급의 반성이 비롯될 때에 그들은 반항과 자유와 생활의 혁명을 무기로 하고 자본계급을 대항하려 하며 이러한 의미에서 문학을 요구하였다. 이러므로 무산자의 문학은 반항의 문학이며 혁명의 문학이며 자유의 문학일 것이다. 그것은 다른 까닭이 아니라 자본주의화한 계급의 지배적, 이욕적, 전제적專制的의 생산 의식과 무산계급의 반항적 혁명의 생활 의식이 다른 까닭이다. 이러므로 생활의 의인意認의 지배를 받는 미의식도 다르고 말 것이다. 미의식이 다름으로 말미암아서 그들의 쾌락이 다르고 쾌락이 다름으로써 문학의 유의留意적 방면이 서로 다르게 된다. 또한 자본계급의 실제는 이욕에 있고 무산자의 실제는 혁명에 있으니 도무지 양자의 문학이 다를 것이다.

계급과 계급이 분류되는 때에 문학만이 단결을 가질 수 없겠고 계급과 계급이 투쟁하는데 문학만이 평화를 유지할 수 없는 사실로써 이에 계급문학이 분류되는 것이니 하나는 부르주아문학 하나는 프롤레타리아문학이라. 이에 계급 투쟁으로써 생기는 무산계급의 혁명적 사상이 시대정신이라면 이 시대정신의 문학의 공리적 부분은 무산 계급문학의 혁명적 사명일 것이다.

피투성이 된 프로 혼魂의 표백—김기진

계급문학의 존재를 시인하느냐 혹은 부인하느냐 하는 논의가 계급문학 시비론일 것이다.

그러므로 나는 이곳에서 시인한다든지 부인한다든지만을 말하여 두면 그만이라고 생각한다. 이하 좀 지리할 듯하나 어찌하여 시인한다는 나의 소견을 말하고자 한다. 그리고 이것은 □신新□적的으로 기록한 것임에 지나지 못한다는 말도 미리 말하여 둔다.

문학이라는 것은 저울눈(尺目)을 그어 놓은 원통圓筒 상태의 봉蓬ㅅ대 같

은 것이어서 그것을 횡으로 볼 때엔 한 간 한 간씩의 저울눈을 한 시대로
보아서 그 문학의 성장과 발달을 살필 수가 있는 것이며 그것을 종으로
볼 때엔 그 봉대의 구멍을 민족으로 보아서 그 민족성의 쇠하고 성함과
발달을 엿볼 수 있는 것이라고 생각한다. 즉 다시 말하면 봉심蓬心은 민
족성이요 저울눈은 시대의 구별이라는 것이다. 그리하여 문학은 민족성
을 핵심(이라면 어폐가 있으나 요컨대 하나의 축)으로 가지고 시대 환경의 살을
부치여 가진 것이라고 보는 것이 정당하다고 믿는다. 이에 대한 반증으
로 우리의 눈앞에는 수없는 사실이 가로놓여 있으니까 각자는 이 사실에
취하야 증명을 구함이 가하겠다.

사실 세계의 문예를 놓고서 그것을 옆으로 보면 거기에는 시대가 그어
놓고 지나온 선이 현저하고 그것을 위로서부터 내려다보면 거기에는 '게르
만족', '스라브족', '주-론족', '한족'…… 등의 민족의 위선緯線이 분명하다.

그리하여 이 사실은 문학—예술이 민족성과 시대 환경을 떠나지 못한
다는 증거를 세우고 있다.

사회 상태는 변천하여 계급의 대립을 세워 놓았다. 이것은 생활 상태의
분열이다. 그리고 이 생활 상태의 분열은 생활 의식의 분열을 일으켰다.
이것이 근대적 자본주의가 가져온 커다란 공과 성과이다. 그리고 생활 의
식의 분열은 미의식의 분열을 일으켰다. 여기서 부르주아의 미감과 프롤
레타리아의 미감이 달라졌다. 기교의 미를 찾고 인종의 미를 말하는 것
은 부르주아의 미감 내지 미학이다. 이와 반대로 어디까지든지 정의의 미
를 찾고 반역의 미를 소리 높여 말하는 것은 프롤레타리아의 미감 내지
미학이다. 이것은 미의식의 분열에 관한 한두 가지 예를 들었음에 불과한
것이다.

하여튼 생활 상태의 분열은 부르주아와 프로의 대립은 인생관, 처세관,
윤리관, 문예관의 분열을 일으킨 것은 사실이다. 그러하여 부르주아의 인

생관, 처세관, 윤리관은 부르주아의 생활 의식을 구성함으로써 그들의 문학이 진실로 이곳에서 출발하며 프롤레타리아의 인생관, 처세관, 윤리관은 프롤레타리아의 생활 의식을 구성함으로써 그들의 문학은 진실로 이곳에서 출발한다.

세상에는 이렇게 말하는 사람이 많다. '부르주아문학이니 프로문학이니, 하는 것은 실없는 말이다. 노동자의 생활을 제재로 하였다고 그것이 프로문학이며, 자본가의 가산을 제재로 하였다고 그것이 곧 부르주아문학이 된다면 강아지를 그린 문학은 강아지문학이 되고 돼지의 생활을 제재 삼아 쓰면 그것은 돼지문학이 되지 않겠느냐. 계급문학이란 미친 놈의 헛수작이라'고.

이와 같은 생각은 그 근본에 오류가 있다. 계급문학이란 본질적 경향 문제이요 결코 피상적 제재 문제가 아니다. 작품 중에 나타난 작가의 주관과 작중의 인물에 대한 작자의 용의用意와 태도 여하에 따라서 다시 말하면 작자가 프로의식을 가지고 이 작품을 대하였느냐 또는 작자가 프로의식을 가지고 이 작품을 제작하였느냐 하는 것이 그 근본 문제이다.

지금 여기에서 계급문학의 상위점을 들어 볼 것 같으면 부르문학은 첫째 사회악을 긍정하고 모든 것을 시작함에 반하여 프로문학은 첫째 이 사회악을 부정하고서 출발한다. 혹은 부정하는 준비로서 출발한다. 사회악이라는 것은 착취와 침략과 혹사와 정복의 제도와 조직을 일컬음이다. 부르문학이 기교적 말초신경적 유희적임에 반하야 프로문학은 열정적 본질적 전투적이다. 이상은 그 차이점의 한두 가지를 예로 든 것에 불과하다.

하여간 문학상에 계급문학의 분립이 생긴 것은 사실이다. 이에 대하여 철저한 설명을 하자면 이곳에서 역사관적 문명비평을 쓰지 않으면 어렵게 되었기에 이러한 장황한 짓은 하지 아니하기로 한다. 나는 이것을 계급문학의 존재를 사실로 시인한다고만 결론하고 말겠다.

지금 여기에서 더 한마디 말을 하여두고자 한다. 최근 일본에서 프롤레타리아문학이라는 것이 대두하였지만 그것은 차라리 지식계급의 '프롤레타리아를 위한 문학'이라 할 것이라고 나는 믿는다. 프로문학이란 프로의 의식—생활 감정 속에서 만들어진 문예일 것이요 일부 자각한 식자들의 프로를 위하야 계급 의식을 고취하고 사회 □□을 사사使唆하는 말하자면 무산계급을 위한 문학은 아닐 것이라고 생각한다.

프로문학이 한 개의 문학인 이상 그것이 순진한 프롤레타리아의 생활 의식에서 출발한바 자아—개성에 충실한 전인격적 온전한 '마음'의 투영이 아니면 안 될 것은 막론이다. 피투성이 된 프롤레타리아의 혼의 표백이 아니면 안 된다. 이것이 진정한 프로문학일 것이다. 프로를 위한 문학 '프로의 문학' 거기에도 상당한 구별이 있는 것도 사실이다. 금일의 현상에 있어서 계급 예술—문학의 존재를 시인하는 사람 중의 한 사람인 것을 분명히 말하고 붓을 놓는다.

—

프로문학과 민족주의문학은 《개벽》지에 실린 특집 〈계급문학 시비론〉에서 여러 문학가들이 벌인 논쟁이 격화되면서 충돌하기 시작했다. 이 특집에서 프로문학에 대해 이야기한 것이 김기진의 〈피투성이 된 프로 혼의 표백〉과 박영희의 〈문학상 공리적 가치 여하〉였는데, 김기진과 박영희는 이 글을 통해 프로문학이 본래부터 갖고 있는 성질과 일어나게 된 동기에 대해 자세하게 설명했다.

반면 김동인, 이광수, 나도향, 염상섭 등은 계급문학 자체를 인정하지 않는 입장이었다. 하지만 이들은 왜 계급문학을 인정하지 않는지에 대해 구체적인 이유를 들어 설명하지 못하면서 그들의 주장에 힘을 실을 수 없었다. 이러한 이유로 결국 이 특집은 의도하지 않게 계급문학을 옹호하는 자들의 편에 서서 그들의 손을 들어 주는 역할을 하게 되었다.

* 이 글은 《開闢》 제56호에 실린 박영희의 〈文學上 功利的 價値如何〉와 김기진의 〈피투성이 된 프로 魂의 表白〉을 원전으로 하고 권영민이 엮은 《한국현대문학비평사 자료 Ⅰ》(단국대학교출판부, 1981)을 토대로 재구성한 것이다.

투쟁기에 있는 문예비평가의 태도
—동무 김기진 군의 평론을 읽고

박영희

1.

《투쟁기에 있는 문예평자의 태도》라든지 혹은 부르주아 문예평자의
퇴폐된 논조에 대하여서 우리는 늘 논의하여 왔다. 어느 때는 분격도
하며 어느 때는 '우리에게도 진정한 평자'가 있어야겠다고 하였던 때가
늘 있었던 것이다.

그러던 차에《조선지광》십이 월호에 발표된 동무 김기진 군의 문예
평을 볼 때, 늘 해결해야 할 문제로 내려오던 예의 그 제목이 다시 그
진리를 찾으려고 달아올랐다. 그러므로 나는 이 기회를 이용하여서 또
다시 프로문예와 프로평자가 한 가지 가질 본질적 태도를 논하려 하는
것이다. 혹은 생각하기를 김 군과 나는 오래된 친우요, 또 같은 동지라
고 하면서 이러한 논의를 일으키는 것은 무슨 그 사이에 파탄이 생긴
것이 아닌가 할 것이다. 그러나 그것은 오해에 불과한 생각이다. 논쟁
이라는 것은 개인과 개인의 공리적 욕구에서 나오는 것이 아니다. 더욱
우리의 논의라는 것은 우리 문화의 사회적 과정에서 늘 통일을 목적으
로 하고 진리를 세우기 위해서 서로 불충분한 것을 논박하며 태도의

불선명을 규명하며, 따라서 우리의 문화를 사회적으로 건설함에만 있으니, 우리는 늘 이렇게 하나의 의견으로 통일될 때까지는 논의가 대단히 필요한 것이다.

먼저 프로문예를 평하는 평자의 태도를 말하기 전에, 프로작가는 어떠한 마음가짐을 가질 필요가 있는가를 말하고 따라서 순서를 밟아갈 것이다.

2.

프로문예라는 것은 어떠한 것인가? 무산계급을 주제로 한 것인가? 아니면 노동자를 주제로 한 것인가? 물론 무산계급을 주제로 하며 노동자를 주제로 한다는 것은, 그렇다고 말하는 것보다는 자연히 그렇게 되는 것이다. 그러나 그것을 주제로 한다고 프로문예라고는 말하기 어려운 것이다. 노동자의 생활을 묘사하는 것으로서 프로문예라면 벌써 오래전 자연주의적 시대의 작품에 이미 노동자를 주제한 것이 많았으며 따라서 얼마나 많이 프로문학이었겠는가? 진실한 프로문예는 현대 무산계급의 생활에서 유동하고 있으며 절규하는 계급 의식으로부터 나오는 무산계급의 ××과 그 ××× 지시하는 것이라야 한다는 것은 오래전부터 필연적 모토가 되어 있는 것이다. 그러므로《아당의 기관지와 문학》이라는 논문에 ××× 이렇게 말하였다.

"문학적 활동은 프롤레타리아의 모든 일의 한 부문이 되어야 한다. 노동계급의 ××로 하여금 발동할 기계 안에 있는 한 적은 치수가 되어야 한다. 문학은 조직되고 생각해서 만들어지며 통일되며 ×××× 아당의 모든 일 가운데의 한 부분이 되어야 한다"고 하였다.

그러므로 프로작가는 늘 무산계급의 '예술가'라는 것보다는 차라리 문화 건축인의 한 사람이라는 것이 적당한 말일 것 같다. 위에서 언급한 문구는 곧 부르주아 평론가나 문예가를 격노케 할 것이다. 그들은 "예술은 자유이지 어느 당의 한 부분은 아니다"고 하는 까닭이다. 다시 말하면 계급을 넘어선 것이라고 한다. 그러나 그들의 문예가 자본주의 사회의 모든 현상을 승인하고 그것을 해설하는 이상 그들의 문예는 벌써 부르주아적 — 즉 자본주의 사회의 어용御用이 된 것이다. 그러나 그들은 그렇지 않다고 하기까지 어리석은 허위를 소유하고 있는 것이다. 그러므로 누구든지 만일 상론한 것을 가리켜 '비예술적'이라 하면 그는 확실히 부르주아적 평론가라고 아니할 수 없는 것이다. 그러므로 작가가 계급을 초월하지 못하며, 문예품의 내용이 계급을 초월하기가 불가능한 이상 프로문예 작가는 역시 무산계급의 ××××××× 위해서 역시 계급적인 것을 부인할 수 없는 것이 사실이다. 그러면 우리는 이제 가장 명확한 결론에 도달하였다. 그러하게 되면 문예비평가 문제인 것이다. 혹은 묻기를, 어떠한 문예비평가가 이 양 계급의 문예를 평할 수 있겠느냐? 하는 것이다. 만일 자본주의 사회의 모든 사회적 현상을 해석하는 부르주아문학을 평하던 사람이 자본주의 사회의 모든 사회적 현상 ×××××× 프로문예를 평할 수 있다고 하면 그 평자는 계급을 초월해서 그런 것이 아니라 어느 문예를 더 옹호하려는 데서 나오는 것이다. 즉 부르주아문예 평자가 프로문예를 평한다 하면 그는 확실히 프로문예를 박해하려는 수단이다. 그럼으로 작가가 계급 의식을 초월할 수 없는 것과 같이 역시 문예비평가도 계급을 초월할 수 없다는 것은 설명을 기다리지 않고도 알 만한 일이다. 만일 그래도 불구하고 완전히 계급을 초월한 평가가 있어서 양 계급의 문예를 평한다 하면 그 평자는 한 사람이 양성을 소유한 것과 같은 의미에서 완전할지는 모르나 계급적으로 보면 확실히 불구자라고 세상 사람들은 말할 것이다. 한 사람이 남이 소유하지 아니한 것을, 즉 일인단성—人單性인데 어느 사람이 양성을 가졌다 하면 세인은 그 사람을 완전한 인간이라고 하지 않고 영원히 불구한 사람으로 가련하게 생각한다. 불구자 자체로 보면 같은 인생인 것이 분명하다. 그러나 인생의 사회적 기능이 결여되었으므로 불구자인 것을 우리는 잘 안다.

3.

그러므로 프로문예를 평하는 사람은 상론한 점으로 보아 확실히 계급적이 되며 ××××××할 것도 우리는 잘 안다. 또한 어느 의미에서 보면 프로문예 비평가는 프로문예 작가를 적극적으로 지도할 수 있는 능력을 가져야 할 것이며, 그 지도의 표준은 부르주아적, 혹 개인주의적, 예술 지상적, 형통한 음악성에 있는 것이 아니라 늘 조직체적, 집단적, 계급적, 사회××× 있는 것을 망각해서는 아니 된다. 그러므로 맑스는 말하였다.

"철학자는 세계를 여러 가지로 설명함에 불과하였다. 그러나 중요한 문제는 세계를 ×××× 있다"고 하였다.

같은 의미에서

"문예비평가는 작품을 가지고 사회를 여러 가지로 해부하며 설명하였다. 그러나 프로문예 비평가의 중요한 문제는 작품을 어떻게 계급적으로 ×××××××하는 것을 민중과 작가에게 선전하는 자이다"라는 말과 잘 대조될 줄로 안다.

부르주아문예 비평가는 작품의 구조에 중요한 착점着點을 두었다. 그러나 프로문예 비평가는 작품에 나타나는 의식과 사회적 ××× 대조하여서 프로작품의 가치를 말해야 할 것이다.

김 군은 "소설이란 한 개의 건축이다. 기둥도 없이 서까래도 없이 붉은 지붕만 입혀 놓은 건축이 있는가?"라고 하였다. 물론 소설을 '예술적'으로 완성시키는 데는, 혹 완전한 문화 주택을 건설하는 데는 그야 기둥이나 서까래만이 필요한 것은 아니다. 그 외에도 많이 있으니 양회, 철근 콘크리트, 유리, 진흙…… 등 그 외에도 더 완전한 소위 문화 주택을 만들려면 색깔 있는 커튼도 필요할 것이며, 세공을 가한 벽도 필요할 것이며, 한번 앉으면 몇 피트씩 쑥 들어가는 베드와 쿠션도 필요할 것이며, 전등도 필요할 것이니, 그 외에도 한이 없이 필요할 것이다. 사치와 가공은 무한한 것이다. 그러므로 그 발달의 지금껏 해 온 것이 부르주아문학의 묘사법의 대부분이다. 자연주의 시대의 소설 대가는 (불국佛國쏘라) 사람이 아래층에서 이층에 올라가는 데 묘사로써 삼사 페이지를 허비하였다. 이것으로 보아 소위 김 군의 말로 하면 '실감'이 많이 있을 것이다.

그러나 나는 이곳에서 단언한다. 프롤레타리아의 작품은 군의 말과 같이 독립된 건축물을 만들려는 것이 아니다. 상론의 말과 같이 큰 기계의 한 톱니바퀴인 것을 또다시 말한다. 프롤레타리아의 전 문화가 한 건축물이라 하면 프롤레타리아의 예술은 그 구성물 중에 하나이니 서까래도 될 수 있으며 기둥도 될 수 있으며 기와도 될 수 있는 것이다. 군의 말과 같이 소설로써 완전한 건물을 만들 시기는 아직은 프로문예에서는 시기가 상조한 공론이다. 따라서 프로문예가 예술적 소설의 건축물을 만들기에만 노력한다면 그 작가는 프롤레타리아의 문예를 망각한 사람이니 그는 프로작가는 아니다. 다만 그는 프로 생활 묘사가에 불과하다. 군은 "묘사의 공과는 실감을 주는 것에 있다"라고 하였다. 그러나 나의 생각으로 말하면 "묘사의 공과는 가공의 미를 창조함에 있다" 하고 싶다. 또한 군의 그 실감이라는 것은 무엇을 표준한 말인지도 좀 막연하다. 소설을 소설화하게 하는 실감인지 그렇지 않으면 계급××과 ××××× 대한 실감인지 알기가 어렵다. 만일 소설을 소설화하게 하는 실감을 의미한 것이면, 나는 군에게 항의를 제출하지 않는다. 그것은 예술적 비평가라는 결론에 도달한 까닭이다. 그러나 만일 군의 그 '실감'이 프로작품이 가져야 할 계급×××××××× 대한 실감이 없다고 지적한다면 이것은 감사하게 동지의 충고로서 감수할 것이다. 그러나 군의 그 '실감'은 사회적 표준이 없이 누구의 작품이고 묘사가 부족해서 실감이 없다는 결론에 도달한 것을 보면 확실히 군의 논거는 예술 지상적 초계급적 개인주의적이라고 보게 된다. 다시 군은 "나는 문예가의 친절한 진실한 의미에서의 주석되기를 노력해 왔으며, 또한 주석자의 영광을 장래에 허락한다면 이 또한 나의 만족이다"라고 하였다. 부르주아문예 작가가 사회를 묘사함에 반하여 부르주아문예 비평가는 그 작품을 주석하는 것이다. 그리해서 부르주아작품은 비로소 민중에게 신념을 얻게 된다. 그러나 프롤레타리아문예 작가는 부르주아 사회의 어두운 면을 폭로해서 사회를 묘사하는 것이 아니라 사회 ××××××한다. 따라서 프로문예 비평가는 계급××과 ××××× 대하여 작품의 적극적 전개를 위해서 지시하며 혹은 요구하는 것이니 전자는 예술가적 비평가요, 후자는 문화비평가인 것이다. 문화비평가는 계급을 초월한 예술의 독립성을 생각하지 않는다. 따라서 군의 비평가적 태도는 어느 편에 있는가를 탐구함에 적지 않은 불만을 준다. 즉 비평가(부르주아문예 비평가)인지 문화비평가(계급 문화의 비평가)인지를 찾기에 좀 암연하단 말이다.

더욱이 군의 논문 중에 "'나'라는 주인공의 자기해부의 정신이 결핍한 것이며 따라서 이 작품을 심각한 것으로 만들지 못한 점이다"라고 하였다. 아마 이 문제가 프로문예를 운위하는 데 제일 큰 것이라고 생각한다. 얼른 말하면 '나'라는 것을 어떻게 표현하는 것에 따라서 그 작품의 가치를 좌우할 수 있는 것이다. 부르주아문예에서는 '나'라는 개인을 표준한다. 그러므로 그 문예의 결론은 '나'라는 개인의 인생관,

'나'의 우주관으로 종결한다. 그러나 프로문예는 집단적인 것이니 만큼 '나'라는 개인은 '나' 개인의 의식 여하로 사회를 해석하려는 것이 아니라 국가적, 사회적 의식 여하에 동요되는 개인의 의식을 표현하는 것이니 전자는 독단적이며 후자는 사회적이다. 이러므로 부르주아문예의 개인 해부와 프로문예의 개인 해부가 상이하니 전자의 개인은 묘사 중에 나타난 개인이오, 후자의 개인은 가두에 모은 군중 중에 있는 개인이다. 그러므로 내가 이 작품에 불만이 있다 하면 그것은 개인주의적 자기해부가 아니라 사회적으로 본 자기해부이니, 즉 비참한 사회 현상에 부딪힌 개인 자신이 얼마나 한 ×××××적 과정에 있는가를 해부함에 부족한 점으로부터 나오는 불만일 것이다. 그러므로 진실한 프로문예 비평가라 하면 전자를 질책할 것이 아니라 후자를 질책할 것이다.

더욱이 작품 《철야》에 있어서 군은 말하기를 논리적이라고 말하였다. 그러나 소설화 되는 소설적 기교가 부족해서 실패한 작품이라고 하였다. 그리고 "작자는 최후의 '계급 운운'의 말을 쓰기 위해서 명진이를 쓰고 이 글을 썼다"고 하였다.

이 말을 보면 암연한 가운데에 '계급 운운'에 대해서 군은 불쾌한 감정을 가지고 있는 것을 지적하기 쉽다. 소설 구조에 있어서 '철야'를 부정하고 '계급 운운'을 시인한 말이라 하면 군 자신의 논법에 의해서 모순이다. 그것은 서까래와 기둥이 불구한 까닭이다. 그러므로 군은 자본주의 예술적 견지에서 문화 주택의 여러 기구가 갖추어지지 아니한 것을 질책하였으며 따라서 '계급 운운'을 경시하였다. 그러나 작자는 군의 상상과 같이 '계급 의식' ×××××× 쓴 것이 사실이다. 그러면 만일 군이 진실한 프로문예 비평가라면 이 작품의 정신을 부정하지 못할 것이 아닌가? "그렇게 쓴 것이 결국 계급 운운을 쓰려고 한 것이니 이것이 어디 소설이냐?" 하는 의미가 포함된 말이다. 그러면 소설은 무엇을 써야만 진정한 작품이 되는가? 만일 군이 《철야》에 있어서 계급 의식의 ××× 전체로 보아 힘이 부족한 것을 말하며 원인이 박약한 것을 질책한다 하면 이것 역시 감수할 것이다. 그러나 일정한 사회적 표준이 없이 기둥과 서까래가 좋은 놈이 없다고 건축 토대 전체를 부정한다는 것은 마치 부귀한 사람이 초가집을 보고 그 가옥적 존재를 부정하는 것과 같다. 이곳에는 계급 의식적 차별이 있는 것이니 나의 견지로서는 화제도 되지 않는다. 다만 군에게 바라는 것은 프로문예 비평가가 되기 전에 '계급 의식 운운'에 호감을 갖기를 바란다. 그것은 싫어도 사회적 현상이니 사회인으로서 알 필요가 있는 것이다.

    4.

또다시 프로작품의 묘사에 대해서 말하겠다. 무엇보다도 실례를 들어서 보자!

동지 마카엘·골드씨의 단편 〈*A Greet Deed Was Needed*〉, 〈큰 행적을 요구하였다〉라는 것은 참으로 힘 있는 작품이다. 그것은 예술적은 아니다. 그러나 프로문화적이다. 프로문예는 예술을 요구하지 않는다. 그 내용은 동맹 파업을 실행한 노동자 집단이 가로街路로 부르짖으면서 ××××××× ××××× 팡을 집어먹는 것이다. 이러한 작품이야말로 기둥도 없고 서까래도 없고 문지방도 없는 널빤지와 같은 작품이다. 그러나 그 작품의 정신은 프로적 견지에서 사회적이며 집단적이다. 그 작품의 정신은 비록 기둥은 없을지언정 무산계급을 위하여서는 × ××××××. 이 작품은 어떻게 해서 ××××××다는 것을 군 같으면 요구하였을 것이다. 그러나 그 원인은 쓰지 않더라도 이미 사회 현실적으로 표현된 사실이다. 또한 상점에 ×××××× 노동자를 볼 때 군은 그 노동자가 그러한 행동을 감행할 때까지에 심적 고민과 과정을 묘사로서 요구할 것이다. 그러나 이미 그것도 사회 자체가 훌륭하게 우리에게 묘사하여 주었으니 또다시 길게 쓸 필요가 없는 것이다. 같은 이유에서 한 무식한 노동자(지옥 순례에서)가 기갈에 원인해서 ××하였다 하면 그 노동자가 현대 사회 조직으로부터 어떻게 암연한 구렁텅이로 빠져들어가는 것을 가장 ×××으로 쓰는 것이 그 노동자의 생활을 기록하는 것이다. 그러나 그 노동자가 이렇게 감행을 할 때까지 혹은 하게 된 원인을 묘사하라는 것은 그것은 노동자의 생활을 참관하자는 것이니, 그 노동자의 생활의 전개는 아니다. 다만 그러한 작품은 '써스도이에후스키'식 묘사법인 것이다. 그러므로 군은 건축적 전형적 태도에서 작가의 정신을 무시하였으며 '작품의 시대적 고민'을 지적하지 않았다. 나는 여하한 작품에 그 작품의 시대적 반영 내지 시대적 고민이 없는 것은 없다고 한다. 그러나 군은 그것을 망각하였다. 다만 묘사, 실감, 심각深刻이 너무도 초계급적으로 이상화하였기 때문이다. 다만 군은 누구의 작품이든지 혹은 여하한 정신을 표현하려는 작품이든지 그 작품이 작품화하기에 묘사가 있으면 곧 작품으로 시인할 것이다. 작품은 늘 시대적 고민과 생활의 사회적 인생관이 있어야 한다. 더욱이 프로작품이랴!

군은 이러므로 ×× 건축물일지라도 구조상 모순이 없으면 곧 그 건물을 칭송하고 그 주인을 찬송할 것이다. 그러나 그것은 너무도 퇴폐한 문명 비평가의 태도이지 결코 프로문예 비평가의 태도는 아니다. 우리는 허식보다는 의식을 잊어서는 아니 된다.

그러나 그렇다고 프로문예의 상식이 없느냐 하면 그렇지 않다. 이에 대해서 레닌의 말을 인용해서 보자.

"×××××의 프롤레타리아는 가장 완전한 형식 가운데서 그들을 설명하며 이 원리를 발전시키기 위해서 노동자 단체의 문학의 근본 원리를 생각하지 않으면 아니 된다"고 하였다. 그러므로 그 완전한 형식이란 묘사의 형식이 아니라. 그 주의를 ××하는데 ××× 수단을 말하는 것일 것이다.

묘사의 시대, 해석의 시대는 부르주아 사회와 한가지로 지나갔다. 다만 ××××, 건설의 시대, ××의 시대가 있으니 그것이 우리의 시대이다.

5.

이에 우리는 또다시 문예비평에 당도하자! 일본의 프로문예 비평가인 아오노 수에키치靑野季吉 씨는 말하였다.—"오늘 우리 앞에 있는 문예비평에는 두 가지의 당연한 길이 있다. 하나는 내재적 비평이라고 말한 것이고, 하나는 이것에 대응해서 외재적 비평이라고 해도 좋을 것이다. 내재적 비평이라는 것은 역시 비평가가 나타난 작품의 내부로 뚫고 들어가서 그 구성 요소를 분해하고 그 결합을 조사하며 당연히 그곳에 있어야 할 조화가 없는 것을 지적하며 내용과 기교의 관계, 그 파탄을 보기도 하는 비평이니, 그것을 설명적 비평 또는 문학적 비평이라고 해도 무관할 것이다.

또 한 가지 외재적 비평이라는 것은 이러하다. 나타난 예술작품을 일개의 사회 현상으로서 나타난 예술가를 일개의 사회적 존재로서 그 현상 그 존재의 사회적 의의를 결정하는 비평이니 이것을 전에 것과 대립해서 문화사적 비평이라고 해서 무관할 것이다."

그러나 지금까지는 군의 비평과 같이 문예비평이라면, 늘 문학사적으로 해석을 중시하여서 왔다. 그러나 우리의 작품이 '예술 지상적 작품'이 아니니 내재적으로 평하는 데 이 작품의 발전이 있는 것이 아니라 작품이 일개의 사회적 현상으로서 평가하여야만 한다는 것은 프로문예 평가의 마땅히 취할 방법이다.

그러면 군은 말하기를 여하한 작품이고 작품인 이상 그 작품을 묘사 없이 어떻게 살겠느냐고 할 것이다. 그러나 상론한 바에서 이미 지적하였거니와 이미 사회적으로 표현된 사실이 없어도 좋을 묘사는 아니하는 것이 좋으니 그 프로문예는 묘사로서 가치를 나타내는 것이 아니라 그 작품에 나타난 ×××열정으로서 그 작품은 힘을 얻는 것이다. '힘'을 설명하는 데는 묘사로 하는 것이 아니다. 역시 '힘'으로써 설명하는 것을 군도 잘 알 것이다. 따라서 상론한 비평을 트로츠키는 '문예비평의 사회적 방법'이라고 한 것이다.

윌리엄 · 제임스는 어느 날 자기 강연을 듣는 청중에게 말하기를 제군은 지금 고요하고 침착하고 안락하게 의자에 앉아 있으나 제군의 고요와 안락은 다만 사방의 벽이 있는 데 불과하다. 지금 사방의 벽이 무너져서 별난 세계——그곳에는 기갈과 고통과 어둠이 있는——가 돌연히 전개될 것이면 제군은 그 고요한 것, 안락한 것을 보존할 수가 없게 된다. 그래서 제군의 생활에 대해서 생각할 것이다. 그 안락한 것은 다만 그 사방의 벽 때문이다. 그렇지만 그것이 무너지든지 무너지지 않던지, 그 별난 세계는 역시 존재하고 있는 것이라는 의미의 말을 하였다.

그러므로 지금껏 내려온 문예비평가는 이 사방의 벽이 있는데, 안에서 세계를 해석하였으며 그 안에 있는 생활을 묘사하였다. 그러나 이 벽을 무너뜨리고 외계에 존재하는 별다른 현실로 이 군중을 끌고 나갈 비평가는 없었다. 그러나 우리는 이제 이러한 비평가를 요구한다. 해석 말고, 이 사방의 가려진 벽을 무너뜨리고 별난 세계로 끌고 나아갈 비평가가 있어야 한다. 따라서 프로문예 비평가는 계급 의식적 의미에서 ×××선線의 같은 ×사士이여야겠다. 비평가는 창작가가 벽을 무너뜨리고 하는 것을 방관하며 군중의 힘의 강약을 비평해서는 안 된다. 프로문예 비평가는 이 군중과 한가지 벽을 무너뜨리기를 합력合力할 것이다. 프로문예 비평가는 이 계급×××상에 나와서 한가지 노력하여야 할 것이다. 비평가도 사회인인 이상 계급 의식을 초월할 수 없고 더욱이 프로문예 비평가로서야 물론 그 계급 의식을 초월할 수 없다. 나는 끝으로 동무 김 군에게 바라는 것은 군의 문예비평가적 노력은 건축학적 전형에 머무르지 말고 문화 건축에 일― 문화비평가로서 향상하기를 바라며 나는 내 작품이 사회 현상에 비추어 아직도 초보인 것을 내 자신이 비평할 수 있다. 그러나 나는 내가 바라보고 나아가는 그 노력하는 의식의 가치는 부정하기도 싫고 또는 상해를 받기도 싫다! 물론 군도 군의 일정한 견해가 있겠으며 또는 사람마다 각각 생각이 있을 것이다. 그러나 나는 내 개인의 의견이 아니라 사회적 의식이 필연적으로 그러해야 할 것을 개인으로서 표명한 것에 불과하다. 우리는 진리에 순응하고 불합리×××× 투쟁기에 있는 문예비평가의 태도는 반드시 계급적으로 명확하기를 바란다. 더 말하지 않아도 군은 넉넉하게 추상할 것이므로 이에 붓을 놓는다.

―

　김기진의 비판에 대해 박영희는 곧바로 반대 의견에서 프로문학을 비평하는 사람이 가져야 할 모양과 자세에 대해 말한다. 박영희는 문예비평가는 자신이 속한 계급을 초월할 수 없다는 점에서 '계급적'이며, 또한 프로문예 비평가는 프로작가를 지도할 수 있는 능력을 갖고 있어야 한다고 주장한다. 이러한 의견들은 겉으로 볼 때에는 이치에 맞는 듯 보이지만 김기진의 '문학 건축론'을 '문화 건축론'으로 해석함으로써 자신이 문학과 문화 모든 면에 관한 계획이나 구상을 갖고 있는 것처럼 논의를 끌어가고 있다. 그러나 박영희의 이러한 대응은 김기진이 제기한 문제에 대해 명쾌한 대답이 되지 못했다.

* 이 글은 《朝鮮之光》 제63호에 실린 〈鬪爭期에 잇는 文藝批評家의 態度〉를 원전으로 하고 권영민이 엮은 《한국현대문학비평사 자료 Ⅱ》(단국대학교출판부, 1981)를 토대로 재구성한 것이다.

무산문예 작품과 무산문예 비평

─동무 회월懷月에게

김기진

1.

조선의 프롤레타리아문예 운동은 지난 1926년으로서 그 시험기를 완전히 마치었다고 본다. 지금이야말로 조선의 프롤레타리아문예 운동은 본무대에 들어섰다. 동시에 우리들의 앞에 놓여 있는 또는 우리들이 찾아내지 아니하면 아니 될 프롤레타리아문예상의 온갖 문제는 우리들로 하여금 그 해결과 아울러 발전을 독촉함이 급하다. 이 시기에 처하여 동지 회월이 신년 벽두에 김기진 군에게 여與함이라 부기한 〈투쟁기에 재在한 문예비평가의 태도〉의 일문은 경청할 만한 것이 있었고 비록 나 일개인으로서 불복할 점은 허다하였으나 그러나 그것이 생성기에 있는 신흥 프롤레타리아문예에 유익을 끼치었음은 적지 않은 것이었다고 생각하는 바이다.

프롤레타리아문예 본질론과 프롤레타리아문예 비평의 본질론만도 우리들의 전부가 '졸업'하지 못하고 있는 것이 사실이다.

그러므로 본질론적 논의는 우리들 사이의 급무 중의 급무가 아니면 안된다.《조선지광朝鮮之光》1월호에 발표된 회월의 논문이 나의 비평가

적 태도——나는 이곳에서 겸손하지 않겠다——에 대하여 비난한 것
이고 공격한 것이고 경고한 것인 만큼 나는 회월에게 대답할 의무를 갖
는다. 그러나 나는 회월과 나와의 사이에 주장상 스스로 각이各異한 근
본적 차이를 발견치 못하였다느니보다도 근본적으로 똑같은 입각지에
서 있음만을 발견하였을 뿐이요, 또는 회월이 나에게 향하여 발發한 공
격과 경고가 회월 자신으로서의 나에게 갖는 똑같은 입각지상의 불만
의 고소이었던 것과 마찬가지로, 내가 회월에게 향하여 발할 비난과 공
격이 본래부터 논쟁으로서 긴장되지 못할 것임을 깨달았다. 논쟁은 두
개의 다른 입각지에서 출발될 때 그 태도의 긴장을 보이는 까닭이다.
나는 투쟁기에 재한 문예비평가의 태도가 지시적, 투쟁적이 아니면 안
되겠다는 동지의 말을 시인하고서 이 문文을 출발시킨다.

2.

　　첫째로 우리들 사이에 문제될 것은——그리고 회월과 나와의 사이
에 이미 시비되어 있는 것은——일개의 개념의 추상적 설명만으로 시
종되고마는 것이 소설로서 된 것인가 아닌가 하는 문제이다. 내가《조
선지광》작년 12월호에서 말한 "소설이란 한 개의 건축이다"라는 말
을 마음대로 아무렇게 해석하여 가지고 출발한 점에 관한 회월의 논조
는 자못 히스테리컬하여 충분히 요령 있는 말 한마디를 이곳에 인용하
기 위하여 찾아내기에 힘드나 그러나 《조선지광》1월호 본란 98항 참조) 대
체의 요령을 종합하여 보건대 "프롤레타리아의 소설은 독립된 건축물
이 아니니까 소설의 요건을 갖추지 않아도 좋다. 그것을 갖춘다는 것
이 시기상조의 공론이다. 그런데 그렇게 하기를 노력하는 사람이 있다
면 이미 그 사람은 프로작가가 아니고 프로 생활 묘사가다" 하는 것이

다. 이렇게 요령을 따와도 두려웁건대 독자는 일개의 개념의 추상적 설명만으로 시종한 것은 소설이 아니다. 왜 그러냐 하면 소설이란 한 개의 건축인 까닭이 아니냐—라는 문제에 대한 명확한 해답으로는 파악하기 곤란하리라고 생각한다. 그러나 요컨대 "프롤레타리아의 문학은 어떠하든지 좋다. ××의 ××만을 하는 것이 족하다" 하는 것이 그 논문 전체를 통해서 볼 수 있는 논조의 골자라고 믿으면 족하다.

"개념의 추상적 설명만으로 시종한 것은 소설이 아니다"라 하였음에 대하여 이상의 요령에 의하여 회월의 주장을 망발되지 않게 번역하면 즉시 이와 같은 말이 된다. 즉 "개념의 추상적 설명은 선전문학이다. 선전문학을 문학으로서 부인한다면 너는 프롤레타리아문예가가 아니다".──(내가 이 일문을 쓰면서 가장 곤란을 느끼는 것은 나의 11월 창작 평문에서 회월이 인용하여 가며 공격한 문구가 회월에게 가서 정당하게 이해되지 못하였을 뿐더러 〈투쟁기에 재한 문예비평가의 태도〉 일문이 처음에 내가 받아 읽어 보던 때에는 주의하지 아니하였던 까닭인지는 모르나 의외로 나에 대한 공격이 순서적으로 되지 못하고 논리상 조화가 결핍된 점이 많아서 요령을 얻기에 곤란한 점이다. 이상에 적기摘記한 요령적 인용에 과오가 없다면 다행이다.)──그러나 선전문학은 결코 단순히 어떤 개념의 추상적 설명에 시종하는 것으로 되지 못하는 것임을 어찌하랴! "문학은 조직되고 고안되고 통일되어 아당我黨의 모든 일 가운데의 한 부분이 되어야 한다!"

3.

1. 무산계급 문학은 무산계급을 주제로 함은 자연이려니와 무산계급의 ×× 과 그 ×××지시하는 것이라야 한다.

2. 무산계급 작품은 독립된 건축을 만들려는 것이 아니다. 무산계급의 전문

화가 한 건축물이라면 무산계급의 예술은 그 구성물의 하나이니 서까래도 될 수 있으며 기둥도 될 수 있다.

3. 묘사의 공과功果는 가공의 미를 줌에 있다.

4. 무산계급의 문예는 묘사로써 가치를 나타내는 것이 아니라 그 작품에 나타난 ××× 정열로써 그 작품은 "힘"을 얻는 것이다. "힘"을 설명함에는 묘사로 하는 것이 아니라 역시 힘으로써 설명하는 것임을 군도 잘 알 것이다.

5. 무산계급 문예비평가는 작품을 주석하는 것이 아니고 책責하고 지시하는 것이니 "나타난 예술작품을 일개의 사회 현상으로서, 나타난 예술가를 일개의 사회적 존재로서 그 현상, 그 존재의 사회적 의의를 결정하는 비평" 즉 문화사적 비평이라야 한다.

6. 무산계급 문예비평가는 군중과 한가지로 벽을 허물기에 노력해야 한다.

〈투쟁기에 재한 문예비평가의 태도〉의 일문에서 극히 중요한 골자를 추리면 틀림없이 이상에 열거한 6개조의 요령서가 된다. 나는 지금으로부터 이에 대하여 직접 말하는 것을 그치고 이러한 문제 즉 나의 이 일문의 표제가 명시하는바 무산문예 작품과 무산문예 비평에 대하여 주견을 술述하리라.

4.

프롤레타리아문예의 발생은 프롤레타리아계급 발생이 '필연'인 것이나 마찬가지로 '필연'이다. 그러면 프롤레타리아문예는 어디서부터 탄생되었느냐 하면 "과학의 소유자는 프롤레타리아가 아니고 부르조아 지식계급의 범주에 속하는 자이며 그리고 사실상 이 범주에 속한 약간의 개인의 두뇌에서 현대의 ××××는 탄생된 것"과 같이 프롤레타리아문예도 풍부한 역사를 가진 부르조아문학의 발달의 결과 속에서 태생된 것이다. 나는 이것을 조금 더 부연하여 말하겠다. 마르크스의 철학설·경제학설·사회학설·정치학설이 그것들이 헤겔, 포이에르바하, 다윈, 오웬, 푸리에, 헤라크레이토스 등 더 올라가면 희랍 철학에서까지도 그 연원을 찾을 수 있을 만큼 그만큼 부르조아 이데올로기 내에서 생장되고 그리고 완성된 것이다. 무산계급의 경전은 이와 같이 '인류 지식의 집대성으로 된 것이다'. 그리하여 "사회주의 교리는 소위 계급의 대표자, 지식계급에 의하여서 취급된 철학·역사·경제의 이론으로부터 생장한 것이요, 근세의 과학적 사회주의의 건설자인 마르크스와 엥겔스도 역시 그 사회적 지위에서 말한다면 부르조아적 인텔리겐챠에 속하였다". 이와 마찬가지로 프롤레타리아문예는 난숙한 부르조아문예 그 자체 내에서 필연적으로 발생된 것이니 자본주의의 경제 조직이, 생산과 지배 관계가 당초부터 사회주의의 경제 조직을 유치하는 종자를 그 자체 내에 수태하여 가지고 있었더라는 것과 동일한 현상이라는 것을 부인할 사람이 누구냐. 자본주의의 난숙이 사회주의 발생을 촉진한 것이나 마찬가지로 부르조아문학의 난숙이 프롤레타리아문학의 발생을 촉진한 것이 싸울 수 없는 사실이라는 것이다.

그리하여 트로츠키가 아무리 프롤레타리아문학 내지 문화의 성립성을 부정한다 할지라도 소위 '인류 전사의 최후 계급'이 일, 이십 년 간으로 종결을 고하지 아니할 것인 이상에 프롤레타리아문학은 그 독자의 영역을 가진 다른 온갖 프롤레타리아 문화 체계와 마찬가지로 그리고 그 전 계열 중의 일 계열로서 성립할 수 있는 물건이다. 만약에 존재라는 것은 없고 모든 것이 '생성의 과정'에 더 지나지 않는다는 엄격한 동적動的 견지 외에는 용어까지도 허락하지 않는다 하면 나는 '성립'을 '생성'으로 개서하여도 좋다. 하여간 대치적으로 사용되는 우리들의 문자는 어찌하였든지 간에 나는 이곳에서 이 말만 하면 족하다. 요컨대 프롤레타리아문예의 발생적 본질은 일반 사회 민중의 생활 현실이 결정한 것임은 물론이려니와 그것이 풍부한 역사를 가진 부르조아문학'——그것은 근 5세기 동안에 거의 완성된 것이다'——의 체내에서 생성된 것인 만큼 그것은 결코 '무'에서부터 추출된 혹은 창조된 '유치한 인간의 상상의 창조'는 아닌 것이라고. 그리고 이와 같이 되어서 발생한 프롤레타리아문학은 결코 유치한, 스스로 비하할 만한 물건은 아니라는 것이다. 프롤레타리아문학은 어디까지든지 문학이다. 왜 그러냐고 또다시 묻는다면 부르조아의 경제학을 그 이데올로기의 전선에서 완전히 패배시킨 프롤레타리아 경제학이 어디까지든지 경제학인 것이나 마찬가지로, 프롤레타리아문학 그것도 문학상에 있어서 부르조아 이데올로기를 완전히 패배시킬 프롤레타리아'문학'이 아니고서는 견디지 못하는 까닭이다. '프롤레타리아문학에 취하여 가장 긴요한 조건은 내용과 형식의 온전한 조화이다. 그리고 형식과 내용과의 조화를 어디서 구할 수 있느냐 하면 그 표현·기교·형식은 각 시대의 우수한 것으로부터 그것을 배우지 아니하면 아니 된다. 과거 시대의 그것들이 반드시 좋다는 것은 아니다. 그것을 해부하고 분석함은 그것이 구문학 파괴의 원동력이 되는 수도 있다'는 까닭이다.

5.

이상에서 나는 프롤레타리아문예에 대하여서 객관적—즉 사회학적 발생론적 견해의 일단을 술하였다. 나는 조금 더 전기前記와 같은 견해에 서서 프롤레타리아문예를 논하고서 프롤레타리아문예 작품의 내용 표현과 무산문예 비평의 방법론에 언급하려 한다.

프롤레타리아문학은 부르조아문학의 체내에서 탄생하였다. 물론 이 말에는 틀림이 없다. 그러면 프롤레타리아문학은 부르조아문학과 같이 완벽한 것일까. 전항에서 내가 한 말은 전군에게 이와 같은 의문을 주었을 것이라고 생각한다. 그러나 이러한 의문은 본래부터 갖지 않아도 좋다. 왜 그러냐 하면 프롤레타리아문학은 부르조아문학 그 자체 내에서 탄생되었으나 그러나 아직 충분히 발육할 시기에 도착하지 못한 까닭으로 그것이 정리되고 통일되지 못하였을 것이 명백하니까. 부르조아문학이 부르조아계급의 발달에 따라서 변천하여 온 것이나 마찬가지로 프롤레타리아의 문학도 프롤레타리아계급 발달에 동반하여 여러 가지로 변천할 것은 사실이니까. 다만 여기에서 변하지 아니할 결정적 조건은 항상 처음이나 나중이나 부르조아문학을 파괴하는 어디까지든지 온전한 프롤레타리아의 문학일 것이라는 것이다. 마치 다른 프롤레타리아 과학과 한 모양으로.

모 씨에 의하면 구라파에 있어서 부르조아문학이 밟아 온 과정은 대별하여

(1) 대부르조아의 상공商工 시대(1500년대의 이탈리아)

(2) 소부르조아의 무정부 시대(1800년대의 프랑스)

(3) 대부르조아의 제국주의적 독재 시대(1900년대로부터 금일)

이와 같이 5세기 동안을 전래하여 오다가 19세기 말엽에 이르러서 난숙을 보였다. 그리고 프롤레타리아의 예술도 이와 근사히 하기下記 3기를 그 과정으로 밟으리라고 한다.

(1) 공상 시대(무조직의 시기)

(2) 프티 부르조아 시대(자기중심의 프롤레타리아적 도취. 말하자면 ××적 유치한 명정酩酊 시대)

(3) 현실 시대(사회주의의 시대)

나는 대체의 구분에 있어서 이것에 찬성하는 바이다. 그리고 조선의 프롤레타리아문예 운동은 그 공상 시대는 약 3개년 동안 계속하여 온 시험기의 초기에서 이미 지나갔다고 본다. 거년去年으로부터 오늘날까지는 여상如上의 구분에 의한다면 프티 부르조아 시대에서 배회하고 있다고 본다. 물론 이것은 프롤레타리아문예뿐만 아니라 일반 예술에 있어서 자연히 밟게 되는 과정이라고 봄이 가할 뿐이요 반드시 이러한 과정을 밟지 않고서는 안 된다는 기계론은 아니다.

프롤레타리아의 문학은 '무산계급의 생활을 주제로 함은 물론이려니와 무산계급의 ××과 ××××지시하는 것이라야' 함은 물론이다. 그것은 프롤레타리아의 심의心意의 자연의 발로인 까닭이다. 고뇌하고, 사색하고, 돌진하는 프롤레타리아의 심의의 온전한 투영인 까닭이다. 그러므로 여기에서는 특별히 '선전을 위한 문학'이라는 일종의 기계론은 성립될 수 없다.

왜 그러냐 하면 온갖 문학적 소산은 객관적 견지에서 이것을 해부할 때에는 모두 다 그 하나일지라도 선전적 아닌 것이 없는 까닭이다. 내가 지금 찬란한 저녁놀의 황홀한 그림자 앞에 서서 화원 속에 오고 가는 나비의 날개의 미묘한 동작을 바라보며 지나간 날의 충동적인 사랑하는 사람의 살의 향내를 추억하고 무한한 환상의 날개를 펴 가지고 사랑의 속삭거림의 초현실적 왕국으로 마음을 달린다고 가정하자. 그리고 내가 만약 시인이라고 하고서 내가 이 몽환적인 정서를 시의 형식에 의하여서 표현하였다고 하자. 그것은 물론 나 일개인이 느낀 정서의 거짓 없는 온전한 심의의 투영, 그 물건에서 더 지나지 않는다. 그러나 이리하여서 지어진 시는 동시에 다른 아무것도 아니고 다만 내가 느낀 몽환적 정서의 전염을 행할 뿐이다. 그리고 그 시는 훌륭히 초현실적 탐미적 향락주의의 선전의 소역所役을 행하고야 말았다. 이와 똑같이 내가 일개의 프롤레타리아작가라고 또한 가정하자. 그리고 내가 ××한 고주雇主에 반항하여 동맹 파업을 한 노동자군의 전위의 일인이라고 가정하자. 나는 고주의 부정과 파업 노동자의 가정의 참담한 생활고와, 무산계급의 단결의 힘의 위대함과, 또 바리시티 정신의 견고한 것을 감득하고 감격하였다고 가정하자. 나는 이러한 정서를 노래한다. 시의 형식에 의하여서 표현한다. 그러면 이와 같이 되어서 지어진 시는 무엇을 말하는 것일까? 그것은 훌륭히 계급××을 ××하고 ××을 구가하고 선전한 것에 지나지 않는다. 물론 이것은 온전한 자기심의의 거짓 없는 투영인 동시에 이것은 이러한 정서 혹은 정신의 선전의 도구에 지나지 않는다.

똑같은 의미에서 재래의 부르조아문학상에 나타난 온갖 유파―예를 들면 탐미파 · 향락주의 · 낭만주의 · 인도주의 · 자연주의 혹은 다다 등은 모두 다 자기의 정서의 전염, 자기의 인생관의 선전을 하여온 것에 불과하다. 이에 이르러서 나는 특별히 '선전을 위한 소설'이라든가 '선전을 위한 시라든가' 그 외의 무엇이라든가 하는 일종의 문학상 기계론은 성립할 수 없는 것으로 알고 거절한다. 따라서 무산문예에 대한 견해에 있어서도 나는 이것을 고집한다. 개념의 추상적 설명만으로 시종하는 것은 소설이 아니다. 부르조아문학에서도 그러하였음과 같이 프롤레타리아문학에 있어서도 그러하다.

문체상에 있어서 목적론적 견해는 그 출발점을 심리학상에 둔다. 그리고 이것을 연장하면 예술 지상주의의 결론에 도달한다. 만약에 프롤레타리아문학관이 심리학적 목적론적 견해만으로 성립한다면 그것은 프롤레타리아문학 지상주의에 떨어지고 말 것이다. 왜 그러냐 하면 이와 같은 견해는 작가의 제작시의 심리 현상을 부연하여 가지고 그것으로써 전반 문예의 목적론을 짓는 까닭이다. 소위 온전한 프롤레타리아

160

의 심의의 투영만이 프롤레타리아문학 전반의 목적론이 되는 까닭이다.

객관적·사회학적 견해에 의하여 온갖 문학적 소산은 어떠한 정서 내지 정신의 선전의 형식이다. 그러면 무산문예 비평은 어떠한 방법에 의하여서 하는 것이 필요할 것이냐? 잠깐 동안 나는 비평에 대하여 이야기하지 않으면 안 되겠다.

6.

내가 이상에서 등한히 하고 취급하지 아니한 문제가 무엇이냐. 그러면 나는 한 개의 중대한 사실을 간과하였다. 다른 것이 아니다. 금일의 프롤레타리아문예 운동은 '투쟁기'에 있다는 것이다.

투쟁기의 프롤레타리아문학에는 두 개의 임무가 있다. 한 개는 재래의 문학을 넘어뜨리는 것이다. 한 개는 프롤레트 컬트의 소임을 실행하여아 한다는 것이다. '재래의 문학을 넘어뜨린다', 이것은 중대한 임무가 아니라면 안 된다. 그러나 재래의 문학을 넘어뜨리기만 하면 그만인가? '자본주의를 넘어뜨린다고 백이나, 청이나, 황이나, 흑이나 아무것이든지 상관없다고는 할 수 없다.' 여기에서 비로소 프롤레트 컬트 문제가 생긴다. 따라서 제작의 내용은 주문注文되는 것이다. 물론 이것은 투쟁기라는 특수한 사정이 있으므로 인하여 발생하는 것이다.

그러면 문예비평은 어떠하게 될 것인가. 나는 결론을 먼저 말하자. 가로되 문예비평은 재래로 발달되어 온 문학 전문적 비평의 결과를 취입한 마르크스주의 비평이어야만 한다고. 예술적 작품의 구성 요소를 분해하며, 그 결합을 조사하며, 조화의 유무를 지적하며, 내용과 기교의 관계를 분석·주역하는 비평은 문학사적 비평이고, 예술적 작품을 일개의 사회 현상으로서, 나타난 예술가를 일개의 사회적 존재로서, 그 현상 그 존재의 사회적 의의를 결정하는 비평은 문화사적 비평이라고 한 청야淸野 씨의 분류는 타당하다. 소위 내재적 비평이라 함은 문학 전문가적 비평이요, 소위 외재적 비평이라 함은 문화사적 비평이다. 그리하여 나는 나의 결론을 말하면 우리 문예비평가는 소위 내재적 비평을 취입한 외재적 비평이어야만 한다는 것이다.

외재적 비평은 본래부터 무산문예 비평가의 근본적 요건이다. 외재적 비평은 작품에 나타난 작가의 정신 내지 사상이 현실 사회와 어떠한 연결 관계에 있으며, 나타난 작품과 작가가 어떠한 소속 계급의 역할을 하였는가 함을 추구하고 지적함으로써 사회적으로 평가를 내림을 능사로 한다. 그러나 우리들에게는 전문적 표현 수법의 평가도 필요한 것의 하나이다. 이것은 나의 지론인 동시에 러시아의 무산문예 비평가 중에도 극구 창도唱道하는 바인 것임을 우연히 나는 발견하였다. "노국문학을 연구함에 있어서 나는 마르크스주의자의 견해와 형식파의 달성한 결과를 종합하여 가지고 고찰하는 것이 필요하다고 한다. 왜 그러냐 하면 우리들은 소속 계급과 연락을 유지하는 예술가의 사상뿐만이 아니라 실제의 현상을 예술작품으로 변형하는 수법에도 통달하지 아니하면 아니 되는 까닭이다. 형식파는 수법의 해부를 알고서 문사의 목적을 한각閑却하고 마르크스주의 평론가는 목적에 주의하나 그러나 수법을 돌아다 보지 않는다. 형식파는 문학적 현상 발전의 법칙을 기술하고 입증하고 마르크스주의자는 이것을 발견하고 설명한다."—러시아 예술가협회 간부의 일인이요, 예술과학대학원의 일원으로 사회학부 혁명예술반의 일을 하는 류오프 로까체프스키는 문학비평에 대한 의견을 이렇게 진술하였다. 러시아의 프롤레타리아문학도 유년기에 있음은 자타가 공인하는 사실이다. 우리들은 이 사람의 이 말을 참고할 필요가 있다. 내재적 비평을 취입한 외재적 비평은 '내재'도 아니고 '외재'도 아니다. 이것은 둘이 아니고 온전한 하나다. 이것이 내가 말하는 마르크스주의적 문예비평의 방법이다.

　이곳에서부터 다시 나는 회월에게 직접 말할 것을 따로이 추려 가지고 이미 장수도 많아졌으니 간단하게 말하리라.

　　　7.

　내가 꾸며 놓은 군의 논문의 요령서 제일第一을 나는 시인 지지한다. 그리고 다음으로 "프롤레타리아의 작품은 독립된 건축을 만들려는 것이 아니다……운운"에 이르러서는 나는 군의 말을 시인하지 않는다. 프롤레타리아문학은 물론 전 프롤레타리아 문화 계열 중의 하나이다. 군은 "소설은 건축이다"라고 한 내 말을 부정하기 위하여 본의 아닌 논리의 비약을 시험하였는지 모른다. 그러나 프롤레타리아문학은 '전 프롤레타리아 문화 건축을 구성하는 과학적 영역을 유지한 일개의 건축'이다. 군은 "묘사의 공과는 가공의 미를 줌에 있다" 하였다. 대개 군은 묘사를 어떠한 것으로 알고서 말하였는가. 졸라의 소위 사실적 묘사 같은 것만이 묘사인 줄 알고 한 말이 틀림없다. 묘사의 정의는 작가가 자기의 기도企圖를 사물의 연락과 사건과 사건의 관계와 정서와 행동의 연락을 통해서 표현하고자 하는 일수단이다. 묘사의 생명을 가공의 미에 둔 것은 부르조아들의 해석이다. "프롤레타리아의 문예는 묘사로써 가치를 나타내는 것이 아니라……운운"한 것도 확실히 망발이다. "힘을 설명함에도 묘사로 하는 것이 아니라 힘으로 한다" 하니 '힘'은 어떠한 수법으로 표현되는가? '힘'없는 묘사는 허물 벗은 매미 껍질 같은 것이다! 더 길게 말하지 않겠다. 또 그리고 "기둥도 없이 서까래도 없이 붉은 지붕만 입히어 놓은 건축이 있는가?"라고 한 나의 말을 비꼬아서 유리며, 커튼이며, 쿠숀이며, 베드며……라고 주어 친 것은 쓸데

없이 미소만 자아내는 것이 되고 말았다. 나는 이 점에서 다시 군의 작품 〈철야徹夜〉와 〈지옥순례地獄巡禮〉에 언급함이 없을 수 없다. 결론만을 말하리라.

투쟁기에 처한 프롤레타리아의 문예작품은 무엇보다도 ××적 실증적이 아니어서는 안 된다. 무슨 까닭이냐 하면 실증적인 것만큼 힘이 있는 까닭이다. 실증적이 아닌 것의 공허함이여! 그런데 불행히 군의 작품은 개념의 추상적 설명으로 시종되었지 실증적이 못 되며, 조직적이 못 되었다. 그러므로 서두에서 나는 "이 소설은 가장 논리적으로 된 것 같다"라는 말을 하였다. 이 말은 반어다. 군은 군의 〈지옥순례〉에서 기갈에 대한 실감의 고조가 없었다는 내가 발한 비난을 "……하게 된 원인을 묘사하라는 것은 노동자의 생활을 참시參視하자는 것이지 노동자의 생활의 전개는 아니다"라는 의미심장한 말로 일축하였다. 그러나 나는 이곳을 읽으면서 실소하였을 뿐이다. 칠성이 아버지 진달이의 배고파하는 모양을 보다가 만두장사의 "만두노 호야 호야" 소리가 나는 대문에 이르러서는 독자도 곧 자기 배가 고픈 듯이 그 만두장사를 때려 넘어뜨리고 만두를 뺏어 먹고 싶은 생각이 일어날 만큼 되어야 이것이 살아서 펄펄 뛰는 작품이 된다. 이런 것이 군이 말하는 '힘'이다.

그러나 나는 단언한다. 절망의 폭발이 골자로 된 소설 또는 복수가 곧 투쟁으로 된 소설 등은 진정한 프롤레타리아의 문학은 아니라고. 그러므로 만두장사를 죽이고 감옥으로 가는 것을 이제 백 보를 양보하여 군의 고의가 아니라고 한다 하더라도 나는 군의 이 작作에서 ××××적 정신, 집단적 정신의 발양을 보지 못한다. 이 의미에 있어서 〈지옥순례〉는 완전히 실패한 것이다.

그리고 〈철야〉에서 내가 비난한 요점은 한 개의 개념에 관한 추상적 설명으로 시종하였다는 것인데 군은 건축 토대 전체를 부정하였다고 노했다. 그러나 계급 의식의 ××은 계급 의식의 개념에 관한 추상적 설명만으로 되지 못한다. 구체적 설명이라느니보다 실증적 표현이 없고서는 안 된다.

다음으로 나의 비평 태도에 관하여 두어 마디 석명釋明을 하겠다. 나의 비평가적 태도가 무산계급 문예비평가로서 선명치 못한 점이 크다 하면 그것은 진실로 내가 평소에 기대하지 아니한 것이다. 그러나 생각컨대 군이 인용한 나의 11월 창작평 서두의 1절 즉 "나는 문예가의 친절한 진정한 의미에서의 주석자 되기를 노력해 왔으며……운운"의 1절이 나로 하여금 이와 같은 불행한 결과를 보게 한 것이라고 믿는다. 그러나 정직하게 말하여서 나는 나 혼자 병인丙寅 1년 동안 월평의 붓을 들어온 까닭으로 다소 비평가연한다는 비난이 있을까 두려워하여 겸손하는 뜻으로 '주석'이라는 말을 썼었다. 그리로서 '진정한 의미에서의'라는 말을 그 위에 보태었다. 이 일언이 나에게 화를 가져왔다면 이것은 나에게 있어서 중대한 문제가 아니다. 왜 그러냐 하면 나는 바로 그 전 절에서 "내가 이 비평의 붓을 드는 목적은 우리가 가진 문예가의 개인적 창작에서 그 일반적 가치를 발견함에 있고 따라서 작가가 제시하고자 한 인생의 의의에 대하여 또는 사회적 문제에 대하여 이것을 '주석'하며 또는 작作에 나타나는 작가의 정신, 창작에 대하여 취한 작가로서 용의를 해부 비평하여서 그것을 사회적으로 평가하고자 함에 있다"라고 나의 비평가적 태도의 전폭을 요약하여서 성명聲明한 바 있으니까. "주석하며 해부 비평하여서 사회적으로 평가"한다는 것은 마르크스주의적 비평이니 이것은 나의 본래의 태도이다.

그리하여서 나는 건축으로 되지 않았다고 군의 작품의 바탕을 부정하지 않았다. 그 증거는 "이것을 선전문학으로 썼다. 그러나 선전문학도 문학상 요건을 구비해야만 하겠다"라는 말에서 그 토대만을 인정하였다. 다만 군에게 향하여 가장 필요한 말이 수법에 관한 말이기에 오로지 수법에 관한 말만 한 것이다. 그렇다고 내가 창작평을 하여 온 이래 금일까지 표현 수법만이 되었다고 혹은 군의 소위 "구조상 모순이 없다고 곧 그 건물을" 칭송하여 본 경험은 없다. 만약 이 점에 관하여서 일일이 예시하라 하면 예시하겠다. 그래도 군 일개인뿐만 아니라 우리들의 동지의 대부분이 나의 비평가적 태도에서 소위 "프로문예 비평가 되기 전에 '계급 의식 운운'에 호감"을 가져야 할 만큼 불선명한 점이 있는 것이 사실이라면, 공인하는 사실이라면 마땅히 나는 동지들 앞에서 고개를 숙이고 사죄하고 앞날을 맹서하겠다.

—

카프의 핵심 인물이었던 김기진과 박영희의 내용·형식 논쟁과 관련된 글이다. 이 논쟁은 김기진이 1926년 12월《문예월평》에 박영희의 소설 〈지옥순례〉와 〈철야〉 두 편을 비판하면서 시작되었다. 그 후 박영희는 〈투쟁기에 있는 문예비평가의 태도〉라는 평론으로 김기진의 의견에 대한 반박을 내놓았고, 그 뒤 김기진이 다시 그에 대한 반론으로 〈무산문예 작품과 무산문예 비평〉이라는 제목으로 이 글을 발표했다. 이 비평에서 김기진은 프로문학작품은 안에 담긴 선전적인 내용만이 아니라 문학적 기교와 수법도 중요하다는 입장을 고수하고 있으며 문화사적 비평과 문학사적 비평이 함께 이루어져야 한다고 밝히고 있다. 그러나 김기진이 자신의 잘못을 인정하고 '동지'들에게 사과하는 태도를 보임으로써 내용·형식 논쟁은 잠정적으로 일단락을 맺게 되었다.

* 이 글은 《朝鮮文壇》 제19호에 실린 〈無産文藝 作品과 無産文藝 批評〉을 원전으로 하고 윤병로 편저 《한국현대비평문학론》(청록출판사, 1982)을 토대로 재구성한 것이다.

문예비평가의 태도에 대하여

김환태

문예비평이란 문예작품의 예술적 의의와 심미적 효과를 획득하기 위하여 '대상을 실제로 있는 그대로 보려'는 인간 정신의 노력입니다. 따라서, 문예비평가는 작품의 예술적 의의와 딴 성질과의 혼동에서 기인하는 모든 편견을 버리고, 순수히 작품 그것에서 얻은 인상과 감동을 충실히 표출하여야 합니다. 즉 비평가는 언제나 실용적 정치적 관심을 버리고, 작품 그것에로 돌아가서 작품을 사상思想한 것과 똑같은 견지에서 사상하고 음미하여야 하며, 한 작품의 이해나 평가란 그 작품의 본질적 내용에 관련하여야만 진정한 이해나 평가가 된다는 것을 언제나 잊어서는 아니 됩니다.

예술은 예술가의 감정을 여과하여 온 외계의 표현입니다. 그리하여, 그는 언제나 감정에 호소합니다. 그곳에는 이론도 정치적 실용적 관심도 있을 수 없읍니다. 예술의 세계는 관조의 세계요, 창조의 세계입니다. 이념의 실현의 세계가 아니요, 실현된 이념을 반성하는 세계입니다.

따라서 문예작품을 이해하고 평가하려며는, 평가는 '매슈·아놀드'가 말한 '몰이해적 관심'으로 작품에 대하여야 하며, 그리하여, 그 작품에서 얻은 인상과 감동을 가장 충실히 표현하여야 합니다. 비평가는 문법가도 역사가도 아닙니다. 그는 감동하고 표현하는 예술가입니다. 작품의 주석과 작자의 전기나 시대 환경의 연구는 문법가나 문예사가의 임무요, 비평가의 임무는 아닙니다. 물론 비평가에게도 작품의 주석과, 작자의 전기나, 시대 환경의 연구가 필요합니다마는 이것들의 연구는 작품의 개성과, 작품의 내면적 질서와, 작품의 특유한 생명을 이해하고 감득하는 데 도움은 될지언정, 비평 그것은 아닙니다.

아무리 세밀히 한 작품을 산출한 환경과 원인을 분석하여도, 우리는 그 작품의 구조와 문체와 생명을 파악할 수는 없습니다. 작품의 구조와 문체와 생명은, 작자의 영감에 의하여 생명이 흡입된 유기체입니다. 분석과 해부의 메쓰가 다를 때 유기체는 와해되며 생명은 도망합니다.

그러므로 작품을 정당히 평가하려면, 평가評家는 위대한 상상력과 감상력을 가져야 합니다. 작가와 '내면적 일치'에 들어가 같이 느끼고 사상하여야 합니다. 악의와 당파심과 이론화한 편견을 버리고, 작품 그 속에 침잠하여야 그 작품의 중심 생명을 파악할 수가 있읍니다. 사람의 개성과 같이 한 작품의 중심 생명을 이해하려면, 우리는 그 작품을 연애할 때처럼 사랑하여야 합니다. 사랑은 죄인 속에도 신을 보고, 추에서도 미를 찾고, 목석에게도 생명을 느끼는 마음입니다. 그러나 증오는 선인도 악인으로 만들고, 아름다운 것도 더러웁게 보는 마음입니다. 가을 하늘처럼 밝은 처녀의 눈동자라도, 그를 보는 사람의 마음에 증오가 차 있을 때 그 눈동자는 악의에 불타 보일 것입니다. 그러나, 사랑하는 사람은 그 눈 속에 용솟음치는 감정의 천태만상을 볼 수 있읍니다. 사랑은 포용을 의미합니다. 관용을 의미합니다. 그러므로, 사랑하는 사람은 그의 연인의 조그마한 단점은 잊어버립니다. 그와 마찬가지로 작품을 사랑하는 진정한 평가는 한 작품의 조그마한 결점에는 눈을 감읍니다. 우리가 눈을 감고 내적 영상을 확실히 파악할 때, 우리는 아름다운 조각이나 회화를 한층 더 명확히 이해할 수가 있지 않습니까?

결점을 지적함도, 저급한 독자를 계몽하기 위하여 필요합니다. 그러나 작품의 결점을 적발할 때는, 평가는 목청을 낮추어야 합니다. 성난 빛을 보이지 말아야 합니다. 그리고 그는 금강석 위에 티를 찾는 것도 유용한 일이나, 모래알 속에서 금강석을 발견하는 것은 한층 더 유용한 일이라는 것을, 비난보다 찬미가 더 고귀한 심정에 속한다는 것을 잊어서는 아니 됩니다.

찬미심은 결코 단순히 수동적이 아닙니다. 찬미하려면 먼저 보고, 느끼고, 사상하여야 합니다. 그러나 보고 느끼고 사상하는 것은 작용입니다. 따라서, 비평은 작품에 의하여 부여된 정서와 인상을 암시된 방향에 따라 가장 유효하게 통일하고 종합하는 재구성적 체험입니다. 그러므로, 비평가가 그의 주관에 철저하여 한 작품에서 얻은 인상을 충실히 표현하고 찬미할 때에, 그의 인상과 찬미에는 객관성이 있습니다. 그는 순수한 주관은 순수한 객관인 까닭입니다. 진정한 '나'를 보는 것은 진정한 '그'를 보는 것인 까닭입니다. '괴테'가 말한 바와 같이 "우리는 인간에 관련 없는 어떠한 세계도 모릅니다. 우리는 그 관련을 표현한 예술 이외의 어떠한 예술도 모릅니다". 그리고 '코헨'도 "예술의 객관성은 세련된 주관성으로서 나타난다" 하였읍니다.

그러므로, 진정한 비평가는 강렬한 인상과 심각한 감동 없이, 이미 경화硬化된 소위 객관적 규준을 천재의 작품에 적용하기를 삼가야 합니다. '피들러'가 말한 바와 같이 "이해는 언제나 예술가의 작품의 뒤를 쫓는 것이요, 결코 앞서지는 못합니다. 인간의 예술적 활동이 예술가에 대하여 장래 어떠한 과제를 제출할는지 그는 예측할 수가 없읍니다. 획득한 견해는 만일에 그것이 종국적 성질을 띠어서 경화 하여, 규칙이나 요구가 될 때 그는 이해의 진보를 속박합니다". 이와 같은 속박을 받을 '비평가'의 정신은 도정의 뒤를 따르는 데 필요한 공평무사와 생동성을 상실합니다.

저급한 비평가는, 예술가는 결국 자기가 벌써부터 알고 있는 규칙에 준거하여 창작에 종사하는 것처럼 동작합니다. 그러나, 위대한 예술가는 비평가의 제시한 규준에 의거하여 창작하는 사람이 아니요, 법칙을 모르고 걸출한 작품을 산출하는 사람입니다. "학자는 아마 그의 발견을 자랑하리라. 그러나, 나는 그 법칙을 알기 전부터 바르게 회화를 그려 왔다는 것을 자랑하리라." '들라크로아'의 이 부르짖음에 비평가는 듣는 귀를 가져야 합니다. 그리고, 예술적 능력의 현현에 대하여 겸양을 배워야 하며, 예술가 속에 인간의 정신적 영토의 확대를 위하여 무제한으로 활동하는 힘을 존경할 줄을 알아야 합니다. 그리하여야만 비평가는 미를 가장 잘 찬미할 줄을 사람에게 가르칠 수가 있을 것입니다.

—

이 글에서 김환태는 문예비평이란 문예작품의 예술적 의의와 심미적 효과를 얻기 위해 '대상을 있는 그대로 보려'는 인간 정신의 노력이라고 정의한다. 유미주의 비평의 정신을 표방한 김환태의 비평은 '인상주의 비평', '순수 비평'으로 불렸고 정론성과 지도성이 강한 프로문학과의 대결 속에서 탄생했다. 또한 그의 비평은 백철, 최재서, 김기림 등과 함께 프로문학 비평에 대항할 수 있는 이론적 바탕을 마련했다는 점에서 문학사적 의의를 지닌다. 김환태 비평의 일관된 논지는 비평이 결코 작품의 의미를 제약하는 선험적 규준으로 작용해서는 안 된다는 점이다. 이 글에서 김환태는 비평과 비평가는 작품과 작가의 동반자이자 협력자로서 겸손하고 낮은 목소리로 교감하고 소통하는 것이 본연의 자세라고 주장한다.

* 이 글은 《朝鮮日報》(1934. 4. 21~4. 22)에 실린 〈文藝批評家의 態度에 對하여〉를 원전으로 하고 권영민이 엮은 《한국현대문학비평사 자료 III》(단국대학교출판부, 1981)을 토대로 재구성한 것이다.

리아리즘의 확대와 심화
―〈천변풍경川邊風景〉과 〈날개〉에 관하야

최재서

1.

〈천변풍경〉은 《조광》 8, 9, 10월호에 연재된 박태원의 중편소설이고, 〈날개〉는 역시 《조광》 9월호에 발표된 이상의 단편소설이다. 두 작품이 다 항간에 흔히 보는 즉흥적 창작이 아니라 오래동안 작자의 손때를 울린 듯싶은 작품일뿐더러 작자들은 어느 일정한 의도를 갖이고 붓을 든 듯싶다. 그리고 그들의 의도는 어느 정도까지 작품 우에 실현되여 있음을 기뻐한다.

이 두 작품은 그 취재에 있어서 판이하다. 〈천변풍경〉은 도회의 일각에 움즉이고 있는 세태인정世態人情을 그렸고 〈날개〉는 고도로 지식화한 소피스트의 주관 세계를 그렸다. 그러나 관찰의 태도와 밋 묘사의 수법에 있어서 이 두 작품은 공통되는 특색을 갖이고 있다. 즉 그들은 될 수 있는 대로 주관을 떠나서 대상을 보랴고 하였다. 그 결과는 박 씨는 객관적 태도로써 객관을 보았고, 이 씨는 객관적 태도로써 주관을 보았다. 이것은 현대 세계문학의 2대 경향―리아리즘의 확대와 리아리즘의 심화를 어느 정도까지 대표하는 것이니 우리에게 대단히 흥미 있는 문제를 제공한다.

박 씨는 객관을 객관적으로 보고 이 씨는 주관을 객관적으로 보았다는 말은 독자에 기이한 감을 줄른지도 모르겠다. 그러나 모든 자연 현상을 감상적으로 밖에 볼 줄 몰으는 이류 시인이 있는 것과 동시에 자기 자신의 심리 작용을 과학적으로(물론 상대적인 말이지만) 관찰할 수 있는 심리학자가 있음을 생각하면 이 말은 결코 일편의 궤변이 아님을 알 것이다. 어떠한 특수한 필요 이외에 주관 세계와 객관 세계의 구별을 말살함은 문예비평에 있어서 위험한 짓이다. 그러나 작가가 주관 세계를 재료로 쓰면 주관적이고 객관 세계를 취급하면 객관적이라는 소박한 논법을 우리는 무엇보다도 먼저 폐기치 않으면 아니 될 것이다. 그리고 객관적 재료를 쓰는 작가는 다만 그 한 가지 이유로써 주관적 재료를 쓰는 작자보다 월등한 대우를 받게 되는 현대의 경향을 생각할 때 우리는 이 소박한 논리적 편견을 미워하지 않을 수 없다. 소설가가 예술가인 이상 그에게 있어 주관 세계와 객관 세계 새에 가치의 우열은 없을 것이다. 다만 작가의 유전이라든가 교양의 힘에 지배되어 한 작가가 똑같은 친밀성을 갖이고 두 세계에 다같이 접근할 수 없는 사실만은 무가내하無可奈何다. 여기서 우리는 정신분석학자가 말하는 '심리적 타잎'을 문예비평에 응용할 필요를 느낀다. 인간의 예지는 세 가지 타잎으로 구별할 수 있다 한다. 행동의 동기가 늘 외부에서 오는 사람, 그것을 '외향적 타잎'이라고 그들은 말한다. 그와 반대로 그 동기가 늘 내부에서 오는 사람을 '내향적 타잎'이라고 한다. 이 두 타잎은 말하자면 극단한 예이니 그 중간에 내외 어듸로서나 오는 중간 타잎이 있다. 이것은 수數로 보아 최대最大하나 그 생활 형태가 평범하야서 우리의 흥미를 끌지 안는다. 외향적 정신은 늘 외계를 향하야 움즉이고 또 객관물 새에 있을 때만 산 듯싶다. 그와 반대로 내향적 정신은 늘 자기 자신의 내부 세계를 성찰하기를 즐겨하고 또 내부 세계에 있어서만 안정과 쾌감을 느낀다. 우리는 예술가에 향하야 이 두 세계 중 어느 하나를 취하라고 명령할 수는 없다. 예술가는 선천적으로 그 정신이 지향되어 있고 또 그의 예술의 동기는 이 지향 가운데서만 생겨나니까. 그러나 우리는 예술가에 향하야 성실을 요구할 자격은 있다. 외부 세계거나 내부 세계거나 그것을 진실하게 관찰하고 정확하게 표현하라고. 이것은 즉 예술가에 대하야 객관적 태도와 리아리즘을 요구하는 데에 불외不外하다. 예술의 리아리티는 외부 세계 혹은 내부 세계에만 한해 있는 것이 아니다. 그 어느 것이나 객관적 태도로써 관찰하는 데 리아리티는 생겨난다.

문제는 재료에 있는 것이 아니라 보는 눈에 있다. 주관의 막을 가린 눈을 갖이고 보느냐 아모 막도 없는 맑은 눈을 갖이고 보느냐 하는 데서 예술의 성격은 규정된다. '막을 가리지 않은 맑은 눈'이란 말에 논쟁은 집중될 것이다. 키네마에 있어서의 캐메라의 존재는 이 문제에 대하야 우리에게 적지 않은 서광을 던저 준다고 나는 생각한다. 사람의 눈이 캐메라와 마찬가지의 기능을 발휘치 못함은 말할 것도 없다. 그러나 예술가가 될 수 있는 대로 캐메라적 존재가 되랴고 하는 노력과 밋 그 노력이 어느 정도까지 성공한 실례를 우리는 현대문학에서 얼마던지 구할 수 있다.

2.

소설가는 캐메라적 기능에 있어서 캐메라를 따르지 못할지니 그 반면에 캐메라가 갖일 수 없는 기능을 갖이고 있다. 즉 소설가는 캐메라인 동시에 이 캐메라를 조종하는 감독자일 수 있다. 소설가는 캐메라적 활동에 있어 거지반 완전히 개인적 편차를 초월할 수 있으나 그 감독자적 활동에 있어선 주관의 습관성을 떠날 수 없고 또 떠날 필요도 없다. 캐메라를 어떠한 장면으로 향하고 또 어떤 질서를 갖이고 이동하느냐 하는 것은 결국 개성이 결정할 것이고 또 그 결정이 개성에 의거하였다는 데에 예술의 존엄성과 가치가 있다.

소설가는 이 캐메라를 갖이고 자신의 심리적 타잎에 따라 외부 세계로 향할 수도 있고 또 자기 자신의 내면적 세계로 향할 수도 있다. 전자의 경우에 있어서 사태는 비교적 단순하나 후자의 경우에 있어선 대단히 미묘하다. 그것은 관찰자와 피관찰자의 관계가 동일인 내에 있기 때문이다. 그나마도 자기의 생활과 감정을 그대로 솔직하게 토로하는 신변 소설가라든가 자서전적 시인의 경우이면 별로 문제는 없을 것이다. 그러나 〈날개〉의 작자와 마찬가지로 자기 자신 내부에 관찰하는 예술가와 관찰당하는 인간(생활자로서의)을 어느 정도까지 구별하야 자기 내부의 인간을 예술가의 입장으로부터 관찰하고 분석한다는 것은 병적일런지 모르나 인간예지가 아즉까지 도달한 최고봉이라 할 것이다. 이것은 자의식의 발달—의식의 분열을 전제로 하는 것이니 물론 건강한 상태는 아니다. 그러나 의식의 분열이 현대인의 스테이타스·쿼(현상)이라면 성실한 예술가로서 할 일은 그 분열 상태를 정직하게 표현할 일일 것이다. 마치 외향적 타잎의 작가가 캐메라를 갖이고 외부 세계를 촬영하듯이 그는 자기의 캐메라로 자기 자신의 내부 세계를 촬영하여야 할 것이다. 그때에 그의 캐메라 우에 주관의 막이 가리워저서는 아모 가치도 없다. 예술 재료로서의 생활 감정과 그 감정을 취급하는 예술가의 쎈티멘트는 판이한 물건이다. 과학자와 같이 냉엄한 태도를 갖이고 자기 자신의 생활 감정을 다룰 줄 모른다면 그는 차라리 그 재료를 버림이 가피할 것이다. 이리하야 외부 세계를 묘사하는 데에 캐메라적 정신을 갖이는 것은 비교적 용이하나 자기의 내면 세계를 그리는 데에 그 정신을 갖인다는 것은 곤란할 뿐만 아니라 경우에 따라서는 잔

174

인한 일일 것이다. 박 씨가 혼란한 도회의 일각을 저만큼 선명하게 묘
사한 데 대해서도 존경하지만 더욱히 이 씨가 분수粉粹된 개성의 파
편을 저만큼 질서 있게 캐메라 안에 잡어넛다는 데 대하야선 경복敬服
치 않을 수 없다.

〈천변풍경〉이 우리에게 주는 흥미는 흘러가는 스토-리나 혹은 작
자 자신의 다채多彩한 개성이 주는 흥미는 아니다. 이 작품에서 우리
가 작자를 의식한다면 그것은 실로 부재 의식뿐이다. 즉 우리가 키네
마를 보면서 캐메라의 존재를 의식치 않는 거와 마찬가지로 우리는 이
작품을 읽으면서 작자를 의식치 않는다. 작자의 위치는 이 작품 안
에 있지 않고 그 밖에 있다. 그는 자기 의사에 응하야 어떤 가작적 스
토-리를 따라가며 인물을 조종치 않고 그 대신 인물이 움즉이는 대
로 그의 캐메라를 회전 내지 이동하였다. 물론 그 캐메라란 문학적 캐
메라―소설가의 눈이다. 박 씨는 그의 눈렌즈 우에 주관의 몬지가 안
지 안토록 항상 조심하였다. 그 결과는 우리 문단에서 드물게 보는 선
명하고 다각적인 도회 묘사로서 우리 앞에 낱아나 있다. 이 작품을 읽
은 사람이면 이 방법에 있어서의 작자의 성공을 어느 정도까지 인정
할 것이다.

3.

그러나 우리는 〈천변풍경〉에 있어서 캐메라를 지휘하는 감독監督적
기능에도 마찬가지 정도로 성공을 보여 주지 못하였음을 섭섭히 생각
한다. 박 씨의 캐메라는 그가 향한 곧을 잘 촬영하였다. 그러나 그보다
몬저 박 씨는 자기의 캐메라를 어듸로 향할까, 그리고 장면 연계連繼
에 어떠한 의도를 줄까? 이런 점에 대하야 좀 더 생각할 여지는 없었을

까? 영화감독에 영화 기술 이상의 그 무엇이 필요하다 함이 진리라면 소설가에 소설 기술 이상의 그 무엇이 필요하다 함은 더욱 진리일 것이다. 기술 이상의 그 무엇이란 결국 묘사의 모든 디테일(세부)을 관통하고 있는 통일적 의식—그것은 사회에 대한 경제적 비판일른지도 모르고 또 인생에 대한 논리관일른지도 모른다. 여하튼 독자가 이곳저곳으로 끌려단인 후 그 의식에 남겨지는 통일감이다. 이 점에 관하여 나는 〈천변풍경〉에 다소의 의감疑感을 품는다. 그러나 우리는 이 작품의 전체적 구성을 말하기 전에 그 부분 부분에 낱아난 작자의 수법을 좀 더 자세하게 음미할 필요가 있다.

작자의 캐메라는 위선 청계천 빨래터로 향하여진다. 이것은 어멈과 행낭사리류의 여인들이 그들의 왕성한 다변욕多辯慾을 발산식히고 또 부근 일대의 생활 내막에 관한 정보를 교환하는 일종의 사교장이다. 거기선 '아아니 요새 웬 비웃이 그리 빗싸우?' 하는 적온 생활의 탄성도 들리고 사회 조류에 밀리어 몰락하여 가는 신전 주인에 대한 책임 없는 비평도 들린다. 가장 서울의 색채가 농후한 이 천변에 여인군이 비저 내는 생활의 비애와 유모아의 리즘은 그들의 아름다운 애사와 함께 흘르고 있다. 작자는 어데엔가 단정히 앉어 그들의 동작과 회화를 주밀周密히 관찰하였고 또 그것을 아모 편견 없이 표현하였다. 대단히 구미 도는 일절이다.

다음 장면은 '이발소'로 이동된다. 빨래터가 여인들의 뉴-스 교환소인 것과 마찬가지로 이곤은 남자들의 생활 감정의 청산소淸算所이다. 이곤에선 거울에 비최는 노쇠한 얼골을 보고 젊은 첩을 연상하야 민주사가 우울에 빠진다. 작자의 사-치라이트는 표면의 행동을 뚤고 드러가서 이 노신사의 컹컴한 내부 세계를 비최여 준다. 여기서 작자의 캐메라는 활동을 휴지休止하고 그 대신 이발소 소년의 캐메라가 회전을 시작한다. 이 소년이야말로 이 작품의 최대 걸작이다. 이 소년은 이 작품의 인물인 동시에 또 관찰자이다. 그는 왕성한 호기심과 아모 편견도 없는 맑은 눈을 가지고 이발소 창 박게 유동하는 생활을 모조리 관찰하고 또 소년다운 순진한 마음과 귀여운 유-모아를 갖이고 소년다운 비평을 내린다. 작자 자신을 연상식히는 자미滋味 풍부한 소년이다. 따라서 이 소년의 캐메라는 작자 자신의 캐메라와 구별할 필요가 없다. 작자는 이후에도 가끔 이 소년의 눈을 빌어 실재의 단면을 포촉捕促하기에 노력하였다.

〈천변풍경〉의 제1회에 있어 비교적 표면 생활을 부감한 데 비하야 제2회에 와선 인간 생활에 깊이 드러가 그 감정의 파동을 추구하기에 노력하였다. '시골서 온 소년'은 도회 생활이 갖이고 있는 고독과 회의와 절망을 외로운 소년의 생활을 통하야 잘 표현하였다. 이발 소년이 지적이고 적극적인 데 비하야 이 소년은 감성적이고 소극적인 일면을 대표하였다. 이것도 역시 작자의 일면을 구상화함인가? 차문借問한다. 도회 생활의 페이소스와 유-모어는 '불행한 여인', '경사', '몰락', '민 부사의 우울' 등의 테-마를 쪼차 음악같이 흘러간다. 작자의 캐메라는 전 회와 마찬가지로 소년의 내부 행랑방 민 부사의 첩가妾家 등으로 신원迅遠하게 이동한다. 그중에도 '경사'의 일절은 대단히 인상적이다. 여기서 우리는 딕겐스를 연상한다. 제3회에 가서도 전 회와 같은 수법을 갖이고 부회의원府會議員 선거에 몰두하는 일군과 우울한 민 부사와 돈 없는 사람들의 고독과 비참 가폐를 중심으로 한 애욕취인愛慾取引의 자태 등을 묘사하였다.

이 모든 장면을 통하야 작자는 종시여일하게 캐메라적 존재를 견지하였다. 서로 부드치지 않을 정도로 현실에 접근하야 가며 그 동태를 될 수 있는 데까지 다각적으로 묘출하랴고 애썼다.

그러나 나는 여기서 한 가지 의문을 가진다. 즉 이 작품의 세계가 된 천변은 그 자신 일개의 독립한—혹은 밀봉된 세계가 아니냐? 하는 의문이다. 물론 천변과 외부와의 연관은 있다. 실례를 든다면 신전 주인의 몰락이라든가 포목상 주인의 선거운동이라든가 기타 이삼처二三處에 있어 외부 사회와의 교섭을 암시하는 점도 있다. 그러나 그것은 암시 내지 묘사에 불과한 것이고 작자가 처음부터 그런 관심을 갖인 것은 아닐 것이다. 이것은 물론 캐메라의 기능으로선 도저히 기도치 못할 일이다. 그 배후에 살아 있는 작자 자신의 의식의 문제이다. 작자가 만일에 (일례를 든다면) 꼬올즈위-지와 같은 의식과 견해를 갖엇다면 그는 전체적 구성에 있어 이 좁다란 세계를 눌르고 또 끌고 나가는 커다란 사회의 힘을 우리에게 늣기게 하야 주었을 것이다. '작자 후기'에 의하면 이 작품은 그가 계획하고 있는 장편의 일부라 한다. 〈속 천변풍경〉에 있어 이 사회적 연관 의식이 좀 더 긴밀하야 지기를 나는 바란다.

4.

우리는 일전에 김기림의 〈기상도〉에서 알 수 없는 시를 보았고 이번 이상의 〈날개〉에 있어 알 수 없는 소설을 만난다. 이것이 무엇을 의미하든지 간에 여하튼 우리 문단에 주지적 경향이 결실을 보히기 시작했다는 증거는 될 줄로 믿는다. 그리고 이 경향은 독자의 곤혹이 있음에도 불구하고 단연히 환영하여야 할 경향이다.

'육신이 흐느적 흐느적하도록 피로했을 때만 정신이 은화처럼 맑소.' 이것이 두서에서 작자 자신이 한 말이다.

여기서 우리는 육체와 정신 생활과 의식 상식과 예지 다리와 날개가 상극하고 투쟁하는 현대인의 일一 타잎을 본다. 정신이 육체를 초화焦火하고 의식이 생활을 압도하고 예지가 상식을 극복하고 날개가 다리를 휩슬고 나갈 때에 이상의 예술은 탄생된다. 따라서 그의 소설

178

은 보통 소설이 끗나는 곧—즉 생활과 행동이 끗나는 곧에서부터 시작된다. 그의 예술의 세계는 생활과 행동 이후에 오는 순의식의 세계이다. 이것이 과연 예술의 재료가 될ㅅ가? 전통적 관념으로써 본다면 이것이 예술의 세계가 될 수 없다는 것은 짐작할 수 있다. 그러나 어떤 개인의 의식(그것이 병적일망정)을 진실하게 표현하는 것을 예술 행동으로부터 거부할 아모런 이유도 우리는 갖지 않엇다. 더욱히 그 개성이 현대 정신의 증세를 대표 내지 예표豫表할 때엔 두말할 것도 없다.

그러면 〈날개〉에 낱아난 개성이란 엇더한 것이냐? 우리는 이 소설 이전에 소원遡源하야 이 소설의 '나'라는 주인공을 가장 통속적으로 기술하야 보자.

그는 '그냥 그날을 그저 까닭 없이 펀둥 펀둥 게을로고만 있으면 만사가 그만인' 생활 무능력자이다. 그는 완전히 자기 안해에 의지하야 사는 기생식물적 존재이다. 그러나 그의 무능력은 다만 경제생활에 있어서만이 아니라 본능생활에 있어서도 그러하다. 그는 과연 그의 안해를 사랑한다. 그러나 그것은 여성에 대한 남성의 사랑이 아니라 주인에 대한 개의 외복畏服이다. 그는 안해의 체취를 상상만 하고도 몸을 비비꼬나 그러나 한번 그를 정복하야 보랴는 용기를 내지 못한다. 또 그는 일상생활적 수준상에서 사람과 교제할 줄을 몰은다. 그는 그의 '몸과 마음에 옷처럼 잘 맞는' 방 안에서 밤이나 낮이나 누어 외계와의 접촉을 두절하였다. 그뿐만 아니라 그는 보통 인간의 생활 감정에서조차 무능하다. 옆방에서 자기 안해(그는 아마도 카페 여급이 아니면 기생일 것이다)와 내객이 서로 딩굴고 농담을 하야도 질투심을 늣길 줄을 몰른다.

이렇게 무능력자이면서도 그의 신경과 감수성은 면도面刀같이 예리하다. 그는 안해가 외출한 틈을 타서 화장대 우에 늘어놓은 화장품 병들과 유희한다. '그것은 세상의 무엇보다도 매력적이다, 나는 그중의 하나만을 골라서 가만히 마개를 빼고 병 구멍을 내 코에 갓다 대이고 숨죽이듯이 가벼운 호흡을 하야 본다. 이국적인 센쥬알한 향기가 폐로 슴여들면 나는 제절로 스르르 감기는 내 눈을 늣긴다' 또는 돗뵈기 작란도 그의 병적인 신경 상태를 말한다. '평행광선을 굴절시켜서 한 초점에 모아 갖이고 초점이 따근따근하야지다가 마즈막에는 조회를 끄슬르기 시작하고 가느다란 연기를 내이면서 드디여 구녕을 뚫어 놋는 데까지 이르는고 얼마 안 되는 동안의 초조한 맛이 죽고 싶흘 만치 재미있었다.'

이 남자를 의사가 진찰한다면 무어라고나 적당한 병명을 부처 줄 것이다. 그러나 우리는 생활전의 패배자라고 기술하면 그만일 것이다. 그러나 만일에 그가 여기서 끗첫다면 이상의 예술은 없었을 것이다. 그가 배반하고 나온 현실을 의식 안에서 다시금 저작咀嚼하는 과정이 없었드랴면 그는 영원히 구救치 못할 패배아이었을 것이다. 패배를 당하고 난 현실에 대한 분노—이것이 즉 이상의 예술의 실질이다. 그리고 현실에 대한 분노를 그는 현실에 대한 모독으로써 해소시키랴 하였다. 이 현실 모독은 어떠한 형식을 갖이고 낱아낫는가?

그는 풍랄諷刺 윗트 야유 기소譏笑 과장 패라독스 자조 기타 모든 지적 수단을 갖이고 가족생활과 금전과 성性과 상식과 안일에 대한 모독을 감행하였다. 주인공과 그의 안해와의 생활은 결코 정당한 의미의 부부생활이 아니다. 다만 안해가 폭군이고 남편이 비겁할 뿐만은 아니다. 도저히 상식으로 판단할 수 없는 모든 삽화를 통하야 안해의 권력은 확대되고 남편의 지위는 희화화되어 부부생활의 가치전도를 실행하였다.

이것은 가정생활—더욱이 동방예의지국의 그것에 대하야 모독이 되지 않을 수 없다.

5.

'안해는 남편을 옆방에다 두고 딴 남자와 만나기 위하야 그때마다 돈을 머리맡 벙어리에다 넣어 준다. 그러나 그것은 고것이 내 손가락에 닷는 순간에서부터 고 벙어리 주둥이에서 자최를 감추기까지의 하잘것 없는 짧은 촉각이 좋앗을 뿐이지 그 이상 아모 기쁨도 없었다.'

그러다가 '어느 날 고 벙어리를 변소에 갓다가 내허 버렸다. 그 벙어리 속에는 몇 푼이나 되는지 모르겠으나 고 은화가 꽤 많이 드러 있었다'. 이 얼마나 상식의 세계를 떠난 우매이랴! 그러나 그는 금전을 사용할 기능을 상실하야 버린 것이다. 어느 날 밤엔 벙어리 돈을 들고 나가서 그것을 써버리랴고 밤새도록 도라다니다가 소망을 도달치 못하고 그저 도라왔다. 이 얼마나 돈에 대한 모독이랴! 루-소-는 돈 갖인 사람이 부끄러워서 낮을 붉힐 시대가 오기를 바랐다. 그러나 돈 갖인 것을 부끄러워하는 것보다는 돈 쓸 줄 모른다는 것이 돈에 대한 몇 배나 심각한 모독이랴!

이리하야 〈날개〉는 모든 상식과 안일의 생활을 모독하였다. 그것은 현실에 있어서의 패배에 대한 복수가 되는 동시에 그의 날개로 하야금 마음대로 날게 해도록 장애물을 청소하는 준비 공작도 될 것이다. 그는 회의와 절망과 피로의 일주야를 거리서 방황한 다음 그 자신 우에 기적이 생기는 것을 늣것다.

'나는 불연듯이 겨드랑이가 가렵다. 아하 그것은 내 인공의 날개가 돝앗든 자족이다. 오늘은 없는 이 날개 머리 속에서는 희망과 야심의 말소된 페-지가 닥슈 내리 넘어가듯 번뜩였다.'

'나는 것든 거름을 멈추고 그리고 어디 한번 이렇게 외치고 싶었다.'

'날개야 다시 도다라.'

'날자. 날자. 한 번만 더 날자ㅅ구나.'

'한 번만 더 날아 보자스구나.'

넓은 세계에서 좁고 컴컴한 방밖에는 그의 있을 곳이 없었다. 그러나 그 방도 그의 세계는 아니였다. 그러면 그의 영혼의 고향은 어데메냐? 그것은 옛날 그의 날개가 날라 보았다는 세계—시의 세계일 것이다. 그러나 미츠코시三越 옥상에서 '피곤한 생활이 똑 금붕어 지느러미처럼 흐늑 흐늑 허비적거리는' 고독한 세계를 내리다보며 현기를 이르키는 그에게 다시금 날개를 도처서 날아볼 날이 잇을까?

우리는 〈날개〉에서 우리 문단에 드물게 보는 리아리즘의 심화를 갖엇다. 현대의 분열과 모순에 이만큼 고민한 개성도 없거니와 그 고민을 부질없이 영탄치 않고 이만큼 실재화한 예를 보지 못한다. 〈천변풍경〉이 우리 문학의 리아리즘을 일보 확대한 데 비하여 〈날개〉는 그것을 일보 심화하였다고 볼 것이다. 그러나 우리는 이 작품을 읽고 나서 무엇인가 한 가지 부족되는 느낌을 감출 수 없다. 높은 예술적 기품이라 할가 여하튼 거대한 일요소—要素를 갖우지 못하엿다.

그것은 이 작품에 모랄이 없다는 것으로써 설명할 수 있으리라 생각한다. 작자는 이 사회에 대하야 어느 일정한 태도를 갖이고 있다. 이 작품의 모든 삽화에서 낱아나는 포-즈이다. 그러나 그것은 단편적인 포-즈에 불과하고 시종일관한 인생관은 아니다. 상식을 모욕하고 현실을 모독하는 것이 작자의 습관인 것을 확인할 수 있다. 그것이 작자의 윤리관이고 지도 원리이고 비평 표준이 되느냐 하면 나는 선뜩 대답키를 주저한다. 작자는 이 세상을 욕하고 파괴할 줄은 안다. 그렇나 그 피안에 그의 독자獨自한 세계는 아즉 발견할 수 없다.

이것은 작품 전체의 구성상에 낱아난 결함을 보아도 알 수 있다. 이 작품의 모든 삽화는 그 하나하나가 모다 수수꺼끼 모양으로 되어 있다. 작자가 최초의 출발점으로 덧고 나선 패라독스를 이해만 한다면 다음은 대수代數의 공식을 풀듯이 우리는 지력만을 갖이고도 비교적 용이하게 그 삽화의 수수꺼끼를 해석할 수 있다.

그리고 이 하나하나의 삽화를 연결하는 데 그는 인위적인 수단밖에는 갖이지 않었다. 이 작품은 생활 속으로서부터 우러난 생활 자체의 리즘으로써 구성되지 않고 한 장면을 인위적으로 연결하였다. 이것이 이 작품에서 예술적 기품과 박진성迫眞性을 박탈하는 최대 원인일까 한다. 그리고 작품 가운데에 잇다금식 보히는 부자연한 홍소哄笑와 불유쾌한 야유도 결국 그것이 작자의 모랄에서 우러난 것이 아니라 표면의 인위적 동기에서 촉발된 것이기 때문이라고 간주된다. 모랄의 획득은 이 작자의 장래를 좌우할 중대 문제일 것이다.

〈리아리즘의 확대와 심화〉는 1930년대 후반에 일어난 리얼리즘 논쟁의 발단이 된 문제적 평문이다. 이 글에서 최재서는 흔히 모더니즘소설로 분류되는 이상의 〈날개〉와 박태원의 〈소설가 구보씨의 일일〉을 리얼리즘에 입각해서 평가하는 이색적인 관점을 제시한다. 그에 따르면 이상은 객관적 태도로 주관 세계를 관찰하고, 박태원은 객관적 태도로 객관 세계를 관찰했다는 점에서 공통된 특징을 보인다. 최재서는 이러한 객관적 태도의 관찰로부터 리얼리티가 생긴다고 주장한다. 그런데 이러한 '객관적 태도로서의 리얼리즘'은 사회주의 이념의 과학성에 입각하여 '객관적 현실의 반영'을 주장하는 카프 진영의 정통적 리얼리즘과는 매우 다른 것으로, 이후 리얼리즘의 개념을 둘러싼 숱한 논쟁을 불러일으켰다. 최재서의 리얼리즘론은 1930년대 후반의 현실 위기와 문단 침체의 상황 속에서 기존의 리얼리즘 이념으로는 포착되지 않는 현실의 새로운 국면을 담아내기 위한 문제의식의 소산으로, 문학적 리얼리티의 개념에 대한 재인식을 촉구했다는 점에서 의미가 있다.

* 이 글은 《朝鮮日報》(1936. 10. 31~11. 7)에 실린 〈리아리즘의 擴大와 深化〉를 원전으로 하고 권영민이 엮은 《한국현대문학비평사 자료 Ⅳ》(단국대학교출판부, 1981)를 토대로 재구성한 것이다.

웰컴! 휴먼이즘

백 철

1.

쇼와昭和 12년도의 우리 문단에는 무엇이 주류로 될가. 혹은 우리는 어떤 것을 우리 문단의 주류로서 맞어듸릴까?

이것은 12년도의 우리 문단을 생각하는 데 가장 중요한 문제 중의 하나라고 나는 본다. 우리들은 요지음의 우리 문단 상태를 무풍지대라고 스스로 형용한 일이 있으나 36년도에 있어 우리 문단에 가장 큰 것이 결여된 것이 있다면 그것은 문단에 뚜렷한 주류가 결여되어 있었다는 것이다. 민족에 대한 희망과 정열이 퇴조해 간지는 이미 그 때가 오래고 인류에 대한 계급문학의 정열이 퇴각한 그 뒤에 오는 36년도의 우리 문단은 실로 무풍지대 그것과 같이 고요하였다. 만일 그 정적한 지대에도 거기에 어떤 동향이 있었다면 그것은 기술 문제에 대한 과도한 관심이었다. 그리고 그 기술에 대한 관심은 작년 문단에 단편으로서 몇 개의 완결된 것을 남겨 놓았다. 그것이 작년도의 조고마한 사적事蹟이 었을는지 모른다. 하나 이 기술 문제에 과도한 흥미가 쏠린다는 것은 인류와 현실에 대하야 문단이 아무 실감을 가지지 못하게 된 때에 그것이 한 교칙嬌飾 문학으로 저락低落해 가는 커다란 위험을 동시에 포함하고 있는 현상이었다.

문장과 기술에 대한 관심은 지금까지 우리들의 문학이 적지않게 그 방면을 등한히 생각해 왔다는 의미에서 그것은 한 개의 의미 있는 반성이었다고 볼 수 있으나 그것은 작년의 일부 평가評家의 말과 같이 내용은 좋지 못하더라도 문장만이라도 좋은 편이 좋다든가 내용이 진실치 못한데 표현만은 좋을 수 있다든가의 의미로서 추구될 것이 아니라 그 기술과 문장은 야심적인 내용과 인류에 대한 커다란 공감 우에서만 성장 발전이 되리라고 믿는다.

작년 신년에 임화 군은 낭만의 정신을 고창高唱하며 높이 북을 울렸으나 그 북소리는 불행히 청중 없는 강당의 천정을 헛되게 울려 간 데 불과하였다. 그 후에 있어 주로 소장少壯의 시인 제씨諸氏의 시가 낭만이라는 메인 다이틀 아래 편집된 일이 있으나 나는 제씨의 그 소장의 기분만은 사고 싶으되 금일은 역시 그 낭만이 올 만한 시대가 아니라는 것을 분명히 말하고 싶다. 무엇보다도 제씨의 시편을 읽어 볼 때에 거기에서 아무 낭만의 정신을 찾어볼 수가 없는 것이 아닌가?

다음에 최재서 씨 등에 의하야 주지적 경향을 서우려고 노력한 것이 있으나 그것도 무풍의 해면 우에 조고마한 파동에 불과한 것이요 그 어떤 주류적 경향으로는 본래부터 생각할 수 없는 것이었다.

하나 작년 우리 문단의 그 정적 상태를 지적하야 이렇게 주장할 수는 있다. 주류는 반듯이 뚜렷한 무엇이 공연히 흘을 때에만 주류라고 할 것이 아니다. 작년에 있어 무주류의 상태 그것은 역시 일개의 주류이었다!라고. 성격 없는 성격이 일종의 성격이요 개성 없는 개성이 일종의 개성이라면 작년의 그 주류 없는 경향은 도리혀 하나의 주류임을 의미하지 않었든가? 이러한 주장에는 일리가 있을는지 모른다. 사실 금일의 문단 현상 가운데서 무슨 적극적인 주류가 당당히 일류溢流할 수 없는 것은 명확한 사실이다. 내가 동경 문단에 하야시 후사오林房雄 씨 등의 일본 낭만파의 고창을 볼 때나 우리 문단 중에서도 말하는 낭만 주류의 제창을 그대로 수인受認하지 않은 것은 그것이 주류로 너무 명확하고 너무 적극적인 때문이다. 금일의 암담한 천기와 고민스러운 세상은 제 길대로 돌려놓고 우리는 낭만파다—라고 게양揭揚한 기분으로 떠드는 것은 과연 금일 문학의 비약일가? 그 일종의 명랑성은 너무 지나쳐서 전진을 하지 않었든가? 그리고 과거의 그 명확한 세계관이 여기서 일약—躍하야 낭만주의로 표현이 될가 하면 나는 그것을 금일의 현실 우에서 어떻게 계산해 보아도 얻을 수 없는 답안이었다.

금일의 문단에는 적극적인 주류가 명확한 색채를 가지고 나타날 시대가 아니며 개인적으로도 작가가 명확한 예언적 견해를 가지고 명일明日의 운명을 점괘할 때가 아니다. 거기에 명확한 주류가 아닌 주류 그것이 금일 우리 문단의 유일한 주류일는지 모른다. 또한 그 주류 아닌 주류로 된 것이 금일 문단의 현상이라는 곳에 내가 추구하려는 주류의 성격을 생각하려고 한다.

하나 여기서 말하는 것은 주류 아닌 주류라는 것이 작년 우리 문단 현상이 보혀준 바와 같이 다만 소극적인 취미를 위하야 다만 정적과 안식을 좋아하고 금일의 불진실한 주위의 압력을 도피하기 위한 방편이요 그 변명이라면 그것은 결코 개성 없는 개성이 개성적일 수 있다는 의미의 주류가 될 수 없는 것만은 사실이다.

작년 우리 문단에서 유행한 사소설의 유행이라든가 그것과 함께 몬저 말한 문장과 기교에 대한 과도한 관심, 최재서 씨의 주지主智 경향의 옹호에 있어 현상 추종을 리알리즘의 심화로 본 것 같은 것 모든 문제가 문단의 주류적 경향을 이루지 못했다는 것은 그것이 소극적이요 단순히 주위의 암담성을 도피하야 안전지대에 피신한 의미의 경향인 때문이었다. 개성 없는 개성이 족히 개성적일 수 있는 경과境過는 그 개성 없는 것을 어데까지 추구해 가는 데서 그 무개성이 한 개의 개성을 이루는 때도 결코 그 무개성 상태는 무력하게 굴복하고 매몰되어 버리는 것을 의미하지 않을 것이다.

금일의 문단에 명확한 주류가 표시될 현실이 아닌 까닭에 명확한 주류가 아닌 주류가 주류일 수 있다는 것도 그 의미에서 그 현상 앞에 추종하고 그 단념과 체념 가운데 안심해 버리는 것이 아니고 그 현상에 대하야 그 무주류가 어떤 의미에서 무주류인가를 생각하야 추구하고 그 무주류인 성격에 대학大學의 입장을 정할 때에 그것은 일개의 문학의 주류로서 성격화할 수 있는 것이다. 내가 작년 중 몇 개의 논論 중에서 금일의 현실 그것을 도피할 것도 아니고 그렇다고 뛰여나가서 그것을 낭만적으로 붓잡을 바도 아니오 그것 가운데 뛰여들어 그것과 고민하고 격투하는 가운데서 금일의 문학을 구해야 된다는 것은 결국 그런 생각을 적은 것이었다. 그 현상과 고민하고 격투하는 가운데 현상을 개성적인 것에 끄을고 나갈 수 있으리라고 생각한 때문이었다.

그렇게 생각할 때에 내가 무주류가 일개의 주류로 될 수 있다는 것은 그 무주류를 그 무주류가 개성화하도록 추구할 때에 그것은 소극적인 것에서 비약하야 일개의 적극적인 주류로 개성화할 것을 생각한 데서 하는 것임은 분명한 사실이다.

일면으로 보면 무주류적인 것인데 불구하고 동시에 적극적인 주류 그것을 우리들은 37년도의 우리 문단 주류로서 찾으여야 하며 또 현재 다른 곳에 그런 주류가 있다면 나는 그것을 우리 문단의 주류로 나서되리여야 할 줄 안다.

2.

　주류로서 명확하고 적극적인 것이 아니면서 개성적이고 적극적인 주류일 수 있는 것, 말하면 그 명확성이 결여되어 있는 그곳에 도리여 일개의 적극적인 것이 있을 수 있다는 것은 금일의 그 주류가 보편적인 것과 개성적인 것을 동시에 표현하고 있는 것, 한편으로는 규정할 수 없는 것인 동시에 한편으로 명백히 규정할 수 있는 성격을 갖인 주류일 것이다.

　그렇게 생각할 때에 우리들은 쉽게 금일 문단의 주류로서 휴먼이즘을 생각할 수 있다. 하나 그것은 내가 너무 의식적으로 휴먼이즘을 수입하는 경향으로 표현이 되어서는 안 될 것이다.

　그와 반대로 금일 외국 문단에서 성행되고 있는 그 휴먼이즘이란 어떤 것을 의미하는가 그것은 우리 문단에 있어도 주류로 맞어되리는 데 적당한 것일까를 생각해 보는 데서 귀결되여야 할 문제다.

　금일의 휴먼이즘의 첫재의 성격은 그것은 어떤 것에 의하야 규정할 수도 없고 한계를 들 수도 없는 막연하고 추상적이고 일반적이라는 것이다. 뚜렷하고 명확성이 결여되어 있는 것 그것이 금일 휴먼이즘의 첫재 성격이다.

　그러면 그와 같이 명확성이 없고 일반적인 성격은 휴먼이즘을 초래케한 어떤 현실성에서 왔는가 하면 그것은 금일 우리들의 주위의 현실이라는 것이 전진과 승리 등의 적극적인 것을 생각할 때가 아니라 위선 그 전 단계에서 현재의 성문을 지키고 옹호하여야 할 때라는 것, 그 불행한 시대의 현실성에서 오는 일반성이요 비규정성일 것이다.

　이런 경우에는 나는 편의상 언제는 독일의 현실을 들어서 그 현실성을 대표적으로 증명하는 바이다. 그곳에 있어 나치스의 정치적 바바리즘이 횡행하는 데 대하야 자기의 아버지와 친우親友가 그리고 현대적인 학자와 교수와 문학인이 혹은 추방을 당하고 혹은 참살을 당하는 정세에 있어는 정치니 경제니 문화니 하는 외부적인 문제가 아니고 자기의 육체와 생명에 대한 직접 문제, 인간성 그것을 옹호하고 지키여야 할 시대며 현실이다.

지금에 있어 인간은 전진해서 정치를 논하고 문화를 논하는 것보다 어떻거면 생명과 이 인간성을 유지할 수 있을가 어떻거면 살 수 있을까 하는 생生의 가능성을 찾으려는 곳에 머무러 있다. 말하면 인간은 본래에 있어 인간으로서 살고 인간답게 살어 보고 싶다는 본능적인 의욕이 있다면 첫재로 금일의 휴먼이즘은 그 본능적인 의욕, 원소적元素的인 요구가 성격으로 되여 있다. 그럼으로 그 본능적인 원소적인 욕구가 한 주장이며 주의인 이상 그 주의와 주장이 명확한 것이 없고 일반적이고 막연할 것은 명백한 사실일 것이다.

그것을 문학의 주류로서 볼 때에는 지금까지 명확한 세계관을 가지고 그 세계관 밑에서 문학 운동의 방침을 정하고 창작의 길을 지시하는 것이 어느듯 그대로 전진을 하지 못하게 될 때에 그 문학이 일보퇴성一步退城을 하야 그다음의 성중城中에 머무러 보려는 것이 있다고 볼 수 있는 것도 사실일는지 모르나 그 밖에 이 휴먼이즘이 금일의 문학의 주류로 외국서 성행되고 있는 것은 문학인으로서 현대 지식인들이 그 정치적 바바리즘 앞에 그의 양심과 지식을 유지하지 못하게 될 때에 그보다도 어느듯 한 인간으로서 생명과 일반성을 보지保持하지 못하게 될 때에 무슨 적극적인 방침이 그 주류를 정한 것이 아니라 단순히 그 정치적 바바리즘을 반대한다는 의미에서만 공감과 공명을 가지고 금일 인간의 모럴리즘과 행동성을 생각한 것이 이 휴먼이즘의 표현이라고 생각이 된다. 그럼으로 그것이 문단의 주류로서도 극히 일반적인 것일밖에 될 수는 없는 것이다.

그리하야 금일 문단의 주류로서 휴먼이즘은 일반적이고 막연하고 원소적인 것이 그의 첫재 성격이며 특징이다.

하나 그렇다고 하야서 금일의 휴먼이즘에 대하야―그것은 당연한 일이 아니냐? 인간이 휴먼이즘을 주장하는 것은 그의 본래의 원소적인 의욕이 아닌가?―라고 간단히 해결해 버릴 만치 그 휴먼이즘이 막연과 일반적인 그것에 머저지고 마를 문제는 아니다.

그 일반적이고 막연한 성격이 도리혀 금일의 현실 중에 있어는 커다란 개성적인 것을 의미하는 데 금일 휴먼이즘의 적극적인 것이 있다. 인간에게는 물론 본래부터 인간으로서 인간답게 존재하려는 요소가 있는 것만은 사실이다. 하나 첫재로 그 원소적인 의미의 휴먼이즘까지가 금일에 있어는 얼마나 시대적 현실적으로 새롭은 의의를 가지고 있음일까? 인간답으려는 욕구 그것이 금일에 있어 어느듯 커다란 적극적인 의의를 시대적으로 가지고 있는 것이다. 금일에 있어 산다는 것은 곧 그 주위에 대하야 반역한다는 것을 의미하는 때문이다. 이것은 금일의 휴먼이즘이 금일의 시대성과 현실에 의하야 제한을 갖고 있는 데서 우리들 앞에 직감적으로 명확한 주류로서 나타나게 되는 것이다.

둘재로 휴먼이즘은 그와 같이 막연하며 일반적인 것이면서도 그것은 오직 개성적인 것에 의하야는 규정이 되고 명확한 성격으로 표시되는 것을 볼 수 있다는 것이다. 웨 그러냐 하면 외부에 두고 전면으로 바라보면 그것은 명확한 타입을 붓잡을 수 없으면서도 그것을 한 번 자기 개인의 입장에 환원시켜서 생각할 때에 그 휴먼이즘은 어느듯 자기 개인의 일부분으로서 자기의 절실한 요구와 일치된 것으로 개성화되여 나타나는 때문이다.

외부에 두고 전率 주류로 볼 때에는 그것이 일반적이고 보편적인 주류이면서도 그것을 개인으로서 취할 때는 어느듯 자기 개성의 일부일 수 있는 것 그 점이 이 휴먼이즘이 문학의 주류일 수 있는 중요한 성격이다. 웨 그러냐 하면 문학에 있어는 보편과 개성이 분리되어서 대립된 것이 아니고 어데까지 개성적인 동시에 보편적이어야 하는 때문이다. 문학자는 자기의 개성적인 것을 발견하야 그것을 독대獨對하게 그려 가는 것이나 그 개인적으로 붓잡은 주형鑄型은 동시에 일반에게 공통된 비죤으로 표현되는 것이여야 하는 때문이다.

지금까지의 문학에 있어 과거의 계몽문학이나 근년의 프로문학의 경향에 있어도 그들이 계몽하려는 그 도덕 사상과 준비한 세계관과 사회관에는 그것이 외부의 한 사조로서는 될 수 있음에 불구하고 문학 주류로서 개개의 작가에게 개성화되는 데는 그 사조의 보편성과 개인 사상에 적지않게 괴리가 있었다고 생각이 된다. 그것이 보편인 동시에 개성적인 아니 보편적인 그것 가운데 개성 그것이 있고 개성적인 것 그것이 곧 보편과 합치되여 있는 것이 아닌 경우에는 그 경우에는 그 보편이 일개의 생명으로서 작가의 개인의 두상에 압래壓來된다. 작가 개인으로 보면 그것이 별로 자기의 절실한 요구도 아니며 개성적인 것도 아니로되 다만 체면을 위하야 혹은 일반의 비난 때문에 무리로 그것에 추종해 갈 때에 그 사조는 일개은 일개의 죽은 관념일 것이다.

과거에 있어 그와 같은 사상과 주조主潮가 곳 보편과 개성이 두 가지가 아닌 문학의 주류로서 동화되 가기는 어럼은 일이었다. 근년의 프로문학의 경향이 명령적인 것과 기계적인 일반 관념이 작가의 개성을 무시하고 나종은 문학을 고정화시킨 데 니른 것은 그와 같은 개성과 보편 사이의 소강된 괴리 따문이었다. 그때에 있어도 완전히 그 사상을 자기 개인의 소유로 할사록 그 작가의 작품이 비교적 우수한 데 비하야 그 사상을 직접 자기의 절실한 개성적 요구로써 동화하지 못한 일반 인테리 작가일사록 그 기계적 경향이 더욱 농후한 것은 그 주류의 보편과 사이의 모순에서 온 결과라고 보지 않을 수 없다.

그런 과거 경험에 감하야 금일의 휴먼이즘을 생각할 때에 무엇보다도 그것이 일반으로는 보편적인 동시에 개인적으로는 개성화할 수 있는 절실한 정열이라는 곳에 문학 주류로서 영합될 것이라고 생각된다.

다음에 휴먼이즘에 대하야 생각할 것은 시대적으로 그것에 대한 추구다. 휴먼이즘이 문학의 주류로 된 것은 금일뿐이 아니라 과거의 그 문예부흥 시대에도 그것은 문예의 주류로서 그 시대를 풍미하였다. 더구나 현실성으로 보아서 그 당시의 봉건적인 세기가 근대의 사회에 나가되는 그 계단이라는 것은 여러 가지로 금일의 현실과 유사 비조比照할 것이 많다. 그러면 그 시조의 휴먼이즘과 지금의 휴먼이즘 사이에는 어떠한 구별과 차이가 있음일까?

여기에 대하야 이지음 학자들이 여러 가지로 그 차이를 설명하는 것이 있는 모양이나 나로서는 이런 점에서 그것을 생각한다. 그때의 휴먼이즘은 봉건적인 것에 대한 근대적인 인간 중세기의 그 인간성 압제에 대한 개인의 자유성의 해방이었다는 의미에서 그 구하는 인간과 인간성이 금일의 그것과 근본적으로 다른 것도 물론 두 가지의 휴먼이즘을 구별하는 중요한 요소이지만 나로서는 도리혀 그보다 그 인간, 인간성을 추구하는 태도와 방법에 있어 그것을 구별하는 것이 특징적이라고 생각한다.

그때에 있어 그들이 개인의 해방과 인간성을 찾은 데 있어 그들은 주主로 고대古代로 도라가고 고전으로 부흥시키는 데 자유롭은 발전을 모범模範하려고 하였다. 따라서 나로 보면 그 문예부흥기의 휴먼이즘이라는 것은 고대 사회와 그 인간에 대한 향수적 행동이었다.

하나 금일의 휴먼이즘은 결코 그러한 향수적인 행동은 아니다. 그것

은 과거의 어느 시대와 사회에 대한 추상과 향망鄕望이 아니고 본래에
대한 추구 정신의 표현이다. 금일의 휴먼이즘의 문학에 있어 만일 인
간을 탐구하는 것이 한 중요한 과제라면 그것은 과거의 사회에서 그
어떤 인간형을 차저오는 것이 아니고 미래의 시대의 새롭은 인간 타
입을 탐구하는 곧에 그 홍미와 노력이 있어야 할 것이며 또 그런 것이
사실이다.

문예부흥기의 휴먼이즘과 금일의 휴먼이즘을 구별하는 데는 무엇보
다도 여기에 명확한 한계가 개재介在되여 있다고 보혀진다. 또한 그러케
보는 데서 과거의 휴먼이즘이 현실적으로 소극적인 문학 주류인 데 대
하야 금일의 휴먼이즘은 현실적으로 적극적인 것이라고 볼 수 있는 것
이다.

금일의 휴먼이즘이 일반적이고 보편적인 것과 개성적인 것이 별개
의 것이 아나라는 의미에서 그것이 문학 주류로서 금일에 적당한 것
이 될 수 있다는 것을 말한 동시에 그것은 또한 현실로서도 적극적인
의의를 가지고 있는 주류임을 나는 지적해 왔다. 국한된 소론인 때문
에 그것에 대한 구체적 추구가 가능치 못했다고 하더라도 그것으로써
우리들은 문학 주류로서 금일 휴먼이즘의 성격을 어느 정도까지의 붓
잡을 수 있었다고 생각한다.

　3.

이상에서 나는 금일 우리 문단의 현상을 생각하는 국면에서 금일에
는 표면으로 너무 명확한 주류가 발생할 수 없고 도리혀 무주류에 가
갑은 일반인 막연한 주류가 주류일 수 있다는 것을 말하고 나서 금일
의 휴먼이즘을 볼 때에 우연히 우리 문단의 현상이 요구하는 성격의

주류와 휴먼이즘이 가지고 있는 현실적 의의와 성격이 합치된 것에 도달하게 되였다. 아니 그보다도 나는 금일의 우리 문단의 현상을 생각하는 가운데 자연히 눈앞에는 휴먼이즘이 떠올났고 그 휴먼이즘을 생각할 때에 긔기에 우리 문단 현상에 대한 관련을 떠날 수는 없다. 나에게는 우리 문단의 현상과 휴먼이즘이 발생된 그 현실 토대와는 두 가지가 아니고 하나다.

휴먼이즘은 하여튼 금일 우리 문단에는 그만치 절실한 관련을 갓고 있는 듯이 보인다.

하나 그럼에도 불구하고 작년 우리 문단은 그 휴먼이즘에 대하야 순전히 아무소관我無所關의 방인적傍人的 태도를 취하지 아었든가? 아니 다만 방관적인 태도를 취할 뿐 아니라 우리들의 생활 현실 가운데 또한 자신의 개인 가운데 스스로 준비되려는 휴먼이즘의 모든 요소와 성격을 의식적으로 피하야 무풍지대에서 고요히 안식하려고 하지 아었든가? 몬저 지적한 바와 같이 사소설 세태소설들의 현상 굴종의 작품 경향 소위 고도화된 지성적 경향 등은 어느 것이나 의식적으로 휴먼이즘을 도피한 구체적 현상이었다. 더구나 나가서는 휴먼이즘에 대하야 그것을 부인하려고 하는 비평인도 있었다. 그것은 시대와 인류의 공감적인 것에서 고립된 비평인의 자기표징이며 나가서는 개인의 무지를 표백하는 행동에 불과한 것이었다.

그와 같이 의식적으로 그것을 피하려고 나가서는 그것을 부인할려고 하는 것이 있음에 불구하고 금일의 휴먼이즘이 개인의 생활이나 문학 창조에 있어 육박해 오는 것이 우리들에게 대한 피할 수도 부인할 수도 없는 휴먼이즘의 현실적 박력이다.

12년도에 있어 휴먼이즘은 우리 문단과 우리들 개인에 대하야 그 존재를 요구할 줄 안다. 하나 그보다도 중요한 것은 그만한 절실한 주류임을 알고 동시에 우리들이 느끼고 있는 이상 우리들은 자진하야 그것을 우리 문단의 주류로서 맞어듸리는 용기다. 지금까지의 그 도피적인 태도를 버리고 그것을 자기 생활의 주체 정신으로 삼으며 그것을 문학적으로 발휘해 가는 데서 현상에 대한 극복, 주위의 압력에 대한 반역의 용기를 가지고 휴먼이즘의 정열 가운데 뛰여드는 용기가 필요하다.

그리고 일반적이고 세계적 정열 가운데 뛰여들음으로써 조선의 작가가 직접으로 지이드 마르로오 등과 친우가 될 수 있고 그 세계적 우정은 우리 문단을 살려가는 데 절실한 계기가 될 줄 안다.

프·로 휴먼이즘! 웰컴·휴먼이즘! 우리 37년의 문단은 그 휴먼이즘을 주류 곧 맞어듸리고 정하는 데서 새로운 문학을 초래할 수 있지 않을까?

—

〈웰컴! 휴먼이즘〉은 백철이 프로문학에서 전향을 선언한 이후 펼친 자신의 '인간탐구론'을 휴머니즘론으로 확대하면서 이를 통해 침체된 문단에 새로운 문학 정신을 부여하고자 한 비평이다. 이 글에서 백철은 1930년대를 무주류가 주류인 시대로 파악하고 정치적 야만주의에 대항하여 인간의 생명과 인간성 자체를 옹호하는 휴머니즘을 시대정신으로 요청하는 주장을 펼쳤다. 이러한 백철의 휴머니즘론은 1930년대 중반 문단의 정신적 공백과 침체된 분위기에 활기를 불어넣으며 비평 정신의 나아갈 방향을 공론화시켰다는 점에서 그 의의를 부여할 수 있다.

* 이 글은 《朝光》 제15호에 실린 〈웰컴! 휴먼이즘〉을 원전으로 하고 권영민이 엮은 《한국현대문학비평사자료 IV》(단국대학교출판부, 1981)를 토대로 재구성한 것이다.

과학으로서의 시학

김기림

1. 고전적 시학

시학이라는 말이 우리에 전하는 불유쾌한 인상은 그것의 주장이 지금까지는 형이상학적이었던 까닭에 한 과학보다도 한 형이상학을 연상시키는 때문이다.

과학으로서의 시학의 성질을 밝히기 전에 과학 아닌 시학 내지는 그것에 유사한 여러 가지 환영을 씻어 버리는 것이 옳겠다. 가령 여러 나라의 시인의 이름과 경력과 일화에 정통하고 또 그들의 약간의 시편을 외울 수 있는 사람이 여기 있다고 하자. 그러나 그것은 시의 과학과는 아무 인연이 없는 한 박식에 지나지 못할 것이다. 박식이 과학이 아님은 조직된 방법과 체계를 가지지 못한 때문이다. 또 시에 대하여 방언放言된 몇 개의 명제가 여러 사람에게 오해되고 부연되어 몇 세기를 거쳐 가면서 한 정리定理와 같이 통용되곤 했다. 가까이는 가령 '월터·페이터'의 "시는 음악의 상태를 동경한다"는 말이 "시는 음악을 동경한다"는 의미로 그릇 해석되면서 시를 아주 음악으로 만들어 버리자는 어떤 종류의 순수시의 운동이 되기도 했다. 그러나 '음악의 상태'는 음악 그것은 아니라고 생각된다. 음악이 빚어내는 심적 효과는 그 질에 있어서 혹은 시가 빚어내는 효과와 같은 것일 수 있을 것이다. 그러나 음악을 시로 만든다든지 시를 음악으로 만들어 버린다는 것은 대체 무엇을 의미함일까. 모든 형이상학은 이해된다느니보다는 해석되기 위해서 있는 것이다. 다시 말하면 그것은 그 의미의 다의성 속에 언제고 숨으려 한다. 객관적으로 검증할 길이 없는 이러한 형이상학적 명제는 다만 발언자의 한 의견으로서 취급될 것이고 결코 어떤 객관적인 사실의 기술로서 받아들여서는 아니 된다. 한 의견으로서는 참고할 것이나 그것이 얼른 보아서는 대표하는 듯이 보이는 일련의 사실을 가상하는 것은 위험한 일이다.

내가 여기서 '페이터'를 예로 든 것은 한 형이상학의 일절이 만약에 오해된다고 하면 어떻게 심각한 결과를 낳을 수 있는가를 우리들과 그리 멀지 않은 시사에서 인증하려 한 까닭이다. '페이터'는 물론 시보다 음악을 더 높은 예술이라고 생각한 것은 사실이나 시와 음악을 혼동하도록 현명치 못하지는 않았다.

2. 가치와 형이상학

우리는 그러나 형이상학의 절멸을 기도하는 것은 아니다. 어떤 시대에고 간에 형이상학은 있어 왔다. 또 앞으로도 있을 것이다. 형이상학은 조직된 가치 의식인 때문이다. 위대한 형이상학의 체계는 한 시대의 가장 보편적인 가치 의식의 궁전일 수 있다. 이러한 의미에서 형이상학이 사람에게 지식이 아니고 생활하는 데 도움이 되는 지혜를 제공한다는 말은 옳은 말이다. 다만 병폐는 이런 데 있다.

즉 지혜에 지나지 않는 것이 지식으로 행세하려고 하고 또 수용되

려고 할 때에 더 단적으로 말하면 시사에 지나지 않는 것이 객관적 타
당성을 주장할 때에 즉 관념이 과학이노라고 나설 때에 사실과 인식이
도리어 몽롱한 안개 속에 휩쓸려 버리는 것이다. 가령 근대의 뭇 위대
한 형이상학이 우리에게 준 것이 지식이 아니었고 지혜였다는 것은 누
구나 쉽사리 인정할 수가 있다. '쇼펜하우어'가 그랬고 '베르그송'이 그
랬다. 인간학이라든지 실존철학은 더욱 그렇게 보인다. 동양철학이라
고 불려지는 것은 거진 예외 없이 지혜의 수집이었다. 그런 의미에서 동
양철학은 늘 시에 가까우려 한다고 한 임어당林語堂의 말은 옳다. 그러
나 그는 또한 거기 반해서 서양철학은 늘 과학에 가까우려 한다고 말
한다. 우리 견해로는 파탄은 철학이 과학인 체하는 데서 오는 것 같다.
형이상학이 지혜로서의 한계를 넘어서 지식인 체 가장하는 때 그 결과
는 사실의 인식을 혼란시키고 또 사실의 인식 대신에 무수한 환영을
사실의 주위에 흩어 놓는 것이다. 시를 한 과학의 대상으로서 취급하려
고 할 때에 우선 우리의 눈앞에 어른거리는 뭇 형이상학적 환영을 물
리치려고 하는 것은 이 때문이다.

3. 시론

시에 대한 진술 가운데서 근본적으로는 역시 형이상학의 단편이면서
도 학문의 모양을 하지 않고 차라리 기술론의 모양을 한 점이 다를 뿐
인 것으로 시론이라는 것이 있다. 그것은 주로 한 유파 혹은 한 시인의
그 자신의 시의 합리화다. 또는 한 개인이나 유파가 그들이 있기를 원
하는 시의 가상을 그리는 것이다. 과거의 용어례로도 시학과 시론은 구
별해 왔다. 가령 '아리스토텔레스'의 시학이라고 하면서 '보왈로'의 시
론이라고 하는 것 같은 것이 그것이다. 다만 시론은 체계의 완비 때문

에 더 많이 상상이 들어가는 시의 형이상학보다도 시인의 작시상의 경험에서 빚어 나온 암시가 풍부한 점에서 더 유용한 경우가 많다. 우리는 한 유파나 시인의 시의 이해를 돕기 위하여 그 시론을 들추어 보는 것은 옳은 일이다. 그러나 어떤 암시 이상으로 모두 시의 과학인 줄 안다면 잘못이다. 이러한 경계 아래서 시론을 읽는 것은 여러 가지로 필요하다. 감상하는 사람에게는 도움이 될 것이오 시사가詩史家에게는 좋은 사료가 될 것이다.

4. 어떻게 물어야 하나

시의 형이상학과 시론의 존재 이유와 가치를 어느 정도로 인정하면서도 그것들은 과학은 아니라는 이유로 해서 우리의 시학의 설계에서 몰아내야 할 것이다. 그런 다음에 우리가 의도하는 시의 과학으로서의 시학이란 어떤 것인가.

시란 '무엇'이냐.

시는 '왜' 있느냐.

이런 유의 설문에 대해서는 우리는 여러 종류의 서로 대립 혹은 모순된 해답을 예기할밖에 없다. 시에 대한 정의를 내리려고 계획한 과거의 모든 시험은 앞의 것과 같은 방법으로 문제를 세운 것이었다. 그래서 그 여러 가지 정의를 통일할 일의적인 해결이 거기서 나올 리는 없었다. 마치 '바벨의 탑'처럼 소란할밖에 없었다. 그리고 뒤의 것과 같은 설문에 대해서는 당파를 따라서 거진 당파의 수만치 많은 해답을 기대할밖에 없을 것이다. 혹은 정당을 위해서 혹은 교회를 위해서 혹은 정부를 위해서 시는 있는 것이라고 할 것이다. 여기서도 역시 '바벨의 탑'은 영원한 혼란을 가져올 뿐이다. 이러한 문제 설정 방식은 말하자면 본체론적인 또는 목적론적인 성질의 것이다. 말하자면 모두 형이상학의 문제 설정 방식에서 그대로 따온 것이다. 가령 "세계란 무엇이냐", "인생은 무엇 때문에 있느냐" 따위의 질문 방식이다. "세계는 의지다", "인생은 신을 위해서 있다"고 자문자답하는 것이 어떤 형이상학이었고 신학이었다. 그런데 그러한 명제는 아마도 가설이 아니고 사실을 전제로 해 가지고는 증명할 수 없는 것이다. 중세의 신학은 신의 존재를 증명하는 몇 가지 삼단논법을 가졌었다. 그러나 그것은 모두 대전제 미결정의 오류 위에 세운 것에 지나지 않았다. 그러므로 교권으로써 끊어 놓지 않는다면 그것은 끝을 모르는 순환논법이 되고 말 뿐이다. 19세기의 평단을 그렇게 소연케 한 '인생을 위한 예술'론과 '예술을 위한 예술'론이 드디어 오늘까지도 종국적인 해결을 보지 못하고 작가나 시인을 주기적으로 괴롭히는 것은 다름 아니라 문제 제출의 방식 자체가 잘못되었던 탓이다. 즉 '인생'을 위하기를 아주 거부하고 '예술'만을 위한 예술이 사실에 있어서 있느냐 없느냐를 어디까지든지 사실을 좇아서 캐어 보고 난 연후에 할 소리다.

그러면 새로운 시학은 어떤 모양으로 물어야 할까. 그것은 '무엇' 또는 '왜'와 같은 방식의 물음은 일체 버려야 할 것이다. 그것은 다만 시는 '어떻게' 있는가 하는 물음에서 시작해서 거기서 끝나야 할 것이다. 그러므로 시에 대해서 무슨 환상이거나 이상을 그려내거나 만드는 것이 아니고 시의 사실에 실로 사실에만 육박할 것이다. 그것이 설정하는 명제는 형식 논리의 식式에 맞느냐 안 맞느냐 하는 점으로써 완전함을 자랑할 수는 없다. 다만 참이냐 거짓이냐 하는 점에서만 긍정되거나 부정된다. 그것은 시에 대한 아름다운 꿈을 보여 주는 것이 아니라 시의 사실만을 가리킨다. 명제들은 시의 사실 자체와 비추어 보아서만 그 참이고 아닌 것을 결정한다.

5. 시학과 그 보조 과학

새로운 시학을 위해서 미리부터 준비된 몇 가지 편의가 있다. 우리는 그것들을 현명하게 이용할 것이다. 첫째는 이전의 뭇 형이상학적 시학 속에 간간이 흩어져 있을 시의 사실에 맞는 진술을 뽑아서 자신의 체계 속에 활용할 것이다. 가령 '아리스토텔레스'의 시학 이후 '호레이시어스'나 '보왈로' 등등의 시에 관한 진술은 위에서 말한 것과 같은 의도 아래서 다시 정선될 것이다. '아리스토텔레스'나 '호레이시어스'나 '보왈로'가 각각 구체적으로 취급되고 또 되어야 하는 것은 시사에 있어서의 일이다. 시학이 문제 삼는 것은 다만 이러한 특수한 사건이 아니고 시의 일반적 사실에 대한 인식이다.

다음으로 그것은 근친 과학의 업적에서 단순히 그 부분적 진리를 빌어올 뿐 아니라 기초 개념조차를 참고해야 한다.

이러한 점에서 시학에 가장 중요한 도움이 될 과학으로서는 언어학과 심리학과 사회학이 있다. 지금까지 이런 방면의 선각자는 몇몇 있으나 대개는 어느 일면에만 고집하였었다. 가령 '칼·버어튼' 같은 평론가는 문학 연구에 있어서 사회학의 필요를 고조했으나 언어학이나 심리학에 대해서는 등한했다. '리차즈' 같은 사람은 시의 연구에 있어서 심리학의 원용은 역설하면서 사회학은 도무지 돌보지 않는다. 과거의 모든 형이상학적 시학을 모조리 거부하는 '리차즈'와 같은 태도는 아직도 완전히 과학적이라고 할 수 없다. 씨가 과학적 시학의 건설에 그렇게 출중한 '일'을 남겼으면서도 다만 모든 방면의 혁신자가 그럴 수밖에 없었던 것과 마찬가지로 낡은 것에 대하여 맹렬한 파괴자였다는 것은 양해할 수 있으나 이미 단순한 파괴자의 흥분이 지났을 때 우리는 고전적 시학에 대하여 냉정한 태도로 임할 수 있을 것이다.

'리차즈' 자신도 '콜릿지'에게서 '상상론'을 원용하였던 것이다.

새로운 시학을 계획하는 사람이 항용 붙잡히기 쉬운 유혹은 일거에 고전적 시학에 필적하는 새 체계를 세우려는 충동이다. 여기서 생기기 쉬운 결과는 바로 다른 것이 아니라 '또 하나' 다른 '형이상학'이다. 앞에 말한 '리차즈' 씨의 저술에서 우리가 받은 인상도 그런 경우가 많았다. 우리가 지금 긴급하게 요구하는 것은 비록 적을지라도 참인 지식이지 결코 한갓 방대하고 정제된 체계가 아닐 터이다. 진정한 의미의 과학은 그 첫 시작에 있어서는 부득이 부분적일밖에 없다. 이 점에 대해서는 '랑송'의 말은 그대로 긍정되어야 할 것이다.

새로운 시학을 계획하는 사람에게 있어서도 이 일이 중요한 것과 꼭 마찬가지로 새로운 시학을 대해 주는 편에서도 그것에 향해서 곧 체계의 '파노라마'를 요구하는 것은 그릇된 일이다.

물론 자연과학에서도 그런 것처럼 과학적 시학 속에도 가설이 들어앉을 자리는 있다. 그 일을 가지고 곧 그 과학성을 힐난하는 것은 과학에 대한 편견에서 오는 오해일 것이다.

그렇다고 해서 가설이 너무 날뛰어서는 아니 된다. 그것은 오직 사실에 비추어 검증할 수 없는데도 꼭 필요한 경우에 한하여 부득이 실로 부득이해서만 쓰여져야 할 것이다. 한 권의 형이상학서는 전편이 가설로써 그러면서도 아름답게 쓰여질 수 있을 것이다. 과거의 철학의 대부분이 실로 그러한 까닭에 아름다웠던 것이다. 그러나 과학서에는 오직 이상의 한도 안에서만 가설이 생길 수 있다. 그리고 그 가설은 이미 정해진 같은 체계 안의 다른 정설과 모순되어서는 아니 된다. 이렇게 가설은 잠정적인 것이다. 사실의 검증에 의해서 일반적 명제가 정립되기까지 잠시 대용될 뿐이다.

6. 시사와 시학

　우리는 시학의 대상을 어떤 미학이 보편적인 미의 이상적 모형을 추구한 것처럼 보편타당적인 시의 모형을 설정하는 데 두지 않는다. 가령 순수시의 추구 같은 것도 이런 형이상학적 미학의 여풍을 받은 것이다.

　시학이 취급해야 할 시적 사실은 그러면 어떤 것인가. 모든 개개의 시편을 정리해서 구성이나 운율, 압운 등 부분적 장식의 문법과 같은 것을 계획하는 것일까. 그런 것은 아니다.

　구체적인 개개의 시를 개인의 소산으로서 또는 한 민족, 한 시대의 소산으로서 그대로 취급하는 것은 시사가 하는 일이다. 일반적인 시학은 시는 사람과 사람의 교섭이라는 부면을 가진 언어의 한 특수 형태라는 사실에서 출발한다. 시가 형성하는 의미의 세계는 한 사회 안에 사는 사람의 전통적 교섭의 결과로서 성립하는 것이다. 이 관계를 제외한 시라고 하는 것은 어떤 음의 계열이거나 문자의 나열 이상의 것이 될 수 없다. 이 점이 시학이 언어학과 크게 관계되는 곳이다.

　이렇게 시는 사람과―즉 시인과 독자의 심리적 교섭 위에 성립된다. 즉 시인의 제작 과정이라는 심리 현상의 한 기호로서 시는 있는 것이고 그 기호가 독자에게 미치는 결과는 어떤 심리적 반응에 틀림없다.

　이리해서 시는 한 심리적 사실로서 나타난다. 시인의 제작 과정과 독자의 향수享受 과정 및 이것을 통틀어 서로 이루는 전달 작용의 관찰·분석·종합은 우선 시학이 해야 할 일의 중요한 반면半面이다. 언어학 특히 의의학意義學의 수속과 성과를 시학이 크게 빌어야 하는 까닭은 여기 있다. 시는 이렇게 물론 심리적 사실로서의 면을 가지고 있지만 그 면을 성립시키는 것은 일정한 문화적 전통의 약속이며 뿐만 아니라 그것은 늘 문명의 일정한 단계의 역사적 특징을 반영하며 그 시대의 문화의 제면과의 사이에 상호 교류의 작용을 가진다. 다시 말하면 시는 이리해서 늘 일정한 역사적 사회에 형성되는 산물이다. 따라서 문명의 어느 특정한 단계의 뭇 특징과 그 시대의 시의 특징과의 사이의 상관관계를 밝히며 같은 시대의 다른 문화의 뭇 부면과의 사이의 교류를 더듬어 찾는 일은 시사가 하는 일이나 시의 역사적·사회적 사실로서의 면을 그 일반적 성질에서 설명하는 것은 시학의 남은 반면이다.

7. 시학은 어떻게 갱신될까

이리해서 새로운 과학적 시학은 심리적 사실 및 사회적 사실로서의 시에 양면으로부터 육박할 것이다.

여기서 일어날 당연한 한 가지 의문이 있으니 그것은 다른 것이 아니라 이렇게 사실의 세계만을 취급하는 시학은 영구히 하나로서 족하냐 하는 문제이다.

물론 과학적 시학은 일조일석에 기적과 같이 나타날 것은 아니다. 그 전 체계의 완성은 여러 사람의 부분적 연구의 종합의 결과로서만 기대될 것이다. 그러나 그것이 어느 시간적 경과 뒤에는 꽤 체계를 갖춘 완성에 가까운 과학으로서의 면모를 가질 날이 올 것이다. 그런 연후에 시학도 더 갱신될 운명에 닥치지 않을까.

문화는 어떤 역사적 방향을 쫓아서 새로워져 간다. 가치 실현의 과정으로서의 문화 활동은 문명의 진도를 따라서 점점 더 의식적으로 된다. 문화의 창조가 대체로 무의식적이었던 원시 사회로부터 고도로 의식화할수록 그 변천은 더욱 급하고 심해 간다. 이리해서 문화의 한 부문으로서의 시는 실로 옛사람이 본다면 황망할 정도로 새로워질 것이다. 어느 단계에 완성되리라고 가정하는 시학이 그대로 이 새로워져 가는 시의 모든 사실은 남김없이 설명해 버릴 수 있을까. 물론 그것은 특수한 시적 변천일 것이나 그 특수성이 늘 한 가지 일반성의 한 예에 그치는 그런 간단한 사례뿐일 수가 있을까.

어떤 단계의 시학이 그 단계에서는 꽤 불편을 느끼지 않다가도 정작 새로워져 가는 시를 설명할 수 없을 때 시학은 당연히 갱신되어야 할 것이다.

그러므로 우리는 영구히 완성된 시학이라는 것을 미리부터 규정할 수는 없다. 오늘의 문명 생활이 사람들의 문화적 충동을 더욱더 복잡다기하게 해 갈수록 어떤 문화 부문의 일반성에까지 새로운 사태가 나타나도록 변천이 심할 수 있으며 그 문화 부문을 취급하는 일반적인 과학도 그 사태마저를 포용하고도 남을 수 있게 체계의 확충·갱신을 해야 할 것이다. 이 점은 결코 과학으로서의 약점이 아니고 차라리 당연하고 또 필연한 운명이다. 자연과학에 있어서 새로운 이론의 발전은 그 먼저 이론이 새로이 나타난 사실을 설명할 수가 없었을 때 늘 그 모순을 극복하기 위한 일단의 진전이었던 것이다. 다만 자연에 있어서의 사태란 '나타나는 것'이고 문학에 있어서의 그것은 '만들어지는 것'이라는 차이가 있을 뿐이다.

8. 시학의 효용

문화과학을 오직 역사학에만 제한하여 특수적 일면적 문화 현상들만을 취급할 수 있을 뿐이라는 의견과는 달라서 우리는 일반적인 과학으로서의 시학의 기능을 시사와는 따로이 이론적으로 타당하다고 생각한다.

이러한 일반적 과학으로서의 시학은 우선 시의 감상에 있어서 기초 교양이 될 것이다. 자연 현상이 아닌 시를 그것에 대한 기초 교양 없이 알려지지 않는다고 노하기만 하는 무모한 신사를 우리는 가끔 만난다. 그들에게 우리는 이것을 줄 것이다. 다음에는 그것은 시의 비평에 있어서 한가지로 기초적인 준비가 된다. 비평이 구체적인 작품을 취급할 때에 일반적 시학의 준비 없이는 도저히 할 수 없는 일이다. 다만 독단적 비평가가 가령 '아리스토텔레스'와 같은 고전적 시학의 껍데기 속에 박힌다든지, 또는 이류 이하의 비평가가 오직 막연히 정돈되지 못한 시학의 잡다한 원형을 가졌거나 할 수는 있다.

세쩨로 시사를 쓰는 데 역시 기초 준비가 될 것이다. 시의 심리적·사회적 사실로서의 일반적 성질에 대한 분명한 인식 없이는 개개의 구체적 작품의 심리적 효과와 그 사회적, 역사적 성질을 해명할 수는 없을 것이다.

그런 일보다도 더 중요한 것은 이리해서 우리는 문화 그것이 우리의 심리적 충동으로서는 어떻게 의욕되고 또 향수되며 사회적으로는 어떤 기능을 하는가 하는 우리의 문화생활에 대한 자각을 이 일을 통해서 더욱 높일 수 있을 것이다.

—

김기림은 비평의 근대성을 추구함으로써 카프 해체 이후 이념적 좌표를 상실하고 주조 모색의 시기에 들어간 비평의 공백을 메우려고 시도했다. 이때 그가 파악한 근대성의 핵심이 바로 과학(지성)이었다. 그는 시학의 과학화 작업을 통해 근대 시학을 확고부동한 토대 위에 정초시킬 수 있다는 믿음을 견지했다. 이 비평은 김기림이 추구한 시학의 과학화 또는 과학적 시학의 문학관이 체계적인 형태로 제시된 글이다. 그가 주장한 '과학으로서의 시학'은 한국 시사에서 이론적인 체계를 갖춘 최초의 근대적 시론이라는 점에서 의의를 갖는다.

* 이 글은 《文章》 제13호에 실린 〈科學으로서의 詩學〉을 원전으로 하고 《김기림 전집 2》(심설당, 1988)를 토대로 재구성한 것이다.

신인론
―그 서장序章

임화

매년 정월은 신인들이 문단에 들어오는 한 개의 '꼬올'이 되어 있다.
옛날 같으면 등용문이란 말을 쓰는 것이나, 현재엔 주지와 같이 상금
얼마를 걸어서 입선작을 뽑아 표현하는 현상 제도가 되어 있다. 각 신
년호 지상에 많은 신인을 마짐을 기회로 당선작 심사 방침에도 언급할
겸 간단히 신인론을 시試하여 내호來號에까지 미치고자 한다.

신인이란 누구를 가르쳐 하는 말인가? 우리는 좀 더 겸손히 이 글 제
목을 생각할 필요가 있을 줄 안다. 년년이 신문이나 잡지의 신년 현상
문예의 관문을 통해서 나오는 이들을 가르침일까? 혹은 날마다 각사
편집실에 모여드는 투고의 작자를 가르침일까? 그렇지 않으면 조그만
동인 잡지를 만들어 가지고 고고히 문학을 수도修道하는 이들을 가르
침일까?

물론 모두 지금 문단의 누구누구처럼 이름이 알려저 버린 이들에 비
하여 그들은 새로운 사람들이다.

그러나 우리들 자신도 그런 이들을 모두 통틀어서 신인이라 일컫지
않는 것도 실례가 되어 왔으며 신인들도 역시 자기를 소위 기성 작가

들에게 구별하면서도, 동시에 무명한 일개 투고객에 머므르기를 반대할 것이다. 이러고 보면 문단에서 미미하나마 일정한 이름을 가지고 있으나 아직 중견이나 대가의 열에 오르지 못한 일군의 작가를 신인이라 칭하게 될 것이다.

《조선일보》의 신인 단편이라든가, 혹은 《동아일보》의 〈신인은 말한다〉라든가, 혹은 〈신인 콩쿨〉의 자격을 보아도 이러한 암묵리의 혹종或種 수준이 잠재해 있음을 알 수가 있다.

이 수준은 분명히 문단 경력의 약소弱小에 있다 할 수 있다.

그러나 우리가 신인을 논한다는 것은 앨써 이런 진부한 계별階別을 캐기 위해서임은 아니다.

나이가 젊다든가, 문단 경력이 짧다든가, 하는 것이 신인의 요건이 되지 않을 바에는 자연 신인의 본질이란 그 써내는바 문학의 새로움에 있지 아니할 수가 없다.

새로운 문학작품 가운데 있는 예술성이나 신미新味, 그것이 신인의 신인다운 소이所以이다.

그러므로 우리는 신인을 한 계단 아래 사람들로 생각하는 낡은 관념을 깨끗이 청산해야 한다. 새 '쩨네레 - 슌'을 자기의 아렛 사람으로 생각는 것은 부형父兄은 언제든지 자제子弟보다 웃사람이라고 믿던 관념의 연장이다.

문학에 있어 어느 때나 새로움은 한 개의 재산이다. 이 새로움으로 말미암아 문학은 국한된 세계의 영토를 늘려 가는 것이다.

그러나 다른 반면 신인들 자신이 또한 별다른 의미에서 이런 그릇된 관념에 사로잡혀 있음을 볼 수가 있다.

다른 게 아니라 문학상의 진정한 새로움과 연령의 약소나 문단 경력의 짧음과를 혼동하고, 신인이면 의례히 문학의 새 요소를 가진 것으로 오인하는 것이다.

208

이 오인에서 소위 기성 문단에 대한 신인들의 전혀 무의미한, 많은 불만이 생겨난다. 예하면 부대론不代論이 그것이다.

덮어놓고 신인을 달마다 과대하고, 문학상을 주고, 또 무슨 무슨 특전을 준다고 해서 신인 가운데서 천재나 걸작이 속출하는 것은 아니다.

그렇다고 이러한 물질적 혹은 형식적인 호好조건이 신인들을 도웁는 의의를 무시하자는 것도 아니요, 또한 우리 문단이 재능과 학식 있는 신인들을 올곳게 대우한다는 말도 아니다.

나 자신도 과거 우리 문단이 신인들을 좀 더 잘 길러 줄 만한 환경이었더라면 현재보다는 좀 더 낳은 작가들이 있었으리라는 것은 동감하는 바이나 불가능한 줄을 뻔히 알면서도 부질없이 중얼거려 보는 얄구즌 심정은 암만해도 유결愉快치가 않다.

5, 6년 전이나 지금이나 똑같이 신인대로 그야말로 만년청萬年靑으로 푸른 이들을 얼마든지 볼 수 있지 않은가?

후대厚待만이 신인을 길으는 것이 아니다.

진정으로 새로운 문학만이 잘 기르면 잘 자라고 악조건 가운데서도 기를 쓰고 성장하는 것이다.

그러므로 신인이란 문학적인 새것을 가진 작가를 이름이다. 이 문학적인 '새것'을 같지 않은 채 신인이라면 연령이 작고 문단 경력이 짧은 만큼 손損이고, 문단 기술 기타가 기성에 떨어지는 만큼 기성 작가와 계별을 나치하여 대우받아 족하다 아니할 수 없다.

그 대신 이 '새것'을 가진 작가는 아무리 나이가 작고 문단 경력이 짧더라도 기성과 병렬하는 것이며, 기성에 있어선 후생後生이 가외可畏라고 협위脅威가 되는 것이다.

문예적 '새것', 그것은 신인의 절대 가치다.

전번에 우리는 문학적으로 '새로운 것', 그것만이 신인의 절대 가치라 하였다.

다시 말하면 기존의 문학 우에 새로운 가치를 기여할 수 있는 사람이 신인이다.

당연히 우리는 이곳에서 문학적으로 새로운 것이란 무엇이냐를 묻지 아니할 수 없다. 무엇이 문학의 새로운 가치냐? 흔히 우리는 문학을 하나의 창조라 한다. 창조란 낡은 것을 기초로 하야 새로운 것을 형성하는 작용을 이름이 아닐까? 결코 창조란 무에서부터 유를 맨들어 냄을 의미하지는 않는다. 그것은 마술이지 창조는 아니다. 그러므로 새것의 창조를 위하여는 어느 때나 낡은 것으로부터 문제 되는 법이다.

낡은 것이 새로운 창조의 거점이며, 기존의 것이 항상 창조의 모태인 때문에——.

그러나 새로운 창조의 앞에 나타나는 낡은 것이란 언제나 부정될 대상으로 나타나는 법이다. 만일 그것이 부정되지 않으면 지향이 새로운 것의 창조로 움즉이지는 않는다. 이 한 고비의 부정을 통하야 기존의 것은 새것의 형성의 질료가 되고 전승된다.

즉 기존의 것은 이 전승을 통하야 제 구래舊來의 가치를 상실하는 것이 아니라, 오히려 확대 재생산되고, 이런 과정을 통하여 문학은 발전하는 것이다.

그러므로 문학상의 새로운 '쩨네례 - 슌'이란 항상 기존의 문학 세계에 대하여 부정적 태도를 취한다. 이리하야 기존의 문학 가치라든가 권위라든가에 대한 부정의 '포 - 즈'란 신인에 고유한 것이다.

그러나 기존의 것에 대한 모 - 든 부정이 새로운 창조의 출발점이 되고 새로운 가치 형성의 계기가 되느냐 하면 그런 것은 아니다.

여기서 우리는 부정이란 것의 내용을 신중히 생각지 아니할 수 없다. 그 의기意氣에 있어 그 기혼氣魂에 있어 기존의 것에 만족할 수 없어, 보다 새롭고 따라서 보다 높은 것의 창조자일냐는 정열은 언제나 고귀한 것이다.

그러나 문학은 모든 그 타의 영역의 문학적 창조와 마찬가지로 단순한 의기나 열정만으로 개화되고 발전되는 것만은 아니다.

위선, 낡은 것에 대한 부정은 낡은 것에 대한 겸허한 수용을 통한 명석한 이해를 토대로 하지 아니하면 아니 된다.

그것은 마치 전쟁에 있어 적토를 점령하랴 할 제 적장을 상세히 숙지해야 하는 것과 마찬가지다.

숙지한 기존의 것을 토대로 하여야만 우리는 무엇이 아즉 미존未存한 것인가를 예감하게 된다.

다시 말하면 전인前人들이 어떠한 수준까지 와 있고, 그들의 개척해 놓은 영지의 넓이가 얼마나 되는가를 알어야 새 '쩨네레 – 슌'은 자기가 새로 개척할 신영토와 도달할 수준을 실측할 수가 있다.

그러므로 신인들의 주요한 과무課務는 조선문학의 역사와 현상에 대한 누구보다도 상세명절詳細明晳한 지식을 얻기에 전력을 다해야 한다.

그것은 먼저 말한 새로운 것의 창조를 위한 일반적 필요의 의미에서도 그러하고, 더욱 중요한 것은 신인의 목적이 기성의 어떤 작가의 수준에 오른다거나, 혹은 현재 운위되고 있는 기성의 수준에 도달할랴는 데 있는 것이 아니라, 실로 그 수준의 돌파 우에 새로운 세계를 건립할랴는 데 있다는 특수하고 고유한 의미에서 그러하다.

조선의 문학은 엄격한 의미에서 결코 한 사람 이상의 춘원을 필요로 하지 않는 것이며, 두 사람의 민촌民村을 요구하고 있는 것도 아니며, 세 사람의 지용, 네 사람의 태준을 탐내고 있는 것이 아니다.

어떤 의미에서 열 사람의 춘원, 수무 사람의 민촌, 설흔 사람의 지용, 마흔 사람의 태준이 있어도 좋지만, 그렇게 되면 조선의 문단이란 실로 기성복 시장같이 승겁고 심심하고 너절한 것이 되고 만다.

문학의 세계는 한 사람의 독제자獨制者 이외엔 그 여餘의 모든 동同 경향 혹은 유사의 작가는 아류의 운명을 수여하는 냉영冷靈하고 엄격한 법칙이 지배하는 세계다.

여기 가도 춘원, 저기 가도 민촌, 앞을 보아도 지용, 뒤를 보아도 태준. 이래선 우리 문단이란 3, 4인의 진정한 작가 외에 수십 수백의 무능자로 충만해 있는 셈이다.

"그가 어떤 작가인 것을 알랴면 그가 누구를 모방했는가를 볼 것이며, 그가 얼마나 훌륭했는가를 알랴면 그의 사장師匠을 얼마나 이겨 넘겼는가를 보면 족하다"고 말한 어느 비판가의 말은 이곳에서 우리는 짭짜리 음미할 필요가 있다.

진실로 문학이란 것도 학교와 마찬가지다. 교과서를 그냥 졸업 후에도 되푸리하는 사람을 우리는 바보라고 하는 것과 같이, 우리 신인은 현재의 조선문학을 졸업하지 않아서는 아니 된다. 마치 응용문제를 주는 태도로 우리는 현존, 혹은 기존의 조선문학의 '텍스트'로 살리지 않아서는 아니 된다.

그러나 다시 말해 둘 것은 교과서도 모르고 응용문제를 풀랴는 태도를 교과서를 그대로 외이고 다니는 졸업생과 같은 신인들이 문단에 범람하고 있는 현상을 지적치 아니할 수가 없다.

오히려 기성 작가의 많은 아류는 무능하면서도 선량한 학생으로서 용서할 수 있을지 모르나 조선문학에 대한 일편의 지식과 교양이 없어 의기만이 장한 응용가는 악성의 무능자라 아니할 수 없다.

이 악성의 무능자를 맨들어 내는 기초는 어디 있느냐? 그것은 물론 우리 문학의 역사가 그리 짧은 곳에도 있고, 전통이 권위를 갖지 못한 데, 그 타他 여러 곳에 있을 수 있으나, 주요한 의거점의 하나는 외국문학의 나뿐 모방이라 아니할 수 없다.

이런 현상은 기이한 것을 위장하야 인목人目을 속이랴는, 즉 좀 먼 곳의 것을 모방하야 그 은폐된 모방으로 창조를 대신할랴는 것이다.

이것은 동경제모東京製帽에다, 영국장英國裝 '렛텔'을 붙여 파는 상인의 악덕과 추호의 틀림이 없다.

현재에도 나는 신문 잡지의 현상 작품 선자選者가 이런 사기에 속고 있는 것을 적지 아니 볼 수가 있는 것으로 우리 비평은 당분간 문단 경제경찰經濟警察의 평설을 겸해야 할 필요가 있지 않은가 한다.

그런데 문제는 조선문학의 상태를 어떻게 아느냐 하는 것이다. 나는 위선 모든 신인이 적어도 이삼십 분간에 조선문학의 현상을 누구에게나 간명히 이야기해 줄 수 있는 준비를 가저야 하리라고 믿는다.

그것은 현상의 분절과 더부러 역사의 이해를 겸해야 하는 것으로 마치 '빠르작'을 공부하야 도달한 것이, 객관적으로 보면 '졸라'인 때 만일 우리가 '졸라'가 '빠르작'의 후예란 것을 모른다면 그와 같은 희극은 없을 것이다.

즉 그 자신은 문학상의 새로운 주인공이라 자임하고 있는데 곁에서 보면 실상 문학사의 낡은 유물에 지내지 않게 된다.

그러므로 문단의 영역적인 넓이, 작가의 특질, 상호 관계 그리고 정신상의 계보적 관계 등의 인식은 총체적으로 조선문학의 현재의 도달점을 알 수 있게 하는 것으로 우리는 꽤 용이히 그 수준을 뛰어넘을 가능성을 얻게 된다.

이 기성 수준의 초극이 어떻게 되느냐? 즉 어떠한 주체적 준비가 창조의 의식 내용을 형성하느냐는 것은 또한 별개의 문제이다. 이것은 명일明日의 조선문학이 어떠한 방향을 걸어갈 것이냐는 문제와 동일한 것으로 전혀 일선 문학 이론 비평의 최대 문제로 이곳에서 논할 바 되지 못하나, 신인들의 여러 가지 용도와 방면에서 수행되는 창조적 모험을 통하야 우리는 이 방향을 볼 수 있는 것만은 사실이다.

위선 급무는 하루바삐 문단에서 기성 작가의 '유니폼'을 빌어 입은 '에피고 – 넨' 군을 일소할 것과, 통감洞鑑도 못 읽고 과거를 보러 오는 것과 같은 삼문三文 선비의 만용을, 또한 그것이 낳은 문학청년적인 불만을 공부工夫에 해소시킬 것이다.

다른 기회에 다시 이 문제에 미치고자 이만 둔다.

—

임화는 신인의 본질이란 새로움에 있다면서, 이를 위한 기존 문학 세계에 대한 부정의 태도를 인정한다. 대신 그는 기성 문단에 대한 부정의 태도가 그 정당성을 획득하기 위해서는 먼저 기성 문단의 성과에 대한 철저한 파악이 선행되어야 한다는 전제를 제시하고, 이것이 조선문학의 현실에 대한 총체적 인식을 가능하게 하며 나아가 그 수준을 뛰어넘는 방편이라 주장한다. 또한 신인론에서 그는 매우 원칙적인 사실 제시와 그 논의의 구체성을 보이는데 이런 이유로 이후 대두되는 신인들에 대한 기성 문인들의 대응 논리가 〈신인론〉의 틀을 따르는 경우가 많았다.

* 이 글은 《批判》(1939. 2.)에 실린 〈新人論〉을 원전으로 하고 권영민이 엮은 《한국현대문학비평사 자료 V》(단국대학교출판부, 1981)를 토대로 재구성한 것이다.

'순수'에의 지향
―특히 신인 작가에 관련하야

유진오

작년 말 나는 '현대 조선문학의 진로'란 제목을 신문사로부터 위촉받고 그때까지 나 자신에게도 명확히 파악되지 못하였던 그러나 그때 벌써 내 머릿속에 차차로 엉키어들기 시작하고 있었던 문제에 대한 나의 생각을 얼마쯤 정돈해 본 결과, '사실'의 격류가 편편한 이론을 휩쓰러 내려가고 있는 현대에 있어서는 지식인은――문학인은 그 중요한 멤버일 것이다――세상이 어떻게 돌든지 소라 모양으로 조그만 자기의 세계에만 드럽드려 자기만족 또는 자기혐오에만 전념하고 있을 것이 아니라, 차라리 문을 열고 심호흡을 할 것이며, 단장短杖을 들고 거리로 나가 갈팡질팡하는 시정 사람들의 일상적인 생활 그 속에서 좀 더 광범한 좀 더 건전한 인간성을 찾어볼 것이 아닌가 하는 결론에 도달한 것이었다. 이것은 지식인의 특권과 긍지의 포기를 의미하는 것이 아니라 도리어 그것을 살리면서 세류細流적인 움직임에 응하려는 것이었다.

그 후 나는 그 견해를 힘차게 전개시킬 기력도 시간도 없이 오직 문단의 동향을 응시하고 있었을 뿐이었는데, 그 동안에 문단에는 이렇다 할 두드러진 경향은 없었으나, 최근에 와서 주의할 몇 가지 저류가 흐르고 있는 것을 발견하였다. 그것은 주로 소위 '신인 작가'들의 언동을 통해 느낀 것으로서 동시대 작가 간에 서로 언어가 통通치 못하고 있다는 기이한 사실과 및 비평에 대한 불평 내지는 일반적 불신의 두 가지이다. 나는 지금 이런 것을 전번에 한 나의 말에 관련시켜 가면서 분석해 봄으로써 현하現下의 우리 문단의 동향을 점처 보려는 것이다.

언어의 불통이라는 것은 지난 4월 동안 모 지상에 나타난 신인 작가들의 좌담회와 문단 호소장이라는 것을 통독하고 나서 느낀 첫째 감상이었다. 신인 작가래서 모두 그런 것은 아니지만, 그 대부분은 오늘의 기성 문인들 그중에도 특히 30대 작가들의 고뇌의 소재所在를 전혀 이해하지 못할 뿐 아니라, 도리어 그런 고뇌를 갖고 있는 것을 일종의 희비극으로밖에 보지 못하는 듯하였다. 그중에는 의기투합하야 이수년래 30대 문인들 특히 평가들이 문학 정신의 정상한 발전을 위하야 악전고투해 오던 그 노력을 코끝으로 웃어 버리려는 용사勇士도 있었다. 이런 것은 소위 '문단 출세'에 초급한 탓이라 하야 별로 문제 삼지 않을 수도 있을 듯하나, 나로서는 그곳에 역시 어떠한 사회적 근거를 보지 않을 수 없는 것이며, 슬퍼할 언어의 불통을 느끼지 않을 수 없는 것이다. 허기는 이 언어의 불통이란 일찍이 오늘의 40대 작가와 30대 작가 사이에도 보이던 현상이나, 그때의 그것은 이상할 것도 슬퍼할 것도 없는 것이었으니, 즉 그들은 연령으로는 불과 십 년 내외의 차이였지만, 그 호흡하는 세계에 있어서는 수십 년 내지 수세기의 차가 있었기 때문이다. 그러나 오늘의 언어불통은 이와는 사정이 다르다. 30대 작가와 신인 작가와는 연령으로도 동년배거나 많아야 십 년 차일 뿐 아니라, 그 호흡하는 세계의 차도 그 문단적 경력 이상의 것이 결코 아니기 때문이다.

이곳에서 나는 불과 수삼數三 년 동안에 급각도로 전환된 세상의 문단적 반영을 본다. 그러나 그것은 하여간 만일 이 언어의 불통이 30대 작가와 신인 작가와의 문학 정신의 상이相異를 의미하는 것이고, 또 상이가 문학 정신의 발전을 의미하는 것이라면 그것은 슬퍼하기는커녕 환영하여야 마땅할 것이다. 그러면 그것은 문학 정신의 발전인가 아닌가.

도대체 문학 정신이라는 것은 무엇인가. 문학 정신이란 본질적으로 인간성 옹호의 정신은 아니었든가. 문학의 역사를 특히 근대문학의 발상發祥 발전 역사를 살펴볼 때 이것은 누구나 부인치 못할 것이다. 오늘의 30대 작가는 일찌기 이 인간성 옹호를 너무나 손쉽게 생각함으로써 그 방법을 그르친 것은 사실이리라. 마치 어린애가 지붕에 올라가면 별을 딸 수 있다고 생각하드키. 그러나 그의 정신의 고귀한 것이요, 지금 그들은 어떻게 하면 이 정신을 깨트림 없이 살려 갈 것인가에 고뇌하고 있는 것이다. 지금 그 고뇌를 이해하려 하지 아니하고, 또는 이해하지 못하고 있는 일부의 신인은 그러면 무엇으로써 별을 따려 하는 것인가. 별을 따기 위해 어떠한 좋은 방도가 생겼다 하는 것인가.

보는 사람의 생각에 따라서는 하늘의 별을 따려는 기도企圖는 인간의 어리석은 희비극이기도 하리라. 그러나 정말 별을 따려다가 지붕에서 떨어지기도 하고 똥개천에 빠지기도 하는 진실에의 정열은 장난감 별을 안고 스스로 만족하는 영리한 달관보다는 몇 갑절 고귀한 것이 아닌가. 고래古來로 위대한 문학인으로서 장난감 별을 안고 스스로 만족하는 사람이 있음을 나는 보지 못했다. '포오', '마라르메', '보오드레에르', '바레리이'—이렇게 근대문학 정신의 계보를 내리 살펴볼 때 순수 중의 순수로 자타가 공인하는 그들의 문학은 실로 심각한 인간고人間苦의 표명이었고, 장난감 별을 거부하는 하늘에의 정열이었던 것이다. 신인은 이들의 순수를 계승하기 위해 좀 더 시대적 고뇌 속으로 몸을 던짐이 어떤가.

전번에 나는 30대 작가의 불행과 신인의 행복이라는 말을 한 적이 있다. 그러나 이 신인의 행복은 30대 작가의 고뇌와 격절隔絶함으로써 사실의 격류의 표면을 안일히 부심浮沈하는 것을 의미함은 결코 아닐 것이다. 그곳에는 문학 정신의 퇴폐는 있을지언정 발전은 보이지 않을 것이다.

비평에 대한 불평 내지 불신은 하필 요새 와서 시작된 것도 아니요, 또는 신인에게서만 보는 바도 아니지마는, 이것도 작금에 와서는 특히 신인 측에서 많이 보게 되는 것은 또한 일종의 시대적 반영이라고 할 가. 왜 그러냐 하면 비평에 대한 불신의 표명은 소위 '문단 주류의 상실' 또는 '비평 기준의 상실'이라는 것과 밀접히 관련되는 것이며, 오늘의 소위 신인은 대개 이러한 문단적 환경 밑에 등장한 사람인 까닭이다. 어떠한 한 사조가 문단의 주류를 형성하고 있을 때에는 작가들은 흔히 이 사조를 추축樞軸으로 하여 문단에 등장하는 것이며, 이렇게 한 번 등장한 후에는 그 사조의 방향에 보조만 맞추어 나가면 어느 정도 그 작가적 역량의 부족까지도 감추어 갈 수 있는 것이라. 그들은 사조의 혜택(?)을 입음이 많고, 따라서 그에 대한 길오佶伍가지도 갖는 것이나, 이러한 주류가 상실된 시대에 있어서는 사람들은 제각각 제힘으로——자기의 작가적 역량——자기의 문학 기술과 자기의 세계관으로 독립독보하지 아니치 못하게 되는 것이며, 따라서 이러한 시대의 작가 특히 이러한 시대에 새로 등장하는 작가는 당초부터 소위 '비평'으로부터 기여받음이 적고, 뿐 아니라 자가自家의 문학적 '역량'에 자신만만한 그들에게는 종잡을 수 없는 비평 발호는 도리어 눈 위의 가시로 보이게 되는 것이다.

그러므로 오늘의 작가 특히 신인 작가들이 비평의 권위를 의심하고 심지어는 모든 문학상의 주의와 주장을 거부하는 태도는 우선은 이유 없는 일이라고 할 수 없다. 그러나 이러한 작가는 이러한 태도를 취하기 전에 자기 자신의 '비평안眼'과 '주의 주장'에 대해 한번 깊은 성찰을 할 아량은 없는가.

혹은 말하리라, 비평에의 불신과 주의 주장의 거부는 다만 그릇된 비평과 간판 또는 표어주의에 대한 것일 뿐이라고. 과연 과거의 비평이 또는 현재의 비평도 그 평가評家 자신의 문학적 교양 문제는 조치措置하고라도 너무나 무디고 너무나 일면적이고 너무나 표어 또는 렛텔에 집착한 감이 있음은 사실이다.

그러나 논자는 그 결함에 불평을 말하기 전에 표어는 또한 일정한 내용의 주장을 표현하기 위해 생각해낸 것임을 생각해 볼 필요가 있을 것이다. 표어로써 만사를 율도律度하려는 태도는 과연 현명한 평가의 취할 바 아니다. 그러나 표어란 원래 그렇게 써먹기 위해 발명된 것이 아니라 어떠한 장황하고 복잡한 주장을 그 한마디 말로 압축하고 상징한 것에 지나지 않는다. 그러므로 어떠한 표어의 당부당을 논단하려면 거두절미하고 천재적(?) 직관으로써 그 내용을 투시하는 것으로서는 표어의 남용자와 백보오십보——주註커니와 오십보백보가 아니다——의 차밖에는 없는 것이다. 오늘 수년래로 많은 사람이 논의해 오던 지성이니 모랄이니 휴매니티니 하는 제종諸種의 표어류를 소리처 거부하는 일부의 작가들은 이들 각종 표어의 갖는 의미의 내용을 좀 더 범인적인 노력으로써 분석해 보고 체득해 봄이 어떨가.

백보를 양讓하야 이러한 제종의 표어로써 나타나는 평가의 구체적 제의가 전면적으로 그릇된 것이라 할지라도, 작가는 결국 어떠한 문학관 없이는 작품을 쓸 수 없는 것은 누구나 부인치 못할 것이다. 작품은 현실 그것이 아니라, 구성된 현실이기 때문에, 있는 그대로를 그대로 받아들이는 것으로 생각되는 사진에도 사진사가 필요하고 사진사는 아무것이나 함부로 찍는 것이 아니라 먼저 박을 대상을 골르며, 다음에는 각도와 명암과 거리를 또한 선정하는 것이다. 만일 이곳에 자신의 문학관 없음을 주장하는 작가가 있다 하면, 그는 가장 보잘것없는 작가거나 그렇지 않으면 '종심소욕從心所欲하야 부유기구不踰其矩'하는 예지의 세계에 들어간 사람이며, 또 그렇지도 아니하면 의식적으로 문장관 없음을 가장함으로써 어떠한 자신의 문학관을 옹호하려는 불순한 심정의 소유자일 것이다.

작가에는 두 가지 타잎이 있어 문학관을 앞세우지 않고는 작품을 쓰지 못하는 사람과 문학관의 압력을 그다지 느끼지 않는 사람의 차이는 있다. 그러나 문학관을 아주 갖지 아니한 작가의 존재는 도저히 상상할 수도 없다. 오늘과 같이 비평 기준이 상실된 시대에 있어서는 우리는 다수한 작가에서 공통되는 문학관을 찾아내기는 힘이 든다. 그러나 그것은 문학관의 존재를 부인하는 것도 아니겠고, 더구나 모든 작가의 형형색색인 문학관이 모두 다 옳다 또는 상대적이다 하는 것도 아닐 것이다.

어떠한 '생각'을 육체적으로 자신 속에 양성함이 없이 오직 신기한 표어를 쫓아 헤매는 평가를 우리는 흔히 보는 것이며, 그럴 때마다 그런 류의 비평을 혐오하게 되는 것은 당연한 노릇일 것이다. 그러나 이런 류의 비평을 거부함은 결코 '생각' 그 자체의 거세와 동의어가 아닐 것이다. 비평이 문단을 영도하던 때 문학적 역량의 수련을 등한시하는 폐단에 나타나는 것은 비열한 아유阿諛요 길드적 사제 관계요, 악질의 문단 정치다. 이러한 악惡 경향의 맹아를 우리 문단에서 느껴 봄은 또한 나의 그릇된 인식일가.

하여간 나는 일개 문단인으로서 문학에 있어서의 '순수'라는 것을 생각하기 요새보다 더 절실한 적이 없다. 순수한 별다른 것이 아니라, 모든 비문학적인 야심과 정치와 책모策謀를 떠나 오로지 빛나는 문학 정신만을 옹호하려는 의열한 태도를 두고 말함이다. 문단의 사조가 전면적으로 혼돈 속에서 헤매고 있을 때 문학인—지식인의 긍지와 특권을 유지해 주는 것은 오직 순수에의 정열이 있을 뿐이다.

유진오의 〈'순수'에의 지향〉으로 기성과 신인 사이의 순수문학 논쟁이 시작된다. 유진오는 신인 작가들이 기성 비평가들의 고뇌와 노력을 알려 하지 않는 태도에 반감을 표했는데 신인 작가들이 참된 문학 정신을 계승, 발전시키기 위해선 일상 속에서 시대적 고뇌를 읽고 함께해야 하며, 이것이 순수를 획득하는 길이라 주장했다. 유진오의 '순수'는 예술 지상주의로서의 순수가 아니라, 좌·우익 노선 차이로 인한 문단 내 갈등 및 혼동에서 벗어나 인간성 옹호의 문학 정신을 회복함으로써 얻게 되는 순수이다. 하지만 유진오의 논의에는 그가 말하는 '순수'문학에 대한 자세한 언급이 없다. 이것은 그가 비난한 신인들의 현실에 대한 피상적 접근 방식과 크게 다르지 않다는 한계를 갖는다.

* 이 글은 《文章》 제5호에 실린 〈'純粹'에의 志向〉을 원전으로 하고 권영민이 엮은 《한국현대문학비평사 자료 Ⅴ》(단국대학교출판부, 1981)를 토대로 재구성한 것이다.

'순수' 이의

―유兪 씨의 왜곡된 견해에 대하야

김동리

작년 말 동아지東亞紙에 게재되었던 유진오 씨의 〈현대 조선문학의 진로〉(?)와 금년 6월호《문장》지의 〈순수에의 지향〉이란 두 편의 글을 읽었다.

여기서 내가 새삼스리 씨의 과거 경력을 들추고 할 필요는 없겠으나, 어쨌든 내가 읽은 씨의 몇 편의 창작과 세인世人의 눈치와 구기口氣를 좇아 일찍이 내 머릿속에 그려진 씨의 푸로플이란 일개 작가로서나 혹은 문학 사상가로서보다 오히려 '초월한 문예 견지가見識家'로서였다. 지금까지 씨를 신임하고 기대하던 우리들 중엔 특히 씨의 정평 있는 재분才分을 말하기도 하고, 혹은 작가적 양심을 들기도 했으나, 그것을 모두 종합해서 보면, 결국 앞에 말한 '초월한 문예 견지가'란 범주로 귀일歸一했던 것이다(씨는 우리 문단에서 누구보다도 문예에 대한 지식이 구비具備한 이다. 씨가 작가를 논하나 작품을 논하나 혹은 문예 사상을 논하나 씨는 결코 황당한 소리를 하지 않을 것이다). 우리는 지금까지 씨를 이렇게 믿고 기대하여 왔던 것이다.

내가 시방 주로 이야기해 보려는 것은 씨의 〈'순수'에의 지향〉이란 일문一文이거니와, 우선 작년 말 동아지에 게재되었던 글에서 '30대 작가의 불행과 신인의 행복' 운운한 구절로부터 따져 보고 싶다. 그 신간지新墾地가 시방 내 곁에 없으매, 그 대문을 그대로 인용할 수는 없으나, 그 말의 내용인즉, 지금 30대 작가들은 모두 이 수년래 급각도로 전환된 사호思湖와 격변한 세상에 상면相面하여 그 거취에 심한 자기분열을 일으키고 있으나 이제 신인들은 그러한 자기분열을 맛보지 않으니. 이로써 30대 작가는 불행하고 신인 작가들은 행복하다는 것이 있다. 나는 씨에게 묻는다. 씨가 말하는바, 행복과 불행이란 말은 작가로서의 본질적 성패를 의미하는 말인가. 시정적市井的 득실을 의미하는 말인가. 만약 후자가 아니고 전자이라면 하심何心 변천된 이 마당에 와서 행불행을 브르짖을 것이 아니라, 당초 문학에 지향하던 그날부터 이미 작가로서나 혹은 사상가(문예)로서는 극히 초라한 운명을 졌던 것이니, 그러한 작가에게서는 외적 동기의 자기분열이 없었다고 하더라도 작가로서의 기대는 성격적으로 이미 가지지 못한 자이다. 작가다운 작가일수록 이미 그 주관 속에 항상 인간적으로나 문학적으로나 맹렬한 자기분열을 가지는 법이라. 씨가 말하는 바와 같은 그러한 다분히 시정성을 띤 자기분열이란 결코 그 작가적 행불행을 결정할 수 없다는 것이다. 만약 작가의 행불행이라는 말이 내가 말하는 바와 같은 그러한 작가로서의 본격적 성패를 가리키는 말이 아니라면, 그것은 어디까지 작가로서는 무책임한 말이니, 문제될 것도 없다.

대저大抵 씨의 행복이니 불행이니 하는 말의 어의를 나는 의심한다. 씨가 만약 한 작가의 행복이란 것을 그 작가적 성패엔 두지 않고, 다만 경제적 보장과 형이하적 안일무사로 생각한다면, 씨가 신인을 가리켜 행복이라 한 말은 신인에 대한 최상의 모욕이 아닐 수 없으며, 동시에 자기에의 불행이란 말 속엔 상당한 자긍, 자존이 들어 있는 것이라 생각한다.

어느 한 문필가의 안식이 졸拙하거나 견해가 열劣한 것은 원칙적으로 보아 도덕상 문제는 아닐 게다. 허나 또한 문필가가 있어 남의 문장을 고의로 곡해를 해 놓고 그 곡해를 기초로 하여 거기서 자기의 한 문장을 출발시켰다면, 이것은 아마 도덕상 문제도 될 것이다.

유 씨의 〈'순수'에의 지향〉이란 일문이 바로 그것이다(나는 해문該文을 읽은 이만 더불어 이야기할밖에 없다. 될 수 있는 한 본문 인용과 소개는 생략하겠다).

해문은 대개 다음의 몇 절로 나누어 이야기할 수 있다.

(1) 언어불통운운

근일近日 신인 작가들이 '30대 작가들의 고뇌의 소재를 전혀 이해하지 못하고', '30대 문인을 특히 평가들이 문학 정신의 정당한 발전을 위하여 악전고투해 오던 그 노력을 코끝으로 웃어 버리고'(이하 략) 하는데 이것이 양자 간의 문학 정신의 상이나 발전이 아니라, 수삼 년래 급각도로 전환된 '세상의 문단적 반영'이라는 것이다. 이 말은 예의 신인 작가들은 자기분열을 맛보지 않아서 행복이라던 말과 마찬가지 어처구니없이 옅고 단순한 견해다. 아마 씨 자신도 자기의 이 말을 믿지 않을 것이다. 나는 솔직히 말한다. 우리는 '30대 작가의 고뇌의 소재'란 것을 동대同代의 작가나 마찬가지로, 아니 그보다 더 날카롭게 더 투철하게 이해하고 있다. 씨는 30대 작가와 평가들이 '문학 정신의 정한 발전을 위하여 악전고투'했다고 하지만, 우리는 그것이 우리 문단 형편에 있어 과연 정한 발전을 위한 것이든가 아니든가 하는 점에 있어서는 해석을 달리하는 자이나, 어쨌든 지금까지 우리 문학상의 모든 문학적 사실 중 배울 만한 것은 좁쌀 하나만치라도 빠트리지 않고 거두는 셈이다. 그렇거늘 거기 언어불통이란 문자가 튀어나오도록 씨는 그렇게도 데퉁스런 사람이든가.

모든 문학적 사실에는 물론 '세상의 문단적 반영'도 없을 수 없는 법이다. 허나 이것까지 포함한 문학 정신의 상이요 발전이다. 씨는 무슨 근거로 그것이 문학 정신의 상이도 발전도 아니라 하는가. 씨는 '문학 정신'을 정의하되, '본질적으로 인간성 옹호의 정신'이라 하는데, 이 경우에 옹호란 문자가 극히 정확하지 못한 어휘이나, 인간성 '옹호'랬자, 또한 문학 정신의 발전한 요소임에 틀림은 없으니, 그것은 그렇다 하고, 씨에게 또 한 번 물어볼 것은 그러면 그러한 30대 작가들의 인간성 옹호의 정신은 얼마만 한 문학적 표현을 가진 게며, 또 현금現今 가지고 있는가 이를 지적해야 할 것이다. 문학적 표현 없는 문학 정신이란 것을 씨는 어떻게 상상하는가. '표현' 없는 '정신', 이것은 문학 세계에 있어 언제나 '순수'의 적敵임을 또한 모르는가. 문학적으로 마땅히 순수해야 하고, 과연 가장 순수한 오늘날의 신인 작가들이 '순수의 적'을 경멸하는 이유를 씨는 또한 모르는가.

씨는 신인 작가들의 문학 정신을 의심하고, 또 비난하기 전에 먼저 씨 등은 자기네의 과거의 문학 정신이란 것에 아직도 책임과 확신을 가지고 있는가. 스스로 물러가 생각해 볼 일이다. 수삼 년래의 자기들의 문학적 거취를 다시 한 번 살펴보라. 자기 자신들이 첫째 서푼어치 신념도 보여 주지 않은 자기네의 문학 정신이거늘 이를 순수의 정신이라 하여 후진에게 계승하기를 엄명하는 씨의 정신은 또한 왈曰, 무슨 정신인지 불명하다.

(2) 표어 시비

씨는 또 말하되, 오늘날의 신인 작가는 '모든 문학상의 주의와 주장을 거부'하는 자라고.

오늘날의 진실한 신인 작가들은 비교적 요설(잡문)을 기른한다. 그러므로 극히 드물게 발표되는 그들의 가장 짧은 '잡문' 한 토막을 읽고, 그만 자기(유 씨)류의 오해를 해 버리는 것은 예의 씨의 너무나도 '단순' 한 성격의 소치일 게다. 나는 이 괴상하게도 단순한 씨에게 또 한 번 솔직히 이르되, 진실한 신인 작가는 결코 '모든 문학상의 주의와 주장을 거부'하지 않는다. 얼핏 보아 거부하는 듯키(?)도 보이는 것은 오늘날 신인 작가들이 모든 문학상의 주의와 주장 앞에 진실로 경건하려는(좀 더 엄밀히 음미하려는 데서) 문학상의 역설적 표현이다.

씨는 또 말하되, 오늘날의 신인 작가는 표어로써 나타나는 문학관을 거부하는 자라 한다. 씨의 표어 운운하는 것은 주로 월전月前의 나의 '문학 우상'이란 소문小文을 두고 하는 말인 모양인데, 내가 그 소문에서 표어를 경계한 것은 개성 없는 사상 공식주의적 기계적 문자의 나열의 무의의함을 비난한 것이지 결코 작가의 문학관 거부가 아닌 것은, 시방도 그 글이 곁에 있을 터이니, 다시 한 번 읽어 보면 알 일이다. 나는 그 한 토막의 짧은 글 가운데서 '산 사상, 참된 지혜'란 말을 몇 번이나 거듭하였든고. 그 경우에 '산 사상 참된 지혜'란 작가나 평가의 떳떳한 문학관 내지 인생관을 의미함이 아니고 무엇이던가. 앞에서 "남의 문장을 고의적으로 곡해를 해 놓고, 그 곡해를 기초로 하여 자기의 변설을 전개시켰다" 한 것은 이를 가리켜 한 말이다.

씨는 또 말하되 "어떠한 '생각'을 자신 속에 양성함이 없이 오직 신기한 표어를 좇아 헤매는 평가를 우리는 흔히 보는 것이며, …… 이런 류의 비평을 거부함은 결코 '생각', 그 자체의 거세와 동의어가 아닐 것이다. 비평이 문단을 영도領導하던 때 문학적 역량의 수련을 등한시하는 폐단이 있었다면, 문단의 주류가 상실된 오늘 또는 일부 작가가 생각(방점傍點 필자)은 멸망되었다고 생각하는 오늘(이하 략)" 운운. 그런데 여기서 이 말의 내용의 시비는 잠깐 차치하고, 소위 '생각'이란 신기한 문자부터 한번 생각해 보자.

이 '생각'이란 경우에 아무런 내용(성격)을 갖지 않는 표본적 사어死語니 즉 한자의 사思, 고考, 상想, 념念, 회懷 류의 속어이면 어느 것이나 이 '생각'이란 문자에 대치할 수 있는 성질의 것이다. 오인吾人은 이 경우에 이 '생각'이란 문자 대신 '사상'이나 '이데'란 문자를 놓지 않고는 이 문맥을 다스릴 길이 없으니, 그러면 이만큼 정착하고 또 용이한 어휘를 두고 왜 하필 '생각'이라는 따위의 사어를 갖다 놓았는지, 이는 씨의 문청적文靑的 일면의 탈선된 현기취미衒奇臭味인지, 처세가적 일면의 도피 수단인지 아무튼 이해하기 극히 곤란한 일이다.

이제 필자는 예의 '생각'이란 사어 대신으로 '사상' 혹은 '이데'란 문자를 가러 놓고 그 대문을 다스려 보겠다.

과연 그렇다. '어떠한 사상('생각'의 대어代語)을 육체적으로 자신 속에 양성함이 없이 오직 신기한 표어를 좇아 해매는 평가들의 그런 류의 비평을 거부함은 결코 사상('생각'의 대어) 그 자체의 거세와 동의어가 아닐 것'임은 두말할 것도 없다. 진실한 신인 작가 중 그 누가 일찍이 이와 반대되는 의사를 가진 자가 있던가. 씨는 무슨 이유로 무근한 사실을 날조하여 문학 정신의 정도正道, 순수를 저이 문학적 사명으로 하는 참된 순수의 사도들인 신인 작가들을 함부로 모함하여 중상中傷하고자 하는가.

또 씨는 말하되 "문단의 주류가 상실된 오늘 또는 일부의 작가가 '이데'('생각'의 대어)는 멸망되었다고 생각하는 오늘……" 운운하였다. '문단의 주류가 상실'되었단 말은 세인이 입버릇같이 하는 말이니까, 우선 그 시비는 당분간 묻어 두려 하거니와, 일부의 작가가 '이데'는 상실되었다고 생각한다는 그 '일부의 작가'란 대체 어느 작가란 말인가. 현금現今 우리 문단에서 '이데'('생각'의 대어)는 멸망되었다고 생각하는 작가가 있는가. 있다면 그것은 이미 작가의 자격을 거부한 불행한 기계거나, 성격 없는 유령밖에 아무것도 아닐 것이다. 우리는 그러한 소위 '일부의 작가'를 도저히 작가로서 인정할 수 없다.

(3) '순수'에의 결론

"하여간 나는 일개 문단인으로서 문학에 있어서의 '순수'라는 것을 생각하기에 요새보다 더 절실한 적이 없다. 순수란 별다른 것이 아니다. 모든 비문학적인 야심과 정치와 책모를 떠나 오로지 빛나는 문학 정신만을 옹호하려는 의연한 태도를 두고 말함이다" 운운.

과연 그렇다. 이것이야말로 오늘날 진실한 신인 작가들이 씨에게 외치는 말——그것은 추상적 이론이나 잡문으로서가 아니라, 창작으로서——이다. 가재可哉 가재. 이 '순수'야말로 이미 진실한 신인 작가들이 획연劃然히 획득한 자기들의 세계요, 30대 작가들의 '모든 비문학적인 야심과 정치'주의에 분연히 대립하는 정신이며 그에 도전하는 정신이다. 씨에게 묻노니, '작품(창작)'을 주로 한 문단 현실로 보아. 이 '순수에의 지향'이란 말은 신인 작가들이 씨 등에게 외치고 있는 말인가. 씨 등이 일테면 신인 작가에게 충고하는 말인가.

이제 씨와 나와 양자 중 어느 하나는 체면상 '파렴치한'이 되어야 할 형편에 이르렀다. 왜 그런고 하니, 씨가 해일문에서 비열한 욕과 조소로 공격의 대상을 삼은 그 신인 작가들이 자초自初부터 포지抱持하고 있는 문학적 의견(이데의 뜻)과 바로 씨의 해일문의 긍정적 결론 즉 순수에의 지향이란 것—이 합치한다는 점이다.

생각컨대, 씨는 아마 진실한 신인 작가들의 우수한 작품들을 대부분 읽지 않고,——이것은 씨의 다른 문장에서도 더러 나타난 일이 있었다——주로 그들의 잡문을 몇 토막 읽고 난 나머지 성급히 곡오曲誤를 해 버린 것임에 틀림없으리라. 이제 씨가 가령 허준 씨의 〈야한기夜寒記〉쯤을 읽어 본 대로, 자기가 지금까지 신인에 대여 얼마나 허황한 요설을 벌여 놓았는가 곧 깨달을 것이다. 〈야한기〉의 성패를 말하는 것이 아니다. 성패로 따지어 해작該作이 오히려 실패작에 가깝다 하더라도 그 태양같이 눈부시고, 대하같이 도도한 문학 정신 앞에 스스로 옷깃을 바로잡을 것이다. 씨는 일찍이 조선문학사상에서 이만큼 정정당당하게 정면으로 인간을 취급한 작품을 보았는가. 이와 같이 너르고 웅장한 작품적 세계를 보았는가.

유 씨 이외에도 근일에 와서 신위新謂 30대 작가 혹은 평가 측으로부터 신인에 대한 불신 내지 불만을 말하는 분들이 더러 있다. 왈, 신인 작단의 부진, 신인불가외新人不可畏.

첫째에 대해서는 그렇다. 신인 작가래서 모두가 우수한 것도 아니요, 우수한 신인이래서 편편이 역작만 쓸 수도 없는 바이다. 그리고 또 우수한 신인의 역작이라더라도, 그것이 30대 작가의 그것과 본질적으로 그렇게 현저한 차이가 있을 턱이 없는 것이며, 더구나 문장 세련 같은 점으로 본다면 이미 10년 내외씩이나 앞서 수련을 겪어 온 김동인 씨나 이태준 씨 등에게 갑자기 따를 수도 없는 것이매, 이러한 비난만은 일조일석에 면하기 어려울 것이다. 그러나 이들 몇 사람의 우수한 신인들은 각기 제 개성에서 발아한 확호한 문학적 세계(인생) 하나씩을 그 작품 속에 건설하고 있다는 사실이다. 열 가지 비난을 무릅쓰고라도 신인의 의의는 여기 있다.

그다음 '신인불가외'설의 안목 오늘날의 신인들은 한 개 새로운 사조로서 기성 문단(작가)에 도전해 오는 일이 있다는 것이다. 이 말은 문학사적 견지에서 하는 말인 모양인데, 물론 일리는 있는 말이다. 우리는 과거 각국 문학사상에서 신인들이 한 개의 사조로서 기성 작단에 도전하여 문단적으로 승리한 전례를 많이 구성하였다.

나는 여기서 문득 '진리는 하나뿐'이라는 경구의 역설을 생각한다.

진리가 하나뿐이란 말은 일정한 공간 일정한 시간 일정한 객관 일정한 주관 등을 조건으로 하고 성립된 말이다. 즉 그 경우에 그 진리는 하나뿐이란 말이다.

그러므로 뉴우톤의 진리와 이태백의 진리는 동일한 것이 아니다. 원래 자연이란 어떤 정착된 존재가 아니기 때문에 '그 경우'란 무한한 것이오, 그 경우가 무한함에 따라서 진리의 수효도 또한 무한한 것이다. 그러므로 진리가 하나뿐이란 이 '하나'는 몇 억천만으로 분해할 수 있는 초자연적 소수 '일一'이다. 이에 어떤 사적 경험을 가지고 그대로 인간사의 율도律度를 삼으려면, 이에 배치되는 사실을 왕왕 본다.

첫째 시대적 약속도 있겠지만, 그 본질적으로 조선 문단이란 세계 문학사상의 그 어느 문단과도 '그 경우'가 다르다. 신인이 한 개 새 사조로서 기성 문단에 도전하는 일이 없다 하여, 그것이 그대로 '신인'의 무無성격 내지 '무無의지'를 의심하는 말은 될 수 없다. 오늘날 '신인'은 신인으로서 기성 작단에 대립할 새 성격을 가진 자이라고 나는 본다. 허나 새 성격 그 자체가 다분히 주관적이라고 보매, 동시에 또 기성적이 아닐 수 없으므로, 그것이 쉽사리 한 개 사조로서 총괄되기는 거북한 일이며, 성급히 그러할 필요도 없는 듯하다. 그러므로 이러한 성격(사조로서)이란 이론보다, 작품이 앞서게 되는 것이며, 따라서 그 분명한 윤곽이란 흔히 문학사적 숙제로 남겨지는 수가 많다.

끝으로 나는 유 씨에 대한 나의 평소의 인식을 고치지 않을 수 없는 서운함을 맛보며 붓을 던진다.—이상 자기의 변설辯舌에 책임을 진다.

—

유진오가 기성 문단의 입장을 대변함으로써 순수문학 논쟁의 계기를 마련했다면, 김동리는 기성 문인들의 신인들에 대한 비판에 직접적 대응을 펼쳤다고 할 수 있다. 즉 그는 신인들이 기성 문인들의 고뇌와 노력에 대해서는 알려 하지 않는 데서 세대 간 소통 불능의 원인을 짚어 낸 유진오의 주장을 적극적으로 비판했다.

이 글에서 김동리는 유진오가 〈'순수'에의 지향〉에서 밝힌 바 있는 문학 정신인 인간성 옹호에 대한 모호함과 기성 문인들의 문학 세계에서 인간성 옹호의 정신이 표출되지 못했음을 지적하고 있다. 이러한 주장은 '순수'야말로 진실한 신인 작가들이 획득한 자기들의 세계이자, 30대 기성 작가들의 비문학적 야심과 정치주의에 분연히 대립하고 도전하는 정신이라는 내용으로 요약된다.

* 이 글은 《文章》 제7호에 실린 〈'純粹'異議〉를 원전으로 하고 권영민이 엮은 《한국현대문학비평사 자료 V》(단국대학교출판부, 1981)를 토대로 재구성한 것이다.

모든 세계문학은 그것을 산출한 모든 민족의 민족문학이다.

어느 한 민족이 그들의 민족문학을 수립시켰느냐 못했느냐 하는 문제는 그 민족
이 그 민족 고유의 문학을 가졌느냐 못 가졌느냐 하는 데 있지 않고 그 민족이 진
실로 자기의 것으로서 세계문학이라고 세계가 인정할 수 있는 문학을 가졌느냐
가지지 못했느냐 하는 데 있는 것이다.
―김동리, 〈민족문학의 이상과 현실〉 중에서

III.

해방기와 전후 비평

임화에서 김붕구까지_혼란의 시기 문학에 대한 새로운 자각을 싹틔우다

해방기와 전후 비평문학의 전개와 그 양상

해방기 좌·우의 대립은 문단의 큰 논쟁거리였다. 당시 문인들의 정치 체제 선택은 곧 그들의 문학적 입장으로 비평문학에서 정치적 양극 체제의 상황이 그대로 드러났으며, 내용면에서는 일제 잔재의 청산과 우리 고유의 문학 형태 찾기가 전개되었다.

1945년 8월 16일 임화, 김남천, 이원 등이 '조선문학건설본부'를 창단하고 같은 해 8월 18일에 이를 토대로 '조선문화건설중앙협의회'를 출범시키면서 '조선문학건설본부'를 산하 기구로 편입시켰다. '조선문화건설중앙협의회'는 좌익 문인들을 중심으로 기관지《문화전선》을 발행하는 등 문단의 주도권을 잡아 나갔다. 한편 1945년 9월 17일 1930년대 카프의 해소를 반대하던 이기영, 한설야, 박팔양, 송영 등이 중심이 되어 '조선프롤레타리아문학동맹'을 결성하였는데, 이들은 같은 해 9월 30일 '조선프롤레타리아예술동맹'을 조직하면서 '조선프롤레타리아문학동맹'을 그 산하 기구로 편입시키고《예술운동》을 간행했다.

이후 임화는 문화 운동의 계급적 기반을 달리 인식했던 '조선문학건설본부'와 '조선프롤레타리아문학동맹' 양 단체를 해소하고 1945년 12월 13일 '조선문학가동맹'을 결성했다. 우익은 '조선문학가동맹'에 맞서 1946년 3월 13일 박종화, 김광섭, 이하윤, 오상순, 이헌구 등을 주축으로 '전국문필가협회'를 결성하고 같은 해 4월 4일에는 조연현, 김동리, 서정주, 정태용, 조지훈, 유치환, 김달진 등이 중심이 되어 '조선청년문학가협회'를 결성했다. 이들은 1949년 12월에 '한국문학가협회'로 통합된다.

이 시기 좌익 측의 대표 비평가로는 임화를, 우익 측 대표 비평가로는 조연현을 들 수 있다. 임화는 해방 직후를 문화혁명의 시기로 보고 노동자 농민과 중간층의 진보적 시민이 일제의 문화 잔재를 청산하고 봉건주의를 척결해야 한다고 강조했다. 1946년 2월 '조선문학가동맹'의 전국대회에서 연설한 〈조선 민족문학 건설의 기본 과제에 관한 일반 보고〉에서도 극명히 드러난다.

조연현은 〈개념과 공식〉(《평화일보》, 1948. 2.)에서 한 작가와 작품을 이해하기 위해서는 깊이 있는 연구가 필요함에도 불구하고 당시 문학을 무슨 주의니, 적的이니 하는 개념으로 규정하려는 비평가와 좌익이냐 우익이냐 중도냐 하는 공식으로 문학을 해석판하면서 문학비평이 나아가야 할 길을 제시했다.

1950년대 한국 비평문학의 가장 큰 영향은 6·25동란이라고 하겠다. 남과 북이 단독 정부를 수립한 지 불과 1여 년 만에 민족의 비극이 발생했다. 이 비극으로 인해 당시 우리 문단에서는 '전쟁'이라는 공포와 불행 속에서 인간을 구원하자는 열망으로 휴머니즘에 관심을 두게 된다. 또한 대립된 이념에 대한 적개심과 서구문학에 맞서는 민족문학의 이념을 세우려는 움직임에서 민족문학론이 자리 잡게 되었다. 이러한 토대를 둔 민족문학은 전통론과 연결되고 이는 전통 부정론(전통 단절론)과 전통 계승론이라는 두 개의 축으로 나누어져 논의가 전개되었다.

과연 우리 문학의 전통이 무엇인가에서 비롯된 이 논의는 1950년대 새롭게 등장한 신진 학자들이 한국문학 전통 논의에 참가하면서 개진되었다. 이들은 한국전쟁 이후 외래 사상이 혼재되고 서구문학의 영향을 받게 되자, 우리 문학의 전통에 대한 각성을 촉구하면서 진정한 의미의 전통을 확립하여 우리 문학의 특질을 살려야 한다고 주장했다.

전쟁 이후 문예지 《현대문학》, 《문학예술》, 《자유문학》이 창간되어 신인 추천 제도에 의해 많은 신인들이 배출되었다. 이로써 우리 문단에 신인의 위치와 신세대적인 것에 대한 논의가 제기되었다. 당시 신인으로 등장한 이어령은 기성 문인들의 치열한 자기반성을 촉구하며 일본문학의 아류에 불과한 것들을 청산할 것을 주장했다. 한편 기성 문인들은 신인·신세대들의 대안 없는 기성 문학의 비판과 서구의 것을 무의식적으로 추종하는 경향을 지적한다. 아울러 신인들이 기성의 것을 비판할 뿐만 아니라 이를 극복할 대안을 제시해 줄 것과 새로운 가치를 추구할 것을 당부했다.

1950년대 모더니즘은《후반기》동인들의 활동을 중심으로 이루어졌다. 이들은 전통 서정시에 결여되어 있는 현대적 감각과 지성의 이미지를 확립하려 했고 현대 사회의 여러 가지 모순들을 시로 표출함으로써 사회변혁에 참여하려 했다. 이러한 모더니즘문학은 과격한 언어 실험과 생경한 이미지의 조합 등으로 비판받기도 하였다.

백철 등이 소개한 뉴크리티시즘은 작품을 작가의 생애, 사회적 배경 등과 관련하여 분석하는 것을 거부하고 작품 자체를 분석적으로 다루어야 한다는 비평 방법으로 1930년대보다 체계를 잡아 나갔다.

또한 1950년대는 참혹한 전쟁을 체험한 시기로 인간 실존에 대한 고민을 깊이 하게 되었다. 1950년대 실존주의문학론은 이러한 바탕으로 등장하여 인간 존재와 인간 의식 속에 자리 잡고 있는 불안과 허무를 드러내려 했으며, 회의와 전복을 통해 존재들의 새로운 의미를 모색하려 했다.

전쟁을 국가와 개인적 차원에서 사유하면서 민족문학론과 실존주의적 경향이 크게 나타난 것과 아울러 새로운 문학비평가들의 등장으로 다양하고 활발한 문학비평론이 전개된 점도 이 시기의 특징이라 할 수 있다.

1950년대 비평문학은 민족문학론, 신세대문학론, 모더니즘론, 실존주의문학론으로 분류할 수 있다. 민족문학론에는 세계문학과 우리 문학의 관계와 우리 문학의 나아갈 길을 제시했던 김동리, 최일수, 이봉래, 김양수의 비평이 있고, 당시 신세대들이 지향해야 할 바를 제시한 이어령, 조연현의 비평도 주목할 만하다.

또한 '현대'의 개념을 규정하고 모순된 사회 구조를 개혁하고자 한 이봉래의 비평은 당시 모더니즘문학론의 모습을 잘 보여 준다. 우리 문단에 처음 미국의 뉴크리티시즘에 대한 견해를 자세하게 밝힌 백철의 비평과 당시 가장 개성이 강한 실존주의문학론을 전개했던 김붕구의 비평은 1950년대 뉴크리티시즘과 실존주의문학론의 성격을 잘 드러내는 작품이다.

조선 민족문학 건설의
기본 과제에 관한 일반 보고

임화

1.

모―든 영역에서 조선민족의 독자적 발전과 자유로운 성장을 저해하고 있든 일본 제국주의의 붕괴는 문학의 영역에 있어서도 독자적 발전과 자유로운 성장의 새로운 전제를 맨드러 내였다. 우리 민족의 모어母語로 표현되고 우리 민족의 사상·감정을 내용으로 한 조선문학이 제국주의의 지배하에서 순조로히 발전할 수 없었음은 불가피한 일이었다. 생활을 지배하는 자는 문학을 지배하고 생활에서 예속된 민족은 문장에서도 예속되는 것이다.

더구나 뒤늦게 자본주의적 발전의 도상에 오르고 황급히 제국주의적 계단으로 돌입하지 아니할 수 없었든 일본 제국주의 자신이 후진국이었다는 사정은 그 밑에 예속된 조선민족의 불행을 한층 더 깊게 하였다.

일본의 조선 통치는 근대 제국주의 국가의 식민지 지배라느니보다도 고대에서 볼 수 있는 족族에 의한 강한 민족의 정복의 성질을 다분히 갖이고 있었다.

나말羅襪에 침입한 게르만족이나 피난에 나타난 몽고족과 같이 일본은 통치자이기보다 정복자에 가까웠다.

첫재로 일본이 전래의 문화 수준에 있어 조선보다 높지 못했든 것.

둘재로 자기의 문화를 갖어 오지 못하고 제3자의 문화를 매개한 데 지내지 못한 것.

셋재로 그런 때문에 조선을 통치하는 대신 민족적으로 동화식히고자 한 것.

이러한 몇 가지 점에서 조선민족은 일본 제국주의에 지배되어 있었다느니보다 차라리 정복되어 있었고 일본 제국주의의 후진성은 일관貫하여 36년간 조선민족의 전 생활에 작용하고 있었다.

합병 이후 10년을 계속한 소위 무단武斷 정치의 광폭한 행동 가운데 또 1차 대전 뒤 10여 년 동안 이른바 문치文治 시대를 피로 물드린 반일 투쟁에 대한 중세기적 공격을 통하야 그러고 만주 침략 이후, 태평양전쟁 기간 중, 무모하게도 강행한 동화 정책 속에 후진한 제국주의 국가의 비근대적인 식민지 약탈 정책인 군국주의는 그 잔인한 본성을 유감없이 발휘하였다. 그러므로 근대적 제국주의 국가의 지배하에 사는 다른 식민지 제국이 향유하고 있는 피압박 민족의 사소한 권리까지도 우리 조선에 있어서는 허용되지 않았다.

조선어와 조선문학, 조선의 산천과 조선민족이 받은 수난의 역사에 비하면 '큐-리' 부인전은 오히려 행복된 기록이라 할 수 있었다. 조선 민족은 이 미개한 침략자의 채축 아레 오즉 노예가 될 자유밖에 아무 자유도 가지지 못했든 것이다. 이러한 유례없이 가혹한 조건하에서 조선의 민족 생활이나 문학이 여하한 의미에서이고 발전할 수 있다는 것은 상상키 어려운 일이 아닐 수 없다.

거기에 또 한 가지 불리한 조건은 조선민족 자체가 극히 후진한 민족이었다는 불행한 조건이 첨가되어 있었음을 잊어서는 안 된다. 조선 민족은 오래인 역사와 전통을 갖이고 있었음에도 불구하고 그 구할 수 없는 아세아적 봉건사회의 장구한 꿈을 미처 깨우기 전에 영맹獰猛한 침략자의 독아毒牙에 물닌 바 되고 말은 것이다.

모든 의미의 근대적 개혁과 민주주의적 발전의 제 과제를 어느 한 가지 수행하지 못한 채 사멸하고 있는 봉건왕국으로 식민지화의 운명을 더듬었다.

그리하야 민족 생활 가운데 광범하에 남어 있는 봉건적 제 관계는 제국주의적 착취의 호개好個의 지반地盤이 되고 난폭한 비근대적 약탈의 편의便宜한 온갖 수단을 제공하였다. 이리하야 봉건적 잔재는 일본 제국주의가 조선을 지배하는 데 불가결한 발판이 되고 조선의 근대화와 민주주의적 개혁은 일본 제국주의의 극히 시려하는 바가 되어 조선에 있어서 민족 독자獨自의 발전의 기초가 될 민주주의 개혁은 일본 제국주의가 조선을 지배하는 한 영원히 달성될 수 없는 죽은 과제로 화化하고 있었다.

그러므로 조선에 있어 반봉건적 투쟁은 일본 제국주의에 대한 투쟁이 되지 아니할 수 없었고 일본 제국주의에 대한 투쟁은 또한 언제나 내부에 있어 봉건 잔재에 대한 투쟁과 연결되지 아니할 수가 없었다. 조선에 있어 일본 제국주의 지배의 철폐야말로 조선의 근대화와 민주주의적 개혁의 유일한 전제이였든 것이다.

일본에 대한 연합국의 승리에 의하야 비로서 조선민족 앞에 이 전제가 맨드러진 것이다.

우리가 일본 제국주의의 패망을 가르처 조선문학의 독자적 발전의 길을 여는 전제를 창조하였다고 하는 것은 이 때문이다.

2.

그러므로 구舊조선 개국 이래, 일제하의 36년간 불소不少한 노력이 경주되어 왔음에도 불구하고 진정한 의미의 조선 민족문학 수립의 과제는 이 전제의 실현 우에서 처음으로 근본적 해결의 계단으로 드러스는 것이다.

웨 그러냐 하면 먼저도 말한 것과 같이 민주주의적 개혁을 수행하지 못하고 일본의 식민지가 된 조선은 근대적인 의미의 민족문학을 형성할 시간과 조건을 한가지로 갖지 못했었기 때문이다. 민족문학은 한 민족을 통일된 민족으로 형성하는 민주주의적 개혁과 그것을 토대로 한 근대국가의 건설 없이는 수립되지 아니할 뿐 아니라 조선과 가치 모어의 문학이 외국어――한문――문학에 대하야 특수한 열등 지위에 있었든 나라에서는 정신에 있어 민족에 대한 자각과 용어에 있어 모어로 도라가는 '르네상스' 없이 민족문학은 건설되지 아니하는 것이다.

주지와 같이 우리나라에서는 천 년 이상 중국의 문자로 표현된 한문문학에 대하야 모어의 문학은 종속적 지위에 떠러저 있었다. 이 원인이 동양 문화 사상에서 고하는 중국 문화의 탁월한 지위와 우리의 고유한 문자의 발명이 지연된 곳에도 있다고 하지만 이 명예롭지 못한 역사를 20세기 초두에 이르도록 청산하지 못한 것은 전혀 조선의 봉건왕국이 과도하게 장수했든 때문이다. 민주주의적 개혁, 근대국가의 건설만이 한문과 국문, 혹은 한문문학과 모어문학의 부자연한 위치를 고칠 것이요 이것을 고쳐야 조선민족은 비로서 자기의 진정한 민족문학을 건설할 수가 있는 것이었다. 한문 대신에 국문이, 한문문학 대신에 국어문학이 지배적인 위치에 스랴면은 당연히 한문을 숭상하고 국문을 천시하든 문화적 사대주의의 물질적 기초인 봉건사회가 파괴되지 아니하면 안 될 것은 물론이다.

그럼으로 부당한 지위에 있든 국어문학을 정당한 지위로 복復식히고 그것을 질적으로 근대적인 민족문학에까지 발전식히자면 조선민족 생활 전반에 와瓦해서 민주주의적 개혁이 수행되어야 하는 것이었다.

이 개혁은 주지와 가치 역사적으로 조선 시민계급의 손으로 실천될 것이었다. 그러나 이 과제를 수행할 시민계급의 연령은 극히 어리고 이 개혁이 실천될 희망은 먼 장래에 예상할 수밖에 없는 시기에 조선은 일본에 예속되고 말었다. 동시에 이 개혁의 실천과 그 임무를 담당한 시민계급의 손으로만 건설될 수 있는 조선 민족문학은 미처 건설의 기도企圖가 착수되기도 전에 일본 제국주의의 문화적 지배 밑으로 예속되고 만 것이다.

요컨대 문학상에 있어서도 민주주의적 개혁을 통과하지 않고 조선 문학은 일본 제국주의 지배하에서 근대문학의 수립 과정을 거러 나오게 되었다는 변칙적이고 기이한 운명의 길을 더듬게 되었다.

봉건사회의 문학으로부터 일약一躍하야 제국주의 치하 식민지 민족의 근대로서의 비약飛躍 이것이 오늘날까지 우리가 영위해 오든 온갖 문학 생활의 본질이었다.

그러므로 조선 신문학의 40년 역사는 단순히 제국주의 치하에서 식민지 민족이 영위한 문학이었다는 의미에서만 특이한 것이 아니라 문학사적 발전의 법칙으로 보아서 민족적으로는 민족문학 수립의 역사적 계기요 문학적으로 보면 근대문학 성립의 현실적 계기였든 근대적 시민적 개혁의 과제를 해결하지 아니하고 고유한 봉건적 문학과 외래한 근대적 문학이 기계적으로 속결접합速結接合되었다는 사실에서 변칙적인 것이었다.

조선 신문학사상에 나타나는 온갖 부자연성, 비법칙성은 모두 여기에 기인하는 것이다. 결국 제국주의에 의하야 도약된 문학의 혼란과 황폐의 한 표현에 불과한 것이었다. 그러므로 신문학의 전사全史를 장식하는 여러 가지 유파와 각양의 사조가 혹은 교체되고 혹은 서로 투쟁하였음에 불구하고 문학사상에 있어 민주주의적 개혁의 과제의 해결은 그대로 보류되어 있었고 이 과제가 보류되어 있는 한 모든 문학 유파와 사조의 변천은 견실한 민족문학으로서의 성격을 형성하기 어려웠다. 우리는 신문학사의 명유파名流派와 사조의 변천이 유행의 변화와 같았고 모두가 모방과 같은 혹은 주었음을 역력히 기억하고 있다. 신문학의 역사가 어터한 감感을 준 원인은 물론 여러 곧에 구할 수 있으나 근본적인 이유는 민주주의적 개혁에 의하야 신문학 전체가 민족 생활 가운데 충분히 뿌리를 박고 있지 아니했기 때문이다.

3.

이러한 현상은 결국 우리 민족의 기구한 운명과 변칙적인 역사생활의 소산이나 그와 동시에 신문학은 또 조선민족이 변칙적으로 남아 근대화의 길을 거러가고 있었다는 사실의 표현임은 움즉일 수 없는 일이다.

이조 말엽 이래 귀족의 문학으로부터 점차로 중인과 평민의 문학으로 옴겨 오든 시조라든가 새로운 시대의 문학적 주인공이 되면서 결하지세決河之勢로 일반화되든 '이애기책'의 발전이 벌서 미미허나마 이조 봉건사회 가운데서 머리를 들기 시작한 시민계급의 문학적 생활을 표현한 것이요, 개국 이래 일한日韓 합방에 이르기까지 문학계의 주인공이 된 신소설과 창가가 역시 이 시대의 시민계급의 급변한 성장을 말하는 문학이었다.

다른 기회에도 여러 번 지적한 바와 가치 신소설과 창가는 낡은 형식에다 새로운 정신을 담은 문학이었다. 이 새로운 정신이란 일본과 그 타他 외국으로부터 흘러 드러오는 근대 사상의 영향임은 물론이나 이 가운데는 또한 조선 시민계급이 조선의 민주주의적 개혁과 근대 국가를 수립하자는 역사적 욕구가 표현되어 있음도 부정해서는 안 된다.

이러한 역사적 사회적 조건 가운데서 이인직, 이해조 등의 신소설과 유명무명한 작가의 손으로 된 다수한 4·4조의 창가가 씨워졌고 이러한 문학적 시험을 통해서 초기의 소설과 신시新詩가 맨드러졌다. 신소설과 창가가 구시대문학의 연장이었다면 새로운 소설과 신시는 형식, 내용이 다가치 신시대에 적합한 문학이었다. 이러한 형태의 문학이 일본의 영향과 또 일본을 통하여 윤입輸入된 서구문학의 직접적인 모방에서 나온 것은 부정할 수 없는 사실이었다. 그러나 이러한 영향을 밧고 또 그것을 모방한 동기 속에는 조선 시민계급의 문학적 이상이 반영되어 있었다. 그들이 비록 사회적으로나 문학적으로 일절의 봉건적인 것을 타파하고 명실 공히 시민의 문학을 수립할 계단에 이르지 못하였다 하드래도 외래한 서구문학을 대하자 그것이 자기 계급의 이상理想하는 문학적 형태임을 직각直覺한 것이다. 일한 합병 전후를 통하야 생산된 시와 소설은 조선 시민계급의 이러한 상태를 여실히 반영하고 있었다.

유치한 내용, 졸렬한 형식이 비록 서구적 소설이나 시의 형식은 모방했다 하드래도 신소설과 창가로부터 그다지 먼 리離를 떠난 것은 아니었다. 솔직히 말하면 이 시대의 문학은 겨우 조선 근대문학 건설의 한 단초에 불과하였다.

이러한 시기에 조선은 일본 제국주이의 식민지로 정복되고 3·1 봉기가 이러날 1919년까지 조선민족의 전 생활은 헌병 정치의 야野스런 마馬 하下(야만스러운 말 아래에 있는 격 - 엮은이주)에 되고 마렀다. 문학 역시 미문未聞의 참담한 운명 가운데 침묵하지 아니할 수 없어 완전히 암흑한 10년간이 계속하였다.

이 동안 씨워진 한두 개의 작품이 우리 신문학사상에 아즉도 기억될 수 있는 것은 그 전에 싸허 온 약간의 문학적 시험과 일본 제국주의에 대한 조선민족의 반항 의식을 근대문학의 형식 가운데 담었기 때문이다.

이러한 가운데 1차 대전이 종식하고 3·1의 대봉기가 이러나자 조선인의 민족적 자각은 전면적으로 앙양昂揚되고 세계를 풍風하든 약소 민족 해방 운동의 혁명적 파조波潮는 조선 전토를 휩쓰렀다.

실로 현대 조선문학의 토대가 된 본격적 신문학 운동은 이와 같은 일본 제국주의에 대한 반항 운동의 일익—翼으로 파생하여 무단 정치의 폐지와 문치로 표현된 일본 제국주의의 소량少量의 양보를 틈타서 급격히 발전하기 비롯하였다.

형태적으로는 조선문 신문 잡지의 허가와 약간한 언명言明 활동의 완화를 이용하여 문학은 가능한 온갖 방법으로 조선민족의 의견을 표현하려 하였고 문학적 형식의 최대한의 발달을 도모하였다.

이 사업의 영도적領導的 노력이 된 것은 물론 시민계급이요 그것을 대변하는 소시민들이었다. 따라서 1920년대 전후의 신문학 가운데 약간의 반봉건성과 반제성反帝性이 표현되어 인권의 자유라든가 인성의 해방 등에 대한 기초적 요구가 드러 있었다.

그러나 계급으로서 유약한 조선의 시민은 신문학의 진보성을 철저히 추진식히지 못했다.

그들은 일본 제국주의에 대하여 철저하게 반항할 수 있을 만큼 혁명적이지 못하였고 이미 지도적 시민층의 일부는 봉건적 지주와 야합野合하여 일본 제국주의와의 타협의 길에서 활로를 개척하기 비롯하고 있었다.

여기에서 3·1 봉기 후 불과 2, 3년이 못 가서 신문학은 조선 시민계급의 정신적 반영이기보다도 더 많이 조선 현실에 대한 소시민층의 비관적 기분과 급진적 반항 의식의 표현 수단으로 화하고 마렀다. 이것이 1921~1924년 전후 조선문학의 주조를 이룬 자연주의문학의 특색이다. 그리하야 이 시대의 문학의 급진적 일면은 새로히 두頭하는 노동자계급의 문학 운동과 봉착하면서 그 자신의 역사적 사명을 끝막는 순간에 도달하지 아니할 수 없게 되었다.

박궈 말하면 신문학의 급진성은 푸로레타리아문학의 혁명성과 결부되든가 그러치 아니하면 '메카다니즘'과 절망 의식의 심연으로 전락되었다.

이 과정을 통하여 조선의 시민계급은 조선의 민족문학 건설에 있어 기여할 수 있는 역량과 시간이 얼마나 적고 짧다는 것을 유감없이 표시하였다.

4.

이러한 조선 시민계급의 문학적 단명과 더부러 새로히 대두한 푸로레타리아문학은 그것 역시 일본의 직접의 영향과 일본을 통해서 드러온 소련의 간접적 영향을 받은 것은 물론이나 원칙적으로는 조선에 있어 근대적 노동계급의 발생과 그 계급적 자각의 정신적 표현이었다. 그러므로 조선의 푸로레타리아문학은 조선의 노동자 운동의 영향하에 그리고 그 일익으로서 발생한 것이다.

그런데 3·1 봉기를 계기로 전개되었든 민족운동의 1923~1924년경 노동자 운동의 대두로 말미암아 교체되다싶히 퇴조한 것은 문학의 발전 우에서도 중대한 의미가 있다. 웨 그러냐 하면 민족 해방 운동에 있어 노동자 운동의 대두가 민족운동의 혁명성의 상실과 시기를 같히 하였든 것과 마찬가지로 문학의 영역에서 거위 동일한 현상이 나타나 있기 때문이다.

민족운동의 혁명성의 상실은 말할 것도 없이 조선민족 해방 운동에 있어 시민계급의 진보성의 상실이다. 그와 반대로 노동자 운동이 민족 해방 운동 가운데서 영도적 위치에 스게 되었다는 것은 사회주의 사상이 윤입된 때문이 아니라 조선의 노동자계급은 시민계급이 탈락한 뒤 민족 해방 운동 가운데서 불가변적으로 중심적 역할을 놀지 아니할 수 없었기 때문이다.

그러므로 1924~1925년대로부터 10년간 푸로레타리아문학이 이론적 창조적으로 문학계의 주류를 이룬 것은 단순히 외래 사조나 문학적 유행의 결과로 아니며 조선문학이 이미 역사상에서 민족문학 수립의 과제가 해결되었거나 과거의 일로 화했기 때문도 아니다.

조선의 시민이 힘으로 미약하고 그 진보성이 역사적으로 단명하였다 하드래도 근대적인 민족문학 수립 과제는 의연히 전 민족 압헤 노혀 있는 것이었다.

그럼에도 불구하고 민족문학 수립 운동이 계급문학 운동으로 박권 것은 이 시기에 있어 문학적 진보와 민족 해방의 정신이 계급문학의 형식으로밖에 표현될 수 없었기 때문이다. 박궈 말하면 타협화하고 있는 시민에 대한 반대 투쟁을 추진하면서 노동자계급은 자기의 반제국주의 투쟁을 계급적 형식으로 전개한 것이다.

그리하여 속칭俗稱하는 바와 가치 계급문학과 민족문학의 대립 시대가 출현하였다.

그러나 이 시대가 단순한 양 파의 분열 시대로 조선의 민족문학 발전은 정제停滯되었느냐 하면 그렇지 아니했다.

양 파의 분열과 대립에도 불구하고 조선문학의 발전은 의연히 쉬이지 않았고 오히려 조선의 민족문학 수립에 필요한 여러 가지 문제가 이 대립 투쟁을 통하여 밝혀졌다.

첫재로 푸로문학은 종래의 신문학 우에 몃 가지 중요한 예술적 기여를 했다. 내용에 있어 미약한 진보성과 계몽성을 혁명성과 대중성의 방향으로 발전식혔고 형식에 있어 '레아리즘'을 확립한 것은 큰 공적에 속하는 일이었다. 더욱이 중요한 사실은 푸로문학은 협애狹隘한 소수자로부터 문학을 민중에게 해방하였다.

둘재로 대립 투쟁을 통하여 종래의 민족문학 가운데 있는 반봉건성과 국수주의적 일면이 노정露呈되었다. 이 두 가지 요소는 옳은 의미의 민족문학 수립 과정에 있어 분명히 배제되어야 할 비근대적 요소이었음에 불구하고 초창기 이래 일관一貫해 신문학에 부착附着되어 오든 요소이다. 이 점은 신문학의 비진보적 측면이며 조선시민의 경제적 후진성과 정치적 약점의 반영으로 푸로문학 측의 공격이 주로 여기에 집중되었음은 정당하였다. 더구나 1920년대만 한 진보성도 가지지 못한 당대의 시민문학이 푸로문학의 공격을 받어 격렬히 반발하면서 드러낸 측면도 이것이었다.

셋재로 푸로문학은 윤입된 사조의 모방으로 기인되는 공식주의적 약점을 드러내었다. 종래의 신문학 가운데 드러 있는 긍정될 요소와 새로히 대두할 수 있는 예술문학 가운데 드러 있는 좋은 의미의 민족성을 뿌르죠아적이라고 하여 부정하는 과오에 빠졌다. 반제국주의적이요 반봉건적인 민족문학 수립의 과제가 역시 장래에 있다는 사실로 그다지 고려되지 아니했고 문학 유산의 계승이라든가 예술적 완성이라든가 하는 문제로 적당히 취급되지 아니했다. 통트러 민주적인 민족문학의 수립이 부단히 현실적 과제로 살아 있고 그것을 수행할 주요한 담당자로서의 역사적 사명에 대한 자각이 부족했음은 반성되지 아니하면 아니 된다.

이러한 문학적 정치적 분열의 과정을 통해서 푸로문학은 자체 가운데 내포된 결함을 인식할 수 있을 정도로 예술적 정치적으로 성장해 갔고 그와 대립한 진영에서 초기의 신문학과는 확실히 구별되는 신선한 작가와 시인이 성장하였다.

만일의 푸로문학의 정치적 공식주의와 그 밖의 문학의 국수적 잔재와 예술 지상주의를 청산할 수 있었다면 넓은 의미의 예술적 협동과 높은 의미의 민족문학의 수립이란 과제로 접근할 수 있는 지점에 도달하고 있었다.

그러나 불행히 우리나라의 모든 경향의 문학은 문학에 있어서의 민주주의적 개혁과 진보적인 민족문학의 수립이란 역사적 과제에 대한 충분한 이해와 자각을 가지고 있지 못했다.

5.

그러는 사이에 양심 있는 조선의 작가와 시인에게 협동을 촉진식휜 정치적 변화가 생기生起하였다. 일본 제국주의는 드되어 세계전쟁의 막을 연 것이다. 우선 1930년에 만주 침략을 개시하면서 가장 반일적인 계급 운동과 푸로문학 운동을 공격하고 중국에 대한 일층一層 대규모의 약침전掠侵戰을 시작하면서 모든 종류의 진보적 운동과 진보적 문학에 대한 더 한층 가혹한 압박에 착수하였다. 실로 이때로부터 조선민족의 희생을 토대로 하여 침략 전쟁을 성취식히자는 일본 제국주의의 야망은 노골적으로 조선 반도에서 실행되고 민족 생활은 미증유의 도탄塗炭 가운데로 드러간 것이다.

조선의 문학은 일제히 공포와 위협과 가속화하는 박해와 와중으로 몰려 드러가면서 대략 다음의 세 가지 지점에서 공동 선線을 전개하는 태세를 취하였다.

첫재 조선어를 직힐 것.

둘재 예술성을 옹호할 것.

셋재 합리 정신을 주축으로 할 것.

조선어의 수호는 우리나라의 작가가 조선어로 자기의 사상, 감성을 표현할 자유가 위험에 빈瀕하고 있었든 것이 당시의 세勢이었을 뿐만 아니라 모어의 수호를 통하여 민족문학 유지의 유일한 방편을 삼고 있었기 때문이다.

예술성의 옹호를 통하여 모든 종류의 정치성을 거부할 자세를 가춘 것은 일견 민족주의를 내용으로 삼든 종래의 민족문학이나 '맑시즘'을 내용으로 삼든 종래의 푸로문학의 본질과 모순하는 것과 가트나 이 시기의 특징은 문학의 비정치성의 주장이 한아의 정치적 의미를 갖이고 있었다. 박궈 말하면 일본 제국주의의 선전문학이 됨을 거부하는 소극적 수단이었다.

합리 정신의 문제는 주로 평론 활동에 국한되었으나 비합리주의로 무장한 '팟시즘'이 동아東亞에서 이러나고 있든 당시 조선문학은 비교적 마찰이 적은 논리적 경향에 이것과 대립한 것이다.

이 기간 동안에 협동 가운데서 조선의 문학자들이 남긴 업적은 결코 적은 것이 아니었고 또 하나 기억할 것은 조선의 문학자들이 신문학 이래 처음으로 공동 노선에서 협동했다는 사실이다.

그러나 세계 '팟시즘'의 발광發狂에 끄닐 줄 모르는 침략 정책은 조선문학의 이러한 상태를 오래 지적치 못하게 하였다.

태평양전쟁은 전 영역에서 조선민족의 생활을 근저根底로부터 뒤집어 노핫다. 봉건적 지주층과 대부분의 자본가들은 즐기어 일본 제국주의의 주구走狗로 화하고 민중은 사死와 기아의 구렁으로 내몰렸다. 조선민족의 생과 사의 시기가 드듸어 도래하고 만 것이다. 그리하야 문학 우에도 철추鐵鎚가 나려 조선어 사용의 금지, 내용의 일본화에 의해서만 조선인의 문학 생활은 가능하게 되었다. 몇 사람의 문학자는 주지周知와 가치 이 길을 선選하고 그 길만이 조선의 문학이 살 수 있는 것이라고 말하였다.

조선인을 일본 제국주의의 노예를 맨드는 운동의 일익으로서의 국민문학 이것이 태평양전쟁 개시기로부터 작년 8월 15일에 이르는 동안 조선을 지배한 유일의 문학이었다.

그리하여 종래에는 민족적이냐 계급적이냐 또는 진보적이냐 반동적이냐 하는 방법으로 생각되든 문제가 이 시기에 이르러서는 민족적이냐 비민족적이냐 혹은 친일적이냐 반일적이냐 하는 형식으로 제기되기에 이른것이다.

그러므로 친일문학은 존재하였고 반일문학은 존재할 수 없었든 것이다. 그러나 유감스러운 일은 우리 문학이 용감한 반일문학의 기치를 높이 들고 싸호지 못한 사실이다.

이러는 동안에 일본 제국주의의 운명의 날은 도라와서 전쟁은 종식되고 조선민족은 자동적으로 일본 제국주의의 기반을 떠낫다. 그리하야 먼저도 말한 바와 가치 정치적, 문화적으로 독자적 발전과 자유로운 성장의 가능성이 전개되자 문학에 있어서도 문제는 친일적이냐 반일적이냐 하는 데로부터 다시 한 번 전회轉廻하야 근본적인 지점으로 도라오게 되었다. 박궈 말하면 해방된 조선민족이 건설할 문학은 었더한 성질의 문학이어야 하느냐를 자각해야 할 중요 국면에 스게 된 것이다.

계급적인 문학이냐?

민족적인 문학이냐?

우리는 솔직히 문제를 이러한 방식에서 주관적으로 세웠든 사실이 있음을 인정하지 않으면 안 된다. 었던 사람은 계급문학이어야 한다고 주장한 것도 사실이요 민족적인 문학이어야 한다고 말한 것도 사실이다.

그러나 이만치 중대한 문제는 항상 객관적으로 제기되어야 하는 법이다.

그러면 조선문학사상의 가장 큰 객관적 사실은 무엇이냐? 하면 첫재로 일본 제국주의 문화 지배의 잔재가 남어 있는 것.

둘재로 봉건 문화의 유물이 청산되지 아니한 것.

등인데 었제서 이러한 유제遣制가 아즉도 잔존해 있는가 하면 조선의 모-든 영역에 있어 민주주의적 개혁이 수행되어 있지 않기 때문이라는 것은 여러 번 말한 바와 같다.

조선문학의 발전과 성장의 가장 큰 장애물이었든 일본 제국주의가 붕괴된 오늘 우리 문학의 일로부터의 발전을 방해하는 이러한 잔재의 소탕이 이번엔 조선문학의 온갖 발전의 전제 조건이 되는 것이다. 그러므로 이것의 제거 없이는 었더한 문학도 발생할 수도 없고 성장할 수도 없는 것이 현실이다. 그러면 이러한 장애물을 제거하는 투쟁을 통하야 건설될 문학은 었더한 문학이냐? 하면 그것은 완전히 근대적인 의미의 민족문학 이외에 있을 수가 없다. 이러한 민족문학이야말로 보다 높은 다른 문학의 생성, 발전의 유일한 기초일 수가 있는 것이다.

이것이 우리가 일부러 건설해 나갈 문학의 과제이며 이 문학적 과제는 또한 일로부터 조선민족이 건설해 나갈 사회와 국가의 당면한 과제와 일치하고 공통하는 과제이다.

여기에 문학 건설의 운동이 조선 사회의 근대적 개혁의 운동과 조선의 민주주의적 국가 건설의 사업의 일익이 될 의무와 권리가 있는 것이다.

문학자는 재능과 기술과 그러고 인간으로서 성실과 예술가로서의 양심을 가지고 우리나라의 민주주의적인 민족문학의 건설을 위하야 노력하고 그보다 더 큰 노력과 의議으로써 조국의 민주주의적 국가 건설을 위하야 싸와야 한다.

—

　임화는 근대적인 의미의 민족문학을 강조했다. 여기서 근대적인 의미의 민족문학이란 일제의 일방적인 통치에서 벗어나 민주주의적 개혁에 이바지하는 문학으로, 조선에 있어 반봉건 투쟁은 일본 제국주의에 대한 투쟁이고, 이러한 일본 제국주의 지배의 철폐야말로 조선의 근대화와 민주주의적 개혁의 유일한 목표였던 것이다. 또한 임화는 계급문학과 민족문학의 대립을 거론하며 이 대립을 통해 프로문학의 가치성을 강조했다. 이 비평은 일본 제국주의가 붕괴된 후 민족문학을 방해하는 여러 잔재들을 소탕함으로써 그 후 건설되어야 할 근대적 의미의 문학 생성의 발전에 기초가 되었다는 점에서 그 의의가 크다.

---

* 이 글은 《建設期의 朝鮮文學》(1946. 6.)에 실린 〈朝鮮民族文學建設의 基本課題에 關한 一般報告〉를 원전으로 하고 《조선문학가동맹총서》 vol. 3(창조사, 1999)을 토대로 재구성한 것이다.

개념과 공식
―백철과 김동석

조연현

해방 이후 조선의 비평문학이 일반 작가들에게 실질적인 아무런 도움도 되지 못하였을 뿐 아니라 평론 그 자체까지도 아무런 진전을 보이지 못해 온 원인은 해방 이후의 조선의 비평문학 개념과 공식의 나열이 아니면 그것의 전단專斷이었기 때문일 것이다. 이것은 해방 이후 금일까지의 조선 문단의 모든 비평적 문자를 재검토해 볼 것까지도 없이 용이하게 누구에게나 수긍되는 문제이다. 해방 이후 백철 씨와 김동석金東錫 씨가 조선의 평단에서 가장 많이 활동해 왔다는 사실도 이 문제와 관련해서 생각해 볼 때 단순히 우연한 부합이라고는 할 수 없을 것이다. 그것은 개념 비평의 대표적 인물이 백철 씨였으며 공식 비평의 대표적 인물이 김동석 씨였기 때문이다. 개념과 공식이 횡행하는 과도기에 있어 이 두 비평가는 참으로 천운을 만났던 것이다. 작가나 작품에 대한 진정한 이해와 해석과는 아무런 관계도 없이 이 두 비평가의 평론은 무조건으로 저어널리즘에 판매되어 나갔던 것이다. 그러나 문제는 여기에 있는 것이 아니라 중요한 것은 이 두 비평가가 가진 개념과 공식이 어느 정도로 작가와 작품을 이해할 수 있으며 개념이나 공식만으로서는 어떻게도 할 수 없는 문학을 어느 정도로 영도해 나갈 수 있느냐에 달려 있는 것이다. 이것을 알아보기 위하여 잠시 그들의 비평 태도를 살펴보기로 하자.

백철 씨는 그의 수다한 작품평이나 작가론이나 문학론에 있어 자연주의적·낭만주의적·기교주의적·리얼리즘적·신비주의적 등등의 수다한 개념적 용어를 사용하지 않고서는 여하한 비평문의 한 구절도 기록해 낼 수 없다는 것을 우리에게 보여 주고 있는 평론가다. 씨氏는 한 작가나 한 작품을 대할 때마다 이 작가는 자연주의적 작가요 이 작품은 리얼리즘적 작품이라고 규정하는 이상의 그 아무것도 보여 주지 못하고 있는 것이다. 씨는 말하기를 염상섭 씨는 전통적인 자연주의적 작가요, 계용묵桂鎔默 씨는 기교주의적 작가요, 김동리 씨는 〈혈거부족穴居部族〉에 있어서는 사실주의 작가요, 〈달〉에 있어서는 낭만주의 작가요, 〈역마驛馬〉에 있어서는 신비주의적 작가라는 것이다. 그 이상의 아무것도 씨는 논급할 줄도 모르며 논급할 필요도 없다는 듯이 그렇게만 규정지어 버리는 것이다. 간단명료한 누구든지 알 수 있는 지극히 용이한 종별적種別的 규정이다.

만일 한강에서 실연하여 투신자살한 여인이 있다면 그 여인이 자살하기까지의 일체의 고민이라든지 그 심리의 독특한 추이에 대해서 씨는 함구불언할 것이며 다만 그것은 한 개의 실연적 사건이라고 규정한 후 그 한마디의 규정으로써 모든 것은 해결되었다는 듯이 씨는 태연자약히 안심해 버릴 것이다. 씨의 일체의 개념적 규정은 이를테면 이러한 실연적 사건이라는 규정과 마찬가지인 것이다. 그러나 문학은 한 여인의 투신자살을 백철 씨처럼 실연적 사건이라고 규정지음으로써 안심할 수 없는 곳에서 발생하는 것이다. 만일 그렇게 안심해 버릴 수 있다면 일체의 문학 행동은 무의미한 것이 될 것이다. 문학 행동보다도 실연적 사건이니 자연주의니 낭만주의니 기교주의니 하는 개념만을 소화해 버리면 만사는 해결되지 않는 것이 없으며 이해되지 않는 것이 없을 것이기 때문이다. 그러나 모든 인간 문제가 그러한 개념만으로써 해결되지 않는다는 것은 소학교 작문 시간에서도 이미 우리들은 배워 온 것이다.

씨가 자연주의니 사실주의니 낭만주의니 하는 것을 가지고 아무리 논급해도 염상섭 씨나 김동리 씨나 계용묵 씨가 파악되지 않는 것도 무리가 아닌 것이다. 그러면 씨의 이러한 문학 의식은 어디에서 원인된 것인가. 그것은 무슨 적的 무슨 주의적 하는 일반적 개념만을 가지고 특수한 존재인 작가나 작품을 이해하려는 무리無理에서 기인되었던 것이다. 물론 우리는 씨가 상용하는 무슨 적 하는 개념적 규정을 전적으로 부정하는 것은 아니다. 그러한 규정은 그러한 것대로의 의의가 있을 것이다. 그러나 한 여인의 자살을 간단히, 그것은 실연적 사건이라고 규정하고 안심할 수 없듯이 무슨 적 무슨 주의적 하는 개념적 용어만으로써 문학은 결코 해결되지 않는 것이다.

이와 마찬가지로 문학은 또한 어떠한 일반적인 공식만을 가지고도 해결되지 않는 것이다. 백철 씨가 일반적 개념을 가지고 문학을 이해하려고 하였다면 김동석 씨는 어떤 기성 이데올로기의 공식만을 가지고 문학을 이해해 왔다고 볼 수 있을 것이다. 김동석 씨의 일체의 비평적 문자는 유물사관이라는 완고한 공식으로 일관되어 있는 것이다.

씨는 한 작가나 한 작품을 대할 때 첫째 이것이 유물사관적이냐 아니냐 하는 것부터 먼저 결정하는 것이다. 그리고 이 유물사관적이냐 아니냐를 결정하는 것은 작자가 어떠한 정당과 정치 세력을 지지하느냐와 작품에 데모와 파업과 인민 항쟁이 취급되어 있느냐 없느냐에서 결정되는 것이다. 더우기 치명적인 것은 좌익이냐 우익이냐 중간이냐 하는 지극히 천박한 세속적 개념으로서 작가나 작품을 취급하고 있다는 것이다. 씨는 좌익, 우익, 중간이라는 개념을 떠나서 한 작가나 작품을 이해하지도 못하며 그것을 떠나서 인생 문제를 해석할 줄도 모르는 것이다. 좌, 우, 중의 관념은 씨의 유일한 문학 공식이다. 그래서 씨의 눈에는 김광균金光均 씨가 시의 제3당으로 보이는 것이며 김동리 씨까지 제3노선으로 인식되는 것이다. 이렇게 된다면 씨에게 묻고 싶은 것은 괴에테나 셰익스피어는 좌익인가 우익인가, 파우스트와 같은 것은 또한 어느 노선에 해당하는 작품인가 하는 의문이다. 그리고 이 좌, 우, 중의 어느 하나로서 이러한 작가가 해결될 수 있느냐 하는 것이다. 일찍이 유물사관을 세계관으로 한 문학작품과 작가는 허다했으나 씨처럼 좌, 우, 중의 공식으로서 문학을 해명한 자는 세계문학사상에 김동석 씨가 최초인 것이다. 유물사관이 문학이 되지 못하는 것은 아니다. 우리는 위대한 유물사관적인 작품을 얼마든지 기억할 수 있는 것이다. 그러나 씨처럼 좌, 우, 중의 천박한 세속적 공식으로서 유물사관을 이해하고 문학을 사유한다면 유물사관문학은 고사하고 어떤 문학도 나올 수는 없을 것이다. 그러면 이러한 어떤 문학도 나올 수 없는 씨의 완전한 문학적 무지는 어디에 기인된 것인가. 그것은 백철 씨가 개념을 문학으로 오인한 것처럼 씨는 공식을 문학으로 착각하였기 때문인 것이다. 개념은 어디까지든지 개념이요 공식 또한 어디까지든지 공식이었던 것이다. 여기에 있어 우리가 용이하게 알 수 있는 것은 개념이나 공식은 사실에 있어서 문학과는 아무런 관계가 없다는 것이다. 백철 씨가 개념을 가지고 김동석 씨가 공식을 가지고 수다한 평론을 시험해 왔건만 그들의 비평적 문자가 한 작가나 한 작품의 핵심을 조금치도 텃치하지 못하고 작가나 작품의 외면적 관찰에만 시종始終한 것이 그들의 성의나 노력의 부족에서보다도 한 작가나 작품의 내부에 침입할 수 없는 근본적인 이러한 비문학적인 결함을 가졌던 때문이었던 것이다. 개념이나 공식은 일반적 현실을 일반적으로 인식(그것은 조금도 심각해질 수 없는 상식의 정도로)할 수 있으나 특수한 현실이나 존재를 완전히 이해하고 해명할 수 있는 무기는 도저히 되지 못하는 것이다. 오히려 저속한 한 개의 상식을 획득하기에는 편리할 수도 있는 것이다. 백철 씨나 김동석 씨가 얼마나 상식적인 비평가냐 하는 것도 결코 우연한 일치가 아닌 것이다. 그러나 오늘 우리가 요구하는 비평이 이러한 상식적인 개념이나 공식이 아니며 더우기 이러한 상식적인 공식이나 개념에서 문학이 진정하게 이해될 수도 없다면 금후今後의 조선의 비평문학은 이러한 가두街頭에 횡행하는 개념과 공식을 부정하고 문학의 핵심 속에 돌입하는 진정한 비평 정신의 발동發動에서만 새로운 전개와 전진을 기대할 수 있을 것이다.

—

이 비평에서 조연현은 해방 이후 조선 비평문학의 정착된 상황을 지적한다. 당시 활발한 활동을 한 백철과 김동석을 예로 들어 백철의 비평을 '개념 비평', 김동석의 비평을 '공식 비평'으로 구분하고 그들이 작품에 대한 가치판단이 아닌 '개념'과 '공식' 등의 명제로 작품을 해석하는 점들을 비난한 것이다. 〈개념과 공식〉은 좌익문학론에 대한 순수문학론의 직접적인 태도를 밝힌 비평으로서 가치가 있다.

* 이 글은 《平和日報》(1948. 2.)에 실린 〈槪念과 公式〉을 원전으로 하고 《조연현 문학전집 4, 文藝批評》(어문각, 1977)을 토대로 재구성한 것이다.

민족문학의 이상과 현실

김동리

우리가 8·15의 해방을 맞이한 지도 어느덧 9년이란 세월이 흘러갔지만 그동안 개인이나 단체가 한국문학의 목표나 이상을 말하는 경우 민족문학이란 표어를 잊은 적은 없었다.

'민족문학의 수립', '민족문학의 건설', '민족문학의 ……', '확립', '앙양' 하는 따위들이 그동안 우리들이 써 온 구호였던 것이다. 그리고 이 '민족문학'이란 구호와 이상은 오늘도 우리에게 살아 있는 것이다.

그것이 구호와 이상은 오늘도 우리에게 살아 있다는 말은 물론 그것이 아직도 우리에게 실현되거나 달성하지 않는 사실을 말하는 것이다. 여기서 나는 그 달성하지 못한 원인을 잠간 살펴보는 동시 종래의 나의 지론을 재천명하여 다시 전진을 계속하기 위한 몇 개의 증언을 첨가하려 하는 것이다.

해방 이래 이 땅에서 제창된 민족문학론은 다음의 세 가지로 분류해 볼 수 있다. 즉 하나는 계급주의적 민족문학론이요 다음은 민족주의적 민족문학론이요 그리고 셋째는 인간주의적 민족문학론이었던 것이다. 첫째의 계급주의적 민족문학은 임화, 이원조李源朝 등 공산주의자들에

의하여 주창되었던 것으로 그들의 이론에 의하면 민족문학은 민족의 문학이요 민족은 그 정치적 경제적 근거에 있어 계급으로 구성되어 있으며 한국의 계급적 현실은 노동자 농민으로 대표되는 푸로레타리아 계급이 절대다수를 차지하고 있으므로 한국의 민족문학은 마땅히 푸로레타리아계급의 문학이며 또한 마땅히 푸로레타리아계급의 이익과 승리를 위한 문학이어야 한다는 것이다. 이것이 그들이 양언揚言하던 소위 민족문학의 요지로 내용은 뻔한 계급주의요 다만 정책적으로 '민족' 이란 명목을 이용했던 것뿐이다.

그다음 민족주의적 민족문학론은 이론보다 주로 작품을 통하여 반영된 것으로 박종화朴鍾和 씨의 〈민족〉, 〈홍경래洪景來〉 등 수 편의 역사소설과 유치진柳致眞 씨의 〈자명고〉, 〈원술랑元述郎〉 등 수 편의 사극과 그 밖에 김광섭 모윤숙毛允淑, 설창수薛昌洙 등 제씨의 시에 나타난 열렬한 감정 및 사상이 그것이다. 물론 이 밖에도 반공 계열에서는 작가와 시인들이면 거개가 조국애와 민족애를 주제로 한 작품들을 일면一面 썼으며 그중에는 문학적 수준에 있어 위에 열거한 민족주의적 작가(시인)들의 작품을 능독凌篤하는 작품도 없는 것은 아니지만 그들의 작가(시인)적 본령과 작품 세계의 특징으로 보아 그들을 반드시 일관된 민족주의적 작가라고만 간주하기엔 적합하지 않는 것이라고 본 것이다. 그리고 오늘날 현존하고 있는 대부분의 작가(시인)가 또한 이에 해당되는 것이다.

이러한 부류의 작가(시인)——즉 계급주의에도 민족주의에도 속하지 않는——들을 일괄하여 나는 인간주의적 민족문학론에 해당되는 것이라고 규정하여 왔다. 여기서 그러면 해방 이래 필자가 주장하여 오는 이 인간주의적 민족문학의 요지要旨에 잠간 다시 언급하겠다.

내가 표방하는 민족문학, 즉 인간주의적 민족문학은 한마디로 말하면——따라서 그것이 또한 결론이기도 하겠지만——그것은 곧 세계문학이란 뜻이다.

여기 세계문학이란 것은 물론 세계 안에 있는 모든 문학이란 뜻이 아니요 정당한 번역을 통해서 언어와 혈통과 국적을 달리하는 세계의 교양 있는 대부분의 남녀에 의하여 '세계문학'에 해당하는 감동과 수준이 입증될 수 있는 문학을 가리키는 말이다. 다시 말하면 이러한 의미의 세계문학의 일환이 될 수 없다면 내가 말하는 의미의 민족문학이 될 수는 없는 것이다. 세계문학의 일환이 될 수 있는 '민족의 문학'이라야 진정한 민족문학이라는 것이다. 모든 민족은 문학을 가졌다고 할 수 있다. 그러나 그 모든 민족의 문학이 그대로 모두 세계문학이 될 수는 없는 것이다. 그러나 모든 세계문학은 그것을 산출한 모든 민족의 민족문학인 것이다. 그러므로 어느 한 민족이 그들의 민족문학을 수립시켰느냐 못했느냐 하는 문제는 그 민족이 그 민족 고유의 문학을 가졌느냐 못 가졌느냐 하는 데 있지 않고 그 민족이 진실로 자기의 것으로서 세계문학이라고 세계가 (세계의 교양 있는 인류가) 인정할 수 있는 문학을 가졌느냐 가지지 못했느냐 하는 데 있는 것이다(물론 이 문제에는 많은 이론이 필요할 것이다. 여기서는 요지만 언급한다).

간단한 예를 들면 가령 노서아露西亞문학에서 '푸-시킨' 이전에는 노서아문학이 없었다고 당시의 노서아인들에게 생각되었던 것은 아니다. 중세 시대 전후의 구비문학은 별도로 하드라도 '피득제彼得制' 시대 이후 '르모노숍흐', '델쟈윈', '위진' 특히 낭만주의 시대의 '쥬콥호스키', '바-츄시콥흐', '크루일롭흐', '카라므진' 등은 당시의 노서아인들에 의하여 노서아문학을 보여 준 작가들이라고 존중되었던 것이다. 그러나 오늘날 노서아문학을 말하는 모든 문학사가나 혹은 문학인들에 의하여 입증되는바 노서아문학은 '푸-시킨' 또는 푸-시킨 이래의 약 반세기에 미치는 위대한 천재들 '레엘몬롭흐', '고－골리', '츄르게－네프', '론본롭흐', '톨스토이', '도스토엡프스키' 들의 노력으로써 비로소 그들의 민족문학(일명 국민문학)이 수립된 동시 그것으로써 그들은 당당히 세계문학의 일원이 될 수 있었다고 보는 것이다.

이러한 현상은 물론 노서아에만 특유한 것이 아니라 독일을 위한 서전瑞典(스웨덴) 낙위諾威(노르웨이) 정말丁抹(덴마크) 파란波蘭(폴란드) 등 구라파에 있어서도 불란서나 영길리英吉利(영국－편집자주)보다 뒤떨어진 모든 민족에 공통된 것으로 구라파인을 주체로 한 근대 문명의 국내에 생활하게 된 한국이라도 이러한 원칙을 벗어날 수 있는 국외에 서게 된 것은 아니다.

그러나 나의 인간주의적 민족문학의 수준은 곧 세계문학이라는 주장은 이상의 간단한 설명과 예증으로서 충분하다고 할 수는 없을 것이다. 그리고 그 이유는 이 밖에도 물론 또 있는 것이다. 독일이나 노서아에 있어 그들의 민족문학의 표준이 세계문학의 표준이 세계문학이 되어야 한다는 이유는 또한 있는 것이다.

이에 대하여 간단히 언급하면 오늘의 세계는 18~19세기의 구라파인들에 있어서보다도 더 코스모포리타니즘적 역사적 방향 위에 놓여 있다는 사실이 그것이다. 이 문제에 대해서는 다른 기회에 다시 논급하려 하고 있지만 20세기 이래의 구라파 정신의 진맥적盡脈的 종언 제1차 제2차 세계대전에 의한 세계 각국의 군사적 정치적 문화적 유대동원紐帶動員에 인한 교류 교통발달 등은 오늘의 모든 민족의 문화적 흥쇠가 18~19세기의 독로제국獨露諸國의 현실적 조건 이상으로 세계적인 연관성 내지 유대성 위에 놓여지게 한 점이 그것이다.

다음에 이상과 같은 의미의, 즉 세계문학으로서의 민족문학이 아직도 수립되지 못한 원인을 잠간 살펴보겠다.

첫째 그것은 사회적 환경의 전란 상태에 기인한다. 8·15 해방 이래 처음 3년간은 공산주의와 민주주의의 격렬한 투쟁기로서 모든 부문에 있어 일종의 전란 상태를 정시묵시하고 있었으며 다음 두 해 동안엔 대한민국이 신생되고 문화 부문의 새로운 건설이 출발되려 했을 때 다시 6·25 사변이 발발하여 사생死生을 헤아릴 수 없는 대수난기에 빠진 채 오늘에 이르는 것이다. 물론 극단적으로 말하여 이러한 시기 중에서는 어느 특수한 작가의 특수한 조건에 의해서는 어떤 특수한 성질의 역작 또는 걸작이 산출되지 못할 바도 아니겠지만 일반적으로 보아서 대작 또는 걸작의 착수 내지 산출은 무리한 형편이며 사실에 있어 또한 불가능했던 것이다.

둘째로 문단 자체에 국한시켜서 그 원인을 찾는다면 물론 여기도 상기한 전란 상태가 빚어 낸 혼란 무질서 가치전도 테로 행위(문자에 의한) 등등 이로 다 헤일 수 없는 잡다한 원인들이 있지만 그리고 또 이것이 중요한 점이기도 하지만 광범한 의미에 있어 이런 것은 모두 전자 '전란 상태'란 조건 속에 포함시키기로 하고 지극히 협의적인 문단 내지 문학의 생리生理 속에서만 그 원인을 찾는다면 그 가장 주요한 것으로 개념과 생명의 괴리, 다시 말하면 이론과 생리의 이탈을 들지 않을 수 없다.

세계문학에 대해서는 누차 언급한 바 있으며 동시에 한 번도 아즉 전면적 검토를 치르지 못한 채 있으나 여기서도 또한 그 단적인 일면에 밖에 논급할 수 없는 형편이다. 그 단적인 면이란 다음과 같다.

우리는 그 전통에 있어 '세계문학'을 가지지 못한 채 세기적인 행진에 의하여 세계문학과 보조를 같이해야 하게 되고 같이하려 하고 있고 같이하지 않을 수 없다는——여기에 모든 문제가 출발되어 있는 것이다(먼저 '전통'에 있어 '세계문학을 가지지 못했다'는 말은 무엇인가. '전통'이란 무엇인가. '세기적 행진에 의해서'란 말은 무엇인가. '세계문학과 보조를 같이 한다'는 말은 무엇인가. 또한 '하려 하고 있고 하지 않을 수 없다'는 말은 무엇인가.–이것부터 확연히 규정 짓고 나가는 것이 순서이겠으나 본고의 취의趣意가 서설적序說的인 것이므로 서상敍上 의 논조에 의하여 이것 역시 조항별로 상론할 것은 여기서는 보류하기로 하고 대체적인 요지만 언급하겠다).──즉 우리는 오늘에도 세계문학과 접면接面하고 있 다. 그러나 우리는 오늘에 세계문학을 산출하고 있지는 못하다(이 경우 에도 예외는 있을 수 있다. 그것은 불란서나 영국이나 독일인이 세계문학과 접하고 있는 동시 세계문학을 산출하고 있는 경우에도 예외는 있을 수 있는 것과 마찬가지다). 그러 면 불란서나 영국이나 독일의 작가들은 하나같이 한국의 작가보다 탁 월한 재능과 초인적 노력을 가졌기 때문인가. 나는 그렇다고만 생각할 수는 없다. 여기서 언어의 문제는 별개로 하드라도 그들은 그들의 전 통 속에 세계문학을 가진 것이다. 전통 속에 가졌단 말은 그냥 눈으로 보았다 읽었다는 뜻이 아니고 핏줄 속에(생리적) 타고난다는 뜻이다.

그러므로 오늘날 우리가 세계문학과 접한다고 해도 일시에 그것이 우리의 피가 되어 버리고 생리로 화해 버리는 것은 아니다. 두뇌적으로 대략 이해하는 정도다. 신경적으로 대강 느끼는 정도다. 그러므로 물 론 우리는 모른다고 생각하지는 않는다. 안다고 생각할 수도 있다. 자 세히 확실히 투철히 또는 작자의 작품 이전의 잠재의식까지도 다 알고 다 느낀다고 할 수도 있다. 그러나 이런 것은 어디까지나 아는 것이며 느끼는 것이다. 자신의 혈액이며 자신의 생리라고 할 수는 없다. 어떠한 천재도 전통으로서 혈액 속에 태인 것이 아니고 눈으로 접한 것을 가 지고 새것이라고 할 수는 없다.

오늘날 우리는 눈으로 세계의 문학을 접한 것이다. 그리하여 그것을 안다. 느꼈다!─생각하고 있는 것이다. 그것은 좋다. 그러나 이것으로 써 어느듯 자기의 것이 되어 버렸다고 생각해서는 안 된다.

과거에 우리는 세계에서 논의된 문학상의 모든 문제 모든 주제 모든 유파에 대하여서도 또한 다 알고 다 느낄 수 있다고 생각했기 때문에 필요하면 언제 무슨 문제에나 뛰어들었고 무슨 주의 무슨 유파에나 가담하며 주장하며 논의했던 것이다. 그리하여 여기서 위에 말한 '개념과 생명의 괴리', '이론과 생리의 이탈' 그리고 창작과 평론의 반목 공리공론空理空論의 기만성과 창작 실천의 저조성 등등이 문단을 가리게 되었던 것이다.

다음에 그 실례로서 우선 두어 가지 들면 맑스주의(문학론)와 모던이즘을 지적할 수 있다. 맑스주의문학론의 무지저조성無智低調性과 기만성 폭력성이 우리의 진정한 민족문학 수립에 끼면 해독과 지장은 이로다 헤아릴 수 없는 것이 있으나 이것은 이미 누차 언급한 바 있으므로 역시 생략하기로 하고 이보다 경소輕小한 것이지만 모던이즘이 끼친 과오와 폐단에 대하여 묵살할 수 없는 것을 몇 가지 지적하려 한다.

첫째 모던이즘 문학인들이 그것으로써 문단 쟁패전의 무기로 삼기에만 급급한 것, 둘째는 그것을 새로운 것이라고 선전한 것, 셋째는 그것으로 현대문학의 전면적이며 정당한 이해를 방해한 것 등등이다.

첫째에 대해서 나는 모던이즘이 20세기 문학에서 내가 지적할 수 있는 다섯 가지 요소 중의 하나로 20년대를 대표하는 메카니즘의 현대적 의의와 발생의 근거와 일면적인 신미성新味性을 부인하려는 것은 아니나 한국의 문학적 현실——민족문학 수립의 단계——은 일개 모던이즘의 전면적 답습이나 모방으로써 성취될 것이 아님에도 불구하고 젊은 사람들에게 특유한 문단적인 호기심에 맡겨 모던이즘이란 표어에 지나친 부담과 무책임한 이득을 결부시켰던 것이다. 여기서 그들은 모던이즘의 본의를 그르친 동시 민족문학 수립에 공헌해야 할 정당한 위치를 가지지 못했던 것이다.

둘째에 있어서 모던이즘 문학인들이 한국에 있어 모던이즘이 어째서 새로울 수 있다는 현실적 근거를 입증하지 못한 채 덮어놓고 모던이즘이니까 새롭다 모던이즘이 아니니까 낡아 빠졌다 하는 식의 가장 비非모던이즘적인 행상인의 구호처럼 선전한 과오를 또한 반성해야 할 것이다. 20년대 서구를 중심하고 시험되었던 모던이즘이 어떤 점으로 한국(문학)적 현실에 적응되며 한국(문학)의 어떠한 전통에 대해서 이것이 새로운 것이며 새로운 것과 참된 것과 영원한 것과의 차이는 무엇이며 등등 적어도 우리의 문학적 현실에서 모던이즘을 수립시키기에 필요불가결한 여러 가지 근본 문제 원리 문제 등은 뒷전으로 돌려놓고 모모지某某紙의 모호한 스피ー스를 이용하여 '너는 똥 먹어라' '너는 오줌 싸라' 하는 따위 역시 비모던이즘적인 언사만 일삼고 하는 따위 다시 생각해야 될 문제들이 아닐 수 없다.

첫째 모던이즘이란 표어로써 현대문학 또는 20세기 문학의 전면을 의미하는 것같이 사용하는 경향도 교양적이라 할 수 없다. 나는 지금 여기서 20세기 문학의 전반적인 윤곽을 펼칠 수 있는 지면과 시간의 여유를 가지지 못했으나 오늘날에 오히려 모던이즘이란 표어로써 현대문학이나 20세기 문학이란 뜻으로 사용하는 문학인들은 세계에서 한국을 제외하고는 아마 어떠한 사회에서도 찾아볼 수 없을 것이다(현대 또는 '20세기'란 말을 1920년대를 본위로 하고 쓰는 경우 이외에). 그리고 또 나는 위에서 '20년대 서구를 중심하고'란 말을 했지만 이것도 물론 일반적인 용례를 그대로 쓴 것이며 '아포리네ー르'의 일부가 1913년 상재上梓로 되어 있는 예외적인 사실을 말한 것은 아니다.

개념과 생명의 괴리성은 물론 맑스주의 문학론자들이나 모던이즘 신봉자들에 한할 것이 아니고 한국의 문학적 전통과 생리를 망각한 채 공리허론空理虛論으로 사회(문학)를 혼란시키고 가치를 전도시킨 모든 문학 공론가들이 함께 그 책임을 져야 할 것이다.

나는 이상으로써 약 10년간 우리들이 종사하여 온 민족문학의 대체

268

적인 윤곽을 그린 것이며 그 이상과 현실의 저어齟齬 및 그 원인을 지극히 일반론적인 각도에서 몇몇 지적한 것이다.

민족문학 수립이란 목표를 전면적으로 표방할 수 있는 것이 8·15 해방 이후이고 보니 이 해로서 꼭 10년째가 된다. 10년을 반드시 일기一期로 삼아야 할 객관적 이유는 없으나 나의(창작 생활 및 문학 이론의) 필요상 10년을 일기로 삼아 볼 때 올해로서 민족문학 수립 운동의 제1기는 끝이 되는 것이다. 여기서 우리는 이 제1기의 최후를 점정點睛하기 위하여 모든 저속하고 비문학적인 욕설과 아울러 공리허론을 청산하고 전통이 빚어내는 문학적 생리, 문학적 현실을 직시하며 대동적 목표를 향해서 매진하기 바란다.

—

김동리는 '민족문학 수립'을 전면적으로 표방할 수 있는 기점을 8·15 해방 이후로 삼고 민족문학론에 대한 개념을 정리하고 있다. 또한 계급주의적 민족문학론을, '뻔한 계급주의'를 다만 정책적으로 '민족'이란 명목으로 사용하고 있다고 비판하면서 인간주의적 민족문학론을 주장한다. 여기서 민족문학이란 세계문학을 뜻하는 것으로 '정당한 번역을 통해서 언어와 혈통과 국적을 달리하는 세계의 교양 있는 대부분의 남녀에 의하여 감동과 수준이 입증될 수 있는 문학'을 말하는 것이다. 김동리는 이 비평에서 전쟁이 빚어낸 혼란과 무질서와 생명의 괴리 등이 세계문학으로서의 민족문학을 수립하지 못하게 한 원인이라 지적하면서 '마르크스주의'와 '모더니즘'에 대한 정확한 이해 없이 무조건 따르고만 있는 당대 문학 현실을 비판하고 있다.

* 이 글은 《文化春秋》(1954. 2.)에 실린 〈民族文學의 理想과 現實〉을 원전으로 하고 최예열이 엮은 《1950年代 戰後文學批評 資料 1》(월인, 2005)을 토대로 재구성한 것이다.

현대문학과 민족의식

―헤밍웨이의 순수 감각 비판

최일수

1.

20세기 전반기의 현대문학은 1차 대전에 따르는 역사적 전환기를 계기로 하여 전 세대의 유산인 근대문학을 지양하고 정적인 관조의 세계로부터 행동하는 인간 사회로 이향移向하였다. 그리하여 자연 묘사에서 사회 묘사로, 인간성의 생리적 분석으로부터 사회적 비판으로 그 문학적인 원천이 옮겨졌던 것이다.

그런데 이에 비하여 후반기의 현대문학은 역시 문학사의 계기적契機的 과정이 되었던 2차 대전을 전후하고 개인주의적 심리문학이 집단적인 민족문학과 더불어 '파시즘'의 새로운 위협으로부터 민주주의를 수호하려는 특수한 역사적 시대정신을 배경으로 하였다. 여기서 현대문학은 그 '리아리즘'을 내면적인 유파와 외이적外而的인 유파를 민주주의의 수호라는 하나의 기치 밑으로 융합시켰던 것이다. 그리하여 '헤밍웨이'의 《전장戰場아 잘 있거라》,《누구를 위하여 종을 울리는가》 또는 '앙드레·지이드'의 기행문학과 '로망스·망'의 반 나치스작품 등이 출품되었던 것이다. 이와 같이 전반기에 있어서 1차 대전을 계기로 행동하는 인간 사회로 이향해 온 현대문학은 또다시 발발된 2차 대전의 피어린 싸움을 통해서 그 승리가 역사적으로 약속되어진 민주주의와 더불어 성장하였으며 동시에 약소민족의 자주정신이 고도로 성숙하면서 있는 그러한 현실 속에서 발전해 왔던 것이다.

그러나 이후의 문학적 정황은 내면성과 외면성의 '리아리즘'의 유파적 형성보다도 개인에서 집단으로 자아에서 민족으로 그리고 감각에서 서사로 그 현대성의 선진적 기능이 이양해 가면서 있는 과정인 것이다. 더욱이 문학의 조류가 민족주의의 재형성이라는 전대戰代의 정치적 정세와 결합되면서부터는 인간 사회의 새로운 '모티브'로서 반영된 민족성과 정치적 참여의 통일적인 문제를 보다 제고시켰던 것이다. 한국에 있어서의 6·25동란은 참으로 피어린 수난 속에서 민족적 특수성이 민주주의를 수호하기 위하여 취해진 역사적 행위의 첫 시험으로서 한 계성을 띠었으며 또한 현대문학에게 가장 첨예하고 숭고한 민족적 소재를 제시해 주었다. 그리하여 현대문학과 민족의식은 서로 분리시켜 놓고 생각할 수 없으리만큼 민족적 특성이 문학의 주제에 직접적으로 밀착하고 작용하기 시작했으며 우수한 작품일수록 민족적 현실이 암시와 내포의 전대적前代的 테두리에서 벗어나 한결 직치단명直緻單明하게 나타나기 시작하였다.

최근 《뉴욕·타임스》지에서 공모했던 세계 단편 공클에 출품한 여러 나라의 대표적 작품들을 읽어 볼 때 대부분이 민주주의적 인간상의 전후감성戰後感性을 묘사한 감각적인 '리아리즘'이었다.

그러나 '이스라엘', '뉴우질랜드', '핀랜드', '아이스랜드' 이같이 후진 국가에서 출품한 작품들 가운데서 특히 민족적 현실이 직접적으로 표현되어 있었으며 그중에서도 '아이스랜드'의 '에가아트슨'의 작품 〈푸른 요정〉은 '괴테'의 《파우스트》처럼 자기 민족의 전설을 소재로 하여 그것을 현대적 서사 정신으로 반영하고 있었다.

이 반면에 영英·미美·불佛과 같은 선진 국가에서 출품한 작품들은 그것이 현대적 '리아리즘'이면서도 감각적인 수법이 짙게 저미低迷하고 신변적인 잡사雜事한 소재가 그것이다. 주제에 밀착되어지지 못한 채 순수 심리에만 치중되고 있는 것이다.

이와 같은 '리아리즘'이면서도 전자는 외면적인 '리아리즘'으로서 집단된 민족의식의 반영이요 후자는 내면적인 심리 묘사로서 개인 감각의 반영이었다. 참으로 현대문학의 특질은 인간 전체의 문제 또는 민족 전체의 문제가 작품의 주제에 그래도 밀착하여 직치단명한 행동성이 일관되는 데 있는 것이지 결코 개인의 감각이 의식 있는 '시스템'은 회피하면서 그저 순수 심리에만 집착되는 데 있는 것은 아니다.

한 개인의 동정했던 과거의 안이한 '휴매니스트', '톨스토이'보다도 민족 전체 또는 인간 전체의 핵심 속에서 우러나오는 '총츄·쌍도'의 새로운 '휴매니즘'이 한결 선진성을 약속할 수 있었으며 또한 '오스카·와일드'의 현대시들보다는 김소월의 민족시가 얼마나 현대적 서사 정신이 깃들어 있는지 모른다.

20세기 전반기에 있어서 새로운 문학 정신의 창조는 선진 국가에서 지향하는 내면적인 신변잡사의 심리 감각보다도 '아시아' 민족들의 강인한 자유정신의 비판적인 사고방식에서 싹트고 있다고 본다. 이것은 세계사의 조류가 자아의식의 단계를 넘어섰다는 것을 말하며 또한 민주주의가 집단적인 민족의 자유정신과 역사적으로 결합한 시대에 들어서게 된 후반기의 현실을 반영하고 있는 것이다.

이와 같이 후반기에 처한 현대문학의 성격은 이미 역사적으로 그 기능을 상실해 버린 개인주의적 자아의식을 지양하는 민족적인 자유정신의 새로운 발현이며 동시에 그 선진성을 역사적으로 약속받고 새로

272

이 성장하면서 있는 산문과 서사시의 현대적 정신이다. 이러한 사실들은 1차 대전 후 정적이며 관조적인 근대문학에서 현실적이며 행동적인 현대문학으로 이향된 것과 마찬가지로 2차 대전 후에 있어서 민주주의가 개인의 평등에서 민족 간의 평등으로 상향하고 또한 내면적인 신심리주의와 감각파 문학의 경향으로부터 민족적 '리아리즘'으로서 현대적 서사문학으로 지향하고 있음을 말해 주고 있는 것이다. 그리하여 후반기에 들어선 현대문학은 한국 동란 인지전쟁印支戰爭의 반공성과 그리고 애반혁명埃反革命 '이란' '이락'의 정변政變, '아랍' 제국의 단결, '루이지나'의 유혈流血 그리고 공산 진영과 맞서는 '아시아'의 자유민족 진영 등 이러한 민족 문제를 에워싼 대사건들이 계기繼起하는 가운데서 후반기를 맞이하였으며 또한 이러한 역사적 환경은 현대문학으로 하여금 자아의식으로부터 민족의식의 세계화로의 이향을 촉구하고 있는 것이다.

문학의 최근사를 회고하건데 그 사조와 유파의 이향이 '보르레르'적인 추상적인 우연성에서 '톨스토이'나 '고오고리'의 있는 그대로의 자연으로 옮겨 왔고 또한 거기서 반드시 있어야 하고 또 있을 수밖에 없는 필연성의 세계로 주제가 발전해 오고 있는 것이다. 참으로 이 필연성과 행동성이 고치단명高致單明하게 주제와 밀착된 것이 현대성이라 할 것이며 동시에 현대문학은 이러한 기초 위에서 뿌리를 박고 새로이 성장하고 있는 것이다. 그런데 근대 자본주의가 '아시아'의 민족 형성을 제국주의적 수단으로 통합시켜 버린 것과 때를 같이하여 문학에 있어서도 주관적인 개인주의문학이 민주주의적 평등 정신에서 이반離反하여 새로이 성장하는 민족의 통일된 자유정신을 분해시키기 위해 온갖 보수적 '모델'로 대표되었던 것이다. 일찍이 개인주의가 민주주의의 중요한 발전적 계기가 된 것처럼 심리주의문학도 역시 한때는 현대문학에 공헌한 바 컸었다. 확실히 '조오지·에리옷트'의 심리적 '리아리즘'은 관조적이며 정적인 자연 세계로부터 행동하는 인간 사회로 옮기게 하였던 것이다.

그러나 그것은 인간의 잡사한 신변적인 것과 내면적인 생활로 파고들면서 사회적 환경이라는 개관적 현실을 받아들이지 않았으며 또한 개인을 통일 있는 인격으로서가 아니라 의식의 흐름으로 분해시키면서 생리적 생활에 멈춰 버렸던 것이다.

실實에 있어서 예술의 본질을 구명하는 이른바 예술 순화 운동을 일으킨 순수문학의 근본적 의도는 전후 문단의 유파적 혼잡을 계기로 하여 민족과 문학을 그리고 인간과 사회를 서로 관련될 수 없는 이질적 세계의 소산으로 단정하고 이른바 인간성을 민족이나 사회적인 생활로부터 격리시키면서 감각적인 생리의 세계로 내향內向하기 위한 그러한 것이었다. 그런데 이러한 순수 인간과 영원성의 탐구는 인간의 본질을 구명하고 있음에도 불구하고 그 이면에는 사회악을 혐악嫌惡함으로써 그것을 도리어 영존화永存化하며 또한 인간을 원시적 형태로 증류蒸溜하면서 개성도 생활도 없는 그저 범용 그대로 유형화하려는 이러한 전후 감정이 회고주의자들에게 파격적으로 영합되었던 역사의 낙후성에서 설명되어야 할 것이다.

이와 같은 반칙적인 역현상이 유파적으로 대두되었음에도 불구하고 현대적인 서사 정신이 새로운 사조를 대표하였고 독자성과 자유를 향유하려는 '아시아'의 민족적 현실 정신이 가장 새로운 유파로 성장하면서 있는 것이다. 이러한 사실들은 이른바 서구의 문학이 감각적인 '리아리즘'에서 정체하고 '데코레에숀'에만 소일하고 있는 오늘의 경향에 비추어 볼 때 너무나도 뚜렷한 현상이 아닐 수 없다.

오늘날과 같이 민주주의와 민족의 자유정신이 불가분의 유기성을 가지고 결합되었던 때는 없었으며 서사시와 산문이 민족적 집단의 정치적 경제적 군사적 및 정신적인 통일 과정을 이처럼 새롭고 풍부하고

‘리얼’하게 표현하기 시작했던 시대도 없었던 것이다.

민족의식이 강하지 못한 대부분의 작가들은 자기의 문학적 표현이 어떠한 사상이나 정치성을 띄우고 있다든가 또는 유파적 속성을 띄우고 있다는 것을 의식하지 않는다.

그리하여 불합리한 현실에는 극히 무감각하며 그저 마음 쓰이는 대로 자연스럽게 표현하면 민족의 표현이야 어찌 되었든 그것이 문학의 가장 본연한 것인 줄로만 알고 있다. 그러나 이러한 순수관을 일단 역사적인 현실 앞에 놓고 분석해 보면 거기에는 우연하게 작가의 주관적인 유파성이 정치적으로 존립할 수밖에 없는 그러한 처지에 놓여 있으며 또한 그것이 반민족적 보수적인 유파를 돕고 있었다는 사실은 이미 문학사적으로 입증되어지고 있는 것이다.

2.

2차 대전 후 ‘지이드’나 ‘파테리’의 순수적 영역을 물려받은 작가 ‘에네스트 · 헤밍웨이’는 문학에 있어서 치밀한 예술 본질의 공식을 추구하면서 ‘봐지니아 · 울프’의 이른바 감각적 수법을 토대로 하여 문학으로부터 민족의식과 정치성을 제거하려는 신심리주의 절정기를 대표하고 나아가서 새로운 감각적인 ‘리아리즘’을 개척하였다.

1954년 ‘노오벨’문학상의 수상 작품으로 된 ‘헤밍웨이’의 근작 《바다와 노인》 속에는 하나의 통일화된 인격을 생리적 감각으로 분해시키는 작용이 극히 자연스럽게 연출되어 있다.

즉 사상이나 관념이나 상징은 찾을래야 찾아볼 수도 없고 다만 바다에서 사는 노老어부의 대자연에서 단순하고 육체적인 행동이 있을 뿐이며 이러한 순수 행동과 직결되는 심리적 현상이 의식의 과정을 밟지 않고 순수 감각만으로 표현되고 있다.

소설 속에 등장되는 대어大漁는 그대로 대어로만 보이지 대상을 수영受映하는 대심적對心的인 사상이나 의지나 개성은 전혀 없다.

그리고 노인과 소년은 그저 그대로이지 인간의 성분이나 직능이나 또는 사회성도 없으며 그리고 의인義人이나 선악의 '모랄'도 아닌 참으로 백지처럼 순박하게 묘사되어 있다. 이 밖에 바다는 바다 그대로이고 구름은 구름 그 자체이며 비어飛魚와 상어鱶魚는 그 이외에 아무것도 아니었다. 그리고 이러한 자연 그대로의 정황을 과장하는 아무런 관념이나 사상이란 손톱만치도 개입되지 않았다. 낚싯대에 날아 앉는 어린 갈매기나 물에서 뛰는 고기에게 자연스럽게 마음속으로 이야기하는 이 너무나 순박한 내적 독백 속에서 실은 작가 '헤밍웨이'가 하나의 통일된 인격과 의식적인 인간을 고의적인 것으로 소원疎遠하면서 문학의 사회적 현실의 반영을 의식의 흐름 속에서 생리적 감각으로 분해시키고 있는 것이다. 이러한 수법은 일찍이 '제임스 · 조이스'의《유리시이즈》니 '도스토예프스키'의《죄와 벌》그리고 '닷케 · 스'의《2도二都 이야기》에서도 볼 수 있었던 것이다.

사념의 단속斷續이 논리를 극도로 무시한 인상적인 순수 감각 그대로이며 '포에지'의 세계에 있어서 듣는 사람이 없고 소리로 내놓을 수 없는 내적인 곳에까지 파고드는 무의식 그 자체는 결국에 생리적인 감각에 모든 것을 귀결시키려는 시도인 것이다.

이러한 무無에 가까운 공백은 실實에 있어서 현실 생활의 불안에 쌓인 초조한 사념 분석가들이 그들의 마음으로 부러 현실을 격리시키려고 하던 공백 시대의 소산이며 또한 통일된 인격과 민족의식을 공간적인 '파라아자'로 은폐하기 위한 그러한 것이었다.

그리하여 자기의 운명을 판가리하는 중대한 판국에 맞선 통일된 민족을 홀로 외떨어진 인간성으로 유인하면서 함께 몰입하려는 이른바

276

개인주의자 '헤밍웨이'의 근본적인 의도를 말해 주고 있는 것이다.

이것은 '지이드'가 사회악에 지쳐 버린 '톨스토이'의 참회록을 읽고 느낀 것이 현실 도피의 계기가 된 것처럼 '헤밍웨이'는 '지이드'나 '고로아'의 전쟁 기행문을 읽고서《전장아 잘 있거라》또는《누구를 위해 종은 울리는가》등의 일종의 행동주의에서《바다와 노인》과 같은 가장 초보적 형태인 순수 감각으로 회복하고 있는 것이다.

이러한 사실들은 오로지 현대문학 있어서 감각적 유파의 문학이 정체 상태에 빠졌다는 것을 말한다. 정치나 경제는 발전이 정체되면 전쟁적 수단을 발하는데 문학은 그와 반대로 '신新'이라는 새로운 '레벨'을 붙여서 고전으로 돌아가거나 또는 형식주의로 도피하는 경향이 많았다. 즉 예술파 문학이 정체 상태에 빠졌을 때 '도스토예프스키'나 '발작크' 속에서 생리적 요소를 안출案出해 내듯이 영국의 '봐지니아 · 울프'는 '뚜르게네프'를 연구하고 현대음악에 지루했던 불란서의 악계가 '모오찰드'를 찾기 시작했던 것이다.

그리하여 '네오 · 휴매니즘', '네오 · 크리시즘' 신심리주의 '쉬르 · 레아리즘' 등 일련의 회전적 과정이 전개되었다.

그리고 '레아리즘'에 있어서도 내면적인 유파는 그 감각적 수법이 개인주의의 소장과 더불어 '만네리즘'에 빠지게 되자 새로운 방향을 개척하기 위하여 이른바 '헤밍웨이'의 10년간이란 기나긴 모색기가 있었던 것이다.

그러나 이와 같이 '헤밍웨이'의《누구를 위해 종을 울리는가》의 이래 10년간의 침묵은 전설의 현대적 조형밖에 아무것도 낳지 못했던 것이다. 즉 작가는《바다와 노인》속에서 하등 동물과 자연 현상을 미적 세계의 가공적 대상으로 정리해 놓고 내적 직감의 난발爛發이 무질서와 체계 없는 오성悟性으로 자기와 독자를 전설과도 같은 현실 이외의 세계로 함께 몰입케 하려는 이른바 막다른 골목에 이르는 순수 감각의 초조가 얽히어 있을 뿐이다. 그러나 한편 '헤밍웨이'가 이《바다와 노인》속에서 즐겨 재주 부리는 분석과 해부와 개별화의 이른바 새로운 심리 묘사와 감각 묘사의 '스타일'은 그 대상을 단순히 조형적이며 고전적인 봉건성에만 국한한 것이 아니었다.

'봐레리'는 '라씨이누'의 '조형시'를 현대적 감각으로 분석만 하였고 '도스토예프스키'는 '고오리'의 '아레고리'를 개별화시키는 데 그쳤지만 '지이드'의 유일한 후예인 '헤밍웨이'는 한걸음 더 나아가 고정적이며 정지적인 종래의 '리아리즘'에서 부단히 움직이는 '리듬'을 존재 속에서 인식하고는 있으나 문학에 있어서 '리아리즘'의 현실 정신과 지적知的 질서를 하나의 생리문학으로 대체시키고 있는 것이다.

즉 하나하나의 표현이 암시나 은유나 회유를 그 기본적 창조 방법으로 삼던 근대적 수법에서 발전하여 주제에 직접적으로 밀착되고 영향을 주는 이른바 현대문학의 동적動的인 척도가 이루어졌으나 상징적인 지성과 체계가 갖추어지지 못한 점에서 본질적으로 보아 전전戰前의 감각적 유파에서 진보하고 있다고 보아야 할 것이다.

그는 말하기를 문학예술은 본질적으로 민주주의라든가 또는 민족의식 등 이러한 객관적 현실을 영합하지 않아야 하며 역사적인 시대의 특수성을 하나의 군소한 목전의 현상으로만 봄으로써 이에 개의치 말아야 한다고 한다. 이와 같은 그의 순수 감각의 이론은 그가 1920년대부터 시도해 온 치밀한 예술소설의 순수 공식이 근대문학으로부터의 낡은 관조적인 실험론의 전승과 그리고 너무나도 단순한 그의 감수성에서 이루어진 것이며 소설《바다와 노인》은 이의 가장 근본적인 작품이라 할 것이다. 즉 몰민족적 태도와 범인간적 반동의 공식화로 내향하고 주의 깊이 숙달시킨 가장 추상적인 형태를 취한 작품인 것이다.

그는 문학에 있어서 사상성의 개입은 소설의 소재를 더럽히고 위조케 하는 관념을 조장시킨다고 말한다. 그리고 그것은 감정과 의의를 혼란케 하며 지적 흥미의 결핍缺乏과 또한 개념적인 것을 경험 대신으로도 문학 속에 기계적으로 주입시키려는 이른바 주인主人주의 작가들을 조소하였다. '헤밍웨이'의 이와 같은 절대성과 소설의 단순미에 대한 공식적 이론은 그의 너무나도 관조적인 경험론에 입각된 것이며 또한 이러한 주인주의에 대한 부정은 어디까지나 현실 이외의 환상 세계에서 이념만 분비하는 감각파 작가 자신에게 대하는 자가당착격의 부정이었지 철두철미 현실성에 입각한 현대적 민족문학의 작가에게 그러한 조소를 보낼 수는 없는 것이다.

왜냐하면 작가가 민족의 자유라는 현실 속에 직접적으로 참가함으로써 그 핵심 속에서 얻어 낸 소재의 현실성과는 반대로 상아탑에 앉아서 사념의 분비를 위주로 한다든지 또는 관조적인 경험의 부박한 지식을 유일한 소재로 하여 신변잡사만을 묘사하는 그러한 것과는 그 '리알'의 차질差質이 너무나도 판이한 것이기 때문이다. 가령 여기서 '헤밍웨이'의 지론을 좇아서 자기 민족의 자유를 갈망하는 의식으로 통일된 인간에게 정치적 현실을 판단하는 비판적인 관찰력과 민족성에 입각한 과학적인 사고방식을 사상捨象해 버리고 단순한 인간성의 생리만으로서 생활하라고 한다면 그것은 마치 인간으로부터 진실성을 사상하고 또한 민족으로부터 자유 의식을 제법除法해 버리는 것과 마찬가지의 일이 될 것이다.

그러므로 여기에 있어서 민족문학은 창조적 역능役能을 가진 작가의 민족적 세계관이 문학 속에 반영되는 그러한 필연적인 작용을 적극 허용하여 나아가서 그 작가가 역사적 시대정신을 통하여 자기가 옳다고 신념하는 진실을 객관적으로 창조할 수 있는 이론적 해명과 또한 이에 대한 형상적인 과장의 합칙성을 제시할 수 있는 것이다.

따라서 작가는 자신의 민족의식을 가장 객관적인 위치에 세워서 작품 속에 그 정치성을 제시할 수 있다는 것과 동시에 현실의 올바른 반영을 통하여 독자로 하여금 작가가 지향하는 세계로 이끌어 올릴 수도 있고 또한 동화시킬 수도 있는 것을 강조하는 것이다.

문학 속에 제시되는 작가의 이러한 민족적인 세계관의 반영은 동시에 정치성의 반영이기도 한 것이며 또한 작품 속에 작가의 민족의식이 반영된다는 것은 문학의 정치적 참여에 대한 이론적 배경인 것이다. 그러므로 문학의 정치성은 민족의식이라는 하나의 역사적 시대정신이 주제에 직접적으로 밀착하는 현대성의 반영이기도 하는 것이다.

이와 같이 현대적 서사문학이 지향하는 민족적 '리아리즘'은 이러한 역사적 시대정신으로서의 통일된 민족의식을 있는 그대로 반영하며 나아가서 약소민족들이 완전한 자유를 확보해야 하고 또한 담보할 수밖에 없으며 그리고 주권의 자립이 계기적繼起的으로 수행되면서 있는 이러한 역사적인 관점에서 현실을 개괄하고 인섬認識하는 작가의 세계관이 문학 속에 구체적으로 반영하고 또한 정치적으로 참여하게 되는 것을 적극 제기하게 되는 것이다.

다만 여기서 밝혀 두어야 할 것은 그 작가가 주관적인 편견에서 나온 개념적인 것을 기계적으로 작품에 주입시키려고 할 때에 문제가 될 뿐이라는 점이다. 문학에 있어서 정치적 과오는 이러한 주입주의에 있는 것이다. 왜냐하면 주입주의야말로 문학예술의 형상적 본질을 극도로 몰병沒甁하기 때문이다. 참으로 현실의 있는 그대로부터 출발한 '리아리즘'이 행동하는 인간 세계에 있어서 가장 커다란 문제인 자유 '아시아' 민족의 대의를 위한 역사적 당위와 결합되었다는 것은 너무나도 필연적인 소산인 것으로서 주인주의와는 정반대의 차질을 가지고 있다는 것을 입증시켜 준다.

그런데 한편 민족문학과 순수문학과의 본질적 상이점은 비단 정치적 참여의 문제에서뿐만 아니라 미의식에 대한 관점에서도 볼 수 있는 것이다. 즉 하나의 대상에 대하여 사상이 개입되었거나 안 되었거나 불구하고 '헤밍웨이'의 지론대로 아름다운 꽃은 그저 아름다운 꽃일 수 있고 어여쁜 여인은 그대로 어여쁜 여인일 수도 있다. 그러나 그저 아름답고 그래도 어여쁘기에는 우리들 생활이 너무나 풍부하여 또한 심각한 것이다.

단순이라든가 순진이라든가 하는 그러한 순수적 사고방식으로서는 오늘의 역사적 시대정신이라고 할 만한 '페이지'도 엮어질 수 없으며 또한 진전될 수도 없는 질력秩力한 것이 되고 말 것이다. 왜냐하면 순수하기에는 너무나도 진실이 앞서기 때문이며 또한 객관적 환경 속에서 생활하는 사회적 인간이 대상을 보고 느끼는 데 있어서 반드시 어여쁜 것과 아름다운 것에 대하여 자기의 현실적인 고유한 생활 감정이나 또는 민족 감정과 분리시켜 놓고 생각할 수 없기 때문이다.

그리고 자기의 고유한 감정과 공통된 그러한 아름다움이 있다면 거기서는 순수한 것에 머무를 수는 없는 의식이 선행하는 것이다. 그리하여 한걸음 더 나아가 아름다워야 하고 또 아름다울 수밖에 없는 것까지도 함께 향유하게 된다. 그것은 마치 자유를 갈망하는 약소민족들에게 있어서는 모든 아름다운 것이란 자유와 독립이라는 그들의 최고 목표와 분리시킬 수 없는 것과 같으며 또한 이것은 그들의 미의식 자체가 생활 속에서 진실과 함께 유기적으로 반영되어진다는 것과 마찬가지의 사실이라는 것을 말한다.

이와 같이 민족적 진실성이 통일된 감수성으로서 그 대상에 관련될 것이며 동시에 생활 감정이기도 하는 이른바 미의식의 민족적 대심력對心力이 뚜렷하게 존재할 것이다.

그러므로 '코오렌'의 말대로 미美는 인식이나 의욕과는 대신에 순수 감정만이 그 근원과 내용을 구성한다고 하기에는 우리의 현실 생활이 너무나도 민족적이며 자주성의 의식이 강렬하다는 이러한 사실이 선행하는 것이다.

그런데 여기서 한마디 첨가하고자 하는 것은 작가 '헤밍웨이'를 논평함에 있어서 그의 탁월한 예술소설의 공식을 완전히 묵살해 버리고 우리는 협소한 주관적 해석만으로 대심할 수가 없다는 사실이다.

왜냐하면 그것은 첫째 '헤밍웨이'가 다른 순수 작가 '죠이스'나 '울프'나 '콕드'나 '지이드'보다도 관조적 경험이지만 한결 행동적이었으며 둘째 그것이 극히 내면적인 것이나마 외면적인 계기를 인식 포용했었으며 그리고 셋째로 국한된 사념의 세계에서 벗어나려고 하는 그의 새로운 감각적 수법 등 이러한 사실들은 문학의 현대사적 유산으로 봐야 할 것이기 때문이다. 그러므로 정치적인 소재가 말초적으로 주입되어 있는 '샤르트'나 '까뮤'에 감동하고 범저항적 실존주의를 신경질적으로 쾌미快味하거나 또는 '푸로스트'나 '포오크너'를 무조건 환영하며 '모더니즘'과 같이 이해와 기의적인 형식적 모형을 즐기는 등 이러한 편협에서 '헤밍웨이'의 순수성을 멸시해 버리기에는 너무나 큰 문제가 맞서 있다는 것을 말하지 않을 수 없다.

참으로 여기서 본질적으로 문제가 되는 것은 문학에 있어서 정치성의 표현이 있을 수 있느냐 없느냐 하는 점에 있는 것이다. 즉 문화에서 정치성을 제법하려는 '헤밍웨이'의 이론적 배경에 본질적으로 흐르고 있는 것은 그에게 행동적인 현대 감각이 있음에도 불구하고 그것이 이른바 절대성과 영원성이라는 순수적 고전관에서 출발하고 있다는 점이다.

작가는 고전을 하나의 영원이라는 신비스러운 개념 밑에 역사적 현실을 과도기적인 것으로 경시해 버리는 왜곡된 관념에서 보고 있다.

그리고 그의 행동성은 어디까지나 역사를 하나의 단순한 양적 축적으로서의 시대잡사時代雜事인 것으로 보거나 또는 그렇지 않으면 생명이 없는 기록이나 유행적인 것으로 보도록 함으로써 고전성과 현실성을 서로 분리시키면서 고전을 절대적 관념과 무無사상성으로 대체시키고 있는 것이다.

실實에 있어서 고전이란 어느 때의 작품이고 간에 당시의 민족적인 환경 속에서 벗어날 수 없으며 또한 역사적인 시대정신과도 불가분의 연관성을 가지고 성립되는 것이다. 그리고 이러한 요소들이 고전의 본질적인 배경으로 존재해 있어야 한다고 본다. 그러나 《바다와 노인》은 마치 순박한 백지가 성장해 가면서 있는 통일된 현대 정신의 조류 앞에서 초극적이며 영원적 초시대超時代를 외치면서 극히 천박한 관조적인 경험을 유일무이唯一無二한 현실로 삼고 사념의 분비만을 열거하고 있는 것이다.

그런데 엄밀하게 분석해 본다면 아무리 순수하고 영원성이 표방된 고전이라 할지라도 당시의 역사적인 '아이테아'가 선진적이든 보수적이든 고사 간에 민족적 형식을 통하여 작품 속에 흐르고 있지 않는 것이라고는 하나도 없었다. '괴테'는 《파우스트》를 독일민족의 설화 '구비문학'을 소재로 하여 칸트 철학의 역사적 '이데아'를 철학자 중의 철학자로서 《파우스트》라는 전형으로 반영시켰던 것이다. 그리고 그 작품 속에 흐르는 동경과 혜지慧智와 건설은 자연과학의 초기적 발달을 배경으로 하였으며 그 시대적 신경으로서의 '칸트'의 합리주의 철학이 정신과 물질 천국과 지상의 대조 관계를 자연과 예술과 관조로서 정화하고 새로움을 찾는 지성적인 의욕이 민족적 전통의 형식을 통하여 묘사되고 있는 것이다.

이와 같이 고전으로서의 《파우스트》에 있어서도 알 수 있는바 민족적인 형식과 역사적 현실 정신의 내용이 뚜렷하게 나타나 있다. 기실 여기서 집필 연월일만 안 써 놓으면 백 년 전에 쓴 것인지 천 년 전에 쓴 것인지 알 수 없는 작품일망정 소재의 형태와 언어의 '스타일' 그리고 표상된 생활 양식은 그 시대와 그 민족의 소감이 아닐 수 없는 것이다. 하나의 작품이 고전이기에는 그것이 보다 더 철저하게 역사적으로 선진先進된 시대정신에 입각해야 하며 또한 민족적 전통으로 하여금 새로운 세대로의 발전에 함께 호흡하고 함께 지양될 수 있게 개시해 주는 유산적遺産的 성질이어야 한다고 본다.

'셰익스피어'의 작품의 우수성은 참으로 이러한 역사성 속에 있으며 '베에토벤'의 음악을 참다운 고전이라고 부르는 것도 역시 그 시대의 역사적 자유정신이 민족적 전통과 더불어 작품 속에 흐르고 있었기 때문이다.

다시 말하면 한 시대에 고착되거나 또는 그 시대를 경시하는 것이 아니라 역사적 시대정신이란 배경을 통하여 인간 전체 우주 전체 또는 민족 전체의 발전을 개시할 수 있는 그러한 것이어야 한다. 즉 이러한 것이 참된 고전성일 것이다. 그런데 과연 이러한 고전성이 '헤밍웨이'의 《바다와 노인》 속에 흐르고 있는가 하면 그것은 그림자도 찾아볼 수 없다. 다만 있는 것이라고는 문학 속에서 역사성과 그리고 통일된 민족과 인간 의식을 제상除象하려는 유파적流派的 연출력이 잠재해 있을 뿐이다.

그리고 약해지고 소멸해 가는 개인주의적 전前 세대의 사조가 순수 감각의 소설인 《바다와 노인》 속에서 정화 작용을 일으키면서 재생되고 있는 것이다. 그러나 아무리 《바다와 노인》이 무사상적인 순박과 공백의 존재라 할지라도 근대 사조의 불합리한 조리條理에 저항하는 인간의 자유정신이 세계사에 행동적으로 작용하고 있는 이러한 역사적 환경 앞에 아니 설 수는 도저히 없는 것이다.

여기에 있어서 민족문학의 현대적 정신은 민족의 자유정신의 '모티브'를 가장 현실적으로 반영하고 있는 '리아리즘'과 굳게 결합되는 것이다. 그리고 작가가 정치적 인식에 있어서 어떠한 유파에 소속되어 있는가를 불문하고 작품 속에 일관하는 것은 이러한 민족적 현실 정신을 잊어버리지 않는다는 점에서도 특징적인 것이다.

284

또한 민족의 고유한 생활 감정과 '모랄' 그리고 고민과 저항의식 등 이러한 전통을 토대로 하여 역사적 시대정신인 민주주의적 대의大義와 함께 호흡하고 동화하면서 작용하는 정예력精銳力 있는 통일된 인격의 구현이야말로 민족문학의 다시 말하면 후반기의 서사시와 산문의 현대적 정신이라 할 것이다. 그러므로 한국문학이 올바른 역사적 전통의 계승과 현대성의 섭취라는 2대 명제를 목전에 두고 민주주의를 수호하기 위한 피어린 수난과 저항으로 하여 후반기로 맞이한 역사적 과정의 초점에 있어서 지향해 나가야 할 길이란 무엇보다도 6·25의 경험을 토대로 하고 과학적이며 비판적인 사고방식과 민족 지성의 강인한 의지력으로써 통일된 '모티브'와 전형을 가져야 하리라고 믿는다.

—

민족문학과 리얼리즘의 관계에 대해 서양문학의 예를 들어가면서 심도 있게 해명하고 있는 비평이다. 여기서 최일수는 민족문학과 리얼리즘의 관계를 헤밍웨이의 《바다와 노인》이라는 작품을 예로 들어 설명하고 있는데 그가 보기에 《바다와 노인》을 쓴 헤밍웨이는 현대적 민족문학 작가가 아니다. 따라서 헤밍웨이의 순수 감각은 최일수에게 있어 비판의 대상이 되며 그는 소설 《바다와 노인》이 이의 예증이 되는 작품에 해당한다고 보았다. 즉 최일수는 《바다와 노인》을 현대적 서사문학이 지향하는 민족적 리얼리즘이 아닌 몰사회적, 몰민족적 태도와 범인간적 반동의 공식화로 내향하고, 이를 주의 깊게 숙달시킨 가장 추상적인 형태를 취한 작품이라 보고 있다.

* 이 글은 《朝鮮日報》(1955. 1. 12)에 실린 〈現代文學과 民族意識—헤밍웨이의 순수감각 비판〉을 원전으로 하고 최예열이 엮은 《1950年代 戰後文學批評 資料 1》(월인, 2005)을 토대로 재구성한 것이다.

민족문학 확립의 과제
― 20세기적 관점에서의 방법론

김양수

1. 민족의 전통

한 민족의 역사가 그 민족의 전통에서 이루어지는 것이라고 할 것 같으면 한 민족의 전통이라고 하는 것은 그 민족의 민족정신의 실체라고 할 수 있을 것이다.

또한 민족정신의 실체가 한 민족의 전통의 '에센스'라고 한다면 민족정신을 이루는 것은 그 민족의 개개인의 집단 생활이 추출해 낸 그 민족사회의 생활 이념이며 천부天賦의 발로일 것이다. 그러므로 천부된 인간성의 의식적 혹은 무의식적인 정리와 발전을 위한 노력이 그 민족사회의 생활 이념을 확립함으로써 전진하는 한 사회가 형성되는 것이고 그 사회의 생활 이념은 민족정신의 바탕이요 실체로서 나타나게 되는 것이다. 그리하여 한 민족사회의 생활 이념이 확립한 민족정신의 실체는 유동하는 시간과 확대되는 진폭 작용에 의해 전통을 이룩하고 그 전통이 한 민족의 역사를 이루어 놓는 것이다.

그러나 한 민족의 역사는 그 민족의 전통을 재구성한다. 전통에서 이루어지는 역사가 전통을 재구성한다는 것은 모순도 역설도 아니다. 모순은 오히려 전통에서 이루어진 역사가 전통을 재구성하지 못하는 데 있는 것이다. 왜냐하면 전진하는 역사의 참다운 의미는 전통의 파괴와 재정리 재구성에 있는 까닭이다. 한 민족의 역사가 전진한다는 것은 그 민족의 민족정신의 실체가 전진하는 것이다. 그러므로 그 민족의 민족정신의 실체가 발전하는 것은 그 민족사회의 생활 이념이 전진 발전하는 것이다.

한 민족사회의 생활 이념은 늘 고정되어 있는 것이 아니다. 유동하는 시간과 확대되는 진폭 작용에 의해 변혁되는 것이다. 이는 인간의 생활 이념이 변혁하는 이유에서인 것이며 인간의 생활 이념이 변혁하는 것은 인간의 생활 의욕이 변혁하는 때문인 것이다. 생활 의욕의 변혁! 이것은 곧 인간의 창조 의욕의 전진과 발전을 뜻하는 것이다. 그리고 창조 의욕의 전진과 발전이 있음으로써 참다운 민족의 역사가 전진하는 것이고 그 민족의 역사는 전통을 재구성하게 되는 것이다.

한 민족의 전통이 하루아침에 이루어지는 것이 아닌 반면에 한 민족의 전통은 한결같은 습성만을 고집하는 것만도 아닌 것이다. 그것은 한 민족의 역사가 한결같은 습성만을 전통으로 이어 온 것이 아닌 까닭에서이며 또한 한결같은 습성을 고수하는 것은 전통의 시체를 고수하는 것에 지나지 않는 이유에서인 것이다. 한결같은 습성에의 집착이나 고집은 새로운 창조를 위한 전진이나 발전을 의욕하고 지향하려는 것이 아니고 과거의 안이 속에 자신의 평안을 의뢰하고 자신의 평안으로써 스스로의 무능과 나태를 위로하고 스스로의 노력과 투쟁심을 회피함으로써 줄기찬 역사 창조의 대가를 공으로 누리고 보답하지 않으려는 비생활적인 정신에서 우러나온 것이다.

감상적인 과거에의 향수나 막연한 지나간 전통에의 고집은 한 민족의 민족정신의 정체를 초래하는 것이며 시체가 된 정통 앞에 무작정 무릎 꿇고 타협하는 소극적 '휴머니즘'의 달콤한 장상곡만을 연주케 한다. 그러나 진정한 의미의 전통의 계승은 그러한 전통의 시체에의 감상이나 타협이 아니고 그 시체 안에 오늘의 호흡을 불어넣는 것이다. 그리고 그 과거의 시체 안에 오늘의 호흡을 불어넣는다는 것은 '엘리어트'의 "과거를 과거로서만 머물게 하는 과거성만으로서가 아니라 과거의 현재성을 지각케 하는 역사감을 포함함으로써 비로소 …… 전통적인 존재로 한다"는 말과 통하는 것이다. 그러나 또한 과거의 과거로만 머물게 하는 시체에의 타협의 양기揚棄는 오늘 현재의 시간에서 오늘 현재의 시력으로 바로 본 과거 안의 현재성을 필요로 하는 동시에 오늘 현재의 시력을 조성하는 그 민족의 정신적 시력의 확보인 것이다.

오늘의 전 세계의 정신적 시력의 초점은 민족과 민족과의 연립 및 연합체를 구성하는 데 있으며 이는 세계적인 시력과 국제적인 시점을 지향하는 데 있는 것이다. 오늘의 전 세계의 생활 이념은 양洋의 동과 서를 대비하는 소극적인 상호 이해에의 지향이나 민족과 민족과를 인정 및 구별하는 민족 자결에의 '프로세스'를 지나서 전 인류의 공통된 활로를 동일한 시간 개념과 공간 의식으로써 추구하는 데 있는 것이다. 그것은 우리가 처하고 호흡하고 있는 현대라는 시간 위치에서의 민족 감정 및 민족 감각이라고 하는 것은 이미 하나의 상념으로서가 아니라 보다 실제적으로 인류 감정 및 인류 감각을 전제 내지는 포함하고 있는 때문이며 민족으로서의 인간이기보다는 인류의 일분자로서의 인간의 위치가 어느 때보다도 절실히 강조되고 있는 때문인 것이다.

이렇듯 민족의 테두리 안에서의 민족정신 환경에서 인류의 집성 혹은 위치 및 세포로서의 민족정신 환경에로 나아가게 된 시공에 처한 까닭으로 한 민족의 전통이 전 세계를 교통하는 데 필요한 국제적인 시점을 조성하려면 우선 그 민족의 정신적 시력의 종적인 박력과 국제적 시점의 횡적인 진폭 작용의 자각을 꾀하는 데 있는 것이다. 그리하여 '괴테'가 말한바 "가장 개성적인 것은 가장 민족적인 것이며 가장 민족적인 것은 인류적인 것이다"라고 한 합리적인 너무나도 합리적인 명언의 오해되기 쉬운 개념도 풀려지는 것이다. 그리고 한 민족의 정신적 시력을 국제적 시점으로 쏠리게 하는 힘은 오늘을 당한 그 민족의 민족정신의 실체인 생활 이념의 세계적 및 국제적 시점에서의 비판과 개혁에 있으며 이 비판 및 개혁에의 의욕과 지향이 참다운 그 민족의 전통을 역사를 창조하고 그 역사 또한 그 민족을 재구성하는 것이다.

일찍이 노신魯迅이 "일체의 전통 사상과 수법을 부닥쳐서 파괴하는 효장驍將 없이 중국의 참된 새로운 문예는 이룰 수 없으리라"고 한 말을 민족과 전통을 논하는 마당에서 누구나 잊을 수 없을 것이다.

2. 20세기의 설립 과정

"신은 죽었다. 신은 나 자신이다."

'니체'의 이 말은 인간 정신의 절망을 선언했다기보다 인간 정신 자립에의 선언이었으며 근대의 절정을 의미하는 것이었다. 르네상스 이래의 인간 선언이 참다운 실현을 보게 된 단계에서 정신적 봉화를 높이 들어 보인 것이다.

"인간은 정신적 개인이 되고 그리고 그러한 것으로서 그 자신을 자각한다."

르네상스를 중세와 구별하는 마당에서 '야곱 부룩할트'는 이렇게 말했으나 개성의 확립, 개성의 존중, 인간의 참다운 자유의 실천은 불란서 정치혁명과 민족의 자각이 나타나기까지 많은 과정을 필요로 했던 것이다. 《소설의 미학》에서 '알베르 티보데'가 말한바 적어도 귀부인들의 규방을 위해서 생겨졌다고 보아도 좋은 로마네스크 소설이 비평의 성격을 갖추게 된 《돈키호테》에 이르러 비로소 근대소설의 출발점을 나타내었고 근대소설의 본질은 소설에 향한 '부정에'에서 이루어진 것이라고 한 것은 문학에서의 비평의 존재를 중시했음은 물론 비평이야말로 인간 자각의 근본 요소임을 말한 것이 아닐 수 없다. 희랍·로마를 포함하는 고대의 자연 중심주의와 중세의 종교(신) 중심주의를 거쳐서 자연과 신에 의뢰하지 않고 그들에게서의 독립을 자각한 르네상스의 인간 중심주의 선언은 그 인간의 막연한 우월감이 자연과 신이 지니고 있던 위력을 왕관과 귀족계급에게 교체시키는 데만 그치고 말았다.

국가의 자각은 국가주의 제도의 실천만을 그리고 시민계급의 해방은 귀족계급에의 선망과 특권만을 안겨 주는 결과만을 가져왔던 것이다. 그리하여 자연과 신에게 봉사하던 인간의 전부는 또다시 왕권에 봉사하고 사역하는 봉건주의 사회 제도에서의 답보만을 하고 있을 뿐이었다. 그러나 그러한 가운데서도 비평 정신의 '싹'은 차츰차츰 자라고 있었던 것이다. 왕권과 귀족 사회의 부패도 그 원인이 되겠지만 18세기에 고조한 합리주의는 구라파적 사고의 전형으로서 그 위력을 발휘하기 시작했던 것이다. 자아의 확립이라고 하는 관념이 설정되면서부터 개인적 인격의 존중, 개인의 권리, 개인의 자유, 개인을 토대로 한 개성의 발휘가 사회적인 과제로 화하여 가자 사회는 이미 전회의 발걸음을 떼어 놓아야 했던 것이다. 19세기 특성은 이러한 역사의 전회를 입증하는 개성과 개성의 대립을 또한 초래하기도 하였다.

종교에 있어서의 산업 혁명은 일반 시민층의 확고한 세력과 위치를 마련하였다. 소시민의 탄생과 발흥은 확실한 인간 정신의 귀중한 전진이요 발전이었다. 그러나 이 전진과 발전과 함께 찾아온 것은 근대라는 이름 아래 쌓어 온 물질문명의 맹아였으며 기술주의의 기초인 초기 자연과학의 합리적 체계화와 실험이었던 것이다. 자연에의 의뢰도 신에의 의뢰도 모두 거부하고 오로지 인간의 자립만을 선택하고 나선 그들은 물질과 기술에게 스스로의 활로를 맡길밖에는 없게 된 것이다. 인간의 자유로운 개성을 지탱하려고 하면 할수록 인간은 물질을 이용하지 않으면 안 되게 되었고 또한 기술의 발달을 통하지 않으면 안 되게 되었던 것이다. 클로드 베르나르의《실험의학서설》의 영향도 있지만 에밀 졸라의《실험소설론》은 차라리 인간이 자연과 신에게서 자립하기 위한 성급하면서도 적극적인 의욕이었던 것이며 근대정신의 합리화를 실험으로써 증명하려는 초조한 분석 태도였던 것이다.

그리하여 근대의 역설은 이를 발판으로 그의 성격을 명확히 하였다. 개성의 자유와 개성의 존중은 수많은 개성의 출현과 대결 그리고 난립을 초래하였다. 고전주의와 낭만주의의 대결, 자연주의, 사실주의, 상징주의의 난립과 대결들은 왕권과 귀족의 세계에서 소시민의 생활 속으로 '바톤'을 넘긴 근대 자연 의식의 모습이었으며 산문 정신의 확대하는 무한성이었던 것이다. 주체할 수 없는 자연과학의 기초적 방법론은 《보바리 부인》을 위해서 '폴로베르' 자신이 비소를 입에 대어 보고 구토를 하지 않으면 안 되는 실증주의 위엄을 보여 주었고 그리하여 "보바리 부인은 나다"라고 갈파해도 의심받지 않을 비싼 대가가 이루어진 것이다. 주체를 과학적으로 체계화하기 위해서 실험한 시에 있어서의 상징파나 회화에 있어서의 인상파는 그 시구의 분야나 암시로써 혹은 광선 변화의 추이와 분석으로써 오히려 주제의 의의를 말소하는 역할을 하였다.

주체를 논리적으로 분석함에 따라 도리어 주체를 말소시키게 됨은 이 무슨 역설인가! 인간을 위해 개성의 자유, 개성의 존중은 끝내 물질의 개성과 기술의 개성 자체를 자유롭게 하고 존중하기 위해서 있었

더란 말인가. 그리고 이것이 인간의 자아 독립의 양상이었으며 자아의
식의 지향점이었던가. 주축이 상·하로 그 위치를 변경한 것이다. 아니
상·하의 한계가 그 앞에서 말소된 것이다. 양극에서 자연과 신이 떨려
나가고 양극을 연결한 인간의 나신은 실험과 분해와 합리 및 실험으로
써 그의 자아를 독립해 가는 일방 또 하나의 객관적 조건과 대면치 않
을 수 없게 되었다. '데카르트'의 회의의 근저에는 자기완성에로 향하는
르네상스적 개아個我의 사상, 즉 자기중심적 결의가 복재하고 있었다.
그러나 그 자기중심의 독립이 절실하면 절실할수록 또 하나의 개성, 아
니 보다도 거대한 객관적 조건과 대결해야만 했다. 위기는 여기에서 머
리를 들었다. 세기 신이치瀨木愼一는 "이에 대해서 티보데에 의하면 19세
기는 비평의 대세기라고 불리우는 모양인데 비평은 동세기에서도 전
반과 후반이 전연 그 성격을 달리하고 있다. 전반기는 르네상스 이래
의 자아의식의 말하자면 달성을 표시했으나 그것이 자연과 인간의 대
립의 심화에 따라서 확대되어진 사회적 시야 속에서 점차로 붕괴의 과
정에 이른 것이 후반기인 것이다. 자기의 대상에의 전신을 용이하게 할
수 없는 객관적 조건이 출현한다. 그것에 대한 격투를 벗어나서는 주체
는 자기의 원리를 확립할 수는 없다"라고 한 다음 "주지하는 바와 같이
비평이라는 말은 위기라는 말과 대응한다. 그런 의미에서 비평이 참다
운 위기의 표현으로서의 성격을 띤 것은 근대의 붕괴기인 19세기 말이
었다. 거기에선 비평은 자기의 전신의 수단에서 투쟁의 수단에로 변했
다. 한 사람의 작가의 행위에 그의 존재의 전 중량이 걸려진 것이다. 기
술이라고 하는 행위의 비평에서 존재의 비평으로 변했다고 해도 좋은
것이다"라고 하였다. 자아의 확립은 자아의 존재를 가능케 하는 객관적
조건인 물질 및 기술과 대면하여 결투를 전개해야 했던 것이다.

그리고 그 격투의 전 중량을 지탱하고 재령幸領하는 것은 '비평' 바로
그것이었던 것이다. "신은 죽었다. 신은 나 자신이다"라고 한 '니체'의

선언은 '돈키호테'라는 기사의 말을 타고 걸어온 것이다. 그리하여 자아를 확립하는 근대의 전면과 자아가 위협을 받는 근대의 후면을 거쳐서 비평의 역정歷程은 20세기라는 무정부적 상태로 옮겨졌다. 20세기! 이 너무나도 찬란하고 비장한 이름. 이 벅찬 세기는 구라파에서 발생하여 동양을 침해 전도시켰을 뿐만 아니라 구라파 자체를 전복하였다. 물질과 기술의 역사는 드디어 인간의 내부까지도 변혁시키기에 이르렀다.

> 이 세상의 모든 근본적인 사물은 전쟁에 의해, 더욱 정확히 말하자면 전쟁에 잇따르는 특수 사정에 의해 침해되었다고 할 수 있다. …… 더욱이 이 모든 상처를 이은 것들 속에 '정신'이 있다. '정신'은 참으로 무참히 아픔을 입었다. 정신은 정신가의 흉중에서 신음하고 슬프게 스스로를 비판하고 있다. 정신은 깊이 자기 자신을 회의하고 있다.

이렇게 '발레리'는 20세기를 고뇌하고 호소해야 했던 것이다. 물질에서 나온 기술과 그리고 인간과의 복잡한 삼각관계를 앞에 두고 이 세기는 동·서를 넘어서게 된 것이다. 동양의 과거만으로서도 서양의 과거만으로서도 어떠한 민족의 과거만으로서도 도저히 해결할 수 없는 인간의 위기는 인간의 변혁을 요구할밖에 없다.

'마루로오'가 말한 "거대한 하나의 자연 안으로 자연화하려는 동양인"이나 "자연을 인간의 힘으로 다루어 자기 안에 또 하나의 자연을 마련하는 서양인"을 막론하고 투쟁과 극복의 과제가 도래한 것이다. 혼란과 위기의 세기는 인간의 전 구조를 변혁하지 않으면 안 되게 하였다. 전신의 역사가 인간에게 격투를 강요하고 격투는 또한 그 밑받침으로 비평 정신을 확립시키기에 이르렀다. 인간의 독자성과 물질 앞에서의 전신은 물질과 기술의 '메카니즘'에 의한 인간의 '메카니즘'화인 것이다.

　19세기 말까지 이르러 성숙할 대로 성숙한 인간의 역사는 인간 정신의 부정을 길러온 것이다. 그러나 르네상스의 부정은 자연 중심의 고대와 신 중심의 중세에 향한 부정이었으나 19세기의 부정은 인간 정신 자체에 향한 부정이었던 것이다. 그리고 드디어는 19세기 말까지 쌓아 온 성숙한 인간 역사를 송두리째 부정하는 20세기의 부정이 출현한 것이다. '돈키호테'의 부정은 지나간 한 세기를 부정과 위기의 소산인 비평을 이룩하기에 격렬하였으며 그 비평은 끝내 19세기 말까지를 넓은 의미에서의 자연주의 역사로 규정케 하고 20세기를 물질화하는 인간의 역사로서 성립시켰다.

3. '물질'에의 개안開眼과 극복

　"오늘의 새로운 예술도 위대한 기술 혁명에 의해 이끌려 온 것이다"라고 한 '허버트 리드'의 발언은 그대로 20세기를 척도하는 것이 아닐 수 없다. '물질'에 향한 수많은 문명 비평가들의 혐오나 불안은 사라져도 좋은 일이다.

　사실 금세기에 있어서의 물질의 위력은 인간의 모든 권위를 무너트리고 인간의 내부 생활까지에도 위협을 던져 주었다. 그러나 결정적인 혁명은 물질에서 나온 기술에 있었던 것이다. 이에 대해서 허버트 리드는 인간과 기술과의 인과관계를 들고 있다. 금세기의 전반에 걸친 변화는 극히 근본적인 혁명을 가져왔으나 그것은 구석기, 신석기의 양 시간대의 일어난 변화와 비슷하다는 것이다. 즉 선사 시대의 사회적 습관의 근본적인 변화와 같다는 것이다. 구석기 시대의 유목, 수렵 경제에서 신석기 시대의 안정된 생산 경제에로의 발전과 다름이 없다는 것이다. 다만 금세기에 있어서 물질이라고 하는 것이 어느 시대보다도 확대되

어 등장한 것과 그 물질을 다루기 위한 인간과 물질과의 대립과 마찰
에서 발생한 기술의 비약적인 발전이 인간에게 필요 이상의 추종을 요
구하는 데 대한 그 비정함과 또한 물질 중심이 끼친 인간 정신의 격하
를 저주하는 지나간 습관에의 타성에서 빚어진 차탄嗟歎이 혼란을 야기
시키고 있는 것이다.

　　따라서 세계의 인간이 살고 있는 제 지방의 등급 결정은 있는 그대로의
　　물질적 크기와 통계의 제 요소, 숫자(인구, 면적, 중요 물질) 같은 것들이, 결
　　국 다만 그것만을 가지고 지구의 제 구역의 등급을 결정하는 그대로 되어
　　버리고 말 경향이 있습니다.

　　이와 같은 '발레리'의 경고는 그러나 다음과 같은 그의 고발로써 한
층 강조되는 한편 또한 청산되어지기도 하였다. "선박의 동요가 너무
나도 격심했던 까닭에 제일 교묘히 매어 달린 '램프'까지가 드디어 전
복되고 말았을 정도입니다." 선실에 매어 달린 '램프'는 어떠한 격심한
동요에도 전복되지 않게 나침반과 동일한 평형을 유지하는 장치가 되
어 있는 것이다. 그러나 그러한 교묘한 장치로서 매어 달린 '램프'까지
평형을 잃고 전복되었다고 하는 것은 세계라는 이름의 선박의 크나큰
전복을 말하는 뜻이 아닐 수 없다. 이 앞에서 '발레리'는 비통한 표정
을 지으며 "정신은 정신가의 흉중에서 신음하고 슬프게 스스로를 비판
하고 있다. 정신은 깊이 자기 자신을 회의하고 있다"고 호소한다. 합리
주의가 걸어온 길은 그가 이루어 놓은 실증주의의 절정에 이르러 스스
로를 회의하지 않을 수 없게 된 것이다. 진통의 대기는 등가치의 희생
과 출산을 초래한다. 출산된 영아는 '물질'의 새로운 의의였고 성장 과
정은 기술의 발달이었던 것이다. '발레리'의 불안의 호소는 인류의 물질
앞에서의 피해를 예언하는 것이었으나 한편 물질의 존재 이유의 중대

함을 명시한 것이기도 하다.

신과 같은 영혼도 자연과 같은 섭리도 지니고 있지 않는 냉혹한 물질의 등장은 그러나 기술이라는 것을 인간에게 부여하였다. 그리고 그것은 인간이 신에게서도 자연에게서도 물려받지 않은 새로운 질서, 즉 물질에 의한 질서를 확립하기에 이른 것이다. 물질이라는 것을 인간이 인간을 위해서 지배하려면 물질의 질서를 파악하고 소유하여야 할 것은 정한 이치다. 그렇다면 물질에게서 나온 기술은 곧 물질의 질서를 형성하는 것이 아닐 수 없다. 그리고 그것은 곧 물질의 연구에 의한 '메카니즘'인 것이다. 물질의 질서를 소유하기 위해서는 인간은 인간 자신을 '메카니즘'화해야 한다. 이것이 참된 인간의 새로운 활로를 개척하는 방법이요 또한 수단인 것이다.

르네상스의 인간 중심주의 선언은 신의 질서와 자연의 질서의 구속에서 벗어난 인간의 질서를 확립하는 데 있다면 그 인간의 질서는 처음 개아個我 사상의 확립을 이루는 합리주의에 도달한 후 실증주의로써 그 개아 사상의 모순을 폭로하고 새로이 사회적 질서에 의한 인간의 질서를 추구하여 온 것이라고 할 수 있다. 그러므로 개인의 자유나 개인의 권리가 사회적 여건 속에서의 사회적 자유, 사회적 권리 없이 이루어질 수 없다는 것을 자각할 때 인간은 사회적 질서의 확립을 꾀하지 않을 수 없을 것이다. 그러나 산업 혁명 이후의 공업의 발달은 그 기능이 사회를 공업화하여 가고 한 사회가 형성되고 영위되어 가는 데는 물질이 낳은 기술에 의한 '메카니즘'을 확립하지 않으면 안 되는 것이다.

그러므로 사회는 자연히 '메카니즘'화에 보조를 맞추어야 하는 것이다. 물론 이렇게만 되면 오히려 인간이 품었던 인간의 자립과 자유에의 정신이 구속을 당하고 물질에 의해 인간 정신의 자유로운 권리와 창조적인 발전에 장해가 오고 피해를 입히게 되는 수가 발생하기는 한다.

그리하여 '발레리'의 말대로 인간이 살고 있는 그대로의 물질적 크기와 통계의 제 요소와 인구, 면적, 주요 물질 등의 숫자로써만 결정되는 경향이 생겨지는 우려가 있다. 그리고 '발레리'가 아니라도 이것은 모든 인간의 고뇌인 것이다. 그것은 인간이 어디까지나 물질이 될 수 없고 물질화할 수도 없는 것이기 때문이다. 인간은 끝까지 인간의 정신적 육체적 질서를 보유하고 있으며 인간의 정신적 육체적 질서는 또한 모순과 우연히 함께 살아가는 것인 까닭이다.

인간과 물질과를 구별하는 것은 인간에게 있어서의 생활감이 물질에 있어서의 실체감에 화해 예지를 내포하고 있는 것이다. 그러므로 예지가 깃들어 있지 않은 물질의 실체감은 인간의 생명감에게 이끌려 가야 하므로 인간과 물질과의 대결이 불가분의 것이 되는 한편 인간은 생활감이 없는 물질의 실체감 앞에서 고통을 느끼며 고뇌하지 않을 수 없게 되는 것이다. 주체와 객체의 격투가 빚어내는 고뇌라고 할 수 있다. 인간 생명의 아름다움이나 인간 생명의 의의는 고래로부터 생명과 생명이 부딪쳐서 빚어내는 모순과 우연과 착각에 있는 것이다. 그리고 그것은 인간이 인정이라는 진부하면서도 영원한 피와 살의 질서를 지니고 있는 까닭이다.

피가 지닌 그 정열의 유동성과 살이 가지고 있는 양감의 탄력성은 인정의 터전이 되는 동시에 그 인정은 또한 뼈의 체계와 신경의 감시 아래 조절을 당하면서도 아름다운 생명감을 발산한다. 그리하여 그 생명감은 서로 마찰하여 모순과 우연과 착각에 함입陷入되어 도취의 아름다움에 이른다. 그리고 이 도취의 아름다움은 인간의 생명감의 아름다움인 것이며 이것은 인간의 신성이라고 할 수 있는 것이다. 인간의 신성에서 비로소 인간의 예지라고 하는 것이 깃들인다. 그럼에 비추어 물질에게는 그러한 예지를 깃들이게 하는 신성이 없다. 왜냐하면 물질에게는 인간이 지니고 있는 피와 살이 없는 까닭인 것이다.

물질의 냉취(冷酔)함과 비정함은 인간에게 있어 피와 살이 빚어내는 모순과 우연과 착각의 아름다움이 없는 때문이다. 물질은 다만 차가운 실체감뿐이었다. 여기서 물질을 지배하고 이용하기 위해 물질과 대결하는 인간의 고뇌가 생길밖에 없다. 그리고 물질의 크기와 숫자에 억눌리는 인간의 위기를 호소하게 되는 것이다. 그러나 인간은 고뇌로 하여 살아가는 길이 열리고 고뇌로 하여 사는 의의가 서는 것이다. 생활은 투쟁에서 이루어지는 것이며 투쟁은 또한 고뇌인 것이다. 물질에 향한 고뇌는 인간의 좋은 점을 증명하는 것이며 인간이 물질이 되어서는 안 되며 물질화하여서도 안 된다는 자각을 얹어 준다. 어디까지나 물질을 넘어서야 한다는 것을 각성하게 한다. 그러면 물질을 넘어서는 방법은 어디에 있는 것일까. 그것은 다름 아닌 물질을 파악하고 향유하는 데 있는 것이다.

물질이 낳은 기술을 소화 습득하고 그 기술이 조성하는 '메카니즘'에 파고 들어가 그 기술의 일원이 됨으로써 그를 지배하고 이용하게 되는 것이다. 여기에는 많은 인간의 부조리와 고뇌가 횡재해 있을 것이다. 그러나 부조리와 고뇌를 극복하는 방법은 부조리와 고뇌 속에 뛰어들어가 대결하는 수단밖에 없는 것이다. 그리하여 '메카니즘'의 본질을 파악하고 향유함으로써 비로소 물질의 '메카니즘'을 지배하고 요리하는 길이 트이는 것이다. 물질의 '메카니즘'을 파악하려면 우선 인간의 생활 자체도 '메카니즘'화해야 하며 사고와 활동이 '메카니즘'과 보조를 같이함으로써 사회 조직체를 '메카니즘'화하고 물질과 기술의 인간에의 봉사를 꾀하여야 한다. 그러기 위해서 인간은 무엇보다도 물질에의 많은 관심과 물질 존중에의 정신을 전적으로 인정하고 귀 기울여야 하는 것이다. 소극적인 '휴머니즘' 제창자들이나 때늦은 문명 비평가들의 우수 어린 경고나 불안의 호소는 오늘의 이 물질화한 세계의 역사를 극복하고 타개할 수는 없다. 사회가 기계화해 간다고 해서 사회라는 한 기

구체를 저주하고 차탄嗟歎한다는 것은 시대착오적인 타성에서 오는 것이다.

기계문명에 대한 감상적인 비관은 무작정 '메카니즘'에 향해 인간 부재를 절규하고 있는데 이것은 하나의 '페시미즘'에 지나지 않는다. 이 세기의 혼란이 실증주의와 기술주의를 극복하는 진통기라는 것을 예감하면서도 인간 정신의 위기를 호소한 '발레리'까지도 어떻게 보면 19세기 절정을 장식한 '페미니스트'였다고 불리우고 있다.

"사람은 빵만으로 사는 것이 아니다"라고 한 기독의 명언 뒤에는 사람은 빵이 없어서는 못 산다는 논리가 따라다니고 있다는 것을 알아야 한다. 그와 한가지로 물질의 거대한 위력에 눌려서 물질의 힘만으로 썬 생활하기 힘들다는 경고를 발하는 뒤에는 물질의 힘을 빌리지 않으면 이 세기를 극복할 수 없다는 자각이 필요한 것이다. 지금까지 수많은 '휴머니스트'들이 기립하여 제마다 잠들어 버린 자연주의적 동양 정신을 쳐들고 나오는가 하면 중세의 신화한 '가톨릭시즘'을 쳐들고 나오면서 이 세기의 활로를 타개하자고 떠들어 대기는 하였으나 그들의 이론이 항시 방법론을 제시하는 데 빈곤했거나 부족했던 것은 20세기에 있어 가장 주빈이 되는 물질에의 관심과 개안을 게을리 했거나 과피過避한 탓인 것이다. 다시 쳐들거니와 "제일 교묘하게 매어 달은 램프까지가 전복된……" 원인이 어디에 있는가를 명심해야 할 것이다.

4. 기술 지상에서 주체 확립으로

우리들은 우리들의 세대 안에서 필연적 통일에로 향하고 있다. 이보다 가까운 장래에 대해서 말한다면 서방 사회의 제 국민의 통일에 그리고 그 이상의 장래에 대해서 말한다면 조만간 전 인류의 통일에로 향하고 있다.

이것은 기술의 진보에 의해 싫든 좋든 운행되어지는 도달점이라고 생각한다. 이 기술의 진보에는 종말이 없다. 이것은 점차 스피드와 운동량을 가하고 있다고 보여진다. 그리고 그 힘센 발전 속을 항상 일관하여 흐르고 있는 한 경향이 있음을 볼 수 있다. 잇따르는 기술적 발전의 하나하나가 모든 목적—선과 악, 평화적과 호전적, 건설적과 파괴적—에 대한 전 인간 활동의 규범을 확대하는 효과를 지니고 있다.

이것은 '아놀드 토인비'가 그의 〈역사의 다음의 단계〉라고 하는 논문 가운데서 한 말이지만 물질에 의한 기술의 진보와 발전은 구극究極에 가서 전 인류의 통일의 수단이 되어야 한다는 것은 시비를 가릴 여지가 없는 것이다. 그러나 주지하는 바와 같이 기계문명하에 있어서의 기술의 발전은 '토인비'의 말대로 '거리의 절멸'과 또한 '세계의 동시성'을 초래하였으나 세계 통일에로 향하는 주체의 통일은 확립하지 못하였던 것이다. 즉 정신 혁명이라는 것을 완전히 이룩하지 못하고서 오로지 산업 혁명과 '테크놀로지'만에 의한 세계의 일체화를 지향하였던 것이다.

어느 역사학자의 말을 빌리면 세계의 일체화를 낳은 근대, 그것은 산업주의, 집단 혁명, 조직의 과잉, 통계와 수의 신화, 척도의 남용 등등을 낳은 근대이고, 인간이 일인일표一人一票의 단위로서의 '시민'으로 환원된 사회이며 이것이 '게오르규'의 말한바 획일성과 몰개성과 자동성의 《25시》의 사회라고 하였다. 기계문명 앞에서의 인간의 무력감이야말로 《25시》에 있어서의 절망과 통한다는 것이다. 그리고 이것은 세계가 물질적으로 일체화는 해 가고 있으나 정신적으로는 일체화하지 못한 데서 오는 것이라고 한다.

근대가 안으로 향한 혁명을 치르지 않고서 다만 정치 혁명, 사회 혁명, 산업 혁명의 밖으로 향하여진 혁명만을 통해서 드디어 '세계사의 형성'에 도달하였다고 하는 것은, 즉 인류가 아무러한 정신적인 준비도 없이 세계의 일체화와 원자 시대로 들어왔다고 하는 것에 지나지 않으며 그리고 그것이 또한 현대라는 것이다. 그런데 이 원인은 아세아에 있어서 구라파에 존재하고 있는 의미로서의 통일이라고 하는 것이 한 번도 존재하고 있지 않았다는 데 있으며 구라파는 공동의 고대에서 출발해서 공동의 중세에 있어 형성된 데 반하여 아세아에 있어서는 인류의 역사의 여명기까지 소급하는 몇 개의 기원을 달리한 문화가 각기 자생적인 것으로서 출발하여 그들 각기가 하나의 문화적 자족체로서 봉쇄적인 독립의 역사를 형성한 데 있으며 아세아 전체가 하나의 통일된 단위를 이루는 것이 정치적으로도 문화적으로도 없었던 까닭이라고 한다.

하나의 통일된 구라파라는 것은 실재하여도 하나의 통일된 아세아라는 것은 실재하고 있지 않다. 이것은 아세아에 있어서 정신주의는 있었어도 정신이 없었다는 뜻과도 통하는 것이다. 왜냐하면 구라파를 이루는 일관된 구라파 정신은 있어도 아세아를 이루는 일관된 아세아 정신이라는 것은 없었던 때문인 것이다. 아세아의 공통된 의식이 있었다고 하면 그것은 최근 백 년간에 생겨진 것이며 이는 서구 제국주의에 대한 하나의 반응으로서 나타난 데 지나지 않는다고 한다.

그리하여 서구의 내셔널리즘은 서구의 인터내셔널리즘을 이루는 역사적, 문화적 공통 기반을 선천적으로 소유하고 있는 데 반해 사상적으로도 역사적으로도 아세아의 내셔널리즘을 지탱하는 그 공통 기반을 지니고 있지 않은 아세아의 내셔널리티는 구라파에 있어서의 그것과 같이 동질적인 기반 위에서의 사회 단위로서가 아니라 서로의 이질적인 문화 단위의 고립 세계를 기반으로 하고 있으며 또한 아세아의 내셔널리티는 구라파에 있어서의 국가보다도 구라파 그 자체와 필적하는 규범을 지닌 기반 위에서 일어나려고 하고 있다고 한다. 그러나 그러한 웅장한 자각을 지니게 된 것은 역시 구라파 기술주의의 영향에서인 것이다. 그리고 그보다도 현대가 '세계를 일체화'하는 마당에 혼란과 회삽晦澁을 내포하고 있는 것은 서구에 있어서의 근대가 붕괴하는 단계에 있어 아세아가 근대화에 직면했다고 하는 사태의 복잡함에 원인이 있다는 것이다.

서구에서는 근대를 어떻게 넘어서느냐가 역사의 과제가 된 데 반하여 아세아는 어떻게 해서 근대화로 들어가느냐 하는 것이 과제가 된 것이다. 조연현 씨는 그의 《한국현대문학사》가운데서 "우리 한국에 있어서는 엄격한 의미에 있어서의 '근대'가 없었을 뿐만 아니라 한국의 근대적인 과정도 따지고 보면 구라파의 근대적인 과정을 벗어난 것이 아니었음을 알 수 있게 된다. 그러므로 한국의 근대사적인 과정은 그 출발과 함께 구라파의 현대적인 과정과 교통交通되었기 때문에 한국의 근대사적인 과정은 그것이 한국의 현대사적인 과정이기도 했으며 한국의 현대사적인 과정은 그것이 한국의 근대사적인 과정이기도 했던 것이다. 즉, 구라파적인 '근대'와 '현대'가 명료한 구별 없이 혼성되고 병행된 것이 한국의 근대 및 현대사 과정의 형성 요소였던 것이다. 이것이 한국 근대사의 후진성과 기형성을 설명해 주는 기본적인 개념이다"라고 하였는데 구라파적인 근대사의 후진성과 기형성의 지적은 한국만이 아니라 한국보다 3~4년 앞선 일본이나 혹은 중국도 마찬가지 경우로서 아세아 전체가 그러한 후진성과 기형성을 모면할 수는 없었던 것이다. 그러나 그보다도 더 중요한 것으로서 근대화를 혼란케 하고 회삽하게 한 원인은 아세아의 정체성과 봉건유제에만 있는 것이 아니라 실로 세계사 그 자체 속에도 있다는 것이다. 아세아 대륙에 부속한 일 반도半島에 지나지 않으며 세계 최소의 대륙이고 인구는 세계의 5분의 1이 못 되며 자원은 어느 대륙보다도 빈곤한 구라파가 우위를 지탱하고 있는 것은 '방법'의 우위, 오로지 그것 때문이었다는 것이다. 그러나 구라파는 그 '방법'으로써 그의 문명을 이룩하고 그 '문명'은 물량과 수량의 새로운 세계를 산출하고서 오히려 그것들의 발전과 비약으로 해서 스스로의 본모습을—즉, 세계에서 최소의 그 대륙에 지나지 않는다는 사실을 발견하게 된 것이라고 한다.

현대사의 모순은 이러한 서구의 일방적인 팽창과 그 외압에 의한 아세아의 늦은 깨우침이 초래한 것이다. 여기서 '토인비'는 '지방인 근성'을 초극해야 한다고 경고한다. 구라파적인 세계사의 선입관을 구라파인 자신이 철저히 넘어서야 금일의 세계를 파악할 수 있으며 이것이야말로 근대를 넘어서는 것이고 세계의 일체화 속에서의 하나의 정신 혁명에 통한다는 것이다. 그러므로 중대한 것은 구라파가 초극하려는 '물질'과 '방법'을 아세아는 '지방인 근성'을 넘어선 주체의 확립의 수단으로 사용해야 하는 것이다. 그것은 '세계의 동시성'을 '물질'과 '방법'에 의해 받아들일 수 있는 사상적 및 문화적, 역사적 시점을 쌓아 올리는 데 있는 것이다. 그리하여 다시 집중되는 곳은 '물질'과 '방법'의 세계의 위대성에로인 것이다. 구라파적 세계사의 선입관만으로도 아세아적 세계사의 선입관만으로도 넘어설 수 없는 전인류적 세계사의 자각 아래 오늘의 물질문명과 기계문명을 대하는 태도야말로 정신 혁명을 수행하는 정신적 주체의 확립이 이룩될 수 있는 길인 것이다.

어떠한 정신적 주체의 확립이 없이 즉, 어떠한 정신 혁명의 준비가 없이 물질문명을 받아들였다고 하는 것은 이러한 전 인류적 세계사의 선입관이나 나아가서 아세아적 세계사의 선입관만으로만 받아들였다고 하는 데 현대의 모순과 혼란과 회삽이 대두된 것이다. 그러므로 세계의 일체화를 형성해 가는 마당에서 전 인류적 세계사의 자각이 예비되어 있지 못한 구라파적 세계사의 선입관을 위주로 한 구라파적 세계가 붕괴되고 해체될밖에는 도리가 없는 것이며 또한 전 인류적 세계사의 자

각을 갖지 않고서 구라파적 세계의 붕괴되고 해체되는 단계에서의 물
질문명을 받아들인 곳에 아세아적 세계의 혼란과 후진성과 기형성과
모순과 회삽이 있을밖에 없는 것이다.

그러나 이제야말로 그러한 위기를 초극하는 세계와 인류의 일체화
를 형성하는 세계적 시력과 국제적 시점을 마련하는 시기인 것이다. 그
리하여 그 세계적 시력과 국제적 시점으로써 '물질'과 '방법'을 구체적
으로 체득해야 하는 것이다. 이것이 참다운 의미의 '물질'에의 개안과
극복을 가져오는 것이며 또한 '물질'과 '방법'만의 세계 및 위력을 넘어
서는 정신 혁명 수행의 길이며 주체 확립의 수단인 것이다. 그럼으로써
'게오르규'의 절망인《25시》의 감방과 같은 양 세계에의 공포도 떨어질
수 있는 것이다. '게오르규'의 절망이나 공포는 물질문명 및 기계문명
그 자체에 향한 것이라기보다 '지방인 근성'의 세계관 밑에서 이루어진
물질문명 및 기계문명의 모순과 회삽에서 받은 고통이었던 것이다.

상념으로서가 아니라 실제로서 20세기의 세계사 혁명을 완수하는
정신 및 방법은 자기 자신의 과거를 넘어서려는 노력과 그 노력이 자
아내는 '지방인 근성'에의 부정 및 극복인 것이며 이 과거를 넘어서려는
자기 자신에의 부정과 극복에의 노력은 이제까지의 그릇된 기술 지상
주의에서 주체 확립의 단계로 넘어서는 실천일 뿐만 아니라 이것은 참
다운 20세기 비평 정신의 주체이기도 한 것이다.

5. 민족문학의 광장

인간의 부정과 저항의 대상은 끝내 자기 자신으로 귀착한다. 자기를
확립하기 위한 일체의 수단과 방법은 결국 자기 자신을 부정하고 그
앞에 저항하기 위한 역사적 과정을 거쳐와야 했던 것이다. 개아個我는

개아의 존재를 입증하기 위한 사회 앞에서의 자기부정이 필요했고 사회는 사회의 의지를 표시하기 위해 개아의 참가가 필요한 것이다. 그리하여 한 민족의 정신이 형성 발전하기 위해서 전 세계의 영향이 불가분의 것이 되고 전 세계의 향상과 발전을 위해서 민족마다의 새로운 의욕과 의지가 대두되어야 했다. 그것은 민족마다의 의욕과 의지가 세계적인 보편성을 띨 때 이미 그것은 민족적인 것이 되는 한편 세계적인 것이 되는 까닭이다.

그러므로 민족적인 것은 세계적인 것을 위하여 자신과 대결해야 하며 세계적인 것은 민족적인 것에서 보편성을 추구하고 추출하기 위해서 스스로를 정리하여야 한다. 그리하여 민족적인 시력은 전 세계의 정신적 시력을 형성하는 대로 집중되어야 하며 전 세계의 정신적 시력은 민족적인 시력의 초점을 바로잡아 올리는 데 있는 것이다. '크리스토퍼 도슨'은 각 민족의 문화의 차이를 그 민족의 정신과 시력의 각도의 차에 있다고 한 다음 다음과 같은 줄거리의 말을 하였다.

민족과 민족과를 최후로 구별하는 경계는 인종별도 아니고 언어별도 아니며 지역별도 아니고 그야말로 정신적 시력의 각도의 차, 및 그 차에 의해서 생겨지는 정신적 전통의 차이에 있는 것이다. 그리고 그 정신적 시력 그 자체가 문화를 낳는 동시에 문화에 의해 생겨지는 구체적 생성인 것이다. 문화는 유형으로써 고정하는 것이 아니라 간단없이 낳고 낳아지며 생성하는 구체적인 복합체인 것이다.

그러므로 간단없이 낳고 낳아지는 구체적인 복합체인 문화는 정신적 시력의 각도의 전진과 이동에 따라 진퇴를 결정짓게 되는 것이고 그 정신적 전통은 유형으로서 고정하는 것이 아닌 까닭에 세계적 및 인류적 보편성을 지향하는 것이기도 하다. 그런고로 민족적 시력의 초점을 전 세계의 정신적 시력과 국제적 시점으로 높일 수 있는 가능성도 성립될 수 있는 것이다. 서장에서도 말했거니와 오늘의 전 세계의 정신적 시력의 초점은 민족과 민족과의 연립 및 연립체를 구성하는 데 있으며 이는 전 세계적인 정신적 시력과 국제적인 시점을 지향하는 데 있는 것이다.

그리고 그 근본적인 이유로서 오늘의 세계가 이미 구라파만의 세계일 수도 아세아만의 세계일 수도 없는 전 인류의 일체화해 가고 있는 까닭이며 그것은 또한 과거의 어떠한 민족도 전통도 부정하고 전통을 넘어서야만 되는 물질문명의 새로운 문화가 형성되어 가고 있는 까닭에서인 것이다. 그러므로 한 민족의 과거만을 무작정 고집하거나 한 민족의 개별적인 습성에만 집착을 갖는다는 것에 지나지 않으며 그것은 또한 민족 자체의 파멸과 전 인류의 세계사적인 발전에 장해를 초래하는 것밖에 되지 않는다. 한 인간의 생활 의욕이나 한 민족의 생활 의지는 과거보다 더 나은 현재와 현재보다 더 한층 나은 미래를 향해서 전진하고 발전하려는 것이기 때문에 스스로의 과거와 또한 스스로의 현재를 부정하고 넘어서려는 자각과 노력을 아끼지 않아야 하는 것이 원칙이다.

그야말로 오늘에 이르기까지의 세계의 역사는 부정의 역사였다고도 할 수 있는 것이다. 그것은 오늘의 역사 속의 무한히 발전하는 인류의 비평 정신이 깃들어져 있기 때문인 것이다. 인간의 정신이라는 것은 전 우주와의 관계에서 비추어 볼 때 넓은 의미의 비평 그 자체가 아닐 수 없다. 그리고 그 정신은 우주와 대결하는 그를 초극하려는 의욕과 의지에서 '문명'이라는 비평을 이룩해 온 것이다. 문명은 우주 부정의 비평이었으며 비평 정신의 본모습인 것이다. 그러므로 비평 정신은 인류 발전의 '에센스'라고 할 수 있다.

그리하여 오늘의 인간은 오늘에 처한 자기의 위치를 비평하는 방편

으로써 자기의 위치와 자기 자신을 부정해야 한다. 그것은 자기 자신
에의 부정만이 자기를 살리는 길인 까닭이다. 한편 자기에의 부정은 자
기 민족에의 부정으로 화하여 가며 또한 자기 민족에의 부정은 오늘의
전 세계로 향한 부정으로 확대되는 것이다. 그리고 그 부정으로 하여서
자기의 개성과 자기 민족의 개성이 살아나며 그 개성은 세계적인 창조
의 바탕이 되는 것이다. 한 민족의 민족문학이라고 하는 것도 그 민족
의 문학 정신의 자기부정에서 이루어지는 것이 아닐 수 없다.

왜냐하면 자기를 넘어서려고 하는 것은 인간이나 민족이나 한가지
이기 때문이다. 그리고 자기를 넘어서려고 하는 것만이 자기를 살리는
길인 까닭이다. 전 세계의 정신적 시력과 국제적인 시점을 토대로 오늘
의 세계를 비평하고 자기의 민족을 비평하고 자기 스스로를 또한 비
평하는 것이야말로 민족문학이 확립되는 길이며 정신과 실제로써 인
류 및 세계의 일체화를 위하여 현재의 불합리 및 부조리와 대결하는 길
인 것이다. 《돈키호테》의 해학은 기사도 정신에 향한 눈 떠가는 자아
의식의 신랄한 부정이었으며 《보봐리 부인》의 비극은 인생의 무의미를
실증 정신으로써 제시한 자아의식에의 부정이었으며 '게오르규'의 《25
시》의 절망은 물질문명 및 기계문명이 정신적 주체를 형성하지 못한
데 대한 공포 어린 부정이었던 것이다. 민족문학이 수행해야 할 과제는
이렇듯 세계와 인류라는 광장에서 문학의 광장인 비평인 광장을 넓히
고 확립시켜 가는 데 있으며 이 과업을 수행하는 길만이 20세기 현대에
있어서의 민족문학 확립의 과제가 되는 것이기도 하다.

—

김양수의 〈민족문학 확립의 과제〉는 전통의 창조적 속성을 강조하고 있
는 비평이다. 김양수는 "한 민족의 역사가 그 민족의 전통에서 이루어지는 것
이라고 할 것 같으면 한 민족의 전통이라고 하는 것은 그 민족의 민족정신의

실체"라고 보면서, "한 민족의 역사는 그 민족의 전통을 재구성"한다는 점에 주목하고 있다. 그는 이를 바탕으로 역사가 끊임없이 발전하는 가운데 그 속에서 전통은 파괴되지만 이를 토대로 다시 전통이 수립된다고 보고, 스스로의 과거와 현재를 부정하고 넘어서려는 자각과 노력이 있을 때 창조적 전통을 수립할 수 있다고 본다. 즉, "자기에의 부정만이 자기를 살리는 길"인 것처럼 기존의 전통을 부정하는 것만이 새로운 전통을 창조적으로 세울 수 있다는 것이 김양수의 핵심 견해이다.

* 이 글은 《現代文學》(1957. 12.)에 실린 〈民族文學 確立의 課題〉를 원전으로 하고 최예열이 엮은 《1950年代 戰後文學批評 資料 1》(월인, 2005)을 토대로 재구성한 것이다.

화전민 지대

— 신세대의 문학을 위한 각서

이어령

1. 불과 반역

엉겅퀴와 가시나무 그리고 돌무덤이 있는 황료荒蓼한 지평 위에 우리는 섰다. 이 거센 지역을 찾아 우리는 참으로 많은 바람과 많은 어둠 속을 유랑해 왔다. 저주받은 생애일랑 차라리 풍장風葬을 기억한다.

손 마디마디와 발바닥에 흐르던 응혈凝血의 피, 사지에 감각마저 통하지 않던 수난의 성장을 기억한다.

그러나 우리가 이대로 패배하기엔 너무나 많은 내일이 남아 있다. 천치와 같은 침묵을 깨치고 퇴색한 옥의獄衣를 벗어던지지 않고는 견딜 수 없는 유혹이 있다. 그것은 이 황야 위에 불을 지르고 기름지게 밭과 밭을 갈아야 하는 야생의 작업이다. 한 손으로 불어오는 바람을 막고 또 한 손으로는 모래의 사태를 멎게 하는 눈물의 투쟁이다.

그리하여 우리는 화전민이다. 우리들의 어린 곡물의 싹을 위하여 잡초와 불순물을 제거하는—그러한 불의 작업으로써 출발하는 화전민이다. 새 세대 문학인이 항거하여야 할 정신이 바로 여기에 있다.

항거는 불의 작업이며 불의 작업은 신개지를 개간하는 창조의 혼이다. 저 잡초의 더미를 도리어 풍양한 땅의 자양으로 치환하는 예술의 성실한 반역, 힘과 땀의 노동은 이 세대 문학인의 운명적인 출발이다.

불로 태우고 곡괭이로 길들인 이 지역 벌써 그것은 황원荒原이 아니라 우리가 씨를 뿌리고 그 결실을 가두는 비옥한 영토일 것이다.

그런데 여기 우리는 지난 세대의 문학인들에게 물어야 할 말이 있다.

"당신들은 우리의 고국과 고국의 언어가 빼앗기려 할 때 무엇을 노래했느냐? 길가에 버려진 학살된 동해童骸들을 바라볼 때 당신들은 무엇을 노래했느냐? 사창굴에서 흘러나오는 한가락의 비명, 전쟁의 초연硝煙 그리고 빌딩과 철가의 그늘 그 속에서 배회하는 상인과 걸인의 집단, 그리하여 고향은 폐허가 되고 생명은 죽음 앞에 화석할 때 그러한 시대가 인간을 괴롭힐 때 당신들은 어떠한 시를 쓰고 어떠한 이야기를 창작했느냐? 한마디로 말해서 당신들은 당신들의 세대와 당신의 생명에 대해서 성실했으며 또한 책임질 수 있다고 말할 수 있느냐?

대답은 이미 공허한 것이다. 그 시대를 기록할 작품이 스스로 그 허망됨을 입증할 것이다. 다음에 올 세대를 향하여 침묵하는 공허 그것은 무용한 잡초만을 소성素盛케 한 당신들의 책임이다. 도리어 우리에게 생의 의미와 시를 가르쳐 주기 전 먼저 교활한 웃음과 출세의 수단을 위한 비굴과 아유阿諛와 맹종을 가르쳐 주었던 것이 누구였나를 알 것이다.

시는 표어에서 끝나고 소설은 야담에서 또한 평론은 정실과 파당의 의전문儀典文으로 귀결된 이 정숙한 한국문학의 침체가 누구의 손에서 원인했나를 당신들이야말로 잘 알고 있을 것이다.

그러기 때문에 이 세대의 문학인은 모두 화전민의 운명 속에 있다. 까닭으로 불과 삽과 곡괭이를 필요로 한다. 이 반역이 반역에서 끝나지 않을 때 우리 화전민의 작업으로 개척한 영토 위에 일찍이 가져 보지 못한 신비의 꽃들이 피고 하나의 의미가 결실할 것이다.

　2. 메아리를 위한 노래

　지게꾼은 지게 질 것을 거부했다. 그래서 그는 시를 썼다. 정치가는 정사政事에 권태를 느꼈다. 그래서 그는 시를 썼다. 군인은 어느 날 총탄이 무서웠다. 그래서 그는 시를 썼다. 또는 '목걸이' 없는 부인은 그의 허영심을 메우기 위해서 시를 썼고 왕족이 될 수 없는 인간은 그의 권력에의 동경을 위해서 시를 썼다.

　그러나―그러나 우리들은 우리들의 생명이 차압될 것이라는 위협을 받았다. 그리하여 우리들은 시를 썼다. 시대가 우리의 행동을 구속했기 때문에 이 문명이 우리의 내일을 차단했기 때문에 우리는 시를 쓰고 산문을 썼다. 침입하는 외적을 향하여 총을 들듯 언어의 무기를 든 것이 바로 문학이라는 우리들의 직職이다. 견딜 수 없는 분노, 헤어나올 수 없는 체념 그리고 모든 억압에서 해방하려는 마음의 평화, 또한 자유 그것이 우리들의 숨은 언어들을 찾아내라 한다. 그러므로 써도 좋고 안 써도 좋은 그런 글을 새 세대의 문학인은 경계한다.

　이 술을 마시고 울음 우는 한 마리 매미처럼 그리고 철을 따라 고장을 옮기며 우짖는 후조의 무리처럼 우리는 그렇게 덧없는 노래를 부를 수가 없다.

　우리들은 우리들의 노래가 그대로 허공 속에 소실되기를 원하지 않는다. 하나의 '메아리'를 요구하는 우리들의 노래는 옛날 바람을 부르고 산을 움직인 신비한 무녀의 주언呪言과도 같이 대상을 움직이게 하는 능동적인 투쟁이다. 모든 것이 언어에 의하여 표현되어야 하고 그 표현은 하나의 '에고'를 가져야 한다. 그러므로 우리는 우리의 현실을 그려 그 현실을 변환變幻시키려 하고 우리의 비극을 노래하여 그 비극에서 탈피하려 한다. '주어진 모든 것'을 받기만으로 부족하다. '주어진 것'을 모두 가질 수 있는 것으로 만드는 그 노력이 중요하다. 그리하여 우리들의 노래는 '메아리'를 위한 노래다.

3. 1950년대의 우화

우리는 지금 《별주부전》의 우화와 같은 세계에서 살고 있다. 현대인의 경우는 저 용궁에서 초대를 받은 토끼의 운명과 방불하다. 위기는 목전에 있다. 용왕이 토끼의 간을 요구하듯 지금의 현실 오늘의 역사는 인간의 간을 약탈하려 한다. 육지를 버리고 스스로 '자라'의 잔등이에 실려 '바다'의 세계로 찾아간 그 토끼에겐 최초로 경이와 희열이 있었다.

그다음엔 기대가 있었고 종국에는 후회와 환멸과 절망이 있었다. 인간의 역사가 이와 같았다. 문명이라는 자라의 등에 업혀 오늘에 이르기까지 그것은 사실 토끼가 수궁으로 향하는 긴 여로에 불과했다.

토끼가 그의 간을 빼앗기게 된 위기는 그가 그의 육지를 거부했기 때문이다. 본래의 고향에서 일탈했기 때문이다. 끊임없는 욕망과 제어할 수 없는 가상이 마침내 죽음의 바다 그 심연 속으로 빠지게 한 것이다. 토끼가 끝내 어족이 될 수 없는 한 토끼는 육지 아닌 바다에서 해방될 수 없고 인간은 본래적인 자아를 말소하지 않는 한 이 현실의 심연이 인간의 행동을 감금할 것이다. 바다는 토끼의 고향이 될 수 없다. 옛날 누구의 말처럼 땅에서 사는 생물이 물에 들어가면 거품(泡)을 품듯 현실 속에 사는 인간은 모두 그러한 거품을 내품고 있다.

1950년대 우화 그것은 토끼가 간을 지키기 위하여 전전긍긍하는 장면의 이야기다. 그 이야기가 '클라이막스'에 달한 우화의 시대다. 바다로 들어온 토끼가 이미 육지 위의 토끼가 아니듯 현대의 인간은 '메타모르포스'된 인간이다. 그렇듯 신뢰한 그 문명이 드디어 우리를 수인으로 만들었고 파멸의 용궁 앞에 실어다 놓았다. 이대로 우리의 간을 빼앗겨야만 하는가. 이 생명이 수천만 척 해연 속에서 하나의 제물로 바쳐져야 할 것인가? 간을 지키는 마지막 인간들 아무래도 우리는 간을 내어 줄 수가 없다.

그러므로 이 비극적 우화 속에서 우리는 현명한 토끼가 되어야 한다. 자라(문명)의 마음을 움직여 그 방향을 저 육지를 향해 돌려야 한다. 용궁에서 바다에서 냉혈족의 어류만이 사는 그 바다에서 숲이 있고 하늘이 있고 바람과 별이 있는 육지로 향해야 한다.

이것이 우리 세대의 우화다. 용왕의 강요 앞에 선 이것이 우리들의 위기며 바다 속의 부자유 그 속에서의 불구화된 정신이 우리들의 비극적 상황이다.

4. 육지와 하늘의 환상

'환상에 의한 구제' 슬픈 설계이기는 하나 사실 우리에겐 이것만이 남았다.

정말 현실을 대오大悟하고 각성한 인간은 이상스럽게도 숙명주의자다. 그러나 형해形骸와 같은 숙명 앞에는 환상이 있다. 현실이 습지에서 족생簇生된 환상의 버섯이 있다. 문학이 신화의 창조라면 신화는 숙명의 인간에게 부흥하는 환상의 창조다. 그러므로 환상에 의한 구제는 신화에 의한 구제이며 문학의 '매직'에 의한 구제다. 인간의 허무와 파멸이 의식의 내재적 변동에 의한 것이라 할 때 그 허무와 파멸의 구제도 역시 의식의 변환으로써 가능해진다. 그러한 이유로 우리는 하늘과 육지의 환상을 창조해야 될 것이다. 그 환상을 창조해야 될 것이다. 그 환상은 수인이 해방되는 지역이며 모든 죄가 용서되고 질환疾患이 회복되는 자비로운 생의 정토淨土다.

이러한 환상은 우리를 부를 것이다. 만신창이가 된 이 썩은 육체와 때 묻은 정신을 새로이 단장해 줄 것이다.

이 환상의 창조는 문학에 있어서의 '제2의 픽션'의 설정으로 가능해진다. '제1의 픽션'이란 가시의 현실을 구성하는 것이지만 이 '제2의 픽션'은 불가시의 현실을 소재로 하는 것이다. 그것은 감각·의식·이미저리에 의해서 교묘하게 직조된다.

이러한 방법으로 우리는 상실한 육체, 상실한 의지, 상실한 행동, 상실한 모든 것을 탈환할 가능성을 발견한다.

그 새로운 '픽션' 속에서 탄생된 인간은 다시 육지로 돌아가 저 하늘의 별과 상록의 수림을 보고 차라리 울어 버렸을 토끼의 모습처럼 희열과 발랄에 찬 인간일 것이다. 원시의 인간 그것과 흡사하지 않는 그 인간형에선 동작과 운동과 언어와 생활이 생생한 우물물처럼 분출할 것이다.

이것이 또한 우리 화전민들이 갖는 지고의 이상이며 새로운 결의가 될 것이다.

—

"우리는 화전민이다. 어린 곡물의 싹을 위하여 잡초와 불순물을 제거하는 것이 바로 새 세대를 살아가는 문학인이 해야 할 임무이다." 선명한 목소리로 새로운 세대의 문학인이 갖춰야 할 태도에 대해 이야기하고 있는 이어령의 이 비평은 1957년 발표 당시 지식인 사회에 커다란 파장을 일으켰다.

그는 이 글에서 치열한 자기반성이 부족한 기성 문인들을 비판하면서 기

성 문인들에게 한국문학 침체의 책임을 물었다. 그리고 새 시대에 모든 침체
와 억압과 불의에서 벗어나기 위한 방법으로 '제2의 픽션'인 환상의 창조를
거론함으로써 구체적인 대안을 제시하려는 노력을 보였다.

* 이 글은 《京鄕新聞》(1957. 1. 11~1. 12)에 실린 〈火田民 地帶〉를 원전으로 하고 남원진이 엮은 《1950년대
비평의 이해 Ⅰ》(역락, 2001)을 토대로 재구성한 것이다.

비평의 신세대

조연현

1955년도를 전후해서부터 우리 문단에 나타난 특별한 현상의 하나는 비평문학을 전공하는 신인들이 다수 진출하고 있다는 사실이다. 《현대문학》지의 추천을 거쳐 나온 김양수, 천상병, 정창범, 홍사중, 김종후,《조선일보》의 신춘문예 모집을 통해 나온 최일수, 아직 추천이 완료되지는 않았으나《문학예술》지에서 1회의 추천을 받고 있는 이환, 《현대문학》지에서 1회의 추천을 받고 있는 안동민, 윤병로, 이석재 그리고 그 전부터 평론을 써 온 김성욱, 번역문학과 비평을 병행하고 있는 최근의 정하은 등 10여 명이나 되는 평단의 신인들이 등장하면서 있다는 것은 우리 문단에 있어서는 거의 그 전례를 볼 수 없었던 특별한 현상의 하나이다.

이러한 현상은 적어도 다음과 같은 두 가지의 사정을 설명해 주는 것으로 볼 수 있다. 그 하나는 평단의 독립이 형성되면서 있다는 사실이요, 그 다른 하나는 신세대의 대변자가 준비되면서 있다는 사실이다.

지금까지 우리 문단에 있어서의 평단의 지위는 거의 보잘 것이 없었다. 그것은 현역 평론가가 불과 3~4명에 지나지 못했다는 것이 그 첫째의 원인이었다. 물론 백철, 곽종원 등의 활발히 활동하는 현역들 이외에 김팔봉, 홍효민, 손우성, 이헌구 등의 몇 사람의 비평적인 문인의 이름을 기억할 수 없는 것은 아니나, 이 사람들은 대체로 이미 평필에서 손을 떼었거나 그렇지 않으면 그들의 발언은 이미 비평적인 권위나 문학적인 영향력은 상실한 지 오래되었다. 전자가 문학 활동보다는 단체 활동에 더 많은 취미와 정열을 가지고 있으며 후자가 비평에의 상실이나 정열보다도 역사소설의 번안이나 집필에 더 주력하고 있는 것은 결코 우연한 것이 아니다. 비평 활동이 전혀 없거나 혹시 있어도 그 영향력이 전혀 없는 이러한 비평가의 존재를 제외한다면 우리 문단에 있어서의 평단의 존재는 불과 3~4명의 현역 비평가들에 의해서 유지되고 있는 것이 된다. 그러나 이렇게 적은 소수의 사람들로서의 일국의 평단이 구성될 수는 없는 노릇이다. 그러기 때문에 비평 활동에 대한 작가나 시인들의 참여 속에서 이 땅의 평단은 겨우 그 명맥을 유지해 올 수밖에는 없었다. 그러나 비평이 주가 아니고 창작이 주인 시인이나 작가들의 비평에의 참가는 자연적으로 비평을 그들의 일 여기餘技로 삼게 한 것이 되었으며, 이러한 작가들의 여기가 3~4명 비평전문가들과 합세되었다고 해서 평단의 불안전성이 면해질 수 있는 것은 아니었다. 이것이 평단이 무력했던 그 둘째의 이유이다. 이러한 평단의 불안전성에 비추어 볼 때 10여 명의 새로운 비평전문가들이 일시에 진출되고 있다는 것은 문단의 일우一隅에 자리 잡고 있었던 무력한 평단이 처음으로 그 자신의 지반을 준비하기 시작했다는 일증좌一證左로 볼 것이다. 즉 지금까지 시단이나 작단에 부수되어 존재했던 일종의 문단의 부록과 같았던 평단이 제 자신의 능력으로써 독립하게 되어 간다는 전조가 그것이다. 비평이 그 어느 때보다도 중요한 역할을 담당하게 된 현대에 있어서 비록 때늦은 감이 없지 않으나 이러한 비평에의 강화가 시작되었다는 것은 무엇보다도 환영할 만한 것이 아닐 수 없다.

　이상과 같은 비평의 강화 및 평단 독립의 준비되는 과정이 기성 평단에 의해서 출발된 것이라면 그것은 그렇게 중요한 것이 못 된다. 그것은 다음과 같은 두 가지 이유에서 그러하다. 그 하나는 우리는 기성 평단 자체에 의해서 외롭고 무력한 평단이 강화될 수 있는 방법을 상상해 볼 수 있다. 그 하나는 이미 붓을 던진 평론가나 방향을 전환한 평론가들이 새로이 비평 활동에 참가하는 일이며, 그 다른 하나는 3~4명밖에 되지 않는 현역들이 능히 우리 문단을 대표할 만한 활동을 개시하는 일이다. 그러나 이 두 가지 일은 다 같이 불가능한 일일뿐 아니라(만일 가능하다면 벌써 그렇게 했을 것이다) 설사 가능하다 할지라도 그것은 평단의 현실적인 강화는 될지는 모르나 비평 정신의 강화는 되어질 수 없는 것이 된다. 왜 그러냐 하면 현역이든 은퇴자든 우리 문단에 있어서 평론가라는 이름을 가진 사람들의 문학적인 식견이나 그 비평적인 능력이라는 것은 이미 그 전도가 예견되고 남을 만치 시험제가 되어 버린 까닭에서이다. 누구나 현재의 우리 평단에 대해서 현재 이상의 것이 나오리라고 생각하는 사람들은 거의 없을 것이다. 그렇다면 우리의 기대는 오히려 미지수인 신진층에 향해질 수밖에는 없는 것이 된다. 이것이 다수의 신진 평론가를 요구하게 된 우리 문단의 현실적인 동기의 하나이다. 그러나 중요한 것은 이러한 다수의 신인의 진출은 반드시 기성 평단에 대한 무력만이 그 진정한 이유가 아니라는 데 있다. 현재의 기성 평단이 그대로 우리 문단의 비평 활동을 능히 대표할 만한 것이 되어 있다 해도 이러한 신진의 진출은 거의 필연적인 것이라는 것이 그것이다. 그것은 이 2~3년 내에 시에 있어서나 소설에 있어서나 경이적인 수량의 많은 신인의 진출이 이를 설명해 주고 있다. 우리들은 이 2~3년 내에 진출한 소설에 있어서 손창섭, 곽학송, 권선근, 전광용, 정한숙, 오상원, 최일남, 오유권, 이범선, 추식, 정병우, 이호철, 시에 있어서 이수복, 박희진, 이철균, 박재삼, 김관식, 이종각, 신동집, 이석, 정한모, 송영택, 한성기, 희곡에 있어서 노능걸, 임희재 등을 기억하고 있다. 그리고 이보다 조금 먼저 나온 사람들로서 장용학, 김성한, 김규동, 전봉건, 김구용, 송욱, 최인희 그 밖에 여러 사람들을 또한 기억하고 있다. 이러한 범신인층의 존재는 그들의 문학이 비록 기성의 그것과 명백히 구별될 수 있는 것이 아니라 할지라도 뭔가 새로이 해석되기를 요구하는 안타까움을 가지고 있는, 말하자면 신세대군의 일― 성분들이다. 이러한 성분들이 그들을 설명해 주는 새로운 이해자를 기다리는 것은 당연한 일이다. 시단이나 작단이나 신인 진출과 함께 평단에도 그와 꼭 같은 현상이 일어나게 된 것은 결코 우연으로만 볼 수 없는 이유가 여기에 있다. 이것이 우리 평단에 신인을 요구하게 된 그 필연적인 이유의 하나라고 볼 수 있다.

이상과 같이 평단의 신진들을 일종의 신세대의 대변자로 보는 것은 그러나 반드시 정확한 것은 못 된다. 그것은 '신인'과 '신세대'라는 개념이 반드시 일치되는 것은 아니기 때문이다. 우리는 신인 중에서 그의 문학이 가장 수구적인 특질 위에 서 있는 것을 얼마든지 발견할 수 있을 뿐 아니라 기성 중에서 신인보다 오히려 신세대적인 것에 가까운 것을 발견할 수도 있다. 이와 마찬가지로 평단의 신진들이 그대로 신세대의 대변자라고 보는 것은 지극히 위험한 기계적인 해석일 수밖에는 없다. 그러나 그 연령이나 사회적인 위치가 거의 동일할 뿐만 아니라 같은 시기의 문학적인 신인들인 그들 속에서 어떤 공통적인 요소가 발견되어진다면 그것은 이 땅의 '신인들의 문학' 혹은 '신세대의 문학'에 대해서 약간의 설명이 내려지는 것이 될 것이다.

초두에서 지적한 평단의 신진들은 그들의 문단적인 경력이 아직 짧은 만큼 한 사람씩 분리해서 생각하면 많아서 4~5편 적게는 한 편 정도밖에 발표된 문장이 없으니 그 전체의 수량을 종합하면 20여 편의 논문이 발표되어 왔다.

이 20여 편의 논문들을 통해서 발견되는 첫째의 인상은 주로 기성적인 것을 비판하는 데는 정열적이었으나 그들 자신의 세대를 설명하고 해석하는 방면에는 무관심했다는 점이다. 그들은 〈청마론靑馬論〉(김양수), 〈서정주론〉(동상同上), 〈김동인론〉(김종후), 〈이광수론〉(안동민), 〈허윤석론〉(천상병), 〈현역대가론現役大家論〉(동상), 〈빙허론憑虛論〉(윤병로) 등에 정열을 쏟았으나 그들과 같은 세대의 신인들에 대해서는 전혀 언급된 것이 없었다. 이것은 그들의 비평 의식이 자기의 세대에 대한 관심에서보다도 기성적인 것에 대한 관심과 비판으로부터 출발되었다는 증거이며 그들이 자기의 세대를 직접 설명하는 적극성보다도 상대적인 것을 통하여 그것을 설명하려는 간접적 소극적인 태도를 지니고 있었다는 설명이기도 한 것이다. 그 둘째는, 이와 직접으로 관련된 것으로서 기성적인 것을 비판, 거부하는 데 있어서는 어느 정도의 공통적으로 구체적인 명확성을 가졌으나 그것을 초극하는 이념이나 방법에 있어서는 꼭같이 추상적인 모호성을 면치 못하고 있었다는 점이다. 그것은 전기한 작가론에 있어서는 그 작가에 대한 구체적인 특질의 일면을 어느 정도 명확하게 드러내어 보였으나 현대 정신의 새로운 방향을 결정하는 〈현대 정신과 카톨릭시즘〉(정창범), 〈위기의 해명과 그 초극〉(김종후), 〈현대의 지성과 신에의 접근〉(홍사중), 〈문학에 있어서의 신인의 위치〉(최일수) 등에 있어서는 그 논리적 근거가 구체적인 신념 위에 기초된 것이 아니라 불명확한 관념 위에 기초되어 있음을 볼 수 있기 때문이다. 이상과 같은 이러한 두 가지의 특징은 평단의 신인들이 아직도 자신의 신세대적인 내부 세계를 확립하지 못하였다는 외부적인 일— 반영으로서 수적으로는 다량이지만 아직도 그 다수가 통일된 신세대를 형성하지 못하고 있는 이 땅의 모든 신인군을 대표하는 논리적인 표현이

320

기도 한 것이다. 그러나 중요한 것은 이상의 두 가지보다도 셋째에 그들의 공통성이 있다. 그것은 휴머니즘에 대한 그들의 열렬한 신뢰와 기대다. 현대 정신의 위기를 카톨릭시즘으로 해결하려는 정창범의 〈현대 정신과 카톨릭시즘〉(《현대문학》, 작년 5월호)은 그것이 거의 그대로 일종의 휴머니즘에의 복귀를 말한 것이었으며, 홍사중의 〈현대의 지성과 신에의 접근〉(《현대문학》, 작년 11월호)도 근본적으로는 인간의 내부에 저류되고 있는 휴머니즘에의 손짓이었으며 최일수의 〈우리 문학에 있어서 신인의 위치〉(《문학예술》, 1월호) 속에서 주장한 결론 역시 매커니즘을 초극하는 휴머니즘에의 신앙이었고 김종후의 〈위기의 해명과 그 초극〉(《현대문학》, 2월호)도 매커니즘을 부정하는 휴머니즘에의 강렬한 기대였다. 신진 평단의 사상적인 지향을 대표하는 그 중심적인 논거가 모두 이와 같이 휴머니즘에 대한 새로운 자각으로서 나타나 있다는 것은 무엇을 설명하는 것일까. 그것은 어떠한 시기에 있어서나 어떠한 환경에 있어서나 휴머니즘은 인류의 기본적인 노선이라는 것이 다시 한 번 재인식되었다는 것에 지나지 않는다. 우리는 인류의 역사가 시작된 이래로 그 관념 형태에 있어서나 그 수단 방법에 있어서는 여러 가지 변천을 겪어왔지만 그 기본적인 저류가 언제나 휴머니즘에 있었음을 알고 있다. 그러한 의미에 있어서 우리 평단의 신인들이 그들의 이념적인 지향을 휴머니즘에 두었다는 것은 인류의 부동한 대원칙과 합치되었다는 점에 있어 그것은 정당하고도 남음이 있다. 그러나 그것은 너무나 원칙적인 것이기 때문에 오히려 안이한 정신의 결론일 수도 있다는 점이다. 정창범은 '자크 마리땡'의 '충족적 휴머니즘'을 말하고, 김종후는 종합적인 휴머니즘을, 최일수는 서구적인 것이 우리의 민족 전통과 융합되는 새로운 형태의 휴머니즘을 주장하고 있으나, 이것이 위에서 잠깐 언급한 것과 같이 구체적인 신념에 기초된 것이 아니라 추상적인 관념에 기초된 것인 이상, 누구나 추종하지 않을 수 없는 기본적인 원칙에의 안이

한 투신과 다른 성질이라고 보기는 어려운 것이다. 그러나 어쨌든 인류 생활의 기본적인 변동의 위험성이 세계를 지배하는 현대 매커니즘의 암흑기에서 휴머니즘에의 원칙이 우리 평단의 신인들에 의하여 공통적으로 다시 한 번 재인식되었다는 것은 결코 무의미한 것이 될 수는 없을 것이다.

이상과 같은 우리 평단의 신세대는 기성적인 것에 대한 비판적인 관심을 떠나서는 신세대의 특징적인 특이성이 아직은 확립되어 있지 않은 것이 된다. 그러나 이것은 위에 잠깐 언급한 바와 같이 신진 평단 자체만의 신세대적인 결함이 아니라 다른 신진 작가나 시인들의 공통적인 결함의 일 반영에 지나지 않는다. 현재 우리 문단의 각 방면에 산재되어 있는 그 다량의 신인들이 그들의 공통적인 역사적인 사명에 통일되는 방향으로 그들의 활동이 확대 심화되어 간다면 우리 문단의 신세대적인 성격은 자연히 그 면모를 드러내게 될 것이다. 최일수는 그의 〈문학에 있어서의 신인의 위치〉에서 "신인의 출현을 우연한 기회의 소위라고 보는 것보다는 그 시대의 특수한 문학적 정황과 질적으로 새로운 세대를 지니고 당대를 비판하면서 필연적인 문학 사조의 기운으로써 나오게 되는 것이라고 보아야 할 것이다. 이와 같이 신인은 어느 개인의 특출한 본질에 의해서 그 위치가 설정되는 수도 있겠지만 그보다는 한 시대가 낳아 준 문학사의 필연적인 창조 과정의 주류적인 발현으로서 그 위치가 설정되는 것이라고 믿는다"라고 말했는데, 이것은 신인 자신들의 숙제인 동시에 기성의 기대이며 희망이기도 하다. 그러한 "문학사의 필연적인 창조 과정의 주류적인 발현"인 신세대의 구체적인 세계를 확립하는 것이 신진 작가 및 시인들의 의무라면 그것을 이론적으로 추구하고 논리적으로 해명해 주는 것이 우리 평단의 신세대가 부하한 사명일 것이다.

—

　1950년대 중반에 이르러 신인론은 본격적인 신세대론으로 전환된다. 조연현은 〈비평의 신세대〉에서 신인론에 대한 본격적인 정리를 시도하는데 이 글에서 그는 비평문학을 전공하는 신인들이 평단에 새로이 등장하고 있다는 사실을 지적하면서 신인 평론가에 대한 논의를 신세대론으로까지 이어간다. 그러나 조연현은 신인이 곧 신세대는 아니라는 입장을 보인다. 신인들이 신세대에 속하기 위해서는 그들의 문학이 보수성을 극복하고 새로운 성향을 보여야 한다는 것이다. 조연현은 신세대가 기성적인 것에 대한 맹목적 부정 의식에 기울어져 있다는 점과 그러한 이유에서 자기 세대의 정신이 아직 확립되어 있지 않다는 점을 지적하고 있다. 1950년대 신세대론은 신세대의 특질이 무엇인가를 탐구하고 신세대 문학이 기성 세대의 문학과는 차이가 있다는 점을 확인하여, 신세대 문학이 나아가야 할 길을 고민하고 제시하는 방향으로 전개되었으나 뚜렷한 쟁점을 가지지 못했다. 그러나 이러한 확인 작업은 안이한 비평 태도에 대한 반성의 계기가 되어 결국 평단이 지향해야 할 새로운 방향과 방법에 대한 적극적 논의의 계기가 되었다.

* 이 글은 《文學藝術》(1956. 3.)에 실린 〈批評의 新世代〉를 원전으로 하고 남원진이 엮은 《1950년대 비평의 이해 Ⅰ》(역락, 2001)을 토대로 재구성한 것이다.

한국의 모던이즘

이봉래

1.

누구든지 흔히 '현대'라는 말을 쓰고 있다. 허나 그렇게 흔히 쓰고 있는 '현대'의 개념을 정확히 파악하고 있는 사람은 드물다. '현대'라는 말을 쓸 적마다 나는 어쩔 수 없는 부끄러움을 느낀다.

왜냐하면 '현대'에 살고 있다는 막연한 의식만을 가지고 아무렇게나 '현대'라는 말을 쓸 수 있을 것이며 또한 우리가 살고 있는 한국의 풍토에 진정한 '현대'가 존재하고 있는 것인가 하는, 회의가 앞서기 때문이다.

'현대'의 개념은 '근대 계승자로서의 현대와, 당대라는 뜻으로서의 현대'라는 두 개의 방법을 떠나서 논할 수 없다.

보통 우리들의 '현대'에 살고 있다는 막연한 의식은 '당대라는 뜻으로서의 현대'에 살고 있다는 막연한 의식에 불과하다. 이러한 막연한 의식은 '현대'의 특징적 성격을 해명하는 데 있어서, 아무런 역사적, 현실적 의의가 없다.

파리의 '몬마르들'의 거리를 걷고 있는 '쟝, 꼴로'나 '아프리카'의 밀림 속에 살고 있는 원시적 토인이나 할 것 없이, 누구를 막론하고 '당대'라는 시간의 동시성 위에 살고 있다는 점에 있어서는 하등의 차이가 없다.

'현대'를 의식하고 있든지, 또는 의식 못하고 있든지 간에 '당대라는 뜻으로서의 현대'에 살고 있다는 점에 있어서는 이 지구에 생존하고 있는 인간은 모두 '현대'에 살고 있다. 허나 우리가 살고 있는 이 '현대'와 또한 우리가 생각하고 있는 이 '현대'는 결코 '당대라는 뜻으로서'의 그러한 '현대'가 아니다.

우리가 살고 있는 오늘의 현실이 과거와 단절된 역사의 한 토막이 아닌 것과 마찬가지로, '현대'는 결코 역사의 흐름에서 고절孤絶된 시간적, 공간적인 가공의 세계가 아니다. 진정한 의미에서의 '현대'는 어디까지나 '근대의 계승자로서의 현대'라야 한다.

'현대'라는 말을 쓸 적마다 어쩔 수 없는 부끄러움을 느끼게 되는 것은 우리가 살고 있는 이 '현대'가 과연 '근대의 계승자로서의 현대'인가 의문이 앞서기 때문이다. 그러한 의문은 과연 우리가 '근대'를 가졌던가 하는 점에 대해서도 동일한 것이 있다.

근대정신은 대상을 객관화하고 그것을 분석하는, 이를테면 명석한 이성異性에 의한 합리주의였다. 산업 혁명 이후 인간의 사고방식은 모든 대상을 실증적으로 파악하고 분석하는 데 집중되었다. 인간이 개인적으로서의 자각과 공감에 의하여 인간 중심의 자율적인 세계를 형성하여 보겠다는 의욕이 근대정신을 대표하는 것이다.

근대정신은 사회화한 자아를 현실에 밀착하여 추구하는 '가능성의 정신'이었다. 바꾸어 말한다면 사열唆烈한 자기변혁의 의욕이 그러한 정신 속에 깃들여 있었던 것이다. 이러한 정신에 입각한 '근대'가 우리 한국에서 언제부터 시작되었고, 그것이 언제 그쳤던 것인가 하는 점에 대해서 내가 알고 있는 지식은 대단히 빈약하다.

가령 여기서 일본을 예로 삼는다면 일본의 '근대'는 명치유신에서 시작하여 대정말기大正末期에 그쳤다고 보는 것이 상례로 되어 있다. 명치유신을 계기로 하여 급속히 서구 문명을 받아들인 일본은 봉건적인 사고방식과 사회 구조를 개혁하였고, 나아가서 과학 문명의 기초를 국민 생활 속에 확립시켰다.

그러나 일본 '근대'는 점차 군벌과 자본가의 침략적 독재로 말미암아 그것은 '왜곡된 근대'로서 발전하여 왔던 것이다. 그 '왜곡된 근대'의 본을 문학에서 찾아본다면 자연주의의 사생아라고 볼 수 있는 일본 특유의 '사소설'을 들 수 있다.

우리 한국의 '근대'는 이조 5백 년의 전제 정치가 종막을 고하고 이에 대신하여 일본의 식민지 정책이 독수를 뻗치는 그러한 시간에 시작되었다고 볼 수 있다. 그러한 의미에서 한국의 '근대'를 단적으로 표현한다면 그것은 불행한 '근대'라고 할 수 있을 것이다.

일본의 '근대'가 '왜곡된 근대'로서 발전한 것과 마찬가지로 만약 한국에 '근대'가 있었다면 그것은 역시 '왜곡된 근대'라고 하지 않을 수 없을 것이다. 왜냐하면 우리는 일찍이 대상을 객관화하고 그것을 분석하는 자유스러운 '가능성의 정신'을 가질 수 없는 숙명을 지니고 있었기 때문이다.

육당六堂, 춘원에서 시작된 우리의 신문학이 소재와 표현의 자유를 가지게 된 것은 8 · 15 해방 이후부터였다. 인간이 개인으로서의 자각과 공감에 의하여 인간 중심의 자율적인 세계를 형성하여 보겠다는 의욕이 근대정신이라면 우리는 이러한 근대정신을 가지지 못한 채, 계층 '현대'라는 복잡괴기複雜怪奇한 역사의 한 흐름 속에 몸을 던지고 있는 것이다.

우리가 '근대'를 가졌다면 그것은 근대정신을 공제控除해 버린 형태만의 '근대'에 불과하다.

그것은 서구의 '근대'와는 성격상에 있어서 근본적으로 차원이 다르다. 왜냐하면 앞에서도 말한 바와 같이 우리의 '근대'는 일본 식민지 정치하에서 생장한 '왜곡된 근대'였고 또한 이중으로 우리의 '근대'는 일본의 '왜곡된 근대'의 영향 밑에 형성된 '근대'였기 때문이다.

이러한 '왜곡된 근대'를 가진 우리 한국—더 극단적으로 말한다면 오히려 '근대'를 가지지 못했던 우리 한국에 '근대의 계승자로서의 현대'가 존재할 수 있을 것인가 하는 의문이 나오게 되는 것은 매우 명백한 일이라고 아니할 수 없다. '현대'의 성격은 이러한 역사적 고찰—즉 '근대'의 사적史的 해명 없이는 도저히 불가능한 일이다.

사람들은 흔히 현대를 가리켜 '황무지'라고 한다. 묵시默示 시대와 같이 어두침침한 오늘의 풍토—이것이 현대라는 점에 대해서 이의를 제기할 사람은 없을 것이다. 그리고 지금 한국의 풍토가 이러한 위기성을 내포하고 있다는 사실을 부정할 사람은 없을 것이다. 허나 이러한 현상적인 사실만을 가지고 한국의 '현대'를 논한다는 것은 위험하기 짝이 없는 노릇이다.

한국이 현대주의자—세칭 '모던이스트'들은 이러한 현상적인 사실만을 가지고 '현대'를 척도하고 논의하여 왔다. 그러기 때문에 그네들은 관념적인 '메카니스트'라는 비난을 받지 않을 수 없었다.

그네들은(필자 포함) 우리 한국이 사열한 근대정신의 세례洗禮를 꺾지 못하고 수동적으로 '현대'에 도달하게 된 역사적 사실에 대해서 충분한 검토와 이해를 가지지 못하였다. 뿐 아니라 '왜곡된 근대'—극단적으로 말한다면 존재하지 않았던 '근대'와 오늘의 현실과의 사이에 어쩔 수 없는 단층이 발생하고 있다는 사실에 대해서도 이해가 부족하였다. '근대'를 가지지 못하였다는 것은 바꾸어 말한다면 전통을 가지지 못하였다는 것과 마찬가지 뜻이다.

‘모던이스트’들은 항상 전통의 타파를 주장하였다. 허나 그것은 한 갓 ‘넌센스’에 불과하였다. 왜냐하면 우리 한국에 진정한 의미에서의 ‘근대’가 존재하지 않았던 것과 마찬가지로 진정한 의미에서의 전통이 수립되어 있지 못하였기 때문이다.

우리는 보통 한국에 있어서의 ‘모던이즘’문학의 기원을 김기림, 이상에 두고 있다. 1930년대로부터 1940년대에 걸쳐 우리 시단에 중요한 조류로서 등장한 ‘모던이즘’문학은 앞에서 말한 바와 같이 ‘현대’에 대한 역사적 고찰이 불충분하였기 때문에 그것은 관념적인 ‘메카니즘’에 그 쳤고 따라서 후에 오는 새로운 세대에게 아무런 영향도 줄 수 없었다.

김기림은 ‘모던이즘’의 방문객에 불과하였다. 그의 대표작 〈기상도〉에 흐르는 문학 정신은 ‘오프티미즘’의 변형이었고 그 방법과 기술은 새로운 의상을 채린 ‘스타일리스트’에 지나지 못하였다.

그는 첫째 인간으로서 성실성이 결여되어 있었다. 성실이란 말은 어떤 의미에서는 케케묵은 말 같은 인상을 준다. 죄악으로부터의 도피, 부도덕에 대한 공포심, 이러한 것이 성실이라는 이름으로 불리워지는 경우도 있지만 시인에 있어서의 성실성은 개인의 미덕에 그치는 것이 아니라 그것은 사회에 대한 적극적인 참여를 의미하는 것이다.

시인에 있어서의 성실성은 시를 쓴다는 행위 속에 표현되는 것이다. 일제의 침략이 가장 왕성하던 시절—말하자면 현대 문명이 파멸적 위기에 직면한 그러한 시절에 살고 있었던 그가 장시 〈기상도〉에 노래한 것은 무엇이었던가?

비눌

돛인

해협은

배암의 잔등

처럼 살아났고

아롱진 '아라비아'의 의상을

둘른 젊은 산맥을

―《세계의 아침》에서

이 몇 구절 안 되는 시를 읽어 보더라도 그가 얼마나 '오프리틱'한 방관주의자였던가를 알 수 있을 것이다. 서정 시인이 자연을 노래하는 데 있어서 소박한 자연주의적인 시심詩心에 의거하여 시조적인 언어를 선택했다면 그는 자연을 관조하는 데 있어서, 약간의 '데폴메이숀'과 신기한 언어의 감각성에 의존하고 있을 뿐이다.

현대에 있어서 시를 쓴다는 행위는 벌써 비극적이다. 왜냐하면 시를 쓴다는 자의식의 저변에 사회적 책임이 숨어 있기 때문이다.

'소로―'는 '시인이란 해야 할 아무 일도 가지지 않고 오히려 해야 할 그 무엇을 발견하는 인간'이라고만 하였다. 그는 '해야 할 아무 일도 가지지 못했을 뿐 아니라 해야 할 그 무엇을 발견'하지도 못하였다.

여보 나의 마음은 유리인가 보오.

이 구절은 그의 시 가운데서도 가장 보편화된 구절이다. '나의 마음은 유리인가 보오' 하는 이 감상적인 태도는 어디까지나 '어고이스틱'한 방관자의 독자에 불과하다. 그의 시는 '오프티미즘'과 '센치멘탈이즘'이 교차하는 중간에 다만 감각적인 지성의 파편을 가미한 데 그치고 있다.

한 편의 시가 현대적 정통성을 가지자면 시의 과거에 있어서의 기능과 효용성을 어떻게 현재 속에 살리고 있는가 하는 역사적 의식을 떠나서는 성립될 수 없다. 역사적 의식이 없이 다만 현대적 소재라든지 현대적 '이데올로기'만을 관념적으로 노래한다면 그것은 새로운 것을 위한 새로운 현재적 이단에 그치고야 말 것이다.

'C. D. 루이스'는 〈시에의 희망〉 속에서 시인과 대중과의 관계는 한 개의 거울을 들여다보는 사람과 혹은 안 들여다보는 사람과의 관계보다 더 밀접하고 한층 복잡한 것이 있다고 지적하고 있다.

김기림은 이와 같이 밀접하고 복잡한 시인과 대중과의 연관성을 전연 도외시하고 시를 썼다. 그것은 자아도취며 위희적慰戲的인 자기방기의 정신에 지나지 못한다는 점에 있어서, 그 당시의 소박한 서정 시인과 조금도 다른 점이 없었다. 다만 그의 시가 형식에 있어서 극히 두뇌적이며 그 당시에 있어서는 매우 주지적인 기술적 일 분파分派를 이룩했다는 점에 대해서는 경의를 표하지 않을 수 없다.

그는 시를 쓰는 데 있어서 '무엇을 쓰느냐' 하는 태도보다 오히려 '어떻게 쓰느냐' 하는 기술에 치중하였다. 어떤 의미에서 시는 자기표현의 도구임에 틀림없다. 그것은 시인의 개성을 존중한다는 태도와 시인의 개성을 무시하려고 하는 사회에 대한 암암리의 반항의 자세라는 점에 있어서 무의미한 것은 아니다. 허나 이러한 태도는 낙천주의적인 것으로부터 감각주의적인 것에 이르기까지 주의적主義的인 태도를 포함하고 있다.

그가 시 형식과 기술에 있어서 개성적인 요소를 발견하는 데 전 역량 기울인 것을 돌이켜 생각한다면 타인과 자기와의 공통점을 강조하기 위한 이러한 주의적 태도가 많이 작용하고 있었기 때문이라고 볼 수 있다. 그의 존대尊大한 '제스처'와 거만한 자존심은 이러한 개성주의에 뿌리박고 있는 것이다.

허나 그는 그러한 개성 존중의 태도나 말단적인 주의적 감각이 이미 현대적 타당성을 표방하고 있다는 점에 대해서는 거의 무시하였다. 개성이라는 낡아 빠진 렌즈를 통해서 복잡괴기한 현대의 심리나 풍경을 시적으로 형상화할 수 없다는 사실을 전연 모르고 있었던 것이다.

현대에 있어서 시를 쓴다는 것은 '위기의 의식'을 확인하기 위해서다.

위기의 의식은 사회를 떠난 개성적 의견이나 방관적 예술 지상주의의
태도로써는 포착될 수 없는 성질의 것이다.

김기림의 개성 존중의 태도는 의식적으로 '위기의 의식'을 회피하려
고 하였다. 그에게서 현실에 대한 반항의 정신을 찾아볼 수 없는 것은
여기에 기인하는 것이다. 사람들은 그의 시 속에 간혹 나타나는 '아이
러니', '싸터이어', '아레고리' 등등의 요소를 가리켜 그것을 반항의 정신
의 한 편모片貌라고 하지만 이러한 생각은 그릇된 것이다.

왜냐하면 그에게 있어서의 '아이러니', '싸터이어', '아레고리' 등등의
요소는 그 실은 멋을 위한 '스타일리스트'의 '제스쳐'에 불과하기 때문
이다. 일면 그의 시론도 그리 대단한 것은 아니다. 그의 시론은 '하버드
리드', 'C. D. 루이스' 등의 단편적인 소개에 그치고 있다.

서구에 있어서의 '모던이즘' 운동은 여러 가지 복잡한 양상을 띠고
있다. 불란서나 영국이나 미국이나 할 것 없이 구미 국가에 있어서의
'모던이즘'은 어떤 일정한 '에콜'을 추구하기 위한 문학적 주의 유파가
아니다.

구미에 있어서의 '모던이즘'은 현대주의라는 광범한 내용과 그 반면
애매한 성격으로서 형성되어 있다. 제1차 대전 이후 불란서를 중심으로
하여 발생한 '다다이즘'과 그 뒤를 이은 초현실주의가 일단 운동으로서
의 임무를 완수하고 그것이 불란서의 모든 시 운동에 작용한 이후 불
란서에서는 모든 현대적 성격을 내포한 시를 '모델니즘'이라고 한다.

'아쁘리엘', '맑스, 짜곱', '쟝 꼭또'를 위시하여 초현실주의인 '루네
샤ー트' 상징주의자인 '후란시스 잠', '피엘 에마니엘'까지를 총괄적으로

‘모델니스트’라고 부르고 있다. 영국에 있어서도 이와 비슷한 점이 있다. 1910년부터 1920년에 이르기까지의 ‘T. S. 에리웃트’, ‘로이 캬펜’, ‘에디스 슛트엘’ 등은 물론 1930년부터 1940년에 이르기까지의 ‘신영토新領土’파인 ‘W. H. 오－뎅’, ‘루이스 막트니스’, ‘스티븐 스펜다’ 등을 역시 ‘모던이스트’라고 부르고 있는 것이다.

비단 불란서나 영국뿐 아니라 미국에 있어서도 이와 동일한 것이 있다. ‘시의 부흥’이라고 알려져 있는 ‘에즈라 빠운트’의 ‘이마지슴’ 운동과 그 영향 밑에 시인으로 성장한 ‘E. E. 카밍그스’, ‘마리안 무어’ 등을 역시 ‘모던이스트’라고 부르고 있다. 구미에 있어서 문학적 유파 운동으로서 발생한 모든 주의 유파——말하자면 신표현주의, 극점주의極點主義, 심상주의心象主義, 신즉물주의新卽物主義, 초현실주의——1910년대로부터 1940년대에 이르기까지의 새로운 문학 운동을 가리켜 ‘모던이즘’이라고 한다.

구미에 있어서의 ‘모던이즘’은 앞에 말한 바와 같이 ‘현대 중심주의’라는 광범한 내용과 그 반면 애매한 성격으로서 형성되어 있다. 이러한 ‘모던이즘’이 후진 사회인 우리 한국에서 개화하였을 때 왜 그것은 문학상의 ‘예콜’으로서의 주의 유파의 성격을 띠지 않으면 안 되었던가?

그리고 김기림, 이상을 비롯한 세칭 ‘모던이스트’들이 ‘모던이즘’을 문학상의 ‘에콜’로서 생각하고 그것을 기술과 방법의 변혁이라는 편협된 경향 속에서만 추구하여 왔는가?

김기림은 시를 쓰는 데 있어서 ‘태도’보다는 ‘기술’을 존중한 것과 마찬가지로 ‘내용’보다 ‘형식’을 더 존중하였다. 자아의 변혁 없이 형식의 변혁이란 있을 수 없는 것이다. 김기림은 형식을 변혁하기 전에 자기를 변혁하는 지적, 정적 행위를 태만하였던 것이다.

2.

‘피엘 에마니엘’은 다음과 같이 말하고 있다.

오늘날 시가 완전한 생명을 가지기 위해서는 시의 존재를 액교扼敎하려고 드는 모순된 사회 구조를 근본적으로 개혁하지 않으면 안 된다. 모순된 사회 구조를 개혁하자면 먼저 개개인의 정신을 개혁하여야 한다.

이 말을 여기서 좀 더 구체적으로 설명한다면 새로운 개혁은 개개인의 정신 속에서 뿌리 깊이 남아 있는 낡은 개념이나 기서既書의 권위나 가치를 근본적으로 새로이 검토하여 그것을 재인식하고 그렇게 함으로써 자기의 주체성을 개혁시키고 그다음에 비로소 그것을 행동화해야 한다는 뜻이며 그러한 행동에서만이 진정한 개혁은 이룩될 수 있다는 것이다. 그러므로 자아의 변혁이 없이 형식의 변혁이란 있을 수 없는 것이다.

김기림에 있어서의 서정성은 자아의 변혁을 거치지 못함으로써 구태의연한 ‘서정성’에 그치고 말았던 것이다. 현대시가 가져야 할 가장 시급한 과제의 하나인 ‘서정의 개혁’에 있어서 그는 아무런 성과도 거두지 못하였다.

그의 시에 있어서의 ‘서정성’은 우리의 국가시國家詩가 공통적으로 지니고 있는 자기방기적인 영탄詠嘆과 유심遊心과 애감哀感에 찬 반현대적인 ‘서정성’에서 별다른 진전을 보이지 못하고 있다. 그의 ‘이미지’가 투명하고 그의 ‘서정성’에서 금속적인 광택을 엿볼 수 있는 것은 다만 그의 시에 있어서의 언어와 형식의 신기성新奇性 때문이다. 언어와 형식의 신기성은 결국에 있어서 내용의 개혁을 가져올 수는 없는 것이다.

김기림의 ‘모던이즘’은 그 당시 일본에 있어서 하루야마 유키오春山行

夫, 무라노 시로村野四郎, 기타조노 가츠에北園克衛 등이 중심이 된 〈신영토〉, 〈신시론〉, 〈시와 시론〉 등에 볼 수 있는 기형적인 '모던이즘'과 조금도 다른 것이 없었다. 내용보다 형식을, 태도보다 기술을 존중한 일본의 '모던이즘'이 하나의 '에콜'로서 문학사상에 불꽃처럼 명멸한 것과 마찬가지로 김기림의 '모던이즘'은 그 후진에게 아무런 영향도 주지 못한 채 불꽃처럼 피었다가 꺼지고 말았다.

여기서 우리가 명심하여야 할 것은 일본의 '모던이즘'이 말초신경적인 형식의 기이성과 언어의 신기성으로 말미암아 한갓 유행적인 문학운동에 그치고 말았다는 사실이다.

일본의 '모던이즘'은 정치, 사회, 인문, 생활 등의 문제에 대해서 거의 무관심하였다. 그네들은 낡은 취미나 형식에 대해서는 이것을 덮어놓고 부정하려 하였으나 그 반면 새로운 취미나 형식에 대해서 매우 영향적迎向的인 경박한 태도가 앞섰다. 이러한 경향은 김기림에게서도 얼마든지 발견할 수 있는 경향이다. 신시新詩가 개화된 지 얼마 안 되는 일본이나 한국에 있어서, 현대시가 부닥쳐야 할 가장 큰 애로隘路로는 전통의 문제였다.

상징주의에 있어서 '언어의 김기림' 초현실주의에 있어서의 '자동기사법自動記寫法' 또는 회화적인 원근법 그리고 영화적 장면 전환을 의미하는 '연상상聯想上의 미감각' 등은 시가 가져야 할 새로운 기술인 동시에 그것은 시 제작制作의 새로운 전통으로서 확립되었다. 그뿐 아니라 '에즈라 빠운드'에 의한 '이마지즘'에 있어서의 용암溶暗(fadé)과 전위전인轉位轉入의 수법 그리고 심리주의문학에 있어서의 '의식의 흐름'은 현대시의 영역을 더 한층 극대시켰다고 볼 수 있다.

여기에 더 하나 부가하여야 할 것은 '봐레리'의 〈순수시론〉이다. 이러한 잡다한 문학상의 기술적 문제가 하나의 전통으로서 확립되어 그것이 현대시의 진로를 가리키는 등불이 된 것이 곧 구미에 있어서의 '모던이즘'이라 할 수 있을 것이다. 그런데 일본이나 한국에 있어서는 이러한 문학상의 기술적 문제를 피상적인 수법의 문제로서만 해석하고 그 기술적 문제의 저변에 흐르는 정신의 윤곽을 전연 이해하지 못하였다.

그러기 때문에 일본이나 한국에 있어서의 '모던이즘'은 정통보다 이단을 쫓는 유행성의 문학에 그치고 말았던 것이다. 더욱이 우리 한국에는 진정한 상징상의 '초현실주의'도 '다다이즘'도 그리고 '이마지즘'도 개화하지 못한 채 일본의 '모던이즘' 영향을 받아 꺼충 '모던이즘'의 세계에 뛰어든 어쩔 수 없는 후진성이 있는 것이다.

앞에서도 말한 바와 같이 구미에 있어서의 '모던이즘'문학은 유파적인 '에콜'로서의 문학 운동이 아니라 그것은 현대에 살고 있다는 현대인으로서의 사회의식과 감각 그리고 그것을 조직화하는 철학을 그 문학에 반영시키는 '현대 중심의 문학'을 말하는 것이다.

그러나 우리 한국에 있어서의 '모던이즘' 김기림에서 보는 바와 같이 한갓 말초신경적인 유행성의 문학에 불과하였다. 이러한 경향은 김기림과 거의 때를 같이하여 혜성처럼 문단에 등장하였다가 꺼진 이상에게서도 볼 수 있는 공통적인 경향이라고 할 수 있다.

이상은 돌출적인 기형아가 아니면 천재다. 그 당시 이상은 우리 문단에 있어서 경이와 의혹과 경멸이 교차하는 가운데 그만이 이해할 수 있는 시를 썼다. 아니 지금에 와서도 그의 시는 불가사의한 수수께끼를 품은 채 우리들 앞에 가로놓여 있다.

그의 시의 가장 큰 특성은 난해하다는 것이다. 마치 '로‒트레아몬'의 〈말도로루의 노래〉가 난해한 것과 마찬가지로—'로‒트레아몬'이 왜 시는 난해한가? 그리고 왜 시는 난해해지는가? 하는 아무런 논리적인 해명이 없이 다만 난해한 시만을 남겨 놓고 20대의 청춘을 마친 것과 마찬가지로 이상 역시 자기의 시가 왜 난해한가 하는 논리적인 해명도 없이 다만 난해한 시만을 남겨 놓고 세상을 떠났다.

일견 이상의 시는 초현실주의에 가까운 것이다. 그러나 그가 정말 초현실주의를 의식하고 초현실주의의 이론을 체득하고 있었는가 하는 점에 대해서 나는 많은 의문을 품고 있다. 왜냐하면 그는 그의 시의 뒷받침이 될 만한 어떠한 이론도 제시한 적이 없기 때문이다. 뿐만 아니라 그는 일찍이 자신을 초현실주의자라고 규정한 적도 없음으로 해서이다.

모름지기 새로운 문학에는 반드시 왜 그것은 새로운 것인가 하는 논리가 수반되어야 한다. 어떠한 새로운 문학 운동에도 새로운 논리가 이것을 뒷받침하였고 그리함으로써 비로소 그 문학은 존재 이유를 가질 수 있었던 것이다.

그러나 불행하게도 우리들은 이상에게서 그의 문학의 뒷받침이 될 만한 아무런 '로직'도 찾아볼 수 없다. 실상 이상의 시는 그 당시 우리 시단에서 불가사의한 경이적인 존재였다. 그러나 이상의 시는 그 당시만 하더라도 결코 새로운 것은 아니었다. 당시 일본에서는 이미 이상의 출현보다 5년 앞서서 니시와키 준자부로西脇順三郎, 키타가와 후유히코北川冬彦, 안자이 후유에安西冬衞, 기타조노 가츠에 등에 의하여 그보다 더 난해하고 그보다 더 참신한 시 운동이 일어난 사실을 부정할 수 없기 때문이다.

이상이 그 누구에게서 그의 한 영향을 받았는지는 알 수 없으나 어쨌던 그가 그 당시 일본의 '모던이즘'시 운동에서 결정적인 영향을 받은 것만은 틀림없는 사실이다.

그의 대표작 〈오감도鳥瞰圖〉에 있어서의 '연상상의 미감감'과 일종의 '콤플렉스'를 상상케 하는 교감은 이미 하루야마 유키오의 〈한야소녀〉나 〈골목길〉에 있어서의 '이마지즘'적인 수법과 공통되는 점이 많다. 그렇다고 해서 이상의 시의 가치가 이것으로서 가감되는 것은 아니다. 왜냐하면 그는 그 당시 그 어느 시인보다 대담한 '아방출'을 하였고 또한 용감한 선구자였기 때문이다.

이상의 시의 특색은 그 난해성에 있다. 아닌 게 아니라 우리들은 지금 이 마당에 있어서도 현대시―특히 '모던이즘'은 난해하다는 비탄을 듣고 있다. 비단 '모던이즘'뿐 아니라 상징주의 이래 시는 점차 난해한 세계를 향해서 전진하고 있는 것만은 틀림없는 사실이다.

이미 상식화한 말이지만 '바데리'에 의하면 시는 시 이외의 어떠한 언어 형식보다 관념과 영상을 극도로 압축시킨 것이다. 시 이외의 어떠한 언어 형식보다 관념과 영상을 극도로 압축시키기 위해서는 거기에 사용되는 언어는 필연적으로 언어의 가치를 최고도로 발휘시켜야 할 것이다.

형이상학, 신비적 방법으로써 절대 순수를 탐구하여 미지의 세계를 은유와 음악적 조형적인 언어로써 형상화하는 것이 상징주의였다. 시로부터 시 이외의 요소를 제거하고 언어의 연금술로써 감각과 의식을 표현하는 것이 19세기 이래 20세기 초두에 이르기까지의 시의 원칙이었다. 그러나 이러한 시의 원칙은 초현실주의와 '다다이즘'의 출현으로 인하여 여지없이 무너지고 말았다.

위에서도 설명한 바와 같이 상징주의―초현실주의 '다다이즘', '이마지즘' 등의 여러 가지 복잡한 기술적인 영향과 'T. S. 엘리웃트'의 신고전주의적인 영향과 그리고 영국에 있어서의 'New country'파에 의한 사회 참여적인 요소와 이러한 것이 서로 엉켜서 일정한 질서를 이루지 못하고 있는 것이 오늘의 현대시다. 뿐 아니라 오늘날의 현대시는 회화에 있어서의 '에포 메이숀'과 새로운 음악에 있어서의 불협화음, 즉 '도테카포니즘'적인 요소도 함께 내포하고 있는 것이다.

'콤플렉스'를 일으킨 현대시, 더욱이 산문의 침범으로 인하여 나날이 그 존재 가치가 희박해져 가는 현대시―이러한 현대시가 걸어야 하는 역사적인 운명은 난해에의 세계였음은 용이하게 수긍할 수 있는 일이다.

첫째, 현대시가 난해하다는 것은 현대시, '모던이즘'은 도시 중심의 세계를 시의 대상으로 삼고 있기 때문이다.

기계문명의 발달과 정치 기구의 복잡화에 따라 현대 도시는 더욱 복잡해지고, 거대 도시인의 생활과 심정 역시 복잡괴기한 것이 있다. 복잡괴기한 소재 때문에, 현대시가 난해해진다는 논리는 너무 안이하고 유치한 것 같지만 실상에 있어서 현대시는 이 복잡괴기한 소재를 질서 있게 통일시키는 아무런 힘도 가지지 못하고 있는 것이다.

이미 〈시의 한계에서〉 언급한 바와 같이 시의 정의와 법칙은 역사의 흐름에 따라 얼마든지 달라질 수 있는 것이다. 시의 원리나 법칙은 결코 절대 불변의 것이 아니다. 19세기의 시관詩觀과 20세기의 시관은 동일한 것이 못 된다. 바꾸어 말한다면 20세기의 시는 그만치 19세기의 시보다 진보하고 앞섰다는 뜻도 포함하고 있는 것이다.

모두들 '모던이즘'은 난해하다고 한다. 그러나 내가 알기에는 지금 우리나라의 '모던이즘' 시는 '마라두메'나 '봐레리'의 시보다는 난해하지 않다. 오히려 난해하지 않을 뿐 아니라 그것은 너무 알기 쉬운 것이다.

오늘날 우리들이 시를 쓰는 충동을 느끼게 되는 대상은 시적인 현실보다 오히려 시적이 아닌 현실이다. 시적이 아닌 현실은 이미 기성적인 시의 개념으로써는 이해할 수 없는 난해한 세계일 것이다.

둘째로 현대시는 왜 난해한가? 그것은 현대시가 음악을 부정하고 있기 때문이다. 현대시는 외재적인 음악성보다는 '이미지' 속에 흐르고 있는 내재율을 더 소중히 여기고 있다. '이미지' 속에 흐르고 있는 내재율은 의음적擬音的인 것이다. 그러기 때문에 기성적인 시의 개념에 사로잡힌 사람은 이 내재율을 발견할 수 없다.

셋째로 현대시의 난해성은 그 언어의 복잡화에 기인한다. 사회 생활이 복잡해져 가는 현상과 정비례하여 인간의 언어는 더욱 풍부해지고 따라서 복잡해져 가고 있다.

‘T. S. 엘리웃트’는 “새로운 세대에 의하여 새로운 언어의 여행이 계속되는 한 결코 구라파는 사멸하지 않을 것이다”라고 지적한 적이 있다. 이 말은 언어의 가능성은 곧 시의 가능성을 의미한다는 뜻이다. 그런데 오늘날 우리의 언어는 어떠한가? 교통과 통신의 발달은 월경越境 현상을 가져오게끔 하였다. 국경을 넘어 타국의 언어는 우리 언어 속에 동화되어 가고 있으며 그러함으로써 언어는 더욱 풍부해져 가고 있는 것이다.

더욱이 시에만이 쓸 수 있는 특별한 언어가 특별히 존재한다는 낡은 개념이 그 권위를 상실한 오늘날에 있어서 시의 언어는 무한한 것이 있다. 현대시의 언어가 시적인 것보다 시적이 아닌 것으로 형성되어 있다는 중대한 사실을 간과할 수 없을 것이다.

우리들의 언어 양식 가운데는 단순히 외부 세계에 대한 인식을 전달하는 기능뿐 아니라 정신적 실존, 내부 감각 등의 양식까지도 전달하는 기능이 내재되어 있다. 정신적 실존과 내부 감각 등의 양식까지도 전달하는 언어는 결코 안가安價한 언어가 될 수 없을 것이며, 그러한 언어는 높은 교양과 지적 훈련에서만이 얻을 수 있는 소산일 것이다.

넷째로, 현대시가 난해한 것은 위에서 말한 바 있으므로 여기서는 생략하겠으나 간단히 여러 가지 시적 유파주의에서 나온 여러 가지 기술적 문제의 혼란으로 인한 것이라 할 수 있을 것이다.

한국의 ‘모던이즘’은 김기림, 이상에서 시작되어 그 후 진실한 후계자를 얻지 못한 채 8 · 15 해방을 맞이하였다. 그간 《삼사문학三四文學》 또는 《수獸》 등의 시지詩誌에서 간혹 ‘모던이즘’적인 경향을 가진 군소 시인은 볼 수 있었으나 그것은 문학사상에 남을 만한 위치를 차지하지 못하고 어느덧 사라지고 말았다.

《문장》지의 추천에 의하여 등장한 이한직李漢稷 그리고 일본의 V · O · U(일본 모더니즘 동인회 – 편집자주) 동인이었던 김경린金璟麟을 8 · 15까지의 최후의 '모던이스트'라고 부를 수 있을 것이다. 그러나 이 두 시인은 결코 김기림이나 이상에게서 시적 영향을 받은 '모던이스트'는 아니다. 그리고 이 두 시인 역시 8 · 15 전까지는 '모던이즘'에 대한 확고한 신념을 못 가졌다고 볼 수 있다.

'모던이즘'이 하나의 문학 운동으로서 우리 문단에 화려하게 등장한 것은 1·4 후퇴 이후 부산에서였다고 볼 수 있다. 김경린, 박인환(고인), 이봉래, 김차영, 김규동 등의 후반기 동인들과 이네들과는 좀 경향이 다르지만 역시 '모던이즘'적인 수법에 의하여 시를 쓴 전봉건, 고원, 장호 등이 그것이다.

이 이외에 아류적인 군소 '모던이스트'들이 많이 등장하였지만 이것은 거의 문제시되지 않는다. 왜냐하면 이 아류적인 군소 '모던이스트'들 때문에 이 나라의 진정한 '모던이즘'이 숱한 오해와 비난을 받고 있기 때문이다.

비로소 싹튼 모던이즘이 하나의 '에콜'로서가 아니라 '현대 중심의 시문학'이라는 견지에서 출발한 이 새로운 '모던이즘'에 대해서 성급한 판단을 내리는 것은 너무 경솔한 것 같아서 여기서는 논급하지 않기로 하였다.

그러나 그네들 역시 시를 쓰는 데 있어 태도보다 기술을, 내용보다 형식에 치우쳐 있는 것만은 속일 수 없는 일이다. 뿐 아니라 '현대'에 대한 확고한 신조와 시 정신이 아직도 뚜렷한 자리를 잡지 못하고 있는 것도 사실이다.

어딘지 유행성을 쫓는 '모던 뽀이'와 같은 경박한 인상이 그네들의 시풍에서 엿볼 수 있다는 것은 무엇보다 유감될 일의 하나다. 허나 어쨋던 한국의 '모던이즘'의 운명이 이네들의 쌍견雙肩에 있음을 부정할 수 없는 사실이다.

지금 이네들에게 있어서 가장 시급한 과업은 자기정리와 자기반성의 지적 훈련일 것이다. 지나친 자신과 그리고 고전에 대한 천박한 지식과 새로운 것에 대한 경박한 영향성迎向性을 지금 지양하지 않으면 이네들의 '모던이즘' 시조 김기림에 있어서의 '모던이즘'과 마찬가지로 일시적인 유행문학에 그치고 말 것이다.

이상 나는 너무 성급하게 한국의 '모던이즘'을 논한 것 같다. 독단과 독선이 개재하고 있음을 나 자신이 잘 알고 있다.

한국의 '모던이즘'이 미완성의 문장인 것과 마찬가지로 나의 이 소론도 미완성의 것이다.

그러므로 이 소론은 어디까지나 시론적인 것밖에 될 수 없다. 좀 더 확실한 자료와 연구를 거듭한 후에 나는 이 나라의 '모던이즘'을 다시 한 번 재검토하기로 하겠다.

—

이봉래는 모더니즘문학론을 바탕으로 한 뉴크리티시즘 논의가 한창이었던 1950년대 문학론의 흐름에서 '현대' 개념을 규정한다. '현대'란 '근대 계승자로서의 현대와 당대라는 뜻으로서의 현대'라는 두 개의 방법론에서 논의해야 하지만, 진정한 의미에서 '현대'란 '근대의 계승자로서의 현대'여야 한다고 밝힌다. 또한 그는 당대 대표적 '모던이스트' 김기림이 내용보다는 형식, 즉 태도보다는 기술을 지나치게 존중하였다고 비판한다.

그는 이 비평에서 시가 완전한 생명을 가지기 위해서는 모순된 사회 구조를 근본적으로 개혁해야 하고, 이를 위해서는 먼저 개개인의 정신을 개혁해야 하는데 이러한 점에서 당대 유행하던 '모던이즘'은 자칫 말초신경적인 형식의 기이성과 언어의 신기성으로 한갓 유행적인 문학 운동에 그치고 말 것이라고 우려한다.

* 이 글은 《現代文學》(1956. 4.)에 실린 〈韓國의 모던이즘〉을 원전으로 하고 최예열이 엮은 《1950年代 戰後文學批評 資料 1》(월인, 2005)을 토대로 재구성한 것이다.

뉴크리티시즘의 제 문제
—그 현대성에 대한 평가와 섭취를 중심으로

백 철

여기서 논하고자 하는 것은 내가 근 1년간 미국에서 현대 미국 비평가들을 만나서 회담할 기회를 가졌던 일과 또 거기서 비평 서적 등을 통하여 현대 한국 비평계를 참관한 얼마 되지 않는 지식에 의하여 행해지는 것이다. 이번 회의와 같이 미국의 문학 교수들, 나보다도 현대 미국 문학비평을 익히 알고 있을 학자들과의 합석한 장소에서 몇 달 동안의 개관한 지식을 갖고 미국 현대 비평에 대한 강연을 하는 것은 무모한 일일지 모르지만, 그러나 여기서 내가 자신 비슷한 것을 느끼는 것은 한국의 문학비평가로서 미국의 비평계를 본 소감이라는 것, 그 점은 동시에 미국에서 온 학자들에게도 흥미가 있을 면이 아닌가 생각하는 것이다.

다시 말하자면 내가 미국의 비평계를 본 것은 어디까지나 한국의 비평가로서 한국 현대 비평의 입장과 대조해서 봤다는 것, 따라서 옳든 그르든 간에 거기서 어느 정도의 비판적인 입장을 취했다는 것, 이것이 내게는 중요한 사실이며 또 이 강연에서 내가 강조할 것이 있다면 결국 그런 면이 될 것이다.

내 이야길 시작하는 데 있어서 나는 방법상 한국의 현現 비평적인 입장을 몇 마디로 설명하려고 한다. 그렇게 하는 것이 여기 참석한 미국 학자들에게 한 참고로 될 뿐 아니라 국내의 한자들에게도 저쪽 비평을 파악하는 데 하나의 대조적인 특색이 서로 비교되어 그 장단 흑백이 분명하게 눈에 뜨일 것이다.

이제 먼저 한국의 현 비평의 특질이 무엇인가를 말하기 위하여 먼저 그것이 생성된 경로의 특징적인 면 몇 가지를 지시하려고 한다. 현 세기 처음에 한국의 현대문학이 '신문학'의 이름으로서 시작된 뒤 60년간의 '신문학' 운동 과정에 있어서 문학비평은 발전적으로 주요한 몇 가지의 외국 문학비평의 영향을 받아서 오늘의 현 상황에 이르렀던 것이다.

그 첫째는 1914년 전후해서 신문학 초창기의 문학자 이광수에 의하여 톨스토이의 문학비평적인 설이 도입되었다. 톨스토이의 도덕적인 비평은 처음엔 이광수의 민족주의적인 정의론에 의하여 변장되었다. 문학을 하는 목적, 문학작품의 가치는 모두 거기서 민족운동의 효과를 내기 위한 것이요, 민족 계몽의 뜻이 충분토록 담겨져 있기 때문이라고 보았다. 그것이 이광수의 문학관인 동시에 우리나라 최초의 문학비평 기준이기도 했던 것이다. 이광수의 정의론은 나가면서 차츰 더 도덕적인 면으로 정체를 내놓았다.

1920년 무렵해서 한국의 신문학사상에 퇴폐적인 경향이 등장할 때에 이광수는 "일국정조一國情調의 풍마風摩"라고 과격하게 그것을 배척하였다. 그는 "오늘날 우리 문단에 젊은 문사제씨文士諸氏는 무서운 도덕적 악성병惡性病에 걸려 있습니다. 의지력, 극기 분투력행奮鬪力行, 고상한 인격, 신의 등의 덕목은 문사에게도 아무 상관도 없는 것 같이 생각하는 모양이외다" 하고 문학에 대한 도덕적 입장을 강조했는데 이것은 톨스토이가 그의 〈예술이란 무엇인가〉 속에서 전 세기말의 불문학을 인정하지 않으려는 도덕설 이상으로 칠 수 있는 것이다.

이광수는 다시 1926년 동아일보 지상에 〈중용과 철저〉라는 논문을 발표했는데 이것은 당시에 불 일듯이 일어나고 있던 프롤레타리아문학에 대하여 혁명문학이 정도의 문학이 아닌 점을 지적하고 유교의 '중용지도'라는 '자사설子思說'에 찬동하여 중용의 문학에 높은 가치를 두었으되, 이것도 도덕적인 비평론이었으며, 다시 1932년의 작《흙》은 철저하게 톨스토이적인 인도주의 도덕관의 표시임을 반증한 것이었다. 이광수는 신문학의 창시자로서 그의 영향이 컸으리만큼 그 문학관과 그 작품 가치판단론은 한국 비평의 초기 형성에 큰 영향을 주었던 것이다.

그 점에서 한국 비평의 제1계단은 도덕론적인 것이라고 지적할 수 있다. 둘째는 1920년대부터 근대적인 자연주의문학이 한국의 신문학을 차지하게 되었는데 전후 우리 신문학에 끼친 자연주의문학의 영향이 가장 컸으니만치 이 방면에서 온 문학비평의 영향도 지대했던 것으로 본다. 생트 비브나 텐느의 비평 이론을 전문적으로 연구하고 적용한 사람으로 단적으로 가리키기는 어려우나 자연주의 작가인 염상섭에 의하여 또는 뒤에 양주동, 정노풍 같은 이론가들에 의하여 텐느 등의 이론은 상당히 광범위하게 적용된 것으로 보아야겠다.

대체로 오늘까지도 한국의 문학비평의 주 특징인, 작품을 그 뒤의 시대, 민족 제도 또는 작가의 전기 등의 환경적인 조건에서 평가하려고 하는 것은 그 주 영항을 텐느를 비롯한 19세기적인 문학비평계에서 받아들인 반증일 것이다. 그때만 하더라도 1928년을 전후하여 프로문학과 대립해서 민족문학론, 국민문학론이 일어나고 있을 때에 양주동의 민족의식의 규정에 있어서

조선심朝鮮心……이란 결코 관념흔적으로 공중에 매달린 유령적 현상이 아니오…… 조선이란 땅과 민족의 생활 관념 중에서 그야말로 제씨가 흔히 말하는 유물론적 사회적 관계로 필연적으로 생산된 의식이다.

고 하고 또 정노풍의 그 민족의식을 말하는 데 있어서 한국민족의 종족부락 시대부터 따지고 나선 그 이론적인 근거란 모두 그 텐느적인 환경론에서 근원된 것으로 볼 수밖에 없는 것이다.

뒤이어서 1925년부터 약 10년간 소위 프로문학이란 것이 문학 운동의 패권을 잡는 동안 프로문학의 비평 활동은 예의 없이 활발했는데 그들의 문학비평이란 알다시피 경제적 구조를 대부분으로 하고 정치성을 정면으로 내세워서 정치 투쟁의 방편 수단으로 문학을 보고 그 정치성의 반영 여하에 의해서 기계적으로 작품의 가치를 결정했다. 이런 정치성에 의한 작품 비평 이것이 또한 한국 비평이 적지 않은 외부적인 성격을 부여한 것이 된다.

1934년을 전후해서 신문학사적으로 프로문학에 대한 반동이 옴과 함께 비평 분야에서도 프로문학의 정치성에 대한 맹렬한 비판이 왔는데 예를 들어 김환태의 비평론이다. 1935년에 그는 주장하여 "문학비평의 대상은 언제나 문학이다"라고 하고 "문학비평의 대상이 문학이므로 문학비평은 언제나 작품에 한하지 않으면 안 된다" 또는 "이는 결코 문학 그것을 정치나, 사회나, 철학이나, 윤리나 그 외의 모든 문학 영역의 우위에 두려는 소위 예술 지상주의자의 주장은 아니다. 다만 나는 인류의 각 문화 영역이 각각 그 특유한 법칙과 가치를 가지고 있어 어떤 영역의 침범도 허락하지 않는 것과 그리고 그러함으로써 그 독자의 가치를 가장 잘 발휘할 수 있다는 것을 역설하는 것 뿐이다"고 하여 말하자면 문학의 독립성을 지적한 것인데, 이것은 뒤에 내가 이야기하고자 하는 미국의 현대 비평의 문학관과 상당히 접근한 말이었다.

여기에 한국의 문학비평이 20세기적인 입장으로 나서려는 하나의 노력이 엿보인 것이다. 이 김환태설이 등장한 것과 거의 동시지만 그러나 전혀 별개로서 직접 구미의 20세기 비평의 영향으로써 등장된 또 하나의 비평론은 최재서의 문학비평이다. 그는 1934년에 주로 영국의 20세기 비평가를, I. A. 리챠즈, 허버트 리드, 올더스 헉슬리 등의 비평론을 소개하면서 스스로 주지파적인 문학비평을 내세웠다. 즉 그는 〈비평과 과학〉(1934년), 〈비평의 형태와 기능〉(1935년)을 논하여 문학비평이 하나의 과학적인 분석과 주지적인 기능의 것임을 설명하였다.

또한 시인 김기림이 '모더니즘'의 이름으로 에즈라 파운드 등의 시론을 소개하고 시에 있어서 언어의 마술성을 이야기한 것도 이때인 때문에 이 시기는 문학사적으로 보나 비평사적으로 보아서 하나의 현대문학적인 특징이 현저해진 것이 사실이었다. 하지만 그것이 현대문학적으로 참된 결실을 보았느냐 하면 그렇지도 못하였다. 그 이유는 우리 문단의 아카데믹한 수준의 미달에 있고 또 하나는 뒤이어서 곧 중일전쟁 제2차 대전이 오게 되어 일제 정치하에서 우리 문학사상 하나의 암흑기가 온 원인도 있는 것이다.

1945년 민족 해방이 되면서 한국문학이 민족문학으로서 새로 출발할 때에 문학비평도 그 기준과 전제가 바뀌었으니 한마디로 하면 다시 정치성이 문학비평의 기준적인 것으로 돌아왔다고 봐야겠다. 물론 근년으로 오면서 한두 사람의 신인 비평가들에 의하여 시와 언어의 문제가 제출되고 시평 방법으로 분석적인 것이 의식되고 있는 것이 주목되지만 아직 충분한 영향력을 문단에 가지기엔 이르지 못하고 있다.

이상에서 보아 온바 '신문학' 이후 반세기의 신문학 운동에 있어서 한국의 문학비평이 성장한 몇 가지의 주요한 영향과 그 결과 오늘의 한국 비평이 가지게 된 주요한 경향을 살펴보면 그 특색은 문학작품의 평가에 있어서 그 기준을 외부적인 조건, 가령 도덕성이라든가 사회성, 정치성, 민족, 자연환경, 그 시대의 문명 조건, 또는 작가의 전기 등의 문학작품의 배후적인 조건에 두고 있다는 점이다. 이것은 구미의 현대 문학비평의 입장으로 보면 차라리 전 세기적인 문학비평에 속하는 것이며, 또 그 점에서 우리 문학비평은 저쪽의 현대 비평에 비교하여 한

걸음 후진된 상태라고 타진해 놓아야 할 것 같다.

그러면 우리 한국의 현대 비평과 대조하여 저쪽 주로 미국의 현대 비평이란 어떤 특질의 것으로 되어 있는가, 여기가 오늘 내 이야기의 주요한 내용이다. 먼저 나는 비평계에 대한 전제로서 미국의 현대 문단의 분포도에 대하여 한마디만 언급해 놓으려고 한다. 미국의 문단계는 내가 보는 데 의하면 외양으로 두 개의 분야에 나누어져 있었다. 하나는 전적으로 저널리즘 분야에서 직업적으로 작품과 비평을 쓰고 있는 사람들, 또 하나는 주로 대학 같은 데서 교수이면서, 즉 아카데믹한 일을 하면서 동시에 작품과 비평 활동을 하고 있는 이를테면 반직업적인 문학들, 이렇게 두 개의 분야로서 문학계가 구성되어 있다.

이것이 우선 한국의 문단 구성과 그 내용이 틀리는 면이나 우리 문단에는 뒤의 것, 즉 아카데믹한 문학 분야가 거의 준비되어 있지 않기 때문이다. 여기 참고 삼아 한마디 언급하고 싶은 것은 나의 판단이 틀리지 않는다면 현재까지 그 두 개의 분야는 서로 좋은 사이가 아니라는 점이다. 이것은 아카데믹한 파를 적대시하는 편인 것 같다. 일례를 들면 헤밍웨이 같은 작가는 아카데믹한 파의 비평 활동에 대하여 '홍진 紅塵'을 일으킨다……고 악담에 가까운 말을 하였다. 포크너 같은 작가도 이 파를 좋아하지 않는다. 저널리즘 작가 측에서 흔히 'Ph. D.'의 출신을 야유하는 것도 모두 이 근거가 일치되어 있는 것이다.

그러나 내가 보기엔 아카데믹한 학파가 비록 직업적인 작가들한테 공격을 받고 있다 하더라도 의연히 그들은 미국문학계의 커다란 세력이며 그것은 단순히 대학이나 학생 등에게서만 세력을 갖고 있을 뿐 아니라 저널리즘 측도 비교적 고도한 면은 이 아카데믹파가 차지하고 있는 사실을 지적할 수 있다. 특히 문학비평계에 있어서는 이 방면의 세력이 더 크기도 하고 또 그것이 현대 미국비평의 대표적인 특징이기도 하다.

이제 내가 미국의 현대 비평의 동태로서 주요한 것을 말하고자 하는 것도 그 아카데믹한 파의 비평가들, 소위 뉴크리틱을 중심으로 하는 것이다. 내게는 그 파의 비평이 더 흥미도 있고 현대 비평으로서 중요한 특색도 있고 다른 어느 나라에서도 이와 꼭같은 현대 비평이 없는 점과 특히 우리 한국의 현대 비평과 대조해 볼 때 결정적으로 차이가 지는 대질적인 의미도 있어서 그 면을 주로 해서 현대 비평 이야기를 하는 것이다.

그러면 현재 미국에서 '뉴크리티시즘'이라고 불리워지고 있는 아카데믹한 유파의 문학비평이란 그 특질이 뭣인가. 특히 한국의 현대 비평의 특질과 비겨서 뭣이 더 현대적인 특질일까. 그 점이 가장 이 이야기의 요령이다.

여기서 우선 그 파의 비평의 참고자로서 뉴크리틱으로 불리워지고 있는 사람들을 광범위에서 열명列名을 해 보면 먼저 I. A. 리챠즈나 T. S. 엘리어트에서 시작하여 윌리엄 엠프슨, 이볼 윈터즈, 존 크로우 랜섬, 앨런 테이트, 클리언스 브룩스, R. T. 블래크머, 케니스 버어크, A. 마이즈너, L. 트릴링 등이고 그리고 좀 경우가 달라지지만 르네 웰렉, 윌리엄 윔새트 주니어, 오스틴 웨렌 등을 추가할 수 있다.

다시 한마디 더하고 싶은 것은 일차 이 뉴크리틱을 두 개의 종류로 나누어 봐야겠다는 것인데, 즉 그 '뉴크리틱'에는 주로 이론 방면을 담당하는 사람들과 주로 실제가로서 작품을 다루는 데 치중하는 사람들이 있다. 이상 든 가운데서 다시 분별을 하면 뒤에 든 사람들 '웰렉', '웨렌', '윔새트' 등 그리고 좀 경향이 다르지만 '시카코 스쿨'에 속하는 'R. S. 크레인', '리챠드 매쿤', '엘더 올슨' 등을 이론가에 들어야 할 것이다.

여기 이론가들에 대해서도 구체적으로서도 이론이 틀리지만 그러나 그들에게 공존된 하나의 문학론적인 견해는 문학이란 것을 현대면 현대 것으로만 보지 말고 그것을 고대문학부터 지금까지의 연속으로서 인식하자는 점이다. 그들은 생각하고 있는 듯했다. 문학이란 본질적으로 옛날이나 지금이나 변해진 것이 아니다. 이것을 호의적으로 보면 문학의 생장과 발전을 전통에 한해서 고찰하고 있는 입장일지 모른다.

또 그렇게 보면 이 이론가들의 연속성의 문학관에 대해선 T. S. 엘리어트의 〈전통과 개인의 재능〉이 선구적인 논문인지 모른다(물론 엘리어트의 동 논문은 문학관으로서 그 형이상학적인 유니티를 공격한 것은 여기에 염두에 두고서 말이다). 좀 더 근대로 올라가면 S. T. 코올리지의 문학론 그것과 전후의 관련을 가진 독일의 로맨티시즘의 문학론 등과 인연을 갖고 있으며 다시 더 소급을 하면 희랍 고대의 문학론, 특히 플라톤 등의 형이상학론과도 그 맥을 통하고 있다는 것을 지적하고 싶다.

여기 그 이론가들의 문학사적인 입장을 보면 그들은 연속성으로서의 문학을 본다는 것의 입장은 어디까지나 20세기적인 현대문학성의 것이란 점이다. 요컨대 이들은 현대문학을 보는 입장과 방법이 하나의 문학사적인 결산이라는 것, 현대문학을 일체의 과거에 대한 합산에서 인식한다는 것 여기서 그 합산적인 방법은 나가서 다른 실제가인 '뉴크리틱new critic'의 비평 방법에서도 종합적으로 작품의 가치를 계산하는 면과 상통하고 있는 것으로 보아서 틀리지 않는다. 윔셋은 그의 논문집 〈버벌 아이콘〉에서 평론가는 결국 과거를 통산하여 그 좋은 점들을 통합해 놓는 일을 해야 한다. 즉 "비평가는 과거의 여기저기의 중요한 이론을 융합해서 자기 자신의 이론을 만드는 일이다".

문학을 '연속'으로 보는 그들에게 있어서 또 하나의 뜻은 문학을 특수성에서가 아니고 일반 특질로서 찾고 있는 면의 주장이 아닌가 보여졌다. 예를 들면, 르네 웰렉은 비교문학은 세계문학이라 할 수 있는 것, 즉 비교문학은 각 민족, 각 지방의 문학을 비교 대조하여 거기 공통으로 내재되고 있는 일반 특질이 뭣인가고 발견하는 데 있다고 그의 〈문학의 이론〉과 〈비교문학이란 뭣인가〉라는 소론에서 중언重言하고 있다.

이런 일반 특질의 발견에 중점을 두는 것은 이론가들만이 아니고 실제가들도 공통되는 문학관인 양 싶다. 가령 '뉴크리틱'의 대표자 격인 랜섬의 논문 〈비평가의 의도〉란 글에서 "비평가란 하나의 미학자로서 시에 대하여 그것이 일반적으로 뭣인가를 이해하는 사람"이라고 하고 그가 문학에 대하여 도덕성 등의 특수 조건으로써 평가하는 일을 배격하는 것은 "가령 어떤 시가 도덕적인 가치를 갖고 있다 치더라도 그것은 모든 시에 있을 수 있는 보편성은 아니다"고 생각하기 때문이다. 그리하여 우리는 뉴크리틱으로서의 그 이론가들의 문학관적인 이론을 먼저 엿볼 수 있는 것이다.

이 이론가들에 대하여 한편 실제가들은 그 이론을 기반으로 하고 동시에 과학자적인 방법을 설정하면서 직접 작품을 만지는 사람들이다. 뉴크리틱이란 실은 이론가가 아니고 주로 이 실제가들을 가리키고 있으며, 먼저 열명한 그 비평가들도 태반이 실제가들로서 현대 비평의 신영역을 개척한 사람들이다. 또한 한국의 현대 비평과 대조해서 그 특징이 주목되는 것도 이 실제가들을 더 대상으로 하는 뜻이 된다. 왜 그러냐 하면 한국 문단에서 비평가라고 하면 이론가보다도 곧 작품시평가作品時評家들을 주로 하는 것으로 되어 있기 때문이다. 그리고 같이 작품을 다루고 있는 데 있어서 그 작품을 비比하는 데도 비평 방법 등이 한국과 뉴크리티시즘 간에 커다란 대질적인 차이가 있는 점인데, 즉 먼저 반문해 놓았던 특질이란 뭣일까가 여기 설명되어야 하겠다.

뉴크리티시즘이 명백히 한국의 문학비평과 다르다고 느껴진 것은 작품비평의 기준이라 할까 혹은 문학관이라 할까 한국의 비평은 먼저 말한 바와 같이 작품을 평가하는 데 있어서 어떤 외부적인 조건에 의해서 결정을 하는 경향인데 대하여 '뉴크리티시즘'은 외부가 아니고 문학 자체의 조건 그 내부적인 조건에 의해서만 작품을 보고 판단하고 하는 점이다.

우선 이 점이 우리 것과 결정적으로 다른 특질이다. 말하자면 뉴크리틱은 작품을 보는 데 있어서 오직 문학의 내부 조건에 의하여 그 이외의 어느 것에도 의하지 않는다는 것, 여기에 중점을 두고 뉴크리티시즘 비평적인 특징을 보기 시작하자는 것이다. 그럼 내쳐서 그들이 말하는 문학의 내부 조건이란 뭣인가. 단적으로 말하면 우선 그것은 작품에 사용되는 언어의 조건이다. 문학작품이란 뭣이냐, 그것을 대할 때에 결과로 나타나서 비평가의 눈앞에 닥치는 것은 언어밖에 없다.

더 구체적으론 일정한 문자로써 적힌 언어밖에 남을 것이 없다고 말하고 있는 듯하다. '웰렉'이 그의 〈문학의 이론〉에서 문학은 "언어의 조직체"라고 말한 것은 단순한 이야기가 아니다. 언어는 그들에게 제1의 조건일 뿐 아니라 유일한 조건인 것이다. 사실 뉴크리틱이라 하지만 그들의 비평 개념이 하나하나에서 일치된 것이 아니고 그들의 작품관의 상호 견해에 있어서도 여러 가지 차이가 있다.

예를 들면 리챠즈 등이 심리학적인 견지에서 그의 새 비평을 출발시켰고 윈터즈 등과 같이 색다른 도덕성에서 작품 판단을 하려는 경향도 엿보이지만 그러나 그들이 모두 언어를 문학의 제1조건으로 의식하고 그 언어 조건에서 작품의 평가를 이야기하려고 하는 사실은 램섬 등의 순 '뉴크리틱'과 견해가 공통된 점이다. 사실 리챠즈의 〈의미의 의미 *Meaning of Meaning*〉(1923)는 문학 해석에 있어서 새로운 언어학적인 학설의 출발이었다.

그에 의하면 일상적인 언어도 복수적인 의미를 갖고 있는 것이며, 언어에는 '센스'의 의미, '감정'의 의미 그리고 '어조', '의도' 등의 네 가지 종류의 뜻이 있는데 이것들은 개별로 나타나는 것이 아니고 서로 결합되어 전달된다……고 했고 '윈터즈'도 언어는 이중의 성질을 갖고 있어서 하나하나의 단어는 개념적인 동시에 '불러일으키는' 것이라고 주장한다. 여기서 나는 발레리가 그의 〈순수시론〉에서 언어는 의미를 전달하는 것과 감정을 전달하는 것의 두 가지 작용을 갖고 있다고 한 것을 생각하여 언어의 복잡한 의미와 그 기능을 중심하고 20세기의 주지적인 시와 비평이 현대성을 파악, 주장한 자취를 찾으려고 하는 것이다.

그러나 현대문학과 그 비평에 있어서 언어가 유일한 내적 조건이라 하더라도 그것은 무조건적이 아니다. 먼저 리챠즈의 말과 같이 의미적인 결합에서 오는 그 복합적인 기능을 내용으로 한 것이다. 웸세트는 전저에서 언급했다. "시는 오로지 그의 의미에서만 이해되는데 그 의미는 언어를 매개로 해서 온다. 시는 사실 또는 스타일에 의하여 의미의 복잡성을 전달한다. 시가 성공한다는 것은 그것이 말하고 또는 함축하고 있는 전부 혹은 그 태반이 적절하다⋯⋯는 것과 적절하지 않은 것은 제외된 것을 뜻한다."

그렇기 때문에 그들이 흔히 말하다시피 시는 "언어의 상징적인 스트럭쳐structure"인 것이다. 언어가 정확하게 쓰여질 뿐 아니라 상징적으로 쓰여지고 그 밖에 그것이 의미의 복잡한 것을 나타내는 데 적당하도록 여러 가지의 간접적이고 함축적인 것을 동원토록 쓰여지는 것이다.

현대시의 언어에 있어서 소위 '메타포'가 중요시되고 역설이 자주 나오고 또 아이러니로서 혹은 은유적인 시크엔스에서 사용되고 있는 것이다. 다시 말하면 현대문학에 있어서의 언어의 중요성은 그것이 모래알들과 같은 위치와 누적이 아니고 시인의 의식적인 선택과 결합의 복잡 미묘한 조직체를 가리키는 것이다. 뉴크리틱에 의하면 비평가의 가장 어려운 일과 동시에 중요한 일은 그 시적 구조의 '스트럭쳐'와 '텍스쳐texture'의 얽힌 전후좌우의 복잡한 관련을 명백히 골라내고 해설할 수 있는 일이라 한다. 그 '스트럭쳐'와 '텍스쳐'는 비겨서 말하면 최상의 비단을 짜는 데 씨와 날과 같은 성질에 속한다고 볼 수 있다. 그리고 이 씨와 날은 모두가 언어의 사용의 전후좌우에 오고 가고 얽히고 뭉키고 한 조직성의 두 개의 패턴을 지적한 말이다.

그러니까 비평가의 임무와 기능이란 그 언어의 복잡한 결구에 대하여 날과 씨의 '패턴'을 찾아내고 쓰여진 하나의 언어의 기능을 파악하는 데서 그 예술적인 조직이 의미를 어떤 특수한 유니티로써 통일하고 있는가, 또 그것이 어떻게 저와 같은 모순된 이념을 동시화할 수 있었나, 어떻게 반대되는 것, 중복된 의미를 잘 분명히 표현해 놓고 있는가 하는 것을 구명하는 일이다. 그래서 현대 비평의 임무는 문학작품의 내적인 조건과 그 조직과 또 그 조직의 성질을 찾아내는 일이다. 그들에게 있어서는 그 문학작품의 대상이 뭣인가가 문제가 아니라 문학의 내적 조건, 그것에 온 중점을 두고 비평의 일을 시작하고 완결하는 것이다.

이것이 '뉴크리틱'의 한국 비평가와 대조되고 큰 질의 차이가 지는 문학관이며 작품에 대한 이해성인 것이다. 따라서 여기 둘째로 '뉴크리티시즘'의 특징은 그들의 비평 방법이다. 필연적으로 그 비평 방법도 한국 비평의 것과 달라서 무엇보다도 그 작품의 내적인 언어인 내적인 조건을 대상으로 하기 때문에 그 방법은 해석적이요. 그들의 말로 하면 분석적인 것으로 되어 있는 것이다.

비겨 말하면 현대시란 아니 본시는 문학작품이란 그것이 성공하고 있는 한에선 마치 복잡을 극極한 고도한 기계와 같다. 아니 아무리 현대의 과학 기계문명이 발달되어 고도한 기계들이 발명되었다 해도 그 복잡성, 그 미묘성, 그 유기성이 문학작품의 것을 당해 낼 수는 없는 것이다. 그런데 현대 비평가는 그렇게 복잡한 하나의 전문적인 기사로서 각 부분으로 분해해서 하나하나 부분을 뜯어내어 독자와 학생들 앞에 개시하는 일이다.

그 점에서 '뉴크리티시즘'은 비평의 결과나 목적에 뜻이 있는 것이 아니고, 그 작품을 뜯어내는 과정(프로세스)에 태반의 의미가 놓여져 있다. 그 시에 어떤 말이 씌어져 있나. 그것이 1행, 1행, 1절, 1절에서 또는 그 행, 절과의 관계, 또는 일정한 시컨스의 조건에서 그 시의 복잡한 의미가 어떻게 작용하고 있는가를 분석해내는 것이다. 일례를 들면 하나의 단어, 가령 그것이 '바다'라고 할 때에 그들에 의하면 그 '바다'란 말이 풍기고 있는 여러 가지 이미지와 뜻을 상세히 파내야 한다. 즉 '바다'와 함께 연상될 수 있는 것들, 가령 '물고기', '바람', '추위', '밀물', '회색의 하늘', '부르짖는 바다새' 그리고 '빠질 위험성'과 또는 '그리운 항구', '가정의 광경' 등의 여러 가지 이미지와 내용을 끄집어낼 수 있는 것, 이것들을 철저히 실행하는 것이 '뉴크리틱'의 비평적인 기능인 것이다.

이런 예로서 우리는 '뉴크리티시즘'의 실제적인 일이 뭣인가를 짐작할 수 있다. 이런 일에 대하여 '랜섬'은 "시는 일정한 사태와 여러 가지 면상과 관련되어 있다"고 하면서 'T. S. 엘리어트'의 〈황무지〉에 대하여 시인의 테크닉은 아이디어에 대한 음악적인 수법이라 할 수 있다고 하는 이유로써 그 아이디어들이 모든 종류의 것, 추상적인 것, 구체적인 것, 일반적인 것, 특수한 것을 음악가처럼 정리했는데, 그것은 단지 독자에게 여러 가지를 말하고 있다는 것이 아니라 그 여러 가지를 한데 뭉쳐서 어떤 불가분리의 전제적인 감정의 효과를 나타내는 것을 의미한다……는 것, 그래서 신비평은 그 음악적인 구조에 대한 전문적인 분석이 필요하다……는 것이다.

이러한 분석비평은 문학사적으론 18세기의 고전주의적 주지의 비평, 예를 들어 '포우프'나 '드라이든'의 비평과 연락이 되는 것으로 보인다. 사실 '포우프' 같은 사람은 작품을 비평하는 데 있어서 일행—行 일어—語에 대하여 자세하고 정밀한 관찰로써 조사를 했다. 그리고 불굴의 충실성을 가지고 하나하나의 부분을 재조사하여 정확치 않은 것은 하나도 용서하지 않은 것이다. '드라이든'의 학자적인 문학비평에도 그와 유사한 면이 나타나 있었다고 볼 수 있다.

그와 같이 고전파 비평과 실제 비평가의 방법이 관련이 있다면 이것은 그들 이론가들의 학설이 19세기 초의 로맨티시즘과 관련된 것과 서로 모순이 있는 듯하지만, 그러나 그 이론가들의 말과 같이 현대 비평이란 과거의 모든 것의 중요한 면을 합산한 것이라 보면 여기서 '뉴크리티시즘'이 그 방법에 있어서 고전파의 것을 섭취하고 있는 것은 결코 부자연한 일이 아닌 것이다. 또 그 고전파의 분석 방법의 관련인 것을 볼 때에 '뉴크리티시즘'의 분석 방법이 일조이석에 생기지 않은 것을 현재의 '뉴크리틱'들의 정확 정밀한 학문성에서 이해할 수 있는 것이다.

그들이 하는 분석은 그처럼 학문적인 전통의 계승에서만 도달할 수 있는 하나의 학문적인 체계에서 이루어진 것이다. 하여튼 먼저 든 몇 가지의 사례의 설명으로서도 '뉴크리틱'의 현대 비평적인 일이 얼마나 복잡하고 전문적이고 또 대단히 힘든 일이라는 것을 알 수가 있다. 또 그 문학관과 방법의 특징을 우리 한국의 현대 비평과 비교해 볼 때나 이쪽의 것이 얼마나 딜레탕트의 것인가 크게 반성도 되는 면이 있으며 내가 전에 일차 국내 신문에 쓴 바와 같이 한국 비평의 하나의 비평 과정으로선 기어이 이 분석비평을 받아들일 필요가 있다고 주장한 바와 같은 것이다.

우선 '뉴크리티시즘'의 주요한 특질이란 이상과 같다……고 하고 그 밖에도 추가해서 한두 가지 그 비평의 현대성적인 점을 지적할 것이 있다. 그것을 '뉴크리틱'들이 먼저도 이야기한, 하나의 전문적인 기사와 같기 때문에 그들은 비평을 하나의 과학이라 자처하는 것과 문학작품을 하나의 특수한 지식으로 생각하지 그 이상의 아무것도 아니라는 점이다. 그 뜻을 '클리언스 브룩스'는 분명히 내게 이야기한 일이 있다. 동시에 그는 비평가의 용어에 있어서 다른 일체의 수식적인 것이 필요치 않고 오직 정확을 기하는 과학적인 것을 쓰는 데 일심 노력을 한다는 것이다. 이런 면이 분석비평으로서 '뉴크리티시즘'이 필연히 가지게 되는 또 하나의 특질의 면이다.

다음에 다시 하나는 현대 비평으로서 '뉴크리티시즘'의 문학사적인 위치인데 그 비평의 현대성이란 문학사적으로 19세기적인 근대 비평에 대한 '안티테제'로서의 특질을 가지고 있기 때문이다. 근대적인 비평이란 무엇이냐. 그 특질이 무엇이냐, 하면 그것은 우리 한국의 현대 비평의 특질과 유사한 것이라고도 볼 수 있어서 문학작품의 평가를 주로 작가의 전기라든가 그 시대의 문명 조건 등의 외부 배경적인 조건에 의하여 결정을 내리는 경향인데 '뉴크리티시즘'이 1차 대전 이후 등장할 때에 먼저 그 외부 조건에 의한 비평의 반대로서 나온 것이 사실이다. 그들은 강경히 반대했던 것이다.

우리들은 문학비평을 작가의 전기나 사회적 배경이나 그 작가가 살고 있는 그 사회의 상황이라든가와 혼동해서는 안 되는 것이다. 또한 그 작품 속에 들어 있는 그 시대의 사조와 같이 봐도 안 되는 것이다.

그리하여 뉴크리티시즘은 대전 후 등장하여 꾸준히 세력을 확대해서 특히 30년 이후 수십 년간을 통하여 20세기적인 신비평으로서 미국에서 확고한 지위를 차지했고 또 유럽에도 상당한 자극과 영향을 준 것으로 고찰한다. 어떻든 '뉴크리티시즘'이 20세기에 있어서 현대 비평으로서 비평의 현대성의 특질을 가지고 있는 사실을 현대 비평사는 일차 인정해야 할 것이다.

여기까지 나는 뉴크리티시즘의 몇 가지 특질과 그것이 현대성인 면을 지시해 보았다. 그러면 이 현대성에 대하여 그것이 얼마나한 가치를 갖고 있는 것일까? 이것은 동시에 20세기적인 학문 내지 문명 전체에 대한 반문의 의미가 되겠지만 하여튼 그것에 대한 일차 진실한 비판과 평가가 요구되지 않을까 생각한다. 특히 한국의 문학계와 같이 현대성에 있어서 뒤지고 있는 나라, 여기서 일차 그것을 받아들일 입장이고 보면 그것에 대하여 맹목적인 접수를 삼가기 위해서도 필요한 전제적인 조건이다.

이미 나는 미국의 현대문학계에 있어서도 직업적인 작가 비평가한테서 비난을 당하고 있다는 사실을 말한 일이 있다. 여기 또 하나 요즈음 미국에서 '샌프란시스코'를 중심해서 일어나고 있는 젊은 세대의 문학운동에 있어서 특히 공격을 당하고 있는 사실을 추가해야 되겠다. 그 공격의 뜻은 주로 '뉴크리티시즘'의 아카데믹한 너무 과도한 학문성, 고답성, 일종의 귀족성에 대한 것으로 보였다. 나는 그 공격 비판이 옳다고 생각한다.

이것은 뉴크리티시즘만이 아니고 구미의 모든 기성적인 학문이 전체로 가지고 있는 성질이며 여기 대해선 구미의 진취적인 문학인들이 이미 반성하고 있는 것으로서, 그 반증이 1956년도 런던에서 열린 팬 대회 때의 제목인 작가와 독자 대중으로 나타났던 것이다. 그때 부분적으로 '뉴크리티시즘'에 대하여 그것은 현대적인 하나의 퇴폐성의 소산이라고 비판을 받은 것으로 기억하고 있다.

또 하나 근래 영국을 중심으로 일어나고 있는 젊은 세대의 문학, 소위 '앵그리 제너레이션'의 문학도 맹렬하게 아카데믹한 기성에 대한 반동의 적례로 봐야 할 것이다. 이렇게 보면 현재 뉴크리티시즘은 미국 국내의 문학 동태로 보나 세계문학의 견지에서 보나 이미 비판 공격을 당하고 있는 것이며 이것은 결코 우연한 것이 아니고 구미 문명성의 고도화한 한 반영으로서 시대의 방향과 격리된 너무 학문성의 것인 데서 필연적으로 받게 된 시대적인 문학사적인 비판을 의미한 것이라고 보아야 할 것이다.

먼저도 지적한 일이 있지만 'Ph. D.'의 문학, 비평이라고 하면 어딘지 거기엔 절반 야유 백안시의 뜻이 많이 들어 있는 것이다. 이러한 것이 우선 뉴크리티시즘에 대한 전체적인 어떤 비판의 뜻으로 나타나고 있다. 다음은 다시 뉴크리티시즘에 대한 좀 더 구체적인 비판이 나오고 있는 한두 가지의 예를 추가할 수 있다.

하나는 뉴크리틱이 전적으로 중시하는 그 문학 조건, 그 언어의 조건에 대하여 시비가 있다. 단적으로 말하면 문학작품의 제작은 언어 이전에 더 중요한 뭣이 있다는 사실이다. 일례를 들면 '베일리'의 최근 논문(금년 4월) 〈현대 비평가에게〉에서

"우리들은 시를 기계로서 취급해서 그것을 각 부분으로 분해해 낸다. 그러나 우리는 그 기계에는 유령이 있고 마음이 있고 정신이 있는 사실을 잊어버리고 있는 것이다." 다시 한 시인은 역설한다. "시인은 시 이상으로 어떤 관심을 갖고 있다. 그것이 없으면 시는 공허한 것이 될 것이다……" 운운.

이런 면에 대해서는 같은 아카데믹한 파에서도 비판을 하고 있는 경향이 있다. 그중의 특례는 '시카고 스쿨'의 비평가들이다. 그들은 '뉴크리틱'의 문학관과 그 방법에 대하여 문학작품에 대한 한층 더 근원적이고 철학적인 것을 중시한다. 내가 미국 여행 중 시카고 대학을 찾아갔을 때에 시카고 스쿨의 대표적인 비평가인 '올슨'의 문학 강의를 동同 대학에 체류하던 송욱 씨와 같이 구경했는데 그때 '올슨'은 'D. 흄'의 철학을 1년간 계속해서 강의하고 있다는 것이었다. 그의 강의 의도가 어디 있는가 짐작되는 바 있다. '시카고 스쿨'의 또 한 사람의 대표적인 학자 '매큔'의 〈예술과 비평의 철학적인 근거〉는 이 방면의 이유를 상세히 밝히고 있는 대표적인 논문이라 할 수 있다.

여기서 시카코 스쿨의 문학관 소위 '플루럴리즘Pluralism'에 의한 증명 등을 일일이 밝힐 수는 없지만 하여튼 그 '플루럴리즘'에서도 특히 철학적이고 이론적인 근거를 크게 중요시한다는 점에서 정통의 뉴크리티시즘과는 대립적인 입장이 분명한 것이다. 그들은 역시 말하고 있다.

“현대의 비평가는 시에 있어서의 언어의 문전을 시작하기 전에 그 언어의 배후에 있으면서 그것을 결정하는 커다란 부분을 태만히 하고 있는데, 그것은 무엇인가 하면 성격이요 사상이요 정열이요…… 등등의 것이다.”

이런 점에서 시카코 스쿨이 나오면서부터 뉴크리틱에 대립해서 나왔고, 또 현재까지에 있어서도 서로 학파가 나뉘어져 있고 항상 그 이론과 방법의 문제에서 맹렬한 논쟁을 해 오고 있는 것이 사실이다. 여기 ‘뉴크리티시즘’이 비판을 받고 있는 또 하나의 강력한 파의 예가 지적되는 것이다.

이 문학의 내적 조건, 언어의 조건 등에 대한 비판과 곧 관계가 되는 것이지만, 뉴크리틱의 비평 방법 즉 분석, 분해 방법에 대해서도 상당한 비평들이 나오고 있는 것이 주목되었다. 사실 내가 잠시 있으면서 보아도 그들의 분석 방법은 정도에 있어서 지나친 일종의 과잉성이 눈에 띄었다. 시에 대한 대주大註, 소주小註, 또 분석이 필요 이상으로 넘치고 있는 것이다. 나는 여기 참석한 분들, 특히 한국의 학자들에게 그 분석비평이 어떤 성질의 것인가를 설명하는 대신에 우리들이 함께 이조 시대의 ‘이학파理學派’를 연상해 보면 좋겠다. 그 이학파들은 공자나 맹자의 어록 등을 주역하는 데 있어서 본인들이 이야기하고 생각한 이상의, 가끔은 아주 관련도 없는 엉뚱한 데까지 가서 글자와 글귀를 파고들었는데 내가 뉴크리틱의 분석비평과 분석 강의를 보면서 흡사히 그 이학파적인 인상을 받았다는 사실이다.

가령 ‘워즈워드’의 시를 해석한다면 그것이 시인이 생각지도 않는 것까지 가서 사회적인 해설과 설명을 하고 있다는 것이다. 자연히 여기에 대한 비판이 각 방면에서 나올 수밖에 없다. 그중에서도 흥미 있는 것은 뉴크리티시즘의 선구라고 생각되고 있는 ‘T. S. 엘리어트’ 같은 사람도 분석비평에 대하여 심각한 비판과 야유를 가하고 있다. 예를 들면

1956년에 발표된 엘리어트의 논문 〈비평의 한계성〉에서 뉴크리티시즘을 다음과 같이 비판하고 있다.

> 그 방법은 이미 알려진 시편을 대상으로 하되 그 작자, 혹은 그 작자의 딴 작품을 참고하지 않고 그것을 절의 하나하나, 행의 하나하나를 파내고 짜내고 음미하고 또 한 방울도 남기지 않고 짜내고 있다. 그것은 기름틀(글자대로 레몬 쥬스를 짜내는 기계 – Lemon squeezer)派의 비평이라고 말할 수 있는 것이다. …… 운운.

내가 코넬 대학에서 마이즈너 교수를 만났을 때에 그는 내게 말하기를 시인, 작가는 문제를 해결은 하지 못하지만 문제를 일으킬 수는 있다고 하며 "알다시피 이 세상에 정말 순수한 문학이란 없는 것이다"고 역시 순문학적인 뉴크리티시즘에 대한 반대 의사를 표시하였다. 여기서 더 한층 주목할 것은 요즈음에 와서 정통적인 뉴크리틱에 속하는 사람들 자신이 어느 정도 자기의 과거에 대한 반성 비판을 하고 있다는 사실이다.

가령 '클리언스 브룩스'는 그의 《걸작론》의 대중판의 서문에서 다음과 같은 자기비판을 하고 있다. "종래에 내가 시를 논한 것에서는 그 시의 역사적인 배경에 대하여 너무 등한시해 왔다"고 하고 그는 마치 모든 시는 그 시대의 표현이라는 것처럼 이야기하고 있다. 물론 여기서도 그는 문학 자체의 조건과 역사적인 배경의 조건을 확연히 구별해서 보는 것, 즉 그 역사적인 배경의 조건을 문학작품이 생겨나는 문화적인 모체로서만 중시하고는 있다. 뉴크리틱의 정통적인 입장이라는 데서 보면 이 사실이 커다란 변경으로 보여지는 것이다.

여기 다시 하나의 삽화를 가하면 내가 지난 6월 하순에 인디아나 대학의 '아세아와 휴머니티'를 주제로 한 회의에 참석했을 때에 거기서

'랜섬'을 만났는데 그때 내가 "왜 당신은 《뉴크리티시즘》이란 저서가 재판이 되는 것을 허락지 않았는가" 하고 질문을 했을 때에 그는 다만 거기 든 논문들에 불만이 있어서 그런다고만 대답을 하였는데 내가 추측컨대 랜섬 자신까지도 과거의 정통적인 자기비판을 차츰 수정하고 있는 것이 사실이란 반증은 그의 최근 논문에서 작가의 개인적인 전기 등을 내세우는 면이 눈에 띄는 것으로써 알 수 있다. 또 하나 내가 직접 느낀 것은 그가 인디아나 대학의 하기 강좌에서 영시英詩의 고대, 근대, 현대 것을 합편合編한 시집을 가지고 강의하면서 과거의 시와 근대 현대시가 그 사회에 끼친 일반적인 영향이 무엇인가를 가르친다고 한 말로써 그의 시평관時評觀이 변해 가고 있는 것을 느낄 수 있었다.

그리하여 현재 뉴크리티시즘은 외부적인 비판과 내부적인 자기반성으로써 그 성격이 재검토되며 수정되고 있는 것이라고 판단하고 싶은 것이다.

나중에 결론적으로 그 뉴크리티시즘을 우리가 어느 정도로 평가하고 어느 정도로 받아들이느냐 하는 문제인데 여기 대해선 벌써 이상의 몇 가지의 설명으로써 그 조건이 명시된 것으로 생각한다.

즉 우리 한국의 문학비평의 입장에서 뉴크리티시즘을 일차 현대 비평으로 평가해서 받아들일 것은 필요한 일이면서 동시에 그것을 받아들이는 조건이란 전게前揭한 세 가지의 조건, 즉 문학을 일차 그 자체의 내적 조건에서 파악하는 일, 둘째 언어의 조건에서 한국 비평가는 일차 특별한 의의를 갖고 임해야 되는 일, 여기는 우리가 신문학사상 한 번도 이 언어의 문제에 대하여 진실한 검토를 한 일이 없으니만치 하나의 중요한 비평 방법인데, 여기도 한국의 비평이 일차 받아들여서 크게 참고해야 할 면이다.

지금까지 한국 비평이 작품 그것에 대하여 해석 과정을 가졌다면 그것은 그저 추상적으로 예술적이라든지 아름답다든가 로맨틱, 리얼리스틱 등의 막연한 말로써 대치한 것이지 작품 그 자체의 조건에 즉해서 구체적인 분석적인 해석을 해 오지 못한 때문에 그것을 일종의 '딜레당트'로서 비평에 지나지 못했던 것이며, 여기서 그 분석 방법을 받아들여서 실재적인 적용은 해 보는 일이 요구되는 것이다.

그러나 먼저 본 바와 같이 그 뉴크리티시즘의 비평 이론과 방법에는 한계가 있는 것으로서 그 점을 참작하여 그들이 범한 지나친 과오의 전철을 밟지 않도록 경계할 일이다. 가령 그 문학론에 있어서는 그 문학의 내적 조건에서 보면서 항상 그것을 배경적이고 근원적인 조건과 유리시키지 않도록 관련적인 문학관을 준비해 가지고 나갈 것이며, 그 분석 방법에 대해서는 엘리어트의 비판과 같이 지나친 분석을 하지 말 것과 동시에 내가 일찍이 딴 논문에서 언급한 바와 같이 그것을 우리 비평의 중간 과정으로 받아들일 것이다.

진정한 비평은 단지 분석 분해의 과정에 그치지 말고 나가서 다시 종합 평가하는 통일적인 과정을 가져야 한다는 것이다. 가령 여기 윔셋의 말을 참고로 내놓으면 "비평가는 의미에 대한 교사와 설명가이다. …… 오직 교사로서 그것을 핍진토록 설명할 일이다"고 한 것에 대하여 우리는 비평가란 단순히 그 작품을 해석하고 개시하는 데 그칠 것이 아니라 그 가치를 결정해서 작가와 독자에게 진정한 인식을 시키고 나아가서 문학적인 방향과의 관련에서 그 위치를 지시할 지도적인 일이 더 요구되는 것이라고 말하고 있다.

———

백철은 제28차 국제 펜대회에서 뉴크리티시즘에 대한 견해를 보고하면서 뉴크리티시즘의 소개에 나선다. 또한 이 비평을 통해 우리 문단의 상황을 소상히 정리하면서 한국 문단의 취약점과 미국의 뉴크리티시즘에 대한 견해를 밝힌다. 그는 뉴크리티시즘 비평에 대한 개괄적인 소개를 하면서 뉴크리티시즘에 대한 적극적이고 긍정적인 자세를 보여 주었다. 하지만 그의 뉴크리티시즘에 대한 소개는 '미국의 비평계를 본 소감' 정도에 그친다. 그가 한국 문예비평의 열등성을 인정하고 뉴크리티시즘의 현대성을 수용하길 촉구한 점은 선구적인 입장이었으나 다른 한편으로는 그것이 저널리즘적 선전성 이상을 넘지 못한다는 단점이 있기도 하다.

* 이 글은 《思想界》(1958. 11.)에 실린 〈뉴크리시티즘의 諸問題〉를 원전으로 하고 최예열이 엮은 《1950年代 戰後文學批評 資料 1》(월인, 2005)을 토대로 재구성한 것이다.

실존주의문학

김붕구

철학적인 면에서도 '실존철학'이라든가 '실존주의'라는 개념이 여러 갈래로 나뉘어 총괄적으로 개념 짓기가 곤란하다고 하지만 그래도 철학에 국한한다면 각각 그 사상적 계보를 따져 그 특징적인 경향을 설명해 줄 수도 있으리라. 그러나 소위 '실존주의'문학을 논한다는 건 참으로 곤란한 일이다—적어도 필자로서는 매우 난처한 일이다. 이유는 이러하다. 첫째 그것이 이른바 '역사적 고찰'이든 '사회적 고찰'이든 문학에 관한 한 관념적 추리 작업이나 일반론이라는 것에 필자는 그리 흥미를 가질 수 없다. 기껏 개념을 또 한 번 개념어로 번역해 놓고 자기 만족에 도취할 바에야 당초에 문학을 다룰 필요도 없거니와 문학을 위해서나 독자를 위해서나 기실 별반 플러스되지도 않는 법이다. 요는 관심 있는 독자가 있다면 그들을 안내하여 어느 작가와 작품, 그것을 통하여 그 시대의 문학의 구체적인 제 문제를 같이 느끼고 생각하고 그 문학 속에 더불어 참여하게끔 그 문학 세계를 우리 앞에 열어 보이도록 하여야 하며 그렇지 못하다면 최소한도 어느 작가와 작품을 독서계에 소개하는 글이라도 되어야 할 줄 안다(그러려면 되도록 많이 원작에서 인용하는 게 효과적이지만 제한된 지면으로는 그것이 불가능하다).

그다음 과연 '실존철학'의 영향을 받은 것이 (적어도 불란서에서는) 현대문학의 가장 특징적이고 지배적인 성격을 이루고 있음을 필자는 확신하고 있다. 그 주류 밖에 있는 어떠한 대중들의 이름을 들어본대도 또는 그들의 독자 수의 비율을 따져 보아도 소용없는 노릇이다. 그러나 '실존주의'문학이라면 문제는 달라진다. 현대문학이 실존철학의 영향을 받음으로써 전 세기의 문학과 뚜렷이 구별될 수 있는 성격을 지닌 것이 사실이지만, 그 반면 '실존주의'를 내거는 철학자, 혹은 문학자들은 알다시피 극히 제한된 그룹에 불과하며 그들은 한걸음 나아가서 자기네 철학에서 어떤 실천적 주장과 행동 강령을 (번번이 사회적 정치적 문제에까지) 내세우고 투쟁하는 일파(이를테면 사르트르파)인 것이다. 그런데 필자는 이 제한된 그룹에 특별한 관심과 연구를 기울인 적도 없거니와 별로 그들을 좋아하지도 않는다. 자기가 사랑하지 않는 사람(작가)을 진정 깊이 이해할 수 있을 것인지? 더구나 공중 앞에 그를 공평히 논할 수 있을지 매우 의심스럽다. 이상 몇 가지 점으로 보아 필자로서는 불가불 다음과 같이 다룰 수밖에 없다.

첫째로 넓은 의미의 '실존문학'—결국 이때까지 여러 차례 다루어 온 현대문학에 관한 이야기와 부분적으로 많이 중복될 수밖에 없고 따라서 될수록 간단히 요약하기로 한다. 특히 행동주의문학과 직결될 것으로 안다.

둘째로 좁은 의미의 '실존주의'문학을 다루되 불가불 전자의 대표로 까뮈를 후자는 사르트르를 각각 추려 대비시키지 않을 수 없다. 따라서 어디까지나 불문학의 범위를 벗어나지 못할 것이며 그것을 현대문학 전반에 걸친 문제로 일반화 여하如何는 독자의 이해와 발견에 맡길 수밖에 없다.

이때까지 인류는 그들의 종교가 그렇듯이 오직 배타적인 예술 세계만
을 알고 있었다. 그런데 현대 우리들의 예술 세계는 온갖 신들과 온갖 문
명이 '예술의 언어'를 아는 모든 사람들과 더불어 대화를 하고 교감하는
올림피아산상의 세계인 것이다.

— 말로, 〈제신의 변모〉, 서론

전후에 실존철학, 실존문학이 화려하게 등장하기 전에, 즉 양대전간
兩大戰間에는 행동주의란 말이 성행했고 또 사실 가장 줄기찬 문학 활동
으로 두드러지게 그 시대를 특징지워 주고 있었다. 두말할 것도 없는
일이지만 '행동주의'란 용어도 '로망티즘'이나 '자연주의' 등 문예 사조
상의 다른 용어와 마찬가지로 항용 그 속에 포함시키는 작가, 이를테면
말로나 쌩떼스의 작품과도 따로 떼어 놓고 용어 자체의 어의를 따져 개
념을 규정짓는다는 건 무의미한 일이다. 그것이 어떤 시기의 경향을 특
징짓는 용어로서 편리하다 뿐이고 실제로는 한 작가의 활동을 그러한
개념의 틀 속에 잡아넣을 수도 없거니와 필요에 따라 그러한 해석과 비
평 작업을 한다 하더라도 그 시대의 역사와 따로 떼어 파악할 수는 없
는 노릇이다. 마치 과학 만능이라는 시대적 분위기와 따로 떼어 놓은
'자연주의'라는 것이 전혀 딴 것을 가리키는 것과 마찬가지다.

말로와 쌩떼스는 1900년생 동년배다. 그리고 그들의 문학을 한때는
'행동주의'라는 말로 총괄하는 게 보통이었다. 그럼 행동주의란 어떤
문학이냐? 그들의 작품을 읽는 것이 빠르다. 다만 어째서 그 세대에 그
런 문학이 성행했으며 어떤 영향을 남기고 있느냐는 생각해 볼 필요가
있다. 마르땡 듀 가아르의 《레띠보》라는 유명한 장편의 주인공으로 쟈
크 소년이 등장한다. 1차 대전 중에 청년기를 맞이한 세대—대체로 말
로, 쌩떼스의 세대와 일치한다(그리고 이 세대의 생태를 그리자는 것이 작자의 의
도였다). 그 쟈크가 흥분에 떨리는 목소리로 지드의 〈지상의 자양〉을 줄

줄 낭송하는 대목이 있다.

> 나다니엘이여, 내 책을 읽거든 지체 없이 던져 버려라. 그리고 탈출하라.
> —어디서든지, 네 마을에서, 네 가정에서, 네 자신에서 탈출하라…….

이 '인간의 자연'과 외계의 자연과의 혼합을 구가한 지드의 유혹이 쟈크 세대의 가슴을 울렁거리게 했다는 데는 그만한 이유가 있다. 그것이 지드 자신의 문화병에서의 회복기에 처한 건강 예찬이며 굳어 버린 기성 모랄에 대한 반기였음은 주지된 사실이지만 쟈크의 세대에 이르러서는 전쟁과 기성 모랄의 붕괴와 반항이 한데 얽혀 정신적 혼란과 불안이 극도에 달한 세대였음도 짐작할 수 있으리라. 모든 가치와 사색이 권위를 잃었을 제 남은 것은 오직 행동과 감각뿐이라는 것도 수긍할 수 있다. "다행히 인간에게는 행동이 있다."—〈정복자〉에서 '말로=쟈크'는 이렇게 외친다. 그리고 쟈크는 가정을 탈출하여 스위스로 건너가 혁명 운동에 투신한다. 말로의 경우는 여기서 다시 이야기할 필요도 없으리라. 그러나 이렇듯 절망에서 출발된 행동주의건만, 문학사상에 획기적인 전환을 가져왔다는 사실을 주목하지 않을 수 없다. 첫째, 그것은 문학을 담배 연기 자욱한 실내에서 넓은 세계로 해방시켰다. 둘째로 절망에서 출발했고, 항시 생사의 접경을 넘나드는 행동 세계를 무대로 하는 이상 그것은 끊임없이 인간의 근본 조건과 운명에 대면하는 문학이 아닐 수 없다. 셋째로 따라서 문학은 이미 미학적 위안이나 흥미거리가 아니고 인간 총체에 대한 산 '증언'이다. 이것은 매우 중대한 일이다. 이때까지의 문학 그리고 그 하고 많은 사조들도 이에 비하면 오직 시류를 쫓는 여인처럼 미학만을 갈아 걸치고 등장한 것이 아니었던가. 우선 그들이 현대인의 절박한 요구에 응할 수 없는 치명적 결함이 드러났으니 그것은 인간을 정적인 면에서만 파악할 수밖에 없었다는 것이다. 감성적 면이 강조되거나(로망티즘), 또는 이성이 강조되거나 혹은 외부적 물질적 조건으로 인간을 구명하거나(자연주의), 또는 인간의 심부深部 의식을 발굴하거나(신심리주의), 그것은 저마다 인간의 일면만을 강조하여 당분간 새로운 맛을 주입하였다 뿐이다. 실내 궤상机上의 원고용지 앞에서 구상하는 인간 세계를 벗어나지 못했던 것이다. 의식과 육체가 혼연일치하여 가장 긴장된 행동선상에서 비로소 전적全的 인간을 파악할 수 있었다는 것은 쟈크 세대의 시대적 조건과 요구 그리고 문학의 역사적 전개가 서로 상부하여 전혀 새로운 세계를 열어 놓은 것이다. 그들의 문학이 인류 문명에 대한 증언이며 적극적으로 인간을 파멸에서 건져 내려는 그리고 다시 (이번에는 신과 기성 모랄의 도움 없이) 인간의 품위를 회복하려는 휴머니즘——매우 비장하고 영웅적인——을 지향한 것은 물론이다. 이 모든 것을 일소해 버린 현실과 의식의 긴장된 대면에서 그 피가 듣는 상처에서 실존문학은 이미 자기 영토를 발견했던 것이다. 그 비장하며 그러나 고독한 의식과 그 앞에 가로막는 세계(현실), 그 답답하고 안타까운 증세는 이미 누구나 느끼고 있었던 것이다. 여기서 그 자각 증세를 누가 간결한 용어로 명명(진단)해 주기만 하면 그는 일약 명의名醫가 될 수 있었던 것이다. 아직 처방은 없어도 좋다. '왕도'의 밀림 속에서 밤을 새며 나를 둘러싸고 나를 향하여 다가오는 어둠 속에 잠긴 세계의 압력에 짓눌릴 듯한 인간 의식의 고독과 불안 속에서 페르캉(말로의 소설 〈왕도로 가는 길〉 속 주인공–편집자주)이 젊은 동행자에게 에로티시즘을 빌려 설명하는 대목이 있다.

　　……(내 앞에 나타난) 나 이외의 또 하나의 존재(여인). 자기가 가지지 않은 육체란 모두가 적이야. ……여전히 자기 자신을 잃지 않은 채 여자와 (딴 의식과) 혼합하기에 이르는 그 동화 작용…… 아냐, 건 육체가 아니지, 여자들 말이야— 건…… 저…… 뭐랄까…… 그래 '가능성'이야. 그러니 나

는……

　뭐라고 꼬집어 형용할 수 없는 페르캉은 "…… 어둠 속에서 한 손으로 무엇인가를 냅다 짓누르는 몸짓을" 하며 "…… 얼마나 나는 사람들을 정복하고 싶었던가……".

　이렇게 중얼거리는 것이다. 마침내 실존문학은 이 페르캉의 답답한 몸짓에 시원하고 적절한 표현을 준 것이다. 허망한 인간 조건(운명)에 대한 집념obsession과 막연한 불안과 공허의 몸부림에 적절한 진단을 내렸을 뿐 아니라 철학의 이름으로 인간의 존재태存在態와 의식의 근본 구조에서 그 불안과 허망을 병리학적으로 구명해 준 셈이다. 위에 인용한 페르캉(말로)의 더듬는 말에 대하여 우리는 곧 사르트르의 공리처럼 되어 있던 약언約言으로 응답할 수 있다.

　"지옥, 그것은 타자(의 의식)이다." 그리고 말로가 여기서 그 상황(원시림 속에 내던져진 의식)과는 동떨어진 에로티시즘을 끄집어낸 것과 마찬가지로 사르트르가 그의 철학적 주저《존재와 무》 속에서 육체론으로 1장을 매꾼 유례없는 스캔들(?)을 감행한 이유와 필연성을 충분히 이해할 수 있지 않을까? 실은 그것을 느낄 수 있는 독자에게는 그 이상 설명이 필요치 않을 것이다.

　문학 있는 이래로 인간을 그리지 않은 문학도 없거니와 불안과 분열의 오뇌를 그린 문학도 드물지 않다. 과학과 의식의 분열, 윤리와 실생활의, 또는 빈부의 분열 등…… 그리고 여기 따르는 처방도 가지가지 있었다. 그러나 마침내 최악 최심最深의 고질은 인간 자체의 내부에 천생 타고난 병임을 발견하자 그들의 집념은 인간 조건 자체를 조상俎上에 놓고 문제 삼게 된 것이다. 사실 이러한 절박하고도 근원적인 문제에 사로잡힌 현대 작가는 종래의 문학에 대하여 파스칼처럼 다음과 같은 경멸을 던질 만도 한 것이다.

그림(묘사)이란 참 터무니없는 허영이 아닌가! 사물 자체는 별로 거들떠보지도 않는 물건인데, 그걸 비슷하게 그려 놓았다고 해서 감탄을 사니까 말이다.

그러기에 실존문학은 그 사물의 존재태와 그리고 그 사물을 지각하는 인간의 그것과 그 의식의 구조를 분석해 보이는 것이다. 그러나 거기서 해결과 구원이 올 수는 없는 노릇이다. 앞서 말한 것처럼 본시 그들의 선배들이 절망과 부정에서 출발했거니와 그들이 부딪친 것 또한 허망뿐이다. 석연한 해답을 갈망하는 의식이 이성의 좌절을 피할 수 없는 발판으로 삼을 수밖에 없는 막바지에 도달한 것이다(이 점은 근본 문제의 하나지만 철학면에서 밝혀 줄 것으로 안다).

모든 것이 부정과 허망으로 요약된다는 건 아니다. 그러나 우선 우리는 부정과 허망을 제기하지 않을 수 없다.—우리 세대가 맨 먼저 부딪친 것은 바로 이 부정과 허망이니까.

—까뮈

그럼 이 이성의 단층에 부딪친 이상 그리고 그대로 주저앉을 수 없는 이상 어디론가 넘어뛰어야 할 것이 아니겠는가? 여기서 크게 실존문학은 두 갈래로 갈리게 된다.

① 피안(은총)으로 눈을 돌리는 기독교적인 방향—베르나노스의 세계다. 이 세계도 역시 청탁을 한데 삼키고 영겁의 침묵을 지키는 초월자 '신'과는 전혀 같은 척도를 가지지 못한 내던져진 인간의 불안과 오뇌의 세계다. 그러나 아무리 허망 속에 허덕인다 하여도 아무리 인생이 파토의 연속이라 하더라도 종국에는 맨 밑에 엎어 놓은 최종의 패가 제껴지고야 마는(즉 영생, 구혼 등등을 예상하는) 세계다.

(나는 이 세계에 대하여는 이 이상 깊이 들어갈 수 없다. 내가 모르는 세계이니 말할 자격도 없거니와, 좁은 소견을 솔직히 말하자면, 철저한 신앙 앞에서 성서 이외에 문학이 있을 수도 없을 터이고 만일 있다면 그건 속인의 헛소리거나 위안거리밖에 별 뜻이 없을 터이니까. 사르트르는 좀 무례스럽고 암팍스러운 표현으로 이렇게 말하고 있다. ─"신은 예술가가 아니다. 그러니 모리악 씨도 마찬가지다.─즉 문학자일 수는 없다"[필자역]라고.)

② 또 하나는 유인최귀唯人最貴의 입장이다.─ 말로, 사르트르, 까뮈의 세계다. 인간이 고귀하다는 게 아니고 설령 한갓 동물의 일종에 지나지 못한다 치더라도 인간 위에는 고개를 들고 우러러보아야 허허 무변의 허공뿐 인간을 초월한 어떠한 존재도 없다는 것이다. 따라서 인간 밖으로 넘어뛰려 해도 넘어뛸 곳이 없다. 애매한 채로 그저 믿고 산다든지, 있다고 증명할 수 없고 없다고도 증명할 수 없으니 있다는 편으로 걸어 보자는 어리뺑한 이야기도 문제가 되질 않는다. 없는 건 없는 것이다. 차제此際에 환상은 깨끗이 일소해 버리자는 것이다. 그 환상 때문에 몇 천 년 이래로 생사람은 기를 못 피고 온갖 모욕을 다 참아 오지 않았던가. 전지전능의 초월자가 있다면 그는 인간계를 향하여 주사위를 던지고 그 해결 없는 희비극을 초연히 관람하고 계신다는 것일까? 이런 터무니없는 절대자의 환상 따위는 깨끗이 집어치우자는 것이다. 철모르는 어린애가 온몸이 곪아 터지고 몸을 뒤틀다가 죽어도 전지전능자의 섭리냐? 한평생을 기아 속에 헤매다가 온 식구가 죽어 뻗어도 신의 섭리냐? 인간계의 아비규환에는 눈썹 하나 까딱없는 전지전능자의 환상 밑에 인간고를 걸머지고 게다가 무릎을 꿇고 벌벌 기어가야 된다는 거냐? 언제까지 그러자는 거냐. 집어치우라는 것이다. 천진난만한 어린이가 죽는 건 인간의 고액苦厄이다. 기아로 죽는 자가 있다면 인간계의 죄악이다. 고칠 수 있다면 믿을 수 있다면 그건 의사의 치료와 인간의 정의와 질서뿐이다. 오직 이 세계와 인간뿐. 오직 의식과 현실뿐. 재어 놓은 어떠한 종국의 패에도 희망을 걸지 않고 오직 우리 손

에 쥔 확실한 패만으로 노름을 하자는 것이다. 파토의 연속이래도 할
수 없는 일이다. 처음부터 파토를 각오하고—아니 본시 파토에서 시
작한 노름이니까. 인생은

절망 저편에서 시작되니까

—사르트르, 〈파리떼〉

우리 시대의 가장 큰 문제는…… 인간이 영원자와 합리주의 사상의 도
움 없이 자기 힘만으로 자신의 가치를 만들어 낼 수 있는가 여부를 묻는
일이다.

—까뮈

각 '개인'은 자기 속에 더 큰 것을 지니고 있다—즉 '인간'을.
내가 한 일은 인간 아닌 어떠한 동물도 할 수 없으리라.

—생텍쥐베리

인간의 존엄성은 "자기 속에 추악한 동물이 들어 있음에도 불구하고 신
의 도움 없이 두 발로 꼿꼿이 일어설 수 있다는 점이다".

—말로

이렇듯 모든 의지물과 거점을 상실한 채 머리 위에 초월자 없고 등
뒤에서 밀어 주는 나 이전의 윤리와 규범 없으며, 지평선에 지향할 목
표 없이 (차라리 그러한 일체의 환상을 쓸어버리고) 사막 속에 내던져진 인간이
그래도 인간 ——— (나 속에 들어 있는 나보다 더 큰 것) ——— 의 권위를 회복하
겠다는 그들의 비장한 싸움에도 불구하고, 말의 가장 근원적이고 철저
한 의미로 '휴머니즘의 재건'의 영웅적이고 줄기찬 노력에도 불구하고

아직 우리들에게 (적어도 우리나라에서는) 그들의 출발점인 이성의 좌절―그 부정과 허망의 실감이 유달리 뿌리 깊은 인상을 남기고 있음도 부정할 수 없다. 그만큼 그 허망과 실감과 철학적 분석과 끈덕지고 악착스러운 문학적 표현이 혼연일체가 되어 전후문학에 일대 혁명을 일으켰던 것이다. 사상적으로는 아직 '실존주의'와 넓은 의미의 실존철학의 분열이 표면화하기 이전이고 보다 더 공통적인 분위기가 강렬히 지배하고 있었던 것도 사실이지만 그것은 전후문학이 발견한 (적어도 의식적으로 강조한) 새로운 문학 세계며, 현대적 작품과 고전적 작품과를 뚜렷이 갈라놓는 하나의 선을 그은 것이다(프루스트, 지드의 작품도 이미 고전적이라는 이유가 여기 있다). 즉 앞서 말한 페르캉(말로)의 답답한 몸짓에 적절한 표현을 준 것이다. 병리학적 분석과 진단(철학)이 문학의 영역으로 넘어오게 된 이유도 여기 있다. (사르트르의 〈구역嘔逆〉을 저자 자신도 처음에는 철학적 에세이로 여겼던 사실을 상기하라.) 산문문학은 이미 예정(복안)된 플롯을 독자 앞에 술술 풀어 가는 이야깃거리나 현실의 재현도 아니다. (그건 파스칼이 조소한 그림과 마찬가지다.) 인간 조건을 극한까지 몰아가서 의식을 지점으로 한 현실을 순간순간 새로 창조해 내는 것이다. 왜냐하면 그들의 유일한 패는 나의 의식과 그 앞에 현상하는 현실뿐이니까. 현실이란 어떻게 존재하느냐 어떻게 사느냐라는 근원적인 질문 앞에 드러나는 일체―나뭇가지를 휘어 가는 바람결처럼 공중에서 비행기가 헤치고 나가는 폭풍우처럼 의식 앞에 저항하고 부딪치는 일체―그것만이 현실이니까. 문학이란 이러한 현실에 관여하는 한에 있어서 문학일 수 있으니까. 사랑을 한다든가 실연을 했다든가 가슴이 울렁거린다든가 공포에 떨었다든가…… 있을 법한 이야기를 늘어놓는 '현실 없는 실존주의'는 집어치우자는 것이다. 가슴이 울렁거린다는 형용이 아니고 그 가슴이 울렁거리는 세계를 눈앞에 열어 놓고 독자의 의식을 그 속에 끌어넣으라는 것이다. 심리적 자연주의, 또는 실존적 정신분석 등 명칭은 아무래도 좋다.

사르트르의 유명한 대목을 다시 한 번 읽어 보기로 한다.

…… (돌난간 위에 손을 얹는다.) …… 그는 두 손을 펴 보았다. 그리고 돌 위를 천천히 쓰다듬었다. …… 꺼칠꺼칠하고 금이 간 돌, 화석化石한 해면 같다. 아직 화끈화끈하다. …… 큼직하고 육중하고 짓눌린 침묵을 응결한 어둠을 제 속에 가두고 있는 돌덩이, 사물의 내부에 있는 그 압축된 어둠 말이다. ……

충만이다. 그는 될 수 있다면 그 돌덩이에 매달리고 돌덩이와 혼연일체가 되고 싶었다. …… 그러나 그 돌덩이는 여전히 내 밖에 있었다. 영원히 ……

…… 제 손이…… 청동으로 된 양 싶었다. …… 그건 (흡사) 딴 사람의 손이었다. 내 밖에 있는, 저 나무들처럼…… 그건 (흡사) 따로 짤려 떨어진 손이었다.

–〈자유로의 길〉 Ⅱ, 《독여獨餘》

여기서 독자는 〈구역〉(《구토》로 더 많이 알려져 있다 –편집자주)의 로깡텡이 여러 번 느끼는 현기증을 상기할 것이다. 나무나 돌멩이는 로깡텡이 앞에 나타나든 말든 여전히 거기 있었고 앞으로도 있을 것이다. 아침에 잠이 깨어 치솔, 치약을 찾을 때까지 (주인이 잠자는 동안에) 그것도 그 자리에 있던 것이다. 사물들은 그 자체로서 충족한 존재이며 "건드릴 수 없는" 존재다. 그러나 로깡텡은 (인간의 존재는) 자꾸만 외부에서 (돌이나 나무에게까지도) 건드림을 받은(Setoucher) (의식에 얽힐 뿐 아니라 감각하고 감동하는) 것이다. 이건 참 참을 수 없이 거북스럽다. 외계는 쨈처럼 꺼픈꺼픈하고 텁텁하고 끈적끈적하게 의식을 얽어 놓는 것이다.

외부에서뿐 아니라 의식은 뱀이 제 꼬리를 물어 삼키듯이 자기 자신에게 관여하는 존재다. 돌멩이는 객관적으로 그저 거기 있는 것이다. 그런데 '나'는 어떠한 관념으로도 일반화할 수 없는 구체적 존재이며 어떠한 정의 속에도 가둘 수 없는 주체적이며 내면적인 존재다. 이 '나'와 돌멩이의 차원이 갈리고 돌멩이를 포섭하고 있던 통념의 껍데기가 터질 때 외계는 꺼푼꺼푼하고 울툭불툭하고…… 요컨대 '나'도 돌멩이도 따로따로 "공도는"(de trop) 더 거칠고 거북스러운 현기증의 실감이 '구역'이다. 까뮈는 '허망'이라고 부른다. 그 미끈하게 정리된 관계에서 벗어난 '공도는' 실감을 까뮈는 《이방인》의 그것으로 표현했다. 그 문학적 표현이 "몸짓하는" "무언극"의 문체라는 것이다.

양자가 모두 철저한 허무와 부정에서 출발했고 따라서 그들은 유일무이한 그들의 기본항 현실과 의식의 빈틈없는 대면을 마비시키고 흐르게 하는 공동의 적을 가진다. —— 한편에는 초월자(신)라는 종국의 패를 내휘두르는 종교가, 또 한편으로는 신을 부정하면서도 신의 계명을 그대로 세속적으로 인계받은—— 즉 선험적 가치 계열을 전제하는 부르조아 휴머니스트, 또한 양자가 모두 인간 존재 자체를 검토함으로써 이성의 단층에 부딪쳐 그 좌절을 겪었다. 그러므로 양자는 일체의 명령과 규범에서 인간을 완전히 해방시키기는 했지만 그것은 정당화할 수 없고 무의미한 인생의 쓸모없는 저주받은 자유임에 틀림없다. 여기서 또한 양자가 서로 갈리게 되는 것이다.

(a) 까뮈에게 있어서는 부절히 자기 자신에게 관심하는 단독자 고독자이며 세계의 지점인 '나'의 눈이 넘을 수 없는 벽에 부딪치자 다시 나의 내면으로 향하는 것이다. 그것은 차라리 종교적인 방향이며 본시 인간은 무의미한 존재인 이상 점점 더 부정과 니힐을 깊이 파고들어 가는 방향이다.—이것은 확실히 까뮈의 딜레마이며 시의 세계는 열릴망정 그의 근원적 질문에 대한 해답은 영 나올 수 없다.

반항인에서 돌연 인간의 본질을 정립했고 《페스트》에서 절망적이지만 그러나 인간의 소박한 선의에 신뢰를 표시한 그의 비약을 수긍할 수 있되 이에 대한 사르트르의 분노도 가히 알 수 있는 일이다.

이것은 까뮈의 기질이 본시 종교적이며 (그렇게도 종교를 공격했지만) 시적인 바탕이라는 것으로 납득할 수 있다. 악마처럼 천재적이고 앙칼스러운 사르트르가 철두철미 비종교적이고 산문적인 것과 대조하여 매우 재미있는 일이다. 종교인 중에도 비종교적 성품의 인간이 있는 것과 마찬가지로 반종교적 사상가 중에도 천성이 종교적인 인간이 얼마든지 있음은 물론이다. 냉담한 비종교적인 성격―발레리가 그렇다. 한사코 종교를 조매嘲罵하는 반종교적 성격―아나톨 프랑스, 사르트르 등이 그렇다. 지드, 말로, 까뮈―이들은 종교를 거부함에도 불구하고 끝끝내 종교적 집념과 모색 속에 번민하는 자들이다. 문학자로서의 그들의 깊이와 매력은 이 점에 있는 것이 아닐까? 이를테면 그들은 무신론자라기보다는 자기 격정을 죽일 수 없는 이단자들이다.―그러기에 그들은 자기 고유한 종교를 창설하고 싶은 유혹을 물리칠 수가 없다. 그 다음 까뮈가 시적이라는 것은 그의 초기 작품을 읽으면 곧 알 수 있다. 시는 본질적으로 실존적 문학이다.―"시에 있어서는 항시 인간 의식이 자기 현존재의 근거 위에 집중되기" 때문이다. 일상적 감각과 이성의 세계를 넘어뛰어 미지의 세계, 절대의 세계에 도달한 '견자Voyante'만이 진정한 시인이라는 랭보가 그렇고 "물질적 육체적 조건을 최소한도로 지니고 태어난" 말라르메가 일체의 일상성을 벗어 버리고 고립무원의 단독자로서 세계와 대면하여 사회적 언어의 좌절에서 근원적 언어Verbe 상징의 세계에 도달할제 그는 누구보다도 실존적 자각 위에 서 있던 것이다(말라르메를 언어적 기교와 미학에만 철저한 시인으로 보는 게 상식적인 통설이지만 그 밑에 있는 철학을 일별하면 그가 누구보다 철학적이며 불교 정신에 가장 접근한 시인이었음을 알 수 있다. 1888년 '까질리'와 '오바넬'에 보낸 서간에 매우 명료하게 드러난다).

(b) 까뮈가 내면적, 시적 실존의 방향으로 넘어간 데 대하여 사르트르는 역사적이며 사회적인 방향으로 넘어뛴다. 철두철미 산문적이며 투쟁적인 그는 시종 (희곡과 소설까지도) 논쟁적이며 그것도 물어뜯는 듯한 조매를 꺼림없이 퍼붓는다. (좀 객설 같지만 그의 위인爲人을 일별하면 짐작이 갈 것이다. 수재(천재적), 지독한 사팔뜨기, 추남, 소년기에 모친 재가 등등) 시는 고사하고 문학까지 상실하지 않을까 싶다. 철저하게 현실(실제)적이다.

"(작가는)…… 자기 시대를 위하여 글을 써야 한다."

간단히 끝내기 위하여 그의 근본 사상을 요약하면 다음 몇 가지 공식으로 표현할 수 있다(봐데프르,《현대문학의 변모》Ⅱ권, 참조).

1. "인간은 존재가 그 본질을 선행하는 존재다."— 신이 없고 그저 내던져진 존재인 이상 그것은 스스로 규정하기 이전의 순수한 우연적 존재이다. 따라서 "인간이란 스스로 만들어 가는 것 이외의 딴 아무것도 아니다."

2. "세계는 인간이 그에게 주는 뜻 이외의 선험적인 어떠한 의미도 없는 것이다."

3. "신이 없고 세계는 그 자체로서 선험적 의미가 없는 것이라면 인간 역시 외부로부터 받아들여야 할 어떤 의미도 명령도 없다."―― 그저 내던져진 존재――"그는 자유롭게끔 처단받은 것이다." 무엇보다도 의식이 '무'를 거처로 삼는 순수한 반사적 지향성이라는 점에서 인간은 근본적으로 "자유 자체다". 그리고 그것은 '공도는' 인간의 허공에 뜬 자유다. 여기서 사르트르 철학은 그다음 단계로 넘어뛴다.

4. 인간은 주체적으로는 자유 자체이지만 객관적으로는 반드시 어떠한 관계 속에 어떠한 조건 속에 위치한다. 즉 사회적 역사적 좌표 위에서 있다. 따라서 그 역사와 사회 속에 뛰어들어 가 "자기를 스스로 구속(참획)하지 않는 한 그것은 무의미한 자유다". 본시 인간은 주체sujet도

객체object도 아닌 투기project(投企)이니까.

5. "신이 존재하지 않고 어떠한 선험적 가치 기준도 없는 이상 참획 (행동)의 전 책임은 오직 자기에게만 있는 것이다."— 인간은 자유로이 "자기를 택하는 것" 이외의 아무것도 아니기 때문에 변명도 있을 수 없고 책임을 전가할 곳도 없다.

6. 객관적인 조건 속에 얽힌 주체가 대면하는 시추에이션에서 여하히 자유로울 수 있는가?—"그것은 조건 자체를 임의로 좌우한다는 것이 아니라 그 조건과 그리고 그 속에 위치한 '나'의 인생에 어떠한 의미를 주고 어떤 의미를 택하느냐가 전혀 자유와 결단에 속한다는 것이다." 요컨대 어려서 어머니가 재가를 하고 사팔뜨기 추남으로 태어난 것은 사르트르도 어쩔 수 없는 조건이다. 그러나 거기서 절망에 빠져 센티멘탈한 문학청년이 되든지 또는 불량배 틈에 끼지도 않고 천재적 철학자로서 세계적 명성을 떨치는 문인으로 된 것은 사르트르의 결단 선택에 의한 것이라는 모양이다.

7. 선험적 가치와 기준이 없다면 무엇으로 취사선택하여 자유인의 세계에 인간적 질서를 세울 것인가? 즉 휴머니즘의 재건, 모랄의 회복 여하의 문제가 남는다. 매우 애매한 이야기지만 "마치 화가가 작품을 완성하듯이" 외부적인 아무 제약 없이 예술가의 새로운 눈과 현실의 대면에서 스스로의 조화를 갖춘 예술품이 창조되듯이, 나 자신에게는 절대적이지만 타자와의 관계에서 상대적임을 면할 수 없는 자유의 세계에 정의와 질서가 이루어진다는 것이다.

사르트르의 이상 몇 가지 공리는 그대로 작품 속에 결합되어 충실히 재현되어 있음을 볼 수 있을 것이다.

필자 소견으로는 이들 각각의 사상과 주장의 이동異同 여하보다도 앞서 약술한 현대문학의 주류를 이루는 공동적인 태도와 문학 정신이 우리에게는 훨씬 중요하리라 믿는다.

김붕구는 〈실존주의문학〉에서 실존주의와 행동주의 관계를 설명한다. 이 글에서 김붕구는 앙드레 말로와 까뮈, 사르트르를 중요한 논의 대상으로 삼으면서 넓은 의미의 실존주의문학으로 앙드레 말로의 행동주의를 다루고, 좁은 의미의 실존주의문학을 까뮈와 사르트르를 각각 대비시켜 설명하고 있다. 김붕구는 실존주의문학을 설명하면서 계속 행동주의의 중요성을 강조하는데 이는 행동주의의 밑바탕에서는 휴머니즘을 지향한다는 것이다. 이것은 한국의 실존주의에 관한 논의는 휴머니즘론의 연속선상에서 이해할 필요가 있음을 말하고 있다. 그러나 현실 참여 경향과 관련된 사르트르의 수용은 1950년대의 문제성을 드러내고 있는데 당대의 문인이나 비평가들은 사르트르의 사상에 대한 진지한 탐구 없이 휴머니즘을 찬양하고 있다는 점이다. 하지만 김붕구의 〈실존주의문학〉은 그동안 철학이 부족하다고 비판받았던 한국문학에 철학적 깊이를 부여하고 1960년대 비평사의 바탕을 이루었다는 점에서 그 의의를 지닌다.

* 이 글은 《思想界》(1958. 8.)에 실린 〈實存主義文學〉을 원전으로 하고 남원진이 엮은 《1950년대 비평의 이해 Ⅰ》(역락, 2001)을 토대로 재구성한 것이다.

예술, 경이의 빛을 뻗치다

예술은 경이이어야 한다.
예기하지 않던 것, 때묻은 일상적인 경험의 단조한 반복이 아닌 것,
그것은 암중에 돌연히 솟아난 광선이 아니면
지층을 뚫고 용출하는 한 줄기 물이어야 한다.
놀람의 시선, 새로운 발견을 향한 전율,
그리고 가능한 또 하나 다른 현실의 창조다.
무엇이 이런 경이를 창조하는가?
─이어령, 〈한국소설의 맹점〉 중에서

IV.

1960~1970년대 비평

이어령에서 백낙청까지_발전과 폐허의 시대 문학에서 길을 찾다

1960~1970년대 비평문학의 전개와 그 양상

1960, 70년대는 비평문학이 문학적 주체성을 회복하면서 본격적으로 전개된 시기이다. 전쟁과 분단의 후유증, 독재 정권으로 인한 억압된 이데올로기 등을 극복해 가는 과정 속에서 새로운 문학적 가능성을 모색했다. 이는 비평문학에 있어서 한국 비평사에 왕성한 논의의 장을 마련함은 물론 비평문학의 새 시대를 여는 계기가 되었다.

1960년대 비평문학은 4·19, 5·16 혁명으로 새로운 전환점을 맞이하게 되었다. 특히 4·19 혁명은 정치적 탄압과 부정부패에 대한 저항 운동으로 자유와 평등에 대한 수호 의지가 발현된 중대한 사건이었다. 민중의 주체적인 의지로 이뤄 낸 4·19 혁명은 또다시 5·16 혁명으로 이어져 독재 정권으로부터 벗어날 수 있게 하는 구심점이 되었다.

이러한 상황은 문학에 대한 반성적 토대를 마련하여 문학계에 많은 변화를 가져오게 했다. 기존 문학이 한국전쟁의 상흔만을 파헤치며 자기체험에 절대적으로 의존했다면 4·19 혁명 이후에는 전쟁에 대한 상흔을 객관화시켜 문학의 다양한 분화를 가져왔다. 이는 많은 독자의 증가로 이어졌고《창작과비평》,《문학과지성》 등 다양한 문학지를 등장시키는 계기가 되었다. 이로써 우리 문학은 새로운 사조와 유파를 형성할 수 있었다.

이와 같이 이 시대의 비평문학은 역사적 상황과 맞물리면서 이전보다 활발한 문학론으로 문단을 주도하기 시작했다. 당시 문학론의 논의로는 크게 전통문학론, 순수·참여문학론, 리얼리즘문학론 등으로 정리할 수 있다.

우선 1960년대 전통문학론의 논의는 그 성격에 따라 각각 전통 부정론과 단절론, 전통 반성론과 극복론, 전통의 주체적 수용론 등으로 구분할 수 있다. 1950년대 전통 논의가 1960년대로 들어와서도 해결되지 않자 이어령과 유종호는 전통 부정론과 단절론의 입장에 서서 이론을 표명했다. 이에 조동일은 '한국적인 것'을 찾아 계승하자는 전통 계승론을 전개하면서 부정론을 반박하는 태도를 취했다. 그 후 정태용, 임중빈은 조동일의 계승론을 심화시켜 주체적 정신을 갖고 수용하자는 논의를 전개했다. 당시 전통 논의는 전통론의 재고는 물론 발전적인 시각에서 전통론의 계승을 제시했다는 점에서 논의의 성과를 거뒀다.

1960년대 순수·참여문학론의 본격적 대립은 1960년 10월《개벽》지에 발표된 최인훈의 중편소설 〈광장〉이 발표되면서 시작했다. 당시 김우종, 김양수, 이어령은 순수문학론을 비판하면서 참여문학론을 옹호했다. 그들은 비극적인 현실에 적극적으로 참여해야 하는 작가의 태도를 주장했다. 이에 맞선 이형기가 순수문학론을 옹호하면서 논쟁은 더욱 격렬해지고 이 논의는 이후 서정주와 홍사중, 김붕구와 임중빈 등의 논쟁으로 이어지며 확대되었다. 즉 그들의 논의는 당시 순수냐 참여냐 하는 논의에서 심화, 확대되어 다양한 논의의 양상을 보여 주었다.

이렇게 1970년대 초까지 약 10년간 지속된 순수·참여문학론 논쟁은 이후 리얼리즘문학론, 민족문학론 등으로 이어지고 확대된다. 이전 문단에는 해방 직후 좌우익 이념을 중심으로 이루어진 문학 대립 이외에는 문학 이론에 관련된 언급이 거의 없었다. 이러한 한국 문단에서 1960년대 후반부터 시작된 리얼리즘의 확산은 이념 논쟁에만 치우쳤던 문단에 새로운 변화를 가져왔다. 대표적으로 이어령은 한국소설의 기법을 서구소설과 비교하는 비평을 시도했으며, 백낙청은 당대 현실을 사실적으로 묘사하는 것에 주목했다. 구체화된 리얼리즘문학론은 당시 문단에 새로운 자극제가 되었다.

1970년대는 급격한 산업화의 과정 속에서 여러 가지 사회적 갈등을 겪게 된다. 산업화가 활발하게 진행되면서 급격한 경제 성장을 이뤘지만 그로 인한 인간성 상실, 계층 간의 갈등, 물질 만능주의 등의 부작용은 피할 수 없게 되었다. 더구나 유신 독재 체재의 횡포는 사회적 갈등과 대립을 가중시키기에 이르렀다.

이러한 사회적인 현상들은 당대 비평문학을 반성하는 계기를 제공하여 1970년대에 들어서면서 더욱 치열한 논의로 발전했다. 리얼리즘문학론은 1960년대 순수문학론과 참여문학론의 대립에서 벗어나 당시 사회 현실에 대한 문제점을 직시하고 문학의 새로운 방향을 모색했다. 그리하여 1970년대 초 리얼리즘문학론은 리얼리즘의 개념 확립과 이를 문학비평에 어떻게 적용할 것인지를 중심으로 전개하였다. 이에 염무웅은 리얼리즘을 당대 사회 현실을 담아낸 문학이라고 정의했으며, 구중서는 리얼리즘을 이상주의적인 문학적 요소라고 보고 문학비평에 새로운 전망을 제시했다. 그들은 당시 리얼리즘문학론의 개념과 그 개념의 적용을 긍정적으로 평가하고 이끌어 갔다.

한편 1960년대부터 논의된 순수·참여문학론, 리얼리즘문학론 등의 연장 선상에서 시작된 1970년대 민족문학론은 1970년대 리얼리즘문학론과 더불어 당시 비평문학을 주도해 나갔다. 특히 백낙청은 민중 현실과 분단 문제에 대한 주체적인 인식을 보이면서 단순한 용어 중심에서 벗어나 나름대로 '민족문학' 개념을 정립하여 상당한 성과를 이룩했다.

1960년대의 두 혁명기를 거치면서 찾아온 1970년대 비평문학은 독재를 벗어나기 위한 노력을 통해서 문학의 지향점을 새롭게 찾았다. 즉 리얼리즘문학론의 논쟁과 그 논쟁이 심화·확대되는 과정 속에서 등장한 민족문학론이 바로 그것이다.

또한 1970년대 비평의 중요한 업적으로 김윤식, 김현, 김용직 등의 방대한 문학사 정리 작업을 들 수 있다. 1970년대에 들어서면서 사람들의 문학사에 대한 지대한 관심은 문학사 정리의 작업으로 귀결되어 양적·질적인 측면에서 활발하게 진행되었다. 뿐만 아니라 외국문학 전공자인 김우창 역시 새로운 시각으로 우리 문학의 흐름을 연구하여 문학계에 큰 공적을 남겼다. 그 밖에도 서구의 이론을 수용하여 외국문학과 한국문학을 연구한 김현, 김병익 등의 업적 또한 1970년대 비평에서 중요한 성과라고 할 수 있다.

　이와 같이 비평문학은 1960년대에는 시대별 논쟁에 따라 전통문학론, 순수·참여문학론, 리얼리즘문학론으로, 1970년대에는 리얼리즘론과 민족문학론 등으로 크게 나눌 수 있다. 그 밖에 1970년대는 방대한 문학사 정리 작업 및 외국문학의 이론을 적극 수용하여 한국문학을 활발하게 연구한 실제 비평을 주목할 수 있다. 따라서 이 장에서는 각 시대별 논쟁과 특징에 따라 대표적인 평론들을 선정했다.

　1960년대 전통문학론에서는 전통론과 계승론에 대한 논의가 심화될 수 있는 계기를 마련한 조동일, 정태용의 평론을 주목할 수 있다. 순수·참여문학론에서는 순수문학론과 참여문학론 사이에서 각각의 입장을 피력한 김우종과 이형기의 평론을, 리얼리즘문학론에서는 리얼리티 구현 방법의 작법을 제시한 이어령의 글을 선정하였다. 그리고 1970년대 리얼리즘문학론에서는 진정한 리얼리티의 의미를 찾아내고자 했던 구중서와 염무웅의 평론을, 민족문학론에서는 민족문학의 범위를 정하고 성격을 규정, 개념화한 백낙청의 글을 주목했다. 아울러 유신 독재에 대한 저항으로 풍자문학관을 펼친 김지하의 글을 주목했다. 마지막으로 외국문학의 이론을 수용하여 외국문학과 한국문학의 폭을 넓힌 김현의 1960년대 비평과 김우창의 1970년대 비평을 선정했다.

전통의 퇴화와 계승의 방향

조동일

1. 전통의 개념 규정을 위하여

전통론은 이제 새삼스럽게 제기되는 것이 아니고, 오랫동안 문학의 중심적인 문제의 하나로 논란이 거듭되어 왔다. 그렇지만 대체로 다음과 같이 요약될 수 있는 개념 파악의 과오로 인해서, 문제의 핵심이 흐려지고 혼란이 거듭되었으며, 논의의 성과도 빈약하다.

첫째는, 전통이란 보편성과 특수성의 통일적 결합으로 존재한다는 사실을 이해하지 못하는 과오이다. 우리 문학은 다른 민족의 문학과 공통적으로 지닌 보편성과 우리 문학만이 지닌 특수성이 불가분의 관계를 가지고 형성·발전해 왔으며, 그 총체가 민족문학의 전통이다. 그럼에도 불구하고, 보편성과 특수성 중에서 어느 하나만 일방적으로 분리시켜 잘못 해석하는 경향이 있다.

한편에서는 특수성을 버리고 보편성만 분리시켜 이것을 우리 문학이 과거에는 중국문학과 다름이 없고 현재에는 서구문학과 다름이 없다고 하는, 심지어는 우리 문학이 과거에는 중국문학을 추종했고 현재에는 서구문학을 추종하고 있다는 증거로 해석하고, 나아가서는 전통의 부재를 선언하려고 든다. 보편성의 존재가 전통 부재의 증거라면, 이러한 논법은 어느 민족의 문학에도 적용될 수 있을 것이며, 결국 어느 민족의 문학에도 전통은 존재하지 않는다는 궤변에 이를 것이다. 또한 영향 관계를 추종이라고 보는 것은 부당한 해석이며, 영향 관계는 전통을 전제로 하여 이루어지고 의의를 가지는 것이다.

그런가 하면 또 한편에서는 보편성은 버리고 특수성만 분리시켜, 이것을 '한국적인 것'이라고 규정하고, '한국적인 것'이야말로 소중한 전통으로서 불변의 가치를 가진다고 예찬한다. 이런 주장은 전통 부재론에 대한 가장 강렬한 반론인 것 같으면서도, 사실은 전통을 어떤 신비적인 관념으로 오해하는 과오를 범하고 있다. 신비적인 관념은 창조적인 작용을 할 수 없는 것이다.

둘째로, 전통은 역사적인 현상이며, 사회의 발전에 따라서 변모되는 동시에 사회 발전에 기여한다는 사실에 대한 인식이 없는 과오이다. 신비적인 관념으로 오해된 전통은 고정·불변한 것일 수 있으나, 보편성과 특수성을 함께 지니면서 창조적인 작용을 하는 전통은 역사적인 현상이며, 역사적인 기능을 가진다. 그런데 전통이 역사적인 현상이라는 사실을 인정하는 경우에도 역사적인 현상의 본질을 정확하게 인식하지 못하는 데서 혼란이 다시 생긴다.

한편에서는 문학은 사회의 발전에 따라서 달라져야 한다는 전제하에, 현재 한국 사회는 서구화되고 있으므로 과거의 문학과는 전연 다른 서구적인 문학을 필요로 한다는 주장을 내세우기도 한다. 이러한 주장의 잘못은 우선 사회를 구조적으로 깊이 파악하지 못한 물질 만능주의에 입각한 천박한 결정론이라는 데 있으며, 다음으로 문학이 사회를 비판하고 개조하는 데 기여한다는 사실을 도외시한 데 있다. 그렇다고 해서, 사회를 비판하고 개조하겠다는 주장하에 조상 전래의 동양 정신에의 복귀를 역설하는 데서 문제가 해결될 수 있는 것은 아니다. 이러한 입장에 선 사회의 비판과 개조는 이루어질 수 없는 환상이 며, 이러한 입장에 선 전통론은 전통의 역사적 성격을 부정하는 데 귀 착한다.

셋째로, 전통은 계승되는 것이며, 계승에는 긍정적 계승과 함께 부정 적 계승이 있다는 사실을 이해하지 못하는 과오이다. 역사적인 개념으 로서의 전통은 계속 변모되고 새로운 창조를 거듭하게 마련인데, 이러 한 과정에는 현재는 과거의 긍정적 계승일 수도 있고, 부정적 계승일 수도 있다.

만약 긍정적 계승만 계승이라고 한다면, 계승이 과거에 대한 반역을 내포한 행위라는 사실이 무시되고 전통의 계승을 유물의 보존과 구별 하지 않는 데 귀착될 염려가 있다. 어떠한 긍정적 계승도 그것이 계승 이라면 거기에는 부정적 계승의 측면이 개재하고 있다. 같은 논리에 의 해서, 어떠한 부정적 계승도 그것이 계승이라면, 거기에는 긍정적 계승 의 측면이 개재하고 있다.

사리가 이러함에도 불구하고 지금까지의 전통론에서는 전통의 계승 에는 오직 긍정적 계승만 있어야 하는 것처럼 생각하고, 부정적 계승을 도외시했으며, 부정적 계승이라고 보아야 할 사실을 전통의 단절이라 고 하는 과오를 범하기도 했다. 실제로 전통의 단절이라는 것은 존재 하지 않는다. 역사가 계속되고 문학이 계속되는 한 현재의 문학은 반 드시 과거의 문학과 일정한 관계를 맺고 있다. 다만, 현재의 문학이 과 거의 문학을 계승의 대상으로 의식하지 않고 전통의 단절을 공언하고 있을 때에는 전통은 단절되지는 않지만 퇴화된다. 퇴화는 단절과는 달 라서 잠재적인 계승이 이루어지고 있거나 계승 가능성이 존재하는 현 상이다.

넷째로, 전통은 과거에서 현재로의 전통과 현재에서 미래로의 전통 을 아울러 의미한다는 사실을 인식하지 못하는 과오이다. 이 두 가지

의미를 모두 정확하게 파악하기 위해서는 현재의 횡포가 제거되어야 한다. 과거에서 현재로의 전통은 현재의 주관적인 입장을 과거에까지 소급해서 적용하지 않고 문학사적 객관성을 가지고 파악해야 한다. 전통 부재론이나 전통 단절론은 서구문학의 기준에 의해서 문학을 비평하려는 비평가가 현재 지니고 있는 주관적인 입장을 반영하는 것으로서, 전통 퇴화의 중요한 증후일 수는 있어도 그 자체로서 타당성을 가진 것은 아니다. 1930년대 이래 성행한 해외문학파적 성격의 비평은 실제로 전통 퇴화를 획책한 주범이고, 전통에 대한 문학사적 이해를 가로막은 장본인이다.

현재에서 미래로의 전통은 주관적인 입장과 활동에 의해서 방향과 성격이 결정될 수 있는 것이라고 할 수 있다. 그러나 이 경우에도 주관적인 입장과 활동은 문학사의 방향에 창조적으로 참여하는 것을 의미하며, 문학사의 방향과 동떨어진 것일 수는 없다. 우리 문학의 미래상을 완전한 서구문학으로 설정하지 않고서는, 그러기 위해서는 말도 서구어 중에서 하나를 써야 하겠다는 주장까지 갖추지 않고서는, 서구문학을 우리 문학의 기준으로 삼는 것은 무책임한 처사이다. 또한 우리 문학의 미래상을 조선 시대 문학의 재현으로 설정하지 않고서는 전통의 전면적 긍정을 부르짖는 것이 또한 무책임한 처사이다.

이상과 같은 논의가 타당하다면, 전통 문제는 마땅히 문학사의 서술을 통해서 고찰되어야 할 것이다. 이 문제를 깊이 의식하지 않고 사실의 연대적 나열에 치중하는 기존의 문학사를 넘어서는 작업이 있어야 하겠는데, 이 글에서 제시하는 것은 그러한 작업의 서투른 서론에 지나지 않는 것이다.

2. 계승과 퇴화의 문학사적 고찰

(1) 중세 평민문학의 성립까지

우리 민족은 매우 일찍 형성되었으며, 따라서 민족적 전통의 연원이 깊다. 이미 삼국의 건국을 통해서 씨족적·부족적 문화가 집결되고 다시 신라의 삼국 통일과 함께 안으로는 민족어가 성립되고, 고구려와 백제의 문화까지 민족문화로 종합·지양되며, 밖으로는 중국·인도 문화의 수용, 재창조를 대규모로 하게 된 것이 7세기부터의 일이다. 더욱 엄밀한 고찰이 필요하지만, 우리 민족은 봉건사회의 성립과 함께 민족으로서 자리 잡기 시작했으니, 근대 자본주의의 출현과 함께 민족이 이루어진 서구의 경우나 민족으로의 지양이 아직도 과제로 남아 있는 아시아·아프리카의 많은 나라와 좋은 대조를 이룬다. 이 점은 민족적 전통의 출발로서 매우 의미가 깊다.

고대 국가의 출현에서 봉건사회로의 이행에 이르기까지 과거의 원시 공동체적인 기반을 가진 문화는 고대 귀족의 문화로, 다시 중세 귀족의 문화로 질적 비약을 했다. 노동과 직결된 공동체의 종합 예술로부터 노동에서 분리되고, 갈래의 분화가 일어난 개인적인 문학으로, 자연과의 대결만 반영하던 상태에서 인간 사회 내의 문제를 고도의 추상성을 가지고 형상화하는 수준에까지 이른 이 변모는 한 단계에서 다음 단계로 전통이 계승된 첫 번째의 의미 있는 예이다.

그러나 원시 공동체 예술의 전통 전체가 귀족문학으로 계승된 것이 아니었다. 원시 공동체의 예술은 또 한편으로 농촌 공동체로 계승되었다. 농촌 공동체는 어느 정도의 공유 재산과 공동 노동이 존재한다는 점이 원시 공동체와 유사하나, 공유 재산이 지배층의 관리하에 있고,

하층민은 두레 등의 공동 노동 조직으로 결합되었으며, 그것도 순수한 공동 노동이 아니라 차츰 교환 노동으로 이행한 점 등에 차이가 있다. 가장 큰 차이는 농촌 공동체의 개념을 양반의 동족 결합이 아니라 두레를 중심으로 파악한다면, 그것이 피지배자의 집단이라는 데 있다.

이러한 바탕 위에서 농촌 공동체는 원시 공동체의 전통을 계승했는데, 귀족의 계승이 부정적인 방향이었다면, 농촌 공동체의 계승은 긍정적인 방향이었다. 중요한 문학 갈래가 민요·설화·무가·탈춤 같은 것이고, 노동과 직결된 공동작으로 이를 전수·재창조해 나갔다는 점이 긍정적 계승의 증거이다. 그러나 원시 공동체의 예술은 인간과 자연의 갈등만 반영하는 데 반해서 민요나 탈춤은 노동의 즐거움, 풍년의 보람 같은 자연과의 대결에서의 승리를 구가하는 한편 사회적인 불만이나 지배층에 대한 비판을 나타낸다.

조선 초기까지 이르는 동안에 고대 귀족에서 중세 귀족에게로 계승된 전통과 농촌 공동체적인 전통은 민족적이라는 공통점을 가지며 상호 영향을 상당히 주기도 했으나(속요가 궁중악으로까지 들어가고 귀족이 수용한 외래적인 문화가 일부는 하층까지 내려간 것이 그 좋은 예이다), 근본적인 관계는 대립적이었다. 사상적인 내용, 창작 과정, 형식, 문학의 기능 등에서 나타나는 차이점을 분석할 때 대립의 양상은 구체적으로 나타날 수 있을 것이다. 이 두 전통의 대립은 역사적인 지양에 요청되는 것이었다.

그러자, 조선 후기에 이르러서 봉건사회가 붕괴되기 시작하면서 문학에서도 큰 변화가 일어났다. 변화를 일으킨 원인의 하나는 농민 수탈의 증대였다. 조선 초기에는 농민의 최소한도의 생존과 노동력을 보호하겠다는 의도에서 수취의 한계를 법으로 규정했으나, 후기에 이르러서는 이러한 한계마저 무너지고 농민에 대한 지배층의 공적 또는 사적 수취가 수단과 방법을 가리지 않고 확대되어 나갔다. 이러한 사정은 "불상타 우리 백성 벼 한 짐 못 먹어라"라고 노래한 단가短歌인 〈민원가

民怨歌〉또는 "아무리 고생한들, 가슬한 보람 없네, 옥손 배미 다 거두어도 한 솥이 못 차누나" 하는 등의 민요(충남 예산의 모내기 노래) 같은 데 잘 반영되어 있다.

결국 농민이 취할 수 있는 것은 도당을 치거나 도적이 되거나 무기를 들고 일어서는 길밖에 없었다. 농민을 극도의 궁핍으로 몰아넣으면서 과도한 수취를 함으로써 지배층은 봉건사회의 경계적 기초를 스스로 좀먹어 들어갔고, 계속 일어나는 농민 항쟁을 막기 힘든 지경에 이르렀다.

그러나 봉건사회의 붕괴를 일층 더 촉진하고 새로운 봉건국가의 재건이 아닌 자본주의의 성립 가능성을 키운 것은, 아직도 연구의 여지가 충분히 남아 있으나, 상업 자본의 대두였다. 행상, 상설 점포, 국경 무역 등은 화폐의 사용과 함께 더욱 증대되어 상업 자본의 축적을 가능하게 했으며, 이는 또한 고리대금을 통해서 증식되었음은 당시 사회의 광범위한 현상으로 여러 문학작품이 반영하고 있는 바이다. 허생(〈허생전〉의 주인공)이 보여 주는 독점의 개념에까지 이른 상업, 이춘풍(〈이춘풍전〉의 주인공) 같은 상인의 형상화, 〈흥부전〉이 다각도로 보여 주는 화폐의 위력 같은 것이 그 대표적인 예이다.

놀부는 제물祭物 대신 돈을 놓고 제사를 지내고, 흥부의 아내는 돈이라고 하자 먼저 고리대금을 얻어 온 것으로 생각하는 반응을 보이고, 흥부는 돈을 받고 매를 맞으며 짚신 장수도 한다. 짚신이 상품으로 되었음은 이미 농업과 수공업이 분리되었음을 말해 주는 중요한 증거이다. 아직도 문제가 되고 있지만, 이런 변화가 고리대 자본에 그치지 않고, 일부는 기업적인 농업이나 광업, 공장제 수공업으로까지 발전했을 것으로 인정된다.

자연 경제에서 어느 정도의 화폐 경제로 이행하기 시작한 것은 중대한 사회적 변화로서 계급 관계를 재편성하는 결과를 초래한다. 신분적으로는 중인 이하면서도 화폐를 소유하고 있기 때문에 양반 이상의 힘의 가진 〈양반전〉의 천부, 〈허생전〉의 변부자로 대표되는 새로운 계급이 출현했다. 놀부 역시 양반인 연생원의 아들이라고 소개되어 있으나, 옹고집(〈옹고집전〉의 주인공)과 함께 행동 양상과 의식면에서 이러한 세력의 모습을 잘 나타내고 있다.

그런가 하면, 신분적으로는 양반이라고 하더라도 권력에서 떨어지고 토호적인 기반마저 없으면 피해자로 전락할 수 있었다. 환자還子를 얻으러 갔을 때 취한 흥부의 태도를 고려한다면 흥부는 이런 층의 극단적인 예로 인정된다. 몰락 양반은 이미 고유한 의미의 양반이 아니었고, 각성된 농민과 대두하는 상업 자본가의 대열, 즉 평민의 대열에 속할 수 있었다. 이러한 사회 발전은 지금까지의 봉건지배층이나 과거의 농민과는 다른 새로운 문학 담당층을 형성시키는 중요한 결과를 가져왔다.

궁핍의 심각화와 항쟁의 일반화로 인해서 농민은 한층 더 사회적인 모순에 대해서 민감한 반응을 보였으며, 지금까지의 전통을 이러한 방향으로 변모시켰다. 농민이 궁핍화되었기 때문에 불가피하게 파생되어 나온 더욱 주목해야 할 문학 담당자는 광대였다. 국가적인 행사를 위한 공천公賤인 광대는 이미 고대에서부터 존재했으나, 오랫동안 독자적인 창조를 하지 못한 채 국가 기관에 얽매어 있었다. 그러나 사회의 발전은 광대로 하여금 이런 한계를 넘어서게 했고, 공천이 아니라 자유롭게 유랑하는 광대를 대량으로 증대시켰다.

이때에 와서 농촌에서 생활을 유지할 수 없는 지경에 이르러 부득이 마을을 떠나야 하는 농민이 더욱 많아졌는데, 이들 중 가무를 팔 수 있는 측이 새로운 유랑 광대의 가장 큰 공급원이었다.

광대는 이른바 무항산인無恒産人이었으며, 그러므로 해서 농민이 받는 약간의 보호에서도 제외되어 사회의 가장 밑바닥에서 재주를 팔고 걸식을 해 살아 나갔다. 그러나 그들은 이미 직업적인 예술가였고, 하등

의 가치가 없는 무뢰한이라는 지탄과는 달리 민족적 전통의 새로운 계
승에 다른 어느 집단보다도 적극적으로 참여하는 창조자였다.

상인은 스스로 문학 창작에 참가하기도 했지만, 새로운 문학의 옹호
자로서 또는 물질적 후원자로서도 활동하면서, 지금까지와는 다른 차
원으로 민족적 전통을 계승하는 데 커다란 구실을 했다. 신재효申在孝
가 이 점을 잘 보여 주고 있다. 신재효는 신분적으로는 아전인데, 관권
과 결탁하여 부를 축적한 상인이기도 했다.

광대들을 이끄는 영업주였고, 동시에 직업 작가이기도 했다. 판소리
를 기록하고 수정한 작품 중에서, 특히 〈가루지기 타령〉 같은 것은 유
교적인 도덕을 부정하고 성의 해방을 강력하게 암시했다는 점에서 지
금까지 전연 볼 수 없었던 새로운 것이다.

탈춤에서도 상인의 구실은 잘 나타난다. 상업 도시로 보이는 봉산이
나 경남 해안의 여러 곳의 탈춤은 농촌 공동체를 기반으로 하는 고풍스
러운 탈춤(예컨대, 하회 별신굿 놀이)에 비해서 뚜렷하게 성장한 연극이다. 이
러한 기반 위에서 탈춤의 배우는 한층 더 직업화·전문화되고, 연기에서
도 세부적인 양식화를 이룩하게 되었으며, 나아가서는 근대극으로 발
전될 가능성을 키워 나갔다.

또한, 소홀히 넘길 수 없는 것이 기업적인 출판이다. 이때에 이르러
새로운 문학 갈래인 소설이 대량으로 창작되었을 뿐만 아니라 대량으
로 보급되었는데, 대량 보급의 배후에 기업적인 출판의 작용이 있었다.
흔히 경판京版, 완판完版이라고 부르는 방각본坊刻本은 이윤을 목적으로
하는 출판이다.

이러한 조건에서 몰락 양반까지도 오랜 양식을 그대로 이용하는 경
우에든, 새로운 평민적인 양식에 가담하는 경우에든, 과거의 양반과는
다른 차원에서 민족적 전통을 계승했다. 오랜 양식을 그대로 인용한
예는 한문학의 여러 분야이니, 실학적인 입장을 취하는 진보적인 지식

인들은 이를 통해서도 봉건적인 지배 체제를 근저에 이르기까지 비판하고 평민을 옹호하는 새로운 사상을 표현했다. 그런가 하면, 가사歌辭와 같은 갈래를 더욱 현실적인 것으로 개조하여 평민과 친근한 언어를 구사하면서 새로운 사상을 표현해 형식과 내용 양면에서 기여하기도 했다.

한편, 많은 몰락 양반이 이름은 숨기고 평민소설이나 판소리의 창작에 가담했을 것으로 간주된다. 특히, 소설의 창작에는 생계에 보탬이 되는 약간의 금전이 주어지지 않았느냐 하는 추정이 가능하고, 그렇다면 여기餘技가 아닌 직업적인 작가가 출현한 셈이다.

이러한 토대 위에서 형성된 문학은, 지금까지 서로 대립되어 온 두 가지 큰 전통의 흐름 중에서 농촌 공동체의 문학을 긍정적으로 계승하고 귀족문학을 부정적으로 계승한 것이며, 그러므로 해서 둘 중의 어느 것의 단순한 연속이 아니고 복합도 아닌 아주 새로운 차원에 도달했다.

두 가지 전통을 긍정적 또는 부정적으로도 계승해 나간 역사적인 과정은 새로운 갈래의 형성을 통해서 잘 나타난다. 평민의 세력이 증대해 나감에 따라서 평민의 문화적인 능력도 성장했으며, 이러한 조건은 지금까지의 농민이 가지고 있던 문학의 갈래들이 공동체적인 제약을 이탈하고 귀족의 형식에 개입하여 그것으로부터 새로운 요구에 합치되는 부분을 섭취하고 그렇지 않는 부분은 변형시켜, 농민문학과 귀족문학의 대립을 지양한 새로운 갈래의 창조에 이르도록 했으니, 이런 과정은 탈춤·판소리·소설·평민가사·장시조 등의 모든 영역에서 명백히 분석될 수 있다.

새로운 환경에서 자라난 탈춤은 해서海西 탈춤, 산대놀이 또는 오광대, 야류野遊에서 보듯이 형식, 내용, 연기 등 여러 측면에서 한층 더 높은 수준에 이르렀는데, 이러한 발전은 결코 일거에 이루어진 것이 아니다. 농촌 공동체 내의 원시적인 탈춤이 평민의 성장과 함께 놀이의 일부인 상태에서 연극으로, 원시 종교와 관련된 부분을 청산하고 예술로, 단편적인 대사에서 더욱 풍부한 구성을 갖춘 것으로, 한 마을에 폐쇄된 상태에서 도시적인 것으로 또는 순회하는 연극으로 점차적으로 발전한 것이다. 이것은 바로 긍정적 계승의 과정이다. 또 한편, 양반 예술 전반에서 필요한 부분을 섭취, 변모시키고, 국가적인 규모의 양반 오락물이었던 산대희山臺戲를 파괴, 수용함으로써 탈춤의 질적인 비약이 가능했으니, 이것이 바로 부정적 계승이다.

탈춤의 가장 중요한 주제인 양반 풍자를 통해서도 두 가지 계승의 의미가 잘 드러난다. 양반에 대한 풍자는 탈춤이 출발 단계에서부터 지녔던 것인데, 양반문학의 상투적인 수사법을 "지주불패知主不吠하니 군신유의君臣有義라……"라는 등으로 개(狗)의 오륜을 나열하는 식으로(강령 탈춤) 역이용함으로써 풍자를 한층 효과적으로 구체화시켰다.

이 시기에 새로이 출현한 장시조(사설시조)와 평민가사 역시 함께 고찰할 수 있다. 장시조와 평민가사의 경우에는 긍정적으로 계승된 전통이 농촌 공동체에서 발견되어 온 민요였다. 현실적 주제를 표현하며 형식적인 제약이 적은 민요가 이미 생동감을 잃고 상투적인 상태로 경화되어 가던 양반의 시조와 가사에 개입해 들어가서 이를 부정적으로 계승한 결과가 바로 장시조와 평민가사인 것이다.

장시조는 인습적인 시조의 형식을 일부 유지하고 있으나 더욱 자유롭고, 관념적인 풍월이 아니라(양반의 시조 중에 우수한 작품이 다수 있다는 것과는 별개의 문제이다), 평민 의식의 사실적인 표현을 기본적인 과제로 삼고 있으며, 풍자와 해학을 통해서 아주 구체적인 비교적 현실의 모습을 대량으로 노출시키고 있다. 평민가사 역시 자유로운 가사이며 새로운 사실주의의 중요한 형식의 하나였다.

서사무가敍事巫歌와 설화를 긍정적으로 계승해서 이룩된 판소리와 함게 성장한 평민소설은 더욱 중요시되어야 할 것이다. 판소리는 굿에서 분리된 서사무가가 많은 설화를 수용하고, 또 한편으로는 양반문학 또는 양반에 의해서 일차적으로 수용된 외래문학을 대량으로 부정적으로 계승해서(특히 '적벽가'와 같은 경우) 이룩된 것으로 보이며, 이는 거대한 규모의 전통 계승 작업의 좋은 예가 된다.

판소리는 판소리소설로 정착·발전되고, 귀족소설과 관련을 가지면서 영향을 주어 영·정조 이후 소설의 만개를 가져오게 했다. 판소리의 성립에서는 농촌에서 이탈해 나온 하층의 광대가 주도적인 역할을 하다가, 소설에 이르러서는 밑으로 광대에서 위로는 몰락 양반에 이르기까지 평민적인 세력의 전 대열이 새로운 문학 창조에 동원되었다. 판소리와 소설은 지방적인 폐쇄성을 청산한 전국적인 장르였고, 새로운 차원으로의 전통 계승이 산문적인 사실성의 심화에 도달했음을 가장 잘 대변해 주고 있다. 특히, 소설은 수적으로 가장 큰 비중을 차지할 뿐만 아니라(학계에 보고된 것이 500여 편이나 그 이상으로 늘어날 가능성이 있다), 〈홍부전〉, 〈춘향전〉, 〈배비장전〉 등의 우수작, 〈완월회맹연玩月會盟宴〉(모두 180책) 같은 거작을 포함하고 있으며, 바로 근대문학의 갈래로 긍정적으로 계승될 수 있는 것이었다.

중세 평민문학이라고 불리어질 수 있는 이 새로운 문학의 사상적 내용은 일차적으로는 봉건사회 내의 불평등과 불만을 평민의 입장에서 표현하는 것이었지만, 거기에 그치지 않고 봉건적인 도덕관, 낡은 종교와 결부된 관념의 구속을 타파하고 인간 해방을 주장함으로써 봉건사회 그 자체조차 부정하는 데까지 이르렀으며, 근대적인 사상의 터전을 마련했다. 외세의 침략을 당하게 되자 이이 대한 적극적인 항거를 하는 자세까지 보여 주기에 이르렀다.

양반에 대한 항거는 중세 평민문학의 가장 중요한 주제였다. 지배체제를 유지하기 위해서 양반은 여러 가지 추상적인 권위로써 자신을 장식했으니, 양반 일반을 군자라는 이름의 인격자로 분장시키고, 특히 집권자는 어버이와 같다는 사고방식을 주입시켰다. 그러나 이러한 설득이 완전히 성공한 적이 없었으며, 사회의 발전과 함께 서서히 무너져 내리기 시작했고, 양반은 누구보다도 포악하다고 규탄되었다. 〈춘향전〉의 변사또는 이러한 인간형의 널리 알려진 예이며, 〈양반전〉의 부자는 양반의 정체를 알고 나자 "장차 나를 도적놈으로 만들려 하느냐?(將使我爲盜耶)"라고 외치면서 양반 되기를 거부했다. 이와 함께 양반은 배비장처럼 무능하게 형상화되고, 소설과 탈춤에서 풍자의 주인공 방자와 말뚝이 때문에 웃음거리가 되었다.

양반의 허위성에 맞서서 제시된 새로운 평민적인 가치관은 군자와 도적의 이원성을 극복한 인간적이고 일원적인 것이었다. 그러기에, 관념적인 사고를 배격하고, 여성의 해방, 성의 해방을 주장하며, 돈에 대한 욕구까지 포함한 모든 현실 생활의 모습을 아주 구체적으로, 그리고 직접적으로 표현할 자유를 요구했다.

이런 가치관은 농촌 공동체 내의 농민 생존에서 기원을 가지는 것이면서 그동안의 발전을 거쳐 더욱 구체화되었다. 농민의 농사는 관념으로 하는 것이 아니고, 자연을 가장 구체적으로 개조하는 노동을 통해서만 결실을 맺을 수 있기 때문에 농민의 의식은 현실적이고 구체적이었고, 농민의 자연관은 벼슬을 잃으면 찾는 완성물인 사군자류가 아니라 자연이 농사의 터전이라는 고마움이고, 장애를 극복한 수확의 보람이었다. 이런 바탕 위에 새 시대의 항거 정신과 상인의 합리성이 첨가되어 평민의 사고방식이 이룩되고, 문학을 통해서 표현되었다.

한편, 외래적인 침략이 노골화되자 중세 평민문학은 이에 대해서 강력히 항거했다. 그 성과는 농민을 중심으로 한 평민들이 집권층의 매국 행위를 반대하고, 양심적이며 진보적인 양반들과 동맹해 침략자를 대항해 나선 실제의 싸움을 문학적으로 반영한 것이며, 농민 의정의 동

398

항과 연결된다. 신재효는 일찍이 〈괘씸한 양국 되놈〉을 지었고, 민요는 "인천 제물포 살기는 좋아도 왜놈의 등쌀에 못 살겠네"라고 노래했으며, 일제에 의해서 나라가 빼앗긴 후에는 항거의 양상이 더욱 처절하게 되어 "말깨나 하는 놈 재판소 가고 아이깨나 낳을 년 갈보질한다"(〈아리랑〉에서)는 정도에까지 이르렀다. 이는 다음에 다시 검토할 문제이다.

중세 평민문학의 대두로 인해서 지금까지의 농촌 공동체의 문학이나 귀족문학이 일거에 자취를 감춘 것은 아니고 계속 존속했다. 농촌 공동체의 문학이 존속될 수밖에 없었던 것은 무엇보다도 사회적 발전의 한계 때문이었다. 중세적인 지배 체제가 안으로부터 깊이 멍들기는 했으나, 아직도 청산되지는 못했기 때문에 낡은 문학이 유지되었다.

그러나 농촌 공동체의 문학은 점차 중세 평민문학으로 섭취되어 그 영역이 축소되는 과정에 놓여 있었고, 양반문학 역시 변질의 정도가 심해졌다. 영·정조 이후에 이르러서는 정철鄭澈이나 김만중金萬重 같은 국문문학의 대작가는 다시 출현하지 못했으며, 평민문학의 도전을 덜 심각하게 느낀 한문학만 여전한 편이었으나, 그쪽에서도 누구보다도 진보적인 박지원朴趾源이 출현했다. 평민문학이 양반문학의 수준에까지 올라오는 반면에 양반 작가들도 상당히 평민화되어 나가는 것이 일반적인 경향이었다. '농가월령가農家月令歌', '일동장유가日東壯遊歌' 또는 양반의 작품인지 평민의 작품인지 언뜻 구별할 수 없는 많은 소설들이 이런 사정을 말해 주고 있다.

중세 평민문학은 지금까지 대립적인 관계에 있던 두 가지 전통의 흐름 중에서 농민문학을 긍정적으로 계승하고 귀족문학을 부정적으로 계승함으로써 한층 높은 수준의 새로운 융합을 가져왔다는 데 매우 중요한 의의가 있다. 이로써 민족문학의 발전에 새로운 단체가 마련되었다. 일반적으로 서구에서는 역사 발전의 이 단계에 이르러 민족적 전통의 윤곽이 나타났는데, 우리는 이미 형성된 민족적 전통을 다시 심화시킨 것이다.

그러면서 중세 평민문학은 이미 지적한 바와 같이 중세문학으로 그 치지 않고, 장차 올 근대문학으로 발전할 수 있는 가능성을 폭넓게 마련해 나갔다. 한국 사회는 스스로 근대화할 수 없었으며, 고유한 의미의 한국문학은 중세로서 끝날 수밖에 없었다는 사고방식이 상당히 유포되어 있는데, 이는 철저히 비관될 필요가 있다. 이런 관념은 통치를 합리화하고 영구화하기 위해서 일제가 의식적으로 조작해 낸 것이며, 학문적인 비관 정신이 부족한 일부의 지식인들이 아직까지도 사상적 종속 상태를 청산하지 못했기 때문에 존속하고 있는 것이다. 이 점은 다음의 고찰을 통해서 더욱 명백해질 것이다.

(2) 식민지적 근대문학의 성립 이후

정상적인 역사 발전으로 주체적인 근대 사회를 이룩했다면, 이러한 중세 평민문학의 전통이 근대문학으로 계승·발전되었을 것인데, 그 가능성을 말살한 것은 일제의 침략이었다. 일제는 제국주의의 악랄한 속성을 유감없이 발휘하여, 우리의 사회 구조, 문화적인 바탕, 의식 구조를 그들의 이익에 결부되도록 변질시켰으며, 민족적 전통의 퇴화를 모든 수단을 다해서 획책했기에, 이에 항거하려는 의식적인 노력이 계속되기는 했어도 장애가 가중되었으며, 오늘날에 이르기까지 우리는 그 상처를 회복하지 못하고 있다.

이인직李人稙 이후의 문학이 전통에 대해서 근본적으로 어떤 입장을 택했느냐 하는 것은 결코 문학만의 문제가 아니고, 바로 일제의 식민지 통치가 민족적 전통을 어떻게 파괴하고 왜곡시키며 퇴화시켰느냐 하는 문제이며, 이에 대한 정확한 인식이 없이는 전통과 오늘날의 문학의 관계에 대해서 아무것도 이야기할 수 없다.

우리로서는 독자적인 근대화를 할 수 있는 내적 가능성이 없었고, 외세에 의해서 자본주의화를 할 수밖에 없었으니, 일제의 식민지 통치는 정치적으로는 불행한 일이었을지 모르나, 경제적으로나 문화적으로나 어느 정도 다행한 일이었다는 무의식적인 긍정이 아직도 충분히 시정되지 못하고, 문학사 서술에서도 적지 않은 영향을 끼치고 있는데, 이는 식민지 통치자가 하는 상투적인 사고방식 조작에 대한 맹종일 뿐이다. 기차를 타고, 양복을 입고, 유학을 가는 것으로 근대화 여부를 따지고, 이를 곧 문학과 연결시키는 것도 그렇게 해서 생긴 태도이다.

일제는 분명히 한국을 근대화시킨 것이 사실이다. 그러나 그것은 어디까지나 일제의 이익, 다시 말하면 원료 약탈, 상품 판매, 자본 수출, 그리고 일정한 지지층의 확보를 위한 조치였을 뿐 우리 사회의 발전과 민족의 이익에 직결되는 보다 중요한 부분에서는 오히려 철저히 봉건적인 속박을 강화하자는 것이 그들의 일관된 정책이었다. 표면적인 인상과는 달리 한국 사회의 근대화는 일제로 인해서 좌절되었으며, 이런 조건 때문에 조선 후기 이래로 축적되어 온 민족적 전통의 새로운 발전역시 좌절되고 왜곡될 수밖에 없었다. 이 사실은 다음의 분석을 통해서더욱 명확해질 수 있다.

식민지적 기형성은 먼저 농업의 분야에서 잘 나타나는데, 농민의 성장에 의해서 민족적 전통이 올바르게 계승될 수 있는 터전이 마련되어왔다는 사실을 고려한다면, 이 점은 매우 중요한 의미를 가진다. 일제는 민주 혁명에 농민이 크게 참여할 수 있는 가능성을 집약적으로 표현한 갑오농민전쟁甲午農民戰爭을 쳐부수고, 악명 높은 토지 조사 사업을 수행하자, 농업을 지배하고 농민을 착취·속박한다는 목표를 착실하게 수행했다. 생산력의 증대가 아닌 수탈의 증대를 피하기 위해서 농업 생산 구조를 봉건적인 상태로 묶어 두고, 위기에 처한 봉건 지배층을 지지 세력으로 맞아들여 지주라는 안정된 지위를 부여해서, 토지 소유권을 근대적인 법으로 보장하고 소작료를 보호했다.

개인적인 각성에 의한 예외는 있었으나, 지주는 일반적으로 농업에 대한 투자 없이 토지 매수만으로 능히 이익을 취할 수 있었기 때문에 근대적인 농기업가農企業家와는 달리 본질적으로 기생적이고, 농민 착취를 위한 일제의 대리인임을 면하기 어려웠다. 일제의 보호를 통해서만 지위가 보장될 수 있었기 때문에 민족적이기가 힘들었으며, 근대화의 역군이 아니고 그 반대의 작용을 하는 것이 불가피했다.

재속박된 농민은 독립적인 자영 농민으로 성장해 근대화에 크게 기여할 수 있는 가능성을 박탈당하고, 경제적인 예속은 물론 인격적인 속박까지 강요되는 농노적 지위를 크게 벗어나지 못함으로 해서 항거는 계속하면서도 민족적 전통의 새로운 비약에의 참여를 좌절당했다.

상공업의 분야에서도 같은 사정은 지적될 수 있다. 일제는 민족 경제의 발전을 저해하는 식민지 통치의 목적을 충분히 실현하기 위해서 당시까지 성장해 온 자본주의의 싹을 꺾고, 예속적인 상공업을 건설하려고 이 땅에 상륙하던 날부터 모든 정책을 동원했다. 과거부터 활동하던 상인들을 일본 상품의 판매인으로 전락시켜 새로운 이해관계에 따라 지지층으로 만들었고, 막대한 양의 광업 자원을 약탈해 감으로써 독자적인 산업화를 불가능하게 했고, 회사령會社令 등의 악법으로 민족 자본의 대두를 저지시켰으며, 자본 수출이 왕성해짐에 따라 한국을 침략 전쟁을 위한 군수 기지로 만들었다.

이런 조건 때문에 민족 자본이라고 할 수 있는 것은 극히 제한된 부분에서만 미미하게 존재할 수밖에 없었고, 진취적인 '근대 시민계급'의 형성은 저지되었다. 많은 수의 기업가·상인·기술자·봉급 생활자가 있긴 했으나, 그들은 스스로 근대 사회를 쟁취한 경험 대신에 예속된 자의 숙명론을 지녔고, 민족의 이익을 실천할 합리주의 대신에 남을 위해 봉사하는 자의 기능적 지식을 가졌다. 이런 기반 위에서는 조선 후기 상업 자본의 대두로 이룩된 민족적 전통이 새로운 차원으로 다시 계승될 수 없음은 물론 그 자체로의 보존도 위험하게 되었다.

일제는 이에 그치지 않고 민족적 전통의 의도적인 파괴를 다각도로 시도했다. 민족적 전통 그 자체로서의 존속도 여러 가지 구실을 붙여 금지하고 말살시키려고 획책했으며, 한편으로는 향락적이고 부패한 생활 태도를 유포시키고, 봉건적 파시즘의 종교를 이식시켜 민족적 각성을 둔화시키기 위해서 애썼다.

그들의 문화적 조작은 특히 국사에 대한 왜곡을 통해서 가장 잘 나타난다. 일제 어용학자들은 모든 식민지 통치자들이 그렇듯이, 억압된 민족의 역사에 관한 많은 저작을 남겼는데, 그 모두가 어떻게 하면 열등 의식을 고취해 민족적 전통의 계승을 불가능하게 할 것인가 하는 목적을 실현하기 위한 것들이었다. 특히 반도적 성격이 사대주의를 불가피하게 한다든가, 한국의 역사는 정체만 거듭해 왔다든가 하는 등의 근거 없는 논리를 그들의 수단을 다해서 우리 민족에게 주입시키려고 했기에, 의식적으로든 무의식적으로든 이에 동조한 지식인들의 수가 또한 적지 않았다는 사실은 전통이 왜 올바르게 계승되지 못했느냐 하는 문제를 논의할 때 또한 도외시할 수 없다.

중세 평민문학의 전통은 위기에 처하게 되었다. 민족적인 근대문학으로 정당하게 계승·발전되는 대신, 발전은 물론이요. 지속도 저해하는 여러 조건과 힘든 싸움을 하면서도 전통의 저류로서 숨어 내려가는 운명을 피할 수 없었다.

이 도전에 대한 중세 평민문학의 반응은 우선 크게 두 가지로 나눌 수 있다. 과거에 상인이나 몰락 양반층의 주도하에 성숙된 전통은 일제가 부식한 기형적 자본주의와 이념 조작의 피해를 더 받음으로 해서, 그들이 민족 자본가로나 근대적인 지식인으로 성장하지 못했을 뿐만 아니라, 예속적 중산층과 식민지적 지식인으로 변모되었으므로, 더욱 심한 타격을 면치 못하고 활발한 재창조가 정지되고, 전통으로서의 생명이 쇠퇴하는 경향이 농후했다. 이에 비해서 농민이나 광대 등이 주도한 전통은 기형적인 자본주의와 이념 조작의 피해를 비교적 정면에서 받지 않음으로 해서, 더욱이 중세 평민문학 성립 이전부터의 오랜 연원과 강한 지속력을 가졌기 때문에 위의 경우와는 어느 정도 다른 반응을 보여 주었다. 쉽사리 자신의 생명을 포기하고 물러앉지 않았고, 재창조를 계속했다. 뿐만 아니라, 식민지 통치 기간 동안 우리 문학이 보여 준 가장 강력한 항거가 이런 전통 속에서 나왔음은 매우 주목해야 할 사실이다.

민요에는 일제의 식민지 통치가 일차적으로는 농민에게 이차적으로는 민족의 전체에게 강요한 비극이 충실하게 반영되고, 이에 대한 쓰라린 항거가 잘 나타나 있다. 몇 가지 예를 들면 이렇다.

문전의 옥토는 어디 가고,
쪽박의 신세는 웬 말인가

-〈아리랑〉에서

말깨나 하는 놈 재판소 가고,
아이깨나 낳을 년 갈보질 한다
목도깨나 메는 놈 공동산 간다

-〈아리랑〉에서

발 아파서 못 신던 미투리신
고무신 바람에 도망을 한다

-〈아리랑〉에서

이리저리 흩어질 때, 처자를 돌볼소냐

어제 한 집 없어지고, 오늘 한 집 또 나간다

－〈모내기 노래〉에서

쓰라린 가슴을 움켜쥐고

백두산 고개를 넘어간다

－〈아리랑〉에서

이러한 민요는 중세 후기 평민문학의 가장 우수한 면을 나타내고 있다. 현실에 대해서 민감하고, 구체적이면서도 집약적인 표현을 통해서 외래 침략에 대한 항거 의식을 절실하게 형상화하고 있다. 이런 전통은 과거의 것으로 그치지 않고, 새로운 사회의 모순과 대결함으로써 현재에 재투입되고 있다. 〈아리랑〉은 해묵은 사설을 떨쳐 버리고, 문전의 옥토를 잃고 백두산 고개를 넘어가는 새로운 경험을 적극적으로 받아들여 스스로를 발전시키고 있다. 그러나 이러한 경우는 분명히 발전적 재창조며 전통의 계승이라고 할 수도 있으나, 다음과 같은 이유로 해서 그 계승의 성격이 부분적 계승 혹은 잠재적인 계승이라고 하는 편이 오히려 타당한 견해이다.

전통의 계승이란 새로운 형식의 창조도 필요로 하는데, 이 경우에는 그렇지 못하다. 근대문학은 근대적인 형식의 탄생을 요구하는데, 중세 평민문학은 이런 방향으로의 질적 비약을 하지 못했다. 근대소설, 자유시 등의 새로운 형식이 나타났으나, 중세 평민문학의 형식을 충분히 발전적으로 해체한 결과가 아니며, 탈춤·판소리·장시조·민요 등의 중요한 전통은 역사적인 계승자를 만나지 못하고 그대로 버려져 과거와 같은 형태로 존속하거나, 차츰 그 존속도 위험시되고 있는 형편이었다.

중세 평민문학은 위에서 지적한 상당한 성과에도 불구하고, 새로운 사회를 핵심적으로 이해하고 폭넓은 사실성을 가지고 생생하게 형상화하지 못했다. 이런 사정은 과거와 비교해 보면 명백해진다. 말뚝이는 양반의 본질, 약점을 명쾌하게 투시하면서 마음대로 양반을 풍자했으며, 〈흥부전〉이나 〈허생전〉 등도 당시 사회 전체를 도마 위에 올려놓고 파헤친 것인데, 이런 능력은 새로운 사회 앞에서 위축되었다. 위에서 든 민요의 예는 민중이 받은 피해를 처절하게 노래하는 데는 탁월한 능력을 보여 주었으나, 어디까지나 단편적인 성과에 지나지 않는다.

개화기 이후의 우리 문학은 다시 이원적인 구조를 가지게 되었다는 점에 문제가 있다. 중세 평민문학의 전통이 정당하게 계승되지 못했다고 해도, 전적으로 사라지고 고전으로 편입된 것이 아니고 아직도 상당히 지속되고 있으며, 한정된 범위 내에서나마 재창조를 계속하고 있다. 신문학 이후의 근대적인 형식을 갖춘 문학이 더욱 중요한 위치를 차지하는 것은 사실이지만, 지속에 그치지 않고 잠재적으로 계승되고 있고, 어려운 조건하에서도 부분적으로는 현실에 밀착되어 있기 때문에 부상될 수도 있는 또 하나의 흐름을 도외시할 수 없으며, 이것과 신문학의 이원적인 구조는 장차 극복되어야 하는 과제로 남아 있다.

기생적인 지주나 예속적인 자본가에서 나온 작가들은 외형적으로는 근대문학이라고 할 수 있는 것을 수립했으나, 역사적·사회적 입장에 따르는 필연적인 제약 때문에 민족적 전통의 새로운 비약에 적극적으로 기여하지 못하고, 대체로 기형적이며 식민지적인 근대문학을 넘어설 수 없었다. 이인직이나 이광수는 "문명이 없고 불쌍한" 백성들을 "가르치기" 위해서(이런 생각은 특히 《무정》 끝 부분에 잘 나타나 있다) 새로운 문학을 일으켜야 한다고 나섰으며, 김동인은 "역사라는 것을 온전히 가지지 못한" 상태에서 근대소설을 수립했다고 자부했는데(특히 《근대소설고》에서), 이런 운동은 어느 정도 평가해야 할 측면도 있지만 숨길 수 없는 결함이 내포되어 있다.

　이광수, 김동인 이후의 문학이 근대문학이라고 할 수 있는 근거는 작가 의식이 비교적 짙은 직업적인 작가에 의해서 창작되고, 기업적인 출판으로 보급되는 등의 사실과, 작품이 형식과 내용에서 근대문학 일반의 보편적인 모습을 대체로 갖추고 있다는 데 있다. 그러나, 어디까지나 기형적이며 식민지적인 근대문학이었다. 즉 그들의 문학은 중세 평민문학의 전폭을 비판적 변모를 통해서 현재에다 투입하지 못하고 내버렸으며, 그 때문에 민족적 현실에 밀착되지 못하고, 일본 혹은 서구의 당대 문학을 한국어를 통해서 재현하려는 망상에 사로잡히고, 그러면서도 또 한편으로는 중세 평민문학이 아니라, 역사적인 사명을 다한 양반문학과 타협해 그 보수성·전근대성에 의지하려는 동향마저 보였다.

　당시 작가들이 대체로 보아 민족적 현실로부터 격리되어 작품을 창작했다는 점은 다시 강조할 필요가 있을 정도로 중요한 의미를 가진다. 당시 작가가 속한 사회 계층 전반이 주체적인 역사를 창조하는 실천적 경험이 결핍되어 있고, 합리적이지 못하며 공허한 의식을 가지고 있다는 데 그 일차적인 이유가 있지만, 이차적으로는 작가이기 때문에 더욱 현실에서 떨어질 수밖에 없는 이유가 있다.

　일반적으로 근대문학은 근대 사회의 건설에 참여하면서 크게 발전했고, 자본주의는 문학의 발전을 위해 결정적인 계기를 제공했으나, 모든 것이 교환 가치로 평가되는 마당에서 문학 작품은 우수한 상품이 되기 힘들어 배척받기 일쑤였다. 작가 생활은 직업으로 확립되어야 할 것인데도 사실 그렇게 되기가 어려워 갈등이 생기는데, 일제하의 한국 자력주의는 예속적이고 기형적인 것이었으므로 근대문학 발전을 위한 긍정적인 역할을 하기보다 작가의 정신적 자세를 약화시키고, 작가를 사회에서 소외시켜 작가로 하여금 현실을 외면하게 하는 작용을 했다. 작가는 현실적 피해를 관념적으로 보상해 정신적 귀족으로 자처하며,

현실 관계에서 원하지 않는 방향으로 말려드는 것을 회피하고, 현실에서부터 창작을 시작하는 대신 현실 밖에 선 것으로 가장하며, 때로는 지도자로, 때로는 자연 속에만 은거해 사는 자로, 때로는 독자의 이해를 거부하는 고독한 시인으로, 현실에 의해서 조금도 제약됨이 없이 현실에 대해 강한 영향력만 가질 수도 있고 그렇지 않을 수도 있는 정신적 왕국의 통치자가 되려고 했다.

문학은 신성하거나 순수해야 된다는 일체의 주장은 모두 이런 의식 상태와 관련을 가지고 나타났다. 그 노선을 견지하며, 작가가 자기의 생생한 현실적 체험에서 멀어지려고 할수록, 민족적 현실의 의미를 묻지 않으려고 할수록, 현실의 개조의 관점에서 작품을 창작하는 것을 금기로 삼을수록, 전통의 퇴화를 초래할 수밖에 없었다.

구체적으로 식민지적 근대 작가들은 다음과 같은 두 가지 방향으로 전통의 퇴화를 선택했다.

지주로서의 안정되고 한가한 생활을 찾고, 퇴색되어 가는 과거 양반의 교양을 자랑하려는 작가들은 정신적 고향을 찾아 거기 안주하려는 경향을 보였다. 무엇이 아주 잘못되었다는 것을 시인하면서도, 도시와 농촌을 비교해 농촌을 예찬함으로써 문제의 해결을 꾀하고 자연으로 돌아가는 피 문학의 목표가 있다고 생각했다. 자연을 통해서 혹은 농촌 생활을 통해서 현실을 성실하게 작품화하는 경우도 있었지만, 관념적이고 모호하며 영원한 무엇이라고 착각하기 쉬운 것을 찾거나, 지난날의 궁중 이야기나 되풀이하는 경향이 불식되지 않고 지속되었다.

흔히 이러한 경향을 두고 전통의 계승이라고 평가하는데, 관련된 전통이란·중세 귀족문학이고, 특히 벼슬을 잃으면 광대한 토지가 있는 고향으로 돌아가 정자나 짓고 풍월을 읊던 태도인데, 지난날에 이미 중세 평민문학에 의해서 비판되고 부정적으로 계승되던 이 전통을 이제 새삼스럽게 재현하려는 것은 시대착오적인 복고주의이다. 중세 귀족문학의 전통 역시 가치 있는 민족적 전통의 일부이지만 근대문학이 부정적으로 계승할 성질의 것이며, 더욱 중요한 중세 평민문학을 버리고서(시조부흥론이 광범위하게 제창되었지만 장시조에 대해서는 말이 없었음은 주목할 일이다) 그것만 계승할 수는 없다. 사회가 크게 달라지고, 문학에 대한 요구도 바뀐 시기에 이미 역사적 임무를 다한 전통을 재현하려고 하는 태도는 전근대적 가치를 지키자는 것이 아니면 환상으로의 도피이다. 그리고 이러한 태도는 또한 중세 귀족문학 그 자체와도 아주 다르게, 전통을 특수성의 추출로 또는 가장 비현실적인 것으로 오해하는 결과를 초래해, 전통의 퇴화에 기여했을 뿐만 아니라 고전에 대한 그릇된 해석까지도 널리 유포시켰다.

근대 작가의 다른 일부는 식민지적인 교육을 통해서 또는 일본에 유학해서 새로운 지식 특히 서구 당대 문학과 깊이 접촉했음으로 해서, 식민지적 지식인의 약점을 잘 드러내 한국의 현실과 지금까지의 한국 문화 내지 문학에 혐오를 느끼고, 과거와는 다른 문학을 수립해야 한다고 생각한 나머지 전통의 퇴화를 촉진했다. 더러는 무지하고 구원될 가능성이 없는 것처럼 보이는 민중으로부터는 크게 다른 자리에 서거나 한국인이 아니기를 바랐다. 그러나 그들은 일본인도 서구인도 아니고 실제로는 여전히 한국인이었다. 그러면서도 정신적으로는 환상적인 국제인으로 자처하면서, 위대한 서구 현대문학에 대한 경외가 크면 클수록 안으로 향한 경멸과 자학을 확대하는 것이 예사였다. 그들은 이른바 현대인의 고민을 작품화해야 한다고 하면서, 서구 현대문학을 한국어를 통해서 재현하면 할수록 보람이 있다고 생각했다.

현대인의 고민을 작품화한다는 것은 언제나 문학이 견지해야 할 기본 요건의 하나이나, 무엇이 현대인의 고민인가가 문제이다. 이미 일부 지적한 바와 같이, 한국 사회는 서구 현대의 경우와 일치되는 일면도 있지만, 차이점이 오히려 크다. 한국에서는 기계화에 의한 인간성 상실,

기독교적인 신앙이 흔들리면서 생기는 여러 가지 문제 같은 것들이 중요성이 거의 없는데도 불구하고 이런 것들을 가장 중요한 주제로 택했기에, 결과적으로 민족적 현실로부터 도피하는 또 한 방법으로서 남의 병을 수입해다 앓는다는 비난을 면하기 어렵다. 그러한 노력은 작품을 통해 결실을 맺지 못했고, 일부 비평가들이 개탄하는 것처럼 실존주의 소설은 나오지 않았다. 이것은 너무나도 당연한 결과이나, 비평가는 작가의 무지에 책임을 돌리고, 작가는 한국어가 시원치 않은 탓이라고 비난하면서 둘 다 선진국 수준의 지식인임을 자부하는 또 하나의 근거로 삼는다.

그들은 처음부터 서구문학 중에서도 근대 사회를 건설하던 시기의 건실한 문학에는 관심이 적고, 사회의 변모와 함께 퇴폐적이고, 자학적이고, 갈 길을 잃었으며, 문학 그 자체까지 위기로 몰아넣은 시기의 서구문학만 도입하려 함으로써 스스로 몰락하는 편에 가담했다(이 점은 중세 평민문학을 버리고 귀족문학과의 관건만 가진 이미 분석한 경향과 유사한 일면이 있다).

이러한 태도와 작품 경향은 전통에 대한 전면적 거부에서부터 출발했기 때문에 전통의 퇴화를 위해서 봉사했을 뿐만 아니라, 외래문학의 영향이 민족적 전통의 일부로서 건실하게 성장하도록 하는 구실도 하지 못했다. 영향이란 자기의 토대 위에서 자기의 문제를 통해서 주체적으로 수용될 때에만 뿌리를 박고 재창조의 꽃을 피울 수 있지, 그렇지 못하다면 이화수정異花受精이 아니라 이화불임異花不姙을 초래하기 때문이다.

그렇다고 해서, 흔히 통속문학이라고 불리워지는 다른 경향이 전통의 계승에 기여하고 있는 것도 아니다. 통속문학은 대중의 요구에 따라서 창작된다고 하나, 사실은 이와 달리 일부는(주로 유행가) 일제의 의식적 조작에까지 가담되어서, 그렇지 않다 하더라도 자본이 약한 출판업자가 단기 투자로써 최대의 이익을 확보할 수 있는 방향으로 독자의 요구를 조작하고 강요해 가면서 성장시킨 것에 불과하다.

작가는 시장의 법칙을 외면하고 순수를 택했을 때에도 현실로부터 격리되고 전통을 퇴화시키는 데 가담했지만, 시장의 법칙에 순응해도 천박한 애조나 기형적인 사회의 타기해야 할 측면만 내다가 팔아먹는 결과밖에 초래하지 못했으며, 그 어느 쪽에서도 참다운 민족문학은 나타나지 않았다. 그러나 현재와 장래의 문학은 이 둘 중의 하나를 필연적으로 택해야 되는 것은 결코 아니며, 다시 고찰해야 할 문제의 일부가 여기 있다.

지금까지 이광수 이후에 전개된 문학을 일단 근대문학이라고 하면서도 식민지적 성격을 들어서 전통의 퇴화에 가담했다고 비판하는 것으로 논지가 일관되어 왔다. 그러나 여기서 분명히 밝혀 두어야 할 것이 있다. 식민지적인 성격은 현저하다고 했을 뿐 신문학의 전부라고 하지 않았다. 오히려 전통의 계승과 관련해서 긍정해야 할 경향이 식민지하의 근대문학에서도 면면하게 내려오고 있으며, 식민지적 경향과 주목할 만한 대립을 보이기에 이르고 있다. 위에서 이미 지적한 바와 같은 바탕 위에서 출발한 작가라도 문학의 발전을 저해하는 요인을 제거하기 위해서, 또는 자기의 의식을 개조하기 위해서 적극적으로 노력한 경우에는 현실로부터 벗어나지 않고, 민족적 비극을 어느 측면에서라도 어느 정도 적극적으로 작품에다 반영시키고 고발한 예가 보인다.

우선 이상화李相和와 김소월金素月이 문제가 된다. 초기에는 환상을 쫓으며 정열을 낭비하던 이상화가 후기에 이르러 큰 전환을 일으키고, 민족적 현실에 부딪히자 "빼앗긴 들"을 처절하게 노래했다. 김소월의 경우에는 자연으로 도피하는 일반적인 경향과 상당히 유사한 면도 있으나, 끝까지 안주하지 않고 계속 고민하는 그의 시에는 민족의 고난이 고독하게나마 서려 있다. 김유정金裕貞의 작품들도 이런 점에서 중요한 의미가 있다. 전근대성에 의해서도, 천박한 장사꾼에 의해서도 끝내 유린될 수 없는 농민 의식의 생동하는 모습을 전형화시키는 데 상당히 성공했다.

이러한 몇몇 예들은 형식에 있어서나 내용에 있어서나 농민 속에서 재창조되고 있는 중세 평민문학의 전통을 다양하게 발전시킨 결과라 할 수 있으니, 이상화의 "빼앗긴 들"에서 보여 주는 싱싱하고 건강한 감정, 김소월의 민요적인 형식 및 집중적 표현 방법 등이 이런 각도에서 평가될 수 있고, 김유정이 묘사한 농민의 모습은 중세 사실주의의 한 최고봉인 평민적 전형의 발굴을 현재에 투입해서 더 큰 성과를 낸 결과라고 해석될 수 있다. 채만식蔡萬植의 풍자 또한 판소리나 탈춤의 정신과 수법을 근거로 한 것으로서, 평민문학의 전통이 근대문학으로 긍정적으로 계승된 좋은 예가 된다.

일제 말기, 6·25 등을 겪는 동안에 참다운 문학은 동면을 할 수밖에 없었고, 그 후에도 오히려 전통의 퇴화를 촉진시키는 경향이 더욱 심해지다가 4·19가 커다란 변모의 계기를 다시 제공했다. 4·19는 작가가 한국의 현실을 서구의 현실로 대치할 수 없고, 회고적인 환상 속에서 머물 수도 없다는 것을 명확히 해 주었으며, 지금까지 극단적인 순수를 주장하던 시인들도 민중의 편에 서서 찬가를 바치지 않을 수 없게 했다.

그 후 많은 우여곡절이 있기는 했으나 4·19가 작가들에게 준 충격은 심화되는 과정을 밟았으며, 과거의 문학에 대한 반성이 상당히 철저하게 수행될 기미가 보인다. 제기되는 문제는 결국 문학의 사회 참여와 전통 계승이며, 비평적인 차원의 논의보다 실제의 작품에서 더욱 평가할 만한 진전이 보인다. 이런 발전에 앞장서고 있는 작가 중에 우선 몇을 지적한다면 시에서 박두진朴斗鎭이고, 소설에서 하근찬河瑾燦과 이호철李浩哲이다.

412

박두진은 자연 속을 노닐던 단계를 청산하고, 역사의 와중에 뛰어들어 고민하며, 뜨거운 서정시 속에다 민족의 함성을 응결시킨다. 하근찬은 현실의 역설을 안으로 깊이 침잠시켜 보이며, 현재의 이호철은 때때로 풍자의 시선을 번득인다. 주목할 만한 동향의 일부이다.

3. 전통 계승의 방향

현재에서 미래로 전통을 계승할 수 있는 객관적 가능성이 어디에 있고, 이를 실천하기 위한 주체적인 노력은 어떤 방향으로 어떻게 시도되어야 할 것인가는 역시 문학만의 문제가 아니고, 식민지적이거나 몰주체적인 사회의 부작용, 또는 전근대성의 제약을 어떻게 제거해 나가며, 문학이 어떻게 이 제거 작업에 기여할 것인가와 깊이 연관되어 있다.

반 세기 이상 계속되어 온 식민지 상태, 혹은 외세에 대한 의존을 청산하고 민족 자본을 육성하며, 경제적으로도 정치적으로도 자립을 해야 한다는 주장은 단순한 희망이기 이전에 역사의 필연적인 발전 방향이며, 오늘날에 와서 이를 요구하는 소리가 여러모로 구체화되고 있음은 올 것이 왔을 뿐이다.

민족 자본의 육성에 의한 자립은 단순히 소득이 높아지고 더욱 잘사는 것을 말하지 않고, 정치적인 시위 이상의 깊은 의미가 있다. 즉 스스로 역사를 창조하는 건실한 의식으로 충만된 세력의 주도하에 그동안 중단되어 온 근대화를 민족의 이익에 일치되는 방향으로 수행하는 것을 목표로 한다. 조선 후기 사회 내부에서 싹텄던 독자적 근대화의 가능성을 이어받고, 일제하에서도 면면히 계속된 민족적 각성을 계승해 새로운 차원을 개척하는 과업이기도 하다.

이와 함께 수행되어야 할 것이 아직도 광범위하게 남아 있는 봉건적인 잔재의 극복이다. 봉건적인 잔재는 우선, 이미 지적한 대로 농업 생산 구조에 크게 의존하고, 농지 개혁을 거치는 동안 일부는 시정되었으나 일부는 아직도 청산되지 않고 있다. 기업농의 방향이든 협업화의 방향이든 농민으로 하여금 반봉건적인 상태에서 벗어나 경제적으로도, 정치적으로도, 문화적으로도 민족적 근대 사회 건설의 역군이 되게 할 필요가 있으며, 이 점은 농민이 유지하고 있는 전통의 질적 비약을 위해서 불가결한 전제가 된다. 그리고 아직도 일부 남아 있는 지표를 상실한 기생적인 지주, 양반의 낡은 사고방식이 크게 비판될 필요가 있으며, 이런 비판은 중세 귀족 문화를 부정적으로 계승하는 마지막 단계의 작업으로도 의미가 있다.

이와 함께 문학 창조의 담당층도 달라져야 할 필요가 있다. 일제의 식민지 교육에 매몰되었거나, 서구문학에 대한 비판적 정리 없는 지식이나 자랑하며 사실은 사고의 근저에 숙명론과 비합리주의가 깔려 있는 지식인, 새로운 사회의 구조와 법칙을 어떻게 수립할 것인가 하는 근본적인 문제에는 관심이 없고, 일정한 기능적인 지식만 생활의 도구로 삼는 지식인 주도의 문학은 청산될 필요가 있다.

민족적 전통에 대한 이해는 물론이고, 고전문학에 대한 지식조차 박약하면서 서구문학만 소개하기에 급급하던 비평가와 작가들이 자부심을 가지던 시대는 끝났다(이것은 서구문학에 대한 정당한 이해가 계속 필요하다는 것과는 별개의 문제이다). 이에 대치되어야 할 지식인의 유형은 우리 사회에 튼튼한 뿌리를 박고, 민중과 함께 고민하고, 모색하며, 역사를 어떻게 발전시킬 것인가에 대해서 이론적으로 또 실천적으로 기여하는 창조적인 지식인이어야 한다.

작가의 공급원이 더욱 넓게 열려서 지금까지 근대적인 문화 창조에서 흔히 제외되어 왔던 사람들이 성장해, 시야가 좁고 경험이 고갈되기 쉬운 지식인 출신 작가들의 결함을 보충할 필요가 있다. 이는 양반 작가들이 상투적인 수사학만 희롱하면서 생긴 문학의 가뭄이 상인·농민·광대 등의 하층민의 문학적 성장으로 신선한 물이 공급된 결과, 새롭게 극복되었던 과거의 예와 대비될 수 있는 문학사의 기본적인 발전 과정의 하나이다.

이와 함께 요청되는 것이 민족적 전통을 보존하고 발굴하기 위한 광범위한 운동이다. 이미 밝힌 바와 같이, 전통의 확인이나 보존은 계승과는 엄밀히 구별되어야 하나, 계승을 위해서는 불가결한 전제 조건이 된다. 서구 선진국들은 이미 근대 사회를 건설하던 시기에, 더 구체적으로는 낭만주의와 함께, 자기 민족의 과거를 문헌에서 찾는 한편, 민족 서사시를 조사하고 설화와 민요를 발굴하는 작업을 광범위하게 수행해서 문명권적인 보편성과 민족적 특수성의 결합을 성공적으로 수행했다. 식민지 상태를 겪은 각 민족은 민족 해방 투쟁의 전개와 함께 이런 과업을 수행해, 서구 약소 민족은 1차 대전 후에, 아시아·아프리카 각국은 2차 대전 후에 잃어버린 자아를 회복하기 위해서 눈부신 노력을 하고 있는데, 우리는 이 점에서 뒤떨어져 있다. 이러한 방향으로의 노력이 없는 것은 아니나, 아직도 몇몇 학자들의 관심사에 그치고 민족 전체의 사업으로 되지 못했으며, 아직도 올바른 고전문학 전집 하나 없고 많은 자료가 망각되어 있다.

우리가 건설해야 할 민족적 근대문학의 직접적인 원천은 두 가지라고 할 수 있다. 하나는, 일제하에서도 재창조를 계속해 왔으며, 아직도 중요한 잠재적인 전통으로 작용하고 있는 중세 평민문학의 전통이고, 또 하나는, 식민지적 근대문학의 일부이기는 하지만, 민족적 입장을 견지하고 항거를 계속해 온 민족적 근대문학의 싹이다. 이 둘은 당분간 각기 발전해 나갈 수밖에 없으며, 양자 사이의 직접적 교섭과 융합은 점차로 시도되는 것이 타당할 것이다.

중세 평민문학의 전통은 일차적으로 농민이 반봉건적인 구속과 기형적인 자본주의의 남은 피해에서 벗어나고, 민족적 근대 사회 건설과 민족적 근대 문화의 창조에 적극적으로 참여할 때에 전면적으로 현재에 섭취되어 미래를 지향할 수 있으며, 멀리는 조선 후기에 가까이는 일제 시대에 보여 준 우수한 창조력이 새로운 사회에 뿌리를 박고 크게 자라날 수 있을 것이다.

농민이 성장하고 농민과 입장을 같이 하는 지식인들의 관여가 성과를 냄에 따라서 이 전통은 다시 전 민족적인 것으로 계승되며, 형식과 내용의 양면에서 과거의 모습을 탈피하게 될 것이다. 형식의 면에서는, 탈춤·판소리·민요 등이 처음에는 원래의 모습대로 재현되다가 점차 봉건적인 제약과 관련된 요소는 크게 변모시키고, 근대적인 양식으로 평가될 수 있는 요소는 더욱 발전시켜, 형식에서도 재창조가 일어날 것이며, 이러한 재창조는 식민지적 근대문학의 양식에 영향을 주고, 그쪽으로부터도 많은 것을 수용·발전시키면서 더 활발해질 것이다. 내용의 면에서는, 말뚝이·방자·허생 등의 인간형이 점차 변모해서 과거의 모습은 고전으로 돌리고, 오늘날의 문제를 더욱 풍부하게 반영하여 광범위한 공감을 일으키고, 민족사의 새로운 발전에 참여할 것이다. 이러한 방향은 일체의 복고주의, 자국 엑소티즘에 의한 신기함의 추구, 또는 관광객의 취미에 따르는 골동품 진열 등을 전통의 계승이라고 착각하는 경향과 엄밀히 구별될 필요가 있다.

한편, 식민지적 근대문학 역시 발기될 성질의 것이 아니고 의미 있는 전통으로 계승될 필요가 있다. 여러 가지 장애에도 불구하고 면면히 이어온, 식민지적 근대문학의 평가되어야 할 요소가 장애의 제거로 더욱 발전해 단편적 성과를 탈피하고, 민족적 문제에 정면으로 그리고 풍부한 형상력을 가지고 도전해 나감에 따라서 식민지적인 측면은 비판되고 축소될 것으로 기대되는 한편, 중세 평민문학이 새로운 민족적 근대문학으로 자라나는 과정에 의해서도 식민지적 근대문학이 부정적으로 계승될 수 있을 것이다. 지금까지의 식민지적 근대문학이 내포한 많은 모순, 즉 통속문학과 순수문학의 대립, 현실을 외면해야 문학이 발전할 수 있다는 환상, 전근대적 사상과 감정에의 의존과 서구문학을 재현하려는 헛된 노력 등이 이런 차원에서 비로소 극복될 수 있다.

그런데 이 두 가지 전통으로부터 각기 일어나는 발전은 서로 긴밀한 관계를 가지고 있으며, 중세 평민문학의 전통을 긍정적으로 계승하고, 식민지적 근대문학이라는 또 하나의 전통을 부정적으로 계승하여 민족적 전통으로 크게 다시 융합하는 것이 목표이다. 이리하여 농촌 공동체의 문학을 긍정적으로, 중세 귀족문학을 부정적으로 계승하여 이룩된 중세문학의 결산이며, 근대문학으로 발전할 수 있는 가능성의 집약인 중세 평민문학이 근대문학으로 발전하지 못하고 외세에 의해서 억압되었기 때문에 생긴 공백을 새로운 차원에서 결정적으로 보충할 것이며, 역사상 어느 시기보다도 높은 수준의 문학을 건설할 수 있게 될 것이다. 그 결과를 우리는 민족적 근대문학이라고 부를 수 있으며, 이것은 역사 발전이 다시 새로운 국면에 이르기까지 상당한 기간 동안 그 이상 기대할 수 없는 가치를 가질 것이다.

전통으로 주어질 것의 질과 양도 중요하다. 그러나 이를 어떻게 받아들여서 새로운 창조를 하느냐 하는 것이 더욱 중요하며, 아무리 역사가 짧거나, 과거에는 발전이 늦었던 민족도 현재를 건설하기에 현명하면 전통의 우수한 계승이 가능하고, 오랜 역사만 자랑하고 지금에 와서 무능하면 전통은 퇴화한다. 다시 말하면, 전통의 문제는 근본적으로 역사를 어떻게 창조해 나갈 것인가 하는 문제와 직결되며 사회 발전의 문제와 일치한다.

한국문학이 뒤떨어졌다는 지적은 사실로 시인할 필요가 있다. 그러나 뒤떨어지게 된 원인은 자기 전통을 상실하고 있기 때문이며, 전통을 훌륭히 계승·발전시킴으로 해서 사태를 역전시킬 수 있을 뿐이지,

다른 어느 나라 문학과 동질적으로 되려고 노력한다면 오히려 더욱 뒤떨어지게 될 따름이다. 세계문학사의 어디에서도 한 민족이 다른 민족의 문학을 이식해서 그대로 뿌리를 박고 자라게 한 예를 찾아볼 수 없음은 당연한 일이다. 이식이 아니라 영향만이 가능한데, 영향은 반드시 자기 전통을 기반으로 수용될 때에만 도움이 되며, 그렇지 못한 경우에는 문학의 발전을 저해하고 왜곡시키는 위험한 결과를 초래하여, 결과적으로 영향이 아니라 문화적 침략을 자초하게 된다.

물론, 한국문학은 세계문학의 일부이며, 앞으로도 이 점이 더욱 중요시될 필요가 있다. 그러나 민족적이지 않고서는 세계적일 수 없다는 역설에 매우 중요한 암시가 들어 있다. 한때 세계를 지배하던 제국주의는 그들의 문학을 세계문학으로 분식하고, 피압박 민족의 전통을 파괴하는 문화적 침략을 세계문학 수립의 길이라고 주장했으나, 민족 해방 운동이 고조됨에 따라서 이제는 사정이 크게 달라졌다. 제3세계 신생국이 각각 자기의 민족적 전통을 계승하기 위해서 분투함으로써 비로소 진정한 세계문학이 나타날 수 있는 가능성이 커졌다.

진정한 세계문학은 누가 누구의 전통을 파괴함이 없이 각 민족문학의 균등한 발전으로 형성되는 공통성의 집합을 의미한다. 인간은 원래 서로 같다는 이유에서뿐만 아니라, 각 민족이 유사한 역사적 단계에 처하고 동질적인 실천적 과업을 밀고 나가기 때문에 특수성과 함께, 또는 특수성을 넘어서 보편성이 나타나는 것이다. 결코 어느 나라의 문학이 세계문학이 아님은 물론, 세계문학으로 향한 지름길을 달리고 있는 것도 아니며, 세계문학 수립을 위해서 각 민족은 원칙적으로 근본적으로 동등한 권리를 가진다.

한국문학이 세계문학을 위해서 얼마나 성실하게 참가하느냐는 넓게는 민족문학을, 좁게는 민족적 근대문학을 얼마나 성공적으로 수립하느냐에 달려 있다.

418

—

　조동일은 '전통'이라는 용어의 개념 정의와 전통의 문제를 전통의 단절이
냐, 아니냐의 문제로 보기보다는 논의로만 그치지 않는 전통의 계승 방향을
제시한다. 무엇보다도 〈전통의 퇴화와 계승의 방향〉에서 우리가 주지해야 할
것은 우리 문학에 대한 바른 이해를 구한 점이다. 특히 이 비평은 세계문학
속에서의 한국문학에 대한 객관적인 평가와 보편성과 특수성에 입각한 '가장
한국적인 것'이 '가장 세계적인 것'이라는 점을 지적하는 동시에 한국문학사
에서 본 전통론에 대한 논의라는 점에서 그 의의를 가진다.

* 이 글은 《創作과 批評》(1966년 여름호)에 실린 〈傳統의 退化와 繼承의 方向〉을 원전으로 삼은 것이다.

전통과 주체적 정신

—세대 의식 없이 옳은 전통은 없다

정태용

빈곤한 우리 고전

우리 문단에서 '전통'이란 말만치 오해를 받고 있는 것도 드물다. 우리 문학의 전통성을 부정하는 쪽으로부터 뿐만 아니라, 이를 긍정하는 쪽으로부터도 오해를 받고 있는 것이 전통이다. 이것은 전통이란 말의 어의가 막연하고 다의적인 것 같은 인상에서도 오겠지만 근본적으로는 문학 정신이 세대에서 세대에로 어떻게 전달되어 가는가를 모르고, 또 오늘의 문학작품들의 정신적 근원을 전혀 살려 보지도 않은 데에서 오는 것이다.

문학의 전통성을 부정하는 사람들은 전통을 '과거의 쓸모없이 낡은 것'이라 보는 모양이다. 더욱 그것은 작품을 내용으로서보다도 기술적인 형식면에서만 보고 있다. 문학의 기술은 물론 과학적인 기술과 동일시할 수는 없지마는, 대체로 기술이란 과거가 현재만 못하고 현재가 미래만 못할 것은 말할 것도 없다. 그러니 과거의 문학에서 무엇을 계승한단 말이냐, 하는 것이 전통 부정론자들의 견해인 것 같다.

그러나 문학의 전통성을 긍정하는 사람들은 과거의 작품을 단순하게 아무짝에도 쓸모없는 낡은 것이라고는 보지 않는다. 과거의 작품 속에는 여러 가지 현재의 원천이 있고, 고전이라는 것이 이를 증명하고 있다.

그러나 전통 긍정론자들 중에도, 우리나라만은, 오늘의 우리 문학이 서구에서 이식해 온 것이기 때문에 오늘의 원천을 과거의 우리나라 작품에서 찾을 수는 없다고 생각하고 있는 것 같다. 그래서 문학적 위기에 처했을 때에는, 우리의 과거 속으로 전통을 찾아가 보는 것이 어떻겠느냐고 백철白鐵 씨는 권하고 있다.

그런데 우리가 만일 전통 부정론자 편에 선다면, 오늘날 대학 국어국문학과의 고전 교육은 거의 부질없는 것이 된다. 문제는 거기에 그치지 않고, 과거의 모든 역사, 모든 문화는 현재의 우리와는 무관하게 되고, 그 결과 인문은 늘 황무지에서 출발하게 된다. 따라서 전통 부정론자라는 것도 실상은, 문화나 문학의 전통성을 부정하는 것이 아니라, 신문학 이후의 문학과 이전의 문학 사이에는 아무런 전통적인 연관성이 없다는 정도로 생각하는 것이리라고 봐 주는 것이 좋겠다. 더 나아가 그들은 신문학 이전의 문학작품 속에는 오늘날 우리가 계승할 아무런 값어치도 없다고 생각하는 것이 아닌가 싶다.

실상 우리의 고전 교육이 학생들에게 어느 정도의 문학적 소양을 쌓는 데 이바지하고, 또 실제의 창작 활동에 얼마만 한 문학적 영향을 주고 있는지는 매우 의심스럽다. 대부분의 시인, 작가들은 우리의 고전 신문학 이전의 작품까지만은 없어도 무방한 것으로 생각하고 있을는지 모른다. 그러한 작품들을 조금도 몰랐다 해서 창작에 지장을 가져올 리는 없는 것이다.

그러나 이것은 비단 우리에게만 국한된 일은 아니다. 서구 사람들도 특수한 경우가 아니면 봉건사회의 작품에서 그들의 전통을 찾아서 창작하려고 일부러 애쓰지는 않을 것이다. 우리가 기껏해서 신문학 이후의 근대적 내지 현대적인 작품에서만 무엇인가를 배우고 있듯이 서구 사람들도 르넷쌍스 이후의 것에서만 배우고 있을 것이다. 다만 그와 우리가 다른 것은, 그들은 그리스·로마의 예술의 황금기를 가지고 있는 대신, 우리에게는 신라나 여조麗朝에서 그러한 문학적 유산을 발견할 수 없다는 사실이다.

더구나 봉건사회만 할지라도, 저들에게는 세습적인 영주와 기사계급 그리고 강대한 종교가 있어서 이것이 문학을 낳는 데 좋은 터전이 되었지만, 우리의 이조 사회에는 영주도 기사도 없었고, 종교도 문학에 영향을 줄 만치 성盛하지 못했다. 그래서 우리의 이조문학은 주제의 상식성, 결구의 단순, 수사의 한문체와 과장, 범람하는 중국의 전고典故 그리고 무엇보다도 거슬리는 격식화되고 의제擬制된 인간성과 그 감정 따위로 많은 결점을 가지고 있다. 가령 남구만南九萬의 〈동창이 밝았느냐〉의 시조는, 표현의 과장도 한문적 수사도 없이, 봄날 이른 아침의 농촌의 모습과 호흡을 잘 그려 내고 있지만, 거기에 있는 양반이 상노常奴에게 명령하는 방관적인 태도의 어법(사고방식)은 지극히 우리에게 거슬리는 점이다.

이런 면에서 본다면 너무나 중국의 영향이 저면적이고 봉건사회의 권위주의적 신분적 관계가 구조적으로 확립되어 인간의 의제화가 노골적인 이조문학보다는, 신라나 여조의 문학이 더 우리와 통할 수 있다.

어느 가을 이른 바라매
이예 저에 떠딜 잎다이
하단 가제 나고
가논 곳 모다온더

이러한 〈제망매가祭亡妹歌〉나 〈헌화가獻花歌〉 등에는, 오히려 원시적인 고담枯淡하고 간결한 표현 속에 소박하고도 절절한 심정이 있어, 이조 문학보다도 더 공감을 가져온다. 아직 봉건적인 인간 관계가 없거나 굳어지지 않아 서양의 그리스·로마의 문학과도 비견할 수 있는 신라와 여조의 문학은 그러나 그것이 체제로서나 양적으로 너무 빈곤하기 때문에, 우리의 고전하면, 결국 이조 시대의 작품을 중심하지 않을 수 없다. 게다가 이조 시대의 작품은 전술한 바와 같이 여러 가지 결함을 가지고 있어서, 그것을 선뜻 우리 고전으로서 받들기에는 저윽이 주저되는 바가 없지도 않은 것이다.

빈곤 속에 우리 것 있다

그러나 실상은 이조 시대의 작품도 구역질 나는 그 결점들을 한 꺼풀 벗기고 파 들어가 보면, 그 허황한 수식 밑에 깔려 있는 우리 겨레 특유의 익살, 풍자, 멋, 허례, 침통, 순정, 의분, 고집, 우둔, 쾌락, 재치 등이 있어서, 한마디로 이를 거부해 버릴 것은 아니다. 우리가 이러한 것까지를 그 형식상의 결점 때문에 싫어한다는 것은, 결국 그것을 찾아내지 못하는 스스로의 무능을 고전과 조상에 책임 전가시키는 것밖에 되지 않는다고 생각한다.

실상 그리스 고대의 서정시는 신라나 고려 시대의 그것과 크게 다를 바가 없고, 르넷쌍스 시대의 선구적 걸작이라는 《데카메론》도 우리나라에 옛날부터 전해 오는 음담, 속담, 야담류를 뒤섞어 놓은 것과 별반 다를 것이 없다. 그리고 오늘의 서양문학은 모두 이러한 원천에서 흘러나와서 각기各己의 민족적 시대적 생활을 통하여 창조 발전시킨 것이다.

우리의 가까운 조상들이 그 이전 조상의 과업을 계승 발전시키지 못한 것처럼, 오늘의 우리 또한 조상의 것을 계승 발전시키지 못하고, 남의 흉내만 내면서 새로운 것이라고 떠드는 것은 피장파장이 아니고 무엇인가. 게다가 오늘처럼 교통과 출판이 편리한 시기에 우리 문학이 세계문학상에 차지하고 있는 위치를 생각한다면, 무슨 얼굴로 조상만을 탓할 계제가 되겠는가. 오늘이야말로 세계문학의 기술적 수준에서, 우리 조상이 가졌고 또한 우리가 가지고 있는 온갖 정신적 원천을 살려 우리의 가치를 옳게 창조해야 할 것이며, 줏대 없는 남의 것 모방에만 급급할 것은 아니다.

우리가 지금 생각할 것은, 다 같은 전후戰後의 니히리즘이 어찌하여 불란서에서는 실존주의로, 영국에서는 노怒한 젊은이로 미국에서는 비이트로 나타났는가이다. 왜 이 나라에는 저것이 아닌 이것만이 가능했는가 하는 문화 창조의 지역적, 역사적 조건을 모르고, 모방만 하면 되는 것, 모방 안 하면 안 되는 것 따위로 생각하는 위인들만이 우리의 전통을 무시하고 고전의 무용론無用論을 떠들고 있는 것이다.

전통이란 기법이 아니다. 드로이센이 말하듯이 사람의 표상 속에 들어 추억 때문에 전해지는 정신의 세계다. 화랑정신, 불교정신, 유교정신을 우리가 전통으로서 계승한다는 것은 옛날의 제도나 사찰이나 서적을 보전한다는 것은 아니다. 그 제도나 사찰 또는 불교에 나타나고 서적에 기록되어 있는 그 기본 정신을 이 지역 이 시대의 생활 조건 속에서 살린다는 것이다. 외국 문화의 이식도 원리는 이와 마찬가지다. 그것은 오늘 우리의 처지로서 본다면 우리 시대, 우리 지역의 정신적 가능성을 그만치 확대하고 심화하는 일이다.

우리의 고전은 비록 중국적이고 구미에 맞지 않는 형식 속에 있다 할지라도, 우리가 한문의 중국 고전이나 래틴어 또는 독어의 서구 고전에서 배울 수 있듯이 우리의 고전에서 배울 수가 있다. 또 우리의 전통은 의식되지 않는 사이에도 실상은 계승되어 가고 있다. 일본의 신체시에서 형식을 배워 온 최남선崔南善의 대부분의 시 또 춘원의 시와 소설을 보면 그들 작품의 기본 정신 그리고 사고방식에는 우리 민족의 전통적인 역사의식, 자연관 그리고 개화 당시의 정황이 그대로 노출되고 있다. 〈해海에게서 소년에게〉의 구상은 제삼자가 곁에서 격려하고 거기에 의존하려는 무주체적인 사고방식이 지배하고 있다. 또 그런 것과는 다르지마는 춘원, 이태준, 김동인, 염상섭, 김동리, 오영수 기타의 대부분의 소설가의 작품에서도 전통적인 요소는 얼마든지 검출할 수 있고, 지훈芝薰과 정주廷柱의 시 또한 그러하다. 또 신문학 이후와 이전 사이에 전통성을 부정하는 사람들도, 1920년 이후 오늘까지의 전통성은 부인하지 못할 것이다. 결국 전통에 대한 자각은 과거의 문제가 아니라, 오늘 우리 자신을 바르게 인식하고 비판해서 옳은 것만이 미래적 창조적인 방향에로 나아가도록 스스로를 채찍질하는 일이다.

그러나 솔직히 말하면 우리 고전문학자는 어학적인 연구는 하면서도 문학적인 연구에는 일반적 상식을 벗어나지 못하고 있다. 그들은 외국 방식에 의하여 정리는 하면서도, 개별적인 작품 연구에 있어서 그 장점을 파내는 일은 하지 못하고 있다. 그러니 고전학자도 아닌 시인이나 소설가들이 그것을 읽는다 할지라도 거죽으로만 훑어 내려감을 책責할 수만도 없는 노릇이 아닌가.

전통은 세대 의식에서

그러나 전통의 자각에 대한 나의 의견은 백철 씨의 주장과는 전혀 다르다. 백 씨는 그의 《전통론을 위한 서설》(중대中大 논문집 제6집 소재所載)에서, 한 시대가 어떤 변혁기에 처했을 때, 정치는 과거에 대한 직접적인 저항으로 나가지만, 문학은 반드시 일차 복고復古했다가 새로운 전진을 꾀하는 것이며, 그러한 때에 고전 연구가 필요해지고 전통이 계승된다는 것이다. 그는 이러한 견해를 르넷쌍스 시대의 고전 부흥에서 끄집어내어 이것을 일반적인 명제로서 정립시키려 하였다. 그리하여 오늘의 우리는 변혁기에 맞닥뜨렸으니 일차 전통으로 복고해 보자고 주장하고 있다. 그리고 전통으로 복고함으로써 민족적 주체를 확립할 수 있는 것으로 그는 말하고 있다.

그러나 이러한 견해는 르넷쌍스에 대해서도 오해일 뿐만 아니라 우리의 경험에 비추어서도 그릇된 판단이다. 전통이란 변혁기의 의지적인 복고에서만 계승되는 것이 아니라, 평화시에도 얼마든지 더욱더 순조로이 계승된다. 변혁기에는 오히려 단절이 심해질 수조차 있는 것이다. 특히 1920년대의 우리의 사회와 문학은 어느 때보다도 변혁기였지만 우리는 우리의 과거로 돌아가기는커녕, 오히려 전통적인 것과는 단절을 꾀하면서 서구에서 우리는 배워 왔던 것이다.

르넷쌍스 시기도 마찬가지다. 당시의 영국은 자국의 과거의 전통으로 돌아가지 않고 타국의 과거인 그리스·로마로 이태리를 거쳐서 갔던 것이다. 그들은 돌아갈 그들의 과거가 없었다. 따라서 변혁기에 자신의 과거로 돌아가기만 하면 오늘의 문제가 해결되는 것은 아니다.

변혁기에 있어서 중요한 것은 일차 복고가 아니다. 복고를 하기 전에 먼저 자기 자신, 자기 세대의 정신, 그 의욕과 과제를 알아야 한다. 먼저 그 주체가 확립되어야 한다. 과거에 돌아가서 주체를 확립할 수 있는 것이 아니라 주체를 확립해야만 비로소 과거로 가든지 해외로 가든지가 결정될 수 있는 것이다.

과거는 복잡하고 다양하다. 그 하고많은 과거의 어디로 돌아가란 말인가. 과거로 돌아가는 것은 산책하기 위해서가 아니라 무언가를 배우기 위해서다. 따라서 먼저 배우고 싶은 것이 결정되어야 한다. 주체를 확립해 놓고 그와 동시적인 과거만을 찾아서 돌아가야 하는 것이다. 과거에 이러한 동시적인 것이 없을 때에는 과거는 무의미하다. 남의 현재나 남의 과거에 가서도 배워야 한다. 1920년대의 우리 문학이 바로 그런 것이다.

르넷쌍스 시대도 마찬가지다. 르넷쌍스 시대의 사람들도 자기네들이 새로운 인간성과 인문주의에 대한 욕구를 철저히 가졌기 때문에, 바꾸어 말하면 주체가 확립되었기 때문에, 그들은 과거의 중세기가 아닌 그리스·로마의 예술 속으로 돌아가 배운 것이다. 르넷쌍스는 과거로 돌아갔기 때문에 가능했던 것이 아니라 자기네들에게 그 의욕이 충만했기 때문에 가능했고, 그리스·로마의 고전은 그들을 더욱 자극하고 격려하고 방향 감각을 주었던 것이다.

T.S. 에리옷트는 그의 〈전통과 개인적 재능〉에서 '자기 세대를 골수骨髓 속에 갖는' 것만이 전통을 옳게 계승하는 길이라고 말했다. 자기 세대를 골수 속에 갖는다는 것은 '작가로 하여 곧 시대에 있어서의 자기의 위치, 자기의 현대성을 극히 예민하게 의식시키는' 역사적 의식이라고 그는 설명하고 있다. 이러한 역사적 의식이 없는 전통의 계승이란, 단순히 과거를 모방하거나 답습하는 것에 불과하다.

그러므로 백 씨나 조지훈 씨(〈전통의 현대적 의의〉,《신세계》 63년 3월호 소재)가 전통으로 돌아가 민족적 주체를 확립해야 한다고 말했을 때, 그들은 이 사실을 거꾸로 생각했으며, 전통의 현대성 창조성이 어떻게 가능한가를 깨닫지 못했던 것이다. 전통이 단순한 모방과 답습이 아니라 현대적 창조적으로 계승되자면, 무엇보다도 그것을 계승하는 사람들이 앞 세대나 앞 시대와는 다른 자기 세대에 충실하고 그 주체적 정신을 확립했을 때에만 가능한 것이다. 일부의 젊은이들이 전통의 운위云謂를 마치 신세대를 부정하는 것처럼 생각하는 것도 전통의 모방과 답습만을 보고, 그것의 현대적 창조적 의미와 그 가능성의 원칙을 몰랐기 때문이다.

에리옷트도 "신기新奇는 되풀이보다 낫다"고 말했다. 만약에 전통의 계승이 되풀이에 불과하다면 그것은 역사의 발전을 저해하는 것이 된다. 젊은이들의 전통에 대한 걱정은 이러한 것에 있다. 물론 전통은 의지적 선택적으로만 계승되는 것은 아니다. 우리들의 일상적인 습관에 스며 있는 전통은 창조적으로보다도 모방적, 구속적, 정체적停滯的으로 계승되면서 발전을 저해한다. 이러한 모방적, 구속적, 정체적인 것조차도, 우리는 창조적, 현대적으로 계승하도록 노력해야 한다.

배양토 없는 문화 없다

전통의 계승은 요컨대 오늘의 세대가 그 확립된 주체적 정신을 가지고 과거의 동시적 존재 속으로 돌아가, 그 원천을 찾고 거기에서 자기네들에게 필요한 샘물을 길러 오는 일이다. 르넷쌍스 시대는 고대의 그리스·로마의 예술에서, 낭만주의 시대는 오히려 중세기에서 그 동시적 존재를 발견하고 유용한 것을 그들의 현대에로 가져와 창작 속에 재생시킨 것이다.

문덕수文德守 씨가 그의 〈전통론을 위한 각서〉(《현대문학》 63년 2월호)에서 낭만주의에는 전통이 없는 것으로 말한 것은 착각이다. 고전주의의 이상은 현실(아마도 문화 세계)에 있고, 낭만주의의 이상은 자연에 있다고 말한 것은 가부可否는 두고라도 전통이란 어디까지나 문화 창조에 속한 개념이기 때문에 그 전통은 자연에 있는 것이 아니라, 그 자연을 가장 낭만적으로 호흡하고 받아들인 문화 창조의 세계, 따라서 낭만적인 시대의 문화 속에 있다. 낭만적인 시대나 작품에게는 가장 낭만적인 시대나 작품이 동시적인 존재이기 때문이다. 그러므로 오늘 우리의 전통이 자연과 현실이 분리되지 않았던 신라에만 있다고 말한 것도 문 씨의 오산이다. 이조 시대의 작품이 의제적인 인간성과 감정 기타의 결점 때문에 오늘 우리의 적나赤裸한 마음과 문학 정신과는 맞붙기 어려운 처지에 있고, 보다는 신라 시대의 작품이 더 가깝게 느껴진다는 것은 이미 위에서 대강 말한 바이지만, 이는 문 씨의 견해와는 다른 것이다. 문 씨에 의하면 오늘은 결국 자연과 현실이 혼융混融된 시대라는 뜻이 되겠는데 이는 속단일 것이다.

전통의 계승은 오늘을 과거에 맹종盲從시키어, 과거를 그대로 모방 답습하는 것이 아니라, 오늘의 주체적 정신으로 과거를 비판, 선택해 오는 것임을 나는 위에서 말했거니와, 이것은 외국의 전통이나 외국 문화의 국내 이식이나의 경우에도 마찬가지이다.

외래 문화는 우리에게 유용하거나 이식이 가능한 부분만이 채택 이식되고, 우리 현실에 적응성이 없는 부분은 거세 탈락된다. 불교나 유교가 우리나라에 이식되어 문화 창조에 오랫동안 크게 기여한 것이나, 오늘날에 와서는 쇠퇴하여 가는 것도 이런 이치이다. 민주주의가 들어와서 파탄을 일으켜 진통을 겪고 있는 것도 이 일례이다.

유교와 불교는 우리나라에 들어와 오랫동안 우리 생활을 이끌어 왔음에도 불구하고, 오늘날에는 그 많은 부분이 현실적인 적응성을 갖지 못하고, 또 현실에 적응할 수 있는 새로운 요소들을 창조해 내지도 못한 채, 적응성이 있는 외국 문화의 압박에서 자꾸만 쇠미衰微해 가고 있다. 마찬가지로 6·25동란과 빈곤, 오늘날의 생활 양식은 봉건적인 성도덕性道德의 관념과 대가족 제도를 허물어뜨리고, 새로운 성도덕과 소가족 제도를 만들어 내었다.

4·19나 5·16의 혁명을 유발할 만치 민주주의의 국내 이식이 파탄된 것도, 우리나라가 그 이식 토질로서 부적당했거나 불충분했기 때문이다. 반면에는 우리나라에 이식될 문화, 즉 민주주의에 대한 우리들의 비판, 선택이 불충분했거나 없었다는 점도 들 수 있다. 민주주의이든 어떤 사조이든 전통이든 간에 문화란 그것이 이식되자면 반드시 우리

나라 토질에 최소한 탁근托根할 수 있게끔 변질되어야 한다. 토질에 전혀 맞지 않는 것을 억지로 심어도 그것은 탁근 배양되기보다는 고사한다. 이식이 아니라 자기 나라의 것도 그러하다.

그리스의 도시 국가는 연극의 좋은 배양토가 되어 연극이 발생했다. 그러나 그 배양토인 도시 국가가 몰락하면서 연극도 없어졌다. 그 대신 자기네의 전통도 아닌 로마에 그리고 르넷쌍스 시대의 영국에서 부활했다. 그러나 그리스는 그 배양토를 다시 갖추지 못하여 자기네들의 전통이면서도 그 전통적인 문학과 예술을 다시 피워 보지 못하고 오늘의 소국小國으로 되었다. 즉 그 전통을 계승하지 못한 것이다. 마찬가지로 오늘 우리에게는 남구만의 〈동창이 밝았느냐〉를 좋아할지라도 그 권위주의적 어법은 계승할 수 없으며, 최남선의 〈해에게서 소년에게〉의 정열은 살지라도, 그 사대주의적 역사의식은 받아들일 수 없는 것이다. 이것이 우리 세대의 정신이고 현실이다.

이러한 비판 정신에 입각해서 혁명 정부는 민주주의의 이식을 위한 두 가지 정책을 썼다. 하나는 민주주의를 배양시킬 수 있는 토질 개량으로서의 경제5개년 계획과 인간 개조이며, 하나는 민주주의를 우리 토질에 최소한 탁근할 수 있도록 변질시키는 것으로서의 헌법, 정당법, 선거법 등의 개정, 제정이다. 이것은 민주주의 이식 공작工作의 10여 년간 활동의 결과로 얻은 우리들의 지혜이거니와, 이 건전한 이식의 가능성을 찾고자 적극적으로 노력하는 것과 어떻게 되든 그 형식만 유지하면서 특권계급으로서의 이익만을 추구해 보자는 것이 정계의 신구新舊 세대 간의 정신적 이념적 차이라고 한다면 지나친 말이 되는 것일까? 방치해 두면, 외래 문화도 우리 생활도 한가지로 망하는 것임은 위의 여러 가지 예에서 넉넉히 짐작할 수 있는 것이며, 이 중에서도 가장 중요한 것이 토질 개량이다. 바위만 있는 산꼭대기에는 어떠한 씨를 뿌려도 탁근 배양되지 않을 것은 말할 나위도 없다. 아프리카의 토인 속에는 이러한 예가 얼마든지 있다.

이러한 세대 정신의 차이는 외래 문화나 전통을 받아들이는 데 있어서도 달라진 것임은 물론이다. 그리고 세대의 교체란 것은 생물학적인 연령상의 교체가 아니라 그 정신적 이념적인 교체이다. 낡은 정신에 대신하여 새로운 정신을 민족의 지배적인 지도 정신으로 하자는 것이 세대교체의 주장이다. 물론 세대 정신은 낡은 것이 반드시 보수적이고 새로운 것이 반드시 진보적인 것은 아니다. 그 반대일 수도 있다.

이 세대 정신은 일상생활에서 서로 지배적인 것이 되고자 경쟁을 한다. 사회적, 정치적, 언론적, 예술적, 기타의 온갖 활동은 이 경쟁의 여러 가지 모습이다. 이 경쟁은 그 정신적 이질성이 심하면 격렬해지고 강하면 거의 눈에 띄지 않을 정도로 된다. 그러므로 세대교체는 반드시 자연적으로 스무스하게만 이루어지는 것은 아니다. 때로는 폭력적인 혁명이 일어나기도 한다. 4·19나 5·16이 그러한 예이다. 농촌에서는 생물학적 세대교체는 있어도 정신적 사회학적 세대교체는 거의 느끼지 못할 정도다. 그들은 거의가 앞 세대의 것을 그대로 모방하고 답습하기만 한다. 세대 간의 경쟁도 거의 없을 정도다. 그러나 요즘 농촌은 옛날보다는 훨씬 달라졌다. 반대로 국제적 무대인 도시는 급진적으로 변하면서 그 세대 관련關連도 다각적이기 때문에 세대 경쟁이 심할 것이 원칙이다. 생물학적 세대는 30년쯤이지만 정신적, 사회학적 세대는 10년 또는 20년 사이로 생겨난다. 특히 후진 국가에 있어서는 세대 정신이 복잡다양하며, 도시와 농촌 사이에는 정신의 거리가 너무 멀어, 이를 조절하는 것이 지도자의 중요한 과제가 된다. 이에 실패하면 협조보다는 항쟁의 양상이 보편화된다. 세대 정신을 지도 이념으로서 본다면, 이 지도 이념이 현실적인 사회 변동을 따라가지 못하거나 너무 앞서거나 하면 거기엔 정체와 파탄의 위기가 일어난다.

이와 같이 전통이나 외래 문화는 억지로 계승되거나 이식되지는 않는다. 시간적으로 공간적으로 서로 동시적 존재가 될 수 있는 현실과 정신의 패턴 속에서만 계승과 이식이 가능하다. 그리고 그것은 계승하고 이식하는 우리의 현재에 가진 조건과 능력으로 비판, 선택되어야만 현대적 창조적 기능을 발휘할 수 있고, 그렇지 못한 것은 단순한 모방과 답습으로 결국에는 정체나 파탄이 일어날 뿐이다. 우리가 전통이나 외국문화를 찾기 전에 먼저 자신의 주체성을 확립하는 것이 얼마나 중요한가를 이에서 알 수 있다. 외국의 이론도 문학이든 정치이든 지식으로서 습득할 수는 있으나, 그것이 우리 현실에 맞지 않을 때에는 올바른 비평 정신이 되지 못하고 궤변으로 떨어지고 만다.

전통과 계승의 두 길

문학의 전통은 작가가 기존 작품을 읽고 자신의 능력을 가꾸어 창작함으로써 계승된다. 우리는 한 사람의 작품, 또는 한 시대의 작품에서 여러 가지로 배운다. 그러나 창작에 나타난 전통성은 반드시 문학작품에서만 오는 것은 아니다. 문학 이외의 미술, 음악, 종교, 철학, 정치, 기타의 온갖 유물에서 배운다. 조지훈의 섬세한 감각의 시는 결코 문학작품에서 온 전통은 아니다. 그것은 외국의 작품에서도 배웠겠지만, 오히려 우리나라의 불교 미술과 산수화의 감각성이 크게 작용하고 있는 것으로 보인다. 기존 작가에서 굳이 원천을 캐자면 한용운과 정지용을 들 수도 있겠지만, 근본적으로는 아무래도 원만하고 자애로운 미소와 섬세한 애무의 옷깃을 가진 불상과 은은히 시각에 스며드는 산수화의 은밀한 조요로움이 아닐까 싶다. 조용하고 섬세하고 시각적인 지훈의 시는 이러한 곳에 그 원천을 가지고 있는 것으로 보인다.

또 서정주 씨의 신라를 소재로 한 최근의 작품들도 간결한 표현으로

432

언어의 진폭을 넓히어 여운의 정조를 풍겨 주는데, 이것도 어느 문학 작품의 영향이라기보다는 《삼국유사》에서 그가 통체적統體的으로 느낀 하나의 새로운 무드요 철학이 아닐까 싶다. 지용의 날카롭고 분명하고 감각적인 시어법과는 달리, 그의 시어들은 넋두리와 철학으로 무장하고 분명치 않은 내포 속에 신비감을 주려는 포오즈를 취하고 있다. 이것은 분명히 《삼국사기》가 아닌 《삼국유사》의 신화적 전설적인 세계의 이미지다.

이와 같은 것은 다른 시나 소설에서도 얼마든지 발견할 수 있는 것으로서, 문학작품에 나타난 민족적, 문화적 전통성이 반드시 문학작품에만 원천을 가지고 있는 것이 아님을 보여 주고 있다. 물론 이 경우 우리들은 다음과 같은 몇 가지 의문을 품을 수 있다.

첫째로 지훈은 왜 유교나 천도교가 아닌 불교, 그중에서도 그 불상의 감각성에서 전통을 찾아오고 있는 것일까? 또 정주는 어찌하여 이조나 여조가 아닌 신라, 그중에도 《삼국사기》가 아닌 《삼국유사》의 신화적, 원시적인 세계를 통해서 보고 있는 것일까이다. 둘째로는 과연 이러한 전통과 오늘은 얼마만 한 동시적 존재성이 있으며, 그것은 현대성과 창조성을 충분히 가지고 있는 것일까이다.

그렇다. 그들은 이러한 정신과 감각을 가진 세대 관련 속에 살아온 사람들이다. 그것이 그들의 문학관이요 미학이다. 물론 그렇다고 이들이 다른 경우에 이와 반대되는 발언이나 작품을 쓰지 않는다고 말할 수는 없다. 실제로 하고 있다. 그것은 이 세대의 세대 정신이라는 것이 그렇게 순수하게 단일적으로 통일되어 있지는 않기 때문이다. 다만 그 경향이 우세하다는 것뿐이다. 지훈이나 정주와 같은 생물학적 세대에 속하는 사람들일지라도 그들의 경험, 특히 자아 형성기의 경험을 정주나 지훈과는 달리한 세대 관련 속에 겪어 온 사람들은 마찬가지로 지훈이나 정주와는 달리 생각할 것이다. 세대 관련이나 세대 통일의 다른 사람들은, 억지로 정주나 지훈처럼 쓸려고 해도 그 취미, 그 가치 의식, 그 감각이 말을 듣지 않는다. 여기에 체험과 생활의 중요성이 있다. 이러한 정주와 지훈의 시 세계가 어떠한 현대성과 그 타당성을 갖는가는, 오늘 우리의 민족사적 주체성에서 검토해 보아야 할 것이다.

위에 말한 것은 문학작품이나 기타의 역사적 유물을 통해서 의지적인 노력으로 전통을 찾는 경우이다. 그러나 이러한 의지적인 노력이 없이 제물에 전통으로서 계승되는 것이 있다. 그것이 습관에 배어 있는 전통이다. 일상적인 습관에 의해 계승되는 전통은, 유물을 통해 비판과 선택을 거쳐서 계승되는 전통과는 달리 무의식적이며, 구속적 정체적으로 작용한다. 물론 그중에 좋은 바탕은 발전과 창조의 능동력이 될 것이다. 6·25와 같은 커다란 전란을 치르지 않았다면, 봉건적인 정조 관념은 쉽사리 허물어지지 않고 구속적으로 고통을 주어 가면서 생활의 낙오자, 불행자를 만드는 것이 그 기능이었을 것이다. 대가족 제도도, 젊은이들의 눈물과 반항과 많은 불평을 가져오면서 쉽사리 허물어지지 않았을 것이다. 게다가 이러한 정조 관념과 대가족 제도는 그것을 온존溫存하려는 세력이 생기고, 그것을 파괴하는 토대가 허물어지면 다시 옛날로 돌아갈 수도 있을 것이다. 농지農地 정책을 했는데도 그것을 뒷받침하는 농지 제도와 그 운영이 미비한 때문에, 다시 개혁 이전 상태로 되돌아간 것이 그러한 예이다. 또 4·19나 5·16 혁명으로 구舊정객적=구세대적인 사고방식, 즉 무이념, 무정견無定見을 자유나 민주주의로 착각하는 붕당적朋黨的 사고방식이 큰 타격을 받았는데도 불구하고, 혁명 정부가 여기에 대항하여 싸울 만한 사회적 지도 세력을 육성하지 않았고 이론 투쟁도 없었기 때문에, 정치 활동 재개 후에는 그대로 오롯이 재생된 것이 그런 예이다.

창작이나 비평 활동에 있어서도 사리事理는 마찬가지다. 우리의 관념 속에 뿌리박혀 있는 낡은 사고방식과 가치 관념은 사회적 현실적인 발판 위에서, 또 그것이 허물어진 뒤에도, 여간한 충격과 필요에 부딪치지 않고는 쉽사리 사라지지 않고, 창작이나 비평 작업에 습관적 본능적 체질적으로 작용하게 된다. 이것이 우리가 극복해야 할 쓸모없는 전통적인 것의 무서운 위력이다.

최재서崔載瑞 씨가 서구의 주관적 문학 이론을 소개, 도입하면서도, 그것이 쉽사리 자기주체화되지 않아서, 실제의 비평 작업에서는 습관화된 낡은 가치 관념과 질서 의식으로 작품 평가를 했다는 것은 이러한 예이다. 최 씨는 오히려 주지적 작품보다는 그 반대의 작품을 더 좋아했던 것이다. 또 우리 현실이나 자신에게 적응성이 없는 이론이나 사조는 아무리 그것을 지식으로서 이해하여도 실천면에 있어서는 실용력 생길 만치 주체화되지도 않는 것이다. 민주주의의 이론가가 자기 가정이나 단체 활동에는 반대로 권위주의적으로 행동하는 사례에서도 이 곤란성은 알 수 있다. 최남선의 〈해에게서 소년에게〉도 그런 것이 있음은 위에서 지적한 대로다.

개인에게 있어서나 나라에 있어서나 이러한 전통적인 것과 새로운 것은 여러 가지 모순, 혼란, 난센스를 장구한 세월 동안 겪어야 하고 전통과 외래 문화의 주체화적인 변성變成과 그 이식의 터전이 마련되어야만, 비로소 오늘 여기의 문화로서 배양되고 이론과 실천의 생활적 인격적인 일치가 가능해진다.

우리는 이러한 일상적, 습관적인 것 속에 스며 있는 전통적인 것의 구속적 정체적인 작용을 극복하기 위해서도, 자기의 세대 정신으로 현실과 자아에 대한 냉철한 성찰과 비평을 소홀히 할 수도 없는, 무책임한 주관, 허황한 관념에 도취하지 않고, 이 시대의 민족사적 과업을 완수할 수 있는 올바른 세대 정신의 주체화야말로 전통은 물론, 외래 문화까지도 올바르게 비판, 선택하고 계승, 이식할 기초적인 터전을 마련하는 것이 된다. 민족적 주체란 우리 민족의 현재와 장래를 자유와 행복으로 이끌어 갈 오늘의 역사적 임무를 올바로 자각하고, 그 지도 원리에 자신을 전인적으로 연소시키고 실천하는 정신의 체현체體現體를 말한다.

—

정태용은 전통의 수용에 있어서 세대 의식으로부터의 주체성 확립으로 본 전통론을 펼치고 있다. 전통의 주체적 수용에 있어, 전통이든 외래 문화든 정신적 세대 의식의 교체에서 주체성 확립을 이루는 것이 미래의 올바른 민족사적 과업을 완수할 수 있다고 주장한다.

배양토 없는 문화가 없듯이 어떠한 문화든, 주의든, 사조든 우리나라의 토질에 맞춰 나가는 주체적 수용은 1960년대의 논의로서가 아닌 현재의 문학 및 문화에도 적용할 수 있는 문제이다. 즉 주체가 바로 섰을 때 자국의 문학을 객관적으로 평가할 수 있으며, 세계문학을 바라보는 객관적 시각을 지니는 능력을 함양시킬 수 있다는 것이다.

* 이 글은 《現代文學》(1963. 8.)에 실린 〈傳統과 主體的 精神〉을 원전으로 삼은 것이다.

유적지의 인간과 그 문학

김우종

한국, 이 비극과 그 문학의 반성

차라리 형무소를 찾아가 밥을 청하는 걸인들도 있다. 한 번 기한부期限附로 얻어먹고 쫓겨나면 그들은 또다시 어렵잖은 절차를 밟고 이 벽돌집을 보금자리처럼 찾아든다. 그곳에 들어가면 간수라는 보모들이 식사와 잠자리를 무상으로 제공해 주는 것이다.

누구는 자유가 아니면 죽음을 달라고 외쳤다고 한다. 또 어떤 신사紳士들은 말 한마디의 수모를 참지 못해 죽음을 걸고 결투를 마다했다고 한다. 그러나 이제는 그 모든 고귀한 인간의 체면을 벗어 버리고 오직 오늘의 이 보잘것없는 생명을 보잘것없는 한 끼의 밥을 위해 발버둥치는 인간들이 이 땅의 그 광장에 버글버글 들끓고 있는 것이다. 그들은 밥을 위해 또다시 옥문獄門을 두드리는 전과자들처럼 이 자유주의 사회에서 자유를 버리고, 이 민주평등 사회에서 평등권을 버리고, 온갖 모멸과 천대까지도 감수하면서 오직 밥그릇에만 집착하고 있는 것이다.

이 빈궁의 극한 지대엔 이미 인간이란 한마디도 존재하지 않는다. 인

간은 여기서 이미 멸종하고 새로운 비극적인 동물이 돌연변이에 의해
서 출현한 것이다. 동물은 구태여 그 선조의 계보를 따져서 명명하자면
우리는 그것을 한국적 인간동물이라고 불러도 좋을 것이다. 그들은 비
록 인간의 용모를 지니고 있지만 그들의 수족은 이미 먹이만을 찾아서
땅바닥을 헤집고 다니는 들짐승의 그것들을 그대로 닮아 버린 것이다.
마치 에집트의 사막 위에 서 있는 저 반인반수의 괴물처럼. 그렇지만
이 한국적인 풍토에서 출현한 괴물들은 에집트의 사막 위에 버티고 서
있는 석조石造의 스핑크스와도 또 다른 특징을 지니고 있다. 에집트의
그것은 야수 중에도 그 왕자인 사자의 하반신을 지니고 있다. 이와 반
면에 한국산 인간동물은 야수 중에서도 가장 미천한 놈의 그것을 하
반신으로 지닌 것이다.

오늘날 세계의 지성인들은 온통 인간 자신의 문제들을 들고 나와
흥분하고 있다. 언제 어느 놈이 핵무기를 폭발시켜 온 인류를 전멸시
켜 버릴지도 모른다는 것─과학을 최고도로 발달시켜 우주 정복의 단
계에까지 들어선 똑똑한 인간들이 자신을 의심하게 된 것은 바로 이러
한 문제 때문이다. 그리고 인간이 그처럼 인간을 못 믿게 되었다는 것
은 에집트의 사막을 지키는 스핑크스처럼 애초부터 인간의 본성 속엔
그러한 맹수의 잔인성이 자리 잡고 있었다는 데 있는 것이다. 그러므로
오늘날의 세계적인 인류의 과제는 저 스핑크스가 지닌 야수적인 본성
을 어떻게 옭아매 두느냐에 있다는 것이다. 그리고 그것만 해결되면 핵
전쟁은 모면할 수 있지 않겠느냐는 것이다.

그런데 이것은 전 인류의 문제이니까 또한 우리 자신에게도 해당되
지만, 우리는 그 전 인류의 문제가 반드시 우리 자신의 절박한 문제 전
부를 한꺼번에 해결하고 들어간다고 생각할 수는 없는 입장에 놓여
있는 것이다. 물론 이 지구상을 수폭水爆의 체근蒂廛이 온통 뒤덮을 때
에는 우리도 세계의 모든 인종과 함께 운명을 같이 할 것이 사실이지

만 우리는 또한 그 같은 세계적인 운명의 테두리를 벗어나서 우리 자신 안의 고독한 운명 속에 살고 있는 것도 사실이다. 세계 제2차 대전의 종언은 생명에의 보장과 새 희망을 전 세계에 공포해 주었지만 그 순간부터 우리의 조국만은 두 조각으로 찢기어 혼자만의 고독한 운명에 놓이고 말았었다. 또한 동서 양대진영의 대립은 전 세계 전 인류적인 문제라고 해서 6·25에는 명목상 전 세계가 관계했지만 그 단장斷腸의 고통은 한국의 '어린 백성'들만이 거의 혼자서 도맡았던 것이다. 앞날을 내다봐도 역시 마찬가지다. 핵전쟁은 전 인류가 한꺼번에 꺼지는 판이니까 피차간에 못할 노릇인지도 모른다. 그렇다면 핵전쟁으로 확대되지 않을 국지전局地戰의 위험은 여전히 남아 있는 것이요, 따라서 우리는 또다시 '6·25'를 재연하고 우리만이 혼자서 비운을 겪을 실정 하에 있는 것이 아니겠는가?

지금까지의 거의 모든 우리 역사가 그랬다. 비록 지구는 하나라고 하지만, 비록 오늘의 세계는 하나의 세계라고 하지만 청국淸國이 망하든 일제가 망하든 또 누가 흥하고 누가 망하든 우리는 언제나 우리 혼자만의 비운 속에 살아왔고 또 살아간다는 것이 더욱 분명한 일이다.

확실히 한국은 문둥이만 방목하는 섬처럼, 혼자만이 멀리 떠밀려 나가 있는 유적지다. 그리고 이곳의 천형수天刑囚들은 핵실험으로 희생된 저 비키니의 짐승들처럼 전화戰火의 상처로 신음해 왔으며, 또 굶주림 때문에 모든 인간적인 체면까지도 포기하고 있는 것이다. 지난날의 전화로 일그러지고, 또 앞날의 공포 때문에 일그러지고, 또한 끊임없는 기아 훈련으로 일그러진 이 땅의 대다수의 주민들—이들은 이미 인간은 아니다. 인간은 이미 여기서 멸종되고 새로운 괴물이 그 대신 출현해 버린 것이다. 그리고 이들의 고향은 모든 운명을 거의 혼자만이 감당해야 하는 먼 유적지에 자리 잡고 있는 것이다.

문학이 인간을 위해 존재하는 것이라면 한국문학의 과제는 이러한 괴물들, 이러한 천형수들을 어떻게 그 위치에서 해방시키고 어떻게 인간 본연의 자세로 그들을 다시 환원시켜 주느냐에 있는 것이다.

그러면 한국의 현대문학은 지금까지 이러한 현실을 과연 어떻게 처리해 왔을까? 한국문학이 무엇보다 먼저 한국을 말하는 문학이라고 한다면 그리고 모든 문학이 결국 인간 자신의 문제로 귀착하는 것이라고 한다면, 한국문학은 과연 이 현실을 무어라고 증언했고, 이 괴물들에게 어떤 방법으로 상실된 인간을 환원해 주려 해 왔을까? 하나의 대표적인 예로서 오영수 씨의 작품 〈안나의 유서〉에서 그 답변을 생각해 보기로 하자.

'안나'는 전쟁 속에서 양갈보로 전락한 전형적인 인물이다. 열녀주의, 정조 지상주의의 빛나는 전통을 이어받은 한국의 대부분의 여성들이 그랬던 것처럼 '안나'도 정조만은 소중하게 수호할 줄 알았었다. 그러던 '안나'는 맨 먼저 동생의 약값을 위해서 그것을 팔아 버렸다. 다음엔 다방 레지생활에서 축적된 빚 때문에 그것을 팔아 버렸다. 다음에는 하룻밤의 잠자리를 구하다가 하숙하는 대학생에게 그것을 바쳐 버렸다. 그리고 마침내 '안나·박'이라는 이름으로 동두천의 양갈보가 되어 그것을 온통 생활 방편으로 바쳐 버리고 말았다. 그런 후 4년 8개월 '안나'는 유서 한 통만 남겨 놓고 방광암 자궁 전이로 고달픈 생애에 종지부를 찍고 만 것이다.

아사餓死를 면키 위해 차라리 형무소를 찾아드는 수인들, 모든 고귀한 자유를 차 버리고, 모든 모멸과 천대를 감수하면서 형리들이 주는 밥을 고맙게 받아먹는 수인들—'안나'는 바로 이러한 수인이었다. '안나'는 아사를 면키 위해서 양갈보가 된 것이다. '안나'는 밥을 구하기 위해서 자유를 버리고, 단말마의 고통이 지속되는 밤의 세계에 자신을 묶어 버린 것이다. 그리고 또한 밥을 위해서 온갖 모멸을 감수하고 온갖 독균이 뜯어먹는 대로 자신을 내맡겨 버렸던 것이다. 그러므로 '안나·박'은 이미 인간이 아니었다. '안나'는 인간이 지녀야 할 모든 조건을, 모든 체면을 깡그리 상실하고 오직 생식기로 풀을 뜯어 입으로 넣기에만 바쁜 괴물로 변해 버린 것이다. 이것은 너무나도 무서운 비극이다. 이 너무나도 무서운 비극이 이 땅에선 너무나도 크게 확대되어 있는 것이다. '안나'는 그러한 비극의 한 가지 예시에 지나지 않을 뿐, 그러한 괴물은 이 땅에 너무나도 끔찍하게 버글버글 번식하고 있는 것이다.

그런데 이 무서운 비극을 어떻게 무엇으로 해결할 것인가. 문제는 여기에 있다. 작자는 이 작품의 말미에 가서 다음과 같이 말하고 있다.

전쟁으로 해서 나는 고아가 됐다. 배가 고팠다. 철든 계집애가 살을 가릴 옷이 없었다. 이것이 내 죄가 될까? 그래서 나는 '안나'라는 갈보가 됐다. 한 끼 밥을 먹기 위해서 피를 뽑아 팔듯, 나는 내 몸뚱아리를 파먹고 스물여덟을 살아왔다.

주어진 한 생명을 성실히 살아온 죄가 갈보라는 직업에 있다면 그건 결코 내가 져야 할 죄가 아니다.

작가 오영수 씨가 그 인간 상실의 괴물들을 그려 놓고 마지막 그들을 위하여 남겨 줄 말은 바로 이것이다.

밥을 위해서 그 짓을 했다면, 생명을 위해서 그 짓을 했다면 그 '갈보'라는 인생엔 아무런 죄도 없다는 것이다. 그래서 '안나'는 '죄인'들을 부르는 교회당의 새벽 종소리를 들으면서 '내게는 죄가 없다'고 마지막으로 되풀이하는 것이다.

우리는 여기서 작가 오영수 씨가 이 고달픈 혼령을 그의 따뜻한 품 안에 너그럽게 감싸 주고 있는 것을 발견하게 된다. 그리고 '안나'의 결백을 증언하며 그 여인을 모멸해 온 모든 위선자들에게 항변하고 있는 모습을 발견하게 된다. 그리하여 양갈보 '안나·박', 모든 인간적인 조건들을 상실당한 '안나·박'에게 다시 인간적인 조건을 반환시켜 주려함을 보게 된다.

뭇사람들의 온갖 모멸 속에서 살다 죽어 버린 '안나'에게 이 얼마나 고마운 복음福音이랴! 공복空腹을 안고 살아온 인간들에게, 의義에 굶주린 인간들에게, 천국은 그대들만의 것이라고 외친 저 산상山上의 복음처럼 작가 오영수의 웅변적인 무죄변론은 '안나·박'의 아픈 상처를 부드럽게 어루만져 주었을 것이다.

그러나 우리는 잠시의 진통제를 명약으로 알아서는 안 된다. 오영수 씨의 손이 상처를 위무해 주는 것은 사실이지만 과연 그 문제의 상처 자체에 대해서 그 손길은 어느 정도의 약리 작용을 해 줄 수 있는 것일까? 다시 말하자면 작가 자신이 이 작품을 통해서 포착해 놓은 한국의 그 인간동물들—이들의 근본적인 당면 문제를 이 작가는 어떻게 파악하고 있으며, 그에 대해서 과연 어떠한 말을 남겨 주고 있는 것일까?

우리는 이 문제를 구체적으로 파고들기 전에 또 하나의 작가 손창섭 씨에게서 이와 비슷한 문제를 찾아보는 것이 좋을 것이다. 〈포말의 의지〉—이것처럼 슬픈 메아리만이 울리는 작품도 많지 않다. 주인공 '종배'의 어머니는 '안나·박'처럼 생식기로 풀을 뜯어먹고 살아야 하는 처참한 괴물이었다. '종배'는 이 갈보의 뱃속에서 소속불명의 '악령'의 씨앗을 받아 가지고 출생했다. 그로부터 '종배'는 어머니가 생식기로 먹이를 줍는 괴이한 모습을 보며 자라났다. 그 후 어머니가 자살해 버리자 그는 자기를 '죄악의 씨'라고 부르는 이모부 내외(기독교 신자) 곁에서 밥을 얻어먹고 지냈다. 그러던 '종배' 앞에 '옥화(영실)'라는 여인이 나타났다. 그는 거기서 옛날의 자기 어머니와 자기 자신의 처참한 모습을 발견했다. 그 '몹쓸 짓'을 해야만 밥을 먹을 수 있는 '옥화'와 그 곁에 매달린 사생아—이것은 바로 '종배' 어머니와 '종배' 자신의 재판再版이었다. 이때부터 '종배'는 이 찌들어 빠져 매매賣買가 안 되는 여인에게 '손님'을 물어다 주고 작업이 끝날 때까지는 어린애를 봐주었다. 그리고 '옥화'가 죽어 버리자 그는 이 피곤한 영혼을 위해서 교회의 종소리를 들려준다.

> 종배는 곧장 종루 쪽으로 다가갔다. 그는 정신없이 종 줄을 손에 감아 쥐고 잡아다니었다. 막혔던 가슴이 터질 듯이 종소리는 왕왕 울리기 시작했다. …… 마치 영실이 어디서 그 소리를 들어 주리라는 듯이 종배는 열심히 줄을 당기었다.

'종배'가 이처럼 미칠 듯이 울려 준 종소리는 두 가지의 의미를 전달하고 있었다. 그 하나는 '갈보'를 멸시하고 인간적인 우월권을 행사하려는 위선자들에 대한 저주와 항변이었다. '옥화'는 교회당의 종소리를 들으며 '주의 품' 안에서 죽는 것이 유일한 소망이었다. 그렇지만 '위선자'들의 집합소로 되어 버린 교회는 진정으로 그곳을 찾는 '죄인'(옥화는 자신을 그렇게 생각했다)을 받아 주지 않았다. 결국 '옥화'는 모든 위선자들의 모멸 속에서 해방되지 못한 채 죽어 버린 것이다. '죄악의 씨'라고 불리어진 '종배'가 감히 신의 전당에 뛰어들어 갈보를 위해서 마구 종 줄을 잡아당긴 것은 이처럼 '옥화'를 모멸해 온 모든 위선자인 사회 인습에 대한 저주와 항변이었던 것이다. 또한 '종배'가 그처럼 미친 듯이 종 줄을 잡아당긴 것은 죽은 '옥화'의 고혼孤魂을 진정으로 위무해 주기 위해서였다. 물론 죽어 버린 '옥화'가 그것을 들어줄 까닭이 없었지만 그래도 그처럼 갈망하던 종소리를 죽은 뒤에라도 울려 주지 않고는 견딜 수 없었다는 것─이것은 결국 '옥화'에 대한 동정 때문이었다. 그리고 그 '옥화'가 다름 아닌 '종배' 어머니요, '옥화'의 사생아가 다름 아닌 '종배' 자신의 재판이었으므로 그것은 결국 처참한 자기 자신이나 자기 어머니에 대한 연민 때문이었다. 그러므로 이 작품 전체는 위선적인 사회 인습, 다시 말하자면 갈보에 대한 인간적인 모멸의 부당성을 지적하고 그 '의에 굶주린 사람들', '가난한 사람들'에게 따뜻한 위무의 손을 뻗쳐 주고 있는 것이다. 그리고 갈보에 대한 모멸을 항변한다는 것 자체가 그에게도 동등한 인간적인 자격을 반환해 주려는 것이라고 본다면 이 작품 전체의 결론은 그 인간동물에 대해 '정신적인 위무'를 호소하는 데 있다.

이러한 결과로 볼 때에 우리는 오영수 씨의 〈안나의 유서〉나 손창섭 씨의 〈포말의 의지〉가 결국은 서로 아무런 차이도 없는 꼭같은 작품임을 발견하게 된다. 이 두 작품은 모두 꼭같은 현실 문제에 대해서 꼭같은 답안을 작성해 놓은 것이다. 오열하는 인간군의 제시 그리고 이에 대한 따뜻한 위무의 호소―이것이 이 두 작가가 꼭같이 내놓은 문제와 그 꼭같은 답안이다.

그런데 꼭같은 것은 사실상 이 두 사람의 경우만이 아니다. 오열하는 한국을 그려 온 작품들은 지금까지 그 대부분이 이와 같은 답안 작성으로 끝을 맺어 온 것이다. 이범선 씨의 〈오발탄〉, 강신재 씨의《임진강의 민들레》, 전광용 씨의 〈까삐딴·리〉, 선우휘 씨의 〈도박〉 등 한국의 슬픔을 말하는 대표적인 작품들 속에서도 우리는 역시 그 이상의 답안을 찾을 수 없는 것이다. 물론 이 작품들은 〈안나의 유서〉나 〈포말의 의지〉에서처럼 '그들에겐 죄가 없다. 그들은 결백하다. 그들을 위로하라'는 결론을 노골적으로 내걸고 있는 것은 아니다. 그러나 이러한 작품들이 이 비극의 영토 위에 던져 주고 있는 것이 무엇이냐 하는 것을 궁극적으로 추구해 본다면 우리는 이 작품들이 거의 모두 동일한 범주 내에 들게 됨을 발견하게 되는 것이다. 이범선 씨는 〈오발탄〉에서 그 갈보로 등장하는 여인에게 동등한 인간적인 명예를 돌려준다고 약속하지는 않았다. 또는 사나이의 강도행위를 정당 범죄라고 변론하지도 않았다. 그는 다만 '이렇게 우리 앞에 절망적인 현실이 있다' 하고 문제를 제시하는 데 그쳤다.《임진강의 민들레》도 그랬다. 작가 강신재 씨는 6·25를 가리키며 "우리는 이렇게 많은 생명을 잃었다. 그리고 동시에 거의 모두가 '인간'을 상실했다"고 외쳤었다.

전광용 씨의 〈까삐딴·리〉나 선우휘 씨의 〈도박〉도 모두 동일한 범주 속에 들어 있는 것이다. 시대적인 환경의 변화에 따라서 늘 카멜레온처럼 옷을 바꿔 입고 보신해 나가야만 했던 〈까삐딴·리〉나, 북이냐 남이냐를 두고 도박을 해야만 했던 〈도박〉의 인물 —이들은 모두 어떤 이데올로기를 지상의 행동 기준으로 신봉하고 거기서 벗어나는 모든 것을 부인하고 이단시하는 현대적 독선주의자, 절대주의자의 대열에서 빠져나간 인물들이다. 그러한 의미에서 이데올로기라는 것을 계절에 따라 마음대로 갈아입는 옷처럼 생각하게 된 〈까삐딴·리〉나 〈도박〉의 인물 또는 장용학 씨의《원형圓形의 전설》에 등장하는 '이장李章' 등은 모두 동일한 범주 속에 들고 있는 것이다. 하여 이러한 작품들은 '이 것이 우리의 현실이다. 이것이 우리의 비극이다'고 외치고 있는 것이다. 그리고 이러한 비극, 이러한 문제를 제시하면서 이 작가들이 호소하고 있는 것은 인간 자체에 대한 존엄성이다.

임진강가에서 기총 소사로 죽은 여인이나, 산골짜기에서 '군궁軍宮 동무'의 소련제 권총 탄환으로 쓰러진 소년은 더 말할 나위도 없으려니와, 갈보짓을 하고, 강도짓을 하고, 또는 그나마도 못하여 자신을 신의 오발탄이라고 믿는 인물 —이들은 모두 인간이면서도 그 인간의 존엄성을 상실당하고 무시당하고 '그 무엇'에 의해서 유린된 것이다. '그 무엇'에는 물론 여러 가지가 있다. 개성을 휩쓸어 버리고 나가는 현대적 메카니즘, 잔인한 군화를 껴 신고 돌아다니는 현대의 모든 이데올로기 그리고 그것이 충돌하는 전쟁 속에서 언제나 필연적으로 파생되는 기아의 공포—이것들은 모두 우리 인간에게서 그 인간의 존엄성을 무시하여 '인간'을 박탈하고, 짓밟아 온 것이다.《원형의 전설》이나 〈도박〉

이나 〈까삐딴·리〉가 제시한 인물들도 모두 마찬가지다. 자식들을 두고 남이냐 북이냐 도박을 하다가 양편으로 갈라놓기로 결정하는 〈도박〉의 주인공이나 환경에 따라 편리하게 이데올로기의 간판을 바꿔 붙이는 〈까삐딴·리〉나 《원형의 전설》의 인물들—이들도 모두 인간의 자격을 상실당한 인물들이다. 인간은 결코 카멜레온처럼 환경 변화에 따라 변신할 수는 없는 것이다. 황인종은 어디까지나 황인종이다. 그러한 인종이 흑인의 마을에 갔다고 해서 흑인으로 변신하고 백인의 마을에 갔다고 해서 백인으로 행세한다면 그는 이미 인간 본연의 자격을 상실한 괴물에 지나지 않는다. 그런데 전기前記한 작품의 인물들은 모든 사물에 대해서 긍정과 부정 그 어느 쪽이라는 절대적인 신념의 소유권—사고하는 인간으로서의 이 가장 소중한 권리를 스스로 포기한 것이다. 그리고 다만 생명의 보존을 위해서 어느 때고 수시로 주의를 바꿔 버리는 괴물, 카멜레온처럼 어느 것이 그의 본연의 체색體色인지 분간할 수 없는 괴물로 변신해 버린 것이다. 그리고 강신재, 선우휘, 이범선, 전광용 등 '한국의 슬픔'을 고발하는 작가들(장용학의 작품은 약간 다르지만)이 맨 먼저 암시하고 있는 것은 이 비극의 주인공들에겐 스스로 책임져야 할 아무런 과오도 없다는 것이다. 그 갈보들, 그 강력범들, 그 변절자들, 그 기회주의자들—이 모든 불명예스러운 대명사의 소유자들은 모두 본의 아닌 딴 불가피한 조건에 의해서 그들의 명예로운 인간 자격을 박탈당하고 유린당했을 뿐이라는 것이다. 그러므로 이것은 오영수 씨나 손창섭 씨가 갈보들을 가리켜 그들이 정조를 팔고 갈보가 된 데에는 스스로 책임져야 할 아무런 과오도 없다고 한 무죄변론과 동일한 것이다. 또한 손창섭 씨나 오영수 씨가 '옥화'나 '안나·박'을 위해서 그처럼 무죄변론을 내세운 것, 그것이 결국은 그들을 위무하고 그들에게 박탈당한 '인간'을 다시 반환시켜 주려는 노력이었다면 그것 역시 《임진강의 민들레》, 〈도박〉, 〈까삐딴·리〉, 〈오발탄〉 등의 작품과 동일한

446

계보 속에 포함되는 것이다. 즉 이들은 다 같이 한국의 영토 속에서 그 인간 상실의 비극적인 괴물들을 위하여 기도를 드리는 작가들, 그들을 위해 다시 인간 회복을 호소하는 휴머니스트의 대열임에 틀림없는 것이다.

'순수'의 반성과 내일의 문학

그런데 이와 같은 작품들을 통해서 본다면, 그리고 이것들이 대개는 한국의 비극을 대변하고 있는 작품들의 일반적인 예라고 본다면 한국 문학은 이제부터 일단 발걸음을 멈추고 지나온 수십 년의 발자취를 비판해 볼 수밖에 없는 것이다. 그 이유는 우리가 복잡하게 생각해 보지 않아도 알 수 있는 일이다. 지금까지의 그러한 문학이 그 비극적인 현실에 대해서 과연 무엇을 남겨 왔을까?―이러한 질문, 한마디로 우리는 지금까지의 우리의 문학에 대하여 어렵지 않게 '예스'와 '노우' 그 양단간의 결론을 내릴 수 있는 것이다. 결론을 미리 말한다면 그것은 '노우', 단연코 '노우'에 속한다. 그리고 이제부터는 새로운 방법론을 내세우고, 새로운 문학관을 수립해 나가야 한다. 먼저 오영수 씨의 〈안나의 유서〉나 손창섭 씨의 〈포말의 의지〉를 실례로 들고 생각해 보면 알 수 있는 일이다.

오영수 씨는 '안나·박'을 위해 무죄를 증언함으로써 그를 모멸 속에서 해방시켜 주고 위로해 주었다. 그러나 '안나·박'이라는 인물이 작품 속에서 툭 튀어나와 실제적인 인물로서 이 작가의 발 앞에 엎드려 어떤 구원을 호소했다면, 오영수 씨는 자신의 무죄변론이 얼마나 무력한 것이며, 그 위무의 손길이 얼마나 어색한 것인지를 발견하게 되었을지도 모른다. 그것은 결코 저 '막달라·마리아'를 위무하던 기독^{基督}이나 '쏘오냐'의 심혼心魂을 달래던 도스또에프스키이(라스꼬오리니코프)나 '카츄우샤'를 위해서 시베리아 동행을 불사한 톨스토이(네프류우도프)의 흉내를 새삼스레 내고 있다는 뜻에서 하는 얘기는 아니다. 문제는 작가가 만든 '안나·박'이 사실상 작가가 생각하는 것 이상으로 더욱 심각한 비극성을 지니고 있었다는 데 있는 것이다. 그는 '양갈보! 똥갈보!' 하고 외치는 이 세상의 멸시와 천대보다도 더 가혹한 고통 속에서 파멸해 간 것이다.

상상조차 하기 어려운 잔인한 오락 본능 앞에 통째로 휴식 없이 내맡겨지는 육체, 독균의 침입으로 썩어 문드러져 가면서도 그 처참한 육체를 그대로 내맡겨야만 그날의 생명을 잇는 육체—'안나·박'의 고통은 바로 이것이다. 이러한 인물에게 '그대는 똥갈보!'라는 모멸의 소리를 가지고 삼천만이 합창을 해 댄다고 하더라도 그것이 과연 '안나'의 고통의 그 몇 분의 일에나 해당될 수 있는 것일까? 물론 그것도 고통이요, 그것도 인간의 존엄성을 확인하려는 작가에게 있어서는 중요한 문제일 것이다. 그러나 '안나'족族이 지니고 있는 문제 중 '우리에 대한 모멸을 삼가라'는 것과 '우리를 그 매일 밤의 단말마의 고통에서 그리고 독균으로 쓰러져 가면서도 여전히 그 독균의 침입구를 개방해야만 밥을 먹을 수 있는 이 지옥에서 해방시켜 달라'는 외침과 그 어느 쪽이 다급하고 절실한 문제일까? 이에 대해서는 구태여 어느 쪽이라고 지적해 줄 필요도 없을 것이다. 문제는 너무나도 쉽고 명백하기 때문이다. 그런데 오영수 씨의 〈안나의 유서〉 그리고 손창섭 씨의 〈포말의 의지〉 그리고 수십 년 전부터 지금까지 이러한 문제를 다룬 작품들은 한결같이 오답에다 ○표를 해 온 것이다. 그리하여 "'안나'에겐 죄가 없다" "'옥화'에겐 죄가 없다" 더 나아가서 저 '쏘오냐'로부터 '캬츄우샤' '마르그릿드'에 이르기까지 모두 무죄를 선언하고 그들에게 '모멸에서의 해방'을 약속해 주는 것만으로 일이 다 끝난 듯이 생각해 왔다.

　　그러나 그것이 도대체 무슨 의미를 남겨 주는 것일까? 물론 그것이
위안이 되는 것만은 사실일 것이다. 멸시와 천대 속에서만 살아온 인
간에게 그처럼 고마운 것도 많지 않으리라. 허지만 그것이 이러한 인물
들이 지니고 있는 본질적인 비극성 앞에서 거의 아무런 영향력도 미
치지 못한다는 것은 극히 명백한 사실이다. 무엇보다도 그들에게 결백
을 증언해 준다는 것이, 그들을 모멸로부터 해방시켜 준다는 생각부터
가 이미 착오인 것이다. 그것은 그들에게 고통이 되고 있는 멸시와 천
대의 본질이 결코 '너는 똥갈보!'라는 이 사회의 야유와 조롱에 있는 것
이 아니기 때문이다. 그들은 언제나 금전을 받고 자기의 육체를 알몸
뚱이로 사나이 앞에 내맡겨야 한다. 금전 때문에 자기의 몸뚱이를 통째
로 타인의 일방적인 오락 도구로 내맡기고 또 금전으로 그 육체를 사
는 것은 그 어떠한 이론으로도 변명할 수 없는 '상하 인간계급의 전형
적인 표현'이다. 그러므로 만민평등주의의 조상인 잔 작크 루쏘오나
어느 목사님, 어느 신부님이 가장 경건한 마음으로 오입을 했다고 하
더라도 그가 전력으로 하나의 인간을 모멸했고 그 인간이 모멸을 받았
다는 사실은 결코 부인될 수 없는 것이다. 따라서 갈보족들을 가리켜
"저들을 모멸하지 말라"고 천만 번 외쳐 보아도 그들을 그 생활에서 해
방시켜 주지 않는 이상, 그들을 모멸에서 해방시켜 준다는 것은 영원히
불가능한 일이다. 그런데 이 처참한 군상들을 제시해 놓고 다만 그 무
력한 무죄변론만으로 사건 처리를 다했다는 듯이 기결氣結함으로 이를
내던져 놓고 말았다면 이보다도 더 심각한 착오가 어디 있겠는가? 그
러므로 그 무죄변론은 진통제처럼 잠시 위안이 될 수는 있겠지만 밥을
위해 인간 자격을 상실한 이 괴물들에게 인간 본연의 자격을 반환해
준다는 것은 거의 불가능한 일이다. 다시 말하자면 생식기로 먹이를 뜯
기 위해 완전히 괴물로 돌연변이된 이 생물체에게 그러한 문학이 한 방
울의 고마운 눈물이 될 수는 있을망정 그들을 다시 인간으로 환원시키

는 수술에 있어서는 그 문학은 단 한 방울의 해독수 역할도 못하는 것이 아니겠는가?

또한 이러한 위안慰安 문학면은 제쳐 놓고 생각해 보자. 그리고 지금까지 이 글에서 언급해 온 모든 작품들이 짓밟힌 인간에 대한 존엄성을 호소하고 있다는 점을 생각해 보자. 이들은 모두 한국적인 슬픔의 정체를, 그 핵심을 정확한 렌즈로 포착하고 있다. 그리고 처절한 목소리로 박탈당한 '인간'의 반환을 호소하고 있다. 그리고 이것은 예술의 형태를 빌리고 있기 때문에 절실하게 우리의 가슴속으로 파고드는 박력을 지니고 있는 것이다.

그러나 이래서 어쩌자는 것일까? 과연 이러한 문학이 이 땅의 주민들에게 일러 주는 것은 무엇일까? "이것이 우리의 비극이다. 이것이 그 비극의 본질이다. 인간은 여기서 무참히 짓밟히고 찢기고 신음하고 통곡하고 오열하고 있다"—작가들이 일러 주고 있는 것은 바로 이것이다. 그리고 이 이상 아무것도 전달해 주지 않는다. 그렇다면 과연 이것만으로 그 작가의 작업이, 그 책임이 끝날 수 있을까? 나쁘게 말하자면 그러한 문학은 때때로 없느니만도 못한 해독을 끼치는 경우도 있으리라는 가능성을 생각해야 한다. 자신의 슬픔을 충분히 감지하지 못하고 있는 인간에게 "너는 슬프다. 너는 인간의 자격을 박탈당했다"고 분명히 증명해 주었다고 하자. 이렇게 되면 그는 그 순간부터 낙담과 분기奮起의 두 가지 중 어느 한 가지 방향으로 자세를 결정할 것이다. 그러므로 그는 더욱 구원받을 길 없는 절망의 나락으로 굴러 떨어질 가능성도 지니게 되는 것이다. 이것은 그에게 문제만 제시되고 그 해결의 방법이 제시되지 않았기 때문이다. 오늘의 우리 문학에 문제되고 있는 맹점은 바로 이것이다. 그것은 이 땅의 주민들을 가리켜 "그대들은 슬프다. 그대들은 신음한다"고 증언하고 있을 뿐 "그러면 어쩌면 좋단 말이냐? 어떻게 우리는 여기서 해방될 수 있단 말이냐?" 하는 현실 자체의 질문에 대해서는 거의 모두가 일절함구—一切緘口로 버티고 있는 것이다. 그리고 다만 "우리는 문제를 제시할 따름이다. 우리는 모든 인간들에게 '인간'의 존엄성을 확인시키고, 호소하고, 해결 방법을 그들에게 기대할 뿐이다"는 태도를 견지하고 있는 것이다.

그러나 작가들은 어째서 이러한 태도를 철칙처럼 고수하고 있어야만 한단 말인가? 한국의 비극성을 그려 온 작가들은 아마 어느 누구보다도 그 비극의 심각성을 통감하고 있을 것이다. 그리고 이젠 다만 지배받는 시민의 입장에서 인간의 존엄성을 지켜 달라는 프라카아드 작전만으로는, 그러한 데모 작전만으로는 아무런 해결도 이루어지지 않는다는 것을 알고 있을 것이다. 그렇다면 아무런 방안 제시도 없이 "그대들의 양심에 호소한다. 그대들의 지성에 호소한다. 그대들은 인간의 존엄성을 지키고 지켜 주라"는 소극적인 방법만을 그대로 고수해야 할 이유가 어디 있단 말인가?

오늘날 한국의 작가들, 누구보다도 먼저 그 슬픔을 통감하고 그 연대적 책임 의식으로 고민하고 있는 작가들—이들이 해야 할 일은 그러한 호소 작전이 아니다. 그런 것으로 해결되기에 이 비극은 너무나도 심각한 것이다. 그러므로 이제는 그러한 문학은 청산해 버려야 한다. '순수'라는 애매한 이름 아래 고수되어 온 그러한 문학—우리는 이젠 이 30년 전통의 문학 방법론에 대하여 아낌없이 수정을 가하고 결별을 고해야 한다. 그리고 새로운 방법론 위에서 우리의 문학을 수립해 나가야 한다. 그것은 작가들이 정치가들처럼, 경제가들처럼, 혁명가들처럼, 이 비극의 현실 문제 속에 적극적으로 참여하는 것이다. 즉 "이것이 한국이다" 하고 문제만 내놓은 채 방관자와 다름없는 위치로 돌아가지 말고 적극적인 해결 방법을, 구체적인 도표를 제시하는 것이다. 그러한 방법, 그러한 도표는 반드시 갈보에게 미장원을 차려 주고 상이군인에게 교문의 수위직을 알선해 주는 것만을 의미하는 것은 아니다. 우리는 페스트가 만연되어 가는 폐쇄된 항구 속에서 내일의 죽음에 직면한 한 닥터가 여전히 환자들을 찾아다니며 성실히 작업하고 있는 모습을 본 일이 있다. (까뮤의《페스트》에서) 그는 절망 속에서 해결의 도표를 찾은 인간이다. 우리는 또한 죽음이 일각일각—刻—刻으로 접근해 오는 절망적인 현실 속에서 오히려 그 '죽음'을 향하여 과감히 뛰어들고 그 절망을 초극하는 행동주의자를 본 일이 있다. (앙드레 말로의《정복자》에서) 그 역시 절망 속에서 해결의 도표를 찾은 인간이다. 우리는 또한 자연의 거대한 힘의 도전 앞에서 완전히 탈진하고 만신창이가 되고서도 여전히 항복을 거부하는 의지의 인간을 본 일이 있다. (헤밍웨이의《바다와 노인》에서) 그 역시 절망 속에서 해결을 찾은 인간이다. 우리는 또한 어머니와 아버지와 할머니와 할아버지와 그 많은 조상들의 생명을 빼앗고, 재산을 휩쓸어 간 해일의 마을에 또다시 집을 짓고 바다로 창을 내고 내일의 삶을 설계하는 젊은이들을 본 일이 있다. (펄·S·벅의《해일》에서) 이들은 절망적인 현실 속에서 살아온 인간들이지만 결코 절망하는 인간들은 아니다. 내일 또다시 죽음이 찾아온다고 하더라도 이들은 오늘 뜰 앞의 빈터에다 사과나무를 심고 있는 것이다.

한국의 작가들은 과연 이 천형수의 유적지 같은 한국 땅에다 어떻게 해결의 도표를 세워 줄 수 있을 것인가? 이것은 지극히 어려운 문제일 것이다. 그러나 우리는 문제의 해결이 전연 불가능한 것도 아니라는 것을 알고 있다. 이제 말한《페스트》,《정복자》,《바다와 노인》,《해일》등의 작품을 보면 짐작이 갈 것이다. 그 작품들은 한국의 대부분의 작가들과는 본질적으로 다른 방법론 위에서 형성된 문학이다. 즉 그 작가들은 비극적, 절망적인 현실의 제시만으로 결론을 맺은 것이 아니라 거기에 스스로 해결의 도표까지도 박아 놓은 것이다. 그러므로 우리에게 있어서도 해결은 전연 불가능한 것이 아니다. '문을 두드리라, 또한 열어 주실 것'이다. 안 열어 주면 때려 부수면 된다. 그래서 안 되면 뛰어넘으면 된다. 초극하는 것이다. 다만 단념만은 금물이다. 왜냐면 그것은 절망하는 길이기 때문이다.

박경리 씨의 《김약국의 딸들》이 있다. 박 씨의 역량을 충분히 과시한 작품이었다. 그것은 딸 5형제를 거느리고 있는 김약국 일가가 어떤 불가피한 운명에 의해서 결정적으로 무너져 가는 과정을 그린 것이었다. 대자연의, 어떤 신비한 운명의 신 앞에서 완전히 패배해 버린 가련한 인간상—이 작품을 읽으면 누구나 그것이 바로 우리 자신들임을 솔직히 인정하지 않을 수 없을 것이다. 그러나 이러한 운명론은 결국은 열리지 않는 문 앞에서의 단념이요 절망에 지나지 않는다. 운명의 신 앞에서 맥을 못 추는 인간들—박경리 씨가 증언하는 대로 이것은 부인할 수 없는 현실이겠지만 그러나 인간은 또한 절망적인 현실을 자인하면서도 결코 절망하지 않고, 굴복하지 않고, 끊임없이 출구를 찾는 데서 그 현실을 극복할 수 있다는 것도 우리는 알고 있는 것이다. 절망적인 현실, 운명의 신 앞에서의 너무나도 미약한 존재—이것은 이미 우리 모두 알고 있는 현실이 아니겠는가? 그러므로 이제 작가의 할 일은 그러한 현실 위에 해결의 도표를 세우는 일이 아니겠는가? 장용학 씨는 《원형의 전설》에서 그것을 시도했지만 여전히 불러도 대답 없는 ‘호소하는 문학’의 울타리를 벗어나지 못하고 말았다. 왜냐면 ‘인간적’을 초월하는 4차원의 세계, 원죄 의식을 초극하는 그 세계는 인간으로서는 영원히 도달할 길 없는 피안이기 때문이다. 이와는 경향을 달리하는 정한숙 씨의 《끊어진 다리》에 다음과 같은 구절이 있었다.

존, 신경 없는 이 고무 다리도, 보이지 않는 미혜의 눈도 결국은 내 의지로서 볼 수도 있고 움직일 수도 있는 것이야. 인간의 의지가 곧 운명이란 말이 있지 않나. 말하자면 운명이란 의지의 결정 같은 것이니까……

　전쟁에서 다리를 끊긴 '연演'이나 생식기로 침입한 독균 때문에 눈이 먼 '미혜'는 모두 한국이라는 비극적인 운명 속에서 희생된 인물들이다. 운명 앞에 짓밟힌 가련한 인간상—그러나 작자는 여기서 인간 '의지'의 위대성을 지적하여 의지에 의한 운명에의 대결과 그 승리를 암시해 주고 있다. 다만 작자가 말하는 그러한 의지를 우리가 어느 정도까지 믿을 수 있느냐 하는 것이 문제일 것이다. 그러므로 기술면에서 말한다면 그것을 형상화하면 될 것이다. 즉 '의지'를 관념적으로 제시함에 그치지 말고 그것으로서 생동하는 위대한 인간형을 창조해 나가는 것이다.

　이것은 하나의 예시에 지나지 않지만, 우리의 문학은 결국 이러한 새로운 인간형을 창조하고 그것을 도표로 삼는 방법론 위에 서지 않으면 안 된다. 바꿔 말하자면 현실적인 당면 과제를 해결하는 방편이요 수단으로서의 문학을 확립시키는 일이다. 그리고 어떤 본능적인 미적 충동에만 내맡긴 문학보다도 위대한 사상성을 밑받침으로 하는 목적의식이 우선적으로 창작 동기가 되는 문학을 전개시켜 나가는 것이다. 이렇게 되면 그것은 1930년대 문단의 총아로 등장했던 작가 이태준이나 시인 정지용의 문학만큼 '순수'하지는 못하게 될 것이다. 그렇지만 흙 묻은 '더러운 손'(싸르뜨르의 작품)이라고 해서 반드시 손의 본질이 상실된 것도 아니고, 또한 값없는 손도 아닌 것처럼, 비순수라고 해서 반드시 예술의 본질이 상실되는 것도 아니고, 졸렬해지는 것도 아니다. 위대한 인간의 손, 작업하는 인간의 손엔 반드시 잡것이 묻어 있는 것처럼 위대한 문학, 위대한 예술은 '현실 문제 해결의 방편'이라는 비본질적인 분자의 합세로 말미암아 오히려 가능해지는 것이다. 1939년 현민玄民의 글에 '순수란…… 빛나는 문학 정신만을 옹호하려는 의연한 태도'라는 것이 있었다. 결국 그 무엇이 섞여 있든 이 '문학 정신'만 지켜지면 그만일 것이다. 그런데 당시 현민의 '문학 정신'이란 어떤 것이었는지도 의문이려니와 문단은 또한 문단대로 관습상의 '순수' 개념을 형성해 나갔었다. 그 대표자가 소설가 이태준과 시인 정지용이었다. 그리고 현실에 눈이 먼 문학, 현실 참여의 의욕이 전연 거세된 이들의 문학을 우리는 한 번도 분명한 의식으로 거부해 온 일이 없이 오늘에 이르렀다.

물론 오늘날의 우리 문학이 이것을 전적으로 답습하고 있는 것은 아니지만 문제 제시에만 그치는 문학, 양심과 지성에의 호소로 그치는 문학 그리고 작가 자신이 현실 속에 뛰어들어 도표를 세우고, 현실 문제 해결의 방편으로서, 그러한 목적의식하에서 하는 문학을 기피해 온 것은 모두 그 인습적인 '순수'관에 매였던 탓이라고 볼 수밖에 없다. 그러므로 이제 우리는 그러한 방법론엔 아낌없이 결별을 고하고 과감히 새로운 방법론 위에 문학을 확립해 나가야 하는 것이다. 다시 말하면 한국만이 홀로 떠밀려 나간 이 숙명의 유적지, 이곳의 처참한 인간군들을 위해 직접 도표를 세우는 문학을 전개시켜 나가야 할 것이다.

김우종은 이 비평으로 순수문학에 바탕을 둔 작품 창작을 비판하고, 새로운 문학관과 새로운 창작 방법론을 수립해 나갈 것을 주장한다. 또한 현실 속으로 뛰어들어 민중과 호흡을 함께하는 문학이 곧 참문학이라고 주장하면서 작가들의 적극적인 현실 참여를 요구했다. 그러나 김우종의 이 논의에 대해 이형기가 이의를 제기하면서 두 사람은 본격적인 순수·참여 논쟁으로 첨예하게 대립한다. 이처럼 논란의 여지가 많았지만 이 비평이 1960년대 전반기 비평사에 기록될 만한 것으로 남은 이유는 논의의 구체성 확보라는 점 때문일 것이다.

* 이 글은 《現代文學》(1963. 11.)에 실린 〈流賊地의 人間과 그 文學〉을 원전으로 삼은 것이다.

문학의 기능에 대한 반성
—'순수' 옹호의 노트

이형기

양자택일적 사고의 함정

문제는 언제나 양자택일적 사고방식에서 발단하는 것 같다. 이를테면 다음과 같은 질문이 있다. 현실을 외면할 수 있느냐, 없느냐, 사람은 현실이라는 것을 외면할 수도 있다는 가정 아래 이 질문은 성립된 것이다. 그러나 가정법으로서도 그것은 너무 황당한 것이어서 때로는 실소 이외의 아무런 대답도 얻어 내지 못할 가능성이 있다. 실상 지각 있는 사람들은 "만약에 백만 원이 생긴다면은"과 같은 물음에는 선뜻 대답하지 않는 것이 당례_{當例}다.

이러한 실소, 또는 직답 회피는 질문 자체의 건전성 여부에 대한 의혹의 표명이다. 그러나 자기 질문이, 질문으로서 성립될 수 있는지 없는지를 반성해 볼 만한 심적 여유가 없는 사람들은 그것을 곧잘 제시된 질문에의 응답이라고 해석하기 쉽다. 이것은 물론 오해에 불과하다. 그리고 이 오해는 상대방이 항상 그릇된 대답만을 하고 있는 것으로 치부해 버리는 습성이 있다. 질문자가 맘속으로 '현실을 외면할 수 없다'를 정답이라고 점찍고 있다면 상대방은 강제로 '현실을 외면할 수 있다'의 편에 세워지는 것이다. 반대의 경우도 마찬가지다.

그리하여 질문자는 낙제한 응답자를 공격하기 위해서 준열한 논리의 성을 구축한다.

적을 미리 불리한 지점에 몰아넣고 시작한 싸움이기 때문에 승패는 처음부터 자명한 바 있다. 물론 응답자는 자기에 대한 공세가 부당하고 또 억울하다는 것을 호소할 것이다. 만일 그의 호소에 귀를 기울인다면 싸움은 성립될 수가 없다. 그러나 경위야 어떻든, 일단 싸움이 벌어지고 나면 관전觀戰의 군중들은 그 싸움을 기정사실로 받아들여서 정正·사邪를 가리려고 드는 법이다.

이러한 군중 심리에 휩쓸리고 보면 나중에는 응답자 자신도 자기가 제시된 두 가지의 질문 중 어느 하나를 택한 듯한 착각에 빠질는지 모른다. 여기에 이르면 사태의 추이는 비극적이다. 상호의 논리는 그릇된 출발 때문에 카스바의 미로(알제리의 카스바에 미로처럼 조성된 거리 – 편집자주)를 방황할 뿐이다.

그러나 낙심할 것은 조금도 없다. 미로를 벗어나고 싶은 마음이 있다면 자기의 출발점이 무엇이었던가를 더듬어서 반성하면 절로 탈출구는 생겨날 것이다. 가령 최초의 질문, 즉 '현실을 외면할 수 있느냐, 없느냐'로 되돌아가서 거기에 내가 무엇이라고 대답했는가를 살펴보면 된다. 이러한 자기성찰의 결과로서 뜻밖에도 자기가 어떤 대답 이전에 질문 자체의 황당성을 웃고 말았다는 사실을 발견하면 그보다 큰 소득은 없다. 그때 우리는 자문할 것이다. 어째서 나는 부질없이 카스바의 미로를 방황했던가. 다시 말하면 답안지에 써 넣은 일이 없는 대답이 어째서 나의 필적인 양 강제되어야 했던가.

이 어처구니없는 발견 앞에서 우리는 유레카의 희열보다도 양자택일적 사고방식의 무서운 위력에 몸서리를 칠 것이다.

햄리트와 같이, 사느냐 죽느냐로만 문제가 제시되지 않았더라도 쓸데없는 논리의 우회는 절약될 수 있었다. 실상 이 세상에는 햄리트만이 사는 것은 아니다. 그것을 햄리트라는 단 하나의 틀로써 규격화하려는 데 억지와 무리 그리고 함정이 있었던 것이다.

억지로 피어난 월견초月見草

작년 4 · 4반기에 발표된 몇 편의 논문—예컨대 김병걸 씨의 〈순수와의 결별〉(《현대문학》 10월호), 김우종 씨의 〈유적지의 인간과 그 문학〉(《현대문학》 11월호), 그리고 김진만 씨의 〈보다 실속 있는 비평을 위하여〉(《사상계》 문예 증간호) 등이 새삼스럽게 '순수'의 문제를 재론한 것에 나는 적지 않은 흥미를 느꼈다. 아니 정확하게는 '흥미'가 아니라 '당황'이었다. 이미 17, 8년 전에 끝장이 난 것으로 알고 있는 문제가 어째서 뒤늦게 논란의 대상이 되고 있는가.

거기에는 물론 그럴 만한 이유가 있을 것이다. 내가 예거例擧한 세 편의 논문은, 가볍게 한두 마디 스쳐 갔을 정도인 김진만 씨의 것까지 포함해서 모두 '순수문학'을 부정하는 것이었는데, 편의상 요약을 감행한다면 '순수'는 오늘날의 이 절박한 현실을 외면하고 있다는 것이다. 그러니까 순수의 재론은 현실의 절박성에 대한 반응의 표시라고 볼 수 있다. 다시 말하면 오늘의 현실은 순수를 재론치 않을 수 없을 만큼 절박하다는 얘기가 된다. 어찌 함구불언할 수 있을까 보냐. 그렇다면 이유는 충분한 것이다.

그러나 '충분하다'고 수긍하려면 먼저 순수가 현실과 절연되어 있다는 것이 증명되어야 한다. 그렇지 않고 막연한 통념으로 순수 즉 현실 외면의 등식을 앞세운다면 그것은 논리의 일방통행이다. 아무개는 나쁜 놈이다. 그러니까 그는 벌을 받아야 한다. 이 자명한 사실 앞에서는 어떠한 거래, 어떠한 커뮤니케이션도 불가능하다. 대답은 단 하나밖에 없는 것이다. 그런 궁지에 사람을 몰아넣고 자, 아무개가 좋으냐, 나쁘냐고 양자택일을 요구할 것인가.

그런 요구에 대해 우리는 아무개가 어째서 나쁜 놈인가를 반문할 권리가 있다. 이 당연한 권리의 행사를 아무개에 대한 동정이나 지지라고 판정하는 것은 판정하는 사람의 자유일는지 몰라도 그 결과는 다만 비극 이외의 아무것도 아니다.

과연 '순수문학'과 '현실 외면'은 등식으로 묶여질 수 있는 동의어인가. 적어도 내가 알기엔 그것은 터무니없는 중상中傷에 불과하다. '순수문학'을 체계화시킨 최초의 이론가가 김동리 씨라는 뜻에서 그의 말을 인용한다면 순수문학은 '반정치주의 문학'일 수는 있다. 그러나 오늘날 순수를 부정하는 대부분의 사람들이 자기 논리의 바탕에 무의식적으로 깔고 있는바 '비현실'의 문학은 아니다. 내가 앞에 예거한 삼三 씨도 역시 그러한 바탕 위에 서 있음을 간과할 수 없다. 그들은 순수가 무엇인가에 대해 개념 규정을 하지 않았으나 그중 한 사람의 글에서 따온 다음의 인용구는 실로 대담한 단정에서 출발하고 있다.

"순수문학은 정치와의 절연을 전제로 하면서도 그것이 제작되고 발표되려면, 어떤 특정한 정치적 조건이 보장하는 자유가 있어야 한다 …… 그러기 때문에 순수문학은 정치와 무관할 수 없는 것이다."

제작·발표에 있어 특정한 정치적 조건이 필요하다는 면에서 본다면 그 어떠한 문학도 정치와 무관할 수는 없을 것이다. 그런데도 마치 순수문학은 '정치와 절연'된 달밤에 홀로 피어나는 월견초 취급을 당하고 있다.

김동리 씨의 어떠한 글에도, 그리고 그 이후 순수를 지지한 어떠한 사람도 '정치와의 절연'을 전제로 한 일은 없다고 나는 기억하고 있다. 그러나 17, 8년 후에 재론되는 순수가 뜻밖에도 정치와의 절연을 전제로 한 것처럼 변조된 것은 놀라운 일이다.

이러한 변조는 어쩌면 정치 참여에 대한 논자의 과잉 의욕 탓일는지 모른다. 그렇다면 우리는 그 변조 과정에 일수一殊의 동정을 보낼 수도 있으나, 그 때문에 스스로가 정치와 절연된 달밤의 광야로 강제 추방을 당할 수는 없는 것이다. 이 항변에도 불구하고 순수를 정치와의 절연이라는 단정하에 자기논리를 구축한다면 누구도 거기에는 당해 낼 재간이 없다. 순수는 정치와 절연된 것이다. 정치를 외면할 수 있느냐 없느냐. 그러나 서슬이 시퍼런 이 질문의 바로 밑바닥에서 선결문제 요구의 허위와 양자택일적 사고방식의 함정이 크게 입을 벌리고 있는 것이다.

정치와 정치주의

어쩌면 오해는 '정치주의'라는 용어에 기인하는 것이 아닌가도 싶다. 죠지·오웰인가 하는 사람이 말했듯이 오늘날은 정치의 시대다. 정치를 떠나서 우리는 따로 현실을 생각할 수 없다고 할 만치 정치는 현실의 집약적 표현이다. 그러나 이러한 정치에 관심을 갖거나 말거나 하는 것과 '정치주의'는 처음부터 아무 상관이 없다. 17, 8년 전에 한창 불꽃을 튀겼던 순수 논쟁은 좌익 문인들이 '정치주의'를 배격함으로써 그와는 대치되는 또 하나의 정치적 입장을 수호하려는 싸움이었다. 어떤 정치적 목적의 수행을 위해 문학을 그 도구시하는 것을 정치주의라고 말한다는 정도의 용어 풀이는 이제 너무나 새삼스럽다. 그러나 그 누구도 부인할 수 없는 것은 당시의 순수문학이 분명히 어떤 정치적 입장을 견지하고 있었다는 사실이다. '당黨의 문학'에 항거하여 외쳐진 '인간성 옹호의 문학'은 소용돌이치는 좌우 투쟁의 물결 속에 적극적으로 뛰어드는 참여 행위이기도 했던 것이다. 문학이고 예술이고 할 것 없이 모조리 정치적 목적을 위해 도구로서 동원해도 무방하다는 정치가 있는 것과 마찬가지로, 그럴 수 없다는 정치도 있다. 순수는 이 두 가지 가운데서 후자의 정치를 지지한 문학 이론이다. 그것이 어째서 '정치와의 절연' 또는, '현실 외면'으로 단정되어야 하는지 나는 그 까닭을 알 수 없다.

앞에 예거한 삼 씨 중 또 한 사람은 '현실과의 절연, 역사에의 외면, 이것은 곧 이 땅, 이 주민에 대한 하나의 욕된 행위이며, 허백虛白의 미와 신비의 탐구를 일삼는 고답高踏은 석고의 조소처럼 자기 마음의 미화 작업이 될 수 있을지언정 이 땅의 농축된 이 현실의 독소에 대한 소독제는 될 수 없다'고 말하고 있는데, 다분히 순수를 가리킨 듯한 이 비난의 목소리는 순수 자체의 본래적 입장에서 단호히 거부되어야 할 성질의 것이다. 이 부당한 비난보다는 차라리 '현실적인 당면 문제를 해결하는 방편이요, 수단으로서의 문학…… 목적의식이 우선적으로 창작 동기가 되는 문학'을 안티·테제로 내걸고 순수를 배격한 다른 한 사람의 태도가 오히려 떳떳한 것같이 생각된다. 그의 순수에 대한 개념도 지극히 모호하여, '소설가 이태준과 시인 정지용'으로서 '대표'되는 문학을 가리키고 있을 뿐이지만, 그래도 '목적의식'을 강조함으로써 순수가 배척해 온 '정치주의'를 정면으로 지지하고 나선 것은 서로의 커뮤니케이션을 가능케 한다는 면에서 환영할 만하다.

실상 순수는, 아니 문학은 '현실적인 당면 문제를 해결하는 방편이나 수단'이 아니다. 이것은 뭐, 수단이 되어서는 안 된다는 명분조의 어투가 아니라, 되고 싶어도 그럴 수가 없다는 한계 의식의 고백에 불과하다. 여기에서 '정치'나 '현실'에 대한 문학의 기능 문제가 제기되는 것이다.

인용 부분에서 재차 말을 빌리면 제작·발표에 있어 이미 '어떤 특정한 정치적 조건이 보장하는 자유가 있어야' 하기 때문에 어떠한 문학도 '정치와 무관할 수는 없는 것이다'. 그런데 정치와 무관할 수 없다고 해서 문학은 정치에 대해 납세 의무와 같은 보상을 치루어야 하는 것일까. 한 걸음 더 물러서서 문학의 정치에 대한 납세 의무를 시인한다고 해도 그 세금은 구체적으로 어떤 것이어야 하는지가 커다란 의문이다. '이 땅, 이 주민에 대한 하나의 욕된 행위'로서 '현실과의 절연, 역사에의 외면'이 지적되었지만 솔직한 말로 나는 어떻게 하는 것이 현실과의 절연 아닌 '연결'이며, 역사에의 외면 아닌 '대결'인가를 반문하고 싶다.

무력한 장난감

논자의 한 사람이 제시한 '목적의식'은 어쩌면 이 물음에의 대답일는지 모른다. 그는 '빈궁의 극한 지대'에 선 한국 사람, '차라리 형무소를 찾아가 밥을 청'할 만큼 가난한 '한국적 인간동물'들을 구제해야 한다고 소리치고 있다. 이러한 절규가 바로 현실과의 연결, 역사에의 대결인지 아닌지는 내가 알 바 아니다. 그러나 그것이 비록 현실과 역사에 대한 특정□적特攻□的 돌진이라고 하더라도 그 외침만으로는 문제의 해결 이전에 소음의 가중이라는 역효과가 빚어지지 않을까 두렵다. 극단적으로 말하면, 내가 좋아하는 작가 가령 도스뜨에프스키의 모든 자서著書를 모아도 불쏘시개감은 될지언정 밥으로 둔갑하지는 않는 것이다. 그런 의미에서 문학은 실로 무력한 것임을 나는 통감하고 있다. 불쏘시개밖에 안 되는 문학을 놓고 도대체 어떻게 하라는 호통인가.

T. S. 엘리오트는 문학을 가리켜 '고급한 오락'이라고 말한 일이 있다. 이런 식의 단정론은 실상 별로 의미가 없다. 그러나 '현실 외면'의 반대 개념으로 일단 '현실 참여'를 가장하고, 그러한 참여나 사회적인

악과 불합리의 시정을 '목적'으로 삼는 한에 있어서는 엘리오트의 저역설적인 정의도 충분히 환각제로서의 역할을 다할 수 있다. 왜냐하면 우리의 '목적'은 그 성□成□에 있어 가장 효과적인 방법을 희구하게 마련이건만 우리 앞에 놓여진 불쏘시개감의 효과는 너무나 간접적이며 또한 너무나 우회적이라는 약점을 감출 수 없기 때문이다.

가령 완미頑迷한 독재자에게 민주주의를 깨우쳐 주는 방법을 생각하더라도 데모라든가 투표라든가 또는 기타의 몇 가지를 손꼽을 수 있다. '기타의 몇 가지' 중에는 물론 문학도 포함될 것이다. 그러나 누구도 문학이 그러한 목적을 수행하는 데 가장 효과적인 방법이라고는 말하지 않을 것이다. 이 한 가지 사실만으로도 문학은 이미 '목적'의 수행을 위한 방법으로서는 낙제한 셈이다. 하물며 나랏님도 못 한다는 가난 구제에 있어서랴.

설령 문학이 '목적'을 위한 효과적 수단이 될 수 있다고 하더라도 그 '목적'의 수행으로써 인생의 난제가 해결된다고 생각할 정도로 우리는 오프티미스트(낙관주의자 - 편집자주)가 될 수는 없다. 하나의 '목적' 다음에는 또 하나의 '목적'이 설정되고, 그리하여 영원한 목적의 산맥이 가로놓일 것이다. 여기에 문학은 끊임없는 등산을 계속할 수밖에 없다고 말하는 것은 이른바 '목적문학'의 불완전한 변호에 지나지 않는다, 라고 하는 것은 그러한 '목적'의 영원한 도열 자체가 벌써 목적 수행의 비참한 도로徒勞를 증명하는 것이니까, 다.

이러한 도로의 확인에서 나는 문학의 기능 검토가 시작되어야 하리라고 믿는다. 또 그런 뜻에서 문학은 페시미스트들의 영광스러운, 동시에 서글픈 재산이라고 생각하고 있다.

열렬한 참여론자 싸르뜨르는 문학을 '전달을 위한 수단'이라고 말한 바 있는데 거두절미가 된 그 말 자체에는 아무런 이의도 내세울 수 없다. 그러나 문제는 '무엇을' 전달할 것인가다. 아무리 '목적'이 앞서야 한다고 할망정 문학이 민주주의를 등진 사람들에게 민주주의를, 그리고 '한국적 인간동물'에게 밥을 전달해 줄 수는 없는 것이다.

나의 경우라면 문학을 통해 전달해 줄 수 있는 것은 인생 도로의 허망함을 달래 주는 여러 가지 장난감뿐이라고 해도 과언이 아니다. 이 말이 격심한 반발과 부작용을 일으키리라는 것도 나는 안다. 그러나 나는 불행하게도 오프티미스트가 못 된다. 문학이 나의 현실 문제를 하나하나 해결해 주리라고 믿을 만큼 천진난만하지가 못해서 탈이다.

가장 행복한 현대인

싸르뜨르가 '전달'을 말했을 때는 '자기'라는 것을 '타인과의 관계'에서 규정하는 배려가 있었다는 것 때문에 우리는 아리스토테레스의 그 옛날부터 내려오는 말—인간은 사회적 동물이다, 를 새삼 강조하게 된다. 그렇다, 인간은 사회적 동물이다. 그러니까 문학더러 어떻게 하란 말인가. 예거한 삼 씨 중의 한 사람처럼 '문학이 인간을 위한 것이라면 운운'으로서는 인간은 공기를 마셔야 한다와 마찬가지로 너무나 지당하고 따라서 너무나 무의미하다. 사회적 동물인 인간을 위한 것이니까 설마 '궁窮영의 극한 지대'에 놓여 있는 우리들 인간을 위해서 한 편의 소설이 한 그릇의 밥으로 둔갑해 달라는 것은 아닐 것이다. 설령 그러한 둔갑이 가능하다고 해도 빵으로만은 요약될 수 없는 곳에 인간의 본질적인 다의성이 있다. 그 다양성의 어느 면, 적어도 현실적인 효용과는 무관한 부분에 작용하는 것이 이른바 문학의 기능이 아닐까. 내가 이렇게 소극적인 간접 표현을 택한 것은 문학의 기능 자체가 실제로 애매모호하기 그지없다는 생각 때문이다. 가령 흔한 말로 감동이라고 해도 그렇고 생명감이라고 해도 애매하기는 마찬가지다.

그러나 애매한 대로 문학은 분명히 인간을 위해 있는 것이다. 요는 그 인간에게 문학은 무엇을 줄 수 있느냐가 문제다.

순수를 배격하는 사람들은 아마 오늘을 극복하는 의지와 내일에의 희망을 주어야 한다고 말하는지 모른다. 그들은 역사의 발전과 전진을 믿고 있기 때문이다. 어제는 오늘을 위하여, 그리고 오늘은 내일을 위하여 기꺼이 부정되어도 여한이 없다고 생각하는 이 진보적인 사상의 소유자들은 오늘 우리의 당면 과제로서 어제의 유물인 봉건주의의 전면적인 부정을 시도하고 있다. 봉건이라면 곧 후진과 빈곤의 상징이요, 따라서 그것은 악의 한 표본으로 추상열일秋霜烈日의 단죄를 받는다. 인간이 행복해질 수 없는 중요한 원인의 하나는 마치 어제의 유물을 청산치 못하는 우유부단성에 있는 것 같기도 하다.

그러나 어제의 유물인 봉건 그 자체도 중세의 절대 신권에 대한 안티로서 그때 당시에는 인간에게 행복을 약속한 사회 제도였다. 그것이 다시 근대를 거쳐 현대에 이르렀으니 중세인에 비해 현대인은 그 얼마나 행복할 것인가. 만일 역사가 인류의 행복이라는 목적을 향해 전진·발전하는 것이라면 현대인은 과거의 그 어떠한 사람들보다도 행복할 수밖에 없다는 결론이 나온다. 그런데 어찌된 일인가, 현대인은 자기네가 과거의 그 어떠한 사람보다도 불행하다는 것을 특징으로 삼고 있으니 어찌된 일인가. '역사의 전진과 발전'을 부인하지 않고는 이 한탄스러운 의문을 풀 길이 없다. 그러니까 인류에게는 행복이 보장된 내일은 없는 것이다.

오늘이 불행한 것과 마찬가지로 내일도 역시 불행하고 어둡다. 이 절망의 심연에서 까뮈의 '반항적 인간'은 끊임없이 '노'를 부르짖으면서 그러나 결코 절망하지는 않는다. 그의 부정은 목전의 절망을 갑작스레 희망과 행복으로 전환시키는 신통력 있는 주문은 아니다. 오히려 그 부정은 절망을 확인하는 신음 소리일는지 모른다. 이 신음 소리를 인류에 대한 희망의 약속이라고 쉽게 믿어 버리는 순진파들이 의외에도 많다.

페시미스트의 노래

언젠가 덧없이 훑어본 잡지의 한 대목에서 젊은 비평가 한 사람이 '태평성대의 시인들은 꽃과 구름을 노래할 수 있었다. 그러나 오늘의 시인은……' 하고 자기 논문의 서두에 썼던 것을 나는 지금 문득 기억한다. 이런 투로 시작된 논문이 그 이른바 '오늘의 시인'들에게 무엇을 요구하였는지는 더 읽지 않아도 누구나가 짐작할 수 있는 일이다.

책을 덮고 나는 고소苦笑할 수밖에 없었다. 도대체 '태평성대'는 언제였던가. 만약 전세기가 그런 시대였다면 스스로 '악마의 똥'이라고 자처했던 카라일이 토이펠스드레크의 자서전을 통해 '현대와 같이 비참한 시대'라고 한탄한 까닭은 또 무엇인가. 그럼 '태평성대'는 17세기냐 18세기냐. 파스칼에게 물어보고 루터에게 물어보자. 그들은 "천만에!" 하고 펄쩍 뛸 것이다. 그도 저도 아니라면 아주 2,000년쯤 거슬러 올라가서 세례 요한이라는 사내더러 물어볼까. 허나 그도 말할 수 없는 위기 의식에 사로잡혀 "회개하라 천국이 가까웠다. 도끼는 이미 나무뿌리에 놓였다"고 소리치지 않았던가. 이러한 역사의 어느 구석에 '태평성대'라는 공백이 있었는지 나는 알 수 없다.

있지도 않은 태평성대를 있었던 것으로 가정해 놓고 보면 자연 태평치 못한 시대도 있게 마련이다. 그렇게 상정된 '태평치 못한 시대'는 장차의 태평성대를 준비하는 과도기로서 흔히 역사의 교채橋梁라고 불리우기도 한다. 이 다리를 건너가면 찬란한 행복의 피양彼岸이 기다리고 있다, 고 믿는 사람들은 어떤 '목적'을 세울 수 있을 것이다. 일단 목적

466

이 세워지면 다음에는 일로매진—路邁進이 있을 뿐이다. 이 얼마나 놀라운 낙관인가. 온 별말씀. 역사에 내포된 불안과 위기와 절망을 감지함이 없이 태평성대의 행복과 안정을 구가할 수 있는 사람이면 몰라도 작가와 시인, 적어도 문학인은 신경질이다. 좋게 말하면 상언자적像言者的 기질이 많다고 할까. 그들은 역사에 대해, 오늘이 불행하고 절망적인 것과 마찬가지로 내일도 캄캄한 절망의 수연邃淵뿐이라는 것을 잘 알고 있을 것이다. 그러니까 죽어 버리고 말자는 것인가. 여기에 대해 반항적 인간은 '노'라고 했다. 그래 봤자 별수 없는 것을 잘 알면서도 여전히 '노'라고 말하는 사람들을 위해 문학이 필요하다고 나는 생각한다. 문학이라는 이름의 오락이——. 왜냐하면 그 오락은 이 절망적인 역사의 와중에서, 어떠한 불행에도 불구하고 어쩔 수 없이 살아가지 않을 수 없게끔 만드는 그 무엇, 이름 지어 생명감이라고도 말할 수 있는 그런 것을 불어넣어 줄 것이기 때문이다.

자신의 기능으로서 생명감을 중시하는 문학은 필연적으로 '정치주의'를 배격하며, 또 스스로 옹호해야 할 가치로서 '인간성'을 내세우게 되고, 그리하여 객관적으로는 '본령정계本領正系의 문학'이라는 이름을 지어 받을 수 있다. 이런 명칭에 감정적인 반발은 느끼는 사람이 있다면 그 대신 역사와 인생에 절망한 페시미스트의 노래라고 불러도 무방할 것이다.

———

이형기는 김우종의 〈유적지의 인간과 그 문학〉을 읽고, 참여문학에 대한 논지에 강력하게 대응한다. 그는 순수를 배격한 문학은 문학이 아니라고 말하면서, 순수문학은 현실을 배격한 문학이 아니며 '정치와의 절연' 또는 '현실 외면'이라고 단정할 수 없다고 설명한다. 또한 문학은 '현실적인 당면 문제를 해결하는 방편이나 수단'이 되어서는 안 된다고 주장하는데 이는 순수가 바로 문학이기 때문에 수단이 될 수 없다는 의미를 내포하기도 한다. 이 글은 문학의 기능에 대한 새로운 검토를 주장했다는 점과 문학의 정당성을 옹호한다는 점에서 비평사적 의의를 가진다.

* 이 글은 《現代文學》(1964. 2.)에 실린 〈文學의 機能에 대한 反省〉을 원전으로 삼은 것이다.

한국소설의 맹점

─리얼리티의 문제를 중심으로

이어령

사람들은 황룡사의 벽에 그린 솔거의 〈노송도老松圖〉를 신화라고 부른다. 그리고 그 그림의 위대성을 입증하기 위해 날아가던 새들이 벽화의 그 노송을 보고 앉으려 했다가 부딪쳐 죽었다는 고사를 내세우고 있다. 이런 이야기를 들을 때마다 일말의 회의가 스쳐간다. "솔거의 〈노송도〉는 정말 훌륭한 그림이었을까?" 날아가던 새들이 그 노송의 벽화를 보고 앉으려 했다는 고사를 의심해서가 아니다. 도리어 그 고사를 믿을 때 솔거의 예술에 대한 회의가 생겨난다.

솔거의 노송이 정말 위대한 예술성을 지닌 것이었다면 결코 날아가던 새들이 와서 앉으려 들지 않았을 것이다. 그것은 일루전이 없는 한 그루 소나무의 모형에 불과한 것이다. 우리는 거기에서 그물을 치지 않고도 새를 잡을 수 있다는 수렵적 의의 이외의 다른 가치를 발견해 낼 수 없을 것 같다.

〈노송도〉가 새의 눈을 속인 것처럼, 교묘하게 만들어진 백화점의 마네킹들은 때때로 시골 손님들의 눈을 속인다. 그러나 정말 사람처럼 느껴지게 하는 그 마네킹을 보고 우리는 훌륭한 조각이라고 감탄해 본 일이 있었던가? 솔거의 〈노송도〉나, 백화점의 마네킹이나 장미의 조화나 건축의 모형물이나 그것은 다 같은 의미에 있어서 '비예술적'이다.
그것들은 오직 사실에 충실할 뿐이다.

우리는 무엇 때문에 실재와 똑같은 나무, 실재와 똑같은 사람 그리
고 실재와 똑같은 그 장미를 원할 필요가 있겠는가. 무엇 때문에 예술
에 있어서까지 실재적인 감동과 똑같은 내용을 감수하려고 들 것인
가? 흔히 사람들은 솔거의 그런 〈노송도〉를 예술의 리얼리티 문제와
관련시키려고 하는 경우가 있는데, 이것이야말로 새의 착각보다도 더
큰 착각이다. 실제로 새가 와서 앉을 정도의 소나무의 그림이라면 그것
은 리얼리티가 아니라 리얼 그 자체다. 작품의 리얼리티는 일루전 속의
리얼리티다.

테에느는 솔거의 〈노송도〉와 비슷한 예를 연극의 경우에서 지적한
일이 있다. 미국 극장에서 《오델로》가 상연되었을 때의 일이다. 질투에
불타오른 오델로가 데스데모나의 목을 조르는 장면에 이르자, 갑자기
관람석에서 병사 하나가 무대로 뛰어올라 왔다. 그리고 "깜둥이 녀석이
감히 백인 부인을 죽일 작정이냐?"고 소리치면서 배우(오델로)를 저격하
여 그 손에 상처를 입혔다는 이야기다. 이런 것이 리얼리티일까?

새가 와서 앉으려 했기 때문에 솔거의 〈노송도〉에 리얼리티가 있다
고 생각한 사람들은 역시 이 오델로의 연극도 리얼리티에 가득 찬 '신
극神劇'이라고 칭찬할지 모른다. 관객석에서 병사를 뛰어오르게 한 그
배우의 연기를 리얼리즘의 성공이라고 부를 것이며, 저격받은 상처를
'영광의 휘장'이라고 생각할지도 모른다.

만약 이런 것이 연극의 리얼리티라면, 배우들은 언제나 '방탄조끼'를
준비해 두지 않으면 안 될 것이다. 그리고 노련한 배우일수록 백전노장
의 그것처럼 흉터투성이가 되어야 마땅하다.

아무리 숨 막히는 리얼리티가 있다 할지라도 무대가 현실로 착각된
다면 예술은 거기에서 끝난다. 우리가 무대 위에서 구하고 있는 것은 현

실 그 자체가 아니라 '현실의 일루전'이기 때문이다. 오델로의 질투, 데스데모나의 그 고통은 이미 이미지네이션으로 화해 버린 그런 질투요 그런 고통이다. 무대에서의 살인과 거리에서의 살인이 각각 다른 반응을 일으켜 준다는 사실은 췌언할 여지도 없다. 말하자면 상상적인 현상과 실재적인 현상은 혼동되지 않는 평행선 위에서 각기 다른 현실감을 던져 준다. 이것이 만약 서로 혼동되는 일이 있다면 현실도 예술도 다 같이 소멸되고 만다. 무대에는 무대의 현실이 있다. 실재에는 실재의 현실이 있다. 현실적인 현실이 무대의 현실일 필요도 없으며 무대의 현실이 실재와 똑같은 현실로 변해야 될 이유도 또한 없다.

장황한 언설을 늘어놓을 필요도 없이 희곡상의 현실과 경험상의 현실을 서로 혼동하는 데에 대하여 반대한 즉 희곡과 인생의 차이를 강조한 L. C. 나이츠, E. E. 스톨, L. L. 슈킹 등의 이론이 오늘날 많은 주목을 받고 있다는 사실을 깊이 생각해 보면 납득이 갈 것이다. 그것을 입증하는 다음과 같은 일화가 있다. 코쿠렝이 연극에서 낮잠 자는 역을 맡았을 때의 일이다. 어느 날 그는 몹시 피로하여 그 장면을 연출하다 말고 정말 낮잠을 자 버렸다. 그 다음 날 신문의 극평은 '코쿠렝이 웬일일까? 그의 낮잠 자는 연기는 몹시 부자연스러웠다'라고 비난했다는 이야기다. 이 한 토막 일화야말로 현실의 질서와 무대의 질서가 엄연히 다른 존재임을 여실히 방증해 주고 있는 자료가 아닐까?

'연기'는 '사실의 행동' 그 자체가 아니다. 무대 위에서 실제로 '잠을 자는 것'과 '잠을 자는 체하는 그 연기'는 서로 다르다. 그냥 다른 것이 아니라 사실 그대로의 행동을 무대에 옮겨 놓았을 때는 도리어 '부자연스러운 것'이 되어 버릴 수밖에 없다. 안약을 넣고 우는 여배우의 표정이 실제로 남편의 시체를 끌어안고 통곡하는 미망인의 그 표정보다 훨씬 더 리얼리티가 있다는 사실은 뉴스영화와 극영화를 비교해 볼 때 자명해진다. 이상의 여러 가지 예를 가지고 볼 때 우리가 예술 작품을 놓고 곧잘 사용하는 리얼리티란 말이 결코 사실과의 일치를 뜻하지 않는 것임을 알 수 있다. 솔거의 〈노송도〉에 새가 와서 앉았다는 것을 가지고 그 작품에 리얼리티가 있다고 생각하는 사고야말로 가중할 상식의 병이다. 도리어 그것은 솔거의 그림에 리얼리티가 없었음을 의미하는 거다. 그런데 '사실 속에 리얼리티가 있는 것이 아니고 일루전(씸볼 또는 이미쥐라고 불러도 좋다) 속에 리얼리티가 있다'는 이 평범한 미학의 ABC가 이따금 건망증이 심한 한국의 비평가와 작가들 사이에서 잊혀지고 있음은 여러모로 민망스러운 일이 아닐 수 없다.

예술은 현실과 같아서는 안 된다. '……인 것처럼' 보여야 한다. 어디까지나 유사해야 한다. 이 한계를 넘어선 것은 리얼리티가 없을 뿐 아니라 예술성도 없다. '사실과 같으면서도 같지 않는 데' 리얼리티의 파라독스가 있기 때문이다. 돈키호테의 환상만으로도 안 되며, 싼쵸의 현실만으로도 안 된다. 요컨대 예술의 리얼리티는 상상과 현실의 결혼 속에서만 태어날 수 있는 기이한 혼혈아다.

염상섭 씨의 〈표본실의 청개구리〉는 한국 현대문학사의 리얼리즘 제1장 제1절에 속하는 작품이라고들 한다. 말하자면 '청개구리'의 해부 광경은 '리얼리티 이전'이라는 이야기다. 결국 염상섭 씨의 이 대목은 사실에 입각해 있는 것이 아니고 베개를 베고 생각한 그 공상에 더욱 충실했음을 입증한다. 한국 작가의 병폐인 비실증적인 안이한 제작 태도가 리얼리티 이전에 속해 있음을 한 가지 쌤풀로서 제시한 것뿐이다.

비단 '청개구리'의 묘사만이 비과학적인 것이 아니라 그러한 안이성은 인물의 행위에 대한 모티브나 사건의 움직임에 대한 프러버빌리티에 이르기까지 모두가 '뜨거운 김이 모락모락 나는' 식이다.

말하자면 자살에 대한 '나'의 강박 관념만 해도 바로 그 광인의 정체처럼 근원이 불투명하다. 이것은 염상섭 씨에게만 해당되는 것이 아니라 현대의 젊은 작가에게서도 똑같이 발견되는 애매성이다. 오상원이 그리는 인물들을 보라. 객관적인 인과 관계 없이 ‘입으로만 행동’하는 그 작중 인물들은 ‘사실’의 대지에 발을 디디고 있지 않는 유령들이다. 무엇 때문에 그렇게 고민하고 무엇 때문에 늘 그렇게 절실해서 항상 ‘그는 다가섰다’ ‘그는 다가섰다’의 연발인지 알 도리가 없다. 이 ‘청개 구리의 내장에서 모락모락 피어나는 정체불명의 김’은 한국소설을 안 개처럼 휩싸고 있는 것이다.

리얼리즘을 경멸하는 20세기의 작가들이라 할지라도 모리악은 ‘보 르도 사교계’의 연감을 주시하였고 카르코는 집필 전에 ‘라프’ 거리의 댄스홀을 드나들었다. 뉴우요오크의 지가를 올린 존 허시가 《히로시 마》를 쓰기 위해서 일본을 답사한 것은 그만두고라도 외국에서 작가 라면 약방에 감초를 마련해 두듯이 ‘고증 카드’를 상비해 둔다는 점은 삐꿍의 증언 그대로다. 보석에 대한 오스카 와일드의 지식, 졸라의 유 전학에 대한 연구 또는 위고의 기상에 대한 고찰, 멜빌의 고래에 대한 식견 그리고 톨스토이나 골즈워디의 법정에 대한 분석 등은 모두 전문 가의 빰을 치는 것으로 정평이 있다.

도스토예프스키의 《백치》에 나오는 독충 ‘전갈’을 그 묘사한 부분대 로 모형으로 만들어 본 결과 실물과 조금도 다름이 없었다는 것은 너 무나도 유명한 말이다. 사실을 탐구하기 위해서 외국의 작가들은 먼 저 과학자가 된다. 그리고 난 다음에 시인이 되는 것이다. 그래서 외국 의 소설을 흔히 ‘발의 문학’이라고 하지만 우리의 경우에서는 슬프게도 ‘베개의 문학’이라고 하는 것이 정직하다. 소설의 소재에 대한 과학적인 관찰, 체험 그리고 그 채집과 사실의 분석을 토대로 하고 있지 않는 대 부분의 한국소설은 리얼리티 이전이라고 말한다 해도 별로 빰 맞을 말 은 아니다. 그러면 이야기를 더 진전시켜 보자.

다시 중언하지만 소설의 리얼리티는 소재에 대한 과학성만 가지고서 는 안 된다. 그것은 기껏해야 솔거의 〈노송도〉처럼 새가 와서 앉게 하는 효과밖에는 거둘 수 없다.

포오의 말대로 예술은 경이이어야 한다. 예기하지 않던 것, 때 묻은 일상적인 경험의 단조한 반복이 아닌 것, 그것은 암중에서 돌연히 솟아난 광선이 아니면 지층을 뚫고 용출하는 한 줄기 물이어야 한다. 놀람의 시선, 새로운 발견을 향한 전율 그리고 가능한 또 하나 다른 현실의 창조다.

무엇이 이런 경이를 창조하는가? 그것은 모든 예술이 그 특권으로 부여받고 있는 상상력의 소산이다. 그러한 상상력이 현실의 빛깔과 만나 하나의 무지개를 만들 때, 경이의 광망이 뻗친다.

작가의 상상력이 빈곤한 작품에는 그러한 경이와 긴장감이 없다. 허구는 일상적 생활의 평면적 경험, 말하자면 상식에 절망하였을 때 생겨나는 양식이다.

프루스트 식으로 말하자면 육안으로 볼 수 없는 것을 확대경을 통해서 발견하듯이 우리는 허구를 통해서 은폐된 현실의 의미를 발견하고 '가능한 현실'을 목도한다. 물론 상상력에는 여러 가지 다른 국면이 있지만 소설에 있어서의 그 원초적인 기능은 확대경의 렌즈와 같은 구실을 한다.

육안과 렌즈와의 차이—그것이 사실적인 현실성과 상상적 또는 상징적 현실성과의 차이라고 보아 별 잘못이 없겠다. 그런데 한국의 소설은 확대경이 아니라 대체로 도수 없는 유리 조각이다. 육안을 통해서 본 현실이나 작품을 통해서 내다본 현실이나 별로 큰 차이가 없다는 말이다. 우리에게 어떤 경이와 긴장감을 던져 주는 소설이란 '가뭄의 콩'이다. 그것은 일상적인 현실에서 만나는 그런 인물, 그런 거리, 그런 건축, 그런 사건과 오십보백보다. 신문 사회면의 스크랩 같은 소설—이것을 더 구체적으로 부언하자면, 한국소설의 작중 인물들은 강한 상상력 속에서 탄생되어진 것이 아니라 상식적인 관습에서 분비된 마네킹이란 점이다. 한국 작가의 상상력이 빈곤하다는 것은 작중 인물의 단순한 정식화 또는 평면성에서 곧 눈치챌 수 있을 것이다.

과거 십수 년 동안 한국 작가들이 생산한 인물들의 품목을 나열해 본다면 양품점에 진열한 넥타이보다도 더 변화가 없다고 하면 과장일까.

전후의 사회상을 그리기 위해서는 으레 상이군인과 양부인이 등장한다. 현실악을 고발하기 위해서는 '구두닦이'와 '펨푸(매춘 중개인-편집자주)'가 나온다. 사장과 여비서가 나오는 소설은 으레 읽어 보지 않아도 끝장을 알 수 있다. 실직자는 으레 정의파이며 대학생은 철학자로서 현대 사상의 대변자이다. 이들이 생활하는 범위도 똑같이 정식화되어 있다. 다방은 현대의 고민을 만들어 내는 공장이요, 무역 회사 사장실은 황금 지상주의의 표본실이요, 선술집은 패자가 모이는 감정의 하수구로 되어 있다. 인물과 배경은 그런 것이 아니다. 그들이 일으키는 사건도 성격도 장단이 잘 들어맞는다. 몇 가지 공식만 알고 있으면 인수분해처럼 기계적으로 척척 풀려나가는 것이 한국소설의 드라마다.

어떤 회사에 양심적인 청년이 하나 등장한다. 이런 문제의 해답은 감원이다. 구직을 하러 다니던 가난한 제대 군인이 ○○를 만났다. 이런 문제가 나올 때의 그 문제의 해답은 옛날 동창생이 아니면 군에서 같이 있던 동료―그리고 그는 으레 부정한 수법으로 치부를 하였거나 정실 인사로 출세한 관리 정도다. 그 모든 문제는 1차 방정식의 수식 같은 단순한 공식에 의해서 해명될 수 있는 것들이다. 빈곤한 상상력은 시그널 뮤직 같은 조건 반사의 구실밖에 이렇다 할 힘을 발휘하지 못하고 있는 것이다.

조건 반사는 상상력의 시체 위에서 벌어지는 곡예다. 리얼리티는 사라지고 메카니즘과 상식의 먼지만이 남는다. 베르나노스는 《신新 뮤세뜨의 이야기》를 쓴 동기를 다음과 같이 말한 일이 있다.

"그 때(스페인 내란 당시) 나는 트럭이 지나가는 것을 보았다. 트럭 속에는 무장한 경비병에 둘러싸여진 불쌍한 사람들이 있었다. 그들은 무릎에 손을 얹고 먼지투성이의 얼굴을 하고, 꼿꼿이 앉아 스페인인이 잔인무도한 상황에서도 끝내 저버리지 않은 그런 의연한 태도로 얼굴을 높이 치켜들고 있었다. 나는 물론 이 정경에서 한 편의 소설을 만들려고 결심한 것도 아니다. 이 눈으로 본 것을 불행과 부정에 쫓긴 한 소녀의 이야기로 전치하려고도 하지 않았다. 그러나 내가 만약 이 정경을 목격하지 않았더라면 《신 뮤세뜨의 이야기》를 쓰지 않았을 것만은 확실하다."

기똥의 말대로 이런 작자의 설명이 없었더라면 아무도 '신 뮤세뜨'를 '스페인의 내란'과 관련하여 생각할 사람은 없을 것이다. 《신 뮤세뜨의 이야기》에서 스페인 내란의 그 체험은 분간할 수 없을 정도로 완전히 상상과 윤리 가운데 녹아 수용되어진 까닭이다. 트럭에 실려 간 여수女囚들은 마치 밥이 피가 되는 것처럼 작자의 상상 속에서 융해되어 《신 뮤세뜨의 이야기》가 된 것이다.

만약 상상력이 부족한 작자가 베르나노스와 같은 그런 정경을 목도하였더라면 하나의 조건 반사처럼 금시 스페인 내란에 대한 이야기를 썼을 것이며 소설 가운데 그 정경이 직접 등장하여 역사의 불의, 부정을 고발하는 포스터가 되었을 것임은 틀림없다. 그러나 베르나노스는 그러한 외계의 정경을 환상적이고 내면적인 인간 전체의 정경으로 바꿔 놓았다.

중죄 재판소에서 남편을 죽인 여수를 보고 모리악은 《테레스 데케루》를 썼고 도스토예프스키는 대학생의 살인 사건을 보고 《죄와 벌》을 썼다. 그러나 그 '사실'과 '작품' 사이에 개재된 상상의 강하는 얼마나 깊은 윤색을 가해 주었던가? 배가 나온 사장을 보고 곧 짓밟힌 순진한 여비서를 상상하여 소설을 만들어 내는 한국 작가의 그것이 1차 방정식 같은 수식이라고 한다면 전자의 그것들은 적어도 고차 방정식 같은 복잡한 의식의 수식을 갖고 있다고 할 것이다. 베르나노스처럼

을지로 네거리에서 용수를 쓴 여수들이 실려 가는 트럭을 보고 한무숙 씨는 〈감정이 있는 심연〉이란 소설을 썼다고 한다. 그러나 불행하게도 제목의 '심연'과는 달리 씨의 그 상상력에 심연이 없었던 것은《신 뮤세 뜨의 이야기》와 비교해 보면 알 것이다.

리얼리티는 사실이 상상력의 용광로 속에서 녹아 흐를 때 생겨난다. 만약 이 상상력의 불꽃이 약할 때는 녹지 않는 철편 그것처럼 사실은 사실 그대로 남는다. 한국소설의 작중 인물들이 동양인의 얼굴처럼 '평 면적'이라는 것도 바로 상상력의 빈곤을 의미하는 것이다. '놀부'는 언 제 보아도 악하고 '흥부'는 또 한결같이 선하기만 하다. 이것이 바로 상 상의 빈곤에서 오는 인물의 평면성이다. 입체적인 인물은 천사이자 악 마인, 그런 복합성을 동시에 내포한 존재다. 그리고 평면적인 인물은 발전하지 않지만 입체적인 인물은 악에서 선으로 선에서 악으로, 부단 히 탈피하고 진전하고 변모해 간다.

소설의 서두에 나오는 인물은 그 종말에 가서 완전히 다른 인간이 될 수도 있다는 것이다. 입체적 인물에는 인간성의 실험 과정이 있기 때 문이다. 서구의 소설과 한국의 소설 사이에 가장 상이한 요소가 있다 면 바로 이러한 '입체적 인물의 이중성과 그 편력의 양식'일 것이다. 정 신적인 모험과 그 편력은 우리 소설의 인물에서 찾아보기에 가장 힘든 부분이다.

《파우스트》와 《신곡》 그리고 지이드와 카프카의 그 모든 작품은 하 나의 정신적 여행기라고 볼 수 있다. 그것은 편력의 문학으로 '벌어져 가고 있는 것'이다. '유동적인 것'이다. 지옥과 천국, 선과 악, 불행과 행 복, 절망과 기대, 이러한 모순적인 풍경이 차창으로 스쳐 지나가듯이 인물의 정신은 다양한 변화 속에서 전개된다. 작가는 이 이질적인 풍경 속을 편력하며 생의 의미를 터득해 간다. 《돈키호테》에서 《노상路上》(케 루악)에 이르기까지 서구소설은 '편력'의 전통 속에 뿌리를 박고 있다.

　　그러나 평면적 인물로 대표되는 한국소설은 진행형이 아니다. '이미 벌어졌던 것'의 '완료형'이다. 이도령은 이도령으로 '완료된 인간'이고 변사또는 변사또로 '완료된 인간'—그들의 성격은 발전하지도 않고 변하지도 않는다. 차창이 아니라 움직이지 않는 창문 앞의 풍경이다. 단조하고 지루한 풍경이다. '소설은 시간 속에서 벌어지는 사건의 표현이며 이 사건을 그 출현과 발전의 조건에 의하여 표현하는 것이다. 그런데 레시(이야기)는 이미 일어난 사건을 독자에게 제시하는 것, 그때 화자는 설득의 법칙에 합치하도록 표현 방법을 조정할 따름이다'라고 말한 뮈아의 공식을 가지고 본다면 한국에는 소설보다 아직 레시가 더 많다고 하는 편이 정직한 고백일 성싶다. 헉슬리는 '전면적 진실'이란 말을 쓰고 있다. 그리고 그는 그 예로서 호머의 《오디세이아》의 일절을 인용한다. 오디시우스의 6인의 동료는 괴물 시라에게 잡혀 먹는다. 살아남은 오디시우스 일행은 그 위기에서 벗어나 시칠리아의 강기슭에 배를 정박시킨 다음 휴식을 한다. 요리가 만들어지자 사람들은 기갈을 채우게 된다. 배가 불러 오자 그들은 죽어 버린 동료를 생각하고 울기 시작한다. 울고 나니까 이제는 졸음이 온다. 헉슬리는 이것이야말로 전면적 진실이라고 생각하였다. 아무리 비참하게 사별을 한 자에게도 식욕은 생긴다. 그리고 요리인들은 그런 경황이 없을 때도 음식을 만든다. 공복이 채워지면 비탄에 젖고 그 비탄은 다시 피로를 일으켜 준다. 즉 인간은 정신적인 면만 있는 것도 아니고 육체적인 면만 가지고 사는 것도 아니다. 이 양자가 다 합쳐졌을 때 리얼리즘은 있다. 그와 마찬가지로 한 인물을 보는 데에 있어서도 복합적인 양면을 무시해서는 안 된다. 이러한 양면성을 거부하는 데서 한국작품의 주인공들과 같은 평면적이고 단순한 인물이 탄생한다. 도스토예프스키의 내면적 갈등을 평면적 인물에서는 기대하기 어렵다. 춘향이에게서 우리는 고민을 느낄 수 있을 것인가? 변사또의 채찍 밑에 고통을 받는 춘향은 생각할 수 있어도, 우리는 고민하는 춘향은 생각할 수 없다. 왜냐하면 춘향은 평면적 인물 즉 열녀와 성녀이기 때문이다. 춘향은 정절을 지켜야 한다는 그 일념에만 불타오르고 있다. 정절의 무의미성, 혹은 뇌옥의 고통보다는 차라리 정절을 버리는 편이 낫다고 회의하는 춘향은 없다.

여기에서 리얼리티는 사라진다. 춘향이에게는 내부적 갈등이 없다. '살고 싶다는 욕망과 이도령을 따라야 한다'는 그 경계 사이에서 번민하는 춘향의 정신적 편력은 없다. 드라마가 있다면 오직 외적인 것뿐이다. '평면적 인물'은 한국 작가의 약점이라기보다 동양인의 숙명일지도 모른다. 동양의 성자와 서양의 성자를 비교해 보라. 천국의 열쇠를 맡은 성 베드로를 볼 때 그는 생명의 애착심 때문에 예수를 세 번 배반하지 않았던가? 춘향이는 베드로보다 훌륭할지는 모르나 그만큼 인간적인 리얼리티는 희박하다. 예수도 악마가 유혹하였을 때는 그 유혹을 참기 위하여 피땀을 흘렸으며 십자가 앞에서는 '엘리 엘리 라마 사박다니(나의 하나님, 나의 하나님, 어찌하여 나를 버리시나이까 – 편집자주)'라고 아프게 부르짖었다. 그러나 동양의 성자들은 피땀을 흘리지 않는다. 군자는 요동하지 않는 법이다. 그러기에 군자에게서 자기투쟁의 과정을 우리는 목도할 수 없다. 이러한 '평면적 인물'에서 리얼리티를 구할 수 없는 것은 마치 백지장에서 부피를 느낄 수 없는 것과 다름이 없다.

현대 작가들이 그리는 인물들과 춘향은 얼마나 거리가 있는 것일까? 오영수의 인물은 따뜻하기만 하고 손창섭의 인물은 늘 침울하기만 하다. 사장은 언제나 '놀부'고 사원은 언제나 '흥부'처럼 착하다. 이 '완료형의 인간들' '군번처럼 등록된 인물들'은 도전을 할 때나 순응을할 때나 항상 싱겁기 마련이다. 정신적인 편력이 없는 평면적 인물에는 리얼리티가 없다.

결국 예술의 질서가 자연의 질서와 다르다는 것은 실 인생이 곧 예술이 될 수 없다는 이론이 될 것이다. 인생이 곧 예술이라면 예술을 좌우하는 것은 방법이 아니라 정신일 것이다. 정신이나 체험만으로 예술이 될 수 없다는 것은 너무나도 뻔하기 짝이 없는 이야기다. 일선에서 전투를 한 병사의 일기보다는 후방에서 신문만 읽고 앉아 있던 소설가가 전쟁 장면을 더 여실히 그릴 수 있다는 점은 실험을 해 봐도 알 수 있는 일이다. 그런데도 불구하고 보편의 낡은 정의 '문체는 인간이다'라는 말이 아직도 애용을 받고 있으니 웬일일까? 마크 숄러도 지적하고 있듯이 만약 '문체가 인간'이라면 성자만이 성스러운 소설을 쓸 수 있고 악한만이 악한 소설을 쓸 수 있다는 이야기가 될 것이다. '문체는 인간이다'라는 명제는 '문체는 자연 발생적이다'라는 말로 고쳐질 수도 있다. 억지로 만드는 것이 아니라 인간 성품의 자연적인 투영이라고 보는 사고방식이다. 문장 수업을 하기 위해서는 인간 수업을 해야 된다는 식, 혹은 문체는 인위적으로 어찌할 수 없다는 숙명론을 우리는 그대로 긍정할 수 없다.

예술은 그 어원 그대로 기술이란 점을 잊어서는 안 된다. 모든 정신, 인간적인 모든 성품까지도 예술에 있어서는 하나의 기법을 통해서만 구현된다. 체험이 예술에 참여하는 데도 역시 기법을 통해서만 가능한 것이다. 훌륭한 사상을 가졌기 때문에 작가가 되는 것이 아니다. 훌륭한 기법을 가졌기 때문에 작가다. 그러기에 숄러는 '표현으로서가 아니라 발견으로서의 기법'을 말하였고 '문체는 인간이다'가 아니라 '문체는 서브젝트다'라고 주장했던 것이다.

한국 작가가 빠져 있는 그 공통적인 병폐가 있다면 바로 그와 같은 '방법에의 눈'이 없다는 점이다. 누차 되풀이하는 말이지만 예술에 있어서의 리얼리티는 만들어 내는 것이지 그냥 재현되는 것은 아니다. 어째서 우리는 예술의 '인위성'을 말하면 그렇게도 질색하는지 모른다. '문체는 인간이다'라는 자연 발생적 예술관의 노예를 자처하기보다는 그 망령을 추방하는 데에 용감해야 할 작가가 출현해야 된다.

한국소설은 지금껏 사상적인 면에서만 검토되어 왔고 또 비난을 받아 왔다. 그러나 그것은 공허한 소동이다. 우리에게 지금 필요한 것은 '소설의 방법론'이요 우리가 지금 고민해야 할 것은 '방법의 빈곤'인 것이다. 일례를 들어서 '시점의 문제' 하나만 두고 보더라도 그렇다. 무엇을 이야기하느냐보다 어떠한 입장에서 이야기하느냐에 따라 소설의 리얼리티는 좌우된다.

서브젝트를 선택하는 것보다 서브젝트에 적당한 방법을 선택하는 것이 소설의 리얼리티를 형성하는 힘이다. 작가의 사상을 전달하는 수단으로서 기법이 있는 것이 아니라 '기법' 그 자체 속에서 작가는 사상을 발견한다. 기법과 사상은 서로 분리될 수 없는 동전의 안팎이다. 카뮈의 작품에 등장하는 알지에나 모리악의 보르도는 단순한 세팅으로서만 존재하는 것일까? 그렇지 않다. 알지에의 황량한 불모지, 작열하는 태양과 푸른 바다, 숨 막히는 식민지의 거친 도시와 미풍이 불어오는 고요한 놀―말하자면 도시의 감금과 바다의 해방, 대낮의 열도와 저녁의 냉한, 이러한 알지에의 대립하는 자연, 그 북아프리카의 풍경은 바로 '생과 사' '희망과 절망' '감금과 해방' '평화와 잔학' 등……. 온갖 모순하는 생의 부조리에 휩싸인 뮈르소의 정신 그 자체다. 보르도의 막막한 황무지는 단순한 소설의 액세서리가 아니라 모리악이 그리고 있는 인간 내면의 고독과 절망 그 자체다.

우리는 여기에서 알지에나 보르도의 세팅이 곧 《이방인》과 《테레스 데케루》의 리얼리티를 창조해 주고 있음을 느낀다. 세팅뿐일까? 플롯이든 문체든 모두가 마찬가지다. 소설의 리얼리티는 새로운 기법에 의해서 미지의 현실을 발굴해 낼 때 생기는 것이며 그러한 '기법'은 상상력과 과학이 혼례식을 올리는 '예식' 속에서 개화한다.

결론적으로 말하자면 앞서 지적한 한국소설의 맹점을 극복하기 위해서는 '기법'에 대한 철저한 반성이 있어야 된다는 점이다. 소설의 리얼리티는 문체에 있다. 문체는 인간이 아니다. 문체는 체험 내용을 상상의 세계로 전치시키는 작업이다. 우리의 시선은 바로 그곳에 옮겨져야 한다.

—

리얼리즘에 관한 논의가 본격적으로 시작된 1960년대 초기에 발표된 이어령의 비평은 리얼리티소설이라고 불려 왔던 수많은 한국소설과 그 작가들에게 일침을 가하는 계기가 되었다. 즉 그는 현실을 있는 그대로 나열하는 것만으로는 리얼리티가 될 수 없으며, 현실과 환상을 적절하게 조합하는 작가적 기법이 한국의 소설 작가들에게 필요하다고 주장한 것이다. 이처럼 이 글은 작품 안에 쓰인 리얼리즘의 기법적인 요소들을 살펴보는 자리를 마련했다는 점에서 유의미하다.

* 이 글은 《思想界》(1962. 11.)에 실린 〈韓國小說의 盲點〉을 원전으로 하고 《이어령 대표 에세이집》(고려원, 1980)을 토대로 재구성한 것이다.

상상력의 두 경향

김현

오늘날 한국에서 씌어지고 있는 시평의 양태는 퍽 다양하고 다기하고 다채롭다. 시가 나타난 틀의 천착에서부터 문화의 한 패턴으로서의 시의 이해에 이르기까지 시를 논하는 범위는 전에 비해서 퍽 정교해지고 확대되어 있다는 느낌이다. 시에 있어서의 인식과 의미가 차지하는 역할에 관한 최근의 이해 방식 역시 그 방식의 편차를 인정한다 하더라도 가치 있는 것임에 틀림없다. 그럼에도 불구하고 시평이 보여 주는 혼란은 광범위한 것처럼 생각된다.

그 혼란은 시를 비평의 대상으로 삼을 때 분기되는 네 개의 범주를 한 글 속에 혼동함으로써 야기되는 듯이 보인다. 쟝 이테에는 〈발레리의 시학〉에서 시평의 대상을 다음의 넷으로 나누고 있다. 맨 처음 작업은 시의 본질을 탐구하는 것이다. 그것은 시의 생동적 조건, 시의 입장에서 본다면 내적 조건인 시의 틀을 이해하고 천착해 내려는 노력이다. 한국시의 경우로 문제를 한정시킨다면 한국시의 정형은 어떤 것이고, 소리형은 무엇이며, 운율은 어떠한가, 모음과 자음의 질감은 어떤 형태로서 나타나는가, 그러한 모든 것은 한국 음악과 어떤 연관을 맺고 있는가 하는 등등의 문제를 탐구해 나가는 것이 첫 번째 작업, 우리가 시

미학 연구라고 부를 수 있는 것의 내용을 형성한다.

두 번째의 작업은 예술적 창조의 내용을 연구하는 것인데, 이것은 미학자의 작업이라기보다는 심리 분석자의 일에 더욱 가깝다. 왜냐하면, 창조적 행위의 분석은 작품을 산출한 사람에게 혹은 그것을 읽는 사람에게 되돌아가 그들의 심리를 분석하는 것을 의미하게 되기 때문이다. 그렇기 때문에 이 작업은 시 미학의 영역에서보다 작품에 유효한 발언을 하지 못하게 되는 수가 있다. 이 작업은 작품보다는 시에 표백되어 있는 개인, 혹은 더 추상화된 표현을 빌면 심적 기능 부분에서 보다 더 많은 성과를 올린다. 퍽 합리적인 것 같지만 사실상으로는 애매모호한 표현인 예술 심리학·종교 심리학·언어 심리학 같은 요즘 유행되는 어휘들은 그 탐구의 영역이 "의식 속에 위치한 레알리테, 결과적으로는 이 의식이 관련을 맺고 있는 대상의 밖에 있는 레알리테"라는 것을 항상 상기시켜 주지 않으면 안 된다. 이런 관점에서 본다면, 예술 대상, 즉 시는 의식이 그걸 창조하느냐, 혹은 의식이 그 결과에 지배를 받느냐 하는 것에 의한, 의식과의 이중의 연관을 가진다. 모든 예술 심리학은 본질적으로 창조자의 심리 분석과 향유자의 그것이라는 이중적 성격을 띤다.

세 번째의 작업은 사회적 사실인 작품을 통한 미학적 경향의 전파를 연구하는 일인데, 그것은 사회학의 영역과 퍽 밀접한 관계를 맺는다. 이렇게 시의 분석은 시 미학·시인 심리학·독자 심리학, 그리고 시적 전이 사회학이라는 네 부분의 이해를 통해 완성된다. 이테에의 이러한 주장은, 그의 전개 방식이 30년대의 구조론자들에게 많은 도움을 얻고 있다는 등의 사족을 붙이지 않더라도 퍽 명쾌한 듯이 보인다. 한국 시평의 혼란은 이 모든 것을 혼동하여 한번에 묶어 버리려는 노력의 소산이라고 생각할 수 있을지 모른다.

이테에의 주장을 좀 더 발전시키면 좋은 시를 한두 편 발표한 시인이 반드시 우수한 시인인 것은 아니다라는 결론도 나온다. 시 미학적 탐구의 결과로서 판정된 우수한 시가 저열한 창조적 능력을 보여 주는 시인에 의해서 우발적으로 나타날 수가 있기 때문이다. 그러나 나의 의도는 이런 시 분석의 네 분야를 답사하려는 것이 아니다. 우리에게는 퍽 소홀히 되어 온 분야인 시인 심리학 중의 한 전형적인 문제인 상상력을 몇 시인을 통해 이해하고자 하는 것일 따름이다. 물론 이 시론은 이테에의 말대로 "작품에 대해서 유효한 발언을 할 수 없게 될지도 모른다"는 위험을 전제로 하고 있다.

상상력은 동적 이미지를 산출하는 능력과 형태적 이미지를 산출하는 능력의 둘로 나누어질 수 있다. 물론 이 말은 상상력이 개념화와는 다르다는 것을 전제로 하고 있다. 개념화는 정확한 가치를 그 내역에 갖고 있지만 상상력은 "추상적 가치를 살(生)" 뿐이다. 그렇기 때문에 형태적이건 동적이건 그것은 추상적 가치만을 얻을 따름이다. 가령 너도밤나무라는 이미지를 상상력이 떠올릴 때, 그것은 나무 형태를 한, 그 개인의 감정 속에 융화되어 있는 어떤 것에 불과하다. 그러나 그 나무가 개념화되면 그것은 무슨 과의 무슨 속이다……로 정확한 가치를 획득한다. 예술에 있어서는, 그러므로 항상 추상적 가치가 선행하는 상상력이 작용한다. 시의 해석이 다양한 것은 바로 이 때문이다.

동적 이미지와 형태적 이미지는 상상력이 나타나는 두 패턴이다. 두 패턴으로 상상력이 작용하는 것은 과거의 흔적에 의한 것인 듯하다. 상상력이 동적 이미지를 통해 나타나는 경우와 형태적 이미지를 통해 나타나는 경우는 다른 과거의 집적을 필요로 한다. 형태적 이미지를 통해 상상력이 작용하는 경우는 일반적으로 개인의 생활과 밀접한 관련을 맺고 있다. 특히 생활에 필요한 이상의 물건들을 소유해 본 사람이나 생활에 필요한 만큼의 물건을 소유해 보지 못한 경우에 특히 그렇다. 생활에 필요한 만큼의 물건들만으로 채워진 생을 살아가는 경우에는, 그것들은 오랜 세월 동안 그것을 사용한 사람의 의식 속에 녹아 혈육의 일부를 구성한다. 그러나 그 이상이나 이하를 산 사람들에게는 물건이란 감정을 자극하는 애완물이 아니면 신경을 건드리는 자극적인 필수물이다. 그러한 물건들의 모습은 그런 사람들의 정신 깊숙이 인각되어 하나의 콤플렉스를 형성한다. 그런 사람들에게 과거란 세간이 많은 집과 같은 것이다. 그 집 속에 그들은 과거의 흔적들을 배열해 놓고 그 흔적의 형태를 모든 것의 원형으로 생각한다. 지금의 모든 것은 과거의 그 흔적으로 귀환한다. 그런 의미에서 이 사람들에게는, 지금이란 과거의 한 환영에 지나지 않는다. 그것은 현재화된 과거이다. 지금 마시는 한 잔의 차와 과자는 옛날의 그것의 모사이며, 여기 있는 유리병은 옛날 다락방에 있던 사기병의 한 변이이다. 지금의 어떤 것은 반드시 과거의 어떤 형태와 결합한다. 그 과거의 깊숙한 곳에는 흔적의 원형 같은 것이 숨겨져 있다. 그 원형은 과거를 배열한 집이며 경험의 한 극점이다. 모든 경험이 그 원형으로 귀환하여 과거의 형태를 이룬다는 점에서 우리는 그것을 형태적 이미지라고 부를 수 있다.

반대로 우리가 동적 이미지를 산출하는 상상력이라고 부르는 경우에 있어서는 경험의 극점이 형태를 얻고 나타나지 않는다. 그것은 정신의 안벽을 격렬하게 스쳐 지나간 '어떤' 힘에 의해 자극될 뿐이다. 이렇게 상상력이 작용하는 경우란 대부분 생활에 필요한 만큼의 물건을 소유하고 있고 필요한 만큼의 정신적 만족을 취할 수 있었던 사람에게 나타난다고 생각된다. 육체적으로, 정신적으로 어느 정도의 만족을 얻을 수 있을 때는 물건이란 있어도 좋고 없어도 좋은 것에 속한다. 그때에는 다만 정신의 안벽을 스쳐가는 감정의 질감만이 문제된다. 생활은 그들에겐 콤플렉스를 형성시켜 주지 않는다. 다만 자기가 제어할 수 없는 정신의 내밀한 밀실을 스쳐 지나가는 것만이 그들의 콤플렉스를 형성한다. 형태적으로 이미지를 구축하는 버릇이 있는 상상력을 소유한 사람들이, 있었던 단계에서 없었던 단계로, 없었던 단계에서 있었던 단계로 변화하고 전이됨으로써 생활의 콤플렉스를 느끼는 것과는 반대로, 동적으로 이미지를 구축하는 상상력을 소유한 사람들은 그러한 전이의 단계를 거치지 않고 계속 살아옴으로써 생활에 콤플렉스를 느끼는 것보다는 오히려 형이상학적이고 질적인 것, 정신을 구속하는 어떤 힘에 콤플렉스를 느낀다. 그들에게 있어선 과거란 현재화된 그것이며 그들에게 중요한 것은 현재의 위치이다. 하나의 예를 들면, 형태적 상상력은 가령 난다는 것을 파악할 때, 우선 자기가 경험했던 어떤 것, 어렸을 때의 다락방에서 쥐고 놀던 장난감 비행기나 혹은 전쟁터에서 본 B29의 폭격 광경을 추출해 낸다. 그러나 동적 상상력은 그것을 '위대함의 초월'로서 파악한다.

이러한 논리는 고전적 프로이트 해석자에 의해 즉각적인 반발을 야기시킬지 모른다. 모든 인간을 과거의 어느 한 점에 모으려는 노력을 열심히 해내는 그들은 동적 상상력의 작용을 감수하는 사람들에게서도 그런 것을 찾으려 할 것임에 틀림없다. 물론 그럴 수 있다. 그 두 경향의 어느 것에서나 과거의 흔적을 찾아낼 수 있다. 그러나 한 가지 조심해야 할 것은 우리는 작품을 선행시켜서 그것을 해내지 않으면 안 된다는 데에 있다. 개인의 자서전을 뒤지고 분석하여 그들의 경험의 원점을 찾아서 작품에 적용시키려는 태도는 저 희랍의 침대 도적(사람의 키가 침대보다 짧으면 몸을 잡아 늘리고 반대로 길면 침대 길이에 맞춰 몸을 잘라 버렸던 그리스 신화의 푸로크루스테스를 말한다-편집자주)을 상기시킬 염려가 있다. 적어도 견강부회하지 않기 위해서는 작품에 나타난 바에 의거하는 길밖엔 없다. 그러므로 나의 태도는 시작품을 프로이트의 정신분석의 전거로 삼지 말고, 시작품을 통해서 개인 심리학을 연구하는 데 심리 분석의 도움을 받자는 데에 있다.

이 두 경향을 신인들의 작품에서 추출해서 설명해 보기로 한다. 구태여 신인들을 분석 대상으로 삼는 것은 논리의 황당무계함을 얼버무려 버리려는 의도에서가 아니라, 그들은 아무런 편견 없이 바라볼 수 있기 때문이다. 형태적 상상력이 가장 강하게 작용하는 경우를 우리는 최하림·김화영·이승훈 등에서 찾아 볼 수 있다. 이 중에서 가장 뚜렷한 형태를 소유하고 있는 것은 김화영과 이승훈이고, 최하림의 경우는 퍽 흥미 있는 변주를 보여 준다. 이 세 사람의 경험의 극점은 물론 서로 다르다. 김화영의 경우에는 여자, 적고 젊고 정다운 비누 냄새를 풍기며, 동정녀 마리아 같은 여자의 웅고이며, 이승훈의 경우는 외디푸스 콤플렉스의 대상으로서의 어머니이며, 최하림의 경우는 가난이다.

김화영의 경우는 그런 여자의 상실과 밀접한 관계를 맺고 있다. 그의 최초의 시인 〈과원果園〉과 〈사진寫眞〉이 전부 과거의 여자들을 대상으로 하고 있다는 점은 퍽 흥미 있다. 〈과원〉에서의 주절主節의 시제는 전부 과거이지만 그 과거형의 동사가 필요로 하는 명사군들이 대부분 현재의 의미를 띠고 있다는 것도 역시 흥미 있다. 그에게 있어서 여자가 있었던 곳은 항상 밝고 명랑하고 유연하다. 그곳은 "머나먼 고향의 과목밭"이며, "아침의 욕실"이며, "라이보리"밭이며, "눈이 부시는 현관"이다. 그 여자는 〈겨울 영가靈歌 2〉에서 보여지는 "옥양목 적삼의/흰 고름 잡고/흔들리는 나의 요람/어머니, 나는 잠이 와 슬픈 잠이 와"를 참조하면 어머니인지도 모르고, 〈봄밤의 가족〉의 "하아…… 누이는" 운운의 구절을 보면 누이인지도 모른다. 여하튼 그의 모든 이미지는 그 여자로 집중한다. 과거가 아름다웠기 때문에 현재의 공동이 더욱 크게 드러난다. 그의 시에서 여자를 묘사하고 노래하는 부분이 아닌 모든 것은, '비워 가는' '고단한' '저승같이 머나먼' '외로운' '허기진' '비릿비릿' '앓는' '사라진' '소모한' '기진한' '연착하는' '슬픈' 등의 형용사나 관형사구의 보조를 받아 쓸쓸한 느낌을 더욱 조성시킨다. 그 여자를 가장 잘 표상한 것이 〈두 개의 빈 의자〉에 보인다.

떨리며 뻗어 가는 손을 향하여

내부에 난만하여

잡히지 않게 흔들리는

벼랑의

꽃.

그 꽃을 찾을 수 있지만 '잡을' 수는 없다는 점에서 그는 항상 "사스 바람의 외로운 사내"이다.

이승훈의 경우는 외디푸스 콤플렉스의 전형적인 예를 제공한다. 그의 이런 태도는 〈경험의 처음〉의 "엄마의 목소리는/안방에서 나를 부르고"라는 구절에 나타나 있다. 이 시는 엄마에 대한 어리광으로 가득 차 있는데, 그 엄마는 그의 욕망의 좌절을 대변한다. "시간의 푸른 해안으로/배들은 떠나고/어리둥절한 시대의 흑판에/난 엄마의 얼굴을 그리며 운다" "엄마/라고, 난 햇살 비치는 방에서/초원에서/부르며 목이 메었다"라는 시구는 "엄마/난 잠이 와"의 체념 상태와 밀접히 결합되어 '차단된 원망'과 '부끄러운 성'을 확인시켜 준다. 이 어머니라는 이미지는 그러나 그에게서 예술적인 환치를 얻어 초기에는 바다로, 다음에는 헛간·지하실·빈방·거울 등의 이미지로 나타난다. 말하자면 획득할 수 없는 것의 유일하고 절대적인 지주인 어머니는 들어갈 수 없는 것, 난파된 것으로 표상된다. 그의 바다는 항상 겨울 바다이며, 시인은 육지에서 그 바다를 볼 뿐이다. 그 바다는 대부분 눈보라가 치는 바다다. 〈눈〉이라는 시에서는 바다에 떨어지는 눈이 자기의 욕망의 상징으로 사용되고 있다. 최근의 몇몇 시편들, 특히 언어의 난파에 대한 것 역시 그렇게 이해된다. 즉 언어는 어머니의 모상이다. 사물 역시 그러하다. 쥘 수 없는 모든 것이 어머니의 모상으로 나타난다. 그런 그의 태도는 〈경고〉의 셋째 연에 극명히 나타나 있다.

달아난 목에서

흐르는 피가

경험의 뜨락을 물들인다.

　최하림의 경우는 전이의 퍽 좋은 증거다. 그가 생활의 흔적을 직접적으로 보여 주는 것은 그의 유일한 동시인 〈인사〉에 나오는 "긴 담을 돌고/긴 담을 돌고 가면/소슬 같은 대문"이라는 구절뿐이다. 그 뒤의 그의 모든 시는 '기근과 굶주림'의 표현이다. "수면엔 수없이 얼굴이 지고/참을 수 없는 기근을 견디며 그 메마름이 기르는 산이 자리한/아직은 주어지지 않는 사막의 가장 쓸쓸한 포호呵號/대지의 아사와 몰락을 딛고 서는/아아 내 인식의 아이여" "행로가 끝나는 창백한 지점에 우리들의 비극한 기아여" "더 많은 행로와 기근이 지켜 선 사막에서 무엇을 기다릴까/우리들의 빈 단지여/남아 있는 보물의 불행이여"―이렇게 그는 도처에서 가난과 기아, 참을 수 없는 기근을 노래한다. 그 노래의 정반대편에 "푸르디푸른 벽에 감금한 꽃잎은 져 내려 바다의 분홍빛 몸을 얼싸안고/직물의 무늬같이 부동不動으로 흐르는/기나긴 철주를 빠져 나와, 우리들은 모두 떠오른다" "희고 긴 비단" 등의 유려하고 화사한 이미지들이 자리한다. 이 두 군의 이미지는 한편의 붕괴를 전제로 한다. 그리고 그에 있어 독특한 것은 이 가난과 기아, 붕괴의 계단을 내려와 도달한 이 절망적 공허를 형이상학적으로 파악하려는 노력이다. 말하자면, 그의 기근과 기아는 존재자의 근본적 양태이다. 그 기아는 그의 '인식의 아이'인 셈이다. 그 가난과 빈곤을 통해 존재자의 가장 비통한 측면, 도대체 왜 우리는 태어난 것이냐 하는 의문이 보여진다.

　① 아무런 이유도 놓여 있지 않은 공허 속으로 어느 날 아이들이 쌓아 버린 언어. 휘엉휘엉한 철교에서는 달빛이 상처를 만들며 쏟아지고 때 없

이 걸려진 거기

나는 내 정체正體의 지혜를 흔든다.

-⟨빈약한 올페의 회상⟩

② 태초가 온전한 허무였는데, 어찌하여 우리들은 이 끔직한 불행으로

태어났느냐. 허비대다 보면 창백한 빛깔이 응사應射해 오고

빛깔보다 무정한 우리들은 스스로의 노을에서 뼈 속을 태운다.

-⟨피닉스의 깃의 반추⟩

이러한 아주 본질적인 문제에 대한 그의 질문, 그 "끈적끈적한 행위의 추적" 혹은 "한 어두운/밤의 모의"는 아무런 대답도 듣지 못한다. 다만 우리는 "한 마리의 달팽이가 몸을 태우며 하얀 흔적을 남기고 기어간 황원荒原"만을 알아낼 따름이다.

이렇게 이 세 시인의 경우에는 형태적 상상력이 작용한다. 모든 것은 과거의 한 극점으로 모이고 그 주위에 배열된다. 우리가 이 세 시인의 작품을 통해서 알아낸 것의 역이 반드시 그런 과정을 겪었으리라고 확신할 수는 없다. 다만 그러리라고 짐작할 따름이다.

상상력이 동적으로 작용하는 경우를 우리는 이성부·강호무·정현종 등에게서 알아볼 수 있다. 그들의 큰 특징은 앞에서도 말한 바와 같이 과거의 칙칙한 심연이 보이지 않는다는 데에 있다. 이성부의 경우에도 그의 시에서 보여지는 것은 생활의 칙칙함이지, 과거의 칙칙함은 아니다. 이미지를 구축해 나가는 과정에서도 그들은 과거의 어떤 극점, 경험의 원형을 생각지 않고 있다. 물론 이런 것 외에 그들의 시적 태도는 퍽 다르다. 이성부의 경우에는 생활의 칙칙함에 대한 계속적인 분노가, 강호무의 경우에는 우연의 극대화가, 정현종의 경우에는 정신의 높은 유희가 보여진다.

　정현종의 경우에 항상 문제되는 것은 그의 의식의 자유분방한 흐름이다. 의식의 자유분방한 흐름, 혹은 상상력의 순간적인 작용이 초현실주의자들에게서 보여지는 우연의 확대와는 퍽 다르게 그의 시에서는 느껴진다.

왜 신의新衣를 입고 나간 날의
검은 비 있지
나의 신의와 하늘의
검은 비가 헤어지고 있는 걸
알고 있지.
알지 문득 깬 저녁잠 끝의
순수 외로움의 무한 고요.

　이 시구에서 우리는 거의 연결되리라 생각지는 못했던 두 개의 이미지가 "알고 있지/알지"라는 의문 반어법을 통해 교묘하게 이어지고 앞의 '새 옷과 검은 비'의 이미지가 곧 뒤의 "저녁잠 끝"으로 옮겨진 것을 알아낸다. 중요한 것은, 그러나 그러한 전이가 형태를 나타내는 이미지와 이미지의 충돌로써 이루어지지 않고 감정의 표백으로 이루어졌다는 사실에 있다. 그의 의식에서는 두 개의 이미지가 동시에 충돌하는 것이 아니라 상상력을 통해 응고되지 않은 상태로 결합된다. 그의 상상력은 사물을 형태화된 순간에 파악하는 것이 아니고 질감으로 파악한다. 그러한 질감은 물론 높은 정신의 단련을 필요로 한다. 질감이란 자칫하면 녹아 버리기 쉬운 아이스크림 비슷한 것이기 때문이다. 바로 그렇기 때문에 그의 시의 대부분은 호소체 아니면 회화체로 씌어져 있고, 한국시에선 퍽 어려운 모호성과 이국 정조가 고급한 정도로 높여져 있다. 가령 단어 하나하나는 그 독자적인 탄력을 저버리지 않고, 딴 단어와의 긴장을 유지한다.

> 그대 불붙는 눈썹 속에서 일광日光
>
> 은 저의 머나먼 항해를 접고
>
> 화염은 타올라 용약勇躍의 발끝은 당당
>
> 히 내려오는 별빛의 서늘
>
> 한 전승戰勝 속으로 달려간다.

〈화음和音〉이라는 제목이 붙은 시의 이 한 우수한 구절은 동적인 상상력의 작용을 '일광·당당·서늘' 등의 어휘를 통해 보여 주고 있다. 사실 그 세 말들은 교묘한 르제rejet를 통해 고무공같이 툭툭 튀고 있는데 그것은 다른 이미지의 충돌에서 오는 탄력과는 퍽 다른 것처럼 생각된다. 충돌은 두 개의 이미지가 동시에 서로 작용하지만 이런 유의 병력은 순간순간의 통찰에 의한 나열이기 때문이다. 그의 상상력은 순간순간 사물과 감정을 포착하고 향락한다. 그렇기 때문에 그에겐 과거를 나열한 집이 필요 없다. 집이란 그에게 구속이기 때문이다. 모든 것은 그의 상상력 속에 용해되어 그 질감만을 보여 준다. 그 질감이 수학적인 정확성을 배반한다는 의미에서 그는 상상력의 찬란한 성 속에 있는 것이지만, 그 관념의 성의 상상력이 현실 속으로 계속 전이되는 것을 방해하지 않는다는 점에서 그는 높은 정신의 단련술사인 셈이다.

강호무의 경우는 퍽 기묘한 예를 보여 준다. 그의 어휘의 대부분은 형태적 이미지의 잔재를 보여 준다. 〈관목棺木 3〉을 예로 들면 첫 연에서 우리는 "그윽한 물소리에 끌려 길 잃은, 새의 나릿한 발에 감긴 불후不朽의 안사安死"를 읽고 그의 상상력을 자극하는 내적 경험의 극점을 파악할 어떤 예감을 느낀다. '그윽한'이라는 형용사에서 과거에의 집착을 우리는 알아내고 "불후의 안사"라는 행에서 우리는 어떤 자의 죽음이 그의 상상력의 안벽에 자리 잡고 있음을 예감한다. 그러다가 우리는 "다막多幕의 설계設計와 여행지에 대한 그리움이, 굵은 빗방울이, 후두두 떨어지는 소리"라는 파괴적인 시구를 만난다. "다막의 설계의 여행지에 대한 그리움"이라는 시행에서 우리는 앞 연에서 파악한 과거의 경험의 극점으로 되돌아가려는 시인의 상상력을 훔쳐본다. 그 순간에 그의 상상력은 잔인하게 우리를 배반하고 콤마를 찍고 "굵은 빗방울"을 보여 준다. 그 빗방울은 그러나 경험의 극점에 배치된 사물의 딴 이름이 아니다. 그것은 우연히 조립된 어휘이며 그의 상상력이 경험의 뜰 안으로 돌아가려는 순간에 걸려 넘어진 돌멩이이다. 그리움은 이 연에서는 굵은 빗방울이다. 그래서 그리움은 후두두 떨어진다. 그 다음 연에서 우리는 다시 과거의 뜰 안으로 되돌아가려는 그의 상상력과 부딪친다. 새의 출현이다. 다시 새의 죽음이다. 이 새의 죽음은 "해초海草의 의자倚子"와 결부되고 "물결 무늬로 아른거리"는 나뭇잎들을 통해서 풍성한 계절을 상기시킨다. 그 바로 다음에 폐활량계라는 어휘가 보인다. 그 때 우리는 죽음의 내역이 폐와 관계있음을 알아낸다. 그 폐의 소유자는 "끝까지 버텨야 하는 약속의 아픔에 찔려"라는 행을 거치면 자기라는 것이 은연중에 암시된다. 이렇게 분석해 보면 그의 경험의 극점은 자아의 죽음의 예감이라는 것이 밝혀진다. 이런 경험의 극점은 그것이 자아의 예감이라는 점에서 타인을 항상 전제로 하는 형태적 상상력을 배제한다. 경험의 원초적인 장소로 가려는 그의 상상력은 그곳이 자아의 내부이며 그 내부마저 예감으로 파악될 뿐이지 피 흘리며 뜨락을 물들일 정도로 격렬하지 못하다는 점에서 항상 멈칫대며 흔들거린다. 말을 바꾸면, 그의 상상력은 형태적인 상상력을 추구하는 순간을 향락하는 동적 상상력이다. 그것은 매우 변태적이어서 우리는 자칫하면 그의 상상력을 형태적인 것으로 파악할 우려가 있다. 그 형태가 항상 예감의 질감을 보여 준다는 것은 퍽 주목할 만한 일이다. 그것을 우리는 우연의 극대화라고 부를 수 있을지 모르겠다. 우연이라는 게 항상 상상력의 순간적인 예감을 전제로 한다는 점에서 말이다.

이성부는 순간적인 예감이나 순간적인 향락으로써 상상력을 발동시키는 것이 아니라, 순간적인 비판의 지주로써 상상력을 불러일으킨다는 점에서 정현종과 강호무의 경우와는 퍽 대조적이다. 그의 초기작인 〈열차列車〉에서 보여지는 정지하지 않고 계속 움직이는 의식을 표상하는 듯이 보이는 '열차'는 "영원한 것에, 가장 가까운 것이/그저 질주라 말하면서/나의 건너를 제거除去하여" 간다. '나의 건너'란 퍽 애매모호한 이 표현은 "손댈 수 없는 저 자유"를 부정하는 모든 것을 나타내는 모양인데, 여하튼 그가 영원한 것에 가장 가까운 것이 질주라고 생각했다는 것은 그의 동적 상상력을 보여 주는 가장 좋은 예증처럼 생각된다. 그 질주 속에서는 모든 것이 "의문으로 출렁이는 바다"이며 그 바다를 시인은 '통찰'로써 분석하지 않으면 안 된다. 그의 시의 여기저기서 보여지는, "나의 한갓 원인原因은/늦게 기상起床하고, 이 공간을 두려워하고 안정성이 없는, 먼저에 대한 시민들의 성화에 있다"(〈백주〉), "가장 치열했던 봄날의 과오 속에서"(〈백주〉), "아픔 가까이서"(〈열차〉), "전에 말했던 것을 되풀이하는 태도 속에/나의 몇 가지 맹점이 있다"(〈이 공동의 아침에〉), "배신처럼 사라지는 노을빛 진력"(〈소모의 밤〉) 등등의 자기비판은 그 질주의 도정에서 얻어진 것임에 틀림없다. 그 모든 것은 비록 '소모의 밤'에 지나지 않는다 하더라도 '우리들의 양식糧食'임에는 틀림없다. 그는 〈이 공동의 아침에〉에서 "아아 우리들의 기도는/마침내 어디쯤에서 실현될 것인가"라고 묻고 있는데, 비판이 항상 동적인 상상력을 요구하는 것이란 점에서 '마침내'란 부사는 어색한 것임에 틀림없다. 열차가 정지하면 그것은 고철에 지나지 않고 자아가 비판을 중지하면 사람이란 육괴에 지나지 않는다. 그때 우리들의 식량은 썩어 버릴 것임에 틀림없다.

이렇게 시인의 상상력을 두 종류로 나누어 버리는 것은 심한 개념화가 되어 버릴 염려가 있다. 그럼에도 불구하고 몇몇의 신인들을 통해 상상력의 두 경향을 추출해 보려 한 나의 의도는 상상력이라는 것이 한 상태가 아니며 인간 존재 바로 그것이다는 것을 밝히려는 데 있었다. 상상력이란, 동적 상상력은 말할 것도 없이 형태적 상상력까지도, 상태라기보다는 인간 존재 자체의 한 변형이다. 그것은 계속 변하고 자신을 조절한다. 동적 상상력은 자아의 표정 아래, 형태적 상상력은 경험의 극점을 배경으로 그렇게 한다.

물론 이 조그마한 글은 퍽 조급한 시도에 지나지 않는다. 인식과 지각의 문제, 고전적 프로이트류의 분석에 대한 정확한 대처, 집단적 무의식과의 연관 같은 것이 여기서는 도통 밝혀져 있지 않기 때문이다. 또한 왜 하필이면 예든여섯 명만이 시인이 되었고 우리들은 그렇지 못했느냐는 질문에는 충분한 대답을 들려줄 수 없는 형편이다. 나로서는 우리나라에서 거의 등한시되어 온 시인 심리 분석의 한 양태를 보여 주는 것만으로 만족할 수밖엔 없다.

—

이 글은 1966년부터 발간된 동인지 《사계》 2집에 실린 비평이다. 그 당시 김현은 《사계》를 통해 외국문학 이론을 수용하여 외국문학과 한국문학의 이해의 폭을 넓히고, 체계적인 시 연구 방법론을 세워야 함을 주장했다. 〈상상력의 두 형식〉은 김현이 가지고 있던 이러한 의식의 소산으로 나타난 글이었다. 이 글에서 김현은 바슐라르의 역동적 상상력의 개념과 물질적 상상력의 개념을 원용하여 형태적 이미지와 동적 이미지를 상상력이 나타나는 두 가지 패턴으로 규정하면서 전자의 예로 최하림·김화영·이승훈 등을 들고, 후자의 예로 이성부·강호무·정현종 등을 든다. 김현에게 '상상력'이 중요했던 것은 그가 생각하는 문학의 본질이 '인간의 총체성 구현'에 있었고, 이것을 가능하게 하는 것이 바로 상상력—가려져 있는 세계의 본질을 파악하는 능력이었기 때문이다. 김현의 '상상력'의 강조는 후에 《문학과지성》의 시론 형성에 많은 영향을 끼치게 되며, 또한 소시민적 전망·반리얼리즘으로 대표되는 자유주의적 문학관을 형성하는 틀을 마련한다.

* 이 글은 《四季》 제2호(1967)에 실린 〈想像力의 두 傾向〉을 원전으로 하고 김현 문학전집 3 《상상력과 인간·시인을 찾아서》(문학과지성사, 1991)를 토대로 재구성한 것이다.

풍자냐 자살이냐

김지하

누이야

풍자가 아니면 자살이다

이것은 김수영金洙暎 시의 한 구절이다. 이 시구 속에 들어 있는 딜레머, 풍자와 자살이라는 두 개의 화해할 수 없는 극단적 행동 사이의 상호 충돌과 상호 연관은 오늘 이 땅에 살아 있는 젊은 시인들에게 그들의 현실 인식과 그들의 시적 행동에 있어서 매우 중요한 관건적인 문제의 하나로 되고 있다. 풍자도 자살도 마찬가지로 현실의 일정한 상황과 예민한 시인 의식 사이의 대결 과정에서 발생하는 것이다. 고인의 세대에 대해서와 마찬가지로 여전히 아니 그보다 더욱더 혹독하게 현실의 상황은 젊은 시인들의 의식 위에 견디기 힘든 고문을 가하고 있으며 모멸에 찬 수치스런 시대의 낙인을 찍고 있다. 이 정신적 고문과 영혼 속에 깊이 찍힌 이 낙인은 그들을 매우 초조하게 만들고 있으며 이것이냐 저것이냐를 결단하도록 조급하게 강요한다. 괴로움 속에서도 결단을 끝없이 보류함에 의하여 찰나의 자유를 확보하려는 사람도 있고 때로는 속박당한 이 실존을 의식의 내부에서 초월하려는 사람도 있다. 그러나 그런 사람들마저도 압도하는 물신物神의 거대한 발 아래 버르적거리는 한 편의 섬세하고 아름다운 서정시 속의 초월이 너무나 애잔하고 너무나 초라하고 무력하다는 명백한 사실 앞에 분노를 느낀다. 이 분노와 동시에 시인은 또한 이렇게 분노한 표현들이 이제껏 뜬세상의 야유와 비웃음 아래 그 얼마나 처참하고 우스꽝스럽게도 희화화되어 버렸던가를 생각한다. 외치면 외칠수록 공허해지고, 가라앉으면 가라앉을수록 답답하다. 삶은 하나의 불가사의한 괴물처럼 보인다. 이 괴물의 선회 속에 말려 버리든가 아니면 멀리 달아나 버리든가 두 길밖에 없는 것처럼 보인다. 시는 삶으로부터 떨어져 나간 한 조각의 휴지거나 일상적인 삶 자체보다, 하나의 유행가 구절보다 더 나을 것 없는 도로徒勞로 전락한다. 시는 일단 물신의 폭력 아래 여지없이 패배한 것처럼 보인다. 암흑시만이 유일한 진실의 표현으로 보인다. 시 자체가 이미 역사적으로 멸망해 버린 양식처럼 보인다. 그러나 이 명백한 패배의 시간이야말로 시의 패배를 물신의 폭력에 대한 창조적 정신과 시의 승리로 뒤바꿀 수 있는 절호의 기회이기도 한 것이다. 불가사의한 이 삶을 지배하는 저 물신의 폭력이 시인 의식 위에 가한 고문과 낙인은 시인의 가슴에 말할 수 없이 깊고 짙고 끈덕진 비애를 응결시킨다. 폭력은 그 폭력의 피해자 속에서 비애로 전화되는 것이다. 해소되지 않고 지속되며, 약화되지 않고 날이 갈수록 더욱더 강화되는 동일한 폭력의 경험 과정은 무한한 비애 위에 더욱 무한한 비애를, 미칠 것 같은 비애 위에 더욱 미칠 것 같은 비애를 축적한다. 이 무한한 비애 경험의 집합, 이 축적을 우리는 한恨이라고 부른다. 한은 생명력의 당연한 발전과 지향이 장애에 부딪쳐 좌절되고 또다시 좌절되는 반복 속에서 발생하는 독특한 정신 형태이며, 이 반복 속에서 퇴적되는 비애의 응어리인 것이다. 가해당한 폭력의 강도와 지속도가 높고 길수록 그만큼 비애의 강도도 높아지고 한의 지속도는 길어진다. 비애가 지속되고 있고 한

이 응어리질 대로 응어리져 있는 한, 부정否定은 결코 종식되는 법이 없으며 오히려 부정의 폭력적인 자기표현의 길로 들어서는 법이다. 비애야말로 패배한 시인을 자살에로 떨어뜨리듯이 그렇게 또한 시적 폭력에로 그를 떠밀어 올리는 강력한 배력背力이며, 공고한 저력이다. 비애에 의거하여, 한의 탄탄한 도약대의 그 미는 힘에 의거하여 드디어 시인은 시적 폭력에 이르고, 드디어 시적 폭력으로 물신의 폭력에 항거한다. 가장 치열한 비애가 가장 치열한 폭력을 유도하는 것이다. 비애와 폭력은 서로 모순되면서 동시에 서로 함수 관계 속에 있다. 폭력이 없으면 비애도 없고, 비애가 없으면 폭력도 없다.

김수영 시인의 이른바 '풍자가 아니면 자살'이라는 딜레머는 일단 서로 충돌하고 서로 배반하는 극단적인 이율배반 사이의 하나의 결단으로 나타나지만 동시에 그것은 서로 연관되는 것이며 자살에로밖에는 이를 수 없는 격한 비애가 격한 시적 폭력의 형태, 즉 풍자로 전화하는 관계를 함축하고 있다. 현실의 폭력이 시인의 비애로, 시인의 비애가 다시 예술적 폭력으로 전화한다. 폭력이 비애로 응결되는 과정에서 시인이 넋의 삶을 죽이고 육신의 삶을 택할 것인가, 더러운 육신의 삶을 죽이고 깨끗한 넋의 삶을 택할 것인가, 그렇지도 않다면 육신과 넋이 동시에 살 수 있는 어떤 치열한 저항적 삶의 형태를 택할 것인가를 결단해야 되듯이, 응결된 비애가 예술적 폭력으로 폭발하는 과정에서 시인은 마땅히 저항의 형식, 즉 폭력의 표현 방법과 폭력을 가할 방향을 결정해야만 한다. 이 방법의 결정에 있어서 때로 어떤 시인은 비극적 표현에 의한 폭력의 발현에로 나아간다. 이러한 지향의 극단에서 암흑시가 나타난다. 때로 어떤 시인은 희극적 표현에 의한 폭력의 발현에로 나아간다. 이러한 지향의 정점에서 풍자시가 나타난다. 또한 그 방향의 결정에 있어서 때로 어떤 시인은 자기 자신과 자기가 속해 있는 사회 계층에 대한 부정과 자학과 매도에 폭력을 동원하는 곳으로 나아간다. 그러나 때로 어떤 시인은 자기 자신과 자기가 속해 있는 민중의 편에 분명히 서서 자기와 민중을 억압하는 어떤 특수 집단에 대한 부정과 폭로와 고발에 폭력을 동원하는 곳으로 나아간다.

실제에 있어서 흔히 이런 방향과 저런 방향이, 또는 저런 방향과 이런 방법이 서로 배합된다. 한 시인의 작품에 있어서도 여러 가지 형태의 조합이 나타난다. 여기서 중요한 것은 이런 방향에 이런 방법만이 옳다거나 혹은 이러저러한 온갖 산란한 다양성이 다 어쩔 수 없이 옳다거나 하는 일면적인 주장이 아니라, 이러저러한 다양성을 접수하면서 한 시인이 어떤 방향, 어떤 방법 사이의 어떤 형태의 통일을 자기 작업의 핵심으로 부단히 결단해 나아가며 또 발전시켜 나아가야 하는가에 주의하는 일이다. 그러나 문제가 시적 폭력 표현에로 집약될 경우 변화하는 우리 생활의 특수성에 비추어 무엇이 가장 바람직한 형태인가는 선명하게 결정되어야 한다. 본래 비극적 표현은 귀족 사회의 산물이며, 희극적 표현은 귀족 사회에서 억압당했던 평민 의식의 산물이다. 비극적 표현은 정도의 차이는 있으나 대체로 그 주요한 갈등이 인간과 운명, 또는 인간과 신 사이의 관념적 모순에서 발생한다. 희극적 표현은 정도의 차이는 있으나 대체로 그 주요한 갈등이 인간과 인간, 즉 지배하는 자와 지배받는 자 상호 간의 현실적·구체적인 모순에서 발생한다. 오늘날, 귀족도 평민도 옛날의 그들은 아니다. 이제 그들의 표현만이 남아 있고 그 표현 속에서 빛났던 그들 생활의 적합성은 이미 사라져 버렸다. 새로운 대치가 나타나 있다. 이 새로운 대치의 반영과 예술적 형상화에서 그 표현들이 어떻게 얼마만큼 효력 있는 이월移越 가치로서 작용하느냐가 문제다. 소박한 의미에서의 비극적 표현에만 전적으로 의존하여 시인 자신과 현실 민중의 비애와 폭력의 발현을 육신화하려는 지향이나, 소박한 의미에서의 희극적 표현에만 전적으로 의존하여 민중과 시인이 받은 폭력과 그 폭력의 지양자가 비애로부터 발생하는 것을 형상화하려는 지향이나 마찬가지로 잘못이다. 중요한 것은 현실의 가장 날카로운 요청의 내용이며, 이 요청에 따라 양자는 새로운 효력성을 지닌 형식 가치로서의 그 중요성이 결정된다. 이 두 개의 지향은 상호 보완에 의해 서로 어떤 형태의 자기변경을 이룸으로써 어떤 정도의 새로운 폭력 표현으로 될 수 있다. 그러나 이러한 결합이 절충주의적인 형태로 이루어졌을 때, 또는 장식주의적인 방향에서 시도되었을 때, 그것은 양자의 비유기적인 조직 때문에, 또는 양자의 비현실적인 효력 때문에 폭력의 표현 방식으로는 될 수 없다. 비유기적 조직도 절충주의가 아닌 올바른 미학적 통일 아래서 의도된 몽따주나 갈등의 형태가 아니라면, 장식적인 효력도 비현실적인 의취意趣에 의해서가 아닌 참된 형태적 확신 아래 이루어진 부분적 배합이 아니라면 말이다. 비극적인 것과 희극적인 것의 결합에는 두 가지가 있다. 하나는 애수와 해학 또는 연민과 명랑의 결합이며 다른 하나는 비애와 풍자 또는 공포와 괴기의 결합이다. 전자는 폭력 표현과 하등의 인연도 없다. 때로 애수와 풍자가, 비애와 해학이 결합되고, 때로 연민과 괴기가, 공포와 명랑이 조합된다. 이러한 조합은 그 표현하고자 하는 내용의 복잡성·특수성에 관련된 특수 표현이므로 어떤 독특한 다른 전제가 주어지지 않는 한 역시 폭력 표현의 주영역은 될 수가 없다.

주영역은 우연한 비애와 풍자 또는 공포와 괴기의 결합이다. 이러한 결합의 구조는, 두 가지로 이해되어야 한다. 비애와 풍자의 결합에 있어서 그 결합이 하나의 정서 형태로서의 비애 또는 한이 하나의 표현으로서의 대타적對他的 공격 즉 풍자를 유발하고 풍자로 나타나고 풍자 속에서 표출되는 관계라는 것이 그 하나요, 비애의 일반적인 시적 표현 형식 즉 이른바 비극적 표현이 비애의 축적물인 한의 독특한 표현 형식 즉 풍자 속으로 부분적·특수적인 형식 요소로서 흡수되는 관계라는 점이 그 둘이다. 또 공포와 괴기의 결합에 있어서 그 결합의 첫째는 현실의 폭력이 시인 의식에 반영된 정서 형태로서의 공포가 괴기 즉 그로 테스크나 일그러짐Fratze, 찌푸린 얼굴, 일그러진 모습, 추한 형상과 같은 왜곡 표현을 필연적으로 요구하게 되는 관계이며, 둘째는 비극적 폭력 표현의 일반 형식인 공포 형식의 체계 속에 극단적인 희극적 표현 방식으로서의 괴기가 흡수되어 비극적 폭력 표현의 형식 요소로 작용되게 하는 관계인 것이다.

모든 형태의 비극적 표현과 희극적 표현의 결합은 아마도 새로운 민족 서사시의 대단원적인 형식 속에서 적절하게 배합되고 탁월하게 통일될 수 있을 것이다. 다만 분명한 것은 공포와 괴기의 결합이 비애와 풍자의 결합의 경우와 마찬가지로 하나의 강력한 폭력 표현이긴 하되 오직 그 하나로서는 오늘날 이 땅에 살아 있는 젊은 시인들이 요청할 만하고 또 요청해야만 되는 폭력 표현 방식은 못 된다는 점이다. 또한 분명한 것은 그것이 시의 패배를 물신의 폭력에 대한 창조적 정신과 시의 승리에로 뒤바꿔 놓을 수 있는 폭력 표현으로 될 수도 없으며, 시인의 육신과 넋이 동시에 생활할 수 있는 치열한 저항적 삶의 유일하고 유력한 최고 표현으로 될 수도 없다는 점이다. 공포와 괴기의 결합은 그 맹폭성에 있어서는 강력하나 그것은 절망적·항구적·부정적·찰나적·허무주의적 파괴력의 표현이다. 그것은 죽음의 에네르기이며 사형수의 폭동이다. 그것은 때로 쉽사리 썩은 양식인 극단적 그로테스크로 전락함으로써 장식화되어 버리고, 때로는 불가피하게 괴기나 일그러짐을 포기하고 그 대신 명랑이나 낙수형落首型과 야합함으로써 쉽게 형식적으로 파탄되거나 또는 쉽게 카타르시스에 의하여 사회적 비애를 장기화시키고 사회 심리적 폭력의 예봉을 약화시키는 방향으로 떨어진다. 젊은 시인들은 어떤 시적 폭력 표현을 비애와 폭력의 가장 탁월한 통일로서 선택할 것인가? 그것은 암흑시인가? 아니다. 암흑시는 비애를 강한 폭력으로 유도하는 촉매이긴 하나, 일정한 정도의 약점을 가지고 있어 야유와 욕설로 가득 찬 군중의 내적·잠재적인 폭력의 시적 형상화에 있어 무력하다. 그것은 초현실주의에게로 기울 위험이 많다. 그러면 공포시인가? 아니다. 공포시는 일상성에 대한 충격에 의해서 굳어지려는 체제 내 의식을 교란할 수 있으나 산발적인 정서적 표현을 한 방향으로 집중시킬 수가 없으며 그렇기 때문에 부정적 에네르기를 약화·분산시킬 가능성이 더 크다. 그것은 표현주의·다다·즉물주의 에로 기울 위험이 많다. 그러면 암흑시·공포시와 같은 비극적 표현은 저항시로서는 불합격품인가? 아니다. 그것은 특수 효과를 가지고 있다. 그것은 부분적으로 매우 큰 효력을 행사한다. 그러나 오히려 그 효력은 비극적 표현이 폭력을 포기할 때 더 높아질 수 있다. 단순한 비애 표현, 비애의 시가 훨씬 더 강력하다. 가없는 비애의 스며드는 듯한 맑은 표현이 캄캄하고 점착질적이며 잔혹하고 피비린내 나는 비명과 신음과 절망과 짐승의 충혈된 눈들로 가득 찬 지옥의 소리보다 훨씬 더 커다란 호소력을 가지고 있다. 그것은 마치 살육이 끝난 바로 뒤의 침묵한 마을의 여름날 정오, 젊은 병사의 시체 곁에 흔들거리는 한 송이의 작은 들꽃의 묘사가, 막상 그 죽음의 아우성과 유혈의 표현보다는 그 현실 비극성을 더 훌륭히 압축하는 것과 같다.

그러나 희극적 표현에 있어서의 단순한 명랑 표현은 이와 다르다. 낙천성·명랑성·쾌활성 등의 무해한 일반 골계만을 효과로 노리는 현실 긍정적인 해학 일류의 소박한 희극적 표현은 사회적 비애와 아무 인연도 없을 뿐 아니라, 비애의 전화물로서의 폭력의 표현과도 인연이 멀다. 이러한 표현 방식은 해학의 영역 가운데도 특히 낙수落首(낙서로 쓴 익명의 시나 노래. 풍자, 조롱 따위의 내용이 들어 있다—편집자주), 즉 보편 현실을 외면하고 특수 현실만을 희극적으로 전도하는 매우 폭 좁은 낙수 형태의 한 측면, 그것도 심미적 측면만을 강조함으로써 들뜬 시절의 사회적 환각제로 타락하기 십상이다. 오직 치열한 비애와 응어리진 한을 바

탕으로 하고 비극적 표현을 흡수하는 한편 해학을 광범위하게 배합하
면서도 강력한 풍자를 주된 핵심으로 삼는 고양된 희극적 표현만이 새
로운 폭력 표현의 유일한 가능성이다. 이것은 단순히 심미적인 낙수나
현실 긍정적인 해학도 아니요, 그렇다고 특수 현실의 전도나 해학 자
체를 무시하는 추상적·관념적인 문명 비판형도 아니다. 그것은 외설
이나 괴기물 또는 단순한 말장난이나 최소적催笑的인 수사학이나 무의
미한 돈강법頓降法, 무내용한 전복顚覆 표현 따위와는 전혀 촌수가 멀다.
또한 그것은 자기 자신과 자기가 속해 있는 민중을 예외 없이 웃음거
리로 만들고 모멸과 매도의 주요 대상으로 삼아 그 민중의 변화 발전
과 그 민중 속에 있는 자신의 민중적 정서의 급변을 묵살하고 변함없
이 초연하게 오직 그 표적만을 적대적으로 계속 공격하고 희화화하는
극단적인 자학과는 구별되어야 한다. 저항적 풍자의 올바른 형식은 암
흑시에 투항한 풍자시여서는 안 되며 풍자시를 위장한 암흑시여서도
안 된다. 그것은 민중 가운데에 있는 우매성·속물성·비겁성과 같은
부정적 요소에 대해서는 매서운 공격을 아끼지 않지만, 민중 가운데에
있는 지혜로움, 그 무궁한 힘과 대담성과 같은 긍정적 요소에 대해서는
찬사와 애정을 아끼지 않는 탄력성을 그 표현에 있어서의 다양성을 토
대로 삼아야 하는 것이다. 저항적 풍자의 밑바닥에는 올바른 민중관이
자리 잡고 있어야 한다. 민중 속에 있는 부정적 요소도 단순히 일률적
인 것만은 아니다. 올바르지는 않지만 결코 밉지 않은 요소도 있고, 무
식하지만 경멸할 수 없는 요소도 있다. 그리고 겁은 많지만 사랑스러
운 요소도, 때묻고 더럽지만 구수하고 터분해서 마음을 끄는 요소도,
몹시 이기적이긴 하나 무척 익살스러운 요소도 있는 것이다. 민요는 이
요소들의 표현에 모범을 보여 주고 있다. 이러한 요소에 대해서조차 적
대적인 폭력을 가한다면, 그러면서도 이 민중 위에 군림한 어떤 집단의
어떤 용서할 수 없는 악덕에 대해서는 일언반구도 내비치지 않는 그러

한 풍자가 있다면, 그것은 민중관이 올바르지 못할 뿐만 아니라 사회를 보는 눈이 그릇되어 있는 것이며, 그것은 이미 풍자가 아닌 것이다. 올바른 풍자는 폭력 발현의 방법과 방향이 모순 없이 통일된 것이라야 한다. 부단히 변화하고 있거나 또는 좀처럼 변화하지 않는 민중의 비애 및 욕구 체계에, 불만의 폭발 방향에 알맞은 발상 체계 및 공격 방향을 바로 결정한 것이라야 한다. 그것은 민중에 대한 표현에 있어서는 해학을 중심으로 하고 풍자를 부차적·부분적인 것으로 배합하는 것이며 민중의 반대편에 대한 표현에 있어서는 풍자를 전면적·핵심적으로 하고 해학을 극히 특수한 부분에만 국한하여 부수적으로 독특하게 배합하는 것이어야 한다. 우리의 전통 민예 가운데 특히 희극적인 표현에 있어서 익살스럽고 수더분한 해학 속에 풍자의 가시가 섬찍섬찍하게 돋혀 있는 것은 주의 있게 보아야 할 문제점이다. 올바른 저항적 풍자는 또한 방향에 있어서는 민중의 반대편을 주요 표적으로, 민중을 부차적인 표적으로 삼는 것이며, 방법에 있어서는 주요 표적에 대한 해학은 부차적인 표현으로 배합하는 것이다. 민예 속의 풍자의 경우 양반과 탐관오리에 대한 풍자적 공격과 민중에 대한 해학적 표현의 배합 관계가 풍자의 형식 원리에 정확히 입각해 있음은 주의 깊게 보아야 한다.

김수영 시인의 폭력 표현의 특징은 풍자의 방법 속에 자기 자신과 더불어 자기가 속한 계층에 대한 부정·자학·매도의 방향을 보여 준 점에 있다. 바로 이 점에 김수영문학의 가치와 한계가 있고 바로 이 점에서 젊은 시인들이 김수영문학으로부터 무엇을 어떻게 이어받고 무엇을 어떻게 넘어설 것인가 하는 문제점이 선명하게 나타난다. 물론 김수영 시인의 어떤 작품, 어떤 구절들은 이와 전혀 다르다. 뿐만 아니라 그러한 부정·자학·매도도 단순한 공격이 아니며, 단순한 적의나 경멸에서 비롯된 것이 아니다. 때로 비극적이며 때로는 풍자의 방향이 대타적이다. 그러나 무엇보다도 중요한 것은 김수영 시인이 풍자의 방법에 의

하여 소시민 계층의 속물성·비겁성, 그 끝없는 동요와 불안을 폭로하고 매도함으로써 현실 모순이 화농 일변도로만 치달리는 현상의 뿌리 깊은 사회적 모티프로 잡아내려 한 점에 있다. 사실상의 평화의 상실에 대한 비판도, 잃어져 가는 자유와 무너져 가는 민주주의에 대한 경고도, 이 거대한 도시 서울을 뒤덮어 흔들어 대고 있는 소비 문화에 대한 신랄한 공격도 모두 그것을 조작하는 자가 아니라, 그 조작에 혼신의 힘으로 부역하고 있는 민중의 일부, 즉 소시민에 대한 구역과 매질의 방향에서 전개하였다. 사회적인 계층 개념에 의해서가 아니라 일반적인 사회 의식의 형태로 파악된 소시민, 좁은 의미의 소시민 의식의 본질을 문화적으로 확대해서 전 민중에게 적용한 결과로서의 소시민, 이러한 소시민 속에서 그는 우리 사회의 진보를 가로막고 있는 중요한 부정적 요소를 파악해 내려 했고, 그 요소에 공격을 집중함으로써 거대한 뿌리를 내린 채 결코 쓰러지려 하지 않는 오랜 모순의 정체를 폭로하고 고발하려 했다. 그 자신이 태어나고 또 그 자신이 몸담아 숨 쉬고 헤엄치던 자궁이자 집이요 공기이며 바다인 민중에게 칼날을 맞세운 그의 문학 방향에 또 하나의 의미심장한 아이러니가 숨어 있다. 그는 자기 자신을 죽임으로써 넋의 생활력이 회복되기를 희망한 하나의 강력한 부정의 정신이었으며, 현실 모순의 육신으로 파악된 소시민성을 치열하게 고발함에 의하여 참된 시민성의 개화開花를 열망한 하나의 뜨거운 진보에의 정열이었다. 과연 그가 그 자신의 지향에 맞게 풍자를 선택했고 또 그 풍자의 폭력을 권력 집단이 아니라 민중 자체에게 가한 것은 그로서는 당연한 것일는지도 모른다. 그의 풍자가 사회 전체, 이 문명 자체에 대한 비판으로 되어야만 반역사주의의 거대한 뿌리를 갉기는 도끼질로 되고 또 그렇게 되려면 그의 시적 폭력의 대상인 소시민은 하나의 계층이나 계급이 아니라 하나의 의식 형태로 집약되고 상징되는 민중 자신이어야만 하는 것이다. 그래야만 그 민중에 가해진 풍자의 폭력이 합법성을 획득한다. 그러나 민중은, 그리고 민중의 의식 형태는 영구불변한 것도 아니며 단순히 긍정적이거나 간단히 부정적인 것도 아니다. 부정적 요소가 있다면 그에 비례하여 있는 긍정적 요소를 보지 않고 부정적 요소만을 공격하면서 민중 위에 군림한 특수 집단에 대한 공격을 포기한 것이라면, 김수영문학의 폭력은 그릇된 민중관 위에 선 것이며 그 풍자는 매우 위험한 칼춤일 수밖에 없다.

역시 그가 매도한 소시민은 비록 그것이 다수라 하더라도 거대한 민중 속의 일부에 불과하다. 현실은 소시민이 민중의 사회 생활 전면에 활력적으로 클로즈업되고 있는 것이 사실이며, 따라서 소시민적인 부정적 요소가 민중 전체의 본질을 지배하는 것처럼 보인다. 그러나 그러한 요소도 특수 집단의 악덕과 대비시키는 풍자에서라면 결코 전면적·적대적인 매도에 의해서가 아니라 부분적인 매도의 방법에 의해서 다루어져야 하는 것이다. 이것은 60년대 하반기보다도 70년대 특히 지금부터 앞으로, 현실 상황의 변화에 따라 민중의 의식 형태가 점차 혹은 급격히 달라지리라는 예상과 관련시킬 때 더욱 중요한 문제로 된다. 만약 이 세상에 변하지 않는 것이 없고 단지 하나 변하지 않는 것이 있는데 그것은 만물이 모두 세월의 흐름에 따라 변한다는 법칙이다라는 예부터의 가르침을 믿고 있으며 또 시시각각 변하고 있는 현실을 깊고 넓게 멀리 볼 수 있다면, 그리고 미래의 변화를 확신한다면, 민중을 전면적으로 신뢰하는 방향을 택하는 것이 당연한 일이다. 민중의 거대한 힘을 믿어야 하며, 민중으로부터 초연하려고 들 것이 아니라 민중 속에 들어가 그들과 함께 생활하는 자기 자신을 확인하고 스스로 민중으로서의 자기긍정에 이르러야 할 것이다. 시인은 민중 풍자를 통하여 그들을 계발해야 하며 민중적 불만 폭발의 방향에로 풍자 폭력을 집중시킴에 의해서 그들을 각성시키고 그들의 활력의 진격 방향을 가르쳐 주어야 한다.

사물의 한 면만을 알고 다른 면을 모르는 것을 우리는 일면적이라고 부른다. 이러한 일면성이 김수영문학에 없다고 말할 수는 없다. 그의 모든 훌륭한 점을 다 긍정하면서도 말이다. 좁혀진, 사회학적 계층 구분에 의해 좁혀진 소시민에 있어서조차 긍정적인 것은 얼마든지 있다. 문제는 민중 속에서, 그 긍정적인 것의 사랑을 통하여 민중으로서 느끼고 생각하느냐 아니면 민중의 밖에서 선택된 자아의식으로 사고하느냐의 차이에 있다. 민중으로서의 시인은 민중들을 사랑하고 민중들의 사랑을 받는 가수이자 동시에 민중을 교양하며 민중들의 존경을 받는 교사이어야 한다.

올바른 민중 풍자는 바로 이렇게 긍정과 부정, 애정과 비판, 해학과 풍자, 오락과 교양이 적절하게 통일된 것이어야 한다. 김수영문학의 풍자에는 시인의 비애는 바닥에 깔려 있으되, 민중적 비애가 없다. 오래도록 엉켰다 풀렸다 다시 엉켜 오면서 딴딴한 돌맹이나 예리한 비수로 굳어지고 날이 선, 민중의 가슴속에 있는 한의 폭력적 표현을 풍자라고 한다면, 그런 풍자는 김수영문학에선 찾아보기 힘들다. 이것은 바로 그가 민중으로서 살지 않았다는 점에 그 중요한 원인이 있다. 바로 이것이 그의 한계다.

젊은 시인들은 김수영문학으로부터 무엇을 어떻게 이어받을 것이며, 무엇을 어떻게 넘어설 것인가?

그가 시적 폭력 표현 방법으로서 풍자를 선택한 것은 매우 올바르다. 이것을 이어받아야 할 것인가. 그가 폭력 표현의 방향을 민중에만 집중하고 민중 위에 군림한 특수 집단의 악덕에 돌리지 않은 것은 올바르지 않다. 이것을 비판적으로 넘어서야 할 것이다. 풍자를 민중에게 가한 김수영문학의 정신적 동기만을 긍정하는 방향에서 젊은 시인들은 이제 풍자의 가장 예리한 화살을 특수 집단의 악덕으로 돌려야 한다.

그가 우리 시에서 모더니즘의 부정적 측면을 극복하고 그 강점을 현실 비판의 방향으로 발전시킨 것은 훌륭하다. 특히 그가 시 속에서 힘의 표현, 갈등의 첨예한 표현, 난폭성, 조악성, 공격성, 고미苦味와 소외감, 신랄성 등의 사회적 적의와 비판적 감수성, 한마디로 추醜를 양성釀成시킨 점은 더없이 높이 칭찬해야 할 업적이다. 추야말로 철없는 자들의 말장난에 의해 꾸며지지 않은 비애의 참모습이며, 분 바르지 않은 한恨의 얼굴이다. 추야말로 폭력의 안이요 바깥이다. 추야말로 모순에 찬 현실의 적나라한 현상이다.

이것은 마땅히 이어받아야 한다. 그러나 그럼에도 불구하고 그의 풍자가 모더니즘의 답답한 우리 안에 갇히어 민요 및 민예 속에 난파선의 보물들처럼 무진장 쌓여 있는 저 풍성한 형식 가치들, 특히 해학과 풍자 언어의 계승을 거절한 것은 올바르지 않다. 이것을 비판적으로 극복해야 한다. 민요·민예의 전통적인 골계를 선택적으로 광범위하게 계승하고 창조적으로 발전시켜 현대적인 풍자 및 해학과 탁월하게 통일시키는 것은 바로 젊은 시인들의 가장 중요한 당면 과제이다.

사회가 병들고 감수성이 퇴폐함으로써 미가 그 본래의 활력을 잃어버릴 때 추가 예술의 전면에 나타난다. 추는 장애에 부딪친 감수성의 산물이다. 참된 미는 이러한 추의 대립과 그 해소 과정에서 비로소 회복되는 것이다. 추는 일반화된 고통과 절망, 증오와 적의, 즉 한과 폭력의 예술적 반영물이다. 그것들은 모두 대립적 감정이며 갈등하고 있는 정서다. 그 정서들은 그 대상의 극복에 의해서만 해소되고 그 자체의 소멸에 의해서만 소멸된다. 추는 대립의 산물인 사회적 폭력의 산물이다. 이것은 대립에 의해 추적醜的 형상을 조직하는 골계의 숭고 속에서 그 스스로를 지양하고 미에로 자기 자신을 투항시킨다. 그러나 사회적 폭력이 지속되고 퇴폐와 질병이 현실적으로 종식되지 않는 한, 예술 속에서의 추의 잠정적 해소는 더욱 커다란 추를 축적하는 계기에 불과한 것이다. 추는 부단히 스스로를 해소하려 하나 현실의 장애, 현

510

실적 감수성의 장애에 부딪쳐 더욱 고미를 띠고 더욱더 기괴하거나 공격적인 난폭성을 띠게 된다. 추는 골계, 특히 풍자 속에서 그 가장 날카로운 폭력을 드러낸다. 풍자의 관조 심리가 일종의 샤덴프로이데 Schadenfreude(남의 불행을 보고 느끼는 기쁨) 또는 대상에 대한 우월감, 도착倒錯된 것에 대한 자만, 대상에 대한 신랄성, 고미의 적대 감정, 사회적 적의를 바탕으로 하고 있는 것은 당연한 일이다. 추의 예술은 현실에의 도전, 즉 사실적 추에 대한 예술적 추의 도전이다. 사실적 추를 예술적으로 왜곡·과장하고 사실이 폭력을 찬탈하거나 폄출하는 방법에 의하여 그 모순을 전형적으로 폭로하고 규탄하는 비판의 예술이다. 모순을 표현하려면 대립의 표현, 즉 갈등의 핵심적인 원리로 삼아야 하며, 원형과 변형 사이의 대조, 변형 내부의 부분과 부분, 부분과 전체 사이의 충돌·갈등을 중요한 방법으로 삼아야 한다. 그러나 이 요소들 사이의 균형·상호 침투·응결 등의 조화 관계를 간과해서는 안 된다. 풍자는 요소 사이의 충돌과 가파른 대립의 갈등을 핵심으로 하고, 요소 사이의 상호 친화·침투의 연속성을 광범위하게 배합하는 표현이다. 왜곡 방법에 있어서도 찬탈과 폄출의 기법을 주로 하고 강화와 약화 같은 점층 기법을 배합하는 것이다. 풍자와 해학의 통일이 바로 그것이다. 그러나 풍자는 한의 표현이다.

풍자는 강렬한 증오의 표현이며 샤덴프로이데의 활동장이다. 대상에 대한 우월감과 비웃음은 그것을 비판하는 민중의 자기긍정을 토대로 해서만 가능한 것이다. 골계의 발달은 원시 부락제에서 행한 공동체 내의 범법자, 전 공동체 성원의 증오의 대상, 즉 민중의 적에 대한 재판과 매도, 마지막에 전원이 그를 돌로 쳐 죽인 풍속과 관련이 있다고 한다. 풍자의 방향은 민중적인 것, 민중의 증오의 방향에 일치하지 않으면 안 된다. 강력한 민중적 자기긍정에 토대를 둔 비판이요 폭로 규탄이어야 한다. 결코 그것은 민중 자체를 매도하는 시적 폭력·표현으로 될 수가 없다. 그것은 본질적으로 반민중적인 소수 집단에 대한 폭력의 표현인 것이다. 추가 현실적인 악 또는 폭력의 반영이며 동시에 그것에 대한 저항이라면, 풍자는 현실의 악에 의해 설움받아 온 민중의 증오가 예술적 표현을 통해 그 악에게로 퍼부어 던지는 돌멩이와 같은 것이다. 우리는 이러한 날카로운 풍자를 우리의 전통적인 민예 및 민요 속에서 얼마든지 찾아볼 수 있다. 풍자적 표현은 언어의 특질과 깊이 관련되어 있다. 우리말의 고유한 본질과 구조, 예술적 표현, 특히 풍자에 대한 그 적합성에 따라서 민예와 민요는 풍자와 해학을 그 주된 전통으로 창조하였다. 서정 민요, 노동요 등 광범한 단시들과 서사 민요, 판소리의 풍자와 해학은 문학으로서의 탈춤 대사 등과 더불어 현대 풍자시의 보물 창고이다.

민요의 전복轉覆 표현과 축략법, 전형典型 원리와 우의寓意, 단절과 상징법 등등 복잡 다양한 형식 가치들은 현대 풍자시의 갈등 원리, 몽따주, 소격疎隔 원리, 비판적 감동 등의 형식 원리와 배합되어 우리에게 풍자문학의 커다란 새 토지를 열어 줄 것이다. 재래형의 시어와 시행 등은 민요의 전통과 결합되어 전개되어야 할 새로운 민중적 시어에 의해 극복되어야 한다. 노래와 대화체를 대담하게 시도해야 한다. 서사 민요의 3음보격과 4음보격 사이의 갈등 원리는 그 토대 위에서 변용되는 율격들의 숱한 종류들과 함께 오늘날의 생활 언어를 효율적인 민중 시어로 높이고 세우는 데에 튼튼한 주춧돌을 제공한다. 과연 현대에서는 민요가 효력이 없어졌는가? 과연 오늘날의 한국시는 민중에게 버림받은 채 자살할 수밖에 없는 것인가? 아니다. 민요는 아직도 강력한 효력을 민중 속에 가지고 있으며 이 효력은 한국시가 풍자와 해학에 눈뜰 때 말할 수 없이 크게 확대될 것이다. 올바른 저항적 풍자와 민중적 해학의 시를 통하여 전통과 만나고, 전통 민요와 현대 생활 언어의 고양된 시적 통일을 통하여 시의 효력과 현실과 민중에 대한 시 정신의 에네르기가 강화되고 민중 속으로 폭발적인 힘을 가지고 확대되어 나갈 것이다. 이것은 결코 질의 저하를 뜻하지 않는다. 새로운 질을 찾는 노력으로 이해되어야 한다. 사회 현실을 압축 반영하고 사회 현실과 개인 내부의 갈등을 표현하며 동시에 그것을 극복하려는 싸움을 포기하지 않고 주체적 언어 전통 확립에로 나가는 노력을 중단하지 않을 때 비로소 시의 패배는 시의 승리로 뒤바뀔 것이다. 결코 민요는 사멸한 것이 아니다. 부당한 민요 경멸은 청산되어야 한다. 민중은 시인의 시를 모른다. 민중은 자기 자신의 시, 민요를 가지고 있는 것이다.

시인이 민중과 만나는 길은 풍자와 민요, 정신 계승의 길이다. 풍자, 올바른 저항적 풍자는 시인의 민중적 혈연을 창조한다. 풍자만이 시인의 살 길이다. 현실의 모순이 있는 한 풍자는 강한 생활력을 가지고, 모순이 화농하고 있는 한 풍자의 거친 폭력은 갈수록 날카로워진다. 얻어맞고도 쓰러지지 않는 자, 사지가 찢어져도 영혼으로 승리하려는 자, 생생하게 불꽃처럼 타오르려는 자, 자살을 역설적인 승리가 아니라 완전한 패배의 자인으로 생각하여 거부하지만 삶의 고통을 견딜 수가 없는 자, 역학力學을 믿으려는 자, 가슴에 한이 깊은 자는 선택하라. 남은 때가 많지 않다. 선택하라, "풍자냐 자살이냐".

———

김지하가 말하는 시인이란 응결된 비애가 예술적 폭력으로 폭발하는 과정에서 마땅히 저항의 형식, 즉 폭력의 표현 방법과 폭력을 가할 방향을 결정해야 하는 존재여야 한다고 주장한다.

그가 말하는 저항의 방식은 오직 치열한 비애와 응어리진 한을 바탕으로 비극적 표현을 흡수하는 한편 해학을 광범위하게 배합하면서도 강력한 풍자를 주된 핵심으로 삼는 고양된 희극적 표현이다. 그는 또한 저항적 풍자의 올바른 형식으로 민중 가운데에 있는 우매성·속물성·비겁성과 같은 부정적 요소에 대해서는 매서운 공격을 아끼지 않으면서 민중 가운데에 있는 지혜로움, 그 무궁한 힘과 대담성과 같은 긍정적 요소에 대해서는 찬사와 애정을 아끼지 않는 탄력성이 있어야 한다고 주장한다. 또한 민중의 반대편에 대해서는 풍자를 전면적·핵심적으로 내세우면서 해학을 극히 특수한 부분에만 국한하여 부수적으로 독특하게 배합해야 한다는 방법론을 제시했다. 그리고 민요·민예의 전통적인 골계를 선택적으로 광범위하게 계승하고 창조적으로 발전시켜 현대적인 풍자 및 해학과 탁월하게 통일시키는 것이 바로 젊은 시인들의 가장 중요한 당면 과제임을 주장했다.

김지하는 '민중 반대편'자들을 풍자하기 위해 우리 고유의 말과 표현의 방식을 따를 것을 강조한다. 특히 서정 민요, 노동요, 서사 민요, 판소리의 풍자와 해학은 거대 집단의 폭력성에 항거하는 가장 적절한 방법이며 이것이 우리 문학인들이 민중을 만나는 방법임을 주장함으로써 우리 문학의 장르적 다양성과 고유의 예술 방법론을 계승·발전시켜 나가는 길이라고 보았다.

* 이 글은 《詩人》(1970년 6·7월호)에 실린 〈諷刺냐 自殺이냐〉를 원전으로 삼은 것이다.

리얼리즘의 역사성과 현실성

염무웅

문학적 견해를 서로 달리하는 사람들의 리얼리즘에 대한 여러 논의 중에 다만 한 가지 일치되는 것이 있다면 그것은 리얼리즘이라는 말이 일반적으로 대단히 다양하고 복잡하며 때로는 지극히 애매한 개념으로 사용되고 있다는 점일 것이다. 시대에 따라서, 그리고 문학적 입장에 따라서 이 말은 긍정적인 뉘앙스를 띠기도 하고 부정적 뉘앙스를 띠기도 하였으며 혹은 단순히 중성적인 분석 개념으로 사용되기도 하였다. 마치 민주주의라는 말이 그러하듯이 그리고 그 말 위에 여러 가지 에피세트가 붙여져서 '자유 민주주의', '사회 민주주의', '교도적 민주주의', '민족적 민주주의' 등의 용어가 생겨났듯이, 또한 그 말이 어떤 귀족주의자들에 있어서 중상 정치라는 조우적 개념으로 격하되었던 것과 마찬가지로 리얼리즘은 이 말을 사용하는 사람의 사회적 입장과 문학적 경향에 따라 그리고 그 말이 적용되는 분야에 따라 '부르주아 리얼리즘', '사회주의적 리얼리즘', '내적 리얼리즘' 혹은 '낭만적 리얼리즘', '민족적 리얼리즘', '비판적 리얼리즘', '도식적 리얼리즘' 등의 복합적 어휘로 재생산되었으며, 리얼리즘에 반대하는 일부 인사들에 있어서는 작가의 상상력의 자유를 외적 사물의 전체 기능 밑에 구속하려는 반예술적 내지 비예술적 시도로 설명되기도 했던 것이다. 리얼리즘에 관하여 우리가 최초로 확실하게 말할 수 있는 것은 이 말이 이처럼 다양하게 해석될 가능성을 가지고 있다는 사실과 그것이 "일정한 정체를 밝혀내어 고정시키고 점유해 버릴 수 있는 물체가 아니라"(레이몬드 윌리암스, 〈리얼리즘과 현대소설〉)는 점을 승인해야 한다는 것이다.

그러나 물론 이렇게 말하는 것은 이 리얼리즘이라는 말이 오늘의 우리 문학적 현실에 관련지어 옳게 사용할 가능성이 없다는 뜻이 아니다. 도리어 우리에게는 이러저러한 곡해와 오용으로부터 이 말을 지켜야 될 필요성과 더불어 이 말에 의해서 우리 문학의 넓은 지평을 개척해 나가야 할 사명감이 강력하게 제출되어 있는 것이다. 그러면서도 리얼리즘에 대해서 일의적이고 고정적인 해석을 고집해선 안 되며 또 고집할 수도 없다는 것은 그것이 사회적 현실과 그 각 단계에 따라 시대적으로 발전해 온 하나의 역사적 개념이기 때문이다. 바로 이러한 점이 리얼리즘으로 하여금 의미의 다양한 스펙트럼을 지닌 어휘로 만들었던 것이다.

물론 그렇다고 해서 우리는 리얼리즘이란 말을 그때그때의 편의에 따라 아무렇게나 사용할 수도 없으며, 또한 "리얼리즘이라는 것을 한 시대의 핵을 파악하는 능력으로 파악한다면, 그것을 리얼리즘이라고 구태여 부를 필요가 없을지도 모른다"(김현, 〈한국소설의 가능성〉)는 생각에 사로잡혀서도 안 될 것이다. 왜냐하면 리얼리즘은 다양하고 복잡한 의미를 갖는 개념이기는 하지만 그러나 그 의미의 다양성과 복잡성은 리얼리즘이란 어휘 자체에서 유래하는 것이라기보다 그 어휘가 거쳐 온 각 시대의 사회적, 역사적 현실의 다양성과 복잡성에서 발생하는 것이기 때문이며, 또한 그럼에도 불구하고 리얼리즘은 세계에 대한 태도에 있어서 그리고 대상을 표현하는 예술적 방법에 있어서 자중의 아이디얼리즘과 확연히 구별되는 미학적 일관성을 보여 왔기 때문이다. 다시 말하면 우리는 리얼리즘의 두 가지 측면, 즉 모든 시대의 문학과 예술에 공통되게 나타나는 일반적, 원리적 측면과 각 시대의 구체적 사회 현실과 각 종류의 예술 장르에 고유하게 강조되어 나타나는 특수한 측면을 적어도 논리적으로는 올바르게 구별해서 볼 줄 알아야 한다. "유럽의 낭만주의문학은 그 최선의 경향에 있어서 강한 변증법적 리얼리즘적 특성들을 가지고 있었다"(레오 코플러)고 말해졌을 때, 또 스땅달에 관하여 "엘베티우스처럼 생각하지만 루소처럼 느낀다"(모리스 바르데슈 하우스M. Bardeche Hause)고 언급되었을 때 그것은 리얼리즘 개념의 이러한 중력학을 옳게 지적한 것이다. 즉 우리는 리얼리즘의 개념을 그것에 대한 어떠한 미화나 서화書畫의 유혹에 빠짐이 없이, 그야말로 리얼리스틱한 관점에서 파악하지 않으면 안 된다.

리얼리즘의 개념이 소박한 독자들에게 오해를 불러일으킨 이유 중의 하나는 그것이 문학과 예술에서뿐 아니라 철학, 신학, 정치학 기타의 여러 분야에서도 그 나름으로 사용되어 왔다는 사실에서 발생한다. 역사적으로 철학상의 리얼리즘은 서양의 중세에 있어 노미날리즘(유명론唯名論 - 편집자주)의 대립 개념으로서 그리고 보다 일반적으로는 인간의 관념이나 사유 및 인간의 감각을 초월하여 어떤 객관적 실재가 있음을 인정하는 실재론으로서 인식론의 한 입장을 가리킨다. 한편 정치적 리얼리즘이라고 하면 의리나 체면 따위에 얽매이지 않고 철저히 현실적 이해관계를 추구해 나가는 냉혹한 현실주의를 뜻하는 것이 보통이다. 그런데 여기서 용어의 사용법이 부정확하게 되었다는 것은 허버트 리드의 제한된 관점을 드러내는 것일 뿐이며, 도리어 이 말은 문학비평과 미학의 분야에 사용됨으로써 인간과 예술의 이해에 있어 그 말의 관념사상 가장 종합적이고 가장 심화된 원리와 방법론을 대변하게 되었다. 사실상 리드 자신이 다른 저서에서는 예술가가 대상을 작품화하는 데에, 즉 예술가와 대상 사이의 관계에 기본적으로 리얼리즘, 아이디얼리즘, 엑스프레셔니즘(표현주의-편집자주)의 세 가지 의식이 있을 수 있다고 말한 바 있다.

어쨌든 우리 문학사에 단어로서의 리얼리즘이 등장한 것은 1820년대 이후의 일이요, 서구에서도 그것이 뚜렷한 문예 용어로 자각되어 나타난 것은 겨우 19세기의 중엽에 이르러서였지만, 그것이 예술 창작의 기본적 관점으로 작용한 역사는 예술 그 자체의 역사와 동시에 시작되었다. 미술사가들의 연구에 의하면 인류가 남겨 놓은 가장 오랜 예술적 표현들은 대상을 실제의 모습 그대로 재현시키려는 노력으로 나타났다. 구석기 시대의 화가들은 현대인이 복잡한 과학적 도구를 사용해서야 비로소 발견할 수 있는 미묘한 형상을 내면으로 이미 볼 수 있었다는 것이며, 그러한 사실주의적 의식은 신석기 시대의 시작과 함께 인류의 예술 사상 최초의 의식적 변화가 일어날 때까지 수천 년 동안 지배적이었다고 한다. 어린 아이들이나 오늘날 원시민족들의 그림은 감각적이 아니라 합리주의적이다. 즉 그들은 실제로 본 것이 아니라 알고 있는 것을 그리며 대상의 원격적 모습이 아닌 이론적 종합을 제시한다. 대상에 관해서 알고 있는 모든 것을 표현하기 위해서 그들은 대상의 전면과 측면을, 예컨대 인물의 시대의 그림들은 이와 달리 일체의 지적 손질이 배제된 대상의 직접적 인상을 재현하며, 드가나 툴루스, 로트렉의 회화에 와서야 비로소 다시 발견하게 되는 동작의 순간성을 보여 준다는 것이다. 그러면 우리가 현재 접할 수 있는 한에서 인류 최고의 예술인 구석기 시대의 그림에 있어서 왜 그러한 리얼리즘의 형식이 발생하게 되었는가? 아무도 결정적인 해답을 내놓지는 못하고 있으나 가능한 설명을 빌어 올 수는 있다. 즉 구석기 시대의 생활 수단은 수렵이었으며 따라서 수렵자들은 자연을 예리하게 관찰하지 않으면 안 되었다. 짐승을 잡아먹으려면 그 짐승들의 동작, 습관성, 교활성을 연구하지 않으면 안 되었고, 또한 그러한 동물들과 직접 대결하는 마당에 있어서는 어떠한 관념적 환상도 허용될 수 없었다는 것이다. 그리고 생활의 이러한 경험이 구석기 시대의 사람들로 하여금 세계에 관한 그들의 개념을 리얼리즘적인 것으로 만들었다는 것이다. 구석기 시대에서 신석기 시대로, 즉 인류의 경제 생활이 수렵에 의존하던 단계에서 농업과 타작을 주로 하는 단계로 발전함에 따라 인간의 감각적 능력들은 후퇴하고 합리적 사고와 추상의 재능이 성장하게 되며, 그리하여 인간들은 미래를 위해서 물질적 행복의 보존을 배려하게 되었다. 또한 이와 더불어 예술에 있어서는 외계의 사물을 전달하는 상징적, 기하학적, 형식주의적 의식으로의 전환이 이루어졌다. 예술은 이미 자연의 모방자가 아니라 자연의 적대자가 되었으며 모든 사고의 체계에 있어서 관념과 현실, 영혼과 육체, 정신과 형태의 대립이라는 이원론이 나타나게 되었다는 것이다.

이상에서 우리가 알 수 있는 것은 외적 사상을 그 사실적 비례 관계 그대로 재현하려는 리얼리즘적 욕구와 사상을 추상화, 도식화, 상징화해서 표현하려는 비리얼리즘적 욕구, 이른바 물리 조형적 양식과 관념 조형적 양식이 예술사의 모든 시기에 있어 항상 반복되고 배합되면서 거듭 새롭게 나타났다는 점이다. 여기서 우리는 그 어느 쪽이 타당하다 아니다를 성급하게 단정 지으려고 할 필요는 없을 것이다. 왜냐하면 그것은 당위의 문제가 아니라 역사적 사실의 문제이기 때문이며, 따라서 우리는 먼저 어떤 일정한 사회적 조건과 그 발전 단계에서 어떤 일정한 예술 양식이 지배적으로 되었는가를 정확하게 이해해야 하기 때문이다. 세계에 대한 근본적인 예술 태도를 일찍이 아이디얼리즘과 리얼리즘의 두 가지로 보았던 블라디미르 프리체에 의하면, 신석기 시대 리얼리즘 양식에로의 진화는 서구의 예술사에 있어서 네 가지 중요한 실례를 보여 준다고 한다. 그것이 ① 기원전 4, 5세기경의 희랍 ② 15세기의 이태리 ③ 17세기의 네덜란드 그리고 ④ 19세기 후반의 전 유럽의 예술에서였다. 그에 의하면 이 각 시기들에 있어서 특징적인 것은 농업 문화로부터 상업 자본주의적 문화에로의 전환이 일어나고 따라서 사회의 주도권이 지주적 귀족에게서 상업적 부르주아지에게로 넘어가며, 봉건 공동체의 내부적 결합이 붕괴하는 반면에 도시적 자본주의의 발전이 진행되며, 경건하고 신비적인 종교심을 합리적, 과학주의적인 탐구욕이 대신하게 되는 점들이다. 요컨대 모든 천상적, 초월적인 것, 플라톤이 의미했던바 이데아의 세계에 대한 신앙이 사라지고 지상적, 가시적, 현세적인 것에의 강한 집착이 지배적으로 되는 것이다. 이러한 사회 현실의 변화 및 세계관의 변화에 발맞추어 예술에는 아이디얼리즘적 의식으로부터 리얼리즘적 의식에로의 전환이 이루어졌다는 것이다. 프리체가 지적했던 마지막 실례, 즉 19세기에 있어서의 리얼리즘은 그 운동의 주동자들이 역사상 처음으로 리얼리즘이란 말을 의식적으로 자기들의 예술 프로그램으로 들고 나왔을 뿐만 아니라 오늘날 우리 문예에서의 리얼리즘 논의가 바로 그것을 중심으로 회전하고 있기 때문에 이에 대한 보다 자상한 고찰이 있어야 할 것 같다.

잘 알려진 바와 마찬가지로 19세기 서구에 있어 문예 운동으로서의 리얼리즘은 하우저가 자연주의자들이라고 불렀던 샹플뢰리와 뒤랑띠 등에 의해서 정열적으로 출발하였다. 문예 사조사적으로 그것은 앞 단계의 낭만주의를 한편으로 계승하고 다른 한편 비판하면서 나타났다가 다음 단계의 자연주의에 바통을 넘겨준 문학 운동으로 되어 있다. 운동으로서의 이 리얼리즘에 관련된 우리 문단의 논관의 초점은 그것이 사물을 있는 그대로 객관적으로 묘사해야 한다고 주장했다는 데에 그리고 그러한 이른바 교훈적일 것을 요구하는 공리주의와 어거지로 결합시키고자 했다는 데에 집중되고 있는 것 같다. 물론 오늘날 우리의 관점에서 보면 리얼리즘이 결코 외적 현실의 기계적, 평면적인 모습을 뜻하는 데 그칠 수 없다. 또한 외적 현실을 문자 그대로의 뜻에서 정확하게 복사해 내는 일이 가능한 것도 아니다. 이것은 더 설명할 필요도 없이 너무나 자명한 노릇이다. 가령 작가가 나뭇잎이 떨어지는 광경이나 소녀가 뛰어가는 모습 한 가지만을 실제 그대로 묘사하려고 한다 하더라도 그는 수없이 많은 어휘를 소비해야 할 것이며 그렇게 해도 결국 순간순간의 움직임의 전 과정이 남김없이 재생되지는 않을 것이다. 졸라의 독일인 제자였던 홀츠가 그와 비슷한 파격적인 실험을 해 본 일이 있었지만, 그 작품은 보통의 다른 소설에 비하여 말할 나위 없이 세밀하고 번다했음에도 불구하고 실제의 사실 그 자체에 비한다면 여전히 일정한 수준의 유상有相을 벗어난 것일 수 없었다. 무엇보다도 문학이 자기의 매체로 사용하는 말이라고 하는 것이 벌써 구체적 사물로부터 일정한 유상인 것이다. 그렇기 때문에 독자들은 아르노 홀츠의 작품에서 그가 그토록 객관적 사상의 치밀하고 자세한 묘사를 의도했음에도 불구하고 도리어 실제와는 매우 다르고 이상하다는 점을 느꼈던 것이다.

그러면 아리스토텔레스 이후 예술론에 쉴 새 없이 출몰하는 모방설 내지 모사론의 참된 뜻은 어디에 있는가? 그것은 예술작품이 독자 또는 관객에게 객관적 사물의 실재 자체를 주는 것이 아니라 사물과 똑같다는 느낌, 즉 사물에 대한 일루션을 주려는 의도를 가리킨다. 그러면 사물과 흡사하다는 느낌은 영구불변인가? 물론 그렇지 않다. 그렇지 않기 때문에 반달 같은 눈썹이란 묘사는 괴수 같은 눈썹으로 거듭거듭 대체되는 것이 아닌가. 이런 의미에서 작가는 사물의 각성화된 이미지를, 즉 사고의 상징형을 부단히 파괴하는 사람이라고 말할 수 있다. 그러나 그렇게 말할 수 있는 것은 작가가 사물이 서 있는 새로운 자리, 새로운 사회적 현실을 발견했기 때문에이지 사물을 보지 않고 자기의 주관적 내면으로 숨어 버렸기 때문인 것은 아니다. 다시 말하면 작가의 임무는 객관적 현실의 보다 진정한 의미를 거듭 새롭게 찾아내는 것이지 현실로부터 해방되는 것이 아니다. 이렇게 작가가 사실과 현실을 정직하게 객관화시킬 때 그것은 작가가 주관적으로 의도했든 의도하지 않았든 간에 일상의 기성화된 관념에 길들은 범인凡人들에게 계몽적, 해방적인 작용을 하게 되는 것이며, 이것이야말로 문학과 예술이 인간의 소외를 극복하고 인간의 삶을 풍부하게 하는 데 기여하는 탁월한 기능인 것이다. 이것을 굳이 모사론과 공리주의의 모순된 결합이라고 보려는 것은 문학의 본래적 기능에 대한 지극히 피상적 관찰이라고 해야 할 것이다. 어쨌든 외적 사물의 정확한 재생을 목표로 삼았던 운동으로서의 리얼리즘은 전 단계의 현실 도피적 낭만주의를 청산한다는 역사적 사명을 다함과 더불어 극복되었다. 다시 말하여 소박한 모사론은 역사적으로 부정된 것이 아니라 극복된 것이다. 부정으로 보려는 사람은 이것을 외적 현실에 당황하려는 논리로 승화시키는 것이며, 극복으로 보려는 사람은 리얼리즘의 새로운 심화에 참여하는 것이다.

19세기에 있어 리얼리즘의 이러한 심화를 문학적으로 실현한 것은 운동으로서의 리얼리즘에 직접 가담하지 않았거나 그 리얼리즘의 승화에 반대했던 작가들이었다. 그들이 바로 스땅달, 발자크, 플로베르, 디킨즈, 톨스토이, 도스토예프스키, 토마스 만 등이다. 그중에서도 특히 발자크는 19세기의 서구 역사 발전 단계에 있어서 가장 탁월하게 리얼리즘을 대변하는 인물이요, 또한 우리나라에서도 흔히 리얼리즘과 결부되어 여러모로 논의되는 인물이므로, 발자크에 있어 의미되는 리얼리즘이 과연 무엇인지 따지고 넘어갈 필요가 있을 듯하다. 그에 관하여 가장 빈번하게 인용되는 문장은 다음의 두 가지이다. "발자크는 반동적 세계관을 지녔음에도 불구하고 더욱 진보적인 예술가로서, 그는 부르주아 사회의 구조를 훨씬 예리하게 보고 그 움직임의 경향을 보다 객관적으로 묘사한다."(아놀드 하우저) "지금 내가 얘기하는 리얼리즘은 작가의 관점에 구애받지 않고 나타나는 것입니다. 확실히 발자크는 정치적으로 정통파였습니다. 그의 위대한 작품은 선한 사회의 불가피한 몰락에 보내는 하나의 줄기찬 비가이며, 그의 모든 가정은 사멸하도록 운명 지어진 계급에게로 갑니다. 그러나 그럼에도 불구하고, 그가 가장 깊이 동정한 남녀들, 즉 바로 귀족들을 서술할 때보다 그의 풍자가 더 예리해지고 아이러니가 더 신랄해지는 적은 없습니다. 이처럼 발자크가 자신의 계급적 공감 및 정치적 편견과는 반대되는 작품을 쓰지 않을 수 없었다는 것, 그가 좋아하는 귀족들의 필연적인 멸망을 보고 그들을 결코 더 좋지 못한 운명의 감수자로서 묘사했다는 것, 그리고 그가 미래의 참다운 인간들을 그들이 당시엔 고독하게 서 있던 곳에서 보았다는 것—이것을 나는 리얼리즘의 가장 위대한 승리의 하나로, 그리고 발자크의 가장 웅대한 특징들 중의 하나로 여기는 바입니다."(프리드리히 엥겔스) 위의 인용들을 요약하면 발자크는 정치적으로 정당파요, 보수적이며 가톨릭 지지자, 즉 반동적인 세계관을 가지고 있었다는 것과, 그럼에도 불구하고 그는 당대 사회의 움직임과 그 발전의 경향들을 착오의 여지없이 정확하게 묘사했다는 것이다. 즉 작가의 정치적 입장과 예술적 창작 사이에는 모순이 있을 수 있으며, 예술적 진보성과 정치적 보수주의는 한 작가의 내부에 있어서도 완전히 대립할 수 있다는 것이다. 발자크에 관련되어 제기된 이 명제는 예술 사회학의 가장 중요한 문제로 되어 있다. 과연 우리는 이 현상을 어떻게 해명해야 할 것인가.

요컨대 이것은 작가의 세계관과 그의 창작적 성과 사이의 관계의 문제이다. 작가의 상상력과 객관적 현실 사이의 문제로 생각해도 좋을 것이다. 필자가 아는 한에서 이 문제는 아직 결정적으로 해명되어 있지는 않은 것 같다. 그러나 적어도 이에 대한 몇 가지 오해를 피하고 이해를 깊이 할 수는 있을 것이다. 가장 소박한 오해는 발자크가 바로 그의 반동적 세계관 때문에 위대한 리얼리즘의 소설을 썼다는 것, 그러니까 원

래 '예술가로서의 리얼리스트란 —자신의 의사에 반하는 사람'(김현)이
라는 것이다. 다시 말하면 발자크가 리얼리스트가 된 것은 현실을 냉
정하게 직시했기 때문이 아니라 망할 놈의 현실 하는 식으로 조소적인
시선을 보냈기 때문이라는 것이다. 이 이야기를 논리적으로 더욱 극단
화시키면 예술가란 반동적인 세계관을 가지면 가질수록, 자신의 의사
에 반하면 반할수록 현실을 냉정하게 직시하지 않으면 않을수록 더욱
훌륭한 리얼리스트가 된다는 것이다. 이것은 거의 무슨 농담과 같은 역
설이므로 더 얘기할 필요도 없을 것이다.

그러면 발자크에 있어서 정치적 반동성과 예술적 진보성 사이의 모
순은 어떻게 설명되어야 할까? 그가 보수적, 반동적 세계관 때문에 위
대한 리얼리스트가 된 것은 아니지만, 그러한 세계관에도 불구하고 위
대한 리얼리스트가 된 것은 사실이다. 그렇다면 작가는 구태여 보수적
인 세계관을 가질 필요는 없다 하더라도 또한 마찬가지로 구태여 진보
적인 세계관을 가질 필요도 없다는 말인가? 여기서 우리는 이른바 세
계관이란 것이 어떤 고정불변의 실제가 아님을 상기하는 것이 좋을 것
이다. 작가의 세계관은 현실과의 관계 속에서, 즉 그의 사회적 실천 속
에서 부단히 변화하면서 발전해 나가는 것이다. 그러므로 발자크에게
있어서의 세계관과 예술적 결과 사이의 모순은 세계관과 예술 사이의
직접적 모순이 아니다. 모순의 참된 소재는 발자크가 처해 있던 당대의
사회적 현실 바로 그것이며, 발자크문학의 모순은 이러한 현실 모순의
예술적 반영에 지나지 않는다. 그렇기 때문에 우리는 발자크의 소설에
관하여 그 개인의 주관적 편견과 정치적 반동성에 대한 리얼리즘의 승
리를 말할 수가 있는 것이다.

리얼리즘에 대한 비난 중에는 그것이 작가의 자유로운 상상력을 구
속한다는 것이 있다. 현대 작가는 외적 사실의 그럴듯한 재현을 목적으
로 삼지 않고 상상력의 자유로운 비행에 의해서 인간의 내면, 꿈, 무의

식, 기타 모든 외적 내적 현상을 그 순간성과 우연성 속에서 포착하는 것을 목표를 삼는데, 리얼리즘은 여기에 방해가 된다는 것이다. 그러나 이때의 상상력이란 대관절 무엇인가? 적어도 우리가 이해하는 한에서 상상력은 예술가가 현실을 관찰하고 분석하여 그것을 형상적으로 재구성하는 감성적 능력을 가리킨다. 그것은 창작의 과정에서 예술가가 고유하게 사용하는 것이기는 하지만 예술가만이 독점적으로 소유하고 있는 것은 아니다. 그렇기 때문에 상상력은 결코 현실 조건적인 것이 아니라, 그 자체가 현실 부정적인 것이며, 현실과의 상호 관계 속에서 형성되어 가는 것이다. 이런 뜻에서 상상력을 시대적 현실과의 긴장 관계 속에서 파악하려고 한 점은 옳다. 그러나 시대적 현실에 의해 규정되는 상상력의 구조가 단순히 무라고 보는 것은 바로 그 상상력이나 시대적 현실이 경험과 문화의 오랜 반영이라는 사실을 도외시하는 것이며, 마치 작가의 상상력이 현실을 조명하는 것처럼 생각하는 논리적 오해를 가정하는 것이다. 참된 리얼리즘은 이처럼 작가의 세계관이 현실 속에서, 즉 그의 모든 사회적 실천 속에서 부단히 변화되는 것을 인정하며, 작가의 상상력이 객관적 현실과의 긴장 속에서 형성화된 상투형들을 부단히 파괴할 것을 요청한다. 도식적 리얼리즘이란 말을 쓴 사람이 있지만, 그러나 그것은 리얼리즘이 이처럼 본질적으로 반도식적이라는 사실을 깨닫지 못한 잘못된 선입견의 소산이다. 그러나 리얼리즘은 작가의 상상력이 단순한 관념의 유희에 빠지거나, 현실과 동떨어진 환상 속으로 비약하는 것, 또는 객관적 현실을 개인적, 주관적인 자기상정과 자기기만을 위해 이용하는 것을 단호히 배격한다.

리얼리즘이라고 하면 곧 사회주의적 리얼리즘을 연상한다든지 또는 덮어놓고 리얼리즘과 혁명을 결부시키려는 사람들이 있다. 리얼리즘을 긍정하는 입장이든 반대하는 입장이든 이것은 온당한 일이 아니다. 리얼리즘이란 말 앞에 여러 가지 에피세트가 붙여질 수 있다는 것은 앞서 지적한 바 있거니와, 그러면 우리의 문학적 현실에서 소위 사회주의적 리얼리즘을 어떻게 보아야 할까? 무엇보다도 우리는 그것을 편견이나 선입관 없이 정확하게 이해할 필요가 있다. 사회주의적 리얼리즘을 단순히 도식적, 교도적 문학 이론으로 보는 것은 대단히 순진하고 피상적이다. 1930년대 초기에 그것이 소련의 공식적인 문예 슬로건으로 채택되어 모든 문예 창작의 분야에 기본 테제로 제시된 것은 다 알려진 사실이지만, 그러나 그것은 그 나름으로 혁명 초기의 공식주의를 청산하는 과정에서 태어났던 것이다. 그렇기 때문에 사회주의적 리얼리즘의 초기 이론적 대변자들은 라프(RAPP, 러시아프롤레타리아예술가동맹의 약칭-편집자주)의 이른바 학교주의와 그 도식성을 맹렬히 비판하고 예술의 최소한의 고유성을 인정했던 것이다. 어쨌든 이 사회주의적 리얼리즘이란 사회주의적 세계관과 리얼리즘적 방법론의 변증법적 통일을 추구하는 사회주의를 건설하기 위해서 투쟁하는 단계의 리얼리즘이라고 보통 이해되고 있다. 그러니까 우리와는 사정이 다르고 잘 알지도 못하는 남의 나라 이야기이며, 그것을 가지고 우리가 이렇다 저렇다 논란을 벌이는 것은 심심해서 못 견디는 사람들에게나 맡겨 두면 그만일 것이다. 다만 필자는 여기서 마르크시즘을 신봉한다고 자처하는 일급 문예 이론가조차도 공식적 슬로건으로서의 사회주의적 리얼리즘에 대해서 그것이 이미 오늘의 사회 현실을 창조적으로 재현하는 데 무력한 이론이 되었다고 비판했던 것을 상기시키고 싶다.

이상에서 전개된 필자의 이야기는 문학과 예술의 모든 분야를 논의의 토대로 가정한다.

여기서 가장 중요하게 남는 문제는 우리나라의 문학과 예술의 역사에서 리얼리즘이 어떻게 나타났는가, 어떻게 성숙해 왔는가 하는 문제일 것이다. 한두 마디로 이렇다 저렇다 하는 것이 무리한 노릇이지만 단적으로 말하는 것이 허용된다면 필자가 보기에 18세기와 19세기의 전반기에 문학, 예술에 일어난 모든 변화는 리얼리즘의 방향에서 이해될 수 있을 것이다. 다음으로 20세기의 20년대와 30년대에 있어 이룩된 문학적 성과를 우리는 리얼리즘으로 설명할 수 있을 것이다. 즉 김동인, 염상섭, 현진건, 채만식, 김동리 등의 소설을 그렇게 볼 수 있다. 이때 가령 염상섭의 문학을 리얼리즘문학으로 보느냐 리얼리즘적 요소를 지닌 자연주의 단계의 문학으로 보느냐 하는 것은 거의 무의미한 의미 제기이다. 그것은 낭만주의 다음에 사실주의, 사실주의 다음에 자연주의 하는 식의 사조사적 관점에서 논의될 성질의 것인데, 주지하는 바와 같이 그것은 우리에게 있어서 스땅달이 리얼리즘 작가냐 혹은 낭만주의적 요소를 지닌 작가냐를 논의하는 것보다 훨씬 무의미하다. 중요한 것은 염상섭의 구체적인 작품을 앞에 놓고 리얼리즘이 달성된 측면과 염상섭적 리얼리즘의 한계로 지적될 측면을 분석, 비판하는 일이다.

마지막으로 필자는 오늘의 한국문학이 나아갈 올바른 길은 리얼리즘이라고 생각한다. 이 말은 리얼리즘 이외의 모든 다른 방법론을 버려야겠다는 것과는 매우 다르다. 왜냐하면 리얼리즘은 작가의 건강한 창조적 능력이 사회적 현실과의 투쟁을 통해 철저히 개발되는 과정에서 나타나는 것이며, 예술을 창작하는 과정에서의 예술가의 방법론이라고 하는 것은 그 예술가의 심의에 따라 마음대로 버리거나 바꿀 수 있는 것이 아니라 그의 전 예술의 내용에 의해 불가피하게 제약되는 것이기 때문이다. 낙후한 농촌 사람들이거나 따분한 가난뱅이들만 소재로 삼아서야 어찌 발랄한 문학이 나올 수 있겠느냐고 우려하는 사람들도 있다. 물론 작가는 자기가 잘 아는 소재, 즉 자기의 경험을 토대로 작품을 쓴다. 이것이 바로 작가가 어떠한 소재를 택하든 그리고 어떤 관적 편견을 가지든 그를 위대한 리얼리스트로 만드는 길이다. 60년대 이후의 우리 문학에 관해서 부분적인 성과를 거둔 바 있다. 다만 우리가 견딜 수 없다고 하는 것은 체제의 불합리 바로 그 속에 안주하여 문학을 다른 모든 삶의 문조文藻로부터 절단시킨 채 대단치도 않은 왜소한 관념의 유희, 기교를 희롱하고 그것에 만족하며 서로 만족시켜 주는 사람들의 비문학적 행동일 뿐이다.

—

이 글에서는 특정 작가에 대한 리얼리즘 논의에서 작가와 그의 작품 전체를 두고 평가하지 말고, 작품별로 구분해서 그 속에서 리얼리즘적인 요소를 찾아내는 방법이 필요하다고 주장한 것에 주목할 필요가 있다. 이는 리얼리즘의 이론적인 측면에만 치우쳐서 수많은 논쟁을 불러일으켜 왔던 그동안의 행보에 통일적인 리얼리즘비평 기준을 만들고자 하는 염무웅의 의도를 살펴볼 수 있는 대목이다. 리얼리즘에 하나의 사회적 객관성을 부여했던 그의 시도가 각 작품별로 세밀하게 접근하는 실제적인 비평의 중요성을 한층 더 높이는 계기가 되었다는 것에 큰 문학적 의미가 있다.

* 이 글은 《文學思想》(1972. 10.)에 실린 〈리얼리즘의 歷史性과 現實性〉을 원전으로 삼은 것이다.

528

궁핍한 시대의 시인

—한용운의 시

김우창

불란서의 철학자 뤼시앙 골드만은, 그의 저서 《숨어 있는 신》에서, 어려운 시대에 사는 인간의 한 유형을 파스칼과 라신의 생애와 저작을 통해서 추출하게 보여 준다. 골드만에 의하면 파스칼이나 라신의 핵심은 '비극적 세계관'이라는 개념으로 요약될 수 있다. '비극적 세계관'은, 서로 모순되는 두 요구, 자아의 진실과 세상의 허위 속에 고뇌하는 인간이 생각할 수 있는 태도이다. 세상이 온통 거짓과 부패 속에 빠져 있을 때, 사람은 현실에 굽히고 들어가는 외에 세 가지 방법으로써 처세할 수 있다. 하나는 거짓말 세상을 버리고 세상의 저 너머에 존재하는 초월적인 진실 속에 은퇴하는 것이며 다른 하나는 세상을 진실된 것으로 뜯어고치도록 현실 속에 행동하는 것이다. 그러나 이 후자의 경우 현실과 진실의 거리가 도저히 건너뛸 수 없는 심연에 의하여 단절되었다면 어떻게 할 것인가? 이때에 있을 수 있는 제3의 태도가 비극적인 태도이다. 그것은 진실의 관점에서 세상을 완전히 거부한다. 그러나 현실의 관점에서 그것을 완전히 받아들인다. 비극적인 인간이 요구하는 절대적인 진실의 면에서 볼 때, 그는 있는 그대로의 세계의 진실성을 인정할 수 없다. 그러나 그는 또 세상 밖에 설 수 있는 자리가 없음을 안다. 사실 세상이 완전히 타락한 거라면 비극적인 인간 그 자신에게나마, 어떠한 진실이 가능할 것인가? 그의 절대적인 진실에의 요구조차 확실할 수 없는 것이다. 그는 어처구니없게도 진실에 이르는 길이 이 세상을 통하지 않고는 달리 없다는 사실에 부딪치게 된다. 그는 이 세상의 일에 전심할 수밖에 없다. 그러나 이것은 오로지 그 일을 부정하기 위해서이다. 비극적인 인간의 절대선에 대한 요구가 크면 클수록 세상이 유일한 존재의 장이면서 타락해 있는 곳이라는 역설에 부딪치고 이 역설 속에서 그의 전심과 부정의 변증법은 계속된다. 사실 그의 입장에서 볼 때, 진실이란 도대체 부재로써만 확인되는 것이다. 기독교의 관점에서 이것은 신과 세상과의 관계로 옮겨질 수 있다. 타락한 세상에 신은 있지 아니한다. 그러나 인간에게는 세상 이외의 신에 이르는 길이 없기 때문에 신은 오로지 부정과 부재로써만 확인된다. "참으로 신은 숨어 계시는 것이다."

《숨어 있는 신》에 있어서 흥미로운 것은 그것이 이러한 비극적인 세계관을 분명히 부각시켰다는 것에 못지않게, 이 세계관을 17세기 불란서의 사회에 연결시켰다는 것이다. 17세기는 불란서의 정치 사회사에서 절대 왕권이 그 기반을 굳혀 간 과정으로 파악될 수 있다. 파리에 근거한 왕권은 처음 봉건귀족과의 권력 투쟁에서 성장하기 시작하는데 제3계급은 이 투쟁에서 왕권의 주요한 지주였다. 특히 이 제3계급 가운데에서도 왕권에 의존하면서 반독립적인 이해관계를 발전시키고 있던 이속계급吏屬階級officiers은 중요한 위치를 차지했다. 이들은 지방의 세수원, 법정의 변호사로 활약하며 그 구전으로 치부하고 왕을 위하여는 행정 대리인 노릇을 하였다. 그러나 1630년대에 이르러 이제 충분한 성장을 본 왕권은 보다 직접적인 통치 기구로서 관료제를 발전시키게 되고 이에 따라 이속계급은——이들의 많은 수가 귀족la noblesse de robe이 되어 있었다——정치 권력의 중심에서 떨어져 나가게 되었다. 다른 계층들은 왕과의 대립 관계에서 독자적인 행동으로 사태의 변화에 대처할 수 있었으나 이들 신흥 귀족은 권력에서 멀어지면서 매우 거북한 입장에 놓이게 되었다. 그들은 이제 그들이 대항해야 할지도 모르는 왕에게 경제적으로 예속되어 있었던 것이다. 이렇게 하여 그들은, 이제 그들과 이해를 달리하게 된 세력에 저항할 수도 안 할 수도 없는 궁지에 몰린 것이었다. 골드만은 파스칼과 라신을 비롯한 쟝세니스뜨(얀센교도-편집자주)들이 이러한 궁지에 몰린 '노블레스 드 로브' 출신이거나 거기에 가까왔던 사람들이라고 쟝세니슴의 정수를 이루는 '비극적 세계관'과 쟝세니스뜨들의 사회적인 처지 사이에 상관관계를 수립한다.

위는 《숨어 있는 신》의 주제의 요약이거니와 나는 파스칼과 같은 쟝세니스뜨의 경우가 이제 본고에서 이야기하려 하는 한용운韓龍雲의 경우에 아주 근사한 것으로 생각한다.

한용운의 시대는, 파스칼의 시대처럼 모순적인 선택밖에 제시해 주지 않았던 시대였다. 파스칼의 '노블레스 드 로브'가 무력감에 사로잡힌 몰락하는 계급이었다면 한용운의 시대에 있어서 우리 민족은 민족 전체로서 몰락하는 계급이 되었다. 계급의 경제적인 기저에 가로놓인 자체 모순이 파스칼의 계급을 저항과 비저항 사이의 이상한 마비 상태에 놓이게 했다면, 이것을 한 민족 전체에 해당시키기는 어렵다 하더라도 외세와 민족 역량의 엄청난 질량 차에 짓눌린 사람들이 불란서의 몰락 계급에 비슷하게 은둔도 현실 개조도 할 수 없는 뼈아픈 무력감에 사로잡혔을 것이라는 것은 쉽게 생각할 수 있다. 세상은 걷잡을 수 없이 기울어져 이미 어둠의 세력에 내던져져 버린 것으로 보였을 것이나 그렇다고 현실 세계의 역학 균형이야 어찌 되었던 수수방관만 할 수는 없는 노릇이었을 것이다. 그러니까 절대적으로 요구되는 구국 운동과 절대적인 무력감 사이에 끼이게 된 한용운의 상황은 시대의 전체적인 테두리에 있어서 정히 파스칼적인 것이다.

　파스칼적인 데에는 다른 요인들도 있었다. 그의 개인적인 상황은 그로 하여금 망국 민족의 딜레마를 자기의 그것으로 떠맡게 하는 데 알맞은 것이었던 것 같다. 그의 집안은 본래 '토호습土豪級'에 속할 만치 부유하였다고 한다. 그러나 그가 자라는 사이에 가세가 기울어 집안은 곧 '일개의 빈가貧家'로 떨어져 버렸다(박노준·인권환 공저,《한용운 연구》). 사람은 무엇보다도 계층 이동 과정에서 자기를 형성 지배한 사회 세력을 의식하게 된다. 한용운의 경우도 예외는 아니었을 것이다. 그가 열여덟 살에 동학에 가담한 것은 몰락하는 집안의 후예로서의 자기의식과 불가분의 것이었을 것이다. 동학에 관련하여 주목할 것은 그것이 실패한 민족운동이었다는 사실이다. 특히 한용운이 동학에 들어갔을 때는 동학 봉기가 일어난 지 2년이 지난 동학 대박해의 시기였다. 동학에의 참가는 행동으로 현실을 바로잡겠다는 적극적인 의지의 표현이라 하겠다. 그러나 박해기의 동학 운동에서 이러한 의지를 유지하기란 어려운 일이었을 것이다.

　한용운은 결국 출세간出世間의 불문佛門으로 들어간다. 이것은 정치적 피신 행각 중의 우연한 해우에만 기인한 것은 아니었던 것 같다. 여기에는 피치 못할 논리가 있다. 파스칼의 쟝세니슴에서 골드만에 의하면 '비극적 세계관'은 그 핵심을 이루는 것이지만, 쟝세니슴 가운데 다른 조류가 없었던 것은 아니었다. 한쪽으로는 부분적 진실의 실현이 이 세상에서도 가능하다는 타협주의와 다른 한쪽으로는 세상을 버리고 신의 진리 속에 숨어야 한다는 은세주의隱世主義가 그 양극단이 된다. 파스칼 자신도 비극적 관념에 이르기 전까지 이 양 경향에 끌리기도 하였었다.

　우리는 한용운에서 비슷한 역정歷程을 본다. 현실의 정치 속에서 진실의 실현이 불가능하다고 생각한 그는 세상과의 모든 인연을 끊기 위하여 불도에 귀의한다. 그러나 그가 이르게 되는 최종적인 입장은 완전한 출세간의 불도의 그것이 아니라 "세간을 버리고 세간에 나는 것이 아니라 세간에 들어서 세간에 나는"(전게서前揭書《한용운 연구》80엽頁에서 재인용) 불도의 입장이다. 한용운에게 불타의 진리는 세상 밖에서가 아니라 세상 안에서 구해진다. 그러나 이것은 역설적으로 세상이 그러한 가능성을 가지고 있기 때문이 아니라 그러한 가능성에서 일탈했기 때문이었다. 그러니까 세상 안에서의 불타의 진리는 부재와 부정으로만 확인된다. 부정과 역설을 진리에 이르는 유일한 길로 보는 견해는 불교적인 전통의 주요한 부분이다. 그러나 하필이면 한용운의 불교 이해가 이러한 형태를 취한 것은 그의 삶에 있어서의 근본 동력이 이에 호응한 까닭이었기 때문이라 하겠다. 하여튼 "세간에 들어서 세간에 나는" 불교는 민족적으로 사회적으로 걷잡을 수 없는 자세라는 것을 알면서 정의를 외치지 않을 수 없었던 그의 상황에 최고의 형이상학을 제공해 준 것이었다.

위에서 나는 한용운의 생애의 근본 형식을 추출해 보았다. 이것은 어디까지나 그의 생애를 하나의 총체적인 의미로서 파악하기 위한 가설이므로 이것은 전기적 자료에 의하여 검증되어야 할 것이다. 여기에서 주요한 보조 자료가 되는 것은 문학작품이다.

그러나 이것은 문학작품이 전기의 직접적 반영이란 뜻에서가 아니다. 우리는 역으로 그의 생애는 문학작품 이해에 주요한 보조 자료라고 할 수도 있다. 한 사람의 생애와 성공적인 문학작품은 말하자면 서로 독립하면서 또 동시에 대응하는 기술記述 체계를 이룬다. 그리하여 둘 다 하나의 실존적 계획으로서의 생애와 작품에 움직이는바 여러 세력의 기본 구조를 드러낸다.

한용운의 〈님의 침묵〉은 그의 정치적, 사회적, 종교적 활동 전체에 관류하고 있는 어떤 근본적인 존재 방식에 대한 반성이며 증언이다. 이렇게 말하는 것은 〈님의 침묵〉이 우의적인 해석에 의하여서만 문제됨을 보기 때문이다. 가령 우리는 〈님의 침묵〉에 있어서의 '님'이 누구냐는 질문이 발해지는 것을 종종 듣는다. 그리고 그것은 부처일 수도 민족일 수도 있다고 한다. 한용운 자신, 시집의 서언 '군말'에서 이러한 추측 놀이의 길을 터놓은 셈이지만 간단한 우의적인 해석은 그가 말하려는 것에서 의미의 긴장감을 제거해 버린다. 한용운의 '님'은 그의 삶이 그리는 존재의 변증법에서 절대적인 요구로서 또 부정의 원리로서 나타나는 한 한계 원리를 의미한다. 그것은 정적靜的으로 있는 민족이 아니라 억압된 민족에 대하여 자주적인 민족을, 사회적으로 억압된 민중에 대하여 자유로와진 민중을 실증적으로 파악하는 법에 대하여 보이지 않는 근원적인 진리를 말한다. 그것은 현실적인 민족이나 진리보다는 부재와 부정으로만 어림가는 본연적인 모습의 민족, 진리 속에 있는 세상을 지칭한다. 그러니까 다시 말하여 '님'은 한자리에 놓여 있는 존재로서의 대상이 아니라, 움직이는 부정의 변증법에서 의미를 갖는 존재의 가능성이다. 그러나 '님'의 의의를 깨닫는 것은 〈님의 침묵〉전부를 이해하는 것이고, 이 이해에 있어서 동적인 변증 과정을 마음에 두는 것은 중요한 일이다.

위에 거칠게나마 시험해 본, 생애의 도식화로써 우리는 이미 이 시집에 드러나는 기본적인 변증법에 대한 열쇠를 얻었다. 이 시집의 근본 양식은 존재와 부재의 역설적 상호작용이다. 〈님의 침묵〉에 있어서 진리는 부재로서만 존재한다. 이 책에 실린 시편들은 이 근본 역설이 드러내는 여러 관계를 이야기한다. 그러나 이 점을 좀 더 살펴보기 전에 한 가지 문제를 언급하고 가자. 그것은 이 시집의 기초가 되어 있는 비유의 문제다. 존재와 부재의 변증법은 이 시집의 표면에서는 남녀의 애정 관계로 표시된다. 그러나 내가 지적하고 싶은 것은 남녀 관계는 여기에서 단순한 비유나 탁의託意가 아니라는 것이다. 욕정은 부재나 마찬가지로 인간 존재의 부정성—사르트르 식으로 말하여, 인간 존재의 본질이 '결여manque'라는 사실에 그 존재론적 근거를 갖는다. 욕정은 현존하지 않는 것, 부재 내지 무無를 유有로 설정한다. 그리고 부재가 존재로 채워질 때 그것은 사라지고 만다. 여기에서 우리는 존재와 부재의 기묘한 상관관계를 본다. 욕정과 부재는 그 존재론적 형식을 공유한다. 그러나 일보 더 나아가 이 공유는 형식에만 한정된 것이 아니다. 적어도 한용운에게는 존재의 기본 내용은 에로스이다. 그에게 사랑은 곧 그가 파악한 바의 정치적 형이상학적 진리의 움직임이며 진리는 곧 사랑의 움직임이다. 〈님의 침묵〉에 있어서의 관능적인 내용이 그대로 관능적인 호소력을 가지면서 동시에 초월적인 의미를 암시할 수 있는 것도 그것이 한용운의 세계 이해, 그것의 깊은 곳에서 우러나오기 때문일 것이다.

《님의 침묵》은 제목 그 자체가 말하듯이 님이 침묵하는 시절의 시들이다. 님은 떠났다. 그러나 표제시 〈님의 침묵〉이 말하듯 님은 갔지마는 나는 님을 보내지 아니하였다. 따라서 님을 보내지 아니한 시인의 마음을 통해서 님은 여기에 있는 것이 아니겠는가? 이렇게 볼 때 보내지 아니한 마음이 강하면 강할수록 님의 존재는 뚜렷한 것이 되겠고 이것을 달리 말하면 님이 부재하면 부재하는 만치 그는 존재하는 것이다. 〈사랑의 측량〉이 말하듯, "사랑의 양을 알려면 당신과 나의 거리를 측량할 수밖에 없습니다. 그래서 당신과 나의 거리가 멀면 사랑의 양이 많고 거리가 가까우면 사랑의 양이 적을 것입니다". 이러한 생각은 〈님의 침묵〉의 어느 곳에나 보이는 중심 개념이다. 다시 말하여 님은 부재로서 존재한다. 그러나 부재는 시인의 부정의 힘에 의해서만 이루어진다. 〈님의 침묵〉의 고통은, 이 부정의 세계에서 살아야 하는 인간의 고통이다.

님이 부재하게 되는 원인은 무엇인가? 거기에는 정치적인 형이상학적인 원인이 있다. 이 시집 전편에 걸쳐서 특히 후반 초쯤에 한데 몰려 있는 몇 편의 시들 〈참말인가요〉, 〈논개의 애인이 되어서 그의 묘에〉, 〈당신의 편지〉, 〈당신을 보았습니다〉, 〈계월향桂月香〉 등에서, 님 부재의 원인이 일제에 의한 주권 피탈에 있음이 시사된다.

그러나 대부분의 이런 시들이 대체로 다른 시들에 비하여 긴장감이 부족한 것은 유감이다. 단지 〈당신을 보았습니다〉는 예외로서 이 시집의 어느 시보다도 뛰어난 것이다. 이 시는 이미 송욱宋稶 씨가 그의 〈시학평전詩學評傳〉에서 분석한 바 있지마는 현실을 넓게 취급한 이러한 시에서 부재의 변증법이 어떻게 작용하는가를 보기 위하여 다시 한 번 분석해 보자.

당신이 가신 뒤로 나는 당신을 잊을 수가 없습니다.

까닭은 당신을 위하느니보다 나를 위함이 많습니다.

나는 갈고 심을 땅이 없으므로 추수가 없습니다.

저녁거리가 없어서 조나 감자를 꾸러 이웃집에 갔더니 주인이 "거지는 인격이 없다.

인격이 없는 사람은 생명이 없다. 너를 도와주는 것은 죄악이다"고 말하였습니다.

그 말을 듣고 돌아나올 때에 쏟아지는 눈물 속에서 당신을 보았습니다.

나는 집도 없고 다른 까닭을 겸하여 민적民籍이 없습니다.

"민적 없는 자는 인권이 없다.

인권이 없는 너에게 무슨 정조냐" 하고 능욕하려는 장군이 있었습니다.

그를 항거한 뒤에 남에게 대한 격분이 스스로의 슬픔으로 화化하는 찰나에 당신을 보았읍니다.

아아! 온갖 윤리, 도덕, 법률은 칼과 황금을 제사 지내는 연기인 줄을 알았
읍니다.

영원의 사랑을 받을까, 인간 역사의 첫 페이지에 잉크칠을 할까, 술을 마실
까 망서릴 때에 당신을 보았읍니다.

이 시의 주인공은 재산상의 인격도 법률상의 인격도 없는 사회의 천
민이다. 인격이 말소된 천민이 수모 속에서 '당신을 보았다'고 할 때, 그
는 무엇을 보았는가? '당신'은 '항거'하는 마음이었을지 모른다. 그러나
그가 두 번째에 "……항거한 뒤에 남에게 대한 격분이 스스로의 슬픔
으로 화하는 찰나에 보았다"고 하는 '당신'은 누구인가? 그것은 격분
과 슬픔의 반대명제 내지 이 두 감정을 지양하는 어떤 것일 것이다. 〈님
의 침묵〉의 곳곳에서 우리는 슬픔이 희망과 의지로 전환된다는 다짐
을 발견하는데, 여기에서도 비인격자가 본 것은, 재산과 법률에 관계없
이 인격을 되찾아 줄 당위로서의 윤리 질서일 것이다. 이 시의 비인격자
는 이것을 보장하는 근본 존재로서 당신을 보는 것이다. 여기에서 우리
는 다시 한 번 없음의 입장이 전적인 있음의 입장으로 바뀜을 본다. 이
러한 변증법적 전환은 마지막 두 줄에서 일반화된다. 이 시의 비인격
자는 윤리와 도덕과 법률이 오로지 칼(폭력)과 황금(금력金力)의 제물임을
꿰뚫어 본다. 그리하여 그는 허무의 밑바닥에 이르게 된다.

영원의 사랑을 받을까 인간 역사의 첫 페이지에 잉크칠을 할까……

'영원의 사랑', 이것은 출세간의 은둔을 말하는 것일 것이다(우리는 이
미 한용운이 시간 외의 자기구제를 거부한다는 것을 시사했다). '인간 역사의 첫 페
이지에 잉크칠' 이것은 인간 역사의 전적인 부정을 의미한다. 윤리와 도

덕과 법률이 폭력과 금력의 가면이라면 인간 역사는 마땅히 첫 페이지로부터 허위의 역사일 것이고 그것은 말소되어 마땅할 것이다. '술을 마실까' 이 뜻은 자명하다. 초월의 세계로의 은퇴, 역사의 장의 철저한 부정, 자포자기 이러한 절망적인 선택지 사이에서 주인공은 '당신'을 보았다. 꼭 집어 알기는 어렵지만 이 당신은 절망과 허무를 부정하는 것, 절망과 허무의 반대명제라고 하겠다. 이 시의 마지막에서 시인이 요구하는 것은 초월적인 것이 아닌 사랑, 거짓이 아닌 역사, 자포자기가 아닌 인생을 보장하는 절대선의 원리로서의 '당신'이다. 시인은 이 시에서 '당신'이 존립할 근거를 제시하지 않지만 우리는 이 시의 부정적 변증 과정을 통해서 '당신'의 당위성을 충분히 느끼게 된다.

'당신을 보았읍니다'는 일제하의 정치 현실에 대한 고발이지만 거기에 작용하고 있는 것은 위에서 본 바와 같이 부정의 변증법이다. 이것을 파악할 때에만 우리는 비로소 한용운의 민족주의의 윤리적 내용을 안다. 사실 그것은 깊은 윤리적 정의 의식에서 나오는 것이다.

한 걸음 나아가 우리는 그것이 한용운의 인간 존재에 대한 깊은 형이상학적 이해에서 나온다 말해도 좋다. 어쩌면 이 이해에서 진정한 모습의 세상은 언제나 부재하는 것이었을 것이다. 그의 부재의 철학의 근본은 가장 원천적으로 인간의 의식과 존재와의 관계에서부터 출발한다. 《님의 침묵》의 두 번째의 시인 〈이별〉은, 부재야말로 님이 세상에 임하는 방법이란 것을 근본적인 면에서 말하고 있다. 이 시는 '이별은 미의 창조입니다'라는 구절로 시작하여 '미는 이별의 창조입니다'라는 귀절로 끝난다. 앞의 문장은 존재 속에 균열이 생기는 것이 미라는 의식 작용의 계기가 된다는 뜻일 것이나, 뒤의 문장은 미라는 의식 작용으로 하여 존재 속에 균열이 생긴다는 뜻일 것이다. 어느 경우에서나 특히 후자의 경우에 있어서 존재는 의식 작용을 통해서 불가피하게 부재를 잉태하게 된다는 뜻일 텐데 이러한 매우 사르트르적인 발상은 다른 시에서도 곳곳이 발견된다. 가령 〈하나가 되셔요〉에서 한용운은 님과의 합일의 상태에서는 의식이 있을 수 없고 의식이 있는 곳에는 오로지 이별의 고통을 통합 합일, 또는 오히려 합일의 음화陰畵가 있을 뿐이라고 말한다. 〈최초의 님〉에서는 '맨 첨에 만난 님과 님이 맨 첨으로 이별하였다'고 말함으로써, 의식과 존재의 균열은 결국 원초적인 창조 과정에 있어서의 세계의 자기분열에서 유래한다는 '우주론'에까지 밀어올려진다. 이 생각은 〈사랑의 존재〉에서 '사랑의 존재는 님의 눈과 님의 마음도 알지 못합니다. 사랑의 비밀은 다만 님의 수건에 수놓은 바늘과 님의 심으신 꽃나무와 님의 잠과 시인의 상상과 그들만이 압니다'라고 말할 때에도 밑바닥에 서려 있는 사상이다. 존재 자체는 욕정의 대상으로서 스스로의 모습을 알지 못한다. 그것은 창조된 '다자多者' 즉 '그들'에 의해서만 의식될 수 있는 것이다.

그러나 의식이 좌절의 연속이란 것은 보다 중요한 사실이다. 인식이 있기 위하여는 의식과 존재의 양분이 있어야 한다. 그러나 양분화된 골짜기의 저쪽에 있는 의식이 어떻게 존재의 진실에 이를 수 있을 것인가? 그것은 부재와 부정의 끊임없는 자기운동에 의하여서만 수렴될 수 있다. 그리하여 《님의 침묵》에 있어서 모든 것은 유무有無의 변증법 속에 움직인다. '타고 남은 재가 다시 기름이 되고' '한 밤을 지나면 포도주나 눈물이 되지마는, 또 한 밤을 지나면 나의 눈물이 다른 포도주가 되는' 것이다.

의식의 부정 작용이 어떻게 존재의 커다란 현존성에 합치할 수 있는가는 잘 알 수 없는 일이지만, 우리는 한 가지 하지 않아서는 아니 될 경계 사항을 가질 수 있다. 즉 부정의 움직임이 정지하는 순간 현존하는 것으로 정립되는 것은 곧 거짓으로 떨어져 버린다는 것이다. 한용운은 〈군말〉에서 '너에게도 님이 있느냐, 있다면 님이 아니라 너의 그림자니라' 하고 말한다. 또 〈님의 침묵〉에 있어서의 님은 사랑의 님이면서 우리를 기만하는 님인 것이다. '나는 향기로운 님의 말소리에 귀 먹고 꽃다운 님의 얼굴에 눈멀었읍니다.' 이것은 어떠한 방법으로 님에 이르든지 마찬가지다. 한용운은 자연에서 존재의 의연한 모습을 보는 경우가 많지만 그것도 현존으로 파악될 때 오히려 존재에의 길, 님에의 길을 막는 것이 되어 버린다. 그러니까 〈심은 버들〉에서 님을 매려던 버들가지는 님을 위해서는 달리는 말의 채찍이 되고 나에게는 나를 여기에 매어 놓은 '천만사千萬絲'가 된다.

님에 대한 부정적인 이해는 한용운으로 하여금 보다 세간적인 면에 있어서도 현존적인 것, 고정된 것을 극도로 경계하게 한다. 이런 점에서 그는 형이상학적 근본주의자라고 할 수 있을 것이다. 《님의 침묵》의 여러 시편들에서 그는 언어에 대한 불신을 기록하고 있다. 〈예술가〉에서 한용운은 자기가 님의 모습을 그리기에는 너무나 서투른 예술가임을 말한다. 그는 그의 말대로 '소질'이 없기 때문이 아니다. 그는 '즐거움'이니 '슬픔'이니 '사랑'이니 그런 것을 쓰기 싫다고 한다. 그는 또 '당신이 가르쳐 주시던 노래를 부르려다가 조는 고양이가 부끄러워서 부르지 못하였다'고도 한다. 부끄럽다는 것은 주체의 객체화를 징표해 주는 감정이다. 바로 부당한 개체화는 언어에 따르는 위험인 것이다. 〈칠석七夕〉에서는 한용운은 견우직녀의 사랑은 표현이기 때문에 진정한 사랑이 아니라고 한다. 〈의심하지 마셔요〉에서는 언어에 대한 불신을 한 걸음 더 발전시켜 굳어지는 태도까지도 불신의 대상이 되게 한다. 시인은 여기에서 시인의 사랑이 변함없음을 맹세하지만 오히려 맹세 자체도 적절한 것이 아니라고 한다. 그는 말한다.

만일 인위人爲가 있다면 "어찌하여야 처음 마음을 변치 않고 끝끝내 거짓 없는 몸을 님에게 바칠고" 하는 마음뿐입니다.

　　부정의 존재론에 따르는 다른 하나의 보다 중요한 부론副論은 도덕
적인 또는 형이상학적인 '반계율反戒律주의'이다. 파스칼은 "진정한 도
덕가는 도덕을 싫어한다"고 했지만, 이 말은 한용운의 경우에도 해당
된다. 존재가 언어에 담아질 수 없다면 도덕은 도덕률에 담아질 수 없
는 것이다. 시조 〈선경禪境〉은 이런 입장을 간결하게 표현하고 있다.

가마귀 검다 말고
해오라기 희다 마라
검은들 모자라며
희다고 남을 소냐
일없는 사람들은
옳다 긇다 하더라

　　〈비방誹謗〉 같은 시에서 만해萬海가 외면적 사회 규범에 대하여 내면
적 도덕을 옹호한 것은 오히려 진부한 감이 있다고 하겠으나 〈가지 마
셔요〉에 나타난 '반현존주의'는 보다 예리한 것이다. 이것은 부정의 세
계에서 사는 사람이 '위안에 목마른' 까닭에 지나치게 성급히 긍정적인
도덕에 귀의함으로써, 오히려 진실로부터 멀어져 가고, 거짓 의식에 떨
어지는 것을 경고한다. 어린아이의 사랑, '자비의 백호광명白毫光明', 권력
과 재물을 우습게 아는 사랑, '새 생명의 꽃', 처녀의 순결한 사랑, 헌신,
이 모든 것이 결국, '죽음의 방향芳香'이라고 이 시는 이야기한다. 이러
한 '거짓 의식'에 대한 경고에서 한 걸음 더 나아가 깊은 절망의 절규처
럼 들리는 어떤 시들에서는, 한용운은 그가 순간적으로 직관하는 듯
한 진실재眞實在가 사실은 마魔의 유혹이 아닌가 하는 회의를 갖기도 한
다. 가령 〈?〉에서, 그는 님이 오는 순간은 가치의 전도가 일어나는 때
임을 말한다. 님의 발자국이 들릴 때 '인면人面의 악마'와 '수심獸心의 천

사’가 나타난다. 시인은 이러한 가치 전도의 순간에 ‘불佛이냐 마魔냐’ 하고 외치는 것이다.

님의 인식이 아무리 어려운 것이라 하더라도 님과 나의 관계에서 가장 중요한 것은 인식의 문제가 아니라 윤리의 문제이다. 결국 중요한 것은 삶의 의의이다. 님이 부재하는 세계에서 산다는 것은 괴로운 것이다. 〈님의 침묵〉은 이 괴로움에 대한 긴 하소라고 볼 수도 있지만 이렇게 괴로운 인생을 살아가야 할 이유가 어디에 있는가? 사실 한용운은 죽음과 삶을 늘 저울질한다. 결국 그는 삶을 받아들이지만 그 삶은 복잡한 변증법을 통하여서만 정당화된다. 우선 삶은 님을 위한 비록 그것이 부재의 님을 위한 것일지라도 삶이어야 살 만한 것이다. 그는 〈나의 길〉에서 말한다.

……나의 길은 이 세상에 둘밖에 없읍니다.

하나는 님의 품에 안기는 길입니다.

그렇지 아니하면 죽음의 품에 안기는 길입니다.

그것은 만일 님의 품에 안기지 못하면 다른 길은 죽음의 길보다 험하고 괴로운 까닭입니다.

그러나 여기에 주의할 것은, 님의 품에 안기는 길이 결국 님의 부재에 안기는 길이라 하더라도 그것을 택하는 것은 단순한 개인적인 필요에서가 아니라는 사실이다. 내가 그렇게 살아야 하는 것은 님이 그것을 필요로 하기 때문이다. 그러니까 한용운은 〈이별〉에서 ‘이별은 꽃 생명보다 사랑하는 애인을 사랑하기 위하여 죽을 수가 없는 것이다’ 하고 또 ‘애인은 이별보다 애인의 죽음을 슬퍼하는 까닭’이라고 말하는 것이다. 이것을 한 걸음 더 밀고 나간다면, 내가 (부재로서의) 님을 그리워하는 것도 사실은 개인적인 인간으로서가 아니라 님의 필요로 인한 것이라는 생각이 된다. 그리하여 흔히 세상 사람들의 정신적 진실인 '만사가 다 저의 좋아하는 대로 말한 것이요, 행한 것'인데 대하여, 참다운 님에 대한 사랑은 나 아닌 저쪽에서 온다. '내가 당신을 기다리고 있는 것은 기다리자 하는 것이 아니라 기다려지는 것'(《자유정조自由貞操》)이다. 이리하여 우리는 〈님의 침묵〉에서 가장 강한 소명감을 발견한다. 한용운은 '남들은 자유를 사랑한다지마는 나는 복종을 좋아하여요'라고 선언하고, 또 자유는 '알뜰한 구속'이라고도 하고 '나는 복종의 백두전서百科全書'라고도 한다.

그러나 님의 부재를 받아들이는 것이 하나의 지상 명령이라고 하더라도 어떻게 살아야 하는 문제가 저절로 해결되는 것은 아니다. 님의 지상 명령은 필연이면서 또 자유인 것이다. 위에서 〈나의 길〉을 인용한 바 있는데 이 시의 난해한 끝 부분은 여기에 대한 가장 심각한 답변을 시도하고 있다. 아까 인용한 부분에 이어서 시는 다음과 같이 계속된다.

아아! 나의 길은 누가 내었읍니까.
아아! 이 세상에는 님이 아니고는 나의 길을 낼 수가 없읍니다.
그런데 나의 길을 님이 내었으면 죽음의 길은 왜 내셨을까요.

한용운은 여기에서 내가 나의 삶을 위하여 택하는 길이 님의 길임을 말한다. 그러나 이것은 호소 이외의 어떠한 강제력도 띨 수 없는 것이다. 이 길 이외에도 죽음의 길이 있는 것은 우리에게 스스로의 삶을 선택하게 함으로써 인간의 자유를 보장하기 위한 것이다. 〈나의 길〉에서 우리는 사실상 도덕철학에 있어서의 가장 핵심적인 문제에 부딪친다. 이것은 기독교에서 어찌하여 신이 전지전능한 필연의 존재이면서 에덴동산에 선악의 나무를 심어 인간에게 선택의 자유를 주었는가 하는 문제만치 어려운 문제다. 〈나의 길〉의 주석만으로써 우리는 도덕철학의 체계를 지을 수도 있을 것이다.

우리는 위에서 사람이 사는 것은 자유로운 선택에 의하여 님의 길을 가기 위한 것이라고 하였는데, 그렇다면 님의 길은 어떻게 알 수 있는 것인가? 여기에 있어서의 실천적인 문제는 자유와 필연의, 유연성 있는 변증법적 관계에서 답변된다.

이러한 문제를 가장 잘 말하고 있는 시는, 시로서는 조금 미흡하지만 〈잠 없는 꿈〉이다.

나는 어느 날 밤에 잠 없는 꿈을 꾸었읍니다.

"나의 님은 어디 있어요. 나는 님을 보러 가겠읍니다. 님에게 가는 길을 가져다가 나에게 주셔요, 님이여"

"너의 가려는 길은 너의 님이 오려는 길이다. 그 길을 가져다 너에게 주면 너의 님은 올 수가 없다."

"내가 가기만 하면 님은 아니 와도 관계가 없읍니다."

"너의 님이 오려는 길을 너에게 갖다주면 너의 님은 다른 길로 오게 된다. 네가 간대도 너의 님을 만날 수가 없다"

"그러면 그 길을 가져다가 나의 님에게 주셔요"

"너의 님에게 주는 것이 너에게 주는 것과 같다. 사람마다 저의 길이 각각 있는 것이다"

"그러면 어찌하여 이별한 님을 만나 보겠읍니까"

"네가 너를 가져다가 너의 가려는 길에 주어라. 그리하고 쉬지 말고 가거라"

"그리할 마음은 있지마는 그 길에는 고개도 많고 물도 많습니다. 갈 수가 없읍니다"

꿈은 "그러면 너의 님을 너의 가슴에 안겨 주마" 하고 나의 님을 나에게 안겨 주었읍니다.

나는 나의 님을 힘껏 껴안았읍니다.

나의 팔이 나의 가슴을 아프도록 다칠 때에 나의 두 팔에 비어진 허공은 나의 팔을 뒤에 두고 이어졌읍니다.

이 시에 몇 겹으로 사려 있는 정반正反의 논리를 일일이 풀어내기는 쉽지 않으나, 중첩된 역설의 중심인 세째 줄 '너의 가려는 길은 너의 님이 오려는 길이다' 운운을 생각해 보자. 이 줄의 전반부는 일단 너의 길과 님의 길이 하나라는 일원론적 명제로 해석할 수 있다. 그러나 후반은 이를 수정한다. 자의적인 해석으로 얻어지는 님의 길이 진정한 님의 길일 수는 없다. 뒤에서 말하듯이 구도자는 '너를 가져다가 너의 가려는 길에 주어'야 한다.

그러나 완전한 자기초월, 타자에의 합일은 불가능한 것이다. 시의 뒷부분에서 구도자는 요구하기를 님의 길을 가져오지 못하는 경우 님에게 길을 가져다주라고 한다. 그러하면 그 길을 내가 따라갈 수 있지 않겠는가? 하지만, 대화자는 답하여, 그것은 길을 너에게 가져다주는 것과 같다고 말한다. 즉 완전한 초월적 입장은 완전한 개아적個我的 입장과 같은 것이다. 대화자는 계속하여 '사람마다 저의 길이 각각 있는 것이다'라고 말한다. 그리고 님을 구하려면 '네가 너를 가져다가 너의 가려는 길에 주어'야 한다고 한다. 즉 언뜻 보면 님과는 상관이 없는 것 같은 나의 길을 가야 하는 것이다. 여기에서 대화의 전반은 일단락이 되지만 여기까지 이르고 보면 처음의 역설은 다시 해석되어야 한다. 즉 '너의 가려는 길은 너의 님이 오려는 길이다'라는 것은, 네가 여는 길이야말로 님이 내려오는 길, 혼미 속에 방황하며 노력하는 너야말로 곧 진리의 일꾼이라는 입언立言이 된다.

시의 대화는 후반으로 계속되는데, 이것은 전반의 이야기를 뒤집어 엎는다. 즉 앞에서는 구도求道가 어렵고 쉬운 합일의 길이 없다고 하였지만, 여기에서는 정진 가운데 있는 돈오頓悟를 말한다. 그러나 이것은 결론 부분에서 다시 뒤집어진다. 궁극적인 님은 '공空'이요 '무無'이다. 이것은 물론 불교의 색시공色是空에서 나온 것이지만, 보다 평범하게 인간의 길은, 한쪽으로는 허무의 길이요(사실 여기에 이야기되어 있는 것은 모두 꿈속의 일이다), 다른 한쪽으로는 자유의 길임을 말하는 것으로 취하여질 수 있다.

위에서 우리는 보편적 원리와 개아의 상관관계를 살펴보았지만, 다시 한 번 생각하여, 보편이란 무엇인가? 이것은 종교적으로 또는 형이상학적으로 다자多者를 넘어서 있는 일자一者의 원리이다. 그러면 다多는 무엇인가? 그것은 세계 만상萬象을 의미한다고 하겠다. 그런데 여기에는 주관적인 의식의 소유자로서의 여러 개체도 포함된다. 그러나 여기에서 의식은 일一과 다多의 문제에서 매우 특수한 위치를 차지한다. 왜냐하면 개체적 의식은 비록 특수하고 다원적인 것에 속하는 것이면서 동시에 이러한 다원성을 넘어서는 보편성을 인식하는 바탕이 되는 것이기도 하기 때문이다. 그러면 어떻게 개개의 주관적인 의식이 보편을 의식할 수 있는가? 이것은 철학적으로도 중요한 문제이겠지만, 단지 그런 관점에서가 아니라 현실 생활에 있어서 매우 초급한 의미를 갖는 문제이다. 어떻게 하여 개별 의식이 하나의 의식으로 또 개별 의지가 하나의 의지 '일반 의지'로 합쳐질 수 있느냐, 또는 어떤 개별 의식이나 의지가 보편적인 관점을 대표한다고 할 수 있느냐 하는 문제는 정치 생활에 있어서 또 우리의 일상적인 인간관계에 있어서 가장 핵심적인 문제가 되는 것이다. 한용운은 '님'의 문제에도 이러한 국면이 있다는 것을 생각은 했던 것 같다. 〈잠 없는 꿈〉은 사람마다 저의 길이 각각 있으며, 곧 이것이 님의 길이 될 수 있다고 한다. 비록 이러한 합일이, 이 시가 이야기하듯이 어려운 것이기는 하면서도 이루어지는 것이라 한다면 한 사람의 길과 다른 한 사람의 길은 어떻게 합치될 수 있을 것인가? 사회적 존재로서의 인간에게 중요한 것은 절대적인 진실과 개인의 진실 사이의 관계라기보다 각각 자신만이 절대적이고 보편적인 진실을 전유專有하고 있다고 주장하는 개체들을 어떻게 하나의 보편성의 광장으로 나아가게 할 것인가 하는 문제이다. 이런 관점에서 볼 때 어떤 진실의 사회적 가치는 그것이 개별적 의식의 갈등을 해소할 수 있는 유일한 터전이 된다는 데에 있다. 그러나 사람들이 서로 합치는 터전이 되는 진실은 어디에서 오는가? 일단 그것은 반드시 개체적인 것일 수밖에 없는 의식을 통해서 온다고 해야 한다. 그러나 이러한 진실은 그것이 공동체의 의식 속에 정립되어질 때까지는 평화의 수단이 아니라 싸움과 갈등의 수단이 될 수밖에 없다. 사실 진실을 본 사람 또는 보았다는 사람처럼 독단적인 사람도 찾기 어려운 것이다. 그리고 진실은 개인적으로나 집단적으로나 힘의 근원이 되는 까닭에 만인의 공유물로 제공되기보다 한 사람 또는 몇 사람의 독점물로 전단되는 수도 많은 것이다. 〈잠 없는 꿈〉 같은 데서 한용운이 진실의 절대적인 인식이 어렵고 그것이 일종의 실존적 결단으로 생겨나는 것이라고 한 것은 사회적인 관점에서 독단적 진실의 관점을 강화할 수도 배제할 수도 있는 입장으로 나아갈 수 있다. 그러면 이것이 어떻게 싸움과 독단이 아니라 화해와 공존으로 나아가는 터전이 될 수 있을 것인가? 한용운이 여기에 대하여 분명한 답변을 제시하였다고 할 수는 없다. 그는 비록 포괄적이라고는 하지만, 그의 시적인 탐구에 있어서 주로 철학적 차원에 머물러 있었다. 그러나 위에서도 말한 바와 같이, 님과의 합일의 경지에 갈등적인 요소가 있음을 그는 인식하고 있었다. 가령 〈님의 침묵〉을 직절적直截的으로 선禪이나 민족운동의 관점에서 해석할 때 설명하기 어려운 질투의 테마 같은 것은 지금 이야기한바, 진실의 소유를 위한 의식과 의식의 갈등이라는 입장에서 이해할 수 있는 것이다. 이러한 테마가 한용운의 전체적인 관심의 지도에서 그렇게 중대한 것이었다고는 할 수 없지만, 이러한 점에 대하여 고찰을 시도했다는 것은 그가 어떠한 문제에 있어서도 의미 내용이 단순화에 머물지 않았다는 점을 생각케 해 준다.

가령 〈진주〉에서 한용운은 이 시의 화자가 드린 진주를 남에게 빌려 준 님을 원망하는 이야기를 하고 있지만, 이 시는 단순히 남녀 간의 사랑에 있을 수 있는 배타성 외에 사람의 진실과의 관계를 언급하고 있는 것으로 생각될 수 있다. 〈착인錯認〉은 보다 복잡한 관련 속에서 같은 문제를 다룬다. 시의 화자는 님이 자신에게만 속하는 님이기를 원한다. 그러나 높은 곳에 있는 달과 같은 님은 내려오기를 망설이며,

네네, 내려가고 싶은 마음이 잠자거나 죽은 것은 아닙니다만은 나는 아시는 바와 같이 여러 사람의 님인 때문이어요. 향기로운 부르심을 거스르고자 하는 것은 아닙니다.

하고 화자의 소망을 거절한다. 이에 화자는 부끄러움을 느끼며 자리에 드는데, 그때에 님은 그에게 오히려 가까이 온다. 〈행복〉도 같은 테마를 취급하고 있다. 님과의 관계에서 일어나는 갈등은 맨 처음에 분명히 제시되어 있다.

나는 당신을 사랑하고 당신의 행복을 사랑합니다. 나는 온 세상 사람이 당신을 사랑하고 당신의 행복을 사랑하기를 바랍니다.
그러나 정말로 당신을 사랑하는 사람이 있다면 나는 그 사람을 미워하겠읍니다. 그 사람을 미워하는 것은 당신을 사랑하는 마음의 한 부분입니다.

이렇게 시인은 사랑에 질투가 따를 수 있음을 인정한다. 그러나 그는 이러한 님을 위한 갈등을 불가피한 것으로 시인할 뿐만 아니라 오

히려 환영할 만한 것이라고까지 말한다. 그러한 갈등은 세상이 님을 미워하거나 미워하지도 사랑하지도 않는 상태보다는 나은 것이다. 그러므로 그는 말한다.

만일 온 세상 사람이 당신을 사랑하고자 하여 나를 미워한다면 나의 행복은 더 클 수가 없습니다.

이런 데에서, 비록 그 기분이 도전적이라기보다는 겸양과 화해를 향하는 것이기는 하지만, 어떠한 진실에 대한 개체들의 관계가 단순한 것이 아님을 한용운은 우리에게 상기해 주는 것이다.

우리는 지금까지 대개 한용운의 시에 있어서 부정否定의 여러 국면을 살펴본 셈인데, 그에게 긍정이 전혀 없는 것은 아니다. 사실 부정적 사고는 언제나 전제 없는 과정의 연속이기를 원하지만 실제에 있어서 거기에 유토피아적 핵심이 없는 경우는 드물다. 다만 그것은 세상에 있어서 절대선의 실현을 요구하는 까닭에 어떠한 차선次善이라도 그 지위를 찬탈하여 독단의 원리가 됨을 두려워할 뿐이다. 절대선을 지향할 때, 비판의 여지가 없는 것이 있겠는가? 그러니까 한용운이 긍정적인 원리를 말할 때, 이것이 어떤 구체적인 것이라기보다 지극히 고양된 평면에 있는 형이상학적 시적 비전이 되는 것은 당연하다. 고도로 현실을 넘어서는 이상의 투사投射는 적어도 현실을 이상화하는 위험으로부터 우리를 구출해 주는 것이다.
〈찬송〉은 한용운의 시 가운데 가장 아름다운 긍정의 시이다.

님이여, 당신은 백 번이나 단련한 금결입니다.
뽕나무뿌리가 산호珊瑚가 되도록 천국의 사랑을 받읍소서.

님이여, 사랑이여, 아침볕의 첫걸음이여!

님이여, 당신은 의義가 무겁고 황금이 가벼운 것을 잘 아십니다.
거지의 거친 발에 복의 씨를 뿌리옵소서.
님이여, 사랑이여, 옛 오동梧桐의 숨은 소리여!

님이여 당신은 봄과 광명과 평화를 좋아하십니까.
약자弱子의 가슴에 눈물을 뿌리는 자비의 보살이 되옵소서.
님이여, 사랑이여, 얼음 바다의 봄바람이여!

〈찬송〉은 한국 현대시에서 빛에 대한 열망을 가장 강력하고 가장 단순하게 표현한 시 중의 하나이다. 한용운의 부재 의식의 강도에서 이러한 빛과 사랑과 평화에 대한 열망은 그 다른 면을 이루는 것이다. 또 그의 욕정의 변증법이 낭만적이고 퇴폐적인 변태에 떨어지지 않는 것도(가령 이상화李相和의 시에서 우리는 이러한 변용을 볼 수 있다) 이러한 광명 의식 때문이라고 하겠다.

그러나 새삼스럽게 말할 것도 없이 그에게 가장 두드러졌던 것은 부재와 침묵의 현실이었다. 이것은 위에서 설명한 바와 같이 어떤 때는 '천치가 되든지 미치광이가 되든지 산송장이 되든지 하여 버려라'고 스스로에게 외치지 않을 수 없을 만치 삶 그 자체가 괴로운 것이었기 때문이기도 하였다. 그러나 한용운에게 부재와 침묵은 인간의 진실을 향한 갈구에 연결되어 있는 것이었다. 그리고 무엇보다도 그에게 이 진실은 단순히 형이상학적 요구가 아니라 현실적인 요구였다. 그가 초월적인 이상이 아니라 부정의 필요를 더 많이 이야기한 것은 현실 개조의 정열로 인한 것이었다. 주어진 시대 여건에서 이상理想은 오로지 시 속에서 넘어 볼 수 있을 뿐 현실에 있어서의 부재와 침묵은 그의 부정만을 기다리고 있었다.

위에서 나는 〈님의 침묵〉에 있어서의 부정의 변증법을 주로 형이상학적 종교적 내용의 면에서 설명하였다. 그러나 이것이 끊임없이 종교나 도덕, 철학이나 시의 테두리를 넘쳐나는 것임은 말할 필요도 없다. 한용운의 부정의 변증법은 사회 정치철학의 관점에서도 깊은 의미를 가지고 있는 것임을 우리는 재삼 상기하여야 한다. 부정을 진실에 이르는 길로 보는 것이 도덕, 사회, 정치 문제에 있어서 혁명적인 의의를 가질 수 있다는 것은 쉽게 연역될 수 있다. 또한 〈잠 없는 꿈〉에서 설파되는 보편과 특수의 변증법이 자유와 필연, 개인 의지와 '일반 의지'에 관한 주목할 만한 통찰을 내포하고 있음도 쉽게 알 수 있는 일이다. 우리는 다시 한 번 〈님의 침묵〉의 형이상학이 얼마나 근원적인 것이며 우리가 편의상 구분하는 여러 분야를 초월하며 또 거기에 자유로이 드나드는 것인가를 상기하게 된다.

《님의 침묵》의 발시跋詩 〈독자에게〉에서 한용운은 우리가 잘 아는 바, 시집 전체의 가치를 부정하는 말을 하였다.

독자여, 나는 시인으로 여러분의 앞에 보이는 것을 부끄러워합니다.
여러분이 나의 시를 읽을 때에 나를 슬퍼하고 스스로 슬퍼할 줄을 압니다.
나는 나의 시를 독자의 자손에게까지 읽히고 싶은 마음은 없습니다.
그때에는 나의 시를 읽는 것이 늦은 봄의 꽃수풀에 앉아서 마른 국화를 비벼서 코에 대는 것과 같을는지 모르겠습니다.

그러나 여기에 나타난 겸양이 단순한 겸양이 아닌 것을 우리는 놓치지 말아야 한다. 나는 한용운에게 도덕은 도덕률 속에 담아질 수 없는 것이었다는 말을 하였다. 같은 논리로 진정한 시는 시의 언어에 담아질 수 없다고 할 수 있을 것이다. 그는 객체화된 부분이 아니라 창조의 주인인 주체이기를 원했고 주체를 통하여 전체에 이르기를 원했다. 이 것은 그에게 전인적인 이상을 추구하게 하였다. 한용운은 종교가이며 혁명가이며 시인이었다. 어떤 때는 종교가, 어떤 때는 혁명가, 어떤 때 는 시인이 아니라, 그는 어느 때나 이 모든 것이기를 원했다. 우리는 위 에서 〈님의 침묵〉에 나타난 부정의 형이상학이 여러 가지의 문제로 파 급될 수 있는 근원적인 통찰임을 말하였다. 나아가 그의 시를 이야기 하는 것은 불가피하게 우리를 그의 행동가로서의 생애에로 이끌어간 다. 우리는 지금 그의 정치, 사회활동의 총체적인 의미를 고찰해 나갈 수는 없다. 그러나 여기에서 위에 발견瞥見한 부정의 변증법에 비추어 그의 행동의 가능성을 투시해 볼 수는 있겠다. 수년 전에 백낙청白樂晴 씨는 한용운이 우리의 현대사에 있어서 최초의 시민 시인이었다고 말 한 바 있다. 이것은 옳은 말이다. 한용운만치 절실하게 자유로와질 수 있는 사회의 원리를 생각한 시인도 달리 찾기 힘들다. 뿐만 아니라 그 는 이러한 관심과 자신의 문제와를 커다란 윤리적인 정열로 응접해 내 는데 성공하였다.

그러면 그의 시민 정신은 어떤 것일까? 또 그것은 현대사의 흐름의 어디에 맞아들어가는 것일까? 위에서 우리는 한용운의 삶이 대체로 골드만이 규정하는바 '비극적 세계관'의 틀에 맞는 것이라고 추정하고 그러한 전제하에서 부정의 변증법을 그의 시에서 가려보았다. 그의 현 실 활동도 이러한 테두리가 간직한 가능성과 제약 안에서 규정된다고 말할 수 있다.

한용운의 이상은 전인적인 것이었다. 그러나 이것은 균형 잡힌 인간 의 전면적인 개화를 바라는 인본주의적인 이상이 아니라(시대적으로 이러 한 이상이 도대체 걸맞을 수 없는 것이었음은 물론이다), 한번의 도약으로써 전체 에 이를려고 하며 또 이러한 노력에 옥쇄玉碎하는 형이상학적인 요구였다. 다시 말하여 그에게 있어서 가장 근본이 되는 충동은 종교적인 것이었다. 우리가 한용운에게서 보는 것은 타락한 세계에 사는 종교가, 부정不正의 세계에 사는 의인의 모습이다. 그는 현실 부정의 철저한 귀정歸正을 요구한다. 그의 완선完善에 대한 요구에서 볼 때 현실은 어디까지나 부정되어야 한다. 그리고 그의 정의와 진실은 어디까지나 부정의 원리로서 파악된다. 그러나 그는 또 부정의 계기에서마다 인간의 본래적인 모습이 철저히 윤리적인 것이며 세상 또한 광명에 찬 것임을 확신한다. 단지 이 본래의 모습은 숨어 있는 것이다. 불의의 사회에 있어서 의인이 하는 것은 이 숨어 버린 광명을 위하여 증인이 되는 것이다.

우리는 한용운의 정치를 말할 때, 그것이 이러한 종교적인 충동에 의지해 있음에 주의하여야 한다. 의인의 문제는 어떻게 하여 어느 때 어느 곳에서나 선과 정의의 증언을 행할 수 있느냐 하는 것이다. 그러니까 이 증언은 가장 정의가 없는 곳에서도 바로 정의의 부재에 대한 증언을 통하여 정의를 작열하게 할 수 있다. 인간은 어느 때이고 본래적으로는 윤리적 존재라는 의인의 믿음 속에서, 마술에 의해서인 듯, 부재는 존재로 바뀔 수가 있다. 그러나 현실 정치에서 부재는 부정의 힘으로서도 존재로 바뀔 수 없다. 정치에 있어서 정의는 역사의 느린 또는 급한 진전 속에 현존적으로 실현된다. 그때까지 광명은 존재하지 아니한다. 부재는 한없이 부재로 있다. 그러나 다른 한편으로 종교적인 입장에서보다 정치가 낙관적인 점은, 시간 속에서 언젠가는 존재가 드러날 것을 믿는다는 것이다. 그러니까 님은 떠나 버린 것이 아니고 미래로부터 올 뿐인 것이며, 또 본래적인 영원은 가공에 불과하고 이 세상에는 시간이 있을 뿐이다.

한용운의 정치 활동이나 또는 어떠한 정치 활동이 위에서 대조시켜 본 어느 한 부류에 엄격히 들어간다는 것은 아니다. 현실 세계에서 의인의 현실 활동과 정치 개혁가의 정치 활동은 확연히 구분되지 아니한다. 또 구분되어서도 안 될 것이다. 궁극적으로 모든 정치적인 비전은 윤리적인 세계에 대한 비전을 내포하고 있다. 또 모든 의인의 증언이 현실적 결과에 관계없이 행해지는 것은 아니다. 한용운은 순수한 의인도 아니고 순수한 혁명가도 아니었다. 그가 현실적인 제도의 문제 같은 데에 얼마나 세심한 주의를 했는가는《불교》지에 실린 불교 개혁집에 관한 글을 보면 잘 드러난다. 그가 3·1 운동의 조직에 뛰어난 역할을 한 것도 우리는 안다. 그러나 그의 현실 활동의 유형을 따져 본다면 그것은 의인의 그것이었다고 하겠다. 그러나 의인의 정치가 현실성이 없다는 것은 아니다. 정치는 현실이 가지고 있는 새로운 역사의 가능성을 그 희망의 거점으로 한다. 그러나 이러한 가능성이 전혀 보이지 않을 때 의인의 정치는 유일한 현실의 정치일 것이다.

베르톨트 브레히트는, 어두운 시대에서 홀로 진리를 간직했던 갈릴레오의 생애를 그린 연극에서 '영웅을 필요로 하는 시대는 불행하다. 그러나 영웅을 낳지 못하는 시대는 더욱 불행하다'고 말한다. 갈릴레오가 당시의 시대에서 얼마나 현실적인 세력일 수 있었는지 나는 잘 모르지만, 영웅을 현실의 세력에 현실적으로 작용할 수 있는 사람이라고 규정해 보자. 그러면 의사義士의 시대는 영웅의 시대보다 조금 더 불행한 시대일 것이다. 그러나 우리는 또 말할 수 있다. 의인을 낳지 못하는 시대는 더욱 불행하다고, 또 의인다운 시인일망정 시인만을 가진 시대는 그보다 더 불행하다고, 한용운은 이러한 것을 잘 알고 있었다. 그리하여 그는 발시에서 '여러분이 나의 시를 읽을 때에 나를 슬퍼하고 스스로를 슬퍼할 줄 압니다'라고 한 것이다. 그는 계속 말하기를, 그의 자손의 시대에 있어서 그의 시를 읽는 것이 늦은 봄의 꽃수풀에 앉아서 마른 국화를 비벼서 코에 대는 것과 같을지 모르겠다고 했다. 그는 불행의 종말을 예상하고 그 종말과 더불어 그의 시가, 지난 계절의 꽃이 될 것을 바랐다. 그러나 우리는 늦은 봄의 꽃수풀에 있는가? 한용운의 시는 우리 현대사의 초반뿐만 아니라 오늘의 시대까지를 포함한 '궁핍한 시대'에서 아직껏 가장 대표적인 국화꽃으로 남아 있다.

—

〈궁핍한 시대의 시인〉은 다양한 이론의 수용을 통해 문학작품에 나타나는 상징적 의미의 맥락을 재구성하려는 김우창의 비평적 특징이 잘 나타나 있다. 이 글에서 김우창은 골드만의《숨어 있는 신》에 나타난 '비극적 세계관'을 바탕으로 한용운의 작품을 분석하고 있다. '비극적 세계관'이란 현실과 진실 사이의 메워질 수 없는 세계의 간극에서 기인한다. 이러한 간극 속에서 살아가야만 하는, 이른바 '비극적 인간'은 진실을 확인하기 위해서 진실의 부재를 경유해야만 하는 모순적 상황에 처하는데, 한용운의 시에서는 그러한 모순적 상황이 '존재와 부재의 역설적 상호작용'으로 나타난다. 김우창은 '무' 자체를 인식하려는 한용운의 시적 내용이 형식과 일치하면서 자연스럽게 윤리의 문제로 확장됨을 이 글을 통해 밝히고 있다. 더불어 문학이 가지고 있는 인문학적·사상적 바탕을 고찰함과 동시에, 문학의 심미적·윤리적 역할을 규정하고자 했다. 특히 이 글은 문학이 가지고 있는 보편성 위에 윤리성을 세우고자 하는 김우창의 비평관이 잘 드러나 있다는 점에서 의미가 있다.

* 이 글은 《窮乏한 時代의 詩人》(민음사, 1977)에 실린 〈窮乏한 時代의 詩人〉을 원전으로 삼은 것이다.

70년대 비평문학의 현황

─ 최근의 비평집들을 중심으로

구중서

1.

한국의 비평문학은 1960년대로부터 1970년대 전반기에 걸쳐 활발한 작업을 벌여 왔다. 큰 주제들만을 보아도 이 기간에 '참여문학', '리얼리즘문학', '민족문학'을 둘러싼 일련의 비평 작업이 때로는 왕성한 논쟁을 수반하면서 전개되어 왔다. 70년대 후반기에 접어들면서 쟁점에 따른 토의가 가라앉았으므로 겉으로는 비평문학계의 작업이 부진한 것처럼 보인다. 그러나 실제로 내면을 보면 전반기까지에 있었던 주요한 작업들을 한차례 정리하고 있는 사실이 눈에 띈다. 이 정리 작업은 최근에 출간된 몇 권의 문예비평집 안에 나타나고 있다.

염무웅 저 《한국문학의 반성》, 김병익 저 《한국문학의 의식》, 이상섭 저 《말의 질서》, 김현·김주연 편 《문학이란 무엇인가》, 임헌영 편 《문학 논쟁집》(《한국문학대전집》 부록 I) 등이 76년 1월부터 6월 사이에 출간되었다. 《문학이란 무엇인가》 속에는 유종호·천이두·김현·염무웅·김치수·김주연·김우창 등의 비평과 이 밖에 몇 명의 비평이 더 실려 있다. 《문학 논쟁집》 속에는 한국 근대 문예비평의 주요 사조 및 쟁점별로 수많은 비평들이 실려 있다. 이 논쟁집에서 70년대의 비평 주제들에 직결되는 바에 따라 이철범·백낙청·임헌영·필자 등의 비평이 우선 논거를 제공할 수 있겠다.

위에 든 비평집 외에도 신간된 약간의 비평집이 더 있다. 그러나 여기에서는 60년대와 70년대 전반기에 주요 비평 주제로 제기된 '참여문학', '리얼리즘문학', '민족문학'에 관련된 범위 안에서 비평 문헌들을 살펴보려 한다. 이 세 가지 주요 주제에 관련하여 더 많은 비평들이 있기도 하지만, 위에 든 비평가들의 비평 속에서 문제의 핵심들이 다루어질 수 있겠으므로 검토와 논급의 범위를 여기에 맞추려 한다.

위 주제들이 논의되어 오던 과정에서 서로 다른 관점에 따라 상반되는 비평 계열이 형성되기도 하였고, 논쟁의 내용 중에는 다소 미숙한 논리 표현들이 게재되기도 하였다. 그러나 위 주제들은 한국 현대 문예 비평사에 있어 가장 광범하고 첨예한 지성을 필요로 하는 것이었으므로, 어느 정도의 혼란이나 부작용은 불가피한 것이었을 것이다. 이 과정을 한차례 거친 현 단계에 있어서는 비평가 각자의 주관과 개성이 드러나게 되었고, 비평의 시각과 유형들도 대체로 정돈이 된 느낌이 있다. 이제부터는 어떤 유형의 비평 방법이 보다 가능성을 가지며, '한국문학'의 존립과 발전을 위해 당위성을 지니는지를 구명할 단계가 앞으로 남아 있다. 이 소론은 그 당위성을 밝히는 일에 이바지될 수 있기를 목적으로 삼는다. 그러기 위해 앞에 든 비평 이론들을 서로 대응시키면서, 필요한 경우 필자의 견해를 개입시켜 보충하는 방법을 사용하려 한다.

2.

문예 창작의 자세와 방법론에 관련하여 유종호는 '무엇'과 '어떻게'라는 두 요소를 제기하였다.[1] 이 두 요소는 서로 떼어 놓을 수 없는 것이지만 작가나 비평가의 개성에 따라서 '어떻게'를 보다 중시하는 경우가 있고 반대로 '무엇'을 보다 중시하는 경우가 있다. 당자들은 수긍하지 않을 수도 있지만, 70년대의 한국 문예비평계에 나타난 방법론의 유형이라는 것은 바로 이 '무엇'과 '어떻게'에 보다 접근되어 있는 상태에 따라 형성되었다고 여겨지고 있다.

> 문학의 본류는…… 단정하는 것보다 제시하는 것이며 알으켜 주는 것이라기보다 보여 주는 것이다.…… 보여 줌은 보여 줄 사실의 발견이 있기 전에는 불가능하다. 대체로 작가는 테크닉에 의해서 취급할 가치가 있는 사실을 발견한다.[2]

이와 같이 '테크닉'을 중시하는 이상섭은 '어떻게'에 보다 접근되어 있다고 보게 된다. 그는 "테크닉은 곧 발견'이라는, 보여 줄 만한 사실의 발견이라는 마크 쇼러의 주장은 받아들일 만한 데가 충분하다"고 말함으로써 이 입장을 더욱 분명히 하고 있다.

그는 "좋은 작품은 작가의 내면적 충돌과 갈등의 결과"라고 말하며 선택주의와 획일주의를 거부한다. "예컨대 민족주의, 계몽주의, 또는 참여문학이라는 결론은 획일주의나 선택주의의 한 표본임에 틀림없다"[3]고 말한다. 이렇게 될 때, '발견으로서의 기법'은 그 구체적인 방법과 가능성을 더 상세히 밝혀 줄 것을 요청하게 된다. 그러나 이상섭은 이 문제에 관하여 '작가의 내면적 충돌과 갈등' 외에 별다른 표현을 보

---

1 유종호, 〈누구를 위해 쓸 것인가〉,《문학이란 무엇인가》, 문학과지성사, 1976, p.69 참조.

2 이상섭,《말의 질서》, 민음사, 1976, p.17, p.21.

3 위의 책, p.26.

여 주지 않고 있다. 그리고 그는 다시 작가의 비전, 신념, 비판 정신, 해석, 사상 체계 등을 긍정적으로 언급하면서, 작가가 사물을 보는 각도는 "역사를 통해 인류의 체험을 폭넓게 해석한 근본적 사상 체계와 주요 종교와 이념이 줄 수 있을 것"이라고 말한다. 이 '각도'야말로 기법의 첫걸음이 된다고도 볼 수 있겠는데, 그렇다면 사상 체계와 이념을 내용으로 하는 '무엇'으로부터 기법 즉 '어떻게'가 나온다는 이론처럼 들리기도 한다. 결국 이상섭은 "문학의 사상성 운운하면서 테크닉과 형식을 무시한다든지, 탈이념적 심미주의를 내세우며 순수 형식의 미 운운하는 것은 위험스럽다"[4]고 말하고 있다. 이렇게 되면 이 비평의 초두에서 강조된 '발견으로서의 기법'은 새삼스레 강조되었어야 할 동기를 잃게 된다. 왜냐하면 '무엇'을 중시하는 편이라고 하는 리얼리스트라 할지라도 '어떻게' 즉 기법을 무시하는 문학가는 원칙적으로 존재하지 않기 때문이다. 이 점에 관해서는 유종호의 비평에서 대응점이 제시되고 있다.

'무엇'과 '어떻게'란 본시 경직한 이원적 판별을 허용치 않는 하나의 응어리임은 '무엇'을 쓸 것이냐는 필연성이 스스로 하나의 형태로 발전되어 나간다는 표현의 실제를 상기해 보면 알 수 있다. 그러나 '어떻게'가 선행하지는 않는다. '무엇'의 필연적 발현으로서의 형태가 '무엇'에 앞설 수는 없고, '무엇'에 앞서서 '어떻게'에 기울이는 성실도는 그것이 아무리 가상한 경우에도 필경은 장인적匠人的 성실을 넘어서지 못한다. '어떻게'의 강조는 '어떻게'를 경시하는 사람에 대한 경고가 될 수 있을 뿐 그 자체가 자립적인 명제가 될 수는 없다.[5]

---

4 위의 책, p.29.

5 유종호, 〈누구를 위해 쓸 것인가〉, 위의 책, p.69.

　이렇게 주장한 유종호는 더욱 부연하여 '어떻게'에 중점을 두면서 달리는 아무 여유도 없어 하는 작가는 실상 자신의 무력감을 고백하는 것이며, 그 태도를 미덕으로 본다 하더라도 소극적인 미덕 이상일 수가 없다고 하였다. 또한 유종호는 '참여' 문제를 거론함으로써 이상섭에 대응되고 있다. 이상섭이 획일주의라는 이유를 들어 참여를 거부한 데 비해 유종호는 '선전'으로 모함당하는 사실에 항의하면서 '참여'를 옹호한 데서, 약간의 뉘앙스의 차이는 있으나, 참여에 대한 찬·반 관계로서 대응되고 있다. "참여문학은 문학 본래의 기능을 의식하고 현 세기의 중요 특징인 이성의 확대를 다시 의식화한 것에 지나지 않는다. 참여에서 곧 선전을 연상하는 못된 버릇이 우리에게는 있다.…… 우리는 교육을 교육이라고 부르며 선전이라고 부르지는 않는다. 휴머니스트의 인류애의 호소를 선전이라고 부르지 않는다. 그러나 우리가 서 있는 현실을 밝히고 거기에 서 있는 자기를 드러내어 공명을 얻고 또 무심히 간과할지도 모르는 상황에 부단히 눈떠 있게 하는 것을 희구하는 문학에 대해서는 선전이란 상서롭지 못한 이름을 붙이는 것은 아무래도 수상한 일이다. 굳이 그런 이름을 붙인다면 향수자享受者의 태도 형성에 영향력을 미치는 모든 문학이 적용된다."[6] 유종호는 이와 같이 격앙되어 참여문학을 옹호하고 있다.

　또한 이보다 앞서서 50년대 말로부터 김수영·김우종·김병걸 등이 참여문학을 주장했고, 김양수와 그 밖의 몇 명이 참여문학을 거부한 논리들을 산발적으로 전개하여 왔다. 요컨대 한국의 참여문학론은 서구의 앙가주망 이론과도 성격이 다른 것으로서, 한국문학이 8·15 해방 이후 견지해 온 이른바 '순수문학'으로부터 그 시각을 현실 상황에 확장하자고 하는 주장을 둘러싼 일련의 논의였다.

6　위의 글, p.68.

3.

참여문학을 둘러싼 이 같은 찬·반 논의는 대체로 1970년 이전에 이루어졌다. 1970년부터는 리얼리즘문학을 둘러싼 찬·반 논의가 자리를 바꾸어 앉았기 때문이다. 이 리얼리즘 논쟁은 50년대 말부터 60년대에 걸쳐 몇 갈래의 흐름을 이루며 지속되어 온 참여문학 논쟁의 발전적 단계였다. 따라서 전에 참여문학을 옹호하던 비평가들은 계속하여 리얼리즘문학을 옹호하게 되었고, 참여문학을 반대하던 비평가들은 계속하여 리얼리즘문학을 반대하게 되었다. 70년 이전에도 간혹 리얼리즘문학이 거론되는 일이 있었다. 이런 경우들은 30년대 염상섭·현진건 등의 소설을 신문학사에서 자연주의 또는 사실주의로 기술해 놓은 데에 기인하는 타성적 발상으로서, 19세기에 비롯하는 근대 리얼리즘문학이라든가 한국 리얼리즘문학의 원리론을 수반한 것이 아니었다. 또 백낙청이 67년에 〈한국소설에서의 리얼리즘 전망〉을 《동아일보》(8월 12일자)에 발표했는데, 이것도 짤막한 시감時感이었다.

시대정신의 발전은 역사의 합법칙성에 떠밀려서 되는 것이지만, 그 발전의 계기는 마치 우연처럼 발단되는 수가 있다. '70년대 리얼리즘문학론'이야말로 우연처럼 발단되었다. 그 발단은 1970년 4월호 《사상계》지가 마련한 좌담 '4·19와 한국문학'이었다. 좌담 참석자는 김윤식·김현·임중빈(司會)·구중서였는데, 이 좌담에서 특히 필자와 김현 사이에 리얼리즘 문제를 둘러싸고 견해 차이가 생겼다. 필자는 "4·19에서 보듯이 시민층의 형성이 어느 정도 이루어졌으며 이를 근거로 한국 리얼리즘 문학이 본격적으로 출발할 수 있는 계기를 맞이했다"고 말하고, 근대 리얼리즘의 원류로서 19세기 발자크 리얼리즘의 원리를 거론하였다. 이때 필자는 위고·테에느·하우저 등의 증언을 인용하며, 발자크가 왕당파의 보수주의자였음에도 불구하고 객관적 사회 현실을 공정하고 충실하게 그리다 보니까 민주적이고 진보적인 작품을 낳았음을 지적, 리얼리즘의 독특한 독립적 기능과 원리를 설명하고, 이 리얼리즘 본래의 기능은 면면히 살아서 오늘의 한국문학에도 창작적 원리로 적용될 수 있을 것이라고 주장했다. 이에 대해 김현은 다음과 같이 반론을 제기했다. "예술가로서의 리얼리스트란 자신의 의사에 반反하는 사람일 겁니다. 발자크의 신흥 계급에 대한 지독한 혐오가 그를 위대한 리얼리스트로 만든 것 아닙니까?…… 결국 중요한 것은 발자크는 '자신의 의사에 반한' 리얼리스트라는 점인데, 그것은 현실을 냉정히 직시한 데서 얻어진 것이라기보다는 '망할 놈의 현실' 하는 식의 조소에서 얻어진 것인지도 모르지요."[7]

뒤이어 필자는 좌담회 자리에서의 견해를 보완하여 〈한국 리얼리즘문학의 형성〉[8]을 발표했고, 이에 대응하여 김현은 〈한국소설의 가능성—리얼리즘론 별견瞥見〉[9]을 발표하였다. 여기에서부터 본격화된 70년대 리얼리즘 논쟁에 대해 김용직은 다음과 같이 증언하고 있다.

……리얼리즘이 우리 주변에서 다시 거론된 것은 70년대에 접어들고 나서의 일이다.

이제 이때의 논쟁을 구체적으로 살피면 한국문학의 새로운 지평을 타개하기 위해 리얼리즘의 수용을 필요하다고 본 것이 구중서·염무웅·김병걸 등이었다. 그리고 그에 대해 반대 입장을 취한 게 김현이었다. 우선 김현의 글은 구중서가 쓴 〈한국 리얼리즘문학의 형성〉이 발표된 얼마 뒤에 나왔다. 따라서 자연 구중서의 것과 대조 검토해 볼 필요가 있다. 〈한국 리얼리즘문학의 형성〉에서 구중서가 '민족문학의 전통과 개성'을 강

---

7   좌담, 〈4·19와 한국문학〉,《사상계》, 1970년 4월호, p.142.

8   구중서, 〈한국 리얼리즘문학의 형성〉,《창작과 비평》, 1970년 여름호.

9   김현, 〈한국소설의 가능성〉,《문학과 지성》, 1970년 가을호.

화하고 '체제적 작위作爲의 폭력'을 배제하기 위해 리얼리즘문학의 건설을 필요한 일이라고 본 데 대해, 김현은 전혀 다른 주장을 내세웠다. 그는 우선 서구에서 리얼리즘이 미학 없는 예술을 의미하여 르포르타아즈에 떨어질 위험성을 안고 있을 뿐 아니라 그 형이상학이 너무도 소박한 느낌이었다고 전제했다. 그리하여 그 기법이 한국소설에 원용된다고 해도 바람직한 경지가 개척될 수는 없으리라는 비관론을 폈던 것이다. 한편 김현의 글 〈한국소설의 가능성〉에 대한 반론은 염무웅과 김병걸에 의해 거의 동시에 작성되었다.[10]

김현의 〈한국소설의 가능성〉은 리얼리즘이 한국에서는 불가능한 이유를 최인훈의 견해를 빌어서 주장하였다. "최인훈이 파악하고 있는 리얼리즘의 원형은 시민계급의 형성이라는 국내적인 문제와 한 국가를 민주 사회이게끔 하는 식민지의 개척이라는 국외적인 문제가 만나는 좌표에서 찾아질 수밖에 없다(그것을 소설화시킨 것이 《회색인》이다).…… 한국에서의 리얼리즘은 원숭이 놀음에 불과하다는 지극히 비관적(!)인 것이다(지극히 비관적이다! 왜? 리얼리즘만이 문학의 정도正道라면 정도를 걷지 못하게 처형된 한국의 상황이야말로 그 무엇보다도 비관적이 아니겠는가!).…… 그렇기 때문에 한국에서의 모든 예술적 노력은 원주민의 원숭이 놀음에 불과하게 된다."[11] 여기에서 리얼리즘을 가능케 하는 조건으로서 시민계급 또는 중산층의 형성과 식민지의 소유가 제기되었고, 이 조건이 구비되지 못했으며 '문학의 정도가 처형된' 상황으로서의 한국에서는 모든 예술적 노력이 흉내 놀음에 지나지 않게 된다는 발상은 매우 특이한 데가 있다. 결론으로서는 아무 대안 없는 좌절의 인상이 있으며, 특히 '식민

10　김용직, 〈모색과 성과〉,《문학 논쟁집》, p.142.

11　김현, 〈한국소설의 가능성〉, 앞의 책, p.48.

지의 소유'라는 것은 제국주의적 침략이 긍정될 수 없는 현 세기의 양
식에 어긋난다.

　김현의 리얼리즘 반대론에 뒤이어 염무웅은 〈리얼리즘의 심화 시대〉
라는 비평을 통해 리얼리즘 옹호론을 폈다. 그는 우선 리얼리즘에 대해
가해지는 부당한 오해 두 가지를 지적했다. 즉 리얼리즘을 하나의 '시
대적 예술 사조'로 보려드는 태도와 단순한 '사실론'으로 보려드는 태
도를 그는 경계하였다. "리얼리즘을 특정한 시대의 예술 이데올로기로
묶어 둔다면 그것은 개념의 부당한 축소가 될뿐더러 인간과 예술을 위
해서 그 개념이 열어 주는 지평을 고의적으로 폐쇄하는 일이 될 것이
다.…… 리얼리즘에 얽혀 있는 오해 중의 또 하나는, 그것이 때때로 사
물을 있는 그대로 묘사하라는 것처럼 보일 경우이다. 지금 우리의 입
장으로 보면 리얼리즘이 단순한 재생으로만 설명되어서는 안 되고 비
전과 심화를 뜻하는 것이 분명하다.…… 발자크와 톨스토이는 물론이
고 조이스와 카프카와 브레히트를 포함하는 '리얼리즘'이란 예술의 세
부적 규칙들에 이리저리 구애받는 소심한 완벽성의 추구나 심미주의적
실험이 아니라 인간의 참된 삶이 있어야 할 구체적 방식을 밝히려는 끝
없이 뜨거운 정열과 용기가 순간순간 변모하는 상황에 대처하여 예술
속에 자신의 불가피한 모습을 드러낼 때 그때 우리가 부르는 이름인
것이다"[12]라고 그는 주장하였다.

　염무웅에 바로 뒤이어 김병걸이 역시 리얼리즘을 옹호하였다. 그는
〈리얼리즘 논쟁〉에서 '구중서는 우리 문학의 진로로서 리얼리즘을 제
시하고 김현은 그것의 그릇됨을 증언한다. 그리고 염무웅의 글은 우리
가 놓인 시대와 상황을 거짓과 꾸밈없이 통찰하기 위해선 리얼리즘의
에스프리가 필요하다는 점을 밝혀 준다.…… 리얼리즘을 이미 낡아 빠

12　염무웅, 〈리얼리즘의 심화 시대〉, 《월간중앙》, 1970년 12월호, pp.106~7.

564

진 도식주의라고 규정하고 뒤랑띠와 샹플뢰리의 소박한 사실론적 리얼리즘에 대하여 열띤 논조를 뿜어 대는 김현의 글이야말로 패러독시칼하게도 도식주의의 함정에 빠져 있는 것이다'[13] 이렇게 반리얼리즘 쪽을 비판했다. 이 논쟁은 계속하여 리얼리즘을 옹호하는 임헌영·최일수·김우종과 리얼리즘을 반대하는 김양수·원형갑 등의 논전으로 열기를 띠게 되었다(이들의 비평 내용 전모는 앞의《문학 논쟁집》에서 참조할 수 있다).

리얼리즘문학론을 둘러싸고 동원된 비평가의 수가 많고, 논쟁의 기간이 길며, 문단적 영향이 커진 사실 앞에서 이 사태를 일단 정리하는 듯한 내용의 앙케에트가 한 문예지에 의해서 마련되었다. 72년 4월호 《문학사상》지가 〈오늘의 한국문학과 리얼리즘〉이라는 제목 아래 앙케에트로서 집필 요령을 주고 리얼리즘을 옹호하는 쪽과 그렇지 않은 쪽에 청탁을 한 것이 그것이다.

이에 따라 염무웅이 〈리얼리즘론〉을 쓰고 김병익이 〈리얼리즘의 기법과 정신〉을 썼다(이 두 편의 비평은 76년에 간행된《문학이란 무엇인가》속에 함께 실려 있다). 여기에서 염무웅은 원래 리얼리즘을 옹호해 온 입장이고, 김병익은 70년대 한국 리얼리즘에 불만을 지닌 입장이다. 그런데 김병익으로서도 '근대 리얼리즘의 정신'은 긍정하고 있는 점이 주목을 끈다.

먼저 염무웅의 〈리얼리즘론〉을 보자. 이 글은 민족문학으로서의 필요조건이라는 점에까지 진출하여 논급하지는 못했지만, 리얼리즘의 근본 원리에 대해 전에 없이 충실한 설명을 가하여 결과적으로 70년대 이후 한국 리얼리즘문학이 한층 원만하고 견고한 이론적 토대에 설 수 있게 해 주었다. 그는 '우리나라에서도 흔히 리얼리즘이 그에 결부되어 논의되는 인물'로서의 발자크에 있어 의미되는 리얼리즘에 관해 논급하는 중에 먼저 '4·19와 한국문학' 좌담에서 김현이 발자크를 가리켜

---

13 김병걸, 〈리얼리즘 논쟁〉,《현대문학》, 1971년 1월호, p.271.

'자기 의사에 반했으므로' 위대한 리얼리스트가 되었을 것이라고 말한 데 대해 비판을 가하였다. 김현의 그와 같은 생각은 가장 곤란한 오해로서, '자신의 의사에 반하면 반할수록, 현실을 냉정하게 직시하지 않으면 않을수록 더욱 훌륭한 리얼리스트가 된다는 것'은 거의 농담과 같은 궤변이라고 평하였다. 발자크가 왕당파의 보수주의자로서 그와 같은 자기의 세계관에 반대되는 작품적 결과를 낳았다는 모순에 대해서는 세계적으로 탁월한 문예 이론가들이 이미 지적했고, 이 현상을 리얼리즘 기능 자체의 승리라고 풀이하였다. 염무웅은 이 지적과 풀이들을 긍정하고 소개하면서, 더욱 부연하여 자신의 견해를 말하였다. 즉 작가의 세계관과 그의 예술적 결과 사이에 모순이 드러나는 경우, 그 모순은 작가와 예술 사이에서 직접 발생하는 것이 아니고 작가와 예술 사이에 있는 '사회적 현실'을 매개로 하여 발생하는 것임을 말하였다. 그 사회적 현실의 증거로서 그는 발자크가 중요한 작품들을 썼던 1829년부터 1848년 사이, 즉 19세기의 30년대 이후가 서구 자본주의의 세계 시장 완성기라는 점을 들고 있다. 그러므로 이 현상은 작가가 보수적이기 때문에 진취적인 리얼리즘소설을 쓰게 된 것이 아니고 작가의 그러한 '세계관에도 불구하고' 위대한 리얼리즘소설을 낳게 되었다고 말하고 있다. 즉 '훌륭한 예술작품은 그것이 작가로부터 나오는 것이면서 동시에 작가가 살고 있는 사회 현실 자체로부터 나온다고 할 수밖에 없을 만큼 정확하게 그 현실의 움직임과 발전 경향을 반영한다'는 것이다.

그러니까 그것은 작가가 사물의 새로운 모습, 사회적 현실의 보다 참된 의미를 발견하는 작업의 일환이지, 그 무슨 작가의 상상력이란 것이 있어서 현실과 동떨어지게 계속 움직이지 않으면 못 견디기 때문인 것은 아니다. 올바른 뜻에서의 작가적 상상력은 객관적 현실의 전체성을 그 발전적 경향에 있어서 민감하게 포착하는 능력을 가리키는 것이며, 객관적인 사회

적·역사적 현실로부터 벗어나 우연과 자의恣意와 주관 속으로 해방되려
는 무책임한 데카당스일 수 없다. 이 데카당스가 상투형의 파괴라는 이름
밑에 추상적 예술 형식 및 현학적 관념들과의 끝날 줄 모르는 유희를 벌이
면서 모든 종류의 진지성과 건강성을 향해 '예술은 다양해야 한다'느니 '현
실을 도식화하지 말라'느니 하고 마치 가장 예술을 사랑하고 자유를 사랑
한다는 듯이 지껄일 때, 우리는 거기서 리얼리즘과 반대되는 데카당스의 조
건 반사적 자기방어 히스테리를 볼 뿐 아니라 예술 자체와 반대되고 인간
의 인간다운 삶과 반대되는 자기파괴적 허무주의의 심연을 보는 것이다.[14]

리얼리즘문학의 의미를 이렇게 준열한 어조로 말하면서 염무웅은 자
연주의적 모사摸寫의 단계가 극복되었고, 객관적 현실 안에서 인간의 인
습화·타성화·자기기만·허위의식을 파괴하여 인간적 삶의 풍부화와
사회의 건강화를 달성하기 위해 올바른 상상력을 부단히 발동하고 있
는 것이 리얼리즘임을 거듭 다짐하였다.

한편 김병익은 〈리얼리즘의 기법과 정신〉을 염무웅의 〈리얼리즘론〉
과 때를 같이하여 발표하였으므로, 염무웅에 의해 직접 대응되지 않은
채, 그 나름의 문제점들을 남겼다.

김병익은 김현이 70년대 한국 리얼리즘문학에 대해 전면적으로 거
부 반응을 보인 것과 약간 다른 입장을 취한다. '그는 먼저 근대문학의
기본어로서의 사실주의는 우리가 근대를 지향하는 한 마땅히 추구되
어야 하며 그것의 극복이라는 것은 현재 생각하기 어렵다'고 전제한다.
여기서 '근대문학의 기본어로서의 사실주의'가 개념상 무엇을 의미하는
지 정의하기 힘든데, 뒤따르는 문맥에서 보면 '내 나름의 기법상의 리얼
리즘'이라는 표현에 연결되고 있다. 즉 '김병익 나름의 기법상의 리얼리

14　염무웅, 〈리얼리즘론〉, 《문학이란 무엇인가》, p.222.

즘'이란 뜻으로 되어 있다. 그리고 이어서 그는 다음과 같이 말하였다.

> 우리는 이 리얼리즘 정신에 입각한 물음의 문학을 발견하는 데 퍽 다행
> 스러움을 느낀다. 대표적인 예가 최인훈과 이청준·서기원이다.…… 최인
> 훈·이청준·서기원의 경우에 지식인이 똑같이 주인공으로 등장하는 것
> 은 질문의 치밀성과 세련성을 위해서일 것이다. 그들은 리얼리즘의 기법
> 을 파기하는 대신에 그리고 소박한 해답을 제시하는 '현실의 재현'을 포기
> 하는 대신에 현실의 근원을 포착하고 그것의 핵심을 탐구하는 근대 리얼
> 리즘의 정신을 실천하고 있는 것이다.[15]

70년대 한국 리얼리즘문학을 둘러싸고 이제까지 논의가 전개되어
온 과정에서 보면 김병익의 위 이론은 다음과 같은 몇 가지 질문을 불
러일으키게 된다. ① '근대문학의 기본어로서의 사실주의'는 무엇을 가
리키는가. ② '김병익 나름의 기법상의 리얼리즘'이란 개념이 성립될 수
있는가. ③ 오늘의 한국 리얼리스트들이 추구하는 것이 단순한 '현실의
재현'이 아니라는 점은 염무웅·김병걸 등도 분명히 밝힌 바 있다. ④
김현의 〈한국소설의 가능성〉에서 보면 최인훈은 한국에서의 리얼리즘
이 불가한 것으로 결론지었다고 하는데 김병익은 최인훈의 소설에 리
얼리즘을 해당시킬 수 있는가. ⑤ '한국 사회가 갖는 혼란스런 구조' 때
문에 최인훈·이청준·서기원은 똑같이 지식인을 주인공으로 등장시켜
질문하는 소설을 씀으로써 '근대 리얼리즘의 정신을 실천하고 있다'고
하였다. 위 세 작가의 소설 《회색인》·《조율사》·《마록열전馬鹿列傳》에서
지식인 주인공들이 질문하고 있는 것이 리얼리즘을 향유해야 할 시민
대중에게 이해될 수 있을 만큼 정돈된 내용인가. 그 작가들이 리얼리즘

---

15 김병익, 〈리얼리즘의 기법과 정신〉, 《문학이란 무엇인가》, pp.237~8.

정신을 실천한 사실과 그 결과가 증명될 수 있을까. 이상의 문제들이 숙고되어야 하리라고 생각된다.

그리고 김병익은 오늘의 한국 리얼리즘론의 '전반적인 흐름을 대강으로 하여 소련의 사회주의 리얼리즘과 비교하면 다음 몇 가지 공통점을 지적할 수 있을 것'이라고 하였다. 첫째로 문학은 현실적인 용도를 가져야 한다는 발상법, 둘째는 당대 사회의 모순의 해부를 제시하라는 주장, 셋째 서민의 삶 또는 농촌의 현실을 묘사해 줄 것을 당부하는 것 등이 그렇다는 것이다.[16]

이러한 발언은 사회주의 세계권을 대상으로 정치적 이데올로기면에서 냉전을 하고 있는 한국 상황에서 심각한 문제를 제기하므로, 우선 이 발언이 타당한 근거를 가지고 있는지를 확인할 필요가 있게 된다. ①이미 앞에서 제시된 리얼리즘론들을 통해 볼 수 있었듯이 거기에는 문학을 기계적으로 도구시한 일이 없고 '인간적인 삶의 풍부화와 사회적 건강화'에 이바지되기를 바랐다. 이것이 '용도'의 발상법이라면 김병익이 앞에서 예찬한바 '이념과 풍속의 통일을 기도企圖하는' 질문형 소설들의 그 '기도'는 마찬가지로 이유와 목적을 지니는 '용도用途'일 것이다. ②오늘의 한국 리얼리즘론은 '미래에의 창조적 정신'까지 중요시하므로, 당대 사회의 모순을 해부한다는 것은 당대에서 끝나는 문학을 하자는 것이 아니고, 우리가 살고 있는 당대적 현실을 도피하지 말고 충실히 인식하자는 뜻이다. ③서민의 삶과 낙후된 농촌의 현실을 그리자는 것은 인간 본성에 입각한 '인간 존엄'의 문학 정신이며, 그것을 특정의 이데올로기적 도식에 관련시키려 할 필요가 없다.

60년대 참여문학론도 한국 문단에서 종종 매카시즘에 의한 협박을 받아 온 일이 있으므로, 필자가 처음 〈한국 리얼리즘문학의 형성〉을

---

16 위의 글 p.239.

발표할 때에도 그와 같은 부작용을 경계하였다. 그리하여 근대적 리얼리즘문학의 원형으로서 19세기의 '발자크 리얼리즘'을 제시했고, 러시아의 사회주의 리얼리즘이 루카치의 문예 이론에 와서 경직성을 완화한 면이 있으며 한국에서 카프에 의한 프롤레타리아문학 체험이 8·15 해방 직후에 있은 조선문학가동맹 전국대회(1946. 2. 9) 자리에서 이원조에 의해 자가비판당한 사실 등을 3페이지에 걸쳐서 논급하였다. 그리고 '세계문학사 가운데에 의연히 살아서 흐르고 있는 본래의 리얼리즘 기능만을 고구考究하고 그것을 민족문학의 추진에 유효하게 원용援用하는 일이 오늘날 우리에게 요청되고 있다'고 밝혔다.[17] 한편 염무웅도 주로 발자크에 근거하여 리얼리즘론을 폈고, 김병걸은 19세기 이후 리얼리즘의 흐름을 서구문학 속에서 제시하였으며, 임헌영은 연암燕岩문학을 중심으로 한국에서의 〈리얼리즘 기점 시론〉을 발표하였다.

이러한 일련의 작업을 가리키며 굳이 사회주의 리얼리즘에 공통점이 있다고 말한 김병익의 의도는 쉽게 이해되지 않는다. 그러면서도 그는 계속하여 "한국의 리얼리스트들 주장이 이렇다 해서 사회주의 리얼리스트와 같은 것으로 몰아붙이는 것은 지나치게 위험하다.…… 한국 리얼리스트들이 마르크시즘에 동의하지도, 할 수도 없다는 데서 강력한 이념 위에 서 있는 소련 리얼리스트보다 불행한(혹은 행복한) 입장에 서 있는데, 그렇다고 자본주의의 모순, 빈부의 격차를 외면할 수도 없는 위치여서 어떤 딜레머에 몰리고 있는 듯한 느낌이다" 이렇게 말하였다. 현대 세계에서는 사회주의자가 되는 것과, '자본주의의 모순 및 빈부의 격차'를 비판하는 것은 반드시 연관성이 있는 것이 아니며 전혀 연관성이 없을 수도 있다. 그러니까 한국의 리얼리스트가 자본주의의 일부 모순점 및 빈부의 격차를 비판할 이유가 있을 때 비판하면 되는 것이며,

---

17 구중서, 〈한국 리얼리즘문학의 형성〉, 앞의 책, pp.243~5.

여기서 곤경이 해소됨으로써 '딜레머'는 저절로 타개되게 되어 있는 것이다.

현대 세계에 있어서는 사회주의 국가 체제를 반대하는 사람들, 이를테면 기독교인들도 종종 자본주의의 모순점을 비판하고 있으며, 그렇게 하지 못할 아무런 이유나 근거도 없는 것이다. 이 점은 현대 지식인의 세계관 형성에 중요한 요소가 되는 것으로서, 한국과 같은 폐쇄적이고 타성적인 고정관념들이 만연해 있는 상황에서는 새삼스레 계몽을 할 필요까지 있는 문제이다. 이 계몽의 한 자료로서 현대에 와서 기독교가 자본주의에 대해 선언한 한 문헌을 보기로 한다.

인간 사회의 새로운 여건 아래서 불행히도 그릇된 사상이 머리를 들었다. 경제 발전의 근본 동기는 '이윤'이고, 경제의 최고 법칙은 '자유 경쟁'이며, 생산 수단의 사유권은 절대적인 권리로서 사회적인 한계도 의무도 없다는 주장이 그것이다. 이런 무제한의 자유주의는 이미 비오 11세가 비난한 대로 '금전의 국제주의 내지 경제적 제국주의'를 낳았으며 폭군 같은 독점 상태에로의 길을 닦아 놓았다. 이와 같은 재화의 악용은 아무리 비난받아도 넉넉하지 못하다. 다시 한 번 엄숙히 지적하는 바이지만 경제라는 것은 오로지 인간에게 봉사해야만 하는 것이다. 소위 자본주의라는 형태에서 한 많은 슬픔이 왔고 불의가 저질러졌으며 형제간에 싸움이 벌어졌다는 것을 부정할 수 없고, 오늘도 그 결과를 체험하고 있는 것이 사실이다. 그렇다고 해서 공업화 자체에다 이런 악들의 책임을 돌릴 수는 없다. 이런 악들은 모름지기 불행한 경제 이론에 기인하는 것이라고 보아야 옳다.[18]

18　바오로 6세, 〈민족들의 발전 촉진〉에 관한 교서敎書 제26조.

자본주의의 모순점에 대한 이러한 비판들은 인간 존엄·사회 정의·공동선共同善을 구현하는, 본질적으로 새로운 사회를 창조하려는 의지의 표명이다. 마찬가지 이유에서 빈부의 격차 현상도 국내외적으로 허다히 비판되고 반성되는 문제이다.

여기까지 검증해 본 바에 의하면 70년대에 제기된 한국의 리얼리즘 문학은 특정의 체계적 이데올로기에 편향되어 있지 않고, 그 이데올로기 성향 때문에 창작 활동이 딜레머에 빠지게 운명지어져 있지 않다는 사실이 분명해진다. 또한 '형식에 대한 고려 없이, 문학적 설득력과 감명을 배제하고, 소재 자체만을 중시하는 태도는 결과적으로 문학의 파탄을 초래할 것'이라고 역시 리얼리즘 쪽에 겨냥한 논급도 있었으나[19] 이것도 리얼리즘문학론에서 근거를 찾아볼 수 없는 만큼 논리를 이탈한 관점으로 보인다. 이 문제에 대한 해답은 한국 리얼리즘문학의 성과로 평가되는 작품들, 즉 김정한의 〈사하촌〉, 하근찬의 〈수난이대〉, 황석영의 〈객지〉, 신상웅의 《심야의 정담》, 신경림의 〈농무〉 등이 독자 대중에게 주는 설득력과 감명이 다른 방법의 작품들에 비해 과연 어떠한지를 생각해 보는 것으로써 대신될 수 있을 것이다.

그런대로 70년대에 제기된 이 리얼리즘론은 김용직에 의해 이미 비평사적 의의로서 평가되고 있다.

70년대에 이루어진 리얼리즘 논쟁을 돌이켜 보면 거기에서 곧바로 전년대前年代에서 찾아볼 수 없는 몇 가지 특징적 측면이 나타난다. 즉 이 연대에 들어서서 우리 주변이 리얼리즘은 막연한 추측에서가 아니라 엄격히 사실을 규정하고 시작하는 경향을 띠게 되었다. 구중서나 김현·염무웅·김병걸 들의 글이 모두 그 허두에서 리얼리즘에 대한 정의를 위해 상

---

19 김병익, 〈리얼리즘의 기법과 정신〉,《문학이란 무엇인가》, p.239.

당량의 말들을 바치고 있는 것이 그 단적인 보기가 된다. 다음 이 연대의 또 다른 특징으로는 리얼리즘 논의의 자세가 한결 전문화되고 본격화된 점이 손꼽힐 수 있다. 가령 임헌영의 글에 나타나는 바와 같이 리얼리즘의 한국적 원천을 파헤치기 위해서 연암의 소설이 거론된 예도 있다. 이것은 리얼리즘 곧 서구적 충격에서 빚어진 결과로만 믿어 온 종래 우리 주변의 통념을 수정코자 한 시도로 볼 수 있을 것이다. 그리고 그런 의미에서 70년대의 리얼리즘 논의에는 그 전년대에서 찾아볼 수 없는 전문화, 저변 확대 현상이 지적될 수 있다.[20]

여기에서 김용직이 '전년대'의 리얼리즘 논의로 지적하는 것은 일제 하 문단에서 충분한 원리론의 동반 없이 신문 시평란에서 언급되던 사례들과 특히 최재서가 이상의 〈날개〉를 리얼리즘의 심화라고 해석한 예를 가리키고 있다. 이 다음 단계로서 나타난 70년대 리얼리즘론은 위에서 본 김용직의 논급에서 비교적 객관적인 정리가 되었다고 보아야 할 것이다.

그러나 문학 방법과 문학 정신의 자세 문제를 둘러싼 논의는 어느 일방의 강권적 승리와 획일화를 가져올 필요가 없을 것이다. 체질적으로 리얼리즘에 조화하지 못하는 문학인들은 그들 나름으로 보다 중요시하는 '어떻게'의 길을 일관성 있게 구체화하고 발전시켜 볼 만할 것이다. 즉 '발견으로서의 기법', '의미망의 구축', '질문하는 소설', '관체寬體가 아닌 형태로서의 문학사' 또는 '구조주의적 방법의 참착' 이런 것들이 신념에 의해 추구될 수도 있을 것이다.

그러면서 여기에 덧붙여 한 가지 주의되어야 할 것은 비평 문장의 정직성에 관한 문제이다. 모름지기 비평은 단순하지 않고 심각성을 지

---

20   김용직, 〈모색과 성과〉,《문학 논쟁집》, p.146.

닌 어떤 문제의식이라 하더라도 그것을 되도록 이해하기 쉽게 명료하게 해명하는 문장 기능을 갖추는 것이 바람직할 것이다. 그런데 70년대의 일부 비평 작업들을 보면 '문제의식이 단순하고 명료해지지 않기를' 바란다든가, '우리는 마침내 실패할 것이며 우리의 실패가 철저할수록 당대에 공헌하게 되는 것'이라든가 하여, 성실과 겸허처럼 보이면서 실제로는 불가지론과 책임 회피에 빠져드는 것 같은 점들이 우선 미묘한 문제거리가 된다. 여기에서 더 나아가 비평 문장 자체가 매우 난해한 경우도 그 이유가 한번 재고되어야 할 것으로 보인다.

어떤 때 우리의 삶과 역사와 세계에서 '구체적 전체성'은 감추어져 버리고 만다. 그러나 문학작품의 기적이며 저주는 이러한 전체성의 결여를 가지고도 하나의 전체성을 구축할 수 있다는 데 있다. 결국 하나의 작품에서 모든 것은 작가의 의지에 의하여 지탱되어 있을 수 있기 때문이다(물론 뛰어난 작품일수록 작가의 의지는 스스로 드러나는 세계의 숨은 원리로서만 존재한다). 문학의 해석도 그 반성을 통해서 작가와 마찬가지로 구체적 전체성에의 모험에 참여한다. 그리하여 인간의 참된 자유가 실천적으로 어떻게 구현될 수 있는가를 탐구한다.[21]

이러한 비평 문장은 목적을 '인간의 참된 자유의 실천적 구현'에 두었음에도 불구하고 그 목적에 이르려는 노력으로서의 사유가 너무 관념적이며 논리의 불명료성 내지 난해성이 있지 않나 생각된다. 비평 문장의 불필요한 현학성에 대해서는 이미 1930년대 문단에서도 김문집에 의해 혹독히 지적된 일이 있는바, 그 현학적 경향은 70년대 비평문학 속에서도 당위성이 인정되기 어려운 채로 존재하고 있다.

---

21   김우창, 〈주체의 형식으로서의 문학〉,《문학이란 무엇인가》, p.85.

문학의 방법과 문학 정신의 자세에 관련하여 70년대 비평의 특징적인 성과와 문제점들이 대략 정리 검토되었다. 하나의 성과로 칠 수 있는 리얼리즘은 그것이 한 시대의 사조로 고정되는 것이 아님을 밝히고 있는 바에 따라, 그 원리가 창작과 비평의 방법적 토대로 계속 기여할 것으로 다짐되고 있다.

4.

문학의 방법과 문학 정신의 자세는 다시 그 주체로서의 민족문학에 연결된다. 70년대에 들어와 리얼리즘 논의와 거의 때를 같이하여 '민족문학론'이 또한 활발히 진행된 것도 결코 우연한 일이 아니라고 보아야 할 것이다.

70년대 민족문학론은 1970년 10월호 《월간문학》지가 여러 명의 비평가를 동원하여 〈민족문학론〉 특집을 마련함으로써 새삼 한 차례의 문제 제기가 되었다. 그러나 이 특집에서 별로 얻어진 성과는 없었으며, 다만 이형기·김현 등이 '민족문학'을 곧 '한국문학'으로 고치려 한 이론이 나타났다. 이 계기에 임헌영은 '민족문학' 개념의 계열에 있어 ① 한국문학 ② 국민문학 ③ 민족주의문학 ④ 민족문학 등으로 분류해 보았다.[22]

이 분류를 필자가 다시 시대순으로 배열해 보면 ① 국민문학 ② 민족주의문학 ③ 한국문학 ④ 민족문학의 순서로 된다. 국민문학은 1925년대 이후 프로문학에 대립한 문학 계열의 지칭이었고, 민족주의문학은 일제 때에 역시 프로문학의 국제적 계급주의에 대립하여 쓰인 일이

---

22 임헌영, 〈민족문학 명칭에 대하여〉, 《문학 논쟁집》, p.408.

있고, 해방 후에는 국학의 발흥에 동반하는 문학 정신에서 취해진 지칭이다. 그리고 한국문학은 해방 후 50년대 후반을 절정으로 하여 외국문학에 경도되었던 체험에서 감염된 세계 시민적 관념의 소산이라고 볼 수 있다.

이른바 '국민문학'을 민족문학의 개념 계열에서 되돌아보고 넘어가게 되는 것은 이것이 국외적으로 동일하게 '내셔널'이란 어휘에 의해 표현되기 때문이다. 국민문학이란 용어의 출현에 관해 임헌영은 다음과 같이 흥미 있는 관찰을 하고 있다. 옥스포드 사전에 의하면 '내셔널리즘'이란 어휘가 1869년 5월 20일자 《데일리 뉴우스》지에서 처음 사용되었다고 한다. 여기에서 특히 당시 식민지 상태에 있던 아일란드·터어키·인도·중국의 독립운동가를 내셔널리스트로 부를 수 있다고 하였다. 이와 같이 이 어휘는 원래 제국주의 침략에 반대하여 민족의 독립을 쟁취하려는 정신을 가리켰다. 그런데 이 내셔널리즘이 일본 연구사판 영일사전에 와서는 '국가주의, 국민주의, 애국심, 애국 운동' 등으로 번역되었던바, 이것은 일제가 조선을 비롯한 식민지 민족의 해방 투쟁 의식을 회피한 데서 온 결과인지도 모를 일이라는 것이다.[23] 아무튼 일본에서의 이와 같은 어휘 해석에 의하여 국민문학이란 어휘도 일제하 조선 문단에 이식되었다. 따라서 국민문학의 단계는 한국 민족문학 개념 계열에 정식으로 자리 잡을 만한 것이 못 되었다고 보게 된다.

다음으로 민족주의문학, 한국문학, 민족문학의 단계가 지니는 의미는 천이두의 다음과 같은 개괄적 논급에서 적절히 시사받은 바가 있다.

……한국의 근대문학을 재검토해 나간다고 할 때 외세(일본 제국주의)에 영합한 일련의 어용문학은 말할 것도 없고, 과거에로 칩거함으로써 민족

23　위의 글, p.409.

의 당면 과제를 외면한 보수적 민족주의문학이나 외래문학에 편승함으로써 민족적 주체 의식을 정립하는 데 기여하지 못한 코즈머폴리턴적인 문학 등이 다 같이 민족문학의 정통일 수 없다고 귀결 짓게 될 것은 당연하다. 그리하여 민족문학의 정통으로 부각되는 것은, 외세(일제)에 정면으로 맞서 나간 일련의 사회 참여문학이다. 그리고 안으로는 국토가 분단되어 있고 밖으로는 유형·무형의 외세의 압력 속에 놓여 있는 오늘의 우리 현실을 감안해 볼 때 민족문학의 내일에의 진로 역시 상기한 정통의 연장선 위에서 모색되어져야 한다는 것이다.

　이러한 논의가 간직하는 이론적 강점은, 근래에 사학계에 대두하고 있는바 민족적 주체 사관을 효과적으로 도입함으로써 민족문학의 문제를 구면해 나감에 있어서 방법론적인 기초를 공고히 하려 한 점이라 할 것이다.…… 특히 민족문학으로서의 주체적 역량을 공고히 다져 나감으로써 외래문학과의 정당한 대응 관계를 수립해 나감에 있어서의 민족문학의 진로를 방법론적으로 제시할 수 있게 하였다는 점에서 주목할 만한 의의를 간직하는 논의라 할 수 있다.[24]

　이처럼 원칙적 당위론에 있어 탁월하게 개진한 천이두는 뒤이어 이러한 당위의 민족문학 논의의 '결정적인 약점은 민족문학의 문제를 민족적 윤리 문제로 일탈시키고 있는 점'이라고 하였다. 이 우려는 바로 위에서 민족문학의 진로를 방법론적으로 제시할 수 있게 하였다고 했을 때의 그 '방법론'에 대한 신념이 구체적으로 없는 탓인 것 같다. 이와 같은 일면적인 나약성은 당위론으로부터 출발하여 민족의 현실에 이르는 과정의 소산이라고도 볼 수 있다.

　한편 이와 다른 경우로서 민족의 현실로부터 출발하여 당위론에 이

24　천이두, 〈민족문학의 당면 문제〉,《문학이란 무엇인가》, p.208.

르는 과정의 문학 정신이 있는데 이러한 이론적 유형을 이철범의 민족
문학론에서 볼 수 있다. 그의 이론들은 세부적인 내용에 있어서 덜 정
돈된 점들이 있고, 분단 상황이라는 기정적 현실 속에서 자신이 취하는
주관적 이념이 곳곳에 드러나 있다. 그러나 일제하 문학의 친일과 항
일의 양상, 해방 후 분단 상황의 문학을 중점적으로 다루면서 사회 현
실로부터 의의 깊은 자료들을 많이 취택하고 있는 것은 독특한 작업의
면모를 보이고 있다. 그의《신문학대계》속편인《분단의 현실과 한국
문학》속에 동원된 자료의 일부만을 보아도 '무명 시인들의 항일 민족
시, 독립군가, 민족에 관한 좌우 문학인들의 견해와 사가史家들의 견해,
판문점 조인식장, 7·4 남북 공동성명 전문' 등이 있다. 이와 같이 사회
적 현실 자체에서 발상하는 이철범은 70년대에 임한 민족문학의 문제
의식을 다음과 같이 제기하였다.

민족이라는 개념이 근대 국가의 형성과 더불어 뚜렷해진 만큼, 우리의
처지에서 일단은 근세 이후 국제 세력의 도전을 받으면서 자체의 역사를
어떻게 지켰는가 하는 바로 그 면에서 민족문학을 제기시켜 본다면 가장
중요한 문제는 ① 이즈가 한일 합병 때문에 망하고 한국민족과 국토가 일
제에 의해 강탈된 그 시점에서 민족주의라든지 문학은 강조되어야 했다.
그다음, ② 해방 직후 미·소의 상반된 이데올로기에 의해 다시 우리의 민
족과 국토와 역사가 갈라졌다는 그 비극적 상황을 의식하는 곳에서 민족
문학은 한민족의 실존을 찾는 가장 중요한 작업을 해야 옳다. 따라서 '그
문학은 세계 속에 벌어진 분단의 역사적 현실에 뿌리를 박고 그 현실의 심
연 속에 전개되는 모든 한국인의 삶을 통째로 안고 무엇인가 강력히 부정
해야 한다'. 우리는 남들이 우주 시대를 구가하며, 동서 이데올로기의 벽
을 헐어 버리려는 차비로서 70년대를 맞는 시대에도 아직은 6·25동란의

상황에서 한 치도 벗어나지 못하고 있다.[25]

위 논급에서 가장 중요한 점은 6·25적 상황의 지속이라는 현실 인식이다. 그동안에는 1972년의 7·4 남북 공동성명이 있기도 하였다. 이 성명은 '통일은 외세에 의존하거나 외세의 간섭을 받음이 없이 자주적으로 해결하여야 한다. 사상과 이념, 제도의 차이를 초월하여 우선 하나의 민족으로서 민족적 대단결을 도모하여야 한다'고 결의하였음에도 불구하고 70년대 후반에 이르러서도 현실은 그 성명의 정신에 오히려 역행되는 방향으로 진전되고 있기도 하다. 그리고 이러한 특수 현실이 한국의 민족문학을 세계문학으로부터 분별하여 생각하지 않을 수 없게 한다는 견해는 타당하다.

이철범과 천이두에게서 규정된 '민족문학'의 기본 입장은 백낙청의 민족문학론과도 상통된다. 그러면서 백낙청은 민족문학론을 민족사적 현실에 입각하여 더욱 구체화하고, 세계문학과의 대응 관계에서 그 의의를 확장하였다. 민족문학에 관한 백낙청의 비평 작업은 〈현대문학을 보는 시각〉[26] 〈민족문학 이념의 신전개〉[27] 〈민족문학의 현 단계〉[28]를 통해 계속되어 왔다. 이 세 편의 비평은 이제까지 한국 문단에서 전개되어 온 민족문학 논의를 한층 진전시킨 것이므로 그 내용의 구조를 한 차례 확인해 볼 필요가 있다. 그 구조는 대략 다음과 같이 된다.

① 민족문학의 개념은 세계문학과의 연관성 위에서 분별되어야 한다. 이때의 분별은 상호 간의 이질감일 수만은 없고, 세계문학 또는 서

---

25 이철범,《분단의 현실과 한국문학》, 경학사, 1974, p.398.

26 백낙청, 〈현대문학을 보는 시각〉,《문학과 행동》, 태극출판사, 1974.

27 백낙청, 〈민족문학 이념의 신전개〉,《월간중앙》, 1974년 7월호(《문학 논쟁집》에 〈민족문학 개념의 정립을 위해〉로 개제 수록).

28 백낙청, 〈민족문학의 현 단계〉,《창작과 비평》, 1975년 봄호.

양문학의 전통을 아는 데서 쟁취된 인식으로서의 민족문학이어야 한다. ②서양문학은 20세기에 들어서면서부터 쾌락 지상주의, 반역사성, 반민중성에 의해 창조적 기능으로서의 한계에 부딪쳤다. 이러한 20세기적 문예 사조는 '프루스트의 시간외적 진실의 탐구나 발레리의 순수시 이론, 브르통의 초현실주의'를 중심으로 하여, 크게 보아 모더니즘을 이루는데, 모더니즘은 기법을 내용으로부터 분리시켜 그 중요성을 과장함으로써 소재의 사회적 예술적 의의를 판단하지 않는다. 또한 작중의 여러 상황과 인물들 사이에서 중요성의 차등을 인식하지 않는다. 이 때문에 루카치는 자연주의와 모더니즘이 형식에 있어서 다르면서 근본적 성격에 있어서 동일선상에 놓일 수 있다고 하였다. 20세기 서양문학의 이와 같은 퇴영적 성격에 대해서는 일찍이 톨스토이가 심각히 우려한 바 있고, 그 자신이 모더니스트인 엘리어트에 의해서도 도덕적 타락상을 이유로 비판당하였으며, 사르트르와 D. H. 로런스에 의해서도 비판되고 있다. ③민족문학론은 민족을 어떤 영구불변의 실체라든가 지고至高의 가치로 규정해 놓고 출발하는 국수주의적 문학론과는 근본적으로 다르다. 현실적으로 정치·경제·문화 각 부분의 실생활에서 민족이라는 단위로 묶여져 있는 인간들의 전부 또는 대다수의 진정으로 인간다운 삶을 위한 문학이 '민족문학'으로 파악되는 것이 가장 바람직하다. ④민족문학은 그 방법으로서 리얼리즘을 취하게 된다. 그 이유는 현대 서양문학이 '외부 현실의 불모성과 역사 행위의 무의미성'을 표방하여 리얼리즘에 위배되는 경향을 지니는바, 퇴영적 서양문학을 주체적으로 지양하는 민족문학은 자연히 리얼리즘을 취하게 된다. 이때 서양에서는 대폭 약화된 19세기 리얼리즘의 전통을 옮겨 활용할 수 있다. 동시에 20세기 서구 리얼리스트인 조이스·카프카 등의 불건강한 일면도 극복할 필요가 있다. ⑤한국의 민족문학은 현 단계 세계문학의 가장 선진적인 흐름으로 대두되고 있는 제3세계문학의 일익을

담당함으로써 세계문학에 기여할 수 있다. '서양 문명의 침략성과 비인
간성을 구체적인 역사로서 다수 대중들과 더불어 겪은 제3세계의 작가
는 자기 나라 민중과의 연대 의식을 희생함이 없이 서구문학의 한계를
넘어선 작품을 쓸 수 있는 복된 짐을 지고 있다.' ⑥ 그렇다면 민족문학
의 현 단계와 앞으로의 전망은 어떠한가.

우리의 형세는 반드시 가난하고 외로운 것만은 아니다. 세계문학의 선
진적 과제를 떠맡음으로써 전 세계의 양심적 문학인·지식인들과의 연대
의식을 확인하고 이른바 선진국의 문학 전통의 발전적 요소를 우리 것으
로 삼을 수 있는가 하면, 민족문학의 확고한 입장에서 우리 민족이 대대
로 이루어 온 문학적 성과를 재발견·평가할 수 있고 특히 항일 근대화 운
동 이래의 업적을 바로 우리의 피와 살로 삼을 수 있는 것이다. 그중에서
도 4·19의 성취와 좌절을 겪으면서 그 기억을 지켜 온 최근 10여 년의 민
족문학은 그야말로 우리의 뼈 중의 뼈요 살 중의 살로서, 그것이 좀 더 꿋
꿋하고 풍성하지 못한 데 대한 책임은 문학하는 누구나가 느껴야겠지만
동시에 우리 모두가 커다란 긍지를 갖지 않을 수 없는 것이기도 하다.······
그간에 이만한 성과나마 이루어졌다는 사실은 곧 어떤 일시적인 작용으
로 돌이켜질 수 없는 민족적 공감의 터전이 이미 이룩되고 있음을 말해 주
기 때문이다.[29]

위에서 본 백낙청의 일련의 민족문학론은 한국 근대문학사의 정통
적 흐름 안에 자리를 잡았으며, 세계적 시야와 리얼리즘의 방법을 갖
추었다. 여기에서 더 보완되어야 할 것이 있다면 민족문학의 전통적 유
산에 대한 보다 체계적인 가치 평가의 작업과, 제3세계문학론에 있어

---

29   백낙청, 〈민족문학 개념의 정립을 위해〉, 《문학 논쟁집》, p.423.

서의 보다 균형 있는 검토라고 말할 수 있을 것이다. 즉 제3세계문학의 분포 사례로서 라틴아메리카의 시와 미국에서의 흑인소설에 더하여 아프리카와 아시아문학이 간략한 사례로서나마 첨가되었으면 보다 원만했을 것이다. 그러나 이 두 주제, 즉 전통론과 제3세계문학론은 별도의 작업으로 파생될 만한 것이다.

5.

이상으로 70년대(중반까지의) 한국 비평문학 현황을 참여문학론, 리얼리즘문학론, 민족문학론 등 대표적 주제들에 중점을 두어 살펴보았다. 이 무렵에 대두된 또 다른 비평 주제로서 백낙청의 '시민문학론'과 김치수·염무웅·신경림 등의 '농민문학론'이 있었으나 여기에서는 논급하지 못하였다. 또 이 주제들은 원리 면에서 리얼리즘과 동궤同軌의 것이었다고 볼 수 있다. 김계연·염무웅·임헌영·필자 등의 '문학사론'도 지면 관계로 검토하지 못하였다. 그런대로 '리얼리즘문학론'과 '민족문학론'은 비교적 핵심을 따라 되새겨졌으며, 여기에서 정리된 내용은 한국 근대 비평문학사 및 문학사에 연관하여 상당한 의의를 가질 수 있을 것으로 생각된다.

—

구중서는 1960년대부터 1970년대까지 진행된 참여, 민족, 리얼리즘에 관한 비평들을 통해 당시 활발하게 진행된 수많은 논쟁들을 다루었다. 그는 이 글을 통해 그동안 비평문학 논쟁에서 발생했던 논란거리와 미흡한 사항들을 지적하면서, 이에 대한 보완점을 제시함과 동시에, 창조적이면서도 발전적인 비평 기준을 제시하여 세계문학사와는 별개의 관점으로 한국 비평문학사를

평가하고자 한다. 이것은 1970년대 후반에 그 열기가 잠잠해졌던 비평문학
의 흐름 속에서 한국 비평문학의 문학사적인 의의를 세우고자 했던 의도라
고 볼 수 있다.

* 이 글은《創作과 批評》(1976년 가을호)에 실린 〈70年代 批評文學의 現況〉을 원전으로 삼은 것이다.

민족문학 개념의 정립을 위해

백낙청

문학의 '국적'이 뜻하는 것

민족문화와 민족문학에 관한 논의는 바야흐로 일대 붐을 이루고 있다. 한때는 누가 '민족문학'을 거론하기만 해도 자못 살벌한 분위기가 감돌고는 했는데 지금은 완연히 달라진 형세다. 막대한 국가 예산을 지급해 가며 사람들을 모아 민족문학 이야기를 하고 때로는 그 찬란한 개화를 내다보기도 한다.

민족문학의 개념이 결코 포기할 수 없는 것이라 믿는 필자로서는 우선 반갑고 안도의 한숨마저 나오려고 하지만, 이것이 과연 민족문학의 올바른 전개와 결실을 약속하는 현상일지 어떨지는 얼핏 확인하기 어렵다. 여하튼 이런 때일수록 민족문학이 무엇인가라는 물음을 다시 한번 제기해 볼 필요가 있음을 느낀다. 민족문학론이 공격과 경계의 대상이 되었을 때보다 그것이 일종의 유행이 되었을 때야말로 이에 대한 반론을 새삼스레 되씹어 보고 이러한 반대를 충분히 넘어설 만한 근거 위에 우리의 민족문학을 정립하며, 그런 근거를 결여한 민족문학론은 민족문학의 부정론 못지않게 경계해야겠다는 것이다. '민족문학' 개념의 타당성 문제는 흔히 ‘세계문학’과의 연관성 속에서 제기되고, 또 그렇게 하는 것이 매우 적절한 방법인 것 같다. 이런 경우 민족문학이라는 용어를 달갑지 않게 여기는 입장은 대충 다음과 같이 요약될 수 있겠다. 즉 ‘한국민족이 생산한 문학’이라는 의미로 민족문학을 말한다면 모르되, ‘한국문학’ 혹은 한국의 ‘국민문학’과 구별되는 민족문학의 개념을 고집한다는 것은, 무엇보다도 ‘문학’으로서 훌륭하냐 그렇지 못하냐를 따져야 할 문학 본연의 자세에 어긋나는 것이며 우리 문학의 발전을 저해하고 한국문학이 세계문학에 떳떳이 참여할 기회를 놓치는 결과가 되기 쉽지 않겠냐는 것이다. 더구나 이러한 민족문화론의 근저에 있는 민족주의는 자칫하면 국수주의로 흘러 문학뿐 아닌 모든 분야에서 세계사의 발전에 역행하고 말 우려가 있다는 것이다.

이러한 우려는 충분히 검토되어 마땅하다고 생각된다. 사학계에서도 이 문제는 한국사 내지 한국학 연구의 ‘특수성’과 ‘보편성’이라는 문제를 중심으로 논의가 제기되고 있는 것으로 알거니와, 최근의 민족문학론이 흔히 복고주의나 국수주의의 색채를 띠기도 한다는 점에서 이것은 문학에서도 그냥 지나쳐 버릴 수 없는 문제이다. 우리의 민족문학론이 우리 민족이 낳을 수 있는 최선의 문학을 낳고 그리하여 세계문학에 떳떳한 공헌을 하는 데 이바지하는 것이 아니라면 그것은 그냥 무해무익한 이야기 정도로 그치지 않고 민족의 고난과 전 인류의 불행을 적극적으로 조장하는 일이 될 것이기 때문이다.

사태의 이러한 심각성에 비추어 이야기를 ‘문학에 국경이 있느냐’는 상투적인 질문으로 끌고 가서 ‘국적을 가진 문학만이 국경을 넘을 수 있다’는 귀에 익은 경구로 답하고 마는 것은 결코 만족스러울 수 없다.

문학의 ‘국적’이란 구체적으로 어떤 것이며 ‘문학이 국경을 넘는다’는 것은 정확히 무엇을 의미하는가? 또 복수민족국가 또는 복수언어국가도 아닌 우리나라에서 우리 국민이 우리 국어로 써낸 문학 전체를 가리키는 한국문학 내지 국민문학과 다른 의미에서 문학의 국적을 어떻게 가릴 수가 있는 것인가?

민족문학과 민족 현실

이러한 의문에 대한 답이 일종의 관념유희에 흐르지 않으려면 이 모든 의문에도 불구하고 민족문학의 개념을 고수할 것을 요청하는 어떤 구체적인 민족적 현실이 있어야 한다. 즉 민족문학의 주체가 되는 민족이 우선 있어야 하고 동시에 그 민족으로서 가능한 온갖 문학 활동 가운데서 특히 그 민족의 주체적 생존과 인간적 발전이 요구하는 문학을 '민족문학'이라는 이름으로 구별시킬 필요가 현실적으로는 존재해야 하는 것이다. 다시 말해서 그것은 민족의 주체적 생존과 그 대다수 구성원의 복지가 심각한 위협에 직면해 있다는 위기의식의 소산이며 이러한 민족적 위기에 임하는 올바른 자세가 바로 국민문학 자체의 건강한 발전을 결정적으로 좌우하는 요인이 되었다는 판단에 입각한 것이다.

이렇게 이해되는 민족문학의 개념은 철저히 역사적인 성격을 띤다. 즉 어디까지나 그 개념에 내실을 부여하는 역사적 상황이 존재하는 한에서 의의 있는 개념이고, 상황이 변하는 경우 그것은 부정되거나 보다 차원 높은 개념 속에 흡수될 운명에 놓여 있는 것이다. 따라서 이러한 민족문학론은 민족이라는 것을 어떤 영구불변의 실체나 지고의 가치로 규정해 놓고 출발하는 국수주의적 문학론 내지 문화론과는 근본적으로 다르다. 현실적으로, 그러니까 정치·경제·문화 각 부분의 실생활에서 '민족'이라는 단위로 묶여져 있는 인간들의 전부 또는 그 대다수의 진정으로 인간다운 삶을 위한 문학이 '민족문학'으로 파악되는 것이 가장 바람직한 때와 장소에 한해 제기될 뿐이며, 그 때와 장소의 선정은 어디까지나 '진정으로 인간다운 삶'에 대한 모든 인간의 염원을 공유하는 입장에서 이루어지는 것이기 때문이다.

오늘날 이러한 민족문학론의 필요성은 경제학계에 있어서 국민 경제와 구별되는 민족 경제의 개념이 갖는 의의와도 맞먹는 것이다. "우리가 개념 지으려는 민족 경제는 범세계적인 자본 운동의 과정에서 한 민족이 민족적 순수성과 전통을 유지하면서 그에 의거 생활하는 민족 집단의 생활 기반이다. 이것은 순수 경제적인 자본 운동의 측면에서는 국민 경제에 포괄되는 하위 개념이나 민족주체적인 관점에서는 국민 경제보다 높은 상위 개념이다."《후진국경제론》, 박영사, p.167) 그리고 오늘날의 현실에서 순수 경제적인 개념만을 고집하는 것이 민족의 경제적 자주성에 대한 엄연한 위협을 간과하는 일이 되듯이, '민족문학'의 개념을 외면하는 것 역시 민족의 생존과 존엄에 대한 현실적 도전을 망각하는 결과가 될 수 있는 것이다.

외세에 항거하는 근대 의식

이러한 도전이 심각하면 심각할수록 우리에게 절실히 요청되는 문학은 앞서 말한 의미에서의 '민족문학'이 아닐 수 없을 것이다. 동시에 그 도전이 심각하다는 것은 한국에서 현재 씌어지는 '한국문학'이 자동적으로 '민족문학'일 만큼 사태가 만족스럽지 못하다는 뜻도 된다. 그러기에 참다운 우리 시대의 문학, 진정으로 오늘을 사는 문학이라는 뜻에서의 한국의 '근대문학'이 곧 '민족문학'이어야 한다는 주장은 결코 동어 반복이 아닌 것이다.

뿐만 아니라 이것은 우리 문학사의 올바른 이해와 정리를 위해서도 무의미한 주장이랄 수 없다. 한국문학사에서 근대문학의 기점을 정확히 어디에 둘 것인지에 관해서는 아직껏 정설이 없고 필자 자신 이렇다 할 정견을 갖고 있지 못하다. 그러나 한국의 근대문학은 민족문학적 성격을 띨 수밖에 없다는 관점에서 문학사를 볼 때, 우리는 어떤 개인의 흔히 형식적이고 지엽말단적인 작업보다 좀 더 민족사의 전개에 밀착된 시대 구분이 가능할 것이다. 즉 한국의 문학이 스스로 '민족문학'이어야 할 역사적 요청을 의식하고 이에 상당히 부응하기 시작했을 때 우리 문학사의 '근대'가 시작되었다고 말할 수 있을 것이다. 그런 의미에서 우리의 근대문학은 외세의 침입이 일부 지역 또한 일부 계층에 대한 위협이 아니라 민족 전체에 대한 침략으로 의식되는 가운데 싹텄다고 보겠다. 동시에 이러한 침략에 대해 무기력하거나 심지어는 영합적이기조차 한 국내 봉건세력을 이 민족적 위기의 일환으로 파악하는 의식 역시 그러한 근대 의식의 일부가 될 것임은 물론이다. 문학을 통해 그것이 표현되기 시작한 정확한 연대의 설정은 앞으로 더 많은 연구를 통해 이루어지리라 믿지만, 여하간 그 본격적인 전개가 일본 제국주의의 침략에 맞선 일련의 반식민·반봉건 운동과 직결된다는 것은 명백한 사실이다.

이것은 한국에는 본래 '근대적 의미에서의' 민족의식이 없었고 따라서 일본을 통한 서양의 영향으로 비로소 근대적 민족의식이 싹트고 근대적 문학이 생겨났다는 이야기와는 근본적으로 다른 발상이다. 한국에서의 민족의식 발달에 끼친 서양 문물의 영향을 부인하려는 것은 아니나, '민족주의' 또는 '민족의식'의 문제를 항상 서구의 '민족 국가 nationstate'를 기준으로 논한다는 것은 우리의 역사적 현실과 동떨어진 이야기로 시종하기 쉽다. 그것은 우리도 만시지탄이 있으나 하루 속히 영국이나 프랑스가 일찍이 가졌던 민족 국가 의식을 배우도록 해야겠다는 부질없는 조바심이 아니면, 선진국의 역사에서 이미 과거지사가 된 짓을 이제 새삼스레 해서 무엇하랴는 식의 민족주의 무용론을 낳기가 십상이다. 그리고 이들 중 어느 쪽으로 기울든 간에 그 밑바닥에는 반만년 역사 운운하면서도 우리는 '민족의식' 하나 제대로 못 가진 딱한 민족이었구나 하는 일종의 민족 허무주의가 자리 잡고 있는 것이다.

이것은 전혀 역사적 사실과 부합되지 않는 생각이다. 우리 민족의 구체적인 잘잘못이야 어찌 되었건 실제로 우리에게는 삼국통일 이후의 주어진 역사 속에서 우리 민족의 독자적 생존을 지켜줄 만한 민족의식은 여하간 있었다. 또 그랬기 때문에 오늘날 우리가 한국인으로 살면서 민족의식을 논하고 민족문학을 말할 수 있는 것이다. 다만 그 민족의식이 그때그때의 주어진 역사적 상황에서 민족 구성원 다수의 인간적 삶을 최대한으로 실현시켜 주는 성질의 것이었는지는 검토의 여지가 있고 때로는 준열한 심판의 대상이 되어 마땅하기도 하다. 서구식 민족주의와의 비교도 어디까지나 이러한 각도에서만 뜻이 있는 것이다.

따라서 서구적인 민주주의에 미달했다는 면도 그것이 당시의 상황에서 민족의 생존과 복지에 이바지했던 한, 민족문화의 전개에 기여한 올바른 의식의 발현이며 궁극적으로 근대적 민족의식을 지향한 적극적인 한 걸음으로 평가되어야 한다.

반식민·반봉건 의식의 부각

예컨대 중국문화권 내의 특수한 사정에서 중국에 대항하여 근대 민족 국가적 독립 선언을 일찍부터 한다는 것이 반드시 올바른 민족주의의 자세였다고 할 수 없었듯이, 15세기부터 한글 전용 정책을 썼더라면 우리의 민족문학이 더욱 살쪘으리라는 추정 역시 위험한 것이기 쉽다. 반면에 중국에 대한 '사대'가 반드시 민족의 현실적 필요에 입각한 실리 외교만이 아니고 봉건 지배층의 계급적 이익을 위해 민족 구성원 다수를 희생시키는 데 일조를 했다는 점에서는 좀 더 서구적 민족주의에 가까운 민족의식이 없었음을 나무랄 만도 하다. 문학에서도 비슷한 이 야기가 나올 수 있다. 즉 한자의 사용이 한자 문화권 속에 사는 민족으로서의 당연한 문화적 필요에 부응한 것만이 아니고 지배층의 우민 정책과 존화尊華사상에 동원되었던 한에 있어서는 민족문학의 빈곤화를 초래했다는 비난을 면치 못하는 것이다.

따라서 한국의 고전문학이 한문과 국문으로 양분됨으로써 르네상스 이래 서구의 여러 민족 국가에서 보는 형태의 국민문학을 형성하지 못했음은 아쉬운 일이지만, 그렇다고 그것이 문화 부재·주체성 부재의 역사로 환원되는 것은 결코 아니다. 근대가 요구하는 민족문학의 직접적인 자양이 되는 작가와 작품들이 얼마든지 있으며 고전문학에 대한 오늘날의 평가도 우선 이런 기준에서 행해져야 할 것 같다. 즉 어떤 작품이 중국의 규범에 얼마나 맞았느냐 하는 당대에 성행하던 평가나 서구문학의 개념과 미의식에 어느 정도 부합되느냐 하는 요즘 (무엇보다도 일부 국문학자 자신들 틈에서) 맹위를 떨치고 있는 사고방식을 일단 제쳐 놓고, 그것이 오늘의 민족적 현실이 요구하는 민족문학에 얼마나 근접해 있는가를 보자는 것이다. 그리고 이렇게 할 때 우리가 말하는 '민족문학'의 개념과 우리 문학사에서 근대문학의 개념이 일치할 수밖에 없음을 다시 한 번 확인하게 된다.

우선 어떤 작품이 한문으로 되었느냐 또는 국문으로 되었느냐 하는 것 자체가 하나의 절대적인 척도가 될 수 없음은 한자 사용과 민족의식이 결코 단순한 이율배반적 관계에 있었던 것이 아니라는 앞서의 지적으로 보아도 분명한 일이다. 한문으로 된 우리의 옛날 작품들이 국문학에서 배제되어서는 안 된다는 이야기는 이미 국문학계 내부에서도 점점 널리 받아들여지고 있는 것으로 알지만, 특히 민족문학의 관점에서 볼 때 연암의 소설이나 다산의 시와 산문이 국문학의 범주에서 제외된다는 것은 불합리한 일이다. 그리하여 근자에는 이들의 작품에서 우리 근대문학의 시발점을 찾자는 주장마저 대두한 바 있다.

그러나 이들의 작품이 한문으로 씌어졌다는 사실——더구나 한글이 창제된 이후임에도 불구하고——자체가 갖는 민족문학적 한계 역시 무시할 수 없다. 한자가 아무리 생활 속에 깊이 들어와 있었다 할지라도 작가 자신의 일상 구어와는 판이한 말인 이상 그러한 언어를 구사한 작품의 예술적 한계라는 것도 있겠고, 또 내용상으로는 아무리 민족과 민중의 이익을 대변한다 하더라도 그들 대다수에게 직접 호소할 것을 애초부터 포기하고 출발하는 글로서의 여러 제약이 따르기 마련이다. 우리가 실학 사상을 흔히 '근대 지향적'이라고는 하지만 바로 '근대 사상' 그것으로는 보지 않듯이 조선왕조 후기의 한문으로 된 근대 지향적 작품도 역시 우리의 근대문학·민족문학 그 자체로서는 미흡한 것이다.

그러므로 언문일치가 제대로 안 되어 있던 일부 고전문학의 전통을 결정적으로 깨뜨리는 데 큰 역할을 한 이인직·최남선·이광수 등이 흔히 근대문학의 창시자로 일컬어지는 것도 전혀 불가해한 현상은 아니다. 특히 이광수의 업적은 그 점에서 두드러진 것이었다. 그러나 고전문학의 평가에서 한자 사용 여부가 결정적인 기준이 될 수 없다면 이광수 등의 위에 지적한 공로가 곧 그들의 민족문학사적 위치를 확정시켜 줄 수도 없다. 결정적인 기준은 어디까지나 그들의 반식민·반봉건 의식 및 이러한 의식의 작품화 능력이 되겠는데 이 기준으로 보아 이인직·최남선은 물론 춘원 이광수도 크게 수준 미달임은 더 말할 것도 없다. 사실 이들에 대한 과대평가는 그 자체가 반식민·반봉건 의식의 부족을 드러낸다고 볼 수 있다. 즉 한편으로 일본 제국주의의 침략과 더불어 들어온 신문물에 대한 지나친 존중심이 작용한 것이며, 다른 한편 언문일치라는 그들의 공로가 빛을 발하는 것은 주로 봉건귀족의 한문문학과의 대비에서요, 이러한 계층적 한계를 벗어나서는 결코 새로운 현상만이 아니었음을 망각한 일종의 봉건적 타성에 젖어 있는 것이다.

평민문학에 대한 정당한 평가

민족문학이란 그 어느 시기에건 민족 구성원의 대다수를 이루는 민중을 외면할 수 없지만 우리나라의 경우 항일 민족운동의 시발점이 종래 지도계급의 이념적·실천적 파산기와 겹침으로써 민족문학이 민중에 바탕을 두어야 할 필요성이 더욱 가중되었다. 즉 일본 제국주의의 침략에 대해 민족 주권을 수호하는 일을 양반에서 기대할 수 없음이 너무나 명백해진 결과 그 대안으로서는 민중 스스로가 이 과업을 떠맡는 길밖에 없었고 이러한 역사적 사명이 안겨진 민중의식을 표현하고 일깨우는 문학만이 참다운 민족문학이 될 수 있다는 논리가 한국의 근대문학을 지배하게 된 것이다.

이러한 논리는 한문으로 된 우리 문학의 민족문학적 제약성이 조선왕조 말기의 민족적 위기가 급박해질수록 더욱 현저해진다는 사실에 의해서도 반증된다. 그 예로 우리는 구한말의 탁월한 한시인漢詩人이요 《매천야록梅泉野錄》의 저자이며 경술국치를 당하여 자결한 매천梅泉 황현黃玹의 문학을 들 수 있다. 필자 자신은 매천에 관해 극히 단편적인 지식밖에 가진 것이 없고 더욱이 그의 시를 한국의 한시사의 문맥에서 평가할 능력은 전무하다는 점을 미리 밝혀 둘 필요를 느낀다. 그러나 한글이 만들어진 지 4백 년이 훨씬 넘고 순 한글로 된 《독립신문》이 나오고 있던 세월에까지 한문으로만 썼다는 전달 수단상의 제약은 그의 문학의 어떤 이념적·정서적 한계와도 결부시켜질 수 있을 듯하다. 민족의 위기를 통감하면서도 동학 농민전쟁의 역사적 의의에 공감하지 못하고 민중의 고난을 동정하면서도 그의 자결 행위조차 어디까지나 '독서인'으로서의 엘리트 의식에 입각한 결단이었던 매천의 민중으로부터의 거리는, 바로 그의 문학이 한문으로 되어 있다는 점과 아울러 그의 민족문학적 공헌을 크게 한정시켜 주고 있다. 그것은 예컨대 연암의 소설이 한문으로 되어 있음으로써 갖는 한계와도 또 다른 것이 아닐까 싶다.

그러므로 조선왕조의 말기로 내려오면 올수록 실제로 민중이 즐기고 민중을 움직일 수 있는 문학에서 민족문학의 전통을 찾아야 할 필요성이 커진다. 그런 의미에서 18세기 이후 두드러진 발전을 이룩한 평민문학(구비문학과 민중 유희를 포함하여)에 대한 근년의 활발한 연구는 민족문학 유산의 정당한 평가를 위해서는 물론 장차 민족문학의 올바른 전개를 위해서도 필수적인 작업이다. 민족문학이 민중적이어야 할 필요성이 절실하게 느껴질수록 과거 민중들 자신의 놀이와 이야기와, 노래의 문학사적 비중이 커질 것도 당연하거니와 그러한 문학이 그 의식면에서나 언어면에서 많은 선비들의 문학보다도 훨씬 근대적이라는 인식은 새로운 민족문학의 창조에는 큰 힘이 될 것이기 때문이다. 우리가 동학에서 하나의 큰 봉우리를 이루었다가 의병운동과 일제하 독립운동으로 이어지는 민중운동의 큰 줄기를 의식할 때 위정척사냐 친일개화냐 하는 식의 양자택일론의 허망함을 깨닫게 되듯이 민족문학의 진로 역시 이인직이나 황매천이나 하는 갈림길과 전혀 별개의 왕도가 있을 수 있음을 우리는 과거 민중문학의 전통의 재발견을 통해 실감할 수 있는 것이다.

아쉬운 시민문학의 경지

하지만 오늘날의 민족적 위기에서 민중적인 문학이 수행해야 할 구실은 기존의 민중의식을 수동적으로 반영하고 전파하는 것만이 아니다. 반영 작업은 동시에, 민족 생존권의 수호와 반봉건적인 시민혁명의 완수라는 객관적으로 민중에게 주어진 사명을 민중의 각성된 인식과 실천으로 이끌어 가는 예술작품 특유의 능동성을 발휘해야 한다.

우리가 이조 후기의 서민문학을 높이 평가하면서도 판소리나 민속극이나 민요 등을 바로 근대적 민족문학 그 자체로 인정하기를 주저하는 것도 대부분의 서민문학이 이러한 시민문학적 경지에 미달하고 있기 때문이다. 그것은 아마 일부 진보적 유학자들과 신흥 상인 계층과 서민들의 충분한 제휴로만 가능했을 것인데 그 여건이 제대로 성숙하기 전에 외세의 침략이 주체적 변혁의 터전을 앗아갔던 것이다. 주지하다시피 서구에서는 이러한 변혁이 봉건사회에 반대하는 민중의 지지를 얻은 중산계급 혹은 시민계급의 주도하에 이루어졌다. 문학도 그 변혁의 와중에서 적극적인 한몫을 담당함으로써 시대의 가장 선진적 사상을 대변하면서 동시에 전에 없이 많은 독자들에게 호소하는 문학적 전통의 확립을 보았다. 우리와는 제반 여건이 너무나 다른 마당에 어떠한 유추를 내린다는 것은 위험하기 마련이지만, 조선왕조 후기의 우리 평민문학이 그 대중성과 현실주의적 미덕을 간직한 채 귀족 문화 전통에서 좀 더 많은 것을 흡수하여 서구의 시민문학에 견줄 만한 경지에까지 이르지 못했다는 사실은 주체적 근대화를 이룩하지 못했다는 조선왕조 후기 역사의 실패에 대응되는 현상임이 분명하다.

이러한 실패는 시민혁명의 달성과 시민문학의 형성이 곧 우리 문학의 당면 과제라는 사실을 근본적으로 바꿔 놓지는 않는다. 다만 좁은 의미의 시민문학, 즉 시민계급(부르주아지)의 문학에 대한 우리의 관계를 훨씬 착잡하게 만든다. 왜냐하면 그것은 이제 시민혁명을 먼저 이룩한 하나의 선례로서 우리 문학에서 제시되는 것만이 아니고 우리의 시민문학·민족문학의 존립 자체를 위협하는 서구 열강과 일본 제국주의 침략의 문화적 도구로 동원되기도 하기 때문이다.

이와 더불어 민족문학의 성립 과정에 있어서 국내 중산층의 역할 자체에도 중대한 변화가 일어난다. 프랑스혁명 당시의 시민계급 지도자들처럼 민중의 욕구에 영합하면서 전 시대 문화의 필요한 요소들을 흡수·이월시키는 교양 계층에 대한 요구는 그 어느 때보다 절실하지만, 하나의 계층으로서의 중산층이 이런 주도적 역할을 할 가능성은 거의 없어져 버린 것이다. 또 실제로 조선왕조의 주권 국가적 조건에서 시민계급 주도하의 반봉건혁명이 이루어지지 못한 마당에, 일제 식민지가 되고 나서 그러한 사태가 가능하리라는 생각 자체가 터무니없는 일이다. 제국주의의 침략 이전에도 시민혁명을 이룩하기에 너무나 미약했던 민족 자본은 식민지 통치자들에 의해 정면으로 억압되거나 매판 자본으로의 변질을 강요당하게 마련이다.

그리하여 봉건사회에서 탈피하는 시민혁명의 과업에는 외국에 의한 식민지 통치와 그에 영합한 일부 국내 지도층의 작용을 아울러 청산해야 할 필요성이 가중된다. 시민혁명의 짐은 국내의 시민계급의 변질로 더욱 고립무원해진 민중의 어깨에 거의 전적으로 지워지게 된다. 그러나 그것은 또한 민족의 생존 자체와 직결된 문제인 만큼 민중의식을 이러한 역사적 사명에 부응하는 시민의식으로 발전시키는 과업이 곧 민족문학의 본질을 이룬다고 말할 수 있는 것이다.

기사회생의 정수

이처럼 짐은 무겁고 기댈 곳은 없는 민중에게서 시민문학다운 문학, 민족문학다운 문학이 나오기를 바라는 것은 거의 절망적인 일처럼 보인다. 반면에 이런 첩첩의 어려움을 뚫고 나오는 민족문학이라면 가히 세계문학의 대열에 끼어 부끄러움이 없으리라는 점은 수긍이 가기도 한다. 그러나 이 어려운 일을 가능케 할 무슨 기사회생의 묘수라도 있단 말인가.

묘수가 있다면 기실 그것은 너무나 뚜렷한 정수일 뿐이다. 모든 참다운 창조 행위가 인간이 자신의 사람됨 이외의 다른 무엇에도 의존하지 못하고 오직 그 사람됨 자체의 강인성과 존엄성으로부터 기존하는 여하한 가치보다 크고 풍성한 어떤 새로움을 찾아내는, 말하자면 항상 '기사회생'이라 불러 마땅한 과정이다. 마음이 가난한 자에게 천국이 돌아가리라는 기독교의 가르침도 대저 이러한 진실과 통하는 이야기가 아닐까 짐작되며, 우리가 흔히 문학은 원래 인간 옹호적이고 또 그럴 수밖에 없는 것이라고 주장할 때도 그 본뜻은 이런 데 있는 것이다. 따라서 제명을 훨씬 넘겨 가며 존속하는 봉건 세력의 착취와 제국주의 열강의 침략 및 압제로 거의 목숨 하나밖에 남은 것이 없게 된 식민지의 민중 속에서 새로운 세계사와 세계문학의 태동이 이루어진다는 것은 오히려 역사의 정도正道라 할 수 있는 것이다.

그러나 이러한 일반적인 원칙에 따라 식민지 또는 식민지 상태를 완전히 탈피 못한 후진국의 민족문학이 어떻게 세계적인 수준에서도 선진적일 수밖에 없는가 하는 점을 좀 더 구체적으로 살펴보기로 하자.

첫째, 일제하의 민족문학이 그 좋은 예지만, 제국주의·식민주의에 대한 철저한 비판과 저항은 민족문학에 있어 하나의 기본적인 생리와도 같은 것인데 이것은 이른바 선진국의 문학에서는 좀처럼 달성되지 못하는 어려운 경지이다. 앞서 지적한 바와 같이 프랑스혁명을 전후한 서구의 시민문학은 우리 역사에서 그 유례를 보기 힘든 선진적인 작업을 감행한 것이 사실이다. 그러나 제국주의의 문제는 거기서 제대로 의식될 수조차 없었던 것이, 제국주의는 서구의 부르주아혁명 이후에 대두된 현상이자 여러모로 그 산물이기도 했던 까닭이다. 따라서 오늘날의 시점에서 돌이켜 보면 강렬한 시민의식의 표현인 작품에서 차라리 제국주의의 불길한 전조를 느끼게 되는 수가 많다. 비근한 예로 데포우의 명작 《로빈슨 크루소》를 들어 보자. 이 소설은 영국 시민혁명기의 산물로서 신흥 부르주아의 합리주의와 근면 정신과 강인한 투지를 누구나 흥미진진하게 읽을 수 있도록 형상화한 사실주의문학의 고전이자 시민계급의 신화이다. 그런데 이 작품은 유색인종에 대한 서구인의 우월감과 시혜 의식과 식민 통치 의도를 공공연하게 드러내고 있다. 아직 본격적인 제국주의적 침탈이 시작되기 이전인 만큼 이러한 성향을 구태여 감출 필요조차 느끼지 않았던 것이다.

19세기와 20세기에 이르러 서구 사회의 안정과 번영이 식민지 경영에 거의 전적으로 의존하게 됨에 따라 서구문학은 이 문제에 대해 데포우보다 덜 솔직해지고, 그것은 곧 시민의식과 작가 정신에 대한 제약으로 작용하게 마련이었다. 여기서 그 자세한 경위를 추적할 수는 없으나, 20세기 서구문학의 가장 전위적인 작가 가운데 흔히 끼이는 카프카와 까뮈에 관해 잠깐씩 언급해 보자. 카프카의 경우 《성城》이나 《심판》 같은 작품은 하나의 역사적 증언으로서도 탁월한 가치를 지니는 것이 사실이다. 즉 제국주의 시대 서구 사회의 숨 막히는 분위기를, 한때 역사 창조의 주역의 하나였으나 시민혁명이 제국주의적 세계 정복으로 타락하는 가운데 사회의 일개 기계 부속품으로 전락한 소시민 계층의 관점에서 전에 없이 생생하게 전달해 주는 것이다. 그러나 제국주의적 침략을 몸소 당한 후진국 민중과는 달리 이러한 비인간화 상태를 그 역사적 인과 관계에서 파악한다거나 동포들과의 연대의식으로써 극복하려는 노력은 생각조차 못하고 있다. 그렇기 때문에 그러한 비인간화 상태를 마치 인간 본연의 조건인 양으로 신비화함으로써 서구의 독자들에게조차 난해한 문학이 되고, 제국주의의 극복이 인류 발전의 당면 문제라 믿는 사람에게는 얼마간 수상쩍은 예술이 될 수밖에 없는 것이다.

　까뮈의 경우에는 문제가 훨씬 간명하다면 간명하다. 《이방인》에서 주인공은 뚜렷한 동기 없이 살인을 저질러 작가의 실존주의 사상을 피력할 기회를 제공하는 것인데, 이 사건을 구체적으로 말하면 프랑스 식민지 알제리에서 프랑스인이 아랍인을 '이유 없이' 사살한 사건이다. 아랍인의 입장에서 보면 그냥 억울한 정도가 아니고, 프랑스 식민지 통치가 시작된 이래 무수히 저질러져 온, 정당한 '이유'는 없으나 역사적인 원인은 너무나 뚜렷한 일련의 사건들 중의 하나이다. 주인공에게 동기가 없다는 것은 그의 개인적 사정일 따름이고 작가가 이를 실존주의적으로 해석한다는 것도 역사 현실에 대한 그의 무감각을 말해 줄 뿐이다.

　서구 작가들 가운데도 식민 통치의 비인간성에 대해 카프카나 까뮈보다 더 분명한 의식을 가졌던 사람들이 많다. 그러나 이들이 항상 부딪치는 문제는, 식민지주의를 철저히 비판하려면 식민지 통치에서 일반 대중들까지 막대한 물질적 혜택을 입고 있는 자신의 소속 사회로부터 완전히 고립되어 그의 문학마저 빈곤해지거나 아니면 그러한 고립을 꺼린 나머지 그의 식민지주의 비판이 피상적·지엽적 차원에 머물기 쉽다는 것이다. 이에 비한다면 일제의 식민지 통치를 비판하는 것이 곧 민중과 호흡을 같이하는 길이 되고 우리 전통의 가장 값있는 부분을 살리는 길이 되었던 만해 한용운과 같은 한국 시인은 그 엄청난 고통 가운데도 또 얼마나 복되다면 복된 위치에 있었던 것인가. 시집 《님의 침묵》을 세계문학의 정상인 듯 대단스레 말할 필요는 없다 하더라도, 까뮈의 《이방인》이나 심지어는 카프카의 《성》에 비하더라도 선진적인 측면이 많다고 한들 어찌 망발이 되겠는가.

민족문학의 선진성

물론 단순히 제국주의를 비판하는 것만으로 후진국의 문학이 세계문학의 선진적인 대열에 낀다는 논리는 성립하지 않는다. 실제로 제국주의에 대한 '단순한' 비판이란 아프지도 가렵지도 않은 '무의미한' 비판밖에 안 된다. 의미 있는 비판은 곧 막강한 외세에 대한 싸움일 뿐 아니라 무엇보다도 자기 자신과의 싸움이기 때문이다. 자기 민족 내부에서 의식적으로 또는 무의식적으로 식민 통치에 영합하는 세력을 식별하며 비판하고 나아가서는 자기 스스로의 심령 속에서 봉건 정신과 매판 의식을 가려내고 이겨내는 고도의 지적·정서적 단련이 요구되는 것이다.

이것이 바로 민족문학의 선진성을 보장하는 또 하나의 측면이다. 민족문학의 성립에 필수적으로 따르는 자기인식과 자기분열 극복의 작업이야말로 이른바 선진 제국의 문학에서도 가장 절실한 현안 문제로 제시되어 있는 것이다. 문학뿐 아니라 철학·사회과학에도 허위의식의 규명 작업이라든가, 인간의 창조적 노력으로 태어난 공업 기술적 이성이 삶 본연의 요구에서 분리되어 인간의 창조적 가능성을 오히려 박탈해 가는 선진 산업 사회의 난경難境은 바로 인간성의 성패 자체와도 직결된 문제로 부각되어 있다. 그런데 식민지적 상황에서는 이러한 문제가 몇몇 고립된 지식인들이 고민하는 철학적 과제가 아니라 다수 민중의 현실적 체험으로서, 예컨대 삶 본연의 요구와 분리된 이성의 문제만 하더라도 수많은 식민지 지식인들의 매판화라는 눈에 보이고 뼈에 사무치는 사회 현상으로서 구체화된다. 그리하여 올바른 민족의식을 지닌 작가는 다만 이 구체적 현실에 충실함으로써 서구문학의 가장 선진적인 주제를 자기 것으로 삼는 동시에 20세기 서구문학에서는 거의 끊어지다시피 된 19세기 리얼리즘 대가들의 전통마저 계승할 수 있는 것이다.

만해의 경우 '지식의 매판화'라는 현대의 주제에 대한 인식은, 원래 극히 지적인 일면을 지녔으면서 동시에 '분별지分別智'에 대한 철저한 불신을 그 깨우침의 필수 조건으로 삼는 불교의 전통에도 친숙한 것이었지만, 일제하 많은 지도층·지식층 인사들의 행태를 지켜보는 가운데 하나의 일상적 체험이 되어 있기도 했다.《조선 불교 유신론》과《조선 독립의 서書》의 이론적·실천적 성과와《님의 침묵》의 변증법적이고 가위 현대적인 시적 사유가 모두 이런 데서 가능했던 것이다. 반면에《님의 침묵》에 이어 식민지 현실을 더욱 직접적으로, 더욱 힘차고 능란한 시행으로써 노래한 시집이 나오지 않았다거나, 식민지 지식인의 전형적인 상像을 예컨대 염상섭이《삼대三代》에서도 시도했던 것처럼, 동시에 만해만이 보여 줄 수 있었던 시적 깊이와 지사적 매서움을 가지고 그려낸 작품을 쓰지 못했다는 사실은 만해문학의 한계를 말해 준다. 동시에 그것은 우리가 말하는 민족문학의 선진성이 아직은 하나의 가능성으로 남아 있는 면이 많다는 이야기도 된다.

어쨌든 민족문학의 이러한 선진적 가능성은 민족문학의 개념을 고집함으로써 세계문학의 대열에서 뒤떨어지지 않을까 하는 염려를 깨끗이 씻어 준다. 진정한 민족문학은 여하한 감상적 또는 정략적 복고주의와도 양립할 수 없으며 그것은 또 결코 국수주의에 흐를 수도 없다. 아니, 식민지 또는 반식민지적 상황에서 국수주의의 위협을 과도히 경계하는 것 자체가 그릇된 현실 감각의 소산일 수 있다. 엄격한 의미의 국수주의는 히틀러의 독일이나 무솔리니의 이탈리아 및 군국 일본 등 스스로가 열강의 틈에 낄 수 있는 정치·경제적 독자성 위에서만 가능한 것이지 식민지 통치자 또는 이른바 다국적 기업의 이해관계에 어긋나지 않는 한도 내의 국수주의란 일종의 허장성세에 지나지 않는 것이다. 그것은 복고주의와 더불어 참다운 민족주의·민족문화의 발흥을 저해하는 요소로서 마땅히 경계되고 규탄되어야 하지만, 그 올바른 극복의 길은 오직 참다운 민족주의의 실현뿐이다. 국수주의를 두려워한 나머지 민족주의 자체를 경계하고 민족문화·민족문학의 이념 자체를 부인한다면 이는 본말을 뒤집는 꼴이며, 사이비 민족주의자들에게 그럴듯한 반론의 구실이나 주어 민중의 정신을 더욱 산란케 하고 민족적 각성을 지연시키는 결과나 가져올 뿐이다. 참다운 민족문학이 선진적인 세계문학이듯이 식민지적 상황에서의 민족주의 역시 그것이 맞서 싸우는 상대의 국제적 성격 때문에라도 국제주의적 성격을 띨 수밖에 없는 것인데, 민족주의냐 세계주의냐 하는 식의 때늦은 탁상공론은 당면한 민족적 위기의 인식을 흐리게 하기에나 알맞은 것이다.

맺음말

이제까지 '민족문학'의 개념을 열강의 제국주의적 침략으로 민족의 생존과 존엄 자체가 위협받게 된 상황에서 요구되는 특수한 개념——한국의 경우 주로 일본 식민지 통치하 우리 민족과 민중의 반식민·반봉건적 요구에 부응한 문학——으로 다루었다. 1945년의 해방으로 일제가 물러간 지 오래인 현시점에서는 다분히 시대착오적인 개념이 아닌가라는 반론이 나올 수도 있겠다. 그러나 해방과 더불어 우리는 국토 분단과 민족 분열이라는 전에 없던 불행을 맞았고 뒤이어 6·25의 엄청난 수난을 겪었으며 오늘날 휴전선 이남에서만도 민족의 동질성과 주체성이 만만찮은 시련을 겪고 있다는 것은 누구나 인정하는 사실이다. 어떤 의미에서 이 시련은 역사상 그 어느 때 못지않게 심각한 것으로서 일제 침략의 위협 앞에서 반식민·반봉건의 사명을 띠고 열렸던 우리 문학사의 민족문학적 시대는 바야흐로 그 원숙의 경지를 쟁취하느냐 아니면 때 이른 파산 선고를 맞느냐 하는 갈림길에 들어서고 있다고까지 말할 수 있다.

이러한 갈림길에 선 우리의 형세는 반드시 가난하고 외로운 것만은 아니다. 세계문학의 선진적 과제를 떠맡음으로써 전 세계의 양심적 문학인·지식인들과의 연대 의식을 확인하고 이른바 선진국의 문학 전통 중 발전적 요소를 우리 것으로 삼을 수 있는가 하면, 민족문학의 확고한 입장에서 우리 민족이 대대로 이루어 온 문학적 성과를 재발견·평가할 수 있고 특히 항일 근대화 운동 이래의 업적은 바로 우리의 피와 살로 삼을 수 있는 것이다. 그중에서도 4·19의 성취와 좌절을 겪으면서 그 기억을 지켜 온 최근 10여 년의 민족문학은 그야말로 우리의 뼈 중에 뼈요 살 중에 살로서, 그것이 좀 더 꿋꿋하고 풍성하지 못한 데 대한 책임은 문학하는 누구나가 느껴야겠지만 동시에 우리 모두가 커다란 긍지를 갖지 않을 수 없는 것이기도 하다. 김광섭·김정한 등 노장의 활약이나 작고한 김수영·신동엽 두 시인의 걸작들, 박경리의 《토지》와 몇몇 젊은 시인·소설가들의 빛나는 노력은 모두 우리 민족문학의 자랑스러운 성과인 것이다. 이렇게 자랑스러운 문학의 전개가 70년대의 중턱에 들어 홀연히 멈추고 말 것인가? 그래서도 안 될 것이고 결코 그러지 않으리라는 것이 필자의 신념이다. 그간에 이만한 성과나마 이루어졌다는 사실은 곧 어떤 일시적인 작용으로 돌이켜질 수 없는 민족적 공감의 터전이 이미 이룩되고 있음을 말해 주기 때문이다.

—

1970년대는 민족문학의 개념 정립이 본격화되던 시기이다. 이 시기에 백낙청은 〈민족문학 개념의 정립을 위해〉를 통해서 진정한 '민족문학'은 '세계문학'과의 연관성 속에서 제기되어야 한다고 주장한다. 즉 '참다운 민족문학'은 선진적인 세계문학이면서 민족주의적 성격을 지녀야 하고, 감상적이고 정략적인 복고주의를 배격하여 국수주의로 흘러서는 안 된다는 것이다. 그러면서 4·19 혁명 이후 10여 년 동안 우리 민족문학이 감상적이고 정략적인 복고주의에 사로잡혀 국수주의로 흘렀던 경향을 반성한다. 또한 백낙청은 이 글에서 민족적 공감의 터전을 형성하여 진정한 민족문학의 성과를 이룬 김광섭·김정한·김수영·신동엽·박경리 등의 작품들을 통해 앞으로 민족문학이 멈추지 않고 지속적으로 전개되리라는 점을 시사한다. 이처럼 이 글은 민족문학의 앞으로의 전개를 긍정적으로 피력했다는 점과 이전의 단순한 용어 중심적 사고에서 벗어나 역사적 상황에 따라 민족문학의 범위를 정하고 민족문학의 성격을 규정, 개념화했다는 점에서 주목할 만하다.

* 이 글은 《月刊中央》(1974년 7월호)에 실린 〈民族文學理念의 新展開〉를 원전으로 하고 《民族文學과 世界文學》(창작과비평, 1978)을 토대로 재구성한 것이다.

고유성과 문학적 가치를 위협받는 오늘날의 한글

국어를 살리고 이것을 예술어의 차원으로 끌어올리는 일은 모든 민족 구성
원의 책무이고 사명이다. 특히 민족에게 있어 정신적인 지도자이자 예술적
창조자인 시인, 작가에게 있어서 이러한 민족어를 갈고닦는 일은 그 예술적
성패를 판가름해 주는 중요한 척도가 아닐 수 없다.
–김재홍, 〈시어와 민족어 완성의 길〉 중에서

V.

1980~2000년대 비평

김명인에서 최유찬까지_한국문학과 비평, 끊임없이 변화하고 진화하다

1980~2000년대 비평문학의 전개와 그 양상

문학 연구는 개별적인 작품을 심층적으로 분석하고 평가하여 그 가치를 드러내는 것에 목적을 둔다. 르네 웰렉R. Wellek은 《문학의 이론》에서 문학 이론은 문학의 원칙, 범주, 기준 등의 연구이며, 구체적 문학작품의 연구는 문학비평이나 문학사로 구별된다고 언급한다. 그는 문학비평과 문학사, 문학의 이론은 서로 밀접한 관계를 맺고 있으므로, 문학 연구에서 문학비평이 문학 이론 및 문학사와 함께 중요한 역할을 한다고 지적한다.

이와 같이 문학 이론과 비평, 문학사는 상호의존 관계 속에서 많은 부분을 공유하므로 비평 연구는 중요한 문학 연구라 할 수 있다. 따라서 본고에서는 비평의 학문적 연구를 목표로 삼고, 우리나라의 1980년대부터 2007년까지의 실제 비평을 대상으로 심층적으로 접근하고자 한다.

1980년대의 한국 사회는 1970년대까지의 군부 독재 정권이 무너지면서 시작되었지만 유신 정권의 붕괴는 민주화로 이어지지 않고 신군부에 의한 새로운 탄압 정치로 이어졌다. 즉 1980년대는 역사, 국가, 주체, 민족, 민중, 계급, 해방 등 거시적 담론과 관련하여 민족·민중문학 진영의 작품들에 주목한다. 즉 1980년대 비평은 이전 시대와는 다른 조건에서 출발한다. 그것은 1980년 5월을 기점으로 한 정치 상황의 변화를 염두에 두었을 때, 단순히 정치사의 의미만을 갖는 것이 아니라 문화 및 문학적 인식의 변화를 의미한다. 1980년 5월 이후의 정신사적 단절이 당대의 비평 정신과 방법론에 미친 영향은 지대하다. 이러한 역사 변동에 대응하는 문학적 인식의 변화는 1970년대 비평의 대체적인 흐름과 비교하여 1980년대 비평의 윤곽을 살피는 데 중요한 역할을 한다.

당시 문학비평은 신군부에 의해 정치적 억압으로《창작과비평》,《문학과지성》처럼 당대 주도적 계간지가 폐간되는 등 비평적 기반이 약화되는 상황이 발생한다. 그러나 이는 오히려 다양한 동인지들이 창간되게 하는 환경을 조성, 그에 힘입어 많은 신진 비평가들이 대거 출현하게 된다. 또한 민족·민중문학론 논의가 시대적 주류를 이루며 메타비평이 활성화된다.

1990년대는 거대한 중심에 가려져 말을 하지 못했던 대부분의 주체, 대상, 사물들이 비로소 말을 하기 시작한 연대라 할 수 있으며, 그 결과 이 시기의 문학은 다양하고 생동감 있는 목소리들이 넘쳐흐르는 혼성적이고 카니발적인 시·공간으로 자리한다. 1990년대 문학 전반이 언어의 감옥에 갇혀 있던 말들을 해방시키고 텍스트화하듯 1990년대 문학비평은 그 텍스트들을 충실하게 맥락화하여 새로운 보편성들이 지니는 의미들을 규명하는 데 전력을 다한다. 그리하여 1990년대 문학비평은 단순화하기 힘든 세대, 주제, 경향, 섹슈얼리티의 비평 언어들을 표현해 냈고, 그 결과 당대 문학비평 전반은 그 모든 것들이 공존하고 길항하면서 다양하고도 생산적인 병존의 과정으로 전개되었다.

1990년대는 일상, 개인, 타자, 욕망, 탈주 등 미시적 담론과 관련하여 다원화된 가치들에 주목하는 시기다. 이 시기 주된 관심의 대상이 된 포스트모더니즘은 이전의 비평적 주제와 형식으로부터 벗어나거나 해체를 모색하고 새로운 감성 및 형식 파괴에 대한 열망이 지배적이던 담론이다. 그런 의미에서 1990년대는 비평적 흐름이 불분명한 동시에 문학적 담론이 파편화된 시대라고 할 수 있다.

1990년대 초반 한국문학은 거대한 정신적 지각변동을 경험한다. 문학비평은 단절감, 당혹스러움, 무기력감 등에 빠져들어 그 혼란으로부터 쉽게 헤어나오지 못한다. 이 혼란 사이에서 문학의 죽음, 작가의 죽음, 주체의 죽음 등이 이야기되기 시작했다. 또한 1990년대 후반에는 비평가의 자질을 문학 구성의 가장 본질적인 요소로 규정하는 '비판적 글쓰기'가 나타나기도 한다.

　이 시기 문학비평은 근대성, 탈근대성, 여성성, 생태학 등등 이전 시대에는 쓸모없는 실존으로 격하되었던 것들이나 1980년대식 위계질서에 의해 주변부로 떠밀렸던 것들을 새로운 보편성으로 격상시킨다. 다시 말해서 1990년대 문학비평 전반은 다양한 중심들이 서로 공존하지만, 중심 자체를 부정하는 논리에 의해 그 다양한 중심을 위계질서화하지 않는 양상을 보인다. 따라서 비평계에서도 다양한 논의가 이루어졌는데, 포스트모더니즘의 수용, 북한 문학 연구, 대중문학 논쟁, 페미니즘문학론, 생태학적 관심, 리얼리즘-모더니즘 논쟁 등이 그에 해당한다.

　이렇듯 다원성의 미학을 유지하는 시대적 조류는 2000년대에 들어서도 이어진다. 중심과 주변의 경계가 무너지면서 탈중심과 탈주체를 논리화하는 비평이 주류를 이룬다. 자연, 생명, 환경, 여성, 대중문화, 사이버 공간, 세계화 등 모든 경계들이 무너지고 다원주의적인 시대의 조류가 1990년대 문학에 뒤이어 나타나고 있다. 파편화, 혼성 모방, 키치, 환상성 등의 기법과 개념들이 문학의 영역을 채워가며 작품은 물론 비평까지 아우르고 있다. 따라서 사이버문학, 한민족 문화권의 문학, 환상문학에 대한 논의도 활성화된다.

　이 장에서는 위에서 열거한 1980년대 이후 각 시대별 문학의 주요 쟁점을 대표하는 평론들을 선정했다. 1980년대의 경우, 민중문학론과 민족문학 주체 논쟁, 신진 비평가의 대거 출현에 주목하여 작품들을 선정했다. 1990년대 주요 비평으로는 포스트모더니즘의 수용, 북한문학 연구, 생태학적 관심, 리얼리즘-모더니즘 논쟁 등을 다룬 작품들을 선정했는데, 특히 1980년의 대척점으로 존재하는 1990년대 문학의 특징을 다룬 글뿐만 아니라, 1990년대 그 자체가 가지고 있는 담론을 바탕으로 전개한 비평들에도 주목했다. 2000년 이후의 작품은 사이버문학, 한민족 문화권의 문학에 주목하여 대표 작가의 비평문을 선정했다.

지식인문학의 위기와 새로운 민족문학의 구상

김명인

1. 머리말—좋았던 시절은 가고

《문학의 시대》라는 이름을 가진 부정기 간행물이 있다. 그 편집 동인들은 창간호의 후기에 '말다운 말, 참된 의미를 되찾아 실어 나르는 말들이' 충만한 시대를 '문학의 시대'라고 부르고 있다. 그리고 그들은 그 영광의 시대가 꼭 와야만 하며 반드시 오고야 말 것이라고 역설하였다.

그들이 기대하고 분투하듯 그러한 유토피아가 우리 앞에 펼쳐지게 될지 어떨지를 지금 예견하기는 너무 이르다. 소외의 언어가 해방의 언어로 변화하는 그 순간은 곧 전면적인 인간 해방의 순간일 것이며, 그 순간이 오기까지는 아직도 너무나 많은 분투와, 그 분투를 안타깝게 하는 시간의 지둔함이 남아 있기 때문이다.

그러나 해방의 언어를 쟁취해 나가는 기나긴 역정에는 늘 고통과 갈등과 못 미침만 있는 것은 아니며 때로는 기쁨과 승리의 소국면도 거치게 마련이다. 결코 전면적인 것은 아니었으나 문학이 당대의 역사 주체와 '행복하게' 결합했던 시절이 우리에게도 있었다. 문학을 한다는 것이 하나의 훈장처럼 빛나던 시절이었다.

많은 청년(학생)들이 《황토》와 〈오적〉의 복사판을 어렵게 구해 읽으면서 가슴 떨고, "꼭 오늘이 아니라도 좋다"는 〈객지〉의 한 구절만으로도 혁명적 전망을 예감할 수 있었던 시절, 그 시절에 시를 쓴다는 것은 아직 자기의 사유와 언어로 자기의 희망과 절망, 기쁨과 분노를 당당히 표현해 내지 못하였던 민중의 가위눌린 꿈을 해방의 꿈으로 대신 꾸어 주는 것이었다. 또 소설은 침묵의 문화 저편의 심연에서 떠도는 대중의 분열된 세계 인식의 파편들을 깁고 추스려 하나의 총체상으로 질서 지어 주는 대중적 철학 교본의 역할을 했다. 그리고 평론은 이러한 작품과 작가들을 평가하고 일정한 방향을 제시하는 과정에서, 그 작품들이 형상화하고 있는 현실을 논리적으로 해명하고 그 발전과 변화의 가능성을 진단하며 나아가 그 변화를 위한 투쟁의 전략까지도 제시하는 의사疑似 정치 팜플렛 노릇까지도 했다고 할 수 있다. 소위 유신 시대라고 불리는 70년대의 대부분의 시기, 그리고 새로운 체제 개편이 이루어지던 80년대 초입까지의 시기에 우리 문학은 바로 이러한 '좋은 시절'을 경험하였다. 그 시기 내내 문학은 당대 민족운동이 일반 대중과 만나는 가장 폭넓은 접촉면 노릇을 해 나갔다고 할 수 있다.

물론 앞에서 약간의 수사학적 과장을 섞어서 표현한 70년대 문학──시·소설·평론 등──의 적극적 역할이란 것이 꼭 어느 특정 시기에만 국한될 성질의 것은 아니다. 사실상 모든 문학적 산물들은 자기 당대에 대하여 그러한 역할을 하고 있으며 바로 그 점이야말로 문학의 본질 중 몇 안 되는 초역사적 본질의 하나이기 때문이다. 그러나 모든 문학적 산물들이 언제나 적극적으로 당대의 핵심에 서서 민중의 의지를 반영하고 그 전향적前向的 의지를 이끄는 것은 아니다. 그렇게 되기에는 주·객관적 조건의 일정한 일치가 필요한 것이고 70년대와 80년대 초까지의 문학이 그러한 역할을 수행할 수 있었던 것은 바로 그 시기가 이러한 조건의 일치가 두드러졌던 시기였기 때문이다.

그 첫째 조건은 당대의 가장 혁명적인 계급이 곧 문학의 담당 주체였다는 사실이다. 60~70년대 경제개발계획의 추진으로 독점자본과 그에 결탁한 세력들이 확고한 지배 세력으로 등장하는 동안, 정치·경제·사회적으로 가장 큰 박탈감과 위기의식을 느낀 계층은 저발전 단계였던 50년대까지는 사회적 주도 세력을 형성한 광범한 소생산자계급 및 민족자본의 성격을 지닌 중·소자본가계급이었다.[1] 따라서 60년대의 민족운동은 주로 이들의 주도에 의해 이루어졌다. 그리고 이 시기의 문학 담당 주체 역시 이들과 같은 계급적 기반을 지닌 지식인들이었다. 지식인 작가들의 작품 속에 펼쳐지는 세계관은 곧 당대 지식인 사회와 민족운동 세력의 현실 인식과 일치하는 것이었고, 이는 역시 동일한 기반을 지닌 여론 매체의 선전망을 타고 사회 전체를 주도하는 이

1　우리나라에서 소생산자계급은 조선 시대 후기에서부터 생성되었다가 제국주의 침탈에 의해 역사적 발전이 좌절된 상태에서 식민지 시대를 위축된 형편으로 보내고 해방이 되면서 식민지적 재생산구조가 일단 해체되자 다시 광범하게 모습을 드러낸다. 그리고 중소자본가계급은 해방 이후 적산불하·논지개혁·전후원조 등 원시적 축적 과정에 제한적으로 참여하면서 이들 소생산자계급과 함께 국지적 시장권을 개척해 나갔고 원조경제에 적극 편승한 50년대의 천민적 관료독점자본과 대항하면서 고전적 자본주의로의 길을 예비해 나왔다.

그러나 이들은 60년대부터 시작된 본격적 독점자본주의화 과정에서 그중 극히 일부만 독점자본의 범주에 참여할 뿐 전반적인 계급적 몰락의 길을 걷게 된다. 현상적으로는 소생산자의 양극분해 내지는 자본의 집적·집중의 모습을 띠지만 실제로는 고전적 자본주의 발전 과정에서의 정상적 양극분해와는 그 성격이 달라서 이들의 계급적 몰락은 거의 일방적인 성격을 띠며 이것이 한국 자본주의 발달의 한 특징인 것이다.

이러한 몰락의 강제는 당연히 저항을 낳고 그 결과 60~70년대 한국에서의 시민의식의 전개는 저항적·혁명적 성격을 띠게 된다. 이러한 한국적 시민의식의 테두리 속에서 소생산자계급의 그것과 몰락한 중소자본가계급의 그것을 구태여 변별해 내는 것은 큰 의미가 없을 것이다. 따라서 이 글에서는 이들 발전을 제약당하거나 몰락한 계급들을 일단 뭉뚱그려 '소시민계급'으로 범주적 설정을 하고, 그들의 의식에 관해서는 그 저항성·혁명성을 일정하게 반영한다는 뜻에서 '시민의식'으로 부르기로 했다. 물론 그 내부에 '소시민성'이 엄존하고 또 시간이 지날수록 그 '소시민성'이 심화되는 것이 사실이나 적어도 60~70년대에 있어서는 시민성이 소시민성을 압도한다고 판단했기 때문에 단순화의 위험을 무릅쓰기로 했다. 특히 문학에서는 이 '시민의식'이 70년대를 내내 선도했다고 보기 때문에 이 소시민계급의 문학을 '시민문학'(이 글에서는 '시민적 민족문학'이라는 말을 많이 썼다)으로 규정하고자 한다.

넘으로까지 발전하였다.

그 두 번째 조건은 70년대의 민족운동이 그 주체로서 '민중'을 발견하고 민중 주체 민족운동이라는 이념틀을 마련하게 되면서, 비록 다분히 관념적이지만 문학은 물론 학문 및 문화 전반에서 민중의 현실, 민중의 역량, 민중의 미래에 대한 관심이 급격하게 늘어났다는 사실이다. 특히 문학에서는 민중 세계에 대한 집중적 탐구가 상당한 질적·양적 성과를 낳아 하나의 미학적 조류를 이루기까지 하였다. 따라서 당시의 문학이 대중의 현실 인식의 교과서가 되고 당시 작가들이 다른 누구 못지않은 탁월한 이데올로기가 되었던 것은 자연스러운 일이었다.

그 세 번째 조건은 70년대를 일관하여 독점자본의 성장과 표리를 이루며 주요한 사회 세력으로 대두되어 온 노동자·농민·도시 빈민 등 이른바 기층 민중 세력이 그 엄청난 잠재력에도 불구하고 스스로의 운동과 이념을 만들어 내지 못했고 또 그런 만큼 이렇다 할 선전 수단도 갖지 못했기 때문에 당시의 민중운동은 조직상으로나 이념상으로나 진보적인 지식인 집단에게 많은 것을 의탁하는 형편이었다는 사실이다. 조금 극단적으로 말하면 그들은 지식인의 눈을 빌어 세상을 보고, 지식인의 입을 빌어 세상을 향해 발언했던 것이다. 이는 70년대 문학의 대중적 호소력을 해명해 줄 수 있는 중요한 조건이다.

끝으로 네 번째 조건은 당시의 국내 인문 사회과학의 수준이나 운동론의 수준이 아직도 자유주의나 소박한 민족주의의 틀을 완전히 벗지 못했고 새로운 과학적 준거틀은 아직 형성되지 못한 혼돈된 상태였던 데다가 냉전 이데올로기의 미극복으로 충분히 성숙된 이론적 성과들이 나오기 힘들었다는 사실이다. 이러한 이론 분야의 취약점을 보완하며 그 대중적 확산에 큰 몫을 한 것이 바로 문학작품들이었다. 이론을 노골적으로 드러냄 없이 당시까지 축적된 사회과학의 성과들을 구체적인 대중적 삶의 형상화를 통해 용해시켜 드러내 주는 문학작품들은 당시

로서는 민족운동이 그 이념적 확산을 위해 선택할 수 있는 가장 효과
적인 외피였던 것이다.

그러면 80년대도 거의 막바지로 치닫고 있는 지금 우리 문학은 어디
에 와 있는가? 앞서의 조건들은 아직도 유효한가? 그 대답은 일단 부
정적이다.

소시민계급의 박탈감과 위기의식은 70년대 후반을 거쳐 80년대를
지나는 동안 그들의 계급적 몰락이 마무리됨에 따라 거의 소멸해 버린
다. 그들은 한편으로는 독점자본에 기생하여 이른바 '성장의 과실'을
나누어 먹는 데 만족하거나(상향 분해), 다른 한편으로 몰락하여 기층 민
중의 범주 속으로 편입되어 갔다(하향 분해). 물론 그에 따라 그들의 세
계관도 분열되어 가고 말았다. 이들은 이제 더 이상 혁명적 추진력을
지닌 계급으로서는 존재하지 않게 되었다.[2] 남은 것은 신중산층이나
하청자본가로 전락한 그중 일부가 늘 입에 올리는 '사회적 완충'이라
는 기회주의적 언어유희뿐이다. 이런 맥락에서 기존의 지식인문학이 갈
길도 마찬가지로 휘청거릴 수밖에 없는 것이다.

민족운동의 주체로서 서서히 대두하기 시작한 민중 세력은 80년대
가 되면, 많은 지식인들이 대망한 대로 관념의 세계에서 현실의 구체적
실체로 살아오게 된다. 그러나 노동·농민·도시 빈민 운동 등의 급속
한 발전과 더불어 역사의 전면에 나서게 된 현실의 민중은 감상적 온정

---

2 이 가설도 엄밀히 검증된 것은 아니다. 80년대의 특징인 외국 자본에의 노골적 예속(개
방경제) 현상이 물적 토대라는 면에서 어떻게 소시민계급을 더욱 무력화시키는가는 아직 연
구된 바가 없다. 오히려 소시민계급의 무력화 내지는 반동화는 성장하는 기층 민중의 혁명
적 역량에 대한 계급적 방어의 표현이라고 하는 편이 더 정확할는지 모른다. 이미 70년대 이
래 물적 토대는 지속적으로 약화되어 왔고 단지 계급적 생존의 논리에 의해 예속독점자본
세력이나 성장하는 기층 민중 세력의 적대적 양대 세력 사이에서 어느 한편을 선택할 수밖
에 없는 그들의 부동성浮動性 내지 종속성이 80년대 소시민계급의 의식이나 정치적 추이를
이해하는 데 더 중요한 요인일 것이다.

주의나 낭만적 급진주의의 대상이었던 관념 속의 민중과는 사뭇 달랐다. 그들은 그들의 방식으로 현실을 인식하기 시작했고 그들의 방식으로 그 인식을 실천에 옮겨 나갔다. 그에 따라 그들은 반성적 거리감을 가지고 기존 지식인문학의 산물들을 대하게 되었고 더 이상 소시민 지식인의 미망으로 채색된 작품들에 의한 대리만족에 만족하고 있지만은 않기에 이른 것이다.

또한 민족운동의 급격한 질적·양적 발전과 함께 이념면에서도 상당한 세련화가 이루어지고 그와 발맞추어 인문 사회과학 분야에서도 우리 사회와 역사에 대한 연구 성과를 실천적 관심 아래 꾸준히 축적해 갔다. 그리고 이는 출판 운동의 획기적 진전에 힘입어 급속히 대중에게 전파되어 갔다. 그것은 한편으로는 문화 전반에서의 냉전논리의 극복 과정이기도 하였다. 이제 대중은 문학이라는 불명료하고 우회적인 길을 통하지 않고도 갖가지 이론서와 팜플렛 등 선전 자료, 또 체계적인 학습을 통해 보다 정리되고 구체적인 이론과 방법론을 습득할 수 있게 된 것이다. 그러면서 문학에 대해서는 보다 구체적으로 자신들의 실감으로 와 닿는 당대의 이야기를 들려줄 것을 요구하기에 이르렀다.

이러한 여러 조건들의 변화는 곧 70년대까지 이 땅을 풍미했던 지식인문학이 이제 근본적인 위기에 봉착했다는 것을 의미한다. 소시민계급의 기반을 지닌 지식인문학은 이제 이 시대 대중의 꿈을 대신 꾸어주지도, 또 이 시대의 총체상을 온전히 드러내지도 못하게 되었다. 하물며 정치 팜플렛이라니! 대부분 문학의 이름 아래 역사 발전의 과정에서 사회적 주도권을 상실하고 그 기생성만 갈수록 강화되어 가는 소시민계급의 자기분열을 표현하거나, 자기위안에 함몰하거나, 성장하는 민중의 움직임에 대해서 소극적인 지지와 감상, 혹은 의혹과 불안이 교차하는 주변적인 모습만을 보여 주고 있을 뿐이다. 이것은 80년대 현단계의 우리 지식인문학의 숨김없는 실상이다.

　아직까지 모두의 귓가에 쟁쟁한 1980년 5월의 그 군홧발 소리와 남
녘 민중의 처절한 항쟁의 외침은 곧 소시민적 자유주의의 세계 인식에
대한 조종弔鐘이었으며 이제까지의 지식인문학이 그 존재 기반에 관련
하여 심각한 위기에 다다르게 되는, 우리 문학사상의 큰 전환을 알리
는 서곡이었던 것이다.

2. 80년대 문학이 걸어온 길

(1) 시―비극의 상투화

　80년대의 문학은 이렇듯 지식인문학의 결정적 쇠퇴의 가능성을 처음
부터 내포하고 출발하였으나 처음부터 그러한 가능성이 바로 현실화
된 것은 아니었다. 그렇게 되기까지에는 한동안의 모색과 방황 그리고
좌절의 시간이 필요했다.

　그 5월 이후 한동안 두드러졌던 현상은 시의 대두였다. 시 동인지와
시 전문 무크의 현저한 증가가 이를 입증해 준다. 《반시》, 《오월시》, 《시
와 경제》, 《시운동》, 《목요시》, 《자유시》 등 비교적 활발한 활동으로 선
뜻 떠오르는 시 동인지 외에도 숱한 시 동인들이 나름의 동인지를 만
들어 작품을 발표했으며, 《시인》, 《민중시》, 《실천문학》, 《우리세대(시대)
의 문학》, 《문학의 시대》, 《언어의 세계》 등의 종합문학 무크, 《분단시
대》, 《삶의 문학》, 《지평》 등 지역문학 무크 등에도 시가 대종을 차지하
며 지면을 장식했다. 게다가 기존의 〈창비시선〉, 〈문학과지성 시인선〉,
〈오늘의 시인총서〉(민음사) 외에도 〈풀빛판화시선〉, 〈청사민중시선〉 등
새로운 시집 출판 기획이 생겨나 '시의 시대'를 뒷받침하였다.

이것이 단순한 양적 증가만은 아님은 물론이다. 상황이 그만큼 시를 필요로 했기 때문이다. 아니 보다 정확히 말하면 시라도 붙들어야 할 만큼 당시의 상황이 대중의 정서를 갈급하게 만들었던 것이다. 그것은 비극적 연대의 산물이었다. 역사의 가혹한 재앙이 지상을 휩쓸고 지나간 후, 치명상을 입었으면 입은 대로 작은 상처를 입었으면 입은 대로 저마다 쓰라린 비명과 신음소리를 내고 있는 동안 시는 위안이었고 그 자체 함께하는 비명이며 신음이었다. 그 반동적 폭력을 휘두른 자들을 제외한 거의 모든 사람들은 크든 작든 하나 이상씩의 상처를 얻었으며 그 쓰라림과 공포는 그들 사이에 비극의 연대를 가능하게 하였다. 시는 그 특유의 감응력으로 그 비극의 정서를 전염시키는 촉매제의 역할을 했었고 그것이 곧 '시의 시대'의 본질이었다고 할 수 있다.

그러나 그 신음과 비명의 전염에 의한 비극의 연대가 일정 기간 이상을 지속하리라고 생각하는 것은 무리다. 역사의 폭력에 의한 상처가 아무리 깊다고 해도 죽지 않았다면 시간과 함께 어떤 식으로건 상처는 아물고 사람들은 툭툭 털고 일어날 것이며 그로부터 비극의 연대는 와해되는 것이다. 아니 그것은 비극의 원인에 대한 인식에서 출발하여 조만간 그 원인에 대한 투쟁의 연대로 발전하게 마련이다. 실제로 1980년 5월 이후 3년이 지난 1984년경부터는 그간의 패배 의식과 피해 의식을 극복하려는 노력이 민족운동 세력 내부에서 광범하게 제기되었고 이는 곧 운동력의 복원으로 나타났다.

농민과 노동자 등 기층 대중은 스스로 역사 주체로서의 자기의식을 보다 드높이게 되었으며 지식인·학생 등 양심적 지원 세력들은 그들대로 적극적 역할을 찾아 부산히 움직이기 시작했다. 그리고 그것은 70년대보다 한결 강고하고 발전된 차원에서 이루어졌다. 이제 신음은 증오의 다짐으로, 비명은 투쟁의 외침으로 변한 것이다. 그러나 시는 거뜬하게 일어서지 못했다. 오히려 대열의 훨씬 뒤에 처져 행여라도 상처가 아물까 안타까워하며 아늑한 감상感傷의 공간을 잃지 않기 위해 애쓴 것이 80년대 중반 이후의 시의 모습이었다.

바로 여기서 80년대 지식인시의 위기가 시작된다. 80년대에 무수하게 쏟아져 나온 시인들의 상당수가 어떠한 적극적 전망과도 접맥되지 못한 채 방황을 거듭하고 있다. 80년대 초반을 화려하게 장식했던 시와 중반 이후 지금까지의 시가 평면적으로 놓고 보면 의식이나 기교의 면에서 별다른 차이를 보이지 않는데도 불구하고 지금 무수히 쏟아져 나와 각종의 지면에 덧쌓이고 있는 시들이 예전 같은 감동으로 다가오지 못하고 허망한 말장난이나 지루한 동어 반복에 그치고 있다는 느낌은 조금만 안목이 있는 독자라면 누구도 떨칠 수 없을 것이다.《5월시》,《시와 경제》,《반시》,《시운동》등 시의 시대를 대표했던 동인지들이 거의 활동 정지 상태이고 그 외의 동인지, 시 전문 무크 등도 예전보다 발간 자체가 뜸해졌거나 빛바래 보이는 것도 단지 평자의 게으름이나 무관심 때문만은 아닌 듯싶다.

그 빛나던 80년대 시인들이 더 이상 시를 쓰지 않는 것도 아닌데 이렇게 적막하기만 해 보이는 것에는 분명히 그럴 만한 이유가 있을 것이다. 한때 전진적 문학 운동의 한 가능성을 담지하고 있는 것으로 평가·기대되었던 이른바 '소집단 활동'이, '길 트기'가 되었건 어쨌건 질적 통합과 상승으로 발전하지 못하고 수많은 고만고만한 '선언'들만 남긴 채 다시금 고질적인 원자화의 길로 들어서고 만 것은 그들 대부분이 구체적인 삶의 한가운데 정확히 뿌리박지 못하고 앞서 말한 '비극의 연대'가 만든 사회적 분위기 속에 즉각적으로, 또 추상적·관념적으로 안주했기 때문일 것이다.

또한 70년대 이래 보다 명망이 높고 시적 성취가 탁월했던 기성 시인들의 경우도 이들 젊은 시인들과 별로 다를 바 없는 궤적을 그려 왔다. 파란의 개인사를 체험하기는 했지만 70년대의 우상적 존재였던 김지하의 경우 나름대로 80년대의 야심작인 《대설 남南》에서 순전히 관념적으로 민중적 총체성을 재구성하려는 무리한 시도를 하더니 《애린》에서는 급기야 '소를 찾아 나섬'으로써 구도求道, 혹은 개인적 문제 해결의 경지로 멀찌기 떠나 버렸고, 80년대 들어 그의 첫 시집인 《조국의 별》에서 이제 막 전장에서 돌아온 노장의 감회를 감동적으로 보여 주었던 고은도 《전원시편》에서의 '기대 밖의' 여유를 거쳐 《백두산》, 《만인보》 등에 이르러서는 그것이 민족사건 민중사건 개인의 주변사건 현저히 손쉽게 '역사' 속으로 들어가 회고록을 쓰고 있다는 느낌이다.[3] 《남한강》, 《새재》, 《쇠무지벌》 등 우리 근래의 민중운동을 주제로 한 장편서사시들로 우리 시의 한 경지를 열었던 신경림도 그 이후엔 거의 손을 놓다시피 하고 있다. 뿐만 아니라 그는 최근 그가 엮은이의 한 사람으로 참여했던 어느 엔솔로지(《저 푸른 자유의 하늘》, 창작사)의 서문에서 '섣부른 사회과학주의'를 반성하자는, 그나마 70~80년대 우리 시가 밀고 나온 전선을 일견 무너뜨리는 다소 퇴행적인 발언을 하기에 이르렀다. 또한 그의 이러한 발언은 한 평론가로부터 '서정성의 회복'이라는 적극적 평가와 지지까지 받으면서 뒷받침받고 있는 지경이다.[4] 그 외에 70년대 시단을 이끌어 왔던 이성부·조태일·정희성·이시영 등 중견 시인들의 부진도 눈에 두드러지는 현상이다.

　'시의 시대'의 이러한 급격한 퇴조는 그것이 지식인 시인 일반의 존재 상황 자체에서 연유하는 것인 한 필연적인 현상이다. 역사 발전의 새로운 국면에 처해 그에 상응하는 존재론적 성찰과 결단 없이 과거로부터

3　고은의 이러한 '역사'에의 경사가 최근 약간 극복될 조짐이 보이고 있다. 최근 발표된 〈역사로부터 돌아오라〉(창작사가 펴낸 23인 시작시집 《저 푸른 자유의 하늘》, 1987에 실림)는 어떤 의미에서는 이러한 역사 도피에 대한 자계自戒나 반성의 의미를 갖고 있는 것으로 보인다. 그의 다음 작품을 주목하자.

4　최원식, 〈이 책을 말한다〉, 《중앙일보》, 1987. 4. 1.

길들여진 관념적 대응만으로 동시대의 진실을 포착할 수 있다고 생각하는 것은 망상이다. 또한 위기에 맞서 정면으로 부딪쳐 가는 대신 지식인시의 전가의 보도라고 할 수 있는 이른바 '서정성'을 내세워 모면하려는 시도는 분명히 반동적이다. 그야말로 '누구를 위한 서정이며 누구의 어떤 예술성'[5]인가를 심각히 반문해야 한다. 민중시의 일상적 구체성이나 파괴적이기까지 한 건강성을 자기 시에서 담보해 내지 못하는 지식인 시인들이 '살기 위해서' 도망가 몸 숨기는 곳이 바로 추상적이고 일정한 물신적 울림까지도 지니고 있는 '서정성'이라는 오래된 대피소라고 할 수 있다. 이런 서정성은 죽은 서정성이며 차라리 물신화된 '서정주의'에 다름 아니다.

이러한 지식인시의 일반적 퇴조와 부분적 반동화에 비하면 80년대 내내 기층 민중의 시를 통한 자기표현의 증가는 주목할 만한 것이다. 《실천문학》을 비롯한 종합문학 무크의 독자투고란, 각종 시 동인지, 각종 운동 단체의 기관지, 노동·농민 운동 현장의 소식지 등을 통해 많은 무명의 대중들이 시를 발표했고 종종 그것이 시집으로 묶여 나오기도 했으며, 그 시들은 왕왕 기존 시단에 신선한 충격으로 다가오곤 했다. '신선한 충격', 그것은 지식인 시인들이 온갖 상상력의 장치를 동원하여 관념적 조작과 실험을 통해 겨우 도달하는 신선함과는 전혀 차원이 다른 '살아 있는 건강한 삶의 신선함'이었다. 이러한 기층 민중의 시 작업의 등장은 그동안 지식인 시인의 장인적 손끝에서만 가능하다고 여겨졌던 시가 이제는 대중의 것이 되었음을 입증하는 움직일 수 없는 증거가 되었다.

박노해의 《노동의 새벽》은 더 말할 것이 없고, 민중 시인들의 첫 엔

5　채광석, 좌담 〈5월의 문학적 수용과 전망〉, 5월 광주항쟁 시선집 《누가 그대 큰 이름 지우랴》, 인동, 1987.

솔로지인《시여 무기여》, 노동자 시인들인 김해화의《인부수첩》, 정명 자의《동지여 가슴 맞대고》, 최명자의《우리들 소원》, 농민 시인 김영안 의《나는 작은 영토에》등은 80년대 문학의 주체적 변환을 선포하는 힘찬 선언들이라고 할 수 있다. 이들 시들이 미학적으로는 기존의 지식 인 시인들의 성과에 빚지고 있는 바가 크지만, 자기 삶의 본질적 진보 성, 건강성으로 그 빚을 배 이상 되돌려 갚고 있는 것이다.

또 하나 특기할 것은 존재는 소시민적 지식인이되 나름대로 굳건히 일상의 현장에 뿌리를 박고 자기가 속한 현장의 문제와 전체 민족 문 제와의 변증법적 관련을 뚜렷이 인식하면서 시를 쓰는 몇몇 시인들의 경우이다.《섬진강》의 김용택,《광화문을 지나며》의 김진경이 그 대표 적인 예인데 이들은 각기 농촌과 학교라는 동시대의 모순이 특히 과도 하게 집약된 현장에 자기 존재 기반을 두고 그로부터 늘 생생한 문제 의식을 깨침으로써 지식인 특유의 자의식 과잉이나 그로 인한 갖가지 주관적 편향에서 벗어나 자기 존재 문제와 자기가 몸담은 현장의 문제 를 곧바로 민족 문제로 직결시키는 총체적 시각을 확보할 수가 있게 되었다. 이들은 지식인시가 전반적으로 당면하고 있는 관념화, 주변화 의 위기를 자기 현장에 대한 애정과 운동적 접근으로 어느 정도 극복 함으로써 여타 지식인 시인들에 하나의 활로를 제시하고 있다고 할 수 있다.

관념적이고 자족적이거나 상투적으로 민중 지향적인 지식인시의 퇴 조, 기층 민중의 문학 주체화를 상징하는 기층 민중 자신의 시적 업적 의 대두, 자기 현장, 자기 생활조건 속에서 자기 시의 주체성을 일구어 내는 지식인시의 발견, 이러한 80년대 시의 흐름은 결국 민족 현실의 제반 모순의 한가운데 자신을 위치시키고 민족운동의 올바른 전개에 자기 삶을 걸 때만이 비로소 좋은 시가 생산될 수 있다는 사실을 냉혹 하게 환기시켜 주고 있다.

(2) 소설 부재의 시대

80년대 초반의 소설의 침체는 충분히 이해할 수 있는 현상이었다. 앞서 시에 적용했던 비유를 다시 빌자면 소설은 신음이나 비명이 아니기 때문이다. 당장의 비탄과 고통을 넘어서 그 엄청난 재앙의 원인과 과정과 결과를 되씹으면서 이야기로 풀어 나가는 것이 소설의 본령이라면 그 혹독했던 시절 바로 소설을 기대하는 것은 무리였다. 그런 시기엔 소설이 나온다고 해도 그것은 우화이거나 신변잡기를 벗어날 수가 없다.

그러나 웬만큼 시간이 지나고 나서도 진정 소설다운 소설이 나오지 않는다고 한다면 그것은 문제가 아닐 수 없다. '소설다운 소설'이란 기준이 너무 자의적이지 않은가 하는 의문이 있을 수 있다. 여기서 말하는 소설다운 소설이란 곧 우리 시대 우리 현실을 관철하는 기본적 모순의 축을 중심으로 하여 종횡으로 얽힌 주요한, 혹은 부차적인 여러 모순들을 그 관계의 고리를 놓치지 않으면서 총체적으로 드러내 주는 소설이다. 이러한 기준은 꼭 장편만을 요구하지는 않는다. 장편이면 조금 더 유장하고 곡진하게 모순의 역사성까지도 드러낼 수 있는 장점이 있겠지만, 단편 혹은 중편의 경우도 그것이 다루고 있는 삶과 세계의 한 단면을 동시대의 가장 핵심적 모순과의 관련하에서 그 의미를 극대화시킬 때는 작은 구체적 매개를 역사적 추상抽象의 경지로까지 끌어올릴 수 있으며 그것이 곧 소설다운 소설이 된다. 그러나 바로 이런 맥락에서 80년대는 우리에게 소설다운 소설을 선사하는 데 대단히 인색한 시대이다.

80년대 초반의 폐허 위에서 사람들이 자기 시대의 이야기에 잔뜩 굶주렸을 때 마치 아기에게 물려 주는 가짜 고무젖꼭지처럼 주어진 것이 이동철의 《어둠의 자식들》, 《꼬방동네 사람들》 등의 일련의 룸펜프롤레타리아 세태소설 시리즈였고, 의식의 해방을 겪지 못한 대중들에게 대리만족이라는 인스턴트식품으로 잘 팔려 나갔던 김홍신의 《인간시장》이었다.

세태소설이 여지없이 소재주의나 호사好事 취미로 빠져들고 그럼으로써 그 묘사의 대상이 되는 주체들의 모순에 대한 인식과 실천을 방해하는 것은 재론의 여지가 없다. 또한 도저히 있을 수 없는 방식으로, 있을 수 없는 성취를 이끌어 내는 대리만족형 소설이 곧바로 파시즘의 대중 조작용 무기가 될 수 있음도 명백하다.

수많은 독서 대중들이 이러한 비속한 신기함과 값싼 위안의 늪을 헤엄치고 있을 무렵, 황석영의 《장길산》이 10년의 역정 끝에 전 10권으로 완결 출간되었고 박경리의 《토지》도 10여 년에 걸친 성과가 어느 정도의 분량으로 정리되어 출간되기에 이르렀다. 이 두 편의 대하역사소설이 우리 민족문학사상 기념비적인 의의를 갖는다는 것은 두말할 필요가 없다. 그러나 이 두 작품은 모두 70년대에 구상되어 또 대부분이 70년대에 쓰여졌으며 80년대에 쓰여진 부분들은 대체로 끝마무리 부분들이다. 장편이기 때문에 당연히 소설의 집필이 진행되는 기간 동안의 당대적 사건들에 대한 작가의 이해나 작가 자신의 의식의 변화가 내용 중에 반영되기는 하지만(《장길산》의 후반부는 실제로 80년대 초반의 일련의 충격적 사건들과 그 당시 민중들의 동향이 상당히 반영되어 있는 것으로 보이는 부분이 있다) 등장인물들의 의식, 사건의 전개 과정, 그 과정 속에서의 강조점 등은 대체로 70년대적 범주에서 크게 벗어나지 못한다고 보아야 한다.

그러면 이 두 작품이 벗어나지 못했다고 하는 이른바 '70년대적 범주'는 무엇을 말하는가? 그것은 한마디로 말하면 '소시민적 역사의식과 운동 자세의 관철'이라고 할 수 있다. 《토지》의 경우는 '한恨'이 삶과 역사를 지배하는 그 독특한 허무주의적 분위기로 말미암아 더 말할 것도 없지만, 민족문학사상 민중의, 특히 하층민의 의식화와 정치적 실천이라는 주제를 정면으로 또 총체적으로 끌어안은 최고의 작품으로 평가해도 좋을 《장길산》에도 이러한 70년대적 범주의 한계가 드러난다. 그리고 이것은 오히려 작가 황석영이 남달리 70년대를 치열하게 살아 냈음으로 해서 더욱 강하게 뿌리박혀 있다.

흔히 《장길산》을 두고 당시의 주력 생산계급이며, 지배계급인 지주계급의 명실상부한 적대 세력인 농민계급의 삶과 그로부터 필연적으로 발생하는 투쟁을 형상화하지 못하고 대신 광대, 도둑, 노비, 광부, 장사꾼, 뜨내기 등 주변 계층의 동향에 소설의 중심을 두었기 때문에 한계를 갖는다는 평가들을 내리곤 한다.[6] 그러나 이러한 평가는 80년대의 몫을 70년대에 기계적으로 부과하는 오류를 범하고 있다.

중요한 것은 오히려 이 작품이 70년대의 산물임을 명확히 하고 그 한계 내에서 어느 만큼의 성취를 이루었는가를 밝히는 일이다. 주력 계급이 변혁운동의 중심에 서지 못한 것은 조선조 숙종연간의 한계였으며 동시에 70년대 민족운동의 한계가 아닌가? 잡다한 주변 계층의 산발적 주력화와 그로 인한 운동의 전반적 우발성이야말로 멀지 않은 장래의 주력 계급에 의한 조직적 투쟁을 예감하게 하는 징후이며 그것은 80년대의 역사적 토대로서의 70년대 운동의 본질을 이루는 것이다. 80년 봄의 광주 민중항쟁은 그런 의미에서 사실상 70년대 운동의 장엄한 총화였다고 할 수 있지 않은가?

이렇듯 《장길산》의 '70년대성'을 말함은 역설적으로 80년대의 진경을 보여 주는 소설이 아직까지도 뚜렷이 출현하지 않고 있다는 것을 말하기 위함이다.

---

6 그 대표적인 예는 백낙청, 〈민족·민중문학의 새단계〉,《창작과 비평》 57호, 1985, pp.37 ~39.

(3) 동시대로의 복귀?

  1984년 9월 창비 신작 소설집《지알고 내알고 하늘이 알건만》의 발
간은 80년대 소설의 전개에 하나의 마디를 이루는 일이었는데 우선 이
책으로 인해 그동안 작품 자체의 빈곤과 더불어 발표 지면의 빈곤으
로 모양도 제대로 못 갖춰 본 80년대의 단편소설이 비로소 한데 집중
적으로 묶여 나오게 되었다는 사실만으로도 그렇다. 그것 자체가 이제
는 80년대 초반 이래 '이야기'를 불가능하게 했던 억눌린 혼돈의 상황
이 일정하게 실마리를 풀어놓게 된 것을 의미했다. 말하자면 이제 이야
기가 된다는 것을 이 소설집이 상징적으로 웅변하게 된 셈이다.

  또 하나 이 작품집은 필자처럼 게으른 독자에게 도대체 80년대 초반
을 거의 침묵으로 보낸 소설계가 과연 어떠한 모습으로 다시 등장하게
될 것인가 하는 일차적인 호기심을 충족시켜 주기 좋게끔 여러 작가들
이 한자리에 모였다는 점에서 자못 흥미로운 것이었다. 그 결과는 결코
기대에 미치지 못했으나 기대에 부응 못하면 못한 대로 80년대 소설을
보는 가늠자 역할은 했다고 할 수 있다.

  이 작품집은 정작 수록된 작품들보다도 '책머리에'에 실린 엮은이들
(염무웅, 최원식)의 말이 오히려 생각해 볼 거리를 제공하고 있다. 여기서
엮은이들은 '80년대 소설계의 움직임이 극히 무기력해 보이고…… 물
론 이것은 소설가 개인들의 무슨 직무 태만에서 연유한 현상일 리 없
으며, 사회적으로나 문학사적으로 그럴 만한 어떤 객관적 사정을 반영
하는 현상일 것으로 짐작된다'고 진단하였다. 이러한 진단은 일단 정당
한 것으로 생각된다. 그 당시 '그럴 만한 어떤 객관적 사정'이 이 작가
들의 주관적 의지를 압도하고 있었던 것은 사실이었기 때문이다. 그러
나 이 글에는 그러한 객관적 사정에 대한 더 이상의 천착은 찾아볼 수
없고 그냥 그러한 침체상을 말하는 것으로 만족하고 있으며 그렇기 때

문에 단순히 ‘80년대 이후의 여러 가지 상황들에는 손을 대라’는 식의 무조건의 권유나 소설의 양식적 가능성에 대한 근거 없는 (혹은 근거를 대지 못하는) 낙관주의를 피력하는 데 그치고 있다.

이러한 자신 없는 태도는, 소설의 침체를 우려하고 80년대 작가들의 불임성不妊性을 비판하는 것이 행여 소설 자체의 부정으로 나아가게 될까 스스로 두려워하는 데서 연유한다고 볼 수 있다. 미우나 고우나 기존의 지식인 작가들을 밀어주지 않으면 어디서 소설의 생산을 기대할 수 있을까 하는 엮은이들의 추수주의적인 소박한 걱정이 이러한 얼버무림 속에 깔려 있는 것이다.

아무튼 이러한 기대와 실망과 얼버무림 끝에 만들어진 이 신작 소설집 시리즈는 이후 제2집《슬픈 해후》(1985), 제3집《매운 바람 부는 날》(1987) 등 편을 거듭하면서 80년대의 양심적 지식인 작가들에게 하나의 ‘열린 숨통’이 되어 주었으며, 80년대 지식인소설의 경향을 짚어 볼 수 있는 좋은 자료가 되어 온 것이 사실이다.

또 하나 흥미로운 것은 2집, 3집으로 갈수록 이 소설집에 참여한 작가나 엮은이들의 태도가 초기의 면목 없음과 조심스러움에서 점차 일정하게 자신감이나 자못 성취감까지도 내보이는, 그야말로 ‘이만하면 되지 않았느냐?’는 경지로까지 옮아가고 있다는 사실이다. 제2집의 ‘책머리에’에서는 ‘소시민적 성격을 시원하게 극복’한 장편소설을 대망하면서도 ‘우리 시대를 다루려는 진지한 노력’들이 출현하기 시작하니 ‘좋은 징조’라고 진단하고 있으며, 제3집의 ‘책머리에’에서는 ‘요즘 들어 소설이 활기를 띠고 있다’고 하면서 이 3집에 실린 작품들이 ‘80년대 소설의 통폐의 하나였던 현재성의 부족을 두드러지게 극복’했다고 평가하고 나아가 ‘우리 소설이 비로소 동시대로 복귀하였다’고 선언하기에 이른다.

이러한 판단은 분명 그르지 않다. 지식인소설이 최근 3~4년 동안 현상적으로라도 침체를 벗고 활발해지고, 게다가 제재면에서도 점차로 '노동자-농민-대학생-교사 그리고 중산층' 등의 삶으로 확대 접근하고 있는 것은 일단 고무적인 일임에 틀림없다. 그러나 그러면 다 된 것일까? 이제 80년대의 소설은 제 궤도에 오른 것일까? 그에 대한 대답은 이 신작 소설집들에 실린 지식인 작가들의 작품을 간단히 살펴본 후에 다시 내려 보도록 하자.

《지알고 내알고 하늘이 알건만》에는 14편의 작품이 실려 있는데 그 제재별 분포를 보면 넓은 의미의 이른바 '분단소설'이 전체의 반인 일곱 편으로 〈남에서 온 사람들〉(이호철), 〈백포동자〉(송기숙), 〈천둥소리〉(김주영), 〈아스팔트〉(현기영), 〈부르는 소리〉(김향숙), 〈눈 오는 밤〉(김성동), 〈깊은 강은 멀리 흐른다〉(김영현) 등을 들 수 있고, 80년대의 상황을 다룬 작품이 〈새로 온 사람들〉(송기원), 〈동행〉(임철우) 등 두 편, 기타 〈지알고 내알고 하늘이 알건만〉(박완서), 〈강동만필〉(이문구), 〈들포 이야기〉(손춘익), 〈전야제〉(김만옥), 〈광정당기〉(현길언) 등 신변잡기류나 소품들이 실려 있다.

우선 70년대에 이어 80년대에도 이렇듯 '분단소설'이 많이 쓰여지는 이유는 무엇인가? 일단 흔히 말해지는, 분단의 민족 내적 원인과 현상 그리고 결과에 대한 소설적 접근을 통해 지금 당대의 민족 현실이 지닌 여러 모순들의 근원을 밝혀 나간다는 식의 상투적인 일반론을 접어 두고 지식인 작가의 내적인 동기라는 측면에서 본다면 두 가지쯤의 설명이 가능하다.

그 하나는 자기 당대의 문제를 형상화할 자신과 능력을 갖지 못했을 때 하나의 도피처로서 분단 문제를 선택하는 경우인데 이는 소재주의에 다름 아니다.

또 하나는 지식인 작가가 '분단' 주제를 다룸으로써 일종의 자기점검을 시도하는 경우이다. 자기 당대를 어떻게 다룰 것인가 하는 문제

626

가 해결되지 않고 있을 때 이 분단 문제를 매개로 지금 당대의 현실을 보는 자기 자신의 입장을 가늠해 보는 것이다. 이럴 때 분단 문제는 작가에게 하나의 척도가 된다. 그러나 이《지알고 내알고……》에 실린 분단 주제의 작품들의 경우, 상당수가 소재주의적이라고 할 수밖에 없을 정도로 긴장이 풀어져 있고 자기점검의 의미를 지닌다고 생각되는 작품들도 자기점검으로서의 최소한의 철저성을 못 갖추고 있다. 〈백포동자〉, 〈아스팔트〉, 〈부르는 소리〉, 〈깊은 강은 멀리 흐른다〉 등의 경우 각기 정도의 차이는 있으나 모두 과거의 치열했던 분단 현장의 당사자들에 대한 본격적 접근은 회피한 채, 주변인들의 피해와 고통에만 초점이 맞춰져 있고 결국 순진소박한 용서와 화해로 결말짓고 있다.

이러한 주변성과 갈등에 대한 적당한 화해—이것이 결국 자기점검의 결과라고 한다면 이들이 왜 눈앞의 현실에 관해 소설을 쓰지 못하는가 역시 알 수 있게 된다. 아무런 전진적 전망도 없이 어정쩡한 관망과 화해의 포즈로 어떻게 당대의 문제에 접근할 수 있을 것인가?

〈새로 온 사람들〉과 〈동행〉은 1984년 당시로서는 드물게 80년대의 고통스런 현실에 대한 지식인의 대응 자세에 관해 이야기하고 있다. 그러나 이 두 작품에서 '무언가 해야만 한다'고 마음먹는 주인공들이 '그 무언가 해야 할' 현실 속에서 사실상 아무런 실천적 관계도 갖지 못한 고립되고 무력한 개별자에 불과하다는 사실은 이 작품들의 가장 기본적인 한계이다. 이는 이들뿐 아니라 당시 지식인 작가들 거의 모두가 처했던 상황이고 한계이기도 했다. 그나마 이 '무언가 말해야 한다'는 정도의 억눌린 자기확인이 이 소설집의 존립 근거가 되고 있을 정도로 당시 소설계의 상황은 열악했다.

《슬픈 해후》에는 12편의 작품이 실려 있다. 여기서도 역시 절대다수인 여덟 편이 '분단소설'의 범주에 속하고 나머지 네 편은 70~80년대, 비교적 우리 당대의 이야기로 되어 있다. 제재의 분포로 보면 별 차이가 없지만 비록 1년 사이임에도 불구하고 《지알고 내알고……》와 비교할 때 일정하게 진전된 양상을 보이고 있다. 가장 두드러진 것은 진지함이다. 《지알고 내알고……》에는 '…했다더라'식의 해이한 이야기체와, 신변잡기적 기술, 불투명한 주제 등이 더러 눈에 띄었지만 이 《슬픈 해후》에는 그러한 해이함과 불성실한 모습이 대폭 줄어들고 대신 전반적으로 긴장감이 확보된 인상이다.

분단소설 부분에서도 용서와 화해가 주를 이루었던 〈지알고 내알고……〉와는 달리 보다 진전된 문제 제기가 더 눈에 띈다. 〈슬픈 해후〉(김정한)에서는 해방 직후 혼돈 속에서 사상 문제로 검거되어 죽음의 길을 걷게 되는 한 지식인의 모습이 그려져 있고, 〈그물 사이로〉(김향숙)에서는 좌익 활동가의 도덕적 완강성이 그 전 세대의 주정주의主情主義적 세계관과 대비되어 묘사되고 있으며, 〈그해 여름〉(김성동)은 이 작가의 다른 작품들도 다 그렇지만 사별한 남로당계 활동가인 부친에 대한 애절한 그리움이, 〈얼어붙은 달그림자〉(이은식)에서는 '해방 세상'에 대한, 빨치산으로 여겨지는 주인공의 힘찬 갈구가 표현되고 있다.

최근의 현실에 대한 접근을 시도하고 있는 작품들의 경우도 어떤 해답을 얻고자 하는 노력이 엿보이고 있는데 〈부설학교〉(이혜숙)에서는 노동자와 지식인의 쉬 합일하기 힘든 의식의 낙차가, 〈사람의 일기〉(박완서)에서는 도시 상층 중간층의 맹목적 가족 이기주의가 솔직하게 묘사됨으로써 중간층 지식인으로서의 아이덴티티 문제를 놓고 고민하는 80년대 작가들의 자기성찰의 모습이 보이고 있다. 〈겨우살이〉(현기영)에서는 유신 체제라는 거대한 횡포 앞에 맞서는 일선 교사들의 저항이, 〈밤길〉(윤정모)에서는 광주 항쟁의 현장에서 진상을 알리는 임무를 띠고 최후 진압 직전에 광주를 빠져나오는 가톨릭 신부와 그 수행 학생의 대화를 통해 역사적 사명을 받아들이는 지식인의 번민과 자각이 그려짐으로써 앞서의 〈새로 온 사람들〉이나 〈동행〉보다 훨씬 무게 있고 구체화된 지식인의 각성을 보여 주고 있다. 이러한 진지성과 구체성 그리고 긴장의 확보는 곧 80년대 지식인층의 세계 인식이 진전된 결과이며, 80년대의 지식인 작가들이 소설로써 현실과 맞서 나갈 수 있다는 자신감을 뒷받침해 주는 고무적인 현상이라고 할 수 있다.

《매운 바람 부는 날》은 2년간의 공백 끝에 나온 탓이기도 하겠지만 앞의 두 소설집에 비해 작품의 경향이 상당히 두드러진 변화를 보이고 있다.

우선 '분단소설'이 거의 사라졌다. 13편의 수록 작품 중에서 〈폭설〉(한상윤), 〈끄나풀〉(류시춘)의 두 작품만 이른바 분단과 관련된 문제를 다루고 있으며 그나마 〈폭설〉에서만 과거의 이야기가 잠깐 나오고 〈끄나풀〉은 현재의 국가보안법에 의해 억울하게 안정된 삶을 박탈당하는 인물을 묘사할 뿐 과거의 이야기는 다루고 있지 않다. 그 외의 작품들은 모두가 현재 우리의 곁에서 일어나고 있는 일들을 다루고 있으며 그것도 적어도 형식적으로는 노동자·농민·도시 빈민·중간층 지식인 등의 이야기로 이루어져 있다. 이는 지식인 작가들이 80년대가 시작된 이래 5~6년이 지나는 동안 그토록 확보하기 힘들었던 당대성, 즉 나름대로 당대 문제를 바라보는 시각틀을 어느 정도 확보해 내기 시작했음을 의미한다. 그렇기 때문에 일단 '우리 소설이 비로소 동시대로 복귀하였다'라고 한 이 책을 엮은이의 약간은 감회 어린 말은 나름대로의 설득력을 얻고 있는 것이다.

그러나 사태는 그렇게 낙관적이지만은 않다. 중요한 것은 동시대로의 복귀 그 자체가 아니라 어떠한 시각과 전망 아래 복귀했는가 하는 점이기 때문이다. 이 소설집에 실린 13편의 작품을 읽고 나서 가장 먼저 떠오르는 인상은 '주변성'에 관한 것이었다. 이 작품들이 우리가 당면한 문제들에 관해 개괄은 하고 있지만 그것이 우리의 역사적 과제의 해결을 지향하는 전진적인 시각의 인도 아래 이루어진 것이 아니고 거기서 어느 정도 비껴 난 주변인, 혹은 회의적이고 방관적인 관찰자의 시각으로 이루어진 것으로 보였기 때문이다.

이는 80년대의 노동 현장에서 흔히 있을 수 있는 사건들을 다룬 〈마지막 축배〉(윤정규), 〈부르는 소리〉(송기숙), 〈겨울 울타리〉(양헌석) 등에서 가장 잘 나타난다. 〈마지막 축배〉는 같은 노동자이면서도 노동자계급의 권리 쟁취를 위한 투쟁과는 스스로 무관하다고 여기는 한 주변적 노동자의 시점으로 서술되고 있고, 〈부르는 소리〉는 '성실하고 인간적인' 소기업의 사장과 '당돌하고 과격한' 위장취업 여성 근로자와의 사이에서 '세상이 모두 무섭다'고 생각하기에 이르는 어중간한 중간관리자의 시점으로, 또 〈겨울 울타리〉는 택시회사 운수 노동자들의 분규에 좀 비현실적이다 싶을 정도로 열심히 개입하는 신문기자의 시점으로 서술되고 있다. 이 세 작품 어디에도 정작 투쟁하는 노동자를 소설 전개의 중심에 주체로서 세우지 못하고 있다.

왜 그런 것일까? 노동 문제가, 또 그중에서도 투쟁하는 노동자의 입장이 지식인 작가의 경험 밖에 있기 때문에? 그렇다면 이미 투쟁하는 노동자를 서술 주체로 세워 이야기를 전개했던 70년대의 〈객지〉나 〈난장이가 쏘아 올린 작은 공〉은 잘 꾸며진 거짓말에 불과했던 것일까? 여기엔 바로 80년대 소시민 지식인 작가들의 본질적 한계가 가로놓여 있다. 그들의 이른바 '상상력'이 실제의 투쟁 속에서 형성·발전되어 가고 있는 노동자의 의식 세계에 제대로 못 미치고 있는 것이며 작가들도 그 사실을 잘 알고 있기 때문이다. 또한 그것은 검열의 문제 이전의 계급적 자기검열의 문제이기도 하다. 이는 앞서 밝힌 바 있는 80년대 지식인문학의 대표적인 모습, 즉 '성장해 가는 기층 민중의 움직임에 대해서 소극적인 지지와 감상, 의혹과 불안이 교차하는 주변적 모습'을 드러내는 것이라고 할 수 있다.

한편 이러한 주변성은 이 소설집의 다른 수록 작품들에도 여지없이 관철되고 있다. 〈여러분의 안전을 위하여〉(이창동), 〈수하 1〉(박상기) 등에서는 각각, 기성 체제의 상식과 룰(이는 다분히 소시민적 합의의 결과이다)을 여지없이 무너뜨리는, 고속버스에서 만난 한 노파의 완강성에서 느낀 당혹감을 통해서, 또 이른바 '신도시 건설'에 참여하여 결과적으로 철거민의 삶을 막바지까지 몰고 가는 데 한몫을 한 건설회사 간부의 눈에 비친 철거민들의 극한적 분노에 대한 묘사를 통해서 현 단계 민중의 삶과 의식의 타협 없는 극한성 앞에서 공포와 혼란에 빠지게 되는 소시민 지식인의 모습을 보여 주고 있는데 그것은 주변성의 또 다른 표현인 것이다.

민중에 대한 소시민적 감상주의 역시 주변성의 한 표현이다. 〈찻집 여자〉(양귀자), 〈다시 시작하는 끝〉(조갑상), 〈매운 바람 부는 날〉(이혜숙) 등은 모두 기구한 내력을 지닌 하층 여성을 다루고 있는데 그 하층 여성들(찻집 주인 여자, 재취로 들어와 남편을 잃은 고아원 출신 여자, 아들을 감옥에 보내고 행상에 나선 여자 등)의 '불행한 현실과 기약 없는 내일'에 초점이 맞춰져 있어 차라리 70년대에 수없이 명멸했던 감상주의적 민중 소재 소설들을 연상하게 해 준다.

그나마 〈울력〉(박태순), 〈빈들의 소리 2〉(이은식)가 좀 거칠기는 하지만 노동하는 민중의 삶과, 그 노동 과정 또는 노동 관계 속에서 적대적인 세계와 대결해 나가는 민중의 모습을 그림으로써 이러한 주변성과 감상주의에서 어느 정도 놓여나고 있는 것으로 보인다. 특히 〈빈들의 소리 2〉에서는 너무 걸러지지 않은 신경향파적 결말 처리가 약간 위태롭게 느껴지기는 하나 생존의 벼랑에 몰린 민중의 분노가 숨김없이 드러나고 있다.

전반적으로 결론을 내리자면, 소설의 동시대로의 복귀에 대한 확인이 곧 '이제는 됐다'는 안도감으로 연결되기에는 아직 이르다고 할 수 있다. 80년대의 지식인 작가들이 그 나름대로의 오랜 방황 끝에 바로 눈앞의 현실에까지 도달하기는 하였지만 그들이 도달한 지점은 80년대 이 뜨거운 현실의 한복판이 아니라 언저리이며 변경에 불과하고 80년대의 민중과 민족 현실이 요구하는 수준의 문학적 성취에는 아직도 크게 못 미치고 있다고 할 수 있다. 민중의 집단적 정치적 각성이 엄청난 속도로 진전되고, 또 그것이 민중 각 부문 내에서의 구체적 실천의 성과들을 통해 확인되고 있는 지금의 현실에서 소시민적 전망을 버리지 못한 이 정도 수준의 작업들로는 독자 대중의 '자기 이야기'에 대한 욕구를 결코 충족시킬 수 없다는 사실이 뼈아프게 지적되어야 한다.

(4) 장편 분단소설─분단의 극복인가 역사 허무주의의 확인인가

80년대가 중반을 넘어서게 되면서 지식인 작가들의 장편소설이 하나씩 결실을 맺게 된다. 《영웅시대》(이문열, 1984), 《지리산》(이병주, 1985), 《태백산맥(제1부)》(조정래, 1986), 《겨울골짜기》(김원일, 1987) 등이 그 구체적 성과들인데 '아쉽게도' 모두가 이른바 '분단소설'의 범주에 드는 작품들이다. 여기서 '아쉽게도'라는 말을 쓴 것은 이런 장편적 성과들이 80년대 이후의 당대 문제를 전혀 다루지 못하고 40년 전 저편의 현실에 집중되었다는 사실이 정말 아쉽기 때문이다. 그럼에도 불구하고 이러한 분단을 주제로 한 장편소설들의 대두는 80년대 중반의 우리 민족문학의 성격을 가름하는 하나의 두드러진 추세로서 필히 일정한 평가와 조명을 받아야 한다는 것에는 이론의 여지가 없다.

이 작품들은 일단 현상적으로는 현재 우리 민족 현실을 규정하고 있는 해방과 분단의 구체적 과정과 그 의미에 대해 70년대의 성과들보다 훨씬 본격적인 접근을 시도하고 있는 것으로 평가되고 있다. 이른바 좌우 대립을 묘사하는 데 있어서 상당한 객관적 거리를 유지하기에 이르

렀고, 은폐되어 있던 역사적 사실들을 과감하게 발굴하여 백일하에 드러내 놓고 있으며, 분단을 단지 이데올로기 대립의 산물로 보는 데서 벗어나 그것이 민족 내적 필연성의 산물이라는 점을 밝히고 있다는 것이다.

물론 작품마다 상당한 편차가 있어《영웅시대》같은 경우 한국전쟁의 민족사적 의미에 접근하기보다는 일견 천박하게까지 보이는 관념적 장치에 의해 역사를 관념유희의 도구로 전락시켰다는 비판을 면할 수가 없으며, 반면에《지리산》과《겨울골짜기》의 경우 비교적 정확한 자료에 의해 당대 빨치산 혹은 이른바 '제2전선'에 투입되었던 인민군들의 활동상이나 거창 사건 등 당시 죽은 이들과 더불어 우리의 기억에서 사라질 뻔했던 사건들을 소상히 밝혔고,《태백산맥》같은 경우는 특히 당시의 좌우 대립이 당대 우리 사회 구성의 반봉건성의 산물인 지주－소작 관계의 갈등에서 연유하였다는(사회과학의 성과에 비추면 기실 새삼스러운 것도 아니지만) 사실을 소설적으로 확인하였다는 주목할 만한 성취를 이루기도 하였다. 이러한 점들은 가려진 시대의 가려진 진실을 밝혀 현재의 민족 문제의 뿌리를 캐내려는 작가적 양심의 소산이라는 데에는 의심의 여지가 없고 사회과학이나 운동의 논리를 쉽게 접할 수 없는 일반 독서 대중에게 충격적이라고 할 만한 교육적 효과를 가져왔다는 점 또한 높이 평가되어야 한다.

그러나 이러한 미덕들에도 불구하고 이 장편 분단소설이 과연 우리 시대 지식인 작가들의 여타의 문학적 산물들이 지니고 있는, 앞서 지적한 주변성과 소시민성의 한계에서 얼마나 자유로운가는 보다 면밀히 검토되어야 한다.

우선 유념해야 할 것은 이 작품들이 흔히 '분단소설'이라는 범주로 분류됨으로써 그것들이 지닌 보다 우선적 속성, 즉 '역사소설'로서의 속성이 늘 간과되고 있다는 사실이다. 이 소설들에서 다루어진 사실들이 비록 기껏해야 40년 이내의 가까운 과거의 사실들이고 또한 우리 당대와 함께 현대사라는 한 테두리 안에 들어 있는 사실들이기는 하지만 그것이 과거의 사실들임에는 틀림이 없고 그렇기 때문에 지나간 역사적 사실을 다룬 역사소설 일반을 보는 관점이 이 작품들에도 역시 정당하게 적용되어야 한다.

이런 관점에서 제일 먼저 거론되어야 하는 것은 역사소설 일반의 아킬레스건이 되는 '작품의 현재적 의미' 문제이다. 즉 작가가 이 특정한 '과거'를 다룸으로써 '현재'에 관해 무엇을 말하고자 하는가 하는 문제이다.

《영웅시대》가 말하고자 하는 것은 아마도 '이데올로기의 허망함'일 것이다. 그런데 이데올로기가 왜 허망한가를 그는 가장 특정 이데올로기에 침윤된 방식으로 주장하고 있다. 막대한 삶의 고통이 집약된 예속 독점 자본주의하의 생산의 현장에서 멀찍이 떨어져 그 생산이 창출해 낸 역시 막대한 사회적 잉여에 기생함으로서 오히려 생산자보다 엄청난 분배를 받고 있는 자들의 눈으로 보면 이데올로기는 오로지 관념일 뿐인데 그 이데올로기에 의해 사람들이 죽고 사니 그것이 오죽 허망한 괴물처럼 보이겠는가? 작가 이문열은 이데올로기가 본질적으로 역사 속을 구체적 생산 관계 속에서 헤쳐 나가는 인간들의 보다 나은 삶을 향한 투쟁의 과정에서 형성되는 가장 첨예한 의식의 다른 이름임을 알지 못하고 있다. 한국전쟁 당시 좌우 어느 편이든 그래 단지 이데올로기에 대한 우연한 맹신 때문에 그렇게 싸웠단 말인가? 그가 이 작품에서 이데올로기의 허망함을 말하려 했다면, 그는 인간의 역사를 부정하고 현재를 싸움처럼 살아가는 대중의 의식을 무력화시키려는 허망한 시도를 한 것이 된다.

《지리산》도 그 기록성으로 일정하게 평가받을 수 있다고 하기는 했으나 그 줄거리를 끌고 나가는 몇몇 주인공들의 방관자적이고 도피적인 행태를 통해 작가 이병주가 궁극적으로 보여 주는 것은 의식의 탈역사화이며 나아가 모든 반동적 수수방관의 합리화일 뿐이다. 이는 '지리산'이라고 하는 하나의 엄청난 역사적 공간과 그 공간 속으로 피 흘리며 사라져 간 수많은 혼신의 노력들을 팔아서 분단 이후의 현대사를 요리조리 빠져나온 모든 기회주의적이고 반동적인 지식인들의 결코 떳떳할 수 없는 삶의 궤적들을 호도하려는 지극히 파렴치한 시도에 다름 아니다.

《태백산맥》은 애써 노력한 흔적이 보이는 객관적 서술과 우연성을 극복한 인물들, 전반적 진지함에도 불구하고(이는 아마도 현재까지 나온 장편 분단소설 중 최고의 경지가 아닐까 한다), 한 중립적이고 회의적인 인물과 그를 둘러싼, 사실상 당대의 적대적인 두 개의 인간 집단 어디에도 뿌리박지 못한 몇몇 인물들의 오도 가도 못하는 처지와 의식을 중심으로 당대를 바라봄으로써, 결국 지금 역시 변혁을 요구하는 대다수 민중과 이를 저지하려는 지배세력 간의 화해되기 힘든 적대성과 갈등의 한가운데에 서서 감상적 휴머니즘과 시효를 상실한 만족주의를 역설하는 셈이 되어 오히려 싸움에 나선 대중들에게 '전선 이탈'과 회의주의를 조장하는 반역사적 기능을 은연중에 수행하게 된다.

《겨울골짜기》는 입산하여 인민군 정규군에 입대하는 한 빈농의 아들을 중심으로 인민군 빨치산의 활동과 거창 양민 학살사건의 실상을 서술해 나감으로써 본격적 전쟁소설의 양상을 띠며 그렇기 때문에 비전투지대에 거주하는 지식인의 시각을 통해 전개되는《태백산맥(제1부)》에 비해 보다 긴박하고 선택의 여지가 없어 그만큼 '중립적'이기 힘든 상황을 다루고 있다. 그러나 이러한 긴장된 소설적 장치의 변주 속에서도 주제는 역시 같은 가락을 벗어나지 못하고 있다. 늘 그렇듯이 회의하는 지식인과 두 세력의 대립 속에서 죄 없이 죽어 가는 양민들이 작품 구조의 중심에 들어 있고 인민군이 된 빈농의 아들조차도 자기에게

'돌연' 짐 지워진 역사의 질곡을 안고 오로지 살아남기 위해 전쟁의 소용돌이에 몸을 던졌다가 죽어 가는 것으로 되어 있다.

결국 어느 작품이건 정도의 차이는 명백하다 하더라도, 자신의 존재 기반이 강제하는 역사적 사명에 헌신적으로 복무하던 당대의 중심 세력의 입장을 취하지 못하고 그들을 관찰하고 두려워하며 그들과 그들이 벌이는 싸움으로부터 도피하는 주변인(그것은 곧 이 작가들의 현재를 표상하고 있다)의 입장에서 쓰여지고 있는 것이다.

결국 과거가 아무리 치열했던 것이라 해도 과거로만 끝나고 그 현재적 의미가 치열한 실천적 문제 제기와 접맥되지 못할 때, 과거는 그 치열함조차도 아련한 추억으로, 시기함의 대상으로 변질되어 오히려 눈앞에서 펼쳐지는 현실의 역동성을 둔화시키는 역할을 하게 된다. 이런 맥락에서 보면 비록 과거의 객관적 재구성이라는 측면에서는 크게 못 미치지만 70년대에 쓰여진 이른바 '귀향형소설'[7]들이 오히려 과거와 연결된 현재의 자기 자신의 삶을 반성적으로 돌아보는 구조를 지님으로써 이들 장편 분단소설보다 '현재적 긴장'을 더 확보하고 있는 것으로 보인다.

분단 주제를 그 현재적 의미를 잃지 않으면서 올바로 다루기 위해서는 이제 작가들의 사고와 방법론에 하나의 역전이 필요하다고 생각된다. 즉 이제까지의 과거 자체에 대한 침잠이나 과거로부터 현재를 귀납해 내는 손쉬운 관행에서 벗어나 현재로부터 과거를 연역해 내는 방향으로 전환되어야 한다는 것이다. 그러니까 기본 축을 현재에 두고, 현재의 삶을 규정하고 있는 모순과 질곡이 어떠한 역사적 연원에서 비

---

7   이 용어는 김윤식의 용어로서, 분단과 관련된 과거를 지녔으나 현재는 나름대로 소시민적 안정을 얻고 있는 주인공이 자기 고향에 돌아가 분단 과정이 각인된 유년 시절을 회상하는 형식으로 된 70년대의 일군의 소설들을 말한다. 김원일의 《노을》, 현기영의 《순이 삼촌》이 그 대표적인 작품들이다.

롯되는가를 되짚어 내는 과정에서 분단 당시의 이야기들이 다루어져야 한다. 그럴 때에야 비로소 분단소설은 소재주의나 도피주의의 유혹을 이겨 낸, 나아가 '분단'이라는 수식어를 떼어 내고 현재적 총체성 속에 온전히 자리한 최고 수준의 소설적 성과의 반열에 끼이게 될 것이다.

(중략)

4. 모두 함께 나아가는 길

(1) 민중적 삶과 운동의 형상화

민중 각 부분의 구체적 삶과 운동은 어떻게 문학적으로 형상화될 수 있을까. 공장 노동자, 빈·소농, 농업 노동자, 도시 빈민, 사무직 및 서비스업 노동자, 소생산자, 소상인, 학생, 군인, 여성 등 이제까지 문학의 생산자이기보다는 소외된 일방적 수용자에 불과했던 인간 집단들이 어떻게 하면 문학의 주인이 될 수 있을 것인가?[8]

일단 어떻게 민중 각 부분의 문학적 욕구를 촉발시키고 조직하는가 하는 현장문학 운동 차원(대중 운동의 착수 조건, 조직 등)에서의 문제 제기

---

8 여기서 있을 수 있는 오해를 미리 예방하기로 하자. 예컨대 작가 중에는 노동자도 있고 농민도 있고 학생 군인, 여성, 사무직 노동자도 얼마든지 있고 또 앞으로도 있을 수 있는데 새삼스럽게 그들이 어떻게 하면 문학의 주인이 될 수 있는가를 고심하고 있는가? 하는 오해가 있을 수 있다. 이 글에서 제기하고 있는 문제는, 문학이라고 하는 어떤 외화된 표현 양식이 있는데, 어떤 계층의 사람이 거기에 접근할 수 있는가 없는가 하는 개인적 차원의 문제가 아니라, 열거한 여러 인간 집단들이 자기 집단, 자기 계급의 문제를 주체적으로 선택한 양식에 의해 문학적으로 형상화함으로써 자기 집단의 문제 해결에 문학을 매개로 삼을 수 있는가 없는가 하는 집단적 차원의 것이다. 따라서 이 문제 제기는 운동과 따로 떼어 놓을 수 없는 성질의 것이다.

를 접어 둔다면 다음과 같은 조건들을 관철시키면 민중문학 운동은 획기적으로 발전할 수 있을 것이다.

우선 문학에 대한 물신적 파악이 타파되어야 한다. 재능이나 영감이 문학 생산의 기본 조건이라는 엘리뜨주의는 광범하게 거부되어야 한다. 문학이 천재의 산물이라는 관념은 인류사에서 노동의 분화가 발생하고 생산 대중이 생산해 낸 사회적 잉여에 기생하는 계층이 생겨나 지배 문화를 담당하기 시작한 이래 형성된, 생산 대중의 자기표현 욕구를 잠재우려는 해묵은 이데올로기에 불과하다. 아울러 문학이 일정한 시간과 물적인 여유를 기본 조건으로 한다는 명제 역시 재검토되어야 한다. 이 명제엔 문학이 일정한 관조와 반추를 위한 시간과 그를 위한 공간을 필요로 하는 복잡한 정신적 장치의 산물이라는 물신주의적 전제가 개입되어 있다.

문학은 삶의 산물이라는 명제에서부터 다시 출발할 필요가 있다. 천재성 여부, 시간적·공간적·물적 여유의 존재 여부는 삶 자체의 추동에서 생성하는 자기표현의 욕구에 비하면 부차적인 것이고 형식적인 것이다. 이러한 부차적·형식적 요건을 먼저 내세우는 것은 마치 비명을 지르고자 하는 사람에게 아름답게 시간을 두고 지르라고 하는 것처럼 들린다. 생활과 노동의 현장에서 순간순간 이루어지는 사유의 추상화·논리화가 철학이라면 그 형상화·정서화가 문학이다. 그것은 흥얼대는 노래 가사일 수도 있고 낙서일 수도 있고 일기나 편지, 간단한 시, 조금만 시간이 허락된다면 이야기·소설일 수도 있다. 재능이 없으므로, 시간적 물적 여유가 없으므로 문학을 할 수 없다는 오랜 패배주의는 문학에 대한 오랜 물신주의의 결과이다.

둘째, 개인주의적 문학관이 타파되어야 한다. 앞서서 열거한 민중의 여러 문학 행위들이 모두 분산된 개인들의 주관적 영역에서 끝난다면, 그리고 그것도 문학임에는 틀림없으니까 그런대로 의미 있지 않겠느냐는 선에서 그냥 그대로 둔다면, 그것은 운동으로서 아무런 의미를 지니지 못하는 것은 둘째 치고 인류의 위대한 유산으로서의 문학을, 즉 다듬어지고, 축적되고, 공유되는 하나의 집단적 형성물로서의 문학을 저차원의 개인적 영역에 묶어 두는 결과를 낳는다. 그러한 개인주의적 방치가 계속될 경우, 어쩌다가 문학적 '재능'이 뛰어난 개인이 있어 자기 집단, 자기 동료와 상관없이 '문단'에 뽑혀 올라가 '성공한 개인'이 되는 것 역시 그대로 둘 수밖에 없다.

문학의 물신성을 극복하는 의미에서의 '누구나 쓸 수 있다'는 말은 인류적 공감과 감동을 위한 정당한 문학적 노력을 무시하는 '아무거나 쓰면 문학이다'라는 말과 혼동되어서는 안 되고, 또한 '누구나 작가가 되어 유명해질 수 있다'는 자본주의적 계층 상승의 논리와 혼동되어서는 안 된다.

생활 현장에서 거칠게나마 만들어지고 재능과 여유가 곁들여질 경우 보다 다듬어져 동료나 이웃에 의해 평가받고 또 수정되고 하면서 함께 형성시키는 문학, 창작 자체가 사적 개인에서 집단 혹은 대표 단수로 바뀌는 문학이야말로 운동으로서의 문학이며, 기존의 시민적 문학관을 올바로 지양하는 문학이다. 그렇게 함으로써 개인의 기쁨과 고뇌가 집단의 것으로 보편화되고, 개인이 느끼는 문제의식이 보다 전체적 관련 아래서 공감대를 형성할 수 있게 된다.

이미 70년대부터 현장 활동을 통해 만들어져 왔던 여러 형태의 현장 연희 대본은 말할 것도 없거니와, 정도의 차이는 조금씩 있지만《노동의 새벽》,《동지여 가슴 맞대고》,《우리들 소원》등 80년대의 중요한 노동자 시집들은 이러한 개인적 정서의 집단적 조정을 거쳐 생산된 업적들이며 농민 집단 창작시인 〈옹매듭두 풀구유〉도 이러한 집단 정서의 집단적 형상화의 좋은 예이다.

셋째, 이러한 민중 각 부분의 문학적 산물들이 독자의 매체를 통해 기록되고 정리되어야 한다. 80년대 들어 여러 부문 운동들이 형성되고 기관지의 형식으로 그 나름대로의 선전 및 교육용 매체를 만들어 냈고 여기에 그들 자신의 수기·시·일기·노래 등이 실리면서 이러한 독자적 매체에의 욕구를 그나마 충족시켜 왔다. 그리고 개별 사업장이나 직장, 지역, 단체 등에서도 신문, 문집, 소식지, 팜플렛 등이 수없이 만들어져 일정한 기여를 해 왔다.

그러나 이러한 기왕의 매체 개발과 함께 각 매체 간의 수평적 교류를 통한 경험의 보편화와 비판의 확대, 또한 수직적 성층화와 통합을 통한 질적인 향상과 대중적 보급의 확대 등이 더욱 요청되며, 이는 진정한 소집단 활성화와 그 역량의 전체적 결집에 중요한 기초가 된다.

이러한 문학 대중화의 기초 조건의 확보와 함께 중요한 것은 운동의 필요에 의한 양식의 선택과 개발이다. 일부러 파괴하고자 해서가 아니라, 기존의 시-소설-희곡 등 시민문학 장르의 삼두마차가 지닌 양식적 한계(예컨대 소설 양식의 기동성 부족에 관한 논의는 유명하다)를 발전적으로 극복하기 위해 이의 유지-변형-해체-통합 등을 시도한다거나, 우리 전통 형식인 옛이야기, 비나리, 유무 등[9]을 살린다거나 새로운 실험적 양식들을 함께 만들어 내는 것이 필요하다.[10] 물론 이것은 모더니스트들의 신경증적 양식 파괴와는 근본적으로 성격이 다르며 혼동되어서도 안 된다.

---

9 백기완, 〈민중문학의 나아갈 길은 이렇다〉, 자유실천문인협의회 《민족문학》, 1986년 5월호, 53~55면.

10 이러한 새로운 양식적 실험을 해 나가는 데 있어서 문학이 갖는 문자적 한계가 필히 대두될 것이며 이는 필연적으로 문학과 기타 예술 장르를 통일적으로 파악하는 시각을 요구하게 된다. 이는 이제까지 분리된 채로 전문적 영역 속에 갇혀 있던 각이한 예술 장르를 민중문화 운동의 차원에서 통일해 내야 함을 의미하며, 사실상 이제까지 다른 장르들의 활발한 교류에 비해 오직 문학만이 완고하게 그 교류와 통일을 배척해 오지 않았는가 하는 반성을 불러일으킨다.

이러한 문학의 대중화, 대중화를 위한 기초 위에서 각 부문의 민중들이 자기 이해를 진실하게 반영하고, 자기들의 문제에서 우리 민족 현실의 총체성을 드러내며, 그 모순에 대항해 나가는 집단적 노력을 (주체적 실천 과정에 조응하여) 형상화할 때, 민족문학은 비로소 그 부분틀의 온전한 확보를 이룰 수 있으며 그로부터 진정한 전일적 총체성을 획득할 수 있을 것이다.

(2) 지식인 문학인이 설 자리

여기까지 이 글은 소시민 지식인문학의 한계와 위기를 지적하는 데 상당 부분을 집중했다. 이는 소시민 지식인문학을 비방하고 매도하기 위해서가 아니라 필자 스스로 소시민 지식인문학의 울타리의 안쪽에서 있는 한 사람으로서 이 변전하는 역사의 흐름 속에서 긴박한 존재론적 위기의식을 느꼈기 때문이다. 지식인문학의 활로를 찾는 것은 필자 스스로에게도 문자 그대로 살아남기 위한 노력인 것이다.

거듭 확인하는 바이지만, 이제 소시민계급의 시각으로는 더 이상 눈앞에 펼쳐지는 세계와 진리의 총체상을 보는 것이 불가능하다. 역사 주체에서 밀려난 계급의 손에 역사는 다시 열쇠를 쥐어 주지 않는 것이다. 그러면 어떻게 할 것인가? 소시민계급으로서 그대로 남으면서 문학을 포기할 것인가? 그것은 손쉬운 해결책이지만 지식인으로서 또 문학하는 사람으로서의 역사적 책무는 방기하게 된다. 이는 그나마 존재론적 고민의 결과이고 스스로의 역사적 한계를 깨달은 결단이지만, 아직도 많은 소시민 지식인 문학인들은 이러한 명백한 위기 상황을 위기 상황으로 인정하지 않고 소시민으로서의 계급적 지위도 지키고, 문학인으로서의 기득권도 그대로 유지하겠다는 태도를 바꾸려 하지 않고 있다. 이 경우 이들이 갈 길은 다음의 세 가지 중 하나가 될 것이다.

첫째, 예속 독점자본 측에 기생적 존재 기반을 두고 파쇼적 지배 체제에 적극적, 혹은 소극적으로 봉사하는 매판문학, 혹은 상업주의문학을 해 나가는 경우이다.

둘째, 분열된 세계, 소멸하는 자기 계급의 비극 앞에서 충격을 입고 번민하는 정신적 방랑자 군으로 남는 경우가 있을 텐데 냉소주의적이고 허무주의적인 밀실의 문학이 이들의 특성을 이룰 것이다. 이 경우는 동정을 받을 수 있을는지는 모르나 궁극적으로 첫 번째 경우와 같이 파쇼 지배 체제의 안녕과 질서에 봉사하게 된다.

셋째, 역시 자기 존재 문제에 대해선 무감하면서도 민중의 전면적 대두를 객관적인 사실로는 인정하며, 개인적으로 나름대로의 성실성을 가지고 민중 현실의 여러 문제를 '다루는' 경우이다. 아마도 70~80년대를 통해 민중 문제를 즐겨 다루어 온 많은 문학인들이, 자기변신을 하지 않는 한, 이 경우에 해당될 것이다. 그러나 이러한 태도가 결국 시대의 핵심에서 비껴나 주변성으로 귀결된다는 것은 이미 앞서 80년대 문학을 평가하면서 여실히 입증된 바가 있다. 관찰자적 성실성이나 민중에 대한 관념적 애정이 아무리 심도 있다고 해도, 민중적 실천과의 구체적 매개 없이 이루어지는 지식인의 문학적 실천은 늘 '비운동적이고 자의적인 민중 지향'으로 떨어지기 쉬워 중심에 선 변혁의 문학이 아니라 주변에 선 추수적 해석의 문학으로 남게 된다.

그러면 우리 지식인 문학인들이 이러한 곤경에서 헤어 나올 길은 없는가? 그렇지는 않을 것이다. 새삼 지식인의 존재론적 특성을 다시 들출 필요도 없이 소시민계급의 몰락이 곧 그간에 소시민적 기반(물적 기반뿐 아니라 이데올로기적 기반도 해당된다)을 지녔던 지식인의 동반 몰락을 의미하지 않는다는 것은 분명하다. 지식인은 지식 그 자체에 의해 가장 반동적일 수도 있고 가장 혁명적일 수도 있다. 한 개인 내에 반영되어

있는 상부구조(지식·이념)가 하부구조(물적 토대)의 부단한 간섭을 이겨
내는 것이 지식인의 존재론적 비밀이자 장점이다. 그렇기 때문에 지식
인들은 자신의 이념적 준거를 역사 내의 어떤 인간 집단에 설정하는가
에 따라 역사의 발전에 스스로를 적응시켜 나갈 수 있게 된다. 결국 마
지막 방법은 존재론적 결단을 통해 기존의 소시민적 준거를 포기하고
새로운 준거 집단을 찾아 나서는 것이다.

지금 소시민계급의 몰락과 함께 위기에 다다른 지식인 문학인들이 새
롭게 선택해야 할 준거 집단은 노동하는 생산 대중이다. 노동하는 생산
대중의 세계관을 받아들여 그 전망 아래 세계 인식의 질서를 재편성해
야 한다. 그것은 역사의 주체로 성장하는 생산 대중에 대한 단순한 의
존이나 신뢰의 표현과는 본질적으로 성격이 다른, 노동하는 생산 대중
의 고통 속에서 획득된 세계관을 비타협적으로 스스로에 내화內化시키
는 뼈를 깎는 작업이다. 그리고 이렇게 획득된 노동하는 생산 대중의 세
계관에 우리 민족운동의 당면 과제인 반외세 자주화·반파쇼 민주화 투
쟁의 전망을 올바로 접맥시키고 이를 일상적인 운동적 실천으로 담보
해 낼 때, 지식인 문학인들은 이 시대를 주체적으로, 나아가 지도적으로
진전시켜 나가는 전위적 존재로 당당하게 설 수 있게 된다.

그리고 그렇게 함으로써 오랫동안 우리 민족문학을 규정해 왔던 시
민적 시각이 올바로 해소되고 지식인 문학인들을 끈질기게 사로잡아
왔던 문학주의, 개인주의, 무정부주의 등의 시민적 미망과 그로 말미암
아 점차로 증대되어 왔던 지식인문학의 주변성과 파편성도 종식을 고
하게 될 것이다.

(3) 문학 운동의 지평에서

앞에서 민중 각 부문의 민족운동 선상에서의 역량과 실천을 문학적으로 형상화하는 것이 현 단계 우리 민족문학의 주요 과제의 하나임을 확인하였고, 또한 이제까지 소시민적 한계에 매몰되어 있던 지식인 문인들이 노동하는 생산 대중의 세계관을 수용함으로써 소시민계급의 몰락과 더불어 맞은 존재론적 위기를 극복할 수 있음을 제시하였다. 그러면 이제는 이 두 역량, 즉 민중 각 부문에서 솟아올라 오는 문학적 역량과 새롭게 각성하는 지식인 문인들의 역량을 어떻게 통일해서 민족문학, 나아가 민족운동의 앞날에 기여하게 하는가를 생각해 볼 차례이다.

일단 이러한 통일의 과제를 염두에 두지 않는다면 민중 각 부분의 문학적 실천은 자체의 생산과 수용의 논리에 의해 기존의 시민적 미학을 크게 뛰어넘어 진행될 것이고 부분 내의 자족성이 상대적으로 커질 것이다. 또한 지식인들은 아무리 생산 대중의 시각 아래 기존의 시민적 민족문학론을 이론적으로 지양하고 이를 반외세, 반파쇼 운동의 과제와 접맥시켜 나간다 해도 민중과의 구체적 연결고리를 찾지 못하는 한 대중성 없는 이론적 선도성만 도드라질 것이며, 대중과의 관련은 단지 기존의 '창작을 통한 생산─독서를 통한 수용'이라는 자본주의적, 무정부적 유통 체계에만 의존하게 될 것이다. 그렇게 될 경우 우리의 민족문학은 단지 민족 성원 각 부분의 문학적 산물들을 산술적으로 총합한 덩어리에 불과할 뿐 그 내부에 유기적이고 성층적인 관계들을 내포한 변증법적 전체를 구성하지 못하고 더 이상 목적의식적인 자기추동도 해 나갈 수 없다.

'운동'은 이러한 무정부적 개별 분산성을 통일된 응집력으로 만들어 주는 유일무이한 매개이다. 운동은 끝없이 관계를 창출하며 그 관계들의 관계를 엮어 전체를 이룩하는 힘이다. 부분 내의 발전, 부분 간의 관계 그리고 그 관계의 전체로 민족문학을 정립시키는 것은 운동 외엔 없다. 문학 운동, 민족문학 운동이 그것이다.

일제하의 조선프롤레타리아예술동맹KAPF 운동이나 해방 직후의 민족문학건설 운동의 경험을 제외하고 나면, 우리 문학사에서 문학 운동이란 말이 수사학적 차원을 넘어 즉각적인 사회적 실천과 관련되어 쓰여진 것은 70년대 '자유실천문인협의회'의 결성을 즈음해서 정도였을 것이다. 그러나 70년대 '자실'을 중심으로 운위되었던 운동은 '문학으로서' 하는 운동이라기보다는 '문학인들이' 하는 운동이었다. 소시민계급 주도의 반독재 민주화 운동에 양심적 지식인 세력의 한 부분으로서 개인 자격 혹은 개인 연합 차원에서 방어적, 반사적으로 참여했던 지식인 운동의 일환에 불과했다.

그리고 '문학으로서' 하는 문학 운동의 경우 민중운동, 제3세계문학, 민족문학, 노동문학, 농민문학 등등 이론과 슬로건은 존재했지만 그것이 현실적으로 구현되는 과정에서는 전적으로 지식인 작가들의 무정부적·개인적 창작에 의존함으로써 '운동'은 그저 하나의 상투적 명분에 불과했을 뿐, 그 내적으로 집단성·조직성·지속성 등 운동으로서의 최소 요건 중 어느 것도 갖추지 못하고 있었다.

진정 운동다운 운동으로서의 문학 운동이 전개되기 위해서는 우선 대중 개념이 정리되어야 한다. 이제까지의 문학에서 대중은 생산된 상품에 대한 고객 혹은 소비자로서의 대중이었다. 모든 창작은 기본적으로 자본주의적 상품 생산이었고 이것을 구매해서 읽는 사람들이 문학에서의 대중이었던 것이다. 이 대중은 소외된 대중이다. 문학의 생산에 관련된 부분은 늘 신비에 싸여 있고 대중은 그렇게 만들어진 작품들을 통해 간접적으로 장서나 인식을 얻는 데 그쳐 왔다.

그러면 되지 않는가 하고 반문할지 모른다. 문학권에는 언제나 소수의 작가와 다수의 독자 대중이 있게 마련이며 전자로부터 후자에게로 작품이 개진되고, 후자는 전자에게 이러저러한 의견과 평가를 돌려주는 것이 문학에서의 대중 관계의 기본이 아닌가 하는 반문은 현 단계에서는 당연한 것일지도 모른다. 그러나 이 당연한 반문 속에는 자기 사회의 고유한 법칙성, 특히 소외의 법칙성을 초역사적으로 일반화하는 부르조아적 세계관의 단단한 알맹이가 들어 있다. 흔히 '독자 대중'이라는 표현이 전제하고 있는 기존의 문학 대중관은 새로운 문학 운동의 입장에서는 엄정히 거부되어야 한다. 그 대중관에는 전문가—비전문가 간의 넘을 수 없는 간극이 존재하는데, 바로 그 간극을 넘어서 대중이 창작하고 대중 스스로 비평하며 대중이 형성해 나가는 문학을 건설하는 것이 문학 운동의 목표이기 때문이다. 이제 대중은 지금까지의 소외된 수동적 존재로서가 아니라 문학 행위의 집단적 주체('집단 창작'과는 다르다)로서 설정되어야 한다.

이러한 의식화되고 주체화된 대중, 기존의 전문가와 동일한 가능성을 갖는('능력'이 아니라 '가능성'이다) 그리고 무엇보다 그러한 가능성을 현실성으로 변화시킬 수 있는 권리와 조건들을 보장받고 향유하는 대중—이것이 문학 운동이 떠받들고 나가야 할 대중의 모습이다.

그렇다면 이제, 아직 광범한 현재태로서 존재하고 있지는 않은 이러한 대중을 어떻게 창출하는가 하는 문제가 제기된다. 대중관을 이같이 정리하더라도 그러한 이념형적 대중이 자연발생적으로 형성되는 것이 아닌 이상, 이론적으로 선취된 이러한 대중을 현실화하기 위한 대중적 실천이 수반되어야 한다. 이미 지배적인 형태는 아니더라도 대중 내부에서의 각성이 일정하게 진전되어 온 부분도 크다. 문제는 이러한 문학 대중의 주체적이고 대자적인 성장을 마주하면서 기존 지식인 문인 편에서 이들에게 접근해 들어가는 보다 체계적인 노력이 필요하다.

그 일은 누가 하는가? 추상적인 지식인 문인 일반이 하는가? 여기서 문학 운동에서의 또 다른 대중이라고 할 수 있는 문인 대중의 문제가 제기된다. 일단 문인 대중 내부에서 차별성과 동질성을 판별해 내고 이념적 합의 기반을 넓혀 나가며 조직력을 제고하고 여기에 근거하여 일반 대중에 대한 대중적 실천의 방략을 점검하는 일들이 우선되어야 한다. 그리고 이 과정에서 훌륭한 대중 운동의 인자들이 형성되어야 한다. 이렇게 볼 때 현재 문학 운동에는 두 개의 대중전선前線이 있다. 편의상 기층 민중, 중간층, 학생 등 이제까지 문학 수용자, 독자 대중 등으로 수동적으로 존재해 왔던 대중을 향한 부분을 제1대중전선이라 하고, 문인 대중들, 즉 이제까지의 문학 생산자 대중을 향한 부분을 제2대중전선이라고 설정한다면, 이 제2대중전선의 확실한 장악을 통한 제1대중전선으로의 접근이 현재 문학 운동이 당면한 주요 전술 과제라고 할 수 있다.

이렇게 대중 문제를 정리하고 나면 이제 문학 운동에 있어서 이론은 어떻게 만들어지는가 하는 문제를 정리해야 한다. 이것은 일단 문학 운동에 과학성을 부여하는 데서 시작된다. 그리고 이 과학성은 다시 운동에 있어서 부분과 전체의 상호 규정에 대한 기초적인 이해 위에서 확보될 수 있다.

전체 민족 현실을 규정하는 기본 모순과 주요 모순에 대한 인식, 모순 해결 주체의 정확한 설정, 주체의 운동을 조건 짓는 여러 주요하고 부차적인 객관적 조건과 기본 역량·보조 역량 등의 주체적 조건에 대한 이해, 이에 따른 정확한 전략·전술의 확정이 일단 선행되어야 한다. 이러한 전체 민족운동과의 관련하에서 문화 운동 일반에 있어서의 주체 설정, 즉 객관적 조건에 대한 이해, 전략·전술 확정 그리고 문화 운동 일반에 있어서 하나의 부문 운동인 문학 운동에 대한 동일한 인식의 정리―이것이 하나의 계열적 연관 속에서 이루어질 때 문학 운동에 과학성이 부여될 수 있는 것이며 여기에 대중과 조직이라는 매개가 함께 고려되면 문학 운동의 이론은 완성되는 것이다.

일단 문학 운동에 있어서 대중의 문제와 과학적 이론틀의 정립 문제를 정리해 보았다. 여기서 이러한 이론틀에 입각하여 문학 운동의 주·객관적 조건, 당면 전략·전술 등을 일거에 정리해 내는 일은 여태까지 논의된 바로 대체하고 일단 피하고자 한다. 다만 앞서 문학 전반에 걸쳐 소시민적 세계관의 구각을 깨치고 민중 각 부분의 자주적 역량 강화를 이루어 이를 통해 각이한 세계관이나 문화적 특질에 의거한 문학적 산물을 축적해 나가는 것이, 민중 각 부분의 문화 역량을 강화시키고 결국 부문 운동을 강화시켜 반파쇼 민주화 연합 전선의 구축이라는 민족운동의 당면 과제에 봉사하는 것이 된다는 입론을 편 데 유의하여 좀 더 구체적으로 문학 운동이 우선 할 수 있는 일을 정리해 보도록 한다. '제2대중전선의 확보를 통한 제1대중전선에의 접근' 이론에 의하면 기존 지식인 전문 문인들을 대상으로 한 의식화·교육·훈련·조직 활동이 본격적으로 전개되어야 한다. 이는 아마도 기왕의 문인 대중 조직(예컨대 '자유실천문인협의회')을 통해 그리고 일부는 제도권 비평을 통해 이루어질 수 있을 것이다.

그리고 이와 함께 제1대중전선으로의 본격적 접근을 예비하는 다양한 시도가 필요한데 문학 운동의 독자적인 대중 활동이 일단 강화되어야 하겠지만 새로운 대중 활동의 경험을 위해서 기존 대중 운동 조직들과의 협동·연대 작업도 조심스럽게 검토되어야 할 것이다. 예컨대 기존의 현장 문화 소모임 활동에의 시험적 참여나 공개 대중 집회(정치·문화 집회)에의 적극적 참여 등을 통해 타운동 부문들이 이미 확보한 대중 접촉면을 타고 들어가 대중과의 관계를 적극 맺어 가면서 문학 운동의 대중적 정착의 가능성을 타진해 보는 것도 좋으리라. 이 과정에서 대중으로의 하강이나 대중으로부터의 상승이라는 자연스러운 교호 관계의 성립은 대중적 문학 운동의 전개에 도움이 되는 역량과 경험을 공급해 줄 것이다.

그리고 이러한 활동의 결과들을 적절한 매체를 통하여 정리하고 평가하면서 문학 운동을 대중적으로 합법화·공식화해 나가는 것도 대단히 중요한 과제가 된다.

물론 무엇보다 중요한 것은 이러한 일들을 차분히 수행해 나갈 인적 자원 확보와 건실한 조직의 건설이지만 이 역시 이 글의 논의 수준을 넘는 것 같다.

(4) 새로운 창작을 위한 모색

그러면 구체적으로 문학의 생산(창작) 부분에서는 어떠한 원칙과 방략이 요구될 수 있을까? 80년대에 들어와서 집단 창작 논의가 일부에서나마 의미 있게 제기되어[11] 창작 문제의 지평을 넓혀 놓았는데, 그 이후 별다른 진전이나 구체적 성과는 뚜렷이 나타나고 있지 않아서 좀 주춤한 느낌이다. 사적 창작은 기왕의 시민문학에서 창작 주체·창작 방법상 움직일 수 없는 주도적 위치를 점하고 있으며 집단 창작[12]은 주로 이 시민문학을 극복하는 과정에서 유효한 무기로서 제시되고 있기

---

11 채광석, 〈민족문학과 민중문학〉,《문학의 시대》 2집, 풀빛, 1984, 122~128면. 그는 이 글에서 문학 생산의 고립분산성과 그 결과의 사적 수취가 전문 문인의 전반적 소시민성을 강화시키리라는 탁월한 지적을 한 뒤, 이러한 경향을 극복하고 현 단계의 급박한 문학적 성과에 대한 요구에 부응하기 위해 문화소집단 운동을 통한 협업적 문학 생산을 전개할 것을 주장했다.

12 집단 창작은 흔히 '공동 창작'으로 쓰이기도 하는데 두 개념은 구분되는 것이 좋을 듯하다. 즉 '집단'이라는 개념이 단순한 개인의 집합이 아닌, 일정한 질적인 재규정을 수반하는 개념으로 유효한 데 반해, '공동'이라는 개념은 참여한 개인에겐 아무런 질적 규정도 되돌려 주지 않는 '단순 협동'의 의미가 더 강하다. 이렇게 볼 때 집단 창작은 사적 창작을 지양하지만 공동 창작은 사적 창작의 본질을 온존시킬 수도 있는 것이다.

때문에 일견 대립적 성격을 갖는 것으로 드러난다. 그러나 이제까지 논의한 새로운 민족문학의 건설을 위한 문학 운동의 과제에 비추어 볼 때, 사적 창작의 여러 특성을 무시한다거나 집단 창작의 문제 하나로 환원시키는 것도 바람직하지 못하다는 생각이다. 결국은 이 문제도 실제 문학 운동의 구체적 필요에 의해 새로이 규정되어야 한다.

여기서는 새로이 재편되는 민족문학의 틀 속에, 있을 수 있는 창작 행위를 둘러싼 모든 문제를 가급적 다 포괄하기 위하여 창작 주체 문제(전문 문인-비전문 대중), 창작 과정 문제(사적 창작-집단 창작), 장르 선택 문제(기존 장르-신장르) 등 세 개의 축을 중심으로 창작 문제에 관한 논의의 폭을 넓혀 보았다. 이 세 개의 축을 가지고 있을 수 있는 창작 행위의 모델을 만들면 여덟 가지의 모델이 가능한데 이제 각 모델별로 그 기본 성격과 가능성, 한계를 논의해 보기로 하자.

1) 전문 문인-기존 장르-사적 창작 모델

이 모델은 가장 관습적이며 지배적인, 시민문학의 대표적 창작 모델이다. 이 모델로 창작에 임하는 인구가 거의 전부일 것이다. 지금 단계에서 이 모델을 부정하는 것은 명백한 오류이다. 왜냐하면 현실적으로 부정될 수 없을 뿐만 아니라 이론상 부정한다고 해도 부정한 사람이 오히려 고립되게 된다. 그리고 민족문학의 발전에 헌신하겠다는 의지와 재능을 지닌 작가들을 처음부터 배제하는 것이 된다. 다만 이러한 창작 모델에 끝없는 비판을 가하는 것은 중요하다. 이 모델에 의한 무정부적이고 자의적인 생산에 대해 늘 문제 제기를 하고 이러한 모델을 유지하더라도 작가들에게 토론과 비판 그리고 필요한 경우 일정한 지도를 받아들일 수 있는 자세를 요구해야 한다.

650

2) 비전문 대중-기존 장르-사적 창작 모델

이 모델에 의한 창작에서는 자기 삶과 생활에서 솟아오르는, 또 함께 느끼는 문제의식이 형상화되기보다는 허위의식에 근거한 기성 문인 흉내 내기가 되는 경우가 많고, 흔히 개인적으로 이루어지는 문화적 계층 상승의 형태를 띠어 소외된 문학의 악영향을 가장 잘 드러내 준다. 이 경우 특별히 이러한 소외를 극복하고 당당히 자기집단, 자기생활을 대변하는 예외적 경우(박노해가 어느 정도 이에 근접한다)도 있으나 한편 개인적 작업으로서의 한계(김해화, 김기홍 등) 그리고 자기집단 전반의 문학적 역량의 고양과는 거리가 있다는 한계가 있다. 이러한 한계를 극복하기 위해서는 일단 집단화를 이루는 것이 요구된다.

이 1), 2) 두 모델의 경우는 '전문 문인-비전문 대중'의 차별성이 기존 장르와 사적 창작이라는 두 요소의 압도적 힘에 의해 무력해지는 경우이다.

3) 전문 문인-기존 장르-집단 창작 모델

이 모델은 앞서 설정한 제2대중전선 확보의 관점에서 상당한 중요성을 지닌다. 이는 개인주의적 성향이 강하고 기존 장르에 의해 훈련받아 온 지식인 전문 문인들에게 일단 손쉬운 집단 창작에 참여하게 함으로써, 이제까지의 자기 작업을 객관적으로 돌아보고 전체적 관점에서 반성하는 계기를 마련해 주며, 장차 보다 대중적인 문학 운동을 수행할 기본 인자로서의 훈련 과정이 될 수 있다. 문학 부문에서는 이렇다 할 성과가 없으나 연행예술이나 미술 부문에서는 이미 활발한 성과를 보고 있다.

4) 비전문 대중-기존 장르-집단 창작 모델

이 모델 역시 연행예술 부문에서는 일찌감치 정착되어 있고 문학 부문에서는 최명자의 시집(비록 완전한 집단 창작은 아니지만 그는 자기가 쓴 시들을 동료들과 돌려 읽고 수정을 거쳐 완성하여 일종의 대표 단수에 의한 창작을 했다)이나, 전문 문인의 손이 갔지만 농민들의 집단 창작인 〈옹매듭두 풀구유〉 등에서 이미 성과를 보인 바 있다. 그러나 이 경우 기존 장르의 틀에 매이다 보면 기존 장르의 형식적 한계를 뛰어넘는 현장의 리얼리티나 집단적 참여의 욕구를 채 담지 못해 기존 장르가 양식적 질곡이 될 수도 있을 것이다. 따라서 이 모델은 조만간 비전문 대중-신장르-집단 창작 모델로 이행할 것이다.

5) 전문 문인-신장르-사적 창작 모델

이 모델은 흔히 '장르 파괴'란 미명하에 모더니스트들에 의해 종종 자행되고 있으나 여기서는 일정한 역사의식을 지닌 지식인 작가가 변화된 상황의 요구에 부응하기 위해 기존 장르의 벽을 넘어 행하는 실험적 작업의 경우만 대상으로 삼는다. 김지하의 '대설'이 대표적인 예이고 하종오의 '굿시', 신경림·고은 등의 장편서사시도 유사한 예라고 할 수 있다. 또한 황석영의 르뽀 작업(《죽음을 넘어 시대의 어둠을 넘어》), 조세희의 영상 작업(《침묵의 뿌리》) 등도 이에 속한다. 이 모델도 자의성이 극복되고 지도될 수 있다면 장려해 볼 만한 모델이다.

6) 비전문 대중-신장르-사적 창작 모델

이는 70년대 중반 이후부터 대두된 노동자(농민) 수기, 편지, 일기류들이 대표적인데 이 모델은 양적으로 조금 더 축적되어도 좋을 것 같다. 이러한 형식적으로 구애받지 않는 작업들의 양적 축적 위에서 보다 광범한 민중문학의 자신감이 싹트게 되고 이러한 자신감은 비전문 대중-신장르-집단 창작 모델의 본격적 전개를 위한 훌륭한 자양이 되기 때문이다.

7) 전문 문인-신장르-집단 창작 모델

이는 모델과 모델이 발전적으로 통일된 모델이다. 이 모델이 일반화되는 단계에 이르면 제2대중전선의 기초 작업은 거의 완료된다고 볼 수 있다. 예컨대 선전적 필요에서 여러 장르가 통합된 집산적 창작을 해 볼 수도 있으며, 나아가 다른 예술 부문과의 공동 작업까지도 가능한 단계이다.

8) 비전문 대중-신장르-집단 창작 모델

이 모델은 노동 현장에서는 상당히 이루어지고 있는 것으로 알려지고 있는데 이 단계에 이르면 문학과 기타 예술 부문의 구별 자체가 무의미해진다.

이 여덟 개의 모델이 담지 못하는 이 다음 단계는 운동 과정 속에서 전문성과 소인성이 통일되고 자유로운 장르 및 예술 부문 선택, 집단적 작업과 사적 작업의 유기적 통일 등이 어려움 없이 이루어지는 총체적 민중예술 단계라고 할 수 있다.

이러한 가능한 모든 모델은 새로운 문학 운동을 제 궤도에 올려놓기 위하여 충분히 훈련되고 실험되며 경우에 따라선 실제적 실천의 무기로 사용될 필요가 있다. 이 중 한 가지 혹은 몇 가지만을 선호하거나 특정 모델을 배척하는 태도는 올바른 운동적 태도가 아니다. 그것이 유효한 부분이 있는 한 모든 모델은 충분히 운용되어야 한다.

다만 이 모든 모델의 운용은 가급적 통일된 중심부의 지도 아래 이루어지고 그 성과는 체계적으로 축적되어야 한다. 어느 부분에서건 가장 경계해야 할 것은 자의성과 무정부성이다. 해도 좋고 안 해도 좋고, 어떻게 하다 보면 되겠지 하는 방임주의는 운동의 이름으로 철저히 척결되어야 한다.

또한 마지막으로 이 모든 실험과 실천에서 생산되는 작품을 내용적으로 관철하는 것은, 중간층 지식인 부분까지 포함한 민중 각 부분의 구체적 삶의 리얼리티와 그것의 민족 문제와의 연결고리를 형상화해 내야 한다는 원칙이다. 이는 한편으로는 지식인 전문 문인들의 의식적·조직적 노력과 각 부분 민중의 자기문화 수립을 위한 욕구와 실천을 효과적으로 결합하는 일이기도 하다. 그렇게 함으로써 민중 각 부분의 삶의 구체성이 궁극적으로 민족 현실의 기본·주요 모순과 연결되어 있고 각 부분 민중의 삶의 문제를 궁극적으로 해결한다는 것은 이러한 기본·주요 모순의 해결을 전제로 한다는 민족운동의 변증법에 대한 인식이 민족문학에 전면적으로 관철된다.

민족문학은 이러한 내용과 형식의 상호 규정과 발전을 통해 민주적 민족문화의 형성에 이바지하고, 민족 해방 운동의 궁극적 승리를 위한 든든한 문화적 기초를 이룰 것이다.

—

김명인의 본 평론은 1970년대 문학계에 팽배했던 백낙청을 중심으로 전개된, 지식인을 중심으로 한 민중문학의 허를 찌른 것이라는 점에서 주목할 수 있다. "민중 지향성이 아니라 민중성이 구체적 감동으로 전면에 떠오르는 삶의 문학으로 용해되어 나타나야 한다"며 진정한 민중적 문학은 지식인들에 의해 시작하여 노동자들에 이르는 하향 조준식이 아니라 노동자 중심에서 일어나야 한다고 말한다. 이 같은 자생발생론적 문학론은 민중주의적 문학론의 입장에서 상당히 의미 있는 개념이다.

* 이 글은《문학예술운동》(풀빛, 1987)에 실린 〈지식인문학의 위기와 새로운 민족문학의 구상〉을 원전으로 삼은 것이다.

거짓 화해의 세계

― 대중문화론

유종호

1.

근로와 자유시간 사이의 조화를 어떻게 성취할 것인가? 이것은 소망스러운 사회에 대한 구상이 빼놓을 수 없는 과제이다. 근로시간의 단축이 사람의 행복에 기여하리라는 생각은 모든 유토피아 구상의 한 기본 전제가 되어 있다. 가령 토머스 무어의 〈유토피아〉에서는 주민들에게 여섯 시간의 노동이 책정되어 있을 뿐이다. 하루 여섯 시간의 노동이 혁명적이라고 생각될지 모르지만 주민 모두가 일하면 그것으로 충분하다고 그는 말한다. 이때 토머스 무어는 국민의 태반이 무위도식하고 있다고 파악한 당대의 영국 사회를 생각하고 있었다. 여덟 시간의 수면 시간에 여섯 시간의 노동시간을 책정한 그는 새벽녘의 임의로운 교양 시간이나 저녁 식사 후의 음악 및 장기나 바둑 비슷한 놀이시간을 할당하기를 잊지 않았다. 많은 낙관론자들이 맥 빠지는 근로 조건으로부터 벗어난 자유시간의 창조적인 활용을 당연시하였다. 자유시간이 인간성의 자유로운 신장과 밋밋한 자기완성을 위한 신명 나는 노력을 위해 바쳐지기를 기대했고 또 그러리라 믿었던 것이다.

〈유토피아〉의 작가가 감히 상상하지도 못했던 기술공학의 발전과 그 응용 그리고 노동 조건의 점진적인 개선은 이른바 선진 사회의 많은 사람들에게 그가 구상했던 압축된 노동시간을 현실화시켜 주었다. 그러나 그들의 여가가 반드시 창조적 긍정적으로 활용되고 있는지는 의문이다. 기술공학이나 사회 정의의 획기적인 발전이 언제쯤 우리의 나날의 삶을 생존을 위한 고역으로부터 면제해 줄는지 우리는 알지 못한다. 그러나 그 진전이 아무리 더디고 소규모라 할지라도 많은 사람들에게 보다 많은 여가가 주어지는 추세만은 부정하지 못한다. 그럼에도 더디고 오랜 인류의 진화 과정 끝에 가까스로 마련해 낸 자유시간이 참된 '자유'시간으로 드러나지 못하고 있는 것으로 보인다. 여가가 참다운 '자유'시간이 되려면 그것은 단순히 재생산을 위한 회복시간, 즉 '노동이라는 혜성의 꼬리'임을 넘어서 진정 '인간 발전의 공간'으로 드러나야 할 것이기 때문이다.

근자는 우리 생활의 특징의 하나는 나날의 삶이 점증적으로 대중문화에 노출되어 가고 있다는 점일 것이다. 일하는 시간에서 한 발만 나서도 대중문화의 소음으로부터 자유로울 수가 없다. 버스 안에서 귀따갑게 들어야 하는 대중가요로부터 일간 신문의 요란스러운 잡지 광고에 이르기까지 그것은 사람들을 혹은 유혹하고 혹은 강압하면서 정신을 산란하게 만들어 주고 있다. 그것은 사람들의 시청각의 독점을 요구하면서 사람들로부터 사고와 내성內省의 계기를 빼앗아 가고 있다. 그 결과 청소년들 사이에서는 특히 언어에 의존하는 습관의 현격한 감소를 보게 된다.

그럼에도 대중문화의 여러 가지 형태는 그것이 근자의 기술공학의 발달이나 그와 연관된 갖가지 제품의 보급에 의존하고 있기 때문에 무조건 문명의 이기가 주는 축복으로 수용되고 있다는 혐의가 짙다. 뿐만 아니라 비판이란 마땅히 진지한 고급문화를 겨냥해야 한다는 통념 때문에, 그것은 비판 없는 양지 쪽에서 양식과 건강한 취향을 우롱하기를 계속하고 있다. 대중문화가 조심하고 걱정하는 것이 있다면 그것은 당국자가 제시하는 금기에의 저촉일 뿐이다.

대량생산과 대량소비, 대중교육과 대중전달 매체 그리고 대중오락을 특징으로 하는 우리가 살고 있는 시대의 문화를 검토할 때 우리는 곧 그 상품성과 시장성에 주목하게 된다. 대중문화를 '문화 산업'이라고 부른 비판 이론가들의 관점은 정당한 설득력을 가지고 있다. 그렇다면 문화 산업의 추세 전반이나 구체적인 품목들은 소비자 보호라는 관점에서도 마땅히 검토와 비판이 가해져야 할 것이다. 뿐만 아니라 문화 산업의 수상한 품목에 가장 위험스럽게 노출되어 있는 것은 나이 어린 미성년층이다. 따라서 대중문화의 제반 추세에 대해서는 형성기의 청소년 보호라는 관점에서도 비판과 시정을 위한 노력이 가해져야 마땅할 것이다.

대중문화가 사람들의 여가를 잠식하는 비중으로 보아 대중문화의 실제가 우리 삶의 질을 결정하는 큰 요인의 하나로 되어 있음을 부정할 수는 없다. 대중문화의 천박성이 지적된다면 그것은 곧 삶의 천박성으로 이어질 수밖에 없다. 여가가 참다운 자유시간 또는 '인간 발전의 공간'으로 작동하기 위해서는 대중문화의 자기고양이 선행되지 않으면 안 된다. 이하에서 우리는 대중문화의 병리적인 측면을 대중문학과 시청 매체의 품목에 의탁해서 검토해 볼 것이다. 대중문학이 구현하고 있는 여러 병리적 증상이 그대로 대중문화 전역에 걸쳐 동시적으로 발견되는 것은 아닐 터이다. 모든 문화적 내용은 전달 매체의 특수성에 의해서 국지적 특수성을 지니게 마련이다. 그러나 동시대의 문화 속에 드러나게 마련인 평행 현상의 예증을 알고 있는 우리는 대중문학 속에 드러난 경향이 인접 분야에서 발견된다고 기대해도 좋을 것이다.

우리가 검토하고자 하는 대상을 좀 더 분명하게 정리하는 데 있어 민속예술과 대중예술의 비교는 기여하는 바가 많을 것이다. 양자가 자칫 혼동될 우려가 있기 때문이다. 양자가 모두 고급예술의 반개념이라는 성질을 공유하고 있어 그 혼동을 조성하는 측면이 있다. 여기서 우리는 향수층의 차이를 통해서 양자를 구별하는 것의 유효성을 발견하게 된다. 민속예술의 향수층이 글자 놀음과는 거리가 먼 시골 특히 농촌 인구임에 반해서 대중문학이나 예술의 소비자는 교육받은 계층과의 거리가 보다 가깝다는 것을 알 수 있다. 여기에 생산자와 소비자 사이의 구별이 어렵고 그 경계가 유동적이라는 점을 첨가한다면 민속예술의 개념은 좀 더 분명해진다. 현대의 민속예술에 관한 연구 결과는 낭만주의의 민속예술관이 대체로 오류였음을 밝혀내고 있다. 예술의 최초의 형태가 민속예술이 아니었다는 것, 자연발생적인 공동체의 공동 제작이 아니라 가령 민요 같은 것에도 작자가 있다는 것, 다만 그 작자가 그 사실을 주장하지도 않으며 소비 과정에서 많은 변형을 겪게 된다는 것, 또 고급예술의 침전적 수용을 통해서 민속예술이 형성된다는 것 등이 그것이다. 이러한 사실은 민속예술이 낭만주의자들이 이상화했듯이 '공동체의 예술'이라기보다도 고급예술과 마찬가지로 하나의 계급 및 신분의 예술임을 보여 주고 있다. 그럼에도 민속예술이 농민들의 삶이나 노동 현장에 뿌리박고 있으면서 향수되었고 생산자와 소비자가 처음부터 분리되어 있지 않고 있는 점만은 분명하다. 이렇게 본다면 농촌공동체의 사실상의 붕괴와 함께 그 전통적 향수가 중단되고 또 거기 담긴 신명이 '농자천하지대본農者天下之大本'이란 농기農旗의 퇴색과 함께 쇠미해 가고 있는 보관용 혹은 견본용의 민속예술도 그 본래의 성격이 변질되었다고 할 수밖에 없다. 그것은 이를테면 신명이라는 '아우라'가 사라진 복제품과 같은 성격을 띠고 있다.

이에 반해서 대중예술은 상층계급에 속하고 정신적으로 거기에 의존하고 있는 직업적 생산자들의 제품이다. 대중 스스로가 향수를 위해 만들어 냈다기보다는 대중을 고객으로 의식하고 생산한 상품이라는 성격이 강하다. 그러한 의미에서 자연스럽게 대중으로부터 생겨난 것이라는 있을 수 있는 함축을 제거하기 위해서 씌어진 문화 산업이라는 말의 타당성은 커진다. 오늘날 대중문화나 대중예술이 향수자들의 진정하고 절실한 요구의 소산이 아니라 환기되고 조작된 요구의 소산이라는 성격을 부정할 수 없기 때문이다. 아울러 산업이라는 말이 시사하는 제품들의 '규격화', '사이비 개성의 구현'도 그 중요한 성격을 이루고 있기 때문이다.

문화 산업을 필두로 해서 구미 제국에서의 대중문화 비판은 시민사회를 이은 대중사회에 대한 비판의 일환으로 전개된 것이다. 대중사회란 말은 부정확하고 다의적으로 사용되어 왔기 때문에 정의 자체가 논쟁적인 해석을 내포하고 있다. 그러나 공동체의 이념이 사라지고 정치적 경제적 권력자에게서 오는 압도적인 압력으로부터 개인을 보호해 주는 중간적 매개 집단이 없는 상황으로 파악한다는 점에서 대체적인 합의가 보인다. 대중사회 비판의 일환으로서의 대중문화 비판은 '대중의 반역'에서 위협을 느끼고 대중 취향의 열악성과 상스러움을 개탄하는 보수주의적 엘리트주의자에 한정되어 있는 것은 아니다. 통렬하고 설득력 있는 비판은 근자의 역사 진행을 안타까워하는 진보적 민주주의 신봉자들에게서 나왔다고 할 수 있다.

우리 사회에서의 대중문화 비판은 즉각적으로 구미에서의 그것을 연상하게 되고 역사적 맥락과 발전 단계를 달리하는 사회의 관행을 이식하는 것이 아니냐는 회의를 낳을 수도 있다. 그러나 중요한 것은 우리 사회의 대중문화도 문화 산업적 특성을 고루 갖추기 시작하고 있다는 점이다. 우리 사회의 현 단계를 어떻게 규정할 수 있든지 간에 대중 문화의 구체는 그 병리적 증상에 있어 저쪽과의 현저한 유사성을 보여 주고 있는 것이다. 이것은 아마도 산업의 신속한 이식 내지는 복제 가 능성으로 설명할 수 있을 것이다. 우리 사회가 대포를 만들어 내는 데 는 서구인들이 그것을 제조한 후 3백 년의 시간이 필요했지만, TV 수 상기 제작은 겨우 한 세대에도 미치지 못하는 세월로 충분하였다. 기술 공학의 보급은 서로 다른 문화적 맥락과 발전 단계를 가진 사회 사이 의 유사적 징후를 현저히 증대시킨다. 한편 기술공학에 기초한 인간 환 경의 변화가 의식의 변화에 끼치는 막강한 영향력도 우리는 무시할 수 가 없다. 가령 농촌공동체에서 유구한 전통적 사실이 되어 왔던 이웃사 촌이라는 현상은 도회의 아파트 단지에서 그러께의 눈처럼 완전히 또 급속히 사라져 버린 것이다.

오늘날 대중문화의 병리적 징후를 부정할 수는 없지만 좋든 궂든 그 향유가 불과 몇 세대 전만 하더라도 반문맹 상태에 머물러 있던 사람 들의 문화적 부상의 결과란 사실을 도외시할 수는 없다. 가령 염상섭이 1926년에 발표한 〈밥〉이란 짤막한 단편이 있다. 당대 지식인의 이론과 실천의 괴리를 풍자한 작품인데 친구네 집에 가서 밥 한 끼 얻어먹는 자초지종이 작품의 개요를 이루고 있다. 거기 묘사된 밥상에는 명색이 콩나물국이지만 건더기가 없는 소금국과 된장국이 먹다 남은 찌꺼기 밥과 함께 올라 있을 뿐이다. 이만한 대접도 여주인의 희생적인 끼거르 기를 통해서 이루어지고 그 때문에 수혜자는 곤욕을 치르고 집안에 분 규가 일어난다. 이러한 작품에 반영되어 있는 가난의 문화로부터 부상 하여 많은 사람들이 결함 많은 대로 상상력의 기갈을 충족시키고 있다 는 측면을 가볍게 보아 넘길 수는 없다. 대중문화에 관해서 우리가 언 뜻 상호 모순적인 갈등을 경험하게 되는 것은 이러한 양면성 때문이다.

우리의 경우 '순문학'을 자처한 고급문학과 대조되는 '대중문학'의 역사도 식민지 체험의 역사와 더불어 짧은 것은 아니다. 그러니까 대중 문화가 보여 주는 여러 역기능적 측면이 문학 부문에서는 다른 분야에 앞서서 우려와 비판의 대상이 되었고 그 점 선구적 역할을 담당했다는 면도 없지 않다. 다만 이때의 비판이 모호한 대로 고급문화의 심미적 세련도를 그 판단 기준으로 설정했다는 점에 그 한계가 있었다. 대중문화가 제기하고 있는 여러 문제는 사회의 총체성의 일부로 다른 영역과 뗄 수 없이 연결되는 것이기 때문에 국지적인 처방만으로써 해결되지는 않는다. 그러나 개인의 행복이라는 것이 전체 사회의 상황과 얽혀 있으면서 그것에 의해 조건 지어지지만 개인의 노력으로 성취할 수 있는 영역이 있듯이 국지적인 처방을 위해서나마 검토해야 할 부분이 있을 것이다. 이러한 유보 사항을 염두에 두고서 우리는 문학과 관계되는 분야의 대중문화의 문제점을 검토해 볼 것이다.

3.

대중문학에 대한 비판은 그 거점으로서 불가피하게 문학예술의 소망스러운 존재 방식에 대한 성찰을 요청한다. 이때 예술의 본질에 대한 정태적인 논의는 비역사적이기 때문에 오도적으로 드러날 수밖에 없다. 시대에 따라서 또 특정 상황에 따라서 예술이 있어 온 방식이나 그것이 맡아 온 역할과 기능은 달라졌다고 볼 수 있다. 2만 년 전 구석기 시대의 동굴벽화가 사냥과 연관된 주술의 일환이었다고 해서 모든 그림이 비슷한 구실을 했다고 주장할 수는 없다. 예술과 의식儀式의 분리에 따라서 그림은 점점 전시와 관람의 대상이 됨으로써 성격상의 변화를 겪었다. 지난 세기에서의 사진의 등장은 그림에서 정보 전달 기능을 빼앗아 감으로써 그림의 존재 방식에 새로운 변화의 흔적을 첨가하였다. 예술의 성질은 이렇게 다른 것과의 관계를 통해서 질적 변용을 경험한다.

그러나 우리는 고정적이 아니지만 진정한 예술이 흔히 갖추고 있는 성질이나 경향의 일단을 지적할 수는 있다. 가령 우리는 존 듀이가《경험으로서의 예술》마지막 장에 적고 있는 '불만의 최초의 술렁임과 보다 나은 미래에 대한 최초의 암시가 발견되는 것은 언제나 예술 속에서다'란 말을 상기하게 된다. 상상력이 제공하는 비전만이 현실적인 것의 구조 속에 얽혀 있는 가능성을 이끌어 내며 상상력의 풍토 내의 변화는 삶의 세목에 영향을 주는 변화의 선구라는 뜻이다. 듀이와 지적 배경을 달리하는 한 비판 이론의 철학자가 '예술은 그것이 자율적인 것이 된 이후 종교로부터 증발해 버린 유토피아를 보존해 왔다'고 말하고 있는 것도 같은 뜻이라 할 수 있다. 두 사람이 모두 미래의 행복에 대한 인간의 합법적인 관심의 표현이 곧 예술이라는 사실을 지적하고 있다. 아울러 진정한 예술은 풍요한 상징적 내용을 통해서 그러한 관심과 동경을 표명하고 있다고 덧붙일 수 있다. 이러한 기준에서 볼 때 대중 전달 매체를 통해서 전파되고 소비되는 문화의 실제는 진정한 예술의 희화戲畫로 떨어져 있다고 할 수밖에 없다. 엇비슷한 규격화, 상투형에 대한 권태 없는 의존, 몇몇 공식의 상습적인 응용, 삶의 진실로부터의 터무니없는 유리, 삶에 있어서의 비정을 벌충하려는 듯한 기세의 감상주의, 해묵은 것에 대한 병적 집착을 보여 주는 보수주의 등은 대중문화의 두드러진 편향이다. 우리는 구체적인 증상의 사례를 통해 그 의미를 검토해 볼 것이다.

안이한 거짓 화해

갈등은 아마도 가장 보편적이고 기본적인 문학의 모티프이다. 개인과 개인 사이의 갈등, 개인과 환경 사이의 갈등, 개인 내부의 상반되는 요구 사이의 갈등이 어떻게 해결되며 혹은 파국으로 향해 치닫느냐 하는 것은 문학이 보여 주는 진진한 과정이다. 서구문학에서 가장 숭고하고 심각한 장르인 비극은 상호 배제적인 두 개의 부분적인 선 가운데의 하나가 다른 하나를 물리치고 유지될 때의 갈등을 다루고 있다. 가치와 이에 따른 도덕적 요구가 절대적이며 타협의 여지가 전혀 없이 '일체냐 그렇지 않으면 무無냐'는 범주에 의해서 지배되는 세계가 비극의 세계이다. 요컨대 그것은 갈등의 해결이 불가능한 세계이다. 그리고 비극은 이 세계가 결코 정의가 떨치는 터전이 아니며 어쩌면 눈먼 필연성이 지배하고 있다는 이념에 의해서 비장미를 얻고 있다. 그러나 '필연성이란 우리가 이해하지 못하는 한에서만 눈먼 것'이라는 깨달음과 함께 인간의 많은 불행이 사회적 기원을 가지고 있으며 사회적 교정에 의해서 그 원인을 제거할 수 있다는 계몽사상이 퍼지면서 비극은 쇠퇴하기 시작하였다. 다시 말해서 근대에 있어서의 비극의 퇴조는 '마법으로부터의 세계 해방'이란 대대적인 합리화 과정을 그 역사적 맥락으로 가지고 있다. 그리하여 이른바 사회극이나 심각한 문제극이 비극을 대체해 가고 있다. 그리고 이러한 문제극에서는 갈등의 해결이 당장 이루어지지 않더라도 그 해결이 원천적 범주적으로 배제되지 않고 있어서 합리적인 해결이나 깨어진 정의의 회복이 간접적으로 기약되어 있다. 비극이건 심각한 문제극이건 진정성에 기초한 예술은 갈등의 심각성을 승인하고 그 상호작용을 진지하게 다룬다. 그래서 우리는 삶의 심각한 딜레마와 위기의 실상을 재경험하게 되는 것이다. 대중문화의 큰 취약점이 되어 있는 진정성의 단념과 허위성의 수용은 갈등의 안이한 해결에서 드러난다. 대중문학이 갈등을 다루지 않는다는 것은 아니다, 극적인 갈등을 다루면 다룰수록 그 갈등은 손쉬운 해결을 보게 되어 백치적 미소의 화해로 끝나는 것이 보통이다. 화해적 결말이 반드시 대중문학에 고유한 속성이 아니라는 것은 '시적 정의'란 생각 속에 잘 드러나 있다. 문학의 세계와 현실 세계의 연속성을 부분적으로 거절하면서 교훈성을 강조한 '시적 정의'의 세계는 삶에 대한 과도한 공포와 불안을 예방하기 위해서 고안된 동화적 결말의 세계로서 스타일상의 적절한 심미적 보완이 없을 경우 순수를 대체한 경험으로 특징지어진 성숙한 의식에 대한 우롱으로 끝날 공산이 큰 것이다. 비극적 고뇌의 가능성을 처음부터 배제한 '시적 정의'의 세계가 중요 작가에 의해서 경원된 관습임을 생각할 때 그 희화라고 할 '시 없는 정의'의 볼품없는 허구성은 너무나 명백하다. 갈등 구조의 터무니없이 안이한 해소는 지켜지지 않는 약속의 남발처럼 배신감을 안겨 주기가 첩경이고 문학 속에서의 그 효과는 이리의 내습을 알리던 거짓 경보의 목동의 그것이나 진배없다. 또 당했다는 느낌을 독자에게 안겨 줄 것이다.

화해적 결말로 이어지는 예정 조화를 보장해 주는 '보이지 않는 손'은 대개 인간의 선의나 은혜로운 우연이나 다행스러운 회개나 현실에서는 씨가 먹히지 않는 감상주의로 요약된다. 대중문학의 안이한 거짓 화해는 사회적이며 공적인 문제를 개인의 사사로운 문제로 보이게 돌려놓는 구실을 한다. 대개 개인의 문제는 동시대의 비슷한 환경 속에 놓인 사람들이 공유하고 있는 사회 문제의 일환이다. 인정이나 우연이나 특정인의 호의 혹은 특정인의 비상한 노력으로 갈등이 해소되는 대중문학은 사회 안에서의 역사와 개인사의 관계를 모호하게 함으로써 허위의식의 제작과 유포에 기여한다. 가난과 같이 사회적 기원을 가지고 있으며 사회적 교정책에 의해서 해결될 수 있는 문제도 태만·무능·나태와 같은 개인의 비적합성이나 허물로 돌려지는 것 같은 그릇된 도덕적 해석이 떨치게 된다. 가난과 무지를 구조적으로 재배하고 육성하는 한편 그 원인을 원주민의 나태와 무능으로 돌림으로써 현실을 호도하는 것은 죄 많으면서 회개할 줄 모르는 식민주의의 상습적인 폭행이었음을 역사적 과거는 여기저기서 가르쳐 주고 있다.

안이한 거짓 화해가 이루어지는 세계는 처음부터 갈등의 구조가 거짓이었음을 드러낸다. 그것은 타협이 예정되고 정신의 이념이 아니라 현실적 편의가 기준으로 채택된 세계이다. 그리하여 현실에 대한 순응주의적인 추수와 타협이 원만한 행복이라는 이름으로 처방되는 것이다. 이러한 거짓 화해가 흔히 인간 본성의 착함이라는 것을 화해의 계기로 활용하고 있다는 것은 주목할 만하다. 위기의 고비에서 인간의 근본적인 선의나 호의가 갈등 해결의 계기가 되어 준다는 것은 미담적美談的인 호소력을 발휘할 수 있다. 또 인간과 인간의 미래에 대한 낙관적 믿음이 의지할 수 있는 것도 궁극적으로 착한 것의 가능성일 수밖에 없다. 그러나 적절한 계기 없이 간헐천의 온수처럼 솟아나는 선의는 편의주의적인 조절 장치이지 진정성에 근거한 것은 아니다. 뿐만 아니라 한 사람이 심정적으로 착하다는 것과 그의 실천이나 직능의 문제성은 별개의 것이다. 생사람을 규칙적으로 가스실로 보낸 죽음의 수용소 소장이 섬세하고 인간미 넘치는 편지를 딸에게 역시 정규적으로 부쳤다고 해서 그의 실천의 전율성이 감소되는 것은 아니다. 악이 반드시 흉측한 몰골을 하고 있는 것도 아니다. 한나 아렌트는 《예루살렘의 아이히만》에서 아주 평범한 보통 사람들이 찬동한 절차의 '평범한 진부성'에 나치의 유태인 학살을 이해하는 열쇠가 있다고 말한다. 아이히만과 그의 동료들은 희생자에 대한 정상적인 연민의 반응을 보이는 것이 아니라 연민에 값하는 것은 무서운 책임 때문에 임무 수행을 하는 사람들이라고 생각했다. 육체적 고통을 목도할 때 생기는 동물적인 연민의 정을 스스로에게 돌림으로써 양심의 가책의 괴이한 전도를 수행했다는 것이다. 그리하여 전체적으로 나치의 범죄는 자기의 소행을 정확히 이해한 자가 거의 없는 거대한 '평범한 진부성'을 특징으로 하고 있다는 것이다. 악의 모습은 때로 이러한 것이다. 외양이 그러하다고 악이 악이기를 그치고 죄과가 가벼워지는 것일까?

단순화된 성선설에의 의존은 피상적인 세계 파악과 표리일체를 이루고 있다. 가령 억압받고 있는 계층의 인물을 결함 없고 착한 인물로 그리는 것이 정의로운 관점인 듯 생각하는 경향도 있다. 그러나 억압적인 체계와 억압의 경험은 인간성의 왜곡을 빚어내기가 첩경이다. 억압받고 있으되 결함 없이 착한 인물을 예찬한다는 것은 실에 있어 억압의 체제를 찬송하는 것이 된다. 진정성에 근거하지 않는 긍정의 세계가 발휘하는 기능은 필경 부정의 은폐이며 악의 수락이다. 우리 사회에 퍼져 있는 불교의 연기설緣起說, 권선징악적 설화 문화의 영향, 사필귀정과 같은 약자의 자기위로적인 전통적 심정의 잔재도 거짓 화해의 선호에 적지 않게 작용한 것이다. 어쨌건 거짓 화해가 심층적으로 권장하는 순응주의는 진정한 예술이 가지고 있는 진실의 제시를 통한 정의의 추진 그리고 그것을 통한 보다 나은 미래에 대한 정당한 동경을 모멸하고 훼손한다.

위장된 도덕주의

이와 반대로 현실 고발이나 세계의 교화를 표방하면서 사실은 선정주의, 폭력과 성도착의 세계로의 편향을 보여 주는 경향도 현저하다. 성性의 수탈, 다시 말해서 상품화된 성의 재상품화가 현실 폭로를 빙자하여 자행되고 있다. 비판적 안목이 없는 독자에게 일단 설득력을 발휘하게 된다는 점에 문제가 있다.

아리스토텔레스의 카타르시스 이론은 용어 자체의 모호성 때문에 아직껏 논쟁적인 개념으로 남아 있다. 서로 다른 해석이 분분했는데 가령 16세기에는 일종의 감정의 예방접종과 같이 해석하는 관점이 유행하였다. 인간 생활에 일어날지도 모르는 폭력과 비참을 목격함으로써 비극의 관객은 이러한 광경에 면역이 되어 연민이나 공포와 같은 감정을 극복하게 되고 보다 현명하게 대처할 수 있다는 것이다. 그런가 하면 18세기에는 정반대되는 해석이 널리 퍼져 있었다. 삶의 폭력과 비참을 목격함으로써 비극 관객은 연민이나 동정과 같은 소망스러운 감정을 경험하는 능력을 증대시킬 수 있다는 것이다. 후자는 그 후 문학의 인문적 감화력이라는 차원에서 문학 교육의 효용론의 일환으로 흡수된 바 있지만, 전자의 해석을 곧이곧대로 받아들이는 사람은 어쩐지 그렇게 많지 않다. 다만 우리가 흥미 있게 지적할 수 있는 것은 전자의 해석이 선정주의적 상품을 삶에 대한 안내서라고 자처하는 합리화 경향과 어떤 유사성을 보여 주고 있다는 것이다. 성과 폭력이라는 청소년들에게 근접해 있는 충동의 세계의 왜곡을 통해서 건강한 성의 가능성을 위축시키고 있다. 성은 불결한 것이 되면서 금기 대상 특유의 은밀한 매력으로 인상 지어진다. 이런 계열의 상품은 거침없는 비속어의 수집, 도착 행위의 제시를 통해서 삶에 있어서 그 재생산의 공급원이 되어 주고 있다. 욕설조차도 해방적 기능으로 작용하는 억압적인 상황이 있다는 것을 부정할 필요는 없다. 그러나 성의 비속화와 이를 통한 성의 모멸은 곧 인간 모멸로 이어진다. 인간 모멸이 여차하면 사물을 극도로 단순화하는 폭력의 원리로 이어진다는 것 역시 역사적 경험이 우리에게 누누이 가르쳐 준 바다.

성과 폭력을 중심으로 회전하고 있는 냉소주의의 세계는 우리에게 15세기 네덜란드 종교화가인 한스 멤링Hans Memling의 〈허영〉이란 그림을 상기시켜 준다. 벌거벗은 여인이 거울을 들고 있는 그림이다. 재미있는 소재이기 때문에 혹은 재미를 노리고 여인의 나체 입상을 그려 놓고 나서 '허영'이라는 표제를 붙여 놓고 있다. 서구에서 거울은 자주 여성의 허영의 상징으로 쓰였었다. 이러한 표제를 붙임으로써 거울을 보고 있는 그림 속의 여인을 도덕적으로 비방하는 위선적인 도덕주의를 드러내고 있다. 한스 멤링의 그림은 조용하고도 명상적인 서정주의로 차 있는 그림이니까 우리가 주목할 것은 그 위장된 도덕주의에 대해서이지 그림 자체가 아니다. 갈데없는 춘화도를 그려 놓고 '고발'이라는 표제를 달아 놓는다는 것은 도덕성의 회화이다.

성 못지않게 빈번히 상품화되는 것에 죽음, 그것도 인위적 강제에 의해서 빚어지는 죽음, 즉 살인이 있다. 시청 매체의 경우 살인사건을 추적하여 문제를 해결하는 고정 수사극이 있다. 이 경우에도 모든 범죄는 백일하에 드러나며 범인들은 처벌받게 마련이라는 메시지가 명분으로 표방된다. 그러나 이러한 명분이 아무렇지도 않게 예삿일처럼 손쉽게 이루어진 죽음의 볼품없는 모습을 정당화할 수 있는 것일까?

돌이켜 보면 우리들에게 삶의 외경과 공포를 안겨 준 최초의 충격적인 경험은 죽음의 체험이었다. 한 사람의 빈자리를 우주적 공백으로 만들어 주는 육친의 죽음이 아니더라도 죽음의 체험은 우리의 밤을 한층 캄캄하게 하고 우리의 잠을 악몽으로 깨워 주고 우리의 심장을 더욱 가녀린 고동으로 만들어 주었다. 우리는 그 앞에서 오들오들 떠는 작은 동물이었다. 죽음의 충격적인 정신적 외상 경험을 면제받은 유년은 축복이다. 험난한 세월은 그 후 우리를 타인들의 불행에 의연할 수 있는 장부로 키워 주었지만 죽음은 아직도 기억의 성역에 존엄스러운 첫 전율로 남아 있다. 한때 존엄스러웠던 죽음이 그러나 시청 매체에서 정규적으로 모독되고 있다. 죽음의 모독을 통해서 나란히 모독받고 있는 것은 말할 것도 없이 인간의 존엄이다.

죽음의 상기는 필요하다. 그러나 '미멘토 모리memento mori'는 죽음의 상기를 통한 삶의 엄숙한 상기의 표지였다. 또 허영 단념의 종용이었다. 살인을 다루고 있는 추리소설이 얼마든지 있다는 것은 사실이다. 그러나 죽음 모독의 현장이 시각에 호소하는 시청 매체의 효과는 종류를 달리한다. 죽음의 경험을 통해서 삶의 외포를 체험하지 못하고 모독받는 죽음의 정규적인 시청을 통해 강제된 죽음을 다반사로 알고 자란 유년에게서 생명의 존엄 감각을 기대하기는 어렵다고 해야 한다. 빗나간 육아법의 화살은 언젠가 되돌아와 부모의 가슴에 꽂힐 것이다.

내면성의 결여

대중문화의 현저한 특색의 하나는 내면성의 전면적 결여이다. 내면성의 결여는 어쩌면 우리 근대소설의 전반적 특징이라 할 수 있다. 우리의 근대소설 가운데 교양소설 내지는 형성소설에 가까운 것을 찾기 어려운 것도 그 징후의 하나라고 할 수 있다. 낭만적 동경은 우리 근대시의 중요 모티프의 하나가 되어 있으나 우리 소설이 낭만주의의 내면성 탐구와 무연하다는 것은 주목에 값하는 일이다. 독일소설의 성숙을 동반했다고 평가되는 이른바 형성소설은 한 인간의 전인적 발전에 대한 관심에 의해서 생채生彩를 얻고 있는 장르이다. 형성소설에서의 성장은 따라서 한정된 수효의 교훈이나 교양의 획득을 훨씬 넘어서는 전인적 성장의 과정이다. 한 개인적 전인적 자아실현이 형성의 중심적 이념인데, 이러한 전인적 형성 이념은 점증하는 사회의 분업화와 편협한 전문화에 대응해서 생겨난 인문주의적 반응이라고 할 수 있다. 토마스 만이 '모험소설을 승화하고 내면화한 것'이라고 간결하게 정의한 형성소설은 실제적 일상생활의 한계를 초월할 수 있는 젊은 주인공의 상상력을 칭송하는 내면성의 서사시이다. 따라서 사색과 성찰이 큰 비중을 차지하면서 모험소설에서의 모험의 대응물이 되어 있다. 성장이 육체적인 성장에 수반되는 정신적 성장을 아울러 의미하는 이상 그것은 당연한 일로 생각된다. 그리하여 형성소설은 주인공의 정신적 성장의 궤적을 보여 줌으로써 독자의 성장에 기여하고 따라서 성장은 두 겹의 의미를 가지고 있는 셈이다.

형성소설의 내면성 존중이 낭만주의 일반의 내면 지향과 함께 그 나름의 한계를 가지고 있는 것은 사실이다. '진정한 행복의 원천은 나 자신에게 있으며 행복하기로 결심한 사람을 비참하게 만드는 힘은 아무에게도 없다는 것을 알게 되었다'는 '홀로 거니는 자의 몽상'의 루소로부터 '행복은 어디까지나 나 자신의 창조이지 외적 조건에 좌지우지 되는 것이 아니다'라고 선언하는 현대의 헤르만 헤세에 이르는 낭만주의의 내면탐구가 실은 현실 도피의 한 형태라는 비판은 정당성을 가지고 있다. 독일 낭만주의의 내면성 존중과 탐구가 기성 질서의 유지가 더욱 현명한 선택이라는 보수주의와 연결되어 있다는 비판도 설득력이 있다. 형성이란 개념 자체가 계몽사상을 외국의 이질적 요소로 방기했고 자유 민주주의가 지적 공동체에서 뿌리내리지 못한 독일의 특수 사정 아래서 형성되었다는 지적도 경청해야 한다. 내면성 존중이 생존을 위한 일상적 노력의 사실과 구별되는 정신세계를 상정하고 거기에 우위를 부여하면서 실은 억압적인 기성 질서의 긍정으로 끝나는 '긍정의 문화'의 일부라는 것도 부정하기는 어렵다. 비판자의 말대로 아름다운 영혼의 자유가 가난와 육신의 굴레를 합리화하는 방편으로 사용되는 사례가 흔히 있기 때문이다. 정신의 자양분이 양에 차지 않는 밥의 넉넉한 대용품이 되지 못한다는 것도 자명하다.

그러나 모든 것에도 불구하고 사람이 밥만으로 살지 않는다는 것 또한 진실이다. 현존하는 것과 모순되는 삶의 이미지를 제시함으로써 비판적 사고의 수단을 제공한다는 예술의 한 기능도 내면 세계의 상상력의 역할 없이는 불가능할 것이다. 내면의 시는 실제 세계의 산문에 대한 비판이자 대안의 원천이다. 내면성의 이념이 전혀 결여된 상황에서 널리 퍼지는 것은 이기적인 사람, 즉 한계를 모르는 이기주의와 물질주의이다. 대중문화의 상투형 인간들은 내면성의 결여라는 공통성을 통해서 '가족의 닮음'을 보여 주고 있다. 폭력으로 치닫기 쉬운 즉행적卽行的 인물의 범람과 사고의 빈곤도 그 원천은 다같이 내면성의 결여이다. 진정한 예술이 유토피아를 포용하고 있는 것이라면 그것은 그 유토피아에 값하는 이상적 인간을 포용해야 할 것이다. 그리고 인간의 행복이 경제적 복지의 차원에서 완성될 수 없는 것이라면 내면성 존중 없는 사회의 인간은 한갓 기능인이거나 사회라는 톱니바퀴의 톱니에 지나지 못할 것이다. 인간의 존엄이 내면의 존엄 없이 숭상될 수는 없다.

내면 세계를 현실 감각 상실의 위험을 안고 있는 공상과 환상의 세계로 국한해서 생각할 것도 아니다. 성찰과 내성內省과 사고는 내면으로의 회귀를 요청한다. 정신적 내성을 체계화해서 종교적 의식으로 삼은 특히 칼뱅주의에 있어서의 '양심의 내면화'가 근대소설에 역동적인 내면극을 가능하게 했다는 것을 우리는 알고 있다. 내면 세계의 사고와 성찰이 배제된 대중문학에서 자주 보게 되는 것의 하나는 종교의 희화이다. 초월적인 것에 대한 지향의 동태는 언급되지 않고 종교는 장수법의 하나로 떨어져 있다. 그것은 갈데없는 보약의 일종이다. 모든 것이 세속화되어 가는 세계에서 그것은 진실의 일단을 드러내기는 한다. 그러나 보약으로서의 종교 권유가 메시지로 전달된다는 점에 종교의 희화가 이루어지고 있다는 것이 중요하다. 내면 세계의 결여와 냉소주의는 뗄 수 없이 얽혀 있다.

내면성의 결여는 인쇄 매체의 문학을 시청 매체로 옮길 때 더욱 뚜렷해진다. 가장 많은 시청자를 가지고 있는 것으로 알려진 방송극은 거짓 화해 이외에도 화면 자체가 상업광고로 되어 있다는 특징을 공유하고 있다. 방송극에 나오는 호화 가구로 장식된 안방이나 응접실이 계층 간의 위화감을 불러일으킨다는 비판을 우리는 자주 들어 왔다. 이것은 맞는 소리 같으면서 빗나간 소리이기도 하다. 심층적이건 의식적이건 화면 자체가 상업광고로 되어 있기 때문이다. 행복은 부와 소유 특히 호화 주택과 호화 가구를 갖춤으로써 이루어진다는 느낌을 무의식의 수준에서 시청자에게 되풀이 암시함으로써 결과적으로 광고 대행을 하고 있다. 물론 특정 회사의 제품을 지적하고 있지는 않다. 그러나 소유 없는 불행을 절감케 함으로써 소유와 소비에의 지향을 되풀이 환기하고 있다. 많은 것을 구매함으로써 자신과 자신의 삶을 변형시키라는 제의를 끊임없이 방사하고 있다. 그것은 불특정 다수의 익명의 상업광고이다.

16세기에서 19세기 말까지 활력 있는 회화 전통을 이룬 서양의 유화는 돈의 구매력의 칭송을 구현하고 있다고 한 비평가는 말한다. 유화 자체가 돈이 구매할 수 있는 것의 소망스러움을 증명하는데, 그것은 그림의 소유자가 만져 볼 수 있는 성질 속에 드러나 있다. 유화의 특성은 대상의 결, 광택, 단단함, 만져질 수 있음을 표현할 수 있다는 점에 있다. '리얼'한 것은 만져 볼 수 있는 것으로 정의하는 유화의 특성은 돈으로 살 수 있는 여러 대상에 대한 칭송이며 보다 넓게는 사유재산의 칭송이고 또 부를 과시하는 사유재산의 한 품목으로 생산되고 소유되고 매매되었다는 것이다. 옛날 유화가 담당했던 역할을 오늘날 색채 사진이 분담하고 있지만 시청 매체의 방송극 화면도 직접 간접으로 비슷한 역할을 하고 있다. 프로 사이사이에 끼어 있는 과다한 광고가 먹는 것, 입는 것, 신는 것, 가구, 자동차의 선택을 뜻있는 정치적 선택의 대신으로 삼아 소비를 민주주의의 대용품으로 전환시킨다는 고소득 사회의 관행이 그대로 옮겨져 와 있다. 그리고 광고 아닌 시청물 자체가 익명의 광고로 구성되어 있는 경우가 많다. 내면성 존중의 결여는 눈에 보이는 단단한 것을 칭송하는 화면에 의해서 조장되고 정당화되고 있다.

몽매주의의 전파

시청률이 높은 시청 매체의 역사극에서 보게 되는 것의 하나는 역사에 있어서의 개인 역할의 지나친 과장이다. 특정인 몇몇이 그 의사와 의도에 따라서 역사의 진행을 좌지우지하는 일을 흔히 보게 된다. 개인의 역할을 과장함으로써 사회 과정으로서의 역사 진행의 실제를 과도히 단순화하고 왜곡하는 비역사적인 태도이다. 이러한 역사극일수록 역사는 야심적인 개인들의 모의의 결과로 파악되어 있는 것이 보통이다.

근자 종합지의 인기 품목이 되어 있는 회고풍의 자칭 정치 비화의 발상법이 되어 있는 것도 이러한 관점이다. 인물 중심의 역사는 역사에 대한 방법적 자각이 없던 시절에 널리 통용되어 온 것이고 역사를 넓은 의미의 사회 유영술遊泳術이나 처세술의 모범 사례로 대하려는 태도에 의해서 통속적 지지를 얻고 있기도 하다. 그러나 그것이 역사를 움직이는 진정한 힘의 행방과 동향에 대한 관심을 보여 주지 못하고 있다는 점에서 《연의삼국지演義三國志》의 이해 수준에서 머물러 있음은 분명하다. 한 나라의 흥망이 제갈량과 같은 전략가 개인의 신수에 따라서 좌우된다. 신돈과 같은 요망한 인물의 출몰에서 고려 지배층 붕괴의 반영을 보는 것이 아니라 왕조 멸망의 원인을 찾는 역사 이해가 각계각층에 침투되어 있기 때문 정치 제도의 변혁보다도 특정 인물의 변화로 큰 사회적 정치적 변화가 일어날 수 있다는 환상이 극복되고 있지 못하다. 제도나 정치 구조상의 변혁이 없이 특정 인물의 변화로 개혁이 가능하다고 주장하는 것이야말로 선동가를 개혁자와 구별시켜 주는 기준이 된다. 똑같은 이유로 세대교체에 의해서 개혁이 가능하다고 주장하는 것도 실효성 없는 선동술에 지나지 않는다.

역사극의 경우 의상이라든가 말씨에 엿보이는 사실과의 불일치를 과오라는 이름으로 지적하는 일은 흔하다. 그러나 극에 내재하는 본질적인 역사 이해의 피상성이 비판되는 경우는 없다. 역사에 있어서 중요한 것은 이름 없는 다수이다. 조선왕조 시대라고 하더라도 사정이 비슷했으리라는 것은 가령 한글 창제의 계기를 조선왕조가 그 합법성을 백성들에게 홍보하기 위한 필요성에서 찾고 있는 해석에서도 엿볼 수 있다. 몇몇 사람의 의도나 모의에 의해서 역사의 향방이 바뀐다는 투의 모의謀議 이론은 사관 없는 역사 파악의 피상성과 부질없는 호사벽의 소산으로서 역사적 상상력의 마비에 기여할 뿐이다. 주인공이 '영웅'으로 등장하게 마련인 역사극에서 한 시대 정치의 객관적 역학에 대한 이해와 그 효율적 활용을 기대하기는 어려운 일이다. 또 주요 인물들의 행적을 중심으로 해서 사건의 추이를 재구성하는 '사화史話'를 일거에 뛰어넘기를 요구할 수는 없다. 전문가들 사이에서도 사회사와 생활사로서의 역사가 조밀한 세목으로 구성되어 있는지는 의문이기 때문이다. 그러나 탁월하고 의로운 영웅과 부도덕한 악당, 순수하고 고결한 여인과 음험한 독부毒婦라고 하는 통속 심리학의 이분법에 기초한 인물들이 벌이는 규격화된 인간극이 시청자로 하여금 그러한 준거틀을 통한 현실 이해와 해석을 반복하게 하리라는 것은 주목해야 마땅하다. 역사를 유명인의 일화 엮음으로 격하시키는 역사극의 패턴은 지난 연대의 '정계 비화'에서 재생산되고 있다. 대중문화의 전반적 효과가 반계몽적인 몽매주의이며 비판의식의 마비라고 하는 비판이 가장 적절하게 해당되는 것이 이 분야일 것이다. 시청각 매체에 의해서 전달되는 대중문화는 여러 가지 측면에서 성숙한 시민으로서의 향상보다는 사고 능력의 정지나 퇴행을 약속한다.

4.

앞서도 시사했듯이 몇 세대 앞 사람들이 노출되어 있었던 문화적 황폐를 생각할 때 대중문화의 수용을 가능케 하는 기술공학의 발달, 여가의 상대적 증가, 교육의 보급은 커다란 진보라 하지 않을 수 없다. 다만 그 잠재적 가능성이 현재 수준에서 동결되어 있다는 점에서 낭비되고 있는 잠재력은 사태를 수상하고 안쓰러운 축복으로 격하시키고 있다. 대중문화의 변호론이 곧잘 내세우는 것은 사람들에 의해서 소비되고 있다는 바로 그 사실에 그 정당성이 발견된다는 것이다. 고급문화의 관점에서 판단하는 것 자체가 수상스러운 실천이라는 것이다. 대중이 현재 가지고 있는 것이야말로 대중의 취향으로서 이른바 이상적인 독자나 시청자를 설정하는 것 자체가 비현실적이라고도 말한다.

인간 본성에 대한 낭만주의적인 과신은 현실 감각이 결여된 모든 낙관론이 그렇듯이 피상적인 것임을 면치 못한다. 인간의 한계에 대한 적절한 인식이 결여된 희망적인 관측은 쉽사리 절망적인 비관론으로 물구나무서게 되기가 쉬워진다. 그러나 반복적인 부과와 반응의 자동화를 통해서 사람을 수동적인 즐거운 로봇으로 굳혀 놓으려는 듯이 보이는 대중문화의 숨은 인간론이 모멸의 인간관을 안고 있다는 것은 분명하다. 그리고 그것을 넘어서 과부족 없는 자기인식과 시민 정신과 심미적 세련을 성취하는 일이 쉬운 일이 아님도 명백하다. 우리가 말할 수 있는 것은 능동적 소비자 보호와 지속적인 자기교육을 통한 심미적 세련 이외에 개인에게 열려 있는 길은 넓지가 못하다는 것이다. 대중문화의 취향은 일반적으로 주어지는 것이기 때문이다.

심미적 세련에 관한 한 점진적인 향상을 도모하는 것이 좋겠다는 발전단계설은 그다지 근거가 없는 것같이 보인다. 가령 고전음악에 대한 선호를 보여 주고 있는 저쪽의 시인 작가들이 남겨 놓은 기록을 보면 그것이 아주 어려서 형성된 경우가 허다하다. 초등학교 3학년에서 6학년이 되는 아이들에게 어려운 어른의 시를 성공적으로 가르친 미국의 경우도 있다. 셰익스피어, 블레이크 등에서 시작해서 현대의 월러스 스티븐스에 이르는 어렵다는 시를 가르쳐서 성과를 내었다. 시 쓰기와 시 읽기를 상호 보충적으로 가르쳤던바 그들이 써낸 시는 교과서에 실린 공허한 내용의 동시를 훨씬 능가하는 성과를 이루었다. 물론 그러한 성과는 그 자신이 훌륭한 시인인 사람의 비범한 교육실천으로 거둔 성과이기는 하다. 그러나 여러 가지 정황 증거로 보아 좋은 시, 좋은 글은 빨리 접하면 접할수록 효과적인 것으로 보인다.

쉽고 밀도 없는 시에서 점점 복잡하고 어려운 작품으로 이행해 간다는 것이 시 이해의 정도正道라는 가정이 잘못된 것이라는 혐의가 짙다. 쉽고 밀도 없는 시가 좋은 시에 대한 자연스러운 반응 능력 형성에 장애가 된다고 생각되는 경우가 적지 않다. 음악의 경우에는 더욱 그러하다고 생각한다. 개고기를 먹는 사람과 마주 앉아 있음을 알고 얼굴이 핼쑥해지는 사람이 실은 개구리 식도락가라는 것은 입맛의 취향이 문화의 차이임을 알려 준다. 그리고 이때의 문화는 타고난 것이 아니라 후천적으로 조건 지어진 것이고 획득된 것이다. 그리고 입맛이란 대개 어릴 적의 식생활과 연관된 것이다. 애국심이란 어릴 적에 먹었던 맛있는 음식을 사랑하는 것이라는 말은 단순한 재담이 아니다. 취향이 주체적인 선택의 문제라기보다는 안겨 주고 길들여 주는 것이라는 대중문화의 관점은 대중문화를 극복하는 데 유효적절한 연장이 되어 줄 것이다.

심미적 취향이 조건 주어지기와 관련되며 세련된 대상물과의 접촉이 이르면 이를수록 좋다는 생각은 좋은 취향이 심미적 교양의 원천이 아니라 결과라는 사실과 모순되는 것은 아니다. 양자가 대중문화의 자기 초월이나 표준 상향을 위해서는 의지할 만한 출발점이 되어야 하는 상호보족의 관계이다. 그리고 이와 함께 절실한 것은 교육의 정상화이다. 팝송 카세트의 이어폰을 귀에 꽂고 사지선다형 문제집을 보고 있는 청소년이 증가하면 할수록 문화와 정신은 상투형에 대해 상투형으로 반응하는 자동인형의 수준에서 제자리걸음을 계속할 것이다. 교육실천이 원리적으로 표방하는 현실원리의 배타적 전횡 때문에 쾌락원리는 처음부터 부정되어 있고 교육은 행복의 역상逆像으로 고정되어 있다. 행복의 충실한 향수를 위한 준비 태세가 심미교육이나 인문교육의 목표의 하나라는 사실은 잊혀지고 있다. 교육이 즐거움에서 분리되어 있는 것 못지않게 파괴적인 것은 예술과 계몽을 대립적으로 파악하고 있는 일반 통념이다. 예술에 대한 넓은 의미의 플라톤적인 회의론은 명확히 의식되지 않은 채 끊임없이 재생산되고 있다. '한편으로 아름다움의 근거가 되어 있던 여러 가지 특질을 해소시킴과 동시에 아름다움이란 새로운 성질을 새롭게 확정한 것이 곧 계몽이다'라고 설파하는 한 비평가의 관점은 타당한 것이라 생각된다. 행복의 약속으로서의 아름다움의 기능은 더욱 적극적으로 수용되어야 한다. 왜냐하면 '합목적적인 것이 전면적으로 떨치고 있는 지배 권력의 세계에 있어서 그것을 거부하는' 부정의 원리가 곧 아름다움이겠기 때문이다.

—

　대중문화나 대중예술이 향수자들의 진정하고 절실한 요구의 소산이 아니라 환기되고 조작된 요구의 소산이라는 것은 오늘날 대중예술을 바라보는 시각이다. 이 글에서 유종호는 대중 전달 매체를 통해서 전파되고 소비되는 문화는 진정한 예술의 희화로 떨어져 있다고 말한다. 즉 규격화, 상투화된 것에 대해 의존하고 상습적으로 응용하는 삶의 진실로부터의 유리, 삶에 있어서의 비정을 벌충하려는 듯한 기세의 감상주의, 해묵은 것에 대한 병적 집착을 보여 주는 보수주의 등이 대중문화의 두드러진 특징이라는 것이다. 대중문화의 큰 취약점으로 진정성의 단념과 허위성의 수용을 지적하고 갈등의 안이한 해결을 문제시했다. 그리고 선정주의, 폭력과 성도착의 세계로의 편향을 보여 주는 경향과 생명존엄의 사상이 상실된 죽음을 모독하는 경향이 짙다고 지적했다. 나아가 교양소설 내지는 형성소설에 가까운 것을 찾아보기 힘든 점 등으로 미루어 보아 내면성의 전면적인 결여가 있음을 피력한다. 이러한 내면성의 결여는 인쇄 매체의 문학을 시청 매체로 옮길 때 더욱 뚜렷해진다. 방송극은 거짓 화해 이외에도 화면 자체가 상업광고로 되어 있는 것이다. 끝으로 그는 역사극에서 개인의 역할의 지나친 과장, 사회 과정으로서의 역사 진행의 실제를 과도히 단순화하고 왜곡하는 대중 매체의 비역사적인 태도를 몽매주의의 전파라고 지적하며 오늘날의 대중문화에 대해 비판하고 있다.

* 이 글은 《문예중앙》(1984년 봄호)에 실린 〈거짓 화해의 세계〉를 원전으로 삼은 것이다.

근대문학의 세 가지 시각

김윤식

1. 규범적인 것의 '주석란'

안녕하십니까. 교사 노릇만 해 왔기 때문에 이런 자리가 제겐 퍽 낯섭니다. 교사란 일정한 지적·정서적 수준의 인간 집단을 대상으로 하여 일정한 교과과정에 따라 순서대로 논의를 펼쳐 나가는 것인 만큼 거기에는 지식 전달과 함께 지적 훈련이 동시에 이루어지는 영역입니다. 그 때문에 여기에는 평가단위가 반드시 요청되지요. 평가단위 없는 학습이란 성립되지 않는다고 말해지는 것도 이 때문입니다. 저는 이런 일에 익숙해 있는 사람입니다. 그런데 오늘 이 자리가 낯선 것은 여러분의 지적·정서적 정도를 도무지 알 수 없는 만큼 어떤 말을 어떻게 풀어야 할지 종잡을 수가 없어 불안하군요. 여러분 중에는 사회과학 전공자도, 정치학 전공자도 있겠고, 판소리라든가 민요 수집가도 있고 학교 교사도, 가정주부도 있다고 들었습니다. 그렇다면 제가 어떤 자리에서 말을 하면 될까요. 제가 여기 오는 것을 망설인 까닭, 다시 말해 제가 외부 출강을 억제해 온 이유가 이런 곳에 있습니다. 대상에 대한 명백한 인식 없는 곳의 음성이란 빈 방울 소리거나 꽹과리 소리 이상일 수가 없기 때문입니다. 그럼에도 제가 이렇게 나온 것은 두 가지 이율배반적인 이유에서 말미암았습니다.

하나는, 제게 익숙한 것을 익숙한 말버릇으로 하면 되지 않겠느냐는 생각. 제게 익숙한 것이란, 대학 초급생들을 대상으로 한다는 뜻입니다. 대학이라는 제도적 장치 속에 놓인 대상을 상대로 하는 만큼 그것은 무엇보다 '학습'의 형태를 갖추게 되지요. 조금 전문적으로 말하면 규범적인 지식에 한정됩니다.

다른 하나는, 이 규범적인 것에서 벗어나고자 하는 제 개인적인 욕망에 관련된다는 것. 제가 서 있는 자리는 여러분의 앉은 자리와 떨어진 별개의 곳이지요. 교사와 학생의 자리는 주체와 객체가 분리된 상태를 전제로 했기 때문입니다. 그럴 때 규범적인 것이 분명해지지만 교사의 자리에서 여러분의 자리로 옮아간다면 어떻게 될까요. 일찍이 헤겔은 주관과 객관의 분리 현상에 정면으로 맞서서 생각의 물줄기를 크게 바꾼 바 있습니다. 주관·객관의 동일성 이론이 그것입니다. 주체인 연구자(관찰자)는 그가 연구대상으로 하는 사회 속의 일원이 아니었겠는가. 그러니까 그는 그 대상을 객관(객체)으로 다룰 수가 없지요. 연구자가 그가 연구하고 설명하는 그 대상 속의 한 분자인 만큼 그 대상 속에 주체가 포함되어 있는 것입니다. 자연과학과 인문 사회과학의 근본적인 차이는 여기서 말미암습니다.

이 두 가지는 실상 서로 모순되는 것인지도 모르지요. 규범적인 것과, 거기서 벗어나, 잠정적 혹은 유동적인 것 사이에다 좌표를 두고, 오늘의 제 강의를 할까 합니다. 그러니까 규범적인 것에서 엉뚱하게 벗어나 제 자신도 미처 확신하지 못하는 헛소리 같은 것들도 간혹 끼어들지도 모릅니다. 다시 말해 좀 유치한 생각이 노출되거든, 그것을 규범적인 것의 주석란이라고 생각해 주면 합니다. 주석란이 때에 따라서는 본론이 될 수도 있는 것, 그런 것을 변증법적인 역전inversion이라 부를 수 있었으면 하고 저는 바랍니다. 누구나 규범적인 것을 존중하지만, 때로는 거기서 벗어나고 싶은 욕망이 있지요. 그 욕망의 밀도가 오늘 강의에서 얻을 수 있는 제 개인의 몫입니다. 그러니까 오늘의 강의에서 제 몫이 조금 있기를 스스로 바라고 있습니다.

2. 신민족주의문학론

제 자신부터 먼저 말하지요. 저는 어떤 국립종합대학의 국어국문학과에 소속된 교사입니다. 이 대학의 맨 첫자리에 인문대학이 있고 그것의 첫머리에 국어국문학과가 위치합니다. 이러한 사실은 원칙적으로는 국어국문학과의 비중을 암시하는 것과는 아무 관련이 없습니다. 두루 아는 바와 같이 대학은 학문하는 곳입니다. 대학을 유니버시티라 부르듯 보편성과 관련이 있는 만큼 국문학, 영문학 또는 어느 학과든 동등한 위치에서 객관적인 연구를 하는 것이지요. 그럼에도 불구하고 국문학이 인문과학의 첫자리에 놓여 있음은 배열의 편의상에 지나지 않으면서도 그 이상의 뜻을 머금고 있다고 저는 믿고 있습니다. 이러한 생각 속에는 이중적인 뜻이 포함되어 있지요. 하나는 문학 연구 자체가 과연 보편성·객관성을 얼마나 지니고 있는가에 대한 점이고, 다른 하나는 우리나라 문학 연구가 안고 있는 이데올로기적 성격에 관한 것입니다. 이 두 가지는 대학이 그 본분으로 하고 있는 보편성·객관성에 입각하면서도 상당히 벗어져 나가고 있다는 사실 때문에 종종 다른 학문 영역으로부터 비난을 받기도 할 뿐 아니라, 이에 종사하는 저 같은 사람들의 의식을 짓누르고 있습니다. 이에 대한 자의식을 얼마나 밀도 있게 겪고 넘어서고자 하느냐에 시달리는 일이야말로 대학의 국문학 교사가 안고 있는 피할 수 없는 과제입니다. 이 점은 중요한 논의의 출발점인 만큼 좀 더 자세히 말해 보기로 하지요.

먼저 문학 연구가 과연 대학에서 가르치고 배울 수 있는 것인가에 관한 점. 여러분은 내가 너무 유치한 말을 한다고 할지 모르나 문학과 문학 연구는 구별되는 것입니다. 문학은 예술의 일종입니다. 예술을 대학에서 가르칠 수 없지요. 그것은 특수학교에서 하는 것입니다. 예술이 상부구조 이데올로기임에는 틀림없으나, 그것이 그를 낳는 토대(하부구조)와 운명을 같이하지 않음 때문에 유물변증법이 난처한 처지에 놓임을 보아도 이 점을 알 수 있지요. 일찍이 맑스는 희랍 예술을 설명하는 자리에서 이 문제를 드러내고 말았지요. 그러나 문학 연구 또는 예술 연구의 경우는 사정이 조금 다릅니다. 영어로 씌어진 매우 불완전한 개론서이나 아직 이것을 넘어설 만한 것이 없다는 책으로 우리나라에서도 번역되어 잘 알려진 웰렉·웨런 공저《문학의 이론》첫 줄에는 이렇게 적혀 있습니다.

우선 우리들은 문학과 문학 연구를 구별하지 않으면 안 된다. 이 두 가지는 별개의 활동이다. 앞의 것은 창조적인 것, 곧 하나의 예술이며, 뒤의 것은 엄밀한 의미에서 하나의 과학은 아니지만 일종의 지식 또는 학습이다.

문학이 예술이고 따라서 문학 연구와 별개라는 것은 쉽게 동의되지만, 그렇다면 문학 연구란 무엇인가. 위의 인용에 따르면 엄밀히 말해 과학 곧 학문이라 할 수 없고, 일종의 지식 또는 학습에 지나지 않는다는 것입니다. 오늘날의 학문적 수준으로는 예술을 엄밀한 과학으로 다루지 못할 뿐만 아니라, 문학 연구조차도 그런 단계에까지 이르지 못한 상태임을 위의 인용이 가리키고 있는 듯합니다. 극단적으로 말하면 문학 연구란 대학에서 하기엔 좀 걸맞지 않는다는 뜻입니다. 대학이 학문하는 곳인 만큼 학문 축에 끼기 어려운 문학이 끼어든 것부터가 어색한 일이지요. 이런 사정도 모르고 대학에서 문학 연구를 한답시고 무슨 문학과라 깃발을 세우고 모여 있는 꼴이란 가소로운 일이라 할 수도 있겠지요. 이런 한계를 진작 알아차린 사람들은 문학 연구의 학문(과학)화를 위해 온갖 노력을 기울였으며, 그것은 다음 두 가지 갈래의 과학적 방법론을 만들어 내고 있습니다. 문학이 언어 사용의 일종이라는 원칙에 따라 언어적 규칙으로써 문학 연구를 체계화하는 이른바 형식주의 연구가 그 하나이고, 문학 형식과 사회적 구조와의 대응관계에서 이끌어 낸 상동성 이론을 바탕으로 한 문학 사회학의 연구가 그 다른 하나입니다. 이 두 방법론으로 문학 연구가 완벽하게 이루어지느냐 하면 물론 그렇지 못합니다. 이 두 방법을 종합하여 극복하고자 하는 바흐친의 이론도 나와 있지만 이 역시 일면적임을 벗어나기 어렵습니다.

이러한 현상은 대학에 설치된 문학과 모두가 부딪치고 있는 문제점일 터이라 유독 우리 문학과에만 해당되는 것은 아니라서 조금 마음이 놓이긴 합니다. 제가 오늘 문제를 삼고자 하는 것은 국문학이 안고 있는 특수성입니다. 이 특수성은 여러 모에서 과학적인 것에서 벗어나는 것처럼 보인다는 점입니다. 말하자면 일종의 이데올로기적 성격을 띠고 있는 점입니다. 이 점을 좀 자세하게 살펴 두기로 하겠습니다.

두루 아는 바와 같이 우리 문학 연구가 하나의 학문의 수준에서 가능했던 것은 그 역사가 오래되지 못합니다. 이 땅에 대학이 생긴 뒤에야 비로소 가능했기 때문이지요. 그러기에 경성제대가 비록 식민지 대학이긴 했지만 초대 법문학부장 대리 아베阿部能成 교수의 말대로 동양학 연구센터로 그리고 여섯 번째 제국대학으로 세워진 것이었지요. 이 대학 조선어문학 제1회 졸업생이 도남陶南 조윤제趙潤濟 한 사람입니다. 따라서 도남의 존재는 상징적인 의미를 띠고 있다고 할 것입니다. 도남이 이 대학의 조선어문학에 들어온 이유는 민족정신의 고취에 있었지만 그것의 불가능했음을 깨닫지 않으면 안 되었던 것입니다. 학문의 방법론 때문이지요. 그 자신의 말을 직접 들어 보지요.

　　나의 국문학 연구의 동기가 민족정신의 고취와 민족 독립운동의 일익
에 있었다 말하였거니와, 사실에 있어 나의 연구는 그러한 정신을 밟아 왔
던가.…… 사실 나는 여기서 솔직히 고백하면 그러한 의식을 별로 갖지
못하였다. 민족 독립운동의 일환으로서 민족정신을 고취하기 위하여 국문
학을 연구하였다는 것은 한 관념이었고 실제 연구하는 데 있어서는 그것
저것 다 잊어버리고 국문학을 위한 학문 연구에 열중하여 나왔다.
－조윤제,《도남잡지》, 을유문화사, 1964, p.378.

이 인용 속에는 상당한 고민의 흔적이 잠겨 있어 보입니다. 민족정신
의 고취란 한갓 관념에 지나지 않는다는 뜻은 무엇이겠습니까. 경성대
학이 실증주의적 학문 수준에 지나지 않았다 할지라도 엄연히 학문을
다루는 곳이었던 만큼 여기에 들어온 이상 학문의 규칙에 따라야 되는
것입니다. 학문이란 일정한 병법론에 따라 대상을 분석해서 체계화함
이 원칙입니다. 도남이 우리 문학을 연구한다는 것은 이러한 작업 속에
빨려 들어가는 것인 만큼 민족정신의 고취는 돌볼 틈이 없지요. 여기에
그의 위기의식이 생겨납니다. 대학에 들어간 목적이 민족정신의 고취였
는데 막상 들어와서 보니 그곳은 다만 학문하는 곳에 지나지 않았거든
요. 대학보다 잘난 곳은 얼마든지 있지요. 민족운동을 제일 잘할 수 있
는 곳은 만주 벌판이라든가 상해 임시정부라든가 지하운동이 아니었
을까요. 그렇지만 도남은 대학을 택했던 것입니다. 학문을 하고자 하니
민족정신이 흐려지고, 민족정신을 찾고자 하니 학문을 할 수가 없는
딜레마에 빠져 도남은 만 9년을 헤매었습니다. 이 고민 끝에 그가 이른
곳이 이른바 신민족주의문학론입니다. 그가 직장을 버리고 손진태·이
인영이 근무하는 보성전문학교 연구실 한 귀퉁이를 빌려 들어간 것은

인생의 결단이었다고 할 것입니다.

신민족주의문학론이란 무엇인가, 이 물음은 매우 중요하지요. 우리 문학연구가 갖고 있는 유일한 독창적 사상이기 때문입니다. 신민족주의문학론이란 구민족주의문학론을 염두에 두면 이해하기 쉽지요. 조선심·조선혼·조선의 얼 등으로 말해진 육당·춘원·위당爲堂·문일평文一平 등의 사상이 구민족주의문학론입니다. 이들 이론의 특징은 과학(학문) 미달 상태 곧 심정적인 수준이지요. '심心'이라든가 '얼'이라든가 '혼'이란 분명히 존재하는 것이긴 하나, 어떤 일정한 방법론에 따라서 처리될 수 없는 것들이지요. 언젠가 인지가 발달되어 이것들에 객관적 설명이 가해질 것이지만 적어도 그것은 미래의 일입니다. 도남이나 손진태·이인영 등은 이러한 민족의 '얼' '혼' '심' 등에 바탕을 두되 그것을 이러한 학문의 수준으로 이끌어 올리고자 한 것이지요. 손진태는 일본 조도전대학의 사회역사학과를 나왔고 이인영은 경성제대 조선사학과를 나온 만큼 근대적 학문의 세례을 입은 사람들이지요. 도남·손진태·이인영 등이 민족정신을 학문의 수준으로 끌어올린 방법론이란 구체적으로 무엇인가. 이런 물음은 큰 연구 과제인 만큼 이 자리에서 논의할 성질이 못 됩니다. 다만 이들의 사상이 무엇에 맞서고자 했는가에 관해서만 짚고 넘어가기로 하지요.

신민족주의문학론은 그 이름이 말해 주듯 첫째는 일제를 향한 대응 방식으로 고안된 것입니다. 이에 대해서도 새삼 설명할 필요가 없지요. 둘째는 당시에 크게 학회를 지배하던 맑스주의문학론에 대한 대립 의식이지요. 맑스주의란 엄격한 학문이며 보편성을 추구하는 연구 방법론으로 말미암아 대학에서 크게 받아들여졌지요. 그렇지만 거기에는 민족 개념이 매우 소홀하거나 미미한 의의밖에 띠지 못합니다. 이 점에서만 보면 경성제대의 학문 풍토인 실증주의와 크게 다르지 않았지요. 그렇다면 민족의식을 학문적인 수준에서 다룰 수 있는 방법은 무엇인

가. 이것이 문제였지요. 학문이란 오기도 아니고 이데올로기도 아닌 만큼 이 과제야말로 어려운 것이었지요. 국문학 연구에만 국한시켜 이 점을 살펴보기로 하지요. 다시 말해 도남의 고민의 발자국을 따라가 보면 이것이 조금 잘 드러날 것입니다.

도남이 경성제대를 졸업한 것은 1929년이며 졸업 논문은 《조선소설의 연구》였습니다. 졸업을 하자마자 그는 오쿠라 신페이小倉進平 교수 밑에 촉탁으로 들어갔지요. 당시 조선어문학과엔 제1강좌에 다카하시 도루高橋亨 교수(한문학), 제2강좌에 오쿠라 신페이 교수(어학) 두 사람뿐이고, 조선인 강사엔 정만조, 어윤적 두 분이 있었지요. 그런데 오쿠라 신페이는 〈향가 및 이두의 연구〉(1929)라는 획기적인 저술을 했습니다. 향가의 해독이 전면적으로 가능해진 업적은 언어학이라는 근대적 학문의 승리라 할 만한 것이지요. 이 업적을 두고 일본의 시가 전공학자 쓰치다 교손土田杏村과 오쿠라 신페이 사이에 큰 논쟁이 벌어졌지요. 향가의 형식이 4구체, 8구체, 10구체냐 아니냐에 대한 논쟁이었지요. 오쿠라 신페이는 언어학자인지라 시가 형식론엔 조금 힘이 부쳤지요. 도남은 이때 오쿠라 신페이 교수와 같은 연구실에 있었으며 그 논쟁에 큰 흥미를 가졌을 뿐만 아니라 오쿠라 신페이가 "조선의 시가에 대하여는 네가 하지 않으면 안 된다"고 말해 주었을 때 도남의 일생의 학문적 출발점이 이로써 확립된 것이었지요. 대학에서 연구하던 소설 쪽을 버리고 시가 연구에 몰두한 도남이 해결해야 될 학문적인 조치는 다음과 같습니다. 첫째, 문학은 생활의 반영이라는 점, 그러니까 국문학은 우리 겨레의 삶의 반영이지요. 민족의 삶의 반영이 문학인 만큼 그 문학 속에는 반드시 민족의 이념이 담겨 있다는 것이지요. 이념이란 무엇이겠는가. 맑스의 사회과학적인 엄밀성(유물변증법)에 맞설 만큼 합리적인 논리를 이끌어 오지 않으면 이념 세우기(찾기)는 성립되지 않지요. 그런 방법론이 없다면, 구민족주의자들이 내세운 '얼'이라든가 '혼'의 수준으로 떨어져 근대적 학문에 결코 이르지 못합니다. 도남이 이 대목에서 근대적 학문으로서의 신민족주의문학론의 돌파구로 삼는 것이 이른바 딜타이W. Dilthey의 해석학, 곧 정신사적 방법론입니다. 쉽게 말하면 이렇지요. 한국인의 이념이란 작품 속에 분명히 들어 있다(문학이 삶의 반영이고, 국문학은 한국인의 삶의 반영이니까). 그러나 그것만으로는 이념을 이끌어 내기에 부족하다. 연구자 자신도 한국인인 만큼 연구자 자신 속의 이념으로써 작품 속의 이념을 보강할 때 비로소 민족 이념이 분명해져 그것을 체계화할 수 있다는 것입니다. 이것은 딜타이의 해석학에서 이끌어 낸 것인 만큼 허황된 것이 아니라 학문의 일종이라 할 수 있습니다.

둘째, 그 이념이 어느 곳에서 구체적인 형태(형식)를 갖추고 나타났는가, 다시 말해 작품 속에도 있고 연구자 속에도 있는 우리 민족의 이념이 구체적인 형식으로 나타나야(다시 말해 나타내어야) 그것을 체계화할 수가 있지 않겠는가. 도남이 관심을 가진 것은 시가의 형식이었습니다. 향가는 4구체, 8구체, 10구체로 되어 있지요. 왜 그렇게 되었느냐는 둘째로 치고, 이러한 형식의 시가는 다른 곳에서도 볼 수 없는 우리만의 특징입니다. 왜 4구체에서 8구체(배수)로 늘고, 그다음엔 16구체가 되지 않고 10구체로 완성되고 마는 것일까. 이 물음의 해답은 분명하지요. 이유는 모르겠으나 좌우간 우리 민족의 특징이 그런 형식을 낳았다는 것만은 틀림없는 사실이지요. 그러니까 그 형식 속에 이념이 들어 있지 않겠습니까. '이념 곧 형식'이라는 명제가 이루어졌지요.

셋째, 이념 곧 형식의 체계화와 그 원인을 밝혀 합리적으로 설명하는 일이 남았습니다. 도남이 평생을 기울여 공들이고 힘들인 것이 바로 이 점에 있습니다. 결론부터 말하지요. 도남은 우리 시가의 형식의 특징을 유명한 두 가지 공식, 곧 ①반절성半折性 이론과 ②전절대후절소前節大後節小 이론으로 체계화한 것입니다. 4구체에서 8구체로 발전해 나가는 것, 그것이 반절성 이론이며, 완결 형식인 10구체는 8구체에 2구가 합해진 것이지요. 8과 2의 구절 구성은 앞의 것이 크고 뒤의 것이 작지요. 이 이론은 참으로 놀라운 독창적인 발견이지요. 향가·고려가사·한림 별곡은 물론 우리 시가의 대표적인 시조에도 이 이론이 빈틈없이 적용 되지요. 그러니까 도남의 업적은《조선시가사강朝鮮詩歌史綱》(1937)에 완 결되어 있고, 대표작《국문학사》(1949) 역시 시가 중심의 체계에다 다만 소설, 기타를 삽입한 형국이지요. 도남이 제일 미워한 것은 가사였지요. 가사엔 앞의 ①, ② 이론이 적용되기 어려웠기 때문이지요.

이렇게 보아 올 때 도남의 신민족주의문학론은 획기적인 것이지요. 그렇지만 불행히도 부분적인 것입니다. 아마도 이것은 시대적 한계이 겠거니와, 도남은 소설 분야에서 아무런 이념도 이끌어 내지 못했습니 다. 소설이야말로 그 속에 민족의 이념을 찾아낼 수 있는 영역이 아니 겠습니까. 불행히도 도남은 헤겔의 미학과 그 후계자인 루카치의 소설 론을 알지 못했기에, 그의 문학론은 일면적임을 벗어나지 못했지만, 그 럼에도 불구하고 도남의 이론은 소중한 것입니다. 1945년 해방이 되어, 도남이 경성제대 교수가 되어 국문학을 강의했을 때 비로소 이 나라의 주체적인 국문학이 이루어졌지요.

이러한 국문학 연구의 역사성에 비추어 볼 때 국문학은 다른 인문과 학과는 썩 다른 이데올로기적 성격을 갖고 있음을 우리는 쉽사리 알아 차리게 됩니다. 이데올로기적 성격이 객관적인 학문을 얼마나 괴롭히며 또 부추기는가를 평가하고 비판하는 것은 대학이 맡은 바의 몫이라고 저는 생각합니다. 국문학 연구라는 영역이 얼마나 다른 문학 연구 진 영으로부터 빈축을 사는가, 또는 부러움을 사는가를 살펴본 일도 흥미 로울 터일 것입니다.

이처럼 국문학 연구란 문제성이 많지요. 문학 연구 자체도 엄격한 학 문의 미달 현상 때문에 대학에 들어와 있기에 낯 뜨거운 터에 국문학 연구는 더 한층 문제적이라 하지 않을 수 없습니다. 이 사실은 종종 강조되어야 할 것으로 봅니다.

3. (A)도식(민족주의)과 (B)도식(근대주의)

　도남의 신민족주의문학론의 과학적 근거 때문에 대학 국문과의 학문적인 토대는 실증주의 수준을 넘어섰으며, 따라서 국문학 연구가 다른 이웃 학과와 어느 정도 균형을 취할 수가 있었음은 참으로 다행스러운 일이지요. 그렇지만 이것은 고전문학 분야에 한정된다는 점이 지적될 수가 있지요. 오늘날 국문학과는 고전문학·근대문학·국어학으로 삼분되어 있으며, 이 중 근대문학 연구 분야는 점점 강화되는 추세에 있습니다. 나 자신이 이 분야에 속한 만큼 얘기가 자기 논에 물 대기 식으로 될까 두렵습니다만, 이 추세도 사실이지요.

　이 분야에서 제일 먼저 부딪치는 과제가 근대 또는 '근대적인 것'인 것입니다. 무엇이 근대이며 근대적인 것인가. 이 물음은 물론 문학 쪽만의 문제가 아니긴 하지요. 그렇지만 문학 쪽이 어느 분야보다 민감하다는 것은 사실이지요. 이 점을 승인한다면 우리는 다음과 같은 뚜렷한 원칙 한 가지를 내세우는 수가 있습니다. 이 도식을 (A)라 부르기로 하지요. (A)를 그림으로 보이면 다음과 같습니다.

(A)

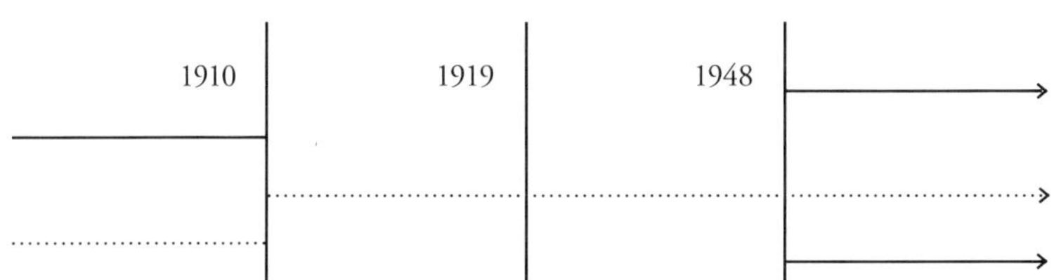

이런 도표를 그리는 일은, 설명하는 사람(바로 이 사람)의 정신의 빈곤 탓입니다. 말로써 설명 못하고 그림을 그리는 일은 어린애들이나 하는 것이지요. 차트를 그려 설명하는 식이지요. 그런 비난을 받는 것은 어쩔 수 없군요. 내 지금의 수준이 이 정도밖에 안 되니까 부끄럽지만 할 수 없지요. 이른바 단세포적인 수준이지요. 그렇긴 하나, 이왕 그린 도표이니 좀 보아 주십시오.

굵은 선은 국가적 측면이고 점선은 민족적인 측면입니다. 한 나라는 이 둘을 동시에 결합하여 역사를 열고 나감이 원칙 아닙니까. 그런데 1910년의 한일 합방은 형식논리상으로 보아 국가 상실에 해당됩니다. 이로부터 1948년의 정부수립까지는 민족만의 역사 전개라고 볼 수가 있습니다. 1945년 8·15 해방 역시 곧바로 미군정·소련군정에 이어지는 것인 만큼 국가 개념이 스며들 틈이 없지요. 1948년 이후 비로소 국가 개념이 성립되지만 도표에서처럼 이북과 이남의 둘로 나눠졌지요. 이를 분단 현상이라 부릅니다. 만일 우리가 1919년의 상해 임시정부를 국가 개념(헌법 제정)으로 본다면 우리의 식민지 상태(국가 상실 상태)는 9년(1910~1919)밖에 안 될 터이지요. 물론 그렇게 되지는 않았지요. 임시정부의 역사적 성격이 그러한 인식을 가져올 만큼의 수준에 이르지 못했음이 사실이겠지요. 저는 여기에 관해 무어라고 자신 있게 말할 처지가 못 됩니다. 역사 공부를 좀 더 해 보아야 알 수 있는 것이지요. 다만 아직도 우리가 '님이 침묵'하는 시대에 살고 있다는 점만은 말할 수 있지요. 분단이 극복되어 민족사가 회복될 때 비로소 좀 더 확실한 역사 전망이 가능해지리라 믿습니다. 그렇기는 하나 다음 한 가지만은 나도 말해 볼 수가 있지요. 곧 우리 근대문학이 국가 상실과 때를 비슷하게 하여 전개되었다는 점 말입니다.

육당·춘원을 비롯 창조파·폐허파·백조파·금성파 등의 문학적 전개는 국가 상실과 더불어 시작되어, 민족만의 역사 전개 속에서 이루어지는 것입니다. 이른바 식민지 시대에 우리의 근대문학이 전개되었다는 사실은 곧 이 시대 문학의 성격을 규정하고 있지요. 저항 민족주의가 이 시대의 가치를 평가하는 으뜸 단위에 올 수밖에 없습니다. 정신사적 측면에서 이를 살핀다면 투쟁론과 준비론으로 갈라볼 수가 있겠지요.

국가의 상실을 정신사적 측면에서 보면 하늘(天)·아비(父)·공적인 것(公)의 상실을 가리킵니다. 성스러운 것으로서의 이러한 질서의 상실은 곧 그 회복을 위한 치열한 정신사적인 열도를 일으킵니다. 국가의 회복을 위해서는 목숨을 건 투쟁론이 나올 수 있지요. 단재丹齋로 대표되는 투쟁론이 그것이지요. 한편 점진론도 모색될 수 있지요. 도산島山의 준비론 사상이 그것이지요. 이 두 사상에 관한 논의는 우리 근대사를 살핌에는 피할 수 없는 과제임에 틀림없습니다. 요컨대 이 시대의 으뜸가는 가치척도가 상실한 국가(天·父·公) 개념을 되찾음에 있음만은 분명할 터입니다. 문학의 평가 기준도 이와 나란히 가는 것입니다. 그러니까 이 시대에 전개된 우리 근대문학을 논의·평가할 때 그 문학의 훌륭함과 졸렬함은 기교의 동격을 전제로 한다면, 그 작품이 얼마나 국가 회복에 직접·간접으로 기여할 수 있었는가에서 말미암을 것입니다. 이는 분명한 사실 아닙니까. 〈님의 침묵〉의 시인이라든가 북경 감옥에서 옥사한 이육사의 〈절정〉, 일본 감옥에서 죽은 윤동주의 〈하늘과 바람과 별과 시〉 그리고 절명시를 쓰고 죽은 황매천의 작품들이야말로 가치 평가의 앞머리에 오는 것입니다. 김소월의 작품은 어떠할까. 이 역시 마찬가지 문맥 속에 놓여 있지요. "산산히 부서진 이름이여—"라고 김소월이 외칠 때 그것은 없음(不在)에 대한 형언할 수 없는 그리움이지요. 본래 있었던 것이 왜 없어졌는가. 누가 앗아갔는가. 이 물음을 혼의 깊이에까지 울리게 하고 있는 소월 시는 따라서 부父·천天의 부재에 대한 통렬한 외침이며 따라서 이 시대의 공간에 떠도는 혼령을 달래는 진혼굿이었지요.

여기서 잠깐 내 느낌 하나를 말해 주고 싶군요. 소월 시와 육사·만해·윤동주·황매천의 시가 썩 다르다는 점 말입니다. 소월 시는 이를테면 〈초혼〉에서 잘 드러나듯 혼에 관련된 시입니다. 원래 초혼이란 초혼굿에서도 관련이 있지만 우리 동양의 시 전통에도 관련을 맺고 있지요. 동양의 시는 북방의 시경詩經계와 남방의 초사楚辭계로 대별되거니와 초사계 속엔 〈초혼〉, 〈대초大招〉 등의 작품이 포함됩니다. 춘원이 썼는가 송옥宋玉이 썼는가에 대해 시비가 있는 작품 〈초혼〉은 소월의 〈초혼〉과 아주 무관한 것이 아닙니다. 육체에서 분리된 혼의 방랑을 애석히 여겨 다시 혼을 되찾는 염원을 그린 송옥의 〈초혼〉은 일종의 진혼굿의 작품화이지요. 김소월의 〈초혼〉도 이와 같습니다. 사람이 죽으면 지붕 위에 올라가 그 사람의 이름을 세 번 부르지요. 이를 복復이라 합니다. 요즘도 우리들 장례 절차 속에 이것이 있지요. 이 복은 저 옛날 《예기禮記》라는 책에 자세히 적힌 그대로입니다. 소월은 송옥의 작품 〈초혼〉과 이 '복'의 사상에 기대어 "허공 중에 헤어진 이름이여"라고 〈초혼〉을 쓴 것이지요. 그러니까 혼을 위로하는 계통의 시이지요. 그것이 민족의 혼을 달래는 것이겠지요. 이에 비할 때 황매천을 비롯한 육사·만해·윤동주의 시는 그 양상이 썩 다르지요. 황매천의 '절명시'가 이러한 계보를 대표합니다. 1910년 나라가 망했을 때 그는 자결했지요. 자결한 이유 속에 이들 선비 계보의 본질이 잠겨 있습니다. 그 이유는 이러하지요.

이씨 조정에 벼슬하지 않았으므로 이씨 사직을 위해 죽어야 할 명분은 없다. 다만 500년 동안 선비를 양성했던 나라에 목숨을 바친 선비가 없어서야 되겠는가. 스스로 떳떳한 양심과 평소에 독서한 바를 저버리지 않으려면 죽음을 택하는 편이 옳다(吾, 無可死之義, 但國家養士五百年, 國亡之日, 無一人死難者, 寧不痛哉. 吾上不負皇天秉彝之懿, 下不負平日所讀之書, 冥然長寢, 良覺痛快,

汝曹勿過悲).

—《매천집梅泉集》 권두卷頭

국가 상실에 대해 이러한 죽음을 택한 선비의 태도는 일종의 정신적인 높이를 보여 주는 것이라 하겠지요. 정신이란 무엇이겠습니까. 그것은 혼과는 다릅니다. 혼이란 생명의 알맹이겠지만 그것은 우리를 깊이 위로할 수 있지요. 정신도 생명의 알맹이에 해당된다는 점에서는 혼과 같지만 기능적인 작용을 한다는 점에서 혼과는 구별됩니다. 정신이란 우리가 위기에 놓일 때 우리를 위로도 할 뿐 아니라 우리가 나아갈 길을 보여 주는 몫까지 하는 것입니다. 소월 시와 매천·육사·만해의 시가 구별되는 곳이 이에서 말미암고 있지요.

요컨대 (A)도식에 따르면 시대 자체가 천과 부가 상실된 공간이었지요. 그러니까 고아의식, 있어야 할 것이 없는 시대였지요. 하늘·국가·아비를 찾는 일이 이 시대의 가치 평가의 으뜸 항목에 놓이는 것입니다. '님의 침묵'하는 시대, 그 님을 둘러싼 무언의 노래, 소리 없는 아우성이 바로 시적인 성스러움을 얻고 있었던 것입니다. 이를 통틀어 우리는 민족문학이라 불렀지요.

그런데 여기까지 나아오면 우리는 매우 중대한 사실 하나를 놓치고 있음이 드러납니다. 곧 혼이라든가 정신이 구민족주의의 수준에 닿아 있다는 사실이지요. 민족정신·민족얼·조선심 등은 분명히 있고 또 소중한 것이나, 그것 자체로는 근대적 학문이 될 수 없는 이치와 마찬가지로 정신이라든가 혼을 문제 삼는 문학작품이 아무리 위대하고 절실한 것일지라도 그것은 근대적인 성격을 띠기에는 어려운 것입니다. 따라서 (A)도식의 평가 기준은 소중한 것이기는 하나 근대적인 수준에는 미달 현상을 보여 주는 것이지요. 이를 심정적인 가치기준이라 부를 수 있겠지요.

한편 근대를 문제 삼는다는 것은 무엇일까요. "빼앗긴 들에도 봄은 오는가"라고 민족 시인 이상화는 1926년에 노래했지요. 빼앗긴 들에도 봄은 어김없이 왔던 것이지요. 나라가 망해, 천·부·공의 개념이 숨어 버렸지만 동시에 우리는 그런대로 살아갈 수밖에 도리가 없었던 것도 엄연한 사실입니다. 살아가되 그냥 사는 것이 아니라 조금씩 사람답게 사는 길을 걷지 않을 수 없었지요. 이러한 자리에 설 때 우리는 (B)모델을 생각해 내지 않을 수 없지요. 이것은 근대적인 것과 직접·간접의 관련을 맺고 있는 사상의 줄기이지요. (B)도식을 보이면 이러합니다.

(B)

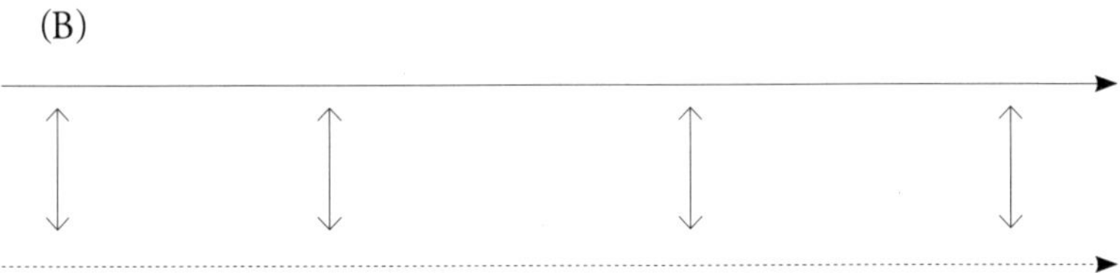

(B)도식은 화살표 방향의 직선 하나와, 화살표 방향의 점선 하나가 나란히 가는 것입니다. 단지 그뿐이지요. 그 위에 적힌 1910년이라든가 1945년 따위는 거의 의미가 없습니다. 대체 직선과 점선 사이에는 무엇이 있단 말입니까. 간단명료합니다. 직선이란 통치부(권력기구)를 가리킴이고 점선은 개인입니다. 다시 말하면 직선은 사회이고 점선은 개인입니다. 개인은 어느 시대에나 통치부와 마주하고 있지요. (B)도식 속에는 통치부와 개인, 사회와 개인의 관계만 있고, 민족이라든가 국가·조국·혼 따위는 끼어들 틈이 없지요. 제일 사람답게 살 수 있는 좋은 사회란 어떤 것이겠습니까. 이런 물음만을 문제 삼는 곳입니다. 그것은 통치부와 개인의 관계가 얼마나 합리적이냐에 좌우되는 것입니다. 조

금 품위가 없는 것이나 예를 하나 들어 볼까요. 박돌쇠가 남대문시장에서 장사를 하고 있다고 칩시다. 양반관리들이 철저히 수탈해 갑니다. 아무리 벌어 보았자 남는 것이 별로 없습니다. 합리적이라고 믿긴 어려운 수준이지요. 그런데 그 통치부가 바뀌어 총독부가 들어섰습니다. 총독부 역시 박돌쇠를 착취합니다. 그러나 이번에는 제법 합리적인 방법이 적용되었다고 칩시다. 네가 얼마 벌었으니 그런 벌이를 가능케 한 통치부가 대가(세금)를 요구하는 것은 당연하며, 더구나 그 요구가 가히 합리적인 정도라면 박돌쇠에겐 썩 좋은 세상이지요. 통치부가 이번엔 미군정으로 바뀌고 또 자유당 통치부로 바뀌고, 이렇게 통치부가 바뀌면서 박돌쇠는 그 속에서 장사를 하면서 살아갑니다. 박돌쇠에게 어느 시대가 제일 살 만한 때였는가고 묻는다면 분명한 한 가지 해답이 나올 것입니다. 자기에게 제일 합리적으로 대해 준 통치부 시절이라고 말입니다. 그 통치부가 일본이든 미국이든 몽고이든 아무 상관이 없지요.

여기에서 말하는 원칙은 합리적 또는 합리주의적인 생각입니다. 이를 근대적인 것이라 부를 수 있을 것입니다. 근대적이란 합리주의적인 생각이 삶의 전체 속에 무차별하게 침투되어 있는 상태를 말합니다. 그것을 달리 불러 자본주의라고 하지요. 맑스는 일찍이 이 합리주의를 경제적 이해관계에서 파악한 바 있지요. 사람의 행동을 결정하게 만드는 것은 경제적 이해관계가 으뜸이지요. 자기에게 경제적 이해관계가 없으면 손가락 하나 까딱하지 않는 것이 인간 아닙니까. 이를 대수롭지 않게 여기는 사람과는 더불어 얘기할 필요가 없지요. 위선자일 가능성이 크기 때문입니다. M.베버 역시 이 사실을 인정한 자리에서 토를 하나 달았지요. 사람의 손가락을 움직이게 하는 것 중에는 신분관계Standlage도 있다고 말이지요. 그는 이것을 종교라고 말하고 있는데, 우리말로 바꾸면 사상일 터이지요. 그러니까 어느 것이 더 앞서는 것이냐는 분명

합니다. 자본주의 발달이 청교도주의(사상)에서 말미암았다고 누가 그 랬느냐, 그렇지 않다, 그것이 자본주의 발달에 중요한 한 가지 요소가 되었음을 내가 말했을 뿐이라고 베버 스스로가 말한 것입니까. 잘 모 르긴 하나 베버의 사회학은 맑스와는 달리 그 인식의 대상이 시종 살 아 있는 자유로운 의지로써 행동하는 인간 개인들에 있지요. 맑스가 계급에 바탕을 두어 외적·경제적 이해관계를 중시했다면 베버는 내 적·심리적 이해관계를 중시한 것이겠지요. 어느 쪽이나 합리적인 것이 바탕을 이루어야 되겠지만, 근대를 외적·경제적인 측면에서 본다면 남 대문시장의 박돌쇠가 당면한 것이야말로 저 대단한 민족의식보다 조 금도 못하지 않는 절실하고도 소중한 것이지요. "우리 집안만 빼고 다 망해라"라고 채만식의 대표작이자 우리 근대소설의 대표작이기도 한 《태평천하》(1938)의 윤직원 영감이 외치고 있습니다. 어째서 태평천하 냐 하면, 의병들이 나라 찾는다고 투쟁을 하고 일본 헌병들이 그것을 토벌하느라고 어수선한 시대가 가고, 의병이 깡그리 소탕되었기 때문 이지요. 의병이란 무엇이며 나라 찾기란 대체 무엇인가. 그것이 '나'와 '내 집안'에 무슨 상관이 있느냐고 생각하는 계층은 누구이겠는가. 불 을 보듯 훤하지 않습니까. 장사꾼들이지요. 이를 중인계층이라 부릅니 다. 중인이란 무엇인가에 대해 조금 설명이 있어야 되겠지요. 오늘날의 감각으로 말하면, 관직의 경우에서 볼 때 사무직 또는 기술직에 해당 될 것입니다. 조선조 중엽 이래 이 나라의 벼슬은 노론·소론·남인·북 인의 이른바 사색四色 이외에 오직 중인이 할 수 있었지요. 중인이란 통 역관·사무직·의사 등 천한 실무에 종사하는 것이지요. 의醫·역譯·주 籌라고 하는데, 의사·역관·회계 및 재무·경리담당관들이지요. 관상감 에서 책력을 만든다든지, 법률 따위를 연구하는 율律도 이들의 소관이 었지요. 이러한 중인계층이 큰 세력권을 형성한 것은 조선조 말기입니 다. 주자학적 질서가 서양의 근대주의 앞에 그 빛을 잃게 된 동양은 19

세기 중반에 오면, "동도서기 중체서용 화혼양재東道西器 中體西用 和魂洋才
(정신은 동양의 것으로 하고 기술만 서양 것을 받아들인다는 뜻)" 등을 내세우게 되
지요. 서양의 과학(대포) 앞에 도리가 없었던 것입니다. 그 과학은 정치
적으로는 제국주의라고 불리며, 그들 국내에서는 국가주의nationalism라
하며, 경제적으로는 자본주의라고 불리지요. 군사적으로 그것은 대포
와 기관총이었지요. 이른바 왕을 지키고 오랑캐를 물리친다는 존왕양
이尊王攘夷 사상을 바탕으로 한 주자학적 질서관이 서양 제국주의의 충
격 앞에 놓이게 되었지요. 이는 동양사에 위기의식을 몰고 왔지요. 이런
상황에서 주변 국가인 일본이 맨 먼저 자기변신을 꾀했으며 한국은 실
패했고, 원래 몸이 무겁고 큰 중국은 실패조차도 할 수 없는 상황에 빠
졌지요. 좌우간 이러한 위기의식 앞에서 제일 유력한 세력권이 중인계
층이었지요. 이들이야말로 근대적인 것이 무엇인가를 몸소 익혀 왔기
때문입니다. 우리 개화기의 대표적인 지식인인 오경석과 백의정승으로
불린 유대치가 중인계층이지요. 오경석은 역관 출신으로 북경을 드나
들며 서양 열강의 문명과 그 문명을 이루어 낸 사상을 알아차렸지요.
유대치는 북경을 통해 들어온 서양 사상을 흡수하였고 그 문하에는 이
른바 개화파의 주역이 된 김옥균·홍영식·박영효·서광범 등이 모여들
었지요. 신문학 개척자인 육당 최남선의 경우도 사정은 같습니다. 육당
의 아버지는 학부 소속의 관상감의 기사였습니다. 중앙기상대 같은 기
술직 부서지요.

이렇게 보아 오면 중인의 성격이 어느 정도 드러났을 것입니다. 한
나라를 움직이는 실무진이 곧 중인계층의 벼슬아치들이지요. 사회가
아주 침체되어 미미한 변화밖에 없을 경우에는 실무진이라 큰 의미가
없겠지만, 바야흐로 서양 자본주의 앞에 알몸으로 노출된 마당에 생존
을 위해서 문명개화사상은 외면할 도리가 없지요. 개화파의 사상이 점
차 주류를 이루어 갔고, 그 중심 세력이 중인계층이었던 셈이지요. 그

렇지만 중인계층 의식을 문제 삼을 땐 사정이 조금 다릅니다. 다른 말로 하면 중인의식이란, 중인사상이라고 앞에서 말한 것과는 조금 구별됩니다. 중인사상이란 문명개화에 직접·간접으로 관련된 삶의 방식을 가리킴이라면 중인계층과는 별로 관계없이 갖게 되는 의식입니다. 쉽게 말하면, 1910년 이래 나라가 망했을 때 양반이든 중인이든 천민이든 망국인이 되었지요. 따라서 이들 대부분이 중인의식으로 물들게 된다, 그것이 곧 장사꾼의 사상입니다. '나만 빼고 다 망해라' '우리 집안만 빼고 다 망해라'라는 의식이 그것이지요. 요컨대 자본주의적인 속성이 일상적 삶 속에 스며들어 온 상태에서 생겨난 의식 형태 그것이 중인의식일 것입니다. 그것은 합리주의를 기본으로 합니다. 나는 가끔 이렇게도 말합니다. 인류가 만들어 낸 제도 중에서 자본주의만큼 합리적인 것은 없다고 말입니다. 머리 좋고, 체력이 좋고, 노력 많이한 사람은 그렇지 못한 사람보다 우위에 간다는 생각만큼 합리적인 것이 있을까요. 같은 조건 아래서는 누가 더 부지런했느냐, 누가 더 잠을 덜 잤느냐가 모든 것을 결정해야 옳지요. 너도 나도 같은 인간이니까 맞먹자라는 생각이야말로 억지이지요. 물론 자본주의가 제도적 장치로 굳어져 제도가 인간 위에 군림할 때는 문제가 다릅니다. 지금 우리는 자본주의 정신을 문제 삼고 있습니다. 이러한 정신이 일상적 삶 속에 세속화되어 나타난 것 그것이 이른바 근대소설일 터이지요. 그러한 소설을 우리 문학은 불행히도 많이 갖고 있지는 못하지만 그중 염상섭의 《삼대》(1932)를 대표적인 것으로 꼽을 수 있습니다.

《삼대》는 한 집안의 조부·부·자 3세대의 관계와 삶의 방식을 다룬 장편입니다. 이 작품의 중요성은 가족 단위를 바탕으로 한 보수주의와 그것을 떠받들고 있는 '돈'(재산)의 힘에 관한 합리적 생각에 있습니다. 사람을 행동으로 나아가게 하는 동기 중 으뜸자리에 놓이는 것이 돈입니다. 경제적 이해관계입니다. 인간을 움직이게 하는 이러한 힘이 과연 어떻게 합리적으로 처리되고 있는가를 보는 일이야말로 이 작품이 갖고 있는 흥미의 원천일 터입니다. 자수성가한 조부 쪽에 몰려든 사람들은 조부가 지닌 돈에 매력이 있고, 아비 조상훈이 꾸민 음모도 재산에 관련된 것입니다. 아들 조덕기에 공장 여직원 필순이 관심을 갖는 것도, 조덕기의 친구 김병화가 조덕기를 가까이하고 있는 것도 조덕기가 조부 재산의 상속자라는 사실과 결코 무관하지 않습니다. 이 작품의 그다운 모습이 드러나는 곳은 클라이맥스에 해당되는 조부의 유서입니다. 작자는 조의관의 유서를 공개하기 위해, 경도 3고 다니는 조의관의 손주 덕기를 불러와, 이렇게 유서를 공개하고 있습니다.

귀순(수원집 소생) 오십 석

수원집(조부의 첩) 이백 석

덕희(덕기 누이) 오십 석

덕희 모(며느리) 백 석

덕기 처 오십 석

상훈(덕기의 아비) 삼백 석

덕기 천오백 석

창훈(심부름꾼) 현금 오백 원

최참봉 현금 삼백 원

-《삼대》(하권), 을지문화사, 1947, p.107.

재산을 둘러싼 가족 간의 갈등은 그것이 보수주의적인 가족 제도의 틀 속에서 빚어진 것이라 할지라도 우리 소설사에서는 예외적인 일이었습니다. 발자크의 '고리오 영감' 모양 조의관은 죽음을 앞에 두고 평생 동안 모은 재산을 가장 합리적인 방식으로 관리하고 또 분배해 놓은 것입니다.

　내 이야기가 너무 일방적인 것처럼 들릴까 두렵군요. 우리의 일상적 삶 속에는 여러 가지 측면이 있지 않겠습니까. 이광수의《무정》모양 정조 지키기라든가 이효석의《화분》모양 동물적 애욕이라든가 심훈의《상록수》모양 계몽사상도 있지요. 사랑이나 사상이 우리 삶에 엄연히 있다는 것과 그것이 근대적인 삶과 얼마나 관련이 있느냐를 문제 삼는 것과는 별도의 일이지요.《삼대》에서 또 하나 주목되는 것은 아비세대를 대표하는 조상훈의 타락화입니다. 구한말세대인 조의관과는 달리 조상훈은 개화파에 속하는 인물이지요. 신식 교육을 받아들여 문명개화와 자강독립을 이념으로 하는 개화사상에 몸을 던진 조상훈이 어째서 그토록 타락하였을까요. 신성한 교육자요, 기독교인인 조상훈이 어째서 제자를 유린하고, 파락호가 되어 집안에서도 쫓겨나 사람 구실을 하지 못하게 되었을까요.《삼대》에서 조상훈의 존재가 큰 의미를 갖는 일은 이른바 이념(이 속에는 민족주의·사회주의·공산주의 등이 다 포함됨)이란 것의 허망함을 구체적으로 보여 준 점 때문이지요. 앞에서 우리가 보인 (A)도식이란, 어떤 점에서는 조상훈의 운명처럼 허황한 것인지도 모르지요. 적어도 (A)도식이란 그것을 뒷받침할 수 있는 자생적인 여건의 성숙이 없이는 조상훈의 꼴로 되지 않을 수 없을 것입니다. (B)도식이 그 나름의 힘을 드러내는 작품이《삼대》를 빼면 그리 많지 않다는 것은 안타까운 일이지요. 그 안타까움은《삼대》자체 속에 있습니다. 조덕기의 친구 김병화의 이념에 대한 열정이 그것이지요. 작가는 분명 김병화의 이데올로기에 동정을 보내고 있습니다. 물론 (B)도식 안에서 그러하지요. 합리주의란 무엇인가라고 묻는다면《삼대》의 작가는 보수주의라고 말할지도 모르지요. 이 작품의 시대적 한계란 그 말 속에 흡수될 것입니다.

4. (C)도식―절대적 현실의 사상

지금껏 (A), (B) 두 도식을 정신없이 떠들어 왔군요. 실상 내가 말한 것은 (A), (B)도식의 상호보완적 성격이었는지도 모릅니다. 그러니까 두 도식이 함께 불완전한·불충분한 설명 방식이란 뜻입니다. 이념 지키기가 가능하려면 조상훈의 경우에도 보듯 내적 여건의 성숙이 필연적으로 전제되어야 할 것입니다. 내적 성숙이란 일반적 삶의 합리적 사고에서 비로소 가능해질 것입니다. 그것은 쉽게 말해 자본주의적 삶, 가치중립적인 세계관입니다. 가치중립적 세계관은 남대문시장에서 제일 잘 지켜지지요. 이른바 중인의식의 성장입니다. 이를 근대적인 용어로 바꾸면 시민의식 아닙니까. 가치중립성이 성숙한 바탕 위에서 '이념'이 비로소 그 빛을 낼 수가 있을 것입니다. 그것은 점진적인 역사 방향을 더듬는 일이겠지요.

그런데, 이러한 생각 곧 (A), (B) 두 도식의 상호보완적인 생각은, 따지고 보면 결국은, 선진 자본주의·제국주의의 뒤따름에로 나아간다는 뜻입니다. 앞선 서양 선진사회를 기를 쓰고 따라가는 사상, 이 삶은 상당한 문제가 있는 것입니다. 딱한 일이 아닐 수 없습니다. 속도를 전제로 하는 모든 사상은 속도로써는 극복될 수가 없다는 원칙이 성립되어 있기 때문입니다. 근대화 이론이 그것입니다. 합리적인 틀 속에서 볼 때, 앞선 자는 더 빠른 속도로 앞질러 가는 만큼 뒤진 자가 그를 따라잡을 방도는 없는 법입니다. 이 엄연한 과학주의 원칙 때문에 (A), (B) 도식은 스스로의 한계를 드러내고 말지요. 이 한계를 뛰어넘는 방식은 없는 것일까요. 이런 물음을 우리 선배들이 어찌 생각해 내지 않았겠습니까. 식민지의 노예 상태를 벗어나기 위한 우리 선배들의 염원 속에서 우리는 제3의 도식(C)를 알고 있지요.

(C)도식이란 무엇인가. 먼저 그림으로 보이기로 하지요.

(C)

실로 간단한 도식입니다. 화살표 달린 점선 둘뿐이지요. 직선으로 표시되는 권력이 이 도식 속에 온전하게는 들어올 수 없습니다. 권력을 표시하는 직선은 군데군데 끊어져 점선으로 이어질 뿐입니다.

(C)도식을 우리는 단재의 투쟁론으로 대표시킬 수가 있지요. 당초 애국 계몽주의자였던 단재 신채호는 썩 어리석은 생각을 품고 있었습니다. "역사란 무엇이뇨. 인류 사회의 '아我'와 '비아非我'의 투쟁이 시간부터 발전하며 공간부터 확대하는 심적 활동의 상태의 기록"(《전집》 상, p.31)이라고 단재는 역사를 정의한 바 있습니다. 그러나 이러한 생각의 어리석음을 망명지 북경에서 그는 깨닫게 되지요. 만일 역사를 아와 비아의 투쟁으로 본다면 힘센 아가 약한 비아를 지배하는 일은 정당화될 수밖에 없게 됩니다. 이것이 곧 식민지 사관 아닌가. 제국주의자들의 역사관이지요. 당장 부딪치는 문제였던 것입니다. 일본이라는 아가 비아인 한국을 식민지화하는 것은 지극히 당연한 논리일 것입니다. 바꾸어 말하면 우리도 힘이 있으면 일본을 식민지화하겠다는 전제가 성립될 때에만 수용할 수 있는 생각이지요. 삼척동자라도 아는 일 아닌가요. 그러니까 민족주의(민족의 독립 자강 사상)란 실로 갈데없는 상대주의적 사상의 일종이지요.

상대주의적 사상이란 무엇이겠는가. 타협 가능한 세계라고 보면 제일 잘 보는 것이지요. '나도 살고 너도 살자' 식이지요. 상대적 세계 속에 놓인 사상이 자본주의·제국주의·민족주의의 삼각동맹이지요. 이들은 몸이 한데 붙은 일란성 존재입니다. 우리가 살고 있는 일상적·현실적 삶이란 이러한 상대주의 위에 서 있는 것입니다. 만일 이러한 자리에 선다면 식민지 상태에 놓인 사람들의 현실은 어떻게 될까요. 영영 운명에서 벗어나기 어렵습니다. 단재의 위대성은 이러한 상태를 뛰어넘고자 한 곳에 있습니다. 그는 상대적 세계를 거부하고 절대적 세계, 절대적인 적敵을 내세운 것입니다. 이것은 자기를 포기함으로써 얻어 낸 사상이지요. 일본 국가권력을 비판·거부하기 위해서는 내 스스로의 권력(민족주의)도 버려야 했던 것입니다. '나도 버렸으니 너도 버려라'는 사람이지요. 권력 중 제일 센 것이 국가권력 아닙니까. 그것을 비판하기 위해서는 비판하는 쪽이 권력 또는 권력의지(민족주의)를 버려야 하는 것입니다. 그래야 말발이 서지요. 권력을 버리면 국가는 어떻게 되는가. 당연히 없어집니다. 국가 없는 사상을 무어라 하는가. 무정부주의 anarchism라 부르지 않습니까. 단재가 도달한 것은 아나키즘이었습니다. 무정부주의 집단의 요청으로 쓴 단재의 〈조선혁명선언〉(1923)에서 비로소 (C)도식이 선명히 떠올랐습니다. 자신의 권력의지를 포기한 사람만이 남을 비판할 수 있는 권리를 갖고 있습니다. 그 비판의 하나란 논리적인 정당함에서 나온 것인 만큼 가장 확실한 것이지요.

> 제1은 이민족 통치를 파괴하자 함…… 제2는 특권계급을 파괴하자 함…… 제3은 경제 약탈 제도를 파괴하자 함…… 제4는 사회적 불평균을 파괴하자 함…… 제5는 노예적 문화 사상을 파괴하자 함.
>
> —《전집》, p.44.

이 모두가 일제라는 이민족에 관련된 것입니다. 그렇다면 이러한 것을 획득하기 위한 방법은 무엇인가요. 무정부주의의 투쟁 방식은 '민중

의 직접혁명'일 터입니다. 구체적인 조직을 부인하는 무정부주의로서는
(조직이 곧 권력이기 때문에) 개개의 민중이 직접 이민족 일제와 싸울 수밖에
없지요. 크로포토킨의 생물학적인 '상호부조론' 쪽이 아니라 혁명가 바
쿠닌의 사상에 단재는 기울어져 있습니다. 민중의 직접혁명이란 민중
봉기를 가리킴이지요. 만일 민중혁명이 성공한 뒤에는 어떻게 되는 것
인가. 이러한 물음은 당시로서는 생각할 필요도 없는 일이었을 것입니
다. 앞에다 절대적인 적을 두고 있는 사상인 까닭이지요.

어째서 단재는 이러한 사상을 갖게 되었는가. 이런 물음은 그가 북경
대학에서 노신 형제와 사귄다든가 무정부주의자인 《신세기》라는 사상
지를 주재한 이석증과 사귀고, 마침내 김원봉이 이끄는 의열단과의 관
련 아래서 살았다는 사실에서 해답을 얻어 낼 수 있겠지요. 단재가 다
물단多勿團에 가담하고 무정부주의 기관지 《동방》, 《탈환》을 발행한 바
도 있으며 '동방연맹'에 가입한 것은 1924년이라고 공판 기록에서 단재
가 말하고 있지요(《동아일보》, 1929. 2. 12).

여기까지 이르면 문득 우리는 근대시의 제일 뛰어난 작품 하나를 떠
올리게 될 테지요.

매운 계절의 채찍에 갈겨
마침내 북방으로 휩쓸려 오다

하늘도 그만 지쳐 끝난 고원高原
서릿발 칼날진 그 위에 서다

어데다 무릎을 꿇어야 하나
한 발 재겨 디딜 곳조차 없다

이러매 눈감아 생각해 볼밖에

겨울은 강철로 된 무지갠가 보다.

-이육사, 〈절정〉 전문

이 작품은 우리 근대시 속에서는 매우 낯선 것이지요. 단순한 서정시가 아니라 절대적인 세계(敵) 쪽에 선 사람의 입에서만 나올 수 있는 목소리이지요. 이육사는 김원봉이 이끄는 의열단의 단원이었지요. 그러니까 〈절정〉은 이육사 개인의 생각이 아니라 의열단의 사상이 시로 나타난 것입니다. 이 사실을 떠나면 이육사의 작품은 올바른 평가를 얻을 수 없지요. 다시 말해 상대적 세계에 속한 시인들을 평가하는 안목으로 이 시를 논의함은 불가능한 것이지요. 차원이 다른 곳에서 나온 목소리는 그 차원 쪽으로 가서 들어야 바른 청취법이 될 터이지요.

절대적인 세계란 무엇인가. 거기는 (A)도식도 (B)도식도 감히 이르지 못하는 곳, (C)도식입니다. (C)도식에 설 때 비로소 다음과 같은 말의 바른 뜻이 뚜렷이 드러나지요.

금강金剛의 경경景이 아무리 좋을지라도 기아飢兒의 눈에는 일시一匙(한 숟갈)의 반飯만 못하며, 솔거의 화송畵松이 아무리 명작이라 할지라도 익수자溺水者의 눈에는 일편의 목판木板만 못하며 살도 죽도 못하게 된 조선민중의 귀에는 모든 미려한 가극과 소설의 이야기가 백두산 속 미신귀迷信鬼인 조선생의 강신필降神筆만 못하리니……

-《전집》, p.34.

1924년에 쓴 〈낭객의 신년만필〉 속의 일절입니다. 절대적 세계(현실)란 "살도 죽도 못하게 된 것"을 가리킴이지요. 이제 모든 것이 분명해지지 않습니까. 상대적 현실(세계) 속에서는 예술도 정치도 소설도 있고,

연극도 스포츠도 음악도 남대문시장도 있지요. 그 각각은 저마다의 영역을 존중하고, 만드는 자와 즐기는 자도 따로 갈라져 있지 않습니까. 예술가가 있으면 독자가 따로 있는 곳이지요. 그러나 절대적 현실 속에는, 있는 것이라곤 '죽고 사는 일'이고 그 외는 아무것도 없지요. 예술·음악·스포츠·과학 또는 무엇무엇 따위는 다만 '죽고 사는 일' 속에 녹아들어 있을 뿐, 분리해 낼 수 없지요. 예술 짓는 자가 곧 소비하는 자이고, 그 속에 살고 죽는 것이지요.

여기까지 이르면 80년대에 전개된 민중예술의 원형이 드러나겠지요. 짓는 자와 즐기는 자를 구분 짓는 세계와 그것의 구별을 불가능케 하는 세계는 매우 다른 것입니다. 어느 쪽에 서느냐의 문제가 단재에게 물어보는 일에 연결되어 있는 만큼 단재 사상은 역사적이자 동시에 현재적이라 할 수 있겠지요. 그렇지만 단재와 우리 시대를 연결하는 거멀못은 역사 자체 속에 있기도 하지만, 또 하나는 우리의 현실 속에도 있는 것입니다. 손바닥과 손바닥이 마주치지 않으면 살아 있는 사상일 수 없는 것이지요.

(C)도식에서 끝으로 토를 하나 달아두고 싶습니다. 단재는 〈꿈하늘〉(1916), 〈용과 용의 대격전〉(?) 등의 작품을 썼습니다. 이것은 소설일까요 야담일까요. 픽션을 ①소설 ②고백록 ③풍자 등으로 나눈 서양 학자가 있지요(프라이, 《비평의 해부》). 이 도식에 따르면 단재의 것은 야담(로맨스)이지 결코 소설일 수 없지요. 소설은 근대적 산물이지요. 자본주의와 연결된 경우가 아니면 소설이 아니고 따라서 소설 앞에는 '근대적'이란 관형사가 생략되어 있습니다. 소설, 곧 근대소설이지요. 그렇다면 우리의 소설은 어디서부터인가. 이 해답은 쉽사리 나옵니다. 김동인·염상섭·채만식 등에서 비롯되지요. 소금장수 얘기(야담)가 아니고, 일상적 삶, 가치중립적인 세계를 그린 것, 상대적인 현실을 묘사해 놓은 것이 소설이지요. 따라서 우리 문학의 근대적 성격은 소설과 불가분의

관계에 있는 것입니다.

그렇다면 야담이란 무엇인가. 그것은 근대적인 것의 초과 현상의 산물이거나 미달 현상의 산물일 터이지요. 근대적인 단계를 넘어설 때 비로소 미래적인 것이 열리지 않겠는가라고 생각하는 사람들에 있어 이 과제는 참으로 소중하리라고 믿습니다. 80년대 우리 문학을 둘러보면 짐작되는 바가 많습니다. 소설이 주류에서 밀려나고, 서정시도 주류에서 밀려났던 것입니다. 종래의 개념으로 보면 한갓 야담이라든가, 한갓 잡가 또는 마당체 노래체 같은 변두리적인 갈래들이 일제히 제 권리를 요구하면서 주류 속으로 쳐들어왔던 것입니다. 어떤 시인은 대담하게도 '대설大說'을 들고 나오지 않았습니까. 상대적 현실 속에서 보면 그러한 것들은 예술이라 보기 어렵지만, 절대적 현실 속에서 보면 그런 것이야말로 바람직한 것(생명의 출렁임)이지요. (C)도식의 선진성이 여기에 있을 것입니다. 그것은 근대적인 것이기보다 미래적인 것이라 생각됩니다.

5. 제 몫 찾기에 관하여

아, 시간이 다 됐군요. 너무 횡설수설이 되고 말았습니다.

오늘 제 강의에서 제 자신에 돌아올 몫이 무엇인지 그것을 생각해봄으로써 이 어수선한 강의를 마칠까 합니다.

첫머리에서 말했듯 제가 서 있는 자리는 교사입니다. 대학이 학문(과학)하는 곳이니까 거기에 있는 교사는 별수 없이 과학적인 생각의 틀 속에서 빠져나올 수 없지요. 제가 존경하는 외국인 학자 막스 베버는 대학교단을 가치중립성Wertfreiheit이라고 주장한 바 있는데 저도 이 말을 썩 좋아합니다. 정치가나 종교가 또는 사기꾼은 가치판단을 할 수가 있습니다. 그렇지만 교사는 결코 가치판단을 할 수 없습니다. 가치

중립 지대를 지키지 않으면 대학은 결코 존속하지 못하지요. 가치중립
성이란 객관성의 다른 이름이자 학문의 성격을 정의하는 것이기도 합
니다. 그렇다면 대학의 문학 연구는 과연 과학인가. 이 물음에 회의를
가지지 않을 수 없지요. 이 회의는 대학 문과 전체가 안고 있는 것인 만
큼 유독 국문과만 겪고 있는 고통은 아닐 것입니다. 국문과가 특히 겪
는 고통은 국문과를 에워싸고 있는 이데올로기적 성격 탓이었지요. 그
것을 (A), (B), (C)라는 세 가지 도식으로 드러내어 보았습니다. 어느
도식도 우리 민족의 생존권과 자유권에 관련된 것인 만큼 그 이데올로
기적 성격은 강렬할 수밖에 없습니다. 그 때문에 대학의 국문과 교사
의 회의와 고통은 심화될 수밖에 없습니다. 이 강연을 통해 그 회의가
전보다 조금 더 심화된 부분이 있다면 그것이야말로 이 강연에서 얻은
제 몫일 터입니다. 그렇다고 제가 이렇게 말함으로써 그것을 즐기고 있
다고 행여 생각지는 마시길 바랍니다. 끝까지 들어 주신 여러분, 고맙
습니다.

—

　김윤식은 이 글에서 국문학의 특수성과 그 이데올로기적 성격을 거론하
면서 근대문학의 성격을 세 가지 도식을 통해 설명했다. 첫 번째 도식은 국
가적 측면과 민족적 측면을 고려한 것으로 우리 근대문학이 국가 상실과 때
를 비슷하게 하여 전개되었다는 것이다. 이 시대의 가치는 저항 민족주의이
며 정신사적 측면에서 투쟁론과 준비론이라 할 수 있다. 여기에서 그는 또한
국가의 상실을 하늘·아비·공적인 것의 상실이라 본다. 두 번째 도식은 근대
적인 것과 직접·간접의 관련을 맺고 있는 사상의 줄기로, 통치부와 개인, 즉
사회와 개인이 마주하고 있는 형태이다. 여기에는 민족·국가·조국·혼 따위
는 없고 통치부와 개인의 관계는 합리성에 의해 좌우될 뿐이다. 세 번째 도식
은 절대적 현실의 사상으로 첫 번째와 두 번째 도식의 상호보완적인 것이다.

그는 이념을 지키기가 가능하려면 내적 성숙이 이루어져야 한다고 했다. 여기서 내적 성숙이란 자본주의적 삶, 가치중립적인 세계관이다. 가치중립적 세계관은 중인의식의 성장이고 이를 근대적 용어로 바꾸면 시민의식이라 할 수 있다.

소설은 자본주의와 연결되어 있는 근대적 산문이다. 따라서 그는 이 글을 통해 우리 문학의 근대적 성격은 소설과 불가분의 관계에 있는 것임을 분명하게 드러냈다.

* 이 글은 《한국문학의 근대성과 이데올로기 비판》(서울대학교출판부, 1987)에 실린 〈근대문학의 세 가지 시각〉을 원전으로 삼은 것이다.

민중문학의 사상사적 의미

임헌영

우리 근대사에 나타난 '민중'이란 개념은 ①사회주의 사상의 완화 혹은 해소책으로 강조되었을 가능성이 농후하고, ②따라서 여기엔 어떤 이념적 집착보다는 삶 그 자체에 초점이 모아졌으며, ③그러면서도 역사적인 변혁을 희원하는 집합체로 해석되었고, ④계급적 구분보다 계층적 접근의 의미를 강하게 함축했다.

1. 문제 제기

지금 민중문학은 두 가지 점에서 깊이 논의되어야 할 처지에 있다. 하나는 외부적 요인이 몰고 온 쟁점으로 민중문학에 대한 전체 혹은 일부, 아니면 한국적 상황에서의 특수 조건 아래서의 부정과 비판을 둘러싼 여러 가지 문제점이고, 다른 하나는 민중문학을 옹호하는 내부적 문제로 이의 해석, 적용, 전망 및 운동 방법의 차이 등이 쟁점으로 떠오른다.

이 두 가지 측면에서의 민중문학 논의는 보다 겸허하고 진지한 자세로 이루어져야만 그 주장점이나 결과에 관계없이 분단 시대의 극복을 위한 민족문학 운동사의 올바른 방향을 찾는 데 도움을 줄 수 있지 그렇지 않고 주장과 결과만을 선행시킨 채 어떤 선택된 논리만을 전개해 나간다면 우리 문학을 위해서 슬픈 일이 아닐 수 없다.

여기서 필자는 지금 논의되고 있는 당대주의적 문제점을 일단 제쳐 두고 우리 근대 사회 운동 내지 사상사에서는 '민중'이 어떻게 받아들여졌으며, 이는 문학예술사에 어떻게 투영 굴절되어 왔는가를 주로 살펴보려고 한다. 이미 우리는 상당 수준급의 민중문학에 대한 이론적 성숙기에 접어들고 있는데, 왜 하필 근 한 세기 이전으로 시선을 돌려 이 문제를 제자리걸음시키느냐고 반문할지 모른다. 그러나 지금 우리가 직면하고 있는 민중문학에 대한 내외적인 문제점은 너무 당대주의적 근시안과 외국 이론 의존적 입장에 치우쳐 있어서 진정한 민중문학 논의에 사시안적 관찰의 자세를 심어 주고 있는 것 같다.

뿐만 아니라 우리는 무슨 쟁점이 생기면 이를 우리의 민족정신사 내지 사상사에서 그 뿌리와 문제점을 찾으려 하지 않고 당대에 마치 그 문제가 처음 주창된 것인 양 지성의 역사적 절단 작업을 실시하곤 뒤돌아보지 않고 앞으로만 나가려 하는 습성이 강하다. 민중문학만 해도 이를 문학사 속에서 그 문제점을 찾을 생각은 않고 당대적 효용성만을 강조하면서 이를 지지 혹은 반대하기에만 급급하다 보니 진정한 민중문학의 모습은 찾기 어렵게 되어 가고 있다. 따라서 민중문학 논의가 그 초석부터 잘못 놓인 부분이 없지 않다고 보는 필자는 이에 대한 찬반의 당대적 관점에 관계없이 일단 백지 상태에서 이 문제를 다시 검토할 필요가 있다고 본다.

따라서 이 글은 우선 우리 근대 사회사상사에서 '민중'이란 어휘가 어떻게 쓰여 왔으며, 이게 문학예술사 속으로 어떻게 반영 굴절되어 왔는가를 살피면서 오늘의 민중문학에 이어지는가를 간략히 살피는 데 그 목적이 있다.

2. 사상사에서의 '민중'론

근대사에서 우리가 '민중'이란 어휘를 사용하게 된 시대적 배경은 매우 중요하다. 지금까지 필자가 본 바로는 개화 이후 의연히 고전적 술어로서 '인민'이란 단어가 일반적으로 사용되어 왔는데, 이는 러시아혁명을 거치면서 그 개념이 보다 정교해져서 1920년대 우리 식민지 시대의 사회사상사를 주름잡는다. 사회주의 이론에 입각한 당시의 여러 주장은 이후 '인민대중'이란 술어로 정비되어 갔는데 경우에 따라서는 '인민' 혹은 '대중' 혹은 이를 함께 붙여 사용했다. 말할 필요도 없이 1920년대의 식민지적 상황 아래서 저항의식을 거름 삼아 번창했던 사회주의 이론은 이후 식민지적 지성의 통제 아래서도 술어의 자유는 누릴 수 있어서 '인민 대중' 혹은 '무산 대중'이란 말을 항다반사로 써 왔다. 이런 시대적 분위기를 감안하고 아래 인용구를 읽어 주기 바란다.

> 민중이란 무엇인가. 민중이기 때문에 관리 기타 특권계급일 수는 없다. 즉 민중의 첫째 특징은 관리가 아닌 것이다. 다음에 민중이기 때문에 소수계급일 수는 없을 것이다. 그러므로 소수인 재산계급은 민중이 아니요, 소수인 지식계급은 민중이 아니요, 소수인 자유업자는 민중이 아니다. …… 그것은 다수라야 할 것이니 그런 의미로 보아 조선의 민중은 농민·어민·노동자를 합한 것이라 할 것이다.[1]

---

1 《동아일보》, 1924. 2. 6.

근대사에서 '민중'에 대한 첫 해석이자 가장 오류가 적은 해석의 하나를 이미 1920년대에 하고 있는 이유는 무엇일까? 이 문제는 좀 깊이 연찬되어야 할 성질의 것이나, 짐작컨대 당시의 시대적 상황으로 미뤄 볼 때 사회주의 이론의 팽배 속에서 반사회주의(흔히 민족주의 진영 혹은 문학사에서는 민족문학이라고 부르나 그 명칭이 올바른 것 같지는 않다) 이론가들이 창안해 낸 반공 의식의 한 방편이 아니었을까 싶다. 왜 이런 추론이 가능하냐 하면 당시 언론 매체 중 《동아일보》가 지닌 사명과 필진 등으로 미뤄 볼 때 분명 '민중'이란 '인민 대중'이나 '무산 대중'을 물리칠 수 있는 정치 술어 투쟁의 한 부산물일 수 있지 않을까 싶다.

이를 뒷받침해 줄 만한 예가 그 뒤 계속 나온다. 즉 식민지 시대의 많은 계몽사상이나 민족 부르주아 운동가의 글 속에 '민중'이란 술어는 계속 등장하며, 이와는 대조적으로 사회주의 이론에서는 '인민 대중'이란 용어가 일반화된다. '민중'의 사용 예를 간략하게 살펴보면 아래와 같다.

독립의 가장 근본적인 요소는 각성한 민중이다.[2]

나에 대한 생각, 민중에 대한 생각, 개인의 자유는 민중의 자유에서 낳아진다.[3]

이리하여 한편으로는 단체 행동의 경험을 주고 한편으로는 민중사상의 통일을 기하여 민중의 세력을 집중해 놓은 후에라야 다시 새로운 운동을 논할 기회가 도래하리라고 믿는다.[4]

---

2 서재필, 〈상해 임정에 보낸 서한〉.

3 윤봉길, 《농민독본》.

4 송진우, 〈농민 대중 훈련부터〉.

이상 예에서 느끼는 것은 분명 당시 널리 쓰였던 '인민 대중'의 개념
과는 차이가 난다. 그것은 이미 각성된 계급 의식의 집합체로서 '인민
대중'이 아니라 현상에 대하여 불만을 가졌으나 이를 계급 의식으로까
지는 승화시키지 못한, 그러나 다분히 대항적이고 대칭적이며, 어떤 형
태든 변혁을 추구하는 집단 의식의 성향을 띤 계층을 상징한다. 이 시
기에도 민중은 분명 역사에서의 정태론적인 대상이 아니라 동적인 변
화를 희원하는 다수로 상징되고 있다. 그러나 이런 여러 민중론에도 불
구하고 민중을 '인민 대중'과는 혼용하지 않는다. 즉 사상사적으로 볼
때 민중은 분명 사회주의나 자본주의(혹은 당시 개념으로는 민족주의)의 어
느 한편으로 치우치는 이념적 양극화나 적대 개념으로는 표현되지 않
고 있다는 뜻이다. 다음 예를 보자.

> 금일의 조선에는 민족주의와 사회주의의 대립이 민중의 요구의 반영이
> 아니요, 다만 사상 경향의 차이에 불과한 것이나 어느 민족주의자든지 물
> 어보라. 그는 사회주의자의 정강보다 다른 것으로 대답하지 못할 것이다.
> 어느 사회주의자든지 물어보라. 그는 민족주의자의 말과 크게 다를 것이
> 없을 것이다. 금일의 조선의 운동은 민중의 요구를 참으로 대표한다면 사
> 소한 정략상 차이는 있을지 모르나 주의상 분화될 실질적 기초는 없다고
> 볼 수밖에 없다.[5]

초계급 혹은 몰계급적인 사상적 설득으로 '민중'이 이처럼 적절하게
동원된 예는 그리 흔하지 않을 것이다. 결국 민중은 아무런 이념적 편
견이나 지지 없이 역사적 공평성을 취한다는 일견 초월적 입장을 견지
하고 있다.

---

5 《현대평론》 권두언, 1927. 1.

그렇다고 민중이 역사적인 수동체로서 지배에만 만족하고 있는 것으로는 보지 않았다. 민중은 어떤 이념적인 강력한 선호 작용은 않으나 분명 현상유지에는 반대며, 그 개혁 방법은 반드시 혁명이 아니나 혁명일 수도 있다는 것이 다음 주장에서 드러난다.

> 과거 30년간을 통관하면 민중적 운동을 3기로 분할 수 있으니, 제1기는 종교적 배타 운동의 갑오의 동란이요, 제2기는 정치적 근왕사상의 의병운동이요, 제3기는 민족 자유의 3·1 운동이다.[6]

물론 동학이나 의병 혹은 3·1 운동의 역사적 해석법은 옳지 않으나, 민중을 정태적이 아닌 역사적 동력인자로 분석한 점은 주목할 필요가 있다. 어느 시대나 민중이 변혁의 주체란 점은 변함이 없을 것이다.

이제까지의 논의를 요약하면 우리 근대사에 나타난 민중이란 개념은 ①사회주의 사상의 대립 내지 그 완화 혹은 해소책으로 강조되었을 가능성이 농후하다는 것, ②따라서 여기엔 어떤 이념적 집착보다는 이를 일탈한 삶 그 자체에 초점이 모아진다는 점, ③그러면서도 민중은 역사적인 변혁을 희원하는 집합체로서 해석되어 왔다는 점, ④계급적 구분보다는 계층적 접근이 강하게 나타났다는 것 등을 들 수 있다.

이와 같은 식민지 시대 아래에서의 특수성 때문에 제기된 민중론은 8·15 이후 보다 개념상의 선명성을 드러낸다. 물론 이 시대에도 정치 술어의 자유는 식민지 시대보다 더욱 널리 향유되었기 때문에 당시 지식인이나 정치 지도자들이 자신의 이념적 선호에 따라 얼마든지 골라서 쓸 수 있었다.

그런데 이 무렵 역시 민중이란 술어는 세칭 민족주의 진영에서 더 많

6　송진우, 〈세계대세와 조선의 장래〉.

이 사용되어 왔음을 숨길 수 없다. 식민지 시대 때 가벼운 친일 행위에
몸담았던 일부 계층을 비롯해 좌파 노선에 적극 대항하고 나섰던 이론
가들은 즐겨 이 민중이란 술어를 동원했다. 안재홍을 위시한 정치인과
설의식을 비롯한 문필가의 예에서 볼 수 있듯이 우파에서의 민중이란
술어는 거의 보편화되어 있었다. 따라서 이 계열의 지식인들이 사용한
민중의 예에 대해서는 식민지 시대 때의 해석법과 거의 다름이 없기에
굳이 더 검토할 필요성을 느끼지 않는다. 다만 비교적 객관화된 당시의
'민중론'을 들어 보면 다음과 같은 것이 있다.

그러므로 지도자가 이때에 정신을 차려서 민중들을 적정適正히 지도하
지 않으면 필경 수습치 못할 사태에 이를지도 모른다. 각 정치 단체의 지
도자들은 이 점을 충분히 생각하여 민중을 이용하지 말고 참된 신국가 건
설을 위한 바른 길로 민중을 지도하여야 할 것이다.[7]

이 글에 나타난 민중사상이란 역사적 선구성보다는 적절한 지도를
받아야 할 피지배계층으로 풀이된다. 이런 지배층의 반민중성 이론은
다음 글에 이르면 보다 선명하게 드러난다.

그들(지도자층)은 오늘날 막상 백일하에서 공명정대한 애국 활동, 정치
활동을 할 수 있는 마당에 도달하여 우리가 존경할 만한 조국애와 지도력
을 발휘하기보다는 분열의 이론을 연구하였고 그 이론의 표현에 민중의
이름을 빌기 위하여 우리를 행렬에 불렀다.……
어리석으면서 현명한 것을 가리켜 민중이라고 한다. 우리는 과거에 어
리석었고 현재에 어리석은 것처럼 장래에도 어리석을 것이다. 그리하여 여

---

7 〈민중의 지도〉, 《매일신보》 사설, 1945. 9. 24.

716

전히 갑당이 부르는 행렬에도 달려갈 것이요 을당이 주최한 연설회에도 박수를 보내기 위하여 만원의 성황을 정呈할 것이다.……

과거에 우리를 신궁으로 끌어가던 미나미 찌로를 우리 손으로 처단하지 못하여 뭇소리니를 처단한 이태리의 민중을 부러워하는 우리인 줄을 알거던 오늘날 우리를 제 맘대로 함부로 끌고 다닐 수 있는 우맹愚氓인 줄만 아는 지도자가 있으면 장차 그들의 망령은 우리가 길가에 나서서 마지못해 누어 버린 공동변소의 똥이나 먹어야 할 것을 알아 두어야 할 것이다.[8]

8·15 이후의 민중론 중 가장 정리된 민중론의 하나로 꼽을 수 있는 분석인 것 같다. 여기서 민중은 식민지 시대 때의 논의와 근본적으로 비슷한 시각에서 바라보았으나 저항의 주체로서 민중상을 부각시키고 있다. 사실 민중에 대하여 지나친 환상을 지닌 이론보다는 오히려 보다 현실적인 접근 방법이 아닌가 생각된다. 이런 점에서 민중론의 반대자든 찬성자든 올바른 민중론의 확립을 위하여 음미해 볼 만한 주장인 것 같다.

우파 내지 중도파적 민중론과 대조적으로 당시의 시대적 특수성 때문에 좌파에서도 '민중'이란 술어가 꽤 사용되었는데, 이 점은 식민지 시대 때도 비슷하지만 대개의 경우 이론의 경직성을 완화하기 위한 당의정이거나 아니면 '인민'이란 개념과 뚜렷한 구분 아래 썼다. 즉 같은 글에서도 명백하게 '인민'이라고 써야 할 부분과 '민중'이라고 써야 할 곳을 구분하여 사용했기에 술어를 해석하는 데 많은 참고가 된다.

예컨대 백남운의 경우를 보면 당시 각 정당 간의 대립상을 지적하여 "민중을 위한 대립인가?"[9]고 되묻는다. 이어서 "민중에 대한 불안을 초

<hr>

8　오기영, 〈민중〉,《신천지》, 1946. 3.

9　백남운,《조선민족의 진로》, 신건사, 1946, p.22.

래"[10]한다는 말이나, "민중의 신우信友가 되지 못할 정치가는 자퇴해야 할 것"[11]이라는 등 자주 이 술어를 썼는데, 그 전후 문맥의 구성으로 볼 때 우리의 근대사에서 밝혀 온 민중론과 비슷한 입장에서 보고 있음을 알 수 있다.

그런데 이와는 달리 '인민'이라고 쓴 구절에 이르면 확연히 그 개념의 명징성으로 문맥상의 감각이 달라진다. 예하면 "인민 본위의 민주정치"[12]라고 할 때의 '인민'은 이미 어떤 불확정 이념에 대한 변화의 추구라기보다는 이념적 확신에 의한 계급 의식으로서의 역사관과 정치관을 포함하고 있음을 느끼게 된다.

당대의 이론가 신남철에 이르러도 이런 현상은 마찬가지로 나타난다. 즉 민중·인민·근로 인민·인민 대중이란 술어가 언뜻 보면 혼용한 것 같으나 자세히 분석해 보면 엄밀하게 구별해서 쓰고 있음을 알게 된다. "인간을 피로써 지배하고 반역을 의무라고 선언하여 민중에게 아유하는 것은"[13]이라고 할 때나, "민중의 밑으로부터 외쳐지는 과학적 지식에 대한 욕구를 충족시켜 줄 자가 누구냐"[14]라는 문장에 표상된 개념은 지금까지 우리가 살펴 온 민중론의 개념과 별 차이가 없다.

그러나 "그러므로 프로레타리아 과학·현금에 있어서는 세계사적인 정치적 고려에서 인민과학이라고 할 수 있는 노력인민의 과학은 절대로 부르주아적인 이데올로기일 수가 없는 것이다"[15]에서의 '인민'은 그 개념이 백남운의 위의 해석법과 같음을 느낄 수밖에 없다. 또 "봉건적

---

10 위와 같음.

11 위와 같음.

12 같은 책, p.61.

13 신남철,《전환기의 이론》, 백양당, 1948, pp.24~25.

14 같은 책, p.89.

15 같은 책, p.169.

인 특권계급을 타도하고 절대다수의 인민 대중이 자주적으로 새로운 사회 체제를 개편할 때 방해되는 봉건 잔재를 청소하려고 한다"[16]에서의 개념 역시 역사적 일원론에 입각한 투쟁 의식으로만 한정되어 있음을 볼 수 있다.

8·15 후 자유롭게 사용되었던 민중이란 술어는 미군정의 종식과 함께 사라진다. 이후 50년대적 냉전 구조 속에서 민중은 식민지 시대 때의 개념에서 한 걸음 물러선 뜻으로도 감히 사용할 수 없었다. 우익 소아병적 정치풍토 속에서 이 술어는 언어의 정치 정화법에 묶인 채 민중들로부터 멀어져 갔다. 이 간절한 술어가 다시 등장한 것은 역사적인 변혁이 불가피한 시기였던 60년대 초기에 이르러서였음은 무척 시사하는 바 많다.

> ……반공을 구호 삼아 국민의 기본적인 자유와 권리를 부당하게 침해 내지 말살해 놓고서는 자유와 권리를 찾기 위한 민중운동이 일어나면 이를 적색으로 몰아 가혹한 탄압을 가함으로써 간신히 정권을 유지해 왔는데……
>
> 공산당과 싸우고 있기 때문에 민중의 저항권 발동이 자제된다는 이치를 백 퍼센트 이용하고 있는 것이 바로……[17]

이를 전후하여 민중이란 술어는 일시 해금된 셈이나 다시 역사의 뒤안으로 사라진다. 이게 다시 등장한 시기를 80년대로 보아야 하며, 지금 논의되고 있는 민중론도 이와 같은 근대사의 맥락 위에서 파악해야만 할 것이다. 이럴 때 우리가 간과해선 안 될 요소가 바로 민중이

---

16 위와 같음.

17 〈마산사건을 적색으로 몰려는 정책은 위험천만〉, 《동아일보》 사설, 1960. 4. 16.

좌익 측 술어라는 엄청난 편견으로부터의 해방이다. 이를 사회주의 이론으로 착각해 온 것은 그 반대자나 혹은 찬성자 중에서도 있을 수 있다는 가정 아래서 우리는 보다 진지하게 민중론을 재검해야 될 단계에 머물러 있다고 하겠다. 즉 이를 전근대적인 방법으로 백안시하는 것도 비판해야 하며, 또한 이에 대하여 역사적인 모든 희망의 종착역으로 인식하는 근시안 역시 시력 교정이 이루어져야 할 것으로 생각된다.

민중은 분명 변혁의 주체이다. 그러나 변혁이 이루어지면 민중은 사라지며, 그 자리엔 또 다른 그 무엇이 들어앉도록 되어 있다는 사실을 염두에 둘 때 진정한 민중의 이해와 이에 대한 운동사적 진로 파악이 가능할 것이다.

3. 문학예술사적 의미

그럼 근대 사상사에 나타난 위와 같은 민중론이 문학예술사에는 어떤 모습으로 나타났을까? 물론 민중문화란 술어가 창조되기 이전에도 민중문화는 존재했을 것이나 우리 근대사에서 '민중문화'란 술어가 사용된 것은 비교적 긴 역사를 가지고 있다. 즉 개화기 시대 때 현철이 이미 '민중문화'를 제창하고 있는데,[18] 그 이후 프로문학으로 민중문화는 방향이 약간 달라진다. 즉 대중문화로 쟁점이 바뀌게 되었다가 정작 민중문화론이 되살아난 것은 조지훈에 이르러서이다. 그는 한국사상의 밑바닥에는 민중중심사상이 뿌리하고 있는데, 이는 민주·민본사상이라고 풀이하면서 이를 '민중주의'[19]라고 불렀다. 그는 또 이도 한국의

---

18 현철, 〈문화사업의 급선무로 민중극을 제창하노라〉.

19 조지훈, 《한국문화사서설》.

휴머니즘이라면서 이는 민족주의와 사회주의를 합일하여 이루어진 것으로 확대 해석하고는 종교사상에서는 원효를, 정치사상에서는 세종을 대표로 들었다. 이어 이런 민중사상의 집대성으로는 동학사상을 내세우고 있다. 그 이론적 진위는 고사하고라도 민중사상을 민족사상사와 맥락 지어 천착한 점에서 선구성이 있다고 하겠다.

민중사상론에 바탕한 민중문화 예술론은 이후 그 술어의 차이에도 불구하고 민족문화나 사실주의 혹은 농민·노동자문학 속으로 침잠해 들어갔다. 이런 이념적 바탕 속에서 민중문학론이 부활한 것이 이른바 80년대의 민중문학이며, 이것은 엄연히 '인민문학'과는 구별된다.

우선 '민중'문화에 대한 비판적 자세를 8·15 이후의 사회주의적 이론에서 찾아보면 다음과 같은 것이 있다.

> 민중 오락은 다수인이 모여서 즐긴다는 것을 의미하는 것이 아니라, 자본주의 경제 조직이 산출한 무산계급의 생활과 의식과에 근거한 오락이다. 그러므로 근대 사회 생활이 산출한 새로운 사회 현상이다.…… 제1로는 직관성을 가질 수 있는, 예비적 지식을 선행 조건으로 하는, 원시적 감상을 단적으로 표시하고, 제2로는 일종의 자극적 쾌감을 반하고, 제3으로는 영속적인 것보다도 순간적인 쾌감을 주는, 또는 형식으로서는 안가이며, 수시적으로 향락할 수 있는 오락……[20]

민중을 속중과 같은 시각에서 비판하면서 민중론을 사회과학적 해석선상에서 파악하고 있는 점이 주목된다. 즉 민중을 지나치게 이상화시키지 않았다는 점에서 일단 좋은 참고가 된다. 흔히들 의식화의 과잉 의욕에서 민중이 지닌 속성인 저속성을 도외시하거나 고의로 전면

---

20 이석태, 《사회과학사전》, 문우인 서관, 1948, p.234.

배제시키려는 의도가 민중예술론에서 강하게 작용하나 이는 방법론상 바람직한 것 같지는 않다. 요컨대 민중문학 혹은 민중예술이란 사상사적 관점에서 수렴된 민중론을 바탕 삼아 이론과 실천을 병행시켜 나가야지 그렇지 않을 경우엔 그야말로 관념론에 빠질 우려가 없지 않다.

엥겔스는 마가레트 하크네스에게 주는 편지에서 발자크의 소설에 대하여 언급하면서 프랑스혁명 당시의 공화주의자를 "민중의 대표자"라고 적시했다.[21] 이 지적 역시 앞서 우리가 살펴 온 민중론과 큰 차이가 없는 것으로 해석되며, 역시 또한 인민과는 다른 뜻으로 사용되고 있음을 간접적으로 시사받을 수 있다. 한편 민중예술에 대해서도 엥겔스는 뚜렷한 개념을 설정해 준다. 그는 〈독일 민중본〉에서 당시의 민중적 성향을 지닌 문학의 구성 요건으로 풍성한 시적 내용, 기지, 윤리적 청순 그리고 실질 강직한 독일적인 정신이란 네 가지 사실을 추출해 냈다.[22]

이 네 가지 사실은 당시에 논의된 독일 민중본적 성격을 그대로 지적한 것이고, 엥겔스는 사회과학자답게 여기에다 시대적 요구에 부응하는 자유에의 투지까지를 포함시켜 줄 것을 요망했는데 이것은 희망 사항에 지나지 않는다. 즉 민중본이란 그 이상상으로서는 현상 타파를 위한 투지가 가장 강력하게 반영되어야 할 것이나 사실 그 본질상으로는 반대적인 요소가 많다는 것을 엥겔스는 수긍하고 있다. 풀이하면 그는 윤리적 청순성 같은 것은 진보적인 윤리보다는 보수적인 청교도적 경건주의 내지 종교적 윤리 의식에 굴종하고 있는 수준으로서의

---

21 1988년 4월 초에 썼다는 이 편지는 유명한 발자크의 사실주의론이 나오는 글이다.

22 독일어를 모르는 필자는 'Volksbuch'를 일본어 번역을 따라 '민중본'이라고 했으나, 원의는 '통속본'에 가깝다고도 한다. 그러나 우리가 논하고자 하는 의미에서의 '민중본'의 의미와 상통하는 점이 있을 뿐만 아니라, 민중문학 전체에도 암시하는 바 있기에 이를 '민중'으로 이해했으면 싶다.

민중적 한계를 잘 지적해 주고 있다. 그래서 쾌활한 혁명적 낙관성으로 귀족적 경건주의와 투쟁하는 정서적 함양을 위한 '인민문학'으로의 성장을 위하여 민중문학은 한계성을 지니고 있다는 간접적인 시사를 감지할 수 있다.

사회주의적 입장에서는 이처럼 민중문학·예술이 그리 전적으로 긍정적인 측면만은 아니다. 보다 많은 논란과 연구를 거듭하여 개척해 나가야 할 자본주의 사회의 한 부산물로서의 본질을 간직하고 있음을 부인할 수 없다는 시각에서 민중문학예술은 논의되어 왔다.

이렇게 볼 때 민중문학에 대하여 지닌 환상적 측면과 환멸적 측면의 양면적 과오가 여실히 드러난다. 그러나 80년대의 민중문학이 바로 환상적 측면이었다고 속단하는 것은 금물이다. 왜냐하면 분명 80년대적 민중문학 특히 한국에서의 민중문학은 그 나름대로의 논리적 타당성과 민족사적 당위성을 가졌기 때문에 이런 지난날의 관점에 고착화된 시각으로만 평가할 수는 없는 복합적 요소를 간직하고 있다(80년대의 민중문학 논의에 대해서는 다른 자리에서 별도로 논의하기로 하고 여기서는 생략한다).

다만 지난날의 민중문학 논의를 되새기는 것은 오늘의 민중문학 논의의 올바른 방향 감각을 예민하게 기르기 위한 것일 따름이다. 사실 그간 민중문학 논의가 술어로는 객관적 인식에 바탕 삼고 있으면서도 사실은 관념론 내지 이상적 차원에 머문 감이 없지 않다. 이의 극복을 위하여 우리가 또 참고해야 될 점은 아시아의 한문 문화권 안에서의 민중문학 혹은 민중에 대한 개념의 해석 방법이다.

4. 맺는말

예컨대 중국의 경우나 일본의 경우 민중이란 어휘가 우리가 갖는 의미가 확장된 '민중'으로 사용하는 예는 우리보다 흔하지 않음을 볼 수 있다. 그 가장 큰 이유는 양쪽이 다 술어에 대한 정치 규제 법적 통제가 없었다는 점도 있지만 사회적 갈등과 모순의 극복 방법이나 체제상 '민중적 요소'를 극소화시켰다는 점을 간과할 수 없을 것이다.

중국의 경우만 봐도 5·4문학을 논하면서 제기한 과도기적 문학을 '평민문학'[23]이라고 했다. 그리고 항일전 시대 때의 문학 구호 논쟁 때도 '민족 혁명전쟁의 대중문학'이나 '국방문학'이란 두 가지 사안이 논란되었지 민중문학이란 술어는 쓰지 않았다. 이후 노농병의 인민문학으로 급전되어 갔음은 말할 필요가 없으나, 그 과도기에서 비록 몇몇 비평에서 민중문학이란 술어를 사용하고 있으나 그것이 지배적인 구호로는 통용되지 못했다.

일본의 경우도 마찬가지다. 소위 프로문학의 대중화 논쟁 시대 때 제기된 것은 무산 대중이나 인민 대중을 위한 문학이었지 이를 민중문학적으로 그 개념을 정교화시키지는 않았다.

그래서 민중문학이란 우리가 그 이론상 가장 깊고 넓게 논의해 온 특수 분야가 된다고 말할 수도 있을 지경이다. 이 점은 '민중'이란 술어 자체를 면밀히 검토해 보면 더 한층 명백해질 것이다. 즉 서구어로는 우리가 느끼는 '민중'이란 단어를 발견하기가 그리 쉽지 않다는 사실을 상기할 필요가 있다. 필자의 의견으로는 러시아어에서의 나로드 정도가 아마 가장 근사치가 아닐까 싶다. 즉 시민이나 평민을 나타내는 말들이 있기는 하지만 나로드는 영어의 피플과는 비교도 안 될 만큼 넓은 뜻을 갖고 있다고 본다. 국민·민족·사람·주민·서민·평민·인민

---

23 《中國現代文學史參考資料》(新華書店, 1959)의 〈五月運動與 文學革命運動〉편 참고. 여기서 마오쩌둥毛澤東은〈신민주주의론新民主主義論〉서 '평민문학' 구호를 내세운 당시 지식인의 선구성을 평가한다. 또 쬐우쩌런周作人은 〈평민문학平民文學〉에서 우리의 '민중문학'과 비슷한 주장을 한다.

의 개념을 두루 가진 이 단어에 필적할 영어는 없는 것 같다.

그럼에도 불구하고 우리가 쓰고 있는 민중이란 개념을 파악하는 데는 역시 나로드로는 못 미칠 정교한 차이가 있음을 숨길 수 없다. 왜냐하면 민중이란 민족이면서도 또한 딱히 그것과 일치하는 것이 아니라 그 알맹이이기 때문에 나로드의 원래 의미와는 아무래도 차이가 날 수밖에 없다.

이런 여러 가지 이유로 하여 민중론이나 이를 접두사로 붙인 문학예술론은 우리의 것, 우리의 특수 조건 아래서 보다 진지하게 논의되어야 할 것이다.

이미 자연적으로 밝혀졌겠지만 민중문학론에서 가장 빠지기 쉬운 함정은 소위 '인민문학'과 동일시하려는 비난인데, 이와 같은 문제는 크게 두 가지 점에서 엄격히 구분해야 될 것이다. 즉 인민문학은 당파성을 우위에다 두는 데 비하여 민중문학은 민중 그 자체를 우위에 두며, 인민문학은 인민성 곧 계급성을 우위에 두는 데 비하여 민중문학은 대중 혹은 민족성을 우위에 두고 있다. 이와 같은 차이는 언어의 유희가 아니라 심각한 문제로 문외한들이 이를 뚜렷하게 구분 못한 채 착란증에 빠지는 일은 안타까운 일이다.

민중문학의 과거를 돌아보면서 우리가 빠뜨리지 말아야 할 중요한 과제의 하나가 프로문학에서의 대중화 논의이다. 이는 우리나라뿐만이 아니라 일본·중국의 아시아 문화권 전체에서 뜨겁게 전개되었던 쟁점의 하나로 오늘의 민중문학 논의에 많은 암시를 얻을 수 있다. 아니, 문학의 대중화 논의에 대한 철저한 검토가 없이 과연 오늘의 민중문학에 대한 올바른 이해가 가능할까 도리어 의문이라는 쪽이 옳을 것이다.[24]

---

24 대중문학 논의에 대해서는 한국 근대문학의 경우는 김윤식, 《한국근대문학사상사》(한길사, 1984)의 〈예술 대중화론〉이 좋은 참고가 되며, 일본의 경우는 平野謙·小田切秀雄·山本健吉 編集, 《現代日本文學論爭史》, 上卷(未來社)의 〈藝術大衆化論爭〉 참고, 중국의 경우

　　민중문학은 지금 너무 당대주의적 근시안에서만 그 찬반이 논의되고 있다고 보기 때문에 잠시 시선을 우리의 근대 사상사 쪽으로 돌려보았다. 그러나 이 과거의 논의로 곧 오늘의 논의를 완결 짓고자 하는 의도는 아니다. 이미 말한 대로 지난날의 논의를 바탕 삼아 지금 빗나가고 있는 논의의 방향을 바로잡고 싶을 뿐이다.

　　어제의 뿌리를 모르는 소치로 빚어진 엄청난 오류들을 보면서 이런 식으로 나가다가는 이제 '노동자'란 말도 불온시할 상황이 없다고 단언할 수 없지 않을까 싶을 지경이다. 사실 민족문학만 해도 8·15 이후 그렇게 주창하다가 어느새 자취를 슬그머니 감추었다가 다시 살아나자 이를 불온시하게까지 된 적이 있었으니 말이다.

　　민중이란 우리만이 그 개념을 정교하게 다듬을 수 있는 위치에 있다. 또 민중문학 역시 우리가 가장 적절하게 해석 적용 확대해 나갈 수 있는 입장에 있다. 우리 민족문학의 풍요를 위하여, 나아가선 세계문학의 보다 다양한 발전을 위하여 우리가 논의하고 있는 민중문학이 올바른 방향으로 나가 주기를 바라고 싶다.

———

　　임헌영은 이 비평문에서 민중문학의 논의는 분단 시대의 극복을 위한 민족문학 운동사의 올바른 방향을 찾는 데 도움을 줄 수 있다고 말한다. 이에 시대에 따른 민중의 의미를 분석함으로써 '민중'이 가지는 의미 찾기의 중요성을 제시했다. 1920년대 '민중'은 '인민 대중'이나 '무산 대중'을 물리칠 수 있는 정치 술어 투쟁의 부산물로 보았으며, 저항의 주체로서 민중상을 부각시킨 8·15 이후의 민중론을 가장 정리된 민중론으로 꼽았다. 즉 '민중'은 이념적 집착보다는 삶 자체를 말하는 것에 가깝다는 것이다. 그는 민중문학 혹은

는《文學運動史料選》, 第二册(敎育出版社) 중 〈文藝大衆化問題的討論〉을 참고하라.

민중예술은 이러한 관점에서 수렴된 민중론을 바탕으로 삼아 이론과 실천을 병행시켜 나가야 함을 강조했다.

'민중'이라는 개념은 민족의식이 생성되면서 끊임없이 사회·문화적으로 언급되어 왔지만 시대에 따라 변모하는 민중의 의미를 제대로 규명하지 못했었다. 임헌영의 〈민중문학의 사상사적 의미〉는 민중의 개념을 시대적으로 정리하여 그 시대적 의미를 고찰했다는 것과 1980년대의 근시안적인 당대 현실 속에서 민중의 의미를 바로 세우려는 노력이 우리 민족문학의 발전으로 향하는 길을 열어 주는 역할을 했다고 볼 수 있기에 의미 있는 비평이라 할 수 있겠다.

* 이 글은 《민족의 상황과 문학사상》(문학사상, 1988)에 실린 〈민중문학의 사상사적 의미〉를 원전으로 삼은 것이다.

시뮬레이션 미학, 또는 조립문학의 문제와 전망
— 이인화의 '혼성기법'이 제기하는 문제들

도정일

1. 조립문학의 시대를 연 포스트모더니즘

작가가 소설을 쓰면서 사실은 '쓰지' 않고 '짜집기'만 했을 경우, 이미 세상에 나와 있는 다른 사람의 소설이나 기타 텍스트들에서 따온 문장과 단락들을 마치 자동차 조립하듯 이리저리 짜맞춘 '조립소설'을 만들어 냈을 경우에도 그것은 여전히 문학이라는 문화 제도 속의 '소설'로 대접받고 문화적 성취물로 평가될 수 있는가. 시인이 시를 쓰면서 사실은 쓰지 않고 이미 발표된 다른 사람들의 작품에서 마음에 드는 구절들을 따다가 이리저리 재배열한 완벽한 조립시를 만들어 낼 경우에도 그것은 여전히 문학 제도 속의 '시'로 읽히고, 얘기되고, 문화적 성과로 평가될 수 있을 것인가. 모든 것이 가능하고 '가능하기 때문에 한다'라는 이 빛나는 '포스트모던의 시대'에 이런 조립소설·조립시들은 얼마든지 가능할 뿐 아니라 가능하기 때문에 현실이 되어 버린 지가 벌써 오래이다. 미국 상업주의 출판의 경우 탐정소설, 공상과학소설, 연애소설, 할리퀸소설들이 출판사라는 이름의 소설 공장에서 몇 개의 공식과 조립 공법을 익힌 기술자들의 손으로 순식간에 제작되어 소비시장에 공급되어 온 것은 어제 오늘의 일이 아니지만 이런 상황은 이제 '상업주의 영역'에만 국한되는 현실이 아니다. 이른바 포스트모더니즘문학은 '새로운 기법'과 '새로운 문학'의 구호 아래 여러 형태의 조립소설과 시들을 내놓기 시작함으로써 문학이라는 '문화 영역' 속에 '조립문학의 한 시대'를 열고 있을 뿐 아니라 당당한 '문학'으로 대접받을 권리까지 요구하고 있다. 이것은 더 이상 남의 나라 얘기가 아니다. 마침내 우리도 최근 한 젊은 작가에 의한 조립소설의 탄생을 보게 된 것이다.

이인화의 소설《내가 누구인지 말할 수 있는 자는 누구인가》는 그 조립성의 수준이 아직은 철저하지 못하지만 여러 다른 텍스트들(듣기로는 100여 군데)로부터 많은 대목들을 '자유롭게' 따다 쓰고 이 따오기와 짜깁기를 '신기법'의 이름으로 정당화한다는 점에서 우리 독자들에게 던져진 최초의 포스트모더니즘적 조립소설이다. 이 소설은 그동안 평론 활동을 해 온 류철균이 소설가 이인화로 데뷔하게 된 작품이고,《작가세계》제1회 문학상 수상작이기도 해서 그 따오기와 짜깁기 문제를 놓고 평론가 이성욱과 작가 사이에 한차례 공방이 벌어지게 된다. 이성욱이 이 소설의 몇몇 따온 부분들을 적시하고 이런 식의 베껴 쓰기는 부도덕한 절취이고 도용이라는 점을 지적(《한길문학》여름호,《중앙일보》5월 21일자)하자 작가 이인화는 그게 도용도 표절도 아닌 '혼성모방pastiche'의 기법이며, 새 기법과 소설 쓰기의 새로운 모색을 종래의 '경직된 관행으로만 재단하지 말라'고 응수한다. 그러자 포스트모더니즘의 '적극적 수용자'임을 자처하는 김욱동이 나서서 이인화의 소설 기법을 두고 표절 운운하는 것은 포스트모더니즘의 새로운 소설 미학인 '상호텍스트성'을 전혀 이해하지 못한 소치라 공박하고 이인화의 소설이야말로 '적절한 기법'을 사용한 '우리 문단의 보기 드문 수작'이며, 이런 수작을 평가함에 있어 '리얼리즘의 잣대를 버려라'고 주장하는 글을 신문에 기고(《중앙일보》 5월 28일자)하기에 이른다. 또 문제의 소설을 출판사 '세계사'는 김욱동의 그 기고문에 크게 고무된 듯 그의 글을 길게 인용한 책 광고를 신문에 연거푸 내보내는 상술을 발휘한다.

혼성모방기법이란 도대체 포스트모더니즘의 어떤 논리에 의해 정당화되고 있는가? 그것이 제시하는 것은 문학의 가능성인가, 불가능성인가? 혼성기법이 제기하는 문제는 재현 미학의 가능성에 대한 회의의 문제가 아니라 문학 자체의 존립 가능성에 관계되는 문제이다. 그러므로 이인화의 작품 자체에 대한 논의보다는 그가 선택한 혼성기법의 성질과 논리, 그것이 시사하는 바를 일차 검토해 보는 작업이 더 시급하다. 그것은 현 시점에서 우리가 당연히 관심을 갖고 수행해야 할 일의 하나이다.

2. 혼성모방은 모조를 복제하는 또 하나의 복제 행위

이인화의 혼성기법론을 정당화하기 위해 김욱동은 간텍스트성inter-textuality의 미학을 끌고 들어왔는데, 우선 여기서부터 혼동을 피하기 위한 해명 작업이 필요해진다. 김욱동은 간텍스트성이 포스트모더니즘의 '핵심적인 심미적 범주의 하나'이고, 이 범주는 패스티시(혼성모방)에 그 '기초를 두고 있다'고 주장한다. 그가 어디서 이런 주장의 근거를 얻어 오고 있는지는 모를 일이로되, 예의 신문 기고문에서 그가 쥘리아 크리스테바를 인용하고 있는 것을 보면 그는 크리스테바의 간텍스트성 개념을 포스트모더니즘의 혼성기법과 동일한 것으로 파악하고 있음이 분명하다. 그의 주장은 크리스테바의 말대로 모든 텍스트가 다른 텍스트들을 인용, 흡수, 변형한 간텍스트인 이상 어떤 텍스트도 독창성이나 창조성을 주장할 수 없는 혼성물이며, 간텍스트성은 곧 포스트모더니즘의 혼성기법에 기초한 심미적 범주라는 것이다. 그러므로 혼성기법은 '도덕적·윤리적으로도 전혀 문제가 되지 않는다'고 그는 말한다. 간텍스트성에 관한 김욱동의 이런 이해 방식을 연장하면 남의 텍스트에서 되도록 많은 부분을 따다 쓴 텍스트일수록 오히려 자신의 혼성성을 드러내는 '정직한' 간텍스트가 되고 완전히 남의 것으로만 조립된 텍스트는 최고의 정직한 간텍스트가 된다.

그러나 김욱동의 과감한 주장에도 불구하고 구조주의와 탈구조주의가 발전시킨 비평적 개념으로서의 간텍스트성은 포스트모더니즘의 '핵심적인 심미적 범주 중의 하나'로 제시된 것이 아닐 뿐 아니라 혼성모방기법에 그 기초를 두고 있는 개념도 아니다. 더더구나 그것은 모든 텍스트가 간텍스트인 이상 남의 텍스트에서 되도록 많이 절취할 것을 권고하거나 그 절취 행위를 도덕적으로 정당화해 주는 개념이 아니다.

크리스테바에게 있어 간텍스트성이란 하나의 텍스트를 텍스트로 존립하게 하고 의미를 가질 수 있게 하는 일반적 담론의 공간, 다시 말해 텍스트들의 의미 생산을 가능케 하는 언어, 사회, 역사의 총체적 관계를 말한다. 크리스테바의 '텍스트'란 언어기호로 된 '책'만을 의미하는 것이 아니라 사회와 역사 자체도 텍스트이며, 이 여러 종류의 텍스트들과 기호 체계들이 다층적으로 얽혀 지식의 총화를 이루고 있는 공간, 그래서 어떤 텍스트도 이 공간의 바깥이나 그 너머에서는 만들어질 수 없게 하는 지식의 총화가 간텍스트의 공간이다. 그러므로 예컨대 소설을 간텍스트로 본다는 것은 언어적 생산물로서의 소설을 사회와 역사라는 텍스트 속에 위치시키는 일이고, 소설의 생산과 의미 생성을 가능케 한 담론의 배경 속에서 소설을 파악하는 일이다.

이 요약은 충분치 못하지만 그러나 분명한 것은 크리스테바의 간텍스트성이 김욱동의 주장처럼 남의 텍스트들로부터의 의식적이고 고의적인 절취를 지시하는 개념이 아니라는 점이다. 김욱동이 크리스테바

를 왜곡한 것은 그가 크리스테바의 텍스트 개념 자체를 협의의 책 텍
스트로 곡해하고 '다른 텍스트들로부터의 흡수와 동화'가 곧바로 다른
책(소설 기타)에서의 인용, 차용, 흡수를 의미하는 것인 양 잘못 이해한
데 연유하는 것으로 보인다. 이런 오해는 간텍스트성 개념의 '포스트모
더니즘적 남용'을 일삼는 몇몇 미국 이론가들에게서도 발견된다. 롤랑
바르트가 분명히 지적했듯 간텍스트성 이론에서 논의되는 '인용과 흡
수'는 이인화의 소설에서처럼 우리가 그 전거(소스)를 분명히 지적할 수
있는 어떤 책 텍스트들로부터의 인용이 아니라 '그 이름을 알 수 없고,
전거를 발견할 수 없는' 무명의 인용, 아무도 주인(기원)을 찾을 수 없는
무한한 담론의 창고 속에 자연화되어 널려 있는 부호들, 인용하면서도
우리가 인용임을 '의식하지 못하는' 인용들이다. 또 특정 텍스트와 텍
스트 사이의 관계라는 좁은 의미에서의 간텍스트성의 경우에도 사정
은 마찬가지다. 제임스 조이스의 《율리시즈》는 호머의 《오딧세이아》를
간텍스트로 하고 있지만 이는 '조이스가 호머를 베꼈다'라는 의미는 아
니다.

그러므로 모든 텍스트는 이런 문맥에서의 인용들과 배경 간텍스트
들을 전제로 해서 구성된 이데올로기적인 간텍스트이다. 이 때문에 간
텍스트의 개념을 문학 연구에 도입하는 사람들을 예컨대 윌리엄 포크
너 소설의 간텍스트성, 황지우 시의 간텍스트성을 말할 수 있게 된다.
이 경우의 간텍스트적 연구란 포크너가 누구의 텍스트에서 무엇을 차
용하고 무엇을 소리 없이 절취하는 포스트모더니즘적 혼성기법을 썼
는가에 관한 연구가 아니며, 황지우 시가 어떻게 포스트모더니즘적 혼
성기법으로 된 모자이크인가를 밝히려는 연구가 아니다. 그것은 우리
가 '이미 있는' 언어 기호들을 사용해야만 새로운 어휘를 만들어 낼 수
있듯이 하나의 텍스트는 간텍스트의 공간에서만 '의미 있는' 텍스트로
탄생한다는 관점에서 포크너의, 또는 아무개의 텍스트 생산을 가능케

한 담론의 공간(이것은 언어 체계 이상의 것이다)을 탐색하는 것이다.

또 김욱동의 주장처럼 간텍스트성과 포스트모더니즘의 혼성기법이 같은 것이라면 혼성기법 자체는 포스트모더니스트들이 그 새로움을 광고할 이유가 없는 무의미한 기법이 된다. 왜냐면 고금의 모든 텍스트가 간텍스트로 간주될 수 있는 한 모든 텍스트는 '이미' 혼성기법으로 씌어진 것이 되고, 이인화가 구태여 혼성기법을 도입하지 않았어도 그의 소설은 '이미' 혼성기법에 의한 간텍스트가 됐을 것이기 때문이다. 이미 혼성물인 텍스트를 또다시 혼성기법으로 쓴다는 것은 무의미한 동어 반복이다. 그것은 불필요한 노고, 무의미한 작업, 이미 있었던 기법의 반복에 불과할 것이다. 그러므로 이인화가 시도한 포스트모더니즘적 혼성기법이 새로운 기법으로 주장되기 위해서는 간텍스트성 이론이 아닌 다른 어떤 이론이 그 근거로 확보되지 않으면 안 된다. 간텍스트성의 이론은 혼성기법을 새로운 기법으로 만들어 주지도 않고, 혼성기법이 수행하는 무단 복제 행위를 정당화해 주지도 않기 때문이다. 그렇다면 혼성기법은 무슨 논리에 의해 정당화되고 있는가?

혼성모방기법을 포스트모더니즘의 미학적 원리로 정당화하는 데 가장 강력한 이론적 근거를 제공한 것은 장 보드리야르의 시뮬레이션 이론이다. 보드리야르의 시뮬레이션 미학이 등장하기 전까지 혼성모방은 패러디와 거의 구분되지 않거나 몽타주 혹은 콜라주 기법의 한 변종으로 간주되었다. 시뮬레이션 이론의 등장과 함께 혼성모방은 패러디와 분명히 구분되는 기법으로서의 이론적 근거를 획득한다.

패러디가 기존의 어떤 텍스트를 흉내 내기의 방식으로 비틀어 '비판적 거리'를 만들어 낼 수도 있는 기법인 반면 혼성모방은 기존 텍스트의 '순수한' 반사, 비판성을 갖지 않는 순수한 흉내 내기, 순수한 복사·복제의 기법이다. 패러디는 대상 텍스트를 모방하면서도 그것과는 다른 변형된 텍스트를 만들어 내야 하기 때문에 대상 텍스트와 거리를 유지한다.

그러나 혼성모방은 비판·풍자의 의도를 담지 않는 '비의도적 패러디'기 때문에 자기와 대상 사이에 비판적 거리를 갖지 않는다. 혼성모방은 전통적 의미의 모방도, 인용·차용·인유도 아닌 순수한 '복사'이며, 유리 거울이 이미지를 순순히 되돌리듯 혼성모방은 모방의 대상을 자기 내부에 동화하여 감추지 않고 흉내의 형태로 되받아 반사한다.

이 점에서 혼성모방은 순수 모방, 순수 복제, 순수한 시뮬레이션이다. 대상을 받아들이기 위해서는 '내부'와 '깊이'를 가져야 하지만 순수 시뮬레이션으로의 혼성모방은 '속이 빈 패러디'여서 그 자체는 어떤 내부interiority도, 깊이도 갖지 않는다. 그것은 내·외부, 심층·표층의 구분이 성립하지 않는 순수 표피의 세계이다. 속, 내부, 깊이, 의미, 해석, 무의식, 심층, 에로스, 갈등, 모순, 비판, 실재, 진리, 재현 등의 범주는 시뮬레이션으로서의 혼성모방과는 아무 관계도 없다. 그것은 모든 내부, 속, 깊이가 표층으로 올라와 투명해진 상태, 속이 표피로 떠올라 표피·심부의 구분을 무화시킨 순수 외설의 상태이며, 거기에는 어떤 에로스도, 금기와 위반도, 무의식도 없다.

보드리야르는 디시뮬레이션과 시뮬레이션을 구분하여 전자는 '갖고 있으면서 갖고 있는 않는 체'하는 것이고, 후자는 '갖고 있지 않으면서 갖고 있는 체'하는 것이라 규정한다. 시뮬레이션에 대한 그의 이 규정은 혼성기법에도 그대로 적용될 수 있다. 시뮬레이션은 진리 원칙 위의 재현 기법이 아니므로 재현 대상으로서의 실재, 진리, 심층을 갖고 있지 않다. 이런 것을 갖고 있지 않으므로 시뮬레이션은 그 어떤 것에도 구속되지 않는 자유로운 재생산이고 자유로운 복사이다.

혼성기법은 이 시뮬레이션 기술에 의한 무한 복사의 장치, 무한 재생산의 기계적 장치이다. 그것이 복사해 내는 것은 원판(실재)의 위조나 반영물이 아니라 이미 복사물로 존재하는 것의 재복사이다. 복사물의 복사는 이 시뮬레이션의 질서에는 원판이란 것이 존재하지 않는다. 그러면서도 혼성기법은 어떤 것의 복사이므로 그 배후에 마치 원판을 두고 있는 듯한 '사기의 효과'를 낼 수 있다. 이것이 혼성기법에 의해 만들어지는 시뮬레이션의 황홀이다.

보드리야르적 순수 시뮬레이션으로서의 혼성모방이 내거는 가장 중요한 구호는 '재현할 수 없는 세계'라는 것이다. 세계를 재현할 수 없는 까닭은 재현 기술의 부족 때문이 아니라 세계, 현실, 실재 자체가 이미 시뮬레이션에 의한 가상현실(보드리야르의 용어로는 하이퍼리얼리티)이 되었기 때문이다. 가상현실은 현실처럼 느껴지는 환상적 현실, 환상이면서 그 환상 너머에 환상 아닌 실재계가 존재하지 않는 그런 환상이다. 이 세계는 그 자체가 이미 시뮬레이션이고, 기호이며, 이미지이기 때문에 재현의 대상이 아니며, 전통적 의미의 모방 대상도 아니다. 이는 실재를 재현하는 기호가 실재의 세계를 대체하거나 접수했다는 의미가 아니라 실재 자체가 기호·시뮬레이션이 돼 버려 실재와 기호, 환상과 현실, 진리와 허위의 구분 일체가 불가능해졌다는 의미이다.

보드리야르에 의하면 실재란 '등가의 복사물을 제공할 수 있는 것'이고, 그 자체가 '이미 복사된 것'으로 정의된다. 남은 것은 무엇인가? '등가의 기호들'과 이 기호들의 시뮬레이션뿐이다. 텍스트의 생산은 생산이 아니라 이미 있는 다른 텍스트의 기호들을 혼성기법의 방식으로 이리저리 재조합하고 재조립하는 일이다. 순수 시뮬레이션의 세계에는 '새로운 것'이란 없기 때문에 어떤 텍스트도 다른 텍스트에 대해 원전, 기원, 소스임을 주장할 수 없다. 모든 텍스트는 상호 시뮬레이션의 대상이고, 혼성모방에 열려 있는 등가의 텍스트이므로 거의 진품·모조의 구분은 성립하지 않는다. 모조simulacra란 진품(진짜)이 있을 때 모조이지 진품이 없는 세계에 모조가 따로 있을 수 없다.

그러므로 시뮬레이션 이론에 따르면 혼성모방은 진품을 표절하는 기법이 아니라 모조를 복제해서 또 하나의 모조를 만들어 내는 순수한 복사 행위이다. 따라서 그것은 범법이 아니다. 그것을 표절로 단정하는 것은 오히려 모조가 모조를 고발하는 부도덕한 행위, 가짜가 가짜를 단죄하는 불가능한 희극이 된다. 여기서 보드리야르의 시뮬레이션 이론은 완벽하게 혼성모방을 정당화한다. 진리, 진품, 실재가 있다면 혼성모방은 표절이고 위반일 것이지만 일체가 모조인 세계에서 혼성모방은 위반일 수 없다. 그것은 위반을 모르는 새로운 게임이다. 이것이 시뮬레이션소설의 '게임 규칙'이고, 이 규칙 위에서 표절은 표절 아닌 '복사'로 정당화된다. 그러나 이 게임 규칙은 이미 그 자체가 타인의 창조적 노고의 결과를 가짜, 모조, 복사물로 돌려 버리는 '부도덕성'에 근거하고 있다.

이인화의 소설이 시뮬레이션 미학을 얼마만큼이나 성공적으로 복사하고 있는가에 대해서는 여기 자세히 언급할 지면이 없다. 그러나 무단 복사 부분을 빼더라도 그의 소설은 시뮬레이션의 게임을 지향하고 있다. 종래의 관행으로 새 기법을 재단하지 말아 달라는 그의 주문은 시뮬레이션 미학의 잣대로 자기 작품을 얘기해 달라는 요구이다. 그의 소설 속에는 여러 명의 '나'가 등장하고 있지만 이들은 서로가 서로를 흉내 내는 복사판들이고 시뮬레이터들이다. 소설 속의 소설가 이은우는 작가 이인화의 시뮬레이션이고, 이인화는 이은우의 시뮬레이션이다. 궁극적으로 이 소설 속에는 단 한 사람의 '나'만이 있고, 그 외 여섯 명의 '나'들은 그 한 사람의 '나'를 복사한 것이다. 그러나 이 한 사람의 '나' 자체가 이미 복사된 시뮬레이션이므로 재현의 기초이지 원판으로서의 '나'는 없다. 이것이 '나는 누구인가?'라는 질문에 대한 이인화의 대답이다. 그러므로 이 소설을 향해 '진정한 주체'를 묻는다거나 '참다운 주체'의 구성을 요구한다는 것은 전혀 빗나간 각도의 질문이고 가당치도 않은 요구이다.

또 이 소설이 우리 시대 젊은 지식인들의 고뇌를 다루고 있다고 읽어 낸다든가, 고뇌의 현실을 심층적으로 깊이 있게 다루지 못했다고 불평한다면 그 두 가지 읽기는 모두 이인화의 속임수에 넘어가는 것이 된다. 소설 속의 이은우가 리어 왕의 고뇌를 흉내 내듯이 시뮬레이터 이인화는 지식인의 고뇌를 다루지 않고 다만 '흉내' 내고 있기 때문이다. "이 시대 지식인의 고민을 다루고자 했다"라는 이인화의 공언은 완벽한 속임수를 지향하는 발언이며, 소설 속에 복사되어 있는 보드리야르의 "완벽하게 미친 척할 수 있다면 그는 미친 것에 틀림없다"는 말이 속임수의 이론적 근거이다. 그러나 이 속임수의 궁극적 희생자는 작가 자신이다. 시뮬레이션 미학의 현실 접근법은 "고뇌를 완벽하게 흉내 낸다면 고뇌의 현실 자체가 흉내가 되고 가상현실이 된다"는 것인데, '시뮬레이션의 낙원'이라는 이 보드리야르적 속임수는 결국 이인화가 이인화 자신에게 거는 속임수이고 최면술이기 때문이다. 이것이 보드리야르의 실패이자 이인화의 실패이다.

3. 새로운 문학의 가능성

포스트모던 시대의 '새로운 예술과 문학의 가능성'에 관한 분분한 논의들 중에서도 그 가능성의 진면목을 가장 정확하게 제시해 보이는 것이 보드리야르의 시뮬레이션 이론이다. 그의 이론은 우선 포스트모던의 시대에 '문학은 죽고 예술도 죽었다'는 치명적 정보부터 먼저 전달한다. 문학이 죽은 이유는 현실이 시뮬레이션화함으로써 현실·문학의 구분이 불가능한 '시뮬레이션의 문학' 그 자체가 되었기 때문이다. 그의 주요 저술《시뮬라숑》의 한 대목에서 그는 이렇게 말한다.

"오늘날 현실의 모든 곳에는 예술품이 있고, 따라서 예술은 도처에 있다. 그러므로 예술은 죽었다. 예술은 그 비판적 초월성이 사라졌기 때문에 죽은 것이 아니라 현실 그 자체가 자신의 이미지와 구별될 수 없고 현실 구조가 그 구조와 분리시킬 수 없는 미학의 주입을 받았기 때문에 죽은 것이다."(《시뮬라크라의 질서와 예술의 죽음》, 《문예중앙》, 1992년 여름호.)

그러나 이것이 보드리야르가 전하는 메시지의 전부는 아니다. 문학의 죽음, 예술의 죽음을 애도하는 듯한 이 '까마귀 정보'는 까마귀처럼 전달자의 우울과 절망, 그의 시니시즘과 비관을 담은 것 같아 보이기도 하지만 그 절망은 '흉내'일 뿐, 이 까마귀에게는 '황홀'을 알리는 다른 정보가 있다. 그의 다른 메시지는 이러하다. "오늘날 미적 황홀이 모든 곳에 존재한다. 모든 것에는 비의도적 패러디의 분위기가 붙게 되고 이 기술적 시뮬레이션에는 마치 판단할 수 없는 게임처럼 특수한 미적 쾌감, 그 게임을 읽는 즐거움, 게임 규칙에 대한 쾌감이 따라붙는다 …… 생산과 예술은 그들의 기호를 교환할 수 있게 되었다. 예술은 재생산의 기계(앤디 워홀)가 될 수 있고, 그러면서도 예술임을 주장할 수 있게 된다."(《시뮬라크라의 질서와 예술의 죽음》, 《문예중앙》, 1992 여름호.)

문학의 죽음을 알리면서 동시에 문학의 가능성을 말하고 있는 보드리야르의 이 정보야말로 문학의 장래에 관한 포스트모더니즘의 최후통첩 같은 것이다. 그 정보는 "지금까지 해 오던 식의 문학은 걷어치워라. 그것은 이미 죽었다"라고 말한다. 그 정보는 또 "문학의 죽음 위에 새로운 문학이 번성할 것이다"라고 말한다.

새로운 문학이란 어떤 것인가? 그것은 시뮬레이션의 원칙 위에 '새롭게 조립되는' 문학이다. 재생산의 기계이자 복사 장치로서의 혼성기법은 이미 지상에 존재하는 수백만 권 정도가 아닌 무한수의 텍스트들을 조립해 낼 수 있다. 그것이 새로운 시대의 심미적 게임이고 게임의 황홀이며, 시뮬레이션의 문학적 경험이다. 이 황홀을 맛본 사람은 지금의 문학 공동체를 이렇게 말할 것이다.

"컴퓨터는 부끄러움을 모르고 무의식도 없다. 그는 은유와 환유를 모르지만 디지털의 냉정한 논리로 엄청난 작업을 살 수 있다. 그 녀석한테 '복사하라, 오려 붙여라'의 명령어를 내리기만 하면 된다. 그런데 아직도 '창작'한답시고 낑낑대며 밤새우고 담배로 간 녹이는 우매한 작가, 시인들이 남아 있는가? 그들은 어차피 사라져 가는 부족이다. 이은우, 이인화가 소설 800매를 쓰고 좌절했다가 시뮬레이션의 황홀을 깨달으면서 순식간에 1천 300매로 기호증식을 할 수 있었다는 얘기 못 들었는가? 작가라는 호칭에 연연해하지 말라. 작가는 죽었다. '아무개 창작' 대신 앞으로는 '아무개 조립소설' 혹은 '아무개 혼성시집'이 나돌게 될 것이고, 작가라는 호칭도 시뮬레이터 또는 소설조립가로 대체될 것이다. 아니, 그건 그렇지 않을 수도 있다. 작가의 호칭은 정확히 작가의 소멸을 말해 주는 죽음의 알레고리가 아닌가. '작가'라는 기호는 오히려 작가의 소멸 위에 성립한다. 그러므로 작가는 죽고 없어도 당신들에게 붙여지는 작가의 호칭만은 몰수되지 않을 것이다. 당신들은 여전히 작가이고 시인일 수 있다."

이것이 포스트모더니즘의 문학적 가능성이라는 문제를 놓고 아직도 환몽에 잠겨 있는 사람들에게 포스트모더니즘이 펼쳐 보이는 미래 문학의 전망이다. 그것은 가능성의 전망이 아니라 불가능성의 전망이다. 이 전망에 현실적 근거가 전혀 없다고는 아무도 말하지 못할 것이다. 사실 포스트모던의 현실에 대한 보드리야르 식의 진단과 기술에는 상당한 경험적 정확성이 있다. 이 때문에 국내외 포스트모더니스트들은 포스트모던의 상황이 이제는 '선택하고 말고의 문제가 아니라' 받아들일 수밖에 없는 현실이라고 주저 없이 말한다. 그러나 이 논법을 구사하는 사람들은 그 논법이 얼마나 단세포적인 것인가를 전혀 의식하지 못하고 있다. 진짜 인감과 전혀 구별할 수 없는 가짜 인감이 만들어질 수 있는 것이 포스트모던의 현실임에 틀림없지만 그것이 현실이라고 해서 진짜·가짜의 구분은 더 이상 존재하지 않는다는 포스트모더니즘의 주장까지도 유효해지는 것은 아니다. 현실과 현실의 정당화, 현실과 현실 추수주의는 같은 것이 아니다.

소설을 시뮬레이션의 기술로 복사해 내고 조립해 낼 수 있는 것이 포스트모던의 현실이다. 그러나 현실이 그렇기 때문에 '조립소설을 만들어야 하는가'가 되고, '조립소설은 정당하다'가 되는 것은 아니다. 조립문학의 가능성과 조립문학의 정당화는 같은 차원의 문제가 아니다. 그런 식의 현실 추수주의에 함몰된다면 문학은 가장 조잡한 형태의 재현주의, 무매개의 즉물주의 속에 익사할 것이다. 이 때문에 문학은 현실과의 사이에 부단히 비판적·심미적 거리를 유지하지 않으면 안 된다.

혼성기법, 조립소설, 시뮬레이션 미학이 궁극적으로 문학 공동체에 제기하는 것은 가능한 문학과 불가능한 문학 사이의 선택, 가능성과 정당성에 대한 '공동체적 결단'의 필요성이라는 문제이다. 가능성·불가능성은 이제 기술적으로 가능한가, 불가능한가의 문제가 아니다. 기술적으로는 지금 모든 것이 가능하다. 그러므로 가능성과 불가능성에 대한 문학 공동체의 선택은 '가능하기 때문에 한다'라는 입장과 '가능하지만 하지 않는다'라는 입장 사이의 선택이다. 이것은 기술주의와 인문학적 가치, 기술적 가능성과 윤리적 불가능성 사이의 선택이다. '가능하지만 하지 않는다'라는 것은 인문학의 전통적 가치이며, 문학은 이 전통의 큰 부분이다. 그러나 그것은 억압이 아닌 선택의 문제이기 때문에 작가, 출판사, 문예지, 비평가와 수용자로 구성되는 문학 공동체의 문화정치학적 결단을 요구한다. 또 가능한 문학과 불가능한 문학 사이의 선택은 문학예술의 심미성, 자율성, 창조성, 전통에 대한 새로운 규정과 가치의 확인을 필요로 한다.

예술로서의 문학은 부단히 새로운 기법을 실험해야 하지만 이 실험은 심미적 경험의 단순한 '확장'만을 위한 것이 아니라 경험의 '심화'를 위한 것이다. 창조성은 이 심화와 관계된 범주이다. 문학은 분명 놀이의 성격을 갖고 있고, 유희적 즐거움을 제공한다. 그러나 문학의 심미성은 놀이의 즐거움이나 시뮬레이션의 황홀과는 다른 차원에 있는 것이다. 포스트모더니즘의 주장대로 창조성, 독창성, 작가, 비판, 재현 등의 범주가 그렇게 쉽게 포기될 수 있는 것들인가? 그렇지 않다. 예컨대 '혼성기법'의 '새로움'을 주장하기 위해서는 이미 그 주장 자체가 '새로움'이라는 독창성의 범주를 전제하지 않으면 안 된다. 이런 문제들에 대한 자세한 논의와 포스트모더니즘의 과장법에 대한 비판은 다음 기회로 미룬다.

—

'표절'이냐, '혼성모방'이냐를 두고 평론가 이성욱의 문제 제기와 작가 이인화의 반론, 포스트모더니즘 이론가로 통하는 평론가 김욱동의 이인화 옹호론에 이르기까지 저간의 내용을 살폈다는 점에 의의가 있는 비평이다. 도정일은 '가능한 문학과 불가능한 문학 사이의 선택은 문학예술의 심미성, 자율성, 창조성, 전통에 대한 새로운 규정과 가치의 확인을 필요로 한다'고 언급하며 이인화의 소설은 '시뮬레이션 게임을 지향하고 있다'고 평한다.

* 이 글은 《문학사상》(1992년 7월호)에 실린 〈시뮬레이션 미학, 또는 조립문학의 문제와 전망〉을 원전으로 삼은 것이다.

시어와 민족어 완성의 길

김재홍

1. 한글 또는 국어의 운명

시와 언어는 변증법적 관계에 놓인다. 시는 '무엇을'에 해당하는 주제/내용과 '어떻게'에 해당하는 표현/형식의 상관관계로 형성되기 때문이다. 말하자면 시를 시로서 완성시켜 주는 것은 내용과 유기적으로 연결된 언어의 독특한 쓰임새에서 비롯된다. 그만큼 언어는 시를 이루는 매개체이자 방법론이고 때로는 그 목적에 해당한다.

그런데 우리의 국어는 오랫동안 민족의 얼을 담는 그릇으로서의 말과 그 말을 담는 그릇으로서의 글이 서로 분리되어 사용되어 왔다. 삼국 시대에서 통일신라 시대 그리고 고려 및 조선조 초기까지 말은 그대로인 채 글은 한자 및 이두를 사용해 옴으로써 언문불일치를 보여 온 것이다. 이러한 사정은 세종대왕이 '백성을 어여삐 여겨 새로 스물여덟 자를 만드는' 일, 즉 훈민정음 창제로 인해 획기적인 전기를 맞이하게 되었다. 그러나 훈민정음 창제 이후에도 국어의 운명은 밝은 것이 아니었다. 전통적인 중화주의로 인해 한문은 공식문자, 즉 진서로, 한글은 비공식문자, 즉 언문으로 인식되고 사용됨으로써 국어의 운명은 여전히 말과 글의 괴리 현상을 보여 주었다. 한글은 다만 비공식적인 표현 수단 또는 부녀자의 글로 인식되고 사용됨으로써 다만 생존적인 차원에 머무르고 만 것이다.

한글로서의 국어는 개화기에 이르러 언문일치 운동이 전개되면서 민족의 어문 생활의 중심부로 이동하게 되었다. 흔히 말하는 국한문혼용체가 그것이다. 그러나 이 무렵의 국어는 '한문체/국한문체/한글체'의 혼용으로 말미암아 민중의 생활 속에 제대로 뿌리내리지 못한 실정이었다.

한글이 민족 생활의 중심으로 육박하게 된 시기는 일제강점기라 할 수 있다. 그러나 이 시기에는 이른바 일제의 황국신민화 정책에 기인한 민족문화 말살 책동으로 인해서 모국어가 다시 생존 차원으로 떨어지게 되었다. 일제의 창씨개명과 조선어 사용금지 조처가 그것이다. 그러나 이 시기에 국어는 다행히도 선각적인 국어학자와 문인들, 특히 시인들의 노력에 의하여 생존적인 차원에서 생활어의 차원으로, 다시 예술어의 차원으로 상승해 가기 시작하였다. 많은 시인들이 민족어로서 한글을 갈고닦음으로써 한글의 문학적 훈련이 본격화되었고, 예술어로서의 진가가 나타나기 시작한 것이다.

이후 한글은 8·15 광복과 더불어 민족어로서 공식어가 되었고, 민족의 역사 및 생활사 그리고 정신사 및 예술사와 운명을 같이하게 되었다. 광복이란 민족 주권의 광복이면서 동시에 민족어의 해방이자 광복이었다. 이에 현대시사에서 한글의 문학적 훈련 과정을 살펴봄으로써 시어의 발전 과정으로서 민족어 완성을 향한 노력의 길을 더듬어 보기로 한다.

2. 일제하 한글의 문학적 훈련

일제강점기 36년은 그야말로 암흑 시대와 같은 것이었다. 일본 제국
주의의 수탈과 폭압은 우리 민족에게 주권과 생존권은 물론 민족혼마
저도 멸실할 위기 국면으로 치닫게 하였다. 그러기에 이상화는 "아, 가
도다 쪼처가도다/이즘 속에 있는 간도와 요동벌로/주린 목숨 움켜쥐
고, 쪼처가도다/진흙을 밥으로, 햇채를 마셔도/마구나 가졌드면, 단잠
은 얽맬 것을/사람을 만든 검아, 하로 일즉/차라로 주린 목숨 빼서 가
거라!"(〈가장 비통한 기욕〉 앞 연)라고 망국의 한과 그로 인한 유랑의 민족
사를 형상화하기도 하였다. 그런가 하면 "지금은 남의 땅── 빼앗긴
들에도 봄은 오는가 /……/ 그러나 지금은── 들을 빼앗겨 봄조차 빼
앗기었네"라고 노래하기도 하였다. 여기에서 들 또는 땅이란 개인적인
의미에서 농토, 즉 먹거리로서의 생존권을 표상하며, 나아가서 공적 차
원에서는 영토, 즉 주권을 상징한다. 그러나 더욱 중요한 것은 이 '땅'이
한 걸음 더 나아가서 민족혼을 상징한다는 점이다. 수천 년 조상의 숨
결과 혼결이 스며들어 있는 땅(들)이란 바로 민족혼과 민중 정서의 근
원이자 표상이기 때문이다.

바로 여기에서 우리말과 글의 중요성이 드러난다. 민족어로서의 우
리말과 글은 바로 땅, 즉 국토와 하나의 등가물로서의 의미를 지닌다.
땅이 생존권과 주권, 그리고 민족혼의 실제적인 표상이라면 말과 글이
야말로 실제적이면서도 정신적인 생존권과 주권 그리고 민족혼의 상징
이 아닐 수 없다. 그렇다! 바로 여기에서 일제하 우리 시인들이 전개한
한글의 문학적 훈련이 지니는 참된 민족사적, 문화사적 의미가 드러난
다. 그들은 온갖 것이 다 박상되고 민족혼마저도 멸실될 위기에 처하
여 우리말과 글을 갈고닦고 지켜 나감으로써 민족혼과 민족정신을 살
려 나아가고자 혼신의 힘을 다한 것이다. 멀리는 여진, 말갈족 그리고

가까이는 만주국을 보라. 민족어의 멸실이란 바로 국가는 물론 민족의 쇠멸과 그 운명을 같이하게 마련이다. 따라서 일제하 시인들의 우리 시 쓰기 작업이란 바로 우리말과 글을 지킴으로써 민족혼과 역사를 살려 내기 위한 가열한 민족운동이자 독립운동의 의미를 지니는 것이 분명 하다. 시인의 궁극적인 사명이란 바로 민족어의 완성을 지향해 감으로 써 민족혼을 지키고 민족의 정서와 민족의 삶을 고양시켜 나가야만 하 는 것이기 때문이다.

그렇다면 민족어를 살리고 지켜 나감으로써 민족어의 완성을 지향해 간다는 것은 무슨 의미일까? 그것은 단순히 우리말과 글로써 시를 쓴 다는 소극적 차원에서 한 걸음 더 나아가서 우리의 말과 글, 즉 국어가 지닌 다양한 가능성에 대한 적극적인 창조와 발굴 및 확대와 심화 작업 을 통해서 민족혼과 정서를 고양시켜 나간다는 일과 무관하지 않다.

> 그러나 집일흔 내 몸이어
> 바라건대는 우리에게 우리의 보섭대일 땅이 잇섯드면!
> 이처럼 떠도르랴. 아츰에 점을손에
> 새라새롭은 탄식을 어드면서
> —〈바라건대는 우리에게 우리의 보섭대일 땅이 잇섯드면〉 부분

> 시집와서 삼 년
> 오는 봄은
> 거츤벌난벌에 왔습니다.
> —〈무심無心〉 부분

> 접동
> 접동

아우래비 접동

-〈접동새〉 부분

　인용 시구는 소월의 시집《진달래꽃》에서 부분 발췌한 것이다. 말하자면 20년대 우리 시에서 우리말의 쓰임새를 들어 본 예라고 하겠다. 그런데 여기에서 주목할 것은 소월이 현대시 초기 시단 형성 과정의 시인임에도 불구하고 우리말의 사용에 있어서 매우 개성적이면서도 깊이 있고 섬세한 모습을 보여 준다는 점이다.

　먼저 시는 '점을손/새라새롭은/보섭', '거츤벌난벌', '아우래비' 등과 같이 비교적 생소한 말의 쓰임새를 보여 준다. '점을손'이란 '저물녘'이란 말의 옛말이며, '새라새롭은'이란 '새롭고 새로운'이라는 강조 어구를 축약한 조어 형태이다. 아울러 '거츤벌난벌'이란 '광야 또는 먼 들판'이란 뜻의, 그리고 '아우래비'란 '아홉 명의 오라비 동생'을 뜻하는 개인 조어라고 할 수 있다. 그러고 보면 소월은 일상에서 잘 안 쓰이는 말 또는 고어, 방언을 활용함은 물론 개인 시어까지 새로 만들어 사용하였음을 알 수 있다.

　이렇게 보면 소월의 시들은 그 정신적 높이나 진실의 깊이와 함께 시어의 쓰임새에 있어서도 뛰어난 면모를 지니고 있음을 알 수 있다. 우리말에 담겨 있는 혼결과 숨결은 물론 살결과 섬세한 무늬결까지도 다양하고 깊이 있게 확대하고 심화함으로써 우리말의 일상성을 예술성의 차원으로 고양시켜 가고 있는 것이다.

　오리치를 놓으려 아배는 논으로 나려간 지 오래다
　오리는 동비탈에 그림자를 떨어뜨리며 날어가고 나는 동말랭이에서 강아지처럼 아배를 부르며 울다가
　시악이 나서는 등 뒤 개울물에 아배의 신짝과 대님오리를 모다 던져버

린다

-〈오리 망아지 토끼〉 부분

밤이 깊어 가는 집 안엔 엄매는 엄매들끼리 아르간에서들 웃고 이야기
하고 아이들은 아이들끼리 웃간 한방을 잡고 조아질하고 쌈방이 굴리고
바리깨돌림하고 호박떼기하고 제비손이구손이하고 이렇게 화디의 사기방
등에 심지를 멫번이나 돋구고 홍게닭이 멫번이나 울어서

-〈여우난곬족族〉 부분

백석의 시에서는 방언의 활용과 토속어의 적극 활용이 특히 주목된
다. '오리치/아배/동비탈/동말랭이/시악/아른간' 등의 방언 쓰임새가
그러하며, '조아질하고/쌈방이 굴리고/바리깨돌림하고/호박떼기하고/
제비손이구손이하고' 등과 같은 전래 민속놀이로서 토속어의 구사가
그 좋은 예가 된다. 특히 그의 시에서 '오불고불/쟝글쟝글/졸레졸레/
재릿재릿/쇠리쇠리/지중지중/들문들문/쓰렁쓰렁/쩌락쩌락/부숭부숭/
사물사물/짱짱짱짱' 등 의성, 의태, 부사어의 다양하고 개성적인 활용
은 주목할 만하다. 백석의 이러한 방언 및 토속어, 고어의 적극 활용 및
형용사, 부사의 개성적인 쓰임새는 평안 방언으로서 주변 언어의 중심
부화로서 평등정신의 고양이라는 측면에서뿐만 아니라 민족어의 양과
질을 확대하고 심화하는 작업이라는 점에서 민중적 삶과 민족적 주체
성의 고양에도 크게 이바지한 것으로 풀이된다.

1930년대란 어떠한 시대이던가? 한마디로 30년대는 만주사변에서
시작되어 태평양전쟁으로 이어지는 궁핍과 절망의 시대에 해당한다.
특히 민족혼의 말살 정책으로 말미암아 우리말과 글의 사용이 점차 억
압되고 금지돼 가기 시작한 민족의 암흑기가 아니던가! 이처럼 암흑으
로 치닫는 절망의 상황 속에서 이러한 시인들의 민족어를 갈고닦는 치

열한 노력이란 바로 눈물겨운 민족혼 부활의 노력이자 피나는 독립운
동이 아니고 그 무엇이었겠는가?

3. 8·15 광복과 민족어의 확대 심화

8·15 광복은 민족사의 일대 전기가 됐음은 물론 시사에 있어서도
획기적인 전환점이 되었다. 해방은 빼앗겼던 주권의 회복과 함께 민족
적 주체성과 동질성을 새롭게 발견하고 확립하는 결정적 계기가 되었
다. 무엇보다도 해방은 모국어인, 우리말과 글을 회복함으로써 민족문
화의 새로운 창조와 발전을 이룩하는 데 결정적 계기를 마련하였다. 일
제말에 강요되었던 창씨개명이라는 전대미문의 민족 고유성 말살 정책
과 강제적인 조선어 사용금지 및 탄압조처는 민족 정서와 정신을 뿌리
채 뒤흔들어 놓음으로써 민족문화를 존폐의 위기에 몰아넣었다.

그러므로 8·15 광복은 국가적인 면에서 주권의 회복과 함께 역사적
의미에서 민족사의 광복 및 문화사적인 면에서 모국어의 회복이라는
소중한 의미를 지니게 된다. 그러나 해방이 주체적인 노력의 결과라기
보다는 연합국의 승리라는 타율적인 힘에 의존한 요소가 컸기 때문에,
당연한 결과로 민족적인 자주·자립의 역량이 부족하였고, 따라서 나
라 만들기 과정에서 극심한 혼란에 휩싸이게 되었다. 좌우의 첨예한 갈
등과 대립은 미·소 제국주의의 팽창 정책과 맞물려 끝내는 남북 분단
이라는 또 다른 민족사적 파국으로 치닫게 되고 만 데서 그 비극성이
드러난다.

문학사적인 측면에서 해방은 1920~30년대 이후 지하운동으로 전개
되었던 계급주의문학 운동이 다시 위세를 떨치기 시작함으로써 이른바
순수문학으로서 민족주의문학과 정치문학으로서 계급주의문학의 대

립 양상을 보여 주기 시작하였다. 이 점에서 해방기의 시단은 정치상황적인 난기류에 휩싸이면서 대립과 갈등의 혼란기에 접어들게 된다. 이 시기에 시단을 이끌어 간 사람들은 대부분 해방 전에 등단한 시인들이었다. 따라서 이 시기는 일제강점기의 잔재를 청산하면서 새로운 민족문학 건설을 추진해야 한다는 과도기적 난제에 부딪치게 되었다.

먼저 이 시기는 일제강점기에 간행되지 못했던 시집들이 출간되면서 민족적 주체성과 정통성을 회복하는 국면에 접어들게 된다. 조지훈·박목월·박두진의《청록집》(1946) 간행과 윤동주의 유고시집《하늘과 바람과 별과 시》(1948), 이육사의《육사시집》(1946), 심훈의《그날이 오면》, 서정주의《귀촉도》등이 그 대표적인 예들이라고 하겠다.

특히, 조지훈 등 3가 시인의 '청록파'와 서정주 등의 '생명파'는 6·25 동란 후 분단 시대에 있어, 남쪽 문학의 주류를 이루면서 이 땅에 이른바 순수문학 또는 영원주의문학을 확대 발전시키는 데 크게 기여하였다. 이러한 문학의 자율성 또는 문학성을 강조하는 순수문학적 경향은 북쪽의 정치주의 계급문학과 대립하면서 더욱 순수 편향성으로 치닫게 됐지만, 문학의 본령을 인식하고 발전시켜 가는 데 있어 중요한 역할을 수행하였다.

무엇보다도 시어면에서 볼 때 이들의 민족어 완성을 위한 노력은 값진 것이 아닐 수 없다. 특히 미당 서정주의 우리말 발굴과 확대 및 심화 작업은 그를 현대시사 최대 인물의 한 사람으로 꼽는 데 손색이 없음을 분명히 해 준다. 그는 2000년 작고하기까지 시집《화사집》(1941)으로부터《80소년 떠돌이의 시》(1997)에 이르기까지 무려 60년 이상 민족어의 완성을 향한 노력에 진력해 왔기 때문이다.

눈물 아롱아롱
피리 불고 가신 님의 밟으신 길은

진달래 꽃비 오는 서역 삼 만리,

흰 옷깃 염여염여 가옵신 님의

다시 오진 못하는 파촉 삼 만리,

신이나 삼어줄ㅅ 걸 슬픈 사연의

올올이 아로색인 육날 메투리

은장도 푸른 날로 이냥 베허서

부즐없은 이 머리털 엮어 드릴 걸.

초롱에 불빛, 지친 밤 하늘

구비구비 은하ㅅ물 목이 젖은새,

참아 아니 솟는 가락 눈이 감겨서

제 피에 취한 새가 귀촉도 운다.

그대 하늘 끝 호올로 가신 님아.

-〈귀촉도歸蜀途〉

한과 허무로서의 사랑과 인생의 비극적인 모습을 이처럼 한국어로 표현해 낸다는 일이 말대로 어찌 그리 쉽게 가능한 일이겠는가? 이별과 만남을 현세와 내세의 인연설과 윤회 사상을 바탕으로 한 비극적인 세계관으로 고양시킴으로써 전통적인 이별 시학을 슬프면서도 아름답게 되살리고 있는 것이다. 특히, 고유어와 방언 및 토속어, 그리고 개인적인 조어를 운율과 적절히 연결함으로써 그야말로 한국어의 비극적 황홀의 한 경지를 열어 보여 준다고 하겠다.

미당의 시는 수많은 고유어 및 고어를 되살리는 한편 방언을 적극 활용하고 개인 시어를 다양하게 만들어 냄으로써 그야말로 우리말의 예술적 가치를 크게 고양시켜 주고 있음을 알 수 있다. 그의 시어에는

750

우리 민족의 숨결과 혼결, 살결 그리고 무늬결이 아로새겨져 하나의 언어교향곡을 이루고 있는 것이다. 다양한 그의 시어와 용법은 개성적이고 독특하며 다양하다. 그만큼 그가 민족어의 완성을 위해 진력한 공은 그것 자체만으로도 우리 문학사에서 하나의 금자탑을 이루는 것이 분명하다. 생활어 수준의 우리말을 예술어의 수준으로 고양시키려 진력해 온 공적은 문학사는 물론 민족문화사의 차원에서도 높이 평가해야만 한다.

서정주와 조지훈, 박목월, 박두진 등 선구적인 시인들을 비롯한 뜻있는 수많은 시인들이 적극 참여하여 시어를 확대하고 심화한 작업들은 광복 후 우리 문학의 주류로서 그 골격을 형성하는 데 이바지하였음은 물론, 시어적인 측면에서도 민족어의 완성을 통해 민족혼의 확립과 민족 정서의 형성에 굵은 획을 그어 준 것이 사실이다.

4. 70~80년대 민족문학과 민족어 완성의 길

70~80년대에는 흔히 민족문학 시대라고 일컬어진다. 민족이 처한 현실 문제를 탐구하면서 진정한 민족 해방, 민중 해방, 인간 해방의 길로서 자유 민주주의의 정착과 올바른 평등의 구현을 지향하는 문학의 실천 운동이 가열차게 전개되었기 때문이다. 이것은 4·19 혁명의 연장선상에서 70년대 유신 정권의 폭압에 맞서면서 민족 주체성과 민중정신의 구현에 문학의 기능과 효용이 강조됐다는 뜻이다. 따라서 민족문학은 농민 문제, 노동자의 소외 문제, 사회적 모순과 부조리 문제, 환경 문제와 핵 문제, 외세배격 문제, 분단 문제 및 통일 지향성 등을 그 주요 내용으로 한다.

김지하의 대두는 70~80년대 민족문학 운동의 기폭제에 해당한다.

그의 〈오적〉을 비롯하여 〈비어〉·〈소리내력〉·〈육혈포 숭배〉·〈고관〉·
〈오행〉·〈분씨물어〉 등의 담시들은 이른바 '민중적 내용의 민족적 양식
화'로서 민족문학의 전통을 오늘에 되살리고자 하는 노력의 반영이었
다. 따라서 김지하는 민족적 양식으로서 고유어의 발굴은 물론 민족어
의 발굴과 확대에 집중적인 관심을 기울이게 된다.

> 희고 고운 실빗살
>
> 청포잎에 보실거릴 때 오시구려
>
> 마누라 몰래 한바탕 벌려놓고
>
> 도도리장단 좋아 헛맹세랑 우라질 것
>
> 보릿대춤이나 춥시다요
>
> - 〈형님〉 부분

　김지하의 시편들에는 사전이나 생활 속에 잠자고 있던 고유어, 방언
은 물론 은어, 비어 그리고 개인 조어에 이르기까지 수많은 시어들이
새롭게 숨을 내쉬고 있다. 가히 민족어, 민중어의 보물창고라고 할 만
큼 다양하고 섬세하게 활용되고 있는 것이다.

　80년대 들어서서 시어면에서 괄목할 만한 업적은 고은의 연작시《만
인보》와 대하서사시《백두산》으로 제출되었다. 지금도 진행 중인 대하
연작시집《만인보》와 일곱 권으로 완결된 대하서사시《백두산》에는 고
어, 고유어, 토속어는 물론 방언 등이 셀 수 없이 많이 등장하며 특히
조어와 개인 시어가 유독 많이 쓰이고 있어서 주목된다.

> ① 돌아가 한번 잊은 제/ 도로 가고 싶은/ 그이들의 얼바람진 산허리
>
> - 〈천은사운泉隱寺韻〉 부분

② 아주아주 작은 노 저으며/물 가림자 이루어 타 보내며

-〈새 봄의 항행〉 부분

③ 가을날 저물어 들고/ 잎새들도 아는 듯/ 제 자리마다 져 있는 대로
언니언니 져 있는 대로/벌레 소리로 어둠이 되네

-〈잎새소곡小曲〉 부분

김지하와 더불어 고은 시는 민족 고유어 및 방언 등 민중 언어가 매우 다양하고 섬세하게 활용되어 관심을 끈다.

먼저 시 ①은 '얼바람', 즉 얼(혼백)이 실린 바람이 덮였다는 뜻의 조어이다. 시 ②의 '가림자'는 그림자의 시적 표현으로 좀 작고 귀여운 느낌을 준다. 또한 시 ③의 '언니언니'란 언니라는 명사의 정서로 만들어 사용한 표음부사이다.

고은의 시어는 고유어와 고어, 방언, 속어, 비어의 활용은 물론 특히 개인 시어를 최대한 조어해서 사용함으로써 그야말로 시집 전체가 하나의 민족어 사전, 또는 민중어 사전으로서의 모습을 지니고 있다고 하겠다. 그의 민족사상이나 자유 평등 평화사상도 의미 있는 일이고 통일사상이나 민중사상도 내용 있는 것들이지만 특히 민족어 완성을 위한 이러한 진력은 참으로 값진 일이 아닐 수 없다.

이렇게 본다면 김지하와 고은의 70~80년대 민족문화 운동이란 기실 민족어의 완성과 등가를 이룬다는 점을 이해할 수 있게 된다. 민족적 내용, 민중적 내용이란 그에 걸맞은 민족적 형식과 민중적 언어를 획득하지 못한다면 하나의 관념 차원에 머무를 수밖에 없을 것이 자명하다는 점에서 김지하와 고은을 비롯하여 신경림, 박용수, 송수권 등 뜻있는 수많은 시인들, 그리고 홍명희, 이문구, 김성동 등 작가들의 민족어 완성의 노력을 우리는 높이 평가할 수 있다. 이러한 70~80년대 고은과 김지하를 비롯한 수많은 시인들의 민족어 탐구와 완성의 노력

은 기실 멀리는 소월과 만해 그리고 가까이는 서정주 등의 지속적인 사업을 창조적으로 계승한 것이라는 점에서 이른바 순수문학/민중문학이라는 대립 구도를 함께 관류하고 통일 지양시켜 주는 소중한 작업이 아닐 수 없다. 이들의 노력은 서로 변증법적인 관계에 놓이는 것이지 서로 배타적인 것이 아니라는 점을 확인할 수 있게 해 준다는 점에서 특히 그러하다.

5. 맺음말

앞에서 우리는 언어의 발달 과정을 흔히 목숨만 부지하고 있는 생존어, 일상생활에서 쓰이는 생활어, 그리고 예술적 향취가 풍기는 예술어로 그 등위를 생각해 볼 수 있다고 말한 바 있다. 조선조나 일제강점기의 국어는 생존어 차원에서 활용돼 왔다고도 할 수 있다. 다만 뜻있는 문학인들에 의해 국어는 지속적으로 문학적 훈련을 거듭해 왔으며 그것은 민족혼을 지키려는 의미를 지니기도 했다.

오랫동안 한글은 한자의 질곡 아래서 생존 차원에 머물렀으며 다시 일어의 압박에 끝내는 멸실될 위기에 처하기도 했다. 광복 후에도 영어를 비롯한 구미어의 급격한 유입과 혼용으로 인해 국어는 여전히 혼란을 겪고 있는 중이다. 특히 근년에 이르러서는 컴퓨터 언어의 급격한 국어 파괴로 인해 그 고유성과 문학적 가치는 물론 생존 자체가 다시 위협당하고 있는 모습이 아닐 수 없다. 이 점에서 국어를 살리고 이것을 예술어의 차원으로 끌어올리는 일은 모든 민족 구성원의 책무이고 사명이다. 특히 민족에게 있어 정신적인 지도자이자 예술적 창조자인 시인, 작가에게 있어서 이러한 민족어를 갈고닦는 일은 그 예술적 성패를 판가름해 주는 중요한 척도가 아닐 수 없다.

　이 점에서 서정주, 박목월, 조지훈, 박두진 등의 시인들을 비롯하여 오늘날에도 고은, 김지하, 신경림, 송수권 등 많은 시인들이 민족어의 완성을 위해 진력하고 있는 것은 값진 일이 아닐 수 없다. 그것은 이른바 순수문학 진영이나 민족문학 진영 그 어느 쪽을 막론하고 공통적으로 해당하는 시인의 사명이자 운명적인 과제이다. 하이데거의 말대로 민족어의 완성을 지향하는 일이야말로 시인의 근본 사명이자 궁극적 존재 의미가 되는 것이기 때문이다.

—

　김재홍은 민족어로서의 우리말이 갖는 정체성을 문학을 통해 규명하려 노력해 온 학자다. 그에 따르면 우리말이 오랫동안 말과 글이 서로 분리된 채 사용되었던 역사적 현실 속에서도 단지 생존어 차원에 머물지 않고 생활어로 예술어로 상승해 갈 수 있었던 것은 민족어 완성을 위한 시인들의 노력이 있었기 때문이다. 본고는 이러한 문제의식을 가지고 일제하 이상화, 김소월, 백석을 비롯해 광복 후 서정주 그리고 1970~1980년대 김지하, 고은에 이르는 시인들의 시를 분석하여 이들의 치열한 우리말 탐구를 통한 민족어의 완성이 민족혼의 확립과 민족 정서의 형성에 이바지했음을 평가하고 있다. 오늘날 우리는 우리 민족의 오랜 숙원이었던 독립된 국가 안에서 살고 있지만 여전히 언어의 혼란을 겪고 있다. 이러한 시대적 현실 속에서 우리 민족에게 있어 우리말과 글이 갖는 의미를 밝히고 이를 몸소 실천한 시인들의 도정을 추적해 나가고 있는 이 글은 우리에게 시사하는 바가 크다.

* 이 글은 《현대시학》(1995년 3월호)에 실린 〈시어와 민족어 완성의 길〉을 원전으로 삼은 것이다.

생태학적 상상력과 우리 시의 방향

이숭원

1. 생명의 무게

불교 설화에는 다음과 같은 이야기가 나온다. 이것은 석가모니의 전생담으로 싯달타로 태어나기 이전 전생에서 수도승으로 지내던 때의 일화이다. 명상에 잠긴 수도승에게 호랑이에게 쫓긴 토끼 한 마리가 숨을 할딱이며 숨어들었다. 수도승은 토끼가 가엾은 생각이 들어 품에 숨겨 주었다. 그러자 굶주린 호랑이는 배고프다고 아우성치며 토끼를 내줄 것을 요구했다. 수도승은 토끼도 살리고 호랑이도 살리기 위해 토끼와 같은 무게의 자기 살점을 베어 주기로 했다. 그래서 저울을 갖다 놓고 한쪽에는 토끼를 또 한쪽에는 자기 살덩이를 올려놓았다. 그런데 웬일인지 아무리 커다란 살덩이를 올려놓아도 토끼의 무게가 더 나가는 것이었다. 그래서 자기 몸 전체를 저울 위에 올려놓자 비로소 저울은 수평을 이룬다. 여기서 수도승은 모든 생명의 무게가 동일하다는 사실을 깨닫는다. 그래서 자기 몸 전체를 굶주린 호랑이에게 던져 먹이로 보시함으로써 호랑이와 토끼를 살리고 자신은 죽는다.

이 이야기는 고대의 설화이기 때문에 과장된 점이 있기는 하지만 생명에 대한 귀중한 인식을 우리에게 심어 준다. 모든 생명의 무게가 같다는 생각은 인간의 생명마저 가볍게 여기는 요즘의 세태에 비추어 볼 때 지나치게 이상적이라는 지적을 받을지도 모른다. 그러나 여기에는 우리가 결코 소홀히 넘길 수 없는 생명 존중의 사상이 담겨 있다. 자신의 생명과 타인의 생명을 동일하게 보고 더 나아가 생명 가진 모든 것을 똑같이 존귀한 것으로 본다면 우리가 직면한 생태계의 여러 문제점들은 상당 부분 해소될 것이다.

여름에 장맛비가 내리는 기회를 틈타 북한강에 폐수를 방류해서 수만 마리 물고기를 죽게 한 사건이 있었다. 서울의 교통량이 늘어나서 서울시 전역이 오염된 공기 띠에 둘러싸여 해가 보이지 않는 며칠을 보낸 적도 있다. 사람들은 눈앞의 이익만을 생각하지 타인의 생명, 자연계의 생명은 별로 염두에 두지 않는다. 그러나 강물의 오염, 대기의 오염은 물고기나 곤충을 죽게 하는 데서 그치는 것이 아니라 그것은 결과적으로 생태계를 파괴하여 인간의 생존에 심각한 위협을 가하는 결과를 가져온다. 만일 위의 설화처럼 모든 생명의 무게가 똑같다는 생각을 갖고 있다면 물고기가 사는 강물에 빈 깡통 하나도 던지지 않을 것이며 푸르게 자라나는 나무를 향해 자동차 배기구를 들이대지도 않을 것이다. 우리는 바로 이러한 발상의 전환이 필요한 시점에 서 있다.

과학 문명의 발전에 의해 경제적 풍요를 누리고 있는 서구의 소위 선진개발국들은 고도 산업화의 단계를 거치는 과정에서 공해를 줄일 수 있는 방안을 강구하여 국가적인 차원에서 그것을 제도적으로 시행하였다. 그러나 우리나라처럼 단기간 내에 선진국의 수준에 도달하려고 몸부림치는 소위 개발도상국들은 경제 성장을 알려 주는 계량적 수치에만 매달려 성장이 가져오는 부작용을 제대로 고려하지 못하였다. 그래서 여러 가지 부작용이 끊임없이 발생한다. 남들이 십 년 걸려 놓는 다리를 짧은 기간에 건설했다가 다리가 두 동강이 나기도 하고 남보다

빨리 건물을 지으려다가 지은 지 십 년도 안 되는 건물이 눈 깜짝할 새에 지하로 함몰되기도 했다. 그러나 이것보다 더 심각하고 위험한 문제는 공업화에 의한 공해 문제다.

우리나라에서 공해 문제가 하나의 심각한 사회 문제로 떠오르게 된 것은 1986년 울산의 온산공단에서 공해에 의한 괴질이 집단 발생한 때부터이다. 그것이 계기가 되어 공해 추방을 위한 단체도 결성되고 환경 운동도 본격적으로 전개되었다. 그러나 뜻있는 사람들이 아무리 생태계 파괴의 위험성을 경계해도 개발과 성장의 단맛에 취한 대다수 사람들은 사태의 심각성을 외면해 버렸다. 원래 자본주의적 산업화의 회로는 생산물의 탐욕스러운 증식만을 꾀할 뿐 자기 자신에 대한 반성적 기능은 결여되어 있는 법이다. 공해의 심각한 위험성이 몇 개의 조짐으로 나타났음에도 불구하고 그것에 대해 적극적인 대응책을 마련하지 못할 때 공업단지는 도저히 손을 댈 수 없는 죽음의 땅으로 변하고 만다. 그 대표적인 예가 전라남도의 여천공단이다.

여천공단은 880여만 평에 이르는 넓이에 78개의 공장이 들어서 있는 남해안 최대의 석유화학 공단이다. 이 지역은 심각한 중금속 오염과 대기 오염으로 도저히 생명이 살 수 없는 죽음의 땅으로 변하고 말았다. 정부에서는 조심스럽게 그 지역 1만 5천 명 주민들의 이주를 추진하고 있다고 한다. 그러면 지역 주민은 다른 곳으로 이주시킨다고 하고 그 공단은 어찌할 것이며 공장에서 일하는 노동자들은 어떻게 할 것인가? 이 공단의 연간 매출액은 12조 8천억 원 정도라고 하는데 그 돈의 매력 때문에 죽음의 땅에서도 공장은 계속 돌아가야 하는가? 또 공단을 폐쇄시킨다고 하더라도 이미 불모의 땅이 된 대지와 죽음의 바다가 된 광양만은 원래의 상태로 복구될 수 없을 것이다. 이런 현상을 보고서 우리는 경제 발전을 십 년 이십 년 늦추더라도 생명을 죽이지 않는 경세제민經世濟民의 지혜가 요구된다는 점을 깨닫게 된다. 모든 생명의 무게가 똑같다는 생각을 우리의 새로운 세계관으로 공유할 필요가 있는 것이다.

시인들은 비교적 일찍부터 인간의 생명과 자연의 생명력에 관심을 갖고 그것을 주제로 한 시들을 많이 써 왔다. 사실 모든 예술은 생명을 보존하고 육성하는 데 기여한다고 말할 수 있다. 그래서 박이문 교수는 예술적 상상력과 생태학의 밀접한 연관성을 지적하기도 했다.[1] 문학은 예술의 작은 갈래이고 그중에서도 시는 자아와 세계의 합일을 지향하는 속성을 지닌다. 시적 상상력은 본질적으로 인간과 자연과의 조화로운 화해라든가 자연에 대한 헌신적 자세 등을 기반으로 발현되는 경우가 많다. 따라서 소설보다는 시 쪽에 생태학적 상상력이 담긴 작품이 먼저 등장했으며 그 수효도 소설보다 훨씬 많다.

외국에서는 역시 녹색운동이 먼저 전개된 독일에서 생태시가 많이 쓰여졌으며 생태시라는 용어라든가 그 개념도 그쪽에서 먼저 제시되었다.[2] 우리나라에서도 도시 환경의 비정함이라든가 도시 문명의 불모성을 비판하는 시들은 이미 오래전부터 쓰여 왔다. 그러다가 공해 문제에 대한 관심이 뚜렷한 비판의식과 방향성을 가지고 본격적으로 시로 표현된 것은 성찬경의 〈공해 시대와 시인〉이 처음일 것이다. 이 시는 1974년 3월 20일 《문학사상》 주최의 행사에서 시인에 의해 낭독되었으며 그해 5월 《문학사상》 지면에 활자화되었다.[3] 여기서 시인은 공해 시대의 위험성을 경고하면서 그 위기에서 벗어날 수 있는 길은 각계각층의 사람들이 '가슴속의 시인을 깨우는' 일이라고 역설하고 있다. 시는 순수한 정신의 알맹이이며 모든 사람의 가슴속에 시인이 소생할 때 세

1 　박이문, 〈생태학과 예술적 상상력〉, 《현대예술비평》 3, 청하, 1991, 24~31쪽.

2 　독일 생태시에 대해서는 이동승, 〈독일의 생태시〉, 《외국문학》, 열음사, 1990년 겨울호, 32~55쪽 참조.

3 　성찬경, 〈환경 선언과 〈물권物權〉〉, 《현대시학》, 1992년 8월호, 155쪽 참조.

계가 정화될 수 있음을 절규하였다. 우리는 여기서도 시가 생태학적 상상력과 밀접한 관련성을 지니고 있을 뿐만 아니라 생태학적 위기를 극복할 수 있는 중요한 동력으로 작용할 수 있음을 암시받게 된다. 이런 점에서 성찬경의 작품은 생태시의 전사적前史的·선구적 위치에 놓인 것이라고 할 수 있다.

생태학적 상상력이 시에 나타난 사례를 살펴보는 방법은 여러 가지가 있을 수 있다. 최근 이 문제를 진단한 최동호 교수의 발표문에서는 현대시의 경향을 나누는 방법을 그대로 수용해서 민중적 생태지향시, 전통적 생태지향시, 모더니즘적 생태지향시로 나누어 고찰하였는데[4] 이러한 분류는 조금 무리가 있어 보인다. 나는 이 글에서 크게 두 유형으로 나누어 시를 고찰하려고 한다. 첫째는 우리가 처한 생태계의 오염 실태를 제시하면서 고발과 비판과 분노의 목소리를 담은 시편이다. 둘째는 이러한 훼손된 삶의 공간에서 우리는 어떠한 정신의 변화를 도모해야 하는가를 모색한 시편이다. 첫째 유형의 시가 왜곡된 현상을 그대로 보여 주는 것이라면 둘째 유형의 시는 그 왜곡을 바로잡을 수 있는 새로운 가치의 세계를 모색하는 경향을 보인다. 이러한 두 유형의 시를 검토해 보면서 우리의 생태시가 나아가야 할 방향을 탐색해 보기로 한다.

2. 환경오염과 생태 파괴의 실태

사람이 공장을 건설하고 물품을 만들어 내는 것은 물론 더 잘 살아보려는 노력의 일환이다. 그런데 공장의 생산 과정에서 유독한 물질이

---

4   최동호, 〈문학과 환경〉, 《현대 한국 사회와 문학》, 문학의 해 기념 특별세미나 발제문, 62쪽.

발생하거나 생산 원료나 생산물이 유독한 것일 때 그것은 우리의 삶을 위협하게 된다. 이것을 방지하기 위해서는 유독성 물질에 대한 철저한 보안과 방역이 이루어져야 한다. 그것이 제대로 되지 않을 때 체르노빌 핵발전소의 방사능 유출이라든가 보팔시의 맹독성 가스 유출 사건 같은 것이 발생한다. 일찍이 환경 문제에 관심을 보인 이건청의 시 〈눈 먼 자를 위하여〉는 바로 보팔시의 가스 유출 사건을 소재로 하여 그날의 참상을 사실적으로 표현하고 생명이 유린되는 비극적 상황을 긴박감 있게 형상화하였다.

1984년 12월 3일 인도의 보팔시에 있는 살충제 공장에서 살충제 원료가 한꺼번에 대량으로 유출되면서 2,500명 이상이 죽고 20만 명 이상의 사람들이 눈이 머는 참사가 발생했다. 이 유출된 물질은 물과 결합하면 불처럼 타오르는 성질을 가지고 있어서 사람의 피부건 식물이건 곤충이건 수분이 함유된 곳에 접촉만 하면 순식간에 뜨겁게 타올라 모든 것을 괴멸시켰다. 목숨을 건진 사람도 심한 화상을 입거나 가장 약한 점막인 눈을 상하여 장님이 되었던 것이다. 또한 뜨겁게 타들어가는 고통은 무엇과도 비교할 수 없는 가혹한 것이었다.[5]

이 사고가 더욱 가증스러운 것은 그 공장이 인도인들이 세운 공장이 아니라 미국의 유니언 카바이트사가 인도에 세운 공장이라는 점이다. 우리는 여기서 위험성이 있는 공장은 땅값과 노동력이 싼 다른 나라에 세워 놓고 자기의 이윤을 늘려 가는 선진국의 야비한 속셈을 엿볼 수가 있다. 그 공장이 만일 미국 안에 있었다면 철저한 관리를 통하여 그러한 유출 사고가 일어나지 않도록 했을지 모른다. 이것은 결국 생명의 무게를 균등하게 인식하지 않는 자본주의 강국의 자기 이익 추구의 결과로 생긴 폐해이다. 이건청은 이 엄청난 사건에 굉장한 충격을 받은

---

5 이건청, 〈살아 있는 모든 것들을 위하여〉, 《현대시학》, 1992년 8월호 166쪽 참조.

것 같다. 그래서 그는 이듬해 8월 이 사건에 대한 분노와 고발의 메시지를 담은 상당히 긴 분량의 작품 〈눈먼 자를 위하여〉를 발표한 것이다.

이건청의 환경 파괴에 대한 관심은 그 후에도 지속적으로 전개되어 여러 편의 작품에서 주제가 변주되어 나타난다. 삼풍백화점 붕괴 사건과 관련지어 〈1995, 서울〉이라는 시에서는 도시의 일상적 삶 도처에 붕괴의 위험이 도사리고 있다는 악몽과 같은 상상을 시각적 형상을 통해 보여 준다. 그런가 하면 〈전멸의 풍경〉에서는 제목 그대로 간척 공사 때문에 개펄의 모든 생명체들이 전멸하는 모습을 아주 드라이한 어조로 진술하고 있다. 앞에서와 같은 환경 사고가 일어나지 않더라도 산업화에 의해 환경은 오염되고 생태계는 파괴된다는 것을 이 시는 냉정한 시각으로 제시하고 있는 것이다. 이러한 환경오염의 참상을 가장 극적인 방식으로 드러낸 작품의 하나로 최승호의 〈공장지대〉를 들 수 있다.

무뇌아를 낳고 보니 산모는
몸 안에 공장지대가 들어선 느낌이다.
젖을 짜면 흘러내리는 허연 폐수와
아이 배꼽에 매달린 비닐끈들.
저 굴뚝들과 나는 간통한 게 분명해!
자궁 속에 고무인형 키워 온 듯
무뇌아를 낳고 산모는
머릿속에 뇌가 있는지 의심스러워
정수리의 털들을 하루 종일 뽑아낸다.

—최승호, 〈공장지대〉 전문

9행으로 되어 있는 이 간결한 시는 어떤 장편 논문이나 서술형의 장시보다도 환경오염의 심각성과 그 끔찍한 결과를 선명하게 드러낸다. 우선 '무뇌아'라는 존재 자체가 불길하고 공포감을 자아낸다. 사람은 생각하는 동물이라고 하는데 뇌가 없는 아이라니. 그러면 그 아이는 도대체 어떻게 생겼고 어떻게 생존해 간단 말인가? 이 상상하기조차 싫은 무뇌아를 출산한 산모의 심정은 어떠할까? 이 시는 바로 여기에 초점을 맞추었다. 말하자면 생명을 생산한 어머니의 입장에서 이런 결과를 낳게 한 원인을 생각해 본 것이다. 그 생각은 죄의식과 결합되어 있다. 자신이 남편과 정상적인 부부관계를 가진 것이 아니라 공장 굴뚝과 간통을 했기 때문에 이런 아이가 생겼을 것이라는 생각이다. 이것은 물론 기형아를 낳은 산모들의 일반적인 죄의식과 통한다. 내가 무언가 잘못을 했기 때문에 이런 기형아를 낳았으리라는 생각이다. 그러면 이 산모의 죄는 무엇인가? 그것은 공장이 있는 지역에 거주한 것, 혹은 공장에서 일한 것뿐이다. 그것이 죄라면 죄인데 시인은 그것을 굴뚝과의 간통이라는 이미지로 표현하였다.

공장지대의 오염이 무뇌아를 만들어 낸 원인이라면 이것은 인간과 무관한 것처럼 생각했던 사물의 세계가 인간과 유관한 것으로 전환되는 것을 의미한다. 그래서 산모의 몸에 공장지대가 들어선 듯한 느낌을 가지며 젖에서 폐수가 흘러내린다고 생각하고 아이 배꼽에 비닐끈이 매달려 있다고 생각한다. 이러한 그로테스크한 상상은 자신이 자궁 속에서 고무인형을 키워 온 것이 아니냐는 자문으로 이어진다. 이러한 상상력은 인간이 만들어 낸 사물의 세계가 인간에게 영향을 미치고 그 결과 인간도 사물의 차원으로 전락해 버리고 만다는 인식을 전달한다. 그만큼 이 짤막한 시는 공해의 피해를 드러냄과 동시에 산업 사회에서의 인간에 대한 인식까지도 함께 드러내는 의미의 함축성을 갖는다.

공업화에 의한 환경오염의 실태는 정일근의 시에서 집중적으로 조명된 바 있다. 그의 시집《그리운 곳으로 돌아보라》에 수록된 〈영덕에는 영덕 대게가 없다〉, 〈시월〉, 〈늦은 오월〉, 〈취재 수첩〉 연작 등 일련의 시들은 공해지대 울산을 중심으로 한 오염의 실상을 보여 준다. 이러한 관심은 그 다음의 시집《처용의 도시》의 시편에도 이어져 있다. 정일근의 생태학적 상상력은 주로 환경오염과 생태 파괴에 의해 과거의 것이 사라져 버렸다는 상실감 쪽으로 작용한다. 그래서 그의 시의 제목도 '무엇이 없다'는 형식을 취하는 경우가 많다. 그런데《처용의 도시》수록 시편에서는 환경오염이 자연 생태계만 파괴시키는 것이 아니라 인간의 정신까지도 황폐하게 한다는 인식으로 발전한다. 이것은 환경오염이 우리의 정신까지도 오염시킨다는 중요한 사실의 발견에 해당하는 것이어서 그 가치를 높이 평가해야 할 것이다.

아마 취한 사내는 올봄 교단에 처음 선 젊은 선생 같다. 그는 작은 소리로 옆자리 선배 선생에게 묻는다. 선배는 대답하지 않는다. 103번 좌석버스는 효문 4거리를 돌아가고 있다. 몸이 자꾸 왼쪽으로 쏠린다. 젊은 선생은 또 묻는다. 그는 자신의 양복 안쪽 주머니에 들어 있는 흰 봉투가, 그 봉투가 누르는 회한의 무게가 무척 무거운 모양이다. 선배는 여전히 아무 말도 하지 않는다. 그는 말하지 않았지만 오래전에 정답을 알고 있었을 것이다.

……

그 아래로 도시의 하수로 몸 더럽혀진 강물이 주검처럼 흘러간다. 그도 오래지 않아 저 강물처럼 병들고 삶의 하구로 흘러가 이 도시의 쓰레기들처럼 퇴적될 것이다. 옆자리 선생처럼 침묵하며 겉늙어 버릴 것이다. 일어서서 묻고 싶다. 무엇이 너의 등을 떠밀어 죽은 바다로 흘러가게 하는가? 103번 좌석버스는 붉은 신호등이 점멸하는 화사한 봄 밤 속을 질주하고 있다. 질주하는 쪽으로 쏠리는 이 도시와 우리를 싣고.

—정일근, 〈취재수첩 18 – 죽은 시인의 사회〉 일부

이 시의 무대는 버스 안이다. 젊은 교사는 학부모에게 처음으로 돈 봉투를 받은 모양이다. 그는 자신의 괴로움을 선배에게 토로하며 교사의 도덕성이라든가 교육자의 양심 같은 것에 대해 그에게 물었으리라. 그러나 선배 교사는 아무 말이 없다. 그들을 실은 버스는 도시의 하수로 더럽혀진 강물 위를 지나간다. 그리고는 저 썩은 강물처럼 젊은 교사 역시 오염의 쓰레기로 퇴적될 것이라는 불길한 생각을 드러낸다. 이러한 발언을 하는 내면에는 도시의 공해가 도시인의 비인간화를 부채질한다는 의식이 깔려 있다. 말하자면 환경오염이 인간의 정신까지도 오염시키는 것이다.

이러한 생각은 그의 시 〈태홧강은 없다〉에도 담겨 있다. 고헌산 1,033 미터 고지에서 발원하여 울산만으로 흘러들던 푸른 태화강은 지금 존재하지 않고 늙고 병든 모습의 태화강만 남아 있다는 것이 이 시의 얼개이다. 그런데 이러한 강의 오염으로 인해 '강가에 살던 선한 울산 사람들도' 사라졌다고 말하며 '다시는 젊은 시인 한 사람 낳아 키우지' 못하게 되었다고 탄식한다. 이것 역시 환경오염으로 인해 인간의 가치가 상실되고 정신이 오염되는 사실을 시로 나타낸 것이다. 환경이 오염되어 생태계의 균형이 깨지면 인간의 정신도 균형을 잃고 부패의 늪으로 빠지고 만다. 이 시는 바로 그 중요한 사실을 경고하고 있어서 다른 생태시와 차별성을 지닌다.

요즈음 반인륜적인 성범죄가 여러 차례 일어나 사람들의 분노를 사기도 했는데 나는 그 원인의 하나가 환경오염에 있다고 생각한다. 사람들이 살아가는 환경에는 자연환경만 있는 것이 아니다. 사회환경도 사람들에게 중요한 영향을 끼친다. 아무리 학교에서 원칙적 도덕론을 이야기한다고 해도 학교 문만 나서면 음란과 퇴폐가 판을 치는 환경에서 어떻게 청소년들의 성적 호기심만 탓할 수 있단 말인가? 그 청소년들도 어떻게 보면 이러한 향락 문화의 피해자들이다. 그들에게 좋은 문화적 환경을 마련해 주기 위해서는 우리의 삶의 환경 전체가 정화되어야 한다. 그래야 우리의 정신도 건전한 상태를 유지할 수 있게 된다. 건강한 몸에 건강한 정신이 깃든다는 것은 내가 생각하기에 거짓말이다. 저마다 건강한 몸을 유지하려고 운동을 하고 보약을 먹고 하지만 그래서 건강한 정신이 배양되는가? 건강한 몸에 부패한 정신을 가진 성범죄자가 얼마나 많은가? 그러므로 이 말은 건강한 환경에 건강한 정신이 깃든다는 말로 수정되어야 한다.

이 외에 산업화에 의한 소도시의 몰락과 농촌의 황폐화 문제를 다룬 시들이 여러 편 있다. 가령 김지하의 〈해창에서〉가 폐항이 되어 버린 해창의 스산한 풍경을 보여 준다든가 고재종의 〈풍경에 대하여〉가 러브호텔과 골프장에 침식당해 가는 농촌의 황폐화 양상을 비판적으로 묘사한 것이 그 예이다. 이와 더불어 엄원태의 시집 《소읍에 대한 보고》에 담긴 생태학적 상상력을 살펴볼 필요가 있다. 이 시집의 시편들은 지방의 어떤 소읍을 무대로 하여 산업화의 기류 속에 점점 몰락의 궁지로 하강해 가는 양상을 정밀하게 묘사한다. 그 소읍에는 탁한 하수가 흐르고 공장의 배설물들이 피고름처럼 비밀스레 흘러들기도 한다. 거기에는 생의 낙오자들이 남루한 모습으로 서성인다. 변두리에 버려진 땅처럼 버려진 사내들이 폐허의 쓰레기처럼 웅크리고 있다. 이런 상황 속에서 시인이 제시하는 대안은 '견딤'이다. 이 황잡한 삶을 견뎌 내는 것이 버려진 사람들이 할 일이라는 것이다. 이 견딤의 자세는 황잡한 세계에 대처하는 방법으로는 너무나 소극적이고 상황 수용적이라는 느낌을 지울 수 없다. 물론 한편으로 그는 생명의 온기와 아름다움을 인정하기는 한다. 그러나 그것이 그의 시에서 궁박한 삶의 국면을 타개할 대안으로 부각되지는 않는다. 그것보다는 몰락의 상실감이 시집 전편을 감싸고 있다.

이런 점에서 이승하의 시집 《생명에서 물건으로》에 담긴 생명과 관련된 몇 편의 작품을 주목해 볼 필요가 있다. 여기에는 아무런 죄도 없이 고통받는 생명, 지상에서 멸종되어 가는 생명에 대한 연민이 담겨 있는가 하면 그것과는 무관하다는 듯이 영위되는 우리들의 일상적 삶에 대한 혐오가 대비적으로 나타나 있다. 그는 인류의 미래를 불임과 기형, 기아와 살육이 지배하는 불길한 상황으로 예상해 보기도 한다. 그러한 절망적 인식 또 한편에는 별을 통하여 생명의 눈빛을 만나고 어린 딸을 통하여 생명의 성장을 바라보는 희망적 견해가 제시되기도 한다. 그리고 아들에게 생명체들의 생존의 의지를 가르치며 내가 너에게 물려줄 것이 생명 한 가지밖에 없음을 역설하기도 한다. 현 단계에 진행되는 인간의 죄악상을 볼 때 인류의 미래를 암담한 상태로 파악하면서도 한 줄기 희망의 빛을 생명의 움직임에서 찾으려는 시인의 안간힘을 우리는 여기에서 발견할 수 있다.

3. 자연과 생명의 새로운 인식

환경이 오염되고 그로 인해 생태계가 파괴되는 실상을 바라보며 괴로워하는 것만으로 우리가 당면한 문제가 해결되지는 않는다. 앞에서 말한 바와 같이 환경오염과 생태 파괴 문제는 생명의 무게를 어떻게 보느냐, 자연과 인간의 관계를 어떻게 인식하느냐 하는 문제와 결부되어 있다. 그런 점에서 자연과 생명을 새롭게 볼 수 있는 시각을 시로 표현한 사례들은 위의 문제를 해결하는 데 일정한 도움을 줄 것이다. 이것을 단순히 시적인 상상력의 소산으로 일축해 버릴 것이 아니라 생태계의 문제를 해결하는 지혜로 활용하는 자세가 우리에게 필요하다. 이런 점에서 생명에 대한 새로운 인식을 보여 주는 시편들의 의미를 음미해 볼 필요가 있다.

쥐었다 폈다

두 손을 매일 움직이는 건

벽 위에 허공에 마룻장에 자꾸만

동그라미 동그라미를 대구 그려쌓는 건

알겠니

애린

무엇이든 동그랗고 보드랍고 말랑말랑한

무엇이든 가볍고 밝고 작고 해맑은

공, 풍선, 비눗방울, 능금, 은행, 귤, 수국, 함박, 수박, 참외, 솜사탕, 뭉게

구름, 고양이 허리, 애기 턱, 아가씨들 엉덩이, 하얀 옛항아리, 그저 둥근 원

그리고

애린

네 작고 보드라운 젖가슴을 만지고 싶기 때문에.

찬 것

모난 것

딱딱한 것 녹슨 것

낡고 썩고 삭아지는 것뿐

이곳은 온통 그런 것들뿐

내 마음마저 녹슬고 모가 났어

– 김지하, 〈결핍〉 부분

　

이 시는 두 개의 대립 구도를 설정해 놓고 있다. 동그랗고 보드랍고 말랑말랑하고 가볍고 해맑은 속성과 차고 모나고 딱딱하고 녹슨 속성이 그것이다. 앞의 것은 생명의 부드럽고 유연한 성질을 나타내는데 시인은 이것을 생명의 가장 생명다운 속성으로 보고 있다. 생명의 힘은 굳고 억센 것에서 나오는 것이 아니라 연약한 듯하면서도 부드러운 것

에서 솟아난다. 모나고 딱딱한 것은 오히려 생명을 소진시키는 쪽으로
작용한다. 우리가 대하는 기계문명의 속성은 대체로 차갑고 모나고 딱
딱한 것들이다. 그리고 그것의 연장선상에 놓인 산업 사회의 속성 역시
차갑고 딱딱하다. 모든 것을 정확한 수치에 의해 계량하기 때문에 유
연하고 융통성 있는 측면은 기계문명이 지배하는 산업 사회에서 기대
하기 어렵다. 엄격한 기계론적 통일성이 그 사회가 추구하는 목표가 된
다. 그럴 경우 그 사회에 사는 사람의 마음마저 '녹슬고 모가 난' 상태
가 된다.

이런 상태에서 벗어나서 생명의 생명다운 모습을 회복하기 위해서는
생명에 대한 새로운 인식이 필요하다. 그것은 바로 능금, 은행, 귤 같
은 작고 둥근 열매, 고양이 허리, 애기 턱, 뭉게구름 같은 부드러운 대상
에서 생명의 기미를 찾아내는 일이다. 생명의 근원은 억세고 강한 것이
아니라 바로 그런 작고 부드러운 것에 있음을 발견하는 일이 무엇보다
선행되어야 한다. 생명의 속성은 낮게 가라앉아 있을 때는 작고 부드럽
지만 생명의 고양을 향해 움직일 때는 다음처럼 힘찬 움직임을 보여 주
기도 한다. 그러나 그 움직임은 결코 모나거나 억센 것이 아니라 '날씬
한 은백의 유탄'처럼 아름다운 곡선의 이미지로 제시된다.

얼음 풀린 냇가
세찬 여울물 차고 오르는
은피라미 떼 보아라
산란기 맞아
얼마나 좋으면
혼인색으로 몸단장까지 하고서
좀 더 맑고 푸른 상류로
발딱발딱 배 뒤집어 차고 오르는

저 날씬한 은백의 유탄에

봄햇살 튀는구나

오호, 흐린 세월의 늪 헤쳐

깨끗한 사랑 하나 닦아 세울

날랜 연인아 연인들아

— 고재종, 〈날랜 사랑〉 전문

이 시는 봄날 냇물에 뛰어오르는 피라미 떼를 노래한 것이다. 산란기를 맞아 상류로 올라가기 위해서 세찬 여울물을 차고 오르는 피라미 떼의 움직임에서 시인은 생명의 힘과 아름다움을 본다. 생명의 움직임을 보는 시인의 시선은 외부의 방관적 위치에 있는 것이 아니라 대상과 혼연일체가 된 동화의 상태에 있다. 시인은 자연 대상을 자신과 동일한 맥락에서 바라보며 자신의 삶의 영역으로 수용하고 있다.

여기서 특히 중요한 것은 생명의 힘과 생명의 아름다움을 동질적으로 인식하고 있다는 사실이다. 세찬 여울물을 '발딱발딱 배 뒤집고 차고 오르는' 피라미의 모습이 아름다운 것은 그 안에 생명의 힘이 약동하고 있기 때문이다. 힘을 잃은 생명은 아름답지 않다. 자신의 힘으로 몸단장을 하고 여울을 차고 오를 때 비로소 그것은 눈부시고 날씬한 은백의 아름다움으로 우리에게 다가온다. 이 피라미들은 겨울 동안 얼음 밑에서 숨을 죽이고 잿빛으로 잦아들어 있었을 것이다. 얼음이 풀리고 햇살이 따스해지자 피라미는 제철을 만난 듯 사랑의 번식을 시작한다. 말하자면 시인은 피라미들의 움직임을 보며 우리도 좌절과 시련의 늪을 헤치고 나가 언젠가는 저러한 생명의 기쁜 축제를 보여 줄 수 있을 것이라는 자신의 염원과 기대를 행간에 함축해 놓은 것이다. 따라서 이 시에 담긴 생명의 힘과 아름다움은 자연 풍광의 묘사라는 단선적 차원에 머물러 있는 것이 아니라 우리들 삶의 보편적 국면과 연결되어 있다. 이 시를 통하여 우리는 산업 사회의 굴레 속에 잊고 있었던 진정한 생명의 움직임과 그 조화로운 모습을 엿볼 수 있게 된다.

 자연 풍광을 대하면서 생명의 힘과 아름다움을 보는 것도 중요한 일이지만 그것보다 더 가치 있는 일은 자연과 인간의 관계를 새롭게 인식하는 일이다. 자연이 인간에게 어떠한 의미를 지니며 생명은 어떤 가치를 지녔는가를 바르게 인식함으로써 자연을 대하는 올바른 자세가 정립되고 생태계에 관련된 문제를 해결할 수 있는 실마리가 잡힌다. 이런 점에서 나희덕의 시집《그 말이 잎을 물들였다》에 수록된 몇 편의 시들은 깊이 음미해 볼 만하다.

배추에게도 마음이 있나 보다

씨앗 뿌리고 농약 없이 키우려니

하도 자라지 않아

가을이 되어도 헛일일 것 같더니

여름내 밭둑 지나며 잊지 않았던 말

— 나는 너희로 하여 기쁠 것 같아

— 잘 자라 기쁠 것 같아

늦가을 배추포기 묶어 주며 보니

그래도 튼실하게 자라 속이 꽤 찼다

— 혹시 배추벌레 한 마리

이 속에 갇혀 나오지 못하면 어떡하지?

꼭 동여매지도 못하는 사람 마음이나

배추벌레에게 반 넘어 먹히고도

속은 점점 순결한 잎으로 차오르는

배추의 마음이 뭐가 다를까

배추 풀물이 사람 소매에도 들었나 보다

—나희덕, 〈배추의 마음〉 전문

　이 시는 배추와 사람 사이에 오가는 마음의 교류가 의미의 중심을 이룬다. 화자는 배추에게 잘 자라서 기쁨을 달라는 자신의 소망을 전하였고 배추는 마치 그 마음을 알아차린 듯 가을에 튼실한 성장을 보여 주었다. '배추에게도 마음이 있나 보다'라는 첫 행은 자연물에 인간적 의미를 부여하여 자연물에도 인간의 마음을 이해하는 측면이 있다는 것을 단적으로 표명하였다. 배추의 성장을 지켜보는 화자의 마음은 생명 사랑의 정신으로 가득 차 있다. 그는 배추포기를 묶으면서도 배추벌레가 이 속에 갇혀 나오지 못하면 어떻게 하나 하고 걱정을 한다. 그러한 생명 사랑의 정신으로 자연물을 대하기 때문에 배추도 그것을 이해하여 푸르른 '순결한 잎'을 사람 앞에 드러내 보인다. 농약을 치지 않았기 때문에 배추벌레가 잎을 많이 뜯어 먹었지만 배추는 그것이 자기 잎으로 생명을 살리는 일이라고 생각하는지 아랑곳하지 않고 오히려 속이 찬 모습으로 사람 앞에 자기 자신을 드러내고 있다.

　나희덕의 시 〈양계장집 딸〉 역시 자연과 인간의 교류에 중심을 두고 인간이 자연에서 무엇을 얻을 수 있는가를 잘 표현하였다. 양계장집 딸로 설정된 이 시의 화자는 아버지가 기르는 닭을 통하여 생명의 따스함을 감지하고 생명이 발산하는 분노까지 배운다. 양계장을 하는 것이 경제적인 도움이 되지는 못했지만 생명을 기르는 일이 '아버지를 살게 하는 힘이었다'는 점을 밝히고 있다. 이처럼 살아 있는 생명체를 기르는 것이 인간이 시련을 디디고 설 수 있는 힘으로 작용한다는 사실의 발견은 아주 커다란 의미를 지닌다. 이것은 자연물이 인간이 이용하고 소모하는 대상으로 존재하는 것이 아니라 인간과 공생하는 관계에 있으며 더 나아가 인간에게 힘을 주고 깨우침을 주는 존재라는 인식을 담고 있다. 그의 또 다른 시 〈흔들리는 것들〉 역시 가을 언덕을 장식하는 작은 자연물들의 관계 속에서 생명의 무게와 속도를 감지하면서 그 자연의 풍광에 동참하는 인간의 모습을 보여 주고 있다.

이러한 시들은 생명의 본질을 파악하는 시인의 직관과 그것을 시로 형상화하는 생태학적 상상력이 크게 돋보인다. 특히 자연을 단순한 관조의 대상이나 이해의 대상으로 보지 않고 인간에게 의미를 부여하는 관계적 존재로 파악한 것은 생태 문제를 바라보는 우리의 발상의 전환을 유도한다는 점에서 커다란 가치를 갖는 것이다.

4. 생태시의 전망

우리 시가 환경과 생태계에 관심을 갖게 된 것은 80년대에 들어선 다음의 일이지만 그것이 비평적 담론으로 주장되고 시의 한 유형으로 자리를 잡게 된 것은 90년대에 들어와서의 일이다. 1990년에 들어서서 사회주의권의 몰락과 운동 세력의 약화에 의해 현실 참여적 경향의 문학은 새로운 방향을 찾지 않을 수 없었다. 그래서 《창작과 비평》 1990년 겨울호는 〈생태계의 위기와 민족 민주운동의 사상〉이라는 특집 좌담을 마련하여 생태·환경 문제에 대한 관심을 제고하였다. 이와 같은 시기에 《외국문학》에서도 〈생태학·미래학·문학〉이라는 특집을 꾸며서 생태시에 대한 관심을 고조시켰다. 이 특집에서 김성곤 교수는 문학사회학을 넘어서서 인간의 삶과 생태계와의 관계를 심도 있게 논의하는 '문학생태학'의 출현을 제창하기도 했다.[6]

---

6   김성곤, 〈문학생태학을 위하여〉, 《외국문학》, 1990년 겨울호, 79~88쪽.

그로부터 2년 후《현대시》,《현대시학》등에서 생태시에 대한 특집을 마련하였고 장석주는 우리가 닥친 생태계의 위기를 심각하게 인식하고 생태학적 상상력을 기반으로 하는 '환경문학' '생태문학'에 대한 관심이 커지기를 주장한 바 있다.[7] 그러나 이러한 관심과 주장이 비평적 담론으로 제기되기는 했지만 그것에 부합하는 작품이 그렇게 많이 나오지는 않았다. 근자에 다시 생태환경에 대한 관심이 고조되면서 새로운 모습의 생태시가 나오기를 바라는 의견이 다양하게 표출되었다. 송희복은 기술 지상주의적인 테크노피아의 세계에 맞서 인간과 자연이 조화를 이루는 '에코토피아'의 단계를 우리의 이상으로 설정해야 한다는 것을 역설하였으며[8] 앞에서 언급한 최동호 교수의 발제문에도 에코토피아의 세계를 위한 새로운 패러다임을 구축해야 한다는 주장이 담겨 있다.[9]

앞으로 우리 시단은 이러한 의견과 주장을 흡수하여 생태 문제에 대해 사람에게 새로운 인식을 심어 줄 훌륭한 작품을 창조해야 할 것이다. 이러한 생태시는 어쩔 수 없이 목적문학적 경향을 갖게 될 텐데, 정해진 목적성을 추구하면서도 그것을 뛰어난 문학적 형상성으로 치환하는 시적 창조력을 보여 주어야 할 것이다. 그러한 시적 형상성은 생태시가 목표로 하는 지점에 대중들이 쉽게 도달되도록 하는 견인차 노릇을 하게 된다. 그리고 이왕 사람들에게 새로운 인식을 심어 주겠다는 목적의식을 가지고 여기에 참여하는 시인들은 생태계와 환경 문제에 대한 그 나름의 충실한 공부를 해야 할 것이다. 인간과 환경 문제를 바라보는 넓은 시야를 유지하면서도 구체적이고 분석적인 차원에서 대

---

7   장석주, 〈시의 생태학적 상상력을 위하여〉,《현대시학》, 1992년 8월호, 205쪽.

8   송희복, 〈푸르른 울음, 생생한 초록의 광휘〉,《현대시》, 1996년 5월호, 56~57쪽.

9   최동호, 앞의 글, 86쪽.

상을 처리하는 방법이 그들에게 요구된다. 추상적인 시적 표현은 오히려 사태를 신비화해 버릴 우려도 있다. 우리가 무심히 지나치는 생활의 단면 속에서 생태계의 문제를 찾아내서 그것을 시로 표현하는 노력이 필요하다. 이러한 노력은 환경 파괴의 위기를 슬기롭게 극복하고 정신과 육체의 건강을 회복하는 데 중요한 역할을 할 것이다.

———

우리 시는 1980년대에 들어와서 생태계와 환경에 관심을 갖게 되면서 1990년대에 '생태시'라는 시의 한 유형을 만들었다. 이에 이숭원은 모든 생명의 중요성을 인식하여 우리 생태시의 유형을 나눠 살펴보고 앞으로 생태시가 추구해야 할 방향을 제시하고 있다. 그에 따르면 생태시는 크게 두 유형으로 나뉘는데 하나는 우리가 처한 생태계의 오염 실태를 제시하면서 고발과 비판 분노를 담은 시이며, 다른 하나는 이러한 훼손된 삶의 공간에서 우리는 어떠한 정신의 변화를 도모해야 하는가를 모색한 시라고 말한다. 즉 왜곡된 현상을 그대로 보여 주는 시와 그 왜곡을 바로잡는 새로운 가치를 모색하는 시를 생태시의 유형으로 나눠 여러 시들을 검토하고 있다. 그러면서 생태계의 위기를 극복하여 인간과 자연과의 조화로운 화해를 이끌 수 있는 시인들의 넓은 시야를 요구한다. 그리고 추상적인 시적 표현은 오히려 사태를 신비화해 버릴 우려가 있기 때문에 생활의 단면 속에서 생태계의 문제를 찾아 시로 표현할 것을 주장한다. 이처럼 이 글은 두 유형의 생태시를 검토하면서 우리의 생태시가 나아가야 할 방향을 진지하게 탐색하고 있다는 점에서 그 의미가 있다.

* 이 글은 《실천문학》(1996년 가을호)에 실린 〈생태학적 상상력과 우리 시의 방향〉을 원전으로 삼은 것이다.

세기말과 시적인 것의 근원에 대한 천착

최동호

1. 시적인 것과 예술

모든 예술적 행위 속에는 시적인 것이 있다는 명제는 예술을 예술로 만드는 과정에서의 절차와 방법의 다양성에도 불구하고, 그 절정의 순간에는 시적인 어떤 것을 지향한다는 뜻일 것이다. 최근 우리 문화 현상을 바라보고 있으면서 느껴지는 것은 잡박한 대중문화의 회오리에 모든 문화예술이 휩쓸리고 있는 것이 아닌가 하는 것이다. 이것을 세기말적 혼돈이라고 말해 버리고 지나가기에는 무언가 무책임하고 현실 도피적이라는 아쉬움이 남는다.

이런 와중에서 김우창의 〈시의 리듬에 대하여〉(《세계의문학》, 1999년 봄호)를 읽는다는 것은 즐거운 일이 아닐 수 없다. 갑자기 리듬이 웬 말인가 하고 의아해 할 수도 있다. 그러나 이 글이 다음과 같은 문제의식에서 출발하였음을 인식한 독자라면, 결코 이 글이 가지는 시의적절성을 부정할 수 없을 것이다.

시의 음악은 자의적으로 또는 기계적으로 외부로부터 부여될 수 있는 것이 아니라 발견되어야 하는 어떤 것이다. 보다 전통적인 시대에 시의 형식은 시인의 손 밑에 놓여 있어서, 시인은 이것을 들어 올려 쓰기만 하면 되었던 것처럼 보인다. 그러나 어느 시대에나 진정 잘된 시에서 적절한 음악의 형식은 발견되어야 한다. 어떤 시기에 그 발견은 지극히 어려운 일이 된다. 오늘의 시대는 그러한 시대라고 생각된다. 그러나 그러한 시기에도 시인의 음악을 찾는 노력이 완전히 포기될 수는 없다. 오늘의 문제의 하나는 마치 그러한 것이 문제가 아닌 것처럼 생각된다는 데 있다.

—〈시의 리듬에 대하여〉, 같은 책, 204쪽.

"소월의 시의 특이성은 그 음악성에 있다. 음악성이 시의 내용과 적절하게 조화되는 것이 소월의 시의 비결이다"라는 문장으로 시작되는 이 글은 일견 범박한 의견을 말하고 있는 것처럼 들린다. 마치 시의 음악을 찾으려 고심하는 시인의 목소리처럼 나지막하고 섬세한 어투로 담담하게 전개된다. 그러나 이 글은 우리 시의 오늘의 문제가 무엇인가에 대한 깊은 통찰을 담고 있다. 오늘의 문제는 무엇인가. 그것은 다름 아니라 음악을 찾으려는 시인의 노력이 포기되는 시대처럼 그에게 느껴진다는 것이다.

시인들이 허황한 세속주의에 휘둘릴 때, 그들은 자신의 시적 음악을 찾으려는 진지한 노력보다는 어떻게 하면 시대 조류에 영합하는가에 골몰할 것이다. '어느 시대에나 진정 잘된 시에서 적절한 음악의 형식은 발견되어야 한다'는 그의 진술은 시류적 변화가 빨라지고 문화적 동요가 커질수록 오히려 역설적으로 자신의 음악을 찾으려는 시인의 노력이 강조되어야 함을 말하는 것이라 보아야 할 것이다.

소월적인 시의 음악이 거의 불가능하게 된 오늘의 시대에도 일부 그러한 시가 씌어지고 있기는 하지만, 과연 오늘날 시인들이 골몰하는 것은 무엇일까. 그들의 고뇌는 시의 해체를 부르짖거나, 압구정 거리

를 배회한다고 해서 해결될 문제도 아니고 밀폐된 골방에서 침잠한다
거나 컴퓨터 자판만을 두들긴다고 해결될 수는 없는 일이다. 물론 오
늘과 같은 시대에는 김우창의 지적처럼 "삶의 근본을 통괄하는 리듬은
삶의 외적 조건에 어울리는 것이 되기 어렵다"는 것도 사실이다. 그러므
로 시인들의 음악의 발견은 힘든 고난의 과정이 될 것임에 틀림없다.

그런데 여기서 우리가 간과할 수 없는 것은 시의 리듬이 개인의 삶
만이 아니라 공동체의 삶의 근본에 관계된다는 점이다. 뿐만 아니라 더
강조되어야 할 것은 리듬이 안과 밖에 동시에 작용하는 지극히 내밀한
것이면서 객관적인 사실로 인지된다는 점이다. 이 리듬의 객관성은 바
로 규칙성에 의해 입증된다는 것이다. 이러한 논지를 바탕으로 김우창
은 다음과 같이 이 글을 끝맺고 있다.

우리 시대의 한 특징으로 구호의 범람을 들 수 있다. 그러나 동시에 근
년에 와서 이러한 구호도 점점 사라져 가는 것을 본다. 그 대신 매우 내밀
한 개인적인 언어들이 공공의 장소에—광고에, 대중 매체에, 작품에 나타
난다. 가령 광고에서 '……로 바꾸니 그렇게 좋을 수가 없더라구요' 하는
것과 표현의 경우를 들어 보자. 이것은 극히 개인적인 대화 속의 말의 느
낌을 나타내려는 언어이다. 이러한 가짜 개인적 스타일의 범람은 진정한
객관적 스타일이 없는 곳에는 진정한 내면적 체험의 표현도 있을 수 없다
는 것을 깨닫게 한다. 사람이 참으로 개체적 존재가 되는 것도 객관적인
것으로의 자기초월이 없이는 불가능한 것일 것이다. 윌리엄 콘돈이 말하
는 바와 같이, 리듬은 개인의 삶에 개체적 정의를 부여한다. 그러나 그 리
듬은 사회에서 또 삶의 근원으로부터 온다.

—같은 책, 223~224쪽.

상업주의 광고의 범람 속에서 김우창이 짚어 내는 '가짜 개인적 스타

일의 범람'에 대한 지적은 우리 모두가 오늘의 문화 현상에 대해 한 번쯤 깊이 음미해 보아야 할 통찰이라고 하지 않을 수 없다. 시인들이 자신의 음악을 찾는다는 것은 '진정한 객관적 스타일'을 찾는다는 것을 뜻하며, 바로 이 점에서 시에서 음악의 발견이야말로 세기말적 혼돈을 객관화시키는 작업일 것이며 진정한 내면적 체험을 표현하려는 시인들의 자기집중의 노력이 경주되어야 할 부분일 것이다.

범람하던 구호에 편승하거나 이에 의지하여 글쓰기를 영위하던 시인이나 비평가 모두 진지하게 이에 주목하고 나아갈 지평을 모색해야 할 것이다.

2. 문자문화와 구술문화

그러나 리듬의 부재가 오늘의 삶과 언어의 주된 특징이라면 이 세기말적 혼란의 와동渦動 속에서 과연 무엇을 어떻게 해야 할 것인가. 오늘날 우리 모두는 전자문화의 시대에 살고 있다. 우리가 경험하고 있는 문화적 격변은 인쇄된 문자문화에서 전파에 의한 전자문화로의 대전환에서 찾을 수 있다. 전자문화의 시대에 시의 나아갈 길이 무엇일까라는 문제의식을 가지고 필자 또한 〈시적인 것에 대한 발상 전환을 위하여〉(《시와사상》, 1998년 겨울호)를 발표한 바 있다. 이 글에서 "구술성을 배제한 현대시는 결코 텍스트에서 벗어나지 못할 것이고, 인쇄된 종이 위의 글자에 사로잡혀 있는 한 우리들의 시는 생명력을 잃어버리고 말 것"이라는 전제하에 다음과 같이 말한 바 있다.

'시가詩歌'의 전통이 강력하게 이어져 오던 우리 시에서 '시詩'와 '가歌'의 분리는 근대성이 거론된 이후의 일이다. 모더니즘과 리얼리즘을 두 축으로 현대시가 추동되어 왔던 것이 사실이지만, 포스트모더니즘 이후 부딪친 해체시라는 자기부정의 시들 앞에서 우리들은 새로운 길을 모색하지 못하고 있다.

텍스트에만 집착하는 경우 그 심오한 논리적 정밀성에도 불구하고 우리는 끝내 시적인 것을 상실하고 말 것이다. 어쩌면 텍스트주의란 시의 역사를 지나치게 단절적으로 본 결과가 아닐까. 텍스트의 신비화가 그 최후의 종착점이다. 이 신비화로부터 탈출하는 것이 오늘의 위기를 극복하는 길이 될 것이다.

문자 이전의 시대에도 아니 오히려 더 직접적으로 사람들은 시를 읽고 즐기는 생활을 누렸다고 해도 과언이 아니다. 시와 노래가 분리되기 이전의 원시 예술이 갖는 미적 역동성은 텍스트에 집착하는 우리들이 상상하기 어려운 일일 것이다.

— 같은 책, 18~19쪽.

텍스트의 신비화를 탈출하는 것이 오늘의 위기를 극복하는 것이며, 그 대안으로서 시와 노래가 분리되기 이전의 노래가 지닌 음악성을 강조하면서 새로운 종합을 시도해야 한다고 전망한 것이 이 글의 주요한 논지였다고 할 것이다.

돌이켜 보면 1920년대나 1930년대 김소월이나 김영랑의 시대는 구술문화에서 문자문화로 넘어오는 과도기적 시대였고, 그들은 그들 나름의 리듬을 발견하여 우리 현대시사를 추동시킨 것 또한 사실이다. 1960년대 이후 그들의 시의 음악은 우리들의 시야에서 현저하게 퇴색해 갔고, 우리들은 이념적 구호의 범람 속에서 시를 읽고 살아왔다. 이제 1990년대 우리들은 이념적 구호도 퇴색하고, 전파 매체에 의한 상업광고가 부추기는 가짜 개인적 스타일의 범람 속에서 살고 있는 것이 우리들이 거부할 수 없는 삶의 체험이고 사회적 현실인 것이다.

〈시적인 것에 대한 발상 전환을 위하여〉에서 필자가 강조한 구술성이란 삶의 체험을 표현하는 인간의 목소리이다.

많은 시인들은 지금까지 자기가 익숙시켜 온 종이 위의 시 쓰기를 멈추기 어려울 것이고, 비평가들 또한 그러하지 않을까. 글쓰기란 얼마나 혹독한 훈련을 요구하는가. 그러나 지금 우리에게 절실한 것은 시적인 것에 대한 발상의 전환이다. 백지의 사막에 남아 있을 것인가 아니면 살아 있는 인간의 목소리를 되찾을 것인가 하는 문제는 시인들 각자가 선택할 몫이자 그들의 운명일 것이다.
시적인 것이란 인쇄된 활자 속에 사물화되어 숨겨져 있는 것이 아니라 숨 쉬고 살아가는 인간들이 경험하고 느끼는 구체적인 삶의 감정 속에 내재해 있다는 것이다.

─같은 책, 25~26쪽.

김우창의 〈시의 리듬에 대하여〉는 이러한 주장에서 한 걸음 나아가 보다 정치하게 시의 문제를 직접적으로 거론한 것이라 볼 수도 있을 것이다. 이 양자가 서로 같은 시각과 입장을 갖고 있는 것은 아니라고 하더라도 시를 통해 오늘의 문화적 공동이나 시적 혼란을 극복해 나가는 하나의 실마리를 찾으려 했던 공통의 노력을 표현한 것이라 말할 수 있을 것이다.

3. 음악의 발견과 한국의 전통

오늘의 과제가 시의 음악을 발견하는 데 있다는 김우창의 견해가 발표되기 직전에 한국어의 전통 속에서 음악적 요소를 찾아야 한다는 케

빈 오록의 〈한국시의 전통 찾기〉(《문학사상》, 1999년 1월호)를 접한 것은 필자로서는 이상한 우연의 일치라고 하지 않을 수 없다. 한국의 고시조를 20년 넘게 영어로 번역해 온 아일랜드인의 시각이란 점에서 그의 다음과 같은 주장은 흥미롭다.

전문가들은 한국에는 두 가지 전통이 있다고 한다. 하나는 한자로 쓰인 한시이고 또 하나는 구어체로 쓴 시다. 이 두 전통은 근본적으로 다르다. 한시는 읽고 사색하기 위한 시이지만 구어체 시는 노래하고 듣기 위한 시다. 한국은 19세기 말까지 쓰인 모든 구어체의 시가 노래로 불린 전통을 갖고 있는 나라다. 읽고 사색하는 시는 리듬보다는 이미지나 개념을 중시한다. 구어체의 시는 낭송하는 말소리보다는 노래의 가락을 중시한다. 그런데 1920년대에 도입된 영시英詩의 전통은 소리 중심이었다. 영시는 영어 자체가 가지고 있는 음악성을 강조한다. 그러나 한국시는 사색적인 것이 먼저다. 따라서 한국 시인들은 의식적이든 무의식적이든 일종의 갈등을 겪게 되었다.

20세기 한국의 문학비평가들은 노래 중심의 구어체 시를 문학 텍스트로 비평하면서 서구문학의 비평 용어들을 쓰기 시작했다. 이는 마치 몸에 어울리지 않는 옷을 입히는 것 같았다.

– 같은 책, 258쪽.

거칠게 서술된 내용이지만, 오록의 이러한 견해는 한국문학을 전공하고 그 내부에 있었던 비평가나 시인들에게는 매우 새롭게 들리는 것이기도 하다.

그에 의하면 20세기 한국 시인들이 겪어야 했던 갈등은 노래의 가락을 중시하는 한국의 구어체 시의 전통과 소리 중심의 영시의 음악성 사이에서 겪어야 했던 혼란과 모순이었다는 것이다. 비평가들 또한 서구의 비평 방법을 그 시적 전통이 다른 한국시에 적용함으로써 몸에 맞지 않는 옷을 입히는 것과 같은 비평을 했다는 것이 그의 주장이다. 물론 "한국시의 전통은 사색적인 것이 먼저다"라는 주장이 얼마나 설득력 있는 것인지는 좀 더 따져 보아야 할 것이다. 오히려 구어체의 시에 더 많은 비중을 둘 수도 있을 것이고, 이러한 구어체 시에 대한 강조는 1970년대 이후 크게 공감을 확장시켰던 것이기도 하다.

위의 논지에서 우리가 정말 눈여겨보아야 할 것은 20세기 한국의 시인과 비평가들이 겪어야 했던 혼란과 갈등일 것이다. 그리고 한시에서 사색적인 시의 한국 전통을 찾는다면 그것은 20세기에 들어서서 모더니즘적 시의 방법론적 도입이나 이념적 전위성을 내세운 좌파적 이데올로기 시들의 유행을 떠올릴 수 있을 것이다.

어떻든 구어체 시의 전통을 강조하면서 오록이 "영시의 운율meter과 리듬을 그대로 모방하지 말고 한국어만이 가지고 있는 음악적 요소를 찾아 한국어의 음악성이 보여 줄 수 있는 형식을 실험적으로 시 창작에 활용하자는 것이다. 때로 김소월의 시가 보여준 것처럼"이라고 글을 마무리할 때 우리는 외국인이 오히려 한국인들에게 한국적 전통을 찾으라고 권고하고 있다는 사실에 당황하지 않을 수 없다. 문제는 최근 수많은 한국인들이 입버릇처럼 한국적 주체성을 외치고 있지만, 과연 그 주체성을 자기 전문 분야에서 얼마나 실천하고 있는지 오히려 외국인에게 질문당하고 있다고 보아야 할 것이다.

김억 또한 1920년대에 〈작시론〉이나 〈시형의 음률과 호흡〉에서 얼마나 시의 음악성을 강조했던가. 그러나 그가 자신의 주장을 실제 작품에서는 자수율을 반복적으로 사용하는 어색한 시적 방법 이상으로 개진시키지 못했고, 정작 독자적인 리듬을 찾아내고 자신의 독특한 시적 세계를 확립한 것은 김소월이었다는 사실을 우리들은 잘 알고 있다. 물론 김소월적 시의 리듬을 외형적으로 반복하여 뒤쫓는 것은 오늘의 시점에서 커다란 의의를 찾기 어렵다.

그런 의미에서 앞에서 인용한 대로 '어느 시대에나 진정 잘된 시에서 적절한 음악의 형식은 발견되어야 한다'는 진술은 다시 음미될 필요가 있다.

4. 고전적 전통과 세기말

1990년대는 한 세기의 끝이고, 새로운 세기의 시작이다. 크게 보아 1980년대가 시의 시대였다면 1990년대는 시의 위기의 시대였다고 정리될 것이다. 포스트모더니즘 이후 해체시의 횡행으로 인해 시 자체의 부정으로 치달으려는 성향이 두드러졌기 때문이다. 그러나 표피적 현상을 좀 더 주의 깊게 응시하면, 고형진이 〈90년대 젊은 시인들의 신서정과 고전적 미학〉(《문학과의식》, 1999년 봄호)에서 보여 준 다음과 같은 시각도 나름대로 설득력이 있을 것이다.

90년대는 사회·문화적으로 시의 힘이 현저하게 떨어진 연대이다. 90년대 내내 시단을 떠돈 화두의 하나는 '시의 위기'였다. 그것이 비록 저널리즘적 화제성에서 비롯된 혐의가 있다고 하더라도, 90년대는 사회·문화적으로 영상 매체의 영향력이 급증하고 인문학의 소외 현상이 두드러지면서 '시'의 존재와 '시'의 미래에 대한 질문이 끊임없이 일어나는 연대였다. 이러한 질문이 공개적으로 연이어 제기된 연대가 그전에도 있었는가? 90년대는 확실히 '시'가 특별한 상황에 직면한 연대였다. 90년대의 젊은 시인들은 이처럼 사회·문화적으로 시가 몰리는 상황 속에서 오히려 시의 고전古典을 향해 나아갔다. 그들은 영상 매체와 인문학의 소외가 두드러진 상황 속에서 오히려 시의 본래적 울타리를 튼튼히 가꾸며 재래적 서정시의 미학을 새롭게 가꾸어 나갔다. 그리하여 천박한 대중문화의 범람 속에서 시의 위의와 광휘를 보여 주었고, 시의 밝은 미래를 보여 주었다. 그들은 시가 가장 어려운 상황 속에서 가장 본래적인 서정시를 가꾸어 감으로써 시의 힘을 보여 준 셈이다.

-같은 책, 20쪽.

인문학의 위기의 시대에 오히려 젊은 시인들이 서정시의 미학을 가꾸어 나가면서 천박한 대중문화의 범람 속에서 시의 위의와 광휘를 보여 주었다고 고형진은 90년대의 시적 상황을 낙관적으로 바라보고 있다. 물론 그것은 확실한 시각이기는 하지만 지나치게 정태적인 것이 아닌가 하는 느낌을 한편으로 지울 수 없는 것 또한 사실이다.

그러한 지적은 안도현, 장석남, 이희중, 나희덕 등의 시작법이나 시적 태도에 관한 지적이라면 어느 정도 타당성이 있을지 모르지만, 이것을 90년대의 젊은 시인들 모두에게 적용한다면 그것은 지나치게 과대한 해석이 되고 말 것이다.

오늘의 문학적 상황을 전제한다면 오히려 우리는 고전적 작법이나 시적 태도의 문제보다도 유종호가 〈고전의 매혹〉(《문학과 의식》, 1999년 봄호)에서 다음과 같이 고전이 파생적 생산적 가치를 가지고 있다고 강조하는 것에 더욱 설득력을 느낄 것이다.

3천 년의 저녁 어스름을 뚫고《오디세이아》는 단연 오늘의 얘기로 되살아나서 우리에게 다가와 눈짓하며 호소한다. 누구나가《계몽의 변증법》의 저자들과 같이 빼어난 텍스트의 해독자가 될 수 있는 것은 아니다. 그렇지만 누구나 고전이란 제1텍스트에 자기 나름의 제2텍스트를 겹쳐 놓는 즐거움을 누릴 수 있다. 고전일수록 파생 텍스트의 가능성이 커지고 해독의 다양성도 커진다. 이것이 고전의 거역할 길 없는 만고 불역不易의 매혹이

다. 고전을 읽지 않는 것은 지척에 있는 절경을 구경하지 않는 것처럼 행
복에 대한 무엄한 외면이요 방자한 거부이다. 당신의 팔을 뻗어 보라. 틀
림없이 거기 비옥한 고전이 놓여 있을 것이다.

－같은 책, 14쪽.

고전일수록 파생 텍스트의 가능성이 커지고 해독의 다양성도 커진
다는 논리는 오늘의 우리가 겪고 있는 문화적·정신적 혼돈을 헤치고
나가는 데 필요한 총론적 해결책일 것이다. 김우창의 〈시의 리듬에 대
하여〉가 구체적 각론이라면, 유종호의 〈고전의 매혹〉은 총론적 포괄성
을 갖는다는 것이다. 그러나 이 양자 사이의 공통점은 인문학적 지성에
근거한 창조성의 자기발견에 있을 것이다. 그런 점에서 우리가 양자의
접근 방법에서의 차이를 인정한다 하더라도 궁극에 가서는 천박한 대
중문화의 범람과 문화적 공동화 현상에 대한 양자의 시각은 공통점을
가지고 있다고 하겠다. 그리고 이러한 시각들이 지향할 방향은 개체적
자기규정의 확실성이 없는 시대에 그리고 가짜 개인적 스타일만 범람
하는 시대에 진정한 객관적 스타일을 찾는 지적 패러다임의 전환으로
나아갈 것이라고 판단된다.

그것이 시의 음악을 발견하는 일이든, 아니면 더 거슬러 가 고전의
매혹을 통해 파생적 텍스트의 다양성을 찾는 일이든 그 전체는 문화적
혼돈을 뚫고 나아가려는 인문 정신의 자기발견에 중심점이 놓여질 것
이다.

우리가 강박적으로 사로잡혀 있는 문자문화란 인쇄문화가 발달하
기 시작한 역사와 궤를 같이하는 것이며, 그것은 인류사에서 그렇게 오
랜 시간이 아니다. 우리의 눈앞에서 펼쳐지고 있는 전자문화의 시대란
인쇄문화를 부정하고 성립되는 것은 아니다. 그럼에도 우리들이 느끼
고 사고하고 행동하던 종전까지의 패러다임을 송두리째 뒤바꿔 놓을

만큼 엄청난 변화가 인터넷의 신경 세포처럼 무차별적으로 퍼져 나갈 것임에 틀림없다.

종래의 시적 감성이나 시적 방법에 머무를 것이냐 아니냐 하는 것은 오늘의 젊은 시인들이 선택할 문제이고, 비평가들 또한 이와 유사한 어떤 선택을 하지 않을 수 없을 것이다. 20세기 초두에 그랬던 것처럼 20세기의 세기말에도 김소월적 선례는 매우 교훈적이다.

그렇다면 시적인 것이란 과연 무엇일까. 그것은 인간의 마음이나 감정의 움직임에 따라 형성되는 인간적인 반응일 것이며, 이때 인간적인 것이란 인간의 삶의 체험에 뿌리를 박고 있는 것이다. 많은 사람들이 예측하듯이 21세기에는 과학만능 시대가 될 것이고, 생명공학 기술은 인간 복제도 가능케 할 것이다.

지난 70년대 이후 한국 사회를 추동시킨 명제는 '인간은 기계가 아니다'라는 것이었다. 기계와 다른 인간 존재의 존엄성이 전제되어 있었다. 그러나 앞으로 유전자를 조작하는 기술을 획득한 과학자들은 머지않아 '인간은 기술 정보다'라는 명제가 떠오르게 만들 것이다. 인간과 동물의 경계가 무너지고 급기야는 가상 복제된 인간마저 등장할 날이 머지않았을 것이라 말할 수 있다. 기술 정보 그 자체는 감정을 갖지 않는다. 거기에는 오늘날 우리가 말하는 시적인 것도 또한 존재하지 않을 것이다. 슬픔의 감정도 사랑의 감정도 존재하지 않을 것이다. 결국 시적인 것에 대한 질문은 인간이란 무엇인가라는 질문에 대한 천착이며 이를 통해 인간의 삶이란 무엇인가에 대한 새로운 개념 정립이 요구된다고 할 것이다. 새로운 세기가 다가오는 이즈음 우리의 문화예술을 조망하면서 시적인 것의 근원에 대한 천착이 없거나 그러한 천착이 아주 미미한 것에 불과하다면 "죽느냐 사느냐 이것이 문제로다"라고 고뇌하던 인간 햄릿의 화두가 오늘의 시인들에게 그리고 그와 동시에 오늘의 비평가들에게도 화살처럼 날아가 가슴에 박힐 것임에 틀림없다.

—

최동호는 이 글을 통해 '가짜 개인적 스타일'이 범람하는 문화 풍토 속에서 나타나는 세기말 시의 위기와 그것을 극복하기 위한 방안을 제시하고 있다. 그가 지적하는 오늘날 시의 가장 큰 문제점은 시의 리듬이 부재한다는 것이다. 그러므로 시의 음악성을 되살리는 것을 통해 시적 진정성을 찾아가야 한다는 주장이다. 이러한 그의 지적은 그 당시 문단에 횡행하던 해체주의적 시 경향에 일침을 놓은 것이었다. 그의 문제의식은 더 큰 영역으로 확장되는데, 이는 그가 지향하는 시적 진정성이라는 것이 '인간이란 무엇인가'라는 질문에 대한 진지한 성찰의 결과이며 이를 통한 인간의 삶에 대한 새로운 개념 정립에 의거하는 것이기 때문이다. 이 글은 21세기 과학만능 시대에 비인간성을 극복할 수 있는 대안은 이러한 '시적인 것의 근원에 대한 천착'임을 밝힌다. 이러한 명제가 우리 삶의 현실에 직접 맞닿아 있다는 점에서 많은 의미를 지닌다고 할 수 있겠다.

* 이 글은 《한국문학평론》(1999년 여름호)에 실린 〈세기말과 시적인 것의 근원에 대한 천착〉을 원전으로 삼은 것이다.

1990년대 소설의 넓이와 높이

조남현

1.

오늘날, 작가들이나 문학 이론가들로부터 소설계의 판이 근본적으로 위축된 것이 아니냐는 자조 섞인 소리를 듣는 것은 새삼스러운 일이 아니다. 소설 가지고는 밥도 안 되고 문화도 이루기 어렵다는 식의 탄식과 불평은 작가들에 대한 제도적 차원의 지원을 기대하는 심정으로 이어지기도 한다. 대중문화, 스포츠, 레저 쪽으로 발길을 돌리는 사람들이 잠재적인 문학 독자로 남아 있지 말고 현실적이면서 구체적인 문학 독자로 하나둘 돌아와 주기를 바라는 것으로는 소설 시장의 침체는 해결되지 않는다. 소설 시장의 침체와 이에 따른 소설 양식의 근본적인 동요가 그야말로 일시적이요 과도기적인 현상이라고 믿고 있는 작가들마저도 혹은 원고지 앞에서 혹은 키보드 앞에서 소설 쓰기를 계속해야 하는 것인지 일순 회의에 찬 모습을 보여 주곤 한다.

이러한 현상은 문학 특히 소설에는 최소한의 독자가 있어야 한다는 평범하면서도 중요한 이치를 환기시켜 준다. 이때의 '최소한의 독자'는 작가에게 작가로서의 생활에 필요한 물질적·정신적 보상을 가져다주면서 그 작가의 창작 의욕이 올바른 방향으로 뻗어 나갈 수 있는 출발점을 마련해 준다. 아무리 독자들로부터 외면당한 작가들이라고 하더라도 어떤 측면에서든 독자를 의식하지 않고는 소설을 쓸 수 없는 것임을 부정하지 않는다. 요즈음처럼 출판과 광고가 적극성을 띤 시대에는 불특정 다수가 자기 작품을 읽어 줄 것이라는 환상이나 기대를 갖고 쓰는 작가들이 많을 수밖에 없다. 이러한 환상이나 기대는 판매고는 작품 수준만으로 결정되는 것은 아니라는 인식에서 나온다. 최소한의 독자의 형성이 소설 양식 존립의 필수 조건이라는 인식은 이제 상식처럼 되었다. 불특정 다수이든 최소한이든 독자를 의식하고 쓰는 것은 모든 작가들에게 꼭 좋은 결과만 가져다주는 것은 아니다. 이는 그때그때 독자들의 반응을 보아 가며 연재소설을 쓰는 작가에게서 쉽게 확인할 수 있다. 독자를 지나치게 의식하다 보면 자기가 쓰고 싶은 대로 쓰지 못한 채 균형미와 안정감을 놓친 작품을 남기기 쉽다.

최소한의 독자마저 확보하지 못한 나머지 소설 양식의 존립에 대한 의문이 일어나는 현실을 맞았을 때 작가들은 다른 곳으로 가 버린 잠재 독자들을 원망할 수도 있고, 잠재 독자들을 실재 독자로 바꿀 수 있는 힘을 발휘하지 못한 자신들을 탓할 수도 있다. 독자나 작가를 탓하기보다는 시대를 탓하는 것이 본질에 접근하는 일일지 모른다. 소설을 읽지 않아도 역사와 동시대를 이해하는 데, 건강한 삶의 자세를 터득하는 데 또 재미있는 시간을 갖는 데 아무 지장이 없다고 일러 준 바로 이 시대를 탓해야 한다는 것이다. 그리고 운명이란 말까지 끌고 와야 오늘날 한국 작가들이 독자들로부터 받은 소외감이 다소나마 치유될 수 있을 것이다.

그러나 모든 작가들이 시대나 탓하고 운명론에 빠져들고 있는 것은 아니다. 적지 않은 작가들이 비상한 노력으로써 자신들에게 불리한 국면을 타개하려 하고 있다. 오늘날 문학사적 작가의 반열을 형성하고 있는 작가들은 1990년대 중반을 경과하면서 다양한 소설 유형을 빚어 내었으며 경쟁이라도 하듯 참신한 담론들을 개발해 내고 있다. 거대서 사나 스토리 중심의 소설로는 오늘, 이곳의 정확한 기록조차도 힘들다는 것이다. 전대의 소설보다는 오늘의 소설에 독자들의 양적 반응의 확대를 겨냥한 작가들의 계산이 더 속속들이 숨어들어가 있다.

2.

최근 한국 작가들 사이에서는 신진과 기성 작가들을 가리지 않고 자기 정체성을 찾으려는 창작 경향이 분명하게 일고 있다. 중견 이상의 작가들이 회상의 시점을 취하거나 가족사의 재구성을 통해서 '나'를 발견하고 확인하는 작업을 갖는 것은 자연스러운 일이지만 젊은 작가들이 자전적 소설과 같은 유형을 제시하면서 '나'의 발견과 확인을 위해 노력하는 것에는 꼭 갈채만 따라다니는 것은 아니다. 젊은 작가들이 자전적 소설을 쓰는 것으로 기울어질 경우 또 그것을 당연한 것으로 알아 버릴 경우 논픽션과 픽션 사이의 경계가 흐려져 버릴 가능성이 높다. 젊은 작가들이 소설가는 이야기를 만들어 내는 존재라는 재래의 통념을 일찍부터 우습게 알아 버릴수록 진정한 창조 정신은 점점 위축되기 쉽다. 소설가의 참된 작업은 값지고 재미있는 이야기를 만들어 내는 데서 시작된다.

도대체 나는 무엇인가, 지금 나는 어디에 있는 것일까 등과 같은 근본적 질문을 던지고 있는 작가들은 자전적 소설, 가족사소설, 예술가소설, 심리소설, 성찰소설Reflexionsroman 등과 같은 유형들을 제시하게 된다. 사실, 젊은 작가들은 그야말로 특수한 체험 내용이 있지 않으면 자전적 소설을 성공적으로 써내기가 힘들다. 가족사소설은 수직적이거나 수평적인 가족관계를 통해서 나의 참모습을 찾고자 하는 소설 유형이며 예술가소설, 그중에서도 소설가소설의 경우 작가가 자신의 문제를 솔직하게 털어놓는 공간을 자연스럽게 확보함으로써 저절로 '나'를 파악하게 된다.

이처럼 작가들이 경쟁이나 하듯 여러 가지 방법으로 '나'나 '우리'를 찾기 위해 노력하게 된 배경 요인으로 다음과 같은 점을 생각할 수 있다. 첫째로, 세상이 급변하고 넓어지고 물신화되어 가는 판에 자칫 '나'를 잃지 않을까 하는 불안감이 감돌고 있는 점, 과거의 이념상의 제약이나 부당한 권위에 짓눌려 잃어버렸던 '나'와 '우리'를 찾으려는 움직임이 있는 점, 개인주의 풍조의 확대에 따라 자기소유나 자기소속에 대한 관심이 높아진 점 등을 들 수 있다.

한승원의 장편《해산 가는 길》과 이순원의 장편《아들과 함께 걷는 길》은 소설가소설, 가족사소설 그리고 귀향소설Heimkehrroman을 합성시킨 데서 일치한다. 《해산 가는 길》이 아버지에서 증조부까지의 내력을 이모저모로 뒤적거리는 가운데 '나'의 뿌리를 찾아내려 한 것에 반해, 《아들과 함께 걷는 길》은 소설가인 아버지가 아들과 대화를 나누는 가운데서 자연스럽게 '나'의 뿌리와 한 가족으로서의 '우리'의 울타리를 일러 준다.

그동안《앞산도 첩첩하고》,《미망하는 새》,《불의 딸》등과 같은 소설집을 통해서 줄기차게 고향 이야기를 해 온 한승원이기에 이번에《해산 가는 길》에서 '나'의 뿌리를 찾고자 하는 작업을 보인 것은 새삼스러운 일은 아니다. 《해산 가는 길》은 과거 작품들에서 볼 수 없는 색다른 방법으로 구성되어 있다. 이 작품은 40여 가지의 에피소드들로 짜여 있는데 이 에피소드들은 인과성이나 유기성으로 묶여져 있기보다는 독립된 이야기의 형식으로 자유롭게 펼쳐져 있다. 앞뒤를 잘 연결시키는 것은 독자들의 몫이다. 장편소설의 구성 방법으로는 다소 문제점이 있기는 하지만 이는 작가가 이야기 하나하나에 각별하게 생명과 의미를 부여하려는 것으로 볼 수 있다.

《해산 가는 길》에서는 한승원을 작가로 만들어 준 근본적인 힘을 찾아낼 수 있다. 작가는 유년기에 비친 조상들과 고향사람들의 삶의 모습을 재현해 놓고 있는 가운데서 자신에게 작가적 소질을 물려준 조부의 삶을 그리는 데 역점을 두고 있다. 소설가인 아들 한동림이 발문을 쓴 것도 이 소설의 한 특징이라고 할 수 있거니와, 이 발문에서 아들 작가에 의해 한승원의 소설가로서의 소명 의식이 제대로 밝혀지고 있다. "작가는 세상의 어두운 곳에 빛을 드리우는 일을 하는 사람"이라는 한승원의 소설관은《해산 가는 길》이 제시하고 있는 사연 깊은 연기담들을 통째로 떠받치고 있다.

한승원이 보여 준 에피소드의 축적도 새로운 방법의 담론에 넣을 수 있을 뿐만 아니라 이순원이《아들과 함께 걷는 길》에서 취한 대화체나 희곡체도 새로운 담론에 넣을 수 있다. 이 소설은 '1. 떠나기 전에'에서 '31. 집으로 들어가는 샛길에서'까지 31개의 부분으로 구성되어 있는데 바로 1장과 31장을 제외한 나머지 부분들은 완전하게 대화체로 처리되고 있다.《해산 가는 길》과는 달리 이 작품은 앞뒤 부분이 그야말로 긴밀하게 연결되어 있다. 소설가인 아버지와 초등학교 6년생인 아들이 대관령 꼭대기에서 산 아래 할아버지 댁까지 걸어 내려가며 주고받은 이야기를 완전하게 대화체로 기록해 놓고 있는데 이 소설의 이러한 대화체는 독자들이 작중인물에게 쉽게 친근감을 느끼게끔 해 준다. 이들 부자가 대관령 길, 고향, 대자연 등에 대해 나눈 이야기의 내용도 쉽게 이해하게끔 해 주는 것도 사실이다. 이 소설의 작중인물이나 창작 의도 또는 부자간의 대화 내용 등을 보면 이 소설이 동화의 느낌을 짙게 안겨 주는 대화소설Dialogroman로 형상화된 것은 적절했다는 판단이 든다. 물론 오늘날 세대갈등이 심각한 만큼 또 세대를 뛰어넘은 정체성의 확

보와 유지가 쉽지 않은 만큼 《아들과 함께 걷는 길》이 보여 준 대화체
는 일시적이거나 부분적인 해결책을 암시하는 것으로 끝나 버리기 쉽
다. 작가는 이 소설집의 머리말에서 "아버지는 없고 아빠만 있는 이 시
대의 또 한 사람의 아버지로서 아이에게 아버지의 이야기를 하고 싶었
습니다"고 부권상실 시대의 극복 의지를 내비치고 있다. 이미 그는 《수
색, 그 물빛 무늬》같은 소설집이 잘 일러 주고 있는 것처럼 가족사의
솔직한 서술에 작가적 역량을 기울였다. 《아들과 함께 걷는 길》의 맨
첫 부분에서는 부모 세대를 대상으로 하여 부끄러운 과거까지 솔직하
게 드러내는 고백체소설을 씀으로써 부모에게 갈등과 거리가 있음을
인정한 것이 되었다. 그러나 뒤로 갈수록, 즉 아들과의 대화가 무르익
어 갈수록 작가 이순원은 어느덧 조상들과의 일체감 속으로 빠져들게
된다. 아들과의 일체감이 작가를 늙은 아버지와의 일체감으로 안내한
형상이다. 이순원과 그 아들은 이러한 일체감이 가져다준 '우리' 속에서
'내'가 누구인가를 헤아릴 수 있게 된 것이다.

　공선옥의 〈우리들의 고향〉(《소설과 사상》, 1995년 봄호)은 제목이 가리키
고 있는 것처럼 오늘 이곳을 사는 사람들의 고향이 하나둘 사라져 가
고 있음을 일깨워 주기 위한 작품이다. 공선옥은, '내 삶은 걸레 조각'이
라고 늘상 푸념하기는 했지만 소박하면서도 성실하게 살아왔던 한 봉
제공장 근로자가 감원 조치, 고향 수몰 등과 같이 세상으로부터 한 발
자국 한 발자국 밀려나는 과정을 보여 주었다. 공선옥은 개인적 차원
의 고향 상실의 이야기를 들려주고 있지만 고향 상실은 더 이상 개인
적인 차원의 문제가 아니다. 이 소설에서의 귀향 모티프는 필수 모티
프로 설정되었다. 귀향 모티프의 원인은 절망감, 도피 충동, 새로운 삶
의 모색 등으로, 그 결과는 더 큰 절망감에의 침몰로 정리할 수 있다.
이 귀향 모티프에 얽힌 내용의 변화는 곧 우리 사회의 변화 과정을 일
러 주는 지표라고 할 수 있다. 소설들이 탈향脫鄕 모티프와 마찬가지로

794

귀향 모티프를 많이 보여 주었던 시대는 변화도 많고 굴곡도 많은 시대였다. 이미 몇몇 작품들에서 잘 보여 주었던 것처럼 〈우리들의 고향〉에서도 땀땀이, 올올이 정성을 다해 만든 문장들은 독자들을 긴장으로 몰아간다.

　　―향수병, 그것은 그가 도시에서의 새로운 삶을 꾸미기 시작한 그 순간부터 그에게 내재되어 있던 감정이어서 이젠 거의 스스로 의식하지도 못하는 본능같이 체화되어 버린, 그래서 일상생활을 누려 오면서 고향을 떠나온 도시의 모든 사람이 다 그러하려니 미루어 짐작하여 다들 외로운 들짐승 같은 도시인들에 그도 섞여 정신없이 살아온 와중에 어느 날 문득 아내와의 사소한 투닥거림 끝에 그가 만난 내 삶은 걸레 조각의 의문부호는 그래서 당연한 결론점일는지 모른다고 그는 생각했다. (210쪽)

요즈음 소설에서는, 그것도 젊은 작가들의 소설에서는 찾아보기 어려운 장문이다. 기본적으로 장문은 오랫동안 소설을 써 온 가운데 문장력이 탄탄하게 구축된 작가들이나 취하는 것으로 인식되고 있는데, 공선옥은 위에서 볼 수 있는 것처럼 능숙하게 장문을 써내고 있다. 한국어로 짜여진 문장의 아름다움과 힘을 엿보게 한다.

신문사 교열부 기자인 남편이 화자로 나오고 아내가 성장의 비밀을 안고 있는 소설가로 설정되고 있는 김소진의 단편 〈파애破愛〉(《고아떤 뺑덕어멈》 수록)는 소설가소설, 액자소설 그리고 추리소설의 유형이 합성된 것으로 볼 수 있다. 김소진은 여성작가를 실질적인 주인공으로 등장시키고 있으며 〈오래된 항아리〉, 〈문밖의 여인〉 등 이 여성작가가 쓴 소설들을 여러 군데서 다소 길게 인용해 보이고 있다. 그리고 남편이 아내의 소설을 뒤적거리기도 하고 아내가 애지중지하는 항아리를 찬찬히 들여다보면서 아내 친정의 비밀을 추리하는 과정도 보여 주고 있다.

작중의 아내는, 처녀로서의 순결성을 의심받아 5년 후에 시집에서 서
답빨래를 넣어 두는 항아리를 안고 쫓겨난 친정어머니로부터 순결성
절대 유지라는 강박관념을 받고 자라던 끝에 정신질환을 앓게 된다는
한 여인의 경우를 소설화하고 있다. 작가 김소진은 작중 아내가 쓴 〈문
밖의 여인〉의 줄거리를 들려줌으로써 작중 아내의 어머니 공포와 '파
애'라는 글자가 새겨진 항아리의 비밀을 독자들에게 다 털어놓은 셈이
된다. 소설가를 주인공으로 내세운 데서 예견된 만큼, 김소진은 소설
쓰기의 의미를 새롭게 제시할 수 있게 된다.

그리고 글쓰기 행위로써 어미에게 대항하는데 이 때문에 일부러 자신
은 애초부터 처녀가 아닐지도 모른다는 강박관념의 토로, 남자와의 상상
적인 교접장면을 빠뜨리지 않음으로써 어미에 대해 일종의 복수행위를 한
다는 거였다. 그러나 그럼에도 불구하고 딸은 원천적으로 아비의 부재에
서 오는 그러한 콤플렉스가 너무나 깊이 내면화돼 있어 어미벽을 뛰어넘
지 못하고 시집갈 때 어미가 지니고 있던 항아리를 물려받아 와서는 허드
레 장식물로 쓰지만 여전히 마음의 고통을 주체하지 못한다. (34쪽)

비록 성공하지는 못했지만 글쓰기는 어머니가 안겨 준 강박관념에
대한 복수행위로 의미화되고 있다. 〈파애〉에서는 소설가인 아내가 남
편으로부터 구제받는다는 것을 암시하는 것으로 끝을 내고 있다. 김소
진은 작가나 소설의 힘을 그리 크게 본 것은 아니다.

김소진이 〈파애〉에서 비록 개인적 차원이기는 하지만 소설도 무기가
될 수 있다고 한 데 비해 신경숙은 단편 〈모여 있는 불빛〉(소설집 《오래전
집을 떠날 때》 수록)에서 수세에 몰리는 소설가의 모습을 잘 그려 내고 있
다. 소설가인 작중의 '그녀'는 시골서 농사짓는 아버지네 송아지를 작
은집 개가 물어 죽였다는 소식을 어머니로부터 듣고는 그를 콩트로 처

리하여 신문에 냈다가 고모로부터 노여움을 사게 된다. 아버지 형제의 실질적인 엄마 노릇을 했던 고모님의 눈에 조카가 쓴 소설은 집안 흉을 광고하는 것으로 비치었다. 그리고 송아지 값을 물어내라고 은근히 시위하는 것으로 비치기도 하였다. 작중의 그녀는 고모가 도대체 소설이라는 것이 무엇하는 것이냐고 불쑥 던지는 물음에 아무 대답도 하지는 못하였지만 어려서부터 이런 소설을 쓰겠노라고 자신과 약속한 바 있었다. 즉 그녀는 "연약한 사람들의 심연에 잠겨 있는 아름다운 이야기를 퍼뜨리는 사람"(98쪽)이 되겠다든가 "그 어떤 것에도 매임 없이 가슴에 들어왔다가 나가는 사람살이를 바깥은 닳아도 안은 빛나고 아름답게 그릴 것"(98쪽)을 다짐했던 것이다. 작중의 그녀의 이러한 다짐은 실제 신경숙의 소설에서 어김없이 실천에 옮겨지고 있다. 이러한 속다짐은 신경숙이 생각하는 소설 양식은 영웅적인 존재나 역사적 사건이나 비판의식과는 거리가 있는 것임을 짐작하게 만든다. 신경숙의 〈모여 있는 불빛〉은 소설가들이 겪는 기본적인 고민보다는 시골 사는 아버지 형제들의 우애를 그리는 데 무게가 쏠려 있는 것임에도 그녀가 신문에 발표한 콩트의 전문을 실어 놓았다. 작중인물로 소설가를 내세워서 그를 묘사하고 서술하는 데 집착한다는 것은 김소진이나 신경숙이나 자전적 소설 쪽으로 기울었다는 의미가 된다. 작중의 소설가가 쓴 작품의 인용은 소설 구성상 필연적인 것으로 보이는 만큼, 신경숙의 〈모여 있는 불빛〉은 김소진의 〈파애〉와 함께 액자소설의 좋은 예가 된다.

신경숙은 서울에서 작가 생활을 하는 딸과 시골에서 농사짓고 있는 다소 건강이 좋지 않은 아버지와의 각별한 관계를 자주 설정하고 있는데 중편 〈깊은 숨을 쉴 때마다〉에서도 이러한 부녀관계는 필연적 구성을 이루고 있다. 이 작품에서 농부로 관절퇴화증을 앓고 있는 아버지를 걱정하는 '나'는 쌍둥이로 하나를 여읜 한 처녀, 신장이 나빠 두 달에 한 번씩 서울에 있는 병원으로 가서 피를 갈고 오는 한 소녀 등을 만나면서 또 몇몇 자살자의 이야기를 들으면서 아프고, 늙고, 이별하고, 슬퍼하고, 허무감의 늪에 빠지고 하는 것이 삶의 본질임을 깨닫게 된다. 소설가가 충격적이고 인상 깊은 인물, 사건, 사연을 만나 그를 한 편의 소설로 옮겨 놓는 과정이 고스란히 재연되었다. 오늘의 우리 소설계에서 크게 주목받고 있는 신경숙 소설의 창작 비결을 알기 위해서는 〈깊은 숨을 쉴 때마다〉를 읽어 보는 것이 좋다.

윤효의 〈음화, 1994년 서울〉(소설집 《허공의 신부》 수록)은 한 신진 소설가가 출판사로부터 계속 거절당하면서 소설가로서의 한계를 느끼게 되자 한 여인과의 사랑도 여인의 돌발적인 죽음으로 파국을 맞게 된다는 이야기를 들려주고 있다. 소설가로서의 성공은 삶의 성공이요 소설가로서의 실패는 삶의 실패라는 관념을 일깨워 주고 있다. 이 소설의 남주인공은 스포츠신문의 연예부 기자가 되어 여기저기 취재하러 다니다가 회의를 느꼈고 마침내 "너절한 물욕의 해방구, 소시민의 관념상의 망명지 하나쯤은 두고 싶다"는 생각에 소설을 쓰게 된 것이다. "소설이 작은 해방구는 될 수 있었다"는 주인공의 생각은 요즈음의 일부 소설가 지망생들의 관념을 반영한 것으로 이러한 소설관은 소설가는 역사도 쓸 수 있고 철학도 쓸 수 있는 것이라는 식의 제작설이나 생산설을 슬머시 부정한 것이 된다.

정찬의 중편 〈슬픔의 노래〉(《현대문학》, 1995년 5월호)는 신문기자이며 소설가인 '내'가 폴란드 남부 지방에 사는, 〈슬픔의 노래〉를 작곡했으면서 세계적으로 이름난 현대음악 작곡가인 핸릭 구레츠키를 찾아서 인터뷰하고 오면서 그곳에 공부하러 온 한국 유학생들과 같이 여행하고 토론한다는 내용으로 되어 있다. 신문기자이면서 소설가인 내가 핸릭 구레츠키를 인터뷰하기 전후에, 폴란드 쇼팽 음악원에서 작곡을 공부하는 김성균, 그로토프스키의 〈가난한 연극〉을 공부하러 온 박운형, 〈베로니카의 이중생활〉, 〈블루〉와 같은 영화를 만든 키에슬로프스키 감독의 영화술을 공부하러 온 민용수 등과 함께 어울려 여기저기 돌아다니고 또 폴란드 역사, 영화, 권력, 자본, 체제, 아우슈비츠 수용소, 광주 민주화 운동 등에 대해 토론하고 있는 점에서 이 소설은 예술가소설이며 지식인소설이 된다. 이 소설은 특히 후반으로 넘어가면서는 술집에서 작중인물들이 아우슈비츠, 광주 민주화 운동, 가난한 연극, 연극 본질, 속죄 등의 문제에 대해 열띤 토론을 전개한다. 이런 점에서 〈슬픔의 노래〉는 관념소설이요 토론소설에 속한다. 이러한 토론은 실은 이 소설이 작중인물 '나'보다는 예르세이 그로토프스키의 〈궁핍한 연극〉을 배우러 미국 연극학교에서 폴란드로 건너간 박운형이라는 인물에게, 또 연극이니 소설이니 폴란드 역사니 하는 것보다는 광주 민주화 운동 때 계엄군에 있었던 것에 대한 죄의식 때문에 괴로워하는 것에 더 큰 관심을 기울인 것이다. 작가 정찬은 핸릭 구레츠키가 작곡했다고 하는 〈슬픔의 노래〉를 더 이야기하고 싶어 했고, 〈슬픔의 노래〉보다는 아우슈비츠를 더 이야기하고 싶어 했고, 다시 아우슈비츠보다는 1980년의 광주의 비극을 더 논하고 싶어 했다. 나머지 이야기는 부수적인 것에 지나지 않는다. 이미 정찬은 연전에 〈새〉라는 중편을 통해 광주 민주화 운동 때 공수부대원이었던 사람이 어느 날 문득 과거를 떠올리면서 그 당시 대학생으로 시위에 가담했다가 무참하게 맞은 한 젊은이가 그 후 여러 가지 증세를 보이면서 마침내 폐인이 되어 버린 것을 확인하고 마침내 죄의식의 늪으로 빠져들고 만다는 이야기를 들려주고 있다. 〈슬픔의 노래〉는 〈새〉와 마찬가지로 당시의 가해자가 나중에 가서는 죄의식에서 벗어나지 못한 나머지 '역사의 피해자'로 남게 된다는 줄거리를 엮어 보인 것이다. 이 소설은 몇 백 년 전의 과거는 말할 것도 없고 10, 20년 전의 아픈 과거도 곧잘 잊어버리는 오늘의 한국인들에게는 더 의미 있게 다가간다. 그러나 작가 정찬은 가까운 과거사를 곧잘 잊어버리는 현상에 대해서는 그 과거사를 소재로 한 작품을 쓰는 작가들에게도 문제가 있는 것으로 암시하였다. 정찬은 광주 민주화 운동 때문에 괴로워하는 박운형이라는 인물의 입을 빌려 다음과 같이 비난하고 있다.

작가선생들이 너도나도 깃발처럼 내걸고 있는 그놈의 진실이라는 것이 내 눈에는 어떻게 보이는지 아십니까? 박제 같아요. 바짝 마른 박제말이에요. 제 말을 못 알아들으시려는군요. 작가선생들이 광주에 대해 어떻게 쓰고 있습니까? 안 봐도 뻔해요. 죽은 자들이 흘린 피의 의미, 그들의 눈물, 살아남은 자의 고뇌 그리고 가해자의 잔인과 악몽과 죄의식 등등. 여기에다 한 가지가 덧붙지요. 가해자 역시 희생자였다고. 왜? 권력에 눈먼 이들에 의해 이동되었으니까. 진실이 그렇게 단순한가요? 진실이 그렇게 일목요연하다면 세상은 참으로 명료하게 보이겠지요.

이 말은 앞으로 광주 문제를 당분간 계속해서 소설화할 것 같은 정찬 자신에게도 향하는 것으로 볼 수 있다. '진실이 그렇게 단순한가요?'라고 묻고 있는 것처럼, 작가 정찬은 남에게 내보이기 위한 것이 아닌 차원에서 인간의 죄악, 죄의식, 양심, 진실, 슬픔 등의 문제를 진지하게 파 들어가고 있다. 그러나 작중 토론이 말의 형식이 아닌 글의 형식을 밟고 있는 듯한 느낌을 주고 있는 것은 재고해 볼 문제다.

하창수의 단편 〈황혼의 정신〉(《문학사상》, 1995년 12월호)은 작가로 하여금 도대체 작가란 무엇이며 소설은 어떻게 써야 하는 것인지를 되묻게 만든다. '황혼의 정신'은 하창수 소설의 제목이면서 동시에 소설가 강명수의 소설집의 제목이기도 하면서 그 소설집에 수록되어 있는 200자 원고지 5매 정도의 엽편소설의 제목이기도 하다. 액자의 속 내용과 겉틀을 가리키는 제목을 동일한 것으로 처리한 것도 특이하다. 이 소설에서 화자는 강명수라는 소설가와 절친하게 지냈던 소설가 박한영의 아내로 되어 있다. '나'의 남편 박한영은 신문에 강명수 소설집《황혼의 정신》이 크게 다루어진 것을 보고는 격한 반응을 보인다. 나의 남편은 〈황혼의 정신〉 따위로는 이 시대에 진정한 소설가 노릇하기가 어렵다고 생각한 것이다. 그 후 '나'의 남편은 며칠 동안 자기 방에 파묻혀 소설집《황혼의 정신》을 탐독한다. 남편을 관찰하기만 하던 '나'도 〈황혼의 정신〉의 실체를 파악하는 작업에 뛰어든다. 이미 '나'의 남편 박한영은 소설 쓰기를 '자해, 자독自瀆, 용두질'하는 것쯤으로 파악하고 있었다. 소설 쓰는 것은 그만큼 힘이 들 뿐만 아니라 보람도 찾기 어렵다는 것이다. 이 소설은 사막에 사는 전갈이 자신의 삶을 초라한 것으로 느끼고 나서 마침내 자살을 결행하는 것을 중심 사건으로 삼고 있다. 전갈은 '사자의 근육과 포효, 하이에나의 질긴 포식성, 독수리의 우아한 비탈'에 비해 자신의 유일한 무기인 독침은 왜소하고 보잘것없는 것임을 느끼면서 삶의 무게와 가치를 떠올리게 한다. 늙은 전갈은 아름다운 황혼을 바라보면서 문득 나는 아무것도 아니라는 생각에 젖게 된다. 전갈은 마침내 독침으로 자기 심장을 찌른다. 실제로 전갈이 이러한 생태를 지닌 것인지의 여부는 중요하지 않다. 이 이야기는 충분히 충격을 주고 있다. 작중 강명수의 작 〈황혼의 정신〉은 비굴하고 더러운 삶에 대한 강한 부정의 정신을 들려주고 있는 가운데 힘 있고 가치 있는 삶에 대한 바람을 들려주고 있다.

그런데 하창수는 전갈을 주인공으로 한 〈황혼의 정신〉 속에 꼭꼭 숨겨져 있는 의미보다는 작중의 소설가 강명수와 박한영과의 관계를 통해 구체화되는 작가들의 형이상학적 고민을 파헤치는 데 더 주력하고 있다. 하창수는 작중화자인 '나'를 평범한 작가의 부인으로 내버려 두지 않고 소설가의 비밀을 캐는 데로 끌어들이고 있다. '나'는 작가의 편에 서서 그 내면을 들여다보고 있다.

작가는 그의 사상을 작품을 통해 드러내지만 그 작품에 드러난 것은 어쩌면 작가의 치밀한 계산에 의해 만들어진 숨길 것은 모두 숨기고 난 뒤에 '자 이것 정도는 내가 보여 줄 수 있지' 하고 시건방지게 보여 주는, 그래서 절대로 실상이 될 수 없는 어떤 것일지 몰랐다. 좀 더 극악하게 비유하자면, 작가란 '거짓과 위선의 신'이 되기 위해 온 생애와 온 힘을 바치는 '천국의 울타리 곁에서 비웃음과 눈물로 밤을 지새우는 사악한 천사'와 같은 존재일지 몰랐다. (194쪽)

'나'의 추리를 통해 드러나고 있는 작가역할론과 소설본질론은 작중 사건과 자연스럽게 어울리지 못하고 있다. 아내가 자기 남편과 강명수는 결국 같은 인물이 아니냐고 추리하는 것도 그렇고 나중에 강명수와 박한영이 얼굴 가죽을 벗겨 내면서 서로 다른 인물로 바꾸어진다는 것도 현실감이 약하다. 관념소설이나 우화소설 어느 한쪽으로 확실하게 방향을 잡았더라면 어떠했을까 하는 생각도 해 보게 된다.

최근 소설 가운데서 아버지를 주인공으로 하고 그 아들이나 딸이 화자가 되어 이야기를 성공적으로 이끌고 간 것으로 김소진의 단편 〈개흘레꾼〉, 〈고아떤 뺑덕어멈〉, 신경숙의 〈감자 먹는 사람들〉, 최인석의 〈혼돈을 향하여 한 걸음〉 등을 들 수 있다. 이 작품들은 화자가 주인공을 향해 날카로운 관찰력과 근거리도 원거리도 아닌 적절한 심정적 거리로 접근하고 있는 공통점이 보인다. 〈개흘레꾼〉에서는 운동권 출신이며 출판사 직원인 아들이 동네에서 청소원으로 일하며 개흘레꾼 노릇을 자청해서 하는 아버지를 점차 이해하는 방향으로 바뀌어 가고 있으며 〈고아떤 뺑덕어멈〉에서는 운동권인 아들이, 북에 두고 온 첫 아내를 못 잊어 하는 아버지의 해한解恨을 적극 도와주고 있다. 〈감자 먹는 사람들〉에서는 가수로 활동 중인 딸이 뇌수 속에 석회질이 떠다니는 병에 걸린 아버지를 연민과 애정으로써 간병하는 모습을 보여 주고 있고, 〈혼돈을 향하여 한 걸음〉에서는 한 소리꾼을 재생시키는 데 가족들을 내팽개쳐 가며 반생을 보낸 아버지의 감추어진 삶의 부분을 그 아들이 소리꾼 여자를 만나 파헤치는 과정을 통해 보여 주고 있다. 이 소설의 끝에 가서 아버지의 연인으로부터 융숭한 대접을 받고 나온 아들은 아버지와 그 여인의 애절한 사랑을 이해는 하면서도 한편으로는 자신의 어린 시절의 아픔을 끝끝내 잊지 못한다. 이처럼 이들 작품들은 자식이 아버지의 비밀을 알고 나서 이해의 폭을 넓혀 간다는 이야기를 공통적으로 들려주고 있다. 이는 바로 '우리'의 발견이며 '나'의 확인이다.

　〈개흘레꾼〉과 〈고아떤 뺑덕어멈〉에서의 아버지가 〈감자 먹는 사람들〉과 〈혼돈을 향하여 한 걸음〉에서의 아버지보다 비극적이라고 할 수 있다. 김소진이 쓴 앞의 두 편에서의 아버지는 전 시대의 소설들이 자주 설정했던 '역사의 피해자'로 그려져 있기 때문이다. 〈개흘레꾼〉에서 아버지는 북에 살다가 인민군으로 참전하던 중 포로가 되어 거제도 포로 수용소를 거쳐 나왔다. 그는 거기서 여러 사람들이 맡긴 돈을 의리를 갖고 지킨 것이 화근이 되어 독일산 경비견에게 성기를 물리는 충격적인 사건을 겪는다. 그가 자청해서 개흘레꾼이 된 심층심리는 자기를 성불구자로 만든 개, 더 나아가서 역사를 향한 복수심으로 풀어 볼 수 있다. 아버지의 눈에 해방 이후의 한국 역사는 경비견처럼 무식하고 잔인한 힘으로 비친 것이다. 결국 아버지는 개에게 물린 것이 원인이 되어 시름시름 앓다가 죽는 것으로 처리됨으로써 〈개흘레꾼〉의 비극적 색채는 더욱 짙어지게 되었다. 김소진은 아버지를 맹목적으로 우상화한 것도 아니지만 그렇다고 까닭 없이 혐오한 것도 아니다. 부계문학父系文學이 아버지를 이데올로기의 차원으로 끌어올리려 하는 것이라면 김소진은 '있는 그대로' 보려 하는 경향이 있다. 단편 〈첫눈〉에서처럼 아버지를 그야말로 소심한 존재로 그리는가 하면 〈자전거 도둑〉은 한없이 착하고 소박한 존재로 형상화하고 있고 〈아버지의 자리〉와 〈원색 생물

학습도감〉은 똑같이 아버지의 간통이라는 모티프를 설정하고 있다. 이처럼 못난 아버지, 기행을 보이는 아버지, 파렴치한 아버지를 통해 독자들은 50, 60년대의 우리 사회의 모습을 짐작하게 된다.

이 작품에서도 김소진 소설의 전반적 결함 중의 하나인 전후 연결력 부족이나 부분들 사이의 결합력 미약이 쉽게 확인된다. 〈고아떤 삥덕어멈〉에서의 아버지도 원산 대철수 때 아내와 강제로 이별한 아픈 사연을 지니고 있다. 아버지는 약장수 일행의 삥덕어멈을 보자 북에 두고 온 아내 최옥분을 떠올리게 되었고 그 미칠 것 같은 그리움에서 헤어나지 못한다.

〈감자 먹는 사람들〉은 다른 세 편이 아버지의 삶의 내밀한 사연을 들려주는 것에 역점을 둔 것과는 달리 아버지를 간병하면서 아버지의 삶을 연민 어린 눈길로 관찰하는 '나'의 인식능력을 드러내는 데도 무게를 주고 있다. 기본적으로 서간체소설Briefroman의 형식을 취하고 있는 이 작품에서 고독과 공포로 가득 찼던 과거사, 병약함, 가난 등으로 이루어진 아버지의 삶은 젊은 나이에 남편을 암으로 잃은 윤희 언니, 소아당뇨에 걸린 아들을 치료하느라 어렸을 때부터의 슬픈 인생에서 헤어나지 못하는 유순이 등과 함께 삶의 어두운 부분이자 존재의 그늘을 확인시켜 준다.

이 병실에선 이따금 생각하지요. 한 사람의 인생으로부터 마지막에 남는 것은 무엇일까? 하고요.……

그 어떤 것도 내 가슴속을 잠식하기 시작한 이 마음 시림을 투명하게 걷어 내 주진 못하기 때문입니다. 내가 이미 누군가의 존재를 잊었듯이, 나의 존재를 기억할 나의 증인들도 사라지겠죠. 나의 아버지를 시작으로 해서 이제 나는 끝도 없이 나의 증인들을 잃어 갈 것입니다. 가을이 끝나가는 저 하늘에 잠시 모였다가 흩어지는 저 구름처럼 결국은 아무것도 남지

않겠죠. 존재의 무. 그러나 끝없는 순환. 한편에서 나의 증인들은 사라지
고 다른 한편에서 나의 증인들은 태어나고——. (58쪽)

허무주의라는 이름 하나만으로는 잘 묶여지지 않는 위와 같은 생각
은 신경숙의 다른 소설에서 자주 나타난다. 〈벌판 위의 빈집〉, 〈빈집〉,
〈오래전 집을 떠날 때〉, 〈깊은 숨을 쉴 때마다〉, 〈마당에 관한 짧은 얘
기〉 등은 사라지는 것, 약해지는 것, 헤어지는 것 등을 숙명으로 안고
있는 존재나 삶을 슬프고 두려운 눈으로 바라보는 공통점을 지니고
있다. 그러기에 그의 소설들은 주인공과 사건을 분명하게 설정하고 있
음에도 시적인 소설이나 서정적 소설의 예가 되고 있다. 소설집《오래
전 집을 떠날 때》에 수록된 소설들은 허무주의라는 이름으로 묶일 수
있거니와 앞으로 신경숙은 주제면에서든 담론면에서든 이러한 류의 소
설에서 한 걸음 더 나갈 수 있어야 한다.

3.

작가에 따라서 이데올로기를 조금씩 다른 내용으로 규정하고는 있
지만 소설은 이데올로기를 드러내는 것이며 또 드러내야만 한다는 요
구 앞에서는 대부분의 작가들은 고개를 끄덕인다. 자기가 쓴 소설을
사상소설이니 이데올로기소설이니 하는 이름으로 논하는 이론가들 앞
에서 싫어하는 표정을 지을 작가는 없을 것이다.
작가들은 이데올로기니 사상이니 관념이니 하는 것을 폭넓게 해석하
는 노력을 게을리해서는 안 되며 이데올로기가 구체화되고, 내면화되
고, 분화되는 과정도 의식할 수 있어야 한다. 사실상 소설은 이러한 의
식이 있는 곳에서 시작되는 것인지 모른다. 이데올로기는 추상적이고

교조적으로만 표현된다든가 이데올로기는 이 지구상에 몇 가지밖에 안 된다고 생각하는 태도에서 헤어나지 못할수록 좋은 소설은 나오기가 어렵다.

탄압과 저항이 교차했던 1980년대의 우리의 정치사회를 다루는 소설이 아직도 많이 나오고 있는 만큼, 운동권 인물은 오늘의 한국소설에서 빈번하게 나타나는 인물 유형의 하나가 되고 있다. 80년대에 대학을 다녔던 작가들은 운동권 인물을 주인공으로 한 사건을 설정해야 이데올로기소설이나 사상소설이 될 수 있다고 믿는 경향이 있다. 앞서 말한 것처럼 이데올로기를 넓게 또 유연하게 해석할 경우 이데올로그, 즉 이념 담지자는 우리 사회의 여기저기서 찾을 수 있다. 이때의 이데올로그는 저항적 인물이나 급진적 인물에게서만 나타나는 것은 아니다.

운동권 인물이 등장하는 소설로 김소진의 〈개흘레꾼〉, 〈고아떤 뼁덕어멈〉, 〈혁명기념일〉, 채영주의 〈웃음〉, 윤효의 〈담화 · 둘―커브에 선 사람들〉, 최인석의 〈숨은 길〉, 조성기의 〈모젤 강가의 마르크스〉 등을 꼽을 수 있다. 이 중에서 운동권 인물을 주요 인물로 다룬 것은 김소진의 단편 〈혁명기념일〉, 최인석의 〈숨은 길〉 정도다. 〈개흘레꾼〉이나 〈고아떤 뼁덕어멈〉은 운동권 인물을 등장시키지 않았다고 하더라도 내용은 별 차이가 없는 소설이다. 채영주의 〈웃음〉에 등장하는 운동권 인물은 투쟁경력을 그야말로 과거의 한때 경력으로만 지니고 있는 존재다. 그런데다 이 인물은 구체적으로 형상화되어 있지도 않다. 작가는 이 인물이 현역 장군인 아버지에게 반항하는 뜻에서 외국으로 가 버린 행위에 필연성을 부여하기 위해 학생운동에 적극 가담했던 과거의 경력을 얹어 놓았다.

윤효의 〈담화 · 둘―커브에 선 사람들〉(《소설과 사상》, 1996년 봄호)은 심리학을 전공하는 남자교수와 방송작가인 여자가 만나 여러 가지 화제로 대화를 나누는 것을 기록해 놓은 것이다. 선후배 사이로 만난 이들은 자신들의 직업의 의미, 여성성과 남성성, 자본주의와 마르크시즘, 이데올로기의 속성, 유토피아 사상, 영화의 기능, 작중 남자와 경찰간부인 아버지와의 갈등 양상, 아버지 세대의 이데올로기, 80년대의 학생운동과 현실의 괴리, 실존의 고민 등을 화제로 삼아 이야기한다. 이 소설에서 여자인 후배는 자신들의 대학 시절의 투쟁주의적인 태도에 대하여 "형이 말했듯이 너무 단순해서 이념으로 직진했고, 도그마에 빠졌고, 환멸이 왔고, 고착되었던 만큼 쇼크가 심했고, 될 대로 된 거죠"라고 지적하기도 한다. 작중의 남자와 여자는 자신들의 학생 시절의 운동 방법에 대해서 똑같이 만족해하고 있지 않은 분위기를 보여 준다.

윤효는 사실은 토론체소설이나 관념소설을 쓰고 싶었을 것이다. 이 젊은 여성작가는 아직은 유동적이고 설익은 구석이 없지 않은 자기의 통찰력과 분석 결과를 독자들에게 좀 더 효과적으로 전달하는 방법을 강구하던 끝에 대화체를 선택한 것일 수 있다. 단편소설의 형태를 취했으면서도 많은 화제를 다룬 것이기에 1980년대 우리 사회를 관통했던 칼 만하임Karl Mannheim류의 전체적 이데올로기와 부분적 이데올로기에 대한 천착은 미흡했던 것으로 나타난다.

운동 논리와 운동권 인물에 대한 인식을 회고와 반성의 형식으로 처리한 점에서 〈담화·둘—커브에 선 사람들〉은 후일담문학에 포함시킬 수 있다. 이 소설은 1980년대 대학가의 운동권 학생들이 안고 있는 문제점을 지적한 점에서 최인석의 〈숨은 길〉과는 좋은 대조가 된다. 물론 최인석의 〈숨은 길〉에도 김정자와 같이 자신이 위장취업해 벌인 노동운동을 '그리운 미망'이라는 제목의 책을 써서 비판하고 있는 인물도 나타나긴 한다. 최인석이 내세우고자 했던 중심인물이자 프로타고니스트는 노동운동가의 가르침을 열심히 배우고 그를 실천에 옮기는 순진한 노동자였다. 최인석이 가장 문제 삼았던 사건은 노동운동에 뛰어든 젊은 노동자인 작중 화자의 동생이 탄압받고 감옥 가고 마침내 척

추를 다친 사건이었다. 바로 최인석은 김정자와 같은 사이비 노동운동가를 비판의 도마 위에 올려놓고 있다. 〈숨은 길〉은 속도감 있게 긴박하게 사건을 전개시키고 있으면서도 작중 주요 인물의 심정 세계를 깊이 파헤치는 것도 잊지 않고 있다. 〈숨은 길〉은 사건소설과 심리소설의 합성품이다.

최인석이 일단 노동자를 프로타고니스트로 삼으면서 노동자와 노동운동가를 병치시킨 데 반해 김소진의 〈혁명기념일〉은 과거의 학생운동을 주도했던 여러 인물들의 삶의 방식을 대비시켜 보는 방법을 쓰고 있다. 이 작품이 후일담문학의 한 본보기가 될 수 있었던 이유의 하나는 작중인물들을 유형화시킨 데서 찾을 수 있다. 소설가로 변한 '나', 집권여당의 거물의 아들로 외교관으로 변신한 윤석주, 대학 때부터 무정부주의를 표방하여 선후배들로부터 공격받았으며 현재는 전기수리공으로 일하면서 사는 목진기 등이 나란히 등장하고 있다. 김소진은 소설가인 '나'를 통해 특히 윤석주를 계속 비판하기도 하고 비아냥거리기도 한다. 윤석주는 "현실은 완강하잖아. 우리는 그 지독했던 낭만주의로는 아무 일도 할 수가 없다"는 식으로 외교관으로의 변신을 변명한다. 그런가 하면 김소진은 '나'를 통해 전기수리공 목진기에게는 기본적으로 애정이 있음을 또 아직도 기대할 것이 있음을 표시한다.

운동권 인물을 주인공으로 한 소설들은 대체로 그 인물의 변신에 관심을 기울이면서 과연 그 변신이 바람직한 것인가 아닌가를 묻는다. 조성기의 〈모젤 강가의 마르크스〉가 좋은 예가 되고 있다. 이 소설의 주인공 명식은 80년대에는 운동권 인물로, 90년대에는 이름난 과외교사로 살아온 만큼 시대를 한복판에서 보낸 존재라고 할 수 있다. 그는 이제 시대의 한복판에서 벗어나 유럽 여행길에 올랐으며 독일의 모젤 강가에 있는 트리어로 가서 마르크스의 생가를 그야말로 구경할 참이었다. 이곳에서 명식은 독일인 디트리히 호프만, 그의 애인 마르가레트, 한국인 유학생 이윤욱 등을 만나게 된다. 이 소설은 주인공이 여행하면서 겪은 일들과 만나는 사람들을 시간적 경과에 따라 그리고 있는 점에서 여행담 또는 여로소설이라고 할 수 있다. 그러나 조성기는 유럽 여러 곳의 사회나 풍물을 소개하고 있는 데다 초점을 둔 것은 아니다. 이 소설에서 정작 장소로서의 의미를 갖는 곳은 트리어 한 군데밖에 없다. 주인공 명식은 자신의 의도와는 반대로 여행을 통해서 오히려 80년대의 좌절과 상처를 떠올리게 되었다. 여행담이나 여로소설이라는 이름 앞에 '정신적'이라는 말을 붙여야 할 정도다. 명식은 마르가레트나 이윤욱을 만나면서부터 80년대의 투쟁 현장에서 동지이자 애인이었던 혜정과의 일을 떠올리게 된다. 이 소설은 현재의 틈에다가 과거를 끼워 넣는 구성 방법을 취하였다. 과거가 현재로부터 도움을 받고 있다는 것이다. 이때의 도움은 '의미화'라는 말로 바꾸어 부를 수 있다. 독자들은 작중 현재보다도 그 현재들 사이의 틈을 비집고 들어온 과거에 관심을 모으게 된다.

명식의 80년대의 존재방식을 비판적으로 뒤돌아보게 하고 또 명식이 아직도 아파하고 고뇌하고 있음을 일러 주려고나 하듯이 조성기는 많은 사상가들과 그들의 주요 저서의 내용을 소개하고 있다. 한마디로, 이 소설은 안방과 대청마루를 토론실과 사상보관실로 쓰고 있는 셈이다. 비록 간단간단하기는 하지만 본 회퍼의 《옥중서신》, 마르크스의 《자본론》, 루카치의 《역사와 계급 의식》, 마르쿠제의 《이성과 혁명》 등의 내용이 소개되어 있고, 아도르노, 에리히 프롬, 플레하노프 등의 사상의 핵심이 추려져 있기도 하다. 그만큼 작가가 여러 분야에 걸쳐 많은 책을 읽은 것임을, 또 작가가 문제의식을 심화시키기 위해 얼마나 탐구적인 자세를 취했는가를 알게 된다. 조성기의 이러한 태도와 방법이 독자들에게 얼마나 큰 공감을 주었느냐는 그리 문제가 되지 않는다. 탐구적 태도야말로 떳떳한 것이 아닌가. 물론 이 소설은 여러 군데서 부자연스러움을 드러내고 있다. 마르가레트/혜정을 투쟁적인 여성으로, 이윤욱/마르크스, 엥겔스/디트리히 호프만을 동성연애자로 묶는 과정과 그 결과는 아무래도 작위적인 데가 있다.

앞서 지적한 것처럼, 이데올로기를 좁혀 볼 경우, 오늘날 우리 소설 대다수가 이데올로기니 사상에 대한 관심을 포기한 것으로 비치기 쉽다. 그러나 사상은 내면화되거나 분화되는 속성을 지니고 있는 것임을 주목하면 우리 소설에 대한 부정적 평가는 약하게 된다.

운동권을 소재로 한 소설이 90년대의 한 큰 흐름이 되었다는 것은 앞으로 이 문제를 다룰 작가들에게 자긍심을 가져다주는 것 못지않게 부담으로 작용할 것이다. 신인이건 기성이건 앞다투다시피 하면서 빈번히 다룰 경우, 새로움이라든가 신선함을 안겨 준다는 것이 말처럼 쉽지는 않다는 것이다.

귀양소설에 해당하는 《아들과 함께 걷는 길》을 쓴 이순원은 가족주의를 해법으로 제시한 것으로 볼 수 있다. 구성 방법, 시점, 사건 처리 방법 등 여러 면에서 영화에 신세를 지고 있는 김경욱의 장편소설 《모리슨 호텔》은 일인칭소설, 연애소설, 영화소설 등의 유형을 잘 포개어 제시한 것으로, 오늘날 젊은이들이 개인주의에 바탕을 둔 성개방 풍조에 몸을 던지고 있음을 잘 보여 주고 있다. 한때 섹스에 큰 의미를 부여했던 주요 인물들을 자살로 처리한 것은 니힐리즘을 펼쳐 놓은 것으로 해석할 수 있다. 장편소설임에도 단편소설의 압축미를 잘 살려 내고 있는 김경욱의 《모리슨 호텔》은 오늘날 젊은이들이 쾌락충동과 죽음충동을 동전의 양면처럼 지니고 있음을 잘 보여 준다.

신경숙의 《오래전 집을 떠날 때》는 존재나 삶의 속성이 결국 허무임을 일깨워 주고 있다. 허무주의란 낡아 빠진 주제다. 그럼에도 신경숙은 전혀 새로운 담론에 이 낡아 빠진 주제를 담음으로써 주제의 신선도를 한껏 높이는 결과를 가져올 수 있었다. 신경숙은 정서주의에의 지나친 경사를 경계 어린 눈으로 살펴보아야 한다.

차현숙의 소설집 《나비, 봄을 만나다》는 페미니즘의 교재라고 할 만하다. 이 소설집에 실려 있는 소설들 대부분은 오늘날 한국 사회에서 큰 목소리로 울려 나오는 페미니즘의 골자가 무엇인가를 알게 해 준다. 〈서른의 강〉이란 소설은 산후우울증에 걸린 여주인공이 다음과 같이 절규하는 것으로 끝나고 있다.

너희들에게는 유치한 감정일지는 몰라도 난 아니야! 서른이 되고 마흔이 되고 쉰이 되어도 내 능력에 의해 전혀 변해지지 않는 삶을 참을 수 없어! 참을 수 없다구! 너희는 어떤지 몰라도 난 그렇게 할 수가 없어! 난 너무나 초조해. 서서히 죽어 가는 삶을 지탱할 수 없어! 탈출구가 없는 서른의 나이가 나를 돌게 만들어! 내가 무능해서 그렇다구! 무능해서! 깔깔깔 ―. (175쪽)

격정적이기는 하지만 또 그 바람에 분명해지기도 했지만 페미니즘의 주장이 잘 나타나 있다. 페미니즘은 인생은 살 가치가 크고 할 일이 많다는 생각을 전제로 한 것이라고 할 수 있다. 이런 의미에서 좁은 의미의 니힐리즘과는 좋은 대조가 된다. 오늘의 우리 소설계에 페미니즘을 내세우는 작가들이 존재한다고 한다면 그 옆에 니힐리즘에 기운 작가들도 있다고 보아야 한다.

젊은 여성작가들이 페미니즘을 목청을 돋우어 강조하는 것과는 대비가 되는 목소리에도 귀를 기울여야 한다. 이선의 중편소설 〈붉은 덩굴장미〉(《소설과 사상》, 1995년 가을호)는 강원도 봉평에서 16세 때 서울로 와 남의 집을 살다가 나중에는 음식점 주방에서 일하는 한 여인의 기구한 삶을 그려 보이고 있다. 여주인공 봉희는 요즈음 소설에서는 찾기 힘든 순진하면서 희생적인 여인상으로 그려져 있다. 그녀는 온갖 고

생을 해 가면서 모은 돈을 모두 형제들에게 나누어 주고 자기는 돈 한 푼 없이 음식점 구석방에서 지낸다. 봉희를 에워싸고 있는 정 선생, 여씨, 대령의 부인 등도 봉희와 마찬가지로 상처를 안고 살아가고 있으며 그늘에서 헤어나지 못하고 있는 존재로 형상화되고 있다. 어느덧 우리 소설에서는 이렇듯 조그맣고, 인정 많고, 당하기 잘하고, 잘 참을 줄 아는 존재들을 찾아보기가 힘들게 되었다. 이선의 소설에서 시간성으로는 가까우나 느낌으로는 먼 과거와 그 속에서의 존재들을 찾아보게 된 것이다. 이선은 여주인공 봉희를 이렇듯 순진하고, 때묻지 않고, 자기희생적인 인물로 그려 놓는 데서 멈추지 않았다. 상처를 안고 살아가는 여인으로, 또 한을 품고 살아가는 여인으로 그려 놓는 데까지 나아갔다. 〈붉은 덩굴장미〉에서 외양은 아름다우나 가시를 꼭꼭 숨겨 가지고 사는 장미가 중요한 즉물로 여러 번 나타나고 있음을 주목할 필요가 있다. 봉희라는 여인의 순진성은 때로는 윤리 감각마저 뛰어넘는 것으로 나타나기도 한다. 봉희는 자기의 처녀를 빼앗고, 평생을 그늘 속에서 살아가게 한 대령에게 복수심을 품은 적도 없고, 또 그를 원망한 적도 없었다. 그는 대령을 한 번 만나고 싶어 할 뿐이었다. 대신 그녀는 그 당시 자신의 순진함을 악의적으로 대하여 물질적 보상을 바라고 몸을 허락한 것으로, 또 거짓말을 한 것으로 해석한 형배 엄마에게는 복수심을 품고 지냈다. 봉희는 형배 엄마를 만나서 내가 나쁜 애가 아니었고 다만 어렸을 뿐이라고 말하고 싶어 했다. 이 소설에서 또 한 가지 주목해야 할 것은 결말 부분에서의 반전이다. 봉희는 40년 동안 자신을 묻어 왔던 음지에서 빠져나와 과거를 툴툴 털어 버리고 양지 쪽을 향해 걷게 된다. 그러나 이제 봉희는 영리해지고 깍쟁이가 될 것이라고 예측하는 독자는 한 명도 없으리라.

—

　1990년대 들어서면서 대중문화의 발달로 소설 시장은 점점 위축되는 경향을 보인다. 〈1990년대 소설의 넓이와 높이〉는 이러한 한국소설 시장의 침체 시기를 겪으면서 이 시기의 소설가들에게 나타난 변화와 주요 경향을 언급한다. 이 시기 소설들은 새로운 모습들을 많이 보여 주는데, 귀향의 모티프가 빈번하게 사용된다는 점, 혹은 관념적인 모습을 보인다는 점, 여성들이 스스로 자신들의 이야기를 한다는 점이 그것들이다. 이와 더불어 조남현은 이 시기에 들어서면서 리얼리즘·자연주의 등으로 대표되는 전형적인 틀을 벗어나 '나' 혹은 '우리'로 대표되는 자아정체성을 기반으로 한 소설 유형들이 형성되기 시작하는 흐름에 주목한다. 1990년대는 공동체의 윤리보다는 개인적인 욕망이 우선시되기 시작한 시기였고, 이러한 이념 체계의 변화는 소설의 변화에 많은 영향을 끼친다. 이 글은 이러한 개인적인 욕망의 발현과 사회적·이념적 변화가 어떻게 조응하며 1990년대 소설문학의 방향을 결정했는지를 체계적으로 밝히고 있다는 점에서 의미를 지닌다.

* 이 글은 《믿음의 문학》(1997년 가을호)에 실린 〈1990년대 소설의 넓이와 높이〉를 원전으로 삼은 것이다.

해방 후 북한문학의 전개와 실증적 연구 방향

김종회

1. 서언

오늘의 북한문학 또는 북한문학사를 기술하는 데는 다음과 같은 두 가닥의 시각이 적용되게 마련이다. 하나는 북한문학 그 자체의 문맥 안에서 작품에 대한 해석 및 평가의 논리를 검색하는 일이고, 다른 하나는 남한문학과의 상관성 아래에서 문학을 통하여 제기되는 민족적 문화 통합의 장래를 상정하는 일이다.

전자는 이미 발표된 작품이나 자료를 찾아서 일정한 체계를 세워 나가는 한편, 전 세대의 문학사와 어떤 의미구조로 연결되는가를 밝히면 대체로 만족할 만한 결과를 얻을 수 있는 작업이다. 그러나 후자는 이와 같지 않으며, 상당 부분 귀납적이고 결과론적인 논술보다 선험적이고 연역적인 진단의 기능에 의존해야 한다. 문학 외적인 조건이면서 남북한의 문학 모두에 지대한 영향력을 행사하는 남북한 관계의 현황 및 전망이, 어떤 행로를 밟아 나갈지 정확한 예측을 불허하기 때문이다.

북한문학 스스로도 문학의 한 영역으로서 독자적인 의의와 가치를 지니지 않는다고 할 수는 없겠지만, 한반도의 특수한 지정학적 상황과 결부해 볼 때는 궁극적으로 남북한 간의 문화적 접점이라는 절대 명제의 하위 개념으로 종속될 수밖에 없다. 요컨대 오늘의 북한문학을 논의하고 분석하는 일의 끝머리에는 이 엄숙한 명제가 길목을 지키고 있는 것이며, 어떠한 논리로도 이를 우회하거나 무시하고 넘어갈 수 없는 상황인 셈이다. 그러기에 남북한의 문학을 개별적으로 다루는 모든 연구는 이 같은 사실을 하나의 불씨처럼 근본적인 숙제로 안고 나아갈 수밖에 없다.

북한의 문학이 최고 통치자인 김일성·김정일 부자의 교시에 의해 기본 방향을 설정했고, 이를 구체적으로 적용한 당의 문예정책에 의해 인도되어 왔다는 특수한 사정에 비추어 보면, 남북 간의 대치 국면을 포함한 문학 외적 도그마들이 문학의 활동 영역을 현저히 제한하고 있음을 쉽사리 알 수 있다.

특히 수령 혹은 지도자라는 호명으로 그 지위를 나타내는 김씨 부자의 경우는, 모든 문학 또는 예술 논의의 시발이면서 스스로 비평 주체가 되기도 하는 보기 드문 면모를 과시한다. 그들의 문학적 시각은 그대로 하나의 전범이 되는 이데올로기로 굳어져서, 그 시각의 창안자 자신이 그것을 변경하지 않는 한 이의나 수정 자체가 불가능하다. 그러므로 북한문학은 문학 자신을 주인으로 한 자발성을 유지하기 어려우며, 자연히 교조적이고 일률적인 색채를 띠고 만다는 한계성을 노정하게 된다.

다만 근래에 와서 소련 및 동구 사회주의권의 정치적 붕괴 이후 '우리식 사회주의'를 고집하면서도, 문학과 독자 사이의 지나친 간극을 메우고 문학을 주민 계도의 수단으로 증폭시키기 위해 부분적인 자생력을 허용하는 경향이 없지 않다. 주로 시나 소설의 창작과 관련하여 이러한 부분적 개방의 분위기는 비평 영역에도 순차적으로 유입되고 있는 것이 사실이지만, 그것은 결국 북한 통치 세력의 문예정책 기조가 변화하지 않는 한 주변부의 움직임으로 그칠 가능성이 크다.

오늘의 북한문학은 물론 동시대의 독자적 소산이 아니다. 북한문학 내부에는 당연히 문학사의 초창기에서부터 현대문학에까지 이르는 문학적 개관의 형틀이 마련되어 있으며, 정홍교·박종원·류만 등 북한의 비중 있는 문학 연구가들에 의해 집필된《조선문학개관 1·2》나 사회과학원 문학연구소에서 펴낸《조선문학통사》같은 저술이 대표적인 논의를 담고 있다. 오늘의 북한문학은 이러한 통시적 논의의 후발로 위치하면서, 전 시대의 문화적 전통이나 정신적 유산을 거의 그대로 이어받고 있다.

남북한의 문학이 외형적으로 확고하게 분리되기 시작한 것은 1945년 해방과 분단 이후의 일이지만, 우리 문학 전체를 바라보고 분석하는 태도 자체를 달리함으로써 서로 다른 가치관에 의해 독자적인 문학사관을 형성하는 일은 그 파급 효과를 문학사의 초창기 기술에까지 역류시키게 된다. 상기의 문학사들이 한국문학사라는 표제를 달고 있는 우리의 여러 저술에 견주어, 변별적인 시기 구분은 물론 세부 항목의 분류나 소제목의 설정 등에 판이하게 다른 형태를 보이는 것은 바로 그 때문이다. 이 심각한 괴리 현상이 더 깊어지기 전에 양자를 접목시키고 발전적 문화 통합을 도모해야 한다는 소명이 오늘날 남북한 문학사를 다루는 모든 연구자에게 부여되어 있음을 부인할 이는 아무도 없다. 이는 또한 한반도의 두 정치 체제가 현실적으로 당면하고 있는 비극성의 본질에 대하여 문학이 제기하는 하나의 치유 방안이기도 하다.

그러나 그와 같은 작업이 당위론적 전망에 의해서만 시도된다면 그것은 별반 의미를 갖지 못한다. 남북한 사이에서도 그와 같은 사실에 대해 별다른 가시적 조치가 취해진 바 없다. 따라서 오늘의 북한문학에 관한 기술도 당분간은 현재까지 진행되어 온 사실을 바탕으로 정리하는 것이 될 수밖에 없다.

이 글에서는 북한문학에 대한 이와 같은 인식을 바탕으로 해방 후 북한문학에 관한 연구, 특히 작품의 실제를 중심으로 한 실증적 연구 방향의 탐색을 시도하게 될 것이다. 그리하여 먼저 북한문학의 역사적 검토와 최근 동향에 관한 고찰을 시작으로, 북한문예 이론을 개괄적으로 정리한 다음 그 문예 이론이 순차적 시기에 따라 문학작품에 어떻게 적용되었는지를 살펴보려 한다. 아울러 이를 토대로 북한문학의 실상과 민족사적 의미 및 전망을 밝히는 데까지 나아가고자 한다.

2. 북한문학의 역사적 검토 및 최근 동향

(1) 북한문학의 역사적 검토

남북한 분단 이후의 북한문학은 1967년 '조선노동당 제4기 15차 전원대회'를 분기점으로 그 전후의 시기가 현격한 차이를 드러낸다. 이 분기점을 구획하는 개념은 주체사상과 주체사관에 바탕을 둔 주체문학이다.

1967년 이전 시기의 북한문학은 북한 역사학의 발전 과정에 연동하여 통례적으로 다시 두 단계로 나눈다. 즉 해방 이후부터 1950년대 중반까지 유물사관의 공산주의 이론을 문학에 적용하던 시기와 그 이후 1960년대 중·후반까지 마르크스–레닌주의의 원론을 창조적으로 문학에 적용하려 했던 시기로 구분한다.

해방 직후에서 '고상한 리얼리즘'이 정착되는 1947년까지 북한문학의 초입은 일제 치하 프로문학에 대한 비판적 계승이 주된 골자를 이루고 있으며, 1946년 토지개혁을 계기로 '건국사상 총동원운동' 등 '사상교양운동'이 활발하게 일어나게 된다. '고상한 리얼리즘'은 그에 따른 하나의 창작 방법이며, 이것은 그 이후로 전개되는 북한문학의 완강한 도식주의에 하나의 출발점을 이룬다.

1948년 9월 정권의 체계가 갖추어진 다음 북한문학은 냉전 시대의 전개를 반영하는 정의, 예컨데 "조선문학의 특징의 또 하나는 사회주의 조국인 소련을 선두로 하는 제 인민민주주의의 국가와 전 세계 근로자 인민과의 굳은 단결과 친선과 화목을 표시하는 국제주의 사상을 그 기본으로 하는 문학"[1]과 같이 소련식 공산주의와 유물사관을 비판 없이 추종하는 외형을 보인다.

동시에 정권 주체 세력들의 입지를 더욱 강화하기 위해 1953년 임화, 김남천, 이태준 등 남로당계 작가의 숙청, 1956년 한효, 안함광 등에 대한 반종파 투쟁을 거쳐 문학의 정치주의적 경향이 가속화되기에 이른다. 이 시기의 북한문학은 한반도의 역사 위에 새로운 정치 체제로 등장한 공산정권과 그 이론을 문학과 조합하는 실험적 단계를 거친다.

그 이후 1958년 말 사회주의 사회로의 개조와 정치적 전망이 공식화되는 시기로부터는 북한 정치 체제와 제도에 부응하는 공산주의자의 새롭고도 전형적인 성격을 창조하는 데 주력하게 된다. 이 무렵 부르주아 잔재와의 투쟁 과정이나 천리마운동에 발맞춘 공산주의문학 건설의 슬로건은 바로 그 공산주의 원론에 근거한 공산주의자의 전형을 창조하려는 북한문학의 지향점을 반영하고 있다.

1967년 이후의 북한문학은 주체사상, 주체문학을 논리화한 이후 이를 문학에 반영되는 유일사상 체계로 수렴하면서 소위 수령형상문학[2]

---

1 한식, 〈조선문학에 나타난 국제주의 사상〉, 《문학의 전진》, 1950.

2 수령형상문학의 대표적인 작품으로 김일성의 혁명적 업적을 찬양하기 위해 1967년 6월에 결성된 4·15 문학창작단의 '불멸의 력사' 시리즈와 1980년 이후 김정일의 공적을 내세우기 위한 '불멸의 향도' 시리즈 등 집체 창작 문학작품을 들 수 있다.

의 시발을 보인다.

이 분기점을 계기로 북한문학은 그 이전 마르크스-레닌주의 미학 및 카프와 항일혁명문학을 계승하던 성향에서 주체문학예술에 기초를 두고 그에 상관된 김일성의 빨치산운동을 유일한 항일혁명 전통으로 받아들이는 방향으로 급격히 선회하였다.

여기에서부터 북한문학의 상투성·도식성·무갈등성 등 획일화의 폐단이 비롯되는 것이며, 그에 대한 공식적인 반성의 표현이 나타나는 것은 1980년대 초반에 이르러서이다. 물론 1980년대에 들어서도 주체문학 또는 수령형상문학의 본류가 쇠퇴하는 것은 아니지만, 1967년 이후 10여 년간 북한문학은 수령형상문학만을 지상의 목표로 하는 무풍지대에 침윤해 있었던 셈이다.

1980년 1월, 김정일은 조선작가동맹 회의에서 "높은 당성과 심오한 철학성으로 주체적인 창조 세계를 구현해 나갈 것"을 교시하였다.

이때의 '높은 당성'이란 주체문학의 기본적인 패턴을 유지하는 것을 말하며, '심오한 철학성'이란 문학이 북한의 사회 현실 및 인민 대중과 괴리되지 않도록 현실적 상황을 반영하도록 교시한 것을 말한다.

1986년에 이르러서도 김정일은 '혁명적 문학예술작품 창작에서 새로운 앙양을 일으키자'라는 글을 통해, 체제 외부의 사상적 침투를 경계하면서도 다시 문학이 현실적 상황을 반영하도록 교시하였다.

이러한 북한의 문예정책 변화는 주체문학을 본류로 하고 부수적으로 현실주제문학론을 내세우는 것으로, 더 이상 문학을 현실로부터 차폐된 자리에 두는 것이 이득이 되지 못한다는 자체 평가의 결과이다.

1990년대 북한문학이 보이는 보다 확장되고 강화된 변화의 모습은 이와 같은 역사적 전개 과정을 거쳐 비로소 가능해진 것이다.

북한에서의 문학사 서술은 북한 내부의 역사 발전 과정과 문예정책에 밀접하게 상관되어 있으며, 이는 북한에서 사용하고 있는 문학사의 정의, "문학의 발생발전의 합법칙성을 밝히며…… 합법칙성을 옳게 밝히려면 매개 문제들을 인민사와의 밀접한 련관 속에서 당대의 사회 제도, 계급 투쟁, 경제 관계, 정치 및 사회적 의식 형태들 그리고 다른 예술 종류들과의 호상관계 속에서 고찰하여야 한다"[3]와 같은 설명을 통해 쉽사리 알 수 있다.

그런 점에서 북한의 문학사 연구는 인문과학이 아닌 사회과학의 영역에 속한다[4]는 논거는 타당하다.

주요한 북한의 문학사 가운데 자주 거론되는 것은 1959년 조선민주주의인민공화국 과학원 언어문학연구소 문학연구실 발간으로 되어 있는 《조선문학통사》(상·하권)와 1977~1981년 사회과학원 문학연구소에서 집필한 《조선문학사》(전5권) 그리고 1986년 정홍교, 박종원, 류만 등을 저자로 한 《조선문학개관》(Ⅰ·Ⅱ)을 들 수 있다.

각 문학사의 발간 연도를 통해 알 수 있듯이 주체문학 확립 이전의 《조선문학통사》는, 새로운 체제로서의 사회주의 예술미학 확립을 위한 당의 정책과 사회과학적 연구 방법을 기초로 하고 있다.

반면에 《조선문학사》와 《조선문학개관》의 경우는, 해방과 분단 이후 북한에서 수행된 문학의 전개와 성과를 주체사상과 주체문학의 준거에 따라 편성한 것이다. 따라서 《조선문학통사》에서와는 달리 카프문학이 축소되고 항일혁명 안에 편입되어 나타나는 것을 볼 수 있다. 가장 늦게 간행된 《조선문학개관》의 경우 주체사상의 일관된 적용을 위해 《조선문학사》가 무리하게 기술했던 근·현대문학의 축소와 왜곡이 교정되는 면모도 나타나고 있다.

이 문학사들은 대체로 고대와 중세의 문학에 비해 근대 이후의 문학

---

3 〈문학사〉,《문학예술사전》, 과학백과사전출판사, p.365.

4 김대행, 〈북한의 문학사 연구, 어디까지 왔는가〉,《문학과 비평》(1990년 가을호).

에 대한 서술이 광범위한 양을 차지하는 특성을 보인다. 이를 알기 쉽게 하기 위해 각 문학사의 서술 시기를 나열해 보면 다음과 같다.

《조선문학통사》 상권(1959. 5) : 고대 문학~19세기 문학

《조선문학통사》 하권(1959. 11) : 1900년~전후 시기의 문학

《조선문학사》 1권(1977. 12) : 고대 · 중세편

《조선문학사》 2권(1980. 7) : 19세기 말~1925년

《조선문학사》 3권(1981. 12) : 1926~1945년

《조선문학사》 4권(1978. 10) : 1945~1958년

《조선문학사》 5권(1977. 12) : 1959~1975년

《조선문학개관》 1권(1986. 11) : 원시 고대~1920년대 전반기

《조선문학개관》 2권(1986. 11) : 1920년대 전반기~1980년대 전반기

이는 문학을 북한 체제의 근 · 현대적 성격과 관련하여 서술하려는 집필자들의 의도를 보여 주는 대목이기도 하다.

1980년대 이후의 현실주제문학론이 문학사 기술에 미친 영향은 문학사에 있어서의 작가들에 대한 가치 평가로도 반영되고 있다. 예를 들어 반인민적 반동적 작가로 규정되던 이광수가 《조선문학개관》에서 긍정적 평가를 획득하는가 하면, 《조선문학사》에서 친일 행적으로 인하여 거론조차 되지 않던 이인직이 《조선문학개관》에서 이광수와 유사한 평가를 받는다.

또한 《조선문학사》에서 기술에 누락되었던 김소월과 한용운에 대한 긍정적 평가가 《조선문학개관》에 다시 반영되는 것도 이와 같은 맥락에 속한다.

(2) 최근 북한문학의 동향

1980년대 이후 북한 사회의 개방화에 대한 관심이 증폭되고 또 사회주의 현실을 실제적으로 드러내는 작품들이 이전 시기와는 다르게 다수 생산되면서, 북한문학이 그 내부에서부터 부분적인 변화를 보여 온 것은 사실이다.

산업화 과제가 정책의 주안이던 1970년대의 '생산현장 영웅'에 비해 '숨은 영웅'이 등장하고, 주체문학론과 부수적 현실주제문학론의 병행을 뜻하는 '높은 당성과 심오한 철학성'의 구현이 새 지도자 김정일의 교시[5]로 나타난다.

이때 당성과 철학성은 서로 이율배반적인 방향성을 갖고 있지만, 기존의 것을 지키면서 새로운 것을 추구해야 하는 북한문학의 딜레마를 함축하고 있는 배합에 해당한다. 북한의 문예정책 당국으로서는 문학의 대중 장악력이 현저히 떨어진 현실을 버려둘 수 없었던 것이다. 그에 대한 처방으로 일종의 철학성을 바탕으로 현실의 '의의 있는 문제'를 포착하려 했던 것이다.

이러한 사실들은 1980년대의 북한문학이 획일성을 극복하려는 노력과 탈이데올로기의 시대적 분위기를 반영하고 있음을 보여 준다. 물론 현실주제문학 가운데에서도 체제 자체에 대한 비판은 나타나지 않고 체제 내적인 갈등을 부분적으로 다루고 있는데, 여전히 인물의 고정성이나 결말의 도식성을 극복하지 못한 형편이다.

1990년대의 북한문학은 다음과 같은 두 가지 성격을 확연히 드러낸다. 첫째는 '높은 당성'을 철저히 구현하면서 혁명적 낭만주의의 경향으

---

5 1980년 1월 제3차 조선작가동맹대회에서 김정일이 행한 연설의 요지가 '높은 당성과 심오한 철학성의 구현'이다.

로 사회주의적 영웅을 긍정적 인물로 그리는 것이고, 둘째는 1980년대보다 더 강력하게 도식주의적 창작 성향을 비판하면서 문학의 지성도를 높이고 현실의 진실성을 창조하려는 것이다. 이 양극화 현상은 김정일의 저서《주체문학론》[6]에서 뚜렷하게 천명되고 있다.

이 저서는 1967년 주체문학의 시발로부터 동시대에 이르기까지 김정일에 의해 주도된 북한 문예정책의 총화이며, 급격하게 변화하는 세계사의 상황에 따라 북한문학의 변화를 새롭게 덧붙인 것이다.

특히 과거 문학 유산에 대한 재평가를 통해 그동안 부당하게 소외되었다고 판단된 카프문학과 실학파문학에 대해 다시 긍정적으로 평가하는 변화를 보여 주고 있다. 북한 정책 당국의 승인 아래 1980년대 중반부터 이루어졌던 이인직, 이광수, 최남선에 대한 재평가와 더불어 한용운, 김억, 김소월, 정지용, 심훈, 이효석, 방정환, 나운규 등을 새롭게 평가하는 작업도 이루어지고 있다.

《주체문학론》에서 '문화유산론'과 함께 새롭게 제기된 과제는 '리얼리즘론'이었으며, 이는 영웅적이고 긍정적인 인물에 기초한 '고상한 리얼리즘론'에 반하는 것으로 도식적 인물의 긍정 및 부정에 대한 비판까지도 그려내야 한다는 인식을 담고 있다. 이는 일반 문학 독자층과 학계의 변화 욕구를 수용하는 한편, 동구 사회주의권 붕괴 이후 '우리식 사회주의'와 '우리식 문화'의 구체적 모색을 시도한 것이라 할 수 있다.

1994년 7월 김일성의 사망은 북한의 모든 정책적 판단을 중지 사태로 몰아가고 남북 간의 평화적 분위기도 급랭시켰다. 그것은 또한 북한문학을 일시적으로 1980년대 이전으로 회귀하게 하는 경향을 나타내기도 했다. 이는 궁극적으로 북한의 체제 유지에 대한 위기감에서 말미암은 것으로, 김정일 시대와 그의 체제가 안정되기까지 회피할 수 없

---

6 김정일,《주체문학론》, 조선로동당출판부, 1992.

는 상황인 것이다.

또한 1990년대 중반 이후 계속되고 있는 북한의 식량난은 위기감을 더욱 고조시키면서, 그와 같은 사회적 위기가 문학적 상상력의 억압으로 나타날 수밖에 없다.

그러나 정보화 시대의 개막과 통신망의 발달로 인한 전 세계의 지구촌화는 북한 사회의 개방과 체제 변화를 요구하고 있으며, 앞으로 북한식 사회주의의 성패와 관계없이 '현실주제문학'의 생산은 누구도 가로막을 수 없는 명제가 될 가능성이 크다고 할 수 있겠다.

3. 북한문예 이론의 문학작품에의 적용

(1) 북한문예 이론의 개관

북한의 문예 이론은 '주체철학을 문예 이론에 빛나게 구현'한 것이며 이로써 '인간학으로서의 문학예술에 대한 리론을 확고한 과학적 토대 위에 올려놓았다'[7]고 설명된다. 즉 북한문예 이론의 토대는 주체사상이며 이로부터 문예 이론이 과학적 토대를 갖게 되었다는 주장이다.

여기에서는 북한의 주요한 문예 이론을 주체문예 이론의 철학적 원칙과 작품 창작 적용 방법론을 중심으로 살펴보기로 한다.

---

7   사회과학원 문학연구소, 《북한의 문예 이론》, 인동, 1989, pp.10~11.

1) 주체문예 이론의 주체철학적 기본 원칙

① 당성

북한문예 이론에 있어서 '당성'이란 당에 대한 충실성을 말하며, 그
것은 곧 김일성 수령에 대한 충실성이란 내용과 일치한다. 이는 레닌이
〈당조직과 당문학〉에서 언급한 당파성의 개념,[8] 곧 예술적 진리를 담보
해 주는 전제 조건으로서 문학이란 프롤레타리아의 보편적 과업의 일
부분이 되어야 하며 당이라는 메커니즘의 톱니바퀴 나사가 되어야 한
다는 규정과는 전혀 다른 의미이다.

② 노동계급성

노동계급성은 노동계급의 입장과 관점을 고수하고 노동계급의 이
익을 옹호함으로써 문학예술로 하여금 노동계급의 혁명 위업에 철저
히 복무하게 하는 것을 의미한다.[9] 말하자면 작가나 작품은 모두 일정
한 계급의 편에 서는 것이며, 사회주의의 문학예술은 노동계급성을 띠
어야 한다는 논리이다.

③ 인민성

인민성의 문제는 문학예술작품을 인민들의 비위와 감정에 맞고 그
들이 알기 쉬운 형식으로 창작하여야 한다는 점을 강조한 것이다.[10] 이
는 크게 내용적 측면과 형식적 측면으로 나눌 수 있으며 내용은 인민
들의 생활과 투쟁, 생활 감정, 요구와 지향 등을 진실하고 정당하게 반

---

8   김영룡, 〈사회주의 현실주의 논의의 역사적 전개에 관한 일 고찰〉,《현실주의 연구》, 제3
문학사, 1990.

9   이형기·이상호,《북한의 현대문학 I》, 고려원, 1990.

10   앞의 책.

영하는 것이고, 형식은 문학예술을 인민들이 잘 알 수 있고 그들에게
잘 수용될 수 있도록, 즉 교양의 기능을 확대할 수 있도록 만들어야 한
다는 것이다.

2) 주체문예 이론의 작품 창작 적용 방법론

① 종자론

북한의 문학 이론 가운데 가장 독자적이며 가장 큰 비중을 차지하고
있는 종자론은 내용과 형식을 유기적 관계로 설명한다. "위대한 수령
김일성 동지의 주체적 문예 이론을 구현하여 당 중앙은 문학예술작품
의 종자에 관한 독창적 리론을 제시했다"[11]는 언급을 보면 종자론이 북
한에서 만들어진 특수한 용어임을 알 수 있다. 그 '종자'의 개념[12]은 다
음과 같다.

> 종자란 작품의 핵으로서 작가가 말하는 기본 문제가 있고, 형상의 요소
> 들이 뿌리내릴 바탕이 있는 사상적 알맹이
> 작품의 핵을 이루는 종자는 생활에 대한 진지한 연구와 그 본질에 대한
> 심오한 인식에 기초하여 파악된 사상적 알맹이
> 종자는 또한 형상의 요소들이 뿌리내릴 바탕이 있는 생활의 사상적 알
> 맹이

이처럼 종자는 목적지향성을 가진 북한문학에서 그 방향을 결정하
는 사상적 핵심이라 할 수 있다. 즉 종자론은 북한문학의 목적성을 강

---

11   사회과학원 문학연구소, 《북한의 문예 이론·주체사상에 기초한 문예 이론》, 인동,
1989, p.207.

12   앞의 책, pp.207~209.

조하는 이론이다.

② 전형화 이론(갈등 이론)

전형화 이론은 현실 반영에 관한 창작론이다. 이는 사회주의적 사실주의문학의 등장인물 설정의 요체를 설명한다. 북한문학에서 전형화 이론이 특히 강조되는 이유는, 그들의 사실주의가 개별적인 것에서 보편적인 것을 찾아내고 보편적인 것에서 개별적인 것을 드러내야 한다는 원칙과 관련된다.[13] 따라서 등장인물은 평범한 인간이 아니라 과학적이고 합법칙적인 인식의 결과로 창조된다.

다양하고 복잡한 현실 속에서 전형적인 것, 본질적인 것을 정확히 찾아내어 예술적으로 심오하게 일반화하여 여러 계급과 계층의 전형적인 인간 성격을 훌륭히 그려냄으로써만 작품의 높은 사상예술성을 보장하고 그 교양적 기능과 동원적 역할을 강화할 수 있다.[14]

이와 같이 창조된 전형이 필연적으로 겪는 갈등은 세 가지로 제시되며, 첫째 사회주의와 자본주의의 갈등, 둘째 사회주의 내에서의 갈등, 셋째 김일성을 찬양하고 김일성을 문학작품화하는 것인데, 셋째의 경우는 앞의 두 경우와 달라서 당연히 창작 대상과의 갈등 양상이 아니며 창작 방법에 있어서의 갈등을 말한다.

③ 속도전 이론

종자론과 전형화 이론이 작품 내부의 규정이라면, 속도전 이론은 작품 외적인 것, 곧 창작의 속도에 대한 규정이다.

13　홍기삼,《북한의 문예 이론》, 평민사, 1981, p.57.

14　사회과학원 문학연구소, 앞의 책, p.227.

속도전은 작가, 예술인들의 자각성과 책임성을 높여 창작에 모든 사색과 열정, 온갖 지혜와 재능을 쏟아붓게 함으로써 비상히 빠른 창작 속도와 함께 작품의 높은 질을 보장하게 한다.[15]

이는 당 사상 사업의 요구를 즉각적으로 수용하여 작품을 빠른 속도로 창작해 냄으로써 혁명 투쟁과 건설 사업을 고무, 충동하기 위한 것이며 앞의 두 이론과 함께 사상성의 강화를 목표로 한다.

④ 사회주의적 내용과 민족주의적 형식

1932년 스탈린의 연설로부터 시작된 '사회주의적 사실주의'라는 용어와 그 내용은, 넓게는 막스-레닌주의를 의미하고 좁게는 북한의 특수한 사정에 비추어 당의 노선과 정책, 곧 김일성주의가 될 것이다.

민족주의적 형식 또는 전통이란 과거의 문화 유산을 모두 포괄하는 개념이 아니라 계급적 관점이 우세하게 작용하는 반영론이다. 이는 내용과 형식의 유기적 결합이 결국 현실 반영을 통해 이루어진다는 결론으로 이어진다.

(2) 시기별 작품의 실증적 고찰

1) 1945년~1960년의 작품과 문예 이론의 적용

이 시기의 북한문학은《조선문학개관》의 시기 구분을 따르면 평화적 민주건설 시기(1945. 8.~1950. 6.), 위대한 조국 해방전쟁 시기(1950.

---

15   사회과학원 문학연구소, 앞의 책, p.265.

6.~1953. 7.), 전후복구건설과 사회주의 기초건설을 위한 투쟁 시기(1953. 7.~1960) 등 세 단계로 나눈다.《조선문학통사》에서 "해방 후 우리 문학의 유일한 최고의 창작 방법은 사회주의적 사실주의다"라고 밝히고 있는 것처럼, 이 시기 창작 방법론의 중심은 명백히 사회주의적 사실주의이다. 여기에서는 북한문학 내부의 이 시기 구분에 준하여 시, 소설의 장르별로 작품과 문예 이론의 적용 양상을 살펴보기로 한다.

① 시

평화적 민주건설 시기의 북한 시문학은, 북한의 물적 토대를 사회주의적인 것으로 정착시키고 '사회주의 조국'을 건설하는 당면 과제의 필요성을 선전하며 인민들의 동참을 유도하는 임무를 맡고 있다. 주제별로는 해방의 감격을 노래한 작품, 사회주의 개혁을 찬양하는 작품, 소련과의 연대 및 미국에 대한 증오를 담은 작품, 김일성을 찬양하는 작품 등으로 나눌 수 있다.

다른 주제의 작품도 대개 그러하지만 특히 사회 제도 개혁을 찬양하는 작품은 당의 문예정책을 직접적으로 반영한다(예 – 김우철, 〈농촌위원회의 밤〉). 더욱이 1947년 '고상한 리얼리즘'이 북한문학의 창작 방법론으로 공표되면서 체제 개혁을 찬동하고 대변하는 고상한 인물들이 주요한 캐릭터로 등장하게 된다(예 – 김광섭, 〈감자현물세〉).

그러나 이 시기의 가장 큰 문학적 성과는 이후 북한문학에 하나의 전형을 이룬 조기천의《백두산》으로, 이는 항일무장 투쟁에 있어서 김일성의 영웅적 활약상을 다루고 있다.

조국 해방전쟁 시기의 시는, 그 지향성이 바뀌어 전쟁을 승리로 이끌고 남북 전 조선에 걸쳐 사회주의 조국을 건설하는 데 목표를 두게 된다. 주제별로는 인민군대의 영웅적 투쟁상과 후방 인민들의 노력, 미군에 대한 증오와 소련 및 중국군에 대한 연대감 그리고 김일성을 찬양하는 내용 등이 중심을 이룬다.

인민군대의 영웅적 투쟁상을 그리는 것은, 그로써 전후방의 사기를 진작하고 정신 무장을 강화하기 위한 것이었다. 여기의 등장인물들은 여전히 '고상한 리얼리즘'을 대변한다(예-안룡만, 〈나의 따발총〉/ 김학연, 〈독로강 기슭에서〉). 반면에 미국과 미군에 대한 분노와 저주를 퍼부은 시는, 적개심을 유발하여 인민들의 전투 의욕을 북돋우기 위한 것이었다(예-백인준, 〈얼굴을 붉히라 아메리카여!〉).

전후복구 시기의 시는, 시대적 당면 과제인 경제 복구와 김일성 찬양이 주조를 이룬다. 이때 시적 화자나 등장인물은 '따발총' 대신 '삽'을 든 복구 현장의 인물로, 역시 '고상한 리얼리즘'에 입각해 있다(예-박세영, 〈나도 쓰딸린 거리를 건설하다〉). 김일성에 대한 찬양은, 그의 권력 점유가 더욱 확고해짐에 따라 점점 노골화되고 있다(예-정문향, 〈조국땅 한 끝에〉/ 조벽암, 〈광장에서〉).

② 소설

평화적 민주건설 시기의 소설은,《조선문학개관》에 의하면 수령님의 불멸의 혁명력사와 빛나는 혁명업적을 형상화한 작품(예-강훈, 〈장군님을 맞는 날〉/ 한설야, 〈개선〉 등), 민주 개혁을 내용으로 한 작품(예-리기영, 〈개벽〉/ 황건, 〈산곡〉/ 리기영, 《땅》 등), 새조국건설을 위한 투쟁을 반영한 작품(예-황건, 〈탄맥〉/ 리북명, 〈노동일기〉/ 천세봉, 〈오월〉, 〈땅의 서곡〉/ 윤시철, 〈이앙〉 등), 남조선 인민들의 투쟁을 형상화한 작품(예-박태민, 〈제2전구〉/ 리동규, 〈그 전날 밤〉 등)으로 나누어진다.

이 시기 소설문학의 임무는 역시 사회주의 사상의 선전과 계몽에 있으며 '고상한 리얼리즘'에 바탕을 둔 혁명적 낭만성이 두드러진다.

위대한 조국 해방전쟁 시기의 소설은《조선문학개관》에서 정의의 성전에서 발휘한 인민군 장병들의 영웅성과 완강성을 형상화한 작품(예-

황건, 〈불타는 섬〉/ 천세봉, 〈고향의 아들〉 등), 후방 인민들이 발휘한 숭고한 애국적 헌신성과 영웅성을 형상화한 작품(예-류근순, 〈회신 속에서〉/ 리종민, 〈궤도 우에서〉 등), 미제와 그 앞잡이 남조선 괴뢰도당의 부패성과 추악성을 폭로한 작품(예-한설야, 〈승냥이〉/ 김형구, 〈빽다구 장군〉 등)으로 나누고 있다.

이 시기의 소설문학은 인간의 보편적 감정에 이르는 모든 서사적 요소들을 해방전쟁의 승리와 반동자의 처단이라는 당의 목표에 복속시킴으로써 '무기로서의 문학'이라는 성격을 약여하게 보여 준다.

전후복구건설 시기의 소설은, 《조선문학통사》와 《조선문학개관》을 따르면 로력에 대한 주제에 바쳐진 작품(예-리북명, 〈새날〉/ 유향림, 〈직맹반장〉 등), 농업협동조합을 다룬 작품(예-강형구, 〈출발〉/ 김만선, 〈태봉령감〉 등), 조국해방전쟁을 다룬 작품(예-석윤기, 〈전사들〉/ 김영석 〈젊은 용사들〉 등), 계급 교양을 위한 작품(예-황건, 《개마고원》 등), 력사물 주제의 작품(예-리기영, 《두만강》/ 최명익, 〈서산대사〉 등), 전후 시기의 남조선 인민들의 투쟁을 다룬 작품(예-리근영, 〈그들은 굴하지 않았다〉/ 최재석, 〈탈출〉) 등으로 나누어진다.

이 시기의 소설은 전쟁의 패배로부터 야기된 사회적 혼란을 안정시키기 위해 반동적 세력과 분파주의를 척결하고 경제 복구와 체제 정비를 완수하려는 목적성을 드러낸다. 이는 궁극적으로 소설문학을 통한 김일성의 지도력 강화라는 방향으로 나아가게 된다. 그것은 수령형상 문학을 핵심으로 한 향후의 문예정책을 예고하고 있기도 하다.

2) 1960~1980년의 작품과 문예 이론의 적용

이 시기 북한문학은 이 글의 서두에서 언급한 바와 같이 1967년의 주체사상 및 주체문예 이론의 확립이라는 중요한 변수를 포함하고 있다.

그리하여 북한문학사에서 1967년까지 전반기는 '사회주의의 전면적인 건설을 다그치기 위한 투쟁 시기'로 표현되며 1967년 이후는 '온 사회의 주체사상을 앞당기기 위한 투쟁 시기'로 기록된다. 전자의 시기가 '천리마 현실'을 반영하며 공산주의적 인간형의 창조와 인민들의 삶을 그렸다면, 후자의 시기에서는 김일성 우상화를 내용으로 한 '불멸의 력사' 총서 등 '수령형상화'에 주력하게 된다.

① 시

천리마 대고조 운동의 현실을 맞은 1960년대 전반기 문학은 '천리마 현실 반영기'라 불리며, 이 시기의 시문학에 대해 북한의 문학사는 "천리마의 기상으로 들끓는 장엄한 현실은 이 시기 시문학에 새로운 시대정신의 나래를 달아 주었다"[16]고 기술한다. 오영재의 〈조국이 사랑하는 처녀〉, 정서촌의 〈하늘의 별들이 다 아는 처녀〉 등이 그 대표적인 작품이다.

수령형상화문학이 본격적으로 시작되면서 북한문학사는 이와 관련하여, 당의 유일사상을 더욱 철저히 세우며 사회주의의 완전 승리와 온 사회의 주체사상화를 내세운다.[17] 이는 곧 김일성에 대한 찬양을 목표로 한 송가시의 개화를 말하며, 정서촌의 〈어버이 수령님께 드리는 헌시〉 등과 김일성 가계에 대한 칭송의 집체창작 〈영원히 빛나라 총성의 해발이여〉를 비롯한 많은 작품의 산출을 보게 된다.

물론 북한의 수령형상문학은 이 시기에 국한된 것이 아니고 해방 이후부터 지속적으로 추구되어 왔으며, 각 시기별 배경의 변화에 따라 약간씩의 차이를 드러낼 뿐이다. 또한 수용 대상에 있어서도 어린이들을 대상으로 하는 아동시가에도 점차 광범위한 확산을 보이고 있다.

북한문학의 서정시는 남한의 경우와 같이 한 개인의 순수한 내면이

---

16 박종원·류만,《조선문학개관Ⅱ》, 사회과학출판사(인동 재간행), 1998, p.251.

17 위의 책, p.324.

나 정서적 분위기의 표현을 지향하지 않는다. 이는 반드시 인민의 진취적이고 사회주의적인 생활을 바탕으로 하고 있다. 김동전의 〈봄〉이나 박종식의 〈바다의 비밀〉, 또 김정일이 직접 나서서 칭찬한 김상오의 〈나의 조국〉 같은 작품들을 보면 이를 잘 알 수 있다. 〈나의 조국〉은 김일성에 대한 흠모의 정을 강하게 담고 있으며, 이와 같은 시가 북한 문학에 있어서 서정시의 모습인 것이다.

② 소설

시와 마찬가지로 소설에 있어서도 이 시기 초반의 작품은 천리마 기수의 전형 창조를 하나의 과제로 한다.

그리하여 천리마운동과 공산주의적 인간형의 창조에 나선 작품들로 김병훈의 〈해주-하성서 온 편지〉, 권정웅의 〈백일홍〉, 석윤기의 〈행복〉, 리병수의 〈령북땅〉 등을 들 수 있다.

또한 혁명적 교양과 투쟁 정신을 내세우며 창작된 일련의 장편소설들, 곧 천세봉의 《대하는 흐른다》, 석윤기의 《시대의 탄생》, 김병훈의 《불타는 시절》, 정창윤의 《천산령을 넘어》, 박태원의 《계명산천 밝아오느냐》 등의 작품들을 볼 수 있다. 이 중 박태원의 《계명산천 밝아오느냐》는 그가 쓴 《갑오농민전쟁》의 전사에 해당하는 작품으로 익산 민란을 주요 배경으로 하여 민중과 지배계급 간의 갈등을 다양하게 형상화하고 있어 주목된다.

이와 같은 혁명적 대작들은 '대중적 영웅주의'의 인물들을 보여 주면서 사회주의의 전면적인 건설과 더불어 공산주의적 인간성의 개조를 시도하는 하나의 보기가 되고 있다.

1967년 이후 주체사상화를 앞당기기 위한 투쟁 시기의 소설은 우선 김일성을 중심으로 한 혁명 전통의 계승과 북한문학의 3대 고전으로 불리는 《피바다》, 《한 자위단원의 운명》, 《꽃 파는 처녀》 등의 재창작에 대한 열정으로 시작된다. 이 3대 고전은 김일성의 주체사상과 혁명 문예사상이 완벽하게 구현된 고전적 모범에 해당하며,[18] 평범한 민중적 인물이 어려운 현실 속에서 혁명을 의식화해 가는 과정을 그리고 있다. 아울러 수령형상의 창조가 1967년 주체사상이 확립된 이후 본격적으로 시작되며,[19] 이 무렵에 결성된 '4·15 문학창작단'을 중심으로 김일성의 일대기를 장편소설 총서로 간행하는 '불멸의 력사' 시리즈가 시작된다. 이 시리즈의 각각의 소설들은, 김일성이 소년 시절부터 시작하여 '혁명적이고 영웅적인 활약'을 벌여 온 과정을 각각 한 부분씩 나누어 기술한다. 이는 북한문예 이론의 혁명적 수령관이 소설작품에 총체적으로 적용된 경우이다.[20] 동시에 이 시기 소설의 수령형상문학은 이후

---

18   박종원·류만, 위의 책, p.278.

19   권정웅의《력사의 자취》, 석윤기의《눈석이》등이 그 시발을 이룬다.

20   '불멸의 력사' 총서가 다루고 있는 시기와 내용은 다음과 같다.
《닻은 올랐다》(김정) : 1925년에서 1926년 10월 '타도제국주의동맹' 결성까지
《혁명의 려명》(천세봉) : 1924년에서 1928년 사이 길림에서의 활동
《은하수》(천세봉) : 1929년에서 1930년 6월 '카륜 회의'까지
《대지는 푸르다》(석윤기) : 1930년
《봄우뢰》(석윤기) : 1931년 12월 '명월구 회의'에서 1932년 4월 '반일인민혁명군' 창건까지
《1932년》(권정웅) : 1932년에서 1933년 1월까지의 남만원정 과정
《근거지의 봄》(이종렬) : 1933년에서 1934년 두만강 연안 유격 근거지 창설까지
《혈로》(박유학) : 1934년에서 1936년 사이의 북만 원정
《백두산 기슭》(현승걸·최학수) : 1936년 3월에서 1936년 5월 '조국광복회' 창립까지
《압록강》(최학수) : 1936년 8월 무송현성 전투에서 1937년까지
《위대한 사랑》(최창학) : 1933년 부모를 잃은 고아들을 거두는 과정
《잊지 못할 겨울》(진재환) : 1937년에서 1938년까지
《고난의 행군》(석윤기) : 1938년 '남패자 회의'로부터 1939년 4월 '북대정자 회의'에 이르는 과정
《두만강 지구》(석윤기) : 1939년 5월부터 '대부대 선회작전'이 시작되기 전까지
《준엄한 전구》(김병훈) : 1939년 9월에서 1940년 3월 대부대 선회를 영도하는 과정
《빛나는 아침》(권정웅) : 해방 직후부터 1946년까지
《조선의 봄》(천세봉) : 해방 직후부터 토지개혁이 성공하기까지
《50년 여름》(안동춘) : '조국해방전쟁'의 발발로부터 '대전해방 전투'까지

북한소설의 경향을 지배하는 움직일 수 없는 기준이 되며, 1980년대 이후의 현실주제문학도 궁극적으로 이 범주를 벗어나지는 못하게 된다.

3) 1980~1990년대 후반의 작품과 문예 이론의 적용

1980년 이후 북한문학은 철저히 주체사상에 입각한 문예 이론에 의해 지배되고 있다. 당성을 중심축으로 인민성과 노동계급성이 바탕을 이루고, 이를 통해 인민의 자주성과 애국주의적 내용이 기본 주제가 된다. 따라서 반동 부르주아문학과 종파주의로부터 북한 특유의 사회주의 이념을 보호하며 반자본주의 및 반제국주의 노선을 견지하면서 통일 시대를 내다보는 문학관을 수립하고 있다.

그런데 1980년대 들어 점진적으로 부각되기 시작한 현실주제문학은, 사회주의적 문예 창작의 지침으로서 확고한 지위를 누리던 영웅적 인물의 형상화로부터 일상생활 속에서 평범하고 진실한 인물을 그리는 '숨은 영웅' 찾기로 그 방향성의 변화를 노정하였다. 이를 북한식 표현으로 말하자면 개성과 철학적 심도를 지닌 '사상예술성'의 창작이 나타나는 것이다.

전체적으로 1980년대 이후의 북한문학은 주체문학론의 주류와 부수적 현실주제문학론이 공존하는 형태로 드러나고 있다. 이를 시, 소설의 장르별로 작품과 문예 이론의 적용 양상을 결부하여 살펴보면 다음과 같다.

《조선의 힘》(정기종) : 서울방어전투작전을 펼치고 전략적 필요에서 일시적인 후퇴를 하기까지
《승리》(김수경) : 반공세를 성공시키고 정전 담판장에서 항복서를 받기까지
이 중 1970년대 말까지 간행된 순서로 보면, '불멸의 력사' 첫 작품인《1932년》(1972),《혁명의 려명》(1973),《고난의 행군》(1976),《백두산 기슭》(1978)의 차례이다.

① 시

　북한문학에서 주체문학의 대표적 유형이 송가시이며 송가시의 시작은 김일성에서부터 비롯되는 것이지만, 1980년대에 들어와서 김정일에 대한 송가시가 김일성과 대등한 편수를 보이다가 1990년대에 이르러서는 양적 질적 팽창을 보인다. 대표적 작품으로는 정서촌의 〈조선의 영광〉, 전병구의 〈정일봉의 해맞이〉, 백하의 〈하늘에 새긴 글발〉, 구희철의 〈귀틀집 생가에서〉, 한찬보의 〈김일성 장군 만세〉, 강명학의 〈수령님은 우리의 김일성 동지〉, 최창남의 〈태양만이 보이는 언덕〉 등을 들 수 있다.

　이 시기 북한문학에서 조국 통일에 관한 시로는 백인준의 〈조국에 대한 생각〉, 동기춘의 〈인생과 조국〉, 김홍권의 〈땅을 씻지 말아라〉, 김형준의 〈통일 렬원〉, 강기수의 〈봄비〉, 주광남의 〈강화도를 바라보며〉 등을 들 수 있다.

　북한문학의 현실주제문학은 근본적으로 그 내부의 상투성과 도식성에 대한 반성의 결과이며, 외형적으로는 동구권 사회주의의 몰락에 따른 위기의식을 창작 현실에 반영한 결과라 할 수 있겠다. 이 문학적 경향이 확산되면서 진실한 생활 감정은 물론 자연이나 연애를 주제로 한 서정적인 시들도 조금씩 확대되어 가게 된다. 결국 이 시기의 북한문학은 인민 대중의 관심과 흥미 유발이라는 목표를 하나의 주요한 항목으로 상정하고 있는 셈이다.

　이상은 주제론적 측면에서 1980년대 이후의 북한시를 살펴본 것이며, 그 양식적 특성에 관한 고찰은 또 다른 논의를 필요로 한다.

　북한시의 양식은 그 내용을 담는 그릇으로서의 특성상 서사시, 장시, 풍자시, 우화시, 산문시, 담시, 벽시 등의 등장을 볼 수 있다. 이 가운데 특히 서사시는 1947년 조기천의 《백두산》에서 출발하여, 1992년 오영재의 〈인민의 아들〉 등에 이르기까지 조국해방투쟁, 항일혁명 정신, 사회주의 건설을 위한 영웅 또는 '숨은 영웅'의 형상화 등이 북한시의 중심을 이루어 왔다. 또한 서정시의 경우 '감정과 사상의 지향을 결합시킨 형상적 사유의 산물'로 규정되고 있으며, 당의 정책 노선과 정치적 전략에 의거한 도구로서 시가 존재한다는 것을 잘 알 수 있게 한다.

② 소설

1980년 이후의 북한소설은 그 주제에 따라 크게 두 갈래로 나눌 수 있다. 하나는 역시 시에서와 마찬가지로 주체문학의 큰 흐름이며, 이는 김일성을 대상으로 한 '불멸의 력사' 시리즈와 김정일을 대상으로 한 '불멸의 향도' 시리즈가 주축이 된다. 다른 하나는 사회주의 현실주제문학으로서 이는 1980년대 들어 처음 나타나기 시작하는 경향이며 세대 간의 갈등, 부부간의 갈등 및 여성의 사회 활동을 둘러싼 갈등, 경제 문제와 관련된 갈등, 통일주제문학 등을 대표적인 관심사로 하게 된다.

이 가운데 세대 간의 갈등을 다룬 소설은 젊은 세대와 나이 든 세대의 교감을 다룬 작품(예 – 김삼복, 〈세대〉/ 백남룡, 〈60년 후〉/ 리규택, 〈인간의 수업〉/ 신용선, 〈나의 선생님〉 등), 세대 간의 갈등을 다루면서 젊은 세대의 가능성을 강조한 작품(예 – 백보흠, 〈천암산〉/ 정현철, 〈삶의 향기〉/ 김창옥, 〈마감 사람들〉 등), 세대 간의 갈등을 조명하면서도 두 세대의 중요성을 함께 인식하고 있는 작품(예 – 백보흠, 〈우리의 벗〉/ 백철수, 〈어제도 오늘도〉/ 윤리태, 〈어제와 오늘〉 등)으로 구분하여 볼 수 있다.

부부간의 갈등이나 여성의 사회 활동에 관한 소설로는 우리에게 잘 알려진 백남룡의 《벗》[21]이 이혼 문제를 다루고 있고 김교섭의 《생활의 언덕》[22]이 부부간의 갈등과 여성 문제를 함께 다루고 있다. 그 외에도

21　백남룡, 《벗》, 문예출판사, 1998.

22　김교섭, 《생활의 언덕》, 문예출판사, 1984.

여성의 직장 문제와 고부 간의 갈등 등 가정 생활을 다룬 작품이 많이 산출되고 있다. 대표적인 작품으로는 강복례의 〈직장장의 하루〉, 리광식의 〈벗에 대한 이야기〉, 방정강의 〈어머니의 마음〉 등이 있다.

무사안일주의와 관료주의를 둘러싼 작품으로는 강수의 〈언제나 그날처럼〉, 안홍윤의 〈칼도마 소리〉, 백남룡의 〈생명〉, 최성진의 〈이웃들〉, 한웅빈의 〈행운에 대한 기대〉 등이 대표적이다.

경제 문제와 관련된 갈등을 다룬 소설은 과학 기술 주제의 소설과 농촌소설이 특히 중점적으로 그려진다. 전자의 경우 소설에 등장하는 청년 과학자 및 기술자는 당과 수령에 대한 충성심이 강하고 창조적 지혜와 열정의 소유자이다.[23] 허춘식의 《야금기지》, 리희남의 《여덟 시간》 등은 이 분야의 주제가 잘 그려진 소설로 통한다. 후자의 경우는 북한의 경제적 낙후성과 뒤늦은 농촌에 대한 관심을 보여 주는 것으로, 창작의 실제에 있어서는 객관적 농촌 현실의 반영이 이루어지지 않고 도식성도 예전과 그대로인 한계점이 드러난다. 그중에서도 김삼복의 〈향토〉와 리명의 〈명부암〉 등이 비교적 성공한 소설로 꼽힌다.

통일주제문학은 전통적으로 반미 투쟁으로부터 출발[24]하는 것인데, 1990년대 이후에는 북한 인물들이 겪은 분단현실을 다룬 작품이 점점 많아지고 있다. 이를 주제별로 구분해 보면, 분단현실에서 북한 사람들이 겪는 문제를 다룬 작품(예-리화, 〈옛말처럼〉), 이산가족의 아픔을 다룬 작품(예-임종상, 〈쇠찌르레기〉), 남한의 현실주제를 다룬 작품(예-김대성, 〈상승〉), 해외 동포의 현실을 다룬 작품(예-설진기, 〈조국과의 상봉〉), 반미 투쟁을 주제로 한 작품(예-남대현, 〈광주의 새벽〉), 남한의 방북 사건을 다룬 작품(예-리종렬, 〈산제비〉)으로 나눌 수 있다.

---

23 정희, 〈현실주제소설문학에 형상된 우리 시대 청년 과학자, 기술자의 성격적 특질〉, 《조선어문》, 1964. 4.

24 박영태, 〈반미 투쟁을 주제로 한 소설을 더 많이 창작하자〉, 《조선문학》, 1986. 3.

이상의 이 시기 소설 작품들을 종합해 보면 작가들의 예술적 기량이 성숙되고 있음을 알 수 있으나 결말의 도식성 등 여전히 극복하기 어려운 한계를 발견하게 된다. 그러나 '숨은 영웅'의 등장이나 긍정적 인물 및 부정적 인물의 갈등 구조 등은 지금껏 북한문학에서 볼 수 없던 것으로 향후의 문학적 전개와 더불어 주의 깊은 관찰을 필요로 한다 하겠다.

(3) 북한문예 이론과 문학작품의 상관성

지금까지 살펴본 바와 같이 북한문학에 있어서 문예 이론의 변화는 철저히 당의 정책적 지침에 따르고 있으며, 문학은 그 사회 구성원의 정신적 교양을 위한 도구의 기능을 담당하고 있다. 따라서 주체문학이라는 확고한 문예 이론이 정립되기 이전, 곧 1967년 이전의 북한문학에서는 대체로 고상한 리얼리즘이나 사회주의적 리얼리즘과 관련된 인물 형상을 검증해 볼 수 있고, 1967년 이후의 북한문학에서는 주체사상 및 주체문학과의 관련 아래 시대 현실의 변화에 맞추어 나타난 교시 또는 지도적 지침을 문학 창작의 실제와 대비해 볼 수 있다. 여기에서는 상기 1967년이라는 분기점 이후의 주체문학을 중심으로 살펴보기로 한다.

물론 1967년을 넘겼다고 해서 북한문학의 목적이나 주제가 단번에 큰 차이를 드러내는 것은 아니다. 다만 주체문예 이론이라는 범주 안에서 시대 변화에 따라 변화하는 당의 교시와 그에 연동된 북한문학의 부분적인 변화를 포착할 수 있을 뿐이다.

1967년부터 1970년대까지는 수령형상 창조를 통한 당성의 고취와 민족적 형식의 전범 제시가 주요한 관건으로 떠오른다. 당과 조국과 수령은 동일한 존재로 간주되며, 수령형상의 창조는 긍정적 주인공과 주체적이고 자주적인 인민의 삶을 그리는 일과 동일시된다.

또한 민족적 문예 형식과 항일혁명 전통을 계승하기 위해 항일혁명문학의 발굴과 소개가 이루어지고 〈꽃 파는 처녀〉, 〈한 자위단원의 운명〉, 〈조선의 노래〉 등 혁명가극을 소설로 옮기는 작업도 진행된다. 이들은 수령형상의 창조와 당성의 구현을 통해 민족적 형식을 정립하고 인민성을 가장 잘 표현했다는 설명에 이른다.

1980년대는 '숨은 영웅'의 창조와 형식적인 미에 대한 강조가 두드러진 시기이다. 김정일은 1980년 1월 8일 제3차 조선작가동맹대회에 보낸 서한인 〈현실 발전의 요구에 맞게 작가들의 정치적 식견과 기량을 결정적으로 높이자〉라는 글에서, '숨은 영웅'의 창조에 대해 고상한 풍모와 아름다운 정신세계를 형상하도록 당부하였다. 이것이 1980년대 북한문학의 움직일 수 없는 창작 지침이 된 것은 불문가지이다.

이러한 '숨은 영웅'의 형상화와 지나친 도식주의 및 무갈등의 극복을 향한 노력 등은 1980년대에서 1990년대에 이르는 북한문학 전반에 걸친 미세한, 그러나 분명한 변화에 발판이 된다. 이는 주체문학을 인민대중과 연계하려는 의도를 반영하는, 북한문학 내부의 시대적 분위기 판독과 밀접히 연관되어 있다.

1990년대는 대중의 인텔리화와 새 세대 인물의 창조 등의 문제가 문학의 과제로 나타난다. 동시에 1992년 김정일의 《주체문학론》에서부터 카프문학과 실학파문학의 재조명, 민요·시조·궁중예술에 대한 재평가가 논의되며 사회주의적 긍정인물론이나 혁명적 낭만주의에 대한 비판도 볼 수 있다. 즉 "소설의 주인공이 현실에 실지 있는 인간이어야 하고 사람들 곁에서 같이 숨 쉬고 있는 친근한 모습으로 안겨 와야 한다"는 주장이 등장하는 것이다. 현실주제문학의 이와 같은 흐름은 궁극적으로 1990년대 과학 기술 향상을 위한 노력이나 새 세대 인텔리의 양산이라는 목표와도 관련되어 있다.

김일성 사후에도 북한문학은 여전히 혁명문학의 전통성 확보와 그 계승을 위한 강력한 노력을 보이고 있으며, 김일성에 대한 충성 및 계속적인 형상화와 더불어 김정일에 대한 충성의 맹세 및 다짐이 문학의 주제로 드러나고 있다.

이상과 같은 북한문학의 성격은 문학의 계몽성과 효용성에 대한 북한 특유의 인식을 바탕으로 하고 있으며, 이는 남한문학의 실상과 대비해 볼 때 그 간극이 너무도 커서 추후 남북한 문화 통합이나 통합 문학사를 염두에 둘 때 그 험난한 앞길을 예고하고 있다 하겠다.

4. 북한문학의 실상과 민족사적 의미

(1) 북한문학과 사회적 환경 및 인민 생활과의 상관성

북한문학이 당의 정치·사회적 목표를 반영하고 있고 선전·선동의 도구로 기능하고 있는 만큼, 그 주제에 있어 인민 생활의 진솔한 모습을 반영하고 있다고는 보기 어렵다. 그러나 작품의 구체적 세부를 이루는 소재에 있어서는 인민 생활의 현실을 바탕으로 하지 않을 수 없다. 이러한 측면은 1980년대 이래의 현실주제문학에 있어서 더욱 현저히 드러나는 추세이며, 북한의 문예정책 당국도 문학과 인민의 접촉 면적을 확대하기 위해서는 그와 같은 현상을 용인하지 않을 수 없는 형편인 셈이다.

북한시에 나타난 현실주제의 사회 현실은 청춘남녀의 연애나 중매, 여성들의 사회 활동, 생활 풍습과 민속놀이, 생활 속에서의 통일에 대한 기대 등 점차적으로 다양한 형태를 보이고 있다. 북한소설에 나타난 사회 현실은 혼인과 가족의 형성, 부부관계, 부모와 자녀의 관계, 이혼 문제, 농촌 생활, 산업자원과 에너지 문제 등 더 다양한 형태를 보이고 있다. 기본적으로 북한 사회가 역사 이래 보기 드문 폐쇄성을 갖고 있는 만큼, 문학작품에 나타난 소재적 차원의 정보를 통해 그 실상을 정확히 추론하기는 어렵다.

그런데 이들 작품을 통해 분명히 드러나는 한 가지는, 구체적인 인민 생활에 있어서 김일성과 김정일이 갖는 실제적 위치의 문제이다. 문학 속에서 발생하는 모든 문제의 해결책이 언제나 김씨 부자의 교시와 사랑에 맞닿아 있다는 점이 그것이다. 예컨대 세대 간의 갈등이나 부부간의 의견 대립, 농촌을 버리고 도시로 떠나는 자녀들 등이 작품 속에서 서로의 입지를 가지고 맞서 있을 때, 이 구조적 대립을 해소하는 방안은 문학의 내부의 논리와 질서에 의존하는 것이 아니라 문학 밖으로부터 유입되는 수령과 지도자 동지의 은덕으로부터 말미암는 것이다. 이는 북한문학의 한계이며 향후의 과제이기도 한데, 동시에 그만큼 남북한문학의 이질성과 문화 통합의 전망이 절박하다는 사실을 일러주고 있다.

(2) 남북한 문학사의 접점

남북한 통합 문학사의 전망이 순탄하지 않은 것은, 북한문학이 남한의 그것에 비해 훨씬 더 체제 종속적이라는 사정, 곧 북한문학만의 문제로 귀일하는 것은 아니다. 이는 공히 남북한 양자 간의 문제이며 따라서 그 문제의 극복을 위한 노력도 양측에서 함께 병행되어야 마땅하다.

그동안 남북한 통합 문학사를 서술하려는 노력이 지속적으로 있었

으나 대개 산발적인 연구의 형태로 끝났으며 그 접근 방식 또한 정론
화되어 있지 않다. 다만 문학사 기술을 위한 방법론의 문제에 있어서는
김윤식[25]과 최동호[26]의 논리를 주목할 만하다.

김윤식은 '근대성'의 문제로 남북한 문학사의 접근을 시도하고 있으
며, 그는 북한의 문학사를 초역사 곧 초근대, 혹은 탈근대의 성격을 띠
는 것으로 파악하여 북한문학사의 이러한 몰근대성에서 오는 위기의
식이 근대로 회귀하려는 지향성을 낳게 되는 요인으로 파악한다. 이러
한 근대성에의 해석은 남한의 경우와 결부되어 근대성 문제를 통해 남
북한 근대문학사가 정립되는 데서 두 문학사의 접점이 마련되어야 함
을 상기시키고 있다.

최동호는 남북한 현대문학사 서술의 방법에 있어, 그것이 포괄의 논
리, 사실의 논리, 근대성 극복의 논리, 민족문학의 논리 등 네 가지 논리
를 모두 수용해야 한다고 주장한다. 그리고 이에 따라 남북 양측의 문
학을 보다 공통된 관점 아래 일치시킬 수 있도록 기존의 시기 구분을
과감히 확대하여 설명하고 있다.

물론 이러한 시도들은 차후에 이루어질 실제적이고 구체적인 문화
통합을 위한 연구의 시론에 해당한다. 이제 본격적인 연구가 이루어지
면 그 양상이 여러 가지로 나타나겠지만, 남북 양측이 가진 문화적 특
수성을 어떻게 조합하여 보편성을 가진 문학 논의의 마당으로 끌어낼
것인가가 궁극적인 관건이 된다 하겠다.

너무도 이질적으로 자기 갈 길을 가 버린 두 문학사의 접점을 찾고
그 통합을 모색하는 일은, 기실 문학적 연구 과제로 그치는 것이 아니
라 남북 동질성의 회복과 민족 화합의 길을 닦는 작업이라는 중차대한

---

25 김윤식,《북한의 문학사론》, 새미, 1996.

26 최동호,《남북한 현대문학사》, 나남출판, 1995.

의미를 함께 끌어안게 될 것이다. 그러므로 남북한 통합 문학사는 그 자체가 이미 문학의 영역에 국한되지 않고 절실한 민족사적 과제로 떠오를 수밖에 없는 실정에 있다.

(3) 민족사적 관점에서 본 북한문학의 의미

남북한문학의 서로 다른 영역 및 차별성에 대한 인식과 연구가 실질적인 성과를 보이기 시작한 것은 1980년대 중반을 넘어서서의 일이다. 이 시기의 활발한 민족문학 논의가 우리 민족의 또 다른 구성원인 북한과 북한문학에 대한 관심을 촉발하였고, 그것이 진보적인 학계의 연구 대상으로 상정되기에 이르렀던 것이다. 북한문학에 대한 실질적 연구는 특히 1988년 7 · 7선언에 이어 7월 19일에 이루어진 납 · 월북 문인에 대한 해금 조치[27] 이후 더욱 고무되고 활성화되었다.

그러나 북한문학의 온전한 연구에는 여전히 어려운 문제가 남아 있으며, 그것이 북한문학의 민족사적 의미를 긍정적으로 평가하는 데 적잖은 장애 요인이 되고 있는 것이 사실이다. 그것의 주요한 항목 하나는, 북한문학에 가해지고 있는 문학 외적인 힘의 실체이다. 이는 다분히 정치 목적을 수반하고 있어서, 문학의 형상이 북한의 정치 노선으로부터 직접적인 영향을 받고 있다는 점이다. 문학이 문학의 자기 체계 아래에서 논의와 연구를 수행할 수 없다면, 엄정하고 객관적인 문학사, 즉 민족사적 전망과 활로를 안은 문학사를 기술하기는 어렵다.

---

27 이 해금 조치로 복권된 작가는 정지용, 김기림, 임화, 백석, 박팔양, 이용악, 오장환, 설정식, 권환, 박세양, 박아지, 김창술, 안용만, 조운, 조벽암, 임학수, 이홉, 이찬, 김조기, 김용호, 임선경, 안막, 여상현, 조남령, 유진오, 이병철, 박산운, 김상현, 상민 등이며 홍명희, 한설야, 이기영, 조영출, 백인준 등 5명은 해금에서 제외됨으로 완전한 연구의 자유에는 여전히 상당한 한계가 남아 있었다.

　우리는 백낙청이 지적한 바와 같이 이미 분단극복을 역사적 과제로 안고 있는 시대일 뿐 아니라 분단체제를 꾸준히 허물어 가는 다각적인 노력이 진행 중이고 그것 없이는 통일다운 통일을 생각할 수 없는 그런 시대에 들어서 있으며, 그리고 이런 통일 시대에는 주어진 현실을 엄정하게 드러내면서 동시에 그 극복에 일조하는 문학 본연의 변증법적 작업이 요청된다.[28] 이와 같은 시대의 북한문학에 대한 민족사적 요구는 당연히 문학을 정치 문제의 기계론적인 예속물로 전락시키는 데 반대할 수밖에 없는 것이다. 다만 아직도 북한이 그것을 수용할 만한 자체의 역량이나 개방화된 인식을 보유하지 못하고 있다는 사실이 더욱 문제의 해결을 요원하게 하는 원인이 되고 있다 하겠다.

　물론 북한문학을 바라보는 우리의 시각에도 수정해야 할 부분이 있다. 북한문학을 단순히 이해하는 차원에서 머물지 않고 우리 문학과의 통합적 관점 아래 포괄하기 위해서는 그것을 자유롭게 수용하고 연구할 수 있도록 하는 환경의 조성이 필요하다. 이제는 더 이상 낡은 논리로 그것을 방어하고 통제할 필요가 없을 만큼 우리 민도民度의 향상이 이루어졌음을 상기해야 할 터이다. 연구자들 또한 북한문학을 우리의 잣대로만 재단할 것이 아니라, 그들의 역사적 관성과 특수성을 충분히 고려하면서 살펴보아야 한다는 점이다.

　남북한 양측의 문학 가운데 각기 극복해야 할 문제, 상대방의 문학에 비추어 관점을 조정해야 할 문제 그리고 문학 외적인 제도와 체제로부터 말미암는 경직성을 넘어서 전 민족적인 관심과 협력 아래 문화 통합의 전망을 현실화시켜 나가는 문제 등은, 그 해결이 문학 내부에만 머무는 것이 아니라 마침내 민족적 숙원인 남북의 화해와 평화통일의 길을 닦는 역할을 수행하는 것이므로 가일층 진지한 연구가 요청된다 하겠다.

28　백낙청, 〈통일시대의 한국문학〉, 《한국현대문학 50년》, 민음사, 1995, p.608.

5. 마무리

이 글은 해방 후 북한문학의 흐름을 역사적으로 검토하고 최근의 동향을 확인하며, 북한문예 이론의 문학작품에의 적용 양상을 실증적으로 고찰하기 위한 목적으로 작성되었다. 동시에 그러한 실증적 연구 결과와 더불어 북한문학의 사회적 환경 및 인민 생활과의 상관성을 확인하고 남북한 이질성의 극복과 통합 문학사의 가능성 및 문화 통합의 전망을 설정해 보기 위한 목적을 가지고 있었다.

글의 준비 기간 및 글의 분량 등의 사정으로 조사·연구된 자료나 결과를 모두 여기에 수록하지 못했으며, 북한 현대문학사의 문예 이론과 작품의 실증적 분석을 모두 한데 모은다는 것이 실상은 너무 과한 의욕이기도 했다고 여겨진다.

근래에 와서 북한문학에서 뚜렷하게 나타나는 한 가지 현상은 남한의 문학에 대한 관심이 점차 확대되고 있다는 점이다. 지금까지의 북한문학에 대한 논의는 기본적으로 북한문학 내부에서 이루어진 성과를 토대로 한 것이지만, 북한문학 내부에서도 동시대의 남한에서 북한문학에 대해 이루어진 연구나 관계 서지를 도외시해 버릴 수는 없을 터이다.

그러한 사정은 남한문학에서도 마찬가지이다. 미상불 1988년 남한에서의 납·월북 문인에 대한 해금 조치 이래 북한 현대소설 출간이 하나의 유행성 풍조를 보였으며,《피바다》와《꽃 파는 처녀》를 뒤이어 백남룡의《벗》, 김일우의《섬사람들》, 김종인의《무등산》, 강학태의《조선의 아들》, 남태현의《청춘송가》, 최상순의《나의 교단》, 석윤기의《봄우뢰》, 권정웅의《1932》, 김정의《닻은 올랐다》, 하정회의《백양나무》, 최창학의《위대한 사랑》, 허문길의《대학시절》, 홍석중의《높새바람》, 김석범의《사랑으로 쓰는 교육수첩》, 백보흠의《우리의 벗》등이 우후죽순처럼 쏟아져 나왔다. 그러나 북한문학에 비해 미학적 가치가 훨씬 앞서는 남한문학에 익숙한 독자들이, 지적 호기심 이외에는 크게 구미가 동하는 요소를 발견할 수 없게 되자 1990년대 초반에 이러한 출간 사업이 시들해져 버리고 말았다.

그러나 남한 작가들의 작품 속에 등장하는 북한 현실은 점점 그 농도나 빈도를 더하여서, 이문열이나 김원일 등의 분단문학 이외에도 10여 편의 통일 가상소설이 등장한 바 있다.

또한 국내외 여러 인사들에 의해 북한 방문기가 쓰여지고, 그것이 북한을 객관적으로 바로 바라볼 수 있는 기능을 포괄하면서 상당한 수준의 수용력을 보이기도 했다. 루이제 린저의《북한 이야기》는 그녀의 남한 방문기인《전쟁놀이 장난감》과 짝을 이루면서 화제를 모았고, 이은일의《나에겐 또 하나의 조국이 있었다》, 조명훈의《북녘일기》, 황석영의《사람이 살고 있었네》, 홍경자의《내가 만난 북녘사람들》, 문귀현의《분단의 장벽을 넘어서》, 임수경의《어머니 하나된 조국에 살고 싶어요》, 문익환의《걸어서라도 갈 테야》, 조광동의《더디 가도 사람 생각하지요》와《더디 가도 우리 식으로 살지요》등이 상재되어 나와 있다.

그런가 하면 남한에서의 문학사 기술에 북한문학을 한 영역으로 편입시키는 사례가 여럿 있고, 학계에서도 국어국문학회가 대표적으로 '북한의 국어국문학 연구'(1990), '남북한 국어국문학 연구의 성과와 전망'(1995) 등의 주제로 학술대회를 개최하는 등 북한문학의 연구가 분단 반세기를 넘어서는 이 시대에 남한의 문학 연구자들에게 회피할 수 없는 소명적 과제임을 재인식하게 한다.

앞서 본론의 내용에서 서술한 바와 같이 1980년 이후 오늘의 북한문학은, 1960년대 이래 주체문예 이론의 완강한 얼개 아래에서 생활의 다양한 체험이나 창작 방법론의 변화를 부수적으로 수용해 온 외형을 나타내고 있다.

이러한 독특한 성향이 언제까지 유지될지 또는 어떠한 방향으로 발전해 갈지는 예단할 수 없는 일이지만, 한 세대가 넘어가도록 견고한 성채처럼 변동이 없던 주체문학론의 문학 현실에 사회주의적 현실주제 문학론의 새로운 조류가 시발되기에 이른 것은 결코 간단한 사실이 아니며 또 우연의 소치도 아니다.

조국의 통일이 성취되는 장래와 그것을 문학으로 다루는 작업의 소중함을 말하기는 남북한문학이 마찬가지인데, 궁극적으로 북한의 문학적 현실 변화가 그 길의 모색을 예고하는 하나의 시금석이 되어야 한다는 것은 남북한문학 연구자 모두의 작은 소망이 아닐 수 없다.

—

이 비평은 해방 후 북한문학의 흐름을 역사적으로 검토하고 최근의 동향을 확인하며, 북한문예 이론의 문학작품에의 적용 양상을 실증적으로 고찰한다. 특히 수록된 비평을 필두로 단행본으로 제작한 《북한문학의 이해 1》부터 《북한문학의 이해 4》는 필자를 비롯한 소장학자 여러 명이 모여 만든 책으로 북한의 시, 소설, 연극, 비평 등 북한문학의 모든 것을 한자리에 모아 그 의의가 크다.

* 이 글은 《북한문학의 이해 1》(청동거울, 1999)에 실린 〈해방 후 북한문학의 전개와 실증적 연구 방향〉을 원전으로 삼은 것이다.

'리얼리즘'과 '모더니즘'의 회통[1]
—작품으로의 귀환

최원식

이것이 있으므로 저것이 있고

이것이 생기므로 저것이 생긴다

(此有故彼有 此起故彼起).

—《잡아함 雜阿含》

1. 두 개의 '현대', 두 개의 '현대'문학

우리는, 서양에서 중세 이후 시대를 지칭하는 모던modern을 근대와 현대로 혼용하여 사용해 왔다. 이 혼용은 단순한 혼동만은 아니다. 자본주의가 발생, 발전하면서 국민 국가들을 형성해 간 시기를 근대라고

1　나는 리얼리즘과 모더니즘에 각각 작은따옴표를 쳤다. 따라서 '리얼리즘'과 '모더니즘'은 각기 현실적으로 통용되는 통상적인 리얼리즘과 모더니즘을 의미한다. 즉 전자가 모사론적 방법으로 근대 극복의 저망을 탐구하는 문학 경향이라면, 후자는 비모사론적 방법으로 근대 비판을 실험하는 문학 경향을 가리킨다. 그런데 최량의 리얼리즘과 최량의 모더니즘에서 이처럼 순진한 차이는 순식간에 사라진다.

보았다면, 국민 국가의 억압성이 안팎으로 발현되면서 자본주의가 위기로 함몰한 20세기, 특히 제1차 세계대전의 발발(1914), 또는 그 와중에서 폭발한 러시아혁명의 성공(1917) 이후를 현대라고 불러왔다. 모던을 근대와 현대로 갈라보는 구분 의식은 자본주의에 기반한 부르주아 민주주의를 넘어서 사회 민주주의 또는 사회주의를 우리 사회가 궁극적으로 지향할 모델로 간주하는 정치적 무의식에 기초하고 있다고 보아도 좋을 것이다. 이 무의식에 동의하지 않는 의견도 있을 수 있지만, 우리 사회에 우심한 반공 콤플렉스에 드러나는 좌파에 대한 공포 자체를 (극)우파의 위기 의식의 발로로 볼 수 있다는 점에 유의할 때, 근대에 대비되는 현대라는 용어의 일반성이 긍정적으로든 부정적으로든 널리 인정되었던 터이다.

그런데 근대/현대를 한국사에 적용하면, 이 두 시간대는 단순한 계기적 관계로 정렬되지 않는다. 그것은 무엇보다 우리가 내발적 힘에 의거하여 근대로 진입하지 못하고 외부의 강제에 의해 자본주의 세계 체제에 편입된 사실(1876년 개항)에 말미암는다. 그 강제 편입에도 불구하고 근대 국가 건설에 성공했던 일본과 달리, 한국은 결국 후발 자본주의국 일본에 의해 1910년 식민지로 떨어짐으로써 상황은 더욱 복잡하게 꼬여 들었던 것이다. 일본 제국주의를 극복하고 근대 국가를 건설하는 문제는 얼핏, 아주 명쾌한 근대적 과제처럼 보이지만, 실상은 그렇지 않다. 시민계급의 성장 없이 식민지 해방운동의 종국적 승리는 성취되기 어려울 것이다. 그런데 식민지에 있어서 시민계급의 성장은 독립을 위한 물적 토대의 확충이면서 동시에 식민지 지배 체제에 대한 포섭의 강화를 한층 진전시키기도 한다는 데 고민이 있다. 러시아혁명은 이 고민을 해결할 '훌륭한' 대안으로 떠올랐다. 3·1 운동 이후 한국 사회에서 맑시즘 또는 레닌주의의 열광적 수용은 가히 폭발적이었다. 1920년대 중반 이후 급속하게 발전한 식민지 민중운동은 사회주의운

동으로 표현된 민족 해방운동의 하나의 대표적 사례로서 근대적 과제
와 현대적 과제의 비동시적 동시성을 시현하였다. 그리하여 20세기 초
두의 한국 사회는 운동의 압축 성장을 거듭한 끝에 외관상, 근대/현대
를 빠르게 따라잡은 듯이 보이기도 하였다. 그런데 식민지 민중운동의
발전 또한 시민계급의 성장과 유사한 측면이 없지 않았다. 자본주의
사회 안에서의 노동운동의 발전이 자본에 대한 타격인 동시에 자본에
대한 노동의 포섭을 강화하듯이, 식민지 해방운동 또한 자본주의 세계
체제에 대한 타격인 동시에 그 체제를 공고히 하는 데 기여하기도 하는
것이다. 그리하여 대공황(1929) 이후 '사멸하는 자본주의'가 오히려 천
황제 파시즘으로 부활한 1930년대에 들어서 사회주의적 현대론에 대
한 환멸감이 휩쓸었다. 이 속에서 사회주의적 현대론을 대신하여, 자본
주의 근대를 갱신한 자본주의적 현대가 새로운 담론으로 패를 잡게 되
었으니, 이 또한 새로운 압축 성장이었다.

이처럼 현존 사회주의의 붕괴로 근대 또는 근대성modernity에 대한 더
욱 근본적인 성찰이 행해지기 전, 한국에서 '현대'는 독특한 이데올로기
적 함의를 내장한 용어로 사용되어 왔다. 도식적 위험을 무릅쓰고 단
순화한다면, 우리에게는 두 개의 '현대'가 있었으니, 좌파의 '현대'는 러
시아혁명(1917) 이후를, 우파의 '현대'는 자본주의의 수정 또는 변모가
가속화했던 대공황(1929) 이후를 주로 지칭하였던 것이다. 전자에 있어
서 러시아혁명은 '사멸하는 자본주의'를 넘어서 필연적으로 도래할 전
세계적 규모의 사회주의 세상의 빛나는 선취라면, 후자에 있어서 대공
황은 파국으로 함몰한 자본주의가 위기를 먹이로 오히려 부활하는 가
공할 생명력의 표상으로 떠올랐던 터이다. 그리하여 그들은 각자 이 시
기의 '모던'을 '근대'와 구별하여 '근대 이후' 또는 '탈근대'라는 뉘앙스
를 강하게 풍기는 '현대'로 표기하였던 것이다.

그리하여 두 개의 '현대'론에 입각하여 두 개의 '현대'문학론이 구성

되었으니, 좌파에게 '현대' 문학이 근대 부르주아문학의 리얼리즘을 비판적으로 계승한 프롤레타리아문학의 사회주의 리얼리즘(또는 그 변형들)을 뜻한다면, 우파에게 '현대'문학은 근대 부르주아문학의 리얼리즘을 해체한 모더니즘(또는 그 변형들)의 등장이 그 주요한 지표로 되었던 것이다. 신경향파의 등장은 획기劃期로 〈신문학사〉를 근대편과 현대편으로 나눈 카프 출신의 백철이 전자에 속한다면, 1930년대 모더니즘의 등장을 강조하면서 아예 근대문학사를 '현대문학사'로 고쳐 부른 청년문학가협회 출신의 조연현은 후자의 맹장이다. 두 개의 현대와 두 개의 현대문학 사이에 드러나는 이 엄격한 상동성相同性은 한국 사회에서 문학적 담론이 얼마나 정치 투쟁과 직접적으로 맺어져 있는가를 단적으로 웅변하는 것이다. 차르 체제 아래의 러시아에서 그러했듯, 한국에서도 식민지 시대에는 물론이고 그 이후의 독재 정권의 억압 아래서 사회 문제가 문학이라는 출구를 통해서 분출했으니, 문학 논쟁이 곧 정치·사회적 층위를 포괄한 사상 논쟁이요 실천 논쟁이었다고 해도 지나친 말은 아니다.

이처럼 20세기 한국문학은, 두 개의 현대론의 등장 이후, 리얼리즘과 모더니즘 및 이 두 담론에 기원한 변형 담론들 사이의 단속적斷續的인 전쟁 상태로 돌입하였다. 특히 해방 이후 분단과 한국전쟁을 거치면서 좌우파 투쟁과 직·간접적으로 연계된 두 담론 사이의 내전은 격화되어 갔으니, 리얼리즘과 모더니즘의 대립은 일종의 발칸 반도로서 한국문학계의 예민한 화약고였던 것이다.

2. 김수영의 앞과 뒤

아다시피 한국전쟁 이후, 남한에서는 30년대의 모더니즘에서 기원하여 해방 직후 반좌파 투쟁과 결합하면서 매우 독특한 이념적 성격을 갖춘 채 구성된 순수문학론이 일종의 지배이데올로기로 올라섰다. 물론 순수문학론의 처음부터 반공·친독재 어용문학론은 아니었다. 자본주의와 (현존) 사회주의를 동시에 넘어서고자 하는 나름의 '현대성'에 대한 자각이 맥맥했다. 그러나 정치적 상황의 악화를 기화奇貨로 삼아 지배이데올로기로 상승하면서 식민지적 성격 속에 고뇌하던 30년대 모더니즘의 선善한 맹아는 실종하고 말았던 것이다.[2] 이에 따라 20년대 중반의 카프에서 기원하여 해방 직후의 반우파 투쟁과 연계하여 이데올로기적으로 창안된 민족문학론[3]은 저류로 숨어들었다. 그런데 식민지 시대의 계급문학론이나 해방 직후의 좌파의 민족문학론은 (사회주의) 리얼리즘론을 중심적 방법으로 삼아 왔다. 물론 후자는 전자의 교조적 성격을 자기비판하면서 모더니즘에 대한 진지한 성찰을 내포화하는 과정을 거쳤지만, 그럼에도 해방 직후의 정치 상황의 급박함에 연동하여, 다시 말하면, 이 시기 민족문학 운동은 어디까지나 당의 외곽 조직이라는 근본적 한계를 넘어설 수 없었기 때문에 모더니즘 문제를 제대로 처리하지 못하고 리얼리즘으로 달려가고 말았던 것이다.[4] 이런 상황

---

2   자본주의와 사회주의를 동시에 넘어서는 새로운 세계관을 탐색하겠다는 해방 직후 순수문학론의 진지성이 약화되는 계기의 하나는 그들의 선재인 30년대의 대표적 모더니스트, 예컨대 김기림, 정지용, 이태준, 박태원 등이 해방 직후 문학가동맹에 합류해 간 사정도 한 몫을 하였다. 모더니스트들의 자기변모 속에서 그들을 새로운 차원에서 본받고자 했던 순수문학론자들 또한 독자적 문제 설정을 쉽게 벗어버리고 우경화로 달려갔던 것이다.

3   문학가동맹의 민족문학론이 처음부터 이데올로기로 창안된 것은 아니다. 상황의 악화 속에 투쟁이 격화되는 데 따라 민족문학론은 곧 일종의 정치 강령으로 형해화形骸化하기에 이르렀는데, 바로 이 지점에서 원래의 진정성이 약화되었던 것이다.

4   문학가동맹이 카프의 계급문학론을 자기비판한 임화와 김남천 등과 식민지 모더니즘을 자기부정한 이태준, 정지용, 김기림 등의 합작으로 출발하였다는 점은 매우 흥미로운 일이다. 그럼에도 양측은 모두 모더니즘을 오로지 부정과 극복의 대상으로 설정하였다. 동맹에 합류한 모더니스트들이 현실에 압도되어 모더니즘과의 자기화해를 생략한 채 강령에 자

에서 좌파의 민족문학 운동이 소멸하면서 리얼리즘론 또한 무대에서 강제 퇴장했던 터이다.

리얼리즘이 다시 중요한 문학적 담론으로 부상한 것은 4월 혁명 세대가 문학계의 중심으로 진입하기 시작한 70년대 이후다. 60년대 후반의 참여문학론의 제기를 기틀로 성립한 70년대의 민족문학 운동이 전진하는 과정에서 저류로 숨어들었던 리얼리즘론이 복원되기에 이르렀다. 물론 앞 시기 논의의 단순 복구는 아니다. 70년대 민족문학론이 자본주의에 대해서 비판적인 것은 물론이지만, 현존 사회주의(레닌주의 및 그 아시아적 변형들)에 대해서도 비판적 거리를 두었던 것처럼, 이 시기 리얼리즘론 또한 민족적 현실에 즉응하여 모더니즘과 사회주의 리얼리즘을 동시에 넘어서고자 하였기 때문이다.

더구나 70년대 민족문학론은 앞 시기의 모더니즘과 복잡한 관계로 맺어져 있었다. 예컨대 60년대 참여문학론과 70년대 민족문학론을 연결하는 핵심 고리의 역할을 맡았던 김수영을 상기하자. 그는 이른바 모더니스트다. 그의 모더니즘은 30년대 모더니즘의 계승적 지위를 가진다. 30년대 모더니즘은 직접적으로 20년대 후반의 계급문학론·국민문학론·절충파의 논쟁 구도를 넘어서 한국문학의 모더니티를 새로운 수준에서 성취하고자 한 기획이었다. 물론 계급문학 운동도 20년대 전반의 자연주의와 낭만주의를 넘어서고자 한 '현대적' 기획이었지만, 그 주관적 의도에도 불구하고, 20년대 전반의 '근대적' 기획과 근본적으로는 연속을 이루고 있었다고 평가할 수 있다. 이 점에서 김기림의 모더니즘 선언이 반낭만주의의 기치로 요약되고 있는 것이 흥미롭다. 말하자면

기를 일치시키려는 힘겨운 내적 투쟁 속에 창작과 비평 양면에서 문학적 쇠퇴로 빠져든 일을 상기할 때, 해방 직후 민족문학론이 모더니즘 문제를 제대로 대면하지 못한 아쉬움이 두고두고 남는다.

김기림은 20년대 문학 전체를 서구적 의미의 19세기, 낭만주의와 사실주의(또는 자연주의)의 시대로 파악하였던 것이다. 30년대 모더니즘 운동은 19세기에 머물러 있는 한국문학에 20세기적 성격을 부여하려는 압축 성장적 이식 과정이었다.[5] 이 때문에 김기림은 특히 계급문학 운동의 '현대성'을 몰각하였는데, 이 몰각이 30년대 모더니즘의 아킬레스건이었던 것이다. 19세기와 20세기 사이에서 끝없이 졸도했던 이상李霜이 예민하게 의식하고 있었듯이, 30년대 모더니즘도 20년대와 비연속의 연속 관계를 이루고 있었다. 이상의 죽음을 즈음하여 30년대 모더니즘이 새로운 모색에 들어선 것은 결코 우연이 아니다. 당대의 한국 사회와 한국문학은 우리의 현실적 조건에 창발적으로 대응하면서 이른바 19세기와 20세기를 동시에 이중 과제로 추구할 것을 요구하고 있었기 때문이다. 그리하여 가장 열성적 기획자의 하나인 김기림 스스로 모더니즘을 자기비판하면서 전체시全體詩의 모색[6]으로 나아간 것은 그 전형적 예일 것이다. 그렇다고 해서 30년대 모더니즘 운동을 단순한 파탄으로만 치부해서는 곤란하다. 모더니즘 이후, 모더니즘의 문제 제기를 우회

---

5 물론 20년대 전기의 신문학 운동과 그 과정에서 산출된 문학도 단순히 서구적 의미의 19세기에 머물렀던 것만은 아니다. 이 시기에 생산된 최량의 작품들, 예컨대 소월의《진달래꽃》과 만해의《님의 침묵》, 그리고 횡보의 〈만세전〉에는 19세기와 20세기가 동시에 숨 쉬고 있는 것이다.

6 김기림의 '전체시'를 바로 30년대의 파시즘, 특히 일본식 전체주의와 관련짓는 것은 그의 의도를 왜곡하는 일이지만, 그럼에도 모더니즘의 분열을 극복하는 새로운 시적 시도에 '전체'라는 말을 사용한 것이 당대의 전체주의 조류와 아주 무관한 것은 아닐 터이다. 식민지 모더니즘의 이식적 공허감에 눈뜬 그에게 '전체'는 하나의 매혹일 수 있다. 해방 후 그가 문학가동맹에 머뭇거리면서 합류해 간 것도, 30년대 파시즘과는 예리하게 구분되는 듯 실제의 투쟁 과정에서는 전체주의의 질병에 물들어 버린 맑스주의적 총체성에 대한 승복에 말미암을 것이다. 그런데 이 승복은 전면적인 것은 아닌 것 같다. 그는 이미 환멸의 기미를 보았으니, 그것은 해방 후의 시적 성취가 해방 전의 모더니즘 시대보다 더 빈약한 데서 단적으로 반증되는 바이다.

해서는 온전한 문학적 성취에 도달하기가 어려운 노릇으로 되고 말았다. 모더니즘은 자본 또는 도시의 아들이다. 그럼에도 모더니즘은 자본의 도시에 대한 단순한 찬미자는 아니다. 커녕 도시의 악령에 대한 가장 날카로운 비판자였던 것이다. 이 새로이 출현한 연옥, 도시의 마성魔性에 매혹된 저주받은 영혼의 신음을 우울하게 해부한 보들레르가 모더니스트의 기원에 놓여 있다는 점을 감안하면 모더니즘과 자본이 맺고 있는 양면성이 뚜렷해진다.

이 긴장 속에서 모더니즘은 때로 반근대의 포즈를 취하기도 하는데, 정지용은 대표적 시인이다. 발랄한 감각으로 사물의 근원적 유동성을 예민한 이미지의 사냥꾼으로서 포획했던 정지용은 한편으로 절창絶唱의 '고향' 시편들을 제작하였다. 그 가운데 한 편을 보자.

고향에 고향에 돌아와도
그리던 고향은 아니러뇨.

산꿩이 알을 품고
뻐꾸기 제철에 울건만,

마음은 제 고향 지니지 않고
머언 항구로 떠도는 구름.

오늘도 메 끝에 홀로 오르니
흰점 꽃이 인정스레 웃고,

어린 시절에 불던 풀피리 소리 아니나고
메마른 입술에 쓰디 쓰다.

고향에 고향에 돌아와도

그리던 하늘만이 높푸르구나.

－〈고향〉(1932) 전문

　이 시는 타향에서 고향을 그리워하는 통상적인 고향 타령이 아니라, 시적 화자의 귀향 체험을 노래하고 있다. 그런데 정작 귀향한 시적 화자에게 고향은 낯설다. 고향이 변했는가? 아니다. 2연과 4연에서 보듯이 고향은 의구하다. 그럼 무엇이 변했는가? 3연과 5연에서 시적 화자가 비통하게 확인하고 있듯이 시적 화자의 마음이 이미 고향을 떠난 것이다. 그대, 다시는 고향에 돌아가지 못하리! 저 혼자 높푸른 고향 하늘과 시적 화자의 거리―그 곳에 '저 하늘의 영원한 침묵이 나를 전율케 한다'는 파스칼적 비애가 어른거린다. '마음은 제 고향 지니지 않고/ 머언 항구로 떠도는 구름'에서 최고의 표현에 도달했듯이, 그의 향수는 몸이 고향에 있고 없고를 떠나서 마음이 고향을 영원히 떠난 현대인의 근원적인 고향 상실감을 고전적인 격조로 노래함으로써, 진정한 시는 고향에 대한 향수라는 하이데거의 말을 실감하게 하였다. 식민지 근대의 진전 속에 이룩된 현재의 삶과 과거의 삶 사이의 날카로운 단절감에 기초하고 있는 정지용의 향수 시편들은 부재하는 님에 대한 타는 듯한 갈애渴愛를 노래한 소월과 만해, 그 20년대 낭만주의를 넘어 새로운 영토를 개척하였으니, 한국시는 이로써 '님의 시대'에서 '고향의 시대'로 이행하였던 것이다. 정지용은 상황의 악화와 함께 향수를 넘어 다시 산정山頂의 오롯한 고독으로 초절超絶을 감행함으로써 30년대 모더니즘의 반근대적 정향을 완성하였다.

　김수영의 모더니즘도 해방 직후의 사회주의 리얼리즘·혁명적 낭만주의와의 차별 속에서 출발하였다는 점에서 20년대의 자연주의·낭만주의와 결별하면서 시작되었던 30년대 모더니즘과 공통적이다. 그럼에도 김수영의 모더니즘은 30년대 모더니즘의 어떤 낭만적 잔재 또는 어떤 고전적 포즈로부터 거의 완벽히 자유롭다. '정오의 사상'을 찬미하던 《기상도》(1935) 시대나 그 파탄을 예감한〈바다와 나비〉(1939) 이후나 김기림의 시는 그 화려한 모더니즘적 어법에도 불구하고 그 내면을 들여다보건대, 필자는 그곳에서 유토피아를 향한 격렬한 낭만적 저돌을 느끼게 된다. 엷은 피로에 싸인 도시 소시민의 순치된 노스탤지아를 노래한 김광균의 시 세계가 김기림의 통속화로 볼 수 있는 측면이 없지 않다는 점에서 30년대 모더니즘의 20년대와의 연속성이 다시 한번 확인되는 바이다. 이미 지적했듯이 반근대적 고전주의로 기운 정지용의 초절적 향수의 세계도 모더니즘이 직면하고자 했던 도시의 악령과의 투쟁에는 미달이다. 한마디로 30년대 모더니즘은 그 외관에도 불구하고 '현대성'이 의외로 빈곤하다. 이 점에서 김수영의 최량最良의 시 작품들에서 보이는 엄격성, 즉 낭만적 초월과 고전적 초절의 거부는 주목되어야 한다. 그는 철저히 '지금 이곳'의 현실로 자신의 육체와 영혼을 투입한다. 이 때문에 그의 언어는 30년대 모더니즘의 '시어poetic diction'의 제한을 넘어 일상 언어의 산문성에 충실하다. 그런데 일상 언어로 다가갈 때, 다시 말하면 기존의 시적 영토에서 배제되었던 일상성을 자기 시의 육체로 삼을 때야말로 스토익한 지성이 더욱 요구되는 것인데 주로 이미지즘에 기울었던 30년대 모더니즘과 달리 김수영 시에 주지적 경향이 더욱 분명하게 드러나는 점은 이와 연관될 터이다. '하나의 견고한 지적 스테이트먼'7도 시가 될 수 있다는 희귀한 예를 보여준 김수영 식 어법은 초월과 횡단에 지핀 30년대 모더니즘과 달리 하강하는 것들을

---

7 백낙청은 김수영의 〈폭포〉(1956)가 '단순한 서정을 넘어서 하나의 견고한 지적 스테이트멘트를 이루고 있다'(백낙청, 〈김수영의 시 세계〉,《민족문학과 세계문학》, 창작과비평사, 1978, 244쪽)는 점에서 그 탁월성을 보고 있는데, 이는 김수영 시의 전반적 특징의 하나이기도 하다. 아마도 이 주지적 경향은 30년대 모더니스트 가운데 이상과 연관될 것이다.

시적 사유의 중심 주제로 삼는 경향과 깊이 연관되는 것이기도 하다. 비에J. Vier는 '보들레르문학의 탄생은 일상의 회복이 시인에게 강요되는 순간, 백조들과 알바트로스들이 걸음을 내딛기를 수락하는 순간 이루어진다'[8]고 지적한바, 이는 김수영의 경우에도 일정한 조응력을 지닐 터이다. 아마도 우리 시는 그에 이르러 비로소 지상의 유배지로 추락한 신선, 이 유구한 적선謫仙의 무의식 상태에서 벗어나 비상에 대한 참을 수 없는 유혹을 떨치고 뭇사람의 조롱 속에 기우뚱거리며 걷는 알바트로스의 지상적 모험의 길을 걷기 시작했다고 할 수 있을 것이다. 그리하여 김수영의 최량의 작품들 속에서 우리는 모더니즘에 충실하면서 그를 넘어서는 목숨을 건 도약의 순간, 최고의 시가 탄생하는 그 운명적 장소의 혼을 목격하게 되는 것이다. 김수영이야말로 최량의 작품들에서 통상적 모더니즘과 통상적 리얼리즘을 가로질러 그 회통에 도달하는 경지를 보여 준 드문 시인이었던 것이다.

70년대 민족문학 운동은 바로 김수영의 시적 장소에 대한 비판적 사유로부터 시작되었다. 김수영의 문학 유산을 긍정과 부정의 복합체로 파악하면서 민중적 관점에서 모더니즘으로부터의 전회를 선언한 김지하의 〈풍자냐 자살이냐〉(1970)는 그 대표적 문건이다. 물론 김수영은 단순한 서구파도, 범속한 반전통주의자도 아니다. 그럼에도 김수영에게도 결핍이 있다. 그에게는 노스탤지아의 해독이 너무 부족하다. 보들레르는 '특히 감동되지 않으려는 확고한 결심에서 유래하는 냉정함'을 댄디의 미적 특성으로 삼았는데,[9] 과거에 대한 향수이자 미래에 대한 두려움에 기초한 노스탤지아에 쉽게 투항하지 않으려는 극기적 고투에 말미암은 김수영의 주지주의에 경의를 표하면서도 우리는 그에게서 진

---

8   윤영애, 《파리의 시인 보들레르》, 문학과지성사, 1998, 107쪽에서 재인용.

9   보들레르, 《나심裸心》, 이환 옮김, 양문사, 1960, 99~100쪽.

정한 노스탤지아가 머금은 다른 세상의 감각이 약화되는 한 징후를 보게 된다. 30년대 모더니즘이 20년대 카프의 '현대성'을 과소평가한 약점이 김수영에게도 새로운 차원에서 반독되었다고 할까? 70년대 민족문학 운동은 김수영의 작업을 비판적으로 계승함으로써 '리얼리즘'과 '모더니즘'의 분절을 극복할 절호의 기회를 맞이하였던 것이다. 실제로 70년대 이후 민족문학은 창작과 비평 양면에서 중대한 성취들을 거두기도 하였다. 그러나 전반적으로 조감할 때 70년대 이후 민족문학 운동은 '모더니즘'으로부터 '리얼리즘'으로 선회했다고 판단할 수밖에 없다. 이 경향은, 마치 해방 직후가 그러했듯이, 반독재 투쟁이 급박해지는 과정에서 촉진되었는데, 더욱 근본적으로는 현존 사회주의의 현전성現前性에 말미암을 것이다. 이미 지적했듯이 70년대 민족문학 운동은 자본주의와 현존 사회주의를 동시에 넘어서고자 하는 본원적 문제의식에서 출범하였음에도 불구하고 투쟁과의 연관 속에서 자연 진영적 사고로부터 완전히 자유로울 수 없었기 때문이다. 또한 문단 내부적으로는 4월 혁명 세대의 분리가 현실화되었다는 점에 유의해야 한다. 《문학과 지성》의 창간(1972)은 대표적인 것이다. 순수문학론과 민족문학론의 대립 사이에 둥지를 튼 이들 중간파는 김수영의 '모더니즘'을 계승함으로써 김수영의 '모더니즘'을 비판하고 그 '리얼리즘'을 계승한 민족문학론과 미묘한 차이를 드러내었다. 민족문학 운동이 확산, 고조되는 과정에서, 특히 80년대 이후, 이 차이는 하나의 간극으로 벌어지고 말았으니, 민족문학 운동에서는 김수영적인 것보다 신동엽적인 것[10]이 압도하는 형국, 다시 말하면 신동엽의 범속화가 내세를 이룸으로써 '리얼

---

10 신동엽은 70년대 민족문학 운동의 또 하나의 강력한 원천이다. 그는 우리 문학의 비모더니즘적 전통, 특히 한국전쟁 이후 저류로 스며든 좌파시의 흐름을 비판적으로 계승하여 70년대 민족문학으로 연결한 핵심적 고리였다. 물론 그가 생산한 최량의 작품들은 좌파시의 단순한 재탕이 아니다.

리즘'과 '모더니즘' 사이에 다시 한번 만리장성이 쌓인 것이다. 양분법을 넘어설 새로운 기회, 해방 직후에 이은 두 번째 기회도 주객관적 조건의 미숙 속에서 이렇게 하여 망실되었다.

3. 1989년의 의미

이처럼 구도의 근본적 극복을 목표했다가도 상황의 악화 속에서 단순한 양자택일로 복귀하곤 했던 '리얼리즘'과 '모더니즘'의 대립은 1989년 '사멸하는 자본주의' 대신 현존 사회주의가 총 붕괴하면서 새로운 국면을 맞이하게 된다. 마치 1929년 이후가 그러했듯이, 그것은 무엇보다 엄격한 양분법의 붕괴로 나타났다. 이번의 붕괴는 유구한 전통을 자랑하는 근대/현대, 이분법의 폐기와 연동되어 있기 때문에 더욱 심각한 것이었다.

1996년 민족문학작가회의와 민족문학사연구소가 공동 주최한 심포지엄 '민족문학론의 갱신을 위하여'에서 발표된 진정석의 발제에서 촉발되어 김명환, 윤지관, 방민호 등의 반론과 토론으로 이어진 모더니즘 논쟁은 그 대표적인 것이다. 특히 민족문학론과 리얼리즘론이 놀라운 속도로 급변하고 있는 90년대의 현실을 포착하는 데 실패했고, 따라서 리얼리즘과 모더니즘을 포괄하는 '광의의 모더니즘'을 새로운 방법론으로 제시한 진정석의 입론[11]은 민족문학론 내부에서 번져 나온 가장 도발적인 문제 제기라고 할 수 있다. 90년대 벽두를 장식했던 일련의 리얼리즘 논쟁과 대비해 보자. 윤지관이 '리얼리즘론을 지탱하는 두 가지 축이라 할 재현의 원칙과 전망의 존재 가운데, 포스트모더니즘은 재

---

11 진정석, 〈모더니즘의 재인식〉,《창작과비평》, 1997년 여름호, 152~153쪽.

현의 유효성을 부정함으로써, 그리고 동구의 변화는 전망의 현실화에 대한 회의를 불러일으킴으로써 각각 현 단계 리얼리즘의 전세를 시험'[12] 하고 있다고 간명히 요약하고 있듯이, 당시의 리얼리즘 논쟁은 동구혁명 이후 국내에도 상륙한 포스트모더니즘을 비판하면서 민족문학론과 그 중심적 방법론 역할을 맡았던 리얼리즘을 옹호할 목적으로 조직된 것이다. 물론 이 시기 리얼리즘론은 단순히 과거 리얼리즘, 특히 80년대의 급진적 문학 운동에서 제기된 사회주의 리얼리즘 또는 그 변형들의 재탕이 아니다. 예의 근대/현대론에 입각, 비판적 리얼리즘과 사회주의 리얼리즘을 구분하는 관행을 넘어 반영과 재현의 문제를 근본에서 다시 봄으로써 기존의 논의를 일신시켰지만, 근본적으로는 리얼리즘의 큰 원칙을 견지하자는 게 대세였던 것이다. 이런 차에 모더니즘 속에 오히려 리얼리즘을 해소하자는 진정석의 주장은 격세지감을 실감케 하였다. 그 주장의 타당성 여부를 떠나서 또는 그에 동의하든 비판하든, 그의 문제 제기는 리얼리즘과 모더니즘의 대립이라는 화약고 속으로 우리를 밀어 넣었다. 리얼리즘 바깥이 모더니즘을 소극적으로 배치한다든가, 모더니즘으로 분류된 작가의 작품들 속에서 리얼리즘적 요소를 탐색하여 구제의 제스처를 구사한다든가[13] 하는 식의, 통상적인 리얼리즘과 통상적인 모더니즘을 설정하고 양측의 두루뭉술한 화해로 문제를 풀어 가려는 고식姑息은 이제 더 이상 불가능해졌다. 이 골치 아픈 문제의 정면 돌파만 남아 있을 뿐이다.

　여기서 우리는 90년대 벽두의 리얼리즘 논쟁과 그 후반의 모더니즘 논쟁이 리얼리즘과 모더니즘에 관한 백낙청의 일련의 이론 작업을 모

12　실천문학 편집위원회 엮음,《다시 문제는 리얼리즘이다》, 실천문학사, 1992, 18쪽.

13　가령 모더니스트 백석을 리얼리스트로 견강부회하는 태도는 대표적인 것이다. 물론 그도 단순한 모더니스트는 아니지만, 30년대 모더니즘의 자장 안에서 그가 이룩한 성취를 섬세하게 분별하고 그 한계를 짚는 복안複眼이 요구된다.

태로 하고 있다는 점에 주목할 필요가 있다. 〈리얼리즘에 관하여〉(82)로부터 출발, 〈모더니즘에 관하여〉(84)와〈모더니즘 논의에 덧붙여〉(85)를 거쳐 〈민족문학론과 리얼리즘론〉(90)에서 일단 완결된 그의 리얼리즘론은 가히 기념비적이라고 해도 과언이 아니다. 그의 입장은 양날의 칼이다. 한편으로는 사회주의 리얼리즘과 비판적 리얼리즘을 위계적으로 편제한 채 대체로 모사론 또는 반영론의 범속화로 떨어진 기존 리얼리즘론의 형이상학적 성격을 경계하면서, 또 한편으로는 '리얼리즘적' 경향과 '모더니즘적' 경향이 갈등하는 과정에서 일정한 성취를 거두었던 본격 모더니즘마저 희화화하는 포스트모더니즘을 모더니즘 자체의 파탄으로 비판하면서 '양자(사실주의와 모더니즘－필자주)를 포용한 리얼리즘에 의한 모더니즘의 극복'[14] 또는 '포스트모더니즘의 도전도 능히 이겨낼 만한 리얼리즘론의 자기쇄신'[15]이라는 독자적 입론을 제시하였다. 그런데 문제는 이처럼 창조적인 리얼리즘론도 비평적 담론의 세계를 벗어나는 순간, '리얼리즘'으로 떨어지기 쉽다는 데 있다. 이 용어의 복권을 위한 긴 인정 투쟁을 돌아볼 때 리얼리즘을 쉽사리 포기할 수 없지만, 이 용어는 너무나 많은 이데올로기적 추억을 배면에 거느리고 있다. 사실 그도 이 점을 이미 의식하였다. '기존의 사회주의 리얼리즘 이념에 대한 비판을 거쳐 도달한 새로운 리얼리즘론일지라도 이데올로기의 성격에서 아주 벗어나는 것은 아니'며, 일체의 창조적 노력에 적대적인 자본주의가 극복된 시대에 이르면, "리얼리즘'이라는 거추장스럽고 말썽 많은 낱말을 더 이상 부릴 이유가 없게 되기 쉽다'는 지적에 주목하자.[16] 그런데 지금은 싸움이 끝난 시기가 아니기 때문에 리얼리즘론

---

14 백낙청,《민족 문학과 세계문학 Ⅱ》, 창작과비평사, 1985, 473쪽.

15 백낙청,《현대문학을 보는 시각》, 솔, 1991, 175쪽.

16 같은 책, 220쪽.

의 쇄신이 필요하다는 그의 상황 판단에 근본적으로는 공감하면서도, 리얼리즘에 의한 모더니즘의 극복이라는 명제는 또다시 실제적으로는 기존의 양분법으로 회귀하기 십상이라는 점에서 난점이 없지 않다. 그렇다고 광의의 모더니즘이 대안으로 되기도 어렵다. 이 논의의 충적을 이해하지 못할 바는 아니지만 이는 자칫 근대에의 투항으로 떨어질 소지가 다분하다. 모더니즘은 그 용어 자체가 근대의 바깥을 사유할 수 없게 만들기 쉽기 때문이다. 자본주의를 역사의 종말이라고 여기지 않는 사람이라면, 모더니즘에 의한 리얼리즘의 극복이란 근본적으로 성립하기 어려운 형용모순의 명제가 아닐 수 없다.

서구에서 상륙한 이래 이 땅에서 벌어진 긴 이데올로기 투쟁 과정에 얽히고설킨 리얼리즘과 모더니즘은 제아무리 갈고닦아도 구원의 가망이 없는 용어들인지도 모른다. 식민 체제와 그 후계 국가들이 종족적 차이와 전통을 창안하고 촉진하고 이용했듯이,[17] 리얼리즘/모더니즘론에도 이러한 혐의가 없지 않다. 어떤 사물에 이름을 붙일 때, 그 이후 사물을 대신한 이름이 이름의 연쇄를 구성할 때, 이름은 사물로부터 미끄러져 사물의 소외가 깊어지기도 한다. 리얼리즘/모더니즘을 대칭적으로건 비대칭적으로건 차이 속에 정의하려는 노력을 통해 얻어진 리얼리즘과 모더니즘의 집단 정체성은 상상된 또는 창안된 표지이기 쉽다. 실제의 작품들과 이 집단 정체성을 조응할 때 그러한 의구심은 더욱 커지게 마련이다. 이미 지적했듯이 리얼리즘과 모더니즘, 이 두 계열의 정전正典들은 정연하게 정렬되지 않는다. 두 계열은 시대를 따라 넘나든다. 마치 좌우파가 그러하듯. 기든스는 이른바 좌우파가 시대에 따라 변화무쌍한 상대적 개념이라는 전제 아래, 자유시장의 주창자들

---

17 종족적 차이가 거의 없는 한국의 후식민post-colonial 체제는 박정희 이후 지역 감정이라는 고약한 지방적 차이를 창안하지 않았던가.

이 19세기에는 좌파였지만 지금에 와서는 우파를 대표하는 예를 들고 있는데,[18] 이는 우리의 경우도 마찬가지다. 비좌파적이었던 30년대 모더니스트들이 해방 직후에는 대거 범좌파로 합류해 간 사정은 이미 주지하는 바이다. 물론 좌우파를 일어에 용도 폐기하는 것도 문제지만, 교조적으로 그 차이를 견지하는 것은 말할 것도 없고 양자의 부분 수정으로 문제가 시원스럽게 해결되는 것도 아니다.

지금 중요한 것은 담론의 정립이라기보다는 담론의 형이상학화를 경계하는 비평 정신의 회복을 통해서 담론으로부터 대상을 창안하기보다는 담론으로부터 대상으로 귀환하는 것이다. 이 점에서 리얼리즘/모더니즘의 창안된 정체성을 떠나 작품의 실상으로 직핍直逼하면, 리얼리즘의 최량의 작품들은 통상적 리얼리즘을 넘어서는 순간 산출되었으며, 모더니즘의 최량의 작품들도 통상적인 모더니즘을 비월飛越하는 찰나에 생산되었다는 것에 다시금 주목할 필요가 있다. 다시 말하면 최고의 작품들이 생산되는 그 장소에서는 이미 '리얼리즘'과 '모더니즘'이 회통의 경지에 이른 것이다. 그런데 이 용어들을 선택하는 순간, 우리는 '리얼리즘'과 '모더니즘'의 이 끝없는 윤회의 사슬에서 근본적으로 벗어나기 어렵다.[19] 이 때문에 진정한 리얼리즘이건 광의의 모더니즘이건, 어느 한쪽에 의한 다른 한쪽의 흡수는 해결책이 되지 못한다. 그것이 가상일지라도 한 번 생긴 것은 그 가상을 성립시킨 업業이 소멸하지 않는 한 쉽게 사라지지 않는다. 그래서 나는 양자의 회통을 위해 우선 작품으로 귀환할 필요가 절실하다고 판단한다. 물론 '작품으로의 귀

18　Anthony Giddens, *The Third Way : The Renewal of Social Democracy*, Polity Press, 1999, 38쪽.

19　그렇다고 이 용어들을 완전히 폐기하자는 것은 아니다. 작품에 접근해 갈 때 이 용어들이 가진 일정한 유용성마저 부정할 수는 없기 때문이다. 그런데 이는 일차적 심급審級이지 최종 심급은 아니다.

환'이라는 명제에서 가리키는 '작품'이란 작품을 형이상학화함으로써 일종의 존재론적 오류로 빠져든 형식주의의 '작품 자체'와는 거의 관련이 없다. 이 귀환은 구체적인 또는 단독적 작품을 지향한다. 다시 말하면 비평 담론 안에 갇힌 리얼리즘/모더니즘 논쟁을 창작 측으로 방放하는 것이다. 리얼리즘 논쟁이건 모더니즘 논쟁이건 이들에 대한 창작가들의 무관심 또는 냉소를 감안할 때 이 같은 전환이 절실하다고 아니할 수 없다. 특히 최근 들어서 창작과 비평이 마치 딴 나라인 양 갈라서게 된 데는 창작의 실제 지형을 제대로 돌아보지 않은 비평 측의 책임도 크지만, 비평을 남의 일 보듯 하는 창작 측의 관행에도 일말의 책임도 없지 않을 것이다. 모더니티란 말의 창안자였던 보들레르는 일찍이 '모든 위대한 시인은 자연적으로 숙명적으로 비평가가 된다. 나는 본능에만 의존하는 시인을 측은하게 여긴다.…… 나는 시인을 최상의 비평가라고 생각한다'[20]고 일갈하였다. 요즘 우리 문단에는 진정한 비평가이기를 포기하고 본능에만 의존하는 작가가 너무 많은 것이 아닐까? 지금이야말로 창작의 책무가 막중한 시점이라는 점을 다시 한 번 환기하고 싶다. 김수영 이후 다시 '리얼리즘'과 '모더니즘'으로 나뉜[21] 김수영 상像의 회통을 실현하는 새로운 작품들의 출현을 대망한다. 더나아가 김수영의 재영토화가 현실과 환상을 넘나드는 동아시아 고전문학의 전통을 민중적 관점에서 해체, 재발견, 쇄신하는 한국발 대안의 모색으로 들어 올려진다면 금상첨화겠다. 바로 이 경지에 도달할 때 우리 문학은 김수영을 진정으로 극복했다고 이야기할 수 있기 때문이다.

---

20 윤영애, 앞의 책, 28쪽에서 재인용.

21 이에 대해서는 유중하의 〈하나에서 둘로 : 김수영 그 이후〉(《창작과 비평》, 1999년 가을호)를 참조할 것. 그런데 이 글에서 신동엽을 김수영 이후로 설정하여 황동규와 짝을 삼은 것은 문제가 없지 않다. 신동엽은 김수영 이후지만 황동규 이전이기 때문이다. 70년대 민족문학 운동은 최량의 김수영과 최량의 신동엽을 통합하려는 지향 속에 출범하였던 것이다.

요컨대 리얼리즘과 모더니즘의 대립은 현재 우리가 직면하고 있는 근대 자본주의를 어떻게 살아 내는가, 이 문제로 수렴된다. 한국 사회에서 근대는 여전히 성취되어야 할 그 무엇이며 동시에 극복되지 않으면 우리의 생활 세계 전체가 파국을 면치 못할 그 무엇이기도 하다. 근대의 이중성에 어떻게 직면할 것인가? '리얼리즘'과 '모더니즘'의 회통은 이중 과제의 해결을 향해 나아갈 내 미숙한 정신의 일차적 거처다. 이 거처를 바탕으로 낡은 사회주의의 붕괴와 브레이크 없는 자본의 질주를 가로질러 창조적인 우리식 어법을 탐색하는 것이야말로 1989년의 의미를 되새기는 긴 여로의 첫걸음일 것이다.

———

리얼리즘이 다시 중요한 문학적 담론으로 부상한 것이, 1960년대 후반 참여문학론을 기틀로 성립한 1970년대 민족문학 운동이 전진하는 과정과 연계되어 있다고 할 때, 최원식은 이를 연결하는 핵심 고리로 김수영 상을 주목한다. 그는 리얼리즘과 모더니즘의 회통이 가능했던 때를 1970년대 민족문학 운동과 1980년대 이후 민족문학 운동으로 검토하고 있는데, 모더니즘으로부터 리얼리즘으로 선회하고 김수영적인 것보다 신동엽적인 것이 압도하는 형국이 대세를 이룸으로써 리얼리즘과 모더니즘의 양분법을 넘어설 기회가 망실되었다고 진단한다. 최원식의 이 비평을 계기로 비평계에서는 '리얼리즘'과 '모더니즘'의 회통이라는 용어가 널리 쓰이기 시작했다.

* 이 글은 《현대 한국문학 100년 : 20세기 한국문학, 어떻게 볼 것인가 1-2》(대산문화재단, 1999)에 실린 〈'리얼리즘'과 '모더니즘'의 회통〉을 원전으로 하고 저자의 수정 보완을 거쳐 재구성한 것이다.

재외 동포문학의 어제 · 오늘 · 내일

—미국 · 일본 · 중국 · 중앙아시아 동포문학의 범주와 실상을 중심으로

김종회

1. 머리말

'콜럼버스의 달걀을 넘어서' 가는 길은 외형적으로 평이해 보이지만 그 내면에 숱한 우여곡절을 끌어안고 있기 마련이다. 그동안 부분적이고 한정적인 논의로만 한국문학의 언저리를 맴돌던 해외 동포문학에 대한 본격적인 연구는, 바로 그처럼 불균형한 존재 양식에 의거해 있다 할 터이다.

일제강점기와 6 · 25동란과 같은 험준한 역사의 파고를 겪은 한국문학은, 훼손된 정체성과 그 가치를 회복하기 위한 다각적인 노력을 발양해 왔다. 우리말과 글은 물론 국가의 주권을 압제당한 식민지 체험과 이데올로기 대리전代理戰의 형상을 띤 분단 상황 및 남북 대립은, 한국문학이 모국어에 대한 남다른 애착과 국내외의 사회 · 역사적 현실에 대한 비판적 시각을 강화하는 방향으로 작용했다.

그러다 보니 자연히 문학의 인접 영역이나 그 미세한 뿌리가 뻗어 나간 광범위한 지평을 보살피는 인식이 허약했던 것이 사실이었다. 이제 신문학新文學 1백 년에 이르면서 넓이와 깊이가 더하여진 한국문학은,

그 내부를 들여다보던 시선을 들어 올려 보다 열린 정신으로 문학적 자기체계의 파장이 미친 범주를 확인해야 할 때가 되었다.

이 연구는 바로 그러한 소박하면서도 소중한 문제의식에서 출발했다. 연구 대상의 성격상 처음 시작은 미약하였으나, 그 나중은 한국문학의 영역과 범주 전체를 언급하는 수준으로 증폭될 수밖에 없는 것이었다.

그동안 소수의 연구자들에 의해 산발적으로 언급되었던 해외 동포문학의 발자취를 통시적이고 체계적으로 구명해 보는 데 있어서, 국내외에 흩어져 있는 자료 확보의 어려움이 무엇보다 큰 걸림돌이었고 각기 다른 언어의 장벽 또한 만만치 않은 난관이었다.

그럼에도 불구하고 많은 여백을 남긴 채 우리 앞에 모습을 드러낸 해외 동포문학의 전체적 형상은, 한국문학의 그냥 지나칠 수 없는 텃밭이요 그 문학의 의미망을 새로이 구성하도록 재촉할 수밖에 없는 귀한 실과實果들이었다.

격동의 한국 근현대사가 진행되는 동안, 그 중심의 외곽에 존재했던 우리의 동족들은 그 나름의 방법으로 조국의 역사적 발전 과정에 합류하고자 했다. 그들 또한 분단된 조국의 현실로부터 자유롭지 못했으며, 더불어 이주移住라는 '탈脫공간'의 박탈적 경험과 '언어적 전치轉置 과정'에서 발생하는 소외와 정체성의 혼란을 감수해야만 했다.

그럼에도 불구하고 조국과의 물리적 공간 거리 개재는 그만큼 객관적 시각의 가능성을 열어 주었으며, 한국문학의 본류가 미처 발견하지 못했던 우리 역사의 새로운 의미들을 적극적으로 조망할 수 있는 심리적 여유를 마련해 주었다. 이러한 해외 동포들의 삶과 의식의 음영陰影이 문학에 반영되면서 우리는 또 하나의 훌륭한 문학적 자산을 획득할 수 있게 된 셈이다.

이 연구는 크게 미국, 일본, 중국, 중앙아시아의 해외 동포문학을 대상으로 하여 그 네 영역을 한자리에 모았다. 재미 한인문학, 재일본 조선인문학, 재중국 조선족문학, 재중앙아시아 고려인문학으로 불리는 서로 다른 호명법만으로도 이들이 왜 한국문학의 명백한 지류인지 알아차리기 어렵지 않다. 네 곳 모두 한국 근현대사와 밀접한 영향 관계를 지닌 지역이며, 동시에 그 이주의 역사가 순탄치 않았던 지역이다.

그런 만큼 이들의 문학에는 민족적 삶의 현실에 대한 다양한 체험과 복합적 시선이 존재한다. 생소한 작가의 이름으로부터 국내에서도 대중적으로 널리 알려진 작가에 이르기까지, 우리가 아우를 수 있는 그 문학적 영역의 폭은 의외로 넓다. 해외 거주국의 주류 문학에서 인정받은 문학적 성과 또한 만만치 않다.

이러한 해외 동포문학인들의 문학적 성과들을 한국문학의 범주 안에 포함시키는 문제는 사실상 가치판단의 범위를 벗어나서 적극적으로 인지하고 능동적으로 대처해야 할 사안이다. 이와 같은 문제의식을 붙들고 한국문학의 새로운 땅을 향해 새 길을 여는 심정으로 애쓴 결과가 이 연구의 결과라 하겠다. 더불어 이러한 문제의식이 한국문학 안에서 점진적으로 확산되어 가는 데 조그만 디딤돌의 역할을 할 수 있다면 그보다 더 바랄 바 없겠다.

2. 태평양을 넘는 문화 충격의 동질성과 이질성
　　—재미 한인문학

재미 한인의 세대적인 구분은, 한국에서 태어나 청장년기에 미국으로 건너간 이민 1세대와 어린 시절 미국으로 건너간 1.5세대, 이민 1세대인 부모 아래 미국에서 태어나 줄곧 미국에서 성장한 2세대 이후 세

대로 이루어진다.[1]

　국권 상실기에 이루어진 초기 유이민이 비교적 타율적인 것이었다면, 해방 이후나 한국전쟁 이후에 이루어진 이민은 주로 경제적, 사회적 상승 욕구에 의한 것으로 자율성을 특징으로 한다. 상당수의 이민 1세대가 이미 모국에서 학습한 한국어를 사용해 일반적인 의사소통 행위나 사고를 하는 것에 비해, 이민 1.5세대나 2세대는 한국어에 대한 체계적인 학습이 없을 뿐 아니라 한국 문화에 대한 경험도 적을 수밖에 없기 때문에 그들에게 현지어인 영어는 그들의 사고 체계 전반을 차지할 수밖에 없다. 이러한 세대적인 구분은 자연스럽게 문학 창작 활동을 하는 문인들의 세대적인 구분에까지 이른다. 곧 한국어로 문학 창작 행위를 하는 이민 1세대와 영어로 문학 창작 행위를 하는 이민 1.5세대 이후 세대로 나뉜다는 것이다.

　해방 이전 재미 한인들의 시가문학은 창가와 시조 등 모국의 전통 장르를 계승하는 동시에 미국 현지에서 경험한 민요 등 여러 형태의 노래들을 수용하면서 일정한 변이 과정을 거친다. 모국의 시문학이 문학 내적인 동기에 의해 자유시로의 형태로 전이되는 발전 과정을 거치는 것에 비해, 미주 한인들에 의해 창작된 시문학은 현지인들이 일상에 부르던 노래를 일정 부분 받아들이면서 자유시의 경험을 축적해 간다. 곧 단순히 영어 가사를 한국어 가사로 바꾸어 부르는 것뿐 아니라, 자유로운 시 형식을 체험하면서 새로운 형태의 시가문학을 발전시켜 나간 것이다. 내용적인 측면에서는 주로 일제에 대한 저항의식과 독립에의 염원, 식민지적 현실에 대한 반성과 비판 그리고 이민 생활의 애환과

1　이일환, 〈재미 한국계 작가 연구〉, 《어문학논총》 제21집, 국민대학교어문학연구소, 2002.

고국에 대한 그리움 등이 주제적 경향을 이루었다.[2]

소설문학은 3·1 운동 이전에는 낭만적 애국주의로 대표될 만한 주제의식을 표방하는 것에 그치고 말지만, 3·1 운동 이후에는 모국의 식민지 현실을 좀 더 객관적이고 이성적으로 바라보고자 하는 의지가 소설 자체의 미학적 완성도를 향한 분투와 어울려 다양한 주제의식과 완성도 있는 작품들을 생산하기에 이른다. 애국애족愛國愛族과 현실 비판, 선진문물과 정신에 대한 추구, 이민 생활의 애환 등이 주제적 경향을 이루었다. 시문학에서 드러난 사회 현실에 대한 비판의식이 미국이라는 공간적 특수성에서 일정 부분 힘입은 것과 마찬가지로, 소설문학 역시 자유연애 등 서구적 가치관에서 비롯된 새로운 세계관이 작용하면서 소설 미학적 완성도를 높이는 것에 상당한 기여를 하게 된다.

해방 이후, 이민 1세대 중심의 재미 한인들은 문학단체들을 조직하여 한국어로 작품 활동을 하며 한국인으로서의 결속을 다지고 고향에 대한 그리움, 이민 생활의 힘겨움 등을 작품으로 표현하면서 현실을 극복하고자 하였던 것으로 보인다. 또한 그러한 활동을 통해 한국인으로서의 자부심을 가지고 미국 사회에 한국인과 한국문학을 알리려는 시도를 한 것이다. 그러한 목적의 문학단체가 미주 지역 곳곳에 존재하며 활동의 성과물로서 여러 문예지를 발간하고 있다. 대표적인 문예지로는 미 서부의《미주문학》과 미 동부의《뉴욕문학》을 들 수 있다.

한편 1.5세대와 2세대, 3세대들은 특정 문학단체에 소속되어 활동하기보다는 개별적으로 작품을 생산해 내고 있다. 이들은 미국서 교육받고 미국식 문화에 익숙해져 있으며, 그래서 영어로 작품을 쓰는 경우가 대부분이다. 그러므로 이들에 의해 쓰여진 한국에 관한 이야기나 재미 한국인에 관한 이야기는 전자의 한글 창작물에 비해 미국 사회에 훨씬

---

2 조규익,《해방 전 재미 한인 이민문학》, 월인, 1999.

큰 파급효과를 줄 수 있다. 김용익, 김은국, 노라 옥자 켈러, 이창래, 수
잔 최, 차학경, 캐시 송 등은 그들의 작품으로 미국 사회에서도 인정받
고 있으며, 그들로 인해 한국과 재미 한인, 나아가 미국 내 소수민족에
대한 관심이 고조되고 있는 것이 사실이다.[3]

《미주문학》,《뉴욕문학》두 문예지에 실린 한글 창작시를 중점적으
로 살펴보았을 때, 오늘날 재미 한인 시인들은 타국에서의 냉정한 현실
을 힘겨워하지만 그러한 현실을 시로 승화시키고 있으며 고향에 대한
그리움을 표출하면서 생활의 위안을 삼고, 또 힘을 얻고 있다는 것을
알 수 있었다. 그리고 시에서 고통을 극복하려는 의지를 드러내고 있어
쉽게 굴하지 않는 강인한 생명력을 느낄 수 있었다. 하지만 1세대들의
한글 창작물의 경우 보편적으로 감동을 주는 시들보다 자신의 이야기
를 하고, 자신의 삶을 담아내려는 시들이 많다는 한계점을 지니고 있었
다. 특히 그러한 시들은 자신의 감정에 몰입됨으로써 감상적인 측면을
드러내는 경우가 있어 아쉬움을 느끼기도 하였다.[4]

김은국의 소설 《순교자》[5]는 한 개인의 실존적 고뇌를 통해 신은 존
재하는가, 그를 통한 구원은 어떻게 이루어지는가, 한계 상황에서 인간
은 이를 어떻게 극복할 수 있는가에 대한 진지한 성찰을 담고 있다. 부

---

3   유선모,《미국 소수민족문학의 이해》, 신아사, 2001.

4   국내에 들어와 있는《미주문학》은 통권 19호(2002년 여름호), 20호(2002년 가을호), 21호
(2002년 겨울호), 22호(2003년 봄호) 정도이며,《뉴욕문학》은 10집(2000), 11집(2001), 12집(2002)
정도이다. 한편,《미주문학》의 전초 단계 문예지인《지평선》창간호에서부터 오늘날의《미
주문학》까지, 그리고《뉴욕문학》의 전초 단계 문예지인《신대륙》창간호에서부터 오늘날
의《뉴욕문학》까지의 시의 경향을 살핀 정효구(2002)의 논문 〈재미 한인문학, 어제 오늘 내
일 – 시〉,《미주문학》제20호를 참조하라.

5   이 작품은 1964년에 미국에서 영어로 발표된 뒤 국내에서 세 차례에 걸쳐 우리말로 번
역되었다. 1964년에 장왕록 교수가, 1978년에도 도정일 교수가, 1990년에 저자 김은국 자
신이 앞의 두 번역을 기초로 하여 "작가의 뜻이 정확히 전달된 한국 판정본"이 갖고 싶어
"우리말 결정판"인《순교자》를 을유문화사에서 출판하였다.

조리한 현실의 한계 상황 속에서 신 목사가 선택한 것은 자신의 작은 양심을 팔아서라도 고통받고 절망하는 자들에게 환상의 사랑을 베풂으로써 그들을 구원하는 것이다. 신 목사의 사랑은 신의 구원과 달리 인간 중심적 구원인 것이다. 결국 구원의 주체는 신이 아닌 인간 신 목사가 되는 것이며 그것을 이루는 방법은 희생을 통한 사랑이다. 여기서의 사랑은 실제의 것이 아닌 환상의 그것인데 진정한 구원의 의미는 내세의 구원이 아닌 현세의 정신적 구원임을 나타낸다.

강용흘의 자전적 장편소설인《초당》은, 주인공 한청파가 고향에서 보낸 유년 시절의 이야기로부터 그가 마침내 미국으로 건너가게 되는 시점까지를 다루고 있다. 작품은 총 23개의 장으로 구성되어 있는데, 각 장의 서두에는 영국인이나 미국인에 의해 쓰인 시의 부분이 인용되어 있다. 이러한 형식적 특징을, 조선 세조 때 사육신 중 한 사람인 유성원柳誠源의 시조 작품 중 한 구절을 이용해 '초당'이라는 제목을 달은 점, 주인공 한청파가 일제강점기의 조국 현실을 직접 체험한 민족주의자로 그려져 있다는 점과 비교해 본다면, 작가는 서양의 문학과 동아시아의 풍물을 동일한 지면 속에 병치해 놓아 한편으로는 양자 간의 차이를, 다른 한편으로는 그 차이를 넘어 인류문화사의 보편성을 환기하고자 하는 의도에 주력했다는 것을 알 수 있다. 이러한 보편적인 차원에서의 문화 혹은 근대성에 대한 집착은《초당》의 속편 격에 해당하는《동양선비 서양에 가시다》에 더욱 잘 드러나 있다.

차학경의《딕테》에 전반적으로 드러나는 주제는 '받아쓰기에 대한 저항의식'이다. 작가인 한국 여성이 일찍이 미국으로 건너가면서부터 겪게 되는 다른 문화권의 이데올로기로부터의 받아쓰기, 작가의 어머니와 할머니를 통해 동양 여성으로서 남성 권위주의로부터의 받아쓰기, 나아가 유관순을 통해 우리 민족이 일본에 의해 강제적으로 탄압받아야만 했던 일제 치하의 받아쓰기에 대한 저항의식 등이 그것이다. 또

874

한 차학경은 《딕테》에서 형식 파괴의 언어를 사용하여 지배자와 피지배자 간의 관계를 나타내고, 지배자에 대항하는 피지배자의 저항적 글쓰기를 보여 주고 있다. 차학경은 언어와 역사, 종교에 의해 형성된 기존의 정체성에 순종하지만, 끝내 이를 해체하고 기존의 정체성에 저항하는 새로운 정체성을 찾아가고 있다. 그리고 그런 정체성을 찾아가는 과정에서 흔들리는 주체를 발견하게 된다. 결국 차학경은 이민자로서, 여성으로서 겪어야 했던 고통과 사회적 차별 사이에서 주체를 상실하게 되고, 그 주체를 되찾고자 했을 때 작품은 그 저항적 욕망의 발현 수단이 된 것이다. 그 저항적 욕망의 표출로 다중적이고 복수적이며 분열적인 주체가 나타나게 된 것이다.[6]

노라 옥자 켈러의 《종군위안부》는 이민 생활을 하고 있는 과거 종군위안부였던 어떤 한 여인의 체험을 바탕으로 하고 있다. 대부분의 종군위안부들이 그랬듯이, 이 작품에서 아키코도 전쟁이 끝났음에도 고향으로 돌아오지 못하고 타지에서 삶을 마감한다. 그리고 어린 시절의 처참했던 기억으로부터 벗어나지 못한 채 정신적 후유증에 시달린다. 결국 그녀는 정신분열증을 일으키게 되고, 이것은 딸 베카에게로까지 이어지는 정신적 후유증이 되어 둘 사이의 갈등 요소가 된다. 노라 옥자 켈러는 이런 아키코와 베카, 두 인물 간의 갈등과 그 해소 과정을 통하여 아키코는 베카에 의해, 베카는 아키코에 의해 정체성을 찾아가는 모습을 그리고 있다. 또한 여성의 시각에서 위안부들의 삶을 재조명함으로써 일본군의 성폭력과 학대로 죽어 간 한국 여인들의 혼을 위로하고자 한다.[7] 이 작품의 또 다른 특징은 한국의 문화와 전통을 작품

---

6 주연화, 〈차학경의 작품에 대한 후기 구조주의적 해석〉, 이화여대 석사학위 논문, 2002.

7 구은숙, 〈여성의 몸, 국가 권력과 식민주의/민족주의 : 노라 옥자 켈러의 《종군위안부》〉, 《영어영문학》 제47권 2호, 2001. 6.

속에 깊이 접목시키고자 한다는 점이다. 이것은 아키코(김순효)를 영매로 설정하는 한국의 샤머니즘으로 잘 나타난다.

수잔 최의《외국인 학생》은 전쟁과 사랑을 통해서 한국인 유학생 창의 정체성 혼란과 회복을 탐구하고, 더 나아가 자아의 위치를 발견함으로 긍정적인 인간의 모습을 형상화하고자 했다. 한국전쟁의 기억은 창의 정체성 실종의 상태로, 실종되었던 정체성은 미국인 캐더린과의 사랑으로 회복한다. 즉 이 작품은 동서양의 경계를 허무는 그들의 사랑을 통해 동서양의 역사와 인종 간의 화해를 시도하고 있는 것이다. 작가는 2세대 재미 한인작가들의 갈등 양상인 한국인으로서의 정체성 추구냐, 미국 사회로의 동화냐 하는 문제를 이 작품에서 인종 간의 화해, 즉 사랑을 통해서 해결하려 했다고 할 수 있다. 작품의 결말에서 보듯이 정체성의 회복은 자아를 발견하게 하고, 마침내 전쟁의 후유증에서 사랑의 미완성에서 비로소 자유가 된 나를 발견하게 되는데, 이것이 수잔 최가 작품에서 달성하고자 했던 의미라 할 수 있다. 반면 이 작품은 필요 이상으로 한국전쟁의 역사적 정보를 나열함으로 작품의 균형을 잃고 있는 것이 사실이지만, 이는 다분히 의도적인 것으로 파악된다. 수잔 최는 아버지의 나라가 겪어 온 과거의 역사를 기술하면서 감정에 이끌리지 않고 담담한 서술로 작품의 긴장감을 유지하고 있기 때문이다. 특히 전쟁이라는 혼란스러운 사회의 틀에서 한 개인의 삶으로 좁혀 가는 귀납적인 구성 방식으로 객관적인 시각에서 한국이 겪어야 했던 비극성을 철저히 파헤치는 부분이 그러하다.

《네이티브 스피커》는 작가 이창래의 자전적인 성격을 띤 작품으로 미국 이민 세대의 세대 간 갈등은 물론 인종, 문화, 언어의 첨예한 갈등을 드러내고 있다. 또한 단순히 식민담론의 횡포를 부각시키거나 새로운 이민자들이 미국 사회로의 동화되어 가는 모습을 보여 주기보다는, 두 문화 간의 협상과 중재를 통한 융화의 중요성을 강조하여 탈식

민주의 논의의 새로운 의미 창출에 기여하고 있다고 판단된다.[8] "우리의 귀와 입으로부터 안전하게 지킬 수 있는 것은 아무것도 없다. 이것이 우리의 역사였다. 우리는 가장 위험하면서도 가까운 형제요, 격렬하면서 동시에서 서글픈 친구 사이였다"라고 한 헨리의 진술은 이민자들의 현실적 위치를 보여 준다. 이창래는 지배/피지배의 이분법적 구도에서 탈피하여 더 이상 희생자, 타자의 역할에 국한되지 않고 능동적으로 화해의 길을 모색해 나가는 개인의 모습을 그림으로써《네이티브 스피커》가 보편적 미국문학으로 거듭날 수 있음을 확고히 하고 있다.

이 외에 시인으로는, 시선집《청미 : 시선집*Chungmi - Selected poems*》을 통해 전쟁의 기억, 가족의 비극, 개인적 유대관계의 단절, 예술적 삶에 대한 도전 등의 메시지를 형상화한 김청미, 한국계 아버지와 중국계 어머니 사이에서 태어나 하와이에서 성장한 경험을 살려 시집《사진 중매 신부*Picture Bride*》를 발간한 캐시송, 오벌린대학, 존스홉킨스대학, 아이오와대학 등에서 수학하며《깃발 아래로*Under Flag*》등의 시집을 낸 김명미 등이 있다. 이들은 대개 한국계 이민자라는 개인적 체험을 바탕으로 하여 개인의 정체성에 대한 고민을 사회문화적 보편성에의 고민으로 확장시켜 나름의 문학적 활동을 이어가고 있는 시인들이다.

분석 대상으로 삼은 작품의 폭이 넓지 못하다는 점, 국내에 알려진 기존의 자료들만을 활용함으로써 논의의 범주가 제한적일 수밖에 없다는 점, 번역문의 형태로밖에 분석할 수 없다는 점 등, 이 글은 적지 않은 한계점을 지니고 있는 것이 사실이다. 그러나 한국문학의 외연을 확장시킬 수 있는 가능성의 계기가 된다는 점 또한 간과할 수 없을 것이다.

---

8   왕철,〈"네이티브 스피커"에서의 엿보기의 의미〉,《현대영미소설》3집, 2000.

3. 비극적 역사 체험을 넘어 민족적 정체성 추구
─재일 조선인문학

일제강점기와 분단이라는 한국 민족의 특수한 사회·역사적 배경은, 근대 이후 자·타의에 의해서 일본에 거주하게 된 재일 조선인의 삶과 정체성을 결정짓는 중요한 키워드가 된다. 민족적 차별과 억압 속에서, 자신의 민족적 정체성을 부단히 탐구하는 가운데 형성되어 온 재일 조선인문학에 대한 연구와 관심은 한국 문단에 주어진 실로 절실한 문학적 과제라고 하겠다.

우리 민족의 일본으로의 유이민은 일본의 식민지 지배 정책과 불가분의 관계에 놓인다. 오늘날의 재일 한국·조선인 문제의 원류가 되는 일본으로의 도항渡航이 본격화된 시기는 1910년 8월 22일부터 1945년 8월 15일까지 만 35년에 걸친 식민지 지배기이다. 병합 이전의 1909년, 단지 790명에 지나지 않았던 재일 조선인은 1945년 5월에는 210만 명에 육박한다. 이러한 병합 이후의 재일 한국인의 구성은 대부분이 일본 노동시장의 하급 노동자였다. 일본 도항자의 80~90퍼센트가 농민 출신으로 이들은 일본에 도항하는 비용을 마련할 수 있는 자작농 출신이 주를 이루었으며, 대다수 '기타 직업(토목건축 및 잡부)'으로 분류된 단순 육체노동자와 공업노동자로 생활하였다. 이처럼 재일 조선인은 식민지 지배기에 한국 농촌으로부터 쫓겨난 이농자의 일부가 일본의 노동시장으로 유입되면서 형성되기 시작했으며, 이러한 일본으로의 유입 과정은 크게 ①농민층의 몰락에 의한 도항 과정(1910~1938)과 ②강제연행에 의한 도항 과정(1939~1945)으로 나누어 생각할 수 있다.[9]

1945년 일본의 패전 직후, 재일 조선인들은 자력으로 또는 일본을

---

9 왕철, 〈"네이티브 스피커"에서의 엿보기의 의미〉, 《현대영미소설》 3집, 2000.

간접 통치한 연합국 총사령부의 지시에 따른 수송 계획에 의해서 해방된 조국으로 귀환했으나, 일부의 재일 조선인은 일본의 부당한 조처로 인하여 귀국을 포기할 수밖에 없었다. 바로 이들이 현재 일본에서 '특별 영주'의 자격으로 정주하고 있는 재일 조선인의 원형이다.[10]

이러한 역사적 배경을 바탕으로 재일 조선인문학의 형성 과정 및 시기 구분을 논자별로 살펴보면 다음과 같다. 이한창[11]은 재일 조선인문학의 시대 구분을 ①초창기(1881~1920년대 초반) ②저항과 전향 문학기(1920년대~1945) ③민족 현실 문학기(1945~1960년대 중반) ④사회 고발 문학 1기(1960년대 후반~1970년대 말) ⑤주체성 탐색 문학기(1980년대~현재)의 다섯 시기로 구분한다. 홍기삼[12]은 위의 이한창의 시대 구분을 비판하며 '재일 동포 또는 재외 동포문학이란, 어떤 형태로든 한국인으로서 뿌리를 가진 채 외국으로 이주해 살면서 그곳에서 창작한 문학작품을 의미할 수밖에 없다'고 보면서 1922년 정연규가 의병장의 이야기를 쓴 〈혈전의 전야〉를 발표한 것이 일본문학계에 알려진 최초의 단편이며, 이어서 김희명, 한식, 한설야, 김근열, 이북만, 김용제, 백철 등의 활동이 재일 동포문학의 발판이 되었다고 언급한다. 유숙자[13]는 일본의 식민지 지배라는 특수한 시대적 상황 아래에서 행해진 조선인의 문학 활동과, 일본에 정주하여 재일이라는 삶의 기반을 구축한 재일 조선인에 의한 문학을 구분하려는 의도 아래, '재일 한국인문학'의 범주를 1945년 광복 이후부터 현재까지 일본어로 작품 활동을 했거나 하고 있는 한국 작가(귀화 작가 포함)로 제한하고, '민족적 정체성의 모색'이라는 주제를

---

10 강재언·김동훈,《재일한국·조선인 ─ 역사와 전망》, 하우봉·홍성덕 옮김, 소화, 2000, p.34.

11 위의 책, pp.72~73.

12 이한창, 〈재일 교포문학 연구〉,《외국문학》, 1994년 겨울호.

13 홍기삼, 〈재일 한국인문학론〉, 홍기삼 편,《재일 한국인문학》, 솔, 2001.

중심으로 재일 조선인문학을 재일 1세대, 2세대, 3세대의 문학으로 나눈다.

이러한 논자별 구분을 종합하면, 대략적으로 재일 조선인문학은 해방 이전의 문학과 해방 이후의 재일 1세대, 재일 2세대, 재일 3세대 작가군으로 나누어 고찰할 수 있다. 이러한 시기 구분을 중심으로 각 시기별 작가 및 작품, 문학적 특징을 살펴보면 다음과 같다.

먼저 해방 이전의 재일 조선인문학을 대표하는 작가로는 1930년대의 장혁주와 김사량을 꼽을 수 있다. 1932년 《개조》 현상 공모에서 단편 〈아귀도〉가 2위로 입상하면서 창작 활동을 시작한[14] 장혁주는 초기 작품인 〈아귀도〉, 〈백양목〉, 〈하쿠타농장〉, 〈쫓기는 사람들〉, 〈분노하는 자〉 등을 통해 일제의 착취상과 식민지 정책을 비판했으나, 일본의 탄압이 거세어지자 점차 상업주의적 경향의 작품을 발표하면서 결국 친일에 앞장서게 된다. 이와는 대조적으로 김사량의 경우는 저항적 재일 작가의 면모를 보여 주는데, 도쿄대 독문과 재학 시절 《기항지》, 《제방》 등의 동인을 결성하고 격월간 《제방》 12호(1936)에 단편 〈토성랑〉을 발표하면서 주목을 받기 시작한 김사량은 1940년 단편 〈빛 속에서〉가 아쿠타가와상 후보작에 오르면서 일본 문단에 정식으로 데뷔하게 되며, 〈토성랑〉과 더불어 〈기자림〉, 〈천마〉, 〈풀은 깊다〉 등의 작품을 통해 조선민족의 비참한 생활상과 일제의 식민지 정책을 고발하고, 반민족적 행위를 하는 지식인들을 비판·풍자하는 등 식민지 지배에 저항하는 작가로서의 면모를 보여 준다.

1940년대가 되면서 재일 조선인문학계 내에는 많은 신진들이 등장하게 되는데 김달수, 이은직 등이 그 대표적인 작가이다. 김달수는 김사량에 이어 재일 조선인 작가로서는 두 번째로 1953년 아쿠타가와상

---

14 유숙자, 《재일 한국인문학 연구》, 월인, 2000.

후보에 〈현해탄〉이 오르면서 그 자신은 물론, 김사량 이후 침체에 빠진 재일 조선인문학을 일본 문단에 알리는 역할을 하게 된다.《가나가와신문》,《경성일보》등에서 기자 생활을 하면서 〈위치〉, 〈잡초처럼〉, 〈먼지〉 등을 통해 피식민지 백성인 조선인들의 암울하고 희망 없는 삶의 단면들을 그려 냈던 김달수는 해방 이후 일어 잡지《민주조선》의 편집을 담당하면서 〈현해탄〉, 〈박달의재판〉, 〈태백산맥〉 등 소설을 통해 일본의 진보적 문학의 대표적 작가로서의 입지를 다지게 된다. 그의 대표작이라 할 수 있는 〈박달의 재판〉은 무지한 조선민중이 각성된 행동가로 변모해 가는 과정을 그린 작품으로 재일 1세대 작가들에게서 공통적으로 보여지는 사회주의와 반미 제국주의로 대표되는 좌익사상적 요소를 전면에 드러내며, 이러한 민중적 각성을 통해 조국의 분단되고 혼란한 현실을 극복해 보고자 하는 조국 지향적 의식을 내포한다. 니혼대 재학 중 〈물결〉이라는 단편으로 아쿠타가와상 후보에 오르면서 문학적 재능을 인정받았던 이은직 역시 〈탁류〉 등의 작품을 통해 해방 정국의 혼란한 시대적 상황을 치밀하게 그려 낸다. 이들의 뒤를 잇는 재일 작가로서, 김달수와 더불어 대표적인 재일 1세대 작가로 꼽히는 김석범은 일본에서 태어난 재일 2세대임에도 불구하고 독학으로 모국어를 습득하여 모국어로 직접 창작함으로써 자신이 조선인이라는 뚜렷한 민족적 정체성을 구현한 작가이다. 또한 김석범은 1967년 아쿠타가와상 후보에 오른 등단작 〈까마귀 죽음〉을 필두로 하여 〈간수 박서방〉, 〈관덕정〉, 〈화산도〉 등을 통해 제주도의 4·3 사건을 지속적인 문학적 화두로 삼음으로써 조국과의 긴밀한 유대감을 유지하면서 민중의 저항적 해방 투쟁의 과정을 천착한다. 이처럼 김달수, 김석범 등 재일 1세대의 문학은 무엇보다도 조국이 처한 시대적·정치적 상황을 작품의 배경이나 문학적 소재로 삼아 형상화하고 있는데, 이는 조국의 운명이나 해방이라는 역사적 사건에 무관심할 수 없는 작가의 현실 인식과 조국 지향의 정서를 보여 주는 것이라 할 수 있다. 이 외에도 시인인 허남기, 김시종 그리고 김태생이 재일 1세대 작가에 속한다.

일본 사회의 고도 경제 성장이 본격화된 1960년대 후반에 등장한 재일 2세대 문학은 조국(민족)과 재일이라는 자신의 위치 사이에서 갈등하고 고뇌하는 본격적 재일 세대의 모습을 구체적으로 다루고 있다. 이회성, 김학영 등으로 대표되는 2세대 작가들은 일본에서 출생, 성장한 탓에 모국어는 거의 불가능하거나 후천적으로 습득된 것이다. 1973년 단편 〈다듬이질하는 여인〉으로 재일 조선인 작가로서는 최초로 아쿠타가와상을 수상한 이회성은 〈금단의땅〉, 〈유역〉, 〈백 년 동안의 나그네〉 등의 작품을 통해 재일 1세대 작가의 정치 지향적인 문제의식을 계승하면서, 끊임없이 민족적 주체성 확립이라는 재일 조선인의 정체성 회복의 문제에 작가적 관심을 집중시킨다. 이회성과 동시대 작가이면서도 기존 재일 조선인문학의 흐름과는 구별되는 새로운 문학적 지평을 개척한 작가로 평가받는 김학영은, 재일이라는 실존적 상황과 정체성 부재의 민족의식 속에서 고뇌하고 좌절하는 개인의 내면과 소외의식을 치밀하게 그려 내고 있다. 집단적인 역사의식에 기반한 민족 문제에서 한 발짝 벗어나, 개인의 절박한 내면의 목소리에 귀 기울이고자 하는 김학영의 문학적 도정은 말더듬이라는 작가 개인의 실존적 상황과 맞물려 있으며, 일본인도 조선인도 아닌 재일이라는 민족적 정체성의 부재의식과도 밀접히 연결되어 있다. 〈얼어붙은 입〉, 〈끌〉 등의 작품에 이러한 김학영의 실존적 고뇌와 소외의식이 잘 드러나 있다. 개인의 현실적인 상황을 작품에 그대로 투영시키는 김학영의 문학적 태도는 이후 재일 3세대 작가의 문제의식과 일맥상통한다는 점에서 주목할 만하다. 이 밖의 재일 2세대 작가로 고사명, 양석일, 박중호, 김재남, 종추월 등을 들 수 있다.

1980년대에 접어들면서 이양지와 이기승 등 새로운 세대가 등장한다. 한국에서 태어나 일본으로 건너온 부모를 두었다는 점에서는 재일 2세대에 속하지만, 연령이나 문단 데뷔 시기, 작품 경향 등이 2세대 작가와는 뚜렷이 구분되는 재일 3세대 작가의 선두주자인 이양지는 모국 유학을 통한 낯선 조국 체험을 통해서 개인적 정체성을 모색하며, 이러한 실제적인 경험을 기반으로 〈나비타령〉, 〈유희〉 등의 작품을 발표한다. 〈유희〉로 이회성에 이어 재일 조선인 작가로서는 두 번째로 아쿠타가와상을 수상한 이양지는 재일 조선인의 실존적 의미를 조국이나 민족의 개념에서 탈피하여 개인의 의식을 통해 확립하고자 고심했다는 점에서 문단의 주목을 받았다. 이양지는 자신의 모국 체험을 통한 글쓰기와 더불어 조국인 한국에서도, 거주지인 일본 사회에서도 귀속감을 갖지 못하고 방황하는 재일 조선인 2세가 겪어야 하는 정체성의 문제를 다루었다는 점에서 2세대 작가들과 구별된다. 이양지의 작품들은 대부분 그녀의 한국 유학 중에 쓰여졌으며, 또한 유학생을 주인공으로 한 소설이라는 특징을 갖고 있다. 이양지의 문학 작업은 〈유희〉를 기점으로 변모된 양상을 보이는데, 〈유희〉 이전까지의 작품이 재일 조선인의 정체성의 위기와 불행의식, 한국인이 되어야 한다는 강박감, 일본적 정체성에 대한 부정을 치열하게 형상화하고 있다면, 〈유희〉 이후의 작품에서는 '삶에 대한 용기', '현실을 직면'하는 태도, '현실을 있는 그대로의 모습으로 받아들이고 허용하는 용기와 힘'을 통해 이를 극복하는 과정을 보여 준다. 이기승 또한 〈제로한〉, 〈잃어버린 도시〉 등의 작품에서 차별받는 재일 조선인의 정신적 갈등과 불안의식을 다루면서 현시대에 이들이 당면한 존재적 문제의식을 전면화시킨다. 이처럼 역사적 특수성에 기반한 민족적 정체성 찾기의 과정을 넘어서 문학적 보편성 추구에 주력하고자 하는 시도들은 유미리 등의 최근 작가들에게서 더욱 뚜렷하게 발견된다. 〈가족시네마〉, 〈풀하우스〉 등의 작품에서 유미리는 자신이 한국인도 일본인도 아니라는 실존

의 기반을, 문학을 하는 데 매우 유효한 입장으로 무리 없이 수용하고
있다. 현대인이 처한 정신적 고독과 위기감, 세계와의 단절이라는 문제
를 독특한 감수성에 기대어 형상화해 내고 있는 유미리는 자신의 자전
적인 경험을 바탕으로, 가족이라는 전통적 유대의식의 강요와 그로 인
한 불화, 가족의 부재와 해체 과정에 주목하면서 이의 형상화를 통해
현대의 개인이 가지는 소외감과 고립감, 타인과의 관계에서 실패하거나
일탈적인 방식으로 관계를 맺는 원인에 대해 탐구한다. 〈가족시네마〉
로 1997년 아쿠타가와상을 수상한 유미리에 이어 재일 조선인 작가로
는 네 번째로 아쿠타가와상을 수상한 현월은 〈그늘의 집〉, 〈나쁜 소문〉
등의 소설을 통해 조선인이라는 차별적 민족 개념에 주목하기보다는
보편적인 인간의 특성——악의의 욕망이나 인간관계의 단절 등——에
천착하면서 재일 조선인문학의 주제적 범주를 확장시키는 데 일정한
역할을 하고 있다. 이 밖에도 오사카의 재일 조선인 거주지인 이카이노
를 무대로 삼아 문학 활동을 하는 원수일을 비롯하여, 정윤희, 김중명,
〈GO〉로 2001년에 나오키상을 수상한 가네시로 가즈키 등이 재일 3세
대 작가군에 속한다.

　이상에서 살펴본 바와 같이 지금까지 재일 조선인문학을 규정지었
던 가장 커다란 범주는 일본이라는 과거 조선의 식민지 지배국가에서
조선인으로서의 민족적 정체성을 어떻게 지켜 나갈 것인가의 문제였다.
1990년대 이후 재일 조선인문학은 내면에 실재하는 욕망의 문제, 진솔
한 삶의 문제에 접근함으로써, '재일'이라는 특수한 상황을 보편적인 인
간의 정서와 대면하게 한다. 이제 재일문학은 민족적 정체성과 실존적
자아확립이라는 문제에서 벗어나 인간 내면의 심연을 통찰하고 현대
사회가 안고 있는 혼돈과 병리적 현상에도 주목하기 시작했다. 이처럼
개별적 민족의 문학을 넘어서 세계 보편의 가치를 향해 나아가고 있는
재일 조선인문학의 미래적 전망을 함께 일구어 가야 하는 책임이 우리

에게도 부여되어 있음을, 적극적이고 긍정적으로 인식해야 할 것이다.

4. 소수민족의 특수성과 민족문화 및 언어 유지
—재중국 조선족문학

중국으로 조선인들이 대거 이주하기 시작한 것은 19세기 후반부터이다. 그리고 1910년 한일 합방 이후 일제의 수탈로 인해 만주 이주는 더욱 가속화되었다. 이주 초기에는 조선족의 대부분이 절대적 빈곤에 처한 농민들이었기 때문에 문학 활동이 일어날 만한 여건이 이루어지지 못했다. 이후 20세기에 들어와서야 비로소 조선 애국문화계몽운동의 영향과 문화교육사업 등에 의해 문학 활동이 전개되기 시작하였다. 이 시기 문학은 제국주의와 봉건주의를 반대하고 민권 옹호와 자유평등, 문명개화를 주장하는 내용이 주를 이루었다.

근대문학 시기(이주~1920)[15]에는 창가와 시문학이 융성하여 소설은 그리 주목받지 못했다. 이 시기에는 고대소설에 비하여 새로운 시대적 성격을 가진 신소설이 창작되었는데, 이는 조선 신소설의 영향을 크게 받은 것이었다. 이때 창작된 창가, 시조, 한문시, 현대자유시는 여러 가지 원인으로 작품들이 인멸되어 지금까지 남아 있는 작품이 미약하고, 당시에 우국지사나 진보적인 지식인들에 의하여 지어진 것은 사실이나 애석하게도 작가가 밝혀지지 않고 있어 작품들의 창작 전모를 체계적으로 서술할 수 없는 상황이다. 그러다가 1910년대 중기에 들어서면서 대중의 미학적 수요에 따라 현대자유시들이 나타나기 시작하였다.

1920년대에 들어서면서 조선족은 10월 사회주의 혁명과 조선의 3·1

15　홍기삼, 앞의 글, p.15.

운동, 중국의 5·4 운동의 영향을 받아 마르크스주의를 전파하고 반일
단체를 조직하여 반제反帝·반봉건 투쟁을 벌이기 시작했다. 이후 1927
년에는 동변도와 연변 및 북만지구에 중국 공산당 당조직들이 결성되
었다. 이 시기부터 조선에서 간행된 신문이나 잡지들이 직접 배달되거
나 유입되어 조선의 새로운 문학사조의 직접적인 영향을 받았다. 무산
계급문학이 대두, 발전한 시기였던 만큼 문학 속에 계급 간의 모순과
대립, 투쟁이 구체적으로 묘사되는 것을 중요시했으며, 특히 불합리한
사회 현실에 맞서 싸우는 농민들의 계급 의식과 저항의식을 두드러지
게 표현하였다. 반제·반봉건과 민족독립에 대한 주제 역시 여전히 중
요하게 다루어졌다. 그리고 무산 계급문학을 제외한 기타 작품들을 배
격하는 경향도 나타났다. 이때 가장 왕성하게 창작된 것은 혁명가요를
위시한 시가 작품들이었다. 자유시와 한문시, 시조도 많이 창작되었으
나 대부분의 작품이 소실되었다. 현전하는 작품들을 살펴보면 일본과
지배계층을 비판하고 민족의 독립을 갈망하는 내용이 주를 이루었다.

　1931년 9·8 사변으로 동북의 대부분 지구가 일본의 식민지가 되자
조선족은 중국 공산당과 함께 항일무장 투쟁을 벌였다. 이 시기 조선
족문학은 선행 시기의 문학적 전통을 계승하는 것과 아울러 중국의 항
일문학, 소련의 혁명문학, 특히 조선문학의 성과를 섭렵하면서 발전해
나갔다. 30년대 초기에 용정에서는 작가 이주복 등이 발기한 문학 동
인 단체인 '북향회'가 발족되어 문학 창작을 발전시키고 후진 양성 사
업을 활발히 진행하였다. 또한 모더니즘을 수용한 '시현실' 동인들이
활약하였다. 일제의 단속이 심해지자, 현실에 대한 고발보다는 생활 세
태나 인륜, 애정 등으로 소재를 전환했으며, 몇몇 작가들은 일제의 정
책을 수용해 나가는 모습을 보이기도 했다. 그러나 이렇게 어려운 상
황에도 불구하고 이 시기에는 작가와 작품 수가 증가하고, 현실 생활
을 폭넓고 깊이 있게 형상화해 냈으며, 예술 방법이 도입되는 등 문학

이 일정 부분 발전한 모습을 보였다.

1945년 9월 3일 항일전쟁이 승리하자 조선족은 일본의 식민통치에서 해방되었다. 이에 조선족은 민족적인 문화계몽운동을 벌이고 대중적 문화교육사업을 널리 전개하였다. 대중적인 문예 사업도 활발하게 전개되어 극단, 연극사, 문공대와 같은 전문적이거나 반전문적인 문예 단체들이 세워졌고, 부대에서도 조선족들로 구성된 전문 문예단체들이 많이 나타나 활약하였다. 동북 각지에 산재되어 있던 문인들도 여러 문학단체들을 만들었다. 이 시기 문학의 내용은 해방의 기쁨과 감격, 토지개혁을 비롯한 민주개혁, 항일 투쟁을 형상화한 것들이 주를 이루었다. 문화 운동과 대중적인 문예 활동으로 노래 보급과 연극 활동이 가장 활발하고 널리 진행되었다. 그러나 소설의 경우에는 성과물이 적은 편이었다. 반면 시문학은 두드러진 성과를 올렸는데, 해방의 감격과 기쁨을 격정적으로 노래한 시들이 중요한 자리를 차지하였으며, 토지개혁을 중심으로 한 민주개혁을 주제로 한 시들과 투사들의 용감성과 사상을 칭송하는 시들, 지난날 투쟁의 역사를 되돌아보는 내용의 시들이 발표되었다.

1949년 10월 1일 중화인민공화국이 들어서면서 조선족은 새로운 역사를 맞이하게 되었다. 길림성, 흑룡강성, 요령성의 조선족 집거구集居區들에서 선후로 민족 자치 구역을 실시함에 따라 조선족은 정치, 경제, 문화 등의 제반 분야에서 자주적인 발전을 이룩해 나갈 수 있게 되었다. 이 시기에는 문단의 정비 작업을 위해 중국 각지에 흩어져 있던 조선족 작가들이 공화국 창건을 전후로 하여 연길에 집중하기 시작했다.

그러나 이 시기 중국 공산당에 의한 사회주의 건설 사업은 잘못된 지도 방침으로 인해 사회·문화적 혼란을 겪게 되었다. 이로 인해 조선족 문단의 적지 않은 중견 문인들이 정치·창작 권리를 박탈당하고, 많은 작가들이 창작에의 용기를 잃게 되었으며, 문학작품의 사실주의 정

신이 약화되었고, 그 형식이 다양화되지 못하여 도식화·개념화의 구
호적 작품들이 성행하게 되었다. 소설 작품은 무엇보다 사회주의 제도
하의 새 생활에 대한 희열과 감격, 농민들의 투쟁과 애국 증산의 열정
을 반영한 작품들이 주를 이루었고, 사회주의 제도하의 긍정적인 인물
형상을 부각시킨 작품들도 많이 창작되었다. 여러 좌경적左傾的 오류의
피해를 입으면서도 발전을 계속해 나가 소재의 확대와 다양화, 사회주
의 건설을 다그치는 근로 대중의 혁명적 영웅주의 정신에 대한 가송歌
頌, 노농병勞農兵 형상의 대폭적인 부각, 항일 제재의 심도 있는 발굴 등
이 작품을 통해 나타나기도 한다. 한편 시문학은 조국·당·수령에 대
한 흠모와 칭송, 농민들의 보람과 노력적 투쟁 칭송, 민족의 역사와 혁
명 전통, 사회주의 건설의 인물형상, 사회주의 제도하의 행복과 긍지
등이 그 주제를 이루었다. 특히 노동과 건설의 주제 형상화와 민족의
역사와 항일무장 투쟁에 대해 폭넓게 다루었다는 점이 특징적이다. 행
복한 현실과 생활, 아름다운 정신세계를 노래하는 서정시를 주축으로
하여 서정서사시, 장시長詩, 시조, 산문시, 풍자시 등 다양한 시문학이
등장하였으며, 무엇보다 송가頌歌 형식이 압도적인 비중을 차지하였다.
이 시기에 대폭적으로 발전한 송가의 미학 원칙은 50년대에서 70년대
에 이르는 동안 거의 유일한 원칙이 되었다.

1966년 5월부터 10년 동안 진행된 문화대혁명 시기는 조선족 당대
문학의 수난기였다. 많은 문인들이 박해를 받았으며, 훌륭한 작품들이
금서가 되었고, 민족문화·민족정신·민족감정에 대한 논의는 금지되
었다. 하지만 1971년 이후 이러한 문화 정책에 대한 강한 반발이 일어
나게 되자, 1974년에는 《연변문예》가 복간될 수 있었다. 그러나 여전히
강압적 분위기는 지속되고 있어서 1971년 이후의 조선족문학, 창작은
난항을 겪었다. 이 시기 문학 창작에서 압도적인 비중을 차지한 것은
'4인 무리'의 좌경 노선을 선양한 작품과 진실하지 못하고 예술 수준이

낮고 거칠게 씌어진 작품들이다. 비록 일정한 생활 기초가 있고 대중의 사상, 감정을 반영한 작품이라 하더라도 사상 내용과 창작 방법상에서 '4인 무리'의 영향을 받아 많은 폐단들을 빚어내었다.

문화대혁명이 마무리되고 중국은 새로운 역사 발전 시기에 들어서게 되었다. 조선족 문단에도 사상과 창작의 자유가 찾아와 '4인 무리'의 잔재를 청산하는 작업이 진행되었고, 이에 따라 장기간 정치·창작 권리를 박탈당했던 작가들과 비판을 받았던 많은 작품들도 다시 제 위치를 찾게 되었다. 문학단체와 연구기구의 회복 및 새로운 정비 작업은 연변 조선족 자치구뿐만 아니라, 조선족이 집거하고 있는 다른 자치구에서도 80년대에 접어들어 진행되어서, 길림성 통화지구에서는 통화지구 조선족문학예술계연합회를 세웠고, 길림시에서는 길림시 조선족문학예술연구회를 설립했다. 이렇게 조직체계가 날로 정비되면서 문학 발전을 위한 기반이 조성되어 나갔다.

1980년대에 진입하면서 조선족 문단의 지역적 공간도 확대되었다. 연변을 제외한 기타 지역의 문학 발전은 거의 공백 상태였으나, 1980년대 이후에는 연변 외에 통화, 길림, 하얼삔, 심양, 목단강, 장춘 등의 지구에서도 문학지와 문학단체를 가지게 되었다.

문화대혁명 이후 가장 먼저 '상처소설'이 대두했다. 상처소설은 문화대혁명이 빚어낸 사회비극, 정치비극, 인생비극과 육체적·정신적 상처를 고발한 작품이다. 상처소설은 출현하자마자 급속히 하나의 문학적 흐름을 이루었다. 상처소설은 사실주의의 문학적 전통을 회복하는 데 공헌하였으며, 소설 제재의 범위를 넓혔고, 현실적인 인간상을 쓰기 시작했으며, 사회주의 시기의 비극문학 창작에 기여했다는 점에서 의의를 가지나, 일부 작품들이 10년 동안의 역사적 비극의 원인에 대한 깊이 있는 사고가 부족하고, 형식면에서 새로운 탐구가 이루어지지 못했다는 한계를 가진다. 상처소설 다음에 나타난 문학이 '반성소설'로, 이는 상처소설의 심화라고 할 수 있다. 상처소설이 일정한 단계에 이르자, 사람들은 더 이상 단순한 문화대혁명에 대한 폭로와 비판에 만족하지 않았다. 사람들은 문화대혁명이 일어나게 된 데는 더욱 심각한 사회적·역사적 원인이 있다는 것을 발견하게 되어 이로부터 역사에 대한 사고와 반성에 눈길을 돌리기 시작했다.

이 시기에는 시문학 역시 풍성한 성과물을 올리게 된다. 특히 훌륭한 서정시들이 많이 창작되었다. 이 시들은 시인의 개성을 부각시키고 시인의 시점에 기초하여 현시대 인간들의 충만한 감정세계를 다각적으로 나타내었으며, '4인 무리'의 악행에 대한 폭로와 비판, 흘러간 역사에 대한 반성, 개혁 시대에 대한 송가와 더불어 인간의 가치와 현실적인 삶의 문제, 철학적인 사색을 형상화하는 것에 역점을 두었다. 서정시 외에도 장편서사시, 서정서사시가 왕성하게 창작되었다.

1990년대에 들어선 중국은 개혁개방으로부터 시장 경제의 도입을 거치면서 많은 사회적 변화를 경험했다. 이에 조선족문학은 다원적인 복합사회의 다양한 모순을 파헤치면서 적극적으로 새로운 현실을 탐구해 나가려는 모습을 보여 주었다.[16]

조선족문학을 대표할 만한 작가로 들 수 있는 김학철은 1945년 해방기에 등단하여 민족해방 운동의 과정에 참여했으며, 조선 의용군의 항일혁명 무장 투쟁이라는 새로운 소재를 가지고 우리 문단에 등장했다. 그의 소설은 자전적 내지 기록문학적 성격을 지니는데 이는 그가 항일 투사였다는 데 기인하고 있으며, 경험에 의거한 바를 구체적이고 총체적으로 재현하는 데 이런 특이한 체험이 김학철의 문학을 특징짓게 하는 계기로 작용한다. 김학철의 자전적 소설인 〈격정 시대〉는 역

16　중국 조선족 문학사에 대한 시기 구분은 조성일·권철의 《중국 조선족문학 통사》(이회문화사, 1997)에 따랐다.

사적으로는 근대 항일무장사의 역사적 복원에 일조하였고, 문학적으로는 체험의 힘으로만 창출될 수 있는 문학적 성취를 보여 주었다. 또한 체험의 범위 속에서의 위대한 진실성은 그 누구도 감히 따를 수 없는 것이라 할 수 있다. 그러나 그 자신이 체험한 것, 들은 것 외에는 절대로 적지 않았기에 이로 인한 단조로움을 면치 못하는 한계를 지니고 있다.[17]

김창걸은 만주 유이민들의 고통스러운 삶을 소설로 드러냄으로써 일제강점기의 시대상을 뜻있게 문학화한 작가이다. 김창걸은 〈무빈골 전설〉에서 이주민들의 고달픈 삶을 실증적으로 표출하였는데, 이것은 이후 그의 작품 어디서나 등장하는 중심주제가 된다. 동시에 그것은 만주 토착세력의 부당한 압박과 착취에 대한 비판의식을 내포하는 것이기도 하다. 또 이 작품에서 주목할 것은 그가 끈질기게 붙들고 있는 항일 저항의식이다. 김창걸의 저항의식은 음성적으로 그리고 지속적으로 작가의 정신적 행보를 암시하는 주요한 모티프가 된다. 그리고 또 하나 거론할 만한 것은 민족공동체의 미래와 후대의 삶에 대한 각성된 의식이다. 그것은 이 작가가 가졌던 깨어 있는 의식이다. 소학교 교원으로서의 체험이나 문필가로서의 양심 등속이 이에 결부되어 있겠거니와, 나중에 절필의 결심에 이르는 과단성을 보이는 것도 이와 같은 의식의 줄기를 놓치지 않고 있었기에 가능했을 터이다. 이러한 이주민들의 신산스러운 삶에 대한 비판의식, 일제의 우월주의와 차별화 및 민족탄압에 대한 저항의식 그리고 다음 시대를 염두에 둔 각성된 의식 등은 김창걸의 작품을 유지하는 주제들이며, 비록 부분적이고 산발적인 형

17　민지혜, 〈항일민족 투쟁사의 서사적 형상〉, 《한민족 문화권의 문학》, 국학자료원, 2003, pp.489~490.

태이긴 하나 반복적으로 작품 속에 나타난다.[18]

이와 같이 중국 조선족문학은 역사적 시련 속에서도 그것을 문학적으로 형상화해 나가며 자리를 지켜 왔다. 따라서 중국 조선족문학을 이해하기 위해서는 역사적 시각에서의 조명이 필요하며, 한민족이면서 동시에 중국인이라는 특수성을 고려해야 한다. 이국 땅에서 소수민족으로 살아가며 민족어를 지킨다는 것은 자신의 정체성을 지키는 일이기도 하다. 재외 한국인 중 중국 조선족만큼 조선어를 굳건히 지키며 살아가는 이들은 드물다. 중국의 소수민족 정책에 따라 소수민족 자신들의 문화를 지키는 일이 법적으로 허용되어 있다는 객관적 상황이나, 독립운동을 계기로 중국을 찾은 조선의 지식인들이 풍부한 인적자원을 이루었다는 점이 조선족문학의 큰 이점으로 작용했다는 점과 조선족의 민족문화 보존에 대한 주체적 노력은 오늘날까지 조선족이 한글문학을 지켜 올 수 있었던 원동력이라 하겠다.

5. 탈냉전 시대와 내용의 새로움, 보존의 시급성
―재중앙아시아 고려인문학

한민족이 러시아와 중앙아시아 지역으로 이주해 간 것은 구한말인 1860년대를 시작으로 하여 140여 년에 이른다. 따라서 이주민과 그 후손들의 규모도 상당하여 외교통상부의 2001년 통계자료에 의하면 현재 52만 명을 넘어서고 있다. 이들은 소련의 정책에 적극적으로 따르면서도 우리 민족의 전통 또한 잊지 않는 이중적 특성을 견지하며 살고

18　김종회, 〈중국 조선족문학의 어제와 오늘〉, 《한민족 문화권의 어제와 오늘》, 국학자료원, 2003, pp.410~416.

있다. 러시아민족과의 동화同化는 제정러시아와 소련, 그리고 독립국가 연합이라는 그 지역 역사의 격변기를 거치면서 생존을 위한 어쩔 수 없는 선택이었을 텐데, 그럼에도 불구하고 아직까지도 한글신문이 간행되고 있음은 우리 민족의 정체성을 잃지 않으려는 노력의 소산으로 볼 수 있다.[19] 한반도를 벗어난 지역에서의 특수한 삶과 그것의 표현은, 우리 문학의 한 부분을 담당하면서 그 영역을 넓힌다.

이 지역 한인들의 문학은, 한글신문《선봉》이 창간되어 '문예페이지'를 통해 작품이 발표되기 시작한 1923년 무렵으로부터 약 80년의 역사를 이어 오고 있다. 그러나 한반도 내의 정치 격변과 이후의 냉전논리에 막혀 남한에는 작품 소개조차 어려웠으므로, 그에 대한 연구 성과는 매우 미미하다. 재외 정치학자 김연수에 의해 시작품이 한정적으로나마 남한에서 소개된 것이 1983년이니, 이 지역의 한인문학이 남한에 소개된 지 이제 겨우 20년이 되었을 뿐이다.[20] 더구나 소련의 해체 이후에나 개방에 따른 본격적인 연구의 가능성이 생겼음을 염두에 둔다면 그 연구 기간은 더욱 짧아진다. 짧은 시간일망정 충실한 소개와 연구가 진행되었다면 모르지만, 아직도 자료 수집·소개 자체가 절대적으로 부족한 상황이다.

지금까지 국내에 소개된 작품 상황을 보면, 작품의 분량으로는 상당한데 주로 합동작품집의 형태여서 문제가 있다. 기본적으로 문인들에 대한 간략한 프로필조차 없이 한 작가의 작품이라곤 10편 미만이니, 본

---

19 이준규, 〈소련의 해체와 중앙아시아 고려인〉,《민족연구》7권, 한국민족연구원, 2001.

20 김연수가 《선봉》의 후신인 《레닌기치》(1938년 5월 15일 창간)에 수록된 한인들의 시들을 수집해 온 것이 처음이다. 이 작품들은 정신문화연구원에 의해 《캄차카의 가을》(김연수 엮음, 정신문화연구원, 1983)이란 제목으로 100부 한정 출간된다. 이후 김연수는 계속해서 자신이 수집해 온 시와 소설·희곡 등을 묶어 세 권의 책을 더 펴낸다. 합동시집 《소련식으로 우는 한국아이》(주류, 1986), 합동시집 《치르치크의 아리랑》(인문당, 1988), 소설·희곡집 《쟈밀라, 너는 나의 생명》(인문당, 1989) 등이 그것이다.

격적인 연구 자료로는 미흡하지 않을 수 없다. 사회주의 사회라는 배경의 특성, 전업 문인들이 아니라는 점, 게다가 수집가가 비전문가라는 점 등으로 인한 자료 수집의 한계라 하겠다. 작품의 창작 시기가 기록되지 않은 것이 대부분이고, 한 사람이 여러 이름을 쓰는 경우 다른 사람인 것처럼 따로 수록되어 있는 점, 수집가의 선택 기준이 다르다 보니 수집하는 사람마다 다루는 작가의 편차가 크고 따라서 많은 작가들을 발견할 수는 있지만 한 작가의 작품 세계를 깊이 있게 들여다보는 것은 어렵다는 점 등도 지적될 수 있다.

다른 한편, 이 지역 한인문학에 대한 관심과 연구가 미미하여 기왕에 소개된 작품조차 품절·출판사의 폐업 등으로 아예 자료가 남아 있지 않거나 구입할 수 없는 경우도 많다.[21] 작품 소개의 상황이 이러다 보니 연구의 깊이도 부족해서 그동안은 개별 작가나 작품론을 다루기보다는 주로 전반적인 양상을 언급하는 것에 머물러 있었다. 최근에는 개인 작품집의 형태로 묶여져 나오고, 현지 동포에 의한 연구도 진행되면서, 본격적인 작가론이나 작품론, 문학사 등이 연구되기 시작하였다.[22]

구소련지역 한인들의 문학 활동은 망명한 조명희를 주축으로 하여, 《선봉》이라는 신문의 문예란을 바탕으로 시작되었다. 이후 신문의 제

---

21 아나톨리 김은 국내에 가장 많은 작품이 소개된 작가로 개인작품집으로만 8권 정도가 국내에서 출판되었지만, 이 중 《푸른섬》(정음사,1987), 《사할린의 방랑자들》(소나무, 1987), 《연꽃》(한마당, 1988) 등은 절판되어 자료를 구할 수가 없었다. 박미하일의 《해바라기 꽃잎 바람에 날리다》(새터, 1995)는 그의 작품집으로는 유일하게 국내에 소개된 것이지만, 역시 절판되었다. 하지만 2003년에 한국에 온 작가를 만나 그가 소장하고 있는 것을 제본할 수 있었다. 작가의 소장품 역시 제본한 책이었다.

22 하지만 여전히 국내에서는 자료의 부족으로 아나톨리 김에 대한 것에만 치중되어 있고, 현지의 연구자들이 한진, 라브렌띠 송 등을 다룬 소논문들이 소개되고 있지만, 국내에서는 해당 작가들의 작품을 접할 수 없으므로 그 연구를 비판적으로 심화 수용할 수가 없다. 이 지역 문학사 연구도 카자흐스탄에서 김필영 교수가 진행하는 것이 거의 유일하고, 국내에서는 추론만 가능할 뿐이다.

호는 《레닌기치》, 《고려일보》 등으로 바뀌지만 여전히 이 신문들이 이 지역 문학 창작의 산실 역할을 했다. 그런데 신문의 독자투고란을 이용한 문예 활동이라서 아무래도 아마추어적인 요소가 강할 수밖에 없다고 하겠다.

이 지역 문학사는 이렇게 이주한 동포들에 의해 씨가 뿌려져 시작되었고, 이후에는 북한으로부터 지식인들이 유학이나 망명의 형태로 투입되면서 더욱 활발하게 진행되었다. 그러나 1937년 강제 이주와 같은 민족 억압정책과 소련의 붕괴라는 혼란 속에서 생존의 문제가 절박하게 되어 현재는 우리말, 글을 아는 사람이 아주 적다. 즉 '민족문학사' 적 관점에서 본다면 이 지역 문학은 운명을 다한 듯이 보이기도 하는 것이다. 그러나 1923년 《선봉》의 창간과 더불어 1990년대 초반까지 이루어 낸 업적마저 무시될 수는 없다. 그리하여 현재 그 문학사를 정리해 보려는 시도들이 시작되었다. 이 연구가 진행됨에 해당시기 우리의 문학사는 더욱 풍요롭게 새로 쓰이게 될 것이다.

작품의 전반적인 양상을 살펴보면 다음과 같다. 가장 많은 부분을 차지하고 있는 장르는 시이다. 역시 일반 서정시를 비롯하여 노랫말(가사), 동요, 장편서사시, 연시 등을 볼 수 있다. 특히 노랫말로 쓴 시가 많다는 점이 주목되고, 이들 장편시의 선구는 망명 작가 조명희의 산문시 〈짓밟힌 고려〉(1928)이었으리라고 생각된다. 소설의 경우에는 단편이 압도적으로 많다. 특히 구소련지역 동포문학에서 장편소설이 적은 것은 그 문학의 규모나 한계를 생각하게 되어 아쉬운 부분이라 하겠다. 그러나 이 지역 한인문학이 1930년대 연해주에서 꽃피기 시작하다가 1937년 강제 이주로 말미암아 모두 상실되고 모국말 교육마저 금지당한 사실을 생각하면 시나 단편만으로라도 그 명맥을 이어 오고 있음이 얼마나 고마운 일인지 모른다.

희곡의 경우, 구소련지역 고려인문학에서 꽤 두드러진 점을 발견하게 된다. 구소련지역 고려인문학에서 희곡이 발달한 것은 1932년 블라디보스톡의 한인 사회에서 우리 연예 활동의 모체인 '조선극단'을 조직 운영한 것을 보아도 그 뿌리가 깊음을 알 수 있다. 그 밖의 작품 형태로는 수필, 평론을 들 수 있는데, 이 부분도 장편소설처럼 그렇게 두드러지지 않은 것 같다. 다만 한 가지 참고할 사실은, 구소련지역 한인 작가들의 경우, 시인, 소설가, 희곡 작가, 평론가 등의 구분이 없어 보이는 점이다. 사회주의 체제의 특성으로 말미암아 전문 창작 영역이 따로 없다는 특성이 있다.

작품의 주제 양상은 몇 가지로 요약된다. 먼저 드러나는 주제는 레닌에 대한 예찬과 10월 혁명에 대한 칭송이다. 둘째로 가난에 대한 한탄과 가난을 떨치고자 한 의지를 들 수 있다. 셋째는 친선과 평화인데, 이는 위의 주제와 연결된다. 척박한 땅에서 터전을 일구는 데 성공했다는 자부심은 다른 민족도 포용할 수 있는 여유를 가질 수 있도록 하였으며, 이는 동포들과 소련의 전체 민족들과의 친선을 강조하는 것이나, 평화에 대한 것은 반전을 내세우며 파쇼들의 침략 만행을 규탄하고, 핵무기 개발과 핵전쟁을 경계하는 것으로 나타나기도 한다.

넷째는 고향을 그리는 마음인데, 이때 고향은 그 문인들이 태어나 자란 연해주이거나 중앙아시아 등지이다. 이는 강제 이주 후 삶의 고단함을 말해 주는 또 하나의 표현일 수 있다. 이 밖에 사랑과 어머니에 대한 그리움, 또는 생활과 신변을 소재로 하여 이성이나 가족 간의 갈등을 다루기도 한다. 그런데 이는 합동작품집의 전반적인 주제이고 개인작품집의 경우에는 이와는 다른 체제 비판적 주제나, 6 · 25 소재, 강제 이주 체험의 고단함 등이 다뤄지기도 한다.[23]

---

23 리진의 《리진 서정시집》(생각의 바다, 1996)과 양원식의 《카자흐스탄의 산꽃》(시와 진실, 2002)은 《레닌기치》에 실린 작품들과는 차이가 많이 나는 작품들을 싣고 있다. 특히나 리진

　국내에서는 작품 소개도 미미한 상황이라서 중요한 작가나 작품에 대한 논의도 부족한 현실이지만, 러시아어를 사용한 이주민의 후예들이 세계 문단에서 주목을 받아 우리에게 소개되기도 하였다. 대표적인 사람이 아나톨리 김[24]과 미하일 박[25]이다.

　아나톨리 김은 동양적인 세계관을 보인다고 평가받기는 하지만 그 것이 우리 민족과의 연관성을 강하게 드러내는 것은 아니다. 오히려 그의 독특한 세계관과 환상적인 서사 방식은 세계문학적인 관점에서 평가하는 것이 온당할 것이다. 우리 문학과 직접적인 관련은 적지만, 그의 예술적 상상력과 형이상학적인 주제, 환상적이고 다성적인 서사 등의 시도가 우리에게 우리 문학이 나아갈 수 있는, 아직 나아가지 않은 한 가능태를 보여 준다.

　미하일 박은 고려인 5세이면서도 오히려 스스로 민족성을 찾고자 애쓰고, 그리하여 외국어로 배운 한글을 이용하여 창작을 하기도 한다. 그가 이렇듯 뿌리를 찾고자 하는 모습은 자신을 스스로 뿌리 뽑힌 방랑자로 인식하고 있음을 보여 준다. 이것은 비단 그만의 문제는 아닐 것이기에 우리에게는 그 울림이 크다 하겠다. 더구나 뿌리를 찾고자 하

은 자신의 작품을 주로 친구들과만 돌려 보았다고 한 것으로 보아 대외적으로 발표한 것과 이 시집에 실린 작품들이 차이 나는 이유를 짐작해 볼 수 있게 한다. 현지에서 발표되는 것들은 아무래도 그곳의 정치적 상황과 관련하여 수용이 가능한 것만 선별되었을 것이다. 그러므로 미발표 원고들을 찾아야만 이 지역 문학 연구가 좀 더 풍성해질 것이다.

24　아나톨리 김에만 집중한 연구로는 권철근, 〈아나톨리 김의 《다람쥐》 연구 : 다람쥐와 오보로쪈〉(《러시아연구》 제5권, 1995)과 김현택, 〈우주를 방황하는 한 예술혼 – 아나톨리 김론〉(《재외한인작가연구》, 고려대한국학연구소, 2001)이 있고, 한만수는 〈러시아 동포문학에 투영된 한국 여성의 초상〉(《한국문학연구》 19권, 동국대 한국문학연구소, 1997)에서 다른 작가와 비교하여 다루고 있다. 즉, 가장 연구가 집중된 아나톨리 김의 작품에 대한 연구가 이 정도뿐이라는 것은 다른 작가, 작품에 대한 연구 실정을 반증한다.

25　박 미하일의 경우는 작가론이나 작품론으로 집중적으로 다뤄진 것은 없고, 이 지역 소설문학 전반적인 논의 속에서 거의 빠지지 않고 거론되고 있다.

는 욕망으로 인해, 그것이 요원한 일임에서 오히려 탈민족적인 사고를 보이다가 결국엔 다시 극복하고 민족성으로 회귀하는 그의 작품 세계는, 현지 이주민들의 과거와 현재, 미래를 암시해 준다고 하겠다.

그런데 이들은 그 문학적 성과에도 불구하고 대개 러시아어로 창작할 뿐만 아니라 정체성에 있어서도 과연 '민족문학사'의 범주에 넣는데 전혀 거리낌이 없을 것인가 의구심을 불러일으킨다. 이들과는 반대로 논의는 제대로 이뤄지지 못하고 있지만 한국어로 왕성한 창작을 할 뿐만 아니라 현지에서 널리 수용되는 작가로 한진과 리진, 양원식, 연성용 등이 있다. 한진의 경우에는 당대 강제 이주와 그에 따른 민족적 억압, 월남전 등 현실적인 문제를 다룬 희곡을 많이 썼다.

한진은 강제 이주로 인하여 민족말과 글을 제대로 배우지 못한 카자흐스탄 이주 고려인 2세대들의 문화적 공백을 메워 주고, 문학작품 창작에 관심을 가진 젊은 고려 사람들을 지도하여 후배 작가 양성에 공헌한, 소비에트 카자흐스탄 한인 문단 발전에 중요한 역할을 한 작가이다. 또한 타민족 작가들의 희곡작품을 민족말로 번역하여 고려 사람들의 민족말 보전과 발전에 기여하고 한민족의 역사적 사건이나 민담들을 희곡화하여 고려 사람들에게 민족의식을 고취시키며 고려 사람들의 민족문화 보존에 크게 기여한 민족주의자이다.[26]

리진이나 양원식의 경우는 국내에 개인 시집이 발간되어, 기존의 합동작품집에서 보이던 모습과는 전혀 다른 새로운 모습을 보여 주므로 주의를 요하는 시인들이다. 이들의 개인작품집에서 발견되는 새로움은 강제 이주 당시의 참혹상과 독재 체제에 대한 여러 방식으로의 비판, 타민족과의 유대, 6·25동란의 작품화 등이며, 분위기도 합동작품집의

---

26 김필영, 〈소비에트 카작스탄 한인문학과 희곡 작가 한진의 역할〉, 《한국문학논총》 제27집, 한국문학회, 2000.

밝고 희망적인 분위기와는 달리 다양한 감정을 진솔하게 보여 준다는 것이다. 이들의 존재는 자칫 구소련지역 한인문학이 천편일률적이라고 단정해 버릴 수 있었던 상황에서 우리 문학사를 풍부하게 할 요소를 보여 준다는 점에서 아주 고무적이다.

송 라브렌띠의 경우에는 카자흐스탄 고려 사람들에게 민족의 전설처럼 대대로 전해지고 있는 강제 이주의 비극적 상황을 연극으로 형상화한 선구적 공적이 있다. 그는 이후에도 영화사를 설립하여 소수민족의 다큐멘터리를 제작하는 데 힘을 쏟고 있다. 이를 통해 그는 고려 사람들의 민족문학 발전과 고려말의 보존이라는 중요한 역할 외에도 무대 공연을 통하여 고려인 젊은 세대들에게 민족의 뼈저린 역사적 현실을 시각적으로 경험케 하고, 잊히고 있는 역사를 상기시키는 데 크게 기여하고 있다.[27] 이들 한진, 리진, 양원석에 대한 연구와 연성용, 송 라브렌띠에 대한 작품 소개가 시급하다.

이상에서 살펴보았듯이 구소련지역의 한인문학은 그 양에 있어서나 내용의 새로움에 있어서나 우리 문학사에서 간과할 수 없는 중요한 한 축임을 알 수 있다. 그러나 그동안 지리적인 거리상의 문제뿐 아니라 냉전논리에 의해서도 이 지역의 동포문학을 접할 기회가 적었다. 소련의 붕괴와 국내의 해금 조치로 인해 늦게나마 이제야 이 분야의 연구가 시작되고 있지만, 이 지역에서 한글 창작은 더 이상은 기대하기 어려울 뿐만 아니라 내용적 측면에서조차 정체성이 모호해지는 경우가 많기 때문에, 보편적인 문학의 범주에서 다룰 수는 있을지 몰라도 '민족문학'의 범위에서 다루기엔 여러 가지 난점이 있다. 즉, '민족문학'의 확장이라는 측면에서의 구소련지역 고려인들의 문학에 대한 연구가 이제

---

27   김필영, 〈송 라브렌띠의 희곡 기억과 카작스탄 고려 사람들의 강제 이주 체험〉,《비교한국학》제4호, 국제비교한국학회, 1999.

시작되었는데 연구 대상은 곧 사라져 버릴 수도 있는 급박한 상황인 것이다.

현재와 미래의 상황이 이렇게 위태로운데, 거기에 덧붙여 기존에 창작된 과거의 작품도 제대로 관리가 되지 못하고 있는 형편이다. 더구나 《레닌기치》 등에 발표하는 대외적인 작품과는 별도로 진솔한 감정을 다룬 작품들은 공개되지 않은 채 묻혀 있을 수도 있다는 가능성이 제기된다. 이렇게 숨어 있는 작품의 여부도 확인해야 하므로 자료 수집 자체도 수월한 일은 아닐 것이다. 그러나 이것은 구소련지역 고려인들의 작품을 민족문학사에 수렴하기 위해서 어렵더라도 반드시 수행해야 할 과제이다. 해외에서의 이러한 작품 창작과 그에 대한 연구들이 수렴될 때, 우리 문학은 한반도의 협소함을 벗어나 더 크고 보편적인 범주를 지니게 될 것이다.

6. 마무리

지금까지 해외 4개 지역의 동포문학을 개관해 보았다. 그 외에 아시아, 아프리카, 남미, 유럽 및 중동 지역 등에도 해외 동포문학이 있다. 그러나 자료와 정보의 부족 때문이겠지만 독일의 이미륵과 호주의 김동호 등이 지금까지 비교적 높은 평가를 받은 문학인으로 알려져 있을 뿐, 그 이외의 연구는 아직 미비한 형편에 있다. 이는 이 분야에 있어 앞으로의 연구 과제에 해당한다.

앞서 이 글에서 재외 한국문학 또는 한민족 문화권의 문학이라는 개념적 범주와 관련하여, 우리가 해외 동포문학을 그 범주 안으로 수용하는 문제에 있어 지나치게 인색할 필요는 없을 것이라고 언급한 바 있다.

그런데 여기에 한 가지 더 덧붙여 언급해야 할 중차대한 문제가 있다. 이 한민족 문화권의 논리와 그 의미망 가운데로, 해방 이래 한국문학과 궤를 달리해 올 수밖에 없었던 북한문학을 초치하는 일이다. 실제적이고 물리적인 남북관계에 있어서도 그러하거니와 더욱이 문학에 있어서, 북한문학에 남북한 대결 구도의 인식으로 접근해서는 남북한문학의 접점을 마련하거나 남북한문화 통합의 전망을 마련하거나 하는 일이 거의 불가능하다는 사실이다. 우리는 지금까지 수도 없이 많은 구체적 경험을 통해 이를 보아 왔다. 그렇다면 어떤 방안이 있느냐는 반문이 당장 뒤따를 것이다. 그에 대한 대답으로 지금껏 우리가 논의한 한민족 문화권의 개념을 제시할 수 있을 터이다.

이는 남북한문학을 포함하여 재일본 조선인문학, 재중국 조선족문학, 재중앙아시아 고려인문학 등 재외 한국문학의 전체적인 구도 속에서 남북한문학의 지위를 자리매김해 나가는 한편, 제3세계로 확산되는 동아시아 논의의 범박한 논리를 차입하여 남북 상호 간의 대결 구도를 희석시키자는 논리다. 그리하여 남북한 양자의 문학이 무리 없이 만나 악수하게 하고 그것의 대외적 확산을 도모하며 통일 이후의 시대에 개화할 새로운 민족문학의 장래를 예비하는, 다목적 기능에 유의하고 이를 실천해 볼 수 있었으면 하는 것이다.

한민족 문화권이라는 부피가 큰 이름 또는 개념과 관련된 이 절실한 요청은 오늘날과 같이 인간의 의식이 다원화되고 파편화되며 민족문화의 진로와 그 성취의 목표가 불투명해진 시대에 있어, 우리가 문학의 이름으로 내거는 하나의 작은 등불이라 할 것이다. 문학이 궁극적으로 인간의 삶을 아름답고 풍요하고 보람 있게 해야 한다는, 그 소박하면서도 귀한 소망을 위해서도 그러하다.

—

이 비평에서는 해외 동포문학으로 확장된 한국문학의 범주에 '한민족 문화권'이라는 영역을 설정하여 미국, 일본, 중국, 중앙아시아의 해외 동포문학 연구의 범주와 실상을 제시하고 있다. 또한 재외 한국문학 또는 한민족 문화권의 문학이라는 개념적 범주와 우리가 해외 동포문학을 그 범주 안으로 수용하는 문제에 대한 관심을 환기시킬 뿐만 아니라, 통일 이후의 시대에 개화할 새로운 민족문학을 예비하는 시각을 열어 두었다는 데서 중요한 의미를 갖는다.

* 이 글은 《어문연구》 제32권 제4호(2004년 겨울호)에 실린 〈재외 동포문학의 어제·오늘·내일〉을 원전으로 삼은 것이다.

컴퓨터 게임, 그 퍼포먼셜 내러티브

최유찬

1. 스펙터클과 서사

20세기 후반 이래 인류는 새로운 문화 체험을 하고 있다. 인류 역사의 대변혁을 이끌었던 농업 혁명, 산업 혁명에 뒤이은 IT 혁명이 바로 그 체험의 원천이다. 그리고 IT 혁명에서 디지털 기술의 등장은 핵심적 사안이라고 할 수 있다. 우리가 일상적으로 사용하고 있는 컴퓨터, 휴대폰, 텔레비전은 말할 것도 없고 통신, 정보, 과학, 예술 등의 제 분야에서 디지털 기술의 등장은 문화혁신의 중추적인 역할을 담당하고 있다. 컴퓨터 게임은 그 가운데서도 디지털 기술공학의 발전에 전적으로 힘입고 있는 이 시대의 대표적인 문화 형식이다.

게임의 외면적 특징은 시뮬레이션과 상호작용이라고 할 수 있다. 화상과 소리, 언어형식이 종합적으로 구현되면서 실제에 방불한 가상현실 효과를 내는 것이 시뮬레이션이라고 한다면, 거기에 주체가 직접적으로 개입하여 조작하고 제어하는 행위가 상호작용이다. 컴퓨터 게임의 이러한 두 가지 특성은 다 같이 정보의 디지털화란 기반기술에 의거한다. 모든 정보를 1과 0, 또는 on과 off의 형식으로 처리하는 디지털 방식은 종래 서로 분리되어 있던 문화 형식의 통합 가능성을 열었고 그 가운데 한 가지 양상으로 컴퓨터 게임이 등장한 것이다.

그러나 컴퓨터 게임에 인문학적으로 접근하는 데는 이미지와 소리, 언어, 데이터가 디지털 방식으로 처리된다는 사실보다도 그것들이 우리의 느낌과 감성, 인지 방식을 변화시킨다는 점이 중요하다. 곧 디지털 매체에서는 듣고, 보고, 느끼는 오감의 형식이 혼용될 수 있는 방식으로 문화텍스트가 생성되고, 그에 따라 인간의 감각능력이 확장될 수 있는 소지가 마련되는 것이다. 그것은 인간 신체의 연장으로서 도구, 개별 감각기관의 확장으로서 라디오나 문자텍스트, 그림의 형식과는 달리 여러 감각들을 동시적으로 작동하게 함으로써 감각능력 자체를 통합하고 총체화할 수 있는 여건을 조성하고 있다. 이 양태는 저 태고 시대의 축제, 주술 형식으로서 굿으로부터 분화된 여러 문화예술 형식이 컴퓨터 게임이란 디지털 문화 형식에 이르러 과거의 모습을 복구할 가능성을 시사한다. 디지털 시대의 총아로서 새로 출현한 컴퓨터 게임을 놓고 인문학자들 사이에 그것을 스펙터클로 보아야 하느냐 서사로 보아야 하느냐 하는 논란이 벌어지고 있는 것은, 한편으로는 제 눈의 안경으로 장님 코끼리 만지기를 시도하는 것이지만 다른 측면에서는 컴퓨터 게임이 지닌 복합성, 새로운 시대의 '굿'이 지니고 있는 퍼포먼스로서의 형식적 특징을 시사하는 예증이 된다.

컴퓨터 게임을 스펙터클이라는 측면에서 접근해야 한다고 주장하는 논자들이 컴퓨터 게임의 서사적 측면을 도외시하는 것은 아니다. 그들은 게임에서 스펙터클과 서사가 긴장된 관계를 조성하는 것이라고 보면서도 스펙터클이 더 주도적인 요인이라는 사실을 힘주어 강조한다.

허구세계에 살고 있다는 시늉을 하는 것, 즉 대리적인 존재감과 관련된 메커니즘과 즐거움이 여기(컴퓨터 게임 – 인용자주)에서 가장 중요하다. 바로 사람들과 이야기하고 스펙터클한 장소에서 움직이고 물건들을 찾고 분석하는 등의 능력이 최우선적인 것이다. 서사는 허구세계에 능동적으로 참여하면서 이 미래 대도시의 이국적 시민들과 섞여 스펙터클한 환경을 탐험한다는 좀 더 명백한 매혹에 다시 한 번 종속된다.[1]

앤드류 달리는 초기의 영화가 스펙터클을 추구했지만 고전 시대의 할리우드 영화는 서사에 집중했고, 디지털 기술이 도입된 근래에 이르러서는 다시 스펙터클을 추구하는 쪽으로 방향선회를 시도하고 있다고 분석한다. 그 관점에서 달리는 컴퓨터 게임을 올바로 인식하기 위해서는 서사보다도 스펙터클에 주안점을 두어야 하고, 나아가서는 서사적 측면보다도 상호작용 자체에 관심을 기울여야 한다고 주장한다. 그는 컴퓨터 게임 매뉴얼에 소개되어 있는 배경스토리란 상황을 설정해주는 역할 외에 특별한 의미가 없으며, 그것을 모른다고 할지라도 게임을 진행하는 데는 아무런 문제가 없다고 설명한다. 게임에서 게이머가 추구하는 것은 질이 있고 풍부한 서사라기보다는 게임 플레이, 현존감, 운동감각의 대리 경험이라는 주장이다. 이처럼 앤드류 달리가 스펙터클을 반복적으로 강조하면서 서사의 비중을 약화하려고 시도하는 것은 역설적으로 게임을 서사의 측면에서 접근해야 한다고 보는 세력이 완강하게 존재한다는 사실을 입증한다. 실제로 컴퓨터 게임에 대한 인문학적 접근은 그동안 주로 서사라는 측면에 초점을 맞추어 왔다. 그렇게 된 연유는 컴퓨터 게임에 관심을 기울인 초기의 인문학자 대부분이 문학 부문의 연구자였다는 사실과 불가분의 관계를 지닌다. 팔이 안으로 굽는 이치를 생각하면 컴퓨터 게임이라는 신종 문화 형식을 다루면서 연구자들이 컴퓨터 게임이란 낯선 존재를 자신의 전공분야인

---

1   앤드류 달리, 《디지털 시대의 영상문화》, 김주환 옮김, 현실문화연구, 2003, 206쪽.

문학과의 관련 속에서 파악하려고 한 사정은 충분히 이해가 된다. 그 점에서 스펙터클의 의미에 대한 새로운 강조는 기왕의 편향을 바로잡는 의의가 있지만 그것이 지나치면 좌에서 우로 급속히 기울 가능성도 크다. 기왕에 컴퓨터 게임을 서사와 관련지어 논의한 이론들이 사상누각이나 헛소문이 아닌 다음에야 그 타당성을 전적으로 무시할 수 없을 뿐더러 게임에 대한 총체적인 이해를 위해서도 서사는 불가결한 요소이기 때문이다.

2. 서사로서의 컴퓨터 게임

컴퓨터 게임을 서사의 측면에서 접근하는 근거는 대체로 세 가지 방면에서 찾을 수 있다. 첫째, 컴퓨터 게임이 새로운 문화 형식으로 성립되는 과정에서 서사에 크게 의지했다는 점이다. 일부 전문가 가운데는 컴퓨터 게임이 순전히 기술공학적인 산물이라는 관점을 제시하는 경우도 있다. 과연 기술공학만을 가지고 컴퓨터 게임이 가능하게 되었을까 하는 문제는 그것이 일종의 '가지 않은 길'이므로 뭐라고 말할 수 없지만 현실의 컴퓨터 게임의 역사적 생성에는 서사문학이 크게 관여되어 있다. 그 구체적인 사례가 판타지소설의 원조 격으로 거론되는 J. R. R. 톨킨의 《반지의 제왕》이다. 무수히 많은 소설 가운데 유독 톨킨의 작품만이 컴퓨터 게임의 탄생에 일정한 역할을 했다고 하는 원인에 대해서는 앞으로 엄밀한 학문적 고찰이 있어야 하겠지만 그것이 《실마릴리온》,《호빗》 등의 작품과 연관을 맺는 데서 알 수 있듯이 중간계라는 자족적인 세계를 형상화함으로써 시뮬레이션의 원리와 방법을 제시했다는 점, 판타지의 형식을 채택함으로써 뒤이어 나온 많은 컴퓨터 게임의 형식을 직접적으로 계시했다는 점은 강조되어야 할 부분이다. 더욱이 이 작품은 컴퓨터 게임의 원형으로 일컬어지는 〈던전 앤드 드래곤즈(D&D)〉라는 테이블 토크 롤플레잉 게임TRPG의 등장을 직접적으로 이끌었고, 그 보드게임에서 여러 종류의 컴퓨터 게임이 파생되었다는 것은 역사가 말해 주는 진실이다. 곧 《반지의 제왕》 → 테이블 토크 롤플레잉 게임 〈던전 앤드 드래곤즈〉 → 컴퓨터 게임으로 진행된 역사인 것이다.

둘째로 컴퓨터 게임의 구조를 분석할 때 거기에는 주체·객체 관계에 의하여 발생하는 사건이 있으므로 논리적으로 게임은 서사이다. 물론 소설이나 영화에서 나타나는 서사와 컴퓨터 게임에서 발생하는 사건의 성질은 서로 다르다. 기존의 형식들에서 서사는 사건에 대한 '서술'을 함축하지만 게임의 사건은 결코 '서술'되지 않는다는 차이점이 있다. 그러나 좀 더 엄밀하게 분석하면 영화의 사건들도 서술된다기보다는 영상이미지를 통해 '보여지는 것'이라는 점에서 소설의 서술 형식과 다르고, 그런 측면에서 소설과 게임의 중간지대에 자리 잡고 있다고 볼 수 있다. 그렇지만 게임의 사건들을 서사라고 하는 것은 어떤 면에서 보나 일종의 개념의 전용에 해당되고, 그런 의미에서 게임은 기왕에 서사의 본무대가 되어 온 텍스트나 디스코스의 형식이라기보다는 퍼포먼스의 형식이다. 김열규 교수는 이 퍼포먼스의 "행동과 육체적 움직임이 짧든, 길든 그 심층에는 내러티브가 잠재"한다고 보고 그것을 가리키기 위해 '퍼포먼셜 내러티브'라는 용어를 사용할 것을 제안하고 있다. 곧 소설이나 이야기와 같이 행동과 분리된 서사 형식에 주안점을 두는 '언어주의의 청산과 발전으로서의 광역의 언어현상'을 내러티브로 볼 필요가 있으며 이럴 경우 입사식, 의례, 축제도 서사에 포함된다는 관점이다. 이 관점을 적용할 때 컴퓨터 게임의 '비서술적' 서사는 다감각적 언어를 사용하는 '퍼포먼셜 내러티브' 형식이라고 할 수 있을 것이다. 오스트레일리아의 마리 매클린은 《퍼포먼스로서의 서사》라는 저작[2]에서 이미 서사 일반을 퍼포먼스로 파악한 적이 있는데,《인터랙티브 스토리 텔링》의 저자 자넷 머레이처럼 컴퓨터 게임을 인터랙티브 서사라고 파악하는 것도 '인터랙티비티'가 사건에 대한 관객 쪽의 행동적 개입을 의미하는 까닭에 동일한 내용의 인식을 함축한다. 컴퓨터 게임은 그 시뮬레이션의 방식과 주체의 행동적 개입인 실행이 결합함으로써 스펙터클을 산출하는 퍼포먼셜 내러티브 형식인 것이다.

셋째로 컴퓨터 게임은 그 체험의 성격상 서사이다. 컴퓨터 게임 가운데 가장 서사성이 빈약한 대전격투 게임을 마친 후 게이머가 지니게 된 체험을 분석한다고 할 때에도 거기에는 기본적으로 처음과 중간과 끝을 지닌 완결된 행동, 전체적 행동으로 구성된 사건의 구조가 각인되고 있음을 발견할 수 있다. 이 양상은 어드벤처나 롤플레잉, 시뮬레이션 게임에 오면 재론할 필요도 없이 서사의 형식을 띠게 된다. 뿐만 아니라 게임을 진행하면서 게이머가 가지게 되는 긴장은 스펙터클에 대한 기대에서 오는 것이 아니라 다분히 다가올 사건에 대한 공포나 불안과 같은 막연한 두려움에 말미암는다. 스펙터클에 대한 기대만이 결정적인 요인이라면 게이머가 게임을 진행하면서 긴장할 필요는 없다. 그는 오직 설레는 가슴으로 자기 앞에 펼쳐질 스펙터클을 즐기고 향수하면 될 것이다. 다가오는 미래의 사건을 해결하는 데 성공할 것인가 실패할 것인가, 인간의 운명을 손에 쥔 신은 과연 내 손을 들어 줄 것인가 아웃을 선언할 것인가 하는 데 대한 불안의식, 그것이 게이머를 사로잡고 있는 것이고 그 때문에 게이머는 긴장을 늦출 수 없는 것이다. 게임에 몰입하여 중독, 마비 등의 특이한 반응을 보이는 젊은이들이 나타나는 것은 주로 이 긴장의 형식으로 인해 야기되는 현상이라는 것을

---

2   Marie Maclean, *Narrative as Performance* : *The Baudelairean Experiment*, Routledge, 1988. 우리나라에서는 《텍스트의 역학 – 연행으로서의 서사》(한나래, 1997)로 번역되었다.

감안하면 게임의 구조에서 서사가 차지하는 비중을 쉽게 짐작할 수 있다. 〈스타크래프트〉와 같은 게임이 발매된 지 오랜 시간이 지난 후에도, 그래서 스펙터클의 측면에서는 다른 게임에 비해 별로 뛰어날 것이 거의 없는 상태에 이르러서도 여전히 많은 사람이 즐겨 사용하는 소프트웨어가 된 원인은 무엇인가? 이 게임이 지닌 긴장구조가 상대적으로 뛰어나다는 점을 빼놓고서 그 원인을 다른 데서 찾는 일은 결코 쉽지 않을 것이다.《웰컴 투 게임 시나리오》의 저자 가와베 가즈토 같은 사람이 게임의 제작원칙을 극적 구조를 구성하는 방향에서 풀어내고 있는 것은 이 긴장구조를 컴퓨터 게임의 핵심원리로 삼기 때문이다. 다만 컴퓨터 게임의 서사구조는 체험의 측면에서 기존의 선분적 서사형태와는 달리 병렬구조를 지니게 되는데, 이것은 해프닝과 같은 퍼포먼스의 형식이 항시 똑같은 형태로 이루어질 수 없다는 사실에서 충분히 유추할 수 있는 양상이다.

3. 게임 서사의 구조

컴퓨터 게임을 서사의 측면에서 접근하는 입장이 게임에서 스펙터클의 요소가 차지하는 중요성을 부정하는 것은 아니다. 사실 게임 제작자들은 아직까지 서사의 내용이나 질을 향상시키는 작업보다도 스펙터클을 증진할 수 있는 방안을 찾는 데 더 많은 노력을 기울인다. 예컨대 게임 제작 실무자들이 모인 자리에서 논의되는 것은 대전격투 게임의 타격감을 온라인 게임에서 실현할 수 있느냐, 영상물 등급 심의를 통과하기 위해서는 얼마만큼 외설을 자제해야 하고 잔혹한 장면을 삭제해야 하는가 하는 등속의 문제이다. 이것은 초기 영화사에서 그리고 디지털 기술이 도입된 뒤 영화계가 스펙터클에 관심을 쏟는 양상과 흡사하다. 컴퓨터 게임이 걸어온 역사를 보면 문자 형태에서 화상 형태로 그리고 스크롤 방식, 3D, 온라인 방식을 채택함으로써 감각적 자극의 총량을 늘리는 방향으로 줄곧 진행되어 왔다. 기술의 혁신이 게임의 형태를 좌우하는 양상이 당분간 지속될 가능성이 농후한 것이다. 이와 같은 사정을 고려할 때 시뮬레이션에서 공간 구성의 중심이라고 할 수 있는 스펙터클은 시간 구성의 중심인 서사와 함께 여전히 컴퓨터 게임의 양 축을 구성하는 요인이다.

컴퓨터 게임의 스펙터클과 서사를 각기 공간축과 시간축에 해당하는 것으로 배분하는 것은 논란의 여지가 있는 만큼 전략적 선택이다. 디지털 문화 형식으로서 컴퓨터 게임의 서사는 통상 이중재현구조로 설명된다. 게이머가 게임을 통해 어떤 사건을 체험할 수 있기 위해서는 데이터베이스에 내장된 프로그램을 실행하여야 한다. 따라서 데이터베이스에는 게이머의 실행을 위해 필요한 자료들과 알고리즘이 갖추어져 있어야 한다. 데이터베이스를 구조화된 자료의 총체라고 하는 것은 그것이 지닌 이러한 형식적 특징을 나타내 준다. 기존의 서사가 하나의 완결된 문장과 같이 처음과 중간과 끝이란 하나의 질서로 묶여져 있는 통사적 형태를 갖춘 데 반해서 데이터베이스의 자료는 백과사전의 항목들과 같이 단순히 나열되어 있을 뿐인 계열체적 형식이다. 곧 게이머의 실행이란 무질서하게 나열되어 있는 데이터베이스의 자료들 가운데서 일정한 항목들을 끌어내 한데 엮음으로써 통사적 형태를 갖추는 것, 서사를 완성하는 일에 해당한다. 따라서 게임 제작자가 해야 할 일은 게이머가 동원할 수 있는 자료를 완벽하게 갖추는 작업이다. 그러나 게이머가 요구하는 자료가 무엇이 될지 제작자가 어떻게 알 수 있는가?

여기에서 제작자는 불가불 게임의 진행 과정을 데이터베이스의 공간 속에 설계해야 한다. 흔히 소설의 3대 요소를 인물과 환경과 플롯이라고 한다. 게임에서도 이 3요소는 중요 성분이다. 환경은 일반적으로 사건이 펼쳐지는 공간이 되고 인물은 행동을 펼치는 유닛, 플롯은 사건의 진행 순서라고 보면 된다. 게임에서는 여기에 한 가지 더, 알고리즘이 있어야 한다. 테이블 토크 롤플레잉 게임을 해 본 사람이면 금방 짐작하는 일이지만 알고리즘이란 게임 마스터가 하는 역할을 대신하는 메커니즘으로서, 유닛이 행동을 했을 때 그것의 성공이나 실패를 결정하는 일, 자극이 주어졌을 때 컴퓨터의 반응을 미리 규정하는 작업에 해당한다. 게임의 규칙이 주로 알고리즘이란 작동논리를 통해 구현되는 것이므로 그것은 사건의 전개에서 일종의 운명을 좌우하는 신의 역할을 맡는다. 그러나 이런 개별적 요소들이 갖추어져 있다고 해서 데이터베이스가 완성되는 것은 아니다. 그 요소들은 사건의 진행 순서에 따라 적절한 기능을 할 수 있게끔 적재적소에 배치되어야 한다. 〈스타크래프트〉가 지닌 장점은 이와 관련된다. 게임 초기 단계에서는 저글링 러시를 할 수 있는 저그가 유리하지만 드래곤이 나올 때쯤이면 프로토스가 유리하고, 럴커가 나올 무렵이면 다시 저그가 유리해진다. 사이클을 이루면서 반복적으로 우열의 관계가 뒤바뀌는 까닭에 게이머는 쉴 사이 없이 긴장하고 게임에 몰입할 수밖에 없다. 동등한 실력을 가진 게이머들이라면 순간순간의 우열을 결정짓는 것은 데이터베이스를 만든 프로그래머여야 하는 것이다 그 균형이 무너지면 게이머는 언제라도 게임을 떠날 준비가 되어 있으므로 사건의 전개 순서를 감안하여 데이터베이스를 프로그램하는 일은 제작자에게는 사활이 걸린 문제가 된다. 다시 말해서 계열체를 이루고 있는 데이터베이스의 공간 형식은 내적으로는 시간적 형식, 서사구조를 갖추고 있어야 한다는 결론이다. 이것은 게이머의 체험이 시간축을 따라 연속적으로 이루어지지만 기억 속에서는 동일한 평면의 공간적 형식이 되는 것과 논리적으로 대응하는 양상이다.

컴퓨터 게임의 서사를 세부적으로 고찰하려고 할 때 일차적으로 배경스토리와 목표를 주목할 필요가 있다. 배경스토리는 〈테트리스〉 같은 게임에서는 별로 쓸모가 없겠지만 많은 경우 캐릭터의 행동 방식이나 세계 상태에 대해서 알려 주는 기능을 한다. 헤겔《미학》의 행위이론에서는 행위에 내포된 요소를 일반적 세계 상태, 상황, 행동으로 나누는데 배경스토리는 바로 일반적 세계 상태에 해당되고, 게이머에게 지정되는 미션이나 〈스타크래프트〉의 엔터 더 드래곤, 로스트 템플이란 지도는 일종의 상황을 설정하는 역할을 한다. 따라서 배경스토리는 게임을 하는 사람이 크게 의식할 필요가 없는 것이라 해도 결코 쓸데없는 군더더기만은 아니고, 게임의 최종목표, 초목표라고 하는 것도 마찬가지다. 마물을 사냥하는 노가다에만 재미를 붙이고 열심인 사람이 있는지는 모르지만 게이머가 게임에 몰입하면서 특정한 대상에 대하여 분노와 기쁨, 연민 같은 감정을 갖는 것은 모두 이 목표로 인해 생기는 현상이다. 감정은 기본적으로 사람의 지향성과 관련되는 사항이다. 내가 하려는 일에 도움이 되면 그 대상이 예뻐 보이고 방해가 되면 기분 나쁜 것이다. 이렇게 보면 게임은 일반적 세계 상태 속의 특수한 상황에서 게이머가 특정한 목표를 달성하기 위하여 행동을 펼치는 구조이다. 행동의 시발점이 되는 상황과 최종적인 도달점은 처음부터 제시되지만 그 중간 부분은 비어 있어서 무언가를 채워 넣어야 완성되는 서사구조인 셈이다. 게이머가 실행이란 행동적 개입을 통해 채워 넣어야 되는 것이 바로 이 블랙박스로 되어 있는 중간 부분이다. 그러므로 프로그래머가 블랙박스를 어떻게 설계했느냐에 따라 게임의 행동구조, 게이머의 실행으로 창출되는 퍼포먼스의 양상은 크게 달라진다. 〈디아블로〉가 긴 이야기를 배경스토리로 제시하면서도 정작 게임의 행동은 사건의 결말 부분, 디아블로를 해치우는 마지막 단계에 이르러서야 시작되게끔 만들고 있는 것은 그 블랙박스의 설계 의도에 따른 것이다. 이 게임이 액션게임이냐 롤플레잉이냐 하는 문제를 가지고 열을 올리는 경우가 있는데 그것은 블랙박스의 성격에 대한 의견이 다른 데서 야기된 사태이다. 또한 게이머가 어떤 선택을 하더라도 종국에는 프로그램 속에 마련된 스펙터클의 범위를 벗어나지 못한다는 의견도 서사의 순서가 어떻게 구성되었는가에 따라 대상에 대한 감각과 인식은 달라진다는 사실을 외면하고 있다.

게임의 행동 구조에 대하여 가와베 가즈토는 그것이 일종의 변증법적 구조이자 프랙탈 구조(같은 모양이 반복되는 구조-편집자주)로 되어 있으며 7단계로 구분된다고 설명한다. 그에 따르면 게임 서사의 첫 단계는 게이머가 풀어야 할 해결 과제가 제시되는 발단부이다. 대부분의 게임은 이 해결과제를 처음부터 명확하게 제시하지만 어떤 게임은 그것을 확인하는 데 많은 시간을 소비하게 하는 경우도 있다. 두 번째 단계는 주인공이 처음으로 문제 해결을 위해 행동을 개시하는 착수 행동이고, 여기에서 실패한 다음 주어진 상황에서 해결의 단서를 찾아 재행동에 돌입하는 것이 세 번째 단계이다. 네 번째 단계는 또다시 실패한 주인공이 충분한 준비를 한 다음 행동을 펼치기 때문에 어느 정도 성공에 이르지만 그로 인해 오히려 궁지에 떨어진다. 다섯 번째 단계는 주인공이 이제 절체절명의 급박한 상황에 몰리게 되며 여섯 번째 단계는 주인공과 적대역이 행동의 원인이 되었던 근본 문제를 놓고 숙명의 한판 대결을 벌이는 국면이다. 일곱 번째 단계는 모든 문제가 해결되어 모두가 평화를 되찾게 되는 대단원이다.

컴퓨터 게임 전체를 서사라고 하는 경우 '〈테트리스〉나 〈지뢰찾기〉, 〈브레이크 아웃〉도 서사냐?'라고 반문하는 사람이 있을 수 있다. 그러나 문학에서 서사의 원초적인 형태는 어떤 기념물에 써 있는 사물의 이름이나 경구, 격언과 같은 단세포 구조에서 시작되고, "태초에 말씀이 계시니라" 정도에 이르면 대서사시의 단계에 이른 것으로 간주된다는 사실이 고려되어야 한다. 축제나 의례를 퍼포먼스 형식을 취한 내러티브라고 보는 것도 결코 견강부회나 아전인수가 아닌 것이다. 하지만 이런 관점에 끈질기게 달라붙을 의혹을 떨쳐 버리기 위해서는 게임이 발전되어 온 역사를 통해서 그 서사의 변천 양상을 돌아볼 필요가 있다. 이 고찰에서는 특히 퍼포먼스로서 컴퓨터 게임의 특성을 유의해 볼 필요가 있다. 익히 알려진 바와 같이 최초의 게임은 테니스 게임이라고 불리는 〈퐁〉이다. 초록색의 탁구대와 양쪽의 라켓과 공만이 표시되는 이 게임은 매우 단순한 구조이지만 게임이란 퍼포먼스의 조건인 시뮬 레이션에 필요한 모든 성분을 갖추고 있다. 탁구대는 행동이 펼쳐지는 장소이며 양쪽의 라켓은 캐릭터로서 주체와 객체를 나타내고, 공은 그 들 사이에 주고받는 힘을 표시한다. 공을 받아 내지 못하는 쪽은 대전 격투 게임에서 힘이 다한 캐릭터가 아웃되는 것과 마찬가지로 패배하 는 것이다. 이 단계의 게임에는 〈알카노이드〉와 같은 벽돌 깨기 게임과 우주를 배경으로 전개되는 〈스페이스 워〉 같은 슈팅 게임이 포함된다. 이 게임들의 공통점은 캐릭터나 공간이 구체적으로 묘사되지 않고 상 징적인 부호나 숫자, 도상으로 제시되며 사건의 전개도 단조롭다는 점 이다. 이 단조로운 게임들을 그 형상의 특성에 따라 구분해 보면 가장 추상적인 형식이 최초의 게임인 〈퐁〉이고 벽돌 깨기 게임이나 슈팅 게 임에서는 비교적 주체 객체의 형상이 뚜렷해지고 힘을 주고받는 형식 도 다채로워지지만 여전히 그 서사의 전개는 미약하다. 그것들은 캐릭 터, 장소, 사건을 단지 추상적으로 상징할 뿐이기 때문에 상징적·추상 적 서사 형식에 속한다고 할 수 있다.

두 번째 단계에서는 추상적으로 표시되던 사물들이 구체적인 형상 의 옷을 입고 사건의 전개가 복잡해진다. 이 단계에서는 정지해 있던 적이 쳐들어온다든가 캐릭터의 모습이 사실적으로 묘사되는 외에 스크 롤 방식을 통해서 고정되어 있던 화면이 상하좌우로 확대되고 대상을 포착하는 시점도 위에서 내려다보는 방식, 약간 비스듬하게 내려다보는 방식, 관찰자 시점을 취하는 방식 등으로 다변화된다. 이 단계에 속하는 게임으로는 〈스트리트 파이터〉, 〈철권〉, 〈둠〉, 〈퀘이크〉, 〈팩맨〉 등을 들 수 있는데 단순한 형태에서 복잡한 형태로, 일방적 공격에서 쌍방향 공격으로 스펙터클이 증대되는 방향으로의 전환을 공통적 특징으로 들 수 있다. 이러한 양상은 대부분 전자공학 및 애니메이션 기술의 발전에 의해 가능해진 변화이다. 이 밖에 이 단계에서 주목해야 할 점은 대전격투 게임에서조차 점차 시나리오라는 이야기구조를 필요로 하는 쪽으로 게임의 성격이 바뀐다는 사실이다. 이렇게 서사성이 증대되는 데는 많은 의미가 함축된다. 이야기는 어떤 것이건 간에 일정한 규모의 복합적인 사건을 대상으로 하고, 사건들 사이의 결합은 어떤 형태로든 인과율을 요구한다. 그래서 이야기구조에서는 지성적 요인이 중요한 요소로 작용하게 된다. 그러므로 서사성이 증대된 게임은 단순히 물리적·생리적 반응에 따르도록 만들어진 게임의 영역을 넘어서지 않을 수 없다.

세 번째 단계에서는 이제 본격적으로 이야기구조를 도입한 게임들이 등장한다. 어드벤처, 롤플레잉, 시뮬레이션 게임 등 오늘날 게이머들이 익숙하게 알고 있는 대부분의 게임은 1970년대 중·후반 거의 같은 시기에 출현한다. 이렇게 서사성이 증대된 게임들이 같은 시기에 한꺼번에 등장한다는 사실은 단순히 기술적 요인만으로 해명할 수 없는 현상이다. 이 게임들 속에서는 여러 사건들이 연속되면서 갖가지 우여곡절을 낳는 서사구조가 등장하는데 각 장르별로 그 양상은 일정한 차이를 지닌다. 어드벤처 게임은 기존의 서사와 가장 유사한 형태로, 일정하게 사건 전개의 순서가 정해져 있어서 게이머는 퍼즐을 풀든가 과제를 해결하면서 다음 단계의 행동으로 옮겨 갈 수 있다. 게이머가 어떤 과정을 거치는가에 상관없이 최종적으로는 게임을 한 사람이면 누구나 동일한 서사구조를 체험하게 되는 형식이다. 따라서 어드벤처 게임에서는 스토리가 정교하게 짜여야 하고 배경장면이라든가 사건의 형식이 스펙터클한 장면들로 구성되는 특징이 있다. 롤플레잉 게임은 어드벤처 게임의 선조적 사건 전개가 복잡해진 형식이다. 게이머가 목표지점에 도달하는 방법이 하나로 고정되어 있는 것이 아니라 다양한 노선을 거칠 수 있게 되어 있고, 그 길을 자유롭게 선택할 수 있는 구조이다. 그러므로 같은 게임을 한 사람이라도 어느 노선을 취했느냐에 따라 체험한 사건은 전혀 다를 수 있고, 반복해서 게임을 실행했다면 여러 개의 사건구조가 병렬적으로 나타나게 된다. 어드벤처 게임과 이 게임을 구분하는 데 자유도 문제가 자주 거론되는 것은 게이머에게 주어진 선택지의 성격이 서로 다른 데서 연유한 것으로 그 결과가 서사의 병렬구조로 나타나는 것이다. 롤플레잉 게임은 모든 컴퓨터 게임의 기본 형식이다. 캐릭터의 능력을 향상시키면서 과제를 해결해 가는 이 게임의 구조가 모든 이야기의 기본 형태인 영웅의 일생을 그리는 전기 형식을 취하고 있기 때문이다. 시뮬레이션 게임은 통상 세 가지로 구분된다. 전략전술 게임이 그 하나이고 육성시뮬레이션 게임이 다른 하나이며, 시뮬레이터형 게임이 세 번째 형식이다. 전략전술 게임은 고에이사의 〈삼국지〉나 블리자드사의 〈스타크래프트〉가 대표적인 형식이고, 육성시뮬레이션 게임은 〈프린세스 메이커〉, 〈심시티〉, 〈졸업〉 등이 대표하며, 시뮬레이터형 게임은 자동차, 항공기, 탱크, 잠수함의 장비를 조작하는 형태의 게임이다.

컴퓨터 게임의 네 번째 단계는 기존의 형식들을 복합하거나 변용함으로써 이루어진 게임들로 구성된다. 통신망을 통해 게이머와 게이머를 연결하는 온라인 게임, 휴대폰을 이용한 모바일 게임, 가상현실 기술을 이용하여 게이머의 신체와 캐릭터를 동화시키는 게임 등이 이 단계의 대표적인 게임들이다. 이 게임들은 대부분 새로운 기술이나 환경을 이용한다는 특징을 지니지만 서사의 내용을 질적으로 변환시킴으로써 게임의 특성을 살리고자 하는 〈블랙 앤드 화이트〉 같은 게임도 나타나고 있고, 인간의 오감을 활용하여 게임을 전개할 수 있도록 고안되고 있는 차세대 게임도 이 부류에 포괄할 수 있다.

4. 신화를 재연하는 놀이

컴퓨터 게임은 퍼포먼스를 통해 내러티브를 산출한다. 그 양태가 극단적인 형태로 나타난 것을 우리는 DDR에서 찾아볼 수 있다. 앞으로 오감을 이용한 차세대 게임이 본격화된다고 했을 때 그 양상의 일단은 DDR과 같은 체감 게임을 통해 엿볼 수 있다. 이처럼 컴퓨터 게임이 퍼포먼스의 형식을 지닌다는 것은 문화적으로 어떤 의미를 지니는가? 자기의 전공영역을 떠나 조금만 시야를 넓혀서 돌아보면 우리는 컴퓨터 게임에서 이루어지는 퍼포먼스가 축제의 형식과 일정한 관계가 있다는 사실을 알 수 있다. 축제는 제의, 종교적 제식의례에서 비롯되었다. 그리고 축제는 흥겹고 스펙터클한 잔치라는 겉모습 속에 세계의 질서가 확립된 시원의 역사를 재연하는 의식을 거행한다. 그 제의를 통해 공동체의 질서를 세운 거룩한 역사의 시간을 상기하고 그 세계의 질서 속에 사회성원 전체가 동참한다는 의미에서 치루는 의식이 축제이다. 실제로 우리는 개천절을 기념하면서 홍익인간의 이념을 되새긴다. 또 8월 15일을 국경일로 제정하여 일제의 압박으로부터 주권을 되찾은 사건, 광복을 기념한다. 그것은 모두 한민족 공동체의 시원의 시간과 거기에서 이룩된 질서, 그 질서와 세계가 성립되기까지의 과정을 기억하고 현시점에서 그 과업에 동참하고자 하는 뜻을 밝히는 의식이다. 단군신화에서 볼 수 있듯이, 신화는 이렇게 무질서, 혼돈의 시간으로부터 질서의 세계, 코스모스가 탄생한 역사를 이야기하는 형식이다. 세계 여러 지역의 신화에서 영웅들은 흔히 드래곤으로 표상되는 혼돈의 세력을 물리치고 세계에 질서를 가져오는 주인공이다. 축제는 이 "신화적 사건을 단지 기념하는 행사로 그치지 않으며, 그 사건을 재연하는 데까지 나아가는 것"[3]으로, 그 의식을 통해 공동체의 성원은 '근원적 시간으로의 복귀'를 체험하는 것이다. 신화는 이 축제가 재연하는 사건, 궁극적 실체를 언어적으로 현시하고 표현하는 양식으로 성립한 것이다. 이 사실을 감안하면서 고찰할 때 많은 컴퓨터 게임이 고대나 중세적 세계를 배경으로 하여 세계의 질서를 위협하는 무리들과 싸우는 영웅의 이야기를 줄거리로 가지고 있다는 것은 그것이 신화구조와 밀접한 관련을 가지고 있음을 알려 준다. 더욱이 컴퓨터 게임은 게이머의 실행이라는 행동적 개입을 통해 사건을 전개하는 퍼포먼스라는 점에서, 또한 스펙터클을 야기하는 시뮬레이션을 동반한다는 점에서 언어적 국면으로 좁혀지기 전 신화적 사건을 재연하던 축제의 형식과 매우 가까운 거리에 있음을 알 수 있다. 축제가 매년 반복되는 것도 게임이 반복 실행되는 것과 닮은꼴이다. 종교학자 엘리아데는 원시인들의 의식 속에서 새해가 된다는 것은 낡은 세계가 소멸하고 새로운 세계가 도래하는 것을 의미한다고 지적한다. 우리나라에서 설을 명절로 하는 것도 기본적으로 같은 의미를 지닌다고 할 것이다. 이것은 게이머가 컴퓨터를 켤 때마다 새로운 세계 속에 들어서는 것과 동일한 양상이다. 근래에 들어서 판타지문학과 함께 신화가 젊은 세대들에게 각광받는 이유도 이로부터 얼마간 유추해 볼 수 있다.

오랫동안 인류의 생활과 긴밀한 관계를 가졌던 축제가 시간의 흐름 속에서 놀이와 신화로 분리되었다는 것은 익히 알려져 있는 사실이다. 특히 근대 사회에 이르러서 놀이는 순수한 오락의 수단으로 전락하고

---

3   멀치아 엘리아데, 《성과 속 - 종교의 본질》, 이동하 옮김, 학민사, 2001, 72쪽.

918

신화는 소설이라는 서사장르의 전담 영역으로 변질되었다. 그것들은 서로 아무런 연관이 없는 독립된 사회적, 문화적 제도로서 제각기 자기 영역에서 공고한 성을 쌓아 왔다. 그런 세월이 길게 지속되다가 어느 순간엔가 디지털 기술에 의해 컴퓨터 게임이란 신종 문화 형식이 등장했다. 이 낯선 사물을 놓고 그것이 스펙터클이냐 서사냐 하고 논란을 벌이는 것은 기존의 제도에 익숙해져서 자신이 소속된 세계의 논리를 다른 영역으로 확장하여 적용한 데 따른 결과라고 할 수 있을지 모른다. 그러나 그 논란은 생활의 분화로 인해 전체에 대한 감각을 잃은, 그래서 문화가 지닌 원래의 의미를 망각한 근대인의 한 표징을 드러낸 것은 아닌가? 오히려 그 제도에 길들지 않은 무구한 사람들이 자신도 모르게 망각의 세계에 파묻혀 있던 인류의 오랜 관습을 무의식의 저 심층 속에서 길어 내고 있지는 않은가? 노스럽 프라이와 함께 20세기의 대표적 비평가로 손꼽히는 게오르크 루카치는 자신의 《미학》 첫머리에 다음과 같은 칼 마르크스의 말을 인용하여 인류의 문화 형식을 바라보는 자신의 기본 관점을 밝히고 있다.

"그들은 그것을 알지 못한다. 그러나 그들은 그것을 행한다."

—

　기존의 컴퓨터 게임에 대한 연구는 '서사'의 측면과 '스펙터클'의 측면으로 나눠져 있었다. 최유찬의 이 글 역시 크게는 컴퓨터 게임에 대한 기왕의 인문학적 접근, 즉 서사라는 측면에 초점을 맞추어 파악하려는 입장을 수용하고 있다. 그러나 그는 문학과의 관련 속에서 컴퓨터 게임의 서사적 특성을 밝히려는 데만 머물지 않는다. 그는 새로운 시각으로 컴퓨터 게임에 접근해야 함을 역설하는데, 그가 말하는 새로운 시각이란 '퍼포먼셜 내러티브'라는 개념을 통해 시작된다. 즉 컴퓨터 게임이 기본적으로 서사로 이루어져 있다는 것은 부인할 수 없는 사실이지만, 이때 서사라는 것은 실제 이야기를 구현해 나가는 이용자의 선택, 혹은 이용자의 수행활동과 관련되어 있고, 그러므로 이러한 이용자의 수행활동을 더 잘 이끌어 내기 위해 스펙터클은 게임에서 빠질 수 없는 주요한 요소로 등장할 수밖에 없다.

이 글은 컴퓨터 게임의 서사성과 스펙터클을 이분법적으로 나눌 수 없음을 밝히고, '퍼포먼셜 내러티브'라는 개념을 통해 컴퓨터 게임을 근대 이후에 나타난 시간의 흐름 속에서 놀이(퍼포먼스)와 신화(서사)로 분리되어 버린 축제를 디지털 기술에 의해 다시 복권시키는 신종 문화 형식으로 새롭게 규정한다. 특히 이 글은 컴퓨터 게임이 지닌 복합성을 퍼포먼스의 형식적 특징으로 바라보는 새로운 시각을 제공한다는 점에서 의의를 지닌다.

* 이 글은 《컴퓨터 게임과 문화》(이룸, 2004)에 실린 〈컴퓨터 게임, 그 퍼포먼셜 내러티브〉를 원전으로 삼은 것이다.

이 책에 실린 작품들 중 〈시형의 음률과 호흡〉(김억), 〈계급문학 시비론〉(박영희·김기진), 〈투쟁기에 있는 문예비평가의 태도〉(박영희), 〈무산문예 작품과 무산문예 비평〉(김기진), 〈웰컴! 휴먼이즘〉(백철), 〈현대문학과 민족정신〉(최일수), 〈한국의 모던이즘〉(이봉래), 〈뉴크리티시즘의 제 문제〉(백철), 〈전통과 주체적 정신〉(정태용), 〈상상력의 두 경향〉(김현)은 저자나 저자의 연고자와 연락이 닿지 않아 작품 게재 허락을 구하지 못했습니다. 이 작품들의 저자나 저자의 연고자 또는 이들을 알고 계시는 분은 출판사로 연락을 주시면 다시 허락을 구하고 게재료를 지불하겠습니다.

구중서

—

具仲書1936~ 문학평론가로, 중앙대학교 국어국문과 및 동 대학원을 졸업했다. 문학지《신사조》에 〈역사를 사는 작가의 책임〉을 발표하여 등단했으며 비평 활동을 시작한 이래 당대 현실과 밀착한 문학 정신을 주창해 왔다. 민족문학작가회 회장, 한국민족예술인총연합회 제13대 이사장, 민족예술인총연합공동 대표 등을 역임했으며 현재는 수원대학교 명예교수로 있다. 요산문학상, 팔봉비평문학상 등을 수상했다. 저서로《한국문학사론》,《의로운 사마리아 사람》,《문학을 위하여》,《분단 시대의 문학》,《한국문학과 역사의식》,《문학과 현대사상》,《문학적 현실의 전개》,《면앙정에 올라서서》 등이 있다. 편저로《대화집 - 김수환 추기경》,《제3세계문학론》,《신동엽 - 그의 삶과 문학》,《한국 근대문학 연구》,《신경림 문학의 세계》 등이 있다.

김기림

—

金起林1908~? 시인이자 문학평론가, 영문학자로 본명은 인손仁孫, 호는 편석촌片石村이다. 1930년 일본대학 문학예술과와 동북제대 영어영문과를 졸업했다.《조선일보》에 기자로 재직하면서 몇 편의 시와 시론을 발표하기 시작했고 이효석, 조용만, 박태원 등과 '구인회'를 결성한 후에도 〈살수차〉, 〈아침송가〉, 〈가을의 과수원〉 등 많은 시작품을 써냈다. 동시에 시론 〈상아탑의 비극 - 싸포에서 초현실까지〉, 〈시의 방법〉, 〈시의 모더니티〉 등을 발표, 이미지즘을 위시한 신고전주의를 비판적으로 소개했고 이양화, 최재서 등과 함께 주지주의문학론을 도입하여 1930년대 우리 문단에 새로운 시와 시론을 소개하는 데 앞장섰다. 납북되기 전까지는 서울대학교 국어국문학과 교수로 재직했다. 저서로는 《기상도》,《태양의 풍속》,《바다와 나비》와 평론집《문학개론》,《시론》,《시의 이해》 등이 있다. 1988년에는《김기림 전집》(전6권)이 간행되었다.

김기진

—

金基鎭1903~1985 평론가이자 소설가로, 호는 팔봉八峰이다. 배제고보 졸업 후 도일해 1921년 일본 릿쿄대학 영문학부 예과를 거쳐 본과에 진학했으나 중퇴하고 신극운동 단체인 '토월회' 조직을 위해 귀국했다. 그 후 다시 도일, 1922년 창간된《백조》동인으로 활동했다. 신경향파 운동의 선도자로 프로문학에 전념하여 한국 최초의 프로문학 이론인 〈클라르테운동의 세계화〉를《개벽》에 발표했고 1925년에는 파스큘라와 염군사를 통합해 카프를 조직했다. 1924년부터 1940년까지《매일신보》,《조선일보》등의 기자로 활동했으며 1960년《경향신문》주필을 거쳐 1972년 펜클럽·문협의 고문을 역임했다. 6·25 때는 공산치하에서 인민재판에 회부되었다가 기적적으로 회생하여 육군 부단장으로 활약하면서 금성화랑무공훈장을 수상했다. 〈붉은 쥐〉, 〈군웅〉, 〈청년 김옥균〉 등의 작품을 남겼으며 1989년에는《김팔봉 문학 전집》이 발간되었다.

김동리

—

金東里1913~1995 본명은 시종始鍾이다. 경주제일교회 부설학교를 거쳐 대구 계성중학에서 수학한 뒤 1929년 서울 경신중학 4년에 다니다 중퇴하여 문학 수련에 전념했다. 1934년《조선일보》신춘문예에 시 〈백로〉가 입선되어 문단에 나왔다. 이후 소설로 전향했는데 1935년《중앙일보》신춘문예에 〈화랑의 후예〉가, 1936년《동아일보》신춘문예에 〈산화〉가 재차 당선되면서 소설가로서의 입지를 굳혔다. 순수문학과 신인간주의의 문학사상으로 일관해 오면서 8·15 광복 직후 민족주의문학 진영에 가담하여 우익 측의 민족문학론을 옹호하기도 했다. 이때 발표한 평론으로 〈순수문학의 진의〉, 〈순수문학과 제3세계관〉, 〈민족문학론〉 등이 있다. 대표적 소설로는 〈역마〉, 〈황토기〉, 〈귀환장정〉, 〈실존무〉, 〈등신불〉,《사반의 십자가》 등이 있으며 평론집《문학과 인간》과 시집《바위》, 수필집《자연과 인생》 등의 저서를 남겼다.

김명인

—

金明仁1958~ 문학평론가로 서울대학교 국어국문과를 졸업하고 인하대학교 국어국문과 대학원에서 석사, 박사 학위를 취득했다. 1985년 창작과비평사의 평론 무크지《한국문학의 현 단계》4집을 통해 평론 활동을 시작했다. 1987년 여름, 평론 〈지식인문학의 위기와 새로운 민족문학의 구상〉을 발표하여 이른바 '민족문학 논쟁'의 불씨를 댕겼다. 그리고 이어서 〈리얼리즘 문제의 재인식〉, 〈이문열론〉 등 민중적 민족문학의 이론적, 실천적 지평을 확대시킨 문제적 평론들을 발표해 나갔다. 1990년대에 들어서는 동구 사회주의의 붕괴와 국내 민주운동의 침체에 직면한 한 진보적 문학평론가의 존재론적 자기성찰을 담은 글인 〈불을 찾아서〉를 발표했다. 저서로는 평론집《희망의 문학》,《주례사 비평을 넘어서》,《불을 찾아서》 등이 있다.

김붕구

—

金鵬九1922~1991 불문학자이자 수필가, 평론가로 호는 석담石潭이다. 황해도 옹진에서 태어나 1944년 일본 와세다대학 정치외교학과, 1950년 서울대학교 불어불문과를 졸업했으며 1953년부터 서울대학교에 출강하여 1968년 교수가 되었고 1974년 문학박사 학위를 받았다. 주로 프랑스의 행동주의문학과 실존주의를 소개하고 이것의 정당한 이해와 평가에 주력했으며《A. 지드와 프랑스문학》,《말로》,《증언으로서의 문학》 등 A. 지드, M. 프루스트, A. 말로, J. P. 사르트르 등의 문학을 소개하면서 현대문학의 특성을 밝히고 한국 현대문학의 방향을 제시하는 논문을 다수 발표했다. 저서로《불문학사》,《불문학산고》,《작가와 사회》 등이 있고, 역서로는 데카르트의《방법론 서설》, 사르트르의《문학이란 무엇인가》, 보들레르의《악의 꽃》 등이 있다.

김양수

—

金良洙1933~ 1955년《현대문학》에 〈랭보론〉이 추천되었다. 그 후 한국예술문화단체총연합회 경기도지부 부지부장, 문인협회 경기도 지부장,《경기일보》 상임논설위원 등을 역임하고 제3회 현대문학 신인상, 제4회 인천시문화상, 제1회 경기도문화상을 수상했다. 〈서정주의 영향〉, 〈문학에서의 미의 창조〉, 〈고독한 미의 편력〉, 〈나르시스의 비극〉, 〈독자성의 문학〉, 〈형상화의 문학〉, 〈불후성의 문학〉 등의 평론을 남겼는데 그의 평론의 특성은 처녀논문 〈청마론〉 이래 미를 추구하는 데 있다. 이를테면 예술작품에서 받은 인상을 그대로 향수하고 그것을 분석 종합하는 인상주의 비평인 것이다. 김양수는 예민한 감수성을 가지고 강한 인상을 식별하고 설명하는데 이러한 감수성은 그 문장에도 잘 나타나 있다. 특히 '현실 참여'의 문학을 통렬히 비판하는 대표적인 비평가 중 한 사람으로 꼽힌다.

김억

—

金億1893~? 시인으로 필명은 안서岸曙, 본명은 희권熙權인데 뒤에 억億으로 개명했다. 오산중학을 졸업하고 일본 게이오의숙 문과를 중퇴했다. 유학 중인 1914년《학지광》 8월호에 시 〈이별〉을 발표했고 1918년부터는 《태서문예신보》에 투르게네프의 산문시를 비롯하여 베를렌·보들레르 등의 프랑스 상징파의 시를 소개했다. 1920년에는 염상섭 등과 《폐허》를 창간했다. 그 후 데카당 시인들의 시를 소개함으로써 한국 문단에 퇴폐주의문학이 유행하게 된 데 일조했다. 친일 활동을 한 것으로 알려져 있으며 6·25동란 때 납북되었다. 1921년 발간한 최초의 번역 시집《오뇌의 무도》는 베를렌·보들레르 등의 시를 번역한 것이며 1923년에 간행된《해파리의 노래》는 근대 최초의 개인 시집이다. 에스페란토의 선구적 연구가로서《에스페란토 단기 강좌》를 발표하여 최초의 한국어 에스페란토 입문서를 남기기도 했다.

김우종

—

金宇鍾1929~ 문학평론가로 서울대학교 국어국문과를 졸업했고 1957년《현대문학》에 〈은유법 론고〉, 〈이상론〉 등을 발표하며 평단에 나왔다. 1960년 1월부터 문학의 사회 참여 운동을 전개했으며 1974년 1월에 유신 체제하의 날조된 문인 간첩단 사건으로 투옥되기도 했다. 이 같은 일의 영향으로 경희대학교에서 해직당하고 에세이집과 평론집 출판이 금지되었다. 이후 복권되어 덕성여자대학교 교수를 지냈고《한국대학신문》주필, 참여연대 고문 등을 역임했다. 또한 KBS 〈시민법정〉 프로의 변호사도, 공개대학 〈한국 근대문학 사조사〉와 교육방송 〈고전백선〉의 MC로, 그 밖에 여러 방송 프로에서 문학 해설 진행자로 활약했다. 월탄문학상, 한국문학상, 서울시문화상 등을 수상했으며 저서로《한국 현대소설사》,《현대소설의 이해》,《비평문학론》,《순수문학 비판》 등이 있다.

김우창

—

金禹昌1937~ 1958년 서울대학교 영어영문과를 졸업하고 미국 하버드대학에서 미국 문명사에 관한 논문으로 박사 학위를 받았다. 서울대학교와 고려대학교의 영어영문과 교수, 고려대학교 대학원장, 2005 프랑크푸르트도서전 주빈국 조직위원장을 역임했다. 1965년 〈엘리어트의 예例〉(청맥, 3월호)에 이어 1967년《창작과 비평》봄호에 〈시에 있어서의 지성〉을 발표한 후《동아일보》의 시 월평을 맡았다. 영문학자, 공공지식인, 문명비평가, 문화사가, 문학이론가, 평론가, 철학자로서 그동안 인문, 사회, 자연과학을 통합적으로 아우르며 가늠하기 어려운 사상적 넓이와 깊이를 보여 주었기 때문에 한국 인문학의 거장으로도 불린다. 저서로《궁핍한 시대의 시인》,《지상의 척도》,《시인의 보석》,《법 없는 길》,《이성적 사회를 향하여》로 구성된 '김우창 전집' 5권과《심미적 이성의 탐구》,《정치와 삶의 세계》,《행동과 사유》,《시대의 흐름에 서서》,《풍경과 마음》,《자유와 인간적인 삶》 등이 있다.

<h1 style="text-align:center">김윤식</h1>

金允植1936~ 서울대학교 국어국문과와 동 대학원 국어국문과를 졸업했고 1962년《현대문학》에 〈문학사방법론 서설〉이 추천되어 문단에 발을 들여놓았다. 한국 근대문학에서 근대성의 의미를 실증주의 연구 방법으로 밝히는 데 주력했으며 특히 1920~1930년대의 근대문학과 프롤레타리아문학이 가지는 근대성의 의미를 밝히고자 했다. 1973년 김현과 함께 펴낸《한국문학사》에서는 기존의 문학사와는 달리 근대문학의 기점을 영·정조 시대까지 소급해 상정함으로써 뜨거운 논쟁을 불러일으키기도 했다. 현대문학 신인상, 한국문학 작가상, 대한민국문학상, 김환태평론문학상, 팔봉비평문학상, 요산문학상 등을 수상했으며 저서로《문학사방법론 서설》,《한국문학사 논고》,《한국 근대문예비평사 연구》,《황홀경의 사상》,《우리 소설을 위한 변명》,《한국 현대문학비평사론》등이 있다.

<h1 style="text-align:center">김재홍</h1>

金載弘1947~ 문학박사이자 문학평론가로 서울대학교 국어교육학과와 동 대학원 국어국문학과에서 현대문학을 전공했다. 육군사관학교와 충북대학교, 인하대학교 교수를 역임했으며 현재 경희대학교 국어국문학과 교수로 재직 중이다. 1969년《서울신문》을 통해 등단하여 문학평론가로 활동하고 있으며 1990년 시 전문 계간지《시와 시학》을 창간해 현재까지 주재하고 있다. 녹원문학상, 현대문학상, 편운문학상, 김환태평론상, 후광문학상, 현대불교문학상 등을 수상했다. 저서로《한국전쟁과 현대시의 응전력》,《한용운 문학 연구》,《시와 진실》,《한국 현대시 형성론》,《현대시와 역사의식》,《카프시인 비평》,《한국 현대문학의 비극론》,《한국 현대시의 사적 탐구》,《생명·사랑·자유의 시학》,《우리문학 100년》,《시어사전》이 있고 역서로 아리스토텔레스의《시학》, 편저로《즐거운 명시 감상》등이 있다.

<h1 style="text-align:center">김종회</h1>

金鍾會1955~ 문학박사이자 문학평론가로, 경희대학교 국어국문학과와 동 대학원을 졸업하고 1988년《문학사상》을 통해 평단에 나왔다. 김환태평론문학상, 한국문학평론가협회상, 시와시학상, 경희문학상을 수상했으며 2008년에는 평론집《문학과 예술혼》,《디아스포라를 넘어서》로 유심작품상, 편운문학상, 김달진문학상을 수상하는 등 한 해에 3개의 상을 수상하는 전례를 남기기도 했다. 특히《디아스포라를 넘어서》는 종교와 문학의 경계, 한국 근대문학의 경계

개념을 함께 분석한 평론집으로 평가받고 있다. 저서로《한국소설의 낙원의식 연구》,《위기의 시대와 문학》,《문학과 전환기의 시대정신》,《문학의 숲과 나무》,《문화 통합의 시대와 문학》, 《문학과 예술혼》,《디아스포라를 넘어서》 등이 있으며 엮은 책으로《북한문학의 이해》,《한민족 문화권의 문학》,《한국 현대문학 100년 대표 소설 100선 연구》,《문학과 사회》 등이 있다.

김지하

—

金芝河1941~ 1960년대와 1970년대에는 반체제 저항시인으로, 1980년대 중반 이후에는 생명 사상가로 활동하고 있는 시인이자 사상가이다. 1959년 서울대학교 미학과에 입학한 이듬해 4·19 혁명에 참가한 뒤 민족통일 전국학생연맹 남쪽 학생 대표로 활동하면서 학생운동에 앞 장섰다. 1969년 11월 시 전문지《시인》에 5편의 시를 발표하면서 본격적으로 저항시인의 길로 들어섰고 이듬해《사상계》5월호에 권력 상층부의 부패상을 판소리 가락으로 담아낸 담시譚詩 〈오적〉을 발표하면서 군사 독재 시대의 '뜨거운 상징'으로 떠올랐다. 1975년에 아시아·아프리 카 작가회의로부터 로터스상을, 1981년에 세계시인대회로부터 위대한 시인상과 브루노 크라 이스키상을 받았다. 저서로는 시집《타는 목마름으로》,《검은 산 하얀 방》,《별밭을 우러르며》, 《이 가문 날의 비구름》,《오적》과 산문집《밥》,《남녘땅 뱃노래》,《옹치격》,《동학 이야기》,《생 명》,《대설, 남》 등이 있다.

김현

—

金炫1942~1990 문학평론가이자 불문학자로 전남 진도에서 태어났다. 본명은 김광남金光南으로 서울대학교 문리대 및 동 대학원 불어불문과를 졸업하고 프랑스 스트라스부르대학에서 유학 했다. 서울대학교 불어불문과 교수를 역임했으며 불문학자로서《프랑스 비평사》,《제네바 학 파 연구》,《시칠리아의 암소》 등 주요한 업적을 남겼다. 1962년《자유문학》에 평론 〈나르시스 의 시론〉을 발표하면서 등단했다. 이후 문학평론가로서 열정적인 활동을 펼쳐 팔봉비평문학 상, 현대문학상을 수상했다.《상상력과 인간》,《사회와 윤리》부터《말들의 풍경》,《행복한 책 읽기》에 이르는 비평을 통해 우리 문학의 넓이와 깊이를 새롭게 했다고 평가받았으며 그 성과 는 작고 후 16권의《김현 문학 전집》으로 정리되었다.

김환태

—

金煥泰1909~1944 호는 눌인訥人이며 전북 무주군 무주면 읍내리에서 태어났다. 보성고보를 졸업한 후 1928년 도일하여 경도京都의 도지샤대학 예과에 입학했다. 1934년《조선일보》에 평론 〈문예비평가의 태도에 대하여〉를 발표하면서 평단에 나왔고《예술의 순수성》,《나의 비평 태도》등을 발표하여 순수문학을 적극 옹호하고 카프의 공리주의문학을 배격했다. 또한《정지용론》등을 통해 예술파 시인들의 작품 세계를 분석했고 순수문학 정신을 옹호하는 입장에서 평론 활동을 펼치기도 했다. 1936년 '구인회'에 가입하고 1940년에는 서울 무학여고 교사로 이직했으나 1942년 12월 폐병으로 건강이 악화되어 사직하고 귀향, 1944년 5월 26일 35세의 나이로 생을 마감했다. 1972년 현대문학사에서《김환태 전집》을 간행했으며 1988년에는 문학사상사에서 '김환태평론상'을 제정했다.

도정일

—

都正一1941~ 잡지 편집장, 동양통신 외신부장, 도미 유학을 거쳐 1983년부터 경희대학교에서 본격적인 비평 이론 강의를 시작한 후 이론 교육 분야에 정성을 쏟았다. 그의 이론 교육은 현대 비평 이론뿐만 아니라 서양 고전 시학과 신화 전통까지도 아우르는 폭넓은 것으로 평가받고 있다. 1980년대 말부터 문학, 문화, 사회에 관한 글과 평문, 사회문화 칼럼 그리고 문학에 관한 내실 있는 담론을 활발히 발표해 오고 있으며 '책 읽는 사회 만들기 국민 운동'의 상임대표로 시민운동에도 관심을 두고 있다. 대한민국 전역에 세워진 '기적의 도서관'을 기획·감독하기도 했다. 일맥문화대상 사회봉사상, 현대문학상, 소천비평문학상 등을 수상했으며 저서로《시인은 숲으로 가지 못한다》,《사유의 공간》,《영상문화》,《대담》등이 있다.

박영희

—

朴英熙1901~? 시인, 소설가, 평론가로 호는 회월懷月, 송은松隱이다. 배재고보를 거쳐서 도쿄 세이소쿠 영어학원에서 수학했다. 1921년 동인지《신천지》에 작품을 발표, 같은 해 황석우와 함께 시 동인지《장미촌》을 발간하고 이듬해《백조》동인이 되어 낭만주의적인 탐미적 시인으로 자리매김했다. 그러나 곧 스스로를 비판하고 1925년《개벽》지에 단편소설 〈사냥개〉를 발표하면서 신경향파로 편입했다. 이때 김기진과 함께 카프를 조직, 프롤레타리아문학 운동에 가담하여 극좌적 평론을 썼다. 하지만 카프 내에서 프롤레타리아문학 운동에 대한 이론이 대립하자 1933년 카프를 탈퇴하고 다시 예술주의로 복귀했다. 1939년에는 조선문인협회 간사가 된 후 일본 북지파견군에 종군하고 요시무라芳村香道로 창씨개명을 했으며 친일문학 운동에 협력하기도 했다. 1950년 납북되어 생사 여부를 확인하기 어렵다. 단편소설 〈전투〉, 〈피의 무대〉 등을 남겼으며 저서로 《회월시초》, 《문학의 이론과 실제》 등이 있다.

박지원

—

朴趾源1737~1805 조선 후기 실학자 겸 소설가로 본관은 반남潘南, 자는 중미仲美, 호는 연암燕巖이다. 기행문 《열하일기熱河日記》를 통해 청나라의 문화를 소개하고 당시 한국의 정치·경제·사회·문화 등 다양한 방면에 걸쳐 비판과 개혁을 논했다. 특히 홍대용, 박제가 등과 함께 북학파의 영수로 이용후생의 실학을 강조한 것으로 잘 알려져 있다. 자유기발한 문체를 구사하여 여러 편의 한문소설을 발표해 당대 양반계층의 타락상을 고발하고 근대 사회를 예견하는 새로운 인간상을 창조함으로써 많은 파문을 일으키며 후대에까지 영향을 끼쳤다. 저서로는 《연암집燕巖集》, 《과농소초課農小抄》, 《한민명전의限民名田義》 등이 있고 〈허생전許生傳〉, 〈호질虎叱〉, 〈마장전馬駔傳〉, 〈예덕선생전穢德先生傳〉, 〈민옹전閔翁傳〉, 〈양반전兩班傳〉 등의 작품을 남겼다.

백낙청

—

白樂晴1938~ 문학평론가이자 영문학자다. 브라운대학과 하버드대학에서 수학하고 1972년 하버드대학에서 영어영문학 석사 학위와 철학박사 학위를 받았다. 1962년 서울대학교 영어영문과에 부임했고 1965년 《분지》의 작가 남정현의 구속에 항의하는 평문을 발표하면서 평론 활동을 시작했다. 1966년 계간 《창작과 비평》을 창간한 이래 편집인·발행인 등을 역임하며 분단 현실의 체계적 인식과 실천적 극복에 매진해 왔다. 서울대학교 명예교수, 6·15공동선언실천남측위원회 상임대표, 계간 《창작과 비평》 편집인으로 있다. 심산상, 대산문학상, 요산문학상, 늦봄통일상 등을 수상했으며 저서로 《민족문학과 세계문학 1·2》, 《인간 해방의 논리를 찾아서》, 《민족문학의 새 단계》, 《분단 체제 변혁의 공부길》, 《현대문학을 보는 시각》, 《민족주의란 무엇인가》, 《리얼리즘과 모더니즘》 등이 있다.

백철

—

白鐵1908~1985 호는 세철世哲이다. 신의주고보를 졸업하고 일본에 유학하여 도쿄고등사범학
교 문과를 졸업했다. 도쿄에서 나프에 가담하여 프롤레타리아문학 운동을 시작했고 시 동인
지 활동을 통해 일본 문단에 입문했다. 1931년 귀국한 뒤 잡지《개벽》의 기자로 일하면서 카프
중앙위원으로서 해외문학파와의 논쟁에 참가했다. 1935년 프롤레타리아문학의 도식적 측면을
비판하여 카프로부터 맹렬한 공격을 받으면서도 계속해서 인간 탐구가 문학의 본분이라고 주
장한 새로운 리얼리즘문학론〈인간 탐구의 도정〉등을 발표했다. 광복 후에는 서울대학교, 동
국대학교, 중앙대학교에서 교수로 재직했으며 문학을 사회적 영향 관계에 종속되는 것으로 파
악했던 광복 이전의 신경향파적 분위기에서 탈피해 미국의 신비평 이론 등 외국의 문학 이론을
소개하는 계몽적인 글을 발표했다. 저서로《신문학사조사》,《문학개론》,《한국문학의 이론》등
이 있다.

서거정

—

徐居正1420~1488 조선 전기의 문신이자 학자로 본관은 달성達城, 자는 강중剛中, 호는 사가정四
佳亭, 시호는 문충文忠이다. 1460년 이조참의 때 사은사謝恩使로 명나라에 다녀와서 대사헌에 올
랐으며 1464년 조선 시대 최초로 양관대제학兩館大提學이 되었다. 45년간 여섯 왕을 섬겼으며
당대 특히 문장에 재능을 보인 관료로서 문장과 글씨에 능해《경국대전經國大典》,《동국통감東國
通鑑》,《동국여지승람東國輿地勝覽》편찬에 참여했다. 또한 왕명을 받고《향약집성방鄕藥集成方》을
국역했으며 성리학을 비롯한 천문, 지리, 의약 등에 정통했다. 문집으로《사가집四佳集》, 저서로
《동인시화東人詩話》,《동문선東文選》,《역대연표歷代年表》,《태평한화골계전太平閑話滑稽傳》,《필원잡
기筆苑雜記》등이 있으며 글씨로《화산군권근신도비花山君權近神道碑》가 있다.

양건식

—

梁建植1889~1938 필명은 백화白華이고 호는 국여菊如이다. 3·1 운동 이후 문학을 통해 민족주
의를 드높이는 데 주도적 역할을 했으며 근대문학사의 주요 문제인 전통과 새로운 개혁의 접
목에 주력한 선구자이다. 1910년대 근대 지식인의 허위의식과 비참한 식민지 현실을 사실적으
로 묘사한 소설〈석사자상〉,〈미의 몽〉,〈슬픈 모순〉등과 이광수에 대한 평론〈춘원의 소설을
환영하노라〉등을 발표했다. 한국에서는 처음으로《홍루몽》등의 중국문학을 현대식 구어체

로 번역, 소개했는데 그의 한글 문체는 한용운에게도 영향을 주었다. 작품으로 시 〈신선술〉, 수필 〈수호서〉, 〈구룡주반〉, 평론 〈호적胡適을 중심으로 한 중국의 문학혁명〉 등이 있다.

염무웅

—

廉武雄1941~ 문학평론가로 강원도 속초에서 태어나 서울대학교 독어독문과 및 동 대학원을 졸업했다. 1964년《경향신문》신춘문예에 〈최인훈론〉이 당선되어 문학평론 활동을 시작했다. 리얼리즘문학·농민문학·민족문학 등을 주제로 한 평론들을 많이 써내며 1970년대의 일선 문예비평가로서 선두에 섰다. 1968년부터 계간《창작과 비평》편집에 참여했으며 이후 주간, 발행인을 역임했다. 또한 민족문학작가회의 이사장을 역임했고 현재는 6·15 민족문학인협의회 공동대표, 영남대학교 명예교수로 활동하고 있다. 저서로《한국문학의 반성》,《민중 시대의 문학》,《혼돈의 시대에 구상하는 문학의 논리》,《모래 위의 시간》, 번역서로 아놀드 하우저의《문학과 예술의 사회사》(백낙청·염무웅 공역), 프란츠 카프카의《성城》등이 있다.

염상섭

—

廉想涉1897~1963 호는 횡보横步, 제월霽月이다. 보성소학교를 중퇴하고 도일하여 아사부중학에 편입, 동경부립중학을 졸업했다. 게이오대학 문과에 입학했으나 3·1 운동에 가담한 혐의로 투옥되었다가 귀국했다. 그 후《동아일보》기자가 되었고 1920년《폐허》지 동인에 가담해 문학의 길에 들어섰다. 1921년《개벽》지에 단편 〈표본실의 청개구리〉를 발표해 문단적인 위치를 굳히고 1922년에는 주간 종합지《동명》에서 기자로 활약했으며 현진건과 함께《시대일보》,《매일신보》등에서 일했다. 1946년《경향신문》창간과 동시에 편집국장을 맡았고 6·25동란 때는 해군 정훈국에 근무했다. 대표 작품으로 〈만세전〉, 〈고독〉, 장편《삼대》등이 있으며 8·15 광복 후에 남긴 작품으로는 〈두 파산〉, 〈일대의 유업〉 등의 단편과 장편《취우》등이 있다.

유종호

—

柳宗鎬1935~ 서울대학교 영어영문과 및 미국 뉴욕주립대학 대학원, 서강대학교 대학원을 졸업했으며 공주사범대학교와 이화여자대학교를 거쳐 연세대학교 교수로 재직 중이다. 1957년《문학예술》에 평론 〈불모의 도식〉, 〈언어의 유곡〉 등이 추천되어 등단했다. 1959년 〈산문정신고)로 현대문학사 신인상을 수상했으며 〈토착어의 인간상〉, 〈불모의 도식〉, 〈한국의 페시미즘〉, 〈전통의 확립을 위하여〉 등의 작품을 남겼다. 대산문화재단 이사, 동인문학상 본심 심사위원 등을 역임했으며 편운문학상, 제7회 연문인상, 제11회 학술부문 만해대상 등을 수상했다. 저서로 평론집《비순수의 선언》,《문학의 즐거움》,《문학이란 무엇인가》,《나의 해방 전후》,《서정적 진실을 찾아서》,《시란 무엇인가》와 수필집《우수의 거리에서》,《함부로 쏜 화살》,《내 마음의 망명지》 등이 있다.

유진오

—

俞鎭午1906~1987 법학자이자 문인 겸 정치가로 호는 현민玄民이다. 경성제일고보를 거쳐 1924년 경성제국대학 예과에 입학했다. '문우회'를 조직,《문우》를 발간했고 이재학 등과 시집《십자가》를 출간하기도 했다. 1927년부터 소설을 쓰기 시작했고《조선지광》,《현대평론》 등에 작품을 발표하면서 문단에 나왔다. 프롤레타리아문학에 동조하는 경향을 보였고 1938년《동아일보》에 장편《화상보華想譜》를 연재하기도 했다. 1952년 학계로 돌아가 고려대학교 대학원장을 거쳐 총장에 취임했고 1953년에는 국제법학회 회장에 피선, 1954년 학술원 종신회원이 되었다. 저서로는《헌법해의憲法解義》,《헌법강의》,《민주정치의 길》 등과《유진오 단편집》,《김 강사와 T교수》,《창랑정기滄浪亭記》 등의 문학작품,《구름 위의 만상漫想》,《젊은 날의 자화상》,《양호기養虎記》 등의 수상집이 있다.

이광수

—

李光洙1892~1950 소설가로 아명은 보경寶鏡, 호는 춘원春園이다. 평안북도 정주에서 태어나 1905년 친일 단체 일진회의 추천으로 도일한 후 메이지학원에서 '소년회'를 조직하고 회람지《소년》을 발행하면서 시와 평론 등을 발표하기 시작했다. 오산학교에서 교편을 잡았으며 1914년 미국에서 발간되던《신한민보》의 주필로 내정되어 도미할 예정이었으나 제1차 세계대전 발발로 귀국했다. 1915년 다시 도일해 와세다대학 문학부 철학과에 입학, 1917년 1월부터 국내 최초의 근대 장편소설《무정無情》을《매일신보》에 연재하여 근대문학의 개척자가 되었다. 1919년에 중국 상하이 임시정부에서 활동했고 일제강점기 말기에 친일 행위를 한 것으로 평가받고 있다. 해방 후 1949년에는 반민법에 의해 구속되었다가 병보석으로 출감했고 6·25 때 납북되었다. 소설로는《마의 태자》,《단종애사》,《흙》,《사랑》,《꿈》 등이 있다.

이규보

李圭報1168~1241 고려 시대의 문신, 문인으로 본관은 황려(黃驪[여흥驪興]), 자는 춘경春卿, 호는 백운거사白雲居士, 지헌止軒, 삼혹호선생三酷好先生이다. 호탕 활달한 시풍으로 당대를 풍미했으며 특히 벼슬에 임명될 때마다 그 감상을 읊은 즉흥시가 유명하다. 몽골군의 침입을 진정표陳情表로써 격퇴한 명문장가로 시, 술, 거문고를 즐겨 삼혹호선생이라 자칭했으며 만년에 불교에 귀의했다. 저서로《동국이상국집東國李相國集》,《백운소설白雲小說》,《국선생전麴先生傳》등이 있으며 〈천마산시天摩山詩〉, 〈모중서회慕中書懷〉, 〈고시십팔운古詩十八韻〉, 〈초입한림시初入翰林詩〉, 〈공작孔雀〉, 〈재입옥당시再入玉堂詩〉, 〈초배정언시初拜正言詩〉, 〈동명왕편東明王篇〉 등의 시작품과 〈모정기茅亭記〉, 〈대장경각판군신기고문大藏經刻板君臣祈告文〉 등의 문文을 남겼다.

이봉래

李奉來1922~1998 함북 청진에서 태어나 나남중학을 거쳐 부산수산전문 양식과 2년을 수료하고 일본으로 건너가 리쿄대학 문학부에 입학했으나 중퇴했다. 일어시 운동에 참가해 일본 시단의 유력지인《시학》에 작품을 발표하기도 했으며 6·25동란 이후 귀국하여《후반기》동인으로 활동하면서 모더니즘시 운동을 전개했다. 시 창작 활동을 하면서 한편으로 평론 분야에서도 심도 깊은 업적을 보였다. 또한 영화평론과 시나리오 창작에 종사하여 뚜렷한 재능을 발휘했으며 영화감독으로 활약하기도 했다. 영화인협회 회장, 한국예술문화단체총연합회 부회장 및 회장, 국제펜클럽 한국본부 위원장을 역임했다. 주요 시작품으로는 〈단애斷崖 1·2·3〉, 〈서적〉, 〈손〉 등이 있는데 이들 시에서 그는 현실에 대한 강렬한 의식을 포착하여 관념적인 세계로 승화시키는 독특한 시풍을 보여 주고 있다.

이수광

李睟光1563~1628 조선 중기의 명신으로 본관은 전주, 자는 윤경潤卿, 호는 지봉芝峰 시호는 문간文簡이다. 임진왜란 때 함경도 지방에서 큰 공을 세웠으며 주청사奏請使로 연경에 내왕하며 당시 명나라에 와 있던 이탈리아 신부 마테오리치의 저서《천주실의天主實義》2권과《교우론交友論》1권 및 중국인 유변劉卞 등이 지은《속이담續耳譚》6권을 가지고 돌아와 한국에 최초로 서학西學을 도입했으며《지봉유설芝峰類說》을 지어 서양의 사정과 천주교 지식을 소개했다. 또한 그의 철학적 특성은 도학의 정통성을 발판으로 하면서도 성리학의 이론적 천착에로 나가는 방향이 아니라 인격과의 구체적 실현을 추구하는 실학 정신의 발휘를 지향하고 있어서 실학의 선구자로 평가받는다. 저서로 《지봉집》, 《채신잡록採薪雜錄》 등이 있다.

이숭원

—

李崇源1955~ 문학박사이자 문학평론가로 서울에서 태어났다. 서울대학교 국어교육학과에서 학사 학위를 받고 1980년 동 대학원에서 〈정지용 시 연구〉로 석사 학위를, 1986년 〈한국 근대시의 자연표상 연구〉로 박사 학위를 받았다. 1986년 《한국문학》 신인상을 받으며 평론 활동을 시작했다. 충남대학교와 한림대학교 교수를 지내고 현재 서울여자대학교 국어국문학과 교수로 재직 중이다. 활발한 평론 활동을 펼쳐 시와시학상, 김달진문학상, 편운문학상, 김환태평론상, 불교문학상 등을 수상하기도 했다. 저서로는 《백석을 만나다》, 《백석 시의 심층적 탐구》, 《정지용 시의 심층적 탐구》, 《김기림》, 《노천명》, 《세속의 성전》, 《감성의 파문》, 《폐허 속의 축복》, 《초록의 시학을 위하여》 등이 있다.

이어령

—

李御寧1934~ 문학평론가이자 문학박사, 소설가 겸 수필가로 서울대학교 문리과대학 및 동 대학원을 졸업했다. 4·19시민혁명 이후 《한국일보》, 《경향신문》, 《중앙일보》, 《조선일보》 등 주요 일간지의 논설위원으로서 칼럼을 발표했으며 1972~1985년에는 《문학사상》의 주간으로 활약했다. 1967년 이화여자대학교 강단에 선 후 30여 년간 교수로 재직했으며 1990년과 1991년에 초대 문화부장관을 역임했다. 대한민국 문화예술상, 서울시문화상, 대한민국 예술원상 등을 수상했으며 저서로는 《디지로그》, 《흙 속에 저 바람 속에》, 《지성의 오솔길》, 《오늘을 사는 세대》 등과 평론집 《저항의 문학》, 《전후문학의 새물결》, 《통금 시대의 문학》 등이 있다.

이이

—

李珥1536~1584 조선 중기의 학자이자 정치가로 본관은 덕수德水, 자는 숙헌叔獻, 호는 율곡栗谷·석담石潭, 시호는 문성文成이다. 강원도 강릉에서 태어났으며 어머니는 사임당 신씨이다. 《동호문답東湖問答》, 《만언봉사萬言封事》, 《성학집요聖學輯要》 등을 지어 국정 전반에 관한 개혁안을 왕에게 제시했고, 성혼成渾과 '이기사단칠정인심도심설理氣四端七情人心道心說'에 대해 논쟁하기도

했다. 이후 《격몽요결擊蒙要訣》을 저술하고 해주에 은병정사隱屏精舍를 건립하여 제자 교육에 힘
썼으며 향약과 사창법社倉法을 시행하기도 했다. 《기자실기箕子實記》와 《경연일기經筵日記》를 완성
했으며 왕에게 '시무육조時務六條'를 지어 바치는 한편 경연에서 '십만양병설'을 주장한 것으로
유명하다. 48세에 관직을 버리고 본가가 있는 파주 율곡으로 돌아왔으나 다음 해 영면했다.

이인로

—

李仁老1152~1220 고려 시대 문인으로 자는 미수眉叟 호는 쌍명재雙明齋이다. 정중부鄭仲夫의 난
때 머리를 깎고 절에 들어가 난을 피한 후 다시 속세로 돌아왔다. 1180년(명종 10) 문과에 급제
하여 직사관直史館으로 있으면서 당대의 석학 오세재吳世才, 임춘林椿, 조통趙通, 황보항皇甫抗, 함
순咸淳, 이담지李湛之 등과 함께 어울려 시주詩酒를 즐겼다. 이들을 강좌칠현江左七賢이라고 한다.
강좌칠현은 중국 진나라 때 죽림칠현竹林七賢에 빗대어 일컬어진 명칭으로 한국의 청담풍淸談風
은 이로부터 비롯되었다. 신종 때 예부원외랑禮部員外郎, 고종 초에 비서감秘書監, 우간의대부右諫
議大夫가 되었다. 시문뿐만 아니라 글씨에도 뛰어난 능력을 보였으며 무엇보다도 초서, 예서가
특출했다. 저서로 《은대집銀臺集》, 《후집後集》, 《쌍명재집雙明齋集》, 《파한집破閑集》 등이 있다.

이형기

—

李炯基1933~2005 시인으로, 1950년 월간 《문예》에 시 〈강가에서〉가 추천되어 문단에 나왔으
며 1956년 동국대학교 불교학과를 졸업했다. 《연합신문》, 《동양통신》, 《서울신문》 기자, 《국제
신문》 논설위원과 편집국장, 부산산업대학교, 동국대학교 교수 등을 역임했고 꾸준한 작품 활
동을 통해 한국문학가협회상, 한국시인협회상, 한국문학작가상, 윤동주문학상, 대한민국 문학
상, 대산문학상, 만해상 등을 수상했다. 저서로 시집 《적막강산》, 《꿈꾸는 한발》, 《풍선심장》,
《그해 겨울의 눈》, 《별이 물 되어 흐르고》, 《오늘의 내 몫은 우수한 짐》, 《낙화》와 수필집 《서서
흐르는 강물》, 《바람으로 만든 조약돌》, 평론집 《감성의 논리》, 《한국문학의 반성》 등이 있다.

이황

—

李滉1501~1570 경상북도 예안에서 태어난 조선 중기의 학자이자 문신이다. 본관은 진성眞城,
호는 퇴계退溪, 도옹陶翁, 퇴도退陶, 청량산인淸凉山人이다. 이언적李彦迪의 주리설主理說을 계승하고

이기이원론理氣二元論을 주장하면서 이를 보다 깊이 있고 근원적인 관점에서 발전시켜 나갔다. 1569년 관직에서 은퇴해 고향으로 내려와 학문과 교육에 온 힘을 쏟았다. 스스로 도산서당陶山書堂을 설립하여 후진 양성과 학문 연구에 힘썼고 학자로서의 태도를 잃지 않는 생활을 시종일관 고수했다. 이황의 사후인 1574년에 많은 문인과 유림들이 그를 기려 도산서원을 창설했고 이는 1575년에 사액서원이 되었다. 저서로《퇴계전서退溪全書》가 있고 작품으로는 시조에《도산십이곡陶山十二曲》, 글씨에《퇴계필적退溪筆迹》이 있다.

임헌영

—

任軒永1941~ 경상북도 의성에서 태어나 중앙대학교 국어국문학과와 동 대학원 석사 과정을 졸업했다. 1966년에《현대문학》을 통해 문학평론가로 등단했고 1965년부터 1972년까지《약업신문》,《경향신문》의 기자로 일했으며 10월 유신으로 폐간된《월간 다리》의 주간을 지냈다. 1974년 문학인 사건과 1979년 남민전 사건에 각각 연루되어 수감 생활을 하다 1998년에 복권되었다. 역사문제연구소 부소장과 민족문제연구소 부소장을 지냈으며 2003년 민족문제연구소 소장을 역임했다. 1998년부터 중앙대학교 국어국문학과 겸임교수로 있으며 2003년부터 현재까지 한국문학평론가협회 회장으로 활동하고 있다. 편운문학상, 한국문학작가상 등을 수상했고 저서로는《문학의 시대는 갔는가》,《문학을 시작하려면》,《문학과 이데올로기》,《민족의 상황과 문학사상》,《분단 시대의 문학》,《한국 현대문학사상사》,《한국 근대소설의 탐구》,《변혁 운동과 문학》 등이 있다.

임화

—

林和1908~1953 서울 낙산에서 태어났고 본명은 인식仁植이다. 무산계급에 관심을 보이며 1928년 〈유랑〉, 〈혼가〉 등의 영화에 주연 배우로 출연했으며 카프 중앙위원으로도 활동했다. 해방 직후 조선문학건설본부, 조선문화건설중앙협의회의 창설과 운영을 주도하면서 1940년대 비평문학사에 길이 남을 비평 활동을 펼쳐 나갔다. 1947년에 월북하여 김남천, 오장환 등과 함께 좌파문학 운동을 이끌었으며 1953년에 사형을 언도받고 처형되었다. 주요 비평문으로는 〈현하의 정세와 문화 운동의 당면 임무〉, 〈문화에 있어 봉건적 잔재와의 투쟁 임무〉, 〈문학의 인민적 기초〉, 〈조선 민족문학 건설의 기본 과제에 관한 일반 보고〉, 〈조선에 있어 예술적 발전의 새로운 가능성에 관하여〉, 〈민족문학의 이념과 문학 운동의 사상적 통일을 위하여〉 등이 있다.

정태용

—

鄭泰榕1919~1971 문학평론가로 본명은 태泰이다. 진주농업고등학교를 거쳐 1943년 혜화전문학교(지금의 동국대학교) 불교과를 졸업했다. 1939년 조연현과 함께《시림》의 동인으로 활동했으며《예술부락》동인으로 있으면서 본격적인 문학 활동을 시작했다. 6·25동란 때 부산으로 내려가 교사, 신문기자로 일했고 1956년 서울로 올라와 동국대학교 신문사 주간 등을 지냈다. 1945년 〈문화통일전선론〉을 발표한 뒤로는 주로 평론 활동에 주력하여 〈생활과 언어〉, 〈민족문학론〉, 〈문학의 순수성과 대중성〉 등을 발표했다. 주요 저서로《문학의 대중성》,《필연과 자유》가 있으며 정태용이 숨을 거두기 6, 7년 전부터 집필해 오던《한국 현대 시인 연구 기타》가 그의 사망 후 조연현의 주선으로 세상에 선보여졌다.

조남현

—

曺南鉉1948~ 인천에서 태어나 서울대학교 국어국문학과를 졸업하고 동 대학원에서 박사 학위를 받았다. 이후 건국대학교 국어국문학과 교수로 재직했으며 현재는 서울대학교 국어국문학과 교수이자 문학평론가로 활발하게 활동하고 있다. 1973년《동아일보》신춘문예를 통해 문단에 나왔으며 제1회 연암문학상과 제7회 김환태평론문학상을 수상했다.《소설원론》,《한국 지식인소설 연구》,《한국 현대소설 연구》,《역사적 전환기와 한국문학》,《삶과 문학적 인식》,《우리 소설의 판과 틀》,《1990년대 문학의 담론》,《한국 현대 작가의 시야》,《이기영 –그들의 문학과 생애》등 다수의 저작을 선보이며 왕성한 필력을 자랑하고 있다.

조동일

—

趙東一1939~ 경북고등학교를 거쳐 서울대학교 불어불문학과를 졸업한 후 서울대학교 국어국문학과에 다시 편입하여 1966년에 졸업했다. 계명대학교, 영남대학교, 서울대학교 등에서 교수로 재임했으며 프랑스 파리7대학, 일본 동경대학, 중국 연변대학, 산동대학, 중앙민족대학 등에서 강의했다. 일찍부터 우리의 현실과 전통에서 학문적 방법론을 찾는 '우리 학문'을 주장해 왔고 한국문학사 연구에 새로운 방향을 제시한《한국문학통사》를 비롯한 다양한 저술과 연구 활동을 인정받아 출판문화상, 중앙문화대상, 만해학술상, 대한민국학술원상 등을 수상했다. 저서로《서사민요 연구》,《한국 가면극의 미학》,《한국소설의 이론》,《한국문학통사》,《한국의 문학사와 철학사》,《동아시아 구비서사시의 양상과 변천》,《중세문학의 재인식》등이 있다.

조연현

—

趙演鉉1920~1981 1946년 좌익계 문학가동맹에 정면으로 맞서 김동리, 서정주 등과 함께 청년 문학가협회를 결성했다. 《민주일보》, 《민중일보》, 《민국일보》 등 신문사에서 기자 및 편집국장으로 근무하면서 민족 진영 문화 단체인 전국문화단체총연합회 결성의 주역을 맡았다. 이후 문예지 《문학 정신》을 주재하면서 이때부터 문학가동맹 측의 문인들과 민족문학론을 둘러싸고 격렬한 논쟁을 전개했고 순수문학을 적극 옹호하는 평론을 발표했다. 1955년에 《현대문학》을 창간하고 동국대학교 교수, 한양대학교 교수로 재직했으며 저서로는 《한국 현대문학사》, 《한국 현대 작가론》, 《문학과 생활》 등이 있다.

최남선

—

崔南善1890~1957 호는 육당이며 서울에서 태어나 일본 와세다대학을 수료했다. 개화기 신문화 운동의 선구자로서 1908년에는 우리나라 최초의 잡지 《소년》을, 1914년에는 《청춘》을 창간했다. 1919년 3·1 운동 당시 〈독립 선언서〉 기초를 작성했다가 체포되어 다음 해 출옥했다. 1938년 만주 신경新京에서 《만몽일보사滿蒙日報社》의 고문을 역임하기도 했다. 1949년 해방 후 친일 반민족 행위로 기소, 수감되었다가 병으로 보석 출감했으며 1957년 사망했다. 작품으로는 최초의 신체시인 〈해에게서 소년에게〉가 있으며 시조부흥 운동을 지도하여 최초의 시조 사화집 《백팔번뇌》를 출판하기도 했다.

최동호

—

崔東鎬1948~ 시인이며 문학평론가로, 경기도 수원에서 태어나 고려대학교와 동 대학원을 졸업했다. 1976년에 시집 《황사바람》을 펴냈고 1979년 《중앙일보》 신춘문예에 평론이 당선되어 평론가로서 적극적인 활동을 펼치며 편운문학상, 김환태평론문학상, 현대불교문학상, 시와시학상 평론상 등을 수상했다. 와세다대학, UCLA 등의 방문교수를 지냈으며 경남대학교, 경희대학교 교수를 거쳐 현재는 고려대학교 국어국문학과 교수로 재직 중이다. 시집으로는 《아침 책상》, 《딱따구리는 어디 숨어 있는가》 등이 있으며 시론집으로 《현대시의 정신사》, 《불확정 시대의 문학》, 《삶의 깊이와 시적 상상》 등이 있다.

최원식

—

崔元植1949~ 인천에서 태어났다. 서울대학교 국어국문과를 졸업하고 동 대학원에서 〈이해조 李海朝 문학 연구〉로 문학박사 학위를 받았으며 1972년《동아일보》신춘문예 평론 부문에 당선되어 평단에 첫발을 내딛었다. 계명대학교와 영남대학교 국어국문과 교수를 지냈으며 현재는 인하대학교 동양어문학부 교수와 계간《창작과 비평》의 편집위원으로 활동 중이다.《생산적 대화를 위하여》로 제9회 팔봉비평문학상의 수상자로 선정됐으나 수상을 사양했고《문학의 귀환》으로 제9회 대산문학상 수상했다. 저서로는《민족문학의 논리》,《한국 근대소설사론》,《韓國の民族文學論》,《생산적 대화를 위하여》,《동아시아, 문제와 시각》,《동아시아인의 '동양' 인식 : 19~20세기》 등이 있다.

최유찬

—

崔洌瓚1951~ 전북 부안에서 태어나 연세대학교 국어국문과와 동 대학원을 졸업했다. 1977년부터 3년여 동안 합동통신과 동아 방송에서 기자로 일하다가 1980년 광주 민주화 운동 현장을 취재하면서 해직된 경험이 있다. 현재는 연세대학교 국어국문과 교수이자 문학평론가로 활동 중이며 현국 현대소설학회의 이사를 역임하고 있다. 국문학자로는 드물게 컴퓨터 게임을 연구하여 대하소설과 게임이라는 이질적 텍스트에서 상상력의 동일성을 파악하려는 시도를 했다. 저서로는《한국 근대문학비평사 연구》,《리얼리즘 이론과 실제 비평》,《문학과 사회》,《문학 텍스트 읽기》,《문예사조의 이해》,《문학의 모험-채만식의 항일투쟁과 문학적 실험》,《컴퓨터 게임의 이해》 등이 있다.

최일수

—

崔一秀1924~1995 전남 목포에서 태어난 최일수는 1955년《조선일보》신춘문예에 〈현대문학과 민족의식〉이 당선되어 문단에 나왔다. 목포상업학교에서 수학한 후 검정고시를 거쳐 1950년 조선대학교에 입학했으나 전쟁 발발로 학업을 중단할 수밖에 없었다. 그래서 동시대의 비평가들과는 달리 전문적인 문학 수업을 받지 못하고 독학으로 문학 공부를 한 독특한 이력을 가지고 있다. 1951년《대한통신》, 1953년《서울신문》을 거쳐 1955년부터《조선일보》문화부 기자를 지냈으며 비평가로 등단하기 전《호남공론》창간호에 수필 〈주검〉을 발표하기도 했다. 저서로 평론집《현실의 문학》,《민족문학신론》,《분단 헐기와 고루살기의 문학》 등이 있다.

최재서

—

崔載瑞1908~1964 경성대학 영어영문과를 졸업했다. 런던대학교에 유학하고 돌아온 후 경성대
학 강사, 보성전문과 법학전문 교수 등을 지내면서 평론 활동을 병행했다. 1934년부터 문학평
론을 시작했는데 종래의 경향문학 비평이나 인상주의적 비평에 대해 주지주의적 비평을 시도,
우리 문학에 과학적 비평 방법을 제시했다. 1939년 《인문평론》을 창간해 친일적인 글을 쓰기
시작했고 1941년 친일문학지 《국민문학》 주간, 1943년 조선문인보국회 이사를 역임했다. 8·15
광복 후 연세대학교, 한양대학교 등에서 교수로 지내는 동안은 평론 활동을 접고 학문에 전념
했으며 특히 셰익스피어 연구에 몰두했다. 저서로 《문학원론》, 《문학과 지성》, 《셰익스피어 예
술론》 등이 있고 번역서로는 《아메리카의 비극》, 《주홍글씨》, 《햄릿》, 《포 단편집》 등이 있다.

허균

—

許筠1569~1618 자는 단보端甫, 호는 교산蛟山 또는 성소惺所이다. 1585년 선조 18년 17세의 나이
로 초시에 급제하고 1589년에는 생원시에 급제했다. 1593년 최초의 시평론집인 《학산초담鶴山
樵談》을 지었으며 1597년에는 문과 중시에 장원 급제했다. 1607년 선조 40년 삼척부사와 공주
목사를 역임했고 《국조시산國朝詩刪》을 편찬했다. 1611년 광해군 3년에는 문집 《성소부부고惺所
覆瓿藁》 64권을 엮었고 1612년에는 최초의 한글소설인 《홍길동전》을 저술했다. 1616년 광해군
8년, 정2품의 형조판서가 되었고 이듬해 1617년에는 정2품 좌참찬에 올랐다. 1618년 기준격奇
俊格이 상소를 올려 그를 모함해 이에 반대 상소를 올렸으나 그의 심복들과 함께 책형을 당해
생을 마감했다.